行走的云
穿越中印半岛

上 册

陈海挑 ◎ 著

东南大学出版社
·南京·

图书在版编目（CIP）数据

行走的云：穿越中印半岛 / 陈海挑著 .—— 南京：东南大学出版社，2019.12
 ISBN 978-7-5641-8588-6

Ⅰ.①行… Ⅱ.①陈… Ⅲ.①随笔-作品集-中国-当代 Ⅳ.① I267.1

中国版本图书馆 CIP 数据核字（2019）第 256445 号

行走的云——穿越中印半岛
Xingzou De Yun——Chuanyue Zhongyin Bandao

著　　者	陈海挑
出版发行	东南大学出版社
社　　址	南京四牌楼 2 号　邮　编　210096
出 版 人	江建中
网　　址	http://www.seupress.com
电子邮件	press@seupress.com
经　　销	全国各地新华书店
印　　刷	徐州绪权印刷有限公司

开　　本	889mm×1194mm　1/32
印　　张	43
字　　数	880 千
版　　次	2019 年 12 月第 1 版
印　　次	2019 年 12 月第 1 次印刷
书　　号	ISBN 978-7-5641-8588-6
定　　价	258.00 元（上下册）

本社图书若有印装质量问题，请直接与营销部联系。
电话（传真）：025-83791830

献给父亲，陈敬民：您，给我前行的力量！

亚洲之地，在东南伸展开来，是中国古籍之中的"南洋"。如今，这里陆海相连，分布着十余个独立的国家，其中，有"东盟十国"："陆上"的中印半岛，亦即中南半岛，有缅甸、老挝、泰国、柬埔寨和越南五国；"海上"的马来群岛，又称南洋群岛，有印度尼西亚、菲律宾、文莱、马来西亚和新加坡五国。

　　如今的马来群岛，还有近世独立不久的东帝汶与巴布亚新几内亚两个国家，也可归入其中，只不过，那是我们将来可以进一步探讨的话题了。本书权且以"行走的云——穿越中印半岛"为题，来揭示世人面前不一样的柬、老、泰、缅、越五国风情……

不出家门,不知月有阴晴圆缺;

不出国门,不知世界天空海阔!

前言　我是一朵云

I AM A CLOUD

我愿作一朵云，飘于中印半岛湛蓝的天际，投影在其下的万千雨林；我愿步履停滞，蜗居在此地诸凡尘佛都一隅，徜徉着微笑国度的如春温情，聆听岁月静淌、人神欢愉、风雨低吟、鸟儿轻唱！

从柬埔寨到老挝,从泰国到越南,从"陆高棉"到"水高棉"、从"上缅甸"到"下缅甸"，斑驳的城池、温柔的河流、金碧辉煌的寺佛、灰岩绿绣的塔窟、绛紫深沉的僧袍、红蓝相间的屋顶……这些个经由历史、穿过灵魂的记忆，和这片沉睡千年的大地，每每梦回，无不令人深怀眷恋。

自公元 2015 年始，有感于现存资料的匮乏，为了身体力行，亲自完成对东盟十国以及亚洲诸国的深度商务考察，我曾无数次飞临这方夹于中印两大古国间的半岛。飞机、的士、嘟嘟车、摩托车、皮划艇、独木舟……载着我纵横穿越在中国之南这五国的一城一池、一江一河，田间地垄、街头巷尾；中印两大文明的交汇传承，经久孕育着五国的别样风情，行走越深远，洞见愈深邃。

　　商考之余的旅行，是恬静惬意的。尤其是每一次乘着棉絮一般的云彩或绚烂绮丽的晚霞飞行，靠着机舱、透窗远眺，蓝天、白云、夕阳、霞光，苍翠起伏的青山、蜿蜒山涧的江河，森密雨林、沃野良田，一眼尽览，秀色饱尝，旅累顿消，何其快哉！由此，还形成了这一篇篇的"商旅笔记"，每每提笔，思如泉涌，该用一种什么方式或态度，才能"请这里的佛陀展颜，让这里的石头说话"？我愿，像云般多飘，像雨般多看，心怀无尽的虔敬，考证这片大地之上沉睡的秘密。

　　这是一处可以教会您沉寂、静思、忘却、行止的所在。蒲甘晨霭中的百万塔林、巴色落日下的湄公余晖、清莱城白蓝庙的小巧清新、暹粒城吴哥窟的大拙至美，都在引领着您去顿悟"慢着活""少即好"的他番生活真谛。在由苏菲·玛索等人出演，改编自小说集《泰伯河上的保龄球道》的旧电影，《云上的日子》中有句敲叩心灵的台词："我们走得太快，灵魂都跟不上了。"是啊,来日方长,何必疾行?!

要慢下来。时间不是流沙,光阴值得细数。也许唯有慢行,方识何谓旅行。也许我们真的要停下来,细抠一下"旅游"和"旅行"之别了。九夜茴在小说《花开半夏》中说:"旅游仅仅是用双脚与眼睛,而旅行还要带上灵魂和梦想。"毕淑敏在《带上灵魂去旅行》一书中也有个引述:据说古老的印第安人有个习惯,当他们的身体移动得太快的时候,会停下脚步,安营扎寨,耐心等待自己的灵魂前来追赶。

既然人的身体和灵魂已然两相分离,那么就让心随自然,且行且止,静数时光,身灵一合吧。"谁不是这样呢?活在过去与未来的微醺里。"陶立夏在饱含忧伤的《分开旅行》中写道,"我不明白人心,我不明白时间。所以我只有,再次远行。……如果不能直面人世的复杂,那么,去看一看人世的荒芜吧。"如

有时觉得,我就像是这些点缀在中印半岛上空的云,在它奇妙的大地上,四处行走。
摄影:陈三秋

果是远行,一场且久且远的旅行,何必执著于说走就走?莫负风景过迷眼,唯盼灵魂穿带情。

中印半岛的茂繁雨林,和遗世古城,应该是最适宜远行留顿、驻足久居的了。尤其是在一舍一得的布施时,抑或断壁残垣的废墟间,您能领会到的,将是最撼人心灵的简单、纯净、萧疏与荒芜。然后,闭目冥想,再来,片刻的禅定。无疑,这是又一种旅行姿势和态度了——让风景穿过灵魂!!

如果,您也是一朵行走在旅途的云,那么,您还能够来此避世,追觅桃源吗?

柏瑞尔·马卡姆的《夜航西飞》里有这样一句话:"我独自度过了太多的时光,沉默已成习惯。"我想,也许正是这种浮世难得的沉默,才能最终成就《分开旅行》一书收尾时所说的"当我们热切地看过了这个世界的荒凉,会发现暗淡之中自有光亮"。在逝去的岁月中,我从非洲的荒漠,经阿拉伯半岛,再到欧亚大陆、马来群岛,一路行至与中国一衣带水的中印半岛。如果您习惯于迷恋沿途红海、黑海、地中海、波斯湾、阿拉伯海、孟加拉湾的湛蓝之美,那么,您想必一定会对这里洞里萨、茵莱湖、湄公河的荒凉和污浊大失所望吧?

还好,人心当满存希望,便自有属意之光。中印半岛,虽弱于江海山水,但重在佛祖与湿婆等诸教诸神之恩泽眷顾、亿万斯民不染纤尘的虔诚信仰,和穿越历史、风霜摩挲直下的古迹,还有那别致的,或在裙裾间,或在唇齿畔的,曼妙缠绵的异域风情。从《你好,老挝婚礼》到《从曼谷到曼德勒》的诸影视中,从《路上没有你,也会好好走下去:一个行者的琅勃拉邦》《情人》,到《缅甸岁月》《吴哥,沉睡四百年》的各笔端下,江山多舛人多情,沧桑变故,不改静好,五国风情,一览无余。

终于,经年轮回之后,中印半岛的兵戈,多告终止;祥和、自在,再度重回人间。云朵下的、雨林间的千年古迹,万般风情,渐次浮现尘世,只待有心之人去穿行,去邂逅,去静赏,去拜读,而记录,也是方式之一种。

这里是中印半岛,愿你我可以如云般自由行走,且顾且盼,且行且止。

也愿,多年之后,我们仍能初心不改,炽爱此地的城池、山河、一人一物、一草一木。I'm still in love with you, forever!

陈海挑 于金陵东郊

2018 年 12 月 28 日

目 录
CONTENTS

第 1 篇　千里之行，始于柬埔寨

01　湄公河的日出……………………0008
02　吴哥窟的清晨……………………0016
03　巴肯山日不落……………………0032
04　日落洞里萨湖……………………0040
05　洞里萨人家园……………………0049
06　西哈努克的海……………………0058
07　铬锤岛的故事……………………0067
08　白马的蓝脚蟹……………………0071
09　消失的贡布城……………………0076
10　湄公河上泛舟……………………0086
11　马德望的星空……………………0094
12　世界的吴哥窟……………………0105
13　暹粒城的黄昏……………………0113
14　女王宫的浮雕……………………0120
15　巴戎寺的梵天……………………0133

16	崩密列的锈绿	0144
17	塔布隆寺的树	0152
18	荔枝山的飞瀑	0160
19	吴哥窟的日出	0169
20	大皇宫的鸽子	0186
21	迷失的金边城	0200
22	两个博物馆记	0209
23	柬埔寨的民俗	0223
24	吴哥窟的颜色	0247
25	最后的吴哥城	0261
26	梦中的奇女子	0320

第2篇　且行且止，蔓延到老挝

27	万象城的恬静	0332
28	塔銮寺的金辉	0340
29	三个图书馆记	0349
30	老挝的博物馆	0358
31	世外桃源万荣	0367
32	浦西山的日落	0375

33	銮佛邦的布施	0392
34	巴色已有答案	0405
35	孔恩瀑布不朽	0416
36	四千美岛泛舟	0430
37	南鹅湖的金秋	0438
38	追觅光西瀑布	0445
39	早安琅勃拉邦	0453
40	最后一片净土	0468

第 3 篇　多年之后，重回到泰国

41	泰国的大皇宫	0488
42	聪明的四面佛	0507
43	玉佛寺知历史	0524
44	清迈的小世界	0542
45	多彩的清莱城	0550
46	素帖山的群佛	0562
47	契迪龙寺观微	0574
48	曼谷的考山路	0599
49	巡访泰国名岛	0618

50 泰国别样风情……………………0645

第 4 篇　异域他邦，久违了缅甸

51 曼德勒的故事……………………0657
52 乌本桥的日落……………………0667
53 两部"世界书本"………………0675
54 缅甸"千人僧饭"………………0707
55 日出曼德勒山……………………0714
56 曼德勒大皇宫……………………0729
57 曼德勒的古城……………………0743
58 蒲甘日升日落……………………0760
59 蒲甘塔林巡礼……………………0777
60 内比都的新生……………………0795
61 东盟咖啡简史……………………0804
62 雨中的仰光城……………………0816
63 缅甸的三大塔……………………0827
64 茵莱湖上行舟……………………0853
65 上下缅甸春秋……………………0878
66 缅甸风土民情……………………0905

第5篇　不了情缘，越南说再见

67	河内人间烟火	0923
68	细数河内别称	0933
69	还剑湖与西湖	0957
70	下龙湾及其猫	0985
71	岘港观音与佛	1007
72	巴拿山的奇迹	1023
73	漫步会安古城	1037
74	咏下龙湾诗篇	1058
75	芽庄的珍珠岛	1075
76	芽庄不舍昼夜	1088
77	芽庄的龙山寺	1098
78	美奈蓝色渔村	1113
79	美奈红白沙丘	1123
80	七彩的大叻城	1138
81	大叻的春香湖	1152
82	大叻万行禅院	1164
83	保大夏宫怀古	1182
84	胡志明的往事	1195

85	范五老街之夜	1206
86	统一宫知历史	1215
87	胡志明喝咖啡	1233
88	去富国岛看海	1243
89	富国岛的日落	1262
90	头顿的沙与岛	1279
91	越南五色教堂	1290
92	西贡河的没落	1320

后记

致谢

千里之行，始于

柬埔寨

柬埔寨，国土面积 18 万余平方公里，略小于中国的湖北省，稍大于广东省，且不到 2 个江苏省大；总人口数近 1 625 万。在我们脚下这个浩瀚的星球上，柬埔寨是一个极易被遗忘的国家。

柬埔寨
手绘商旅地图
来源：焦小倩

第1篇 千里之行 始于柬埔寨

柬埔寨王国，在我们脚下这个浩瀚的星球上，是一个极易被遗忘的国家。偏居一隅、开放不足、人口稀少、经济落后、兵戈不止……这些可能都是其被遗忘的原因。而如果从公元3世纪左右印度文字的传入和使用起算（最早有年份可考的高棉语碑文刻于公元611年，最早有年份可考的梵文碑文刻于公元613年），其"文明史"不足2 000年。加之，在可以上溯的历史中，也几乎仅有"吴哥王朝"，也就是中国人相对熟悉的"高棉王朝"值得提及——这一王朝通常被定义存世于公元802年到公元1431年，且自公元15世纪上半叶始，王都吴哥城因战乱而遭遗弃，后为原始而繁茂的热带雨林所覆盖，从此便"消失"在了历史的烟云间，长达400年之久。

直到公元1861年1月，法国博物学家亨利·穆奥在此地无意中的一次"探险"，才让这段繁荣600余年的"吴哥历史"和一座"沉睡"400余年的"吴哥王城"得以重现人间。而迄今为止，唯一留世的关于这个时期王朝风貌的文字记载，仅有曾在因陀罗跋摩三世在位时亲访此城的元使臣周达观所著的《真腊风土记》一书而已。

"吴哥"二字，源于梵文"Nagara"一词，意指"城市"；作为王国的都城，吴哥城，在公元12世纪迎来了其最辉煌的时期——以其城为中心，寺庙古迹遍布近3 000平方公里，一

当机翼再一次掠过柬埔寨的上空,透过机舱远眺:这里的云,依旧美丽。这是我们"行走的脚步"。

摄影:陈三秋

举成为是时世界上最大的城市!

  吴哥城，不朽矣。其存世的，占地 200 公顷，由苏耶跋摩二世始建的"吴哥寺"也即吴哥窟，作为整个吴哥城最宏大、最美丽，也是最神秘的宗教建筑，自 1953 年始，曾 5 次作为柬埔寨国家的象征而被印于国旗之上并延续至今。放眼全球，得此殊荣者，仅这一寺而已。而由阇耶跋摩七世根据自己肖像建造的庙山"巴戎寺"，也因其神秘、祥和的"高棉的微笑"而极负盛名，成就了一个微笑国度，令世人熟知。

  "吴哥王朝"之前尚有"扶南王国""真腊王国"，其后则是"金边王朝"。尤其是吴哥城废弃后，经磅湛省巴桑的短暂过渡，蓬黑阿·亚特国王于公元 1434 年，将都城正式南迁至现在的金边城；随后的几百年间，因时局动荡、经年战乱，国都几迁几返，最终于公元 1867 年，经由诺罗敦国王再次回迁金边城后，才基本稳定成了今日的格局。因政治中心的转移，在金边城形成了"大皇宫""塔仔山"等秀美遗迹。

  公元 18 世纪时，法国人开始进入柬埔寨，后逐渐将其发展为保护国甚至殖民地，直到第二次世界大战期间。经法国人之手，金边城超过西贡、仰光等地，被发展成为公元20世纪60年代东南亚最漂亮的首都。而在此前的20年代，位于洞里萨湖畔的"农业大省"马德望，在法国和泰国的共同主导下，也一度被发展成为柬埔寨最繁荣的省。在法属殖民期间，因度假之需，临近暹罗湾（即泰国湾）的贡布、白马等海滨小城，也被经营成别具塞纳风情的休闲胜地。公元1950年，位于西南海岸线上的、以西哈努克亲王的名字命名的西哈努克港（简称"西港"）开建，并在过去的60余年里得到了长足的发展，成为当前柬埔寨最著名的旅游之港和"海边赌城"。

世上关于柬埔寨王国的著述相对不多，加之其本国的柬文出版业也非常凋敝，因此，要想深入了解这方大地风物，除了周达观的《真腊风土记》和亨利·穆奥的《暹罗柬埔寨老挝诸王国旅行记》之外，公元1914年阿德马德·莱克莱尔（Adhemard Leclere）出版的《柬埔寨史》和公元1983年大卫·钱德勒首版的《柬埔寨史》，是两部由西方人士对柬埔寨讫于出版前后的相关历史所做的"记述相对最完整、最权威"的经典之作。新近中国云南大学的东南亚历史学者段立生所著的《柬埔寨通史》，则一举将"柬史"追述至当下，也算补了"后半段"之不足，值得对照阅读。

而在旅游引介或游记方面，可以一读的有"孤独星球"书系的《柬埔寨》、"环球国家地理百科全书"系列的《亚洲》、"走遍全球"书系的《柬埔寨和吴哥寺》、《亲历者》编辑部编著的《柬埔寨，千年的微笑》以及董彬撰述的《吴哥，沉睡四百年》和蒋勋新版的《吴哥之美》等等。此外，关于"红色高棉"时期的历史和生活，还有些法文或英文的出版物。至于柬文的读物，由于相关专业人才的缺失，则显得非常匮乏。一国之历史风貌，几乎全赖他人来记述，不由得令人倍加感慨和唏嘘。

这是中南半岛东南之域的一片沉睡的大地，就让我们以笔触的撩拨来一一揭起它那荒芜而多情、美丽而神秘的面纱吧。

01 湄公河的日出

一年的7月，受持续半年有余的来自西南的季候风影响，柬埔寨的"雨季"开始正式进入高峰期。一如中国长江流域的梅雨季节，终日的连绵大雨，此地可谓"有过之而无不及"。对于习惯了"一年四季"的我们来说，在这片热带雨林之中，最先要学会适应的，大抵上就是这里一年中的"雨旱两季"了。

这是个不小的挑战。还好我喜欢上了这种感觉：一场大雨

雨季抵达湄公河畔的金边城，与"首都"的地位比，此处有着不相称的荒芜。不过，我从此爱上了这里的云。　摄影：陈三秋

之后，便是艳阳高照，这种瞬息的变迁，容易带来令人心旷神怡的湛蓝的天际，和天空铺陈着的洁白的云朵；被天水洗涤过的空气，虽然酷热依旧，但会夹杂着淡淡的惆怅和几许隐约的清甜。这是一种撩拨游人思绪的节奏。就这样，我像一朵漂浮的云彩一样，再一次来到了湄公河畔、柬埔寨的首都——金边。希望这一次的商旅间隙，能够更进一步地亲近这座城，和这条闻名遐迩的河。

相信大家对"湄公河"的记忆无非两大类：一是历史或地理课上，沿中国澜沧江而下的那条绵延横穿至整个中印半岛的支流；一是"湄公河惨案"后中国拍摄的电影《湄公河行动》以及后来翻拍推出的热播电视剧《湄公河行动》，再次勾起了人们对这条纵贯多国的"死亡之河"以及邪恶的"金三角"的记忆。

而我的记忆还有两小段：一是几年前在曼谷夜游"湄南河"时对两河关系曾有过半认真的揣测；二是玛格丽特·杜拉斯《情人》一书开篇那句"我已经老了"，让岁月的沧桑，写尽了她于西贡河泛舟的时光和故事。这里的"西贡"就是今日越南的胡志明市；而西贡河就是湄公河的支流之一。20世纪80年代末由克劳德·勋伯格和阿兰·鲍伯利共同创作的"世界四大音乐剧"之一的《西贡小姐》，着实让"西贡"再次火了一把，当然，这是题外话了。

一条湄公河的历史，就是一部中印半岛史。一河静淌，支流纵横，自中国唐古拉山山涧的澜沧江以下，绵延近万里，河域80余万平方千米，仿佛穿越千年历史的晨霭，铺盖在脚下这片沉睡经年的苍茫大地之上，温柔地孕育着中印半岛的座座古城，不负各国称其为"母亲河"之名，与"东方多瑙河"之誉。

青藏高原、唐古拉山、中印半岛、东盟五国，就这样牵绊在了一起，全赖一河而已，壮哉湄公——Mekong River。

公元2018年7月底，我在柬埔寨首都金边，位于湄公河畔的金界赌场酒店小住了数日。每天一打开窗帘，湄公河便伏于眼前，一个美丽的三角湾尽收眼底，多次触动我期待能够有机缘一睹湄公河的日出。

月前埃及归来，已饱览千年尼罗河醉人的落日余晖，也乘着热气球在凌晨的卢克索上空追逐着日出成功飘越尼罗河。这次恰逢柬国雨季，天公能否作美一直心中没底。而前几日在西哈努克港时，每日清晨和傍晚一场阵雨几乎成了"规范动作"，再为金边坐赏湄公河日出添增了一丝不定。

一日，凌晨4点醒来，挣扎着瞟了下薄纱窗外的天际，灰沉沉一片，估计没戏，便再睡去。5点余，窗外竟然泛起刺眼的霞光，天空几近大白，虽然困意深沉，但我还是一激灵爬起床，拿上手机和房卡就往楼下冲去，然后一路小跑，过了两三个路口便到了湄公河沿岸。之所以这样，是因为根据我的经验，"日出东方"已近在片刻了——那抹霞光刺破清晨薄薄的鱼肚白般的云层之时，就是期待久矣的湄公河日出！

果不其然，在我奔跑的过程中，艳红的晨阳已经开始调皮地在云间跳动了一次，然后却又很快躲进了一块白云后面。日光在云后四散开来，让东方的天际抹上了一大片绚丽的艳红。艳红之下，是波光粼粼的湄公河；倒影重重之中，是早起的人们，乘着三三两两的接驳船——从金边码头往返于钻石岛间；河水之中，还隐隐可见已漫过"发梢"的葱葱杂草——雨季的湄公河，水量确实丰沛了许多；而河边之上，是来来去去的晨练老人，是成堆待客的嘟嘟车司机，是早起的恋人和孩童，还有一个静待下一波"日跳而出"的我。

可惜的是，一个小时过去了，日出，则貌似越躲越远了。殷红，渐渐掩去，徒剩一片有点儿刺眼的白。再然后，就是日挂半空了——雨季的湄公河，太阳真心不美，成了一处圆圆的惨白！

更要说的，是湄公河的水质。一如黄河一般的浑，又如秦淮河一般的浊，更是一潭灵气尽失的死水，一汪令人失望的深滩，和一段"相见不如怀念""邂逅凉却温存"的历史。

湄公河半残的日出下，我望了一眼身后金碧辉煌的"金界赌城"，河沿边西哈努克国王夫妇金色的画像，和马路拐角处那个残破的水果摊——摊边绵延而去的是一堆堆杂乱的、臭味弥漫的垃圾，垃圾之上飞舞的是自由的蝇，苍蝇不远处又是一辆辆待客的破旧的三轮嘟嘟车，车上的人啊，黝黑的肤色下，是无着无落的眼神，找不到可以肯定地放下的未来……

这几日恰逢柬埔寨五年一度的大选，柬埔寨人民党坐拥30万党员，势必将再次成功连任；前几日，金界楼下各个街道占满了人民党的"支持者们"，全民放假三天，享受着一天5美金的"补贴式狂欢"……毕竟，5年太久，得遇当尽欢；但，5年又太短，短如瞬息却无变迁；人生短旅也好，历史长河也罢，又有多少次5年朝夕与芳华？

湄公河的日出升腾起来了，照耀着柬国沉睡的大地，也照耀着隔壁"劲敌"——越南、泰国……同样是这个日出，将在

当被窗外泛起的刺眼的霞光惊醒之后,我知道,柬国湄公河的日出,即将随时登场。

摄影:陈三秋

"湄公河"半残的日出,并非以惊艳和壮丽取胜,它更像是这条河本身,承载着太多关于历史的厚度。

摄影:陈三秋

接下来的一天之内,照遍脚下这个星球上的每一个国度,阳光均撒,但结局呢?想必自然有异。宿命呢?会不会依然不同?哎……

湄公河的日出之后,我在金边的新的一天又要开始了……会去金边经济特区转转吧。嗯,日本人和韩国人在金边的两个集聚区也一定是要去看看的,还有柬国的"大皇宫"和博物馆……如果能再去"钻石岛"一趟就好了,听说堪比吉隆坡"双子塔"

观礼柬埔寨王国五年一度的大选,这是与中国有着深厚友谊的人民党支持者声势浩大的庆祝活动。 摄影:陈三秋

的"The Peak"项目上马了,多年之后,柬埔寨的记忆可能除了吴哥窟那传神的"高棉的微笑",还会多了这个高耸云端的钢筋混凝土加玻璃幕墙的"伟大工程"了。

数年而已,弹指之间罢了,衷心期待"The Peak"可以名就和功成。于私,柬埔寨是我在商旅之余,行走除中国之外的响应"一带一路"倡议的65个国家时,最喜爱的一方热土;从金边到暹粒,十数次往返,处处、时时洋溢着令人心动的风情或人文。于公,西哈努克港已然建成,"泛亚铁路"也即将于5年内多线开通,这个可以类比"巴铁"称其为"柬铁"的国家,与中国人民有着别样深厚的感情,其"四角战略"也必将如同中国与巴基斯坦之间的经济走廊一样,在"一带一路"倡议之下,得到融合发展,并给大家带来诸多新的商业机遇。

公元2016年10月12日,即中国国家主席习近平在出访柬埔寨前一日,通过一篇发表于该国《柬埔寨之光》报的署名文章——《做肝胆相照的好邻居、真朋友》,和文中的"肝胆相照的好朋友""情同手足的好邻居"之句,再次让我们感知到了中柬友谊的万古长存。次日,习近平主席抵达湄公河畔的金边城时,还造访了河畔最负盛名的"大皇宫",并与柬埔寨王国的西哈莫尼国王、莫尼列太后等进行了会晤。自公元1955年,周恩来总理与前国王西哈努克在印尼的万隆会议上结识后,60多年来,中柬友谊经过代代相传,好上加好,已然变成"走亲戚式"的关系了。在西哈努克作词的《怀念中国》一曲中,这位国王也用"啊,敬爱的中国……柬埔寨人民是你永恒的朋友"道出了两国情谊的厚重渊源。

如今，中柬关系持续向好，似甘露香甜，似老酒醇香，亦似友谊之树、枝繁叶茂，还像是一朵永不凋零的鲜花。而这其中，也为两国与两国人民哺育出无数璀璨的文化交往与繁荣的商业机遇。只是，对于历史上"多灾多难"的柬埔寨来说，"底子"太过单薄，影响经济发展的因素和困难也还很多，真正快乐的日子，还没有到来，而且，似乎还有些遥远。但于脚下的这方湄公河而言，我期望的是，能不能，每一次的"湄公河的日出"之下——哪怕是不经意的一次，可以看到柬埔寨人民由衷的微笑？

我热爱每一寸生养伊人的土地，每一条穿过历史走来的河流，每一次仿如心脏悦动的日出，但这次，确是美中不足，罢了。湄公河啊，希望下一次与您不期而遇的日出，是一次美丽的邂逅，日出之下，皆是微笑！

2018 年 7 月 30 日于金边，湄公河畔

02 吴哥窟的<ruby>清晨</ruby>

来到暹粒城，一定要去看看吴哥窟！一个被数度印在国旗上的宗教式建筑，一座融国都与庙宇为一体的城池，一处风尘仆仆、断壁残垣间的遗迹，一段关于古老吴哥王朝——中国人称之为"高棉王朝"的故事，一个凡人与诸神、世界与宇宙对话的"中心"。所以，看一看，准错不了。

"真腊国，或称占腊……"中国使臣周达观所著的《真腊风土记》一书，用寥寥数语道尽了当年吴哥城的沧桑与浮华。

供图：壹书局

清晨的吴哥窟,从中印半岛的热带密林间苏醒,身披薄纱,神秘莫测。
摄影:陈心佛

第 1 篇

千里之行
始于柬埔寨

对于暹粒城,或者说吴哥城的名胜古迹排名,我个人偏见的顺序安排,应该是这样的:吴哥窟,巴戎寺,崩密列,巴肯山或荔枝山、女王宫……前三个应该是当无异议的一二三;至于巴肯山,肯定是因为巴肯寺和其"日不落"了,而荔枝山则是因为周达观和瀑布,女王宫的盛名全系其精美绝伦的壁画,因此,这三者各有千秋,至于孰为四、孰为五或六,还真的难分难解。还好吴哥窟的桂冠是相当稳健的,所以,清晨,一定要先去看一看元成宗铁穆耳在位的元贞二年,也即公元1296年——700余年前便曾出使此地的大元使臣、永嘉人氏周达观在《真腊风土记》中赞其为"宝贵真腊"的吴哥窟,而我们也正是要从吴哥窟的故事说起。

如果想一睹吴哥窟的日出,那么可以5点抵达;不看日出,也要6点抵达。这样,在日升暑盛之前,吴哥窟朦胧、古朴而庄严的清晨，就会以最适宜的方式来到您的面前：一小时可以走完内圈，两个小时可以走遍外圈，半天行程可以绕完回廊，那么，这里的边边角角、一草一木呈现出的神秘和曼妙才能有机会尽入您眼。所以，选择清晨的吴哥窟，既是对礼佛的尊重，也是对时宜的评估。"在正确的时间、正确的地点做正确的事情"——清晨来访吴哥窟，正是如此。

早起，是要略带些"痛苦"的：三、四点钟起床、洗漱，准备妥当后，顶着迷离的睡眼和些许的倦意，披星戴月驱车约半小时，才能经由市区，抵达吴哥窟前的护城河边。天渐朦胧时开始排队检票，不过由于原来通往窟内的石桥，因年代久远失修已基本荒废和封闭，因此，各国游人要依次通过一座新搭建的坦阔"浮桥"，才能渡河来到吴哥窟城墙下的西门，也就是正门入口前。

西门，是的，这可能是这世间唯一一座不是按照"常识"朝南或朝东而建的伟大建筑群落。因为在古代高棉所继承的宗教文化中，"西方"乃有"下沉"之意，也常与象征着"阳性"或"生机"的东方相左，它的朝向，象征着"阴性"，代表着"死亡"。这种有违中华建筑甚至印度建筑传统的风格与寓意，无疑更是增添了几许吴哥窟的"神秘"。也正因此，可能很多人的考证会认为这里应该不仅仅是一处寺庙，而是一座陵墓，至少，应该是一座承担着祭祀、纪念、礼佛、墓室等多重功能的所在。比如，成立于公元 1900 年、声名赫赫的法国远东学院，其院长乔治·赛代斯便认为吴哥窟遗迹既为寺庙，也是陵墓。周达观的《真腊风土记》也将其记述为"鲁班墓"：国王死后，有塔埋葬；活时为寺，死后为墓；生亦相依，死亦相随。

这是一种多么深厚的眷恋啊！公元 12 世纪中叶起，吴哥王朝迎来了"黄金时代"，其伟大的君主苏耶跋摩二世通过举全国之力、终其一生打造这座世界上最大的石窟寺庙，来一显其显赫功勋，以及，对其所信奉的印度教也即婆罗门教的"三大主神"之一"毗湿奴"的纪念。苏耶跋摩二世公元 1113 年登基，公元 1150 年去世，在位时长 37 年有余，此窟便也一直修建不止；如果再加上后世国王的进一步修缮和补充，仅此一寺便修了近百年！是时，据悉其整个神庙中心曾立有一尊端坐在高愈 65 米的中央塔中的毗湿奴金像——后来换成了释迦牟尼佛像。人仰望着神、塔连接着天，而神则融通一切，也正因此，这里一度被自诩为"宇宙中心"。

由独特的"塔山"结构的西偏门而入，待黎明破晓、天空渐白，旖旎古朴的吴哥窟便能隐约映入眼帘了。据说，其是由

周长 5.6 公里的吴哥窟，是当世最大的庙宇。通过航拍图，可以清晰地看到它的全貌，包括象征"宇宙中心"的五座宝塔。

供图：壹书局

经吴哥窟的西门走向正殿时，这处路边的莲花水池，是游人驻足观赏日出的所在。
摄影：陈三秋

正殿另一侧的莲花水池，花已盛开，红绿相间，同为观赏日出奇景的佳地。
摄影：陈三秋

为国王加冕的婆罗门主祭司地婆诃罗主持设计和修建的一座国寺；虽然延续了古代印度的"曼陀罗式"建筑风格，但其贯之各地、层叠分明的"塔山"结构，实乃其鬼斧神工之作，也深深影响着此后吴哥王朝的其他教派建筑。这种结构一般分为三大层，分别为底座部位的厚重石基、拾级而上的陡峭台阶和视为塔顶的肃穆神龛；神龛中往往会供奉一神或一佛，而其下的台阶多为七十余度斜坡，因此，如欲拜神或礼佛，攀爬而上时必须手脚并用才行，可以视为五体投地般臣服。

从西偏门斜着穿过一段碎沙石和乱杂草交织的小道，就可以抄近来到吴哥窟的精华所在——主殿前，当然要想正式进入主殿，还需要走完一段高约1米、宽约10米的青石干道，如若漫步其上，步步近逼神殿，可谓妙不可言。由西门至主殿的途中，还会经过一处面积接近一个标准篮球场大小的莲花水池，池畔长着数棵高耸入云的柬埔寨"国树"棕榈树，这里就是观赏最美吴哥日出的所在了；而隔着主殿干道的正对侧，也有一个同样大小的莲花水池，两者对称分布，异曲同工，都可谓是观日出的最佳地。

走完青石主道，令人魂牵梦萦的吴哥窟便近在眼前了。自阇耶跋摩二世开创吴哥王朝以来，历600余年，大兴建寺之风，当然，其中尤以吴哥窟的规模最为宏大、最为精美、最为神秘，

吴哥窟的三重结构,处处写尽繁华,我以其三个回廊,将其整体切分成"外圈""回廊"和"内圈",方便参观和介绍。

供图:壹书局

也是目前吴哥古迹中保存得最完好的的庙宇。考究其名,吴哥窟也可称为"吴哥寺",译自"Angkor Wat"一词:该词中的"Angkor"源自梵文"Nagara",后在柬语也即高棉语中变体为"Ngkor",意指"都城";而"Wat"是高棉语"寺庙"之意;因此,两者结合,即为"都城寺庙",又因其高棉发音分别为"吴哥"和粤语中的"窟",久而久之,故而得名"吴哥窟"。中国宋时赵汝适所著的《诸蕃志》一书,将其国都之名称为"禄厄",译自"Lokor"一词,发音与"吴哥"相近,而其词也是梵语"Nagara"的裂变,可以作为"吴哥窟"之名由来的另一番佐证。此外,吴哥窟还有一个最原始的名字"Vrah Vishnulok",中国古籍将其称为"桑香佛舍",意为"毗湿奴的神殿",显然是因供奉印度教中与"创造之神"梵天、"破坏之神"湿婆并称为"三大最高主神"之一的,象征着宇宙和生命的"守护之神"的毗湿奴

吴哥窟壁画长廊中的舞者，它们都是印度教的神祇。

摄影：陈三秋

之故得名。

　　吴哥窟周长 5.6 公里，作为当世最大的庙宇，向以建筑宏伟与浮雕精致闻名于世。而其浮雕，高约 2 米，长达 800 米，遍刻于窟中漫长的四方形回廊内壁之上，完工于公元 12 世纪、补刻于公元 16 世纪，之巨之美，堪称吴哥精华之最。也正因此，为了方便记述，同时也结合吴哥窟建立之时所安排的"地狱""人间""天堂"三重结构，我将以回廊为界，将吴哥窟分为内圈、回廊和外圈。内圈坐落着五座宝塔，外圈有散落的若干佛雕，游人们可以根据一己所爱，择其一或全其三而观之，风情各有不同。

　　在其回廊的巨幅浮雕之中，多有毗湿奴的记述，如果不知"印度教"的教义、典故，是很难理解这些壁画寓意或精髓的。因此，"一座吴哥窟，半部印度教"，而这些，都可以从古印度的两大史诗巨著《罗摩衍那》和《摩诃婆罗多》中寻得蛛丝马迹，游前万望一读。熟悉了印度教和婆罗门教，洞悉了各大主神的来龙去脉，就等于手握了打开神秘近千年的吴哥窟的钥匙。当然，其后随着几代国王信仰的变迁，如果您再能多了解一些关于佛教以及其南传、汉传和藏传的外传三支，尤其是南传的上座部佛教等知识，对这里的壁画、雕刻、佛像等隐喻的了解可能会更明晰，那也就更好不过了。

比如，在董彬先生的《吴哥，沉睡四百年》中称：吴哥寺是一个由长长引道组成的"山"形建筑，寺外围环绕着一道护城河，象征环绕须弥山的咸海。但他说得还不够精细，根据印度教和婆罗门教典籍，世界的中心是一座高高的须弥山，此山的四周环绕着四座对称分列的小岳，而太阳和月亮则在小岳的山腰上绕行。四岳周围，才是漫无边际的咸海。依此教义，高棉人将这个想象中的宇宙格局抽象成几何体的这座建筑中，祭坛顶部矗立的五座宝塔，自然就是须弥山及其四岳了，这五峰共同象征着印度教和佛教神话中的宇宙中心和众神之家。而这基本上就是整座吴哥窟的建筑布局要义了。

而壁画中的毗湿奴，也称"威西努"或"遍入天"，可以说是历次与恶魔交战的"尖兵"。作为信徒无数的"保护之神"，他具无所不能的力量，维持着宇宙的秩序。与湿婆正好相反，毗湿奴的形象通常被描述为一位英俊魁梧、性格祥和的青年武士，是仁慈与善良的化身，安静地躺在"千头龙王"阿难陀龙的身上，漂浮于宇宙之海。他全身皮肤呈蓝色，披金袍，头戴金冠，脖子上挂着花环，胸前装饰着宝石，额头上有一个"V"

字形的标记；有四只手臂，分持轮宝、莲花、法螺和神仗，其坐骑是一只鹰头人身的大鹏金翅鸟，名叫"迦楼罗"。

毗湿奴，还可称为"幻惑天王"，在他无瑕的美貌与光环之下，还隐藏着令人畏惧的理性、计谋和深沉的城府！他有一千个称号、十个化身，是最善于变化的天神。在其十个化身之中，每一个化身都有一个精彩的故事，既有鱼、龟，也有罗摩和黑天，其中罗摩、黑天便为《罗摩衍那》和《摩诃婆罗多》中的人物；化身之一的迦尔基，为持宝剑、骑白马的救世主，肩负着毁灭旧世界、建立新世界的任务；还有一个最著名的化身，就是佛教之祖释迦牟尼了。遍而观之，毗湿奴的"神格"几乎是无与伦比的，整一个"完美神祇"，

图画中清晰完整的迦楼罗肖像。　　供图：壹书局

轮廓已经模糊的吴哥窟的守护神——迦楼罗雕像。

来源：陈三秋

在吴哥窟的壁画回廊中,隐藏着一幅它的创造者——苏耶跋摩二世的肖像。

摄影:陈心佛

环绕吴哥窟的外圈壁端,最不缺的就是这些曼妙的仙女神像;衣襟的褶皱、弯曲的发丝……清晰可见,细节见证伟大。

摄影:陈三秋

难怪其在凡间人们对诸神的信仰中,能够击败这么多的"竞争对手",成为传颂千年、随处可见、香火最盛、一枝独秀的主神!

另据《大正藏》记载:创世之初,是一望无垠的宇宙星海;宇宙之中唯一的存在,毗湿奴躺在"阿难陀龙"身上,不知睡了多少日月。有一天,毗湿奴"脐中出千叶金色妙宝莲花,其光大明如万日俱照,华中有人结跏趺坐,此人复有无量光明,名曰梵天王。梵天王心生八子,八子生天地人民。"也就是说,"梵天"是世界与人类的"创世主",但其又是毗湿奴所生出来的!毗湿奴睡醒后觉得梵天光创造不行,遂又孕育了湿婆来毁灭世界,于是宇宙便在毗湿奴的沉睡、苏醒中不断循环。虽然,这有可能是"毗湿奴派"的自我美化,但这也更增添了毗湿奴

上个世纪六七十年代,柬埔寨的摇滚艺人也曾以吴哥窟的壁画来作为唱片的封面。

供图:壹书局

在今日柬埔寨的大地上,随处可见关于伟大的吴哥窟的主题壁画。

摄影:陈三秋

的神力，奠定了其在诸神间的不二地位。

吴哥窟回廊中的壁画，需要逆时针观看，而这种布局方式，在天文学中，应该也隐含着往生与死亡的寓意，成为该窟实为一墓的又一佐证。自北侧起，是出自《罗摩衍那》中的，有着十头二十臂的魔王与神猴哈努曼的"楞伽之战"的故事；西侧的壁画，则描绘了"婆罗多"的两支后裔——"俱卢族"与"般度族"，也即"般度五子"与"俱卢百子"为争夺王位大战于"俱卢之野"的场景，出自《摩诃婆罗多》。南侧的壁画长廊被分为两部：其中南侧西部，描述的是《苏耶跋摩二世出征图》，即采用了蒙太奇的手法，记述了苏耶跋摩二世打败"中南枭雄"占婆，并于公元 1145 年攻陷其首都毗阇耶的这一历史事件。南侧东部壁画，绘有三十七重天和三十二重地，以及阎王持剑审判的画面，是为《天堂地狱图》。东侧的壁画主要有四组，勾勒的基本上都是印度教和婆罗门教"创世纪篇"中的天界战争故事，尤以与经典的"反面神魔"——有着九头千眼、足踩大海，或者三面六臂、手托日月的阿修罗之间的交战事件为最，如《毗湿奴与阿修罗交战图》《黑天大胜阿修罗伯纳图》《天神提婆大战阿修罗图》，等等；部分典故，后来还延续到了"印度佛教"之中。而北侧壁画最南部的一幅，就是最为经典的《搅动乳海图》了。

"搅动乳海"是古代印度最著名的"创世神话"。在吴哥窟中，艺术匠人通过高超的蒙太奇技法将这场九十二天神大战八十八恶魔的"神魔之战"再现于壁画之中；这一神话传说随处可见于整个吴哥遗迹诸群落中。这个故事说的是：宇宙最早之时，修罗（后来的"天神"，梵文直译为"不朽"）和阿修罗（后来的"恶魔",梵文直译为"死者")本是出于同一个血脉的兄弟部落。有一天,"创造之神"也是梵文字母的创制者梵天告诉他们,如果去搅动乳海,可以得到"不死甘露",喝之可以长生不老。于是修罗和阿修罗联合起来,用须弥山作为搅棒,用龙王婆苏吉作为搅绳,通过拉扯龙王的两端来搅动乳海。

乳海被翻搅不久,水族都死了;然后过了一千年,乳海中被搅出了很多奇珍异宝,还有美丽的"浪花女神",也就是婆罗门教、印度教中乃至吴哥窟壁画、浮雕之中的仙女。仙女之中,有一个叫"吉祥仙女",也就是后来毗湿奴的妻子。最后,甘露出现,但阿修罗为浪花女神媚惑,失去了甘露;甘露被修罗抢得,众神饮之,所以皆长生不死;而阿修罗,也因此失去了不死者的资格,堕入魔道。在吴哥窟的这幅长廊壁画左右,艺术大师们分别以十首魔王罗波那代表阿修罗、以猴王哈努曼代表"修罗"来重现了这一故事,场面之宏大、雕刻之传神,实在无法用语言形容。据称,"哈努曼"后来还成了吴承恩著《西游记》时的孙悟空原型,就这样,两只"猴子",共同成了风靡于东亚与东南亚,乃至亚洲各国的"神宠"。

洞观吴哥窟的壁画长卷,多有把苏耶跋摩二世暗喻为印度史诗英雄罗摩、修罗乃至毗湿奴的化身等之意。这种艺术手法,与后来的巴戎寺中直接以"阇耶跋摩七世"的本尊肖像来刻画"释尊"与"佛陀"的面孔,形成了鲜明的对比,也令"吴哥古城"的建筑水准,更加多样而神秘。

吴哥窟的内圈,以五座精美的"塔山"结构的柬式塔庙为主,辅之以贯穿其间的小回廊、天井、石阶和石柱;由于后期

这是经日本3D技术重塑后的吴哥窟壁画——"搅动乳海"之战,可惜,仍有些模糊。
供图:壹书局

中国的"孙悟空"和印度的"哈努曼",两大神猴,争宠于世界各地。或许,"楞伽之战"是仅次于"乳海之战"的印度神话!
供图:壹书局

宗教信仰的改宗变迁，里面还散落着不少佛像，当前也有些和尚入住其中，让这座沉寂经年的古迹多了些香火气息。这五座塔山神庙，可以说是整个吴哥窟的主体建筑了，来吴哥窟的人多以爬赏此五塔为主。始建之时，塔内可能均供奉有神像，如今除了一尊释迦牟尼佛，其他均已遗失，只剩下空空的四壁石窗，凭窗远眺，可以观赏到吴哥窟外吴哥古城的成荫绿树和荒芜原野，已失去了往昔的繁华，在这清晨时分，倍显颓废、寂寥和虚无。吴哥窟，也因年久失修，已徒剩宏大的框架和高耸的塔庙见证着这座东方石质宗教建筑所能达到的艺术和构造之巅。

吴哥窟的外圈，其精华所在主要散见于门楣或石墙之上的佛迹浮雕，有的小巧精美、栩栩如生，有的千姿百态、顾盼传神，需要走走停停，在门头或墙角去探赏。据说，仅仙女神像便有数千尊之多，个个细致精美，就连衣襟的褶皱和发丝的弯曲都清晰可见！

每个人的心中，都有一个吴哥窟：或壮美，或荒芜，或断壁残垣，或瑰宝散落，只看您是以何样的知识、记忆或心境去赏览了。如 5 时入，10 时止，步履轻快的话，内圈、回廊加上外圈可以绕行两周。而结束之际，暑气可能刚升腾，清晨的宁静刚破，一切近乎刚刚好，只要无雨，这应该是最好的安排了。

不朽吴哥，始于此窟；来到暹粒，万不可错过。

吴哥旧事尚多，可待多临凭吊。

2018 年 8 月 2 日于暹粒，Damrei Angkor Hotel

03 巴肯山日不落

巴肯山位于柬埔寨王国的腹地，暹粒城的西南一隅。虽然高不到百米，却因其仍为附近唯一的制高点，可以俯瞰山脚四周的寺窟芳华，所以蒙历史的垂青，山上得以建立起古吴哥王朝的最早的一批名胜古迹，并成为这个在公元9~15世纪显赫一时的高棉艺术的发源地。

也正因此，坐在山顶的历史的废墟中，遥望远处的西池，

当阳光穿过厚厚的云层，巴肯山的日落，上演了。

摄影：陈三秋

一边畅想东南近郊那恢宏的吴哥窟和巴戎寺的"高棉的微笑",一边等待着夕阳西下前后那美丽百变的云朵,和那漫天的晚霞,是一种别样的静谧时刻,也是一种沧桑的守候!

似乎所有的落日都是瞬间的——要比每一次的日出来得更漫长但去得更倏忽,所以,那日落西山之际由明转暗的刹那间的红,便变得更加弥足珍贵了。

还好,这个世界上还有这处巴肯山的落日——这是大不同的。在巴肯山巅,您所有幸见到的那闻名遐迩的落日,不仅有着长达半小时左右的穿云入海般的缠绵,而且,日斜西山、霞光散去之后,天空之城的东南西北依然缀满多姿多彩的云,可以继续坐赏,可以远眺,当然,也可以像哲学家一样,选择悲天悯人式地冥想。

巴肯山日落之后,依然有着神奇之物坚持着撑起日息后的白色天幕,让暗夜可以来得更晚些,再晚些。所以,我说,巴肯山上,日不落。

平心而论,在未登顶之前,巴肯山只是一座平庸无奇、自然而成的孤立小山丘。没有"应有"的天堑,没有"熟悉"的栈道,甚至比不上往返于金边到西港途中两侧带着飞瀑的绵延的山壑。上巴肯山的路,大都是泥泞的带着沙砾的小道,脚下不会有拾级而上的感觉,身畔也全无流连忘返的风景。所以您需要一直向前登攀,向前,向前,再向前。行而不止,直至山巅。

巴肯山的山顶原来应是一座印度教神庙——巴肯寺,寺中置放着象征父系宗祠的男性生殖器——林伽(Linga)的石雕,山下是一座四公里见方的王城,然后依着山势,通过层层石阶连接着山脚和山顶。不过现在均已成为断壁残垣。据悉,这是

巴肯山上，日落之前的如画美景。　　　　　　摄影：陈三秋

公元9世纪末耶输跋摩一世时期迁都于此地后建立的第一座大规模的寺庙群落,也被称为"第一次吴哥",而建于此处的巴肯寺就是当时的中心,也是国庙。是时,每天清晨的太阳最先照亮此地,傍晚再从这里落下,因此,既神圣,又神秘。

巴肯山上巴肯寺,这是传统艺术的标配,也体现了古高棉人对山和神的崇拜。脚下这块土地,绵延至东、西和南方的三处海域,以及北至中国的南部边界,整个区域被称为"中南半岛"。这个半岛,曾经深受印度婆罗门教的影响,形成过更早时期的"罗洛寺群落",是为真腊王国的旧都,位置约在今暹粒城东南13公里之地;耶输跋摩一世迁都于此后,历经多个世纪,再次建立起了更为宏大的"吴哥窟群落"和"巴戎寺群落"。而巴肯山上的巴肯寺,就是这后两处后来统称为"大小吴哥"的建筑群落的起点,也曾经一度是这座都城的中心。

巴肯寺的整体建筑设计采用的是印度"曼陀罗式"风格,寺中供奉的也是印度教中"三大主神"之一的湿婆。湿婆神又称"不朽之神""毁灭之神""苦行之神"等等,同其他两大主神梵天和毗湿奴一样,得到了信徒的广泛塑身和供奉。我在参观金边和暹粒多地的国家博物馆时,随处可见这"三大主神"的雕塑遗迹,且大都流传于耶输跋摩一世以及后来的阇耶跋摩七世等伟大时期。可见,古印度教之于古高棉人的影响何其巨哉。

巴肯寺据说也是仿印度教教义而建,有数层台、百余塔、须弥山等构想,其中的须弥山,就是宇宙的中心,山上住着湿婆神。巴肯寺的主体建筑一共五层,底层长约76米,有44座塔,其他各层各有12座塔,加上中央寺塔,一共是108座,暗合着印度教中宇宙秩序的总和之数。公元14世纪初,中国元代航海

『亚洲发现系列』商旅笔记第1部

The floating clouds

穿越中印半岛 **行走的云**

巴肯山日落之后的天幕,还久久地停留着几片不忍离去的彩云;当云彩褪去光亮,人间仿如堕入地狱。　　摄影:陈三秋

第 1 篇

The floating clouds

千里之行
始于**柬埔寨**

家汪大渊曾到访巴肯寺，并在其所著的《岛夷志略》中将其称为"百塔洲"，可能也正因此吧。只不过，穿过历史的长河，层层风霜，如今的巴肯山和巴肯寺都已经破败不堪、辉煌不再了；加上工程浩瀚、岁月久远，修复工作也很难进行。想必，只能择一日登顶，在落日的余晖下，一边守候着这世界上最美丽的日落，一边追忆着这个已失落近千年的文明吧！

公元2018年8月初，柬国雨季，在一天下午5点多我登临巴肯山顶。虽然一直担心雨季的暹粒城可能看不到日落，但还是选择了在山顶经过大约1个多小时的排队，并成功攀爬进了巴肯寺遗址——这里就是观赏巴肯山落日的最佳位置！

万幸，当日天公作美，云集于此的世界各地的游客：中国人、韩国人、法国人……都欣赏到了巴肯山漫长而美丽的日落。这是一种奇妙的影像：几乎每一天，当落日西垂，这些游人们仿佛被一种穿越时间的力量，集合到了这里，等待着一天中的最后一刻——大地被吴哥之光照耀，随即一轮巨大的落日划过天际，沉向黑夜将至的湄公河平原……这是一天里喧嚣之后最难得的平静。

是日，大约6点45分，阳光便开始柔媚起来，渐渐下斜。7点左右才开始慢慢穿入迎接它的云层，先是半遮面纱，然后才包裹起它全部的光芒，缓缓地、缓缓地离去，留下一抹红白相间的晚霞，和绮丽的云彩。有白如棉絮的飘忽，有灰如雨前的深沉，和着中南半岛上原始的、密布的热带雨林间的丛树梢，及古庙残垣的塔尖、拱门、石堆……成就起另外一番自然的、古典的奇特魅力！

这种独特的魅力，来自山之巅和历史的穿梭，与尼罗河畔

举世闻名的巴肯山的日落,在远处的长河之上,落下帷幕。

摄影:陈三秋

的迤逦的水上落日不同,与红海之滨的惆怅的船间落日不同,与洞里萨湖的落寞的林中落日不同,与撒哈拉中的孤独的荒漠落日不同……虽然都有历史的洗礼,也有人间的烟火,但巴肯山上的落日,会让您不由得想起这个陌生的、繁华的难以想象的王朝,和那段神秘消失、湮灭再到被重现的文明。

巴肯山的日落,不管历史在与不在,不管您来或不来,每一天,都在华丽地落下。这更像这片土地上特有的性情——孤零于这个尘世,独成一隅,芳华自赏!

巴肯山的日落,纵贯的历史是那么的久远,每一次面向黑夜的跃动又是那么的深沉,那就永不落下、长存心田吧。

巴肯山上,日会落,日亦不落!

2018 年 8 月 6 日于金陵,暹粒城初回

04　日落洞里萨湖

　　邂逅柬埔寨北部著名的洞里萨湖的日落，是一个很偶然的机会。

　　一次从金边飞暹粒，目的地只在于看发现于此地的世界奇迹之"大小吴哥"，也就是一览为很多人所熟知的"高棉的微笑"。所以一出暹粒的"小机场"，便在机场内的的士柜台约了辆出租车，准备先去入住的 Damrei Angkor 酒店。司机是个皮肤黝黑但比较精干的柬埔寨小伙子，叫 Heang Rabo，懂些英文和中文。在送我去酒店的路上，他的热情说服了我，准备第二日继续包他的车并且由他做向导，带我转下小吴哥窟、大吴哥窟和巴戎寺等等，还负责行程结束后直接送我去机场飞离暹粒。谈定之后，由于次日一早4点多，我想去看下闻名遐迩的吴哥窟的日出，所以他便提前来酒店接上了我，火速赶往小吴哥窟去抢个观日出的好位置。由于当天出发较早，当天上午就有了6个多小时的充沛时间，加上我的脚力和节奏比较快，所以，到了中午1点左右，我的全部预定旅程就圆满收官了。我是当晚9点多的飞机离开暹粒的，那么，下午就空出了一大段时间，所以，在 Heang Rabo 的盛情相邀和推荐下，我临时决定去下久有所闻的洞里萨湖。加上时间的赶巧，所以，得以一睹日落洞里萨湖的非同一般的景色。冥冥之中，一切皆是最好的安排吧。

洞里萨湖，又名"金边湖"，呈长形卧于柬埔寨王国的心脏腹地，据悉也是整个东南亚最大的淡水湖。当日一见，确是如此：除了雨季东南亚湖泊惯有的浑浊之外，湖面宽阔而平坦，加上热带雨林密布其间，湖道左右几乎全是湖水漫盖到腰的茂密的丛林，所以说，从空中俯瞰，洞里萨湖当之无愧像一块巨大而碧绿的翡翠，镶嵌在柬国大地上。而如果从历史的厚度来看，这个湖，据中国元代曾到过此湖的使臣周达观所述"这里的鱼多得连船都很难划得动"——也一直都在孕育着湖上或湖畔的暹粒民族和高棉艺术，堪称柬国人民的"生命之湖"。

在"生命之湖"中泛舟是一种美妙的体验。当日我们选乘了一艘带马达的蓝蓬尖角小船，刚从码头驶入宽阔的水域，便可以由我们自己驾驶。与开车不同，湖上会有浪，所以要懂得避开；而且当后面或迎面有更大的船驶过时，更要学会巧妙地避让——不是避开冲撞，而是远离大船疾驶而过时掀起的"巨浪"，要不然，最危险的情形就是掀翻您的小船。所以，要想熟练地驾驭这里的小船，确实需要认真观察、把握技巧，且再下一番功夫。

驾船行驶，洞里萨湖两岸风情随您看。不过，这两岸与湄公河或湄南河两岸的风景大不相同：既没有高楼大厦、绮丽灯光，也没有摇曳林荫、锦簇花丛；有的只是原始的、纯粹的湖上渔家风情。所以，来洞里萨湖，重在人文，而次之风景。

雨季的洞里萨湖,有着"一树成岛"的奇景! 摄影:陈三秋

第 1 篇

千里之行 始于柬埔寨

The floating clouds

　　这有点像是横穿撒哈拉大沙漠，您可以自由驰骋。只不过，那里是"沙漠之狐"埃尔温·隆美尔与"猎狐手"伯纳德·蒙哥马利生死对决的北非战场，而这里则是阇耶跋摩七世亲率200战舰决战占城枭雄的洞里萨湖。这场被称为"洞里萨湖之战"的战役，至今仍雕刻在吴哥城中塔布隆寺的石壁之上，是两国君王都亲自参加的旷世一战，从此占城覆灭、烟消云散。还有那公元1129年，也就是更早的时候，年轻的苏耶跋摩二世，也是从这片水域开始，带领2万将士、700艘长达30余米的战船发起了对占城的"十年战争"，并成功占领其首都——毗阇耶。历史烟云，如同过眼云烟，令人无限感慨！

　　再驶一段，您会见到两岸零落的人间烟火，那是一排排蓝顶或红顶的简易小屋，建在尚未被淹没的堤坝上，屋内大多为湖上人家和零零星星的铺子。在湖水的倒影中，在蓝天白云之下，这是比较适合拍照的所在。似乎湖上的天际更蓝、云朵更白，所以其下的光线必是更足，天空湖阔、波影重重，这便是久违了的醉人的自然风情。

　　如果您开累了——因为要驶过相对漫长的河道才能进入更广泛的湖域，那里将是我们的最终目的地，洞里萨人的家园；那么，您可以换个人来开，然后来到船头的甲板上。或迎风站立，让左右两边风景快速从身边掠过；或静坐船首，细数已在身后——远去的一草一木、诸般风景。如果您足够细心，您将会看到有一处被漆成红顶蓝楣的基督教堂，仅有一层为木质结构，比周遭的小屋略高一些，虽谈不上精致，但也非常惹眼。这是一种信仰的力量。在这片贫瘠的湖域，甚至是整个中南半岛，这种衣不果腹下的对佛祖或基督的虔诚，随处可见，也时时会让您由衷地心生起敬畏，敬畏那股来自心灵的力量。

绕过一个湖湾，两岸人烟愈足；再行驶一会，洞里萨湖的

雨季来临，湄公河的河水倒灌，形成了洞里萨湖水量暴涨十倍的湖面景观。

摄影：陈三秋

腹地便可进入视线。雨季的视界之中，水面之上会多了很多花谢之后的莲蓬青藤，小船要注意避让才行，要不然就会缠住船底下的螺旋桨，让您深陷湖上。我想，如果早来些时日的话，也许这里会莲花竞放、粉绿妖娆吧。可惜，这次终是要错过的了。

抵达洞里萨湖的腹地之后，会有好几处沿湖边而建的本地人开的商店。船舶可择一靠岸，然后穿过商店找到扶梯可爬行至商店的屋顶，屋顶之上还有个更高的大露台，爬上露台，便

第 1 篇

The floating clouds

千里之行
始于柬埔寨

可俯视周边的洞里萨湖人家的布局,也可仰待远处的湖中密林之上的日落。所谓的"日落洞里萨湖",就是在这里静赏了。

当天是 8 月之初,白昼很长,日落较晚。大约近晚 7 点,西方明亮的天际才逐渐变得柔和,日落才开始进入状态,我们迎来了长达 15 分钟左右的美妙时光。

真心不错,洞里萨湖的落日是与众不同的。在承接落日的天空和水面之间,还有"沃野千里"的水上森林,这是雨季被淹没的丛林,而此刻的我们就在森林之上。因此,从这个视角观赏,日落是在天际完成的,也是在树梢完成的。落日、云彩、树梢、屋顶……相互辉映,颇为有趣。

在此时的洞里萨湖,您既可以观赏到日藏云际,也可以观赏到日挂梢头。由于云不规则,且很难与树梢平齐,因此需要您先歪着头,在云层与树梢之间找到一个平行区域,然后一个完整而晕红的"圆"才和谐地静躺在那里,这就是那最动人的洞里萨湖的落日。落日之下,虽然没有巴肯山的飞鸟略过,但有逐渐远去的游船,有划船归家的洞里萨人,有丛林之间窄窄的浑浊的水道,和水道上密布的青翠色的莲蓬。有时,借着落日余晖下的霞光,您还可以看到被淹没树干的孤零零的一棵小树,在汪洋般的湖面上孤独而倔强的生长!依旧是那么的绿,在晚霞的倒影中,兀自芬芳。

我对这片湖很有感触——湖上的日落和湖中的人家。尤其是这里的洞里萨人,让我不经意间就会想到撒哈拉沙漠中的贝都因人。在北非的撒哈拉沙漠中,曾经上演过摩西《出埃及记》般可歌可泣的传说,这片土地上的希伯来人也终于建立了自己

洞里萨湖的日落,是从被雨季暴涨的湖面所淹没的密林树梢头上开始的。　　　　　　　　　摄影:陈三秋

的独立自由的王国;在西亚阿拉伯半岛的代赫纳沙漠中,今日的"阿拉伯人"也通过自身的努力建立起一座又一座富饶的城池。但流离至此的洞里萨人呢?他们多舛的命运又将在每一次的日出和日落间归向何方呢?

　　记得在意大利佛罗伦萨的街角,我初次见到"吉普赛人",她"老妪"的形象和我从小说中了解到的对他们的描述几乎是一模一样的。他们以占卜、卖药、贩畜、驯兽、补锅、行乞和歌舞为生,有时也充当乐师、黑白铁匠,他们备受歧视和迫害,四处流浪,饱受贫穷,他们一路从历史的风霜中走来,却与年

当落日逐渐没入天际和林间,这群"海上的吉普赛人"——"洞里萨人",他们的未来,又在哪里呢? 　　摄影:陈三秋

轻的洞里萨人隔着时空"相遇":一个在陆地上,一个在湖泊中;一个是大篷车式的随风流浪,一个是乌篷船式的避水迁徙。在这个和平盛世里,有着何其神似的快被遗忘的宿命。

公元 1940 年,也即柬埔寨为日军占领当年,第一本用柬语写成的小说出版了,其名便取自此湖——《洞里萨》。我也要写写这片水域上的洞里萨人了——在浑浊的湖光中,在惨红的夕阳下,在日落洞里萨湖之际,在往返暹粒金边之时。

2018 年 8 月 3 日于暹粒,返金边夜间

05 洞里萨人家园

探究世间"遗落"的民族及家园,是一种别样的旅行。如驰骋非洲大漠的贝都因人、浪迹欧洲大陆的吉普赛人、曾横扫西域走廊的古党项人、历三次布匿之战的迦太基人、专灭文明古国的雅利安人、纵横海上商道的热那亚人等等,都颇值记述,一探其神秘。

位于中印半岛,悬居于洞里萨湖腹地的洞里萨人,亦是如此。不过,与世间其他历史久远,或骁勇,或显赫的族群不同,也许世间本无"洞里萨人",只因其赖以生存的家园为洞里萨湖,故而我们权且使用其名罢了。

谈及洞里萨人及其家园,总不免未提笔先唏嘘。这是群没有户籍和国籍的流民,有些可能原先是越南人,有些曾经是柬埔寨人,他们因避战乱而流离至此,依湖而居、靠湖而生,后被各国及历史所遗弃,如今仍不得上岸,只能终生以捕鱼虾、水蛇或豢养鳄鱼过活,老死湖上。据悉,洞里萨人的"历史"非常之短,大致形成于20个世纪70年代末。精确点说,是公元1978年12月,越南为称霸东南亚,曾出兵10万入侵柬埔寨,

带有动力马达的小船,拖着洞里萨人的家园——"越南浮村",沿着涨落的河水,迁徙、飘摇。
摄影:陈三秋

但次年,也就是公元1979年2月,中国为了声援柬埔寨,发动了对越自卫反击战。战后,这些未曾逃离的越南将士就滞留在柬埔寨境内,而输掉战争的越南则将其视为难民而不准其回国。后来,他们便流离到了洞里萨湖,并在湖上搭建起"水上浮屋",过起了一种自生自灭的生活。

约略估计,自越柬之战始,洞里萨人迄今可能已繁衍有数十万之巨,但生活贫瘠,医疗、卫生等条件极差,寿命承受着严峻的挑战,更不用说教育了。从码头乘船往洞里萨湖腹地——也就是洞里萨人的家园行驶,沿途逾半个小时却只能看到一处破落的小学,应该来自联合国或者其他非政府国际组织的援建吧,我想。就是这样的一处所在,构筑成了洞里萨人漂泊的"家园"。

因中印半岛各国多只有雨旱双季,洞里萨湖亦然。所以,此湖也便分为枯水期和蓄水期,湖面因此而终年变迁。据悉,在旱季的枯水期,湖面面积只有 2 700 余平方公里,平均水深约 1 米;而到了雨季的蓄水期,湖面暴涨至 16 000 余平方公里,茫茫湖面最宽约 100 千米左右,平均水深可达 10 米,一举成为东南亚最大的淡水湖。由此,也便形成了洞里萨人家园最著名的一道风景——高脚屋;又因群居之人以越南遗民为主,故又称"越南浮村"。这种高脚屋,多由此地丰富的木材就地搭建,成茅顶镂空状,一般分上、下两层:雨季水漫之时,下层尽淹,洞里萨人就跑至上层居住;旱季水退,下层皆空,风从下过,上层便自然凉爽。这不由得让我想到了在阿拉伯半岛上看到的阿布扎比古时在沙漠草屋顶上所用的"十字帆",风过帆转,可以将风引入室内以供纳凉之需。两者皆聪明若斯,无不令人钦佩不已。

　　洞里萨湖,高棉语作"Bceng Tonle Sab",意指"大的湖"。中国元朝的使臣周达观也曾到达这里,并在《真腊风土记》中将此湖叫作"淡洋"。可见,其湖之大,诚不我欺。其湖从西北到东南,支流洞里萨河横穿柬国大地,直到在金边城下、小岛上海浦畔灌入和交汇于湄公河,由此而形成了一个美丽的三角湾。站在一水之隔的钻石岛之巅——加华集团开发的 GIA 大厦之上,或者置身于上海浦上的索卡俱乐部酒店窗台,均可见两河温柔地流淌在眼帘之下,共同哺育着两岸的田野、城池、文明和万千子民。而若从空中俯视,在茂密的热带雨林之间,洞里萨湖和洞里萨河更像是一件翡翠项链,拖着细长而摇曳的尾巴,镶嵌在柬国大地之上,为高棉民族的发展与繁荣提供着生生不息的力量源泉。

洞里萨河，还是世间难得一见的双向而流之河，因干流"母亲之河"——湄公河的变化而流向不同。每年雨季之时，湄公河水暴涨数倍，汹涌的河水会经洞里萨河向北流，并倒灌入洞里萨湖之中，还间接起到了防止洪水泛滥的奇特作用。而到了旱季，湄公河水位下降，洞里萨湖的湖水又开始向南流，即回灌入湄公河，补充着其终年丰沛的水系。一来一往、一去一回，交融千年的两河，就这样"行走"在中印半岛的大地上，谱写出一曲和谐的欢歌。而对于受惠于此的洞里萨人来讲，这也就形成了一种别样的人文——"水上迁徙"的家园。

这是这个世界上最勤于迁徙的民族。因湖水的涨落，一年之中，洞里萨人要迁徙5到6次。雨旱交接之际，便是他们迁徙之时：当旱季来临，一夜之间，湖水退去，水位骤降，如不及时迁移，洞里萨人作为家园的船舶就会深陷在泥泞的湖床之上。因此，湖上不能没有水，没有水，就什么都没有；而有了水，就有了希望。而当雨季来临，如不及时沿着高地迁徙，湖上风浪太大，也随时会有翻船之险，于是，另一个迁徙之季来临。"水可载舟，亦能覆舟"，淋漓精致，诚如斯言。

迁徙是用小船拖着大船远行。大船之上，改成一屋，即成家园。洞里萨人的家园，是一个移动的水上村寨，而迁徙，也就成了在水上扛着"铺盖卷"的远行。讽刺的是，这便成了游人眼中喜来一见的流浪风情。根据季节前往，可以得到满足。

当然，迁徙也是为了生存，而生存方式之一便是捕鱼。洞里萨湖是柬国天然的渔场，有着取之不竭的渔业资源；各种鱼类，多达1 700余种，由此也形成了最丰富的渔业生态系统。

这是水上的、活着的黄金,也是众神对洞里萨人苦难的反哺。

如今的洞里萨人,虽仍不得上岸生活,但已可以自由地沿河泛舟而下,渔船做屋、虾米做食,一直蔓延到金边城下的三角湾畔。也就是说,在首都金边,便可以看到星星点点的洞里萨人用船拖着行走的"家园"——像极了吉普赛人迁徙的"大篷车";虽然他们的到来可能会给岸边带来些许的混乱,但这是一种生存的选择,也倒逼着柬埔寨王国的政府和民众,要正视他们的存在、关切他们的未来。由此,目前的他们,像散落欧洲的吉普赛人般又多了一份新的"职业",那就是乞讨。

洞里萨湖上的孩子们会耍蛇求生,洞里萨河岸的孩子们靠乞讨求活;人生如斯,不忍直视。而在遥远的非洲大地上,同龄的孩子们可能会穿越在危险的公路上,向往来的车辆兜售着冰镇的矿泉水或低廉的电话卡;战乱中的阿拉伯的孩子们,则

这是多年前的游人,为洞里萨湖上的孩子们留下的一幅珍贵的照片。如今,这依然是他们真实的生活面貌。　　供图:壹书局

"亚洲发现系列"
商旅笔记第1部

The floating clouds

穿越中印半岛
行走的云

随着河水迁徙的,来自洞里萨湖的小姑娘。希望大家去柬国旅行时,可以为她们带些漂亮的衣服。　　摄影:徐万全

在游人必经的餐馆门前熟练地向着远方的客人们叫卖骆驼沙瓶……相比而言,可能老挝的孩子们还是幸福多一点点的——他们讨生活的"战场"变成了安静的夜市,很少有空洞的乞讨,代之以贩卖精致的服饰或者古朴的纸灯。缅甸的孩子们较之稍微弱了些,或者是沿着景区围着游人叫买着印有风景的冰箱贴,或者是提早出家做起了"预备"小和尚——乞讨变成了化缘;男孩或女孩,小沙弥或小尼姑,着白色或粉色的僧袍,经常是赤着脚,从曼德勒到茵莱湖,

数不胜数。无感者视之为风情，有感者视其为苍凉。

世事本无常，生活亦多艰，不想，竟自孩子们始！洞里萨人家的孩子们是不幸的，但显然，在这个纸醉金迷的"大千世界"里，他们并不"孤单"。只是希望，这样的不"孤单"，能够越来越少，且越少越好。

据说，洞里萨湖上的孩子们，在不会走路时的玩伴就是父母亲抓回来的拔掉毒牙的蛇，所以他们从小便不再怕蛇。这应该也是大多数柬埔寨人的共性：视蛇为神，不怕近近。传说中柬埔寨的诞生也与"七头蛇神"有关：高棉王子爱上了蛇神的女儿，也就是"龙女"，为了给女儿置办嫁妆，蛇神便喝下了一些洞里萨湖的湖水，呈现出了柬埔寨的大地，自此，湖与大地共同构建了今日的柬埔寨王国。这也难怪金边最负盛名的"赌城"金界酒店称为"Naga"了，其梵语之意正是"蛇神"，而且，还是印度教义《创世纪篇》之"搅动乳海"中的那个蛇神！至今，这座蛇神的雕像仍然屹立在金界赌场侧畔十字路口的绿道之内，以及柬国的万千历史遗迹之中。

洞里萨湖的孩子们稍微大一点时，可能还会有更多一些的游乐活动。穿行在洞里萨湖之上，可以看到两岸沿着河堤已经修建起简易的足球场或篮球场，也有人家经营起了斯诺克。至于船家的孩子们，可能会因多与外部接触之机，而有机会先行用上手机。再"富贵"一些的人，就能开一个小小的超市，游人自是不会光顾的了，但可以供洞里萨湖人家自给自足，也算是改善一下枯燥单调的生活，可谓"善莫大焉"了。

随着时间的推移，尤其是在雨水退去后，洞里萨人偶尔也

洞里萨人的湖上生活。美丽的霞光与荒芜的家园,冲突中述尽苍凉。

摄影:陈三秋

会在泥泞的滩涂上种起水稻。佛祖甚为慷慨,受其眷顾,此地的水稻最多可以一年三熟。湖堤边,还搭建起了猪圈;泊船上,也开设起了医院;湖中的浅水处,则种满了莲藕。围着莲蓬,是一条条紧挨着的船,这些船,就是洞里萨人的整个世界。

在洞里萨湖家园的集聚地,也就是在深入洞里萨湖之中时,您还可以看到大人们经营的、用风干的椰子壳一切两半涂色而画成的装饰彩碗。显然,洞里萨人的智慧和工艺是很难驾驭这种"作品"的,绝不像柬国丝竹岛的人民能够直接织就的粗布花围巾,也不像缅甸茵莱湖的人家能够直接手工制成的银项链,这些椰子彩碗当属舶来品无疑。不过,这里的椰子汁应该是原汁原味的,看着洞里萨人娴熟生猛、三下五除二便能削出果肉的刀功,我想,很难有人能够抵得住它的诱惑吧?那就坐下来,买上一个,大口大口地吮吸,然后找个异乡的朋友,聊一个椰子的故事吧。

　　天渐晚，日渐落。可以爬上屋顶或船顶——已经"傻傻分不清楚"了，去看一场"日落洞里萨湖"的奇景；也可以去看三三两两的小船，从四面八方划至或开来，那是晚归的洞里萨人。再怎么如是漂泊，终年水上，也总有一处，是他们不管身在何方都会魂牵梦萦的"家园"，且无所谓破败与脏乱。

　　世界可以遗忘他们，国家可以丢弃他们，但他们不会自弃，如此便能拥有自己的家园。不论辛劳，不问贫瘠，也不必在意是在陆地或者水上；安得一所，可供流浪的灵魂在疲惫之时安放，活有依靠，死有所托！

　　这里是中印半岛腹地、热带雨林之间，这里是洞里萨湖，湖上，有群洞里萨人；这里是洞里萨人的湖，洞里萨人的根，洞里萨人的家园。

2018年11月19日凌晨，于金陵东郊

06 西哈努克的*海*

此处的西哈努克,指的是柬埔寨王国的一个经济"特区"——会让人很自然地想到中国的深圳。对的,柬埔寨王国在首相洪森的带领下,为了对标学习中国成功的改革开放发展经验,特意做了这项制度上的安排。所以,为了践行"行走世界,遇见未来"的人生理想和格局,公元 2018 年 7~8 月间,经停柬国首都金边数日后,我来到了这个已经习惯于被简称为"西港"的特区,洞察机遇。

当西哈努克港成为"特区"之后,这番怡人的自然风情,还能留存多少、多久?!

摄影:陈三秋

"西港"的城市标志——"母子双狮"。不知道这两头狮子，能不能像当年领导柬埔寨进入"黄金时代"的高棉民族的"狮王"——西哈努克一样，引领今日的西哈努克港走出困局、走向辉煌？

摄影：陈三秋

第 1 篇
The floating clouds
千里之行
始于 柬埔寨

从金边驱车出发，约6个多小时，便可以在一块巨大的"西哈努克经济特区欢迎您"的中文招牌的指引下，进入今日如火如荼大建设之中的"西港"。在城市的中心，有一个环形小广场，广场正中，一对金色的"母子狮子"雕塑，醒目耀眼，仿佛在诉说着关于这座迎来"新生"的"小城故事"。确实，"西哈"二字，在古印度的巴利语中，正是"狮子"之意；当年，西哈努克国王的祖父为其取名之时，也确曾寄予一份厚重的希望——希望将来的这个孩子，能够像勇敢的"狮王"一样，领导高棉民族和新的"金边王朝"，走向新的伟大与辉煌。如今，柬埔寨也正以该王之名，和这尊双狮雕像，来祭奠那些逝去的光荣岁月，并表达对今日此城的祈愿与厚望。

0059

暴雨袭来之前的西港码头。很难想象,这般静美,竟然凋零到为"垂钓军团"所攻陷。
摄影:陈三秋

西哈努克港的码头,何日可以重现吴哥王朝盛世般的绚丽和辉煌?
摄影:陈三秋

我在西港入住的是洁白而美丽 Chan Boutique 酒店，西港的海和沙滩近在咫尺，因为有它们的存在，莫名其妙地，西港获得了欧洲旅游和贸易理事会评选并颁发的"2016年度世界最佳旅游目的地"大奖；又稀里糊涂地在公元 2017 年 1 月 29 日被美国《国家地理》杂志评选为"全球十大海滩"之一。所以，我想，就以"西哈努克的海"为题，来谈一些我对西港乃至柬国未来的感想吧！

西港的海在地缘上属于暹罗湾也即泰国湾的中东部；东有胡志明市，南有新加坡，西隔马来半岛，北有泰国曼谷，因此，从"海滨之城"的区域定位来看，并无优势——甚至可以说竞争的劣势非常之明显。为了"眼见为实"，我专程去了趟西港码头。客观点说，西港码头打造得还是不错的，格局不弱。给港口门卫付了 10 美金"小费"之后，我们便很顺利地驱车而入，然后在我的示意下，司机载着我们沿着码头兜了一个基本上完整的圈。虽然 7~8 月份是柬埔寨的雨季，我不知道是否会对西港的航运带来影响，但是，我看到了一个修葺崭新的码头却几乎处处空空如也。也可能是泊船吨位不够，但当天无论船只大小，我只看到唯一的一艘货轮在不紧不慢地填装着集装箱——有些工人躲在一边抽着烟，所有的人对我们的莫名到来熟视无睹。港口内人气最旺的地方，则是另一群比我们更牛的"非法闯入者"——本土的"垂钓军团"。在与这一"军团"一瞬间的照会时，我觉得，西港码头一定更适合钓鱼——这也许就是它的宿命！与地理位置无关，与交通配套无关，与人勤与否无关，与中国支持无关，甚至与所有的客观存在都无关，用韩国现总统文在

西哈努克的海，是以安静取胜的，与泰、越等国的繁华形成了鲜明的对比。如今，这里赌场林立，不久，将静谧不再。

摄影：陈三秋

寅《命运》一书中回忆已逝的前总统卢武铉的话来说，这就是命！命理如此，无怪西东！

西港的海岸线可以说是致命的，即使有"历史性的巧遇"——也就是我停留西港期间日日"天公不作美"，但直觉告诉我，西港的海，浪过大，风过疾，雨过多。三者得其一者，都不能说是上帝眷顾过的海——失去了这层"垂青式"的眷顾，即使造物主赋予了您一片海，也不过是一处说多不多说少不少的平庸的海，仅此而已！我一向觉得做人如此，做事亦然，一旦摆脱不了"平庸"二字，都只能尽早认命，越努力越感伤，因为，永远抵达不了梦想的彼岸。一座城或一片海的道理，何尝不是如此呢？！

西港的海沙是柔软的，沙滩上随手可以拾捡的紫色的贝壳是美好的，海的深远之处是飘忽的云和孤独的小岛……我不知道这些能不能救得了西哈努克的海。但在我看过太平洋边的"悬崖餐厅"，大西洋畔的"姆苏鲁岛"以及印度洋沿线诸多崛起之城后，我明白了"洋和海"的差异——我一直感觉差异太明显，但我找不到贴切的词语来形容它。

我思来想去，就冒昧地说一句：格局不同吧！所以说，更不用谈波斯湾的阿联酋，红海畔的赫嘎达，阿拉伯海、地中海、日本海、爱琴海、黑海、白海、死海、里海等等，就连我一向认为最不像海的中国的东海和南海，以及凑凑合合的泰国的芭堤雅、越南的岘港等等，都是西哈努克海难以逾越和匹敌的"山峰"！

虽然我对西港的走访和了解不多，而且我也一向，如不思前想后从不盲目议论，一城一池、一人一事、一情一物，但我确已离开了西港，可以预判的是可能再次亲临的机会也不会多，除了那栋记忆中的白色的"小而静谧"的酒店，此后，我可能很难再忆起我曾到过这片"名不副实"的海——我甚至觉得，这一海，还配不上那栋终将经久屹立的带着一个水上小酒吧的Chan Boutique 旅馆和二楼那面浴室旁的"奇遇之镜"。西哈努克

西港的海沙，黑且柔软；天际，云舒云卷、变幻多端。不知道这些，能不能拯救它的宿命。　　　　　摄影：陈三秋

的海，是对这个世界无知的悲催，是坐井观天的"井底之蛙"，真的，也许，这就是命——柬埔寨的宿命！

不过还好，柬埔寨还有一条跟我们的黄河差不多浑浊的湄公河，那一定是要好过印度古国那"悲惨"的恒河的，只是要比古埃及留下来的尼罗河要差很多而已。这都不要紧。要紧的是，它有着很多"河上的故事"，比如"湄公河惨案"，再比如玛格丽特·杜拉斯笔下那部经久不衰的《情人》，等等，悲喜不论，只要有"故事"就好——好过西港那个徒具其名的"西哈努克"！

对于这个多灾多难的古王国甚或年届花甲的新王国而言，老国王西哈努克之名还是颇有些国际知名度的——至少对于中国历史课60分以上的人来说，还算是"人尽皆知"的。可惜了呀，西港的未来要让"西哈努克"四个字蒙羞了，至少在我看来，西港的未来——无解！为了快速地、激进式地刺激西港的发展，柬埔寨的法律向这里的商人开放了设立赌场的"特殊待遇"；数年之内，大几十个赌场如雨后春笋一般，遍地开花。除了将城市原来的面貌破坏殆尽之外，还滋生了无数新的问题，比如拥堵、喧闹、打架、枪杀、毒品、情色等等。不管是"东方的拉斯维加斯"也好，还是"柬埔寨的小澳门"，似乎，能够见到的，只有它的负面与不足。

在迅速从世界各地涌入城中的外国商人大军中，最惹眼的，似乎"永远"都是中国人。如今，这个"华人群体"，仍在以惊人的速度与日俱增。这一度成为柬埔寨政府建成此城的希望。但我想，纵使有十余万也好，还是二十万也罢的精明的中国人"眷顾"此地，而我还从来没有听说过外国人成功救一国人民于水火的先例，主观也好，客观也罢，要么就是我孤陋寡闻，要么就从未有过甚至刹那间想过！外国人从不是上帝，也不会是天使，"天助自助者也"，他们都不过是为名利而来、为名利而归的"过客"，是一群无根的鸟儿，怎么会有心去经营起一座大好的城池呢？！

不能仅仅去期待战争，以此来换取西港的"江湖地位"，这样不科学，也很残忍。我不懂军事，但既然选择了在经济上大力发展西港，那么，战争之下，西港的明天岂不更是灾难深重？用一场或数场战争来证明西港的价值，既是"和平年代"的谬误，也不可能令其于战火中"涅槃"。

西港的未来，属于柬埔寨人民！要觉醒，要勤奋，要有思想、有眼界、有格局、有魄力的人民！否则，西港的未来终将继续沦为"无解之城"。也不要寄希望于"时间"，最公平、最昂贵的时间，是没办法叫醒装睡的人的，因此，一人一物、一家一国，

我对西港的记忆，戛然而止于这些层次分明的海浪；除此，再无其他。　　　　　　　　　　　　　摄影：陈三秋

发展在于机遇，而功成必在觉醒！

要么，就跟随我，一起忘却"久病难医"的西哈努克之海吧，先去经营好湄公河，哪怕是洞里萨湖也行啊，总比去驾驭一个脱离时代、脱离世界、脱离国情、脱离人性的西港"特区"要好得多吧？"老天不负有心人"，虽然这次柬国领导人大选，人民再次选择把选票投给了"德高望重"的人民党领袖洪森，但如果他依然叫不醒这片土地上已沉睡千余年的人民，那么，柬埔寨王国的历史一定不会永远为他歌功颂德！历史的铁券，只会为勇者去书写，所有白色的纸张记录的"历史"都不过是写在沙滩上的，所有贪恋权势和富贵而无力带领人民获得尊严和荣誉的人的历史，都将是一种罪过——一种误了一代人甚至数代人改变命运之梦的"罪魁"，和怠慢时光、错失机遇的"祸首"！

柬埔寨王国是自由和有梦的柬埔寨人民的，但西港却不是西哈努克的海，所以，在夜深人静之时，这个"无解之题"，也即"无解之城"，正在悄悄地告诉你我：觉醒吧，我的海，我的人民——也许有一天我依然籍籍无名，但我想告诉世界，我来过，且从未离开；我试过，功成既在天定，更在人心！

西哈努克的海，期待被读懂！

2018 年 7 月 29 日于金边，NAGAWORLD 酒店

07 铐锤岛的*故事*

第 1 篇 The floating clouds
千里之行 始于**柬埔寨**

世间本无"铐锤岛"之名。

公元 2018 年 9 月 2 日,我与诸友人再赴西哈努克港,并入住于西港海边位于 Otres 2 路上的塔慕酒店——这下我食言了。不久前,我曾倍感失望、百感交集地离开了这里,并希望这是我今生第一次,但也是最后一次抵达这片宁静而平庸的海域。但这次,因为要招呼朋友,不得已,竟然在这么短暂的别离之后重返西港,只有感叹世事无常、岁月弄人了吧。

"塔慕"即 Tamu hotel,门前的道路虽然异常崎岖,不敢恭维,但酒店确还不错,经过一个临路的深深庭院和隐藏在林荫绿植间的大门,就是一个法式味道浓重的、古朴的接待大厅了。而对于游客来说,一楼可能有些潮湿,尤其是雨季,无疑会影响些卧室被褥的舒适和房间里的味道,但二楼还好,不仅室内相对干燥,霉味渐少,连枕与被都没有低楼层固有的些许潮湿。所以说,整体还是不错的:二楼不仅可以抽烟,还可以透过阳台和酒店后门的院墙,远眺不远处的海;而眼前的脚下,还有一个绕酒店三面居中而建的天井式游泳池,如能畅游一番,甚或在雨中，必是惬意有加的。

　　总的来说，这片海是安静的；虽然有些海域和海岛已经开始繁闹起来，如高龙岛、高龙撒冷岛、胜利海滩和索卡海滩等等，甚至还有的赢得了名不副实的"国王海滩"的美誉；至于说要媲美马尔代夫，可能更需要不少的时日，毕竟周边的巴厘岛、苏梅岛、塞班岛、长滩岛、沙美岛、普吉岛、芭堤雅、仙本那、兰卡威等等，乃至夏威夷、东帝汶，其风景之美好，足够西港经年累月地向游客狭窄的心底里去争夺一己的定位和阵地了。周尽可能唯一一个相对美丽有加的岛屿——富国岛，在历史的

从塔慕酒店的海滩上远眺，视域中会出现一座略显寂寞的小岛，点缀成海岸线的一道难得的风景。　　摄影：陈三秋

变迁中,虽然与柬国近在咫尺,却已成为越南的领地,十分唏嘘。

不要误会,今篇我们要说的故事,与诸海岛作为度假胜地的攀比乃至所有与旅游相关的事宜均无关。我们要讲的是一个"哥伦布式"的小小故事,哈哈,当然距其发现新大陆的壮举和伟大,还有着十万八千里都不止的距离。

一日,我们在海边早餐后,天空下起了细雨。细雨撒在西港的海和沙滩上,诗意盎然,却阻碍了如期的出海。所以,我们只能静静地躺坐在海边的咖啡屋里,远远地眺赏着层层涟漪般海面及海天相接的浓云。这时,一个时常进入我们视域的小岛,莫名地引起了我们的兴趣——这是一个离我们的海滩或者说塔慕酒店最近——应该不到 3 公里吧,也是一个看似荒芜但依然青翠繁盛的周遭最小的小岛。我们目测了一下,此岛方圆百米足矣,真可谓是被人间遗弃的最迷你的小岛了吧。

"它叫什么名字?"我们忍不住彼此问道,但无人得知。OK,那么,我们就帮它起一个合适的中文名字吧。我查了下几国的电子地图,其中在中国的"百度地图"上,找到了这个岛屿有个英文名字叫"kaoh Toch Island",豪爽一点,我们就按音译把它命名为"铿锤岛"吧!因为在古代中国,持锤者又被称为"金瓜武士",而此岛孤悬暹罗湾畔、西港海外,颇有孤胆英雄、铿锁山河的气概,寓意契合,相信风水学理也不错,就这么定吧。然后我们在地图上成功申请了认证——这就是"铿锤岛"的故事了。

世间岛屿常有,而"铿锤"之名不常有;一如众人皆知《鲁滨孙漂流记》,但知鲁滨孙浪迹之岛叫"安·菲南德岛"者可能

来了很多次西港,这座无人荒岛依然孤独无名,我们权且将其命名为"铈锤岛"吧。

摄影:陈三秋

寥寥。惟愿在历史的岁月风霜中,这一铈锤小岛,这个"孤胆武士",能够成为这片安静但终将不会再长久安静下去的沙滩独特的符号和记忆——它终是从历史的烟云中走过,一生孤独,但不再寂寞!

2018 年 9 月 29 日凌晨,于金边 Bobaiju 寓所

08 白马的蓝脚蟹

"白马"非"王子",亦非《西游记》中唐僧之坐骑"白龙马",而是柬埔寨南方一隅的滨海小城——"白马市"是也。

从金边出发,沿 3 号公路南行 160 余公里,过贡布,临泰国湾之滨,即为白马城。这是一座方圆 300 余平方公里、数万人口的柬埔寨的小直辖市。在进入白马市和前往磅乍叻的岔路

这尊白马塑像就是白马城的标志,静静地矗立在岔路口的环形广场上。　　　　　　　　　　摄影:陈三秋

口，有一座漂亮的白马塑像，这就是白马市的象征了。

如果说起风景、名胜、海滩，白马作为一个海滨城市可以说连西港都不如，更不用说周边各国的万荣、巴色、青岛、廊开、蒲甘等小城了。但是白马有一绝，便令其闻名遐迩，值得驻足了，那就是它有名而独特的海产——蓝脚螃蟹！

如假包换，这里就盛产着这么一种蓝色钳脚、颜值一流的螃蟹。而且，如果您是沿着海边行走的话，除了可以看到一尊像丹麦的"美人鱼"般立在海边的雕像，笑望大海；您还可以看到另一个别致的雕塑竖在海上，那就是一只半蹲着挥舞螯钳的蓝脚螃蟹。看到这只螃蟹，您便可以骄傲地告诉您的朋友们，

白马城有名的"蓝脚螃蟹"雕塑，而这一独特的海产，更令此城声名鹊起。

摄影：陈三秋

您就在白马了。相信，这只蓝蟹雕像和白马雕像，一蓝一白，在当下，应该都已经成了白马城最显著的标志。

不过，白马雕塑是只能看的，而蓝脚螃蟹则是可以吃的。沿着"白马海滩"的细沙和微浪，踱步前行，一会儿，您就会看到一处难得繁华的螃蟹市场，不远处还有一个胡椒市场，这里应该是白马人气最旺的所在了。一入螃蟹市场，就会有一群当地女人拎着或抬着看似刚出海不久的装满蓝脚螃蟹的箩筐向您围过来，不用担心听不懂她们的语言，一切都会尽在不言中的。那就是，她们可以啥也不说，直接拥着您，熟练地拿出一只又一只，一个比一个大的螃蟹给到您面前，熟练地翻过螃蟹的身体——用一堆蓝脚，去征服您的视线、您的大脑，然后是您生津的味蕾。您还可以摸一摸，拿起来都没问题，因为您基本上都会忍不住这么做——要么是好奇，要么是验证，要么是拍照——总会有个原因，让您情不自禁地让某只蓝脚蟹莫名地来到您的手上。不要担心蓝脚蟹的伤害，她们早就把它们的两只大钳子用一种独特的方法绑起来了。买还是不买，不是个问题，因为，她们不会强求，只会深信；深信只需要关心您是买多买少和要不要就地用起她们早已经准备好的炉灶烹饪起来。如果您像我一样，被瞬间征服了的话，那么，我们就非常愿意建议您用切开入味、大火热炒的方式了。10美元一公斤，足够两人份，来上这么一个"标准版"，保准让您觉得物美价廉、口感超值。

如果您还是一个对环境特别讲究的人，不要紧，打上包带走即可，去附近的 Sailing Club —— 一个海边餐厅，选个临海观涛的座位，或者来到他们延伸到海里百十余米的栈道，顶着白云，

沿着"白马海滩"的细沙和微浪踱步,不远处就是人声鼎沸的螃蟹市场。 摄影:陈晓羽

刚从白马海里捕捞上来的"蓝脚蟹",虽然个头不大,但确属美味无疑。 摄影:陈三秋

白马城中的 Sailing Club,是一个漂亮的海边餐厅,在它的栈道上,临海观涛,可以一尝何为"与天比肩"。 摄影:陈三秋

面朝大海席地而坐,都可以助兴增色几分。这样应该是足够完美的了,总不能带着蜜汁饱满的蓝脚螃蟹奔到附近的山巅或海边的别墅去吧?但,还真有人这么做了,那又怎么样呢?只要您愿意。确实,赏美景,尝美食,可为之狂!

谁叫这里是白马,是一座可以任性,可以发呆,可以让人流连忘返,也可以让时间静止的小城呢。基本上没人会管您的放纵,只会担心您不够法兰西,不够纵情!

这里可是东方"田园生活"与欧洲"庄园文化"的融合之所啊。小小的蓝脚螃蟹,积淀着东西世界曾经交织的"青葱往事",和了不起的"白马风情"。在郯郯的,泰国湾里;在绵延的,波哥山下。

白马市的蓝脚螃蟹之名望,真不是盖的。不管是在"柯耐邦查",还是在"雨林别墅"——这两个地标性的度假村;也不管是在青翠的白马山下,还是在迤逦的红树林畔;更不管是"沙莫朗西庙""兔子岛码头",还是白马市的每一个记忆里……蓝脚螃蟹,那个鲜活的上帝造物,那顿回味无穷的"蓝蟹夜宴",都在向世人诉说着,有一段人生的旅程,应该叫做白马城!

2018年9月29日于白马,回贡布途中

09 消失的城

　　贡布，现已越来越多地被称为"贡不省"，但我独爱称其贡布城。自从玛格丽特·杜拉斯的《情人》一书开启了人们对西贡城的留念后，想当然地，"贡布"二字，已成我愿意恪守的记忆。就让我继续在旅途中，任性只此一回吧。

　　贡布的城市印记是个硕大的深褐色熟透的榴莲雕塑，雕塑的底座上还堆满了各色雨林中的水果，像一篮筐果蔬的大丰收，也告诉着我们这座城的物产和荣耀。当然，这份印记是物理上的，更可贵而难忘的记忆，则是精神上的，像往事一样，如烟又如风。

　　贡布城的记忆，先是焰火一样的漫天晚霞，从道路两侧的林荫间、稻田上绽放，是那么的嫣红，经久又经久；在一个细雨后的傍晚，这抹绮丽的红晕，夹杂着灰白天际的薄云，一路布满白马到贡布旅途的天空，是那么的醉人，仿佛不深刻不罢休。

　　如果是傍晚时分抵达贡布城，建议一定要入住在"珊瑚湾NATAYA酒店"，这里濒临泰国湾，您必定将可以饱览，满天晚霞泻于水面，红蓝相间、海天两色的奇景，无疑这会更进一步加深您对贡布的第一层记忆！而不远处，连绵起伏的富国岛

第1篇 千里之行 始于柬埔寨 The floating clouds

NATAYA 酒店的海边栈道，是贡布城中一道难得的绝美风景，可以在此守候令人心旷神怡的日出或日落。　　摄影：陈三秋

轮廓，也深植在海的一方，渔舟唱晚，飞鸟掠过，蓬莱仙境不过如此。第二天，您还要起个大早，来到 NATAYA 酒店蜿蜒的海边栈道，来到它的尽头的蓝顶茅屋，凭栏远眺，静候天际泛白，而后片片桃红，日出东方。这是海滨渔村独有的别致一景，岂容错过？！在这宁静的晨时，总会驶来三两艘渔船，这是贡布人"远方的家"——他们在"家"中面向大海一次次撒下渔网，收获着一天天的生活。"祖祖辈辈，皆是如此吧。"我想。靠山吃山，靠水吃水，靠海的人，或许更容易丰收吧。

　　晨曦中的泰国湾的乐趣，显然不止于此。摇曳的来自椰林、来自海面的清凉的细风，也是中南半岛少有的恬静；还有那成

来贡布是看波哥山的，不想却意外收获了它片片桃红的日出前景。
摄影：陈三秋

贡布清晨海面世界的无尽肃穆与旷世静好，有着穿透灵魂的力量。 摄影：陈三秋

成群结队的小鱼儿，在贡布的海面上，欢快地跳着舞蹈。
摄影：陈三秋

群结队，时不时在海面上翻滚跳舞的银色小鱼儿，亦是难得一见的顽皮和可爱。当然，NATAYA酒店本身古朴的、隐世般的栋栋圆顶别墅屋，和它那硕大的园林，以及幽静的林荫小道，也是自带风情。所以说，来到这里，酒店的最深处，才可谓"方识贡布"。

当然，更多的人莅临贡布，是因为它的第二层记忆——

个鬼魅一般的，容易在雨雾中整体消失的贡布城。这是人们最"熟知"的贡布了，这一切最好的"脚注"，源自贡布之巅——波哥山。

波哥山无疑是贡布河畔的璀璨明珠，其以千余米的高度屹立在中印半岛的西南边陲，成为柬埔寨绵延数百公里的豆蔻山脉的精华所在。

我们抵达波哥山的时候，岁月的洗刷已经几近抹平了斑斑"锈迹"：上山的路已经变为通途，掩去了当年法国殖民者用高棉狱犯的生命才凿出的艰辛险道的泪痕，30余公里的登顶，变成了半个多小时的车程；山巅之上，公元1925年的情人节当日开张的波哥皇宫赌城（Bokor Palace Hotel），几经沧桑，已经改建成焕然一新的坦苏尔波哥酒店（Thansur Bokor Hotel），酒店中餐厅的位置极佳，可以眺望窗外平肩的白云，酒柜上那些上了年份的红酒，彰显着浓浓的穿透历史的贵气；不远处，新建的坦苏尔索卡赌场（Thansur Sokha Hotel）已经华丽开张多时，门前硕大的流瀑广场，告诉我们，这里必将再现一百年前的波哥盛世和繁华。

可能唯一变化不大的是山腰上高约30米的洛叶茅女神像（Lok Yeay Mao Monument，又称"茅奶奶"），依然平静地俯视着苍生，守护着这片海上的子民；拜祭者，依然如云。茅奶奶对面的山上，西哈努克国王50余年前兴建的避暑行宫——黑宫（Black Palace），慌乱经年中给此地平添了几许皇家气质。这位中国人民非常熟悉的国王，还曾重修过波哥皇宫赌城，并在此拍了一部名叫《波哥玫瑰》的电影；此后，也不知从何时起，这处一度废弃的所在，竟成了多国恐怖片的取景之处，美国人

这是从波哥山之巅的坦苏尔波哥酒店远眺的比肩白云与山下密林。
摄影：陈三秋

蓝色的建筑群落即为坦苏尔索卡赌场，它是贡布城中、波哥山上，最显著的新地标。
摄影：陈三秋

一尊洛叶茅女神雕像，守护着贡布城中于海上讨生活的子民们。
摄影：陈三秋

在这里拍摄了《幽灵之城》，韩国人则拍摄出了《R高地》；也许正因如此，原本可以风景如画的波哥山，在人们的记忆深处却变成了一座"波哥鬼城"。

说真的，如果是花季的艳阳天里或者是雨过雾散之后，立身波哥山巅或者是在波哥皇宫赌城的后花园俯瞰，漫山遍野收入眼帘的会是各色盛开的鲜花、葱绿的丛林、奇美的云朵，还有那宽阔的、湛蓝的海湾，这分明是原始雨林难得一见的绝美画卷啊！听说如果运气不错的话，还可以见到濒临灭绝的金钱豹、印度象、马来熊……那奇异的来自猪笼草科的，可以与马德望的"猪肉草"齐名的"阴茎花"，还是兀自地、成片地在阳光下性感而挺拔地绽放——谁能想到与鬼魅之城的联系呢？

如不身临其境，确感匪夷所思。尤其是到了那处红锈斑斑的法式老教堂，虽只百年，历史一瞬而已，但它的沧桑，是令人动容难书的。尤其是在雨季：雨来之前，极目远眺，山野苍翠，白云悠悠，各个山头的精致建筑沿着蜿蜒的山道逐一呈现，山脚下的池塘边，几处荒芜的村屋点缀其中，一派隐世风情；而雨来之后，则先是斜风细雨，打在教堂的斑驳间，很快便成了乌云密布，间或透露些光，映衬着教堂之上的灰沉的十字架，仿佛安藤忠雄麾下户外版"光之教堂"——耶稣曾说："我是世界的光。跟从我的，就不在黑暗中行走。"您，听到了吗？！

再然后，就是阵阵浓雾，开始迅速地飘散，汇聚，飘散，再汇聚……然后便成了乌云压顶，而浓雾从平地而起，这是鲜有的"上下左右"的同步聚合，已远远超脱了视觉的欣赏，最后，这世界就成了一团浓到散不开的混沌，分不清是雾还是云在作祟。山脚下的车辆和山路不见了，对面山顶的赌城、酒店不见了，高耸的输电杆不见了，郁郁葱葱的绿不见了，近在咫尺的教堂的斑驳的红不见了——贡布城，消失了！

一连多次，每次的雨中，贡布城就要消失一次，这是怎样的一份记忆啊！遥想当年在美国旧金山太平洋畔浓雾中可以消失一半的悬崖餐厅，那是有过之而无不及啊！

贡布，真的是一座容易消失的城池啊！有时，是在无情历史的烟云中，曾经被荒废五十年！有时，是在细雨卷起的云雾中，几度被隐去片刻。鬼魅之城，幽灵之境，若隐若现，名不虚传！

我想，这番奇景应该独属于波哥山上吧。山野间的"波哥瀑布"依然在游人面前梯级地流淌，山脚下的贡布河也好，图超河也罢，依然温柔地流

一场雨后，风裹挟乌云而来，将布的"老教堂"，映衬出一幅"光之神迹"
摄影：陈三秋

第 1 篇

The floating clouds

千里之行始于**柬埔寨**

波哥山上,红锈斑斑、长满青苔的法式老教堂,已经荒废若干个年头了。　　摄影:陈三秋

乌云自贡布城中袭来。整座城已经消失大半,然后复以压顶之势向"老教堂"卷来。摄影:陈三秋

最后,当乌云幕布般铺下,最后的阵地——"老教堂",也随着整座贡布城,彻底消失在浓雾之中。　摄影:陈三秋

在图超河畔醉人的塞纳风情中，最适宜单取一杯咖啡饮。这是让时间静止的节奏。

摄影：陈三秋

贡布城中，图超河对面的远山，在云雨来袭之际，也会瞬间消失得无影无踪。

摄影：陈三秋

着；河之两岸，塞纳河似的风情孕育出两排法式街道，临河就餐或取一杯咖啡饮，都是很不错的选择。就让时间在河边静止吧，哪怕只是瞬息。

听说这座位于"象山"山麓的小城，还有一处盐田，如果运气不错，水天相连，在光影变化之中，天际仿若触手可及，可以看到"天空之镜"的梦幻与震撼。因故未能一睹，此说也不知真假，可为他日，邂逅完马来西亚瓜拉雪兰莪码头，抑或青海乌兰的茶卡盐湖以及玻利维亚的乌尤尼盐沼之后，再做评定吧！

对于一个即将作别贡布城的人来说，对这座城是有着几许感念的。很多人的旅游，是让风景从眼前闪过，而，真正意义上的旅行，应该是让风景，甚至一座城，从自己的灵魂穿过；在柬埔寨行走，您可以不去金边，忘却西港，但您不可以不去暹粒，还有贡布。暹粒的吴哥窟和贡布的波哥山，有着惊人的相似：都曾在历史的章节里极尽荣耀与繁华，又都曾无情地被这莫名的尘世所遗忘；还好，众生皆平等、诸事有轮回，"巴戎寺的微笑""崩密列的沧谲"以及"吴哥窟的日出"和"巴肯山的日落"，足以令暹粒不朽，相信贡布城和它的波哥山，也终将不会再在历史的长河中"消失"或者湮灭，它们也终将直面而来，穿过迷雾，穿过岁月，穿过灵魂！

2018 年 9 月 30 日于贡布，返金边归途

10 湄公河上泛舟

在美丽的中印半岛，每一个湄公河流经的国家，都会用"湄公河游船"来招待四方宾朋。如今，在蜿蜒近 4 000 公里的湄公河流经的东南亚五国，游船已经成为一项知名、浪漫而廉价的旅游项目。

在金边日落之前，要先登上湄公河的游船。有了白天的参照，然后静待日落，再一赏晚间河畔幻影重重的灯火，就是完美。

摄影：陈三秋

夜幕将临，灯光渐起，这是湄公河上白昼与黑夜交替的沉醉时刻，与岸边的风景浑然一体，一幅大美天地之情。　　摄影：陈三秋

当然，作为中印半岛诸国的"母亲河"，有如中国的黄河或非洲的尼罗河，湄公河还有着繁茂的支流，所以，也就造就了不同国度泛舟其上的细微差异。如，在万象，最著名的游船项目，肯定是发生在湄公河之上了；金边的游船，往往是始于湄公河，但约行至一半，便会与洞里萨河交汇，就此形成了一个三角洲状；万荣小城的游船，对于湄公河来说，是有始有终的——这里只有它的一条漫长而秀丽的细支，我们称其为"南宋河"，或曰"南松河"，一次往返历时半天，堪称"游河之最"；琅勃拉邦是佛祖眷顾和庇佑之城，湄公河与南康河形成的"臂弯"，合抱成这座千年不老的山谷之城，在这里，尤其是沿着浦西山的山脚泛舟，山水交融，美不胜收。

而如果要往上追溯至其发端地——位于唐古拉山畔的澜沧江水系，并且算上中国境内的漾濞江、威远江、子曲，泰国境内的蒙河等支流以及老挝的色邦亨河和柬国的洞里萨河，那么，湄公河的大家族史就愈加声名显赫了。顺流而下，湄公河过金边后，分成湄公河和巴塞河两支，即为所谓的前江与后江；而后入西贡也就是今天的胡志明市，先是形成六支，然后再分九路河口入太平洋畔的南中国海而终，此举既成就出越南的九龙江，还形成了半岛上最后一块近 5 万平方公里的沃土——湄公河三角洲。

湄公河真可谓是中印半岛璀璨文明的孕育之河了；当然，如果再算上流经泰国全域的另一条长河——湄南河，那么，这片神奇半岛的历史便可以说囊尽于此了。两条河，一条流经呵叻高原，一条发自掸邦高原；一条被赞为"东方多瑙河"，一条被誉为"东方威尼斯"；一撇一捺，写尽了这方雨林大地的浪漫与情怀。当然，位于老缅泰三国交界的臭名昭著的"金三角"例外。

因故，单依湄公河来说，泛舟其上，即是静赏日出日落、激流瀑布等娇娆瑰丽的岸景和月光之下灯火阑珊、游人如织的夜景，也是在邂逅那些昙花一现、争相怒放的世家王朝和英法岁月。金边城湄公河的日出之下是繁忙的渡船和上班的人群；万象城湄公河的日落之中，则是席地而坐的他国游人和老挝式广场舞：一河两国，多重风情。

在流经老挝北部、临近柬国边境之时，湄公河的"腰"突然宽了起来，汇聚成一处雨季之时长约 50 公里、最宽 14 余公里的河道。待旱季河水退落，这段"宽腰"会出现数以百计的小岛；如果再把小渚、沙洲都算上，数量过千，就此得名"四千美岛"，为湄公河流域第一美景是也。若乘游船在群岛间的水系中穿梭，河风弯过小岛，变成温柔吹来，轻拂游人的面颊，纵使湄公河上处处可以泛舟，唯此处堪称第一。

"四千美岛"不仅岛美景美，还在近郊孕育出了一条世界上最宽据悉也是流量最大的瀑布——孔恩瀑布！远超同出一国的琅勃拉邦的白雪瀑布和光西瀑布。"湄公河上的尼亚加拉瀑布"因此得名。

湄公河自上而下，经孔恩瀑布猝然一跌，流入柬国境内。经上丁到桔井，积聚成了一大片激流险滩与冲积平原交错的漫长地带。而后到了磅湛，从空中可见常年河水泛滥所形成的一个宽阔的冲积带。等到了金边，湄公河，就变成了一条温柔的"小绵羊"；河之两岸，棕榈绿意婆娑、红蓝房屋疏落，极尽另一番大师级的构图之美。

泛舟于夜幕之下，也不失为浪漫之举。以中国为例，古有夜泊秦淮河，今有夜赏黄浦江；长江往上溯，南京、武汉、重庆等地的夜游观光也已流行多时；越南岘港的夜游韩江虽然与之相比还是有点小儿科，但分明也开始热闹起来；"东方之珠"香港的夜游香江才是真的美轮美奂，不负维多利亚港之盛名。

至于湄公河的夜游，我觉得最美当在金边。作为"亚洲新虎"，柬国的首府金边这些年的高速发展是有目共睹的，而其最明显的标志，就是沿湄公河畔林立起来的摩天高楼了。虽然目前的数量还不够多，且一半在建一半稀疏；附近的"鸭子岛"（Koh Dach，亦称达赫岛）的开发，可能还需要更长久的时间，但还好有"钻石岛"（Koh Pich，原名皮奇岛）和"上海浦"（Koh Oknha Tei，奥哈泰岛）这两颗"明珠"，与隔岸的灯火——尤

从瑰丽国际酒店上俯瞰时下灯光璀璨的金边夜色，与白日里的建筑风情，您会知道关于这座城的未来该何去何从吗？

摄影：陈三秋

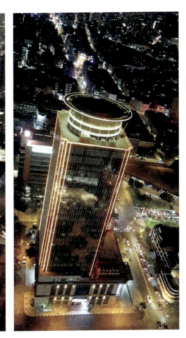

第 1 篇

The floating clouds

千里之行
始于**柬埔寨**

远处的那幢最高的建筑物,便是当下的"金边之巅"——瑰丽国际酒店的所在地。这里彻夜不息的灯火,昭示着金边也有极尽奢华之所。　　　　　　　　　　摄影:陈三秋

河畔的大皇宫前,是成排的旗杆。其上,绘有吴哥窟图案的柬埔寨王国国旗,迎风飞扬,风情灼灼。　　摄影:陈三秋

其是河边法式风情街的街灯和当下"金边之巅"瑰丽国际酒店（Rose Wood）秀出的霓虹，迎面向游船涌来之时，确也漂亮非凡。虽然我对金边城的未来抱持着一己的异见，但不得不说，在这里夜游一次湄公河，还是相当不错的选择，值得体验。

如果说一条河会有一个故事，那么，置身河上，泛舟而行，便是对这个故事最正确的阅读姿势了。湄公河是穿过多国、穿越历史而来的，如果要说故事，那一定是多多的。高棉王朝也好，澜沧王朝也罢，都是深具故事性的。如果您想更进一步地走进它，阅读它，建议一定要选择一次湄公河上泛舟的机会；它们大都受惠于湄公河，湄公河也基本上缀满了它们的历史，一如尼罗河、多瑙河、莱茵河、泰晤士河、伏尔加河等等对流经之地的那些伟大国度的成就。

因此，从某种意义上来说，泛舟湄公河上，就等于在打开中印半岛的半部历史，等到与您记忆中的另半部课堂上的"中印半岛史"相遇后，您才可以傲娇地说：中印半岛，我，来过了，读懂了。

认识中印半岛，当从湄公河上泛舟始，抑或终！

总归要有一次，方为刻骨铭心！

2018 年 10 月 5 日于金边，湄公河泛舟之后

11 马德望的星空

马德望,是一个在世界历史名城云集的烟云中,"不值一提"的小城;深嵌在柬埔寨的中部腹地,洞里萨湖之西、豆蔻山脉之东。很多人都不知道它,因为它经济落后,且躲活在暹粒城恢宏的吴哥窟的阴影之下,旅游也搞不起来。所以,它基本上一直都在扮演着默默无闻的角色,古往今来,依然如斯。也有一些人会知道或者记住了这座安静不过贡布、整洁不过万荣、美丽不过清迈的小城,大多是因为它沃野千里的良田和"柬埔

登高远眺,沃野千里的良田,便是马德望最显著的特征;间或还有成片的椰林,甚是养眼。
摄影:陈三秋

寨粮仓"的桂冠。

其实,马德望在历史长河中,也并非一直一无是处。

公元1860年的一天,一个名叫亨利·穆奥的法国年轻人来到这里,向东,穿过这里的原始森林,然后,一刀——开山刀——砍在了一块古老的石上。不,那是石像,一尊遗落在这片雨林的神像。神像散落一地,是为"吴哥古城"。他就此写下"曾经愉悦与荣耀的舞台,成了一片废墟"之言,从此,吴哥窟惊现人间。

细翻历史,您还会看到,在多次的暹罗与吴哥之战,或者后世的"泰柬战争"中,马德望,还都曾是暹罗大军的集结地——战火从此点燃,也曾因此而数度易手,经常消失在柬埔寨的版图之中。

大卫·钱德勒在其所著的《柬埔寨史》第4版中曾记述,公元1794年,柬埔寨的西北诸省,含马德望在内,被置于暹罗的控制之下,以换取其对安英二世国王在乌东(乌栋)执政的承认;随后,暹罗在公元19世纪30年代重建了马德望城。直到公元1907年4月,柬埔寨的"保护国"法国与暹罗签署协定,才正式收回马德望。随后,在法国的钻营下,马德望一举发展成公元20世纪20年代柬埔寨最繁荣的省。只不过,这种繁荣是昙花一现的,这与邻国的强弱有关——公元1939年6月,暹罗改名"泰国",期图一统傣人,成就傣族之国,柬国便"阴云密布";这也跟当前的局势相同——当国家经济战略重心向南迁移至金边城后,马德望的没落只是时间问题了。对于一个主权羸弱、人才昏聩的国家而言,是很难同时支撑起多座锦绣之城的。

公元 2018 年 10 月 6 日，礼拜六，适逢柬埔寨"亡人节"，连着周末的五天大假期，在断断续续堵车大军的间隙之中，我来到了位于桑格河畔的马德望，并且再一次记住了它。确实，实至名归。

一早由金边城出发，开车沿 5 号公路向北偏西一路前进 300 余公里，历时约六七个小时，在途经磅清扬、菩萨等地之后，马德望就近在眼前了。

和白马城的"白马雕塑"、贡布城的"榴莲雕塑"，以及金边城的"大凯旋门"和菩萨城的"小凯旋门"一样，马德望城也有一处作为城市印记的雕塑，由于很多人都讲不出它具体的名字，我将其称为"捧着国王的权杖的黑煞神"。因为，在高棉语里，"马德望"的意思就是"国王丢失的棍杖"。在即将进入马德望城的一个圆盘广场上，一个全身乌黑的神像，双手捧着这枚"国王的权杖"，默然接受着世人蜂拥而至的朝拜。这就是我所说的，马德望的"城市印记"。

关于这尊通体乌黑的神，还有一个传说中的版本。说的是有位牧羊人，无意中捡到一个"魔法棒"，便想成为神，于是就用"魔法棒"跟神斗争，但最终还是落败了。牧羊人一气之下就把这根"魔法棒"扔掉了，而掉的地方，就成了今天的马德望。后来，神还是原谅了牧羊人，还找回了"魔法棒"并交托给他；牧羊人有次用这根"魔法棒"煮饭吃，不过煮出来的米饭是黑色的。牧羊人吃后，皮肤也就变成了黑色。这就是我眼前的"黑煞神"的由来了吧。

关于"马德望"之名由来的神奇的传说，还有另一个更加完整的版本。与上一个版本不同,这一版本的传说可以说更具故事性。说的是大约在1 000多年以前的某天,有一个放牛人捡到一根红木制成的棒子,当他触摸到这根棒子后,突然有了神奇的变化:浑身皮肤变成了黑色,而且有了神力,变得力大无穷。更神奇的是:棒子指向哪里,牛群就会走向哪里;棒子扔向哪里,哪里就会毁灭。一段时间之后,拿到棒子的放牛人开始厌倦现在的生活和地位。有一天,他梦见自己当上了国王,于是,他借着棒子的力量,发起叛乱,杀死了国王,并取而代之,开始统治这片土地。国王的儿子,也就是太子则逃到一处森林并出家为僧。当上了国王的放牛人,一天做了一个奇怪的梦:在梦中,他获知自己在位7年7个月又7天之时,会有一位骑着白马的僧人来推翻他的统治。梦境让他感到害怕。为了保住王位,放牛人决定邀请境内所有高僧进宫,一遍将他们杀

手捧"国王的权杖"的"黑煞神",既成就了马德望之名,也成了该座城的印记。

摄影:陈三秋

掉免除后患。太子闻讯后也决定出席。于是他便离开森林上路了。途中,太子遇到一名隐士,隐士赠予太子一匹会飞白马。太子骑上白马、身披僧袍,继续赶路,很快就飞到了王宫。放牛人一看,梦里的场景竟然真的出现了,为了保住王位,他将棒子扔向太子,企图杀死太子。但棒子的魔法消失了。放牛人见状,知道大势已去,就逃走了,从此再也没有人知道他的下落,而太子也成功地登上了王位。

放牛人扔下棒子的地方,就成了今天的马德望。因为,"马德望"即"Bat Tambang",其中的"Bat"在高棉语中有"丢失"之意;而"Tambang"就是"棒子"。那根神奇的棒子后来化成了一条河,也就是今天的桑格河。这条河,从传说中而来,经久地孕育着这座马德望城。

进入马德望城之后,我们先是在一个叫作"Phka Villa Hotel"亦即"皮卡别墅酒店"的地方住下。这是一个非常幽静的所在,加之整个城其实都是非常恬静怡人的,所以,马德望城给我留下的第一印象就是宁静,很少有被热闹侵蚀的痕迹。尤其是在皮卡别墅酒店幽静的天井一般的庭院,围着中间的泳池,十余栋迷你独立小别墅环绕成一圈,可以坐赏棕榈的摇曳,以及户户门前各色别致小巧的花花草草;世外的喧嚣,全然不见了。到了晚上,十月的雨旱季交替时的暑气退净,置身庭院之中,仰望星空绽放,记忆的思绪无尽涌来,心境不一,也就风情不同。

"皮卡别墅"酒店的主人在每一间有客入住的房屋门前点燃起一支蜡烛,并固定在入门地面的花丛旁;加上清寂而细腻的晚风，和天际升起的繁星——这就是中印半岛的大地和马德望的星空啊，那一闪一闪的星，无法不勾起游人们儿时的记忆：或在夜晚的池塘边，或在纳凉的麦场上，或在村头席地而坐听爷爷讲故事的大树下，或在聚成一团露天看动画片的一台电视机旁……

马德望城的星空，是会让人思乡的。和故乡皖北大地的星空、撒哈拉腹地的星空，一样的寂寥，一样的惆怅。人，总是要成长，要行走远方的；这些本都是儿时的期待，如今，却都回不去了……

马德望当下的星空，终是让人明白起光阴似箭，岁月如梭。

其实，马德望城又何尝不是如此呢？在历史的境遇中，马德望也曾有过鼎盛和辉煌，那是一段法国人经营此地的岁月。而今有幸保留下来的那些分布在马德望河畔的法式建筑和遗迹，还可以让人偶然间畅想起当年这座"东方小巴黎"的浪漫姿采，不过是只言片语而已。马德望，真的已经失却繁华很多很多年了；马德望河畔的晚餐，也找不到浪漫的感觉了；对面 Psar Nat 即"中央市场"高耸的钟楼的指针已经脱落多时，唯剩下空洞的针眼，诉说着它的破败与凋零。

在星空或天际下，马德望城的精华要往外走——为数不多的好景致，多分布在周边的城郊或村落。建于公元 10 世纪的埃克寺，算得上是早期高棉艺术的代表，因其名称为"Wat Ek Phnom"，所以也被译为"埃普农庙"或"沃耶农寺"。巴南寺的 359 级登顶台阶，及其构成的山道，掩映在绿树丛中，加上山顶的 5 座分布于东、南、西、北中各方位的高棉塔庙群落，

马德望城郊的巴南寺的5座小塔,确实会给人"小吴哥窟"之感。
摄影:陈三秋

确实会令人们找到一水之隔的暹粒城的"小吴哥窟"的感觉。盛世的吴哥王朝,遍地寺庙,说的,可能就是此般景象吧。

至于此地的另一道风景——农沙帕山,本来是美好的,山上不仅有华丽的寺庙、精美的壁画,还有好几处风格各异、色彩各异的佛塔;立足在山顶或者山腰,还可以远眺山下苍翠的原野和山谷间的雨林人家;如若是巧遇一场嗖乎的雨,雨再带起白云和乌云,山涧之中,雾气蒙蒙、云彩袅袅,仿如桃源仙境,诗书画卷。

农沙帕山在今天之所以毁誉参半,我想应该是由于半山腰的两处居中相连的"杀人窟"吧——这是柬国"红色高棉"时期处决人犯的所在,那个杀人如麻、不问因果的年代,至今仍为"杀人窟"留下几堆惊人悚然的白骨。如今,山洞中已供奉起一尊金黄色的"卧佛",就在白骨堆之侧,供当地村民和游客参拜，意在祈祷罪恶远去、人间和平吧。而说到"卧佛"形制所常采用的"右手支起头部，左手舒放左膝，而后依右胁平缓侧卧"之势，还不得不提一下我们蜚声海外、家喻户晓的"唐僧"——玄奘法师。据史料所载，其圆寂之时肉身的最后姿态，便呈此番"卧佛状"！

　　在农沙帕山上，听说还有一处"蝙蝠洞"，那里在每天傍晚的五六时许，会有成群结队的蝙蝠，迎着晚霞，遮天蔽日般飞出；有时还会倒挂满树枝；已成著名一景，但未能得见。还有一说，"蝙蝠洞"是在波神山，可在落日余晖下观赏到同样的蝙蝠出洞的撼人风景，但也未能一见。有时间驻足此地的朋友，可以通过询问当地村民或向导的方式去探究一二，以补我之缺憾。

　　马德望远郊的村落间还有一湖，名为"干冰杯"，湖中莲花盛放，可以乘村民的渔船泛舟；湖中有棵大树，生成"一树成岛"的奇景，堪比在洞里萨湖看到的被雨季淹没至腰的"一树孤独"美景，可以成为马德望城的另一番记忆。马德望的景致之外，也有几处著名的"人间烟火"：纺织厂、麻袋厂、变电站，还有穿越历史的博物馆、法属殖民时期的政府楼，等等。可以为游人增添更多的关于这座中南半岛内陆腹地稻米农城的印记。

　　我到马德望之时，还是一年之中的雨季，所以，我印象中的关于马德望城的记忆始终是绿色的：道路两侧的绿荫、田间地头的稻草、路埂之上的棕榈、绵延起伏的青山，等等，无一不是绿意盎然，无处不是绿色拥簇。我想，马德望城本该就是一座绿肺之城吧。不过，也许到了旱季，稻米熟透，还有另外一番短暂的黄绿交织也说不定呢。无疑，那将是这座城的又一

农沙帕山上的寺庙,是以明亮的壁画见长的,虽然规模不大、水准有限,但仍然令人印象深刻。

摄影:陈三秋

农沙帕山上的这处5层浮屠碑亭,很是精美,属于典型的高棉式建筑风格。

摄影:陈三秋

左右两洞,就是令农沙帕山毁誉参半的"杀人窟",内中见证着柬国"红色高棉"的罪恶与疯狂。

摄影:陈三秋

种记忆了。

最后不得不专门说一说的是马德望的火车印象。我想其最值得品味之处应该有两个：一个是模拟的"竹制小火车"，一个是真实的"蓝色火车桥"。蓝色火车桥是马德望现有进出火车经常途经的一座钢铁之桥，因为铁轨的斑斑黄锈与蓝色的桥面交融映衬，背后是湛蓝的天际和飘忽的云朵，景物情致构图不俗，且不输于南京城老浦口火车站的"光阴隧道"，是可以拨冗一览的。而马德望的"竹火车"，当地人叫"Bamboo Train"，则是个已经风靡多时的奇葩景致。早期在马德望境内，有些因战祸而荒废下来的铁轨，由于火车不再行驶，再加上当时遍地地雷，附近的村民便发扬生存的智慧，在这些铁轨之上搭建起竹筐和马达，制作成"竹火车"，作为日常的交通工具。后来，这种"新颖"的交通工具引起了前来此地的外国游人的注意，并逐渐发

马德望的"竹火车"非常简陋，但乘上去体验一番"风驰电掣"的感觉，也很不错。　　　　　　　　　　　　　摄影：陈三秋

展成一个体验性旅游项目。待柬国政府重新管理起铁路系统时，就有人就近沿着山坳坳复制出了"职业"的"竹火车公园"，"正规军式"地接待起游客来。公园里还建起了柬式高脚屋，售卖水果、烧烤等等。乘坐一次，来回约一个小时；由于需要人工换轨和调头，会有一定的休息间隙，可以拍拍照、喝椰汁；所以来马德望，像各国游客一样，花上5美金，试坐体验一下这种露天的"竹火车"，感受一下不同于过山车的风驰电掣的感觉，还可以沿途看看群山、棕榈、稻田、牛群，消磨假日时光如斯，何乐而不为呢？顺带感叹一下马德望人自有的马德望式的生活智慧。

我觉得，马德望终将会重拾起旧光阴里的辉煌，褪去破败，昂首奋发的。这个曾经的"国王丢失权杖"之地，也当不负其名，承担起王国的权重职责。关于马德望城未来的一切美好，就让我们下一次，有机会的话，继续在它静寂的星空下，或泛舟于"干冰杯"之上时，再续吧！

马德望，再见；再见，马德望！

2018年10月6日于马德望，Phka Villa Hotel

12　世界的吴哥窟

一生至少要去两次吴哥窟，一次去看风景，一次净化心灵！风景，当然是吴哥王朝盛世最卓越的风景；面对千年不变的"高棉的微笑"礼佛，可以净化心灵。

公元13世纪，当周达观来到这片土地，面对这个当时世界上最大的城市并写下《真腊风土记》时，我想他的内心会有同样的感触：吴哥城是吴哥的，更是世界的。

吴哥窟亦然。作为世界上最早的高棉式建筑，六百年吴哥王朝古迹中的重中之重，称其为"柬埔寨的国宝"自是错不了；而其在诸多吴哥遗迹之中，能够延续近千年而仍然保存相对完好，无疑，这是对世界文明的馈赠。一如中国敦煌的莫高窟，既是一国之宝，也是世界之珠。吴哥窟，是世界的，当无异议。

吴哥城中，有大、小吴哥之分。"大吴哥"指的是"吴哥通王城"，占地近9平方公里，由阇耶跋摩七世国王所兴建，也是吴哥文明光辉时代结束前的最后国都；城内如今散布着多处著名的吴哥遗迹，如"巴戎寺""巴芳寺""癞王台""空中宫殿"和"战象平台"等等。而"小吴哥"，就是人们一般意义上理解

远眺密林间的吴哥窟,"护城河""十字王台"历历在目,"须弥山"和"金字坛"也俱壮硕非凡。

供图:壹书局

环绕吴哥窟的"护城河",既有军事防护意义,也蕴含着精妙的建筑艺术——它平衡着雨旱两季的"地下水",确保高耸的塔尖不倒。

供图:壹书局

的吴哥窟，由第一位一统高棉帝国的国王苏耶跋摩二世修建，其长约 1.5 公里、宽约 1.3 公里，因占地面积比吴哥通王城要小很多，故称"小吴哥"。

作为"小吴哥"的吴哥窟，自公元 1992 年被联合国教科文组织列入"世界文化遗产名录"之后，次年起，30 多个国家参与其保护性修复活动，以补柬埔寨一国之力所不足。所以说，历史是有国界的，而遗迹可无国界，为世人和子孙后代留下这些宝贵的物质财富以壮其精神，乃世界之共同使命。

至于冠之以"世界的吴哥窟"而不负其名，我觉得单从其建筑艺术来讲，主要有三，分别为内圈的塔山、外圈的雕塑和长廊的壁画。

内圈的塔山，其实是一群小金字塔式的寺庙，在高高的台基之上，矗立着五座宝塔，如骰子上的五点梅花图案。其中，四座偏小，位于四隅；一塔独大，巍然正中：其布局与印度的金刚宝座塔相似。而若从空中俯瞰，一道清澈如镜的正方形护城河，围绕着一个长方形的满是郁郁葱葱树木的"绿洲"，"绿洲"正中正是那座"一塔独大"之物，是为印度教中"须弥山"的"金字坛"，而护城河则成了"咸海"。这印证了古印度传统中的"宇宙论"，并以这样的一处人间建筑布局来象征着浩瀚的宇宙结构，"金字坛"即为宇宙的中心。想必同诸多都曾功勋卓著的伟大君主一样，已经建立起丰功伟绩的苏耶跋摩二世，也期望着能够通过这样一处无比虔诚的所在，来打动神祇，并在死后，实现"人神一体"，甚至，获得永生吧。

内圈之中，围着中间"须弥山"上的"金字坛"，每一层都

吴哥窟的这些陡峭惊人的"天阶",除去死亡,或许还有莫名的爱情存在。 摄影:陈三秋

有回廊环绕着五塔。登顶五塔的台阶皆很陡峭,均需手脚并用才能攀爬,以示拜神的虔诚。过往这些台阶还都不曾有扶手,法国殖民时期,一位官员的夫人还因此而摔下身故,所以,这些台阶便得到了"死亡之梯"之名。后来,不得已,便在东北角的台阶外修建了一处木质扶梯,以解游人之需。此扶梯至今仍在,其古朴可与吴哥窟融为一体,基本上没有破坏整个吴哥窟的风情,只是每次排队

都要久候,消磨去不少游人的耐心。

内圈的五塔之间,间距甚为宽阔,宝塔与宝塔之间靠着游廊连接,仿如迷宫。一般会因这些游廊,将内圈至回廊之间又分为三层。看过王家卫执导的《花样年华》的朋友们应当知道,在其第二层西侧,有一处适合埋藏人间秘密的所在。根据柬埔寨的传说,从前的人们,在想要说出自己心里的秘密时,就会跑到山上,对着一个树洞进行诉说,说完就用土把洞口填起来,这个秘密就会得到神祇的庇护。在《花样年华》中,主演梁朝伟所饰的周慕云,便是来到这里,对着吴哥窟石壁上的一个小洞,倾吐着他那段终将不了了之的情感,并用杂草将这个秘密永世封缄。而且,在剧中涌动的背影,令寺中的小沙弥也为之动容。多年之后,还是梁朝伟的那个伤感的背影,勾起一个名叫林若宁的作词人的思绪,并就此创造了《吴哥窟》一歌——"望见你隐藏你戒指便沉重,心声安葬在岩洞……只得幽暗的晚空记得"。经久传唱。

吴哥窟外圈的雕塑,主要散见于门楣和石墙之上。门楣之上多为成组的浮雕,呈三角形构图;雕刻细腻,幅幅生动,每幅皆自成一个神或佛的小故事,可以耐心赏阅、细细品味。而石墙之上的雕塑,则多以随处可见的女神像为主。蒋勋在其《吴哥之美》的新版序中对此描绘道:"吴哥窟的墙壁上,每一个女

内圈石壁上的仙女神像浮雕,保存或修复得相对完整。这种丰满的雕塑风格,明显受到古代印度宗教文化的影响。摄影:陈三秋

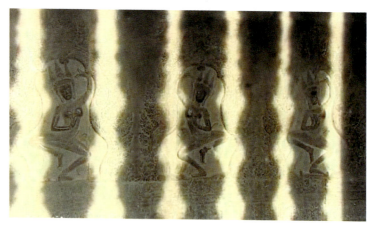

透过廊柱的光影,吴哥窟壁端的每一个仙女,都在迎光曼妙起舞。

摄影:陈三秋

神都在翩翩起舞。上身赤裸,腰肢纤细,她们的手指就像一片一片的花瓣展放。……女神常常捏着食指、大拇指,做成花的蓓蕾形状,放在下腹肚脐处,表示生命的起源。其他三根手指展开,向外弯曲,就是花瓣向外翻卷,花开放到极盛。然而,手指也向下弯垂,是花的凋谢枯萎。东方肢体里的手指婀娜之美,也是生命告白。生老病死,成住坏空,每一根手指的柔软,都诉说着生命的领域,传递着生命的信仰。"蒋勋之言其实并不限于吴哥窟的女神雕塑,还包括柬埔寨的歌舞、戏曲,如果您不了解他们特有的手指的寓意,也基本上是"对牛弹琴"了。这种用手指之势,甚至手掌放在身前身后都能喻指花开花落的艺术手法,正是"高棉艺术"的奥妙所在。而今,这一艺术被呈现在吴哥窟的墙壁之上,通过个个精美传神的女神,来传承千年,深值一看。

  至于吴哥窟回廊中的壁画长卷,更是其精华之最。一处壁画,两部史诗:《摩诃婆罗多》与《罗摩衍那》,既尽现了古代印度两大史诗的奥秘,也一展苏耶跋摩二世征伐必胜的不世功勋。要花上数小时,逆时针一一细赏,才能不负吴哥之行。

  加上这一次,一年之内、数月之间,我已到吴哥窟两次。一般至少要两次吧:一次内外遍赏,一次查漏补缺。因为,不管您多仔细,都还是会很容易丢掉未曾发掘的历史片断或者细节之美。吴哥窟的故事,太多太多。那就再一次亲临吧,相信每来一次,都必然会有更新的体会。您甚至会觉得,来的次数越多,而知之则更少。这一点都不奇怪,因为这是一处奇迹的所在。吴哥窟,向来不缺乏奇迹。

古老的东方可以再度傲娇千年了。从中国的古长城,到印度的泰姬陵,从脚下的柬国小吴哥窟,到印尼的婆罗浮屠,这些并称的"东方四大奇迹",无疑在千百年后,仍将占据着历史最厚重的一页,令世人瞻仰,代代不息。吴哥窟是世界的,这"四大奇迹"也是世界的。世界很大,大到可称"大千世界";世界很小,小到终归"极乐世界"。这是两个世界,一生一死;这又是同一个世界,诸般轮回。对于这两个世界最完整的诠释,可能就是脚下的这座吴哥窟了,"生为国寺,死为王陵",生生死死,人神一体。

欢迎来到吴哥窟,洞看世界,两个世界!

2018 年 10 月 10 日于暹粒,Angkor Paradise Hotel

13　暹粒城的黄昏

暹粒城不老，正青春。

傍晚很长，而黄昏只在片刻；暹粒城，就在这白天与黑夜、日与月交替之时，完美地完成了"太阳之神"与"月光女神"的接替——从三两步即为天堂的白昼，走向了灯火阑珊、处处笙箫的黑夜。这是人间的、轻松自在又写意的烟火。褪去了白天里，"见神礼佛"的虔诚与凝重，只剩淡然。暹粒城的黄昏，正是这一刻的蜕变，然后，便还于人间一个纵情自在的国度。

借吴哥窟之名，柬国才得以为人所知悉，暹粒城亦然。自150余年前，吴哥窟在"消失"400多年又惊现人间之时，"吴哥"二字便注定要超过"暹粒"和"柬埔寨"，成为这个王国最难以磨灭的记忆，以至于时有发生身在吴哥，朋友却疑惑怎么在柬国的逸事。也许，柬埔寨王国起名为"吴哥王国"更容易为世人所记住，"暹粒城"更名为"吴哥城"也可以起到同样的效果。当然，这一切都是后话了，在中国发生的类似的例子也比比皆是：对于这芸芸世界而言，不识南京隶属江苏、西安隶属陕西，不知泰山在泰安、敦煌在酒泉者，也大有人在。不过还好，柬国人民自有智慧：直接把吴哥窟印在了国旗之上。这样一来，两者就难舍难分了吧，也便可以一起飘荡在国际舞台之上了。这是一项创举，是吴哥城的骄傲，也是暹粒省的荣耀。

当然，"暹粒"二字，还承载着另一份不为人知的荣耀。这便关系到它名称的由来了。据云南大学段立生教授新书《柬埔寨通史》载，那是公元1510年，甚至可以说是"吴哥城"在消失的岁月中最后一次呈现在历史面前：金边王朝的安赞王率军与再次来犯的暹罗劲旅决战于吴哥城下，不曾想此战竟然获胜了。军民之心大振，龙颜自然大悦，于是，便将当时的开战之地命为"暹粒"，亦即"战胜暹罗的地方"。暹粒，也就是今日脚下的这方大地，见证了吴哥后人"最后的荣耀"。

在这些沉甸甸的历史性荣誉之下，暹粒城先于柬埔寨发展起来了，当然是旅游业先行。与之相配套的机场、马路、酒店、美食，都是难得的不错，一度代表着柬埔寨的风向和形象；博物馆、酒吧街、老市场、免税店、度假村，还有那充满柬式烧烤风情、令人难忘的"水陆两栖"高棉小火锅店，都成了各国游人蜂拥和汇聚之所。

暹粒城一定是一个外来游客超半之城；每个月，都是完美假期；每一天，都是"罗马假日"。尤其是在黄昏，日将落未落，在每一个城中广场的绿茵之上，人们掐指算好刚刚离去的烈日暑气，三五成群或合为一队，前来散步、遛狗、静坐或者发呆；青年和孩童徜徉在惬意的微笑间，开始赤着脚踢足球，或者用独特的"蝎子摆尾"式踢着毽子；中年人则多会选择在沿街的角落里，喝咖啡，消磨到华灯初放之后的另一番时光；老人携带着含苞待放的荷花、香烛,来到广场或街角的寺庙、佛塔之下,上炷香、念着经、祈祷着。这些既属于男人,也属于女人,无分性别,皆有所在,皆为所爱。

可以说,柬埔寨的历史就起源自脚下的暹粒城。依传说而言,柬埔寨之国的诞生与龙女有关。由于长期以来,柬埔寨没有文字,所以这些传说便常见于中国的古籍之中。早期的《晋书》和《梁书》等大体上都"帮"柬埔寨记述着这样的一个故事:"其王本是女子,字叶柳。时有外国人混溃者,先事神,梦神赐之弓,又教载舶入海。混溃旦诣神祠,得弓,遂随贾人泛海至扶南外邑。叶柳率众御之,混溃举弓,叶柳惧,遂降之。于是混溃纳以为妻,

傍晚时分,黄昏将临,暹粒城中的每一个广场,都闲暇静好。
摄影:陈三秋

而据其国。"这里的"扶南"就是今日的柬埔寨。

因为,在中国史籍中,汉朝之前基本上都将柬埔寨称为"扶南",隋朝时称"真腊",取其"高棉族"的柬语"kmir"的发音;唐代改称"吉篾",在发音上已经很接近今天的"柬埔寨"了;宋时起,复称"真腊",元代时则在此基本上,又称"甘孛智"或"澉浦只",与其国名"Kambuja"的发音就更接近了;而且,上文中的"混溃"之名,其梵语为"Kaundinya",也与今天"柬埔寨"之英语中名非常相似,可以进一步佐证其乃为柬埔寨之"始祖"。明代初年,尤其是"郑河下西洋"之时,也多称其曰"真腊"或"占腊";直到明朝万历年之后,方才最终定格,称"柬埔寨"至今,而这也与后来其英文"Cambodia"的音译基本匹配。

此外,"柬埔寨"的高棉语之名"Kambuja",在梵文中的意思为"生于水",显然也暗合了关于这个女神的神话传说。如今,

断没想到,暹粒城中姐妹庙的香火是如此鼎盛,庙中供奉着"洁可姑娘"与"洁姆姑娘"。

摄影:陈三秋

在暹粒城中心的广场一角，也就是国王行宫的对面，还有一处姐妹庙，庙中供奉着一对站立的"姐妹佛"，一尊叫"洁可姑娘"，一尊叫"洁姆姑娘"。黄昏时分，此庙的香火极其旺盛，手持莲花的朝拜者之中，既有各路游客，又以当地居民为多，而这一处女性神像的供奉、存在及其经久不衰，也再度印证了柬埔寨国的诞生当出自女性无疑。

片刻的黄昏，仿佛被消磨成岁月的长河；如梭飞逝的时间，仿佛在人与神的对话间静止。暹粒城的黄昏开始变成漫长的等待。

等待到了与 The Original Khmer BBQ 约好的高棉小火锅的就餐时间，或者相约去一下位于精品超市（Boutiques Supermarkets）里的状元楼，以及对面二楼的 The Hashi——一个叫"箸"的日料店。柬式混搭、中式丰盛和日式精致，由您走心所选。尤其是"箸"，当属柬国上等佳品，坐在临街靠窗的榻榻米上，点上寿喜锅、三文鱼、希鲮鱼、乌冬面、天妇罗、炸豆腐等，再配上一杯鸡尾酒；或者直接来一份堪比金边城的美人锅的小火锅——可能口感和服务上略输于中国的"海底捞"或"小肥羊"一点点；带着秀色入餐，这是对暹粒城的醉人的黄昏的最好献礼。

在这个历史久远、寺比楼多，仍带着浓浓的王都气质的城池，暹粒城，还有着最值得赞佩的"微笑"。我一直觉得，暹粒人可以自豪地说，他们有两个令世界为之震撼的"微笑"：一个是穿过千年历史烟云，失而复现的巴戎寺中的"高棉的微笑"；一次是各路艺术家齐作，通过声光美再现那个盛世王朝的暹粒剧院的《吴哥的微笑》。当然，还有无数次与柬国人民的相视或回眸

黄昏之后,《吴哥的微笑》即将开演。通过这部舞台剧,可以了解到吴哥窟的建造过程。

摄影:陈三秋

中善意的、羞涩的或纯真的微笑。暹粒,真可谓穿越千年,承继了那个"微笑王朝"精华中的精华。

在一个多小时里,由"问神""辉煌的王朝""复活的众神""搅动乳海""生命的祈祷""吴哥的微笑"含序和尾声总共六个篇章组成的《吴哥的微笑》中,用象阵拖动巨石构筑吴哥城的情景是无比震撼的;阇耶跋摩力止战乱,挥斥方遒道"我长矛指向的地方,都是风调雨顺的沃土;我大象踏过的地方,都是鲜花盛开的天堂"的场面是慨然的;还有那源自印度史诗《罗摩衍那》的善神与恶魔的"搅动乳海"之战,画面恢宏,印象深刻,久久难忘。最难忘是一个孩童与那位叫作"吴哥"的面朝东南西北四方,寓意慈、悲、喜、舍四征的"四脸佛祖"的对话——孩子问佛:"您为什么微笑?"佛祖答:"我为什么不微笑?微笑很难吗?"一问一答,佛偈盎然。既然,微笑和开心本是容易,人生何来疾苦和烦恼自扰?!

所以说,暹粒人的微笑中,藏有佛陀"菩提悟道"一瞬的表情,这也是"千年吴哥""高棉微笑"的真谛,和一种修行。

在这黄昏,在这暹粒,问道诸佛,悟到微笑!

2018 年 10 月 8 日于暹粒,夜赏《吴哥的微笑》之后

14 女王宫的浮雕

在整个大小吴哥城,遗迹万千。如果敢说哪里的浮雕壁画,可以堪比吴哥窟的壁画回廊,可能唯有女王宫了。

女王宫,以浮雕壁画见长,闻名卓著,实至名归。但就是这样一处所在,却每每为游人所遗漏。用"门庭冷落车马稀"来形容之,一点都不为过。

忘却女王宫在大小吴哥的存在,可能与其偏居主城东北一隅有关。且驱车独往,可能要一个小时才能抵达。如果不是要去城北看荔枝山的飞瀑,然后,杀个"回马枪"来看一看女王宫,确实,对于遍地古迹的吴哥古城来说,少看个一两处,便也算不上什么太大的憾事了。

此外,这种不识女王宫"大名"的心理,可能与其至今仍深藏在密林之中有关:那里基本上没有办法直接驾车抵达,即使沿着最近的大路,也需要经过一条只有一个车道宽、仿如"光荫隧道"的林间小道,徒步十余分钟,然后按路标拐弯,这时才能最终看到"她"的芳容。因此,要想找到它,不沿途多问几个当地人,或者多错过几次路口,光靠车载导航的话,基本上是不可能的。

通往女王宫的大路其实还算是不错的，而且路边也偶尔会有些路标。只不过路标上的"Banteay Srei"，如果只看前半部分的话，加之是在车中匆匆一瞥，很容易会被误以为是一处"蝴蝶"（Butterfly）什么之类的所在，所以就更容易错失了。

其实，"女王宫"，依其"Banteay Srei"之名，还多音译为"斑蒂丝蕾"，一个世间极美的名字。而其中的"Banteay"，其意指"营地""高墙""城堡"等等；"Srei"之意，则是为"女人"。于是乎，这一组合的完整之意，就成了"女皇宫"或者"女王宫"。今人基于习惯，已多称其为女王宫，并逐渐固化了下来。

与吴哥城的其他遗迹不同，女王宫的建造者并非国王本人，而是身历罗贞陀罗跋摩二世和阇耶跋摩五世两朝的国师重臣，也是婆罗门的"大祭祀"雅吉那瓦拉哈；不过，也不能仅仅就

穿越一片密林和这方湿地，才能邂逅到精妙的女王宫建筑群落。
摄影：陈三秋

这么认为，因为，在那个非常注重血统的年代，如果没有一丝皇室背景，显然是很难获此重任的。所以，雅吉那瓦拉哈乃前任统治者曷利沙跋摩一世之孙，这个细节就变得尤为重要了。此外，更值得一提的是，雅吉那瓦拉哈之所以修筑此宫，也并非是为了纪念哪位女王，而主要用于供奉湿婆神，这一点与巴肯寺是相似的。而且，此宫前后修建时间，也长达三十余年，即始建于罗贞陀罗跋摩二世当政的公元967年，而完工于其子阇耶跋摩五世在位的公元1002年，历时35载，在这一点上又与吴哥窟相似。所以，其壁画或者浮雕之精美绝伦，也就不足为奇了。

由于湿婆在印度三大主神之中，为身长四臂、半男半女的形象，寓意为"所有"的对立面，即为男性与女神、苦行与纵欲、毁灭与创造的矛盾化身。因此，湿婆乃是"半女之主"，印度的《百道梵书》《奥义书》等吠陀圣典、往世书中都载有其传说，而且，还"顺带"记述了另一主神梵天，在爱上自己女儿、犯下乱伦罪行后被湿婆惩罚的神话，隐喻彰显出湿婆在神殿的显赫地位。可能正是因此之故，女王宫才能得名吧，虽然此说可能有些牵强。我觉得，如果真是如此，"女王宫"改称"女神宫"也许更为恰当些。不过，湿婆终归不只是一个女性的存在，所以，人们多会根据女王宫"华丽到夸张"的雕塑，来说明此宫"非女性不能为"，也就是说该宫的修建——尤其是诸多浮雕之中那些"蕾丝花边"式的构图和想象力，应该是一些女工程师参与其中才能有此等所为，因而，才称其为"女王宫"。这一说法貌似成了当前的主流之说，而且，吴哥王朝女性曾享有崇高地位一说，也在开明的阇耶跋摩五世当政时期得到了印证，这一点与中国大唐王朝的武则天时代存在着一定的相似之处。

在观赏完女王宫精美绝伦的壁画之后，我觉得可能还有一个成就"女王宫"之名的原因。那就是随处可见的"仙女"，或者说"天女"雕像，说不定这座宫殿，正是展现这些婀娜多姿的女神的呢？而且，对于传承来自印度教或婆罗门教的吴哥王朝来讲，对女性的崇拜，一点都不值得奇怪。根据德国颇具声望的印度学家，E.施勒伯格所著的《印度诸神的世界》一书记述，这些仙女们，以飞天起舞形象呈现的，被称为"阿普萨拉"，又称"天堂的诱女"；而以站立守卫形象出现的仙女，则被称为"提娃妲"。她们个个身佩珠宝、能歌善舞，美貌绝世、不可方物，向世人展现着天界的美好。E.施勒伯格还称，仙女阿普萨拉应该诞生于搅动乳海之时；熟悉这个典故的朋友应该知悉，正是在其引诱之下，阿修罗才错失了获取"不死甘露"的机遇，并最终被赶出神界，终生飘荡。想必阿普萨拉因立下了这次"旷世奇功"，便也就成了世人顶礼膜拜的对象，位列神班。

熟悉或者重温着这些传说和故事，无疑会有助于深刻了解脚下的这座女王宫。来此的人们，一定不要错过北侧塔殿的那些仙女像：她们身体弯曲，脸向侧面，头戴鲜花、唇含微笑、双乳圆润、腰围长袖，自然下垂的左手轻持莲花，右手则置放在半裸的胸前，神态极为优雅和端详，故也被誉为"东方的蒙娜丽莎"。这段描述，可见于董彬所写的《吴哥，沉睡四百年》一书中，甚为形象和完整：不敢贪其功，在此明示大家。

如消失的吴哥窟一般，在公元14世纪，女王宫也曾被历史所遗弃。即使在今日，女王宫仍然"孤悬"在吴哥通王城之外，隐藏在成片的密林和两处湿地湖泊之畔，周遭满植着水稻和荷花，人迹罕至，恍若遗弃。不过，女王宫重现世间的故事，要比吴哥窟乃至巴戎寺的发现故事，更显坎坷一些。

我们知道，吴哥古城的大部分遗迹，是在公元1860年前后被发现的，包括最负盛名的吴哥窟、巴戎寺等等；而女王宫的发现，则迟到了至少50年。公元1914年，一支法国考察队——不错，还是"神奇的"法国人，发现了这座当时被森林覆盖着的精巧宫殿，才得以使其再次以"惊艳之美"重回人间。如果说"大小吴哥"的发现，可以视为吴哥王朝的"第一次大发现"，那么，女王宫的那次惊现，称之为吴哥王朝的"第二次大发现"应该不会为过吧。其奇巧别致、玲珑剔透的砂岩浮雕，在雕刻艺术造诣上自成一格，代表着古代高棉雕刻技艺的最高峰，所以，很快便以毫无异议之势，赢得了"吴哥艺术之钻"的美誉。

不过，让我一直觉得很奇怪的是，一向非常注重考证的大卫·钱德勒在其名作《柬埔寨史》第4版中，却将女王宫的发现延后了两年，也就是推迟到了公元1916年，我认为这应该是一处"难得"的笔误或误述。不过，在其书中，认为女王宫最初应该是凿于粉红色的砂岩之上，并称之为"吴哥时期最可爱的寺庙"，对此，我还是非常认同的。从历经逾千年风雨而来的女王宫门柱和浮雕之上，在今天仍能依稀看到些许砖红暗色，在这一点上，应该是可以在一定程度上印证上述观点的；而其改砖造为砂岩、由砖雕改为石雕的技法，既是建筑工艺上的一次"伟大变迁"，也再次印证了女王宫内的雕刻艺术已臻巅峰。

于是,女王宫这样一处"多情"的所在,不禁会令人遐想连篇了:一座矗立在粉红色砂岩之上,可能本身也是粉红色的宫殿,在翠绿的热带雨林间,在蓝天白云之下,仿如佛陀热恋的水莲花般兀自绽放,并倒映在宫墙南门外的水池中,这是一幅多么绮丽动人的画卷啊!也许,只有印度阿格拉城的泰姬·玛哈尔陵,或马来半岛的马六甲海峡清真寺才能与之媲美吧。

但就是这样一处堪称"吴哥古迹明珠"的宫殿,在发现不久之后,也就是公元1923年,却发生了一次轰动一时的"失窃

女王宫精湛的浮雕,呈现在每一块方砖之上。宫中的神龛,由来自印度教的神猴——哈努曼守护,它们也是《西游记》中孙悟空的原型。

摄影:陈三秋

大案":法国作家——对的,还是法国人,安德烈·马尔罗,因在一次股票交易中输掉了所有,于是便带着妻子远来吴哥,并从女王宫中成功偷走了四件精美的仙女神像;虽然这些阿普萨拉神像在转运回法国的途中就被截获,其本人很快被逮捕、送交法庭,失窃之物也旋即被送回柬国,但此一事件的"余波"则并未就此终止。真是成也法国人、败也法国人也。

在这些"余波"之中,比较有意思的主要有这么几件:一是,这次"盗窃事件"竟然激起了人们对女王宫的极大关注和兴趣,既成就了其"吴哥珍珠"的美名,也引来了更多的盗匪。二是,女王宫内部四座寺院的守卫雕塑,以及湿婆雕塑等被转移至了金边国家博物馆"保护"了起来,并代之以复制品——也就是说,现在我们眼前看到的很多女王宫雕塑只是些赝品了,要看"原汁原味"的女王宫雕塑,则只能移驾位于金边大皇宫附近的国家博物馆了。不曾想到,这些替身般的女王宫雕塑的复制品竟也被盗了;更要命的是,部分藏于金边的真品,却也在博物馆内遭到了破坏,简直暴殄天物,令人无言以对。三是,女王宫的"失窃大案"还有一个令人哭笑不得,也略带讽刺意味的"续篇",那就是那个顶着案件"主角"光环的安德烈·马尔罗同志,竟然在公元1959年,也就是36年后,成了法国戴高乐时代的首任文化部部长;由其奉夏尔·戴高乐总统之命而创立的这个文化部,更是开启了"法国文化民主化运动"的先河。至于那件并不光鲜的陈年旧事,显然不会那么容易就被人们所遗忘,据说,当有人借当年偷窃文物之事调侃安德烈·马尔罗时,他的回答是:"如果没有爱文物爱到这种(疯狂的)程度,你当不了文化部部长。"此言,貌似也"有理";此人,也甚为"可爱";也许,这就是"名副其实"的"法国人"吧,无关乎褒贬。

来到女王宫前,您不由得会对其低矮的大门感到惊异。南门也好,北门也罢,大约都只有120~130厘米高;据悉,这是因为建造此宫的国师大人认为这里是敬拜神婆的,所以,通过这一设计,希望所有的人,在通过这些门进入女王宫时都能低头弯腰,以示谦卑。可能也正因为如此,曾一度让法国探险队误认为女王宫只是一座给娇小女人居住的寝宫。显然,在今日看来,这只是一个"美丽的误会"罢了。

女王宫遗留下来的低矮的大门,并不能说明它只是一座建给娇小女人居住的寝宫。这是个"美丽的误会"。　　摄影:陈三秋

女王宫还有另外一些窗门。可见于砂岩台阶之上，也是非常之窄小。高仅约 1 米，宽不足半米，看似已失去了实用功能，只在于起到华丽庄严的装饰作用；搞不清楚的是，这样一种建筑艺术的变革，不知道是不是也是女王宫所独有。

整体来看，女王宫真心不大，所以，这可能也是在当下仍偶尔会略感其"籍籍无名"的原因之一。其依一处应该是天然的粉红色的砂岩修建而成，虽然周围同样开挖有护城河，但规模并不大；宫殿前的神道长不足 70 米，而其主体建筑区域的面积也只有约 500 平方米，不过其布局严谨、雕工细致，所以说，女王宫实为"以小见大、以巧见长"的吴哥城中的不二杰作。

而且，目前的女王宫，还是在公元 11 世纪时得到扩建和改造之后的格局。也就是说，最初版的女王宫，可能更是小巧迷人。在消失数百年后，也就是自其重被发现时起——再精确点说，应该是自 20 世纪 30 年代起，其清理和修复工作便断断续续地开始了。二战期间，可能整修进程有所停滞；后在 1975 年间，再度进行了一次较大的重修。不过，随后便在公元 1979 年 1 月，也就是越柬战争时期，又一次遭到破坏。战后，一直到公元 21 世纪初，在法国、中国、日本、瑞士等的合作支持下，女王宫的修缮才开始进入收官阶段；而等到我们到达之时，主要的修复工作已告结束。女王宫的"惊世容颜"，在饱经沧桑之后，终于，再现人间。

现存的女王宫主体建筑，主要有三座精致的中央塔，和一处大型的藏书室。三塔俱为暗粉红色，以至于更像是朱红色，可能是年代久远之故；自南向北，三塔依次排开，最中间的一

谁能想象,如今已呈砖红色的女王宫,始建之初竟然是通体粉红色的。

摄影:陈三秋

塔略高,似钟,此前应该就是供奉湿婆神之处了;而其他两塔,如果后世考证无误,应该南塔供奉有梵天,而北塔则供奉着毗湿奴。一宫同时供奉印度三大主神,这在吴哥王朝的建筑群落中可能并不多见,而这也就成了女王宫的"特色"之一。不过,这些应该已经很难复现了——虽然从文物修复之法的角度来看,女王宫是此地第一座采用"原物归位法"修复成功的代表性建筑(后来这一方法还曾广泛应用到吴哥窟等其他古迹的修复工作之中),但如今中央塔和藏书室都已空空如也,"宝贝"散失,已成不争之事实,不免令人顿感抱憾。

女王宫门楣浮雕技法上的精妙与柔美,仿佛在告诉世人,它是由女人们建造的。
摄影:陈三秋

由于女王宫主要供奉的是湿婆——怀抱妻子乌玛（或称帕尔瓦蒂）而坐于五重山上，其既为"毁灭之神"，也是"创生之神"。因此，印度教和婆罗门教一向具有的生殖器崇拜传统，便在湿婆神殿中呈现得淋漓尽致：象征着男根的石柱状"林伽"和象征着女阴的磨盘状"约尼"，都赫然在列。熟悉印度两教的朋友们可能会知道，之所以这两者都能像神一样受到顶礼膜拜，是因为它们的信徒无不坚信正是这两者的结合，才造就了世间万事万物生生不息的力量之源。

女王宫的精巧，当然与其所有外墙之上，全部镌刻着精美的、砖红色的浮雕有关。这些雕刻，繁复却不琐碎、细腻而不错乱，真可谓错落有致、浑然天成。无一处不存在，无一处不精彩，不愧坐享"女人的城堡"之美誉。

女王宫的雕工之最，可能要数已称得上是"极尽奢华"的处处门楣了。这些门楣之上，或雕刻着朵朵浪花，或雕刻有翻搅龙蛇，又或为印度一神，或为神之坐骑，还有些应该是有关于诸神的传说，不能一一尽述。这些花纹细密有序，构图清晰完整，故事灵动，栩栩如生。我想，通往诸神世界的天国之门，论其精美，应该也不过如斯吧。

关于女王宫浮雕图案的诸般描绘，可能要数蒋勋先生在其《吴哥之美》中的概述最为传神：斑蒂丝蕾的图案像波斯的地毯，像中国的丝绣，像中古欧洲大教堂的玻璃花窗，像闪动的火焰，像舒卷的藤蔓，像一次无法再记起的迷离错综的梦。

大师所言非虚。女王宫浮雕的温婉之美，也许只有稍纵即逝的温柔梦境，才堪与之媲美。多年之后，可能很多人依然会错过此地——这已是一种见怪不怪的遗憾，谁叫吴哥城大，累人不浅呢？！

是的，"用过错去掩饰过错"，本就无可厚非，谁会真心地与您较真一辩呢？女王宫美，时不我待；时至今昔，它依然安静如故，平躺在那片雨林之间、砂岩之上；也许，只有有心人，才为有缘人，而这一定是少数之中的少数之人。这些人，会多次来到吴哥城，次次惜时如金，并如饥似渴般，逐字逐句地去试着与古老的吴哥王朝，展开一场跨越千年的阅读和对话之旅。这种阅读，当是长卷式的，且不知疲累；而这种对话，也一定是深沉的、虔诚的，不舍昼夜。这既事关此城的一寺一塔、一砖一瓦，也事关此间的一石一砾、一草一木；这需要一种执念——一种不知疲倦的虔诚，也许更是一种苦行僧般的精气神，才能有望唤醒这座沉睡千年的城池，令沧桑化锦绣、荒芜变繁华，看别人所不曾看，见别人所未曾见。这是一场洞彻心魂、独属伊人的通灵旅程。

这也是一种，寻得"化腐朽为神奇"之力量的过程。有之，或有心，请自女王宫始。定当不负，吴哥风情。

2018年11月20日于金陵，徐庄凌晨

15 巴戎寺的梵天

第 1 篇
The floating clouds
千里之行始于柬埔寨

当欢快的脚步移至最负盛名的"高棉的微笑"之下时,您便知道,巴戎寺已近在眼前了。此寺,被台湾游客称为"巴扬寺"。

面对这些静谧的、微笑着的四面神像,再多的不快都会烟消云散吧。所以,来到巴戎寺,想不欢快都难。

巴戎寺的红砂岩石材质,没有吴哥窟的灰砂岩石结实,历经岁月,沧桑显著。　　供图:壹书局

0133

这里没有吴哥窟的肃穆,也没有崩密列的苍凉;比女王宫还要幸运,因为它毁坏不大;也要比塔布隆寺"成名"更早,因为它"自带光环",而这个光环,就是那个来自阇耶跋摩七世的俯首微笑,也是梵天的微笑。

如今,"高棉的微笑"早已闻名遐迩。但关于其神秘之所在,可能还不太为人所熟知。说其神秘,可能源于混乱和无从考证,比如,巴戎寺坐落于吴哥通王城之中心点,显然是一座国庙,但就是这样一处国庙,自苏耶跋摩一世起到阇耶跋摩七世止,期间却经历了多次建筑上的改变。据说,早前的巴戎寺供奉的是湿婆,也就是与女王宫所奉之神一致,其源自印度教和婆罗门教,是"三大主神"之一;但后来随着阇耶跋摩七世改信大乘佛教,笃信佛教的他便将神像变成了菩萨。不过,也有不少人会将寺中丛林塔上的诸般菩萨视为"梵天",而且阇耶跋摩七世也曾自比梵天大神,所以,即使不去考虑宗教信仰上的错乱,单从塔尖上的雕塑是梵天、菩萨、阇耶跋摩七世本人,或者仅仅就是一个普通的高棉人的面容这一点来讲,都够充满玄机的了,所以,说巴戎寺是整个大小吴哥之中"最神秘"的寺庙,应该亦不为过。

神秘自是在所难免的了。毕竟历史已经远去,而时间也已相隔八九百年。我更倾向于认为,巴戎寺的精华所在,也就是那位居神庙中心的49座四面佛塔以及塔式城门之上的5座四面佛像,总计54座、216面,其面容俱为阇耶跋摩七世本尊;而其还曾自比梵天,故人神合一,亦为大梵天神。

如果此说成立,那么至此:从吴哥窟的毗湿奴,到女王宫

巴戎寺壁画中的印度教三大主神之一——湿婆。

供图：壹书局

巴戎寺的壁画中，有印度教的三大主神之一——毗湿奴。

供图：壹书局

的湿婆,再到巴戎寺的梵天,"印度三大主神"就这么齐聚于吴哥古城之下了。也正因此,这一窟、一宫、一寺,三地并称为"吴哥三大圣庙"。

印度的神界"争宠"和战争是激烈的,也是惨烈的。以这"三大主神"为例,梵天大神主创造、湿婆大神主破坏、毗湿奴大神主庇护,虽三神"各有分工",但彼此之间的"内部战争"也是不断的,这些可见诸《吠陀》和《梵书》两部经典。同时,这两部典籍,还记录了"三大主神"取代原先的"火神"阿耆尼、"战神"因陀罗以及"酒神"苏摩等神祇的历史性变迁。

阇耶跋摩七世虽笃奉佛教,但却倡导诸教整合,以借此让民心回流至国王的权力中心。所以,人们在巴戎寺所看到的,

这幅彩绘,描述的正是当年巴戎寺营造时的工地盛况。在蛮荒时代,再伟大的建筑,也都是由人工加上石头,一块块堆砌起来的。

供图:壹书局

不再是印度教中所表现出来的永无休止的两种力量的争斗、算计与较量，而是佛教中的淡泊、包容和宁静。所有的建筑应该都是人的思想的物化，那么，巴戎寺也应该就是阇耶跋摩七世这番理想的物化吧。

梵天创造了这个大千世界，而阇耶跋摩七世则创造了诸教、神佛的整合，还击败了宿敌占城，并合并两国，开创了吴哥王朝历史的新一页。所以，"朕就是神"，阇耶跋摩七世就是梵天，也说得过去。

于是，作为吴哥王朝伟大的君主之一，依据"一王一庙"的传统，阇耶跋摩七世就选择在公元12世纪末，重建巴戎寺这个意指"祖先的坛场"之地，来作为自己的国庙，并使其成为整个吴哥通王城的中心，也是宇宙的中心。

这么一来，吴哥王朝也便进入了王城的第三次也是最后一次变迁。其中，最早的一次，是以巴肯山为中心而建的王城，故又称"第一次吴哥"；第二次最为著名，那就是以吴哥窟为中心而建的王城，史称"第二次吴哥"；第三次，也就是这一次，便是以巴戎寺为中心而建的王城了，是为"第三次吴哥"。三城三王，神王合一；将灵魂托付于各自的伟大建筑，均可以不朽矣。

有意思的是，细心的人们会发现，在三次王城的迁转之中，有两次的中心——巴肯山和巴戎寺之名中，都带有一个"巴"字。这绝非是一种无意之间的巧合，因为"Ba"在柬语之中，意指"父亲"；就像"湄公河""湄南河"之中的"湄"字一样，其"Me"之意，则为"母亲"。这是吴哥王朝，乃至中南半岛的起名学问，值得了解。此外，吴哥王城带"巴"字的知名寺庙还有三个：

一个是位于城郊的巴孔寺,是公元881年,因陀罗跋摩一世时所建的国寺;一个是位于城中的巴琼寺,由皇家建筑大师迦维因陀罗梨摩多那主持修建于罗贞陀罗跋摩二世时期,据说此君也曾主持过女王宫、比粒寺等的修建,不得详考。最后一个也在城中,名为"巴芳寺"或"巴方寺",建于优陀耶迭多跋摩二世时期,有着"世界上最大、图样最复杂的立体建筑"之誉。

巴戎寺的规模是宏大的,应该可以媲美吴哥窟。由于其后,吴哥王朝开始进入衰退期,故巴戎寺也被誉为"吴哥文明的最后一道光芒"。该寺坐落在四面各长3公里的城墙之中,共有5个门,东、南、西、北各有一门,东面再开一门,是为"胜利之门"。寺外是长约156米、宽约141米的回廊,回廊墙面由各种浮雕故事装饰;浮雕全长约1 200米,传言共刻有11 000个人物,如今已多有残缺,当然,也就无法也来不及细数了。浮雕之中,要数东侧南段和南侧东段的这两段最为精致。寺中建有49座四面佛塔,每塔经磊磊环堆,均像玉米状,也即锥状,应该取象征着无穷生殖力的男根"林伽"之意。这些四面佛塔群落,就是巴戎寺的中心,也系精华所在。依其中心起算,距离四方城墙皆为1 500米,甚为工整。

国外留存的关于巴戎寺独立一塔的完整手绘图,可以让我们清晰地看到它的概貌。

供图:壹书局

巴戎寺壁画中的生活场景,极尽热闹,丰富多彩,述说着阇耶跋摩七世治下的繁华。

摄影:陈三秋

第 1 篇

The floating clouds

千里之行 始于**柬埔寨**

巴戎寺的神迹——"高棉的微笑"!   摄影:陈三秋

这些四面佛群像的中央一塔较高，而周围的48座塔则大小不一，有如众星捧月一般，簇拥着中央塔。这些佛塔组合在一起，既像玉米林，也像金字塔，还似一座"弓"字形的大山——此点与吴哥窟群落的建筑构造非常接近，甚至可以说是一致的，隐喻为自印度教、婆罗门教传承至佛教之中的"宇宙中心"——须弥山。因其建造工艺精湛，故被形象地比作"人用手塑造和雕刻出的一座山峰"。

如果由是反推，也就是说中心塔群若为须弥山的话，那么寺外的四面城墙就象征着喜马拉雅山了。而城墙与寺墙之间的环沟空地，则代表海洋大洲。再加上其间其他万般构造，便为佛的化境中的"三千大千世界"。这也就是佛教的宇宙观了。这些可见于原始佛教的基本经典，也是"北传佛教"四部阿含之一的《长阿含经》中。

此外，据传巴戎寺的中央塔原是一座通身涂金的圆形宝塔——这从大元使臣周达观的《真腊风土记》中可以看到相关记述，故称巴戎寺为"金塔"；对应的，周达观还将位于巴戎寺附近的巴芳寺称为"铜塔"。依宗教意识，巴戎寺的中央塔应该是表示天上的神与地上的人"对话"之所在，借此高塔才得以息息相通。当然，这也有着世界与宇宙"对话"之意，这些均与吴哥窟的中央塔、巴肯山的巴肯寺等功能如出一辙。

巴戎寺本身也有5个门，与吴哥窟不同的是，其正面也即正门朝东，有"胜利""繁荣"等意。5个门高宽适宜，但也都是四面佛塔结构。这5个门，加之寺内的49塔，共54座塔，寓指当时鼎盛时期吴哥王朝所统辖的54个省。54座塔，塔顶

塔尖近观。这就是负有盛名的"高棉的微笑"。佛陀说:"笑很难吗?既然不难,为什么不微笑?!"

摄影:陈三秋

第 1 篇

The floating clouds

千里之行
始于**柬埔寨**

巴戎寺壁画中有非常多的吴哥王朝时期的生活场景,比如这帧"斗狗图"。

摄影:陈三秋

共有 216 面，阇耶跋摩七世改信佛陀之后突然"灵光乍现"，便就此做出了一个后来令其蜚声世界的惊人之举——直接以其本尊的面部为蓝本，在塔顶上遍刻成 216 面几乎一模一样的"佛首含笑"面容，是为"高棉的微笑"。这下，阇耶跋摩七世的大胆之举不仅超过了此前所有只敢或甘于供奉"他神"的先祖，改为供奉自己，"王即神佛"——大有弗里德里希·尼采同志当年高喊"我就是太阳"之势；而且还有可能超越所有的古人，甚至"后无来人"。功勋彰显之极，不外乎如此吧。

这 54 尊精心雕刻的四面佛像，每一尊都面带神秘莫测且又难以言喻的微笑，让穿行在众多佛塔之间的游人，不管身处任何一个角落，都会发现有双带着微笑的眼睛安详地俯视着您的一举一动，千年如一。

五门之内的 49 座四面佛塔，与吴哥窟一样，也是建在三层的基台之上。底层基台和二层基台均为长方形，其中，底基南北长约 140 米、东西宽约 60 米；二层南北长约 72 米、东西宽为 80 米，已经比较接近正方形了。其第三层基台是"十"字形平面，中心则为圆形平面，也就是四面佛塔群落的所在地了。各层基台的外侧四周也都有围廊，用各种故事来雕刻成浮雕，如有"出征占婆""林伽崇拜""吴哥浩劫""胜利游行"等等，也有反映洞里萨湖的"水上生活""大鱼吞羊"以及吴哥王朝风情的"赶集""治病""狩猎""斗狗""舞蹈""杂耍""下棋""马戏"等等，既为装饰，也为记事。如果从雕刻艺术来讲，在这些基台侧面的浮雕之中，可能要数底基上的浮雕长卷最为精美，所以游玩时间如不宽裕，可以只看这一层便可。俗话说"画由心生",而这一幅幅活灵活现的壁画,也仿佛正是在诉说着一段段遥远的吴哥往事,只等您来聆听。

巴戎寺,在静静地述说着吴哥王朝的故事,当然,更是阇耶跋摩七世的故事。一代君王,显赫千年;可惜的是,随着阇耶跋摩七世的逝世,吴哥王朝却从此衰败了下去,神婆也好,佛祖也罢,甚至是阇耶跋摩七世自己,都未能真正庇护得了自己的王朝。它曾盛极一时,但"盛衰成败转头空",公元1432年,吴哥终被新崛起的暹罗所灭。从此,风水和诸般神佛,开始远离这座已繁荣六百余年的王城,向西北和东南变迁。历史,也就此掀开新的一页,只不过,那将变成由暹罗延续至今的泰国,和由占城延续至今的越南之间的故事了。

曲高和寡。大唐诗人刘禹锡的那首《乌衣巷》还言犹在耳:"旧时王谢堂前燕,飞入寻常百姓家。"——柬埔寨的吴哥城,岂不就是金陵城的乌衣巷吗?何其相似也。

巴戎寺还在,这座曾经辉煌一时的、被来自法国的印度学博士琼·布瓦瑟利耶教授称为"众神之城的集合之所"还在。但也只能是继续,静静地喘息着、诉说着,吴哥王朝的旧事罢了。

2018 年 11 月 21 日凌晨,于金陵紫金山上

16　崩密列的锈绿

暹粒城的地名总是令人难忘。如崩密列、空帮鲁、磅格弟、斑蒂斯蕾、高布思滨,还有斑黛喀蒂、班蒂色玛等等;其中之最,我选崩密列。

崩密列,寺如其名,以"密"见长。隐秘之中,自带静谧。

说其隐秘,是因为人迹罕至。这里距暹粒市区约75公里,位于吴哥窟往东约40公里处,由于路途较远且路况不佳,一般驱车至少要一个半小时才能驶达,所以,这种荒僻,自然也就成了一处隐秘且静谧的"边城"遗迹。

崩密列是不幸的。虽然它的大小和布局与吴哥窟相似,但却没有后者的声名显赫;虽然它也"风情万种",但却未能如女王宫般得到垂青。且浮雕和塑像尽被劫掠,故而,也就没能得到较为完好的修复。所以说,今日的崩密列,仍然只是一处断壁残垣,在风雨之中,供三两知音凭吊。

据说,这是一种有意而为之的安排。多国政府并无开启修复工作的计划,在万千的吴哥古迹之中,崩密列,就是要保持为丛林覆盖、物与自然和谐共生的原始崩毁之貌。这是有心的,将崩密列最"如梦似幻"的一面留下；但这也是残忍的，最"残破不堪"的崩密列，恍如历史的弃婴。

热带雨林的疾风劲雨、炎热终年的太阳和昼与夜的更替，在过去的几百年间，疯狂地扑向崩密列。寺中长满奇树，树之根芯攀上梁柱，探入石缝，绑起门窗，压住屋檐，甚至是从寺中神庙的"心脏"上长出——这是一种时间与万物、自然与神迹的较量！较量的结果，是巨石长满青锈，如铁般锈绿；神庙与大地合二为一，大地、岩石、丛林和神庙，再也无法分开。这种源出自然的蛮荒力量，在这眼前的短暂一瞬，仿佛并没有毁灭神庙，而是令它获得新的生命，更加坚不可摧。那么，多年之后呢？

也许，这已不重要了。因为，更要命的是，崩密列迄今依然历史不详，疑云重重。这对于吴哥古城之中，那些"一寺一主、一庙一王"的传统来说，显然非常不利。这也就让其错失了很多故事，或传或言。

据推测——是的，只能说是推测，崩密列约略也是诞生于苏耶跋摩二世时期，也就是说与吴哥窟基本上"同龄"。两者在设计风格上也确有诸多雷同，比如城外均有环绕的护城河和长长的引道，宫殿的入口回廊为"田"字形，且入口两侧都曾坐落着藏经阁。唯一不同的，可能也是两者最大的区别点了，则

崩密列状如妖魔的树根,有着令人惊诧的力量。

摄影:陈三秋

是崩密列的坐落方位,朝东。熟悉吴哥窟的人当知,其西向而入的建筑格局一直被世人疑为王陵——因为东升西灭。如是观之,往昔的崩密列应该不像今朝般荒凉,而应该是一处"春暖花开"的所在。

崩密列,确实有着一个生机盎然的美丽名字。"Beung Mealea",其高棉语之意为"荷花池塘";雨季来临之时,周遭的池塘里荷花遍开,与寺庙石墙上的荷花壁画相映成趣,美不胜收。只不过,如今这只是一种崩坏之美、残缺之美罢了。蒋勋在《吴哥之美》中曾说,"美,总是走向废墟",如果说的是崩密列,那一定是最应景的了。

进入崩密列之前,需要经过一条长长的林荫土道;土道两侧除了两排密林,还有四尊"七头蛇神"分列于甬道左右,一边两个,错落分布,共同守候着这座印度教神庙。由"蛇神"守护神庙是高棉建筑艺术之中的"标配";蛇神叫"那伽",也就是"Naga",取梵语之意;那伽都是以多头的形象示人的,而且一定要是奇数,这是柬埔寨特有的文化:奇数为生,偶数为凶。当然,根据头数的不同,那伽也便具有了不同的寓意:三头最少,代表着毗湿奴的坐骑;五头那伽,是指毗湿奴的寝具;七头蛇神香火最盛,因为它是"守护之神",上至国家、中到企业、小到家庭,都可以选其供奉;最多九头,是为"龙王",也就是修罗和阿修罗"搅动乳海"之战时的搅绳。崩密列门前甬道的四尊那伽是七头,便是取"守护之神"之意了。

走完林荫间的甬道,掩映在斑驳雨林之中的崩密列,就近在眼前了。由于是雨季,一场飘忽的大雨之后,空气怡人,难得的清凉;心境大好,所以便在沧桑和荒凉之中,看到难掩的、生机盎然的深深绿意。

最先进入眼帘的,便是生着铁锈般的石门和散落一地的青石,所以,我们说,崩密列是锈绿色的,也可以理解为是锈迹

　　锈绿之色，遍布在崩密列的每一个角落，行走其中，仿佛瞬间堕入光阴隧道的世界。

摄影：高秀梅

斑斑的青绿。在过往的繁荣之中，它的青是石，绿是荷；在今昔的沧桑之时，它的青仍是石，绿仍是荷，只不过，空洞孤寂的石墙头、废弃成堆的乱石间也都爬满了青藤、长满了青苔。还有那密密的雨林，以及其状似妖般蜿蜒的巨树，乃至从高耸的树梢斜斜射入的光影，也都变成了青或深绿。这有点像那座以妖娆枝蔓见长的塔布隆寺的味道了，那里，可以作为又一站的邂逅。

在所有的吴哥遗迹之中，还有一道风景，可能是专属于崩密列和塔布隆的，那就是"树包屋"或"树包佛"的奇异景象。由于荒废数百年，宫殿之内的雨林树木得到了疯长，茂密繁盛的树根为了汲取足够的营养，便开始向墙头、屋顶甚至是佛像的塔基蔓延，并顺着缝隙深扎进去，久而久之，树根就与之融为一体，这便是传奇的"树包屋"或"树抱佛"奇景。据说，宫崎骏的动画电影《天空之城》的灵感就是来自崩密列和澳大利亚的凯恩斯热带雨林。影片之中的"天空之城"是一座飘浮于空中的孤岛，攀附在一棵巨树的树根之上，绿色覆盖着城中的废墟……我们就称之为"树包城"吧。

从整体上来看，如今的崩密列的主体建筑已基本崩塌了。比如南门，更是坍塌得厉害：石头破碎、乱成一堆。因此，若想在崩密列自由自在地行走，基本上是不可能的。更多的是在废墟堆间攀爬，有如探险和寻宝。尤其是原先的塔庙，自上而下坍塌之后，乱石铺满于此前的通道外壁，垒成长条形，其上布满青苔；于是，穿越这些通道，便像极了穿过一条晦涩的"光阴隧道"。

那么，您在穿梭之余，发现一条"栈道"了没有？这可是法国导演让—雅克·阿诺公元2004年为了拍摄那部著名的动物电影《虎兄虎弟》时所搭建的。该剧又名《两只老虎》，或译《双虎奇缘》，讲述了"虎兄"库玛和"虎弟"桑加因人类围捕遭遇历险的故事，而崩密列就是它们和"虎爸""虎妈"曾经共享天伦的家园。剧中有两个线：其一条线通过澳大利亚男演员盖·皮尔斯所饰的麦克洛利——一个捕猎者，后来成了文物贩，与美国亚裔女演员蒂拉·特奎拉饰演的吴哥的村长之女的对话来阐释"每个文物自有家园"；即当麦克洛利说出"没有见过这里的雕像，雕像任凭荒废在丛林里"来辩解他为什么盗抢这里的文物时，村长女儿的回应是："丛林是它们的家，这是它们居住的地方。"另一条线则是通过两只老虎——库玛和桑加被人虐待、与人共处的故事来表达"每个生命皆是平等"。

《虎兄虎弟》中四虎追逐奔走的青绿甬道、嬉戏玩耍的颓垣断壁，以及猴子攀爬的苍天巨树、蝙蝠飞出的树根之洞等景大都出自于此。影片之中借"虎兄虎弟"之口传达出的人畜和谐、万物平等的声音和力量，也响彻崩密列。除此之外，崩密列便只剩下碎石了，颜色——青绿，这也是崩密列的颜色，令人印象无比深刻。

就是这些长满青苔的乱石堆，见证了崩密列当年的浮华，和那段被历史遗忘的岁月；也见证着今日、明日甚至将再次延续千年的荒凉。岁月无情，人亦无情，石块却有情，可笑不？记得董彬在《吴哥，沉睡四百年》中曾说：在被人类忽视的岁月中，壁虎、蝴蝶是这座荒废宫殿的主人，它们肆无忌惮地过着悠闲的日子……如果真是如其所言，也许崩密列应该成为这些昆虫的家园，才能得其所归吧。六世达赖仓央嘉措曾有诗云："自恐多情损梵行，入山又怕误倾城；世间安得两全法，不负如来不负卿。"也许唯有这些青石、绿荷、壁虎、蝴蝶，才能与荒芜的崩密列两不相负吧。

董彬还说：崩密列，就是吴哥沉睡中的样子。其实，何止是崩密列，整座吴哥古城，可以说都还在沉睡之中。从吴哥窟到巴戎寺，从女王宫到崩密列，所有的芳华俱已被掩藏在了历史的烟云间，只剩下深深的沉睡。只是不知，这一睡，是"问天再借一百年"，还是依然"梦里花落知多少"了。

正所谓：睡已有时，醒已有时。崩密列显然还沉睡在锈绿色的梦中，柬埔寨呢？苏醒了吗？那就金边城再会吧，希望在那里，可以得到一个答案。

2018年11月20日于金陵，再赴金边前夕

17　塔布隆寺的树

在吴哥窟和女王宫之间，有一座塔布隆寺。其寺又称"塔普伦寺"，是吴哥古城诸多遗迹之中又一处神秘的所在。

吴哥古迹的建筑风格多为相似，所以，如果只是观景，可能看完三处寺庙，吴哥城在您的眼中也许就只剩下一堆堆垒起或散落的石块了。这种出自审美上的视觉饱和与疲劳还是比较容易理解的：不管是"小"从中国的"五岳归来不看山"，到缅、老、泰等国的"金庙"，还是"大"至由西欧各国遍布街头的基督或天主教堂，到阿拉伯世界中的圆顶清真寺，看得多了，总不免会内心生厌。所以这种心情，如果仅以中印半岛上的五国来看，并不只是暹粒才会有，游历在临近诸邦的万象、清迈、顺化等城的千百寺庙，以及蒲甘城的万千佛林，都会有着同样的感觉。

所以说，真正的旅行，应该不仅仅是让风景从视线穿过，而是更要走向历史的深处，抑或用心去挖掘新的故事，只有这样才能再度唤醒和激活眼球，保持一颗经久不倦的心，让万物风情来止渴心灵。而塔布隆寺，除去此法之外，在诸多吴哥王朝遗迹群落之中，还有其独特的魅力所在。

塔布隆寺，因树成名。其树似蛇、其根似妖，古怪魅惑，世所罕见。公元1186年，当阇耶跋摩七世为纪念母亲而建造此寺时，想必并无此一安排。后来扩建此寺的因陀罗跋摩二世，可能更无此意。两位"跋摩"只是无意中在这片雨林的石缝中丢下一粒种子，便在八百年后长成了这些妖娆的参天大树，并进而成就了它的童话之名。

在塔布隆寺中，这些入云大树基本上分为两种：一种是根壮干粗的木棉树，一种是藤细根密的"绞杀榕"；前者当地人称其"卡波拉树"，而后者也称"蛇树"或"绞杀无花果树"。如今，这些从当年一路风雨、坎坷走成的巨树与散落四方的石头建筑已紧紧地"拥抱"在了一起，而这一抱，就是八个世纪。

插个题外话，吴哥王朝的国王之名多带"跋摩"二字，这是一个传统。因为"跋摩"一词在梵语中本意是"铠甲"，可以引申为"守护者"。在印度南部的若干古国君主们均使用着这一称号，受其影响，吴哥王国的君主们便也多叫起某某"跋摩"了。也许，塔布隆寺的花花草草，尤其是这些盘根错节的古树，也是蒙得了跨越两朝的"跋摩"庇护，才能如此自由肆意地长到极致怪异吧。

因是之故，塔布隆寺，虽其目前也为断壁残垣，但在光影斑斓中，仍能引得游人往来如潮，想必一定不负虚名。

大宋词人晏几道的《玉楼春·雕鞍好为莺花住》中说"古来多被虚名误，宁负虚名身莫负。"还好，塔布隆寺的身和名，都不负。要不然，《古墓丽影》《虎兄虎弟》《夺宝奇兵》等电影，也不必接二连三在此寺拍摄取景。

今时今日的塔布隆寺,蜚声内外,确实要最感谢《古墓丽影》。虽其有"260座神像、39座尖塔、566座宫邸",且曾内藏"一套重达500多公斤的金碟、35块钻石、40 620颗珍珠、4 540颗宝石"——这些,可见诸对寺中梵语石碑的后世解码,但如今,这些珍宝尽失,芳容也已苍老不堪。所以,能够再次唤起人们对这座沧桑庙宇记忆的,可能就数生动活泼的影像了。

而《古墓丽影》一剧恰到好处。在《古墓丽影》中,通过讲述一段女英雄劳拉,依其父指引来到遥远的东方,寻找一件可以穿越时空的"神光三角"的故事,来再现了塔布隆寺的那些,如巨蟒般触目惊心的经典树根。影片于公元2001年成功上映,尤其是剧中呈现的"树包塔"奇景,当经由劳拉的饰演者——好莱坞"性感女神"安吉丽娜·朱莉"穿梭"之后,更是引来了诸多影迷和游人的探索欲和好奇心,不远万里来此窥探这一"神之秘境"。嗣后,劳拉循着绮丽的光影追觅神秘的高棉小女孩时所穿过的石堆、墙头、门洞、庭院、大树都成了游人和导游津津乐道之处;"光之殿堂"门前成群翻舞指引劳拉寻宝的彩蝶,至今仍牵绊着到此之人的心情,期望真的能够与之一遇;而劳拉因摘掉门前的茉莉花、顺着古藤跌落陷阱并捷足先登发

塔布隆寺的"树包墙"景象,吸引着不少好莱坞的导演,不远万里,来此拍摄外景。 　　来源:途牛网

塔布隆寺的"树包佛"景象。这令自然奇观与神的世界合二为一,神秘无比。 　　摄影:陈三秋

现地下神殿的那个门口,更是成了"大小吴哥"最热门的景点之一。

影片中的"树包塔"奇观,可以说是整座塔布隆寺最为精彩的场景了——可能在吴哥城中,也只有在崩密列寺才能发现类似的存在。在塔布隆,这个寺庙大部分建筑都为参天大树所覆盖和包裹着,而很多树的枝干和根部都已深深地钻进了石缝之中;在佛塔和长廊上随处可以看到这些密密麻麻的森然树根,有的甚至已经穿透了建筑生长在佛像的肢体上,遂又形成"树抱佛"的神迹。长到今天,这些树与塔、枝与石、根与佛都因经年环抱,早已互为支架、融合一体,一旦强行拆开,寺院必然崩塌,因此便只能继续保留成这番千年偎依、永不分离的"缠绵"情境。

塔布隆寺的壁画也非常精美,虽然比不上吴哥窟中壁画回廊的壮丽,但也有着女王宫上砂岩壁画一样的温婉——这可能与两者同为女性寺庙有关吧。阇耶跋摩七世的"孝"未失偏颇,他也为其父亲修建了一座寺庙,就是位于吴哥通王城北部的波列甘寺,今多称为"圣剑寺",而这座寺庙的建筑风格则要显得严肃许多。此两寺,均有寓意,母庙象征着"智慧",父庙象征着"慈悲",而两者的结合就是"悲智双运",是为"如来",也就是人们所熟悉的如来佛,而其中的"如"有不生不灭之意,预示着追寻不朽。在大乘佛教的精神世界和典籍之中,欲成"如来",不但自己要有"智慧"悟得真理、破妄证真,还要能以"慈悲"之心去度化众生。所以,这两座南北分列的"母庙"和"父庙"就蕴含着将合聚出此番如来之能的意思。据说,笃信佛教的中国著名歌手王菲也曾有过一张名为《悲智双运》的专辑，只是迄今未见宣传和发行。

可能是因为要符合主人的女性身份，所以塔布隆寺处处透露着华丽柔美的女性气息。这种气息便化成了高棉的建筑语言，汇集在该寺的空壁之上。或是故事画卷，或是仙女浮雕，共同成就出塔布隆寺"吴哥最具艺术气氛的遗迹"之名。

在塔布隆寺诸多仙女雕塑之中，有一尊位于该寺神秘的石塔之旁，是厚唇仙女——据传可能还是吴哥古迹群落之中唯一的厚唇仙女浮雕。有个很难求证的故事说，当年安吉丽娜·朱莉在吴哥拍摄《古墓丽影》一片时，初次见到这尊浮雕便大为震惊，顿觉有缘——同样的唇厚和性感嘛，甚至觉得这个壁上仙女可能就是前世的自己，故经其强烈建议，导演西蒙·韦斯特最终选择了塔布隆寺来作为该片最主要的外景地点。至今这座厚唇仙女神像仍在，静立于石壁之中，耐人寻味。

当然，《古墓丽影》一剧，对塔布隆寺的"贡献"还远不止于此。剧中，劳拉在神殿之壁上发现过一段用梵文雕刻的古老寓言：当铁重归石头的怀抱，天轮会转动，光和水会融合，您会获得超凡的力量……这里的"天轮"在塔布隆寺的浮雕作品中也有着类似的物件，富有无穷想象力的两位好莱坞编剧萨拉·库珀和麦克·韦柏便结合塔布隆寺之中原先确实深藏诸宝一说，将其创造性地融合成了该剧的一个重要传说。也因此，这些天轮就引得无数游人忍不住也要到此一转了。不过，令人不解的是，浮雕天轮之上还有个动物雕像，像极了侏罗纪晚期的剑龙，而至于为何这一史前物种会出现在公元 12 世纪的吴哥浮雕作品之中，确实有点不可思议，因而也就成了一个费解的悬疑。

天轮浮雕之旁，是一座神奇的回音塔，也叫"敲心殿"。最初是特别为阇耶跋摩七世而建的"建言室"——通过一种特殊的锥状建筑设计使得殿内两旁的回声大，中间的回声小。也就是说，如果站在塔内，背靠石壁拍打自己的胸膛，可以发出一种洪亮的回音。据说，后来，每当这位孝顺的阇耶跋摩七世国王想念母亲时，就会来到这座塔内捶打胸口，听听回声，以解思念之情。正所谓"树欲静而风不止，子欲养而亲不待"，世间悲事，莫过于此。因是之故，每每游人听闻这个"王的故事"时，尤其是身悬海外的游子，都不免怆然涕下，心田低泣。

这就是令人无法相信存在于现实世界之中的塔普伦寺了。而其诸多无解的神秘，也只能理解为是一个君王的莫测心事了。

其实又何必纠缠于这么迷离的历史尘埃呢？多欣赏欣赏塔布隆寺的树之风情，多拍拍照片多好。这里最适合拍照不过了。尤其是妙龄女子，最好再是身着红色或白色过脚长裙，或站立在废墟故垒之间，或侧依于墙头门框之上，或斜靠着木棉蛇树，或轻坐在枯枝藤蔓，抬眉或低首，一笑或一颦，在斑驳的光影中、在青绿的幕布下，那抹白或那点红，都很容易被拍成一幅可以邮寄的明信片。至于为什么非要是"过脚长裙"？裙之过膝是不够的，因为如若您失去了裙摆拂过青苔，拖拽着摇曳的光和风，那是会辜负塔布隆寺长河般的岁月的。蒋勋在《吴哥之美》中说："美深藏在何处？——被唤醒了。"但却漏掉了主人，在这里，唤醒美的主人，不是其他，而是，您那洁白或艳红的裙摆！

光阴纵横，树根蜿蜒，塔普伦寺就像是一辆穿梭时光的列车，从远古驶来；但它将驶往何方，这又给人类留下了一谜。

也许多年之后，它将烟消云散：因为即使是最优秀的文物修复专家都要为之皱眉——修不得，动不得。如果任由这些树木在这里蔓延、生长，可以预见，塔普伦寺终将因崩裂而坍塌；而如果将这些深缠在墙头石缝的古树砍掉或剪去，那么现在塔普伦寺就可能立即会坍塌而毁坏。这是个两难之选，也许，这个难题早在公元19世纪法国人第一次遇到此寺时就已发现，所以便放弃了修复；也许公元1992年，当联合国教育科学文化组织将吴哥古迹列入"世界文化遗产"名录之时也已发现，故而同时便将它列入了"濒危世界文化遗产"名单。

也许，多年之后塔普伦寺依然如故——因为，大自然的力量是无穷的，它既然可以造就出今日的塔普伦寺，那么，它的奥秘也必能引领着塔普伦寺走向明天，乃至未来。

但不论如何，世间只有一个您我，世间也只有一个塔普伦寺，未免天有不测风云，还是尽早来邂逅吧。请记住它的所在：巴戎寺东八九里。

2018年11月21日深夜，于金陵，徐庄

18 荔枝山的飞瀑

荔枝山，原名"八角山"，也称"库兰山"。位于吴哥通王城之北，相距甚远，约有 50 余公里，开车而往约需 1~2 个小时。且山路崎岖，故而游人罕至。

不过，荔枝山之名，应该与中国颇有些渊源。相传，当年元朝使节到访吴哥时，同行的周达观，曾将随船带来的荔枝种子，赠予此山附近的居民，并种之于此山之上。后来，荔枝长满山坡，因此得名。周达观一行，从来至归，一共历时三年，而在吴哥的时间不过一年，从播种到长满山坡应该要不少个年头。所以假如真有此景，周使臣应该也无缘看到了，想来有点可惜。

荔枝山，今已不见挂满枝头的荔枝——香蕉倒是不少。在上下山的道路两侧，黄香蕉、红香蕉、黑香蕉等，均有销售，且价格超级便宜。如果是第一次看到这么多种颜色的香蕉的话，想必一定会大感奇妙吧。

之所以要去，是因为柬埔寨本就名山不多；孔子曰"仁者乐山，智者乐水"，虽然不求仁智之名，但如果能得一山又得其水，何乐而不为呢？所以，得悉荔枝山上有飞瀑，就要忍不住前往了——显然不是冲着吃荔枝去的。

现在正是荔枝山的大好时光。要是早些年——据说直到公元1998年，这里还都是波尔布特及其"红色高棉"的最后领地，并在周围埋满了地雷。说到"埋地雷"，我想，去过非洲大漠的人们，应该不会忘记那个曾埋藏有数千万颗地雷的"魔鬼的花园"吧？这发生在二战期间，出自德国悍将、非洲集团军司令，也即有着"沙漠之狐"之称的埃尔温·隆美尔将军之手。所以，"要说埋地雷哪家强，埃尔温·隆美尔可称王"。不过，风水轮流转，40年后，在东方的大地上，又出了一个"埋雷狂人"，此君正是"红色高棉"的最高领导人——波尔布特。据说，在其统治时期，不仅有150余万人被处决或饿死，而且，还先后在柬埔寨的大地之下，埋藏过1 000余万颗地雷！一举为其国家，赢得了"地雷王国"之"美誉"。虽然"红色高棉"已成历史，但这些地雷却害人无数，至今仍未能全部清完。所以像荔枝山这些地方，目前周围应该还有些地雷等待着被排除，只不过对于游人来说，已经基本上安全有保障了。

荔枝山体量巨大，蜿蜒35公里。前往荔枝山观赏飞瀑，从山脚到山顶，要经过一条长长的狭窄的林荫土道，偶有段水泥路，便感觉幸福无比了。山路旁，会有不少的森林警察值守，一是护林，二是指挥交通。车子开到山之深处时，您还会发现路两旁，经常会有些孩子手拿铁锹在铲土往路当中撒：有的是撒在路坑之中，有的则是随便一撒。尤其是当您的车辆快要经过他们身前时，撒得更是积极了。您可以把它当成是在铺路，但依当地风俗，我想，其最重要的寓意可能是"出门遇贵人"——

有人愿意为您辅平前方的道路嘛。果不其然，前面有些"熟稔"的车主或乘客，经常会摇下车窗，向他们回撒纸币——货真价实的真钱、柬埔寨币"瑞尔"，100元、1 000元，一撒就是一片，至少每次好几张。所以，我想应该不至于是美元，要不然真的就是土豪了，而路之两边，也早就人满为患了。

到了山顶，会有些佛教和印度教的庙塔，如鲁塞塔、佐则塔、丹雷格拉塔等。不过，登顶之前，还要先经过一个小小的，但还算热闹的当地集市，售卖着一些当地烧烤、服饰、纪念品之类的。还有的在"卖钱"——是的，卖着一沓一沓的可以流通的百元瑞尔"大钞"。可能一捆有100张，都是折叠好了一头，也就是说抽出来会非常方便。如果按时下美元兑瑞尔是1:4 000的话，其实一捆或一沓却也值不了多少钱。不久后您就会发现它的作用了：或敬献寺庙，或向寺庙台阶两侧的乞丐施舍。在老挝北部的"佛都"琅勃拉邦，针对僧人会有以食物为主的布施，那是安静的、祥和的，会形成一条长长的、美丽的街景；在缅甸，从南到北，既会有针对僧人的布施，也会有很多年幼的小和尚在向游人乞讨；而这里，基本上只是伸手即来的乞讨。当然，也会有些虔诚或还愿的游客或当地人主动给这些人钱财，从寺脚到寺中，走完整个台阶，一路施舍过去，就当这也是一种布施吧。

走完集市，便是石质台阶。台阶旁的雕塑，比较简陋，有那伽、大鹏、羚羊、狮子、老虎等。台阶中间一段还有一座"山"字形的三孔庙门，庙门之上又有三个镂空的小塔，里面各自立着一尊金佛，即所谓山门的守护神。

荔枝山的寺庙中,有两三座是佛教寺庙,庙中多供奉着金佛。还有些供奉印度教的神,比如湿婆。在这里,湿婆是一尊躺舞着的、混合型"美人鱼像":上身是女舞者,下身是"摩卡罗"——这象征着无穷无尽。对于印度教信徒来说,这尊圣像,是阐释这位跳舞的"毁灭之神"无限怜悯和宇宙力量的一种形象化启示。不过这几个寺庙的规模都不大,精美程度也一般,倒是香火还算旺盛,应该是当地人居多吧。也正因此,据说荔枝山便为"柬埔寨最神圣的山峰",这可能与其临近吴哥圣地和柬国少山也不无关系吧。几寺之间,有几棵比较大的菩提树,树下可以坐着歇脚或者只是纳凉,有时也会有当地的一些艺人面向树下的佛像弹奏乐器,既是敬佛,也算是另一种相对公平、对等的乞讨——您可以向他们面前的钱盒中放入"等值"的纸币——柬埔寨目前是没有法定的可流通的硬币的。

寺庙之侧,依着一棵巨大高耸的菩提树,还临着山崖,在一块10余米宽、20余米高的岩石之上单独建有一座"空中之寺",这便是荔枝山上最大的寺庙——波列昂通寺了。此寺坐东朝西,寺外一圈是观景台,从寺脚拾级而上登顶之后,可以凭栏远眺荔枝山周遭的自然风景以及山腰间的迤逦人家。而寺内,则是一尊身长9米、肩宽3米的石刻卧佛,形态颇为生动;底座是十八罗汉的石雕头像,围成一圈。据说寺前的岩石像狮子头,乃是此山的标志,不过当日未能得见。

其实荔枝山并不高,之所以会觉得路途遥远、上山漫长,是因为路坡较多且要绕行罢了。唐代诗人刘禹锡的《陋室铭》说"山不在高,有仙则名",而荔枝山之"名",则是其瀑布无

荔枝山顶上的寺庙,既像印度教的,也像佛教的,是它们共同的圣地。

摄影:陈三秋

荔枝山上这尊佛像雕塑,似乎在告诉人们,那个印度教盛行的时代,已然远去。

摄影:陈三秋

而山上供奉的这尊"美人鱼像",它是印度教的"主神"之一,湿婆的化身。

摄影:陈三秋

疑了。

荔枝山瀑布，位于波列昂通寺的西南，一处位于暹粒河上游的、开阔的山谷之间。也就是说出寺之后，拐行过一段山路才能到达。此瀑分为两段：上游一段宽且温和，下游一段则宽约百米、其势奔急。其中，上游一段从茂林深处缓缓流至，经由一处十余米高的断层，并顺着石壁淌下，故多了些温婉柔和；然后便侧泻在一块千余见方的石台之上。石台相对平坦，上面刻着1 000个方方整整的林伽图雕，底座则是约尼，任由瀑水在其上方，经年流淌。石台还可以入内，在水中嬉戏；石台侧旁近水的岩石上，雕刻着印度教和婆罗门教的神像——湿婆像，两者共同引为一景。下游一段，相距上游约数百米，会有土路和木阶引导而下。由于上游之水，经前一段的蓄积之后，再度流下，当遇到一处30余米高的峭壁断崖，并陡然跌落时，便会有万马奔腾之势，是为飞瀑。

飞瀑两侧山谷，由密林夹峙，将白瀑之美，突出得非常写意。飞瀑之下的水潭之中，则是巨石如林，所以当水急坠其上，水花四溅，响如惊雷。被溅起的碎水珠，便化成水雾，随风飘飞，仿如幻境。

这里是当地人最喜欢的所在了。因为，暹粒城基本上终年酷热，此山靠此瀑，便是难得的凉爽，可以作避暑之用。所以，

荔枝山的飞瀑：这是柬埔寨不多见的瀑布，吸引着很多人，来此避暑。　　　　　　　　　　　　　　摄影：陈三秋

荔枝山瀑潭下的印度教圣物：林伽与约尼。这里也是吴哥王朝的发源地。　　　　　　　　　　　　　　摄影：陈三秋

您将会看到不少当地人家，举家开车来到瀑边，在瀑中游泳，或在岸边铺上地毯就餐。吃的多是自带的柬菜，和手抓饭。对游人们来说，也是一道"多情的风景"。

有人说，荔枝山就像是一头巨狮，静静地伏卧在暹粒的莽原之上。这是比较形象的比喻，更能揭示出两者密切的关系。甚至可以说，没有荔枝山，就没有吴哥城。因为修建"大小吴哥"、万千寺庙的石头大都出自此山的7处采石场。在吴哥王朝鼎盛之时，曾经坐拥战象20余万，在作战之余，这些大象便成了运输工具。聪明的吴哥人在每一块采来的巨石上开凿出一个圆形的石洞，然后塞上圆木，便可便于大象、工人、竹筏等水陆两路拖运。辉煌一时的吴哥古城不是一日建成的，想想当年脚下的这个山下，一定是经常象阵如林、人声鼎沸，无比喧哗吧。

在吴哥时代，荔枝山还曾一度被称为大因陀罗山，源于阁耶跋摩二世在此宣布自己即为转轮王。这是些来自法国学者的考古发现，而宣称转轮王之举，也通常被认为是高棉王朝创立的标记。考古专家们据说还在荔枝山附近发现了比吴哥王朝更早的古城遗迹——"失落之城"玛汉德拉帕瓦塔城，此城也可能同属于吴哥王朝早期，只是因王都多次迁移而被荒弃，不过这一发现还未能形成比较公认的史学地位。

但荔枝山上的石头堆积出了大小吴哥的遍地寺庙应该是没有疑问的，光吴哥窟据说便使用了约30亿吨这里的石头。这些石头有的是灰砂岩石，有的是红砂岩石、粉砂岩石等，其中灰砂岩石的品质最好，这是建筑吴哥窟的主要之石。而这些石质的不同，也造成了后来像女王宫、巴戎寺等建筑虽比吴哥窟或早或晚，但均更加残破。在老挝和缅甸，您会发现年代久远的寺庙多为木质结构，伐树而建，这些在您游览琅勃拉邦城、曼德勒古城时都会有所发现；中国历史上的寺庙、宫殿更是以木材建筑为主，比如位于天津的应县木塔、张掖的万寿寺塔、正定天宁寺塔等等，均为木塔。但吴哥虽为周边之国，建筑却以岩石为主，有点像埃及和希腊建筑，这点还是比较值得探究的。难道我们看到的多为陵寝？这还真说不定。不过，吴哥王朝可能要因此得福了：不管是公元1177年和1178年陆、水两路侵入的占城，还是公元1430—1431年到来的暹罗，当他们在横扫这片大地之时，都因此而未能将其付之一炬。这些"征服者们"每次劫掠走的"只是"珠宝、黄金、佛像、美女和人口，吴哥的建筑之魂还在。

在吴哥时期，应该每一座寺、每一个塔都曾有着石门，石门之内有吴哥的宝藏；盛世之时，甚至寺外的墙壁上都塞满了珠宝，夜幕之下，闪闪发光。不过，如今石门尽毁，珠宝尽失，只留下墙上的深坑，供暹粒人向着游客诉说。可能也只有荔枝山未曾改变——飞瀑仍在，流淌千年！

2018年11月22日于金陵，午后—黄昏

19　吴哥窟的日出

吴哥窟的日出，世界之最。

写不尽吴哥窟的故事，但其日出最值一写。虽然大千世界可看日出之胜地不计其数，看日出之法也数不胜数，但吴哥之寺比照太阳升落规律而建，国王本人也自比太阳，世所罕见也。所以，这座曾经沉睡400年的"秘密花园"，每天清晨，当和煦的阳光将它唤醒之时，其情、其景，可称世界第一。

我经常会想，当年那个"草原帝国"的使臣周达观君在吴哥停留了一年之久，他有没有来看吴哥窟的日出呢？我想可能没有。是时，乃吴哥盛世之中，吴哥窟作为国之圣庙，国王居于此，应该不会对"外人"开放吧。而如果有，试想一下，那将是公元1296年一个清晨，一个中国人的身影，站立在吴哥窟的群塔之间——他将为此在《真腊风土记》一书中写下：中央塔中的毗湿奴，通身金箔，安神端坐，只待世界上的第一缕阳光从东方的天际闪过，神像泛起耀眼金光，仿佛苏耶跋摩二世的重生；亚特兰蒂斯已逝，真腊王的吴哥寺不朽。

那么，葡萄牙的那个修道士，安东尼奥·达马德莱纳呢？

这是元朝使臣周达观,在赴吴哥王朝并写下《真腊风土记》一书时的航行路线图。　　供图:壹书局

周达观的这本薄薄的《真腊风土记》,成为开启吴哥王朝大门的秘匙。　　供图:壹书局

据悉，他是"第一位到访吴哥窟的西方游历者"（之一），到达时间应该在公元16世纪中叶，吴哥王朝已经为暹罗所灭。按道理来说，他应该是有机会看到吴哥窟的日出的。不过当时，关于这座寺庙的历史并不清晰，他也极有可能，因为不知道吴哥窟的建筑典故，而错失观赏。而且，如果从那时起，西方人便已经进入了更偏爱下午和晚上的作息习惯，那么他就更不可能接受"痛苦的早起"，去看一个尚不知道意义何在的"陌生"的日出了。公元1589年，他将他看到的吴哥窟，告诉了他们的历史学家迪奥戈·库托，他说："它是如此非凡的建筑，你无法用笔描绘它，尤其因为它是世界上无与伦比的建筑。它拥有林立的塔、装饰以及汇集人类天才所能构思的全部精致。"后来，这段话被记录了下来。这就是安东尼奥·达马德莱纳一生能够"传世"的全部故事。

公元1819年，周达观遇到了"知音人"——神父阿贝尔·雷穆沙，并将其《真腊风土记》翻译成了法文。公元1860年，年轻的法国探险家亨利·穆奥捧着此书，按图索骥来到了这片雨林，从此，唤醒了这个沉睡四百余年的王朝。

亨利·穆奥是"识货"的，因此，他最有可能看到过吴哥窟的日出，甚至是在这里的每一天，只要晴日，便都会坐在吴哥窟之巅——那个周达观看到过的、曾供奉着金色毗湿奴的中央塔。中央塔中的毗湿奴被攻陷此城的暹罗将士抢走了，从此下落不明；他便是日出之下，吴哥窟的"太阳"、吴哥窟的神。

可惜的是，亨利·穆奥在此也只有一年，甚至一年都不到。次年，也就是公元1861年他便客死在这座城下，年仅35岁。

艳丽晨光中的吴哥窟,当阳光为它披上"外衣",不知能否焕发当年的神采?

摄影:陈心佛

公元 1862 年,图文并茂的《暹罗柬埔寨老挝诸王国旅行记》一书在法国巴黎出版。这是其弟查尔斯·穆奥为其整理、命名的遗作。书名很长,也很平民化,但足以凸显亨利·穆奥精彩的一生和最重要的经历。也让他一举成名、享誉世界。不过,假如亨利·穆奥未曾英年早逝,而是年过花甲、亲自记述,我想,他可能会起一个更简洁明了的书名,名字就叫"吴哥新王"!开篇之中,亨利·穆奥将写道:清晨,我一个人,坐在吴哥之巅,日出之下,我乃此城无冕之王……

亨利·穆奥经其书封王的故事很快传遍世界。通过其弟之手，亨利·穆奥在书中娓娓说道："其中一座寺庙可以与所罗门时期，以及那些古代的米开朗基罗们建造的庙宇相媲美，并在我们最精美的建筑中占据一席之地……它比任何希腊或罗马留给我们的东西都要气势恢宏，与现在柬埔寨所陷入的野蛮状态形成心酸的对比。"这便是亨利·穆奥笔触之下最真实的吴哥窟。欧洲列强、美国牛仔、考古学家……受其激励，前赴后继地涌向吴哥古城。带着100年前开启的工业革命的文明成果，来此追寻一个失落千年的古老文明。当然，其还有着一个更重要的时代背景——公元1863年，法国入侵柬埔寨，将其变成了一处法属殖民地。

公元1940年9月，日军占领柬埔寨。到二战结束，重回法国殖民统治，这其中的5年应该是吴哥更加黯淡的时期。古城变战场，吴哥遗址也变成黑暗坟场。清晨第一缕阳光爬上吴哥窟之中央塔的静穆和炫丽，也被隆隆燃起的炮火取代和湮灭。相信那时，应该再无一人，会拥有这份闲情逸致，垂涎于斯。

在此后的数十年间，也就是公元20世纪的下半叶，包括已宣布柬埔寨王国独立的公元1953年，吴哥古城的硝烟几乎都未曾散过，甚至连"高棉的微笑"都要被蒙上一层厚厚的阴霾。日出之下，皆为战火。

据亨利·穆奥发现这片"秘密花园"之后 100 余年,准确地说是公元 1966 年 9 月,一个尊贵的客人偕夫人到访吴哥,这是一次令柬埔寨举国轰动的"国事访问"。到访者不仅发表了著名的"金边讲话",还在吴哥窟的平台上观看了一场"声与光"文艺晚会。晚会之际,炫美的灯光打在吴哥窟昏暗的塔身之上,其下,既有高棉舞蹈与墙上仙女壁画的交相辉映,也有皇家芭蕾舞团的精彩演出,共同挥霍着吴哥窟短暂的欢娱时光。这位访客的名字叫夏尔·戴高乐——他是法兰西第五共和国的缔造者,还有着一个更耳熟能详的称誉"戴高乐将军"。他来时不是

吴哥窟中,壁画回廊上的仙女神像。她们诞生于"搅动乳海"之际,也是高棉"仙女舞"的人物原型。　　摄影:陈三秋

清晨，所以吴哥窟的日出注定已确定与他无缘。从此，他的《战争回忆录》中也就少去了这华丽精彩的一笔。

更不曾想到的是，随后不到4年，当时最紧密地陪伴在夏尔·戴高乐总统身边之人——诺罗敦·西哈努克国王，便在一场来自朗诺集团的政变之后，于公元1970年3月，由苏联"抵达"中国，并从此过上了流亡海外的生活。仅这一次的北京之行就长达5年。是年，国王年仅48岁，登基已有29年——政变发生在他访苏期间，政权被倾、国已难回。柬埔寨，再次陷入长年浩劫，尤其在"红色高棉"时期，无数人民的生命，被饥饿和子弹所吞噬。吴哥的日出之景，并不管饱，更不护体，几为所忘。直到公元1975年4月，金边解放，国王归来。

诺罗敦·西哈努克一定看过吴哥窟的日出，甚至是经常吧——那意味着一天又一天，皆可重生。甚至在公元20世纪的60年代，这位国王还曾斥资恢复了一部分吴哥宫苑，以便进行外事接待，其中，便包括吴哥窟。而史料也记录了他曾多次居住在离吴哥窟不远的国王行宫，那附近有着一座姐妹庙，它是水上高棉的保护女神。只是不知道，一生饱经沧桑变故的诺罗敦·西哈努克国王在看到每一次日上中央塔的景色时，会是怎样的心情。也许他会说——其实更像是"许愿"：愿新的一天，阳光之下的子民能够关心起国家的命运，而不是热爱美元甚于爱国。

公元1993年9月，在国际社会的干预下，柬埔寨举行全国选举，诺罗敦·西哈努克再次成为国王。此后不久，这位国王便以养病为由长期生活在北京东效民巷的一处四合院里，远离了日出之下的吴哥城。公元 2004 年 10 月，国王最后一次从中国回到柬埔寨，这一次他是将王位传给了他 51 岁的儿子，诺罗敦·西哈莫尼。这位至今未婚的新国王，鲜见于吴哥街头，但是，他很快"用微笑征服了国民"，让 1 300 万柬埔寨人接受了他，并且得到爱戴。那么，柬国也就有了三个"最著名"的微笑："高棉的微笑""吴哥的微笑"，以及"国王的微笑"！

而诺罗敦·西哈努克——这位终生为柬国多舛命运奔走的老人，也已于公元 2012 年 10 月病逝于北京城。北京虽与柬埔寨亲如家人，但终归只是异国他乡，如果他在暮年还有机会一看日出吴哥，也许就在公元 2004 年的 10 月间——那是最后一次，他已垂垂老矣，那么，当时的他应该会选择沉默不语吧，而其之下，将仍是一颗跃动的心。心底里，他只跟自己诉说：烟消之后，万物芳华。

老国王的灵柩于其逝世当月的 17 日下午，由北京运抵金边。这位为柬埔寨动荡不安的命运操劳一生的前国家元首，得到了应有的尊重。来自吴哥习俗的金色御撵，载着他的遗体缓缓行驶，在从金边机场到国家王宫的道路上，约十万柬埔寨民众夹道迎接国父灵柩回国。他的遗体可以长眠在这片源自吴哥王朝的大地之上了，而他也成了自吴哥王朝以来，这片大地之上最伟大的君主。安息吧，国王！

公元 2001 年 6 月，西蒙·韦斯特导演的《古墓丽影》上映了。剧中重现了吴哥窟的繁荣影像：寺内成群的僧侣在诵经，寺外水池上载着鲜花、水果的小船往来如织，在吴哥窟长长的回廊中，劳拉将一碗圣水一饮而尽，身上的伤口便瞬间愈合……可惜，

吴哥窟的塔尖上，隐藏着"王者的心事"。一年两次，当日出从中央塔的尖顶垂直升起时，国王可以与诸神对话。

摄影：陈心佛

唯独缺失了日出吴哥窟之篇。"山"字形的吴哥窟塔尖，深掩在满城绿林之间，依然有如神之秘境！各国游人自此开始，蜂拥而至，络绎不绝。

莎士比亚说"一千个观众眼中有一千个哈姆雷特"；我们也可以说：一千个游人眼中，便有一千个吴哥窟。这是一处方正、严整、规模庞大的古城，最佳观城方式不在地上而在空中。公元2007年，澳大利亚考古学家达米安·埃文斯，和法国远东学院的让—巴蒂斯·齐方斯教授通过地面传感雷达进行的航空三维测绘发现，吴哥窟是一座至少与柏林城一样庞大的都城的中心部分。虽然它建于苏耶跋摩二世时期的"黄金年代"，但即使是在阇耶跋摩七世统治下的"巅峰时代"，它依然是当时这个"中南半岛"最大帝国的权力核心。如若从空中俯瞰，密林围着护城河、河水守护着吴哥窟，绿掩古城、塔影重重，这必是一幅荒凉而壮美的画卷。

时至今日，已有热气球观光项目可以载着您升空观赏，只要不下雨——因为遇雨则停。不过，最佳观日出的方式却并不在空中，否则就有些"暴殄天物"之感了。吴哥窟自带观日出的最佳地点，而且就在寺中，地面之上。

作为吴哥王朝的"太阳王"，为了借着光之神迹，与宇宙诸神对话，苏耶跋摩二世，不仅是名字之中隐喻着"受太阳保护"之意，还在修建此窟时"用心良多"。为追觅"圣光之子"——太阳，在其治下修建的吴哥窟中，每年春分和秋分的前后三天，站在正门的石道上，可以看到太阳，将从中央塔尖的正上方升起；夏至，太阳会从建筑主体"山"字形的三塔中的北塔上方升起；而冬至，将会迁移到三塔中的南塔上方升起。如此往复，终年不息。

澳大利亚莫纳什大学的名誉教授大卫·钱德勒，在其第4版的《柬埔寨史》中还引述有"在太阳升起时（将同）西门与东北方的波克山连成一线"之说。这里的"波克山"已不知所踪；也许是"波哥山"，但现存的波哥山，一个在"胜利堡垒"班迭棉吉，一个在"幽灵之城"贡布，且较吴哥一个在西偏北、一个在南偏东，都不吻合。因此，从方位上看，可能是今天的荔枝山。但其说无异于告诉世人，吴哥窟的建筑之中，蕴含着无比奥妙的空间密码！如果您也对此感兴趣的话，不妨一探。

吴哥窟的正殿之外，也就是回廊之前，有着南北对称的两个旖旎水池。池畔有些干壮叶疏的棕榈树，从数棵棕榈树之间，也可以看到完整的吴哥窟建筑主体，也就是那个放大于天幕之上的"山"字。因此，错过了春秋分和冬夏至的"黄金时间"，您还可以在这两个水池之畔看到日出三塔之间的影像，以慰"相思"之情。而且，从这里观赏日出，其景并不差：虽没有精确的日出塔尖之上，但有水之倒影，有更充沛的光，所以当前已成游人集聚、非常热衷的观日良点。只是随着季节的变化，较佳的观赏点会在两池之间左右摇摆，需要您懂得移动、把好时机。

赏吴哥窟之日出是值得的。不过也要看天公是否做美。最主要的困难点，不是早起之困，而是久候之累；尤其是久候不到之累，心累，是真累。因为中南半岛多为雨旱两季，也就是一年之中有半年是雨季。即使天不下雨，如若晨时云多，您也看不到喷薄的日出；经常会等到见日之时，日已当空，早就没有了清晨欲出、一线之间的那种霞光漫天的奇丽之美。

我来吴哥窟多次，在暹粒城多日，也不过只见过一次，已是幸运。

吴哥窟的日出是静好的。日出之前，满城肃穆——除非要欣赏这里的日出，否则，行走吴哥、疲累一天的游人是不会这么早起的。即使是刚入暹粒城，还精气神十足，但3点多早起、4点多出发、5点多排队，再一直等、一直等，等着一个不确定

我所见到的，10月的吴哥窟的日出，虽然不是自塔尖升起，但依然壮美无比。

摄影：陈海挑

第 1 篇

The floating clouds

千里之行
始于**柬埔寨**

的日出，也会被折腾得够呛。所以，在清晨，能够打破吴哥古城宁静的，唯有此吴哥窟，一地而已。这与蒲甘古城中的诸塔均可观赏日出的选择是不同的。不过蒲甘游人之数要略输于吴哥，所以也自有一种宁静。

一般多在5点半到6点半之间，吴哥窟的"山"影便会渐渐分明起来，略带着些霞光。霞光是一抹一抹的，或一片一片的。初时不是很亮，天幕依然深沉，是黑色中的一抹粉红。黑色初为夜之幕布，后来会交替为云，所以，日出之前，早霞必须要驱走黑色的云才行。但驱走之后的天空，不尽是霞光天下，还需要让渡给白昼之幕——此时的天际是大半的白和小半的红；白是灰白，红是粉红。

然后，黑幕慢慢褪尽，霞光背后开始出现金黄之色。那是一团团、一抹抹、碎片式的，与粉色的霞光交融在一起，分外明亮。待金黄击败粉红，日出就不远了。

吴哥窟的日出四周不会拖曳着"一团火"，当艳红出现之时，便是日出、是太阳。圆圆的、嫩嫩的，像美丽的鸡蛋黄。所以，它基本上不会娇羞般只露出一点点的头，要露已是半边，很快便成圆盘。于是，殿外的池水之中除了一滩金黄，也便多了一个无比耀眼的圆轮——似乎水中的日出倒影要比天际的日出明亮些。

接下来就是圆盘与金黄的汇合——圆盘向着金黄靠拢，圆盘也慢慢变成了金黄。长江商学院的校友们常说："因为向往大海，所以汇入长江。"我想，吴哥窟的日出也可能是因为向往勃勃的、广阔的金黄，才向其汇聚吧。

待团状的金黄接住金黄的圆盘，两者合二为一之后，天际的金黄便开始变得稀疏起来。这可能是明亮的圆盘吸附的结果，也可能是火热的圆盘驱散的结果。总归，会融为一体，只剩下圆盘的金黄，是为太阳。而其余散落的金黄其色隐去之后，便化成了天际的云。日出东方，闪耀大地；吴哥城醒，尽情摩挲。

  在吴哥窟的日出之后，我经常想，吴哥城的大地之上有寺庙，吴哥城的天空之上有日出，那么，吴哥城的大地之下是什么？

  这是一个"罪恶"的疑问。我可不想盗掘这里的古墓。但是，这里有吗？我想，有此一问的人，应该不仅我一个吧。《古墓丽影》一剧中科幻出的那个神秘的"光之神殿"，不就是塔布隆寺的地下吗？显赫的吴哥王朝，会放过地下的疆域吗？那么，吴哥古城的地下，又会有哪些秘密呢？

  相信这个疑问就快要有答案了。还是那个曾用雷达测绘说吴哥城不下于柏林城大小的悉尼大学考古学教授达米安·埃文斯，和他的同事罗兰·弗莱彻，两人共同领导的考古小组，在公元2015年采用航空三维激光雷达扫描技术以及穿地雷达技术，发现这片大地之下的多处遗迹。充满神秘色彩的吴哥窟，再添不解之谜。

  从公元1860年发现吴哥窟，到公元1914年发现女王宫，吴哥古城已经经历了两次"大发现"；加上这一次的"大发现"，那么一共有三次；而如果再加上此前公元2012年，也是这两位同志，在荔枝山高原之上发现的"失落之城"玛汉德拉帕瓦塔城，且为真实的话，那么，迄今，吴哥城已有四次"大发现"了。神秘之城，名副其实，绝不虚言。当然，可能还会有第五次、

在吴哥窟的日出完成之后,整个城市也就苏醒过来了;在这个难得的清凉时刻,可以一窥它的奥秘。

摄影:陈三秋

第六次,甚至更多。

而这一次,也就是公元 2015 年的这一次,显然引起了轰动。据其联合发表的论文所述:吴哥窟地下,埋藏着一大片结构复杂、"由直线组成的"、长约 1 500 米、宽约 600 米的"螺旋状"沙土结构之物,以及 8 座塔状的遗迹。这片"螺旋状结构",是个"巨大的、独特的、引发很多疑问的"结构,它的存在,以前从未被认识到,甚至不曾被预料或设想到。而且,还有其他多处地下城市遗迹,有些是完整的城市,有些城市的规模甚至与今日的首都金边相当。英国《卫报》说,(他们)"探测了大约 1 900 平方公里的区域，经过图像和数据分析，还原出这片热带雨林下的数座城市遗迹"。看来这一次的惊人大发现，是真切的了。

长期从事柬埔寨历史研究的大卫·钱德勒闻悉，也兴奋地说道：这将帮助人们更多地了解吴哥文明如何繁荣、如何衰败，是在"重写历史"——"虽然把这些重大发现写入旅游指南和历史书籍尚需时日。但他们成功把数以百计没有姓名记载、讲高棉语的普通人放入柬埔寨历史，这本身就是一大进步。"的确，这是一个吴哥的大发现，也是一次柬国的大进步。

难道是吴哥窟所供奉的毗湿奴大神显灵啦？！印度《薄伽梵往世书》中记述着毗湿奴 10 次"下凡救世"的故事，每次或化身为《罗摩衍那》中的罗摩，或化身成《摩诃婆罗多》中的黑天——而英雄黑天的故事在《诃利世系》和《毗湿奴往世书》中也都有记载。毗湿奴有时甚至还化身为佛教的始祖佛陀——释迦牟尼！这么神通广大的主神，就尽快让我们见一见这些地下古城吧。

主神庇护，佛祖保佑。待到那时，我们将可以早上看日之出，上午看吴哥窟，下午看地下城了；一天之中，穿越"三界"，甚是期待！

吴哥故事多，一定会再会；再见日出，再见吴哥！

2018 年 10 月 9 日于暹粒，吴哥窟观日之后

20 大皇宫的鸽子

大皇宫在金边城中心、洞里萨河畔，是由原诺罗敦国王始建于公元 1866 年至公元 1870 年间，含国王寝宫在内，后经多次续建，其中总共约有 20 余座宫殿，在各国皇宫之中，算是一个比较精致小巧的皇室建筑群落。

我有幸参观过的皇宫类建筑群主要有曼谷的大皇宫、首尔的景福宫、法国的凡尔赛宫、曼德勒的大皇宫、马来西亚的国家大皇宫、琅勃拉邦的皇宫博物馆，如果再算上中国的两座：北京的紫禁城和长春的伪满皇宫博物院，以及金边的大皇宫，那么总数可近十座。这些皇宫风格各异，各尽奢华、自有千秋，而豢养无数鸽子的，则可能只此一座了。

金边皇宫门前的鸽子，是其著名一景。在公元 2016 年的 10 月间，它们曾为到访大皇宫的中国国家主席习近平放飞过，令人印象深刻。其鸽群的数量与种类，可谓非常之多，时有遮天蔽日之感，经常引来游人无数。估计也只有"印度之门"的海边，或者佛罗伦萨的广场，才能看到类似的景色了。听说英国伦敦的街头，也有不少的鸽子，那是香港明星梁朝伟经常光

金边大皇宫，代表着当下柬埔寨高棉建筑艺术的最高成就。脊顶的佛塔制式，影响到了曼谷的大皇宫建筑。　　摄影：陈三秋

顾之地。曾多次计划去英伦，但终因"计划赶不上变化"，而未能成行，将来去时，再做比较吧。

其实从外观上来看，大皇宫更像是座"大金寺"。而据称其通身所涂的金、白二色，墙上的白色即代表婆罗门教，而顶部的金黄色则代表着佛教，是一座两教融合式宫廷建筑。如果您再看过大皇宫北面的乌那隆寺，做个比较的话，您会发现其在建筑风格上几乎一模一样——只是规模大小不同。

柬传佛教共分两派，一派叫摩哈尼伽派即"大宗派"，一派叫达摩育特派即"法宗派"，两派各有僧王主持，由国王分别任命并享有王室供奉。而乌那隆寺便是一座由摩哈尼伽派僧王主持的佛寺。其寺颇有些年头，建于公元 1443 年，有着 570 余年的悠久历史。寺内有金边最大的佛塔，并有 5 座稍小的佛塔环绕，为金边规模最大、最负盛名的寺院。传说公元 1890 年时，住持僧王曾从佛国锡兰也就是今天的斯里兰卡，迎来佛祖释迦牟尼的一捧骨灰并供奉于大佛塔内，故而堪称"圣寺"；而且"乌那隆"之名本身也有"圣眉"之意，与寺内藏有古代另一位不知姓名的圣人眉毛这个故事有关。如今，该寺还是柬埔寨国教也就是佛教组织的总部所在地。

另有金界娱乐城南的波东寺和独立纪念碑旁的兰卡寺，其建筑艺术也与大皇宫相像。前者又名"波东瓦岱寺"，是一座由达摩育特派僧王主持的寺庙；后者建于公元 1882 年，也是一座比较知名的古老寺庙。甚至连金界一二期之间的柬埔寨国会，都似一座寺庙建筑，有如金边大皇宫。

金边是不缺寺庙的。您若从机场驱车往市区，沿途您还可以看到波士东寺、德克拉寺等出现在俄罗斯大道左侧。市区之中，城南的株德奔寺、城北的涅格文寺等大名在列。其实，"金边"之名本身，据传也与"寺"有关。

金边，柬语为"Phnom Penh"，即"普农奔"；其中"普农"之意是"山"，而"奔"则是指"敦奔"——一位老大妈之名，故也称"奔大妈"。据传她约生活在 600 多年之前，其地名叫"四臂湾"，而她本人则是一位虔诚的佛教徒。那是公元 1372 年的一天，天空突然阴云密布、雷电交加，不久大雨滂沱、河水暴涨。待到雨过天晴，奔大妈来到河边打水时，看见一棵顺湄公河漂

　　金边的大皇宫，始建于公元1866年诺罗敦国王时期；围墙建于公元1873年；拿破仑三世宫殿建于公元1876年；公元1892—1902年间又完成了银殿的兴建：迄今已形成集20余座宫殿为一体的高棉风情的建筑群落。这是它的微缩全景模型。　摄影：陈三秋

　　柬埔寨的大皇宫，沉淀着吴哥王朝之后，高棉建筑艺术的最高成就。　　　　　　　　　　　　摄影：陈三秋

流而下的大树在水面上盘旋。经打捞上来之后，在树上发现一个洞，洞里竟然有四尊佛像和一尊神像。其中佛像为释迦牟尼佛，而神像头挽发髻、一手持神锤、一手执法螺，是为实有四臂的毗湿奴大神——暗示着与四臂湾的某种缘分。敦奔认为此乃天赐之物，便将佛像和神像都恭恭敬敬地迎回村里供奉。在佛祖和主神的庇护下，渔村逐渐发展成了一座繁荣之城，并在15世纪时被正式命名作"百囊奔"，意为"奔夫人之山"，有纪念敦奔大妈之意。后来当地的华侨，将其译为"金边"，也就是说"百囊奔"便是金边的发祥地，并演化成了今天的金边城。

这个传说深合柬埔寨信奉印度教、婆罗门教和佛教以及几教融合的传统，因而很是耐人寻味。而敦奔大妈曾经生活的地方——四臂湾，即"四面河"（由四条河流环绕的地方，抑或"四面城"，这是"金边"的另一种称呼"Chatomuk"中的隐含之意）都暗合今天金边城的地形。据说这个名称也是来自当地华人之中。至今，四臂湾依然为金边城畔、钻石岛北的一河之名，乃上湄公河、下湄公河、洞里萨河与百色河（巴沙河）交汇处；而"四臂湾"一词也仍然保留在了金边的一些著名的建筑之中，比如洞里萨河畔的四臂湾会议中心、施梳越大道上的四臂湾国家剧院、规划中位于西哈努克大道东侧端点的四臂湾跨河大桥等等。大皇宫，又称"大王宫"，也有着"四臂湾大王宫"之名。

大皇宫，由黄壁、白顶的城墙合围而成，墙高2米有余、内嵌大小不等的数扇绿色的精美镂空铁门，蓝天白云之下，甚是和谐。皇宫长435米、宽402米，整体呈长方形。宫中的建筑初为木质结构，后来改成水泥结构，具有鲜明的宗教色彩和

大皇宫镂空铁门之上的精美图案；正中的人物，头上所戴为佛塔式柬国王冠。

摄影：陈三秋

第 1 篇

The floating clouds

千里之行
始于 **柬埔寨**

虽然柬埔寨的大皇宫没有泰国大皇宫的风情万种，但在这座小巧的宫廷建筑群落之中，依然处处别具风情，包括举世闻名的吴哥窟的全景微缩模型和伟大的阇耶跋摩七世雕像。　　摄影：陈三秋

第 1 篇

The floating clouds

千里之行
始于**柬埔寨**

这座初建于金边王朝时期的大皇宫，仿效其历史上最伟大的吴哥王朝的王宫建筑形制，有着一处同样令人惊叹的壁画回廊！

摄影：陈三秋

第 1 篇

The floating clouds

千里之行
始于**柬埔寨**

高棉风情。殿顶陡峭,屋脊两端尖尖翘起,均呈飞檐状;中间是一个高耸的尖塔,代表着"繁荣"之意;从正面观之,殿门之上的"门头"多呈正三角形,三角之间雕有一佛,佛的四周是些精细的浮雕;殿中之柱既有圆柱形,也有四方形,风格迥异;内有回廊,其上有着效仿吴哥王朝的浮雕,走廊和室内的顶部也有一幅幅的浮雕装饰,内容多为历代王室功绩和宗教故事。

20余座宫殿建筑之中,主要有舞乐殿、宝物殿、金殿、银殿等。各殿之中,数银殿最为壮丽。据称其镂花地砖均由诺罗敦国王于公元1829年采自意大利的大理石,共5 000块,显暗白色,似银,故得"银殿"或"银宫"之名。大殿之内,有一件长数米、高1米多的镶金壁画,内容像是"释迦牟尼说法图"或"众僧求法朝拜图";殿内还供奉着一些佛像,以一尊玉佛为最,另有两座一大一小的金佛。

其中的玉佛,高约60厘米,通体碧绿、晶莹剔透,据传是由整块翡翠雕刻而成,约诞生于公元17世纪前后,隐喻着佛教的正统性——这对于佛教王国来讲,非常的重要,也象征着王权的合法性,是柬国瑰宝。银宫,也因此得名"绿玉寺"。不过,大卫·钱德勒在《柬埔寨史》第4版中曾说:"(这尊玉佛)像是19世纪20年代泰国人从万象带来供奉于曼谷同名寺庙中的那尊佛像；一个复制品现在供奉于金边的Silver Pagoda。"其中的"Silver Pagoda"，就是"银殿"。如其所述为真，那么眼前的这座玉佛，极有可能就是"赝品"了。

银殿之内还有一尊重90公斤，仿西索瓦国王本人锻造的金质塑像。金像之上，嵌有钻石9 584粒，最重的一颗达25克拉！假如每1克拉制成一个钻戒的话，可以戴满一个女人的双手双脚，还剩5颗挂脖子上呢。如今，大皇宫临近洞里萨河的码头，也叫西索瓦码头。码头之上，有个寺庙状的凉亭，凉亭和皇宫之间，有一大片绿油油的草坪广场——凉亭可以纳凉，广场可以喂鸽。每天往来皇宫、广场和凉亭之间的各国游客数不胜数，也时有三两成行、身着橙黄或绛紫僧袍的僧侣们穿过，和成群飞舞的鸽子交融在一起，甚至热闹而祥和。

这些鸽子毫不怕人，白色的、灰色的、黑色的、杂色的，到处都是。或盘旋于蔚蓝天际，或停落于凉亭之上；或在皇宫城头嬉戏，或在草坪之中觅食——只要有吃的，便还会向您飞来。于是，您的脚下、手上、肩头，都有望成为这些小家伙们的"舞台"。有时还会有些小田鼠，从草坪上的洞里钻出来与鸽子们

大皇宫门前广场上的鸽子,毫不惧怕游人的扰袭,自带一种贵气和一份从容。

摄影:陈三秋

争食,也没人会去捕捉它们。这些都发生在大皇宫脚下,而且,当今的西哈莫尼国王还居住于此——若在,他所住的宫殿前会挂起一面旗子,您说佛系不佛系、惊喜不惊喜?

不过,金边皇宫的鸽子似乎也有些与众不同,那就是很少听到成群的,或阵阵的鸽哨声。记得尤其是仰光街头的鸽子,那聒噪响亮的鸽哨声,似乎永远不知道休止。还是这种静更好些,亦不辜负大皇宫的肃穆和仁慈。

  这是金边城难得的好光景、好去处了。相聚于皇城根下，与鸽子们共舞，想想也是美妙。因此，来到金边，必看大皇宫；而来皇宫，也必喂鸽子。每次有朋友自远方来到金边，而只要我在，便一定会带着他们来到这里；即使我不在，也一定会推荐他们至此一游。那么，问题来了，有缘的朋友，您会来吗？

2018年11月24日于金陵，凌晨6时有余

21 迷失的金边城

吴哥王朝之后,金边成为柬国最主要的新都,延续至今,已六百年。

我到金边已经数次,而停留也有数月之多。从湄公河到大皇宫、从博物馆到图书馆、从 MALIS 到 KAÉMA、从 NAGA Ⅱ 到 BOBAIJU,大街小巷、湖畔城头,一个身影、"扫荡"其中。我热爱这个海外之城——也许是驻足太久,日久生情,所以,愈是爱得热切,便愈是心感不安。吴哥城可以消失 400 年,但还是重现了;贡布城偶尔消失,那是幻影般的一瞬间;而金边城可不是这两种"消失",而是一种"迷失"——没有方向、没有未来的迷失!心中有点痛,迷失的金边城。

其实,金边的经济在冉冉升起,城市之中也是勃勃向荣。要不然,不会"八方来朝",人满为患;车来车往,路堵如常。而早在十四五世纪,那是中国的元朝和明初,因同南洋诸国海上贸易的迅速扩张,也曾"眷顾"过此地。是时,金边作为一个内河港口,海轮可从此城沿湄公河顺流而下,然后经越南南方直接驶入南中国海。这也有可能是柬埔寨政治、经济两个中心南迁的原因之一。而吴哥显然不具有这种海上经贸的优势——公元1296年元朝使臣周达观到访吴哥时，当年2月便从温州出发，3月到达占城，因逆风7月才到达吴哥；而其于公元1297年返程，6月回舟，顺风也要到8月才抵国门。一正一反，金边的优势便凸显出来了。

那时的金边城，也便有机会发展起来了。不过，如同吴哥城的多舛命运一样，公元17世纪起，柬国便多次同占城"后裔"，也就是越南这个"老冤家"交战。金边城中，也多次燃起战火。公元1772年，暹罗更是攻下并烧毁了金边城。熟悉历史的人当知道，绚烂600年的吴哥王朝，就是灭于暹罗之手——这是宿敌兵临城下的"重逢"，高棉人泣血的历史被群"傣人"追逐到了金边王朝。直到法国人殖民此地之时，这座城市才重现生机。其间的公元1937年，法国人在其黄金地段，建起了一个傲立首都心脏的中央市场，一度为全亚洲最大的贸易市场；至今，仍为金边的地标之一。

公元1941年4月诺罗敦·西哈努克继承了王位，并于10月在金边正式加冕。12年后，在经历二战风云洗礼后不久，柬埔寨经其之手，也已于公元1953年的11月间宣布脱离法国的殖民统治而独立。是月9日，金边的街头热闹非凡——国王同法驻柬部队司令巴隆·戴·朗格拉德一起检阅了法兰西联邦部队,并举行了军事权力的正式移交仪式。激动的巴隆·戴·朗格拉德将军,在金边阳光的照耀之下,将法国十字军功章别在柬国部队军旗之上,无数柬国人民见证了这份值得哭泣的荣耀。随后,法兰西军队最后一次走过金边的街道,当天他们便要撤离柬埔寨,但不是回家,而是奔赴如火如荼的越南战场。这是法柬两国殖民岁月的最后告别,只是这次告别,从开始到现在,用时90年。

一座建于公元1958年而落成于公元1962年,由柬埔寨著名设计师凡·莫尼旺主持设计的,共7层、高37米的独立纪念碑高耸在金边诺罗敦大道南端与西哈努克大道交会的十字路口圆形广场之中,向世人述说着这段光荣的往事。

公元1953年到1969年,金边迎来了难得的发展良机。世界的"冷战"格局风云变幻,柬国则是左右逢源、中立而崛起;周边是战火纷飞的越南和老挝,而柬国这边和平静享、风景独好。期间,继公元1954年4月的日内瓦会议和公元1955年4月的万隆会议中涉柬事宜趋好解决之后,公元1958年7月,中

"金边"之名,便来自这处由湄公河与洞里萨河等交汇而成的四臂湾。不久的将来,湾畔将林立起座座高楼。 摄影:陈三秋

柬埔寨的独立纪念碑,虽然没有老挝、印尼等地的雄伟壮观,但同样承载着一份弥足珍贵的民族荣耀。 摄影:陈心佛

第 1 篇

The floating clouds

千里之行 始于**柬埔寨**

柬两国建交。大批中国工程技术人员抵达金边,一批中国政府援建项目得到筹划和实施,金边迎来了其20世纪的"黄金岁月"。以至于大卫·钱德勒的《柬埔寨史》中也有着这样的动人记述:"20世纪60年代的金边是东南亚最漂亮的首都,很多从越南战场退到此地休息的西方记者都被柬埔寨的魅力所陶醉。"

不过,锦绣前程之下,也是危机四伏。比如,国会之内"亲美势力"一直在伺机着、蠢蠢欲动;另有一群从法国留学归来的年轻人,他们带着共产主义的信仰回到国内,他们活动在农村的深山密林之间,但眼光却一直紧盯着金边城。他们与国王的"柔道之术"不同,他们发展迅速,他们共同的名字叫"红色高棉",而其"使命"就是颠覆和毁灭君主之治和皇室王权。

所以,好景不长,金边城受到来自各方的严重威胁,脆弱的和平被打破,昙花般的浮华随之告以破灭。柬埔寨,再次进入多轮动乱年代。如公元1970年,美国支持的朗诺集团在金边发动政变,推翻了以诺罗敦·西哈努克亲王为首的柬埔寨政府。当公元1975年来临时,"红色高棉"攻占金边,政权易主之后,金边城的浩劫再次来临。在"红色高棉"的统治之下,柬埔寨不仅进行了血腥的"大清洗",还几乎清空了整座金边城,令其人民迁往农村——后饿死无数、尸骸遍野,金边也就成了"恐怖鬼城"。

如今金边城的"盛世之景"可以说是出自潮州华裔之后、人民党主席、首相洪森之手。自其公元1985年首次当选柬埔寨首相之后,迄今掌权已长达30余年。虽然期间的公元1997年时,其也曾通过发动"金边政变"即"七月事件"来击垮竞争对手,但总的来说,在其带领之下,金边迎来了难得的稳定和发展良机。即使是自目前起算——今年他再次当选首相,在接下来的岁月里,金边乃至整个柬埔寨也有着继上个世纪之后又一个"黄金五年"的论断。

但经我之眼观察,金边城已在迷失,与当前的繁荣景象恰然相反;故,也有点唱反调之嫌。当然,我所谓的这种迷失,更多的是在人文上、未来层面的思量。也许这就是"爱之深,责之切"吧。

我说,金边的迷失源于"三缺":一缺人才,二缺规划,三缺效率。而西港只有"一缺":缺一切——当然,唯独赌场例外。世间赌场很多,也是人性的自然存在,本无可厚非;澳门有赌场,金边也有,万象也有,但没有一个会乱如西港的。摩纳哥城、大西洋城、拉斯维加斯等地也有赌场,但却享誉世界。连美国唐纳德·特朗普也搞过赌场酒店,但搞得像西港这么"崩溃"的,世所罕见。西港已俨然成为一座无解的"罪恶之城"。所以,由是观之,金边的"三缺"已是万幸。

缺少人才是世间诸多困难之本。洪森首相重视人才,我接触过的一些党派、企业以及证监会等金融主管机构均活跃着不少的人才。但金边作为一国首府,其城建之乱、交通之差,颇值反思。这点远比不上曼谷、万象等首都之城。以至于连有些柬埔寨人自己也自嘲其政府"金边城的规划,就是没有规划"。

金边当前的建筑遍地开花,有沿湄公河畔的,有靠近总理府的,有的在周边小岛之上,有的在洪森大道之旁,作为辖9区200余万人口之众的柬国第一大城,这些建设本也难免。只是,这就要辜负这座曾经的"东方小巴黎"之名了:相信多年之后,不管是洞里萨河与湄公河畔的塞纳风情,还是大皇宫周边处处的法式风情古街、咖啡屋,都将要损毁殆尽、风情尽失了。

这些既是人才之失,而尤其是规划之缺了。与交通乱象,如出一辙。当然,这可能并非只是金边一城之过。从伦敦到北京、从东京到首尔、从曼谷到金边,"堵城"之名,遍地开花,几乎尽皆"非人力可以为之"。

也曾有人建议:金边城可以在城建上采用"哈利法克斯生态城"方案——"哈利法克斯"之名来自加拿大,是新斯科舍省的首府,而其生态城方案已在澳大利亚阿德莱德市内得到了成功地运用;同样出自阿德莱德市的迷你建筑典范"克里斯蒂·沃克生态城"模式也可资借鉴——其名是为了纪念一位叫斯科特·克里斯蒂的环保人士所取,该城由当地建筑师保罗·唐顿设计,并于公元2006年竣工,第二年还曾出现在"中新天津生态城"的建设方案之列;此外,还可以运用"国际生态城市运动"的创始人、美国著名的生态学家理查德·雷吉斯特于公元1992年提出的"影子规划"。

在交通上,则可建议改用人车分流的雷德朋体系,也即雷德伯恩体系;或者采纳来自巴西"世界生态之都"库里蒂巴市的、公元1991年改建的"整合公共交通系统"模式。但这些创设性构建,至今均未见动静。也许这与"巧妇难为无米之炊"有关吧,更或许这本就是一种"有心无力"的"世界难题",等待着未来之人用时间和智慧去化解。更要命的是城中之湖多已被填。这种填湖造楼之举的危害,远甚填海造田。而且,有理由相信,金边城的未来还将出现沿湄、洞两河填河造城的"奇观"。这样一来，如逢雨季，一旦连日暴雨，地下排涝系统缺失，金边的城中之河和城畔之湖的天然泄洪功能丧失殆尽，雨水排不出去，便成内涝。相信常在金边居住之人，应该都经历过这些内涝之苦吧。

金边人群以高棉人为主，应该有近200万之巨。这是一个幸福、安逸的族群，也可能是因经久战乱，所以更珍视眼下的和平生活。不管是"送水节"全民出动观湄公河上赛龙舟的人山人海，还是"亡人节"时举家返乡或者外出游戏林间，一年

倾听着有关金边未来的城市建设规划，我一直在想，它的未来，该在何方？　　　　　　　　　　　　　摄影：陈三秋

之中，二三十个年节假，逢节必过，加之节前的"懈怠期"和节后的"后遗症"，"荒芜"的时日几近小半。即使在平时，"朝九晚五"、浪费时间、消磨时光的情形也是非常之多。因此才会出现不仅办事缓慢，甚至会因放假城空令游人连餐馆都不能入、饭菜也吃不上的现象。如今金边城的只争朝夕、热火朝天，也多与这些"金边主人"无关。这是有点可惜的，会有种金边的未来并不在金边人之手的感觉。

大千世界，金边静好。那么，这种静好之境还能维系多久呢？

分明，金边城已迷失——希望不是迷失在不知去的"魔鬼三角"，也不是迷失在无法回头的"时间黑洞"。

但时间之箭已经射出，人生百年、弹指之间，金边六百年、浩瀚烟云中。正所谓"时光荏苒，岁月如梭；素什锦年，稍纵即逝"。西港的潮起潮落已然无趣，金边的雨去旱来不能无情。但愿，迷失的金边城，能够惜时如金、自得一解；待到那时，唯愿一个多情的金边城，将会与您相会在洞里萨畔、湄公河边。

2018 年 11 月 23 日于金陵，再赴金边前夕

22 两个博物馆记

一国文明,可自其博物馆始。所以,来到柬埔寨,要想亲近它、了解它,位于金边的国家博物馆和位于暹粒的吴哥国家博物馆这两个柬国最好的博物馆,也是必看的。如果这是一场人文之旅的话。

当然,吴哥城本身,也是一座博物馆——露天博物馆,一如罗马城。无疑,这座天然的博物馆至今尚能令人流连忘返,要归功于无数默默无闻的文物修复工作者们——是他们从崩塌的石堆间将乱石一一捡起,然后重新"拼"回原有的或应有的模样,也是他们在和盗贼进行着"一场没有硝烟的战争",将已被肢解到残缺不全的神像、散落各地的碎石,通过各种艰辛的努力和技术,得以重新找回所在、拼接成形。

这些文物工人,来自世界各地。他们顶着烈日、熬着酷暑,长年累月待在简陋的、疾病丛生的雨林之中——他们为吴哥古迹的留存、抢救和修复,付出了难以估量的贡献!甚至可以说,是他们,令已被时间摧残到几近面目全非的吴哥王朝面貌,重新复活在了人类的文明史之列。您在"大小吴哥"看到的,那个"复活"了的吴哥王朝——大到吴哥窟和巴戎寺等,小到岩壁上的座座雕塑,可能其每一个角落,都曾被他们轻拭、修补或扫描。在这群活跃在吴哥废墟堆间的人的心中,深藏着一份令世人敬畏的格局——他们的心,没有国界。

虽是如此,但撇开历史的道德尘埃,和对其初衷的诸多疑虑,据我所知,吴哥的"跋摩们"及其"后人",最应该感谢的是法国人,他们的修复工作始于发现而止于未来;其次可能是日本人、瑞士人、澳大利亚人等等,当然,也包括中国人。

中国的文物修复专家,是自公元1993年开始就加入到吴哥古城的国际性修复行动之中的——当年,柬埔寨政府和联合国教科文组织共同发起了"拯救吴哥古迹"的国际行动,这是一项无比艰巨的任务。早在公元1907年,欧洲人便开始尝试为这里碎落的石头编号、修复和清理,希望能从中为历史找出线索。时至如今,被炸药炸毁的神像"四肢"、被钢凿锯裂的佛像"骸骨"……仍在等待未来人的拼接。被盗走的佛首,也流落世界各地,唯剩下沉重的躯体,在等着历史前来认领。拯救吴哥,依然,困难重重、挑战重重。这是一种与自然的搏斗,更是与人类自己的搏斗!修复工作,仍在进行——吴哥不生,修复不止。世界,亦然多情。

20余年来,中国主要修复的遗迹有:茶胶寺,此寺建于公元1000年的阇耶跋摩五世时期,是吴哥王朝的第一座全砂岩石建筑——仅此一寺的修复工作便历时7年之久;周萨神庙,建于苏耶跋摩二世时期,很可能是为了纪念苏耶跋摩一世而建。据称,针对柏威夏寺的考古或修复工作也已开启。此寺始建于耶输跋摩一世时期，落成于公元1152年，前后用时竟然高达200余年！"有趣"的是，此寺位于柬、泰两国交界，为其归属问题，公元2011年2月，泰柬军队还曾爆发令世界关注的"柏威夏寺交火事件"！还有崩密列，中国此前也已启动了考古和保护工作。

为了守候住吴哥城这座露天博物馆，可谓牵系了太多人的热情和用心。只不过，它显然还要继续着，与大自然，进行惊心的搏斗。多年之后，也许它已不再存世；也许，它将呈现以新的容颜——那都是它应许的归处。生生死死，谁不如是呢？

柬国的两个博物馆其实都不大——我想，博物馆的好与坏也不应该用大小来形容吧；一旧一新，展示的文物均多以印度教的神像为主，也有些佛像和浮雕，所以，这三者便占据着博物馆的主要地位了。此外，还有一些金银首饰、绢帛壁画、石铜器皿、皇家御辇等等，这些基本上就是两个博物馆的馆藏概貌了。

幸运的是，我已从印度归来。在德里，我细看完印度国家博物馆，收获了"印度的印度教"雕塑知识，当然，还有佛教、婆罗门教等等。印度诸教乃柬国宗教之源，印度的宗教文化自是博大精深，而柬国从复制的雷同，到融合的取舍，也是自带高棉风情的，因此，通览观之，意境不同。

我是先到金边国家博物馆，然后时隔数日去到吴哥博物馆的。"金博"之全、"吴博"之精，两相辉映又相互补充，所以，足以补柬史和吴哥古城之缺，让被遮盖的历史一页，从已被雨林吞噬的碎石堆间，被翻起；并让高棉文化，持续光辉璀璨。

这座古朴的高棉式建筑和它的过万件馆藏,昭示着"金博"在柬埔寨的不二地位。

摄影:陈三秋

西索瓦国王时期建造的"金博",饱含高棉风情。馆内陈列着5 000多件柬埔寨不同时期的历史文物与艺术珍品,其中,最著名的是阇耶跋摩七世雕像。这是它的微缩全景模型。 摄影:陈三秋

"金博",是一幢由金边王朝的西索瓦国王,兴建于公元1918年的独栋式高棉式建筑,静卧在街角的一处小院里。像寺庙,有宗教之风。外观为暗红色,像陈旧的僧袍之色;檐顶很美,嵌刻着些浮雕。主楼之前,是些古树,高逾檐下;有些墙壁,已为岁月所剥落,配得上这幢百年建筑的古朴和斑驳。

馆内呈开放式回廊设计,谈不上美观,但这种设计有助于采光,以补室内的沉寂和昏黄。回廊之内,便是奇珍异宝的陈列之地。回廊之外,是个方形的天井,也便是博物馆的中心。中心建有一亭,亭子周围是四个绿意盎然的荷花池。亭中供奉有神像,而亭前是些草圃,天空的蓝、天井的绿、瓦顶的红,便组成室外一景。

一般是沿着回廊转圈参观,逆时针、顺时针都行。馆内藏品以雕像和照片为主,内容涵盖着公元4世纪到20世纪的辉煌柬史;虽其作品来自柬埔寨各地,但仍能看出是以吴哥为主题。"一部吴哥王朝史,半壁柬埔寨国史"之说应不为过。

当之无愧,这里是柬国古物之库、文化之库,合称"文物之库"。关于照片,多为法国摄影师所拍摄的吴哥窟,自重现之后的旧时光影,和如画般吴哥风情。照片内容,肯定是生动的、真实的,但融入了典型的法国人的浪漫主义,与高棉人的日常世界,当然,也见证着吴哥王朝重生之后的"后现代"变迁。

雕塑以"三大主神"及其坐骑为主。梵天、湿婆、毗湿奴、迦楼罗……但有些已经残缺不全,甚至面目全非。这多是吴哥古城遗迹,在争战之中那些"不翼而飞"的雕像之外的幸运之物,或是世界各国盗猎之贼、"考古学家"的炸药和钢凿之下的残存

柬埔寨的"金博"中,有着令人不惜往返参观的精美佛雕与神像。

摄影:陈三秋

第 1 篇

The floating clouds

千里之行
始于 柬埔寨

之物。您所经由这些"爆裂残躯",带出的所有疑问的答案,尽在于此:那些嵌在石壁之上的雕像或壁画,就炸开、带走;那些重达数吨的毗湿奴或释迦牟尼佛雕塑,就凿掉头,或锯成块,装箱;然后经由高棉人的马车、大象、竹筏,层层转运,最后躺卧在飞机、轮船、汽车的某个"阴暗"角落——甚至是甲板上,在一群陌生人的评头论足声中,运抵世界各方。

文明"真好"。是文明造就了这些人远行的工具,然后,便能"邂逅"并拥有另一种文明。其实,我们宁愿相信是一种文明,造成了另一文明陷入蛮荒,也不愿意相信文明背后竟会紧随野蛮深藏。

这是一种逻辑的力量。野蛮距罪恶只有一步,文明距野蛮却是两步——因为,文明与文明之间还隔着一步!所以文明是文明最好的"防火墙",即使野蛮沦陷,文明距罪恶还在"三步之遥"。这种鞭长莫及的追诉,往往便成了自然的过错。是大自然造成了吴哥王朝的荒芜和博物馆里的惊悚,与暹罗人、法国人、其他各国人甚至高棉人自己都无关。它们要搏斗的,是风雨,

暹粒城的"吴博"中，它的浮雕、佛像与神像，见证着吴哥王朝的不世成就与光芒。

摄影：陈三秋

第 1 篇

The floating clouds

千里之行
始于**柬埔寨**

是岁月,不是文明,更非人心。

教义说:毗湿奴在沉睡和苏醒间反复,宇宙也不断地循环、再生。佛也说:因也有之、果也有之,因果报应、屡试不爽。但"金博"馆中残破的毗湿奴神应该没有看到,修建了毗湿奴神殿的苏耶跋摩二世可能更没看到,那么,身在"金博"或者"吴博",寻找这里"失落的文明"的您,看到了吗?

"吴博"要比"金博"气派很多,比印度国家博物馆,和埃及国家博物馆都要新,有点像缅甸国家博物馆,而且几者的规模也基本相当。

亨利·穆奥在《暹罗柬埔寨老挝诸王国旅行记》中说:"此地庙宇之宏伟,远胜古希腊、罗马遗留给我们的一切,走出森森吴哥庙宇,重返人间,刹那间犹如从灿烂的文明堕入蛮荒……""吴博",很对得起这句话,也承载得了这份溢美之词。

"吴博"珍藏着所有能够保留下的吴哥王朝的神像与金佛,以及其他荣耀和辉煌,包括泰国和法国归还的劫掠或借走过的部分珍宝。这些,都静静地落座在暹粒城中、波坎博尔大道一旁的一幢洋气现代的两层建筑内,这便是吴哥博物馆的所在地。

该馆顶部有一个高高的、洁白的多层塔尖,很"吴哥";屋顶有砖红色的琉璃瓦,门头有青灰色的浮雕石,也很"吴哥";只是缺了些许的"土豪金",要不然,吴哥博物馆,可能就是当年吴哥窟的微缩样貌了。

馆内共分两层,文物众多,不亚于"金博",甚至富于"金博"。全馆共分两层八馆,按时间进化顺序交替展示。连走廊和墙壁上,都展示着诸多塑像、石雕和框画,年代从古到今,不

现代感十足的"吴博"与古朴的"金博"形成鲜明的对比,其丰富的馆藏,同样见证着吴哥王朝的伟大与辉煌。摄影:陈三秋

一而足。当然,最抢眼的可能要数一件复制品——代表"高棉的微笑"的四面佛了,且共两层,可能取自要与巴戎寺中的"真品"大小相同之意。各馆中间,还被围出了一个天井;天井看起来有点像游泳池,这倒让这座"价值连城"的建筑物,更像是一处星级酒店了。

进出各馆的门楣比较考究,多呈红色的火焰状,不太像是印、婆、佛等教中的元素,倒有点像波斯圣火。火焰造型下空,镂空部分像一尊盘坐着的如来佛,当然,也可以用于置放导示用的门牌，其寓意或作用，可能就是如此。

"吴博"的特点是现代化，很"中国"。大厅之内，采用了房地产开发商惯用的中式方式制作了一个硕大的沙盘，复制再现了以吴哥窟和通王城为主的古城遗迹——纵是"吴博"，都无法穷尽力量，将吴哥原貌一一拼回原来的风采。"完整的吴哥城，到底是什么样子的？"这几乎成了一个永难回答的问题。

各馆之中，多有投影仪可以自行选语种播放各段历史的短篇介绍，在一入馆的时候，还有一段长达 26 分钟左右的纪录片，在循环播放，反复述说着吴哥王朝的辉煌历史。也有个人随身语音导航讲解器可供租用，其内置八种语言，随您所选，只是中文的普通话讲解，还不够完全标准罢了。

首馆之内，遍布佛像，应该涵盖了柬史的各个有佛时期。也许是为了突出信仰的力量，也许是为了直接将您的内心击倒，入馆便能看到一面从顶到地整齐镂空、洞如蜂巢的墙；镂空之洞，内置灯光，灯光之下，满是佛雕！石、金、铜、木，可能都有。其数之多，数不胜数。加上室内灯色昏暗，佛容隐约、光迹恍惚，朦朦胧胧、不清不楚，瞬间，便让您肃穆不已。

待您被"成功击倒"之后，然后您便发现，室内其他各处也基本上全是佛像，其数之多，远胜于"金博"中的印、婆教"三大主神"。无疑，这是佛的神殿，暹粒乃至柬国已俱为佛之他乡。首馆中部还有两层石台，石台之上也分层错落摆放着座座多色坐佛；然后，其四周再围上一层大小相当、端坐于宝座之上的各种佛像。这些全是精品中的精品，再加上四壁靠墙摆放的那些佛雕，您一定会有徜徉在万佛丛林之感。不允许拍照，但还是有不少人忍不住"冒死"躲着馆员偷拍，可能有的是想诚心礼佛，有的就是手控制不住，有的是想回头慢慢再看，还有的可能就是觉得好奇，想发发"朋友圈"。

其他各馆展示的便多是吴哥王朝各个时期的神像、浮雕，多为石质。看不懂的就是一堆石，看得懂的就是一堆"会说话的石头"。当然，您也可以对照着历史书籍、旅游指南、各种攻略、手机搜图或者馆中的解读音像，一一对照、现学现卖般去看。

这里是"复活"了的吴哥文明，也许它们近千年以来也从未死去。与丛林中的"生锈"的石头相比，这里虽然也多是劫后余生般的断臂残躯，但已有一瓦遮顶，自是温暖有情。馆中，一尊失去双臂的阇耶跋摩七世雕像安静地站立在白色的基座之上，依然富态祥和，笑不露齿，"高棉的微笑"，经久流传。这是王者应有的风度，远非身残志坚者可比；他需要被瞻仰，至少，再一个千年。

来柬埔寨，看完"金博"看"吴博"，值得看，别错过。

至于是先来博物馆，还是先去吴哥城，也许两者皆可；如依我个人之见，还是先来博物馆，这样的话，您便可以将馆中所见之物，一一从忆述中填回到吴哥遗迹残缺不全的寺庙或者断壁残垣。也错不了。

2016 年 11 月 26 日深夜，于金陵城外

柬埔寨
手绘穿行地图
来源：焦小倩

23 柬埔寨的民俗

柬埔寨地处中印半岛东南腹地，旧称"高棉"，与今天的泰、老、越三国接壤，与马来西亚隔海相望。它是一座碟状盆地，其境内的洞里萨湖周围是稻米盛产之地，本身也是丰厚的天然渔场；加之其在历史上，领土多曾毗邻岛上其他国家，因此，便常因其肥沃的土地和丰盛的产出，成为诸多强国觊觎的对象，经年战戈难止。

可能，也正是因此，便形成了柬国交融与独特、辉煌与诡谲、夸张与具体的高棉文化和艺术风情。如果说吴哥建筑是"硬朗之美"，那么这些高棉民俗便是"柔和风情"了。因此，看完吴哥看民俗，准错不了。

方法有两种。一种需历时一月：以金边为中心驱车而行，行前最好先了解一点来自中国、印度、马来西亚等地的同期文化——约公元 10 世纪到 20 世纪间的即可。然后，沿着 3 号公路往西偏南挺进，过白马、转贡布，直至抵达泰国湾畔的西哈努克港，亦即"赌城"西港，始返。返程走 4 号公路，途经磅士卑，然后回到金边。或从金边沿 4 号公路先走，至西港再沿

3号公路返回亦可。是为第一个阶段。再从金边向西北沿5号公路行驶，横穿磅清扬（不是"风清扬"）、菩萨（一个省和市之名）、马德望到班迭棉吉或其首府诗梳风（也非"流川枫"），这时回转向东南，上新修的6号公路，奔暹粒、进磅同，复回金边。这一次，可以再多两个选择，即可在马德望向东折转走省道斜插至暹粒，或者从马德望往西绕行拜林，再转北，沿国境线至又一"赌城"波贝，后由波贝回诗梳风，并从6号公路回金边。三个方案，路径长、中、短不等，皆可选。是为第二个阶段。随即金边再出发，沿1号公路东南行，到干丹或柴桢回向北，斜穿波萝勉到磅湛返金边；或斜穿波萝勉、特本克蒙找到7号公路，并从7号公路继续往北赴桔井——再远是上丁便要原路回返，画个反"S"，便是金边。是为第三个阶段。至此结束。一共三个阶段，各10天行程，全途3 000公里左右，穿行大半个柬埔寨，南北风俗、东西民貌，尽入您眼。

比如，我们先提一个哑谜。上面的路途我们一共要经过"四磅之地"，不信您数一数：磅士卑、磅清扬、磅同和磅湛。那么，问题来了，何以这些地名之中会有这些个"磅"字，而何又为"磅"？

这一定不是某种巧合——就像"巴"指"父亲"、"湄"指"母亲"一样，"磅"在柬国也定有特殊的寓意，只不过其义并不是来自高棉语、巴利语等，而是受马来人——中印半岛"终于"要受到"海上民族"的影响了。

据大卫·钱德勒的《柬埔寨史》一书考证，"磅"为"Kompong"，在马来语中意指"登陆的地方"；这种影响大致源起于公元19

走过这扇大门——柬埔寨民俗文化村的入口,仿佛进入了一个"大观园",园中讲述的是柬埔寨的民族风情。　　摄影:陈三秋

世纪早期,由此开始"广泛"成为柬埔寨地名的组成部分。"磅"主要是指位于河流岸边的村落,即"通航之村";其村以栅栏环绕,人口约数百——这在当时已经是最大型的村庄;"磅"的行政长官是"太守"及其助手,而"磅"与"磅"之间通过同一条河流也进行着最早期的联系和贸易,甚至影响着周边种稻之村和旷野之村。如依其所述,那么,我们所要经过的"四磅之地"在那时就是重要村落了,可能会遗迹丰富,只不过现在多已没落。

　　这便是地名中的民俗了。千里之行,始于足下;百步之外,必有我师。看来,在柬国大地"行走",确能看到不一样的民风习俗。

另一种只需要一天。那就是直奔暹粒，逛柬埔寨民俗文化村，亦即"大榕树民俗文化村"。那里不仅有"静止"的11座微缩版民族村寨，还有分时"活动"的各色民族表演，诸般民俗，一览无余。还可以省去舟车劳顿。惊不惊喜？意不意外？

暹粒城的这座文化村，颇有点像深圳早年间火得不得了的"世界之窗"，只不过两者一小一大、一晚一早，且一个侧重展现国家民俗，一个偏重展示世界建筑，自是不可同日而语。再加之两者声名也褒贬不一，由是观之，可能这个文化村的设计理念和存在意义更容易让人接受些。

文化村确实对得起"文化"二字。它是一处融合展现柬埔寨民族特色、民俗风情、民间艺术和民居建筑于一园的、大型的文化旅游娱乐景区。这个定位很重要。一是深贴"四民"，一是文化重于旅游且旅游高于娱乐。所以，其虽有微缩各地名胜古迹景点的败笔，但11个"原汁原味"、风格各异的民族村寨，对含高棉族在内的19个民族风情的呈现，还是相当可人的。据说，当时建村的"16字方针"也即指导原则是"源于生活，高于生活，汇集精华，有所取舍"，从今天的结果来看，其效果基本上达到了。愚以为，唯一的"美中不足"可能就是"高于生活"四字，如果能是不加任何修饰的"真实"生活、"重现"生活，也许会更好。

瑕不掩瑜吧。文化村堪当"袖珍的柬埔寨"之名。确实也差不多荟萃了柬国大地之上的民族、歌舞、婚仪、建筑、雕塑等艺术和生活，以及山水、历史、信仰、人物、器具等自然风貌和文化遗产。风情浓郁，淋漓尽致。国之虽小，其傲也娇。

比如，从一进大门左侧的圆形水排，到正门外左右各一的水牛板车；从古典柔雅的仙女舞，到激情洋溢的民族舞；从饱含风情的柬式婚礼，到千姿百态的群艺晚会；从蜡像馆到农民园；从占族村到华人村……从上午到下午，从早上到晚上，还有那些四面佛、赛龙舟、高脚屋、水上村寨、石雕作坊……皆为来自柬国大地之上了不起的民俗丰碑。

我可以择其颇值一说的几处，细细讲述。可以按顺序快进。

村中有一个精缩"迷你博物馆"，通过器物展示和壁画描绘等方式，来再现高棉人最骄傲的一些历史片段。这个"世界上最小的博物馆"，便就在一进正门的左手边。馆中，最具代表性的是进馆正对门及右侧的两幅巨型油画，其一讲的是阇耶跋摩七世攻陷毗阇耶，另一讲的是苏耶跋摩二世修建吴哥窟。此外，一进馆还有一些类似旧石器时代的小物件，可能是出于一种"民族自尊心"之需，借此凸显其久远可追的煌煌历史。

出博物馆，刚过正门，便是四尊雕工精致的那伽头像，左右分坐在一条短短的龙桥两端。那伽头上还都有两圈小蛇，从外到内，或者说是从上到下，分别为 9 个和 5 个神蛇；在柬埔寨，9 和 5 是两个吉祥的数字，代表着永生。而远离正门的一端，在那伽头像之前、石墩之上还前后分两排坐立着四尊"神狮"头像，这是来自印、婆、释等教之物。这种"融合中的融合"，堪称教科书式的高棉建筑艺术之典范了。

进门往左走——这是顺时针的方向，不久，您便会看到一处"有趣"的所在。这是一座红瓦小庙，更像是村间一屋：屋前广场兼剧场，屋后田园兼花园；一道弯弯的小道从屋之一旁

这些高脚屋是典型的高棉民居。这种建筑方式,通过强大的吴哥王朝,影响到了中印半岛的每个角落。　　摄影:陈三秋

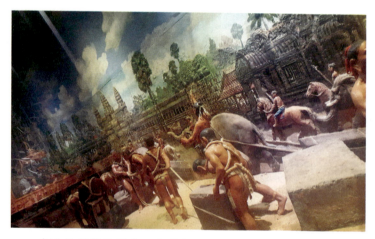

在民俗村博物馆中,有着数幅巨大的油画,其中的这一幅,再现了吴哥窟修建之时的宏伟场景。　　摄影:陈三秋

第 1 篇

The floating clouds

千里之行
始于**柬埔寨**

穿过,而且屋之另旁,还有小桥流水、青石绿竹,甚至还有一座飞檐亭阁。您会想到什么?是不是非常非常的熟悉?

如果您还想不到是什么,那么,桥上刻的"慈恩桥"三字和亭上悬的"念慈亭"牌匾——这种"明着"的提示,您总不会再不知了吧?不错,这里便是"华人村",生活着柬国19族之一,也即"华族"。

那么,这些华人,是什么时候来到柬埔寨的呢?最早到来的时期他们的生活面貌,又是怎样的呢?

在异国他乡,突然见到这座"熟悉"的慈恩桥和它的三个汉字,会让人有一种想家的感觉。

摄影:陈三秋

大卫·钱德勒的《柬埔寨史》中曾记载：早在公元13世纪，华人便在吴哥从事贸易；在公元16世纪40年代，有3 000华人在金边。他还据此提到了这些华族后人可能会与高棉上层社会通婚，以加强同国王与近臣等的商业利益。书中记载是中肯的，只是在时间上还不够精确，内容也不够丰满——难以体现这些华人生动的风貌。

其实，时间还可以再往前推进至少200年。庙前的解说也提供了答案："早在一千多年以前的宋朝时期，就已有中国人到柬埔寨定居。后来，在当地落地生根，形成了现在的华人社会。在柬埔寨的华侨华人大多以买卖生意为主，居住于农村的华人则善于务农和蔬果种植。华人主要信奉佛教和诸多神灵。"寥寥数语，尽现华人之风。当然，这份解说之词原版的中文内容存有少许错误，我已根据其上可资对译的英文和正确的中文习惯，对其进行了勘误和校正。

我们知道，赵宋王朝历史分为"北宋"和"南宋"两段，合在一起，便是起于公元960年的"陈桥兵变"，而止于公元1279年的"崖山海战"；共历18帝，坐享319年。在宋一朝，皆为外患，故外交工作非常重视。所以于景德三年，也就是公元1006年，便置怀远驿等以对接各"藩邦"贡奉与通使事项；而此驿节掌的"藩邦"便包括龟兹、占城、大食、于阗、沙州和真腊等地。其中的"真腊"又称"占腊"，即为今日的柬埔寨。另《宋史·列传》在其卷248涉"真腊"一节中也载有这么一段："政和六年十二月，遣进奏使奉化郎将鸠摩僧哥、副使安化郎将摩君明稽等十四人来贡，赐以朝服。"这是有宋一朝关于真腊朝贡的最早记述。当然，其后还有多次。而"政和六年"即为公元1116年。

如以上述两个时间节点为据，再结合大宋帝国"来则不拒，去则不追"的朝贡传统，真腊进奏是在公元1116年，那么有理由相信，在其之前，宋使或宋人已赴真腊为先。所以，华人来到柬埔寨最早当在公元1116年之前，应有凭据。客观地说，迄今至少也有900年。而如果设怀远驿确有其事，那么，华人赴柬也确有1012年有余。虽然周达观的《真腊风土记》中还录有"唐人之为水手者，利其国中不著衣裳，且米粮易求，妇女易得，屋室易办，器用易足，买卖易为，往往皆逃逸于彼"。但一恐此中"唐人"泛指"华人"，又因此说更难考证，故未采之。

这是一段漫长的历史。华人身在异邦，日久必然思乡。而能够以示缅怀的，便是在此留下故国风物，以寄相思之情。所以，这座小庙便是这种乡思的牵绊。

小庙为中国不甚多见的"保生大帝庙"。这从其门前双柱之上的对联便能看出。此联之字为繁体，上书"保生灵御邪魔非独安一境"，下写"大帝德练仙丹岂惟救万民"；各取首字，是为横批——"保生大帝"！中国范十足。

说到"中国范"，庙中及庙周诸物皆可说是如此：庙顶是"双龙戏珠"瓦檐，庙前是带檐"铜鼎香炉"；大门左右两侧墙有二字——"福"和"禄"；门前左右，还有两尊圆首丰胸的镇宅石狮，显然有别于印度教中的异国"神狮"。

不过说到这对石狮，也有些许感伤。也许它们是当地人所铸，

在当下中国已经很难看到保生大帝庙了，它祭祀的是"医神"大道公，其撰有《吴夲本草》一书。　　摄影：陈三秋

保生大帝庙前的这尊羚羊雕塑，脚踏"乾隆通宝"，寓意为"发洋财"。　　摄影：陈三秋

所以虽有华人"监工"或"指导"，但还是存在着小小的错误之处，那就是雌雄分之不清。这可是历史的痕迹啊，是时间的错，岁月概不饶人。

懂得石狮正确摆放之人当知，门前之狮，均为一对，一雄一雌，分列左右。据《后汉书·西域传》载："章帝章和元年，遣使献师子、符拔。"此语中的东汉章和元年是公元87年，"师"乃"狮"，"遣使"之人为安息国，也就是今天的伊朗。其意也就是说，公元87年，安息国向汉章帝刘炟进献了一头狮子。自此，狮子作为"瑞兽"，便进入了中国。而随着佛教的传入，如"传灯录"云：佛祖释迦牟尼降生时，"一手指天，一手指地"，作狮子吼曰"天上地下，唯我独尊"。所以，被神化之后，石狮便渐次出现在了帝王陵墓、贵胄坟宅乃至百姓大户之家的门口，有镇宅之意。

正所谓"无规矩不成方圆"，所以中国自古规矩多。由是，这对狮子便也形成了如下的规矩：一雄一雌，且左雄右雌，以符合中国传统"男左女右"的阴阳哲学；其中，雄狮右前足下踩绣球，雌狮左前足下踩小狮——前者寓意为"狮子滚绣球，好戏在后头"，而后者则象征"少师太师，子嗣昌盛"。

如依这些规矩，该庙之狮的问题就来了，那就是两狮看起来脚下所踩均为圆球！至少，雌狮所踩非小狮子无疑。这让我想到了最早来到马六甲的华人，他们想找当地人帮忙修建一座佛教寺庙，结果修好之后，寺顶圆圆的，不像佛家之顶，倒像是伊斯兰教堂了。这处建筑目前仍可见诸马六甲的古鸡场街上。而这两者之误，如出一辙。华裔纵横寰宇，沧桑可见一斑。

如果再"深究"的话，在中国，石狮还常和石马、石羊等石像排放一起。其中石羊为站立式，后背常刻有九枚铜钱，谐意"九通官羊"；右前蹄再下踩着铜钱一枚，呈昂首状，且铜钱需为方孔，上刻"乾隆通宝"字样——可能源自乾隆之后有洋人往来的年间吧，喻指"发洋财"。而这座庙前的石狮之旁，确也有着一只石羊，其他造型基本都对得上，唯独其背，很难看出是九枚铜钱。身为"异乡客"，可能也就不讲究了吧。

第1篇

The floating clouds

千里之行始于柬埔寨

再向前，庙门两侧还贴着一副红对联：上联"人财两旺平安宅"，下联"福寿双全富贵家"，横批"福星高照"！有点像华人过中国年的感觉了。

而进庙的两扇朱门，也很"中国"——贴着一对门神呢。说到贴门神，中国的习俗可就更多了。前后竟有九大门神之多。而从神荼和郁垒这对门神进化至今，其中最受欢迎的一对门神，当属秦叔宝和尉迟恭了，合称"秦琼敬德"，即取二人之名字。

读过《说唐全传》的人应该知道，秦琼的兵器是一对四棱锥形的锏，正所谓"马踏黄河两岸，锏打三州六府"，说的就是他，普天之下，几乎无人不知、无人不晓。而尉迟使的是一双水磨竹节钢鞭。话说：有一日，唐王李世民带着尉迟等人一起去洛阳城外的榆窠出猎，死敌王世充手下第一高手单雄信来杀李世民，后被尉迟用横槊将其刺于马下。这个典故便叫"尉迟恭单鞭夺槊救唐王"，也流传甚广。而这里的"横槊"，就是钢鞭。后来，两人都成了门神之后，根据门神的贴法：秦琼像一般贴在"上"，即东或左；而尉迟像一般贴在"下"，即西或右。

此庙所贴之门神，看起来像是"秦琼敬德"。不过左边一人手持"偃月金斧"，右边之人手持"方天画戟"——兵器用错了。但看这两个门神，又都是"美髯公"，说不定是《三国演义》中的关羽呢？但对面那个却不像是张飞。再细看，此门神之脸，一像红、一似黑，也许正应了那句"红脸的关公，黑脸的张飞"，那就是关羽和张飞吧。只不过关、张二位所使的"青龙偃月"和"丈八蛇矛"也要换一换了。

庙内左右是两扇门，一门通庙中内室，一门通庭中别苑。

保生大帝庙的正殿之中,供奉着这位北宋年间的"医神"大道公,亦即吴真人。香港演员郑少秋曾参演过关于此人的电视剧。
摄影:陈三秋

所通别苑之门两侧,是右龙左虎——"龙虎配"的雕塑。龙为"腾云青龙",虎为"下山斑虎",虽然雕工一般,但其后也有副对联:上联为"龙蟠桔井水泉香",下联为"虎守杏林春意满"。我觉得此联对得不够工整,应该上下联互换为宜。此联横批已佚失,不过补批出来还是比较容易的,是为"虎踞龙蟠"即可。

过门之后,可见苑中为天井。而天井一旁的门厅不仅带着窗花,厅中靠墙还有一个案几;案几之上,竟然摆放着一红一黄两个"狮子绣球",也就是"舞狮子"。看到这一处角落,真可以说得上是点滴之中皆带中国风情了。

再回到中厅。中间供奉的是北宋年间的"医神"——保生大帝雕像,端坐在木制神龛之上。其像不大,也配有一联:上题"四季清平蒙圣佑",下书"万家康泰赖神扶",横批"国泰民安"。此对,甚是工整。

这些便是中国一庙之民俗了,更不用说庙外之旁的一桥、一亭等物了。如是之多,实为博大精深。而如果用这种思维遍观此文化村中各寨,估计也要看一月有余吧。还是走马观花,用时一天为妙吧。

再来看一看"占族村",就在"华人村"之侧,也就是庙旁小道对面。这是一处柬国少见的白色圆顶的伊斯兰教建筑。可能事实如此,也可能是跟"占族"(占城)有仇,所以便归咎于其信仰,反正,关于占族之村的介绍,便只有这座小小的伊斯兰教寺庙也即清真寺了。寺前解说原文是这么说的:"占族原是占巴国(现越南中部)人,主要居住在湄公河和洞里萨湖沿岸,他们大多数以捕鱼和打铁为生,占族人民信奉依斯兰教。"此话中的"占巴国"就是以占族人为主的千年之国"占城","依斯兰教"就是"伊斯兰教",中译不同而已。

据史料记载:占城,亦称"占婆王国",曾与柬国的吴哥王朝反复厮杀多年,一会儿你灭了我,一会儿我灭了你,但都又死灰复燃。最后,占城于公元1697年起沦为越南傀儡,公元1832年被完全废灭;而大家更为熟悉的吴哥王朝,则早在公元1431年,就已被临国暹罗覆灭,以至于今天的吴哥古城所在地,新起之名叫"暹粒",其字面之意便是"打败暹罗人",真是怨大仇深啊。

占族人曾经的家园占婆王国的历史可以说比高棉人的吴哥王朝还要悠久！占城被破之后，其族后人流落于越、柬两地，目前在越之人约有 16 万，以信奉印度教、本土化伊斯兰教为主；而在柬之人更多，约达 24 万，以信仰什叶派伊斯兰教为主。这一信仰在印、婆、释三教如此盘根错节的中南半岛仍能存有一席之地，实属不易，因此，也就形成了柬埔寨一道独特的民族风景。

村中的"缅甸庙"也别有风情。此庙形制比较怪异：从外观上看，为典型的外塔内庙结构；庙身黄顶白檐，非常罕见，为七层四方阁楼式，以应佛祖造"七级浮屠"之说；但其庙檐是"一"字形，与柬、老等国的"Δ"形截然不同。庙上为古印度的覆钵式塔，即一个平面呈圆形的银色锥形覆钵体，塔身

我们熟悉的、骁勇的占城，也即占族村，竟然是以一座白色圆顶的清真寺来体现它的民族风情的。　　　　摄影：陈三秋

上部的塔顶部分叫塔刹，亦是一座小型的覆钵塔。

将塔顶部分命名为"刹"并合称"塔刹"带有浓郁的佛教世界意味，因为"刹"乃梵文的音译，包含有国土、佛国等意；故佛教寺院也别称"宝刹"。

一般造型规范的塔刹分刹座、刹身和刹顶三个部分，其中的刹身之上，再复由刹杆、相轮和伞盖等组成。

塔刹上置高大、尖尖的塔顶即是刹顶，其由日轮、月轮和宝珠共同组成，并以穿套方式安置在刹杆之上。宝珠亦称"摩尼宝"。

塔刹下面由金色的须弥座承托着，一般组成元素是基座、覆莲、仰莲等，合称刹座。

刹身中的刹杆，竖立在刹座上，其外则套着上下相叠、圈圈层层的圆环即相轮，为"佛塔崇高、受人景仰"的标志。相轮层数或圈数一般为奇数，数之多少甚至高低大小，有时均可视为塔的等级，且正相关。这座"缅甸庙"的相轮是银色的，但他国包括中国的则多为金色，故其在中国传统的俗名又叫"金盘"或"承露盘"。至于伞盖，并未出现在这座"缅甸庙"中，其多为黄色，上绘盛开的莲花图案，外观呈圆筒形平顶伞状，故称"佛道伞盖"，又称"莲花宝盖"。

在塔刹之下即连着塔身的部分，有的还设置有封闭锦盒状的"天宫"，专门用来珍藏和供奉佛陀舍利、供养物品等；有的庙塔在修建之时，还会把一些佛经作为释迦牟尼的法身舍利砌筑在"天宫"中。该"缅甸庙"也设有"天宫"，为二层缩腰金字塔状，且上大下小，均呈金色。

这种制式之塔本多见于藏传佛教，故常称喇嘛塔，不想竟出现于此南传佛教亦即上座部佛教圣地，颇感意外。据悉，此庙出自拜林，一个位于马德望西南部的著名山村，说其"著名"，是因为这里曾是"红色高棉"政权的重要基地，也是该政权退败之后的主要庇护之所，当然，它也曾因盛产珠宝而知名。其是按照真身大小等比例仿制的，入庙之前的走道两侧，既有那伽蛇雕，也有金色麒麟——来自不同宗教体系的"两大神兽"，共同守护和拱卫着这座缅甸宝刹。

此座缅甸庙的"多教性"与前面"华人庙"的"多神性"形成鲜明的对比，且其虽名为"缅甸庙"但与我在纵穿缅甸之时所见的诸庙诸塔在风格上也均不相同，更不用说与暹粒、金边、万象、巴色、曼谷、清迈等地所见之庙相比了。只是，其庙内各墙之上简洁唯美、大方达意的多彩壁画，以及庙中布置，

这种缅甸庙的塔顶及塔尖，即使在缅甸境内也不多见，但制式基本相同。

摄影：陈三秋

在缅甸庙中供奉的佛像造工比较粗糙,但寺内的壁画,艳丽多彩,有着金碧辉煌的感觉。　　　　　摄影:陈三秋

却与清迈、蒲甘等金寺或金塔有着高度的神似,很是耐人寻味。

19个民族,19朵花,此言不假。比如,柬东北的格楞族仍然保留着刀耕火种的生活方式,但同为东北部的普侬族则挚爱狩猎并信奉"水神"与"火神"。再比如,在村中的田园之畔、荷花池旁,是一尊巨大的、侧躺在单臂之上的石雕卧佛——这是柬埔寨最少见之佛。佛祖闭着双眼,在酣睡;但双眉之间,有第三只眼,依然在凝视众生、俯瞰人间,昼夜循环。此乃"佛法无边",一如基督教的"万能之主",无时不在、无处不在、无所不能又无所不在。

卧佛南侧,是一片硕大的广场,绿植锦簇。其间,便坐落着"新市场""塔仔山""独立碑""博物馆""大皇宫""乌廊山"(乌廊山距金边市区不到50公里,沿5号公路行驶1个多小时即可到达。在柬埔寨的民间流传有"先有乌廊山,后有金边城"之说,由此可见乌廊山悠久的历史、显赫的名声及其与金边王朝的关系和地位。那里外国游客罕至,但却是柬埔寨人家喻户晓的佛教圣地与皇家圣地,周末或假日赴乌廊山野餐和拜佛,几成定例。乌廊山孤峰耸立,呈东西走向,山巅有一座耀眼的银白镀钯的佛塔,据说那里供奉着由西哈努克国王迎请来的释迦牟尼佛祖的舍利子,因此被称为舍利塔;塔基有个千佛殿,那里存放有数千尊大大小小、各种形制的佛像,也是献花许愿的地方。舍利塔的东侧,还一字排列着三座灵骨塔,最老的一座叫乌雷暹波塔,埋藏着公元1619年逝世的拉惹·巴隆此处请核实,在网上查到都是巴隆拉惹?四世即萨利·索里约波国王的遗体;其余两座灵骨塔内埋放的则是公元1904年去世的诺罗敦国王亦即西哈努克国王祖父的遗骸和公元1941年驾崩的西索瓦·莫尼旺国王灵骨。从舍利塔的观景平台还可以俯瞰到山脚下有一座显

走到柬埔寨民俗文化村的深处,一尊巨大的、侧躺在单臂之上的卧佛雕像,便会呈现眼前。这种"释迦头"加"水裙衣"的造型比较罕见。
摄影:陈三秋

大皇宫的微缩模型：这些亮丽非凡的"庑殿式""吉篾塔"造型的高棉建筑，见证着金边王朝时期的某种辉煌成就。

摄影：陈三秋

大市场的微缩模型：大市场，亦即"中央市场"，金边城中的地标；其始建于公元1935年，并于2年后的"泼水节"正式启用　摄影：陈三秋

塔仔山的微缩模型：塔仔山建于公元1372年，山上的白塔埋藏着在公元1434年将首都迁至金边的蓬黑阿·亚特国王的骨灰。　摄影：陈三秋

乌廊山微缩模型：乌廊山上的骨灰塔群，是公元1529—1594年间的"洛书时期"与公元1620—1863年间的"乌廊时期"的皇陵。

摄影：陈三秋

第 1 篇

The floating clouds

千里之行
始于**柬埔寨**

在即将走进更多世人面前的乌廊山上，不仅有雕刻精美的释迦牟尼佛"舍利塔"，还深埋着金边王朝几位重要国王的灵骨。

摄影：胡文杰、胡靖诗

赫的波来波廊寺，那也是柬国人民的心灵家园，寺内安奉着金边王朝其他各代君主的灵骨及历代僧王的舍利。如果不是当地柬埔寨华人家庭 Gove Kim Hong 和 Kim Minea 夫妇举家邀请我一起赴乌廊山郊游与野餐，可能也会错过记述并考证这座神圣的历史遗迹，相信它用不了多久就会火起来了。）等所有可以见证高棉人民光荣与梦想的标志性构筑物。只不过，这些个都是微缩版的模型，也可以理解为，是一座复制版的柬埔寨"大观园"。

至此，沿着时间的轨迹和方向前行，而时间也在随之悄然逝去，文化村的完整一圈，便基本赏阅完成。不要怕，并没有遗漏最重要的高棉族。查漏补缺，先听完下面这个故事，便回到高棉族的舞台。

这是一个比较有意思的故事。故事虽小，但意味深长。故事说的是：

村中心的一个三岔路口的草坪上，有一尊屁股着地、单膝支手的石雕人像，其介绍云："桑扎王或贡隆国王，是柬埔寨的第十五位国王，并于公元916年执政，在位治国56年。"但是遍查柬史，也找不到这一时期及其前后在位时长达56年之久的国王。在位比较长且有史可载的国王主要有这么几个：拔婆跋摩一世，真腊王国创立者，公元550年称王，在位时长50年，期间吞并扶南——历史上第一个出现在中国古籍之中的南洋国家；阇耶跋摩二世，吴哥王朝建立者，公元802年即位，在位时长48年；苏耶跋摩一世，公元1002年篡位登基，死于公元1050年，掌权48年；苏耶跋摩二世，也就是吴哥窟的建造者，少年登基，在位时间等同于该窟修建时间，即公元1113年至公元 1150 年，共 37 载，期间首灭占城；"最伟大的君主"阇耶跋摩七世，因其暮年亦即公元 1181 年始称王，故在位时间不是最长的，仅 34 年，期间修巴戎寺，且再灭占城；阇耶跋摩八世，公元 1243 年至公元 1295 年在位，在位 52 年，为众王之最，其人亦即阇耶跋摩七世之曾孙。差不多就这些了，但没有一个对上号的。

这个被称为"桑扎王"者的英文是"Sang Chak"，但史料中却并无此人；其"是柬埔寨的第十五位国王"，如果从公元 1 世纪上半叶柳叶女王创立扶南王国起推算，这位"贡隆国王"最接近拔婆跋摩一世及其所在的时期，但距"916 年执政"前后相差有 360 多年。而"916 年"即吴哥王朝时期，那时根本没有这么一位国王，也不是柬埔寨的第十五位国王。看来，有忽悠游客之嫌。

那么，这便是有意而为之了。这将是一个民族的自尊，抑或是无心之失呢？那么，这个"玩笑"就开大了。因此，对于历史来说，您不重视，便很难真正理解它的厚重。您若轻视，它更会令您滑向更深的深渊，甚至万劫不复。历史只能被正视，从不被忽略——就像全球之人云集于斯一样，吴哥可以逝去，但永不会被忽略。历史更不容许被篡改。相信高棉人民，也相信他们会正视，更不会篡改。

这可是一个拥有悠久历史和灿烂文化的民族。而民族也无所谓大小，虽然，高棉族也曾一度统辖着水、陆两个真腊。那是 1 300 多年以前，"陆真腊"便是柬埔寨，而"水真腊"则在越南，南方，一个完整的、湄公河三角洲地区。

这是一群曾经信奉印度教和婆罗门教的人。公元 11 世纪到 12 世纪，他们的文化，迎来令世人讶然的顶峰。而其标志，就是灿烂的吴哥文明。

公元 13 世纪，当上座部佛教掠过这片大地，高棉族信仰的精神世界开始发生剧烈的崩塌，佛教成了他们新的、最主要的信仰。

不过很快，他们便"发明"或"引入"了"送水节""斋僧节""御耕节"等重要节日。于是，日复一日，日日如昨。

似乎一切都在静止或重复——毗湿奴的一睡一醒，或牟尼佛的一睁一闭，那是"国王的心事"；花谢花开，万物枯荣，那是"众神的花园"。常言道"兴，百姓苦；亡，百姓苦"，只有那田间地头、一亩三分，只有那躯下心房、诚心向善，才是高棉人关心之物、精神殿堂。实在即好。诸神可信、诸佛可礼，日出而作、奉节必过。又是日复一日，原来只为，日日生活。

高棉族人最懂生活。

柬埔寨的民俗，这是一本阅之不尽的大书；至此，您可以再次捧起，重新阅览。

2018 年 11 月 28 日凌晨，于金陵城郊外

24 吴哥窟的颜色

按捺不住,要写一写吴哥窟的颜色。在今天,它是长满青锈的、沉穆的砖灰色。那么,当年新落成的吴哥窟,又是怎样的颜色呢?您不好奇吗?

无需赘言,吴哥窟诞生于吴哥王朝,苏耶跋摩二世时期。是时,在其带领之下,吴哥王朝开始走向"黄金岁月"。

那时,来自梵文和巴利语的高棉文字被记录在棕榈树的叶子上。那么,问题来了,一是这种棕榈之书很难长久保存,比

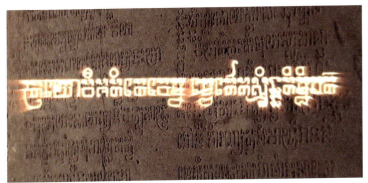

高棉文源自古印度的巴利文,为数不多的碑文,记述着吴哥王朝不可一世的辉煌。
供图:壹书局

如虫蛀、鼠咬、大火以及自然退化等等，另一就是战争——将所有都焚之一炬的战争。尤其是后者，当占城打劫此城时、当暹罗灭亡此城时，这些珍贵的书籍便都遗失殆尽。这与公元前48年马其顿的亚历山大图书馆为罗马人所焚、公元1900年"八国联军"火烧藏有《永乐大典》和《四库全书》的文渊阁等灾难，皆为人类文明史上难以饶恕的罪恶。编辑于大明成祖年间的《永乐大典》，至今面目不清；而诗人荷马的全集、欧几里得的手稿，俱毁于亚历山大之火。而"自己人作恶"，如发生于公元前213年和前212年之间秦始皇的"焚书坑儒"、公元1933年纳粹德国销毁犹太人卡尔·马克思的《资本论》和阿尔伯特·爱因斯坦的《相对论》等巨著的"灭犹事件"等等，更是难以原谅。

所以，迄今关于这个兴盛6个多世纪、共历33位（另有32位或36位之说，限于史料之限，确难考证精确）国王的吴哥帝国的所有文字记载，便只有来自中国的一个5 000余字的小册子《真腊风土记》和吴哥古城留存下来的若干片碑文。包括吴哥窟的记录，亦是如此，似乎只剩下青灰色的石头，任由后人去想象和忆怀。

作为公元12世纪这个世界上最大的城市，根据19世纪末在柬埔寨出生的法国艺术史学家乔治·格罗斯列的估算，它曾坐拥人口约70万。工匠2万、将士10万、战象20余万，建筑群落多达1 200余座；另有吴哥遗迹中的圣剑寺碑文记载："僧侣和舞者"近10万、"农民和奴隶"共10万。其城市规模相当于柏林城或洛杉矶，是梵蒂冈国土面积的46倍；人口数量是当时巴黎城的7倍、伦敦城的10倍，并远远超过当时朝鲜的高丽

第 1 篇

The floating clouds

千里之行
始于 **柬埔寨**

王朝首府开城，接近于当时大宋王朝首都开封府。如果再加上周围村落涌入的"流动人口"，总数高达百万之众，应不为过。

就是这么一座城市，可以说是为两个伟大君王书写的：苏耶跋摩二世和阇耶跋摩七世。两者有着诸多的相似之处：如都战功赫赫，前者一统吴哥王朝，后者更是

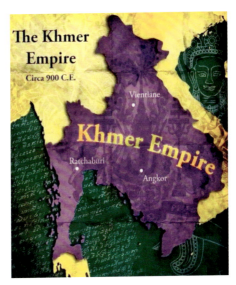

这是大约公元 900 年时，吴哥王朝的庞大版图，其占据着越、老、泰、缅、马诸国的全部或部分领地。但纵使这样，距其最辉煌的时刻，还依然要相隔一两百年。

供图：壹书局

0249

千余年前的吴哥窟,就是这么璀璨夺目,匹配着这个当时世界上最大的都城。　　供图:壹书局

伟大君主苏耶跋摩二世的仪仗队,走出当年的吴哥窟。　　供图:壹书局

吴哥窟金色塔尖上的"三叉戟",终日旗幡迎风飘扬,壮丽显赫。　　供图:壹书局

直接横扫周边占、老、掸等族之国；两者都各自修建了一座不朽的寺庙，前者便为吴哥窟，后者即为巴戎寺；两者也都曾击溃过占城，不过前者死后，也就是公元 1177 年，吴哥被占城攻陷，吴哥窟也因此损毁，而后者则一雪前耻，一举覆灭并合并了占城。当然，两者也有着显著的不同：如前者是少年通过政变登基——那是公元 1119 年，当时苏耶跋摩二世只有 17 岁，而后者暮年因故临危加冕；前者改信毗湿奴，而后者则信奉大众部佛教。

但不可否认，吴哥王朝既为君主之邦，更是宗教之国。因此，国王需有明确信仰，宗教领袖地位崇高。所以，苏耶跋摩二世的大祭祀才能有机会主持并修建起这座"东方秘境"之中的众神居所——"神之城"吴哥窟。

吴哥窟的修建，比中国朱明王朝的紫禁城早了整整三个世纪还要多。而其落成，在当世史书可载的记录中，也可堪比建成于公元前 957 年、后在公元前 587 年新巴比伦灭亡犹太王国时被彻底摧毁的所罗门神殿，且毫不逊色。也远比今天只剩下土堆般存在的古埃及的金字塔要更丰富和耐看。

位于开罗城下的金字塔没有颜色，如果有，也只是一堆沙土的原色罢了。但吴哥窟的颜色，在当年可以说是多姿多彩的，马上便将根据史料和考据一一揭晓。

这座城并不是从下往上建的，而是由内而外，即最先落成的便是中央塔及其塔群，最后才是外圈的回廊。中央塔，高约 65 米，相当于 15 层的高楼，由石块堆砌而成，呈无需黏合的铆钉状。这种没有使用黏合剂便能严丝合缝的建筑方式，全赖匠人们的高超技艺：他们在石块上刻上接痕，然后一点点错开，相互形成近似"卍"字形的嵌入式组合，由此，便层层叠垒，构筑成了这座状如玉米棒的庞然大物。而且据悉，当吴哥窟落成之时，南北两墙高度之间的误差，还不到千分之一！

落成之后的中央塔，高耸的塔尖被涂成亮丽的金色，也可能确为金箔所覆；塔尖之上是一个"三叉戟"的装饰——这是婆罗门教大神黑天手中所持的器物。下面是多层、渐宽的圆形塔身；每一层的塔檐四周，俱被漆成略暗的黄色，层层塔檐、东西南北四方各一个翘起的"Δ"字形檐帽，檐帽也为金色；从上到下，各层的檐帽与塔尖连成金色一线，彼此呼应，分外明亮。其他塔身，则全部涂成白色，但由于是涂在灰色的石块之上，所以远观便更像是灰白之色。

中央塔内供奉着毗湿奴，与印度的毗湿奴石像不同，这里的毗湿奴通身被涂成了纯金之色，也应确为纯金，以示虔诚。沿着塔基爬入塔内的台阶，非常陡峭，同时也起着支撑塔身重量的作用；这些台阶和塔基都是灰白色。

中央塔与各塔之间，有小型回廊连接贯通，回廊外顶是琉璃瓦。琉璃瓦也是呈灰白色，或为砖红色；左右瓦顶的拼接之处，也就是回廊檐顶则是"一"字形的黄色檐脊；檐脊由密密的小"山"形铜或石条织在一起，可为装饰。

内圈的回廊之间，由回廊的石基围成一个天井。天井底部铺满石块，天井之中绿波荡漾——这是吴哥国王敬拜毗湿奴大神之前沐浴的地方，也就是一个小型的、庭院式的"室内游泳池"。池畔被漆成白色，与池中绿水、蓝天白云，映成一景。

最后落成的是外圈的回廊。回廊由重几百公斤至最高可达

7吨的、大小不等的方形石柱支起，也就是说这些光滑的石柱都是由完整的巨石凿制，并经相当长时间打磨而成，总数多达1 532根。石柱，先是被涂成红色，后又被改漆成白色，最后又变成红色……据考证前后改色曾多达五次，直到最后一次，当再度漆成洁白之色时，加上起先已被掩盖住的红的底色，石柱看起来便像是粉红色了。石柱近地面的四周，还会被雕刻上四幅装饰作用的神像或佛像——这跟苏耶跋摩二世之后的君主改信佛教有关。

回廊的顶部有天花板，上面装饰着绚烂多姿的荷花壁画；回廊内壁之上，就是吴哥窟最负盛名，也是令无数游客流连忘返的800米壁画长卷了，也可以理解为浮雕。如今，这些浮雕俱为砖黑色，灰暗无比，但您一定很难想到，在当年，这些壁画是金色为主的。至今，在这些壁画之中，还留有一幅完整的苏耶跋摩二世雕像，当时其雕像全身俱为真金涂就，是为众多壁画之中的点睛之笔。

其他长廊壁画之中，则绘满了神像和关于宇宙起源的故事，故事内容充满了对众神和往生的幻想。而内圈贯通穿行各塔的"田"字形或"十"字形小回廊之中，则雕刻着诸多神态各异的仙女神像，这些仙女皆诞生于"搅动乳海"之战中。仙女神像袒胸露乳、半裸上身，手指纤细、婀娜多姿，甚至连脖颈上的或细腰畔的装饰，都雕刻得非常细致、精美而传神。据传当时所涂之色为红色——从当前残存在石像身上的漆块碎渣中可以细心发现。仙女神像的背景是回廊内的白墙或者回廊外、外圈中的各处白色石壁，个个均为舞者，或手持莲花，或单手置胸，

当年吴哥窟中的回廊、水池,每一处皆有着惊艳般美丽。

供图:壹书局

当年的"苏耶跋摩二世"壁画,是纯金涂就的,剥落之后,如今,只剩下了砖灰色了。　供图:壹书局

当年吴哥窟长形回廊中的壁画:金色的浮雕与红色的寺壁,交相辉映,艳丽非凡。

供图:壹书局

神态微妙、栩栩如生,据说仅其发式便有 36 种之多。如在当时,应该都有欲飞出白壁的惊鸿之感吧。至今,柬埔寨仍保留下了传自当时的《天女之舞》,舞姿曼妙,独一无二,并曾展示于公元 2010 年 5 月到 10 月间在上海举行的第 41 届"世博会"之"柬埔寨馆"中。

回廊和其他吴哥窟中的地面,多为砖灰之色,由块块岩石拼成一体。拜神也好,礼佛也罢,均需脱鞋赤足,连穿袜子都不行;如走在这些石板之上,应该非常凉爽吧。这是终年酷热的吴哥王国最需要的那份凉,想必国王们,应该也是因为此而有意为之吧。各个回廊之间,间或有门。各门均由巨石凿制而成,被通体涂成金色。金色之上也雕有莲花图案,象征着神的世界的欣欣向荣。苏耶跋摩二世也曾自比莲花,寓示着可以令万物走向繁荣,这也就难怪廊顶和石门都要满布莲花了。

从壁画上褪去的颜色可以看出,当年整幅长卷的底色是红色的,然后,浮雕之上,满敷黄金。　　摄影:陈心佛

吴哥窟内也供奉有林伽的雕塑，坐落在约尼的基座之内，共同象征着孕育出世界万物的力量。而当时的塔楼之上，据说还刻有大鹏金翅鸟——迦楼罗的雕像，它是毗湿奴的坐骑。迦楼罗端坐塔外，环顾着四周，与毗湿奴共同守护着吴哥窟。因为塔身为白色，迦楼罗之色可能会被涂成金色吧，与毗湿奴神像之色一样。

上面这些便是吴哥窟的正殿了。正殿通往外面院墙的是一条朝西的近十米宽的石道，石道也是灰白色；石道两旁的"马路牙子"处是由长长的数个神蛇那伽组成，而左右的石墩上还坐有数组另一神物——狮子，狮子每四尊一组，面朝各方、昂首端坐，狮与蛇共同守护着神圣的吴哥窟，所以俱被漆成金色。

石道连着正殿和院墙。其中，靠近正殿一侧，还有一个高大、宽阔的"十"字锯齿形平台，时称"十字王台"。十字王台的地面由灰白色的石板铺成，平整、洁净，有如明镜；台面四周由金红相间的石条形围栏拱卫。这是国王为出征的将士和凯旋的将军送往迎来的地方，也是接待八方外宾的表演舞台。这里见证着无数的光荣与梦想、丰功伟绩与沧桑变故：苏耶跋摩二世从这里欢送战士向占城远征——如果他逝世之前这里已经落成的话；而占城也是从这里攻下并洗劫吴哥窟的，还在中央塔内，杀死了当时的国王特里布婆那迭多跋摩。

按照顺序，吴哥窟外的院墙是最后建成的。院墙南北长1.3公里，东西长1.5公里，合围成一个约11个足球场大小的庞然建筑群落——吴哥窟。院墙之顶为砖红色，墙身为白色；墙上开凿出的几米见方的宽洞，可以视为窗户，窗户之中林立着一

第 1 篇

The floating clouds

千里之行
始于**柬埔寨**

夜幕即将笼罩下的吴哥窟,金色的塔顶,依然璀璨、壮美。

供图:壹书局

这就是当年,只能从外部洞窥它的神秘的吴哥窟。

供图:壹书局

排小石柱，起着保护隐藏的功能。窗户整体，也被漆成了与墙头一样的砖红色。

院墙西面留有几个门，中间西门为主门，略大，乃金黄之色——与城中塔顶一样，显示着此寺的无比尊贵和国王的权势。几门皆为塔式结构，像是一座小巧的庙宇；虽是如此，但仍难掩其恢宏气势。西门塔楼为金脊，黄檐，白墙，砖红色的琉璃瓦；左右檐首各有一飞角，亦为金色；檐中还有一个正三角形檐帽，帽底为砖红色，正中端坐着一尊镀金神像，抑或佛像——这种现象，在诸多吴哥古迹中普遍存在，主要是因宗教信仰的改变。虽然纵观整个吴哥王朝，各教均有被信仰，且曾在盛世之时宽容、融合，但一教兴盛之时，他教建筑被毁坏或改建的情形还是比比皆是的。吴哥窟中现在供奉的便是释迦牟尼佛，为毗湿奴而建的初心荡然无存；巴戎寺为佛教建筑，但阇耶跋摩七世身故之后不久，信仰重归婆罗门教，因此，也便受到了较大的破坏。

关于吴哥王朝，乃至柬埔寨后世如金边王朝等的信仰问题，可以说主要是深度地影响着王权，并为王权服务。在宗教势力巨大之国，尤其是像吴哥王朝，其处在相对富饶的湄公河三角洲地带，历来为兵家必争之地，经年战戈不止，因此，联姻治国也就成为又一传统。在这两个因素的影响下，国王的信仰，其实一半取决于自己的政治需要，而另一半则取决于背后支持的宗教或派系之力量，抑或"恩宠"妻子的需要。大卫·钱德勒在第4版的《柬埔寨史》中便曾介绍过一位金边王朝时期但未能确定为哪一任的国王，便因迎娶东南亚另一强国马来西亚的公主而改信伊斯兰教的逸事。

所以说，国王的信仰真正是"追随我心"的，可以说基本上不太容易实现，至少绝大多数的情况下只能是一种比较容易幻灭的臆想。不过，这也便形成了柬国自己独特的宗教风格，并影响到宗教建筑和艺术，比如神像或佛像的"性感"尺度要远小于印度，再比如很少会出现因为某一信仰而摧毁、消灭其他信奉的悲剧。

更有意思的是，对于不明就里、"摸不着头脑"的西方基督教或天主教传教士而言，这就成了他们的"灾难"——很多时候，只是空手而归、悲伤离去，更不用说试图用此去改变国王的宗教信仰了。因是之故，这些来自欧洲的信仰便长期在柬国传播不开，直至今时今日，依然如此。不过，这些都是题外话了。

穿过西门再往西，便是城外之地了。那是宽200米的护城河，河水明亮清澈——只是很少有人知悉，这里深藏着许多鳄鱼；护城河畔，遍植茂叶林木；河上也即正西门前，有座宽数十米的通衢石桥；桥面由宽阔的石块铺就，为灰白色；桥之两侧的护栏，亦是那伽，被漆成金色。桥面之上，也有数座对称分列的、供护卫值守的小屋，其屋顶为砖红色，屋身为白色。这些，便构成了吴哥窟外的一幅色彩斑斓、美不胜收的画面，引得当时诸国使臣都对寺内的奢华产生无限遐想。

公元1966年9月，法国第18任总统夏尔·戴高乐将军造访吴哥。只不过，他那辆深灰加长版敞篷轿车，当时在缓缓驶入吴哥窟时，不应该是行驶在铺满灰白色地毯、掩去岁月和残破的通衢大桥之上，而应是穿梭在金门之下的阳光中——将军的洁白平整的带星军装、两侧欢舞者的白衣红裤，以及那随车

还原当年真实的吴哥窟样貌,您会发现它整体洁白如雪,仿如人间天堂。
供图:壹书局

奔走的卫士身姿挺拔下的军装之草绿,瞬间融为一景。这才是吴哥窟的应许荣耀!

这就是由林荫城池和层层回廊环绕的吴哥窟的基本结构了。就这样,坐落在中南腹地的雨林沼泽之中,芳华绝代。您眼见到的,被掩埋在树根和枯叶之中的那座吴哥城,或者那些断落的石块及散落一地的颓废之物,都不是真正的吴哥王朝,都不是真正的吴哥窟。而真正的吴哥窟便活在文中的笔触之下,等着您吴哥归来,再次一赏。

吴哥窟是白色的!至此,可以揭晓了。还有那金色的塔尖,和那已经挂满盛世锦旗的"三叉戟",才是当年的、鲜活的吴哥窟。"三叉戟"上,其幡,随风飘扬。

2018年11月25日凌晨,于金陵,紫金山下

25 最后的吴哥城

第 1 篇

千里之行 始于柬埔寨

再一次，用更宏大的视角，带着勃勃"野心"，来尝试对吴哥王朝，及其遗落的古城，进行重构；以从中剥丝抽茧、寻得线索，来无限接近精准，以便再一次去解读这座城的一草一木、兴衰枯荣。

想要实现绝对正确，已是不能。在整个吴哥古城，以吴哥窟为例，我们可以忆述它诞生的容貌，也可以随时一见它当世的沧桑与芳华。我们还可以从亨利·穆奥的《暹罗柬埔寨老挝诸王国旅行记》中，翻阅到它公元1860年或1861年的样貌，但是，其他的时间，它的容颜、它的故事，却消失了，碎落一地，有如青花大罐的残片。又仿佛是，一本字数百万的《圣经》，被撕裂成仅剩数页，而其余的内容，则需要我们通过各种方式、方法，按照原样，将它一一拼回。

我已经尽力了。像极了一个考古专家。我也已基本穷尽了一切手段，搜罗了各种书籍，从世界各地；还有影像、照片、网络文字、所见所闻……都是关于它，三次吴哥之行；以及，公元1860年往前，或1861年往后的进化。

这里有太多的疑问。需要做一场告白。这是《最后的告别》，也是《漫长的告别》；雷蒙德·钱德勒说：我们道声再见。我的胃里好像沉着一块重重的铅。告别，就是死去一点点。我说，其实无需伤感，告别，只是为了新的远行；以及，远行之后的，重逢。希望嘛，总是有的，就在明天。

那么，是哪些问题，缠绕着我们，让我们遮蔽了双眼，只能看到现在的、静止的风景？就让我们，在告别之前，像理线头，或剥洋葱般，做一场"迟到"的告白。

公元2018年，我多次来到吴哥古城，我所见的，亦如您所见：这是一个失落文明摇摇欲坠的遗址。它是什么时候建造的？为何被遗弃，让巨大的榕树把一切吞噬？更重要的，是谁曾生活于此？柬埔寨人也不知道。他们有一些关于巨人的流言，另一些人认为是神祇住在这里。公元1907年法国考古学家亨利·马奇尔到这里，协助破解引人入胜的历史谜题。一点一点，遗址中的石头被清理出来，仔细研究。它们规则地堆砌在一起，但没有使用一点灰泥。此外，柬埔寨人和各国文物专家，也根据古人的方式，恢复了一些吴哥遗迹的原貌。人们细致艰辛地复建，随着一块块石头拼接起来，惊人的故事开始慢慢展现。那么，我们就沿着前人的轨迹，继续一探；并用一串串生着铁锈的钥匙，将那些隐藏的秘密，逐一打开、供您阅起吧。

是什么，造就了吴哥城，及其持续的、璀璨的辉煌？

解读一个自荒野崛起的建筑奇迹，需要一个宏大的叙事。而揭秘吴哥之城的诞生，亦犹如将其从崩塌中扶起、重修。将散落的碎片逐一捡起，拼接——从旱季，到雨季；从高棉，到

吴哥窟的发现者：亨利·穆奥本尊的画像。 供图：壹书局

亨利·穆奥笔下的吴哥窟。还原了重现人间时的样貌。

供图：壹书局

第 1 篇

The floating clouds

千里之行 始于**柬埔寨**

这是西方探险家们追随亨利·穆奥而来，手绘的当年吴哥窟被发现后的景色。 供图：壹书局

占城；从洞里萨湖，到荔枝山脉；从热带雨林，到湄公平原。如何在乱世，赢得人心；如何在荒野，育民百万。当问题一一得到梳理，当格局开始慢慢展开，将万千细节逐一连贯，问题便浮出答案，疑惑也终将得解。

这是历史性难题。这也是一次，跨时空的叙事。需要洞悉一切：一代君王的旷世智慧、精妙构思，从治国到安民，从建筑到工程，从军事到水利……而其组合，堪称完美。只欠一个起点，将其串联，古老的王国，便可在丛林中，快速被巨石叠起。

要从吴哥之前说起。大约在基督教诞生之前的几个世纪，一群来自印度的商人、教徒、探索者或冒险家，漂洋过海，来到这个半岛、这片大地，并在附近，靠着大海，率先建起一座骁勇的城池——占城。高棉，受到了严重威胁。往日的平静，终被打破。内斗、争乱，古老狭窄的视野，难以维系的生存，这一切的原始，似乎都在等待，随之打破。或许，也是在期待，一个伟大之王的诞生。

14岁的他，觊觎已久、蓄势待发。直到一日，他拿起了刀，出其不意地一跳，跃上了象背，将其上的叔父斩杀。他接过了高棉人的旗帜、将士、战象和土地，但他并没有停歇，使命持续在召唤，争战，继续在进行，从南到北、从西到东。3年之后，已是17岁的他，身躯硬朗、势力更壮，破碎高棉、终得一统。一日，在征得婆罗门大祭祀的同意后，登基为王。这就是"太阳王"——苏耶跋摩二世，并就此，走到了历史的前台。而他即将开启的历史一页，便是吴哥王朝走向帝国荣光之时——始于公元1119年，而止于此后再过300余年。

他来自荔枝山,但需要更大的平原。这里一年两季,旱季、雨季。当雨季来临,地面尽雨,地表之下,更是多水。所以,这里的平原就像漂浮在水上的船,而他需要一艘荔枝瀑布流经的、靠着河边的、更大的船。

荔枝山下,小城已满;巴肯山上,寺庙已建。他需要一个新的领地,来构建宏伟蓝图。他需要平原,足够开阔、足够平坦,因为他在构思,一个旷世杰作:一个繁杂有序的系统,也是一座史诗巨制的新城。他之所需,便是可以如其所愿,淋漓尽致展现的舞台。

他筹划着。慢慢地,在荔枝山的瀑潭中、基石上,刻下诸神和林伽。这是赋予瀑水以神迹,而其流经之地,便将出现这个舞台。

当旱季来临,雨水从大地退去,他果断出发。沿着荔枝瀑布流淌的小河,行进近百里,方寻得一处繁密的雨林,并在其间,画了个方方的圈。他要在这里新建一座寺,寺名"吴哥",亦即是城。

寺中要有神,有神才能安王权。他望向了身旁,大祭司,正紧密相随。他见证过大祭司的力量,他的蓝图绘制也离不开他。就在这一刻,他确立了信仰,和心中的神——"守护者"毗湿奴!他要前无古人,就要抹去巴肯山上的神,和它那不祥的名字"毁灭者"湿婆。他要如大祭司所愿,当然,他更懂得"凡有的,还要加给你,叫你有余",一如耶稣告诫我们所说。于是,大祭司便主持起寺庙修建,其光,可以与国王同耀;其名,也终将同此寺不朽。

第 1 篇

The floating clouds

千里之行 始于 柬埔寨

寺也是王城。建成之后，白天，他将在此坐点江山，晚上，亦可与众神同在。

城要很大、寺要很高，他需要一个"十字王台"，阅兵点将、征战四方；他也需要同诸神对话，寻得安宁。大好山河，正待书画，如能"生而不老，死而不朽"就好了；他热爱日出之阳，可以叫醒新一天的梦想；当日出垂直掠过，也可以对话诸神。这是他的构思，也是国王的心事。他的目光再次望向大祭司，彼此便已心领神会。

这是一个绝佳之地，周边是沃野千里的平原。平原可出良田，"民以食为天"嘛。王的内心在澎湃，眼中燃烧着火。他要千万亩稻田，砍去四边茂林，便可"唾手可得"；稻米是宝，可供万民果腹、心安领命，亦是军资粮饷、威仪八方。

有了稻米，就可以尽情地发梦，追随吾心。所以，国王想到了此：还要让田田丰收、亩亩盛产。不世功勋，尽始于此。

但这是一个困扰千年的难题。水稻之命，在于有水。在糟糕的雨林，一年之中，雨水不均：半年太盛，半年太缺。国王平静地笑了笑——王的心中有个秘密，"我要让天下之民，为我所驭；也要让天上之水，为我所用；我要让山河湖水重整，调度有序；我要征服自然，征服宿敌，征服天地"。国王的秘密，就是答案。

他已窥破天机。他要思绪缜密，让诸般构设，环环相扣；让每一个安排，既隐秘且精巧。也许，只有大祭司可以猜到，但永不会说。他要"上天入地，唯我独尊"，就更不能让所有的劲敌知晓。

所以，就让这一切，从脚下的这片荒林中开启。斩去阻挡，兴建城池与寺庙。

建城需要木材，丰富的雨林遍地都是。建寺需要石头，可以取自荔枝山。巨石需要运输，便可用人力、大象，尤其是平底的船——竹筏。水陆并进，只争朝夕。

但经由荔枝山上流下的河水太少，且时深时浅、有深有浅。而往南方40里（约20公里），洞里萨湖之水，如果没有雨季湄公河的倒灌，也不足以丰沛此河。竹筏，在小河中困难地划行，大祭司望眼欲穿的巨石，日复一日，还仿佛仍在缓缓地爬行。竹筏在跟大象，拼着脚力，但只似龟与兔般，赛跑。

于是，疏浚小河的工作开启了。小河变成了大的河。当雨季来临，河水暴涨，竹筏便可以甩开"笨象"，恣意穿梭。巨石一块块驶抵城址，一块块被雕磨，雕磨出平滑的沟槽，然后无需沙土黏合便可垒砌，相互嵌套，高高叠起。这是木工的技法，在指导着石匠在开创，只待终有一日，可以拼接到极限，城和寺落成。然后，再过一千年，被今天的"西方"或"东方"的世界发现，赞誉不息、叹为观止。

到了旱季，当然，无需等到旱季，船夫们便知道河水将会再次渐少，竹筏将滞留、大祭司挥向偷工懈怠者的鞭子复又会隐隐在叫。国王无愧是英明的贤王，似乎他早已想到。只待大祭司的钢鞭将落未落，一条来自洞里萨湖延伸而来的"新河"之水便"解了近渴"。让洞里萨湖之水向北"逆流"，此前可只是传说，但国王实现了。辅之以一系列灵光乍现般的精妙设计，把地面挖深或填高，把湖水抬起或降落。工人得救了，大祭司笑了。而国王,则平静地等待着新的"捷报"。

这时,开挖"吴哥寺"地基的人群中发出了一声短促的惊叫。"水!"这本是从荔枝山驶来的竹筏最需要的祥瑞之物,出现在了这里,便仿若不祥之兆。

消息很快传开,国王静静地听着报告。他似乎若有所思,便拿出他的腰祥宝刀。在来人惊恐的目光下,王者镶满宝石的长刀划过了来人的发梢。刀尖落在地上,来人命得保,然后他便看到,国王的刀尖已在地面之上,围着他画出了一个大大的、方方的圈。那就是我们今人所称的"护城河"。

这下寺中高耸起的"须弥山"有了,山外象征着世界的"咸海"也便有了。将来寺与城落成,将不仅仅是大祭司最中意的"毗湿奴的神殿",还将是"众神的家园"。

挖掘护城河,开始了。地基中的水有了归处。但要想撑起必将高大无比的神庙,历千万年不倒,那么,地基便需要久远的稳固。而这个荒原,于这雨季肆虐的中南半岛,终归是一座漂悬的大船,要想保持不测的风雨之下,"船身"稳固如山,那么,还是要能够征服并控制这些地下之水。这需要调剂。护城河之水位需要恒定。

就是为着这护城河的"不涨不枯",接引护城河的水渠工程正式拉开大幕,配套的水库也将兴修。至此,从一河疏浚的工作,演变成了一个要令山与瀑、湖与河、渠与库,交织纵横、贯通融汇、绵延千里的工程。

这项工程,开始变得浩繁复杂。这也是建筑与水利、人力与自然、智与谋、天与地的交汇、角斗、纠缠甚至搏杀。

为了完成这一震烁古今的工程和水利,国王需要一次短暂的远征。他成了建城智者,也将成为毁城高手。他将国土一点点向外沿推进,将所经过的城池一一化成灰。只因他强壮,并拥有着一支战无不胜的高棉铁军。凯旋之时,他带回了成群的奴隶、成堆的稻米、更多的大象,以及更多更多的珠宝。

这些财富可以一解浩大工程之需,也可以加速水利开凿之急。王的激情潮涌的心知道,他要构建的是一个可以绵延万代的"体系",和一座永不枯竭的昌盛繁荣之城,他所需要的,纵使征服当世所有枭雄、劫掠人间所有之物,甚至穷尽视野之下一切所见,都很难满足。他看到了一个甚至连后人都难追的未来,那才是他的眼之方向、心之所想。他在等待,等待这个"体系"的早日成型。

工程如故进行,水利爬满地头。又是一个雨季来临,沟渠灌满雨水。国王看着日日瓢泼如注的大雨,虽然工程有所延滞,但他仿佛已经看到了即将到来的另一番风情。

他提前征调了更多的子民,在雨棚下、草屋中,夜以继日地雕琢着石块。他知道,他们将不再因旱涝而无事可做,也不会因阴晴而忧三餐。他的"体系"之下,将永远需要他们,日日劳作、终老不息。即使灾害之季,田园荒芜、颗粒无收,他的子民也可因这些手勤体劳的付出而活存。假使约翰·凯恩斯能够穿越至当时,也一定讶然于国王那双指挥棒般的苍劲之手,正在以"有形"的方式,对国之命脉进行有方调度吧。

雨渐渐小起来了,少起来了。

旱季终于来了。在国王眼中,在他此前的所有岁月中,这一年的旱季一定来得非常缓迟。他跃跃欲试，但还是抑制了多日。直到他走向田野，看到成片的稻谷地里，秧苗将萎未萎、似睡非睡。他深掩着早已亢奋的内心，轻声令下——"打开石闸"！

这一刻，他不再是"太阳之神"，而竟成"雨神"，只不过，这一次农夫们盼如甘霖的"雨水"，不是来自天上，而是来自地上——来自四面八方、纵横交错的沟渠。这些"不知源头"的神来之水，很快便涌满田间地头。万民为之雀跃。国王知道，待到稻黍可以割获之季，定是一片丰收之景象！

就这样，一个庞大的、繁芜的"水利工程系统"，也就是吾王，日思夜想的那个"体系"，得到了验证，走向了成功。不仅雨季肆虐的洪水，可变柔顺，而且旱季可怕的干涸，也被征服。"化恣意之雨，成地下之水，以溉农田"，此乃养民之道、富国之本。苏耶跋摩二世似乎做到了。征敌不易，征天更难，但苏耶跋摩二世近乎两者都做到了。甚且有如"烹小鲜"！

这是国王内心深藏许久的秘密。终于在别人对城和寺的注视下，悄然完成。当然，这时候谈"完成"可能还为时尚早。苏耶跋摩二世要铸造更"大而煌""慷而慨"的功业，就永远不会止步于即有的功勋。他要"借"寺中之神令王权永固，万民归心；"藉"渠库之水让百姓丰足，国之充盈。所以一切都还要继续：寺要修得更高、城要建得更大，沟渠要建得更精密、田野要开拓得更广阔无边。还有那对外的御敌与征伐、诗歌与远行，只要吾王不老，便永不休止。

只是至此，其生生不息的"体系"，雏形已成；建此神庙王城，与贯其沟渠山河，有如一石二鸟的阴阳之谋，也已功成，无人可阻。吴哥王国,也终将沿着这份智慧和福泽,并在其基础之上,日日变富、夜夜变强。一个在同等的农耕文明之下,相邻的众邦诸族之间,率先崛起发迹的高棉族群,也终将走向一个城池更大的王朝、一个疆域更远的帝国!

　　这就是吴哥王朝成就帝国的秘密。苏耶跋摩二世,面向这片"邪恶"雨林,给予了最沉重的一击。从此,这里的人们和文明受到的最大的挑战——一年之中时缺时多的水患得以有效征服。他"主持设计"的那套"水利工程系统",在一个没有任何机器动力的年代,运用着高超的高棉式智慧和技术,将桀骜不驯的河水及因季而变的水流,在高低不平的大地上,恣意调度、纵横自如。这项勋绩,既功在当年,也利在千秋。新南威尔士大学都市考古学专家斯科特·霍肯曾说:"这是个超大规模的水利工程,为吴哥带来了稳定。在少雨的季节,近48 000平方公里的肥沃稻田,不仅喂饱了众多的城市居民,也使古代的高棉,成为强大的帝国。"诚如此言。

吴哥通王城有着精妙繁复的水利工程系统,既孕育着万顷良田,也维系着这座城的璀璨繁华。　　　　　　供图:壹书局

当然，苏耶跋摩二世的心中，还有另一层非常重要的环环相扣的想法：经荔枝山瀑的林伽流至小吴哥城护城河之水，与这座"众神的家园"中的诸神，实现完美的相会。这是信仰上的宗与源，也是王权神圣的加叠。万民的崇拜日益加固，众人的忠诚得以提升。这种王的睿智，与自然、与信仰的交融，就此形成了一个庞大富足的农业系统，兼具一个心灵信仰上的忠实源流。这种物质与精神一统的成就，便硬是在这片土地上诞生了。有点像是"天方夜谭"——天方，是郑和七下西洋时一直梦寐能够找寻到的地方，而关于它的故事，则用来形容最难相信之事。不过，这一切，苏耶跋摩二世真的做到了。他治下的王国，最终成长为一个遥不可及的帝国，只缺一些时间、一个更伟大的人来延续，来达成了。

公元 1150 年，历史的"年针"刚好在这个世纪指向了正中，国王老了，苏耶跋摩二世终将故去。而吴哥窟及护城河的旷世工程，似乎还是卖力地向着尾声挺进。大祭司已仙逝多年，工程当时距所期的完工还遥遥无期。工匠们在仓促之余，在吴哥窟的石壁之上，遗留下了许多未尽的浮雕碎痕。在最后的时刻，国王急切地来到此地，宣布了一下"正式完工"。他也看了次绚烂的日出——但一定不是日出中央塔尖的奇景。然后，他留下了些许遗憾，便怆然离去。死后，他的灵柩被安放在中央塔下，等待着一日，夏至来临，王的英灵能够复现，一赏他心中所隐、秘密所愿。

历史仍在继续，等着书写下一段荣耀与辉煌。当年轮行进至公元 12 世纪下半叶，一个新王——阇耶跋摩七世，带着覆亡占城国、大兴通王城的故事登场了。

由此，一个新燃起的疑问，也传续近千年，等待着答案被寻找。

吴哥窟隐藏的"密码"誊写在中央塔尖之上。那么，通王城的秘密是什么，隐匿于怎样的角落？又或者，有着怎样的国王心事？

公元 9 世纪末，巴肯山上，万余工人、千余大象……

公元 1113 年，吴哥窟下，工人 30 万、战象数万，另有竹筏数千……

公元 12 世纪末，通王城中，工匠 20 万、奴隶 10 万、战象 20 万……

数字不断攀升，城池不断扩大，寺庙也随之更加光辉璀璨。其中，有盛世气象，有民劳财伤，有穷兵黩武，有鸟尽弓藏，更多的，或许只是"王者的心思"。

为了这份迷离难琢的心思，他或它们——工匠或大象，终日里，甚至是终身，一部分在城下，一部分在山上，还有一部分，则在来回的路途之中——不断往返，只为造就，更新的、更高的、更大的"吴哥"——"大吴哥"、吴哥通王城。这些工匠和大象，一如古希腊神话中的、惹怒众神的西西弗斯，纵使他为科林斯的建立者，和国王，也终将"生无所息"。

通王城中心，即为巴戎寺。待吴哥通王城落成之后，这一城一寺，将会是阇耶跋摩七世时代，媲美吴哥窟的传世之作！是时，吴哥王朝迎来了鼎盛时期，阇耶跋摩七世统辖的疆域之辽阔，可以用三个字来形容——"东南亚"！是的，整个东南亚，我们今天所称的、分裂的十一个小国,大多都曾被纳入这位君王的"麾下"。这般宏大,以至于宋鸿兵为其引入了"丝绸之路"的概念,并就此断定,来自印度、波斯以及其他国家的石匠被招募而来、参与其中的营造。源源不断的贸易财富,足以支撑通王城中心。

工人和大象,还在山与王城之间,不知疲倦地往返。山是荔枝山,但荔枝消失了,只剩下七座巨大的露天采石场。新的国王,明确告诉这里的人们,他需要的不是解渴的荔枝——他也不知杨贵妃的"一骑红尘妃子笑"故事,所以,它需要的,只是这里的石头,上好的灰砂岩石。当这一石料采尽,便开始找寻替代。那是红沙土,需要再次加工,才能像石一样的坚硬

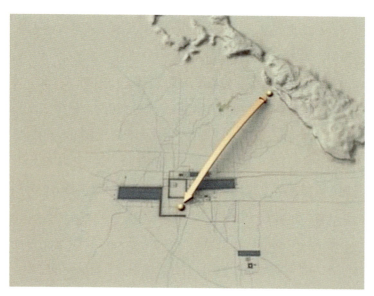

修建吴哥窟的石头采自荔枝山,需要运用大象、奴隶、竹筏等,通过陆路和水路,并进运抵城中。　　　　　　　　供图:壹书局

无比，堆成数层、垒就高塔，以方便国王与佛陀开展新的对话。

可是，新的王城，需要的石料太多，太多，于是，在距吴哥窟之后，每一座寺庙，都要进行着一场面向大自然的妥协。然后，灰砂岩石在内和外，红砂岩石夹在中间。座座寺庙，拔地而起；新的王城，终告落成。

在巴戎寺高高的塔石之上，国王用一种莫测的微笑，俯视着四面八方。这是个秘密，关系着王权的神圣仪式，而这也是国王的心事：他要在塔山之巅，铺上石块，是为压顶石。石块中心，凿成一个贯穿上下的圆洞。洞小如孔，从圆孔中，可以窥视数十米下的塔内：四壁刻满身高等人的神像，像身和四壁，涂满黄金，其壁，再嵌入宝石，其色有蓝有红。圆孔的正下方，是个石砌地面，地面中间，立有石墩；石墩正中，是一个石臼——石墩和石臼呈现着几何之美。而石臼之中，则满盛清水，仿若静待神明。

当年细数高棉历法，挑中一日，其日，太阳的高度将达到最大的角。国王择良时来到塔中。先焚上香，然后从塔底仰望，顶上的圆孔，开始有光线洒落。中午时分，阳光开始变成笔直的光柱，垂直射入石臼，并在四周形成一圈奇妙的光影。而通过臼中之水，光影复又映射在塔壁之上，珠宝仿佛从沉睡中被唤醒，加上国王亲临，它们便卖力地发出耀眼的光、璀璨的光、炫丽的光……似乎所有的溢美之词，都不足以尽述此光之美。各色之光，不可思议地闪耀，并交织在自圆孔而下的光柱四周，像是群星环绕；国王借此瞬间，与来自天界，通过光柱往返的佛祖，悄悄地说着沉在心底深潭里的秘密。

一幅来自本世纪初所拍摄的"高棉的微笑"。

供图：壹书局

一名画师，正在虔诚地绘制巴戎寺中当下的"高棉的微笑"。

摄影：陈三秋

大约于公元 20 世纪前后，拍摄的一幅"高棉的微笑"照片。

供图：壹书局

这个秘密，我们不得而知。但不妨一猜，这一年，如是痛击占城，那将变成出征前的祈祷：吾乃天佑之王，也愿天佑吾王。洞里萨湖之上，覆灭占城，助本王成为，半岛之上，唯一的，枭雄！——祈祷亦是筹谋。

一年之中，会有两日，天光直入塔井。国王将再次来到这里，并再一次，窥视，专属于他的，这个秘密。这让我想到了在埃及的卢克索神庙，其进门右侧的一处石室中，也存在着类似的光洞。东西方的这两个古老光洞，一个来自"征服者"阇耶跋摩七世，一个来自"法老王"拉美西斯二世，相隔千万里、上下数千年，竟然会有如此的神似，真是令人无比惊异。

更令人震惊的是，后来考古学家循着巴戎寺的这个洞孔和下面的石墩，追踪到地底25米时，竟然发现了一具石棺。棺盖上也有一洞，光线还可以通过这个洞照到国王的遗体之上！看来，即使是在国王死后，这种和太阳的直接联系，通过阳光来沟通诸神之举，对确定王权的神圣和传承来说，也是十分重要的。吴哥王朝的国王们，正是利用着这种神圣的权力，号令数以万计的臣民，建造出了一座又一座的显赫庙宇和繁密沟渠，终于，将吴哥城变成了古代的最大型的"超级城市"。

不可忽视的是，当时间推行到阇耶跋摩七世之时，这位大半生都在与占城战斗的国王，已经发现了最终打破这个宿敌的秘密。那就是不断袭扰占城侵略者来自陆上或海上进入时的后方补给线，这令他屡试不爽；而当占城军队疲惫之时，便引他们入"城门之下"的洞里萨湖，以逸待劳，决一雌雄。所以，最终的决胜之地，不在别处，就在洞里萨湖。而此前，占城之所以能够从海上沿湄公河长驱直入，据情报显示，还因为得益于当时宋朝流落占城的一位中国人，此人改进了占城水师的战法和造船技术。阇耶跋摩七世需要得到同样的支持。

历史，确以最精密的方式，按照这位国王的设计在向前推进。所以，当期待已久的"洞里萨湖之战"打响时，阇耶跋摩七世"雪藏"的几百艘"巨型"战舰瞬间倾巢而出，万箭齐发，一举歼灭了占城，并就此合并其为吴哥王朝的一省之地。国王的这次战功和秘密尽刻在其兴建的巴戎寺墙壁之上。而这个秘密也就此揭晓：壁画之上呈现出他当时邀请到了一大批宋人。

所以，当劲敌终被铲除，那么，在此之余，国王的心事又为什么会变成巴戎寺的这个秘密呢？而这个秘密的背后，是不是还隐藏着一个更大的秘密呢？

追随历史的细节，往深处去推演，我们将会发现，一个动荡、剧变的大时代在阇耶跋摩七世时期，已悄然向其走来。

在阇耶跋摩七世登基前的 10 余年间，吴哥城在锦绣繁华中，遭到占城多次洗劫。公元 1177 年，连国王特里布婆那迭多跋摩都被占城将士斩杀于吴哥窟神殿。因此，国王和臣民开始对已信奉多个世纪的印度教"三大主神"的庇佑能力失去信心。源自千余年传统的最高信仰和其力量根基终被动摇，被颠覆。自公元 13 世纪起，吴哥王朝在阇耶跋摩七世治下，全体放弃印度教，转而皈依佛教。君主之国，神权动荡，社会剧变，已然来临。但依佛教本义，国王将不再是神——这是一个宗教之国极其危险的信号，国王需要继续被崇拜，继续被神化，所以，其终极呈现便是造就了谜一般的巴戎寺及其神秘之下的微笑。国王的心事显露无余。

所以，当新的国王阇耶跋摩七世引领着吴哥王朝走向鼎盛浮华之际，一边新建起了这座荣光浩瀚的吴哥通王城时，一边又在信仰的剧震中，将内心的诸多秘密和不安掩藏在了巴戎寺的神秘微笑之下。而这一切，也仿佛都在等待着，更新的时间到来，检索。那么，吴哥通王城和国王新选中的信仰——佛陀，能够经得住历史的残酷冲刷吗？这位最伟大的国王和这座最浩大的工程之后，吴哥王朝又将走向何方呢？显然，这些都将在后世的风雨飘摇中得到答案。

我已经拼回了吴哥窟的容貌、颜色和故事，那么，鼎盛时期的吴哥城全貌，又是怎样？我们来一探，尝试去拼回，大小吴哥时期吴哥城的容颜。

是时，公元 13 世纪初，吴哥通王城落成。"巴戎寺顶，金光璀璨；吴哥城中，鲜花绽开。此时的吴哥城，已辖人口百万；占城已覆灭，城内之民，沐浴在释迦牟尼佛光泽之下，既陌生，又祥和。城中又一个雨旱交替之季，连日里瓢泼大雨，倾覆如注，开始渐渐地变成了淅淅沥沥。我站在最高处的铜塔之巅，俯瞰到了这座世间最美之城的绝世芳华与不老容颜。"

上面的这一切，都只是我们对 800 年前的吴哥城池全貌的想象。那是来自对元朝使臣周达观在此停留时所留下的只言片语的揣测，也是来自于澳大利亚考古学家达米安·埃文斯一些研究成果的反推。如今，盛世吴哥全貌，已烟消云散；可资忆起的片断有：它是工业革命或中世纪之前，人类历史上最大的聚居地，绝大部分建筑都是用竹子、木头等较易损毁的材料建成，

这是西方探险家们留下的,公元 19 世纪时期的巴戎寺样貌绘图。

供图:壹书局

当年巴戎寺塔尖与四面的"高棉的微笑"头像,均为金色的,故称"金塔"。

供图:壹书局

石砌建筑是为神明而造的——后世留存下来的古建筑几乎全是庙宇，还有更多消失的建筑的痕迹，可以从雷达对地面的探测中找到曾有的轮廓和蛛丝马迹。当植被下方的地面，被激光雷达3D模型技术以秒速的方式呈现，便会发现仍有成百上千座未出土的庙宇，以及运河、沟渠、水利系统等遗迹被植被覆盖或掩埋。将这些新老数据搜集到一起，一个远远超出人们想象的"超级城市"就显现了出来。城市之大，在同一时代很难找到其他城市与之相提并论。

下面，公元2018年11月，我们将根据眼前的吴哥城，借助能够穷尽的史料、后世的影像与图片、多国专家复建或修缮的成果，和日本、瑞士、澳大利亚等考古学家最新的成果，以及无限丰富的想象力——这个看似最为重要，来尝试前无古人地重建当年的"盛世吴哥"，并呈现为一幅名叫"吴哥王朝盛世御览图"的容貌。

这是一座位于洞里萨湖之北、荔枝山脉以南，方圆3 000

来自澳大利亚的科考直升机，将探寻吴哥窟消失的地下城。
供图：壹书局

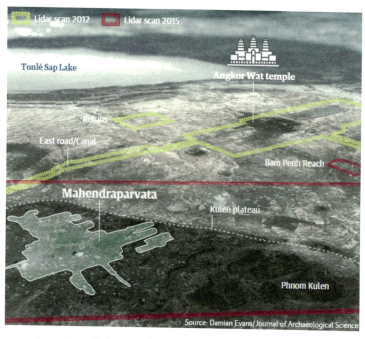

公元2012年和2015年的两次激光雷达探测图,告诉了世人关于"吴哥地下城"的秘密。

供图:壹书局

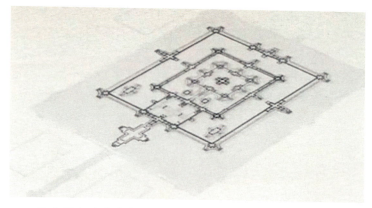

平面图中的吴哥窟,方正、严肃,但只有当它"立体化"呈现于世人面前时,才更显鬼斧神工。

供图:壹书局

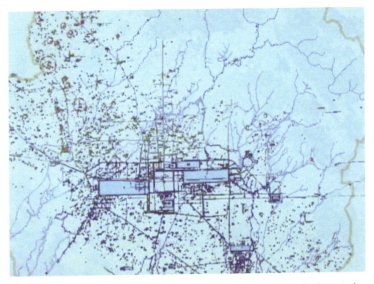

神秘的吴哥窟，如今，仍留下诸多待解的谜团，更多精彩故事，仍将上演。
供图：壹书局

第 1 篇

The floating clouds

千里之行 始于**柬埔寨**

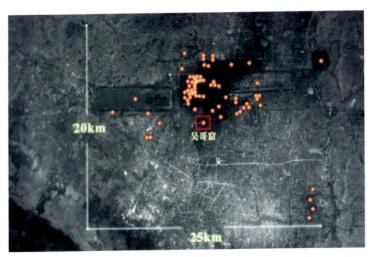

现代化的科考技术告诉我们，吴哥窟的地下，也是一个神秘的世界。
供图：壹书局

平方公里的所在——这些将是绘制"盛世吴哥城"的"底色"。

时间是公元 1297 年 6 月，周达观已收拾行囊，准备从吴哥返航回宁波。审视的视角出自通王城之内，巴戎寺西北，与寺中金塔间隔一里许的铜塔最高层——这里是巴芳寺所在地。

我要代周达观做最后一次的登高望远，看一眼他不吝溢美之词的吴哥全城。

基本概貌：从巴芳寺四顾，在视力所及的 45 平方公里的丛林中，若隐若现地坐落着大小各式建筑 3 000 余座，其中庙宇 600 余座，配套王室、百姓住宅、商铺 2 000 余座。而在视野之外，以至绵延到城外沿河而居的山林之间，还将会遍布各类不知其名的较小庙宇，总数也将达万余座。总计：城中常居人口约 50 万、围城而居人口约 10 万、周边卫戍壮士约 10 万、流动往来人口约 10 万。

寺南景物：依次南巡——脚下巴芳寺南畔及周遭 10 余间石屋；巴戎寺及 20 余座金顶石塔；通王城的南城门，门宽 7 米、高 23 米，与当今 8 层楼的高度相若；巴肯山和山顶的巴肯寺；吴哥窟和中央塔。另有村落、水池、集市、官署及其他庙宇、宝塔不计其数，且多为木质或竹制建筑。这一南片区域，为整座吴哥城最繁华之地。

寺北景物：依次北瞰——脚下巴芳寺北部及寺脚 10 余间石屋；国王寝宫即今日的"空中宫殿"，宫中金塔即"金角山"；通王城的北城门，与南城门同等制式；圣剑寺、圣琵丽寺、战象台阶、普雷寺。再远处，北偏东的方向，还有荔枝山等，已只能看到些苍莽起伏的葱绿色轮廓。

是时，已于公元1191年修建落成的圣剑寺，仅其一寺，就占地800余亩（约54公顷）！寺中，97 000余人在夜以继日地忙碌着，这是帝国的中枢：它既像中国的国务院，中央各直属部门都在此办公；还兼具着"中央党校"的职能，源源不断地培养和输出着能够协助君王统驭帝国的人才贤能。据悉，其中还有1 000多名佛教教师，在此负责上课，培训可以奔赴各地宣扬佛法的僧众。在中世纪，很多国家的中央行政机构的规模，也不过二三千人；即使是像后来美国在"9·11事件"中被恐怖分子袭击、化为灰烬的"双子大楼"，高110层，上班人数也不过5万之众。这近20倍的相距，应该可以凸显吴哥王朝的盛世一景了吧。这是来自宋鸿兵先生《鸿观》中的考证。

寺东景物：依次东顾——脚下巴芳寺东部及巴戎寺南部，周边各有石屋和木屋20余间；通王城的东城门及北500米处的另一门"胜利门"，胜利门往西直通国王寝宫；周萨神庙、托玛侬神庙、茶胶寺、塔布隆寺、斑黛喀蒂寺、豆蔻寺、巴琼寺、皇家浴池、东池、比粒寺、东梅奔寺；东偏北还有涅槃宫、塔逊寺、女王宫；东偏南还有巴孔寺、罗莱寺、神牛寺；正东再远还有班蒂色玛寺等。寺东为全城寺庙云集之地。

其中，公元1186年开建的塔布隆寺，我们也要将其想象成是一座国立的佛教大学，也即佛教输出的中心。在阇耶跋摩七世时期，为了完成自上而下改信佛教之后教义的畅通和流行，信仰既需要集权，也需要通过培训之后输出和长兴。所以，每一年，将会有12 500余佛教徒在此受训，然后通过这一严密的组织体系，对外施教和播传，连续十年。十余万人，作为火种，

这幅模拟图可以看到，当年吴哥窟的城墙、塔尖、廊柱，都涂满了黄金，极尽奢华。　　　　　　　　　　　供图：壹书局

这是一幅非常罕见的，当年吴哥窟消失400年后重现人间不久后的照片图样。　　　　　　　　　　　　　供图：壹书局

这是 21 世纪初，修葺中的吴哥窟全貌，已经接近今天您随时可以去看到的它如今的容貌。　　　　　　　供图：壹书局

这幅是公元 19 世纪的吴哥窟样貌。未经商业开发的它，犹如一处人间秘境。供图：壹书局

国外资料档案中的吴哥窟长廊与壁画的剖面图。

供图：壹书局

这是一幅想象中的，当年吴哥窟的夜景。　　供图：壹书局

第 1 篇

The floating clouds

千里之行 始于 **柬埔寨**

将佛的光芒，播散在高棉帝国统治下的东南亚大地——佛教寺院乃至普通百姓的田间地头。这是最令宋鸿兵先生震惊的。

寺西景物：依次西视——脚下是巴芳寺的西部及 10 余间石屋；通王城的西城门，宽高等同其他各门；城门之外，主要有西梅奔寺、西池寺；其余以山林和稻田为主，其间，点缀有农屋千百余间。

其上便是当时吴哥全城的概貌一览。其中寺庙以金顶、白墙为主，顶部均有"三叉戟"，其幡随风飘扬。各寺之中，论规模和艳丽，尤以巴戎寺与吴哥寺为最。吴哥寺即吴哥窟的布局和颜色前篇已有介绍，这里我们再尝试复原一下通王城及巴戎寺。

此前，日本东京大学的池内克史教授与澳大利亚悉尼大学的达米安·埃文斯教授，曾分别采用三维 CG 技术和雷达测地 3D 技术为巴戎寺及吴哥窟的扫描和复原做出了巨大的努力，但通王城及巴戎寺的盛世原貌，却尚未能够实现绘制。我们将在其已有工作成果的基础上，结合周达观在《真腊风土记》"城郭篇"的记述，并假以无穷无尽的想象力，来补述公元 1297 年时整座吴哥城建筑群落中最华丽的篇章：通王城篇。

通王城为正方形，由深 6 米、宽 100 米，长各 4 公里的护城河环绕。河中注满清水，周边遍植棕榈、榕树等。城墙俱由红砂石堆砌而成，长 3 公里，高 7 米，厚约 4 米，整体呈红色；墙边之顶均有琉璃瓦铺设左右，脊顶被漆成"一字"金黄色。城墙四面各有一门，其中，东墙多一门，为"胜利门"；两座东门相距 500 米。护城河对应着五个城门，各建有一座"通衢大桥"，桥宽约 10 米、长 100 米；桥之两旁的栏杆，均为一条巨石刻就

日本学者，用 3D 技术重塑的吴哥窟主体建筑全貌。

供图：壹书局

日本学者 3D 扫描后的吴哥窟的主体建筑。这样，千百年后，人们依然可以看到它如今的样貌。　　　　供图：壹书局

第 1 篇

The floating clouds

千里之行
始于**柬埔寨**

的七头蛇神那伽；那伽之上分别均匀地矗立着 27 尊石制神像，面对城门的左侧一排为慈祥的修罗神，右侧一排为凶恶的阿修罗，每尊石像各高 2 米有余。

城墙五门，各为内外两重，夜闭早开，同为木制两扇紫红色巨门。五门宽各 7 米，高 23 米；每门之两侧各有一尊高约 5 米的"神像"站雕；而门顶之上另有四面佛塔，佛首面朝四方，其大小与巴戎寺中佛塔之像相当；城郭四角，也沿墙坐落着四个角塔，塔形亦为四面佛状，规格略小于五门之佛塔。这些门或角上的佛塔，均为金顶白身，每面佛首也涂有纯金。另外，城墙之上还间隔种有桄榔树等。

五门通行规则和作用分别为：东门为死亡之门，逝者遗体可由此门送出火化或安葬；西门是罪犯之门，即由犯罪之徒所走；南门和北门，则为百姓之门，即平日供百姓往来所通行。另东墙之上的"胜利门"，往城内直通王宫，往城外连着护城河，既为国王、百官通行之门，也是将士出征或胜利凯旋之道。

经东、南、西、北四门之下的 1.5 公里长的石道，于城中的交汇处有一金顶之寺，即为巴戎寺。寺中心一圆台和围廊之上按方位均匀坐落金塔共 49 座：中央一座最高也最大，高约 40 余米；宝塔之尖为石刻、涂金的巨大四面佛像，佛之四面代表着慈、悲、喜、舍，面容基本相同；佛首再往上还有莲花图案，为白色。其余 48 个塔，大小不一，簇拥拱卫着中央塔；其塔顶的四面佛首也俱涂为金色。圆台之下是大小不等的两层灰白色方形台阶，往下一层石台长 80 米，宽 72 米；再往下也就是底层则是长 160 米，宽 140 米。

环绕塔群的三层台基四周，又各有长廊围绕；最外部的围廊长为156米，宽140米，坐落在底层石阶之上。围廊之上均架有木质廊顶，顶脊被漆成金色，顶檐为红色；围廊均由石柱支撑，石柱时为砖红色、时为灰白色。

长廊之中共有五门，五门向外，均有引道，引道尽头各为一塔门，塔门相连便是巴戎寺的院墙了。院墙为红砂岩石块堆砌，高约5米，俱为砖红色。五座塔门结构与城墙五门相似，其色也为金顶白身。五扇寺门也均为木质朱红色，呈对开状。寺门之外，围着院墙也有"护城河"相围。但仅有东向一座门有桥连通，其桥为金色，左右各有一只涂金石狮，列于桥上。寺外另有石屋百余间，有金佛八座，列于石屋之下。

巴戎寺北便是巴芳寺了。巴芳寺中有铜塔一座，当为全城最高处。巴芳寺四周也有几十间石屋，金顶石墙琉璃瓦，供僧侣、护卫等人居住。再往北还有一座金塔，此金塔之下便是国王寝宫，寝宫东门连着城墙之东的"胜利门"。

国王寝宫周围，方圆五六里之地，还有一些官舍府第，门面坐落皆朝东。国王寝宫的正室之瓦，以铅为之，为银白色；其余各室，皆为砖红色的琉璃瓦。正室的门头，非常壮观，也涂为金色；门前也有座石桥，桥柱巨大，为金黄色，其上皆雕画有神或佛的故事。再往北就是北城墙了。

上面这些，便是通王城和巴戎寺的基本结构和布局了。所以，今天以日本专家为首，在对巴戎寺进行修复，当那散落一地的砖石，被一一捡起、堆回，谁能知道，这是不是它应有的面貌？目前全城之中、各寺之侧，仍堆放着数之不尽的巨大砖石，等待着各国专家,运用超强的技艺、考证和想象力,去一一或堆或拼回到所来之处,其工程之艰巨,不亚于将吴哥城重塑。

我们也只能凭借现有的所有知识库,来将通王城和吴哥窟等吴哥遗迹中的主要建筑物拼出原有的样貌,其他各有史可载的寺庙也终将能够逐一还原,但已掩埋地下或林间的寺庙,还有不下百座。虽自公元 1864 年法国政府介入吴哥古城修复工作始,距今已有 150 余年,但仍不敢说,我们今日拼成的吴哥城的大体容貌便能够将其盛世之况基本概括。考古挖掘、修复还原等各项工作都仍在有条不紊地进行着,相信随着时间的推移、更多国家的参与以及更好技术的应用,在历史一页中沉睡着的"吴哥王朝盛世御览图"终将被描绘得日益完善。也期待着更伟大的科技应用能够被导入,以绝妙的方法将全城用多维模拟的方式立体化呈现于世人眼中,那将是吴哥之幸、我等之幸了。

通王城之后,吴哥王朝迎来了巅峰岁月,但确也再无像其一样的伟大工程再度出现,也就是说吴哥王朝开始在向终将没落的深渊坠落。我们不由得对其最后的时光满怀好奇之心,尤其是突然"凭空消失"的年头。所以,关于吴哥故事的探索并未停止,我们来进入其最后年头的横向探索,也为其失落之谜多找些线索。

公元 1431 年,是吴哥王朝覆灭之年,也是吴哥古城失落之年。那么,在这一年,世界发生了哪些变故;而当吴哥被遗弃时,世界又正在以怎样的轨迹运行?

公元 1431 年,是中国农历辛亥猪年,也即大明帝国宣宗宣德六年;宣宗即为朱瞻基,据称其父明仁宗朱高炽并不为祖父

吴哥王朝全盛时期的城中样貌，大抵如此：处处金光璀璨，极尽华丽。
供图：壹书局

朱棣所爱，但因有其这位"好圣孙"，其父才得以保住皇位，而其也便顺利接班登基。这个说法不是空穴来风，宣宗本人也确是中国历史上众多称得上"好皇帝"的人选之一；由其开启的"仁宣之治"在公元1431年进行得如火如荼，也就是在此前一年，中断多年的"郑和下西洋"壮丽"诗篇"才得以重启。是年，正使郑和、副使王景弘，正式拉开了壮怀激扬的第七次下西洋的大幕。此后500年，中国再无此类壮举。

公元1430年1月，郑和船队由南京下关出发，宝船规模较此前略小了些，为61艘，但人数达27 550，所以仍可称得上是蔚为壮观。据明祝允明《前闻记下西洋》一书记载：公元1431

年12月24日船队抵占城,然后赴暹罗,次年正月方驶离。可见,已再无真腊也即吴哥王朝的身影。是时,占城"死灰复燃",并将继续存世200余年;而暹罗则崛为中南半岛强国,并将吴哥王朝就此歼灭,令其彻底远离了人们的视线,至少400年。此外,值得一提的是,公元1433年4月,郑和在远航途中病逝于印度西海岸的古里国,为其波澜壮阔的一生画上了圆满的句号;同年5月26日,在船队回航时,再次抵达占城,但仅停留7日便返回了中国。此后,虽然在公元1434年6月,郑和的"老搭档"王景弘,曾受命以正使身份率船队第八次,也即最后一次出使南洋诸国,但其船队直奔苏门答腊,后至爪哇,不再经过占城等国;且自公元1436年2月,明英宗彻底停摆了下西洋活动,而郁郁寡欢的王景弘就此撰下《赴西洋水程》等书,可能还心存幻念,以供后人再启航程。

同为公元1431年,暹罗正式进入阿瑜陀耶王朝的大扩张时期。这个王朝也是在内战中击败素可泰王朝而崛起的。而说到素可泰王朝,则与吴哥王朝关系密切了,其前身一直为吴哥王朝所统辖,直到公元13世纪,也就是阇耶跋摩七世之后才逐步获得独立。不过,不久之后,也就是公元1350年,乌通王挑战并战胜了素可泰,因而建立起延续400余年的阿瑜陀耶王朝。

"阿瑜陀耶"之名源自梵文,有"不可战胜"之意。王朝鼎盛之时,其"王宫高九丈余,以黄金饰之,雕镂八卦,备极弘丽"。这出自明张燮《东西洋考》中的语句,何其熟悉哉?不过,这已不是吴哥窟或巴戎寺了,而是向北转移至了阿瑜陀耶城中,大有"风水轮流转"之感。是时,自开国国王拉玛铁菩提一世起，便在公元1369年发动了奔袭吴哥城的战争；此后当年，国王病故，其子拉梅萱继位仅一年，便被其叔父篡位，还好拉梅萱没给父王蒙羞，在公元1388年重又夺回了王位，可谓"仕途坎坷"。同年，拉梅萱国王，第二次发动征服吴哥之战，但仍未能功成。直到波隆摩罗阁二世时期，发动的第三次征伐吴哥之战中，才攻陷吴哥城，并将吴哥王朝的辉煌历史，定格在了当年，也就是公元1431年。

在阿瑜陀耶王朝时期，其不只南征吴哥王朝，还北伐北方诸城，可以说与此时的吴哥王朝走向信奉"安逸"的佛陀不同，他们的佛陀似乎告诉国王的是"以战止战"的哲学，所以终其一朝，几乎从未停止对外的征伐。不幸的是，他们的年代里，一直"偶遇"着另一拨似乎更强劲的"征服者"，那就是缅甸的阿瓦王朝和东吁王朝。尤其是东吁王朝时期，当其与阿瑜陀耶王朝在历史间隙狭路相逢之后，不仅爆发了多达24次、绵延229年的无比惨烈的"泰缅战争"，缅军还在公元1767年攻陷了阿瑜陀耶城。此城在被缅军肆意抢夺之后，还被一把火焚烧殆尽，阿瑜陀耶王朝也就此像它梦寐覆亡的吴哥王朝一样，退出历史舞台。

公元1364年到1555年，为缅甸的阿瓦王朝时期。不过，在公元15世纪初期，阿瓦政局动荡，内部四分五裂，其惨况只略胜于吴哥王朝。更有甚者，同为公元1431年，阿瓦王朝之内，还建立起独立的"若开王国"。不过其后，阿瓦王朝因背靠中国的大明王朝，并多次协助明朝征讨和打击麓川——也就是明史中四次征伐云南麓川宣慰司思任发、思机发父子叛乱的"麓川之役",才逐渐得势并一统山河,国力渐盛。直到公元 1526 年,阿瓦城被木掸王色隆法攻克,才告灭亡。随后,缅甸自公元 1531 年起,开始进入兴盛 200 余年的东吁王朝时代;而东吁王朝,也被称为缅甸历史上最强盛的封建王朝。

再回看吴哥宿敌占城。占城完全灭国的历史其实可以说迟至公元 1832 年,也就是越南阮朝明命帝实行中央集权,废其占城封地时期。那么,我们可以沿此,前溯约 400 年,从公元 1360 年开始简略讲起。是年,占城历史上最后一位英雄国君——婆比那索尔,在艰难险阻中登上王位。其时,正值越南陈朝衰弱之际,因此,婆比那索尔通过不断对外用兵,确曾收复大部分被越南侵占的领土。终其一生,也可谓功勋赫然:不仅曾三次攻破越南首都升龙,大肆焚烧掳掠而归,还曾于公元 1377 年,击毙越南国君陈睿宗。不过其身亡之后不久,越南便开启了复仇之路,并于公元 1402 年,在越南胡朝时期,攻陷了占城的首都毗阇耶。

公元 1407 年,应占城国王阇耶僧伽跋摩五世多次遣使求救之需,明成祖即永乐大帝,派遣大将朱能、张辅讨伐越南胡朝。当然,据我推测,大明出兵可能最主要的是应越南陈朝之请,因为胡朝乃是篡立,破坏了之前大明默许的"外王内帝",亦即藩属国的关系。不过,借此,明朝不仅征服了越南,也顺带着令占城得以复国。也就是在这个大背景下,解除北方忧患之后,阇耶僧伽跋摩五世开始有机会,趁暹罗进攻吴哥之时,一起向西进军,击败其最后一位国君奔哈·亚,最终于公元 1431 年,"携手"暹罗,灭亡吴哥王朝。

不过，明永乐帝去世后不久，越南开始反明自立，并立即策划对占城的军事报复；其间几经反转，公元1470年4月，占城都城毗阇耶被越军占领，此后便再难复兴。

公元1697年，越南改占城为"顺城镇"，亦即其国主，乃越南一"镇王"也；后在大清帝国时期，其地归属虽也有往复，但最终还是在公元1832年，也就是越南阮朝明命帝时期，因已实行中央集权政策，并下令改土归流，因此，"顺城镇"被废，占城之国，也终告灭亡。

占城参与了覆灭吴哥的行动，而越南又覆灭了占城。占城西攻吴哥之时，越南为"后黎朝"，存世于公元1428年至1789年；而此前的公元980年至1010年为"前黎朝"，前、后黎朝之间还有短暂的李、陈、胡三朝。

后黎朝在公元1431年前后，保持着内敛态势——与明朝为宗藩关系，对占城也暂停了征讨。不过，中南半岛的历史似乎从来都不曾安静超过50年。于是，只过了40年，也就是公元1471年，后黎朝便开始南扩，一举灭掉占婆。公元1527年，后黎朝因内臣篡位，建立"莫朝"。其后，越南开始进入200余年的南北分裂时期。先是公元1531年至1592年中兴黎朝时期的郑、阮家族与莫朝的对峙；后是公元1592年后黎朝灭莫朝之后，北郑、南阮两大家族之间的战争，亦即"郑阮纷争"时期，直至公元1771年爆发"西山起义"，阮、郑两族被灭，才就此建立起统一的西山王朝。

公元1789年后黎朝还曾企图借清军助其复国，不过清军也被西山军击退，是年，后黎一朝也彻底告亡。有意思的是，公元1802年,后黎后代阮福映在法国支持下终灭西山王朝,建立起延续至公元1945年的阮朝;期间,也就是公元1803年,阮朝还曾遣使"宗主国"中国,请求改国号为"南越",最终,清嘉庆皇帝下赐国号"越南",并册封阮福映为"越南国王",这也就成了"越南"国名的由来。

中南半岛五国,还有一国为老挝,原属吴哥王朝。公元1431年,其正身处前后长达6个世纪之久的南掌王朝亦即澜沧王朝时期。建国于公元1353年,在周围多国战争期间,一直多处于"自保求存"状态。公元1428年始,一度受越南控制,也曾为清朝的附属国,公元15世纪前期,日本也曾对其提出朝贡之要求。自公元1694年起,分裂为占巴塞、琅勃拉邦、万象三个小国。公元16世纪又为暹罗所控制。公元1893年法国入侵,沦为法国保护国,直至公元1945年独立。所以,老挝可以说是在"平静"中度过"不平凡"的公元1431年,如同越南当时的平静一样,只能从"新闻"上看一看吴哥王朝为暹罗和占城"联军"所灭;是时,当消息传来,应该多少有些"兔死狐悲"之感吧。

我们再把视野向西推进,最后再看一下印度和欧洲的"公元1431年"吧。

印度也曾有着无比辉煌的历史,在其大地之上诞生的印度教、婆罗门教和佛教,至今仍深刻影响着中南半岛五国。不过,由于其地处东西方的要冲地带,因此,早自公元前6世纪末,便前后经历了波斯人、希腊人、安息人、大月氏、嚈哒人、突厥人等的入侵、进攻和征服;尤其是阿拉伯人,自公元8世纪初征服印度西北部的信德开始,便正式拉起了穆斯林远征印度

吴哥王朝时期，中印半岛的基本民族格局。千百年后，"高棉"已被挤在狭小的空间，是为"柬埔寨王国"。　　供图：壹书局

的序幕。

伊斯兰教势力对印度的真正征服，开始于公元 11 世纪。仅伽色尼王朝的苏丹马赫穆德，就曾远征印度 12 次以上。在公元 13 世纪至 16 世纪，印度基本上处于阿富汗或曰突厥人统治的德里苏丹国时期，精确地说是公元 1206 年至 1526 年。在这 320 年里，德里苏丹国共历 5 个王朝、32 个苏丹；其中，公元 1431 的"年针"掠过的是短暂的赛义德王朝，创建者自称为先

知穆罕默德的后裔,并存世于公元 1414 年至 1451 年,期间出现过 4 代短命的苏丹,遂亡。

这一时期,其王朝周围兴起许多独立并敌视的国家,故赛义德一朝基本上以平定叛乱、稳固领土为主。公元 1431 年为其第 2 代苏丹的任期,对内的征战尚未停歇,但清晰可见的是,这一时期不仅伊斯兰在向世界远征,而其内部也在印度争伐不止。

随后,赛义德王朝更替。直到公元 1526 年,帖木儿后代巴卑尔击溃所有对手,并开始入主印度,被尊为"印度斯坦的皇帝"。而由其所建立的政权,就是声名赫赫的莫卧儿帝国。此后,公元 1600 年,携工业革命之大成的英国侵入莫卧儿帝国,并自公元 1757 年起,将印度逐步变为殖民地,殖民统治将近 200 年。

公元 1431 年的欧洲,本可大书特书。不过,还是简单概括为妙,留待将来畅游欧洲诸域时,再去详说吧。

其大背景主要有:持续近 200 年之久的"十字军东征"已结束上百年了,这场借"宗教战争"之名而发起的财富劫掠之举,终以穆斯林的胜利告终。其后,战争的烟云不仅没有烟消云散,反而蔓延至英法两大帝国上空。自公元 1337 年始,两国开始进入了漫长的"百年战争"时期,一打竟是断断续续 116 年,直至公元 1453 年,以法国战胜英国并随后完成民族统一而告终。而是时,欧洲始于公元 5 世纪,延续长达 10 个世纪之久的中世纪,也即将于公元 15 世纪走入新的大时代。

可以看出,公元 1431 年的欧洲还无暇东顾,基本上还处于天天看英法之间放烟花般的热闹阶段;当然,不安分的威尼斯商人和葡萄牙人例外,尤其是"执行力"极强的葡萄牙人,已经率先开启了海上探索时代，只不过还在绕着非洲打转转而已。

不过，就在这一年的10月26日，一件影响长远的"小事"还是产生了。那就是在意大利，一个显赫的贵族家庭——埃斯特家族中，一个"长寿"的男婴出世了。他就是后来的费拉拉公爵，本名埃尔科莱一世·德斯特。

其实埃尔科莱一世·德斯特并未取得过太大的功绩，甚至在公元1482年至1484年同威尼斯共和国及罗马教皇之间的"费拉拉战役"中，还以惨败缔约而终。不过，还好，其一生做了三件"大事"：一是在年轻之时学了些艺术、建筑、美术鉴赏等；二是将费拉拉这座意大利北部距离威尼斯90余公里的小城，经营成为欧洲最发达的城市之一，繁荣程度堪比威尼斯水城；三是——可能也是最重要的一个，当然与前两件事不无关系，那就是在"闲暇之余"，资助了一大批当时食不果腹的艺术家。

往大了去说，可能正是因此，这些经其资助的艺术家们，从意大利开始席卷欧洲诸国，在精神世界一扫中世纪的灰尘，开启了文艺复兴的大潮。而埃斯特家族，可能是基因比较正，在贯穿公元14世纪到16世纪的整个文艺复兴时代，都不遗余力地支持着这场运动，并可因此而永垂不朽。

正因为文艺复兴的兴起，始于公元15世纪的大航海时代、公元16世纪打响的宗教改革、发生于公元17~18世纪的启蒙运动，乃至发源于公元18世纪60年代的工业革命……这些前赴后继、旷古烁今的一个又一个壮举，有如潘多拉魔盒被打开一般，浩浩荡荡、接踵而来，从此便一发不可收拾。也因此，奠定了西方主导东方，上百年的"压倒性"的历史新篇。

当然，还有个与中国有关的故事，值得补充进来。那就是公元 1275 年的一个夏天，一个来自威尼斯的 21 岁小伙子，随父亲、叔父来到中国，受到元世祖忽必烈的盛宴款待，喝了顿口感一般的马奶酒，于是便开始了在元为官 17 年的"奇妙之旅"。重要的是公元 1295 年，这个小伙子回国了，口述并出版了一本《东方见闻录》。书中，他还将大元和日本"夸张"地描绘成满地金银、金多无数之国。由于此书的广泛流传，欧洲人垂涎三尺之下，决心远赴重洋、东渡一览。由此，最终引发了新航路和新大陆的发现。尤其是公元 1375 年，欧洲当时最完备的航海地图——《加塔兰地图》完成之后，西方人向东、向东再向东的远洋航程就此不息，直到将全球连成一片方止。而小伙子之书，也因其名而扬名天下，别称《马可·波罗行记》，而小伙子正是马可·波罗本尊。吹牛吹出这番成就，也可以说是前无古人，甚至后无来者了吧。

公元 1415 年，葡萄牙率先"执行"起马可·波罗的"臆愿"，捧着《加塔兰地图》来到并占领了北非的据点休达。自此，西方诸国的海洋远征，便不再停歇，直至今日，其海上优势依然强劲无比。

我时常想，如果吴哥王朝，没有先于葡萄牙的那个修道士安东尼奥·达马德莱纳于公元 16 世纪中叶抵达吴哥城下时而灭，应该也终将为西方所灭亡或"美其名曰"殖民吧。其后的中南半岛，乃至印度、中国、日本等国的历史，无不证明，这只是早晚的事。只不过是"殖民"还是"半殖民"的命运抉择而已。而吴哥王朝的覆灭，也不过是亡于西方还是暹罗、占城的区别而已。一个寻佛庇佑的国家本没有错，但错的是，从此安逸且不自强，究其被灭，虽然原因可能很多，但"安逸必死""弱者必亡"，其结局可以说早已注定。

但历史不容假设，纵是如此，我们还是要一探吴哥王朝先于西方的"船坚炮利"抵达，"突然"灭亡的真实原因。这样对于吴哥历史的完整，才更有意义。

那么，拨开历史的烟云，仅仅是战争灭亡了吴哥城吗？如果是，为什么所有的高棉人都要放弃这座曾经富足昌盛的城池？这里究竟发生了什么？而最重要的原因又是什么？

从当前所有的史料中，包括高棉人的口中，我们无法确信，是暹罗或占城的入侵，造成了吴哥被遗失。因为战争，可以消灭国王、损其王朝、毁其城池、劫掠珠宝，但不会让他们的人民，离开故土、远离家园。骁勇的占城，也曾数次、水上陆上，远攻此城，还杀死国王，但都未能消灭此城。

为什么这样一座繁荣的都城会消失，人们百思不得其解。吴哥城的居民留下的文字记录，并未显示这座城市曾经历过屠杀、瘟疫等其他灾难性的事件，甚至也不曾听说吴哥王朝的君主有严重失德、荒淫无道的现象。如果是暹罗与占城的进攻，那不是来自西方的海上劲旅，也不是来自北方的蒙古骑兵，更不是坚船利炮、长枪火炮！同等文明之下的攻伐，即使是两大强国的夹击，也不足以令此城荒芜、再无人迹。一定还有其他未曾揭示的原因，成为吴哥王朝灭国的"致命一击"，那么，究竟会是什么呢？

公元1171年，吴哥遭到占城洗劫。国王阇耶跋摩七世质疑起印度教主神的保护能力，于是上自君臣、下自百姓全体放弃了印度教，转而皈依佛教。这是一种采纳放弃暴力以及信奉和平的生活方式。这种宗教信仰的改变导致的结果是，泰族军队在公元 1431 年，未遇任何抵抗就占领并洗劫了吴哥。这是一个来自信仰的理由。

无独有偶，还有一个佛教传说：阇耶跋摩七世，或其祖上某一国王，被婆罗门的大祭司之子触怒，便将其淹死在洞里萨湖中。天神愤怒，决定替祭司之子报仇，令湖水泛滥，因而摧毁了吴哥。这个理由兼具信仰与自然的双重力量，似乎更近了一步，但其原因论据依然难以令人信服。

中国古代的历史文献曾多次记载，公元 9~15 世纪，东南亚非常强盛。吴哥，就是当时精妙绝伦的首都。这里被神明统治，他们与古印度的湿婆和毗湿奴也有关联。六百多座雕像，展现着经过千年发展而来的古老文明。它们沉静地展现古文明的成就。穿过伟岸的城门，象队、军列，还有成千上万的宫女、舞者络绎不绝。密密匝匝的人群，都想见到统治神明；对于他们来说，这是一份荣耀。等人大小的壁画和石像，都证明了这一切确实发生过。神庙墙上刻着高棉人曾生活于此的故事。这是他们的全盛时期，君王比其他任何帝王更智慧。一切都刻在石头中。

吴哥城是公元 9 世纪建立的，周边地区很快团结起来，国王的势力逐渐扩张，遍布整个地区。六百年来，历经 33 位统治者，建起一个显赫帝国。时至今日，在东方世界依然能找到诸多高棉人创造的盛世痕迹。

是时，在这片雨林，他们打造了一条堪称脆弱的文明之船。逼退茂密的丛林，建起东方美妙的建筑，而吴哥，则是这一切的中心。他们的水利工程同样让人吃惊。遍布四方的运河网络把整个国家连到一起。还有建筑，这是人类历史上最出色的城市建筑成就。神户和纽约可能也无法超越，足以与罗马和伦敦齐名。吴哥窟是极致的杰作。建于公元12世纪，在当时相当于英国的林肯大教堂或者法国的巴黎圣母院，但又比这两座建筑更具野心。因此，被誉为东方最出色的宗教建筑，也是最大的。

神庙墙上，艺术家雕刻着这里的日常图景，高棉人造砖、炊煮、采石，这就是他们曾经的生活样貌。乐此不疲地玩着古老的游戏，比较着他们的狗，选择斗鸡，跪着亲吻统治者的手，这里还描绘了他们正在用渔网捕鱼；在节日狂欢的人、马戏团和小丑，还有乐师，以神明的名义在舞蹈。这就是他们曾经做的事，这里盛世的模样。从吴哥窟到巴戎寺，再到女王宫，佛祖和梵天、毗湿奴和湿婆都令人捉摸不透地微笑着。尤其是在那些经由巨大岩石雕成的通王城遗迹中，在神庙上方，阇耶跋摩七世眼观八方，吴哥最厉害的统治者，尽可能拓展边疆，在自己的帝国，建立一座座坚不可摧的要塞。然而，没有任何统治者，或是神明，能够拯救吴哥最终的命运。神庙的墙上可以读到一些他们的故事，即精于建造，也是破坏高手。吴哥的军队占领了所有临近地区，所向无敌。直到历史的脚步最终与他们背道而驰。

吴哥古城是吴哥帝国的首都，而这个军事强国，统治着的可是今日东南亚的庞大区域。后来，当欧洲开始文艺复兴时，这个欣欣向荣、面积约为三千平方公里的城市，却被丛林给吞噬了。我们不由得再次一问：到底是什么造成了他们的毁灭？是建筑这些繁复精致的工程耗尽了人力，是邻国变强大了？他们本来相信神明，是这种信仰逐渐衰弱了？没人可以肯定。最终，吴哥毁于一旦。人们四散而逃，再也没有回到这里。他们的文明消亡了，丛林再次夺回这片土地，把他们的成就一一吞噬。

为什么人们从未回归？他们怎能接受让所有这一切消失殆尽？这是关于吴哥最后的秘密。石头无法诉说它们见证的一切，这里曾经比今天的东京或上海还热闹。但这里对所有人、在所有时代都别具意义，因为，它是一个难以再现的失落文明。

"吴哥"一词的本意就是城市，它也代表了伟大，同时也成了脆弱文明的又一亲历者。如今，在崩密列和塔布隆寺，树根穿透石墙、深入大地，将寺庙崩裂。难道这只是为了例证大自然的蛮力？这种摧枯拉朽的"成就"，是否能够见证公元1431年前后的历史一刻？石头确实不会诉说，但这些砖石内隐藏的秘密，也许确可解开吴哥文明消失之谜。那就让我们来替其一说，如何？

一定是这里已经无法生活。活不下去的理由，不是征服，不是战争，不是奴役，也不是瘟疫。一定是粮食出现了问题。也就是原本盛产甚至成就了吴哥帝国的水稻歉收了，甚至消失了，但不是因为蝗灾，那又会是因为什么？是水利系统出现了问题，有很多地方决堤，需要修复。但来不及，原因是什么？是战争，不，一定还有比战争更可怕的，可能是信仰裂变之后民心的破碎。但直观一点，那应该是旱灾——持续的旱灾！

100万工人、农民和士兵需要养活，但曾经的水利工程系统崩溃了，就像您不会相信微软也会有一天死机。但事实上，它确实崩溃了。这是一个结果，还需要一个原因。考古学家们在丛林中找到了一条隐藏的新线索。砍下一棵古树，查看它的年轮。他们由此推测出了上千年前，吴哥王朝后期最后的二三十年，这个地区的年降雨量非常少，这样严重的旱灾，对原本就破损失修的水利工程来说，是毁灭性的。讽刺的是，这座城市竟然因为当地人曾经的巧思，由繁华而走向末日！

吴哥地区先发展起来的，是那些土壤较为肥沃的地区。技术运用的增多和水利系统的扩大，使人口可以向土壤较贫瘠的地区迁移，但人们对水利系统的依赖，也因此越来越深。在我们看来，严重的旱灾就像是压垮这个系统的最后一根稻草。水利系统在发生大旱灾期间崩溃。吴哥的稻米又无法喂饱它的人民，人民或被饿死，或必须迁移，整个文明便由此覆灭。就这样，昔日强大的帝国只留下一片古迹。

研究者认为，吴哥被摧毁和一系列灾难性事件有关。果不其然。这要感谢最新的空地雷达探测技术，因此，可以从空中俯瞰，并从地貌中找到规律。这些规律不仅揭示出吴哥城靠着繁杂水利系统运作的方式，也揭开了它突然覆灭的原因。人们可能已经站在已有一千年历史的城市中央，却不自知。一旦您到了空中，您便能绘制地图，并看出它的空间分布规律、它的地形地貌，还有那隆起的河床、破碎的沟渠。只有水库还在，但已经无济于事，因为它的"躯干"已倒、"血管"迸裂，也许只有苏耶跋摩二世复活，并再给他一百年，否则纵使华佗再世，也医不好这样的"病入膏肓之躯"。

大自然一向比人类的历史更长，人类不断挺进、不断征服，为自己创造更多的土地、财富，盖更多的宫殿、庙宇，但大自然从未被战胜。它静静等待，回归的机会。被雨林埋葬的，人们又慢慢发掘出来。如今，在东南亚的茂密丛林里，人们又回到柬埔寨森林，寻找五个世纪前被覆盖在绿植下的秘密。但当秘密揭开，您会真心地敬畏起大自然的沉睡之力吗？不仅如此，大自然还更加疯狂地吞噬它残留的痕迹——吴哥古迹。

当吴哥王朝饱受旱灾之苦、饥不果腹之时，暹罗人来了，再加上占城人，于是，雪上加霜。压倒吴哥王朝的何止一根稻草！天上的自然之灾，加上人间的万恶之祸，向来可以覆亡任何一个王朝及其文明。这还不是中亚古国花剌子模式的灭亡，花剌子模是位于今天阿富汗的王国，只因得罪了蒙古这个"草原帝国"及其最伟大的首领成吉思汗，便在繁荣中"无故"被灭国。也许它有错，而错就是成吉思汗崛起了，而他需要西征，"所过之地，寸草不生"，或者臣服，有时，甚至连"臣服"都来不及。

吴哥的命运也不像是西夏王朝的灭亡，据悉，虽久攻不下，但蒙古将士还是在最后一刻放弃了"初衷"，没有屠城。所以西夏后裔，今天遍寻之后，还是确信已经存活。其实这倒是有点像蒙古人，他们毁灭了一个又一个所经之地的文明之后，便像谜一样消失了。大地还是那方大地，但蒙古后人却成了传说。

吴哥最后的历史，则更像是楼兰。经常被侵略，后因断水而废弃，民众南移，荒漠将其湮灭，而消失在历史的天空。两者都曾有过灿如花朵般的文明，只是它不曾像吴哥王朝一样强大或屡屡征服他国。而当公元1900年3月，瑞典探险家斯文·赫定发现楼兰古国时，一是楼兰古国历史比吴哥早了500余年，而发现却晚了近50年；二是直到第二年，也就是公元1901年3月，即历经两次发掘才让楼兰重现人间；三是被发现之时，楼兰古国已只剩下沙漠中的城郭，稍有"遗珠"也被劫掠，断不像吴哥王朝，其吴哥窟、巴戎寺等，虽为遗迹，却依然壮丽、荒芜和显赫。

最后的吴哥城之没落，还有一半像敦煌。曾经为信仰之国，只不过一个信仰多宗且屡有变迁，而另一个则坚定地信奉佛陀。而敦煌真正意义上的没落，可以说与吴哥王朝相似几多。据《敦煌县志》记载："明嘉靖初，为吐蕃所扰，民皆内徙，土地没于吐蕃。清雍正年初，设沙州卫，复迁内地户名以实之。"短短数语，述尽敦煌的沧桑坎坷。既有明时的废弃，也有清初的移民之祸。尤其是后者，过度地垦荒、人口的增多，这些向大自然的无边"征讨"，当对方开始无尽地反噬之时，连躲都躲不掉。

这段关于吴哥王朝失灭的故事，也终于可以告一段落。从空中所见的碎落的堤坝、诸寺之中因缺水而挤开巨石"争水"的树根，还有那树干之中缺失的年轮，都成了解开其没落谜团的关键拼图。

佛说：有因有果，因果终得。吴哥之兴，始于征服自然；吴哥之亡，也止于被自然征服。冥冥之中，自有因果。

当然，如果再加上信仰变迁的人心动荡，尤其是在宗教之国，其剧烈程度也深值琢磨；还有那入侵者暹罗和占城的"两把火"，就这样，加剧了吴哥王朝失落的"大潮"。"系统"崩溃了。

宋鸿兵先生曾在其《鸿观》中，将其形容为"马尔萨斯人口论"式的崩溃，两者有异曲同工之妙。"马尔萨斯人口论"是源自英国人口学家托马斯·马尔萨斯的著名学说，它揭示了人口的几何级数增长与经济的算术级数增长之间隐藏的"秘密"——这是一个"陷阱"，更是一个"魔鬼"。当诸多因素的变化，影响到了生活资料的获取之时，比如战争、灾害，包括贸易的消退、阻断，一个维系百万人口之众的脆弱的文明和生态，足以在其面前崩毁；帝国，也不例外。这么看来，伟大的吴哥王朝先于东西方文明的"大碰撞"之前灭失也算是幸运的，因为，可以不用再见到人类"自毁长城"的悲催了。

当然，吴哥的历史并未就此"终极失落"。但问题又来了，公元1860年，或公元1861年，当亨利·穆奥揭开吴哥神秘的面纱之时——对，就是那一刻，它是怎样的？

是时，吴哥的样子，一定不是今时的容貌。那真是一座被雨林和植被覆盖，以致很难看得清容貌的石之部落。

以吴哥窟为例，它的四周、塔之表面，全长满了植物——它已完全被包裹。植物的根长得到处都是，甚至绿色多于现在的石头之灰色。护城河也荒芜了，断落的或者被树根撑倒的巨石惨烈地散落着，如果不是后期勤勉地除草、砍树和细致的修复工作，您将很可能连现存的容貌都看不到。因此，可以说，如今它还能屹立在这里，就是一个奇迹。而且，要确保这种情况不会再发生，显然随后还进行了诸多工作。比如，受到威胁的地方并不只是墙面——雨水，已冲刷掉了不少壁画的腰身。而且，即使是在之后的一段"保护"时间，吴哥窟宝塔顶部的鸽粪中，也曾萌发出植物的幼苗。如果任由这些植物生长，根就会在砖石缝里越长越深，最终整座寺庙都会被毁掉。

因此，当亨利·穆奥已深知自己将因此项"大发现"而蜚声各国之时，他除了一阵又一阵地溢美和惊叹，还有就是要快速地告诉他的法国同胞——当时柬埔寨的保护者或殖民者，这里需要"飞檐走壁"的人，能够凌空，将塔上的杂草逐一除落。

这座建于 800 多年前的吴哥王朝全盛时期的建筑，以它精美的石雕、长长的回廊、恢宏的石塔诉说着当年的辉煌。吴哥更是被誉为"摄影者的天堂"，因为那里有拍不尽的风情，摄不完的残缺的美，更有诉说不完的神秘故事。但这一切，都不仅仅是源自亨利·穆奥"不经意砍在雨林之中、石像之上的一刀"，因为，今天您之所见的吴哥窟，已经经历了无数次保护和修复的工作。

正是这些一次又一次更新亨利·穆奥之书中所绘之图的点滴工作，才让今天的您、我，能够自由地从西门而入，逛遍吴哥窟乃至吴哥古城周遭。再往大处去说，它的再次辉煌，还拯救了消亡的高棉印度教文化之殇！让吴哥王朝的历史终于汇入高棉一族文明的长河，仿佛没有中断，也永远不会再没落。

自公元 1860 年以来，一次又一次的"剥落"，不由地再次令我们好奇起来。也就是说，在公元 2018 年或公元 2019 年以前，吴哥，经历了怎样的变化？它一次次出现的样貌，又是怎样的呢？

一言以蔽之，吴哥古城的"考古地图"被逐渐拼大了。从吴哥窟的发现，到通王城的微笑；从巴肯山的"第一次吴哥"，到女王宫于公元 1914 年被发现……可以说，是一座又一座寺庙

亨利·穆奥时期的吴哥窟，塔尖之上，依然可见未经剔除的杂草。
供图：壹书局

被挖掘，一堆又一堆乱石被堆起来了。当然，如果再算上荔枝山畔的巨大发现，或者吴哥窟下的惊世疑惑，那么，这幅地图，在不久的将来还将无限扩张。

还有那继续沉睡在吴哥古迹周边的一个个乱石堆，从过去的木质建筑悉数被毁，到雨林的风、雨和"可恶"的树根，将石头寺庙的身躯崩落，这些可能也曾是辉煌闪耀的塔、寺、宅、庙——而这些，不正是前人在这样的执着的心思之下，将其一一拼凑，才成就了周萨神庙、茶胶寺等等一干吴哥古城"遗珠"的吗？

每一次的修复，都是吴哥古城的一次新生。而自公元1864年法国政府介入保护时始，或者公元1907年欧洲人开始为这里的石头编号时算，或者是公元1993年世界各国加入到修复行动之中，甚至是其中每一次欧洲人的来访、绘画或拍照，以及后世的不同时期、不同国家的每一部关于这座城的纪录片断，再至前年的您或今年的我所见或所拍的那些照片，都可以说是吴哥新生后的一个又一个容颜。

那么，公元2019年，包括未来，吴哥又将以怎样的容貌呈现？

保存和保护世界上最大的庙宇，和修复一个失落帝国的宝藏，都是一项艰难的未竟之业。吴哥古迹和吴哥窟是柬埔寨的灵魂，作为民族的象征，深藏在高棉人的心田。这些夙愿都无数次触动着各国专家，奔赴吴哥古城，来为其添砖加瓦。

吴哥窟是组成吴哥古迹的上百座庙宇之一，其与吴哥通王城一起，也曾共同构筑为世界上最大的城市，但后来，仿佛一夜之间，这座拥有百万人口的古城，和这座座建筑精华，就这样突然消失了。

如今，各国专家正在用最新的高科技，一边试图继续解开这个巨大的谜团，及其未尽的秘密，一边绘制着这个失落文明遗迹的地图，并运用雷达技术，穿透丛林，前所未有地追踪古城的城墙和地标。他们都在力争成为绘成古代这座"超级城市"全貌的第一人，实现其全面修复的旷世卓勋。这是一场革命，伟大的革命。其成就无异于让吴哥古城复活，大地吐字、石头说话。这也具有划时代的意义——从此，一个崭新的吴哥，将再现人间。

当然，修复，等于在经历最现实的挣扎。他们要拯救现存的脆弱的庙宇。但除了坍塌，这个地方最大的不利因素就是雨水，当然还有沙化和风化。

水造成的破坏正在加剧，最终将使遗址完全毁灭。到处都

西方黑白影像中的，20世纪80~90年代的吴哥窟样貌。　　　　　　　　　　　供图：壹书局

这是公元20世纪末期，游客眼中的吴哥窟，从此，这里不再安静。　　　　　　　　　　供图：壹书局

这是今天的吴哥窟，和它洗尽铅华后的颜色。

摄影：陈三秋

面临着这个问题。我们可以看到建筑立面的砖石，已经因为长期的风化，和受到大量雨水的冲刷、岁月的侵蚀而崩塌。砖石被侵蚀之后，对墙造成重压，从而导致其坍塌。要先进行加固，然后在后面砌上新的红土砖，就像前人做的那样。砂岩和红土，是吴哥最主要的两类建筑材料。当然，红土又算是次要的建筑材料，数灰砂岩最好。但过去和现在的庙宇都是用红土做芯，再在外部添上雕刻精美的砂岩。虽然古高棉人的建筑技术，是我们用语言无法形容的——他们技术绝佳，令人赞叹，简直是不可思议，超乎想象；而且这些砖石结合得如此紧密，缝里连张纸都插不进去。但如今，修复工作的第一步，是移除古时候的砂岩，这样才能砌上新的红土地基，确保寺墙不塌。

任务异常艰巨。巨大的石头需要吊上吊下，修复工作仍面临着难题；雨水，雨水，绵绵不断的雨水，是如此的漫长。还有石头，修复这么多寺庙，需要更多的石头来将其破碎之处——填回甚至墙墙重垒。密林之中，尚有不少不知出处的石堆，但其周围仍密布着"红色高棉"时期埋下的地雷。因此，排雷工作也任重道远，毕竟这个家伙已经伤害了太多太多的人，如今，仍会在不经意间，砰然爆裂。

对公元9世纪建造这座庙宇的工人们而言，如今的吊机、雷达、电钻、切割等新的工具起了很大的作用。看着这样宏伟的建筑，就在当年，没有机械，完全依靠人力将它建成，您就会觉得不可思议。工人的数量，和建筑的精美程度，以及它的规模，都很惊人。拥有800年历史的吴哥窟，是吴哥古迹这座"王冠"上的宝石。近30万工人花了大约40年时间，才将这

这是一幅公元2004年间的吴哥窟照片,主殿前的水池,略显破败。
供图:壹书局

座宏伟的庙宇建好。如今,也在因另一个难题而面临着更大的挑战,那就是因旅游业的空前繁荣,而面临着巨大的危险。每天3 000~5 000人,每年200万人,这些人对吴哥窟的造访,带来了严重的问题。游客会在墙上涂鸦,刻下他们的名字;沿浮雕壁画走过,很多人在用手触摸。这些古建筑的表面,也是历史的一部分,毁坏它们的表面,就等于在抹去历史。而很多时候,我们还将通过这些壁画的细节,去寻找揭开这些遗迹背后故事的又一个秘密。

如今,吴哥王朝只留下了这些遥远时代残破的遗迹。很多人,比如有些日本人,在此工作了20年。他们的知识和技术,代代相传,只是为了遗迹走向完整,走向新的繁荣。传说吴哥窟中那些印度教题材的裸体雕塑,是以国王的妃嫔为模特而雕刻的,甚为宝贵,已难再续。和地球另一端的古玛雅人一样,高棉人的历法,也是以天体的运行为依据的,这些也将指引着修复工作走向自然和神祇。

当然,修复期间的有些错误,也是深刻的教训。比如巴戎寺塔顶上的"小孔"——这是阇耶跋摩七世与众神对话的秘密,但前期的修复人员却因担心漏水,而将其大块大块地填实;再比如,此前曾用过水泥来修缮漏水之处,但多年之后,水泥之中的化学元素被石壁分解,壁画也因此再次遭罹磨难。如果我们不尊重历史,过去的东西就会被损毁,吴哥的光辉就会湮没。不是吗?失落的庙宇,真的会再次失落吗?抑或,这里真有一座巨型的城池?一正一反,我想,均确是如此。

修复的良苦用心,和未尽的探索大业,对保护和考究吴哥古迹的人们来说,压力是巨大的。不过,压力与机遇并存。为了保住吴哥,这座失落城市,最后的遗产,工人和研究人员,都将不遗余力地奋斗下去。这是世界上,最不可思议的地方,只要我们好好保护,它就能继续存在多年。

也许公元2019年,我们将看到再一座寺庙,以"修旧如旧"

这是动画片《大海国》中,对当年的吴哥窟的模拟图。

供图:壹书局

的方式呈现于我们的视界；也许，在随后的日子里，吴哥古城的"城下之城"也将得以有效的、保护性的挖掘，甚至是荔枝山畔的那个"又一处"失落的文明，也将再次考证属实。这些都将是激动人心的壮举，不亚于哥伦布对新大陆的发现——或者两者一样，都是将一件本都存在之物，更早地让世人知晓罢了。这些，都是未来值得畅想的。当然，历经错漏、几经挫折，相信，吴哥古迹的缮修工程只有前进，不再有后退，尤其是"万劫不复"的后退。那么，公元2019年，乃至2029年，甚至3019年——那时我们早已作古，但是我们的后代，还将能够有机会一睹这座城的荒芜与芳华。那将是无限妙哉的。

就像所有的故事一样，哪怕是《一千零一夜》，也终有尽时。我们关于吴哥秘密的述说，亦如故事，亦有尽时。不过，对于吴哥城而言，最后的最后，也许不是最后，也许，永没有最后。就让我们永不相忘吧。

2018年12月1日下午，于上海JW万豪酒店

第 1 篇

The floating clouds

千里之行
始于**柬埔寨**

离开吴哥城时,一团神秘莫测的光圈,久久地笼罩在吴哥古城的天际,仿佛时间回到了公元 366 年敦煌的三危山下:一位名叫乐尊佐的和尚,西游至此时所见到的对面鸣沙山上的那片四射的金光!有着,同样穿透灵魂的震撼!不同的只是:一者就此开启了莫高窟的营造,一者持续闪耀在吴哥窟的长空。　　摄影:刘柯兄

26 梦中的奇女子

从柬埔寨回来快一周了。一日,做了个奇怪的美梦,竟然还是停留在柬埔寨大地之上。这是少有的眷恋,当然,梦境也全是子虚乌有的,但梦中出现的那个个性十足的女孩,让我很想记录下来。

和柬埔寨的帅哥金米尼搭档穿越中印半岛的旅途中。

摄影:金米尼

第1篇 千里之行始于柬埔寨

The floating clouds

　　那是一个活泼高挑的长发女孩。梦中的故事始于我再次组团考察柬埔寨，这一次我们是在一个夜晚来到柬埔寨一处露天的沙龙广场。广场上有很多长条座椅，甫一坐定，一场对话式沙龙就开始了。在主持人的开场白之后，柬埔寨的青年朋友们便要向我们提问了。这时，梦中的女孩第一次出场了。她拿着纸和笔，也静静地落座一角，在对话活动快要开始之际，她大声示意由我来主导解答。她的神情是活泼而深邃的，让我顿生好感。我想，她一定腹有芳华，不一定好糊弄，一会儿的解答要倍加卖力，要不然很难赢得她的青睐。所以，我迅速花时间整理了一下我的思绪，准备把我记忆库中大把的华丽辞藻全部适时喷出来，把她的芳心一举拿下。在万事俱备之时，我再次偷偷看了一眼她俏皮但冷毅的脸庞，仿佛在告诉所有人，她的芳心需要的是一份长情，非诚勿扰。

　　这时，天空突然下起了大雨，刚欲开始的中柬沙龙被迫中止了。我睡意蒙眬，是夜，金陵城确实是瓢泼大雨，也许这就是所谓的梦由境生吧。

　　雨后的天空，出现了一枚圆圆的红月亮，让我瞬间想起了撒哈拉沙漠中从斜谷升起的红月亮，何其相似，只不过，这梦里的红月亮更明亮些许。我忍不住匆忙拿出手机拍了一张照片，不清楚，旋又快速再拍了一张。很多人开始搬起沙龙广场的长

在埃及的撒哈拉沙漠，可以见到从峡谷中升起的红月亮。

摄影：肖虹姐

条凳，找个更好的位置去欣赏这次美丽的月色了。

月光之下，奇异的景色出现了：远古时代的恐龙、大象群、"霞光"下的飞鸟、被豢养的野猪、森森的棕榈树……梦境中的柬埔寨竟然变成了《侏罗纪公园》。这让我想到了亚马孙河，是不是那里才会有如此的景色，也才会更应景、更真实。

不过，来不及细想，月光很快就消失了。我萌生了写一篇仿如撒哈拉沙漠中的《红月亮》的散文的想法，这次的红月亮一定是最美的，来去最匆匆的。

第 1 篇

千里之行 始于**柬埔寨**

　　红月亮隐去的天幕下，是一个不大不小的池塘。正在我茫然忽略了梦中女孩的存在之时，她竟不知从何处跳入了池塘，然后就是"清水出芙蓉"了。我感觉到很多人的目光被深深吸引了，心底陡然升起莫名的压力。恍然间，我在想，她，是不是刻意在吸引谁？但分明，我从她出水的那一刻感觉到了她笑容背后的忧伤。我的心渐渐沉了下去，有点痛。她，一定有难言的痛楚吧。

　　雨停了，沙龙广场经过一番折腾，又布置完毕了。对话，又要开始了。我开始找寻我应该坐的位置。有些人已经在提醒梦中的女孩，不要坐在水池边，更不要沿着池畔的灌木丛攀行，否则会容易落水。女孩笑了笑，我顺着她的目光望去，她又爬到了池沿，在用脚，试了试一处可以垫脚借力的树枝之后，她竟然再次一跃，跳入这池塘。像个扎实的跳水运动健将——她一定很早就学过游泳吧，我想。

　　我赶紧跑到池塘边紧张地观望，水面上起了些许涟漪。正在很多人担心她会不会溺水之际，一个利索的身影从水面升了

柬埔寨王国,像这些出水芙蓉般的女孩,有着久违的温婉。

供图:壹书局

上来——还是那个俏皮的脸庞,和那一头瀑布般的湿漉漉的长发。她习惯性地吐出一大口潜入水池时吸入的池水,走上岸来。她成功地再次吸引起人们的注视,我皱了皱眉头。

很快,她换了身干净的衣服,再次呈现在我们面前。她竟然,跳起了舞蹈,脸上依旧是,灿烂的笑容。那是一种假装。这些异常举动的背后,分明,掩藏的是她的忧伤,她,一定是,受伤了。

这是一个丁香一样的姑娘。她虽然刻意隐藏,但难掩那丁香一样的幽怨、丁香一样的惆怅,当然,还有那丁香一样的芬芳。

沙龙，再也没有开始，因为梦已醒。又或者说，是她，扰乱了所有人的思绪，包括这个，绮丽而又离谱的梦境。

她，需要一份刻骨的长情，才能洗去她心底刻骨的忧伤。她的心，困如牢笼。

这是一个短暂而回味无穷的梦，延续了中印半岛高棉王朝的神秘和忧伤。我想，这是应景的，也许她就是西港的化身，又或许就是湄公河的残阳。梦醒了，就是梦已灭。罗贯中在《三国演义》第三十八回《定三分隆中决策 战长江孙氏报仇》中，曾借诸葛孔明之口吟出"大梦谁先觉？平生我自知"的参透人

在柬埔寨行走，可以经常看到婀娜的"仙女舞"表演。或许，她们便是"梦中的奇女子"。
摄影：陈三秋

生的名句，看来，我也该为之释怀了。而关于柬国的一切过往，也都可以通过尊纳僧王所作的《吴哥王国》一词，封箴于斑驳的岁月了。后来，这首词，还成了他们今日的国歌："庙宇在密林中沉浸梦乡，回忆吴哥时代的辉煌，高棉民族犹如磐石般坚固顽强。……上苍从不吝啬他的恩泽，赐予古老高棉的山河。"袅袅响起，如炊烟随风化雨。我要重拾起柬埔寨的记忆，我想，此生终是要与这片大地发生些故事的了。我要再次联系下金米尼了——我很好的柬国商业合作伙伴，在公元 2018 年，世界纷纷扰扰的年头，一起成就一段传奇！

2018 年 8 月 13 日清晨，于金陵雨中

且行且止，蔓延到

老 挝

老挝，国土面积近 24 万平方公里，
相当于中国的广西壮族自治区，
超过 2 个江苏省但小于 2 个安徽省；
总人口数 696 万余人。
老挝是中印半岛上唯一不与海相连之国，
有着"中印半岛屋脊"之称。

老挝
手绘商旅地图

来源：焦小倩

老挝，全称"老挝人民民主共和国"，中国香港、澳门、台湾等地区称其"寮国"，是中印半岛唯一不与海相连之国，故属"陆锁国"；其领土南北狭长，与缅、泰、柬、越四国俱接壤，因此为其岛陆之上的"十字路口"，并成为邻国往来与征伐的桥梁与缓冲。

老挝地势较高，多山、多瀑，有着"中南半岛屋脊"之称；它是世界上最不发达的国家之一，也有着"未被触动"的田园生活；一条贯穿南北的长山山脉、北部琅勃拉邦的环形山谷和

台风刚过，老挝上空的云变得稀疏而洁净，仿佛昭示着这一次我们在其国大地上的穿行，也将有着同样轻松的心境。

摄影：陈三秋

南部秀美的波罗芬高原,是其主要的地貌特征。

关于老挝人类起源和历史故事,可见于"葫芦瓜"和"坤博隆"两个传说。但总的说来,这是一个非常年轻之国。直到公元14世纪中叶,才在缅甸阿瑜陀耶王国与泰国素可泰王国的军事竞夺间隙,诞生了第一个绵延300余年的统一王朝——南掌王国,越南人曾称之为"哀牢王国",而中国又多称其为"澜沧王国"。

"澜沧王国"的开创者叫法昂,原为琅勃拉邦的王族,传说其与父曾被放逐到吴哥王朝;后,其以"征服者"之势重返老挝,并建立起该国史上最强的王国。

老挝为内陆深锁,其王朝乃至现在,都一直深受严峻的物质条件制约。南传佛教,亦即上座部佛教传入之后,人民更加安逸、祥和。随后,约在公元1694年,澜沧内乱,王国分裂为万象、川圹、占巴塞、琅勃拉邦等三或四个更小王国。直到暹罗、缅甸、越南、中国、日本、法国等等,将其逐一变成其附庸国、藩属国、监管国、朝贡国、保护国、殖民地等等,并于"二战"之后,才实现独立建国。

最早于明朝,史料以"八百大甸宣慰使司"之名初现老挝。《明史》卷三百一十五载:明成祖永乐二年,也就是公元1404年,老挝土官遣使至南京朝贡,明政府授其以"宣慰使"印信、官爵。后于大明嘉靖年间,始称"南掌"之国。

200余年后,一位荷兰东印度公司的商人——杰拉特·维斯特霍夫,率使团于公元1641年11月,访抵万象。这是欧洲人第一次正式出使老挝,亦即澜沧王国。

公元2018年间,我两度、分两路周游了老挝。两次的终点均为北部的"佛国山城"琅勃拉邦：一次是由万象驱车，一路往北，经万荣小城，过卡西小镇行抵，并按原路折返；一次是由南部的巴色出发，赴占巴塞、四千美岛，宿万象城、游南鹅湖，然后飞抵北疆。老挝美景，俱出此地；驱车、骑行，夜泊山涧或瀑布滩头均可。这里有糯米、田园、寺庙、山河，还有僧侣、百姓的轻语和微笑……真可谓是"世外边国"。

关于老挝历史、风情的介绍相对不多。史料的匮乏，曾令我辗转于其国家图书馆却亦不可得。主要史料有：英国学者格兰特·埃文斯所著的《老挝史》、泰国学者马尼奇·琼赛的《老挝史》(上下册)与《万象之战》,等等。还有韩国崔甲秀的游记：《重新开始的勇气》及《路上没有你，也会好好走下去》。

此外，泰国导演 Sakchai Deenan 执导、老挝小姐 Kamlee Pilawong 领衔出演的《爱在老挝三部曲》电影：第一部《你好，琅勃拉邦》、第二部《巴色无答案》、第三部《你好,老挝婚礼！》,也都值得一看，既有风景，也有人文，故事情节也还不错。

我也会尽力说好我的故事。就从其中部都城——万象开启吧。

27 万象城的恬静

我总觉得，可能这世界，再也没有一国之首都，能够像万象城般的恬静了。

在空前肆虐的台风"山竹"过境后，天空，万籁俱静；我顺利经广州，飞抵这座老挝的"心脏之府"。

飞机掠过的天际堪称完美。有平静、有抖动，有朵朵绮丽的云，也有云下清晰可见的山峦之巅和那山涧间的绿荫、细流、

被台风"山竹"清理过的老挝万象的上空。飞越这些山头，就可以亲近这座静谧的城了。

摄影：陈三秋

蜿蜒迤逦的山路、雨季泥泞的滩涂。

我想,这就是典型的中印半岛的热带雨林风情了。尤其是眼帘下的万象,与一衣带水的金边相比,这里有清一色的红瓦顶、白灰墙,少去了金边城的红黄蓝相间。这就是万象的魅力吧——简单、安静!

这真算不上是一个神秘的国家,因为您很容易走近它;如果有人认为它神秘,可能主要是因为缺乏了解、感觉陌生罢了。也许百余年前,法国人形容这里的平静,说其有点"香格里拉"的味道,在今天看来,也不为过。作为老挝这个"佛国"数百年来的首都,这里的一切都依然是和缓的、温柔的,就像战争从未伤害过这里,就像贫穷从未困惑过这里,就像一切苦厄都不曾侵扰过这里。这里的人们,似乎都还活在那个遥远的、一切都尚未发生之前的,那个"旧世界"。

我一向认为"少即最好",此地正合我意。只是令我不解的是,这座又被称为"永珍""文单"或"雍田"的"月亮之城""掸族之城",公元 16 世纪时,"澜沧王国"的塞塔提腊国王,决定迁都于此时,除去远避战祸、一隅求存之意外,是如何定位其王家山河之气,和这一城池的灵魂的?

也许法兰西帝国的行旅作家路易斯·罗耶,写于公元 1935 年的小说《老挝女人——凯姆》中的所述更贴近这里。他在犀

首都万象的城市中心很小，多走几公里，就能看到郊外恬静的诗画世界。
摄影：陈三秋

利的笔端写下："他们已被当地的懒散所腐蚀，就这样过着他们的日子；他们所要求的只有清澈的天空、美味的水果、新鲜的饮料和容易得到的女人。"接近一个世纪过去了，可能除了殖民地易得的"女人"不见了，其他的一切，仿佛如昨。

说来确实可惜，也许是历史没能给这个夹缝中求存的王朝以足够的时间吧，所以，它便失去了像吴哥帝国一样坐享近6个世纪的绝代风华。短暂的历史一瞥，到了公元1707年，澜沧王国最终还是走向了湮灭，进而分裂成一个又一个昙花一现的独立小国。各自等待或领受着，强者眷顾之下的，瞬息残喘与命运归途。

当 70 年后的公元 1779 年，暹罗攻下此城时，再度验证了那个亘古不变的教训——一个只知道躲避的王朝，是很难存活的。而百十年后那次挣扎似的"万象之乱"，换来的也只不过是更悲惨的宿命：城毁人亡，劫掠一空。

我想，也许我明白了，万象城能够饱经摧残之后留下今时今日这份恬静的灵魂，可能与浪漫的法国人殖民期间的修缮有关吧。对于这个"内锁国"而言，再次走向独立后，完美地承继了"法式风情"是极有可能的——巴黎的塞纳河畔，左岸文化的散漫小资情调，抑或梵高笔下的流入法东的罗纳河上的璀璨星空，被成功地复制成了此地湄公河边夜幕之下的点点灯火、阑珊意浓。一座城和一条河的故事向来都是值得大书特书的，有如金陵城和秦淮河、曼谷城和湄南河、开罗城和尼罗河、罗马城和台伯河、孟买城和米提河、首尔城和清溪川以及上海滩和黄浦江等等；与之相较，湄公河对万象城的成就虽是不甚完美，但应该不会输于一河之下的金边、磅湛和廊开等城的。

所以，甫一落地，忍不住要点一杯用高脚杯撑起的冰激凌咖啡，看着瓦岱机场进进出出但却稀稀朗朗的游人，等着接机晚点的朋友们，然后坐上车，慢慢悠悠地晃到久负盛名的 Mieng Chaokao 酒吧，打开一堆 Beer Lao——老挝啤酒，加些去暑的冰块，等待一支支乐队走过身畔，美妙的老语或泰语音乐

万象城中,有不少像 Mieng Chaokao 一样恬静的酒吧,可以在此欣赏老挝乐队的流行音乐。
摄影:陈三秋

曲曲响起……

　　当然,湄公河畔的 SOMERSBY. 酒吧,也是值得一去的。尤其是落日余晖之下,坐在酒吧二楼露天的窗沿,远眺湄公河上云际边沿的那抹晕红;或者,观赏河边"党旗广场"下的老挝式广场舞群;更或者,欣赏河中偶尔划过的如风龙舟,以及河对面彩云下沿岸而建的泰式村落;如果能再配上离乡游人那忧郁的眼眸,也算是风情万种了。这里的菜品,像极了柬国菜,或者说更像泰国菜。也许,只有擅食美食之人的味蕾,才能品尝出它的爽滑酥嫩,和秀色垂涎吧。

　　万象的恬静,还在于塔銮湖畔,半藏于林间的人家、青青草地上散漫的牛群,以及远处无风安立的棕榈树,和那片天空中,仿若已执意停止飘忽欲留的云儿吧。真想不到,这座首都之城,只有区区不到百万的人口,真是幸福之至。这也难怪这座"慢城"的男人们,总是脸挂微笑相视;而女人们,则习惯于报之以腼腆的莞尔,与您擦肩而过。所谓的"万象堵车",也只不过是十数分钟邂逅的一场人间的烟火繁华罢了。对于一座半小时可以抵达几乎任一知名角落的城市来讲,这真是上帝和历史恩赐的一道福祉,相信过去很难有,今后,也很难再维系了吧。

就让我们坐赏此地这一刻的宁静吧。凯旋门下也好,国图馆中也罢,香山寺内九曲回肠般的万佛公园是如此,玉佛寺里澜沧盛世时的王家庙堂是如此。更没想到的是,连最具盛名的塔銮寺,以及寺中那象征"佛与王共主一国"的大佛塔,都鲜有人成群结队地光顾。这是人间最后一片净土吗?没有去过不丹和西藏的人,应该都会如是说吧;相信,连瑞士的少女峰上,或者海明威笔下的乞力马扎罗的雪山中,在浮华的今日,都很难再有,这份适恰的恬静了吧!

就让我们尽情享受一次贫穷的福祉吧——相信即使读遍最富庶的德国哲学经典,也很难找到关于贫穷是否会限制幸福,抑或追求财富的终局是否能够必然提升快乐指数的答案吧。纵使英国大作家格雷厄姆·格林曾在《文静的美国人》一书中称"万

在万象的湄公河畔，有着城中最大的夜市，吃喝玩购和跳广场舞皆可。　　　　　　　　　　　　　　　摄影：陈三秋

老挝"党旗广场"落日余晖之下的广场舞，相当劲爆。这是城中不多的热闹之所。　　　　　　　　　　　摄影：陈三秋

象与西贡相差一个世纪"——那是公元 1954 年,他还曾在此短暂生活过,但对于自得其乐的万象来讲,在公元 21 世纪,依然相差一个世纪又何妨?

反正,我肯定:"贫穷与幸福,是否存在必然的反向关系"是无解的了。还好,我来过了,躺在了这座城池最柔软的角落,S Park Design 酒店柔软的床上,楼下 MUSSO 酒吧的音乐还在透过半开的窗口时隐时现地飘过,歌手们应该走了吧,或者又来了一组。"会唱什么歌呢?"我偶尔会想起。

窗外的月,近乎圆了。中国的中秋佳节将至。"月光下的、翠绿色的泳池,应该没有涟漪吧?"我继续想。真是少有的思绪飘忽,不用枕着烦忧入眠。此刻,此地,都属于身为"异乡客"的中国人、法国人、韩国人。真是一个恬静的夜,大家不用同枕,但一定可以共眠!我深信不疑。

2018 年 9 月 22 日凌晨,于万荣占城老别墅

28　塔銮寺的金辉

乘着炫丽的晚霞，再次飞临老挝首都——万象城。

这是一次国内飞行：从巴色，到万象，一个小时。没有漫长旅途的枯燥，没有温差和时差，也无需过边境、海关，所以，便多了一份熟悉和从容；有友相伴，心情大悦。从 Line 接机的车窗，向街道两旁仰望，万象城的夜，灯火阑珊，也宁静依旧。

明天应该会是一个艳阳天。果不其然，当第二天我再次来到塔銮寺时，还是被阳光下的金辉恍惚了眼神——硕大的塔銮金顶，光芒闪耀，一度只能退避于回廊侧观，而不能直视。效果达到了，这是来自佛国的金色荣光，只可俯首垂拜，或者远观神往。

这是一座位于万象城北，距其国为纪念独立而建于公元 20 世纪 60 年代的标志性建筑——凯旋门约有 3 公里左右。其寺不大，方圆约略不到一万平方米。不过，寺前是一个老挝最大的广场，远大于中国援建的、位于凯旋门一侧的音乐喷泉广场。这里是老挝纪念大型活动、举办盛会之所，我们可称其为"老挝塔銮广场"。

万象城中高耸的凯旋门,象征着它的独立。门前的喷泉广场,系中国政府援建的。
摄影:陈三秋

宽阔的广场与巍峨的塔銮几乎融为一体,这样才能愈加凸显其神圣与壮观。同诸多缅甸和泰国寺庙相似,塔銮寺的构建基础实为砖石结构,然后外敷看起来像是金箔的金黄之色,所以整体便呈现出金碧辉煌的佛国景象。

塔銮寺的整个建筑群落应为正方形,中央为主塔,方正尖顶,坐落在三层巨大的方座塔基之上;最上面一层的塔基,也即主塔的台座,为半圆球形,所托的主塔本身也分为三层:下部为正方形,中部为圆形,上部高耸入云、直插云霄的塔尖是锥形。均意比佛的"三界"之说。主塔通体高达45米,宽54米,边长为30米,与城中的凯旋门等高,但其宽要比后者多出两倍还多——后者的宽度为24米,已经算是非常巍峨了。也正因此,塔銮寺,也有着"大佛塔"之别名。

主塔的三层底座也很有讲究。最底下一层,也即第一层,东西宽69米,南北宽68米,每边的正中央各建有一个膜拜亭,亭为二层灰琉璃瓦顶，且呈翘檐状，内供一小塔。但其中一侧，应该为东侧，亭后另有一亭，为多层塔庙状，顶部还悬有相轮；两亭之间，左右延展，则有120个精雕而成的莲瓣围绕。其上为第二层，也即中间一层，为每边长为48米的正方形，各边中央有拱形小门；拱门左右延伸，则为228个蝶叶围绕，且叶中间各有一尊小佛像；而在其台基之上，还建有高3.6米的30座陪塔，代表佛经中的30种波罗密多；每个陪塔之中，另设置有一座小金塔，保存着佛教圣物——据传是产自锡兰也就是今天的斯里兰卡的"金贝叶"。这30个陪塔，像卫星一样，环绕、拱卫着第三层屠波台座之上的中央主塔。此三层，层层叠叠而起，从外观之，上部的层层接合带，外嵌着长方形莲苞状宝匣和相轮，下部的层与层接合带，又为24瓣大型复莲和仰莲围衬着的台座，既神秘又精妙；最后由中央塔和卫星塔组成的塔銮群，浑然一体，阳光照耀之下，塔身金光闪烁，尤其是金箔贴着的塔顶，更是光辉夺目、金芒四射。也许，唯有如此，其塔銮之内，才配得上埋藏佛祖释迦牟尼的头发、佛骨等圣物！也由此，便共同成就出一座风格独特的建筑群落，亦是老挝当之无愧的国之瑰宝。

此外，塔体四周，是几十余米宽的草地；草地之外，便是边长91米、合长360余米的方形木质、灰琉璃瓦顶的回廊。回廊之内，陈列着一些古朴的佛像，可以供在此休息的游人或僧侣赏阅膜拜。而走出回廊，在其南门和北门之外，还各有一座规模不大但依然相当瞩目、精致的"南塔銮寺"和"北塔銮寺"，由守护此地的僧侣常住。寺中，既有精美的壁画，还有一尊体

第 2 篇

The floating clouds

且行且止
蔓延到 **老挝**

终日金光璀璨的塔銮寺，是老挝人民心中的圣地。

摄影：陈三秋

塔銮寺中的金色卧佛，脚踩法轮，姿态曼妙，融合了老挝的造像艺术。

摄影：陈三秋

型硕大的金色卧佛。此外，还沿着寺墙，供奉着一些精致的小塔——应该是一些达官显贵、土豪名流捐钱修建，用于安放骨灰之墓所吧。塔銮西门之外，则是一座由花丛簇拥着的高大的铜塑雕像，这便是今日公认的、塔銮寺的建造者——伟大的塞塔提腊国王的雕像了。

这座塔銮，称之为当今老挝"第一佛教圣地"亦不为过。不过有意思的是，这里原为南面"瓦塔銮寺"的组成部分，但后因该塔銮的重要意义远超过了此寺，所以时人便通常只称其为"塔銮"，久而久之，即成"塔銮寺"。而"塔銮"，在老挝语中，意为"皇塔"或"大塔"；其尊贵肯定不仅仅是因为其"大"，而是因为其所供奉的佛祖圣物；当然，也与建寺之人乃为国王有关。这便是寺前塞塔提腊国王雕塑的由来了。据传，此寺的诞生有多个版本，比如为2000多年前笃信佛教的阿育王所建——熟悉历史的知道，此王身在印度呢，扯得太远；也有说始建于公元3世纪、4世纪、6世纪，甚至精确到公元737年，是时为中国大唐玄宗李隆基执政时期，而老挝确也迎来了同样的盛世——那就是坤洛之子始建北部的琅勃拉邦，后来成了数百年澜沧王国的都城。但是，当时有没有能力或者心思，建立这座位于南部的塔銮寺，很值得推敲。不过后世假设这一说法成立，认为"此塔初建"，是一座小塔，建在一个四方形的石墩之上。

但塔銮寺正式得建，定是始于公元1560年，塞塔提腊国王迁都万象之后了。比较可信的说法，便是自此时，塞塔提腊国王在古时小塔的基础上，扩建而成今日规模的大塔。直至公

老挝澜沧王国最伟大的国王——塞塔提腊，在塔銮广场上，有他的雕像。
摄影：陈三秋

元1566年完工，历时六年才修建得成。尤其是大塔落成，塔下埋起佛祖的舍利骨，并在大塔周围建起了纪念佛祖30种恩泽的30座陪塔。这才构筑了今日塔銮寺之规模，乃至象征着"皇帝所建"的"塔銮"之名。

据悉，塔銮寺建成之时，国王曾为此塔命有一名，叫"帕塔舍利洛迦朱拉玛尼"，意思是"佛祖骨塔"，实至名归。但老挝之人显然不擅长于就此塔进行考古学、碑铭学等研究，在英国学者格兰特·埃文斯所著的《老挝史》一书中，便引用了米歇尔·罗瑞拉德的研究成果，他在佛塔的碑文中，发现此塔被称作"伟大的清迈王塔"，当然，这从一个侧面印证了是国王塞塔提腊修建了此塔，但同时也表明了是向其来自清迈的祖父致敬，这或许混合着某种鲜为人知的原因，不过，我们已无从得知罢了。

塔銮寺建成之后，显然便成了一座超越琅勃拉邦诸古寺的、最主要的一处宗教建筑。以至于连每一年佛历十二月，也即公历11月，纪念佛祖的盛会都被称为"塔銮节"。这显然得名自"塔銮寺"。其节，每次为时约达半个月，节日期间，全国各地的僧侣络绎不绝地前往此地朝拜，佛教徒们也携带各种食物、香烛、鲜花、钱物等，纷纷到塔銮寺斋僧礼佛，并长时间聆听高僧诵经说法，以祈求好运、幸福。公元17世纪，曾有人记录了这个节日的盛况。那是公元1641年11月间，塔銮节正值高潮时分，一支由荷兰商人杰拉特·维斯特霍夫率领的使团抵达了塔銮寺下，不仅记下了澜沧王国当年引人入胜的景象，还受到了国王苏里亚旺萨的接见。"我们像其他人一样，跪在路上。国王23岁左右，大约300名士兵举着长矛和枪走在国王前面，在国王后面，几名护卫骑在大象上跟随在数名乐师身后。他们后面约有2 000名士兵，最后是16头大象，上面坐着国王的5位妃子。"格兰特·埃文斯在《老挝史》中转载了这一节庆盛况。

确实，"塔銮节"，因其在塔銮举行而得名。这是当时，乃至如今万象城，规模最大、场面最为隆重的宗教节庆。在封建王朝时期，塔銮节的仪式由国王或王储亲自主持，节日的第一天，国王率领文武百官前往塔銮膜拜，聆听高僧诵经，在塔銮佛寺举行布施斋饭仪式。据说，当今，老挝国家要员仍要在塔銮寺的佛像前举行宣誓仪式、饮圣水仪式和参加游佛等庆贺活动，有点像柬埔寨王国每五年一次的大选之后，国会议员在寺庙状的"议会大厦"集体宣誓的活动。而夜间的持烛绕塔仪式，有如清迈、仰光等城佛诞的"放荷灯"，这是节日的高潮时刻——

长不见尾的队伍依次接踵、缓缓前行，最前方是乐队，之后是手持燃烧香烛的僧侣，再然后便是善男信女们——游行队伍要整体绕塔行三周，最后向着塔銮寺跪下，膜拜长空。

这是每一年都会如期举行的宗教纪念活动。不过，塔銮寺建成二百年之后，也就是在公元18世纪的纷乱时期，此寺便多次遭到较为严重的破坏。公元19世纪晚期的一次破坏，尤为严重。据悉，是来自华族的强盗，在洗劫此城，寻找"战利品"的过程中造成的。随后，在法国殖民老挝期间，万象城的第一任行政官员皮埃尔·莫兰，曾经主导对其进行初步恢复。

现存的塔銮寺，则是在公元1929年至1936年期间，在法国远东学院的帮助下，按照原样重新修建，并恢复成最初的形式的。客观地说，在那个战争与殖民的年代，是一群同样来自法兰西的学者，将塔銮寺从被邻国侵略的灭顶之灾中拯救出来的，老挝人们应该记住他们的功劳。这需要客观对待。

一切都看似还好。重修落成后的塔銮寺，虽然是法国人主导、越南工匠的"联合之作"，但依然是老挝人民心目中的佛教圣地、神圣之所。且自20世纪90年代老挝人民党重新倡导佛教，并于公元1991年新宪法通过后，"塔銮"取代了"镰刀和斧头"，成了今日老挝国家的象征和万象城的中心坐标。每年公历11月间，"塔銮节"都会如常在此举行，而这也依然是老挝最为瞩目和隆重的宗教节日和民间庙会。

公元1957年，佛诞2500年的祭礼，也在这里盛大举行。寺前的"塔銮广场"之上，不仅仅有老挝人，还有中国人、泰国人、越南人、印尼人，他们带来了种类繁多的日用品、农产品、工艺品等等，前来选购的人群，络绎不绝、川流不息。此外，还有文艺、体育等各种表演活动。整个"塔銮广场"，车水马龙、人山人海、熙熙攘攘、热闹非凡。这便是以佛之名、因佛际会而举行的"塔銮国际博览会"。自公元 1975 年之后，这一"塔銮节"盛况，便超越了当年 12 月 2 日的"国庆日"，成为老挝人民心中，排在第一位的国家庆典和文化盛宴。

公元 1994 年 4 月，泰国拉玛九世普密蓬·阿杜德国王，携公主诗琳通的到访，再次令塔銮寺热闹了一场。因为老挝与泰国的关系可谓源远流长，老挝人也喜欢关注泰国王室，有点视之为老挝已经远逝的王室的"替代式"幻想。所以，拉玛九世国王向塔銮寺僧侣赠送法袍，乃至诗琳通公主的一举一动，都成为老挝人民快乐的源泉。

时至今日，金碧辉煌的塔銮寺之下，甚至是灯光璀璨的塔銮寺之夜，塔銮节、博览会，依然共同构成这里，一年一度、不舍昼夜的塔銮盛会。这是万象的荣光，也是此城落成几百年后的荣耀时刻；战火已经远去，人间迎来祥和，塔銮之巅的金辉都在见证着、注视着、诉说着；要珍视这份难得的和平，才能维持住这份持久的盛景。塔銮寺也会记得，在佛祖的庇佑之下，此城、此寺，定会珍爱和平，金光闪耀。

　　　　　　2018 年 10 月 11 日深夜，于万象 S Park Design 酒店

29 三个**图书馆**记

为了寻找些难觅的史料，我曾尝试拜访过中印半岛之上的各个国家图书馆，但不巧的是，要么多在闭馆装修之中，要么索性整个遍寻不到。所以，最终成行的，只有三个：一个是缅甸的，一个是柬国的，一个是老挝的。三地一水之隔，我最先光顾的是老挝的，便由此开始，对其三个图书馆做一个小小的比较。

对于没有出版传统的这些国家来说，建立一个引以为傲的图书馆无异于在跟超过实际的文明进行赛跑。不过，显然，他们努力过了。所以，虽然整体规模都小得可怜，但在新国建成之后，都能够想到建一个，算是不错的了。

先来比较一下规模。老挝的国家图书馆，显然要比柬国的大出许多，馆藏也丰富得多；缅甸的国家图书馆虽只有两层，但方圆不小；老挝的虽为四层，但两者面积应该还是相当的。三者之中，柬国的最破落，也最小了；在现代化设施和设备上，也远远比不上缅甸和老挝。所以，综合来看，老挝的，不简单。

老挝的国家图书馆现已搬到新馆，周围仍长满杂草。据说其馆初建于公元 1975 年建国，前身为公元 1957 年的政府文献收藏馆，但显然可能连老挝人自己都搞不清楚具体是什么时候建立的。因为经费来源不详，采选资金严重匮乏，经常捉襟见肘、青黄不接，应该一直处于"时建时采"状态，且以各国赠送的居多。

馆中最珍贵的应该是老挝历史上的"棕榈叶手稿"了。大概还存有不足十余个2米左右的书柜之多，由于使用率最高，所以损坏一度比较严重。为此，德国资助了其两项保存计划：一是提供设备对"棕榈叶手稿"进行缩微；一是通过录音整理来保存老挝音乐档案和传统音乐。所以，这些加起来，也有十余个书柜之多。

另，该馆藏书除了老挝文，还有越南文、英文、法文、中文、泰文以及日文和俄文著作，比如马克思、恩格斯的精装本著作，新时期习近平同志的著作，等等。其中，印度支那特藏，约有3 000卷；书刊约在3万~5万卷之间；手稿号称有6 000件，但其实应该不足2 000件。老挝没有出版传统，据说，馆中大部分的旧资料甚至善本书，都是在越南的"两个首都"——河内与西贡，甚至法国刊印的。

在各国馈赠的机构中，应该以基金会、图书馆为主。比如美国洛克菲勒基金会，捐赠过分属不同学科的藏书有9 000卷，但以法文书籍为多；美国的亚洲基金会和国会图书馆，也是其主要的捐赠者。联合国教科文组织也曾委托澳大利亚国家馆帮助老挝培训和应用WIN—ISIS软件进行馆藏编目的工作。

总体上来看，老挝的国图馆藏，还是以外文图书偏多。那么，老挝文的文献哪里去了？这是个有意思，但也很沉重的话题。其实在中国近现代的考古史上也曾发生过类似的事，比如敦煌，

老挝国家图书馆中的馆藏:这些书柜之中,珍藏的都是弥足珍贵的"贝叶"经书。摄影:陈三秋

要谢谢宽厚的老挝人民,如此珍贵的古籍,尽皆无私向我们开放。浏览不疲,阅之不倦。

摄影:陈三秋

缅甸国家图书馆中的"贝叶"经文。在中印半岛乃至东南亚各国,这既是一种信仰,也是证明其历史悠久的一种方式。 摄影:陈三秋

其著作多存于西方的法国。而对于老挝来说,其所在的东南亚,自公元16世纪起,西方殖民者即络绎东来,纷纷沦陷,领土或被殖民或者失落。加上"二战"之后,这里既是民族独立运动的主战场,也是东西方冷战对峙的热战场,所以这一区域,便成了亚洲研究乃至世界地缘政治研究之中,不可或缺的重要场所。除了英法两大殖民帝国的资料搜集,北美的一些研究型图书馆针对这一地区资料的收藏也一直不遗余力。比如,美国国会图书馆,便曾在印尼的雅加达设立了购书中心,据此采购了不少珍贵的史籍资料。照这样推测,排去战争损毁的因素,法国、美国、英国等地的涉及亚洲研究的一些国家图书馆、大学图书馆,应该藏有大量的老挝等国价值不菲的古籍著作,还不含其他的文物,比如壁画、佛像、雕刻等。中国国家图书馆虽然也藏有不少老挝的书籍资料,但大都以近现代的居多,基本上没有太大的历史性价值。如此来讲,要想真正获悉老挝的久远历史原作,可能只有远赴欧美诸国了。

缅甸的国家图书馆成立相对略早一些,大约在公元1952年左右,其前身为伯纳德自由公共图书馆,又称"伯纳德免费图书馆"。虽然缅甸图书馆的历史最早可以追溯到公元11世纪,不过,早期的图书馆主要是为国王、贵族、学者和僧侣建立的。第一座具有现代意义的图书馆,便是伯纳德图书馆,它是由殖民时期的英缅首席代办也即缅甸省省督查尔斯·伯纳德于公元1883年建立的。

伯纳德图书馆的大多数藏书,是由当时缅甸和英国的官员捐献的。后来,该馆便发展成为"缅甸国家图书馆"。缅甸新都

落成不久的缅甸国家图书馆,其大厅常年展示着该国最精美的代表性文物,融读书与观赏为一体。　　　　摄影:陈三秋

这就是位于内比都城中的缅甸新的国家图书馆。漫步其中,也是阅知其国的方式之一。　　　　　　　　　摄影:陈三秋

内比都落成之后，此馆也随着政府机关迁往了内比都城，坐落在宽阔、美丽的山路一旁，是一幢红顶白墙的方正建筑，门前还立有铝片制莲花状火炬形雕塑。图书馆与缅甸国家博物馆几乎一墙之隔。

图书馆成立后，便积极开展搜集活动，不仅收集本国全部出版物，还收集国外出版的有关缅甸的图书。据悉，还收藏有稀有的、有价值的古代手稿，如作为缅甸文化遗产的"贝叶"手稿和"卷轴"手稿。可惜，当日因故未能见着。

和老挝的国图馆相似，这里目前的馆藏之中，稍微有些年份的书籍，还是以英文、法文等外文刊物居多。一楼的墙上有句英文名言，中文的意思是"书籍是我们的朋友"，说得真好。但在走访全缅的过程中，我也发现，如今的缅甸，出版业也还是以低廉粗糙的佛教著作偏多，国人的阅读习惯也不兴盛。这也就难怪其历史上，缅甸文的著述稀少，国图馆的馆藏缅文文献更是不多了。

官方给出的数据是，目前缅甸国家图书馆藏有书刊 155 000 卷、手稿 11 000 卷，另有期刊 389 000 卷。想必应该差不多吧，不过 2/3 应该为外来著作。

柬埔寨的国家图书馆，位于金边 Christopher Howes 大街 92 号，是一座简陋的、小巧的法式二层建筑，不知道算不算得上是当今最小的国图馆。虽然其号称"始建于公元 20 世纪 20 年代初"，也即印度支那时期法国保护政府在公元 1921 年通过颁发"皇家法令"而设立，但当 3 年后的圣诞节前夕面向"公众"——并不是普通民众，而是以当地政府官员和法国访问学者为主。

开放时，馆藏只有2 879卷，时任馆长为法国人，藏书也仅限于法语文献而已，时称为"金边中央图书馆"。

公元1951年，该馆迎来了史上第一位高棉人馆长——如假包换的柬埔寨人，巴真。不过3年后，柬埔寨宣布从法国获得独立，然后此馆便更名为"柬埔寨国家图书馆"，并沿用至今。至此，才算正式开启对本国语言文献的收集旅程。

又过了2年，柬埔寨政府出台了《出版物呈缴法令》，同时赋予了国图馆采集和保存国家出版文献的核心职能，并自公元1972年起，开始了国际图书交换工作。但波尔布特领导的黑暗的"红色高棉"时期随即来临，在公元1975年至1979年这一执政时期，馆员被大量屠杀，图书馆被改成兵营，门前的花园变成了猪圈；大量图书被毁损。直到波尔布特被逐出金边之后，国图馆才再度于公元1980年正式对外重新开馆。20年后，对此馆进行了第一次小幅翻修，但整体上看，破损依旧。

目前，这个小巧的柬国图书馆，藏有高棉文、越南文、英文、法文、中文等各种语言书刊十余万卷。其中应该数法国文献最丰富，不仅包含有早期柬埔寨及印度支那政府的法律类、行政类、艺术类、历史类等文书和图书，还有不少公元19世纪和20世纪的法国小说，等等。当地的佛教协会，则捐赠了不少公元1975年以前出版的高棉语图书。其他捐赠的文献，还有来自苏联和越南出版的高棉语图书。另有珍贵的"贝叶手稿"也即"棕榈叶手稿"——贝叶棕属于棕榈科；美国的康奈尔大学还资助了将此手稿缩微化的项目。

中南出版传媒主办的期刊《出版人·图书馆与阅读》在公

元2009年的第9期中,曾以《这里的图书馆静悄悄——寻访柬埔寨国家图书馆》一文来对此馆进行记述。确实是如,这是一个狭小而安静的国家图书馆,与今日金边的喧哗远不相搭。但依我之见,山不在高、水不在深,图书馆也不在于大小,甚至馆藏也无在乎多少,所谓的"集千古之智,纳四海之慧"不过是外在的搜索之功,而内在的、实用的关键,应该在于是否有读者。在缅、老、柬三国的图书馆中,我见过前来读书的人最多的,反倒是柬国。柬国以年轻人居多,来此读书的也多是如饥似渴的年轻人,我觉得这应该能够说明些什么问题了吧。祝福柬国,加油柬国。

寻访图书馆不似寻访博物馆,后者至少有内容丰富的画作、神态生动的雕塑,以及数之不尽的文物、国宝,看起来应该不至于太过枯燥。也正因此,图书馆更容易为大家所忽略。我如

徜徉在柬埔寨的国家图书馆,是一场别样的猎奇之旅。馆藏的所有书籍,都是打开它的故事的一把钥匙。　　摄影:徐万全

柬埔寨的年轻人,还是喜欢阅读的。在这座不大的图书馆,可以交到很多知心的好朋友。 摄影:陈三秋

果不是因为有所图,需要查找资料,可能也不会光临这些游客视线之外的图书馆。也许只是某种巧合,才得以成行罢了。

而且,在国外的图书馆,断不会像在国内一样,可以拎着包、带壶水,一坐就是从早到晚,甚至整个假期或周末,还是不免会来去匆匆的。所以,一地的图书馆,大多只花半天功夫就行了。只能窥一斑,不能识全貌。

不过,如果有兴趣对一国加深了解的话,除了观景,能再去下博物馆和图书馆,应该还是会有更多的收获的。不妨一试吧,但愿我说得没错。

2018年12月21日于金陵,紫金山东郊

30 老挝的博物馆

老挝的万象城,有一条路,路之两侧,人烟稀少,但却分布着一个又一个博物馆或纪念馆。有军事的,有国父的,当然,令人印象最为深刻的,还是文物的、历史的。

据说老挝全国有十大博物馆,我也不记得走访过了多少个。最偶然的一个,是有着老挝国父般地位的凯山·丰威汉纪念馆,这还是因为老挝最大的凯山雕像,是由中国捐赠的——耗资达

万象城中的凯山纪念馆,其高大的铜像为老挝之最,由中国政府所捐赠。   摄影:陈三秋

800万美元，可谓非常之烧钱。此塑像于公元2000年12月13日凯山生日当天揭牌，如今便屹立在凯山纪念馆的正大门前。据说，5年之后，中国政府还向老挝政府赠送过两尊巨大的凯山黄铜半身像。

除凯山纪念馆之外，印象最深的还有两个，一个是老挝国家历史博物馆，一个则是老挝国家文物博物馆。

老挝国家历史博物馆，身在一处旧式的三层白色小楼之中，总面积仅3 000平方米左右，展厅面积约略一千见方。这里原由西萨旺·冯国王建造于公元1904年，5年后落成；起初为国王府邸、办公室兼皇家收藏室。不过，公元1975年12月2日，老挝人民民主共和国成立后，国王被迫退位迁出，这里也就被收归国有。次年3月，老挝政府开始组织设立新馆，并于公元1993年，将其正式命名为"老挝国家博物馆"。

虽然此馆不大，但馆藏其丰，据说馆内现有约12 000件重要的老挝文物。整个馆被分成若干个不同主题的小展厅，内容涵盖了老挝的史前文明、早期文明、澜沧王朝、暹罗法律，以及印支战争和美老战争等等。藏品不仅包括佛像雕塑、国王收藏、民间捐赠等文物，也有部分收购的艺术品、工艺品和一些档案、文献资料。在展现老挝本土特色艺术风情的同时，也夹杂着一些法国殖民时期的历史遗物。

从此馆的布局来看，应该分为固定陈列和主题展览两大部分。其中，主题展览每年会举办一到两次。据介绍，在公元2006年时，便展示过"琅勃拉邦古城现代摄影展"以及"老挝各民族服装展"等。因此，如果前来参观之时，能够适逢一些有趣的或有意义的主题展,会更加别开生面。

而老挝国家文物博物馆,则是指声名赫赫的"玉佛寺"。熟悉中印半岛历史的知道,玉佛寺泰国有,柬国也有,其过往的攻掠史,也曾数次与抢夺寺中的一座祖母绿色之翡翠佛——"玉佛"有关。这是一尊全名为"僧伽罗玉佛"的崇高圣物,其中的"僧伽罗"也即"斯里兰卡"或"锡兰"的旧称,所以,此名标示着该佛应该传自这个佛教圣地。据传也是取得霸主地位的君王掌控天下大权的象征。因此,存放玉佛的寺院又被称为"翠玉佛主圣厅"。该"玉佛",与琅勃拉邦的"金佛",有着同等重要的王权象征。这在宗教之国一点也不奇怪,有点像中国过去的各大王朝围绕传国玉玺的争夺,也有点类似"二战"之后,阿拉伯世界和犹太人围绕耶路撒冷的竞夺。公元1987年,老挝政府将"玉佛寺"定为"国家文物博物馆",因此而得名。

文物博物馆就坐落在三层的、华丽的玉佛寺之中。该寺作为上座部佛教下的建筑,其佛坛巨大,也有着深奥的殿堂,其精致和秀美程度,堪称老挝第一建筑。公元1560年,时任澜沧王朝国王的塞塔提腊为避战祸,宣布从琅勃拉邦迁都于万象城,并有将万象打造成宗教中心、保留琅勃拉邦为行政中心的意图,后世各代君王也都沿袭此例。所以,迁都后不久,也即公元1565年,塞塔提腊国王便下诏,在今天万象的塞塔提腊大街一侧,敕建"玉佛寺",用于存放其于公元1552年从清迈带至琅勃拉邦,又在公元1560年再带至万象的"僧伽罗玉佛"。

就此,"僧伽罗玉佛",在万象的这座玉佛寺中得以保存了218年。后在公元1778年,暹罗吞武里王朝国王郑信的军队入

公元1936年，按原貌在旧址上重建的"玉佛寺"，成了今天的"老挝国家文物博物馆"。
摄影：陈三秋

侵老挝，横扫了万象城，并将玉佛劫夺至曼谷，至今仍存放在同名的"玉佛寺"之中；而老挝也就成了暹罗的附庸国。其后，老挝的历史便进入了"万象叛乱"时期，后暹罗的拉玛三世再度攻入和吞并了万象，并戡平了内乱，但万象城尽毁，玉佛寺也于公元1828年前后，毁于战火。从澜沧王朝分裂出来的万象王朝，也就此彻底覆亡。

公元1936年，老挝王国政府和法国殖民政府，出于政治上的考虑，决定按原貌在旧址上重建此寺，并由当时的老挝王子，也即后来王国内战期间的老挝首相梭发那·富马亲王亲自监督下开造，历时 6 年，才告落成。落成典礼隆重而盛大，这是"全面革新"的象征，也预示着老挝人将继承源自澜沧时代开始的"光荣的血统"。

新落成的玉佛寺，可以说其形更加精妙绝伦。我们今天可以看到，寺门之上，是繁复的洛可可式雕饰；檐首有"三头象"之神物——这是老挝王室固有的象征，末代王朝老挝王国的红色国旗之中的主要构图，就是一尊头戴相轮的三头白象，仿佛在述说着这是一座王室宗庙的荣誉。其主寺基座的梯道左右两旁，更有金光闪闪的长龙护卫。据说，与"僧伽罗玉佛"一样，这也是传自印度的龙，名叫"聪明的龙"。相传，当年佛祖释迦牟尼要建寺庙，许多龙都争着充当护法，其中一条龙便提议，谁能从它的尾巴开始将它整个吞掉，就可赢得护法的位置。于是，比赛开始了，当其他龙开始吃它的尾巴时，它就向前动，结果怎么也吞不掉它；最后，这条"聪明的龙"便赢得了在民间寺庙之中位列护法的地位。

而玉佛寺的基座之上是回廊，回廊四周是高大的圆柱，廊中则林立或端坐着诸多年代久远的佛像石雕，此外，还有一些

第 2 篇

The floating clouds

且行且止
蔓延到 **老挝**

　　这些精妙的佛像，形成于不同时期、不同地区，仔细探究它们的制式，是一件奇妙的文化之旅。　　　摄影：陈心佛

石碑铭文。另有一处三女坐立一起的石雕,据说是塞塔提腊国王的三个女儿。廊壁之上,则凿满了一排排的小窟穴,穴中也落坐着些石佛雕像。寺院的墙壁之上,循例刻满佛教叙事性的故事浮雕。当时,玉佛寺是被当作一个宗教艺术博物馆来看待的,所以,便转移了不少其他寺庙的藏品来此陈列;公元1954年,又把一座叫"路易称芬奴"的博物馆中的老挝藏品悉数移至此寺中:如此已然成为老挝藏品最为丰富的佛教博物馆了。

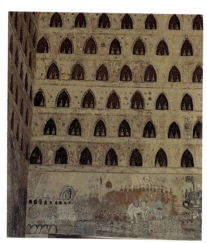

从老挝玉佛寺这些褪色的壁画中,仿佛找到了一种徘徊于莫高窟的感觉。　摄影:陈三秋

老挝玉佛寺的廊壁上凿满了密密的小窟穴,穴中藏尽佛雕。而这尊释迦头上带火焰印的佛像,虽有崩缺,但依然唯美。摄影:陈三秋

如今，玉佛寺这座文物博物馆中，从"高棉艺术"的雕像，到国王的包金御座，从各类精美的木雕、门雕，到形态各异的金佛、玉佛，可以说是琳琅满目、大放异彩。但唯独缺了那尊令老挝人民无比牵绊和挂念的"僧伽罗玉佛"。所以，至今，万象的玉佛寺中，还有一块醒目的牌子，上面用老挝语和英语，表达着老挝人民对泰国掳走"僧伽罗玉佛"这一卑劣行径的愤慨。

公元2010年，是老挝建国35周年，也暨万象建城450周年；是时，老挝曾发行过一批面值10万基普的纪念钞。其钞正面为塔銮寺，背面则在老挝国花"鸡蛋花"的拱簇下，坐落着这座玉佛寺，由此也可以看出老挝人民对待玉佛及玉佛寺的感情。

值得一提的是，在玉佛寺也即文物博物馆的西边，便是当今老挝的"主席府"；府前便是贯穿万象南北的中轴线——澜沧大道，其一头连着"主席府"，一头连着凯旋门，仿佛穿越了千余年的历史，见证着老挝过往和今世的辉煌。

而"主席府"，原是塞塔提腊国王于公元1560年定都万象之后，以此为中心所建的方圆4.5平方公里的王宫旧址，建成于昭阿努·冯国王时期。该宫为漂亮的灰白墙体，外加多个小金顶的两层法式建筑，故又称"金宫"。公元1828年因万象城被毁之后，琅勃拉邦成为行政首都，万象王宫便变成了行宫。公元1893年，通过"法暹战争"夺得老挝的殖民统治之后，法

老挝的"主席府",有着不多见的华丽与精美,只能外观,难窥其内饰的精妙。

摄影:陈三秋

国人还曾将这里作为总督府。公元1973年,老挝政府在原王宫的废墟上重建而成"主席府",作为统御着今日社会主义老挝的权力中枢。

两个博物馆,沧桑上千年;至少也算是600余年的老挝封建王朝史的半部见证吧。至于余下的部分历史,我们就在琅勃拉邦和巴色见吧。

2018年12月21日深夜,于金陵城东郊

31 世外桃源万荣

在老挝,沿万象城往北行走约160公里,或者从琅勃拉邦往南行进180余公里,有个沿河而建的世间最迷你的小城,叫万荣。

这是一个方圆仅一公里左右、几万人口、数条街道,安静与繁华、美丽与贫乏两相交融的旅游之城。自从此地被世人发现后,加之其地处万象、琅勃拉邦两城中间,所以,因穿梭上述两城带动下的旅游,就成了这座城的灵魂。一如一千公里外的柬埔寨的"旧都"吴哥,也就是今天的暹粒城。

我们是沿着13号公路从万象出发,一路前行的。路况一般,是典型的中南半岛式的普通公路。不过,沿途两侧的风景时而美好。主要是群山和白云掩映下的九月的热带稻田,绿油油、整齐齐,再加上间或出现的高耸的椰子树,和林间的红色瓦顶的高脚屋,相映成趣,画风极美。

全部车程约3~4个小时,目的地是Champa lao the Villa,一个法国女人经营的二层老别墅,位于一条次干道的中部。门牌是用白色的油漆写在一块小巧的木板上的,挂在半腰高的门前

从万象到万荣的公路两侧，这些成片的稻田、如画的原野，会令您瞬间忘却旅途的劳累。
摄影：陈三秋

墙壁之上，不认真寻找，还真的很容易错过。酒店的中文名字叫"占城老别墅"，它还带着一个中庭小别苑，里里外外，被改装成了十余间掩藏在绿荫下的雅致的小民宿。爬着狭窄的老木楼梯可以上到二楼，依偎着二楼的小走道，原本应该是可以沿窗远眺群山的，如今窗前不远处的棕榈和芭蕉已经生长得足够高大了，所以，只能透过树叶间隙看到远山起伏的山峰和时而薄雾时而灰白的云朵。当然，因为一路之隔就是万荣城最有名的瓦塔寺，所以标准的砖红色和金黄色错落构绘的寺顶还是清晰可见的。此外，沿二楼走道尽头的空格窗俯视窗外蜿蜒别致的街道，也还是能够收获些许喜悦的——这里的一切，确实足够静好！也许我来迟了，如果，时光可以退回到被美国人发现之前，或许，这儿更是纯粹的世外桃源！

我们在抵达占城老别墅之前约一个小时的车程之地，还有个湖，我们叫它"孟蓬洪湖"。湖边住着一群"靠湖吃湖"的渔民，他们沿着行人必经的13号公路两侧，搭建起两排整齐的商铺，满挂起各类鱼干，安静地做着买卖。大多数是女人，我想"也许男人都下湖打鱼了吧"。她们没有用力地叫卖和推销，只是脸上和眼角透露着微笑和真诚——鱼干是真真的，眼神也是真切的，也许这就够了，刚刚好到成为一种生活模样，好到在临近世俗之前有一份人性纯真。如果这里也是河流涓涓静谧、群山层峦叠翠，风景如诗如画，可能会成就出老挝的又一个世外边城吧！可惜了了，整个老挝大地，整个中南半岛，乃至东盟十国，

孟蓬洪湖的鱼干，好吃不贵，要不要来一点？哈哈。

摄影：陈三秋

只有一个颇为适宜避世的桃花源式的小地方，它的名字在老挝语中叫"望卫昂"，我们称其为万荣！

这里当之无愧，是一个"背包客的天堂"。小到徒步一到两天便能走完的山山水水、街头巷尾，不累；少到目测，每天只有不到三五百游人前往此地——韩国人居多，其次应该是泰国人、越南人或中国人，还有一些应该是法国人，不闹；车辆稀少，且游人多租用摩托车或自行车，虽然没有红绿灯，晚上也没有路灯，但很少有鸣笛、争抢或疾驰而过，可谓行止有度，不乱；四至的宾朋，有的逛街，有的爬山，有的徒步，有的骑行，有的去攀岩，有的去漂流，有的去坐独木船，有的去划皮划艇，有的去乘热气球或者滑翔机，有的去开卡丁车冲击泥浪，然后顺势去山涧的清溪里游泳，有的则直接去到那棵横亘在清溪之上的大树之上学跳水，有的去看喀斯特地貌的"坦江溶洞"——进而在洞口俯视整个万荣城，有的也会选择去"坦普坎溶洞"一览"蓝色潟湖"的静美，一派祥和，不挤。真是一个有趣的所在。

多说一说这里溶洞的故事。溶洞多在深山间，所以深且昏暗；洞内潮湿，可以蓄水。所以，有时这里会成为附近百姓躲避战祸之所，有时会成为当年游击队的活动之地。更有甚者，还曾成为盗掘澜沧王朝文物的盗匪们的栖身藏匿之处！而今，和平久已，这些"小桂林"般的溶洞，便成了佛像的供奉地，以及各国游客们的"应许之地"。虽然简陋，但还是很值得看一看的。

再说一说孕育了万荣城的河。"一条河成就一座城"，如若此言不虚，那么成就如画般万荣的那条河，我们叫它"南宋河"或称"南松河"。因为它只是湄公河的支流之一，所以，虽然比

第 2 篇

The floating clouds

且行且止
蔓延到 **老挝**

蔓延的山谷、蜿蜒的长河……远眺世外桃源般的万荣小城。
摄影：陈三秋

一座色彩明亮的钢架锁结构的长桥，横亘在南宋河上，让画面变得楚楚动人。摄影:陈三秋

泛舟南宋河上，可以了解到万荣小城的别样风情。
摄影：金米尼

不上湄公河的阔美，但也还是自带风情的。

清晨的天空仿佛还有一层薄雾，从占城老别墅出发，门前先是经过一个不大的菜市场，然后不远处就能看到一条细长的河流，那就是南宋河了。河上连接两岸的小桥很多，多是钢架索或铁架索结构。桥面多铺的是硬朗的木板——老挝的木材质地甚是有名，所以，这些木质桥板，我想应该是足够结实的吧。桥上时有车辆驶过，安然无恙，我终放心地给予了认同。这些桥堪比缅甸境内的"乌本桥"。

桥下的南宋河，沿着一边的群山、一边的绿树，静静地穿过历史，流淌经年而来。这是适宜泛舟的节奏。如果您不怕晒，可以选择用车轮胎漂流而下，或者用皮划艇划上个二三个小时。最快的方式，当然是乘坐"动力版"的独木舟了，半个多小时可以沿河绕行万荣半城，而且不用出体力，算是最惬意的方式了。但前提是，不怕晒。其实，泛舟南宋河上倒也不热，肯定会有微风拂面的了。如果船靠河一侧的树荫下驶行，那就更是凉爽了。而且整段河流，除去河湾一段的水流有些湍急外，几乎都是顺流静淌的，所以很是安全和平和，很值得途经此地的人们体验一把。然后，在岸上，也就是城中，您再乘车绕行完另一半城，大约用时半小时而已，那么，万荣城的主要风物，您就可以说尽入眼帘了，快哉。也省得像崔甲秀一样，用一部《路上没有你，也会好好走下去——一个行者的琅勃拉邦》，去记录那座我们将去的古城。

最后再说一说万荣城的"体验课"。如果套用大学的"标准教程"体系来说，就有"必修课"和"选修课"之分别了。

先说几门"选修课"吧。那就先从晚上的酒吧说起。SAKURA BAR 是值得一去的,但不宜待太久,DJ 的音乐太重太吵;里面的空间简陋但相对比较大。酒吧的位置在城中算是适中,且各国游人比较集中,所以欣赏度偏高。

而后的"选修课"是美食。当然,小小万荣城的美食只能说是相对之美。不过这里的韩国菜、中国菜、法国菜和老挝菜还真不少,整个万荣城作为旅游之都,小镇上除了宾馆、酒吧、寺庙、超市、服装店、按摩店和旅行社,基本上就全是各国琳琅满目的餐馆了,甚至找不到当地正宗的美食。所以说,这么多五花八门的美食,抽个空,选择性地"鉴赏"一二,也是不错的。

再简单说说"选修课"之咖啡馆。老挝的咖啡还是可资品鉴的,虽然没有邻国的越南咖啡和大马咖啡有名,但同处热带气候的咖啡豆错不了。早餐饭后时间也好,白天途中休息也罢,饮上一杯老挝咖啡,也是一番经历。

最后的一门万荣"选修课"比较沉重,叫商业考察。如果您想把这里当成一处掘金之地,本质上说也是无可厚非的,毕竟赚钱也是一种社会责任吗。那么,这里的商业机会有哪些呢?我不好说,不过可以提供三条线索:一是随着万荣城的声名鹊起——虽然发自内心是不希望它受到盛名所累,配套旅游业的酒店、餐馆的租购需求应该会很大,值得考虑;二是万荣城边际的废弃的老机场地块,据说快要进行商业开发了,相信不久之后,一个不够和谐的商业综合体就要出现在世人面前了,而这个项目对临近产业的带动,应该可以思考思考;三是中老铁路已经如火如荼地在万荣城外修建，三余年后，定可通车，届时，沿线诸国的商贸往来以及站点区位的经济圈带动，周边地价、房市、旅游、金融、投资和消费，需要进一步研究。这三点启发和三条线索，希望能够对这最后一门不轻松的"选修课"带来些许裨益吧。

最后再说一门"必修课"，那就是前面也提到的满大街的按摩店——"老式按摩"，也就是正宗的 Lao Massage，有必要去感受一把。与中式、泰式和柬式等按摩手法不同，老式按摩在手法上从头到脚、从胸到背都略有微妙之处，甚至可以说带着些许瑜伽的功能。如果您的行程不是很着急的话，在离开万荣城前，请别忘记这最后一门物美价廉的一小时"必修课"吧。

世外自有高人，人间偶有桃源；不知几时，万荣成为山与水、城与人的桃花源和陶渊明笔下偶遇之际那道光；也不知几许，花会谢，光即灭。或许，人世间本就没有永恒的美好，哪怕是片刻美好，也都珍如弹指间的爱恋。以后的事，谁都说不准，所以，我唯记得泛舟于南宋河后，我在酒店的楼下细心地挑了一本躺卧时将阅读的书，中文的名字叫"摆渡人2"，书的封面上英国作者克莱儿·麦克福尔赫然写有这句话，摘录与君共勉之：如果命运是一条孤独的河流，谁会是你灵魂的摆渡人？

2018年9月23日凌晨，于万荣占城老别墅

32 浦西山的日落

传说佛祖释迦牟尼曾在世间留下两滴眼泪，一滴化作了斯里兰卡，一滴化成了琅勃拉邦。而浦西山，正在琅勃拉邦。

很多人曾称琅勃拉邦之城，是一座"千年佛都"，这是不准确的。但它确实是一座千年古城。中国古代用于解释《尚书》的《尚书大传》中曾记有"越裳"之名，载其曾在西周年间进献"白雉"，也就是白色的野鸡；而周公则还赐其使者"司南车"五辆。后世越南的陈世法"剽窃"了此地，将其吸收进了所著的《岭南摭怪》之中。假使"越裳"之地确为今日的琅勃拉邦所属，那么，此城的历史将会长达三千年。

范晔所撰的《后汉书·西南夷传》中也有三段文字记载：一是公元97年，"掸国"国王雍由调派遣使臣经永昌出使东汉，并赠以珍宝；而汉和帝刘肇回赠了金印和紫绶带等；二是公元120年，雍由调又派使臣及庞大的杂技团出使汉帝国；三是公元131年，雍由调再遣使团出使大汉并以大象相赠。这里的"掸国"中国史中又称"哀牢"——也就是今日老挝的早期之名，当时活动轨迹也囊括琅勃拉邦。也许这一说法更可靠，也无争，所以，作为佐证，世人多以琅勃拉邦的悠久历史至少两千年。

大约也是在这一时期前后，琅勃拉邦以其群山环抱、南康江与湄公河两河相汇这一依山傍河的原始地利，开始逐渐走向中心化。由此，率先形成了一个老族的小国，并出现了最早的一个，也是比较正式的一个称呼——"勐骚瓦"或"孟沙瓦"，其意就是"王都"。就像吴哥王朝与其首都吴哥城的关系一样，"勐骚"也是这个小国或者说是这个部落之名。

公元7世纪至9世纪的中国唐史中，认为这里存在过堂明国或叫"道明国"；但由于同期柬埔寨的真腊王国崛起，所以当时的琅勃拉邦是该国的属地。在公元9世纪至14世纪柬埔寨进入最伟大的吴哥王朝时期时，此地继续归该朝所有。

吴哥王朝前后600余年，在其衰弱期间，比如公元8世纪中叶，一个名叫坤洛的人于公元857年在此曾建立起澜沧国，并定勐骚瓦为王都；随后，根据中国的史料，这里可能还出现过一个小小的景栋国。公元11世纪，这里还被泰国崛起的兰纳泰王国短暂吞并过，然后又被吴哥王朝最强大的君主阇耶跋摩七世夺回。至公元13世纪时，此地则有被称为"老抓""老丫""挝家""潦查"等多个老族小国；当然，最大的一个，还是"勐骚瓦"。

到了公元13世纪至14世纪，一个名叫梭发那·坎丰的老听族人，击败了其他部族小国，在勐骚瓦自号"川东王"，琅勃拉邦再次走向当时老族的权力和文化中心。

公元1316年，一个将搅动老挝历史，并带领其子民第一次走向大一统的男婴在勐骚瓦的王宫中诞生了。他出身之时便有33颗牙齿，他被视为拥有"Saksit"即"魔力"的不同凡响之人。

他的名字叫法昂。

不过，不幸的是其父亲不仅不受宠，还得罪了其祖父，也即当时琅勃拉邦的统治者川东王梭发那·坎丰。坎丰一怒之下，将法昂及其父驱逐；法昂的父亲也便只好带着年幼的法昂四处避难，最后流亡到吴哥王朝。当朝高僧帕摩诃·帕斯曼收留了他们。法昂便在吴哥城中渐渐长大了。不久，高僧将法昂推荐给了国王萨利·隆蓬萨拉嘉。国王不仅对法昂十分喜爱，还将女儿肯雅公主许配给了他。

公元 1349 年，在暹罗的素可泰、兰纳泰并起，阿瑜陀耶也即大城王朝兴风作浪之际，除了姻亲关系，也可能是出于牵制新崛起的这些势力的目的，时年 33 岁的法昂终于等来了天赐良机——吴哥国王许法昂一万士兵重返故里。三年后，也即公元 1352 年，在法昂王的带领下，他们击败了其祖父坎丰，迫其自杀，正式入主勐骚瓦；同时，还开启了兼并素可泰和兰纳泰领土的征旅。

公元 1353 年，在坎丰战败且没有男性继承人的大背景下，勐骚瓦贵族迎接法昂登位。于勐骚瓦称王的法昂，改此城为"川铜"，亦称"香通"，意为"金城"，即为首都。而其所开创的王朝，便是今日老挝人皆称颂的澜沧王朝。老挝至此不久，便将进入其最鼎盛的时期。在老挝的所有史料中，一部流传广泛的《坤博隆》，记载着法昂王的丰功，也神话般地歌颂着他的伟绩。公元 1967 年，这部文献经由老挝书籍委员会再版，被题名为《伟大的坤博隆国王传》。

也许正是印证了那句"一强必有一衰"的天道规律，在法昂于勐骚瓦登基称王的同年，吴哥沦陷，其岳父——萨利·隆蓬萨拉嘉国王也被攻陷此城的暹罗军队所杀。显赫一时的吴哥王朝，也就此逐步走向了衰亡。

法昂王建国之后，持续征伐。公元1356年，攻占万象；随后不久，便完成了老挝的南北一统。这是老挝历史上，第一次建立起一个统一的国家。

为了进行思想统治，法昂定佛教为国教，并于公元1359年，自其"岳长之国"——吴哥王朝，迎回了一尊高1.3米、重约5公斤，寓意王权正统的金佛——"勃拉邦佛像"。次年，王城因供奉"勃拉邦佛"，而由川铜更名为"琅勃拉邦"；而金佛，也辗转供奉在城内的多个寺庙之中。也就是说，我们今天所称的琅勃拉邦之城，自公元1360年，便正式得名了，至今已有650余年。

从卡西小镇，驶过这片绵延的青山，琅勃拉邦就近在眼前了。

摄影：陈三秋

在"琅勃拉邦"之名中,"勃拉邦"显然是那尊金佛之名,意指"王国的保护者",有点像吴哥王朝的"跋摩";而"琅",是行政管理单位,类似"城市",比如今天的老挝尚有"琅多""琅南塔"等地名。因此,琅勃拉邦,就是指"勃拉邦佛之都"的意思。其佛教的历史也即自此时起算,不足千年,约略600年——这才是相对较准确的说法和渊源。当然,这并不影响琅勃拉邦"千年佛都"之名。

从小城万荣出发,一路北行,约4~5个小时的车程,才能抵达这座"佛都山城"——琅勃拉邦。其实路途并不算太遥远,只因山路崎岖,且诸多不平,所以行驶缓慢。不过沿途两侧的风景上佳,多有青山白云间的小小村落隐藏在半山腰或山涧,唯露出砖红色的屋顶,诗画一般,仿如隔世,也甚是美丽。

约至半途,会经过一个地方,名叫卡西小镇。镇上主要是自然风光尚可,人口并不多,可做补给休整之地。再然后,在距琅勃拉邦约15公里之处,右转下主干道,一会儿便到了河边——这是南康河与会塞河的交汇地。乘船渡河,往热带雨林深处行进,不久,一个被誉为"佛国珍珠"的达塞瀑布,亦即"白雪瀑布",就会突然以翻滚进南康河的方式映入游人的眼帘。

这是一个奇妙的瀑布。对于雨季的中南半岛而言,"白雪瀑布"显然经常名不副实——瀑布的水,略带混浊,这是必然。不过,其奇妙之处在于大多数的瀑布是从山涧而下的,需要仰视之;而"白雪瀑布",则是从我们的脚底下、树根间奔腾而过的,多为俯视;其下泻之势,全凭山坡之错落与高低。但这里因为经久冲刷下的山坡的落差层次分明,因故,瀑布的奔鸣感还是比较震撼的，仿佛有点违和的山洪爆发似的。林间还住着一群很像避世的人，养着些大象，而游客付费后可以骑着大象横渡瀑布，或者在瀑布池中戏水、拍照，别有一番风情。

作别"白雪瀑布"，很快，传说一般的"古都佛国"，梦幻一般的"人间天堂"——琅勃拉邦城，就近在眼前了。城很小，地处两河交汇间的一处长约2公里的"弯折形"半岛之上；全城面积不足10平方公里，城中人口也不到3万人。您可以入住在城头宽敞、干净、热情而安逸的旺萨维酒店，然后乘车或租车前往城中，这样就最好不过了，可以兼顾玩的热闹与住的安静。如果是一场巧妙的错时旅行，旺萨维的大庭园里可能只有您自

"白雪瀑布"，是从游人们的脚底下、树根间奔腾而过的。

摄影：陈三秋

己入住,那么,酒店主人会记住您的名字或国家,并在次日一早通过一顿您的家乡菜,让惊喜之余的您,免却李煜《虞美人》中故国家园式的怀念。

琅勃拉邦是一个坐落在群山谷间的古都山城。如果是上午抵达此地,可以沿着法式风情味十足的洁净古街一条条转悠,先欣赏个大概;而如果是下午行至此地,那么,就请一定要去爬一下三百余米高的浦西山了,保准不会失望。

浦西山,也常被译作"普西山",位于古城中部,乃琅勃拉邦之巅,通过328个台阶拾级而上便可以登顶。山腰有诸多观景台和金佛像,有卧睡佛、也有星期佛,功能不一。观景台侧,还有一处小小的洞穴。据说,穴中藏着的乃是传说中佛祖释迦牟尼所留的大脚印。从这里,基本上可以一览这座上寮重镇、千年古城世外桃源般的全貌,而这,就是老挝最鼎盛的法昂王定都之地了,也是得佛祖庇护,而经世六百年的澜沧王朝,亦即南掌王国的发源地。登高凭栏,南北两侧的南康河和湄公河尽收眼底,河中时有渔民泛舟迤逦而过,一派佛性十足的祥和。

最难得是日落时分——浦西山的落日,可是此地最著名的一景。9月中旬,日落差不多从5点半左右开始进入状态。与巴肯山或尼罗河的日落不同,前两者一个是从树梢略过,一个是从水上落下,而浦西山的日落是从湄公河畔的群山白云间开始的。日落时分,天际多有几处断裂的云层,所以,往往无限美好的夕阳会有第一次日落,然后便钻入第一道云层,再然后又会像一团晕红的火,从第一个云层过渡到第二个云层,用霞光照耀着川流不息的湄公河。最后,当太阳耀眼的光芒逐渐褪去,便开始裹着最后一抹浮云从群山的后面慢慢隐去，天际独剩下一抹红。

如果赶上9月15日，也就是中国的中秋节，那么就更棒了——在夕阳将落之前，一轮皎洁的圆月亮会偷偷地从小城的另一边悄然升起，挂在山巅白云间。而山下的密林之间，有一金顶之寺高耸，那便是琅勃拉邦诸多寺庙中的著名古刹宝丰寺了。择日，我们将亲临朝拜，探其秘境。

白云、青山、成荫的绿树、金顶的古寺、砖红色的桥和桥下浑黄色的南康河之水，相映成趣，一派佛都般的安详。而这些，都可以通过浦西山顶的制高点——浦西塔坐赏。传闻说，浦西塔起着镇妖作用，这么看来跟杭州的"雷峰塔"倒是有几分相像了。不过，从其外观和结构来看，更像是万象名胜塔銮寺的缩小版。日落之前，来自四面八方的游人们，可以围着浦西塔的阶梯状塔基，坐成大半个圆。或窃窃交谈彼此所来何方，或面朝夕阳渐渐下斜的西方天幕提前冥思，静待日落。浦西塔北侧的山脚下，就是静静淌过整个中南半岛的湄公河了。一条河，从中国的澜沧江分流而下，在历史的坎坷、沧桑中，竟然哺育出了高棉、吴哥、大城、澜沧、安南等半岛上各领风骚数百年的王国或王朝，可以不朽矣。

浦西山下，两河交汇孕育而成的琅勃拉邦城，静静地躺在青山和佛掌之中。傍晚之时，小城人家鳞次栉比的红屋顶上，薄雾袅袅升起，仿如炊烟；浮世平和如斯，想必天上人间，也不过如此。而南康河上，还有座桥，连接着古城的左右两半，一半是佛与人烟，一半是旅游商业；无论是站在浦西山上，还

浦西山的落日，每日都引来各国游人无数。其绚丽的霞光之下，是川流不息的湄公河。

摄影：陈三秋

第 2 篇

The floating clouds

且行且止
蔓延到 **老挝**

浦西山顶上的浦西塔，塔下，是观赏落日的绝佳之地。

摄影：陈三秋

站在琅勃拉邦之巅的浦西山上,可以一览这座上寮重镇、千年古城世外桃源般的全貌。
摄影:陈三秋

是沿着小城环绕而行,基本上都能从直觉上感知到这种对比分明的定格。

浦西山侧就是旧王宫了,那是琅勃拉邦最后一任国王,也是后来统一老挝王国的第一任国王西萨旺·冯的宫殿。于公元1914年,由法国人为其建造,也有很多人常说是公元1904年始建,应不准确。在格兰特·埃文斯《老挝史》的笔端下,这座王宫被称为"也许是现存最令人难忘的不朽的建筑杰作"。同时,他还写道:"殖民地官员住在带有大花园的两层混凝土别墅里;商业中心居住着越南人和中国人,他们的房子由砖和少量的水泥建造；老挝人的住房是用木头在支柱上建造的，四周是菜园和椰子树；贫穷的越南苦力则住栅屋，由竹子和稻草建造。当老挝的统治阶层变得富有后，他们开始模仿更高级的法国别墅样式修建住房，并增加了老挝的装饰配件：这种房子今天在琅勃拉邦最容易见到。"是的，格兰特·埃文斯的笔下不仅勾勒出了西萨旺·冯王宫的美妙，也顺带着将今日琅勃拉邦的街景风情，描述得绘声绘色。

公元1975年老挝革命成功并废除君主制后，宫殿被改成了博物馆。另外，琅勃拉邦城中的主干道，还依然保留了"西萨旺·冯大道"之名。

旧王宫居整个博物馆区的正中位置。主殿正面的三角形屋檐下，雕刻着一头有三个脑袋的大象——这是皇家老挝的标识之物。殿内不许拍照或摄影。大殿之中，可以看到澜沧王国的一些遗迹、老挝文物，还有各国馈赠的国礼；比如来自中国的一尊和田玉壶，还有一幅刺绣，名为《黄果树瀑布图》。

宫内布列格局上也还保留着昔日的大殿、书记室、议事厅、起居室等陈设和功能。连通后面的寝宫，是王后和妃子们居住的。整个皇宫的内部装饰，也算古雅华贵，外观也气势恢宏。唯一要留意观看的，是它的檐顶和壁窗是工整的方条形的，这是一处法式建筑，与老挝式的翘檐结构、流畅的线条形明显不同。

王宫正殿后面还有一排车库，里面陈列着数辆苏联、法兰西等各国政府赠送给同以琅勃拉邦为首都的末代老挝王朝国王的珍贵车辆。车库前面有个简易的棚子，棚子下面是两辆金色华丽的黄金轿舆，是为皇家御辇，一辆是国王的，一辆是王后的。

从正门进入旧王宫的左侧，是一尊身着老挝传统服饰、腰挎长剑的西萨旺·冯国王的雕像，这座雕像是在20世纪60年代，前苏联的一位雕塑家的杰作。雕像右侧是一个宫廷花园，花园之中，还有个喷泉水池，池中时有莲花盛开。

而进门右侧，便是琅勃拉邦最宏伟的一座皇家寺院——拉邦寺。拉邦寺的全称又叫"霍勃拉邦寺"，也可以理解为因供奉"勃拉邦金佛"而得名。此寺修建于西萨旺·冯国王时期，但在老挝革命及内战期间停建，直到公元1993年才重新继续获建而成。所以，虽然它地位尊贵，但却是琅勃拉邦城中一座比较新的寺庙。

用拉邦寺供奉"勃拉邦金佛"，两名皆与此城名有关，可谓相得益彰。此寺，也浓缩了琅勃拉邦古老的寺庙建筑艺术的精华。寺前的台阶左右两侧，各是一条巨大的七头那伽蛇雕；寺的外壁布满了金色的浮雕，在浮雕与墙壁间隙，融合着些许绿色，黄绿相间，比较奇特。寺门呈尖顶小塔状，小塔结构繁复，甚至精美；门面之上的佛像与仙女神像，雕工细腻，凹凸有致，很具有老挝式的艺术特征。

寺内有8根粗大的金柱，上面雕刻着各色惟妙惟肖的图案；顶部光轮覆盖着曼妙的屋顶，下面有些佛陀壁画，也相当不错。大殿正中是金光闪烁的群佛雕像，其中，便供奉有此城的守护神"勃拉邦金佛"。寺外的墙壁后侧，也都镌刻着些壁画；尤其是窗户，跟门一样，也是小塔状，精美曼妙。

从拉邦寺的建寺时间可以看出，"勃拉邦金佛"起初一定不是供奉于此的，那么，它最早又被供奉在哪里了呢？

据推测，早期的"勃拉邦金佛"应该多被安置在当时的王宫之中。直到一座名叫香通寺的皇家寺庙落成后，才被供奉在该寺之中。此寺就位于旧王宫旁、湄公河畔。您可以从旧王宫一侧的白塔形大门进入寺内，也可以从后门的湄公河边，先乘船至山脚之下，然后通过长长的从寺中一直铺至河边的台阶登临。

香通寺以其构筑别致、陈设堂皇，宏伟的大殿、玲珑的佛塔、精美的雕刻和华丽的镶嵌等闻名于世。这是由澜沧王朝的塞塔提腊国王建造于公元1560年的。建成之后，便以琅勃拉邦旧名来为此寺命名。建寺十年前的公元1550年，塞塔提腊击败所有对手，成为新的澜沧国王；而在此之前的公元1546年，邻近的兰纳泰王国发生了内乱，当时塞塔提腊便借身兼兰纳泰国王披耶·格色他腊之外孙、澜沧国王菩提塞拉之子的双重优势，与其妻子兰纳泰公主一起借机掌控了该国。所以，当其回到琅勃拉邦夺得澜沧王位后不久，便将兰纳泰王国合并为澜沧的附庸。这段经历，也令其得到了当时流传兰纳泰的另一尊甚至比"勃拉邦金佛"更具神圣意义的"僧伽罗玉佛"。

但是公元1560年这一年，对于塞塔提腊国王来讲，非常关键。这也可以说是自法昂开创澜沧王朝始，一次最大的转折点。国王为避缅、泰等日益强劲的势力，不仅要将都城由琅勃拉邦南迁至万象，还在两地分别修建了香通寺和万象的玉佛寺，用于供奉"勃拉邦金佛"与"僧伽罗玉佛"，期望能够借此两佛，庇护行将离去的琅勃拉邦，和即将前往的万象新都。与此同时，万象城中的塔銮寺，也在塞塔提腊国王的关切之下，于这一时期得到了重修。

香通寺的建筑艺术成就，堪称琅勃拉邦之最。其最大的特点，就是寺顶向下低垂，勾画着漂亮的弧线，一直延伸到地面上方，所以，一看起来，整个寺庙几乎就剩下快要触及地面的屋檐了。屋顶共有三重，层层叠叠，也依次向下描绘出优美的曲线；三层屋脊之上的左右两头，均是昂首状的翘檐尖，檐尖被漆成了非常罕见的金绿色。檐顶正中，饰有一排黄金小塔，其建造方式属于老挝式的"苗索法"；小塔共有17座，这是规格最高的寺庙才会拥有的神圣标志。而这种寺庙样式，世界也只此一处。

琅勃拉邦寺庙的外部，大都是黑底金饰的精美壁画，香通寺也不例外。涂有黑色漆浆的寺墙上，闪耀着一幅幅黄金壁画；壁画中绘有守护佛陀的神兽以及老挝传统的花纹。寺庙正殿大门的左右两侧，各是一幅以四名仙女为内容的金色雕画。

正殿之内，曾长期供奉着"勃拉邦金佛"。公元1569年，塞塔提腊国王还下令为此寺铸造了另一尊金佛：此佛更具老挝民族特征，姿势优美，手支着头，身披的长袍卷至脚踝。如今"勃拉邦金佛"已被迁移至拉邦寺中供奉，所以剩下的这尊金佛，便成了其最珍贵的镇寺之宝了。

传说在大殿之上，当年曾有一棵，要十七个人才能环抱起来的大树，被当地人称为"生命之树"。现在树已经不见了，但在大殿背后的外墙上，现有一幅巨型的暗红色壁画，重现了这棵"生命之树"。壁画用玛瑙、琉璃装饰出了很多由仙女、人物和动物共同组成的巨幅图案，颜色绚烂、故事生动、栩栩如生，讲述的是人与动物如何和谐相处的佛理。在当地人的心目中，此树是"万物之灵"，上面的珠宝也是当地人不断捐献后镶嵌上去的。从中可以看出他们的虔敬之情。

主殿之内，最有特点的是其天花板上的两条雕着"龙头""凤尾""鳞身"的水管，一头连着外面的寺门，一头连着金佛的顶部；水管起着水槽的作用。琅勃拉邦过年的时候，这里有举行"洗浴佛"仪式的传统，而仪式便是通过这两根水管来完成的。除了寺中的金佛，还会将"勃拉邦金佛"请来，一并沐浴。整个仪式前后会持续三天两夜，热闹非凡。而这些洗浴完金佛的圣水，则会被信徒们带回家，洗头、洗澡，或者撒在家里的地上都可以，寓意消病祛灾。

殿内一侧，还有很大的铜锣，铜锣中间有个草帽形凸起部分。只要用双手不断地在上面摩擦，便会发出回声。铜锣发出的声音近似号角。一般在节日之时才会用到，各种乐器同时奏起时，非常威武和庄严。

每个满月之夜，香通寺也会有个传统。那时，寺中僧侣和城中的信徒们都会聚集在此，手握蜡烛，然后绕着正殿转三圈。僧侣和人们通过祈祷之心连接着极乐世界的佛祖，此一情形，便构成了琅勃拉邦城中无比神圣的夜景。

此寺在公元 1887 年时，被一群冒充"黑旗军"侵入此城的云南土匪破坏了。直到公元 1928 年，才在西萨旺·冯国王的干预下，得到了修复。公元 1959 年，西萨旺·冯国王逝世后，其骨灰也被安放在寺内的一个金瓶之内。一同安放的还有一座高

12米、用金色龙头装饰的御用灵车。灵车之上有着几个金色的中空小塔，这可是老挝皇室专用的"棺材"；有国王的，也有王后和太后的。据说，当他们驾崩后，其身体是以盘膝跪立状入殓在这些小塔之中的，然后再通过灵车送出火化，以凸显与平民百姓之不同。所以，香通寺内更是不允许拍照或摄像了。

看着拉邦寺中的这尊"勃拉邦金佛"，想想，它的命运真够坎坷的。从澜沧王朝后期起，随着王室的没落，此佛便多次被暹罗抢走，又夺回。比如一开始供奉在香通寺中，公元1779年被暹罗士兵劫走，4年之后送回；公元1827年又被劫走，12年后被迎回，当时一度安放在城中的维逊寺中。后来又被抢走，直到公元1867年才最终回到此地，才未再被劫掠所惊扰。公元1894年，此佛被转移到城内的迈佛寺中。后来，旧王宫建好后，一度被保存在王宫之中；而待拉邦寺建成后，老挝政府才将此佛请回。不过，也有人说，拉邦寺中的金佛已是赝品了。

而在浦西山与旧王宫之间，还有个整洁而不奢华的琅邦夜市，又称"洋人街"。晚上的街道两侧，几乎是清一色的淳朴的老挝姑娘们或利索的小女孩子们摆着地摊在销售，特色服饰、纪念品、咖啡、灯具、画作等等琳琅满目、应有尽有，深值一逛。夜市尽头与湄公河边之间，是沿街两排咖啡屋、宾馆、餐厅和酒吧，欧洲人消费或聚会居多，浦西山上偶遇的韩国人、日本人、越南人、泰国人、中国人还有新加坡人、以色列人等是很难驻足体验这里的法式咖啡或酒吧的，偶尔的停留可能会选择感受一下"老式按摩"或SPA，很少再有其他了。这些都是从四面八方听闻琅勃拉邦大名赶来的游人们，在欣赏完浦西山的落日下山后的"必修功课"。

有的游客还会选择去湄公河上乘坐一回渡船。临近浦西山的湄公河对岸，坐落着一些著名的寺庙；横穿其上的渡船，最有可能会带您前去的是龙昆寺。其寺的亮点是那些镌刻精美的柱廊，建于公元 1937 年；其中有一些，还可以追溯到公元 18 世纪。后来，法国远东学会还协助老挝政府对其进行了适当的修复，工程于公元 1995 年才竣工。柱廊壁画之中，有几面已经褪色的故事画卷，其内容出自上座部典籍《佛说本生经》。琅勃拉邦笃信佛教，同当年的吴哥王朝一样，都借某一宗教立国；因此，根据当地的习俗，琅勃拉邦的国王在举行登基加冕仪式前，都需要前来龙昆寺静修三日，然后才能"合法地"继承王位大统。

综合比较来说，身在琅勃拉邦城中，浦西山的位置真可以说是极佳的。据说，除了日落之景之外，从这里观赏日出，也是非常理想的选择。感兴趣的朋友们，可以在此城停留两天，一起体验下，切莫留有缺憾。

看完了琅勃拉邦不醉不归般的浦西山日之落，我想，离赴斯里兰卡的日子应该不远了，朋友们，不久的将来，就让我们在佛祖的另一滴泪池相见吧。再见，再见！

2018 年 9 月 24 日于琅勃拉邦，旺萨维酒店

33　銮佛邦的布施

"銮佛邦"是佛都琅勃拉邦的别称。公元1353年,法昂王在真腊王的支持下一统老挝,建立澜沧王国,并定都于此,才得以形成老挝最负盛名的古都王城。

澜沧,即为"百万头大象"之意;今日老挝,有着"万象之邦"或"万象之国"等美誉,亦正是如此。公元16世纪上半叶,也就是中国大明嘉靖年间,称其为"南掌",取自"澜沧"谐音而已,意思还是一样。但这种直接将"大象"命在国名之中的做法,显然已不仅仅是像泰国崇拜大象多是出于其来自佛经,且象征"智慧"之意这么简单了,也有着国力的展示、外露之意,是一种"强大"的表现形式。

在这一王朝的最鼎盛时期,也即维逊、菩提塞拉和塞塔提腊三位国王治下,其确曾走向辉煌,并拥有过中印半岛之上最大的版图。这块版图,一度覆盖了含今日老挝国土在内的,中国南部边陲的小部分地区、泰国和缅甸的东部、柬埔寨的北部等广大疆域。只不过到了现在,其领土早已大幅缩水,而大象也快要失去踪迹了。据亚洲象组织估计,同时参考早年间《万象时报》的报道，截至目前，老挝的野生大象应该仅有400余只了。而其邻国之中，柬埔寨可能大象更少；缅甸约有2 000只；泰国稍微多一些，野生的加驯化的也仅约7 000只而已。

公元1357年，为了博笃信上座部佛教的王后，也即吴哥王朝的肯雅公主欢颜——当然，最主要的还是信仰至上和思想统治的需要，澜沧王朝的开创者，法昂王在征平万象之后不久，便赴吴哥请求佛法。应其要求，打败暹罗、收复吴哥，新登宝座的萨利·索里约旺国王，派遣高僧帕摩诃·帕斯曼、帕摩诃·德伐兰偕同20名僧侣、3位精通藏经的佛学家前往澜沧王国传扬佛法。当然，一并带来的还有那尊"勃拉邦金佛"，一部佛教经典大集《三藏经》和菩提树苗。

其后，澜沧王都改名为"琅勃拉邦"也即"銮佛邦"，上座部佛教也开始在此大兴，大量的佛家寺庙也就此开始兴建。"百米之内，便有一寺"，一时，全城佛音缭绕、金光璀璨。这一盛况，几乎延续了数百年，影响直到今天。

法昂国王是老挝南传佛教当之无愧的第一位保护者。诞生于古代印度的佛教，在孔雀王朝的阿育王时期，被定为国教后，开始分多路外传并分裂。逐步形成重实修、重在修分别心的南传佛教，又称"上座部佛教""小乘佛教"；重义理、重在修慈悲心的北传佛教即"汉传佛教""大乘佛教"；以及以古代"密宗"为主，兼有"显宗"的藏传佛教即"喇嘛教"；三者共同形成了世界佛教的三大支，并称为"佛教三大地理体系"。銮佛邦，作为"上座部佛教"影响下的一座都城，这里的寺庙、文化、教义等也大都属于这一支脉了。所以说，銮佛邦，必是一座"佛国山城"，这里，也必是老挝当之无愧的明珠瑰宝！

虽然后来王后于公元1363年逝世之后，法昂王开始变得颓废放荡，还被忍无可忍的大臣贵族在公元1371年迫其禅位于其子——有着"三十万领袖"之称的温蒙，同时将其流放；但在温蒙时代，佛教则走向了新的繁昌。大量僧侣获授爵位和官职，新的寺庙也持续得到修建。两年后，流放中的一代霸主——法昂，最终归西了。

温蒙之后，澜沧王朝经历了百十余年的动荡，直到公元1520年，菩提塞拉继位，并在迎娶了兰纳泰王国的一位公主之后，国家才再度走向稳定。而兰纳泰王国信奉的也是上座部佛教。在其国教与妻子的双重影响下，菩提塞拉成为虔诚的佛教徒。他甚至动用摧残泛灵论和婆罗门教的方式，令佛教扩展。《三藏经》也自古印度时期的巴利文译成老挝文，在当时全国的佛教寺庙中得到普遍使用。銮佛邦的兴建及佛教文化的传播，再一次从深入走向更加深入。

公元1547年，菩提塞拉国王在一次狩猎野象时突然死去。刚取得兰纳泰王国控制权不久的其子塞塔提腊，火速回国参加王位的争夺。第二年成功登基为澜沧国王。不用说，塞塔提腊更是信仰上座部佛教的。在他执政之时，不仅成功带领臣民击退过灭亡暹罗的"缅甸征服者"莽应龙的入侵，还分别在公元1558年和公元1564年，先后征服暹罗的兰纳泰王国与大城王朝，亦即声名赫赫的阿瑜陀耶王朝！当然，塞塔提腊也是在公元1560年将澜沧王朝迁都于万象城的始作俑者。当他知悉莽应龙已于公元1555年征服并统一缅甸，东吁王朝兴起之时，由于忌惮其兵锋，便果断将王国迁离佛祖庇护的銮佛邦。不过不管怎样，其在位之时，左手一个"勃拉邦金佛"，右手一个"僧伽罗玉佛"，銮佛邦的佛迹，走向了最耀眼的辉煌。

如今，已历经600余年佛教文脉锤炼、浸染和熏陶的銮佛邦，也可以用三个禅性十足的词来定性：礼佛、布施和徒步。前两者，都与佛有关，而其中仪式感极强、场面最壮观，也最具代表性的"銮佛邦的布施"，最令人印象深刻、经久难忘，乃至成为这个城的印记。

老挝每一城，甚至每一村都有佛寺，銮佛邦更是如此。据悉，仅城中就有寺庙、佛塔30余座。名声最盛的寺庙应该有香通寺、拉邦寺、维崇寺、迈佛寺、浦西寺、撒恩寺、维逊寺、香曼寺、森苏寺、米赛寺等等。

其中的香通寺和拉邦寺，因为后来兴建的主要目的都是用于供奉"勃拉邦金佛"，无疑是其中最著名、最美丽，也最具老挝佛庙建筑风格的两座。

而两寺之外，迈佛寺则是此地最大，也是名望仅次于香通寺的古寺。其始建于公元1788年，公元1821年再次扩建，前后历70余年之大修才告完工。整座寺庙外形原呈金黄色的多层"人"字形尖顶、重檐结构，因年代久远，已渐斑灰；屋脊之上的正中部位，装饰有火焰状的法轮。全寺从内到外，装饰和雕工都异常华美。其正门前廊的一面墙上，更是覆盖着整幅黄金浮雕，描绘的是佛祖释迦牟尼的生平，人们向孩童们讲述佛陀的故事，以及"老挝雨神"传说等镀金浮雕。殿内也供有金佛多座。

维崇寺，则和香通寺共同被评为"东南亚名寺"；撒恩寺，因其寺顶采用红黄相间的瓦片铺盖，且在建筑风格上设计大胆，有悖于时下审美标准，争议颇多而知名；浦西寺，因建于浦西山之巅，可以赏銮佛邦最美的落日而出名，一如当年吴哥王朝的巴肯山与巴肯寺；香曼寺的天花板上描绘着金色的神龙那伽，庙内的精美烛架两端，也同样刻有那伽图形，只是总体上来看，这里对那伽的崇拜不似柬埔寨旺盛；森苏寺建于公元 1718 年，并在公元 1932—1957 年间得到了重新翻修，提到它，是因为这是一座泰国风格的寺庙，去过曼谷或清迈的朋友们，比较一下那里的寺庙就能够看出来了。

当然，米赛寺虽然始建之时为老挝式，不过在公元 20 世纪初进行重建之时，也采用了泰国中部的宗教建筑风格。此寺始建于公元 16 世纪中叶，系塞塔提腊国王击退缅甸军队班师回朝之后，为庆贺战争得胜而修建的，所以意为"胜利之寺"。

维逊寺，又称"维苏纳拉特寺"，是銮佛邦最古老的寺庙，系由维逊腊国王兴建于公元 1512 年，故而得名。这里也曾供奉过"勃拉邦金佛"，因此，地位当然也就非常尊崇。不过，公元 1887 年，一伙冒名刘永福将军的部队"黑旗军"的云南盗匪，一把大火，将这座当时为全木质结构的古刹，焚烧殆尽。现存的维逊寺，是于公元 1896 年或 1898 年前后，按原样复制重建的。不过，重建之时，被改用了砖泥结构，因此而失缺了几分古朴典雅之气。这座寺庙的特点是，很多参拜者会为寺中的佛像贴上永不褪色的金箔。这种做法比较接近缅甸的传统，当然缅甸除了给佛像贴金之外，还会为神圣的大金塔更换陈旧失色的成片金箔。这被视为在行善举、积功德。只是比较起来说，缅甸的这种贴金箔的文化更为兴盛。另，维逊寺的寺院之内，还有一座建于公元 15 世纪到 16 世纪间的戒坛，和一座高 34 米、建于公元 1903 年的巨大莲花宝塔，此塔立于主殿之前，当地人更喜欢称其建于公元 1514 年甚至更加久远，不过俱无从考证罢了。这两处不起眼的建筑，也值得一并探究。

上面这些銮佛邦的寺庙，因其各自典故和定位，时至今日，仍能在世人面前各领风骚。同时，也进一步奠定和印证了銮佛邦的"佛国之都"地位。

公元 1571 年，塞塔提腊国王在南部边境作战时神秘死亡。澜沧王国又一次陷入了长近百年的混乱局面。直至公元 1638 年，苏里亚旺萨国王登上大位，才终结了这一乱状。在他的统治之下，国家重新获得了和平与繁荣，其在位长达 57 年，史称老挝的"黄金时期"。但由于这时国都早已迁至万象，所以，佛教中心便开始有从銮佛邦南移的迹象。最典型的事件，便是一年一度全国僧侣将云集万象的塔銮寺，参加这里举行的为期长约半个月的塔銮节。中国学者认为，随着公元 17 世纪末澜沧王朝达到全盛时期，其上座部佛教也就此走向鼎盛的辉煌。

公元 1694 年，苏里亚旺萨未及册立储君便离开人世，在诸王孙大臣之间，引发了激烈的王位继承权之争。其结果便是公元 1707 年，銮佛邦率先宣布脱离万象独立；其后是占巴塞，于公元 1713 年宣布在南方独立；如果再加上川圹侯地也处于半独立状态，澜沧王国就此走向分裂，被一分为三（或四）个小国。其中的琅勃拉邦王国最弱，首都依然在銮佛邦，但长期处于暹罗、缅甸的附庸"保护"之中。

在这分裂的大时期，銮佛邦与万象城，一弱一强；待到公元1804年，阿努在暹罗的支持下被推上了万象王国的国王宝座之时，万象城一举超过銮佛邦，正式成为当时老挝的佛教中心。虽然阿努国王在25年后，怀揣着复兴澜沧王朝往日光荣的梦想，曾发动过一场轰轰烈烈地反击暹罗国王拉玛三世的宗主国"保护统治"的"万象起义"，并被歼灭，但万象的宗教中心地位还是奠定了。

当然，这从今天来看，似乎并未过大地影响到銮佛邦对佛教的持续信仰。这里可是佛祖当年滴下眼泪的地方，确实有着诸多匪夷所思的独特之处。

銮佛邦虽为一城，还是故都，但其面积不到10平方公里，整座城沿着河左岸依山傍水式地延伸、构筑，唯一的一条主干道是以其国王之名命名的西萨旺·冯大道。另有一条重要的次干道，则是沿河畔而修成的滨江大道——岸边风景旖旎，最是怡人，那是后来法国当局殖民统治的"杰作"。除此之外，基本上全是历史感犹存的古朴、狭窄但整洁有度的街巷了，因此，沿湄公河泛舟，来回三个多小时，或乘车、骑行绕小城的大街小巷转悠个遍，自然也是一种穿越灵魂、融入一城式的旅行。而如果能再来一场虔诚的布施，銮佛邦或琅勃拉邦数天的旅程，可以说真就了无遗憾了。

布施之举，于世间早已盛行，但銮佛邦的布施，多被称为"与佛祖进行一场不染纤尘的对话"，所以更显神圣和庄严——老挝语中，布施被称为"塔芭"。

琅佛邦的布施，也成了一道亮丽的街景，引来无数游人，早起、驻足、旁观。　　　　　　　　　　　　　　　摄影：陈三秋

琅佛邦的布施，一说是每天清晨都有，因为此地佛寺没有锅灶，加之有"过午不食"的佛偈，所以僧人们便在每天晨时外出化缘，以得一天之饮食；一说是每月初一和十五各有一次；还有一说，是一年三次，规模比较盛大，尤以八月中十五日的一次为最。三种说法不一而足，很难求证其真实性。但总的说来，这是一种存在于早间5点半始而止于7点之前的僧人向当地居民和游客化缘、对方给予财物和食品的满含宗教仪式感的行为、活动。据说，布施的传统，在琅佛邦已延续千百年。

2018年9月15日，我适逢琅佛邦不可错过的尘世布施。

它从我的生命里经过,灵魂中穿过!着实,在精神上,我被"暴击"了一轮。

早4点多,在老挝朋友Line的帮助下,加上前一日采购的布施之物,我们总计添置了钵篮、饼干、老挝币、糯米饭、矿泉水等物件。5点半,銮佛邦的布施将于这个世外之城的街头巷尾开启,而我分明也发现成群结队的僧侣们大都已经穿整好橙红色的僧袍,肩挎起钵盆,在好几个寺门、街角缓缓地排队集聚着。多条我们刚刚途经的街道两旁,不少施主已经在各自的家门口或布施点,准备起小凳、跪毯、花塔、盆钵、食品等物品,最后仿佛是约好似的沿着街边,串成了一条断断续续的线。虔诚的人们,一定是列队跪坐在路边的,在晨曦中,安静地等候僧侣们沿街化缘而至。

虽是少有的晚睡早起,但面对即将到来的,有着经年轮回、岁月沧桑般的布施盛典,我没有丝毫的困意。我想,Line一定是一个虔诚的佛教徒——从昨日刚刚听闻今天早上将有的这场布施仪式起,我就发现他几乎没有消停过:一会儿买这个,一会儿买那个,唯愿把自己能够拥有的一切美好之物,都奉献给这些即将化缘的僧人。他们被当地人视为"佛祖的尘间使者"。

五点一刻左右,Line和我将车在路边的一座寺庙脚下停好,然后带着我,端挎着先前准备好的大盆小包的礼佛之物来到了一处比较盛大的布施点，找了个位置极佳的带着跪毯的位子安顿好。然后我们脱去鞋子，Line 在跪毯上一边帮我把礼佛围巾斜着肩膀搭好，一边开始跟我讲解给每个将路过的僧侣布施的物品组合。

在交代我的过程中，他看了看我已经装得满满的布施用的钵筐，又从口袋里掏出一堆基普也就是老挝币，塞进了我的钵筐边缘，然后，又教了我一遍布施的仪式，才舒心满意地和我并排跪好，开始兀自准备起自己布施的小钵盆——不知道仓促间他是从哪里弄来这两个布施箩筐的，我确信他昨夜应该一夜

我和 Line，为銮佛邦清晨的布施所精心准备的小点心。

摄影：陈海挑

未眠，连夜准备；然后，他把两个中的那个精致的，还带着绸缎挂肩的一个让给了我。

他还抽空帮我偷偷地拍起照片，并喊上行人帮我们拍了几张合影。我左右看了一眼，才发现和我们一起向佛祖跪立的布施大军已经排成了很长的一道街景，老挝人、中国人、新加坡人、马来西亚人……林林总总，八方来夷。

突然，布施仪式就开始了，比想象中的要快许多：一排又一排，面色平静的僧众，开始赤着脚、挂着钵向我们面前涌来。一般领头的会是主持或长者，再往后就是一个又一个"少年僧"了。我仓促地根据Line的"培训"，从糯米饭笼中抓起一小口米饭，放进第一个路过我面前的僧人的化缘提篮中，然后再次拿起面值不等的基普和饼干，匆忙放入快要远去的篮筐——第一个僧侣的布施流程，也是我人生的第一次老挝布施，就这样开始了、结束了。

随后是第二个、第三个……已经数不清了。我正暗自觉得自己的布施仪式已经纯熟起来时，偷瞟了一眼Line，发现他不仅每一次都会将布施的礼物从自己的额头虔诚地经过，还会双手合十，置于胸前默念一句——那应该是佛经、祝福或者许愿了。我在佩服之余，赶紧依葫芦画瓢，模仿起来。布施仪式就这样有序地进行着，直到我们布施完所有的物件。Line这时打开了我的糯米饭罐，里面已经空无一米，他乐呵呵地笑了起来，然后从自己的罐底拿出最后一小团糯米饭，并开心地分给了我一半——一小口而已，然后跟着他默念了几句，放入口中吃下——有舍有得吧，美味极了。后来的午餐，我还专门再点了一笼糯

当橙色的僧侣队伍从远处走来时，銮佛邦的布施就开始了。

摄影：陈三秋

米饭，吃起来真的很是香甜。

在布施仪式的最后，Line 让我和他一起分别拿着各自钵盆中的一瓶水，来到街角的一处绿植旁，带着我一边口中振振有词地咕哝着，一边沿着树根缓缓地浇着水，直到水全部浇完。我们又看了看还有些没有布施完，但已经接近尾声的布施队伍和渐次远去的僧众——他们应该要回去早餐和晨念了吧！我们再次拍了些照片。

在回途中，各处的布施也还在祥和地进行中，等到了我入住的古朴而宁静的旺萨维酒店，天已渐明，房东长发飘飘的帅儿子过来跟我们用有趣的中、英、老三语问候完早安，便开始安排起我们的中老结合式早餐了。我来到旺萨维酒店二楼的长长的走廊，廊侧的墙壁上挂着一些"僧王"的画像——这里可以抽烟，我燃起一支，望着香炉塔状的烟灰缸，平复和整理了一下思绪，远处，寺庙的钟鸣和诵经声响起来了……

这是穿越传说与历史长河的信仰、声音，可以淌过绵绵起伏的高山，淌过经霜岁月的年轮，淌过这晨时銮佛邦的薄薄细雾，然后，淌进人间的千家万户，再淌进世人的灵魂、脑海和心田……这是一种肃穆、一次洗涤，众生朝拜、万佛朝宗。

我很幸运，在这一年的中秋佳节里与銮佛邦不期而遇，并偶然地邂逅了这场穿过灵魂的布施。这里是佛祖留在人间的一滴最美丽的眼泪，这也是对这座山谷城池的庇护，化尽了人世间的诸多烦恼愁怨与悲欢离合！我，年十五，从銮佛邦经过；在生命的长河里，从布施后的灵魂中……

2018 年 9 月 25 日于銮佛邦，飞回金边 Bobaiju 寓所

34 巴色已有答案

老挝是一个有爱的国家。在看过埃及人的婚礼，再看看老挝人的婚礼，一个高度西化，一个本色不改，天壤之别也。

无怪乎 Sakchai Deenan 可以在此执导出唯美十足的《爱在老挝三部曲》。在这三部曲中，《早安，琅勃拉邦》和《你好，老挝婚礼》都尚未能有空一赏；而上映于八年前的第二部电影《巴色无答案》，不仅很容易让人们记住那位男主角——剧中"落泊导演"的扮演者 Ray McDonald 以及女主角"老挝小姐"Kamlee Pirawong；此外，巴色古城和其街头巷角的淳朴风情，也着实令人印象深刻。自此，似乎巴色作为占巴塞首府，就成了一座没有回答也无解的城。所以，我便想，在巴色，试着找寻答案。

其实早在公元 10 世纪到 13 世纪之时，占巴塞曾附属于柬埔寨的吴哥王朝；在吴哥王朝衰落后的公元 15 世纪至 17 世纪末期，占巴塞旋又落入崛起的澜沧王国之手。而公元 18 世纪初，曾盛极一时的澜沧王国开始走向分裂。公元 1713 年，南部的占巴塞，便借机从中分离成一个独立的"占巴塞王国"。直到公元 1946 年，才被并入老挝王国。而巴色，便是"占巴塞王国"的首府,并在独立之初就开始步入繁盛。不过,好景不长,不到一个世纪后,就沦为暹罗的附属国。后来在法国殖民统治之下,更是丧失了许多王室特权,成为一个行政区域。

不过巴色,这个迤逦在湄公河与东色河交汇之地的占巴塞旧朝首府,在完成了历史的洗礼之后,终究还是成了一座身在老挝则不得不往的"爱情之城",可谓万般奇妙。与琅勃拉邦一样,一南一北,共同牵绊着游人欲窥究竟的心情。

公元2018年10月间,经暹粒城,转乘老挝航空低矮狭小、人数寥寥的班机,用时约40分钟不到,便可抵达巴色机场。比起陆路越境的漫长等待和周折,这么飞行,还是非常舒心惬意的。这里有可能是我见过的,仅次于罗安达机场,或马六甲机场般安静的所在。一出机场,稀稀朗朗的人群、三五部等待的车辆,和异常宁静的马路,很难与金边、万象乃至暹粒的热情相比。几个寂静的的士司机,会用渴望的眼神扫视着每一个走

从柬埔寨的暹粒腹地,飞抵老挝饱含南国风情的巴色小城。

摄影:陈三秋

出机场的游人。"期待能够幸运地撞上丰收的一天吧!"我想,更或许"有和无"都无所谓,反正这都是最本真的生活方式而已。连机场的职员,都是慢腾腾、懒洋洋的;机场内的商店、兑换货币的柜台,在下午3时刚过就不见了人影,这却"繁荣"了一把出口一侧的ATM取款机。

您一定要适应这种慢:万荣慢过万象、巴色慢过琅邦。要么,您就不要邂逅老挝这个"发呆的天堂"——一次也不要,因为偶尔的一次,都有可能让您"中毒"不轻。这是一种会上瘾的"毒",它有一个很长的名字,叫"人们最初的生活"!这是一种童心未泯,抑或返璞归真。

劝君一定要住在位于巴色桥北畔、湄公河沿岸的占巴塞大酒店——这里也是电影《巴色无答案》的拍摄取景之地。剧中,男主角常挂在嘴边的那句"我想给你的生活带来美好",至今令人印象深刻。

由于占巴塞酒店地势较高,在卧室窗前基本上就可以俯瞰到这座由日本援建于公元2000年即千禧年的矮塔斜拉式跨河大桥,因此,巴色桥又名Lao—Nippon Bridge,亦即"老日大桥"。相信很多人都不知道日本人其实习惯于称自己的国家为"Nippon"或者"Nihon",而不是"Japan"。这是源自公元7世纪初,执政的圣德太子在递送中国的国书中自称其国为"日出之处",这便成了后来日本国名的起源。到了奈良时期,"Nippon"开始得到确认并广泛应用;直至今天,日本在参加国际赛事中或发行邮票上,通常都还在使用"Nippon"的称呼。由日本援建的万象机场国际航班出口处的石碑上,也是这么镌刻着纪念的。至于"Japan"这个称呼,多从欧洲的语言习惯衍生而来,以至于成为英语世界的主流称呼而更为一般大众所熟知。特此做个补充介绍,以防将来大家途经此桥,看到桥头石碑上关于桥的名字时生疑。

巴色桥下的湄公河河水是出奇的平静地、温柔地、缓缓地流淌着。酒店临河还有个别致的、由多层的露台和错落的栈道组合般延伸到河畔形成的餐厅。傍晚时分,来此凭栏远眺桥之南侧的山顶大佛寺,或饮一杯盛产于波罗芬高原谷地的老挝咖

由日本援建于千禧年的矮塔斜拉式跨河大桥——巴色桥。
摄影:陈三秋

啡，静赏巴色城"日落湄公河"的奇景，和落日余晖之下两岸小城人家渐次亮起的万家灯火，再间或喂着途经脚下喵喵缠绵的花猫……

在那一瞬，占巴塞酒店的时间仿佛一下子倒转了近300年——重回到公元18世纪，那个占巴塞王朝最鼎盛的时期；或者百余年前，那个公元1905年，法国人征服了此地，并用其最擅长的浪漫和殖民者的造城艺术，重建了这个时仅数万人，居住在十余平方公里山水城池之中的巴色渔村。而今，这家以巴色盛世王朝来冠名的古城酒店，势必承载着几分破碎的旧时光，在时间的长河中，随着恒久的湄公河，徜徉其中。于是乎，便形成了一种可贵的气质，让至此的游人驻足不前，流连忘返。

如果您也想就此任性地观摩起湄公河流经巴色城的日落，您除了去酒店的窗前、露台和河边，还可以去巴色桥的桥头或桥身——那是水天相接、云锁大河情境下的最好的观赏视角。常有人徒步至此，只为今生能拥有这片刻炫丽的光影。

还有一处最好的所在，那就是河对岸山腰上的大佛寺之巅，那里白昼可以俯瞰巴色山谷村落全貌，黑夜可以静赏这座法式古城的月色和湄公河两岸的冷寂灯火。

从占巴塞酒店驱车过桥，加上上山，总共不过十余分钟。也可以乘车至山脚，然后沿陡峭的石阶爬行上山。山顶有座黄

巴色日落时分的河畔风情。 摄影：陈三秋

白天的巴色城，同样温婉、怡人。 摄影：陈三秋

瓦金柱、绿檐镶嵌的崭新寺庙，甚是辉煌，即为大佛寺。寺外壁的墙顶部各雕有一面神像，门前有架撞钟和一面巨大的铜锣，还有一架上了年份的大鼓，再往前就是山边峭壁了。临近峭壁，则是两处同样恢宏、精美的观景佛亭，还有一处修建中的露天观景平台，立足其上，巴色桥和城景尽收眼底：湄公河与东色河静静地孕育着河岸两侧红绿相衬的城池，河面壮阔而安详；白天有灰白团簇的云朵，飘于河之远方，调皮的阳光，选择性地透过厚薄不一的云层，像筛子或渔网般撒向古城，形成明暗交错的光影世界；而到了晚上，则是星星点灯——家灯、桥灯与车灯，迤逦蔓延，吐露着巴色城的人间气息；远处的群山，层峦叠翠，亦不落俗，映衬着古城的如歌画卷。

观景台侧畔，还有些略小的寺庙，也有寥寥几名僧侣居于其间。再旁边就是声名赫赫的巴色金色大佛了——正是因此，才"杜撰"出了"大佛寺"之名。此大佛高约20余米，也系日本援建，大约建成于公元2011年。大佛背对着大佛寺，面朝相汇之两河，神态安详地俯视和眷顾着巴色之城。据悉从大佛内部可以登顶，尽览全城美色，不过未能入内验证。整个大佛的雕制工艺其实一般，与泰国的富贵大佛、日本的牛久大佛，或者越南的岘港大佛，是很难媲美的，更不用说中国流传1 200余年的乐山大佛以及新造的佛山金佛、灵山大佛等等。而且巴色大佛的莲花底座之下，堆放着些不知名的杂物；底座四周的钢筋、水泥、杂草、沙粒，比比皆是，甚为不雅和可惜——巴色大佛未能受到最应有的尊重。

目前，在大佛寺的左侧，正在新建一座规模略小，通体金黄，

大佛寺一旁的山坡上，沿着阶梯和露台，摆满了信徒供奉的小金佛。非常肃穆。　　　　　　　　　　　　摄影：陈三秋

与大佛寺同样熠熠生辉的寺庙。门楣上的雕刻，正在如火如荼地进行，相信不久便能华丽落成。两寺之间，还有个数米之高的金塔，应该埋藏着一位我们不知其名的圣僧。而在新寺的再左侧，是依山坡而建的一些阶梯和露台，其上摆满了高约1米左右、神态相似的百余座金佛坐像；目测观之，只有两座是相近大小的卧佛。金佛的底座前，镌刻着些老挝语铭文，我想应该是些供奉者的名字，或其埋身之地。这个"迷你"的金佛群落，分成数排，均一字排开，在霞光或星空之下，神情肃穆，也蔚为壮观。远超万荣郊外的"佛像公园"，以及琅勃拉邦的"千佛溶洞"。

在巴色的大佛寺,可以为您心中的疑窦,找到开解的答案。　　　　　　　　　　　　摄影:陈三秋

穿过这条由七头那伽守护的石阶山道,便可以登临山顶,朝拜大佛寺。　　　　　　摄影:陈三秋

金色大佛,俯视和眷顾着巴色城。城中两河交汇,孕育怡人的下寮风情。　　　　　摄影:陈三秋

夜幕降临,来到大佛寺,低诵一段佛经,以示虔诚。

摄影:陈三秋

万般之最,当然还是大佛寺了。傍晚时分,往往会有若干身裹橙红僧袍的青年僧侣在门亭回廊间的台阶上快乐地交谈着。到了夜幕降临之后不久,晚课要开始了。信徒们可以脱鞋免费进入寺内;映入眼帘的先是大殿正门之中一字排开的三尊连着莲花底座逾2米高的碧体金冠玉佛。居中一座着金甲披肩和护胸,左侧一座身披露肩金衣,右侧一座则是全身披着一件金袍。三尊玉佛面色安详,神态基本如一,甚是金贵。玉佛背后是三幅众僧和信徒拜佛的精美壁画,信徒的着装很具老式风情。座前还有一排大小不一的略小金佛坐像和立像,然后是香烛缭绕,巨烛冉燃。适逢晚课时分，殿内的地毯上大佛寺住持带领着本寺和临近寺庙的约十余名年幼僧侣，齐声念诵着经文。几位信徒用锡箔捧着香烛，前来跟随众僧虔诚地燃烛、跪拜和乞讨着。一切祥和，诸事遂愿！

我们在当地一名信徒的教导下，跟着做起礼佛之仪，直至晚课结束，众僧各自起身离去。住持留到了最后，接受着信徒的一一拜别；然后，我们和最后一名信徒来到住持面前，向住持施礼。住持从僧钵中取出"赐福线"，细心地在我们的左手和右手腕上系好，并减去絮段；我们开始低首闭目，双手合十跪拜起来。住持边为我们低声诵着一段祝福经文，边用手沾着甘露撒向我们的头顶。约略片刻，所有的仪式行将结束。"寺外的巴色城中，应该尽在祈福吧？"我猜。待到天明、傍晚、日将落未落，大佛寺我们还将来过：一赏山涧白昼间的湖光山色，一听这梵音袅袅间的凡尘了然。

这就是全民皆佛、万法归一的巴色城！这里没有偷盗，没有欺骗。"这是一座没有罪恶的红尘佛都！"我想。的确如是。心存善念，人皆得福，世间之人、之事，本该如此，而巴色正是如此，一如既往！

此生，应来一次巴色。前尘往事，心头萦绕，巴色不负于您，巴色给您答案。于我心中，巴色已是一座——答案之城！

2018 年 10 月 11 日于巴色，大佛寺之下

35 孔恩瀑布不朽

很多人不知道孔恩瀑布，但老挝终将因孔恩瀑布与其一同不朽。

从巴色城出发，一路驱车向南行驶约 2 个小时，历 160 余公里，便能抵达孔恩瀑布所在的一处公园；当然，您也可以选择自占巴塞北行，那么估摸只需半小时车程就到了。我选择了自巴色往南行，并决定在宁静的凌晨便出发，这样，就可以在薄雾霭霭般的清晨，一边欣赏沿途刚刚睡醒的青山、农田、牛群、花草，一边只待静谧、安详的日出。所以，就这样一路前行，看到美妙的景色就稍停，最终还是作为第一个游客，进入了老挝第一名瀑——孔恩瀑布。

孔恩瀑布，除了本名，也可称为"孔瀑布"或"孔芭坪瀑布"，都是自英语音译而来，随您所称。也可能因国际上对其还没有引起足够的重视，不像加拿大的尼亚加拉瀑布，甚至中国的德天瀑布、黄果树瀑布、黄河壶口瀑布等在游人之中享有足够的名望和地位，所以便没有形成官方的正式名称，我们权且以"孔恩瀑布"称之吧。

这里地处老柬两国交界。其上游即为绵延千里的湄公河，此河流经老挝大地时，形成了一条自万象起至巴色终、长达724千米的中游河段；然后在其淌过呵叻高原和富良山脉之时，河面开始变得宽阔平坦，缓缓的水流逐渐集聚，蓄积成无尽的大能。再往下，从沙湾拿吉至巴色段，河床坡降变陡，因此岩礁、浅滩和急流已随处可见；再当其进入占巴塞境内时，突遇高逾百米的陡峻山崖断层，便一改温婉旖旎，以猝然跌落之势将大能尽释，一举将两大古老的王国就此分离。而其，也因为富足的水源、宽阔的河道、巨大的流量，"顺带着"铸就出了老挝最大、中南半岛上最大、湄公河上规模最大，甚至是世界上流量最大、

一路前行，奔驰在老挝的下寮大地上。前方，孔恩瀑布在等待。
摄影：陈三秋

宽幅最大的瀑布群——这就是终将蜚声国际的孔恩瀑布！

孔恩瀑布落差不大，但宽愈 10 公里。我查了一下当日"世界瀑布资料库"，显示其平均宽度为 35 376 尺，经折算也就是 10 783 米，比排名第二的委内瑞拉的安赫尔瀑布，宽出近两倍，而后者是 18 400 尺，也即 5 608 米。所以，孔恩瀑布能够博得"世界第一宽的瀑布"，可谓实至名归。景区门内不远处的一份出自"世界瀑布资料库"的巨幅地图，显示着老挝人民的这份荣耀。位列其中的有世界知名的"十大瀑布"，如南非的图盖拉瀑布、秘鲁的云比亚瀑布等等。

由于地处热带雨林，孔恩瀑布所在的公园，便会终年丛林繁茂、郁郁葱葱。即使是瀑布四周，也是遮天蔽日般的原始森林。两边是苍翠欲滴的树林，而中间则横亘而出一条壮美的黄白相间的瀑布，这便是孔恩瀑布的独特之处。同样是热带雨林之故，受一年雨旱两季的季差影响，孔恩瀑布的水量也发生着巨大的变化。在枯水时期，落差显著，会有 24 米左右；而洪汛时节，地表积水抬升，落差便缩小为 15 米。因此，虽同为一地，但两季的瀑布景致，也会大有不同。

第 2 篇

The floating clouds

且行且止
蔓延到 **老挝**

孔恩瀑布终年浩浩荡荡,流淌在湄公河上,成就着老挝之名。

摄影:陈三秋

这种湄公河水跌落成瀑的感觉,如同乘坐过山车,惊心动魄。

摄影:陈三秋

孔恩瀑布身处"四千美岛"之中,两者相伴相随,也相互成就着彼此。受这片岛屿地沟的影响,瀑水被其下的玄武岩河床上的岩礁阻隔,而分成东西两列,各形成一子瀑。东边一列叫"发芬瀑布"或称"帕彭瀑布",落差最大,且终年水流不息,故为其主瀑;西边一列叫"松帕尼瀑布"或称"桑法尼瀑布",由于此边地势较高,遇枯水期则会完全断流。我到之时,正逢雨旱交接,所以,松帕尼瀑布的奔势还颇为壮观。

可能是自此段湄公河的上游起,水势既有长久的蓄积,且一路顺坡而下,所以孔恩瀑布虽然落差不是非常显著,见不到唐宋大诗人李太白或王安石等人笔下的"飞流直下三千尺,疑是银河落九天""拔地万里青嶂立,悬空千丈素流分"等壮怀激烈的奇景,但是依然流速惊人。据悉,雨季洪汛最盛之时,流量可达每秒4万立方米,故也有"世界上流量最大的瀑布"之称。不过,我从"世界瀑布资料库"中很难验证,库中只对"最高""最宽"和前一百名的瀑布资料进行了汇总;已经消失的巴

巧遇孔恩瀑布之上幻妙的彩虹之景。　　　　　　　　　摄影:陈三秋

西的瓜伊拉瀑布，据说最高流速是每秒5万立方米；而孔恩瀑布也查不到确切的流量数据，贸然认定应该会有很多争议，我们就按下不表吧。

孔恩瀑布的主瀑以近乎垂直之态倾泻而下，加之侧面的支瀑从林木和岩石间蜂拥汇流而入，形成了一个海拔约90米、面积约5 000平方米的水潭。瀑水跌入之时，会引起隆隆的轰鸣声。这就是所谓的"未见其瀑，先闻其声"——更或许"瀑布"别名"跌水"也就是这么来的。这里就是观赏孔恩瀑布的最佳地点。大明中期，位居"复古派前七子"领袖地位的李梦阳，在其《开先寺》一诗中云："瀑布半天上，飞响落人间。莫言此潭小，摇动匡庐山！"前两句不谈，用后两句来形容这处瀑潭，是最合适不过了。只不过其摇动的不是庐山，而是周遭的四千美岛。

此潭四周，满布古怪的岩石；高耸的，岩面会干燥些，已被早到的游人或者当地的渔民"爬"出了一些路径来，可以顺其道而走临瀑潭边缘拍照或近观。而更多的岩石，则因水势的终年涨落、浸泡，或者河水的长年冲刷、浸染，生了层厚厚的、苍翠的苔藓，很是湿滑。如果瀑水冲击其上，在瀑花四溅之际，会腾起层层的水雾，随风飘散。我们始到之时，正值清晨，日出之下，瀑面氤氲，仿佛湄公河上挂起了一幕银纱。银纱之上，透过阳光，映射出一道道绮丽绚烂的、若隐若现的、扑朔迷离的彩虹，左右两头交织进瀑水之中，五彩斑斓，美不胜收。唐孟浩然《彭蠡湖中望庐山》一诗中有"香炉初上日,瀑水喷成虹"之句,您说奇不奇妙,应不应景？大好河山，都被故人们看遍了；大美风情，也都被诗人们咏遍了。只是地方不同罢了。

这片与瀑布融为一体的岩层，不仅变化出了孔恩瀑布，有时还会令瀑水时清时浊。从长年变化的湄公河水观之，雨季水漫四野、汇流而下，应该瀑水会白中带浊；而旱季，支流水退、河水沉淀，瀑面则会洁净、清澈许多。由此，有时河水带着岩沙流泻进入孔恩瀑群，还会形成红与白的"双子瀑布"奇观。这应该容易理解吧。我于雨旱交替时节所见的瀑布，便有红白"混搭"之感。瀑水从岩顶飞流直下，虽然谈不上万马奔腾，但却会回旋呼啸，所以在深潭之中，会激出片片旋涡；而各路瀑水随着旋涡流转，又会"搅拌"成一条条宽窄有度的"水带"，像极了围巾。

同样是这片沉睡下寮大地之上的岩石，也因势造就出了无数的岛屿。其中最大的一座，也是最独特的一座，叫"孔埠"。不错，一听其名中的"埠"，应该就知道，这是一个小港般的贸易中枢。这在中国比较常见，仅我的挚友洪磊的故乡——浙江桐庐，其一地便有"马家埠""横村埠""上杭埠""徐家埠"，甚至"方埠""柴埠"等地名，"埠"即"停船的码头"之意也。

这也有点像柬国地名中的"磅"——近水的村落。

孔埠，应该因孔恩瀑布而得名，当然，我们也可以不用管两者之间的因果关系，但它，确是一个不折不扣的，供瀑布周边地区的物资运输之用的小港埠，而往来运送的物资，除了稻

湄公河水,自遥远的林间、岩石缝中跌落而成孔恩瀑布,所以,瀑潭之中会有些岩岛,不想好好聊人生者,可以考虑攀爬。

摄影:陈三秋

米,便是河鱼。不要小瞧了这里的鱼群,孔恩瀑布所处地带,可是全球最大的淡水鱼——湄公巨鲶的栖息地。当然,这个"全球最大淡水鱼"的桂冠,时至目前,仍还在与中国有着"水中大熊猫"之称的中国剑鱼,也即长江白鲟激烈地竞争着。后来,一同加入争夺这一桂冠的,还有同样产自湄公河的另一"庞然大物"——食狗鲶鱼,至今均无定论,就当是共列第一吧。

湄公巨鲶,又称湄公河鴨或巨无齿鴨,是一种大似灰熊的稀有鱼类。此鱼生长极快,6岁就能达到体长2~3米、重达150~200千克之态。而湄公河,尤其是中段的孔恩瀑布一带,便是其"家园"。不过，由于近些年来的过度捕捞、水质污染、环境变化，以及上游兴建水坝等诸多原因，已濒临灭绝；希望这里不要像其他很多已经绝迹的物种之地一样，只是这种巨鲶的"故乡"吧。

如今，世界自然保护联盟已将湄公巨鲶列为"世界濒危保护动物"，纳入《濒危野生动植物种国际贸易公约》的保护之中，位列"极危"。世界野生动物基金组织和美国国家地理协会，也推出了一项以其为中心的关注计划。据资料显示，公元2008年时曾捕获过一条，体长约3米，重约293千克，为有记载以来的最大的湄公巨鲶；公元2013年美国《国家地理》杂志也报道过，一条体长2.7米，重量同为293千克的湄公巨鲶在湄公河泰国北部水域被捕获。泰国的渔业部门，出于人工饲养的计划之需，想在取得这条成年雄性的湄公巨鲶的精液、生殖腺等之后，便将它放回到水里去，但不幸的是，这条巨鲶没有经受住考验，最终它还是死掉了，随后就成为当地村民的美餐。

除了湄公巨鲶，生活在孔恩瀑布的渔民还会终年捕捞其他丰富的鱼群，生在这一河之畔，河水便成了他们的生存之本。幸运的是，这片湄公河地处湍流之中，其流经之域，自然渔业富足、物种繁多。所以，在历史流经的沧桑岁月间，在汹涌澎湃的湄公河之中，渔夫们瞅准了眼，撒下一网又一网，一上一下、一拉一扯，便是一生。

如果雨季来临，部分河域可能会聚集着大量的鱼群。生活于此的渔民们，如果网准了，便会收获满满，"一网而百笑生"。而到了旱季，河水退去，一些驻足的鱼虾，也应该足够他们三餐伴随的了。据说,大多数渔民靠雨季的丰收,便能吃上大半年的,靠河吃河、靠瀑生活,幸甚。

有时,他们游走在河口,还能有机会捕捉到短吻海豚。与湄公巨鲶的命运相似,它们也是位列"极危"的濒临灭种的鱼类。流经缅甸的伊洛瓦底江和老挝两国的湄公河水域,是它们的活动轨迹;因此,常会被称为"伊河豚",同时也有着"柬埔寨的活国宝"之美誉。但它们其实并非淡水河豚,而是多生活在海岸、江口以及河口地带的一类海豚。来自印度的恒河,据说恒河也曾是它们的栖息之地。它们外观有点像白鲸鱼,加之稀少,因此捕到之人无不稀奇;但人们可能不知道,其实它们也是"杀人鲸"的近亲。当然,这都不要紧,因为在这里,它有着一个令人神往的"湄公河的微笑"之别名。一笑遮百丑,当然,我所见过的短吻海豚,不美,也不丑。

这里的渔民,衣着粗陋;日出而捕,日落而息。至今,他们依然保持着这种近乎原始的、长久赤贫的简单生活状态。孔恩瀑布之上,您还会看到有一些长长的,于旱季搭建、拉好的,横亘在岩石与河岸之间的简陋的钢丝桁架;由于水流湍急,渔民们便只能踩着这些钢索,行走在惊涛骇浪之中,捕鱼、撒网。看到的人,无不觉得心惊肉跳,因为毫无保护措施可言。一旦失足跌落,要么掉在岩石上粉身碎骨,要么掉入河水中命搏激流。也许,他们的保护措施唯有经久与大自然斗争形成的运气和勇气,以及身历险滩的应急本领与天生的涉水技能。

这毫无浪漫可言。这不是"寒江独钓",也不是"峭崖垂钓",这是"钢丝捕鱼"。这也不同于缅甸茵莱湖上渔民们的"单腿划桨"、中国东兴的"京族三岛"与斯里兰卡加勒地区渔民们的"高跷捕鱼",他们多是一种来自历史、融入自然的智慧,有时还带有些旅游、表演性质。我们很容易就会记住这些为生计奔波于钢丝之上的孔埠渔民们,他们经常"命悬一线"。当然,他们可能会比柬埔寨的洞里萨人在归属感上好上那么一点点,因为他们属于老挝,他们还有一个明确的身份、一个国籍。

这里渔民的发展,其实也正是受制于孔恩瀑布这种断裂的地形。它不仅阻隔了老挝上、中、下寮地区的往来顺畅,也阻碍了南岸的高棉人和北岸的老挝人对湄公河资源的开发与利用、物资的运出与送入。古往今来,孔恩瀑布的断层地带,亦是造成湄公河流域的国家与中国不能沿河直接通航的最主要原因。这样的地形让上游的中国云南,期望借此河流走出高原、奔向大海的梦想,碎之瀑下。

这是大自然的鬼斧神工。可能,这种影响迤逦的湄公河上下游自由连续通航的天险巨阻,在历史上也是这些古国自保的天然屏障。但在和平年代,也便成了阻挡当地人走出瀑布、走出峡谷,甚至是沿岸经贸一体、商业发展的"魔障"。

法国人曾对此动过很大的脑筋。那是他们在公元19世纪末殖民和经略老、越、柬三国之时。他们一开始在这里修建船闸、运船轨道和牵引机车等设施,用以运出此地的珍贵木材和丰富矿石,但这些显然难堵殖民政府的赤字,等于杯水车薪。邻近的殖民缅甸的英国"兄弟",其所经营的仰光和香港,早已日渐繁荣。

法国人需要大胆一搏。所以,为了一举打通贯穿孔恩瀑布上下游间的航运贸易线、生命线,法国殖民当局尝试过用火药炸开这片孔恩瀑布,但河面太宽、水流太激、岩石太硬,结果只是徒劳。无疾而终之后,不得以,最后他们只能绕开孔恩瀑布,在附近的唐德岛至唐坤岛之间修建起一条——也是老挝历史上的第一条,长 7 公里、宽 0.6 米的窄轨铁路,以进一步协助其劫掠并运送来自湄公河上下游的宝贵物资。此外,还有一座连接两岛、保留至今的石桥。

这条铁路,也叫"唐德—唐坤铁路",于公元 1893 年开始正式投入运营;至公元 1940 年因"二战"而被废弃,前后活跃了将近 50 年,确实对湄公河流域的物资运输,以及经柬、越等

唐坤岛上的火车头,见证了老挝的殖民岁月和少有的"现代文明"。　　　　　　　　　　　　　摄影:陈三秋

国出海起到了相当的作用。停止营运之后，它便成了那段历史的陈迹，如今，那个曾经饱经风霜的火车头，还保留在唐坤岛上，孔埠渔民还为它盖了个陈列的茅草凉亭！一天，当地的小伙子，很主动地带我来到了这个已经满布老鼠屎的火车头前，积极相邀拍了张照片。从他的眼神中，我真切地感受到了，那种混杂着点这方大地之上也曾很早就拥有过"现代文明"的自豪感、兴奋劲。

公元 2015 年，一条老挝欲携手中国在此附近修建"敦沙洪大坝"的消息再起引起了世人对孔恩瀑布地段的注意。此一水利发电项目，一经公布，便引起孔埠部分渔民、国际环保组织的抗议；上游的泰国、下游的柬越两国，民间团体、湄公河委员会等机构也都表达了担忧和不安。但老挝政府显然决心已下、势在必行。当然，嗣后其也提出了更具建设性的河水和鱼群保护措施，以及针对泰、柬等国的低价售电的"补偿"方案。可能再加上中国政府对这一区域的国家给予了一定的经济援助，所以，公元 2017 年，事件得到了反转。年初，柬埔寨王国首相洪森在其官方脸书（Facebook）社交软件上写道："在审时度势后，柬埔寨对此开发项目无异议。"至此，兴修"敦沙洪大坝"一事，峰回路转，距其正式动工应该为期不远了吧。

除了希望此项目能够做好污染及渔业保障举措、带动当地渔民发展致富之外，也希望这一大坝不会影响到孔恩瀑布的水流。要不然，可能就会出现诸如中国长江三峡大坝建成之后，当年那些"巴江上峡重复重，阳台碧峭十二峰""万里王程三峡外，百年生计一舟中""巫山夹青天，巴水流若兹。巴水忽可尽，青天无到时""两岸猿声啼不住，轻舟已过万重山"壮丽诗句与新景百般不配的现象。

最喜欢李白的诗。其《望庐山瀑布》其实不只一首，其一："挂流三百丈，喷壑数十里。欻如飞电来，隐若白虹起。初惊河汉落，半洒云天里。仰观势转雄，壮哉造化功！海风吹不断，江月照还空。空中乱潈射，左右洗青壁。飞珠散轻霞，流沫沸穹石。而我乐名山，对之心益闲。无论漱琼液，还得洗尘颜。且谐宿所好，永愿辞人间。"诗仙就是诗仙，所以动不动就想"辞人间"、飞上天；人飞了，但瀑布还在，知音人，谁来看？遗失在旧世界般的老挝不容易，知道万象的不多，相信知道万荣、巴色的人就更少了。但孔恩瀑布是可以不朽的，有如琅勃拉邦一般，值得神往或神交；它完全配得上李白的这首诗。只是水坝将修，左右取舍艰难，为了不辜负其今日所存之壮景，有心人还是早来"一亲芳泽"为妙。也但愿，孔恩瀑布，不会是下一个从人间蒸发了的瓜伊拉，或者容颜褪变的长江三峡。

2018 年 10 月 12 日于巴色，观孔恩瀑布回途

36 四千美岛泛舟

孔恩瀑布之侧,是四千美岛。很多人是冲其名而来的。确实,中国浙江虽有"千岛之湖",印尼、菲律宾和马尔代夫可称"千岛之国"甚至"万岛之国",西太平洋上也有"千岛群岛";越南北部的"下龙湾"中何止千岛?但数来数去,一定还是独数"四千美岛"之名,最是令人垂涎三尺。

湄公河,北自澜沧江而下,一路悠悠潺潺、滔滔蜿蜒,向南流经全域的老挝之后,在临近老、柬两国边境之前,竟然河道突宽,形成了一处长约50公里、最宽可达14公里的"水桶腰"。如逢天河肆虐、水源丰沛的雨季,此一河段,遇断崖而成孔恩瀑布,遇高岩便成遍地小岛;尤其是旱季河水退落,这处"宽腰"地带,小岛、小渚、沙洲等便会逐一浮出水面,再加上高地土丘、一树成岛,总数不下千余,所以,生活在此的渔民们便灵光乍现,充分发挥出了奇思妙想,便略加夸张地将这一区域统称为"四千美岛"。简言之,就是一河流淌,途遇山石,而成"四千美岛"。这便是此岛的形成"典故",以及此岛的名称由来。

如欲登岛探秘,必须乘舟才可;当地渔民连通岸上或各岛,自然也是舟来舟往。不过舟有大小，既有大的机动渔船，也有小的一叶扁舟。我便从渡口选了一艘小巧到只能容纳三五个人，但带着马达的月牙状冲锋舟，既可以风驰电掣似游艇，也可以飘逸如飞如独木舟。且这里是河道，河面多无大风，整个平坦千里似镜、波微澜而壮阔；所以，便可以自由自在地请船家在河汊中疾驶，在诸岛中穿梭。虽然谈不上"叱咤风云我独闯"的江湖气概，但也时有"星爷"周星驰主演的《武状元苏乞儿》中的那首主题曲——《长路漫漫任我闯》之感。

这种泛舟驰骋于四千美岛之间的态势，与湄公河上游船限于一河往返、无法如此肆意"闯荡"的温婉，是两种截然不同的风情。甚至可以说是一动、一静。前者那种破水前行、逐浪花开、水随船远"逝去"的感觉，那种两岸绿岛、排屋、船舶、椰树嗖忽切换的影像，甚至是那些貌似永远也捉不住的水中浮萍、拂面河风，都会让您觉得别开生面、兴奋激动。而后者，往往更适宜于一对

从码头，挑一艘中意的游船，开启一场四千美岛泛舟的旅程。

摄影：陈三秋

恋人同行，两肩相依、伫立船头，看两岸无声摇曳的灯火，看夜幕或月色下的光影重重。更或者说，前者适合让漂泊的心去流浪、逍遥，后者适合在画意浓浓的缠绵中说爱、谈情。

如果沿途遇到好的景色，您还可以果断叫停小舟。比如遇到河岸之畔婆娑多情的棕榈树，或者岛上渔民人家近水疏落、色彩斑斓的陋室顶；有时，您还会遇见河面上成片枯萎、枝枝凋零的灌木丛梢，在蓝与白绘就的天幕画布之下、在微波荡漾的河水中，芳华褪去、独自闲静。当然，您不能错过的还有，"一树成岛"或者"一树成景"——那是唯有的一棵落寞绿树，却能坚强地将河道分离两侧、令您绕行，它似生命力的绽放，所以看起来也并不孤独。

后面的船，会追上；迎面而来的船，也会与您相逢；两船与平静的河道"狭路"相遇，令河水片刻波澜、灵动，这也是常景。如果是载货的渔家，您可以冲着他们大喊一声"色白离"——那是"您好"的意思；而如果是同为异乡远行至此的游客，您也可以"Smile"、挥挥手，算是一场无声的邂逅。

不过，千万别指望在四千美岛，甚至是整个中印半岛见到干净、清澈的河流。要适应这里河水相对污浊、夹杂着浮萍流淌的风情，尤其是雨季，水会来自岛上、岸上，遥远的上游，甚至是倒灌的下游，带来的东西，您便也可以想象。毕竟这里不是精心打理的人工湖，也不是潮起潮落、浪奔浪涌的大海。要适应它，欣赏它，您的眼睛里才能时时有情，处处是景。

四千美岛，虽然岛有千余，但只有少数几个常年不会被淹没的大岛上才有人定居。比如最大的岛——东孔岛，或者其往

第 2 篇

且行且止 蔓延到 **老挝**

泛舟四千美岛,是游览这片河上群岛的最好方式。

摄影:陈三秋

四千美岛的岛上瀑布,是孔恩瀑布的支系,一派旖旎的风情。 摄影:陈三秋

四千美岛的河面上,经常可见这些"一树成岛"的绝妙景象。 摄影:陈三秋

南约十余分钟车程、四周河道更加密集的唐德岛。记住，登岛之后，要换乘车辆；岛上雨林高大繁盛，路况崎岖不平，为了避免迷路或者节约时间，您可以选自行车或摩托车，这样才方便出行。唐德岛之南，还有一座唐坤岛，法国殖民当局曾经修建过一条铁路，连接着两岛。

一般会先到东孔岛。有人也会选择提前一晚到来，住在岛上，也是很棒的体验。岛上有东、西两个较大的村落，靠近东岸的叫"孟孔"，而西岸边的叫"孟塞"；两个村庄之间是一条长约8公里的土路，土路连接着两个村寨，其上有一天之中最为热闹的早市，仿佛年少时农村的赶集。土路两旁，也会住着些做起小生意的村民人家，还有一个小学校，尤其是沿着岛上的那座多孔的石桥一侧，还会有些咖啡屋。桥头有一个咖啡屋规模最大，临河的景致也不错；在这里，您可以喝上岛上新摘的椰子水，或者一杯咖啡，而如果逛累了，还可以在桥面旁侧的、河岸边的成排躺椅上静躺休息一会儿。

东孔岛之所以更受欢迎，可能是因为岛上不仅有成片青绿的农田，还有一处密密匝匝的竹林。当您走到一处木质栈桥之时，便能看到了。竹是高约3米的细枝密竹，其长长的根部，会一堆堆簇拥在一起，仿佛被捆扎一般，然后任由竹叶向四周散落。由此，而成一条条有如环拱形、回廊状的林荫小道。穿行在这些竹林小道之间，甚是凉爽、润肺，也可感受到光阴从林间飞逝。

走完这片竹林，便是一大堆缝隙满布的岩石群；有河水自上流过，遇到坡长水急之时，跌落林中洼地，久而久之，河水成瀑、洼地成河。可以说，这里也是一个低矮的瀑布群落。看

在岛上河畔的咖啡屋休憩之时,可以在它的躺椅上喝咖啡,或者椰汁。
摄影:陈三秋

东孔岛密密匝匝的竹林,盘旋出"光阴隧道"的感觉。
摄影:陈三秋

第 2 篇

The floating clouds

且行且止 蔓延到 **老挝**

着河水从遥远的他方而来，自岩缝中流淌千年，冲刷成沟壑，然后又在此相会，蓄积成瀑、汇集成河，有一种穿越时空的恍惚与错觉。而且瀑布面积很大，徒步观赏，可能至少也要半个小时，再加上这林间岩瀑的景色确实比较别致，我想，这可能是令东孔岛更加迷人的另一个原因吧。

岸边的位置相对较高，还就着成荫的阔叶大树，沿着岸堤打造了一些粗糙的观瀑落脚点。瀑面的岩石之间，有一棵干部粗壮的巨树，围着树干，还打造出了一个螺旋状的悬梯，可以登高俯瞰岛中及周遭景致。岸边也有几棵同样的巨树，岛人村民用钢索将几树连起，便可供游人乘着安全兜在上面滑行，体验另一番美妙。

唐德岛，相对则更加宁静、淳朴许多。沿着湄公河支流的岸边餐馆和家庭式的竹楼客栈众多，都可以供游人歇息、落脚。这里还可以近距离地体验当地渔民岛上的生活，或者，跟他们唠唠嗑。

此外，唐德岛每日清晨或傍晚乡村田园式的日出或日落，也非常令人心旷神怡，心生祥和。有些人愿意至此"发呆"，可能就在此意了。

至于唐坤岛，当您赏完其他两岛之时，如果还有脚劲，可以到这里做一回"背包客"。可能因为当初法国人曾畅想过好好经略此岛，西方游人寻觅历史而来，所以，这里便多成西方游人的聚集之地、背包客的探秘天堂。

四千美岛虽然岛屿众多，但其他知名的就不多了，而且大多人迹罕至，仍然保持着原始的岛上村落生活。这或许就是当今老挝，于这个世界最独特的地方吧。所以，如果希望体验到老挝来自原始的如画美景，四千美岛可能比琅勃拉邦更适合，因此，还是值得推荐的。

公元2011年11月28日，通过境外贷款，总投资近3 500万美元，横架湄公河之上，连通东孔岛与岸边的"东孔岛跨湄公河大桥"项目，正式动工了。这个项目不仅包括一座长718米的跨河大桥、一座186米长的人行石桥，还附有一座小型码头，外加一条4.2公里长的车道。车道将与老挝的13号国道连接，建成之后，将自东孔岛始，一改依靠轮渡往来生活的原始面貌。

该项目由中国的湖南省交通规划勘察设计院承建，也算是中老友谊的一个具有很大象征性意义的地标。3年后的11月23日，"东孔岛跨湄公河大桥"成功通车。同时，该项目也获得了老挝交通部颁发的三等劳动奖勋章。从此，一桥飞架陆岛两岸，再加上其他各岛与东孔岛的内部相连，就此结束了四千美岛交通闭塞的历史。如今，人们如果再想来四千美岛，除了飞临占巴塞或巴色然后驱车南行，也可以经柬埔寨境内乘车而往了。这是当地岛民之福，也方便了游客。

也许再过些时日，四千美岛，于游人的记忆中，将不只是东孔、唐坤、唐德三岛，而是真正的上千座风情别致、闻名遐迩的群岛。朋友们，就让我们，下一次，在四千美岛的其他各岛相见吧。

2018年10月12日于巴色，观四千美岛回途

37 南鹅湖的金秋

金秋时节,从万象城驱车赴南鹅湖,可以看到10号公路两侧丰收的喜悦,和稻谷收割季节的中南半岛的别样风情。

不像中国农收的"整体性"与场面的热火朝天,即使是老挝首都万象,其周边各地的秋收,也多是在一小块一小块分割开来的田野进行的,而且,基本上不需要机械,手工收割即可。农田一侧,顺带着放牧些牛群;牛群和田野之后,有绵延起伏的群山,有稀疏散落的椰子林,其上还有蓝天白云——天是真的非常之蓝,云也非常之多之白,仿佛来自童话世界。这里民风确实比较淳朴,人们比较容易满足,还是属于陶渊明笔下"开荒南野际,守拙归田园",或者辛弃疾笔下的"稻花香里说丰年"的情景。一年辛勤耕作,只要能有个二或三熟的可喜的收成,笑纹便会爬满农夫们的眼角。而这,也基本上就是老挝秋收的全部了。

上一次来此,还是片片田园青绿,这一次恰逢"金黄色的秋收"——虽然这里的季节性变化并不显著,但这两种微妙的景致上的变化,还是会让我们的心境,起些波澜或涟漪,感触确实大不相同。

　　这就是路上的风情。大约不出一小时，便能遇到一条宽阔、平坦，建造讲究的山路。这是老挝乃至整个中南半岛不多见的、新的、现代化公路；也许只有清迈的盘山公路才能与此相比。而路的尽头，就是南鹅湖了。

　　这是一池借青山做坝的人工湖，曾作为水库之用，建于公元1969年至1972年间。规模相当庞大，与周遭的塔拉大水库连为一体，既满足了蓄水、饮水、发电、灌溉等需要，也让这片湖区成为一处绝妙的名胜风景。

　　这是老挝最大的，融自然与人工为一体的天然湖泊，湖面

万象城的"金秋"时节，片片稻田将临收割，而有些已经播种，就是这么奇妙。　　　　　　　　　　　　　摄影：陈三秋

广阔，可达 390 平方公里。根据谐音，南鹅湖也可称为"南俄湖"；且因当年水库拦河建成后，河区附近的山峰多被淹去大半，露出水面的诸山头便形成了 300 余座岛屿，故又名"千岛湖"。

公元 1996 年，在老挝政府的支持下，"天湖国际"对这片湖区进行了深度的、智慧性开发，所以也可称其为"天湖"。一个很有想法的华裔老人，也参与到了此湖的部分开发进程，并将临湖最大的岛群，命名为"苏康布哩岛"。

湖边被经营成一个翘檐、琉璃瓦顶，满含中南半岛风情的苏康布哩餐厅。整个餐厅如从空中俯瞰，像是一艘轮船。餐厅一侧，是一个以泰铢为结算单位的"游艇俱乐部"。俱乐部中，既有小型的摩托艇，也有帆船、皮划艇和可供多人乘坐的冲锋艇。这些船或艇，连接着岸与岛，往来于南鹅湖之上，既是旅游观光冲浪项目，也可以解决两地的运输。餐厅前面会常年停放着几辆崭新的、中国产电动敞篷式"老爷车"，用来接送需要观光的游客。"老爷车"启动之时，便会发出熟悉的声音："倒车，请注意！倒车，请注意！"哈哈，仿佛瞬间又回到了中国。

离湖岸最近的一个美岛叫"白沙岛"，岛虽然不大，但岛上有个白沙滩，也是个天然浴场，是泛舟南鹅湖，或者登岛游览的必去之所。

其湖似海。因为，湖域宽广，且天蓝云白、山翠水青，只是这里要比海上清静。可能是四周岛屿林立，岛上森林茂盛，所以合围而成的这方南鹅湖的湖面，就显得终年微波荡漾、特别宁静。

湖之一侧，还有个在老挝颇负盛名的"天湖国际度假村"。

前方就是南鹅湖了,在群山之间,一幅静美大好的天地。 摄影:陈三秋

老挝的南鹅湖,是真正的避世天堂。摄影:陈三秋

南鹅湖的游艇码头,是泰国人经营的,如想泛舟,请付泰铢。 摄影:陈三秋

第 2 篇

The floating clouds

且行且止 蔓延到 **老挝**

此处既是星级酒店,也是一个博彩娱乐中心即"赌城"。沿湖岸边和岛屿,大约有 30 平方公里的规划用地,酒店经营和土地使用年限均为 70 年,据悉将来还将进一步围绕新修的、连通各岛的盘山公路进行多次开发,那么还会有湖滨热带风情观光走廊、老挝民族文化村、佛教——应该会以上座部佛教为主的主题公园,以及国际性的商业街区。当然,从世俗的角度来看,如果不做些房地产配套,还不能算是极致化的经营。所以,这里也会有香蕉林度假屋、"圣托里尼风情"的别墅群落、湖景小筑等等。

湖边的原始森林中,也充满着神秘的诱惑,在召唤着游人。这里的牛角山海拔较高,从 173 米到 1 500 米不等,垂直性气候明显,因此林中物种繁多,植被也多样、丰富。这个所在,比较适合徒步、攀爬、探险、骑行,甚至野外宿营。老挝人常说:"我们不需要超市,我们的森林中什么都有。"所以说,您将有可能在森林中偶遇或者邂逅到平时难得一见的东西。也许是蛇、是松鼠,是溪水、是瀑布,是湍流不息的山泉,也可能是只有热带雨林之中才会有的各类植物,如鲜艳夺目的野生石斛兰等。

这些原始的民族与自然风情,与湖光山色浑然一体、两相交融,经常会让第一次到此一访的游人们流连忘返、迷醉于斯、忘记归程。尤其是每日当夕阳西垂,看渔船于晚霞中远去或驶归,伴随着最后一抹红霞没入天际或湖面,时光仿如刹那间凝固。在这片尚未人满为患之所,借得几日小憩,可以寻得喧嚣浮世难得一觅的大好心情。

难怪在 2012 年,由李国辉执导,中国香港演员吕良伟、罗家英等人主演的电影《释迦牟尼佛传》,其剧组会在这里拍摄外

苏康布哩餐厅是欣赏南鹅湖最好的所在。　　　摄影：陈三秋

南鹅湖的佛系画面。　　　摄影：陈三秋

第2篇

The floating clouds

且行且止
蔓延到 **老挝**

景了。影片讲述了佛祖释迦牟尼,化乘六牙白象、口含白色莲花,入母胎十月,于无忧树下而诞;又 32 岁,在菩提树下悟道,得正果、修正身、开创佛教,并在印度传播佛教的故事。

南鹅湖,还确有点像"佛系"湖泊。湖面波光粼粼、倒影真真假假,天际白云倏忽幻化出无数无常之形,万物各安其所、相处祥和。诸般景色之中,都赋有禅意的蛛丝马迹。大家还记得范仲淹大学士那篇著名的《岳阳楼记》吗?"春和景明,波澜不惊,上下天光,一碧万顷。"中南半岛,春秋两季差别不大,用此四句来形容南鹅湖,应该也非常应景吧?大唐"诗豪"刘禹锡的《望洞庭》一诗中,也有"潭面无风镜未磨""白银盘里一青螺"等句,既能应南鹅湖之景,也颇有些禅机。那么,南鹅湖的美景和禅理,会令您一见钟情吗?您是否愿意至此观景和参禅呢?下一个金秋十月,国内闲暇之余,如果您愿意到访佛国老挝,尤其是到了万象城之后,建议您不要错过南鹅湖。如果您的心想流浪,南鹅湖也一定值得您的心为之安放。

2018 年 10 月 12 日于万象,飞琅勃拉邦途中

38　追觅光西瀑布

琅勃拉邦古城郊外，有两处比较知名的瀑布：一处是林间的白雪瀑布，一处是山上的光西瀑布；一处可俯瞰，一处可仰观。两者相较，光西瀑布可能名气会更大些，或许也跟此瀑比较方便通达有关，所以在游人中间，便经常会提及或交流一些关于光西瀑布的观感。与之相对，谈论白雪瀑布的就偏少一些。

琅勃拉邦真是一座纯粹地在维系旧秩序的古城。纯粹到路灯稀少，交通信号灯也不多，且没有出租车、公交车。因此，如果您不是租用摩托车或自行车的话，一种当地名叫"tuktuk"也即"突突车"的交通工具（在柬埔寨我们叫它"嘟嘟车"），便会成为最主要的远行代步工具。追觅光西瀑布就要靠它了。

光西瀑布位于琅勃拉邦以南的山涧，路程大约有30公里。沿途大概会经过三五座钢架木板桥，路之两侧还会有些零乱的椰树林、香蕉林；田园风情也不错，比如稀疏的民居、成块的稻田。偶尔可能会令您忍不住驻足，停留片刻，尤其是半山腰上那幅由苍秀青山和黄绿相间的稻田织就的浓郁乡野画卷，为之停留，也是值得。

前往光西瀑布途中青绿的稻田，而此刻的万象，已是收割之季。
摄影：陈三秋

光西瀑布，其实是一个多层、宽长的瀑布群落。乘着"突突车"，约一个小时便可抵达瀑布下的山门了。上山的路确实有些颠簸，但"突突车"多是敞篷的，山风清爽，兜一兜，风卷乱发、过眼风情婆娑迷离，也能自得其乐。

这片瀑布被隐藏在了茂盛的热带雨林中间，从山门而上需要攀登一段山路才能看见瀑水的痕迹。山路两旁林木粗壮、枝繁叶茂，阳光穿过，各色大小的林叶摇曳、光晕斑驳。这里植物种类繁多，连植被也斑斓丰富，所以上山观瀑也好，沿着瀑面穿梭也罢，这些新奇的甚至古怪的植物家族，也都是值得花时间去琢磨一赏的。山路本身也是弯弯曲曲的，行走其上，颇能找到在深深庭院中的那种曲径通幽的感觉。

山路的尽头，直通向一处宽阔的瀑潭，但走近瀑潭还要跨过一座古朴的木栏小石桥；桥下水流涓涓，会经由粗犷的树根，汇向瀑潭一侧。潭中瀑水清澈，在炎热的雨季之中透着沁脾的清凉，所以，会有不少人忍不住跃入潭中嬉戏，也算是纳凉了。

潭之上，便是一处宽约十米的两小层瀑布，但不是主瀑。这片瀑布群落自上而下共有七八个瀑布，一大多小，这个潭上瀑布，算是中间的一个。潭面之上，沿着通往下游的堤坝，还铺就了一层间隔分列的石板涉水台阶，也可以算是小桥。小桥连接着瀑潭两岸的森密雨林，供人在上面观赏上下往来的瀑布或溪水，也可以通过它穿行到对面。对面则是一条终年泥泞的、可以登至山顶的羊肠小道，在其上行走还真不是很容易，地面枯枝烂叶比较多，加之永世无人打扫，鞋陷泥土，一定要扶着小道之旁的一些能用手抓牢的小树或树枝，才能蹒跚前行，真可以说是"一步一个脚印"。沿途全是各色植被，可能一般人会觉得这就是些散落荒野之间、任其自生自灭的陌生物种,但我想，那是为钟情于它们的有心人、爱好者准备的。可能那是一种千年的等待，有情人来前，兀自孤芳自赏，来时便会芳华绽放。

沿着这湾瀑潭一侧被许多行人踩出的路径往上行，很快便能看到一座"飞架"在瀑面之上的、高高的钢结构跨瀑"大"桥。全桥长估计不到 20 米,桥墩左方会有多层拐弯的梯阶通往桥上。桥面饱经风霜洗礼，早已呈斑斓之色，涂抹在原来的灰白色桥漆之上，便更能见透"魔力"深沉的历史长河了。

桥的后面，一瀑飞流直下，便是光西主瀑了。主瀑仿佛来

光西瀑布分成几段,清澈的瀑水自林间跌落之景,非常美妙。
摄影:陈三秋

此段光西瀑布像珠帘一般垂落,给人以沁凉的感觉。　　摄影:陈三秋

桥面之后,是自"天际"跌落人间的光西瀑布,游人往来如织。　摄影:陈三秋

自其瀑面之后高耸的山壁大后方，来势汹涌、浩浩荡荡，貌似永远不枯竭。从上而下，估计落差在 100 米左右；然后喷涌般的瀑水，激落在瀑下的岩石堆上，珠花四溅、迎风飞舞，形成阵阵雾幕，扑面而来。这种难得一见的临瀑亲密接触，会有种"水乳交融"之感，胜过远观。

　　桥的近瀑一侧，还有个观景台，不想被瀑水溅湿一身的人，便可以在这里观赏光西瀑布的主瀑。最近之处，距主瀑瀑面可能也就三五米远，能看到源源不断的瀑水自天而降，穿过眼际，飞落而下，跌入深潭，然后又被阻隔的岩石，分裂成片片不和谐的小小支瀑，一起在半空中炸开，如烟花般绽放。南宋诗人，也是道教"金丹派"南宗创始人白玉蟾，在咏庐山瀑布之一景的《三叠泉》长诗中有这么四句："激回涧底散冰花，喷上松梢雪飘缕。点点溅湿嫦娥衣，潭潭下有扶桑府。"明末清初"复社"领袖、"金陵四公子"之一的方以智，其同名诗中还有"谁将折笔图成后，可挂松风最上楼"之句。两者融合，来比拟眼下的光西瀑布，也是恰当的。

瀑水激落在亿万年前的岩壁上,珠花飞溅,醉人如斯。

摄影:陈三秋

第 2 篇

且行且止 蔓延到 **老挝**

千百年来,光西瀑布的光景应该都是这般的吧;经年容颜不改,却引来无数游人,一批又一批,过客般,走的又来、来了又走,达官显贵也罢、文人墨客也好,看来都不及光西瀑布之名,可以常留。

光西瀑布,还有个游人们都比较熟悉的别名,叫"金鹿瀑布"。金色没有见到,"鹿撞之态"倒有不少。看来这个别名也还算形象。只是与"光西"二字相比,少了一些意境罢了。但都值得记住。

很多人还会攀登到主瀑前面的桥面之上,不惧被风裹挟起的瀑花雨雾,冒着会被淋湿的"危险",也要来到瀑面正中,拍个美照。所以,您会发现一个基本的规律,最适合观景的地方,往往便会因争着抢着合影拍照而人满为患。以至于,很多精心打造和保留下来的最佳观赏点,可能最后连下脚的地方都没有,更不用谈寻一安静之所,在大美风景的陪衬下涤净心灵了。清末政治家,也是大家比较熟悉的近代中国"睁眼看世界第一人"魏源魏良图,其同是名为《三叠泉》的一诗却非常有意思,其在诗中有云:"至今山灵怒游客,百步飞霖射衣履。"难道余年之前，魏君就发现了这般玄机，便以"飞霖射衣履"来形容自己满腔的复杂心情？

真是奇妙无比。

离光西主瀑一侧的不远处，还有可以登临山岩之顶的石阶，蜿蜒在山腰之上的繁密雨林间。间或会有可以歇脚的凉亭，虽然精致程度跟中式的亭台楼阁没办法比，但还是可以从中俯瞰山下林景的。

半山腰还有个开阔平坦但已废弃的小型游乐场，地上爬满了细细、密密、长长的青黑色树根，还时不时会像掌纹一样交织在一起，耐心去看的话，说不定也能从中悟出些源出自然的、蛮荒的生命之力。

光西瀑布确有些与其他瀑布的不同之处，还可以起到于终年白日酷热的中南半岛消暑之作用，所以便"招蜂引蝶"一样，将惊叹沉湎在佛光弥漫的琅勃拉邦城中的游人们成群地拉到了这里。两地城中城外，一古一朴，一天然一人文，相得益彰。尤其是当看倦了城中的法式风情、老式佛迹之余，来此换换眼、洗洗肺，顺带看看沿途的老挝民间风情，何乐而不为呢？真的，静下心来，去追觅光西瀑布，您就对了。

2018年10月13日深夜，于琅勃拉邦旺萨维酒店

39　早安琅勃拉邦

"Sabaidi（萨百迪）！"

"Sabaidi（萨百迪）！"

在一声温柔的"您好"对答声中，老挝旧都琅勃拉邦的新一天就开始了。

还是宁静依旧，除了阵阵鸡鸣。——琅勃拉邦的清晨，是从小城村落里，断断续续的鸡鸣声中开启的。

院子里洁白的"东芭花"，开得甚是美丽。昨夜因故再次飞抵此城；从万象出发，向北飞，历时一个多小时，当从机窗看到飞机攀过郁郁葱葱的崇山峻岭之时，您还可以看见山涧的那条蜿蜒流淌的湄公河，您便知道，琅勃拉邦，已近在咫尺！

如果您是一个念旧的人，或者喜欢深交老友，您可能会选择入住旺萨维别墅，还是在二楼——悠悠的门廊下，可以看院景，可以看本书，可以抽烟，可以品茶，还可以发呆……老板娘挂在墙头上的用椰子壳做成的成排的花盆中，一株株吊兰，也花开正艳。一切万物，皆自美好。

十月中的琅勃拉邦，开始在晨时多了几许微微的清冷。这

早安，琅勃拉邦！来一次，只要一次，您便会爱上这座浮世独立的小城。

摄影：陈三秋

应该是一年中最惬意难得的时光了吧。昨夜机场降临后，Pinky派来的接机人带我们登上空调未开的酒店巴士时，我便已经预感到了雨季的暑气已退：夜晚可以沿着琅勃拉邦千年的街头散步，明晨也不必再担心日晒而早起去再一次爬爬浦西山了——日落时分相见，也许会更好。

Sakchai Deenan导演的《早安！琅勃拉邦》，又成功地火了一把，诸多关于老挝的美丽瞬间，禁不住，又一次泛起在游人们的心头。这是一部关于两代人、三个"舜"的爱情故事，虽然始于巴色，但终于琅勃拉邦，还算没有"跑题"吧。故事最后，女主角与男主角那个一年后的"爱恋之约"，就发生在琅勃拉邦清晨的街头。"所以，便成就了'爱在老挝'之名了"，我想是的。

酒店一楼炒锅的声音响了起来——应该是房东在准备丰盛的早餐吧。"今天的成排的餐桌上会换成什么花呢？"可以想一想；万不用怕起迟，客居此处的人不管早晨是几点醒来用餐，老挝厨娘总会在锅畔静静等候。这是个不会限制您时间的所在，也很难看到钟表。如果您愿意远离手机或手表，这里就是时间静止、岁月不老的天堂！

阳光透过庭院中高大的热带阔叶林，细细碎碎地照着街石铺就的幽静小路，小池塘依旧安静地青绿着。街头的千僧化缘、万人布施应该结束了吧——很感念那种橙红僧袍织就出的风雨无阻、平静无言的一递一接、一施一舍。佛国老挝秉持着古老而虔诚的戒律，众寺庙不置锅灶，僧侣们守持五戒、忌食"十肉"，日进二斋、过午不食，这些全靠布施来支撑。当然，这里的僧人学校也是这样，除了国际援助，便是自我布施。而布施作为"六度之首"，《维摩经》中有云："布施是菩萨净土，菩萨成佛时，一切能舍众生来生其国。"这也无怪乎布施于琅勃拉邦而言，可以历经岁月，传继千年。

老挝的佛教和柬埔寨一样，可分为两派：一派是信徒较多的"玛哈尼凯派"，群体基础最好、影响最大，被视为"下层"；一派是"塔玛育派"，以占巴塞和万象为中心，受到政府官员的支持，被视为"上层"。但是两派教义基本相同。其不同之处，可见于布施之中。如玛哈尼凯派的僧侣是背着钵，接受信徒施舍时是自己接；而塔玛育派的僧侣则是以手持钵，接受施舍时是让随行的小沙弥、见习僧等代接，然后回到寺中才再从他们手中接回。可能也会有"僧王"一说吧,不过未得其详。

关于琅勃拉邦的布施,我还想到了上一次沿这里的湄公河逆流而上近2个小时才抵达的那处"千佛洞"。它位于河畔的岩壁中间,左右两边各有陡峭的石阶,拾级而上便可以登临进去。里面竟然有着5 000余座佛像!全部来自当地村民的供奉。正月、过节、生日,或者有事祈祷之时,他们便会带上一尊佛,来到这里,然后端正放置好,点上香烛,久久跪拜。其实,这也是一种布施,有点像敦煌人的凿窟,或者像蒲甘人的造塔,与琅勃拉邦城中每日清晨街头的布施一样,都是在积着功德。这种布施方式,从公元16世纪起就开始了,至今洞内佛像的数量,依然在与日俱增。

这种来自灵魂深处的虔诚举动,应该至少已延续600年了吧。我们知道,公元1804年,在阿努登上万象国王的宝座之时,万象取代琅勃拉邦正式成为新的全国佛教中心。但这显然

宝丰寺正殿中的金佛。　　　　　　　　　　　摄影:陈三秋

没有过多地影响到这里信徒的内心。刮风下雨,甚至是在战争的岁月,这里每一天的布施,都仍如常进行着,毫不动摇。

我还想到了在浦西山上远眺时,可以见到的河对岸的那座宝丰寺。它就深藏在密林中的山巅,我记得当天去时"突突车"肯定是无力骑上去的,这需要您徒步一段才能前往。寺前的巨大仙人掌叶上,镌刻满了信徒、情侣们的心思和念想。而寺中的女住持,也是非常和善,为前来入寺

宝丰寺前巨大的仙人掌叶面上,镌刻满了信徒或情侣们的心愿。摄影:陈三秋

第 2 篇

The floating clouds

且行且止
蔓延到
老挝

布施或参观的人们大行方便，不仅可以观赏到一层又一层精美的佛陀弘法故事壁画，还可以看到很多大大的金佛，以及藏书。藏书之中，我当时仔细看了一下，应该也有一套精装的老挝语《大藏经》。他们是如此的平静、祥和，似乎外部琅勃拉邦城中的所有喧哗、纷争、名利、世俗，都与他们永世相隔。

公元1893年，法国成功地通过一次"炮舰外交"——用武力迫使暹罗订下《法暹曼谷条约》。从此，琅勃拉邦的历史开始在老挝各个小王国之中率先脱离暹罗的"保护"，进入了法国的"保护"暨殖民统治时期。6年后，法国更是一举将老挝的上寮和下寮这两个地区合并为一个殖民整体，也就是说，整个老挝变成了其殖民体系之下的一个独立的"行政单位"。40余年后的公元1941年，琅勃拉邦所从属的印度支那总督让·德古上将还曾造访了此座琅勃拉邦古城，以挽回"二战"中法国败于德国之后的强烈自尊。我想，在这半个多世纪的西方新面孔统治之下，除了在城中留下了一座座法式官衙、别墅、街道之外，应该都不曾令琅勃拉邦早安时分的布施中断过。

直到公元1945年4月8日，西萨旺·冯国王才借日本的力量，在琅勃拉邦宣布老挝脱离法国殖民统治而独立，并发表了一篇老挝版的《独立宣言》。当然，随着日本在"二战"中的快速覆灭，其正式独立还是9年之后的事情了。但其开创的最后一个封建王朝——老挝王国，也再次将政治和宗教中心拉回到了琅勃拉邦。如果算到公元1975年12月老挝王国正式终结，在这长达30余年的时间里，应该是琅勃拉邦发展的黄金岁月吧，当然对其国而言，则显然正处在多事之秋。

琅勃拉邦规模宏大的法式风情建筑，多建于西萨旺·冯国王时期，这也可以说是其对此城的最大贡献。当然，此前也已经有了不少法式住宅及功能性建筑。但在旧社会的大环境下，如果没有皇室的参与，显然还是很难成气候的。而在塞塔提腊治下，佛教开始从各个方面深远地影响着老挝，直至今时今日。而这则是这位君王除了给琅勃拉邦城留下了"勃拉邦金佛"之外，对此城的又一巨大贡献。两代国王，两种贡献：一个是凝固的物质，一个是不灭的精神，相得益彰；共同成就了今日琅勃拉邦，蜚声大千世界的殊荣，和深值骄傲的资本。

老挝王国这最后的30年，可谓是国际潮涌、风云变幻的30年。先是世界人民长久期盼的"二战"结束终于实现了；同期，受越南"八月革命"成功的影响，老挝也爆发了武装起义，并再次于当年10月宣布独立。第二年，也即公元1946年，西萨旺·冯统一老挝，法国也与老挝签署了一项"暂定协议"，由其联邦内部认可了老挝的统一与独立。但不久，法国再次入侵。直到公元1953年，皇家老挝政府才宣布再次获得完全的国家主权，但不是统一，因为随后，长达22年的"老挝内战"就此爆发。第二年7月，法国被迫在巴黎签署关于恢复"印度支那"——包括老挝在内的"和平协定"，即《第一次日内瓦协议》。不久，法国从老挝撤军，但随即美国卷土而来并取而代之，老挝国内局势便变得更加复杂和多变了。

公元1961年，老挝宪法规定佛教为国教。次年，关于老挝问题的《第二次日内瓦协议》再次签订。随后，老挝成立了以西萨旺·冯国王的外甥（或侄子）、出生于琅勃拉邦的梭发那·富马亲王为首相,其同父异母兄弟、老挝爱国战线党中央委员会(即"老挝人民党"的公开身份)主席苏发努·冯亲王为副首相的"联合政府"。值得一提的是，苏发努·冯还是老挝"学生运动"的英雄。而新中国，也是在1961年的4月25日，与老挝正式建交的。早中国一年即公元1960年,老越两国也恢复了外交关系；同年10月，老挝也正式与当时的苏联建交了。而其与美国，至少在建交层面还是非常早的，比老越恢复外交还要早十年。

但这次"联合政府"塑就的和平，是无比脆弱的。美国开始策动破坏联合行动，并在公元1964年再度演进成战争。这一打就是十年，直到"联合政府"双方于1973年9月签下恢复和平与民族和睦的《万象协议》。次年4月，新的"联合政府"继续以梭发那·富马为首相，但新组建了"政治联合委员会"，而苏发努·冯亲王则为该委员会的主席。但在最高的、排他性的政治权力竞夺面前，战争仍未就此完结，哪怕是在"兄弟"和这对"家庭"成员之间。

随后，苏发努·冯亲王的人气渐升，而梭发那·富马逐渐失去了权力。这种发展趋势已势不可挡。一个伟大的时刻到了：公元1975年12月，老挝第一届全国人民代表大会在万象召开；2日，大会宣布废除君主制，成立老挝人民民主共和国，老挝人民革命党为唯一执政党。同日，老挝王朝的末代国王西萨旺·瓦达纳宣布同意退位。至此，老挝历史上延续600余年的君主王权制度彻底终结。

苏发努·冯当选为第一届国家主席和最高人民议会主席；梭发那·富马沦为象征性的政府顾问。不久，西萨旺·瓦达纳在软禁期间惨遭杀害，未能像越南末代阮氏王朝的保大国王一样风流潇洒、幸免于难，甚至不及中国末代溥仪皇帝的下场。

其后很长的一段时期，老挝佛教传统势力和信仰习俗受到严重挤压。我很好奇，想必那时的琅勃拉邦清晨的布施，也会略显凋零吧。这应该是显而易见的。因为独立之后的新老挝，依然面临着内部一统的整治清理，和外部冷战与"热战"兼具的重压，在一边倒向苏联，并与中国这个近邻交恶之后，认越南做"政治导师"——这些都是政治经验不足的表现。如果再加上重重的经济困局——比如邻近的柬埔寨"红色高棉"搞的那套运动，我想，其统治者的内心应该是惶恐的，对宗教信仰自由的管制也就可以理解了。直到现在，应该也还是这样。

不过，还好，这种近乎深入骨髓的对佛的虔诚与信仰，终于在公元1991年8月开始全面走向回归。新政府不仅复活了热热闹闹的塔銮节，还通过新宪法，将这种变化体现在了极具象征意义的国徽之上：著名的古建筑物——塔銮的图案，取代了国徽上原有的红星、斧头和镰刀。自此，中自万象，南起巴色，北至琅勃拉邦，围绕寺庙的修复以及早安之时的布施，又回来了，回到了人们熟悉的街头巷尾。

早在公元1942年，法国作家安德烈·埃斯科菲耶，便在其创作的诗歌《琅勃拉邦的女儿》中，动情写道："她们的微笑绽放在每个房子里，这是她们温柔之乡的爱情殿堂。"爱情，可能已经由泰国导演Sakchai Deenan去发掘，并用生动的影像去描写了，我确切地看到了"久违的微笑"，绽放在她们以及他们的脸上，这是发自内心的淳朴，也是来自信仰的"无声的力量"。

泰国人可能更能无限体会这种力量。格兰特·埃文斯的《老挝史》一书印证了我的判断，他说，泰国人总是倾向于心怀依恋地看待老挝，这里似乎拥有泰国已经丢失的文化世界。他们来到这个"迷失的世界"朝圣，以期寻求安慰；甚至泰国市场

"转角遇到爱"。而在琅勃拉邦城中,每一次转角,都是与佛陀在尘世的相逢。
摄影:陈三秋

上的书箱,也充满渴望和羡慕地描述着这座古老的王家首都——琅勃拉邦。虽然我已在格兰特·埃文斯的这本书中发现了不少记述错漏之处,但这段对泰人心境的描绘,依我多次自泰国往返的亲历可以感知,还是相当准确的。试想一下,如果琅勃拉邦没有被世俗的政权恢复应有的信仰,这里的人们不再面含娇羞自然的微笑,泰国人民那该多失落啊。当然,这也极有可能是全世界人民的精神上的巨大失落。

《金刚经》有云:"一切有为法,如梦幻泡影,如雾亦如电,应作如是观。"一切自有天道啊。所以,经历这番轮回之后,琅勃拉邦也迎来了久违的"春天"。截至2015年12月，在存世的1031处世界遗产之中，琅勃拉邦作为亚洲古城的代表，入列其中。这种以整个古城入围世界遗产保护的案例，全球也只有十几处啊。非常不易，也算对得起琅勃拉邦人民千余年来的传承与心灵付出了。

  这座古色古香的精致小山城，被联合国教科文组织列入《世界历史遗产名录》的古老建筑多达679座；其中仅城内的寺庙，就达32处。貌似有俗话"百步之内，必有我师"，或者"百步之内，必有芳草"之说；如果此说成立，那么，琅勃拉邦就确是如当地所传的"百步之内，必有一寺"了。还听说，此地附近的湄公河中，可以淘到砂金——泰国学者马尼奇·琼赛的《老挝史》在讲到关于琅勃拉邦历史起源的传说之时，也曾提到船桨在湄公河中碰到了金子；后来浦西寺的浦西塔修筑时，很多金子和财宝还被埋藏在了塔下。当然，这只是泰国学者笔下的一个美好传说罢了。而这些从河中淘取的砂金经提炼之后，便多用在了城中的寺庙或佛像上。所以，全盛时期的琅勃拉邦，一定是

琅勃拉邦城中,"百步之内,必有一寺"。这处旧王宫中的国寺,代表着老挝建筑艺术的最高成就。　　摄影：陈三秋

第 2 篇

The floating clouds

且行且止 蔓延到 **老挝**

行走在绿荫花簇的琅勃拉邦城中,可以遗忘世间所有的烦扰。　　摄影：陈三秋

在这片被群山拱卫、密林掩映的上寮之地,琅勃拉邦自佛国天庭坠入人间。摄影：陈三秋

一座金色光芒终日照耀的王都。时至今日，日本的游客还喜欢将其称为东南亚最引以为傲的黄金之都。

难为了饱经摧残的琅勃拉邦人民，他们能够不随俗世的幻化变迁，依然保持着完好的自然生态与人文风情，希望中外的游客们，也不要辜负这份千年的殷勤。在被英国权威旅游杂志 Wanderlust 即《漫游癖》的读者连续六次评为"最佳旅游城市"之后，公元 2017 年 3 月 15 日，中国成都也与琅勃拉邦在这里共同签署了共建友好市省关系的协议书。相信，不久之后，成都可能会继昆明和深圳之后，开通赴琅勃拉邦的直飞航班吧，对于中国喜欢来一场洗去浮世铅华之旅的游人们来说，幸甚。

楼下的早饭应该好了吧。房东长发飘飘的儿子不见了。令我身边的女士们的餐桌上，似乎少了一道"可餐的秀色"。我跟他通了电话，顺带求证了一个想法。他还年轻，满怀的都是和平年代对美好生活无束的向往和激情；但他坚信，即便在战火纷飞的岁月，这里每天清晨的街头布施，也未曾停止过。因为，这是老挝人，一天之中最美好的开始，上溯一千年、下延一千年，都不会变的。

美好的一天，清晨，从布施开始。有道理。

我曾在印度"圣城"瓦拉纳西，见到过近乎疯狂的教徒们，在藏不拉几的新月形"圣河"——恒河之中集体沐浴；也曾在无数关于西藏的宣传片中，见到过不远万里，磕着长头，一路匍匐到拉萨的虔诚藏民。但在老挝，于琅勃拉邦，您见到的是另一种心灵为之震撼的情景：它是原始的、平和的，淳朴的、善良的。不会有心灵被撞疼的隐痛，只是静静的肃穆，和一份洗涤灵魂的虔诚。

　　于这一清晨也好，于下一清晨也罢，都是如此。在暮霭晨光之中，一群群排成一排的橙黄色僧众，在住持的带领下，后面跟着小沙弥、见习僧，平静地自寺中、巷首，向您的身边，平静地走来；甚至无需目光的对视，就是那平静的"一送一接""一递一领""一施一受"，脑袋瞬间空空，心头也便跟着一起平静起来。是的，平静，如果您觉得确也需要，您可以来寻；如果您觉得弥足珍贵，就更不要错过。这里是老挝，这座城位于中国之南，它的名字叫做琅勃拉邦。

　　来后，不要忘记叫声"早安"，Sabaidi！

　　　　　　　　2018 年 10 月 13 日清晨，于琅勃拉邦城中

40 最后一片净土

话说有这么一个故事：很久很久以前的某一年，人间下起了瓢泼大雨，日日夜夜、绵绵不休，很快，地上洪水泛滥，快要把所有的人都淹死了。这时一对住在高山顶上的农户门前，随着洪水漂来了一个大葫芦。这对夫妇就抓起大葫芦，并在上面凿了个洞，把女儿和儿子这一双姐弟及食物放在其中，让他们可以逐浪漂流，不至于被洪水吞没。不过，这对老夫妻就未能幸免，和其他人类一样，被湮灭在了洪水之中。

这个大葫芦便载着这对姐弟漂啊漂、漂啊漂，直到过了三年零三个月又三天，这场大雨才告停歇，大葫芦则被搁浅在一方大地之上。安然无恙的姐弟俩便从大葫芦中爬了出来，收拾起悲伤的心情，开始了新的生活。日子就这样一天天过去了，但全无其他人类的痕迹。所以到了后来，他们俩便结成了夫妻，而且不久之后，妻子便怀孕了。但直到又过了三年零三个月又三天，妻子才临产，生下了一个奇怪的葫芦。葫芦里竟然有人发出的嘈杂的声音。当葫芦被打开后，里面陆续走出了三批孩子。待孩子们长大后，这对夫妻也快要死了。临死之前，夫妻二人把孩子们叫到床前，并根据他们当年诞生的先后顺序，将遗产进行了分配：老大一批分得了一些现成的衣物，老二一批分得了木制织布机，老三一批分得的则是一些鸡鸭猪羊。

再过了许多许多年之后，这三批子女分别形成了三大族群：老大叫"老听族"，老二叫"老龙族"，老三叫"老松族"。这三族共组之国，是为"老挝"。

这个"大葫芦造娃"的神话，在今日之老挝，可谓是妇孺皆知的传说。当然，与中国的《葫芦兄弟》中的"一个爷爷七个娃"的故事截然不同，它可是事关老挝诞生的久远的、正统的传说。只不过，今天的老挝，已是一个融合了49个少数民族的多民族国家。如依2008年11月，老挝第六届国会的第六次会议审议确定的官方说法，则是：老挝全国只有一个民族，即老挝族，下分49个少数民族，分属"老—泰语族系""孟—高棉语族系""汉—藏语族系""苗—瑶语族系"。我想，这可能是为了解决民族之间的内部矛盾，促进各民族统一的大融合之国策。

在这四大语族系里，其中"老—泰语族系"又分8支；"孟—高棉语族系"分支最多，有31支；"汉—藏语族系"分为8支；最后是"苗—瑶语族系"，只有2支。其中，"老—泰语族系"的"佬族"人口最多，为主体民族；目前老挝全国人口应该在700万左右，佬族一族占比有52%之多。

这便是老挝之国。一个在朴素的神话故事之中诞生的质朴的国家。自此神话以降，二千年？三千年？甚至是像缅甸的《琉璃宫史》中夸张的数十万年？其实都一样，不管经历了多少年，如今的老挝，依然保持着这份纯真、这份质朴。我称它为这个凡间尘世之上最后一片净土。

《世界》杂志曾出版过《老挝：愈隐秘愈美好》一书，书的简介中说："当麦当劳叔叔在街头端坐合掌，几乎每个海滩都被防晒霜和鸡尾酒占据，一向对世界不吝胸怀的东南亚仍为自己偷偷留下了一处秘境——老挝。"同时还说："这个狭长的国度，就像一幅形容模糊的水彩画，景也淡淡，人也淡淡。"此言不假。老挝确是人间秘境，其最大的特色便是"景也淡淡，人也淡淡"——这正是一方净土之上应有的本色。

很喜欢来自丹麦的"现代存在主义"哲学家索伦·克尔凯

老挝，是被高山和长河静锁的隐秘国度，是人间最后的净土。

摄影：陈心佛

郭尔。他曾在《非此即彼》一书中说："享乐并不在于我得到什么，而在于我得到我的意愿。"这种精神上的向往，最容易在今日的老挝净土之上寻得。

因为老挝不欺人，更不自欺；也因为自欺便等于欺人。它不会像美国第一任桂冠诗人，也是"新批评派"代表之一罗伯特·沃伦评论"同僚"威廉·福克纳所写的"美国南方"；也不会像写出拉美魔幻现实主义文学高峰之作《百年孤独》的代表人物加西亚·马尔克斯坚称的阿根廷诗人路易斯·博尔赫斯笔下的"拉丁美洲"。那都不是真切的，大师，也会有精神上的刹那恍惚。只有老挝，无需画蛇添足式地鸿篇巨制，它就真实地存在着，摆放着，等待着您去"验明正身"，随便书就，绝不离谱。

还记得否，出自加西亚·马尔克斯《百年孤独》之中的那段"感慨"："过去都是假的，回忆是一条没有归途的路，以往的一切春天都无法复原，即使最狂热最坚贞的爱情，归根结底也不过是一种瞬息即逝的现实，唯有孤独永恒。"可惜了，他应还未曾到访过老挝；要不然，他终将发现，在老挝的大地上，不仅孤独可以恒久，过去、回忆和现在，同样可以得到来自心房深处的认同与永恒。

据说，老挝至今仍保留下了一个传统：不准许游客在最知名的寺庙或景点内拍照或摄像。不是怕破坏，也不是怕舍不得，虽然有一点点担心神灵被冒犯、被惊扰，但其用意，则更多的是不想让您在影像中将"它们"带走或传播；而是唯愿您来，来亲身体会那份深植在净土之上的最廉价的惊艳。

从"葫芦娃"到越裳国，从勐骚瓦到澜沧国，从澜沧王国到老挝王国,再到今日的社会主义共和国,老挝的大地上,似乎确定发生了什么什么、许多许多,但又似乎什么都没发生过。林叶依然茂密成长,河流依然蜿蜒静淌,不管国家贫富,笑容依然挂满她们与他们脸上。嗯,多了份虔诚,那是来自对上座部佛教的信仰。

当然,历史不容假设。我曾对这个国家的两个时期最是好奇。好奇是因为担心。一个是末代的老挝王朝,一个是现在的共和之国。

末代的老挝王朝之时,老挝一直处于风云变幻的旋涡。北

对佛陀的虔敬,与淡淡的异国风情,共同成就了秘境般的老挝。

摄影:陈心佛

至琅勃拉邦，南至万象，左右两都徘徊，都无一幸免。期间既有你宣布"独立了"，也有我宣布"建国了"；还有法国入侵、美国干预、老挝内战和美苏角力；更不用说夹杂在两大近邻中越之间的背离纷争了。光内战，就打打停停持续了22年，直到公元1975年12月君主被废，国王退位，新的老挝走向共和。

纵观这一时期，老挝的所有事件，似乎都是"被迫"卷入的。在这些巨大的"旋涡"中，一向平静的老挝人民是怎么挺过来的？真有点匪夷所思，难得其奥妙。

南京政治学院的代兵先生所著的《挫败中立：1954—1964年的老挝与冷战》一书中，解析了公元1954年"第一次日内瓦会议"，公元1961年至1962年间的"第二次日内瓦会议"；从中我们发现了老挝主流势力一直在倡导和渴望构建"中立"国策。第一次日内瓦会议构建了这一老挝机制，但很快被美国打破；第二次日内瓦会议重构了老挝中立机制，但很快又被"老挝人民军"也即老挝战斗部队"巴特寮"掀翻。连美国最负盛名的犹太人政治家亨利·基辛格都"上当"了，误判了。

确是如此。由于激烈争夺和国际环境突变，所有的和平机制，几乎都比较脆弱。屡屡触及的"中立"，旋即被挫败，也就可以理解了。老挝不容易啊，以至于在"冷战"期间都未能幸免，一度成为"越南战争"的副战场而卷入"热战"之殇。

中国有句痛定思痛的俗话"弱国无外交"。对于老挝来讲,"天然"的弱国,当然也就必然是渴望和平之国。其意愿和心情是可以理解的,只是比"弱国无外交"更残酷的事情,偏偏被它们遇上了。那就是"弱国无主权"。同期的"越南内战"期间,"借"其领土打造的"胡志明小道",这可是当时"北越"的"生命线",它敢反对吗?更不用观其千百年来的历史了。正所谓"博古识今",老挝的历史之上,王城动不动被攻陷、国宝动不动被劫掠,长期处在保护国、附庸国、贡赐国与被灭国等状态之间,进行最焦虑的选择。夹缝中求存的日子,真心不好过。后来,还有日本人进来,狠狠地插过一杠子,当局的西旺萨·冯曾抱有过幻想,将日本视为"救世主",其实哪里有"救世主",最后还不是瞬间"从幻想走向幻灭"了。

再往前的历史,哪怕是最显赫的澜沧王朝,期间也常受制于强大的邻国。要不然也就不会迁都了,也就没有后来万象什么事了。先是高棉、明清,后有暹罗、东吁,虽偶有对外的征伐,但都是昙花一现;而其"合战"的暹、缅等国,还无数次把其灭了又灭,国都烧了又烧。那就不争吧。保持自守,中立。但禅语说,"不争就是争",到处都在打仗,此消彼长,哪能允许"中立者"从中渔利坐收?最后,除了落得一个"陆锁国"之名,灾难似乎一次也没少。就这么来看,其"陆锁国"之名,可不仅仅是地理上的、还是精神上的、文化上的、心理上的。

公元1357年前后,它们从"岳丈之国"柬国吴哥城迎回了"勃拉邦金佛";公元1550年前后,又从暹罗兰纳泰携走了"僧伽罗玉佛"。也许无所不知、无所不晓、无所不能且有求必行的佛祖释迦牟尼,能够庇佑老挝吧。所以,北部的琅勃拉邦供奉一个,南面的万象城中供奉一个。后来屡次被抢走的事实似乎可以证明,伟大如佛陀者,也拿老挝之局无可奈何。比较一下周边那个最显赫的吴哥王朝,苏耶跋摩二世于黄金年代上下信奉婆罗门教,阁耶跋摩七世于鼎盛时期举国改信上座部佛教,但后来都还不是覆亡了吗?这是有例可考的。也许,在整个老挝王朝,所有的困惑都是硬扛过来的。结果——借用郭敬明的书名来讲,就是"悲伤逆流成河"。还好,它,扛过来了。民风淳朴依旧,大地依然谦和,"成河"的是"内伤",也许还有些"外伤",但只是伤了些皮毛。而"内伤",可以自我舔舐,给些时间,慢慢消磨即可。

而后便是更加微妙的"共和之国"。自20世纪70年代中后期始,似乎老挝开始拜越南为"政治上的老师"了。但身在美苏、中越,后来的美中越,以及再后来的美中大国博弈之间,间或再复加上俄罗斯,日子依然不好过。尤其是新式核变武器的出现、威吓,可能会使老挝更加惶恐不安,较之前的艰难,甚至有过之而无不及。

以中国为例，双方于皇室老挝时代的公元 1961 年正式建交；进入 20 世纪 70 年代末至 80 年代中期，双边关系走向了滑坡和曲折。虽然没有军事上的冲突，但经济受阻，日子肯定好过不了。直到公元 1989 年，世界局势大变，中老两国都各自反思省悟，外交关系才开始恢复到正常化，并取得了应有的多领域合作与发展。但这归根结底，还只是外因，内因还需要解决。

也许正是外因影响和推动了内因，虽然它决定不了内因，但公元 1991 年，历史当记住，老挝人民党的"五大"不仅仅是确立了"有原则的全面革新路线""实行对外开放政策"以及坚持党的领导和社会主义方向等"六项基本原则"，而且在随后举行的国民代表大会修订并通过了"新宪法"，重拾起似乎渐行渐远的宗教信仰——佛教，恢复了国民对佛国精神世界的渴望与向往。

这一招不是摸着哪家的石头过河，而是真的来自老挝民心的呼声。过去，中国前进的道路是在"摸着石头过河"，越南是在"摸着中国过河"，老挝则又是"摸着越南过河"；如今，中国是"没有石头也要过河"，而越南和老挝也不再一味学着谁跟谁，都开始在找寻自己的"石头"，趟着自己的"河"。似乎都看到了各自的希望。尤其是老挝,这一年,它完成了最惊险的"一跳",看来跳对了。至少,来自意识形态、精神信仰等方面的桎梏,在宗教方面打开了归本溯源、深得民心的一环。

老挝人民来自自然流传的微笑面容重启了,来自人文传统的佛教信仰之门也重开了;一切都似乎看到了希望。只是关于"中立"与"和平",似乎依然无策,需要继续试着水,往前行。这从各地寺庙之中供奉"和平佛"并大肆宣扬上座部佛教可以看出来,也可以从其对"勃拉邦金佛"与"僧伽罗玉佛"的态度中看出来。这是一种来自信仰的祈祷,和对它的力量的期望。只要放开信仰,建寺立庙即可,无需再动脑筋;有点像是"听天由命"的感觉。当国际局势趋好,迎来难得的和谐之时,这种平衡之中的平静还不会被打破,但一旦风云突变,还是不知道其前途和命运会走向何方。

或许老挝人民自有办法,那或许是"继续扛"。"任尔东南西北风,我自岿然不动。"这种良好的心态,可能已延续至少千年了吧。也许,正是这种容易招人嘲讽,但实则大智若愚的心境,在维系着老挝的这方大地,使它始终是一片净土。

公元 2012 年,联合国认定的"全球 48 个最不发达国家",老挝位列之一。净土归净土,吃饭的温饱问题至少要解决。我们看到了这与公元 2001 年老挝人民党在"七大"上制定的"2010 年基本消除贫困,至 2020 年摆脱不发达状态"的奋斗目标中的第一个阶段,显然还有着不小的差距。公元2016年的"十大"上,再次通过了社会发展的"八五"规划、"十年战略"和十五年"远景规划"。路线图已绘就,还相当之宏伟,但旁观者清,就老挝经济领域的作为来讲,还是"革命尚未成功"啊,"同志仍需努力"。孙中山先生的这两句话,似乎到哪都管用。既励志,但更多的是自勉。而如果没有自勉,则几乎可以肯定这样更多的是走向"自欺"。

如今的老挝,正在总书记本扬·沃拉吉、总理通伦·西苏里和巴妮·雅陶都主席这"三个火车头"的带领之下一路前行。而1997年7月,老挝也正式加入"东盟",开始拥抱起"区域的世界",并于公元2004年成功主办了"东盟峰会"等等。在最近的"中老关系"一页中,公元2017年11月,中共中央总书记、国家主席习近平,作为中国共产党和国家最高领导人,再次对老挝进行国事访问。同时,对于中国来说,也是中共十九大胜利闭幕后,习近平同志作为中共中央和全党领导核心的首次出访。这样的"社会主义大家庭"的一对"兄弟",看来未来的风雨路上,可以好好地同舟共济了。也希望将来在新的形势下,中国也好,老挝也罢,一方可以和平崛起、诸事安好,而另一方依然可以容颜不老、净土长存。

在当世之国中,最欣赏老挝和缅甸对传统服饰精髓的保留;

第 2 篇

The floating clouds

且行且止 蔓延到 **老挝**

静谧的老挝姑娘，与芬芳的"花房姑娘"不同。

摄影：陈心佛

那是自然的，不做作的，也是难能可贵的。尤其是老挝的少女，至今依然习惯于穿着她们传统的筒裙，名字叫做"纱笼裙"；其上是自腋下跨至左肩的披肩；披肩的一头垂于背后，一头挂在左侧胸口。她们大都会不急不缓地行走，穿行在大街小巷；只有妩媚，丝毫没有戴望舒笔下《雨巷》之中丁香姑娘般"结着愁怨""哀怨又彷徨"式的惆怅与忧愁。如果她们迎面向您走来，还会先于那声娇羞的"Sabaidi"之前，将纤柔的双手合十在胸前，在那一刻，她便是净土之上的莲花、梦境之中的芬芳。

就是这仿佛来自天国的一笑一颦、一合一声，写尽了老挝这方迷人的净土及其风情。我的朋友们，纷纷为这些风姿绰约的老挝服饰付着美金或基普；我也会忍不住买上几件，送送亲戚或朋友。然而，离开老挝之后，您再穿上一试，便出了奇，怎么着也找不到那种感觉和心动。过了许久许久，我恍然才又想到了索伦·克尔凯郭尔在《非此即彼》中的那句话，以及老挝人民不让某些地方被拍摄的传统。这种来自"纱笼裙"的风情，只可根植于老挝这方人间净土，也只可远观，不可"亵玩"；它，只能是一种亲临这片秘境才能一赏的意愿，您，永远也得不到，更不用说带走。

老挝人民自有大智慧。老挝是这世间，当之无愧的，最后一方净土。

2018年12月27日凌晨，于南京紫金山东郊

多年之后，重回到

泰 国

泰国，国土面积 51 万余平方公里，
略大于中国的四川省，但远小于青海省，
相当于 5 个江苏省；总人口数约 6918 万人。
泰国是世界上最幸运的国家之一，
也是中印半岛之上著名的"佛教之国"。

泰国，即泰王国，位于中印半岛中部，是一个君主立宪制国家，与半岛之上的柬埔寨王国相像。相比其早已闻名700余年的旧称"暹罗"，"泰国"之名还很年轻。公元1939年6月24日，泰国改采自己的民族——"泰族"为名，并取其"自由之地"之意而首次改名"泰国"。而这背后，则是当时銮坡汶·颂堪政府推行的"大泰民族主义"泛滥的结果。有点像俄罗斯的"新沙文主义"。

关于泰国的历史，有三种记述方式，差异在于时间长短。最短的一种，是自公元1350年，华裔商人的后代——乌通王定都大城府，建立阿瑜陀耶王国并获中国朝廷册封为"暹罗国王"始。然后，经过短暂的吞武里王朝，过渡到当下的曼谷王朝。居中的一种，是上溯至公元1238年，泰族部落首领室利·膺它沙罗铁，脱离柬埔寨的吴哥王朝，开创素可泰王朝。此为通说。

今日曼谷的天空，已经很难再见到往昔的洁净，就像这些淡淡中透着压抑的云层，也令我们行走的步伐，略显沉重。

摄影：陈三秋

还有最长的一种,来自中国学者,即泰、柬史专家段立生。他认为泰国之开端又在素可泰王朝之前,根据中国史料,上追了"谌离国""堕罗钵底国""女王国""八百媳妇国"(亦即"庸那迦国",或熟称为"兰纳泰王朝")等十国,将其"建国史"上推至公元1世纪。只是,此说还未赢得泰国学者的认可。这可能与此十国非"泰人"所建有关。

不过,毫无疑问,以阿瑜陀耶城,亦即"大城府"为首府创立的大城王朝,与政治中心南迁至曼谷之后,当下仍在延续的曼谷王朝,是整个泰史当中的两段显赫时期。前者始于公元1350年,而止于公元1767年,为缅甸军队所灭,前后417年,历33位君主。而后者诞生于公元1782年,由昭披耶·却克里(华名"郑华")篡其岳父吞武里王郑信之位而创,史称"拉玛一世"。至公元2016年12月1日,新的"泰王"玛哈·哇集拉隆功(华名"郑冕")登基,如今已传至十世。公元1991年,被联合国教科文组织列入"世界遗产名录"的"阿瑜陀耶历史公园",与那座承载了泰式建筑所有精华与成就的"大皇宫",便分别建于这两大时期。

泰国也是中印半岛之上著名的"佛教之国",国人以信奉上座部佛教为主;程度虽略逊于缅甸,但却强于柬、老、越三国,因此,穿行于泰境南北,那些令人眼花缭乱的寺庙与富丽壮观的宫殿,便是其建筑艺术的代表。而这,也是笃信佛教的泰国人民心中,引以为傲的荣耀。借此,也可见证其国,于20世纪90年代,跻身于"亚洲四小虎"之列的那段"光荣与梦想"的璀璨岁月。

泰、越、缅三国处于中印半岛，均是海岛与沙滩众多的国家，但优劣之势大有不同。其中，我觉得受惠最多的是泰国，其被裹挟于安达曼海和暹罗湾上的普吉岛、苏梅岛、皮皮岛、芭堤雅等等，时至如今都仍游人如织、人满为患。越南次之，但有富国岛与下龙湾一南一北，遥相呼应，再佐之以美奈、芽庄、岘港等滨海名城，大有奋起直追泰国之态势。缅甸虽号称拥有7个"天堂海滩"，但因时局与政局不稳、开放与宣传不够，所以，基本上可以忽略不计。当然，柬埔寨近些年来，由于西哈努克港的开发与崛起，临近岛屿与海滩也逐一被推向台前，但这种"后发劣势"，想要超越泰、越两国，那不是一年两年可为之功。所以，泰国是中印半岛之上最幸运的国家，略使点力，便成"世界著名的旅游目的地"之一。

　　可能，也正因泰国先于东南亚各国，"捷足先登"将旅游业蓬勃发展起来了，再加上一些影视作品或节目新闻的助推——这一点韩国确实做得不错，应该为其"老师"——所以，在中印半岛五国之中，大家对于泰国可能是最不陌生的。从"人妖"到"泰拳"，从"他信"到"英拉"，从《拳霸》到《泰囧》，再由"四面佛"到"黄衫军"，还有那据称为"世界上最美味可口的汤"——冬阴功汤，以及由古印度王的"御医"也是泰国的"医学之父"吉瓦科库玛创造的"泰式按摩"，外加一句纤弱的、响彻街头巷尾的"萨瓦迪卡"，每每提起，俱如数家珍。

　　但我终觉得，这是一种假象，或者说是表象。数十次的泰国商旅，每一次的行与止，总会感到莫名的突兀与浮躁。当每一次的旅客争端、亡命之灾与小费事件，统统将矛盾指向中国之时，我们可能才恍然发现，对于这一国，它的民粹与文化，我们其实并不了解。在当世各国之中，唯有泰国与印尼，会让我心中有此感觉。而后者，则主要是因为，它有着"300多个民族"和"200多种语言"。

带着这份沉重的疑惑，在每一次飞临曼谷或清迈，每一次穿行于泰境南北之时，我都不免更用心地去窥探很多建筑与事件背后的要素。在我所借助的知识工具中，史籍类的有：美国学者戴维·怀亚特的《泰国史》，此书延续了西式著史的"惯例"，既重政治，也重经济；中国台湾地区，淡江大学东南亚史教授陈鸿瑜所著的《泰国史》，其书仅偏述"政治史"，另专列有"文化篇"一章。此外，还有泰国学者陈宇锋编著的《泰国史略》（上、下册），以及云南大学段立生所撰的《泰国通史》，补足了不少文化艺术、政治体制、国际关系、僧伽结构，以及宗教建筑等碎片。

当然，"郑和下西洋"时期留下的三部航旅史料——马欢的《瀛涯胜览》、费信的《星槎胜览》与巩珍的《西洋番国志》，以及周达观的《真腊风土记》、王之春的《清朝柔远记》、江应樑的《百夷传校注》、汪大渊的《岛夷志略》、周去非的《岭外代答》，也都值得简单参读其中涉及暹罗的篇节。而唐、宋、元、明、清这五朝史中的"番外篇"，有兴趣摘阅一二的话，也会收获不小。

在杂书方面，有泰国著名政治家、作家蒙拉查翁·巴莫写成于公元1953年的长篇历史小说《四朝代》；"拉玛二世"依刹罗·颂吞（华名"郑佛"）改编而成的诗剧《伊瑙》；其他还有，有着"泰国的《罗密欧与朱丽叶》"之称的爱情长诗——《帕罗赋》，派生于印度史诗《罗摩衍那》的"泰国史诗"——《拉玛坚》，等等。这些，都是自公元1238年的素可泰王朝时期首创泰文之后，传录下来的最为著名的宗教文学或宫廷文学的代表之作，当然，还有其他丰富的著述，无法尽览罢了。

至于游记类的图书，张蕾女士图文并茂的《绝色泰国》一书，真心不错；"驴客"㦏籽一问一答式的《泰国常识》，简洁明了，比较适合入门级的初旅者作为"恶补"的攻略进行选阅。还有，"旅行达人"捞月亮的猫所著的《泰国旅本》、"健行者"阿健大叔的《泰国说明书》（绅士款 + 淑女款），当然，也包括"孤独星球"的旅行指南——《泰国岛屿和海滩》，都值得推荐。至于卢一慧与余晓盼合著的《在东南亚窥视神之处所》一书的第一章"黄袍佛国泰国：充满佛心的自由天堂"，由于错漏、误述之处较多，仅供大家参考与比较即可。

最后，"好莱虎"与"新浪潮"时期的泰国电影，有些剧本的故事情节与拍摄水平确实不错，受到了临近各国不少年轻人的喜爱，也值得我们从中学习、领会或感悟这个"傲娇"的泰民族的别样文化。包括泰国的音乐、舞蹈，涉猎广泛的朋友们，可以在周游泰境之时，都择机体验一番。其中，往往也多隐含着泰国人的骄傲与自豪。而这些，往往都是"新马泰跟团游"，甚至"全泰境自助游"时很难洞见到的。下面，就让我们试着从扎堆的东西方史料中走出来，采撷历次商旅、对话、考证之下的点滴，沿着泰境之地的宫殿与寺庙、沙滩与海岛，进行"碰撞式"地审阅吧。

41 泰国的大皇宫

无疑，大皇宫（或称"大王宫"），于暹罗至泰国的跨时代交替之期，乃至今时今日，都承载着太多、太多。这里，既有"拉玛王朝"即曼谷王朝的象征与皇室中枢，座座院落、宫殿与佛寺的背后，也都有着莫测的"王者心事"；突破庭院深深的高墙，它还是泰国人民的光荣与梦想。它是泰式宫廷建筑艺术之于当世的巅峰之作，也是泰国宗教文化之精粹外化后的集大成者，它还是泰国30多个民族心中，不染尘埃、不可亵渎的圣迹。

一座大皇宫，就是微缩后的泰国。来泰国，没到大皇宫，就等于白来一遭。而这，也是我数年前，第一次到泰国、第一次逛景点的必然选择。因此，我们关于"暹罗"到"泰国"、曼谷到清迈、"兰纳泰"到"素可泰"、"阿瑜陀耶"到"曼谷王朝"，甚至从芭堤雅到普吉岛的记述，便自大皇宫始。

但大皇宫，一如中国的紫禁城，并不是孤零零的一栋宫殿，而是一处宫廷式古建筑群落，共有建筑28座。其始建于"拉玛一世"昭披耶·却克里于公元1782年"杖杀"有着翁婿姻缘的吞武里王朝国君郑信，顺而开创曼谷王朝，也就是"拉玛王朝"

泰国大皇宫建筑群落：一般从玉佛寺入口进入，可以接连欣赏到节基殿、律实宫等等。　　　　　　　　摄影：陈三秋

第 3 篇

The floating clouds

多年之后
重回到 **泰国**

在中印半岛上，可能只有泰国和老挝，才会追求如此奢华的寺壁。

摄影：陈三秋

泰国的造佛艺术大大地突破传统，将泰人的面孔与教义中的神鸟相结合，形成了大皇宫中一道别致的风景。

摄影：陈三秋

或"却克里王朝"的开国初期。时又逢新迁,并定都于湄南河畔的曼谷城;由此,也便开启了此城的营造史。但仅此大皇宫一项工程,却至公元1809年"拉玛一世"逝世之时,仍未完结。其子,"拉玛二世"依利罗·颂吞继位后,继续修造15载;而后,又经过几乎每一位"拉玛"国王,尤其是"拉玛五世"朱拉隆功·布隆腊(华名"郑隆"),甚至"拉玛九世"普密蓬·阿杜德(华名"郑固")等多个时期的新修与扩建,终成今日之宏伟气魄,以及泰域之内富丽堂皇之不二规模。

整座大皇宫建筑群,紧偎着湄南河,主体呈暹罗式风格,但又杂糅、吸收有中式、印式、柬式,甚至欧式建筑艺术的精华;大部分的建筑物,以白壁、红顶、金檐三色组合布局为主;复又林立着皇寺与诸多佛塔群落,皇寺之结构,均繁复多变,美妙绝伦;而佛塔在制式上,既有泰式的,也有柬式与缅式的,共同为洁白之色的宫墙合围在森严的宫院之中。用时空先生《曼谷大王宫主体建筑之美术学研究》一文中的话来说,就是"泰国艺术匠师以丰富的想象、现实主义和浪漫主义相结合的方法,集泰国早期建筑、绘画、雕刻和装饰艺术传统之大成,并吸收了中国、印度、柬埔寨、斯里兰卡和欧洲文化的精华,将曼谷大王宫创造成为泰国建筑史上最完美、规模最大、最富有民族特色的王宫,也是世界建筑和艺术史上的奇葩"。

在大皇宫的建筑群落中,"拉玛一世"在公元1782年率先修建的有大皇宫、律实宫与玉佛寺等。其中的玉佛寺我们将另起一篇专门介绍,故不再重复赘述。先来说一说这座大皇宫与律实宫。

第 3 篇

The floating clouds

多年之后重回到 **泰国**

这些来自素可泰时期的造塔艺术，点缀在大皇宫的每一个角落，没有足够的时间，很难细细观赏。　　　　　摄影：陈三秋

顾名思义，大皇宫乃此座泰国皇室宫廷建筑群落的中心与灵魂。如果用四个字来形容之，便为"极尽奢华"。其始建于公元1782年，落成于公元1785年，仿效了大城王朝阿瑜陀耶皇宫的制式：临河而建、坐北朝南，宫墙转角设有防卫堡垒，墙之四方又各有一处大门，皇宫内外再建大殿、寝宫与佛寺，再外，还有运河即"护城河"环绕。可以说，基本上再现甚至超越了大城皇宫。

阿瑜陀耶，梵语之意为"不可战胜"，也是玄奘于《大唐西域记》中曾经提及的古印度的诸王国之一；公元1350年，乌通王击败素可泰王国，从而开创延续417年的大城王朝时，便将此名赋予其治下的王国中心——都城，故该朝也多被称为"阿瑜陀耶王朝"。这是泰国历史上，最为显赫的时期。在其鼎盛之时，向南，4次远征马来半岛，试图一举控制东西海路交通要冲——马六甲海峡；向北，曾一度征服清迈的兰纳泰王国，并于公元1438年彻底灭亡了素可泰王国；向东，多次挑战不可一世的吴哥王朝，也正是其，于公元1431年攻陷吴哥城，迫其最终南迁至金边，就此造成了"大小吴哥"为热带雨林所吞没并消失于世间400余年；向西，侵入今天缅甸的勃固、丹那沙林等地，并于公元1538年挑起了持续229年、大战24次的"泰缅战争"，秒杀英法之间爆发于公元1337年至1453年间、前后历时长达116年的"百年战争"，并就此奠定了现代泰国之版图。期间，东征柬国、西抗缅甸，将泰国疆土四至，推抵空前最大化之一王，为纳黎萱，此人也借此之功，而获封为泰史上的"五大帝"之一，是为"纳黎萱大帝"。

因此，曼谷王朝对其"心生景仰"，而模仿其皇宫制式兴造大皇宫也就不难理解了。据明朝张燮的《东西洋考》与成书于公元1787年的《皇清通考》两著作记载，阿瑜陀耶当年的皇宫确实华丽无比："高九丈余，以黄金为饰，雕镂八卦，备极弘丽"，"殿用金装彩绘，覆以铜瓦，室用锡瓦，阶砌用锡裹砖，栏杆用铜裹木"。只不过，在公元1766年初，有着"世仇之恨"的缅甸军队，在贡榜王朝孟驳王的带领下，动用"五十八营步兵，三百艘战船，四百头战象，一千多骑兵，共四万多大军"，沿着先辈的进军路线，直捣阿瑜陀耶城而来。后经14个月的围城，次年4月，缅军大炮轰开城墙，攻陷了已弹尽粮绝的这座都城，大城王朝就此覆亡。而后，王城被夷为平地，皇宫，也被大火焚烧殆尽。缅军，还掳去了一切能看见的财物，和数万男女。历时200余年的"泰缅之战"，时称"暹缅之战"，就此告结。如今已成为"世界文化遗产"的"阿瑜陀耶历史公园"，也就是当年剩下的断壁残垣，徒剩下"故宫"——含有帕希讪派寺佛塔，公元1577年纳黎萱修建的"前宫"，和厄迦陀沙律国王的寝宫也就是"后宫"——含皇家花园等3处遗址。话尽当年沧桑。

当然，随后，泰国人民在吞武里王朝的郑信王麾下，又开启了轰轰烈烈的"复国战争"。尤其是郑信的华裔身份，为其赢得了众多当地华商的倾囊资助与支持。加之当时"清缅战争"爆发，因此，郑信最终得以从缅甸手中，复国成功，并重新一统暹罗。然后，还在其短短15年的王朝史中，与缅甸展开了9次"拉锯战争"，以争夺对老挝的控制权；也北伐过安南，也就是今天的越南，竞夺对柬国的控制权，可谓"戎马一生"，也开创了泰国历代"幅员辽阔之最"的辉煌，直至政变后被杀。闻悉其死，全泰朝野痛哀、洒泪京都山河。郑信，也因此被泰民尊称为"郑皇大帝"，位列泰国"五大帝"之首。甚至连今天的"拉玛皇室"，都依然以其后代自居。曼谷城中，湄南河西岸，有一处郑王庙，原名"皇冠寺"，又名"黎明寺"，就是为这位民族英雄兴建的。时至今日，每一年，泰国都还会举行一次"郑信朝祭大典"。

清末魏源所撰的《海国图志》一书在谈及暹罗时曾言其国："凡事苟且节俭，惟修建庙宇，则穷极华糜。"这可能就是形容其阿瑜陀耶时期的。但用在后来兴修的大皇宫建筑群上，也实为贴切。结合段立生著述的《泰国通史》载，修建大皇宫所需之砖石、瓦砾，其来源有三：一是拆除阿瑜陀耶城的城墙与吞武里王朝的炮台而得；二是吞武里王朝时派往中国广东的贡船所采购的建筑材料；三是曼谷王朝商请清廷"免征船货税银三次"，每次3船，共9船购回的砖瓦。

落成之后，大皇宫的总面积为21.84万平方米。正殿为四层高挑的斜坡式翘檐结构；其屋脊与檐头，又饰以明亮的金黄之色；而屋顶之上的琉璃瓦片，则红绿相映，惹眼非凡；三角形的山墙之上，镂刻以升腾的火焰纹；檐顶为其精妙之处——一座王冠状或言佛塔式的尖顶，直冲云霄，再辅之以檐下轻盈灵动、随风舒展出缭绕佛音的金铃，每一细节，均凸显着神权与皇权的无上至高。

其时，由"拉玛一世"借鉴印度的《摩奴法典》，于晚年也即公元1804年下令编修的那部著名的，也是泰国历史上第一部

第 3 篇

The floating clouds

多年之后重回到 **泰国**

佛塔式的尖顶、鱼鳞状的脊瓦；琉璃镶饰的殿柱、精湛绝伦的壁画……成就着大皇宫的璀璨与辉煌。　　摄影：陈三秋

法典——《三印法典》，便存放于此大皇宫之中。该部法典之名，来源于法典之上盖有的3枚印章，分别为内务部的"象头章"、军务部的"狮头章"、财务部的"莲花章"，因此而得名。

其外的白色宫墙，高5米，长1 900米。与宫墙转角、每隔400米便修有一处的8个防卫堡垒一样，这些工程，是从老挝首都万象，"强征5 000工匠"修筑完成的。而环绕其外的"护城河"，全长8 246米，深2.6米，宽20米，则是从柬埔寨征募的"万名民夫"疏浚、修建而成的。四方的宫门，则经历了数次变迁：先是"拉玛一世"治下为门框之上带有尖塔的阿瑜陀耶时期式样的木门，然后到了"拉玛三世"帕喃格劳（华名"郑福"）时期，将木门改成了西式的砖砌门；直到"拉玛四世"蒙固王（华名"郑明"）时，才最终改为今天我们看到的"泰式塔顶门"——状似翘檐佛寺，其顶宽且大，门则低矮，与中式高大的宫墙建筑有着显著的不同。

而律实宫，则是该片宫廷建筑群落之中最早修成的大殿。其名"律实"，在泰语中为"兜率天"之意，即佛教经籍中所说的欲界云天中的第四层天。因此，此名的隐喻就是"第四层天上的兜率宫"。在中国吴承恩所著的《西游记》中，有一"兜率殿"，那可是太上老君居住的地方。由此，也可以反观出《西游记》一书对佛教与道教两教文化与思想的糅合。

从造型上来看，律实宫为带高尖塔、宽屋顶的庑殿式建筑，其地空平面，呈方"十"字形；正中为7层重檐的尖顶，其下则为4层重檐的殿顶，尖顶之下，还纹饰穿越诸教、诸神间的"社交达人"——大鹏金翅鸟，也即迦楼罗捕蛇的雕像，四周又复缠有莲叶与飞天。而之所以称誉"金翅鸟"为"社交达人",是因为,于印度教而言,它是"三大主神"之一的毗湿奴的坐骑,而于佛教而言,它又是大自在天和文殊菩萨的化身;即使在道教中,也有它的存在,那就是燃灯道人的胯下坐骑。在《西游记》的"如来收大鹏"篇中,更是与"斗战胜佛"孙悟空打得昏天暗地,令孙悟空两度洒泪,最终还以"完胜"收场,直到被"如来佛祖"收服方止。这番绝世能耐,想必会令各位朋友印象无比深刻吧。

大殿的门窗,为穹隆拱形式样,门楣与窗棂还用贴金描饰了一遍,然后才镶嵌起琉璃,阳光投射之下,色彩斑斓、熠熠生辉。而殿内的墙壁之上,也绘有奇花异草或饭团花球等图案——此中的"饭团花球",原系将饭团包成锥形,然后夹置在花球之上作为祭祀之用,应为泰国佛教所独有之物,而今,竟然"跃居"到了神圣的皇宫殿壁之上,不能不说是泰国能工巧匠们别出心裁的杰作。

如今,律实宫里,还有"拉玛一世"时代制造的御座和御床,被列为"拉玛王朝第一流的艺术品"。现在,此宫最主要的功用,就是作为国王、王后、太后等皇室人物举行丧礼之地,也可以理解为"皇家灵堂"了。

据段立生《泰国通史》一书考证,律实宫应该前后经过了多次翻修,并按照"拉玛五世"时期的式样重修后,才呈现为现今看到的概貌。因为,"拉玛五世"是一名著名的"改革家",受教于英国女教师安娜·里奥诺文斯;后来,这段故事经改编后,还被搬上了大银幕,那就是由安迪·坦纳特执导,著名男演员周润发与美国女演员朱迪·福斯特等人领衔出演的、浪漫的历史爱情片《安娜与国王》。因是之故,他曾变革性地引进了西方风格的建筑,因此,如今的律实宫的若干细微之处,也应有所融合吧。比如,该殿南面墙上巧设有一个大窗台,"拉玛五世"当年就是坐在这个窗台之上,接见王公大臣的。这是典型的西式宫廷风范。悠悠百余年,弹指而逝去,"安娜与国王"俱成旧事,但却留下这处精妙的建筑,给后人以无尽的遐想。

在大皇宫建筑群中,"拉玛五世"时期最负盛名的代表性作品,便是那座却克里大殿,又名"节基殿"。其中的"却克里",是王朝之名;而"节基",则含有"神盘""帝王"等意思。它共由4个大厅组成,分别为会议厅、宴会厅、衣饰间和珍品馆,它由"拉玛五世"建成于公元1876年,是其处理朝政、接受驻泰国使节递交国书的地方,也是其居住过的寝宫——后来被改成宴会厅了。整体规模,位列大皇宫中各大建筑之首,非常之显赫。

"拉玛五世",乃至其父王"拉玛四世"时期,正是西方列强东进攻势最为猛烈之际,中国与缅甸相继战败于英国的炮舰之下,国门大开、国土沦丧;中国启动的戊戌变法,与缅甸启动的敏东改革,也都以失败告终。在这一大背景下,两位泰国君王,也被迫启动改革,"师夷长技以制夷"。前者的改革,似中国的洋务运动;而后者的改革,则更像日本的明治维新:在两代国王的共同努力下,泰国就此将奴隶制废除,并先于亚洲各国,与日本一起,走向了近现代化的进程。后世,两位国王也因此功绩,而先后获得泰国历史上杰出的"五大帝"之称。

如今,曼谷城中最有名的、单向八车道的五马路,就是"拉

节基殿无疑是大皇宫中最具特色的建筑:欧式与泰式的匠心合璧,凸显出泰国人民的骄傲。　　　　　摄影:陈三秋

玛四世"于公元1862年亲自规划督建的,沿用至今,仍可如常通行,且不显拥堵。路之两旁,陈列着一些曼谷著名的精华建筑,行走其上,非常赏心悦目。著名的夜市、曾经"背包客"云集的天堂——考山路,便属于五马路的分支。

6年后的8月份,"拉玛四世"在随法国探险队参加于曼谷南郊进行的"观测日全食"活动时,不幸身染疟疾,10月暴毙。虽然其在位时间相对不长——为17年,但他的改革精神与开明思想,却为后人树立了杰出的榜样,也为"拉玛五世"治下的进一步革新求变,起到了预演与助推作用。

而"拉玛五世",自公元1868年15岁即位,至公元1910

年10月23日驾崩，主政时间长达40余年。其主导下的"自强求富"运动，亦即后世史书所称的"朱拉隆功改革"，在亚太地区诸多国家的近代化改革中，也是影响力非常巨大的。因此他被国人尊奉为"现代泰国的缔造者"。曼谷市中心广场上的那尊骑马戎装雕塑，就是为了纪念这位朱拉隆功大帝彪炳千秋的功业而立的；其像之前，每年的10月23日，也即"拉玛五世"的逝世纪念日，都要献花祭奠。

受"拉玛五世"融会东西的思想之影响，"节基宫"也就成了一座"泰西建筑艺术精华完美结合的典范"。此宫共有三层，基本结构属于英国维多利亚时代的艺术风格。底部，是用上等的大理石块叠砌而成的一层西式楼房，石阶、石栏、石柱和石壁，皆显洁白无瑕之色，复以"镂花雕刻，备极精致"。其一层的窗户是罗马式与哥特式的结合之作。二层的窗户则又是现代派的长方形，中间以浮雕石柱分隔，柱头还用"莨苕"作精美装饰，形似盛满花草的花篮，为古希腊的科林斯柱式，比爱奥尼柱式显得更为纤细；窗户上方，还有圆形佛塔浮雕，边饰以旋涡状纹样，富有灵动的韵律。第三层的窗户，则分为上、下两个部分：上面为圆拱形，下面为近正方形，有着简洁而强烈的节奏感。最大的亮点来自宫殿之顶，左、中、右各有一座属于泰式传统艺术中的方形尖顶、庑殿式宫塔，多层重叠、坡度极大，其上还有描金彩绘，变幻多姿。尖顶下的三角形檐面，也为向上燃放的火焰状纹饰。

可惜的是，这座"泰西合璧"的建筑杰作，其内部并不对游人开放，逢有贵宾同往，方能一睹其芳容。其宫前，常年有

第3篇

The floating clouds

多年之后重回到**泰国**

盛装警卫,荷枪实弹地守护着宫殿,有的警卫还骑着高头大马,可以与之合影留念。其宫内的檐顶有"金莲花"组合图案,中间为一朵大莲花,四周又团簇着无数小莲花,将整个大殿装饰得圣洁而庄重。里面是些具有欧洲路易时代风尚的陈设,还有不少描绘欧洲宫廷生活情景的镶框油画,以及古玩瓷器。遍游世界各地,可以感知得到,有着近2 000

节基殿虽然不是以细节见长,但在皇宫之中,又怎会容有平凡呢?

摄影:陈三秋

年历史的中国瓷和已发展 500 余年的"后起之秀"日本瓷，在各国的民间富贾，尤其是皇室宫廷之中，还是相当受欢迎的。当然，这是题外话了。其殿内的会议厅，在公元 1874 年还发生了一件对泰国历史影响深远的大事件，那就是"拉玛五世"在此颁布了"废奴令"。只比美国前总统亚伯拉罕·林肯签署"废奴令"晚了 11 年，那是公元 1863 年。

此外，大皇宫建筑群落中的另一座欧式建筑——武隆碧曼宫，也建于公元 1909 年的"拉玛五世"时期。是当年其次子，也即王储的宫院。公元 1910 年，20 岁的"拉玛六世"哇栖拉兀（华名"郑宝"）继承王位后，又在院内增添了叙述印度吠陀神话的壁画。在该神话壁画下面，还有描写"国王十德"要旨的壁画，以此"激励和颂扬自己及后世君王，励精图治、勤政爱民之德行"。

"拉玛六世"也是泰国历史上第一个实行"排华政策"的国王，其主线是"限制华人政治权利、打压华人经济活动、阻止中华文化传播"。与其他国王不同，这位国王更多的时间是与王妃生活在距曼谷驱车约 3 个小时的泰南海滨小镇——华欣，而这里也是传统的皇家圣地，与曼谷皇室成员的避暑胜地。为此，"拉玛六世"还在公元 1923 年时，为王妃在那里修建了一座度假别墅式的皇宫，因期待王妃能够在那里诞下可以继承王位的小王子，而取名"爱与希望之宫"。后来，"拉玛九世"在其南面，也修建了一处皇宫，随后大部分时间生活于此。作为《福布斯》榜单中"世界上最富有的君王"，也是"全世界在位时间最久的世袭君主"，"拉玛九世"70余年的政治生涯，与泰国政局的风云变迁，也便由曼谷皇宫，转移到了那座华欣皇宫之中。当然，这可能也与传说中的"拉玛八世"的死因有关。公元1946年6月9日，"拉玛八世"阿南塔·玛希敦（华名"郑禧"），被发现死于大皇宫之中的寝宫，系中弹身亡。当时民间传言，其弟普密蓬·阿杜德是最大的疑凶。虽然后来不了了之，普密蓬·阿杜德也"如愿"登基为"拉玛九世"，但包括国王在内的很多泰国人，可能就此认为大皇宫乃不祥之地，既然有这种心理作祟，所以，搬至华欣居住，也就可以理解了。也正因此，今天的大皇宫才有机会作为精妙的景点，而向众人开放。

值得一提的是，"拉玛九世"其名普密蓬·阿杜德，在泰语中，意为"土地的力量·无与伦比的能力"。他是泰国人民心目之中最德高望重、深受爱戴的君主，容不得有任何诋毁，被誉为"泰国人共同的父亲"。其在世时，亲历大小几十次政变而屹立不倒，足见其政治智慧也相当非凡。而在民间，如对其略有微词或非议，便可能招致一顿群殴。不太为人所知的是，公元1948年，在瑞士的一场交通意外中，他不幸右眼失明，后来，一直是用一枚假眼度过余生的。在生活方面，"拉玛九世"也充分展示出了他的多才多艺。他曾与世界著名的"爵士乐大师"杜克·埃林顿、莱诺·汉普顿等人同台演出,而被赞为"全世界最酷的国王";他还曾驾驶风帆,横渡过泰国湾,并于公元1967年举行的东南亚运动会上,获得过风帆项目的金牌。他受欢迎的程度,甚至蔓延到了"缺乏国王"的邻国老挝,每次到访,老挝人都争相前往,一睹其沉稳与才华兼备的卓越气质,人生如斯,牛!

由因陀罗殿、伟大护国神殿和乍迦博碧曼宫等三座主要宫殿组成的三进式的摩天宫殿群,又名"阿玛林宫",位于节基宫东侧,也是大皇宫建筑群的重要构成,大多还都属于早期建筑作品。

比较奇特的是,此处由暹罗式白色宫墙合围而成的"子宫殿群"外,守护之神为中国古代的文臣武将,比较容易识别的是关公神像。最前面的是因陀罗殿,建造于"拉玛一世"时期的公元1785年,是当时国王"临朝听政"的地方——有点像北京故宫中的勤政殿,一直使用至20世纪中叶,现内藏有两座刻工精美,当年国王登基用过的御座。其殿名中的"因陀罗",也就是"帝释天",在梵文中意指"王者、征服者、最胜者",也是印度教神明中,司职雷电与战斗之神,后被佛教所吸收,成为护法神。因此,以其作为前殿,那是再合适不过的了。后来,日本漫画家岸本齐史在创作《火影忍者》时,便融入了"因陀罗"这一角色;而"帝释天",则成了香港著名漫画家马荣成的名作《风云》第二部中登场的最主要的反派角色——"天门门主"。夹在中间的是伟大护国神殿,因供奉着一尊金铸的暹罗护国神而得名。据说,"拉玛四世"在位时,感叹泰族立国以来,虽然内忧外患屡屡发生，最后却都能逢凶化吉、难关得渡，冥冥之中，似有神灵暗中护持，于是，便用纯金铸造了此神像，并作为护国之神而永世虔敬。最后面的是乍迦博碧曼宫，可以理解为是一处寝宫——"拉玛一世"至"拉玛三世"的起居宫殿。后来，凡是进行加冕的国王，都要在这里度过一个晚上，有开始正式处理朝政之意。

作为曼谷城最著名的地标，大皇宫的规模庞大而紧凑，所以，便处处是景，琳琅满目，数不胜数。其他还有，"拉玛一世"修建的寝宫——帕玛哈孟天殿，在其"人"字形叶纹山墙之上的屋顶两端，还有龙凤和鸱尾装饰，也很耐看；而由"拉玛八世"兴建的宝隆碧曼宫，则是招待外国元首的宾馆。此外，泰国的陆军部、国务院，甚至造币厂，以及"拉玛九世"用过的奶牛场、试验田，也都位于宫墙之内，再加上院内的婆娑树影、如茵草坪、秀美花园，建筑、自然与人文，几相结合，互为映衬，真是浩瀚似海、丰富多彩啊。

泰国，有别于英、日、柬等同政体的"君主立宪制"国家，是一个特殊的存在。由于深受同属上座部佛教的"法宗派"与"摩诃派"宗教信仰之影响，在英明君主治国时，其"君权与神权"的合一性，便很容易被凸显出来。因此，国王，不仅仅是国家的政治领袖，也是精神领袖，有着极高且神圣的权力与权威，这显然是其他各国所不及的。在此之下，皇家宫廷，便自然而然成为"圣地"，也是诸般人间"最好"之物的汇集之地。来到泰国，您很快便会被此国人民对宗教与皇室的敬畏之心所折服。而来到大皇宫，除了金碧辉煌的三尖佛塔撼人心灵之外，那些伟丽的建筑和精繁的细节，从制式到色彩，从绘画到雕刻，再到每一处的装饰艺术，都可见精湛技艺之显现，都堪称艺术精华之所在，一如数千年历史积淀之下的、遍地古迹的意大利的罗马城，是当之无愧的"露天博物馆"，更是"泰国艺术大全"。

因此，周游泰域，当从大皇宫走起；了解泰国，也从大皇宫开始。但它不适合匆匆邂逅，而是要静下心来，耐心细赏。三两个钟头的泛泛之旅，肯定是不行的，之于回忆而言，自是空洞。至少要花上一天、数天，也可以是多次，有计划地寻找与探讨，方能"扣问出"那些鲜为人知的传奇细节与历史故事。这样，眼前的画面，才能由平面，变成脑海中的"立体"，并由万千景色之中，看得精妙、嗅得芬芳、闻得音乐。在此"三觉"充沛之后，也便离触觉生电、味觉生津，五觉齐备，精神丰足不远了。如此，可称之为，不虚此行。

2017年10月13日，于金陵，泰国始返

42　聪明的四面佛

泰国的四面佛，有求必应，几乎无人不知，无人不晓。当然，"有求必应"，只是传说罢了。一如中国无锡的灵山大佛，美其名曰"灵山大佛，佛大山灵"，信则有，不信则无；不过，身边似乎还确有人求子成功的，奇哉。

由于"众所周知"的原因，当今关于四面佛的崇拜，在泰境之地相当兴盛。甚至在加拿大、新加坡，以及中国的台湾与香港地区，都有着一定的信众。依我观之，四面佛与玉佛寺一样，在泰国享有着崇高的地位。在官方，前者不及后者，但在民间，后者则又不及前者。与极尽华丽的玉佛寺相比，四面佛其实原先只是一个供坛而已，这可能是很多人意想不到的，而且，那还是数十年前的事情。其逐步发展成今日这片在中印半岛之上，依然并不起眼的寺院建制，并带动大大小小的"四面佛坛"，遍布泰国大地南北，从繁华的商业地带，到幽静的学术圣地，随处可见，又处处香火盛行，也不过是源于一场"机缘巧合"，如此而已。

而这个"巧合"，与其如今的所处之地有关，而这，同样也是它如此迅速地走进人们"狭小"的心灵，并盛极一时的那个原因。它位于泰国"著名的"爱侣湾·凯悦酒店近旁的马路转角处。根据达尼贾所写的《泰国：微笑的国度》这本浅显的游记转述：据传，公元1951年，这座酒店的前身——"爱侣湾酒店"兴建之初，施工期间经常事故不断，4年过去了仍未完工。后来，束手无策的业主，便请来了传说具有"天眼明"的銮·素威参佩少将。少将受托现场视察后，认为，该酒店在破土动工时，也未作法事，以征得地方神明的同意与保护，且酒店名称中的"爱

位于爱侣湾凯悦酒店旁的四面佛，其实是四面神——梵天的原型。

摄影：陈三秋

侣湾"三个字，太过霸气。因此，经其建议，便请出一尊四面佛来坐镇，然后，又依少将指示，重新举行法事，酒店才终在公元1956年顺利完工。为了永葆平安，酒店开业当年，便将新铸的一尊四面佛，连同神坛一起，供奉于酒店门前。

该佛通体金黄，高约4米，端坐在由精美的琉璃碎片镶饰的方拱形花岗岩佛龛之中。造型非常奇特，正面观之，为双足四臂、四手八耳、四面八目。四面之像，呈连体状，式样、表情俱相同。佛首上有螺状的发髻，大智印如火焰状。其中右臂的3只手中，自上而下，分持三叉戟、海螺和套索（或是念珠）三物。这三物，又各有寓意，其中的三叉戟是拥有无边威力的神器，借指"保护"之意；它还出现于柬埔寨吴哥窟当年的塔尖之上，也是古希腊与古罗马神话中的海神波塞冬，与中国古代神话中的巡海夜叉所使用的兵器。海螺，则代表"赐福、赐财、赐宝物"。最下面的手，如果所持的是套索，这是用来捕捉死者灵魂的；而如果是念珠，则代表"轮回与修行"。其中左臂的一手，则呈"按胸手印状"，代表着"庇佑"与"平安吉祥"。其坐姿也比较罕见，为"半跏趺坐姿"，即左腿盘于胸前，而右腿弓垂于佛龛之外——也有相反的制式。

只不过，这尊"四面佛"，应该已不是当年所铸的那一尊了。因为，在公元2006年3月21日凌晨，一位患有精神病的男青年，曾爬上这座四面佛坛，然后用铁锤，把当年的那尊四面佛砸碎了。随后，他被愤怒的民众殴打致死。事件轰动泰国，也引起了国际上的广泛关注。这可能是我们很早便听说过"泰国的四面佛"的原因之一。只是，这个原因，源自一个悲剧。还有公元 2015 年 8 月 17 日晚间发生的，震惊泰国朝野的"四面佛爆炸案"，不仅令佛像下颌一角被崩缺，还造成了多人死亡。此一事件，更是引来了国际社会的关切，及对泰国政局的担忧。

当年，这尊四面佛被精神病青年所毁，还给人们带来了精神上的巨大冲击。民间传言，这是一个不祥的预兆，国家政局可能会陷入动荡。而这确也并非空穴来风，因为，当时泰国正处于他信·西那瓦总理执政末期，曼谷街头爆发了保皇派的"红衫军"，与民主派的"黄衫军"，严重对峙的紧急状态，并在多次冲突中，造成了多人死亡的惨剧。但后来，有着较高的神学造诣的副总理，奇差·挽那萨缇则出面反驳说，这尊四面佛是牺牲自己为国家消灾的。但似乎一时依然难消四面佛被毁后的人心惶惶。待到人们从悲痛与不安中有所缓和后，随即，有的捐款，有的捐料，有的捐金，缓缓投入到四面佛的重建活动中。最终，所募款项，远超过复造之需。因此，眼下的这尊四面佛，乃此后重铸新奉，当属无疑。

令人觉得怪异的是，当年的 9 月 19 日晚间，也就是四面佛被毁后不足半年，泰国陆军总司令颂提·汶耶拉卡林，便趁他信总理在美国纽约参加联合国会议之际，发动了一场军事政变，在短短 2 个小时之内，便接管了他信已经执掌了 5 年，并取得了令人瞩目的成就的政权。他信，也就此流亡海外。

"四面佛风波"，似乎得到了应验。当然，关于这场"终将到来"的军事政变，其背后的深刻原因，是不难理解的。在具有浓郁的"政变基因"的泰国，在此次政变之前，已发生过十余次类似的事件；相信，今后，可能还会有。这与韩国历届下野或在任总统，大都结局凄惨非常相像。症结应该主要还是政治体系出了问题，当然，也与人性与人心有关。韩国再任总统文在寅，在缅怀前总统兼挚友卢武铉的《命运》一书中，经由卢武铉之口，将这一切皆归之于"命运"，算是道尽了此中的沧桑与心伤。而他信，作为华商平民阶级家庭出身之人，能够攀至"总理宝座"，并成为泰国历史上首位任满4年并获连任的总理，一面是通过一系列创新型政治主张，促使泰国迅速走出公元1997年的金融危机阴影，身披带领泰国经济全面复苏的"功勋"与"光环"。而另一面，则是他过于强调下层民众的权益，忽视了中产阶级的利益，挑战了泰国传统的等级观念，得罪了包括王室在内的社会精英与上层人士，因此而矛盾激化、危机重重。所以说，这场政变是蓄谋已久，且终将发生的。

当然，如果再加上"宿命论"的因素——借用泰国媒体"ASTV—Manager"的话来说，就是"他信家族中了曼谷王朝的魔咒"。此话说于公元2014年5月间，其背景是他信的妹妹，时任泰国总理英拉·西那瓦，再次被一场军事政变所击倒。该媒体，为此，破天荒地做了一篇对王室"大不敬"的专题报道。其发行的杂志的封面和封底，分别是泰国历史上的两位最著名的华裔领袖：国王郑信和首相他信的肖像。这是一种蔓延于泰国民间的隐喻，虽未明说什么，但明眼人自能心领神会。因为，民间早有传闻，当年郑信因政变被囚禁后，已发愿出家为僧，从此不问政事。但最终,还是被"拉玛一世"所"杖杀"。因此，他死前曾诅咒说"夺我王位者，十世而亡"。他信上台时，正逢"拉玛九世"暮年，为皇位继承事宜，深感心烦。因为，他曾一度萌生过欲将王位传于女儿的想法，并为之修改了《泰国宪法》，但后来，还是传给了他"不争气"的儿子，也就是当下的"拉玛十世"。虽然其也算顺利登基了，但泰国人民却是"被动接受"的，因为，他的"花花公子"做派，确实不怎么令泰人喜欢与放心。所以，正是因为有着"前朝诅咒"与"王位继承"的双重"心结"，再加上他信不仅人气盛、民望高，用"ASTV—Manager"总结的话来说，郑信和他信，还有很多共同点："他们有发音和拼写相似的名字，他们都是北方人，他们都有中国血统。"因此，他信会不会就是政治命运相同的郑信之"转世"，并覆灭即将到来的"拉玛十世"治下的曼谷王朝，对于"迷信"的"拉玛九世"来说，是一个不得不乘着生时"痛下狠手"解决的"难题"。这些原因的综合，就成了"他信倒台"由"可能"走向"必然"的"天平"之上，最后的一个"砝码"。"四面佛风波"，也为之蒙上了一层难言的色彩。

那么，撇开历史与政治的宿怨和尘埃不谈，对于这尊四面佛而言，问题就来了：为什么非要立一面四面佛才行呢？这就要拨开"四面佛"的神秘面纱，并从"印度教"说起了。因为，这尊"四面佛"，严格上来讲，并不是"佛"，而是"神"，且是印度教或婆罗门教中的"三大主神"之一的梵天。

在介绍柬埔寨的巴戎寺时，我们曾经介绍过梵天，它是印度教中的"创造之神""万物始祖"，甚至还是传说中梵文字母的创制者——梵文中的"梵"就取自"梵天"首字。梵天，亦称"净天""造书天""大梵天王""婆罗贺摩天"等，与毗湿奴和湿婆，并称为印度教的"三主神"。

而爱侣湾，原是印度教中一头神象之名，其为"守护神"因陀罗的坐骑，但两者在神界的地位相当。按照銮·素威参佩少将的说法，既然酒店取自爱侣湾神象之名"太过霸气"，那就一定要恭请比因陀罗的神威还要高的神祇来"镇住"它，其上便为主神。那么，"三主神"中，究竟选谁坐镇呢？

这就又要向上追溯一下泰民族的信仰史了。我们知道，佛教诞自印度教之后，而印度教也确是先于佛教传播至中印半岛各国的。柬埔寨历史上"三次吴哥"的营造与变迁，就是例证。即其"崇拜路径"，是从湿婆，到毗湿奴，再到梵天与佛陀的。与柬埔寨不同的是，自古泰人便多崇拜梵天，其向往梵天的观念，由来已久。并认为"人出生后第六天，梵天刻命数在其额上"，是为"梵天刻痕"之说，流传甚广。有着或朴素，或深邃的"命理论"痕迹。

而到了泰民族建立起其第一个王朝——素可泰王朝后，据段立生《泰国通史》载，正是从这里开始，"从锡兰引进上座部佛教，以取代原先流行的大乘佛教和婆罗门教"。因为，"上座部佛教宣扬众生平等，三世轮回，人人皆能修得正果等教义，对种姓制度和等级观念是一大抨击"。以致，"时至今日，泰国90%以上的民众仍执着地崇信上座部佛教"。段教授就此所下的"判断"——"不懂佛教，便不懂泰国历史"一语，令人印象深刻。而在泰人接受上座部佛教思想前，享有最高地位的则是梵天。

据泰国学者沙耶玛南所释，"素可泰"一词在梵文的一支也即当年流行于该王朝大地之上的巴利语中，为"幸福之泰"的意思。素可泰王朝对今日泰国贡献颇多。其由室利·膺它沙罗铁始创于公元1238年，然后于公元1438年为大城王朝所并，存世整200年。除开创泰国历史，和从锡兰，也就是今斯里兰卡引入上座部佛教之功外，还在其第三代王兰甘亨时期，初次创制了泰文字母。从当时流传下来的泰国至宝——兰甘亨石碑的碑文来看，公元1283年，兰甘亨王——其名"兰甘亨"为"勇敢的人"之意，通过对巴利文（古孟文）与吉篾文（高棉文）加以改造，将其爬虫形的字母的弯曲部分拉直，形成豆荚形字母。是为，泰文的兴起。然后，又经历7个版本，用时600余年，终成今日之通行泰文。而兰甘亨王，也因此功及带领"素可泰"进入全盛期的功绩而获封"兰甘亨大帝"，入泰史"五大帝"之班，世世辈辈，深受泰国人民景仰、崇敬与爱戴。

素可泰王朝的第四功，便是在第四世王利泰王时期，"根据30部佛经和本土信仰"，创作了被后世誉为"泰国佛教教科书"的《三界论》。在此一经籍中，编撰人员以通俗的方式向泰人诠释了佛教的世界观，也即"三界论"。其"三界"，指的是"欲界""色界"和"无色界"。其中，"欲界"又有"11个疆域"，包括地狱中的生物、饿鬼、罗刹、妖魔，以及，人类和神仙居住之"疆界"；"色界"则有"16个疆域"；"无色界"也有"4个疆域"，均为"梵天"所在地。由此观之，在泰民族的传统文化——佛教文化中，也有"梵天崇拜"的根基。

其后，随着该王朝覆灭，如今，位于泰国北部的素可泰城，作为当年首都的旧城遗址，也像阿瑜陀耶城一样，被辟为"素可泰遗迹公园"。然后，在公元1991年，被联合国教科文组织确定为"世界文化遗产"。段立生《泰国通史》的资料显示：该古城范围呈规矩的长方形，南北长1 800米，东西长1 360米，外有护城河环绕。城墙四周有4个城门，惜已坍塌，无法一睹昔日的壮丽风采。城墙高约6米，有雉堞，为荷花瓣形，跟现今曼谷大皇宫的城墙相似，造型美观别致。城内主体建筑是王宫和佛寺，用砖石砌成，营造于1米多高的台阶之上。之所以建这样高的地基，是因为防范雨季来临时河水泛滥。数百年来的风雨侵蚀和战火兵燹，使得金碧辉煌的宫殿和巍峨雄伟的佛堂早已荡然无存，只留下断垣残壁，湮没在荒草丛中。另据兰甘亨石碑所载，当年的城中，还有一个奇异的水池，旱季，像湄公河的水一样清澈甘美，令人神往。池中有岛，岛上有藏经阁和佛塔；其中的玛哈达寺保留至今。而这块闻名于世的石碑，高1.1米，四面宽均为0.35米，还是"拉玛四世"即位前，僧侣来此朝圣时，于公元1833年发现的。当然，这些都与我们在说的梵天无关了。

不过，虽是如此，但梵天之于泰人信仰之中，也并不是没有"竞争对手"的，熟悉宗教典故的朋友应会知悉，其实诸神之间，上至"神界"，下至"人间"，都时有惨烈的竞争，甚至是冷酷的战争。那么，在泰国民间信众的"竞夺"中，梵天所遇到的"对手"，不是其他两大主神，而是——因陀罗。

想不到吧。当下已成"守护神"的因陀罗，其实在古印度早期的吠陀教中，也是"四主神"之一，是为"雷神"兼"战神"；还是《印度神话》中，"众神之母"阿底提的爱子，"诸子中最强大的一位"，是"天帝"，是"众神之首"，是"最大的神"。而其他"三主神"则分别为："火神"阿耆尼、"酒神"苏摩、"医神"双马童。虽然那是一个多神崇拜时期，但对于吠陀文明，诗人们则对此"四大神灵"最为钟情。如在印度最古老的一部诗歌集《梨俱吠陀》中，专门颂扬这"四大神灵"的诗篇占整个诗歌总数的一半还要多。而且，其中颂扬因陀罗神的颂诗，近 250 首，约占 1 028 首颂诗总数的四分之一。这些，都可见其"曾经的地位"。

不过，当吠陀教演化向婆罗门教，乃至印度教之后，伴之以梵天等新的"三主神"崛起，因陀罗的神界地位也就大不如昨了，降为"三主神"之下，骑着爱侣湾神象的"专司雷电与战斗之神"。再到佛教诞生后，则再一次迫降为"守护神"。不过，值得其"欣慰"的是，虽然当下它已逐渐为"母国"印度人所淡忘，但在 700 余年的泰史中，泰人对它却始终保持着热衷崇拜。如，曼谷的别名"天使之城"，其实就是"因陀罗居住的仙城"之意；如若不信，曼谷市政徽的图案——"因陀罗骑神象爱侣湾"便是最好的证明。还有"拉玛九世"居住的王宫——吉拉达宫，也是取自因陀罗的居住之地——吉拉达园。如此等等，不胜枚举。

由此观之，"镇守"爱侣湾酒店没有用因陀罗，可能只有一个原因，那就是它在神界的"位次"，可能确实"不够格"。所以，最终，才"勉为其难"，将光芒已淹于因陀罗影底多时，影响力也在人们心中消退多年的大梵天王，从"三主神"中"拔尖"而出，恭恭敬敬地供奉在这处神龛上。

那么，梵天的形象，是四面的吗？或者说，外国人所称的梵天，就是泰国人所说的四面佛吗？第二个问题可以先回答，答案是肯定的。四面佛就是梵天；四面佛的泰语名为"Phra Phrom"，其中的"Phra"是名词前缀，加于"帝王""神佛"之名前，表示尊称，而"Phrom"即泰文中的"梵天"。且，四面佛是印度教中的神祇，而非佛教。至于第一个问题，则有点复杂。不过，可以先下一个"结论"——梵天当下正常示之于人的形象是四面的，也即"四面梵天"，为此一主神的主流制式。那么，梵天还有哪些形象呢？

据印度经籍史料记载，梵天确有很多种令您意想不到的存在。比如，在"无色界"中，它没有形状，是一个个"魂灵"或叫"精神"，而在绘画艺术中，通常会被描绘成一团团火，置于宝座上。想必大皇宫中多处外墙之角部所纹饰的"火焰"，便是这位大梵天王的化身。而在"色界"中，它"形状椭圆"，"像窝在蛋壳中的未孵化的小鸡"。这与泰人传说"梵天是水中的一颗金蛋裂开后产生的，自己分为男女两半，然后开始创造人类"，基本上是一脉相承的。

日本的"龙之子工作室"曾取材于古印度神话，创作过一部38集的知名动画片，叫《天空战记》。其中，讲述了一个有趣的故事，那就是梵天分身造人时，也创造了自己的女儿萨度芭。但是，梵天竟然就此迷恋上了萨度芭。萨度芭觉得不妥，于是经常转到梵天的左面、右面、后面或上面。但不死心的梵天，为了方便看住萨度芭，于是就在原本只有一张的脸上，多长出了另外的四张脸来。也就是说,梵天的形象,曾经为一张脸或五张脸。

那么,梵天后来怎么又变成了四张脸,也就是四面佛了呢?这是因为,它的"最后一子",也即"三主神"之一的"毁灭之神",或称"破坏之神"湿婆,看不下去了,于是,两大"主神"就打了起来,这便是《天空战记》的主线——将梵天与湿婆间的这场惊心动魄的战争,描述得淋漓尽致。最后,湿婆用三叉戟将梵天顶部的那张脸给叉掉了。当然,也有说,湿婆是用额头上的第三只眼,放射出来的火焰,把梵天顶部的脸烧毁的。反正,不管怎样,最后的梵天,便只剩下四张脸,也即"四面",是为"四面佛"。

梵天乃为四面造型,从印度国家博物馆的馆藏雕塑来看,在公元3~6世纪间便出现了,这是其由"神话"走向"民间"的最早时期。只不过,其时多为四面四手造型。这又涉及四面佛的手臂数量,乃至手中的圣物。从其传入中印半岛之后的历史来看,其实,这些式样也并不固定。比如,在公元6~11世纪的堕罗钵底时期,当时人们信奉的梵天,还仍是"一面二手"的。然后,到了公元12~13世纪,才多为"四面四手"。最后,到了当下,则多为"四面八手"。而且,如果仅从"进化"的时间层面来看,均迟于印度半岛。

目前所称的泰国的四面佛,已经远不止当年酒店旁的那一尊了。如果您是"跟团游",地接的导游可能会带您到各不相同的地方,见制式并非必然相同的四面佛。由于对于游客来说,未必会讲究太多,只要是泰国人民所称的、香火旺盛的"有求必应佛",祭坛四方分别写有"事业"、"爱情"、"平安"与"财运",按您所需,依次祭拜即可。当然,出了曼谷,行走泰境各地,除了"四面八手"的四面佛,有时您还有机会看到"一面二手""四面四手"甚至"五面八手"的四面佛,其中的"五面佛"即在四个连体头之上,还有一个头,那便是与湿婆大战之前的"五面梵天"造型了。其实,这些不同形制的梵天,并不一定都是形成于不同历史时期的,更多的是,依奉立者或信众们的心愿而定的,但都依然被习称为"四面佛"。显然,这是受益于爱侣湾酒店前的梵天神坛建立后,其灵验事件轰动全国,就此引发的"梵天崇拜"复兴浪潮。只要傍上了这尊四面佛,香客便会趋之若鹜,前来膜拜、求助者更是芸芸。在这一轮因偶然事件触发的,对印度教神祇的"崇拜逆袭"背后,泰人的传统思想,似乎也在发生着变化。

我们知道,早期泰人对梵天的崇拜,是因为"梵天刻痕"之说。它是一种"命理论",当然,也是想借此盼得梵天相助,予己好运。但此次复兴之后,泰人"捕捉"到了"梵天从水中来",因而赋予了它"温和的性情",以及慈悲、仁爱、博爱、公正这四种正直的性格。这就是婆罗门教中的"四梵行",对应的,也就是"慈、悲、喜、舍"之"四梵心",也即佛教之中的"四无量心"。四面佛有此"四行"或"四心",人们只要诚心祈求,便能获得降福济助——无论是求事业、祈爱情,还是盼发财、保平安,有求必应,有愿必偿。显然,这种心理或思想上的变化,要远比"梵天刻痕"崇拜更丰富。

这番变化的背后,既有巨大的精神安慰,也有着世俗的利益驱动，由此，遍布各地的四面佛神坛，便如雨后春笋般席卷而来，兴造与供奉之风，两相不绝。而且，"膜拜的细节"，还由"四面"，波及其四手或八手所持之圣物上来。比如，手持书本——代表"无上智慧"，可求"赐予正道与学业功"；宝瓶——代表解渴，意指"有求必应"；如意宝——代表"万事如意，财源广进"；降魔杵——代表"驱除一切魔障"。其至，连祭拜的仪式与敬奉的祭品，都形成了相应的规制，比如：一套祭品包括12炷香、4串花和1支蜡烛；拜神，要从正面开始，上烛祭拜，然后转左，再由右至后，转一圈。其中的每一面，都献花1串、上香3支——第1支是"拜佛祖"，第2支是"拜佛经"，第3支为"拜和尚"。而如果是"还愿"，其祭品则更为繁复：四面各奉香7柱、花7枝、花瓶1对、蜡台1个、香炉1个、香米1碗，外加清水1杯。有时，还要请出舞者，献艺给神观赏——由专门的布幔围成的舞池，和可供选择的舞蹈组织；并向寺庙，或其他慈善机构捐款。

由此，也可见，四面佛作为泰国著名的精神象征，既是印度教的，也可以说，已为泰国佛教吸收与融合。我觉得，这正是泰国人，或者说是"泰国佛教"的聪明之处。他们既善用了佛教与印度教本来就有的渊源关系，也借用了其于泰境中的先天势能，让这一切演进得都似水无形。

因为，严格地说，四面佛应为"四面神"才对。只是已经叫习惯了，很难再改口。但更深的原因则是，当下泰国佛教正显鼎盛之势，印度教想借此"神奇复兴"，不是那么简单和容易的。佛教与国王——僧俗两支力量共主一国的传统，俗气点说，已成利益集团，其稳固的关系，是不容颠覆的。当然，泰国人做得更巧妙。不仅维持和保留下了"四面佛"之名，还融合成"拜佛就是拜神，拜梵天就是拜佛的一种"。比如，在公元2006年，新修葺的四面佛坛落成、奉安仪式上，除了举行婆罗门教仪式外，同时在此举行了一场佛教仪式。这种精巧的介入方式，就使得今天人们在拜梵天与拜佛祖的膜拜方式上，几乎一模一样。因此，称梵天为佛教的"佛"，貌似也没错。

如今，在祭拜四面佛时，还会有"麻雀放生"活动，其实这也是佛教的理念与传统，与放生乌龟的道理同出一辙。只是这种放生活动，当前已经不多见了。除了此地之外，缅甸可能还会有。我记得印尼苏门答腊岛上巨港城中的水月宫前，经常会举行这种仪式，该宫位于当地著名的穆西河左岸。

还有一个当年印度佛教将梵天这位印度教的"主神"吸纳为"护法神"的故事，也更能说明此中的大智慧。故事说的是，当年佛祖释迦牟尼顿悟后，上居于须弥山顶巅的忉利天，为其母讲解大法，回程时，天空出现奇景，在佛祖脚下出现三道天梯，中间为宝石梯，两边分别为金梯和银梯。佛祖走在中间，梵天与因陀罗走在两边，呈护驾之势。好家伙，一个佛教故事，收下两大"主神"为佛教中的"护法"，而且还一个为吠陀教的"第一主神"，一个为印度教的"第一主神"，不服都不行。这个故事，后来还有雕刻、绘画等艺术形式，流传于泰国各大佛教圣地，也包括泰国国家博物馆中。

如此一来，关于四面佛——"梵天崇拜"之门，也便在"宗教意识形态"方面被打开了，从此畅通无阻，魅力无穷。以致

在泰国大地上，随处可见不同制式的四面佛，人们借此祈愿"有求必应"。

摄影：陈三秋

在泰国形成了这么一句话："到曼谷来不拜四面佛，就如入庙不拜神一样，是一件不可想象的事。"在众多祭拜的人群中，据说，有一半是来许愿，一半是来还愿的。很多游客，为了在四面佛前许誓还愿，而多次往返。四面佛也成了泰国内外信众心中的精神寄托。包括中国港台地区不少明星，都笃信不已。这应当是我们很早便听到四面佛传闻的又一大原因。

泰国现在大有成为东南亚"信仰之都"的趋势，并因应这种心理的诉求，而促使其旅游业的繁荣。神与俗两界，都照顾得挺周全，相当睿智、聪明。而依印度的古老传说，我们存活的宇宙与时间，只不过是大梵天王的一场梦，只要梦醒，或者他翻个身醒来，人世间的一切，都会随之消亡，并遁入下一个梦境；而我们，也就会像树叶一样，被他从梦里抖落，坠入虚无。是为"梵天一梦"之说。而如今，在泰国，随着四面佛的兴起，一方面，其面朝之四方、主管人间四事，事事可求，有求必应，满足着世人的不同夙愿，而另一方面，这种终日不绝的香火与瀚如繁星的信众，足令梵天梦境华美无比，不思醒来。大千世界得保，四面佛居功至伟，而这，也可以说是其最大一智慧。因此，我说，四面佛是最聪明的，泰国人民也是。我们可以从一尊四面佛中，读出这个民族的智慧。

2017年10月15日，于金陵，紫金山下

43 玉佛寺知历史

泰国的玉佛寺，位于曼谷大皇宫的东北角，同属于大皇宫建筑群落，堪称泰国"第一圣寺"，因此，久负盛名。俗称的"大皇宫之游"，往往一大半的时间是在游览玉佛寺，只是大家很少去仔细区分罢了。

此寺建于公元1782年"拉玛一世"时期，因寺内供奉着一尊翠玉佛而得名。该佛正名为"僧伽罗玉佛"，在中印半岛之上，与老挝的"勃拉邦金佛"齐名，可以并称为"两大圣佛"。尤其是前者，围绕其发现与争夺的故事，几乎就是泰国的兴衰史，乃至半部中印半岛史。因而，我称"玉佛寺知历史"。

如今的玉佛寺，也自成一处子建筑群落，为泰式乃至亚洲多国风格建筑、雕塑、绘画艺术的汇聚，可以引申理解为是一座"亚洲宗教艺术的宝库"，整个一微缩版的大皇宫。其精华之处，为供奉着玉佛的大雄宝殿，习称"玉佛殿"。援引时空所作《曼谷大王宫主体建筑之美术学研究》一文：此殿就是雕梁画栋、华贵庄严。其三层重叠式的屋顶，也是典型的暹罗式、人字形；鸱尾高挑，复辅以龙首、凤尾等装饰，极尽华丽。殿门和窗户，

玉佛寺建筑群与大皇宫建筑群浑然一体，这些高耸的塔尖，出自不同风格的宗教建筑，共同绘织成"泰国艺术大全"。

来源：途牛网

都采用了泰国传统的贴金雕漆工艺，门板图案精美，尖顶方窗也覆有金箔浮雕。整个外壁均在"拉玛三世"时期改饰成金镶花、碎琉璃状，其下部同样敷以金箔的底座之上，还密密地盘踞着112座头戴尖顶宝冠的"守护神"——金翅鸟，也即梵名"迦楼罗"，拱卫着殿内的"僧伽罗玉佛"。

至于其殿内的装饰与布局，则益加精彩。首先映入眼帘的，便是那尊饱含传奇色彩的，头戴金塔冠、身披金缕衣，高66厘米、宽48厘米，通体玲珑剔透、晶莹无瑕的玉佛，应该是由整块的翡翠或绿玉，精雕细琢而成。据说这件金缕衣共有3套，对应着曼谷的雨、旱、凉三季，其中，前两季之衣为"拉玛一世"定制，后一季之衣为"拉玛三世"增制。此后，便由历朝拉玛国王按季为其换穿，其他人等则永远没有机会靠近。其中，雨季穿镶有蓝宝石的金衣，旱季穿缀有红宝石的金衣，而凉季则穿纯金质的金衣。佛像面目祥和、耳垂细长，呈禅定状、结全跏趺坐势；然后，双手仰放于腹前，右手置于左手之上。依唐代高僧释慧琳《一切经音义》所记，"结跏趺坐，约有二种，一曰吉祥，二曰降魔，凡凡坐皆先以右趾押左股，后从左趾押右股，此即右押左，手亦左居上，名曰降魔坐。……其吉祥坐，先以左趾押右股，后以右趾押左股，令二足掌，仰于二股之上。手亦右押左，仰安跏趺之上，名为吉祥坐"，其中的"吉祥坐"，密宗亦称"莲花坐"。亦即"全跏趺"有"降魔坐"与"吉祥坐"两种；而泰式佛像多延承自素可泰王朝流传下来的降魔坐造型，因此，各界现多推断此玉佛最早应出自于"佛教圣地"印度，或者锡兰。我认为是传自锡兰：一是自阿育王将佛教导入锡兰后，锡兰便基本上取代了印度，成为中印半岛上座部佛教的"输出地"与"交流国"；二是此佛本名中的"僧伽罗"，便是锡兰旧称，唐玄奘的《大唐西域记》中，便记有此国与这一名称。其三，佛像往往是随佛教一起外传的。因此，这一佛名与这一制式，都令"玉佛系出锡兰"成为最大可能。

还有一点就是，可能是雕工不易实现或者籽料不够，其佛首采用的是在公元7~14世纪"室利佛逝时期"形成的光滑无发造型，也即其头部并没有常见的弯曲成螺状的头发与密密排布的发髻，亦即后人所称的"释迦头"。这种独特的风格，诞生于公元4~5世纪间的笈多王朝时期，那是自公元1世纪佛像诞生以来，佛像艺术之于印度的最辉煌时期。而这种后世流传甚广的"释迦头"式样，应该是受到了印度"珠宝帽"的启发而形成的。如果再加上中国南北朝时期的画家，曹仲达所创的"曹衣出水"（亦即"曹家样"褶纹服饰），便基本上为当下世界各地大佛雕塑所常用之形制了。传入泰国之后，影响深远，并一度成为主流样式。此种"释迦头"，又多堆砌成泰、缅等国流行的尖顶佛塔形状，即宝塔状；所以，曼谷皇室，为了补此之"不足"，故定制了一顶金塔冠，覆于玉佛头顶之上，再造了"释迦头"。

玉佛顶上，还悬有一把9层的华盖金伞；两侧又各有一个水晶圆球，代表着太阳与月亮。然后，整尊玉佛，便被奉立在中央一座高达11米的黄金佛台——泰人称之为"乌钵苏"，亦即戒堂之上，昭示着其已成泰国"镇国之宝"的显赫地位。而关于它首现人间的通行说法，就是公元1434年的一天，泰北清莱府的一处佛塔突遭雷击，才让这尊当时布满灰尘的"泥佛"，剥落为一玉佛。

随后，关于此尊"僧伽罗玉佛"颠沛流离的命运便产生了。先是由清莱府转运到南邦城安奉了30余年，然后又被恭迎至清迈城供放了84年。最后由老挝澜沧王朝的塞塔提腊国王于公元1552年带回至当时的国都銮佛邦，也就是今天的琅勃拉邦。与该城的"守护神"——"勃拉邦金佛"一起，受到最隆重的供奉。后塞塔提腊为避缅甸战火，于公元1560年迁都于万象城后，遂又将这尊"僧伽罗玉佛"向南带至新都，并兴建玉佛寺进行安放，而继续把"勃拉邦金佛"留在故都，以期两尊神圣的佛像，可以同时庇佑两城免遭战祸。

想不到的是，该尊玉佛在老挝一共呆了226年后，又在公元1778年，为攻陷万象城的吞武里王朝的郑信王掳回到了泰国。按流行的说法是，当时统领大军之人正是4年后开创曼谷王朝的"拉玛一世"。所以，当其建都曼谷，并兴造大皇宫时，便同时修建了此座玉佛寺，来供奉这尊玉佛。公元1784年，寺成，该尊"僧伽罗玉佛"便于当年3月27日，被迎请寺中供奉至今。

至今，老挝人民对此段历史仍心生愤恨，在万象的玉佛寺中诉尽了不满。当然，对于泰国人民来说，他们可能会认为这尊已重回泰境，并在曼谷的这座玉佛寺中供奉了230多年的玉佛，属于归位，而不是侵掠。看样子，口水仗还有得打。其佛的颠沛生涯，也便见证了老、缅、泰三国强弱兴衰的攻伐历史。当然，甚至都有可能与柬埔寨有关，因为其首都金边城的大皇宫中，也供奉着一尊玉佛，可能是"僧伽罗玉佛"的复制品，难道此佛在"清莱府"被发现前，还曾属于过吴哥王朝？那么，该玉佛的历史就更加丰富多彩了。只是，由于柬埔寨历史的缺失，我虽然多次光顾他们的大皇宫，但至今仍不得其解。

如今归位成功的这尊玉佛，便成了曼谷王朝的"守护者"，其神圣地位，不容置疑。在泰国人民心中，也是无比之金贵，其地位绝不亚于老挝人们心中的"勃拉邦金佛"，与缅甸人民心中曼德勒城中的那尊被释迦牟尼佛祖亲自加注过灵气的"阿拉干金佛"。今天的我们，能够有机会一睹这尊当年引发多国之战的圣物，瞻仰到它惟妙惟肖的冥想姿态，并寻得心灵片刻的宁静，衷心感谢"拉玛九世"。感谢他的开放与开明，并将全部门票收入用于救危济贫。

玉佛寺建筑群落中间为"大金塔"——乐达纳舍利塔,其后为藏经阁,再后即为皇家寺院。而最右侧的庑殿式灰顶建筑,就是玉佛寺了。　　　　　　　　　摄影:陈三秋

玉佛寺的这些佛塔式院门,出自印度教建筑风格传统,如今在缅甸境内,还可以看到相似的建造工艺。 摄影:陈三秋

玉佛寺正殿门前的寺壁上,涂满了金粉,熠熠生辉,奢华无比。　摄影:陈三秋

玉佛寺的精妙之处，还在于遍布大殿内外的叙事壁画。多采用阿瑜陀耶时期的绘制风格，以金、红、白三主色勾勒与绘就。有讲述佛祖释迦牟尼的《悟道成佛图》，描绘天上、人间与地狱的《三界五行图》，还有国王威仪四方的《水陆出巡图》，与佛祖普度众生的《佛陀应化图》，等等。

而殿外的回廊之中，采用了与柬国吴哥窟或敦煌莫高窟中相似的长卷式构图，通过178幅画作，将整部《拉玛坚》史诗——"泰国版《罗摩衍那》"，2万余句，遍绘于殿墙之上。人物形象丰满圆润，画面色彩对比强烈，有着暹罗式特质与中西方艺术的融合风采。而且，各个故事之间，均以山川树木相隔，既独立成画，又关联照应，细赏一幅，或遍览全卷均可，妙哉。

此外，院落之中，还有一些"常规"壁画，可散见于曼谷或清迈的其他寺壁或寺门之上。那是《佛本生经》中的故事。不仅泰国人，缅甸人也很喜欢引用。但它原先是用源自古印度摩揭陀国的巴利文写成的，后在阿瑜陀耶时期，也即公元1482年才被翻译成泰文，并得以广泛流传。如今泰国的佛教徒们认为，一天听诵一遍《佛本生经》，就等于积了一次功德善果。可见其影响之深、之众。至于这个摩揭陀国，还是佛教历史上第一次结集活动的所在地，也是佛教中当之无愧的圣地，我们将来在缅甸有机会讲述"第五次结集活动"时，将会再次介绍摩揭陀国，大家将会发现关于它的，更多不为人知的辉煌故事。

殿前，还有一块莲花状的标识性石碑，这在泰国各大佛殿周围均可见到，名为"赛玛"，意在提醒人们已经进入圣地之境。除了肃穆不得嬉笑之外，也不得袒胸露肢，如果您身着迷你短裙，

玉佛寺的壁画回廊，无疑是又一处艺术瑰宝，只是它很容易被匆忙来去的游人所忽视。　　　　　　　摄影：陈三秋

那是一定要被拒之门外的，上至皇室成员、达官显贵，下至黎民百姓、外国客人，无一例外。不过，泰国的另一项规定比之缅甸、老挝、印尼等国执行得相对宽松一些，那就是进入殿内，除了赤脚跣足，有时还允许换穿拖鞋。在缅、老、印三国行走时，由于烈日暴晒，地面滚烫，脱鞋光脚步入佛寺或清真寺内，虽然距离多仅为数米之远，但确是煎熬。

　　此寺还有一个特殊之处，可能与其乃皇家至圣之物有关，那就是并没有僧侣住在寺中,这一点与泰国其他寺庙乃至其他各国的寺庙相比,算是显著的差异。诸如信徒奉上祭奠之物,或者为玉佛洗脸等常见于中印半岛其他各国的"亲民之举",更是不可想象。因此,如今的这尊玉佛,也便有着与其慈祥的面容不相称的"待遇",甚至可以不恰当地说,仅成了一座神圣的摆设,拒人千里。

当然,这可能也与玉佛寺钦定为皇寺有关,即专供皇室成员举行重大佛事仪式,与平时吃斋念佛修行之用。而皇宫之中,配一皇寺,这也是泰国多代王朝承继下来的传统。如素可泰王朝兴建有玛哈达寺,大城王朝则修有帕希讪派寺,连短暂存世的吞武里王朝都留有黎明寺,到了曼谷王朝,那便是玉佛寺了。大多数情况下,皇宫与皇寺,均为当世最耀眼的建筑与最艺术的作品,两相呼应,伟岸峙立,为彰显各朝成就与功业的代表。

而且,往往有寺必有塔。玉佛寺中,便有一座通体金黄、雄伟壮观的乐达纳塔,为大皇宫建筑群落之中的标志物,亦可时见于各大关于大皇宫或玉佛寺的报道、攻略、宣传、著述等中。

其实,佛塔本是印度大地之上的产物,当地人称之为"窣堵坡",原意为"土堆成的坟包",也有"坟冢上的建筑物"之意。相传当年信徒曾问释迦牟尼:"该用什么方式表示对您的敬意?"佛祖答为:"把长方形的布拼成的袈裟铺于地上,钵覆扣在袈裟上,再使锡杖竖于钵上。"此语中之物,就是"窣堵坡"。公元前468年,佛祖灭度后,弟子为寄哀思,便率先筑起"窣堵坡",以置佛祖舍利;后随着佛教一起外传,盛行之后,便多称之为"佛塔"。且在各国之中,形成多种式样,别异造型与不同用途，但，往往主要的结构又是相同，因此非常奇妙。

以乐达纳塔为例，它的塔尖为依次向上、逐渐收缩的花串藤状，可称其为覆钵式塔；与吴哥窟中杨桃瓣、菠萝形或玉米状的吉篾式塔截然不同。后者形成的时间较早，被称为"巴朗"（Brang），前者"改良"自后者，在泰国被称为"斋滴"（Chaidi）。帕希讪派寺中的著名三塔，即同为覆钵式塔，又因多流传于或传播自锡兰，故又称"锡兰式塔"。但马哈达寺中的佛塔却自成一派，底座为三层的四方形基台，重叠至塔身，但塔身并未自然流畅地直收至塔尖，而是略显肥硕，将塔尖映衬成突兀的端立状；然后，整个塔尖，又呈现为饭团模样的花球形，或含苞待放的莲花形，可称其为"素可泰塔"——以其诞生之地与盛行时期而得名。

比较有意思的是，源出印度的佛塔，一般由下至上，可分为五个固定部分：基坛、覆钵、宝座、刹杆和相轮。其中的基坛即为佛塔最底层的基座，不拘圆形还是方形；覆钵，亦称"覆钟"，其状如翻立的钵或钟，是基坛之上的部分；宝座多为中空的方形，又立于覆钵之上，其内部可用于放置佛经、佛像等物；刹杆是常置于宝座中央之上的竖竿，有标示此塔乃为圣地之用，也用于悬挂最后一重的相轮——俗称"华盖"，中国佛教亦多称其曰"承露盘"，为1~13层数目不等的圆环，昭示着悟道的境界与深浅。而乐达纳塔，在下面三个部分基本上遵循这一建式，但在塔尖部分，则将相轮直接攀缚于塔身之上，融为一体，呈向上自然收缩的缠绕状；然后，再次以一颗巨大的宝珠替代了刹杆，因此，整体感更强。这可能得益于泰国技艺精湛的匠师们别具匠心又别出心裁的"灵感创作"。

最为重要的是，乐达纳塔，还是一座舍利塔。所谓"舍利"，梵语为"śarira"，本意指"尸骨"，即死者火化后的残余骨烬。此处通常指佛祖释迦牟尼灭逝之后的遗骨。后来，也把高僧大德荼毗——亦即火化后所得的质地坚硬的结晶颗粒，同称为"舍利"。由大唐义净法师翻译的《金光明经》中载有这么一段："舍利者，是戒定慧之所熏修，甚难可得，最上福田。"也就是说，舍利是修行到最高境界的验证。2 500年前，释迦牟尼佛涅槃，据传，一共留有：一块头顶骨、两块肩胛骨、四颗牙齿、一节中指指骨，以及84 000颗成自身体其他部位的真身舍利。这座乐达纳舍利塔中所供奉的，就是这84 000颗中的一枚胸骨舍利。

据原始佛教的基本经典《长阿含经》所记，佛祖涅槃后，除了其弟子立塔奉存舍利以示纪念外，周边各国也曾兴兵争夺其舍利，并各得而归，均起塔供奉。这应该是佛祖舍利的第一次外传。公元前3世纪时，阿育王统一印度后，笃信佛教的他，为了弘扬佛法，便将这些佛祖舍利，分送世界各国建塔供奉。是为佛祖舍利第二次外传，同时，也是佛教正式外传之始。

又据唐代僧人释道世所著的《法苑珠林》所载，这些佛祖舍利有不少传入中国，并有19处舍利塔安奉之。另一位唐朝僧人释道宣编撰的《广弘明集》中，也有着同样的记录。其中，陕西扶风法门寺，便因安奉有佛祖留下的唯一一节中指指骨舍利，而成为举世闻名的佛教圣地。而且，在公元1994年时，为了庆祝泰国国王"拉玛九世"登基50周年，暨中泰建交20周年，应泰国政府邀请，该枚弥足珍贵又神圣无比的佛指舍利，还在当年的11月29日，赴泰供奉瞻礼。当时，总计在泰国中部的"佛教秘境"——佛统府的佛教城中，前后敬奉了85天，直到次年2月19日才巡礼结束。其地，就是公元6~11世纪，亦即中国的隋唐时期诞生的堕罗钵底国发源地、所在地。看过报道的人都应该还记得，为了迎取这节佛指舍利，泰国上下，可谓劳师动众、虔敬异常。

先是时任泰国外长、后来的首相他信亲赴北京恭迎、陪护；"到访"泰国后，当时的川·立派总理又亲率一众官员、大德高僧行双膝跪拜大礼。后来，"拉玛九世"国王更是亲自前往朝拜，并主持了开光典礼。据悉，瞻礼期间，也是盛况空前，堪称轰动寰宇。上至泰国僧王、议会议长、军队将领，下至各地民众、各国游客，朝野各界、泰国内外，高峰之时，日拜人数超过12万，总计不下220万人次参与其中！此举，更是开启了中泰友谊与佛教教务交流的新篇章。

我想，这可能与法门寺的这枚佛指舍利的传奇故事不无关联。去过中国宝鸡或扶风的人，想必一定不会错过入拜此寺。其寺，始建于东汉末年桓、灵二帝年间，系先有佛塔而后建有佛寺之形式。佛塔便是用于奉置此枚佛指舍利而兴立的，因舍利当年传于阿育王时期，故塔名便叫"阿育王塔"。寺成之后，也便初得"阿育王寺"之名。但当时，此舍利深埋塔下，并不能行观瞻之礼。直到南北朝时期的西魏拓跋廓主政的恭帝二年，亦即公元555年，才由当时的岐州牧拓跋育，将塔基打开，首次朝拜该枚佛指舍利，拓跋育成为瞻礼佛指舍利的第一人。这可能与当时相继发生的"北魏太武帝灭佛""北周武帝灭佛"的"二武灭佛"事件有关，故不敢开启地宫。这是中国历史上首批发生的重大的"灭佛事件"，也是佛教灾难。后世还将此两起"灭佛事件"，与后来的"唐武宗灭佛"全称为"三武灭佛"；或者再加上"后周世宗灭佛"，则合称为"三武一宗灭佛"。此即载入史册的"四大法难"。

在隋文帝杨坚建立隋朝之后，当时的右内史李敏，再次起开阿育王寺塔基，成为瞻礼这节佛指舍利的第二人。随后，历史进入了相对开明的盛世大唐时期，唐高祖李渊敕赐阿育王寺寺名为"法门寺"，流传至今。而且，据说在李唐一朝，包括唐太宗李世民在内，前后有8位皇帝曾亲往法门寺朝拜，甚至将佛指舍利迎接于皇宫之中供奉。在侥幸躲过了唐武宗李炎，于会昌年间发起的"毁佛运动"之浩劫后，唐僖宗李儇便在公元874年，将这枚佛指舍利，偕同一些朝拜时所用的各种供奉器物，一并密藏于法门寺佛塔之下的地宫中，并就此封存。而他，也就成了中国封建王朝历史上，见过佛指舍利的最后一人。今人可能要为此由衷感激这位曾深受诟病的"逃跑皇帝"——一生屡历战事，经常逢战必跑；重新审视《旧唐书》和《新唐书》之后，您会发现，他是相当聪明，又颇负远见的一位皇帝。因为，在其将佛指舍利封藏之后的次年，便发生了"王仙芝之乱"，4年后，再次爆发声势浩大的黄巢起义，无疑，其封藏之举提前令佛指舍利免于遭受人间残酷的兵祸战火。如若不然，佛指舍利能否完好保存至今，应该还在两可之间。而且，此人还最终在其短短的27年人生中，不仅有"平定黄巢"之功，还有"策反"黄巢部将——招降朱温之劳，一度挽救唐室于危亡。虽然最终唐亡，但其时，大唐久衰，已成强弩之末，虽屡经"折腾"，出现了中国历史上非常罕见的三次"中兴"：唐宪宗李纯"削藩之战"下的"元和中兴"，唐武宗李炎"灭佛运动"时的"会昌中兴"，与唐宣宗李忱收复河湟后"大中之治"。尤其是最后一位，还因击败吐蕃、回鹘、党项、奚人等一大堆"劲敌"，而获封"小太宗"之名，意指其成就与风骚，略输于唐太宗而已。然，已病入膏肓的晚唐，试问，谁又敢称，能再造一个"贞观之治"，重启一番"开元盛世"，与第四次"大唐中兴"呢？！

对于法门寺而言，那是又过了相当漫长的岁月，才尘封得启、复现光芒的。这真的是一个"千年等一回"啊：一等，就是1113年。

公元1987年4月3日，中华文物专家在修缮与重建法门寺的宝塔时，意外地发现了塔下的这处唐代地宫。就如同柬国的"大小吴哥"，或者越南的"美山圣地"，抑或印尼的"婆罗浮屠"一样，沉睡千年的大唐珍宝，得以重返人间！然后，在当年农历四月初八，亦即"佛诞日"，于地宫之中便发现了这枚释迦牟尼佛"真身舍利"——佛指舍利，一同呈现的还有3枚"影骨舍利"——可能来自释尊入灭后弟子们用玉石仿真骨而制，或阿育王传入时为保护真骨所制；最有可能的是，当时国人为了避免真身灵骨遭受灭佛之祸时制作的。关于"影骨"与"灵骨"的关系，佛教领袖赵朴初曾有"影骨非一亦非异，了如一月映三江"之语，即为"不一不异"。

当年随同佛指舍利一同问世的还有 2 499 件各类奇珍异宝。这是迄今为止发现的年代最久远、规模最大、等级最高的佛塔地宫。一下子震惊了全世界。公元 2004 年，联合国教科文组织评其为"世界第九大奇迹"，也被国人尊称为"中国唯一一件特级文物"。所以，其首次"出访"泰国之隆重其事，也就容易理解了。

乐达纳舍利塔的东侧，还有一座泰式风格的、建于"拉玛一世"时代的藏经楼。门口还塑有身着铠甲的持杵"守护神"——卡拉。也源自印度教，后成为泰国佛教中的"鬼王"，位列"四大天王"之一，泰名为"套维素湾"。其在泰国神祇之中，与象征着智慧的"象神"——迦尼萨，四面佛等，地位都比较崇高。据说，其曾因贪吃，将湿婆的祭品吃掉。湿婆很生气，便命卡拉把自己也吃掉。最后，卡拉便只剩下一个"面具头"，呈青面獠牙、双目圆突、狮子鼻状。卡拉之旁的台阶，还有另外一个"守护神"——人首蛇身的五头半神蛇精那伽。据传当年佛祖遇到洪水劫时，是那伽载其逃离的；佛祖开坛讲经时，遇上下雨，它又会爬到佛祖的头上，展开呈扇子状，为佛祖挡雨。因此，这就成了今天已成"守护神"的那伽造型。

这里殿壁上镶嵌的花饰，也比较精妙。尤其是您还可以看到曼陀罗花。在佛经中，它是作为象征宇宙结构的本源，其花语有"适意"之意。就是说，见到它的人都会感到愉悦。而且，它还包含着洞察幽明，超然觉悟，幻化无穷的精神；具有这种精神的人，就可以成为曼陀罗仙。连明代李时珍编写"严谨"的《本草纲目》，在记述此花的来历时都说：当佛传授他所证悟

位列"四大天王"之一的"鬼王"——卡拉,泰名为"套维素湾"。

摄影:俞前进

第 3 篇

The floating clouds

多年之后重回到**泰国**

的宇宙真谛时，从天空降下曼陀罗花雨。那是源自"释迦牟尼成佛之时，大地震动，诸神齐赞，鼓瑟齐鸣，天雨曼陀罗花、曼殊沙花、七宝莲花……"的传说。西方佛国的极乐世界，也被描述成：曼陀罗花不舍昼夜，没有间断地从天上落下，满地缤纷。因此，供奉曼陀罗花的意义，就成了用世间最珍贵的宝物，盛满三千世界奉献给佛、法、僧"三宝"。

藏经楼里，则收藏有一部金片制成的《藏经》，这就是盛行于中印半岛与斯里兰卡等地的至高圣物——金贝叶。素有"佛教熊猫"之称的贝叶经，最早源于古印度，是时，佛经多用野蕨杆削成的笔蘸墨后，记于特制的贝多罗树的叶子上，然后裁剪成长条形，并以线绳穿系成册，呈连折叠式，或直接呈宽面阔式。其中，也有用金箔片仿贝叶，而用铁笔誊写经文的，那就是"金贝叶"了。中国西双版纳傣族人民用"傣泐文"所记述的文化，也与之相当，世称"贝叶文化"。而贝叶经，就是其中最古老、最核心的部分，也是久远的"傣族文化"的根。但在傣语中，贝叶被称为"拜兰"，连折叠式的经书被称为"薄练"；为区别于金贝叶，叶质的经书统称为"坦兰"。还有一些是棉纸经书，傣语称"薄嘎腊沙"。

来到玉佛寺的院落，您还有机会看到吴哥窟。当然，它是一个微缩模型罢了。这是一次在泰柬两国间引发争议的"抄袭"，因为历史上，两国之间经常为争夺此城而发生过战争。但"抄袭"当时，吴哥窟的所在地暹粒，通过《法暹条约》，确在泰国的统治之下，那是"拉玛四世"时期。他下令要在大皇宫的艺术丛林中，建造一座"吴哥窟"；柬埔寨人民反对也没有用。然后,"拉玛五世"便用石膏模型,重现了这个东南亚奇迹,以作为曼谷皇城建立一百周年的纪念之物。

这再次见证了一段"暹柬之战"与"殖民岁月"的历史。当然,玉佛寺还有一段不光鲜的历史,各界知之甚少。那就是在"二战"期间的公元1941年12月21日,《日泰攻守同盟条约》,就是在此寺中,由銮披汶·颂堪政府,与日本特使坪上贞二签署的。35天后,也即次年1月25日,泰国对英美宣战,要不是后来"亲美派"倒戈,此举差点"弄巧成拙",给泰国带来覆亡之灾。因此,除了那尊"僧伽罗玉佛",这座玉佛寺,处处可见历史。有俗世的,也有神佛的,耐心去看,必有所获。只是,有时您可能会感觉到矛盾:泰国素有"黄袍佛国"之美誉,也多以"千佛之国"而闻名,佛教的那些"柔性文化",不是应该令人心态平和、和蔼仁善吗?但其实,在中印半岛的历史上,像佛教最为鼎盛的暹罗与缅甸,都曾因抢夺佛像、经书等而引发过战争,这又是一种世俗的"帝王心理",或者说"民族情怀"。

所以,从玉佛寺观之,信仰有时是一件好事,有时则又会是相反的另一回事。借宗教之名而发生的好事与坏事,很多很多。需要多角度去审视。

2017年10月17日,于金陵,紫金山下

44 清迈的小世界

自老挝的琅勃拉邦,飞抵"泰北玫瑰"——清迈。 摄影:陈三秋

当堵车成为曼谷的特色,各大道路为"摩托车大军"所攻陷,廊曼与素万那普两大机场均人满为患之时,清迈的小世界,也便成了在泰期间更好的选择。估计,在当下的泰国,综合比较之下,最适合居留一段时间之地,可能也唯有清迈了。

所以,公元2018年,中国的金秋十月,在又一次多国周转的繁复商旅,与又一次的一升一落之间,我决定尽量不再去曼谷了——转由老挝的琅勃拉邦，朝向西偏南，飞越坤丹山脉，抵达人们熟知的"泰北玫瑰"——清迈古城。

与地面行车的艰难、拥堵、煎熬、漫长不同，中印半岛上的航程都是短暂的，只要没有中转；这次一个小时，飞跨老泰两国，就是如此。以至于，来不及欣赏机舱之外如棉絮般浓厚的云朵，飞机已迫不及待地降落在这片山谷间的大地上。

好友刚刚在清迈府拍摄完甜蜜幸福的婚纱照，本以为从此就"他的眼里只有她"，想不到的是，除了一起在长康夜市的街头，"打赏"流浪歌手献唱"泰国真人版"黄家驹的那首《海阔天空》，最后，还是相约绕到了塔佩门一带，去"密会"一位炫目的"双刀姑娘"，吃一盘久负盛名的"凤飞飞猪脚饭"。"凤姐"还是那个"凤姐"：高大个、牛仔帽、柳眉倒竖、杀气腾腾。猪蹄碎切，卤水红亮，饭，也还是那个贪婪的味儿。对于清迈来说，除了游人越来越多，难得几年清静之外，其他一切，似乎都没有变。还是那个精巧的小世界。也颇适合一位即将步入婚姻圣殿的男人，与昨日的不羁告别。从此，恋恋红尘，只牵一人手、只饮一瓢水，浪漫且好，谨祝。

塔佩门是清迈古城留存最好的东大门。清迈与琅勃拉邦的"前世今生"是何其相似：都历史悠久，文化璀璨，各为显赫王朝之故都；如今，也都绿荫交织、秀美清幽，均为两国之第二大城。不同的只是，这里曾是兰纳泰王朝的崛起与繁荣之地。那是公元 13 世纪中下叶，是时，蒙古大军南进，已征服大理国，此地的傣、泰民族为避其兵锋，便在孟莱王的带领下南迁。机智的孟莱王，一面顺势收伏了周边部落，一面在公元 1287 年，与素可泰的兰甘亨,和帕尧国的孟昂王结成"军政同盟",确保其最终将势力范围推广到今天的清迈地区。

其后,孟莱王还在上述二王的帮助下,共集结9万人,在这个中印半岛的交通枢纽之地,大兴土木,建造都城。其中,4万人负责修筑两道城墙、开掘一条护城河,5万人负责兴造城内的宫殿、住宅。公元1296年4月14日,清晨4点,伏着良田千里,且有滨河护卫,南北长800畦(1畦等于2米),东西宽同为800畦——亦即1 600米的正方形新王城终告落成。是为清迈,泰语中的意思即"新城"。

此后,清迈城便成了兰纳泰王朝黄金时期的根据地。也就是当前清迈古城的所在地。如今,清迈城中府会厅前的广场上,立有一座著名的"三王雕像",铭记着那段"三王建城"的故事与友谊。还有传说:当年的孟莱王,是在当地一次打猎时,发现被视为吉祥象征的白水鹿与白老鼠,才决定于此建城的。中国的元、明两史中,还"赋予"了这个王国一个更妙曼的名字——"八百媳妇国"。据《明史》所载,其名称的来源是:"八百媳妇者,其长有妻八百,各领一寨,故名。"而公元13世纪的兰纳泰王国,确曾辖有大小不同的城镇、村寨800个,且因当时母系社会的遗风,每地首领均为女子,共800位。可能因此而得中国史书中名。

这也是佛教于泰北大地的始盛时期,据段立生《泰国通史》所记:"每村立一寺,每寺建塔,约以万计。"其繁荣程度,由此可见一斑。时至今日,保留下来的寺与塔,还有百余座。其中,辉煌华丽、最为有名的佛塔,叫"斋滴隆舍利塔"。其塔始建于

第 3 篇

The floating clouds

多年之后重回到**泰国**

清迈"府会厅"前广场上的"三王雕像",叙述着这座城的诞生故事。
摄影:陈三秋

公元 1481 年,高 98 米;但在公元 1545 年的大地震中,遭到了毁坏,如今只剩下了依然壮观的、42 米高的塔基与首层,静立在显赫的契迪龙寺中。

很少有人知道的是,在中国明朝时期,清迈还是中国领土的一部分。明洪武二十四年,也即公元 1391 年,也在此地设立了著名的"八百大甸军民宣慰使司"。后在公元 1556 年,中国的丙辰龙年,时为明嘉靖三十五年,年初,陕西关中发生 8.9 级大地震,多城陷没,83 万人死亡——此乃中国,也是世界地震史上震级最大的记录。同年,缅甸东吁王朝崛起,莽应龙大帝起兵攻打兰纳泰,"陷其国都,掳其国主",兰纳泰王国至此告灭。"八百大甸军民宣慰使司"之制也亡于莽应龙之手。当然,这一年,中国湖南湘西却发生了一件"喜事",那就是美丽的凤凰古城开建了。

随后,清迈城便长期处在缅甸的占据与控制之下。直到公元1768年,郑信加冕为吞武里王(在泰语中,"吞"是财富的意思,而"武里"是城堡之意,合在一起就是指"财富之城"),在暹罗建立起吞武里王朝并发起驱逐缅甸人的"复国战争"后,北部泰人大受鼓舞,决定与中部泰人的暹罗联手抗缅。并于公元1774年,将缅甸逐出清迈,次年,又将其赶回至暹缅边境,才自此摆脱了缅甸200余年的羁绊,复国成功。最后,在曼谷王朝的公元1939年,"拉玛八世"时期的銮披汶·颂堪上台后,因受德国纳粹的"日耳曼民族主义"影响,开始推行"国家主义政策",弘扬"泰国是泰族的国家",亦即"正式改国名由暹罗为泰国",并以"唯国主义委员会"的形式进行推广,是为"大泰民族主义"之兴起。也正是在这一大背景下,清迈,正式被并为"泰国王国"的一部分,并为泰国北部的行政管理中心,一直延续到今天。

在统一泰国的治下,清迈一直远离政治纷争的旋涡,经济发展得不错。尤其是泰国成为"亚洲四小虎"时期,这里也得到了大幅发展。如今,整座城规划方整,街道整洁干净,与老挝或柬国相比,路况极好;靠左行驶的车辆,也会让人情不自禁地联想到"小香港"的感觉。整个城的构建是从"三王广场"展开的,其中,形色各异的寺庙是最大的亮点,晚上再佐以繁华的夜市，犹如置身人间天堂。在诸多名寺之中，依城市建制来看，中间是契迪龙寺，东西南北，依次再展开的寺庙群落有：东面的可卡拉寺、乌帕库寺、布帕兰寺，西面的帕辛寺、松德寺、双龙寺，南面的柴德林寺、泰德姆寺、帕抱寺，北面的清曼寺、华光寺、古道寺，等等。这些都是值得背包穿行，慢寻探赏的。这里是真正的"徒步天堂"。

如果世间诸城皆如清迈，人间便处处可称天堂。我想，大抵是这样的。它远离曼谷 700 公里有余，变成了泰境之内异样的"小世界"：去曼谷做生意，去清迈过生活，我想，这应该是最合理的安排。只是如今清迈的夜市，却因人潮拥堵，而失去了一丝恬静。夜行其中，琳琅满目的地摊，与流浪歌手的音乐，呈现着物质与灵魂不相称的对撞。空气中，也弥漫着榴莲的味道，与孟买夜市中的咖喱味儿，一样深受女孩子们的喜爱，但"恨者"也大有人在。但从细数我在全球各地逛过的部分夜市来看，

清迈自成一个"小世界"：甜美、富足、安康、静好。

摄影：陈三秋

它确实比万象的夜市要整洁卫生许多,但又比不上琅勃拉邦夜市的清新喜人,那里的宁静与祥和,是至宝。金边或暹粒的夜市,也很繁华,那不仅仅是外国人的,也是当地人的,是消磨时间的所在。首尔的夜市,有着韩式料理般的精致,也确实适宜贪吃的恋人们同往。吉隆坡的夜市,就是中国南京的新街口,是购物的天堂;在马来西亚要想逛夜市的话,去马六甲就够了,那里还有着古朴夜市的韵味。想不到的是台北或高雄的夜市,竟然还留有我们少年时玩过的很多游乐项目,有着怀旧的风范;但这里的小吃,与香港或澳门的夜市有的一拼,大多都合国人的口味,能够管饱。一如西安或重庆的夜市,虽然由于粗心与放任,已特色失尽,但一圈下来,吃顿饱饭还是可以的。

白天,如果想对清迈城的"小世界"了解个大概的话,去爬一爬素帕山也不错。这里的双龙寺不仅是清迈诸寺的首选,其林荫山道,也是避暑的好去处。如若在日出或日落时攀登,寻得光影世界的协同,那自是极好的。矗立山巅,俯瞰全城:小城如小香港般的全貌,尽收眼底。只是,这已不是泰北的异国风情。在这一点,它甚至比不上南京城,至少南京城的东与西,还有着两种截然不同的风景。柬越两国的金边城与大叻城的登高,是为了看城之多彩的,而马德望的远望,则只有一色——那是养眼的、绿油油的千里沃野,一幅平坦无奇但又心灵受用的画卷。最好的,还是老挝,人间真正的最后一片净土。南端的巴色,与北部的琅勃拉邦,除了栉次斑斑的古迹,还有一条迤逦的湄公河穿流而过,那是真正的美,一场千年佛国的醉美。

当然,清迈,还有着3 000多个保存完好的古迹,值得选择性地去欣赏。再加上其闲适的生活状态，公元 2010 年荣登美国《旅游与休闲》杂志评选的"世界最佳度假目的地"第 2 名；在公元 2013 年的网络问卷调查中，依然为全球十佳之一；且在公元 2017 年时，成为"世界旅行奖"中"亚洲最佳城市"第 1 名。连全球最大的旅游网站"猫途鹰"，都将其列为"亚洲第 6，全球第 24"的度假胜地。

此外，我不建议在清迈期间，入住那些高端的星级酒店。可以用心挑一挑满富风情的特色酒店。价格上会略便宜一点，但泰式风情，才是您最想拥有的吧。我常住的是德兰纳酒店，其名，会很容易让您联想到清初多情词人"纳兰性德"。"人生若只如初见，何事秋风悲画扇"——出自其《木兰词·拟古决绝词柬友》中，多令过客游人，为之动容啊。该座酒店，由数幢紧挨着的回廊式楼宇组成，虽然紧邻清迈最闹腾的夜市场，但庭院设计的取意是"曲径通幽"，因此也极其幽静，可谓"闹中取静"是也。楼间隙，是用水道织就的，各色大锦鲤三五成群，大口地咬着水，游弋嬉戏，甚是自在。这是养人的心境。我喜欢这样的"小世界"，如同钟爱"清迈的小世界"一样。

在中印半岛之上，于清迈的小世界，行走，或者停留，都是值得拥有的。不要多，哪怕是一次，让您记住这座城，也就够了。每年的十月花开，清迈等您。

2018 年 10 月 15 日于清迈，德兰纳酒店

45 多彩的清莱城

很多城市的多彩,是刻意做出来的。但我觉得清莱城的多彩,是随性而发的。当那些"白庙""蓝庙""黑庙"逐一于您眼前呈现时,相信您多半同我一样有着这样的惊叹:原来泰国的匠师们,是如此地擅用色彩,然后以三维立体的一色,将整座城缀饰成清新、华美的人间天境。超凡脱俗,即是这般。

也就是说,清莱城的多彩,是由各形各色的寺庙构成的,相当之精妙。如此,这处建成于公元1262年,比清迈建都还要早的泰国最北的府城,便得以在清莱盆地之中,大放异彩,而冲击着每一位到访过客的心灵。

所以,就请我们忘却其府下举世闻名的毒品基地——"金三角",来到城内的几色寺庙,进行一番空灵的巡游、瞻礼吧。在此之前,我们先将其历史拨回到公元13世纪的1262年。是年,孟莱王先在此地的寇克河之畔建城,城名因王名而得为"清莱",此为该城之创始。后来,为避蒙古铁骑侵入之忧,才南退百余里,复又建都于清迈的。因此,可以说,清莱乃为兰纳泰王国之旧都。后为缅甸所侵占,但在公元1786年"拉玛一世"治下,受惠于此前的"复国战争",正式成为泰国领土。再然后,是公元1910年,"拉玛六世"在位时于此设府,才得到进一步的发展。但随后不久,便因"金三角"罂粟种植与毒品泛滥,而再度蒙羞。

直到国际刑警组织的介入,并在中国等多国政府的合力打击下,深藏其后的军阀、毒枭被清剿,再加上替代性经济作物的成功推广,"扫毒行动"才终获大成。前不久看到《光明日报》的报道,根据联合国毒品和犯罪问题办公室的统计,当前泰国的罂粟种植面积已经只剩600莱(其中的1莱等于1 600平方米),且多为山民偷偷种植以用于止痛。可以说是在"世界三大毒品源"中,率先于阿富汗、伊朗、巴基斯坦边境的"金新月",和哥伦比亚、委内瑞拉交界的"银三角",脱下了这顶不光鲜的"帽子"。从此,躲开历史风云与犯罪隐忧的清莱小城,便变得安静又纯粹。直到被探险家、艺术家与游客们所"青睐",开始营造起一件又一件的,堪比"大皇宫"建筑群的艺术佳作,复令其"旧貌换新颜",走向了旅游业的繁荣之路。

在这些建筑作品中,有三处值得一提。分别为"白庙""蓝庙"与"黑庙",构成多彩的清莱城。那我们便先从"白庙"说起吧。

"白庙",始建于公元1998年,由它的主人,移居泰国的第二代华裔艺术家察霖猜·空西披帕(中文名许龙才),独立设计与建造。这是一处通体呈繁复的银白色的寺庙式建筑,仿如

"白庙"的银白之色,很具视觉冲击力,但细节之上的艺术水准,却确值商榷。摄影:陈三秋

"白庙"也可以理解为是"银庙",这种材质的使用,是寺庙艺术的一种小创新。摄影:陈三秋

"白庙"寺檐下的佛龛中,别有洞天。这种制式,缅甸境内,也随处可见。　　摄影:陈三秋

落入凡间的琼楼玉宇，其"白庙"之名乃为俗称，本名在汉语中可称为"灵光寺"，或"龙昆寺"等。由于此人痴迷于佛教艺术，所以自行建起这一寺庙，可谓有着对佛祖的无尽虔诚，故造就了这座细节精致，但又略显堆砌之过的非凡建筑，有着"世界上最纯洁的一方净土"之誉。

那么，他为什么要修建这座"白庙"呢？通行的说法是为庆贺"拉玛九世"70岁寿诞，送给国王与王后的礼物。但坊间也有传闻，说是佛祖曾托一梦于他，在梦境中，曾指着一片银光璀璨、晶莹如雪的白色寺庙群落示意他，他今生的任务就是要建一座同样的寺庙。当他从梦中醒来后，便立刻执笔将梦中之白寺一气呵成地绘制出来。于是，清莱便出现了这座"千佛之国"都未曾有过的白庙。

"白庙"的设计源自佛教经籍中，从地狱到天堂的思路。主殿即为天堂，但进入之前，需要经过一条象征着地狱的白色长廊，两者之间由一处象牙形拱门陪衬的"天梯"，也就是小桥相连。传说，当人们死后要想上天堂觐见佛祖前，必须先过鬼门关，途经黄泉路，来到忘川河；河边有一块石头，叫"三生石"，记载着人们的"前世""今生"与"来世"。然后便是跨上奈何桥，桥边有一个土台，叫望乡台；台边另有一亭，叫孟婆亭，有个名叫孟婆的女子在此守候，会给每个人递上一碗河水煮成的孟婆汤；在喝下此汤前，于望乡台上可以最后回望一眼人间，最后便是"忘川水煮今生"，从此忘去人间一切。"白庙"的铺设，对其进行了精简，但大体布局的寓意，还是基本上与此相当的。其主体建筑与雕塑的结构，也基本是围绕"地狱到天堂"展开的。

由外到内，"白庙"中为了描绘地狱中的场景，便以雕塑的形式，在桥下干涸的池底雕刻着千百只乱舞的人手，挣扎着伸向空中，仿佛堕落的灵魂在等待救赎一般。窄桥之上，还有两尊面目狰狞的神将把守，寓意着那个传说：只有没做过坏事一心向善的人，才能通过此桥升入天堂；而那些生平做过太多坏事的人，则会被神将打下桥，堕入无边的地狱。而且，如同奈何桥上要与今生做个了断才能重新投胎一般，泰国人民也相信过此桥时是千万不能回头的。

象征着天堂的正殿，为典型的泰式翘檐、尖顶造型，通体闪烁着银光，如同中国东北所见的那些雪地之上的冰雕；在白云满覆的天空倒映下，又仿如随时会隐退或消失的空中圣殿，有着海市蜃楼之感。这些闪耀的光源，出自数以万计的小巧镜片，每一个镜片都单独打磨，然后镶饰其上。寓意着佛的智慧，光耀寰宇。此外，院内的龙雕与神佛等身上，也都处处嵌满了这种镜片，细到每一个鳞片、每一颗牙齿，甚至每一根须髯，俱皆如此。塔形的窗边，则装饰着幽冥神祇，也包括那伽与象神等。而殿内，是令您想象不到的"相对简单"：一幅出自察霖猜·空西披帕亲手绘制的佛陀壁画前，供奉着一尊体格并不显著的金佛。倒是主殿内墙上绘就的机器猫、绿巨人、蜘蛛侠等"现代派"卡通与超人肖像，更加醒目耀眼。

客观地说，此"白庙"建筑艺术的瑕疵还是比较明显的，主要是靠独树一帜的"纯白世界"取胜的，在构图比例上，并不是那么的自然与协调。当然，这可能与施工人员，或者主人财力有关。至于为什么要用白色，"白庙"主人的回答则并未提及那个"佛祖寄梦"的传说，而是以"白色代表了纯洁"之语来回应。这应该是最真实的意愿。清莱，作为主人的故乡，主人用沿袭于佛国莲花般的圣白之色，来回馈乡里，也是容易理解的。最主要的是，"白庙"寄托了这位大师，对生命与宗教的理解，以及对故土清莱的虔敬情怀，知此可引为知音之一人，也就够了。

与令人肃穆的"白庙"不同，公元 2017 年新落成的"蓝庙"，则以一种饱和度很高的湛蓝，给人们带来一种仿佛置身于艳丽与静谧、深邃又凝重的"蓝色汪洋"之感。也是清莱城中，最浓墨重彩的寺庙。多本游记曾说，"蓝庙"是由察霖猜·空西披帕的高徒设计并主持建造的，但其徒之名则终未探问到。

该寺整体占地较大，约有 80 多莱，亦即 12 万多平方米。也正因此，其寺院内的部分建筑，应该最早始建于 100 余年前的公元 1894 年，亦即"拉玛五世"时期。如今其寺，仍在不断扩建中，大有想能永垂史册、流芳千古之感。若仅以目前的形势来看，也应当是清迈府一带规模最大的寺庙建筑群落。

曾有人用"华丽与妖娆，哪个才是您的菜？"来形容清莱城中的"白庙"与"蓝庙"。那么，"蓝庙"的妖娆，也便凸显在这种深沉的蓝色基调上了。初看一眼，"蓝庙"整体的蓝色，犹如一大株于空中绽放的"蓝色妖姬"，然后向您迎头暴击而

"蓝庙"是与"白庙"的对称;其殿外的金色,也极尽华丽。　　摄影:陈三秋

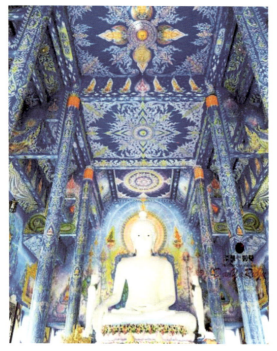

"蓝庙"的内饰,是霸屏式的深蓝,犹如海底的宫殿一般。　　摄影:陈三秋

来。也如一枚来自神秘深海的"湛蓝遗珠",突然惊现人间大地,让人朝拜其间,屏声静气,紧闭双目,便能冥想到海底世界般的景色。但其实,与"白庙"的纯色技巧不同,"蓝庙"则以多种妖冶的灵动之色取胜。如,其同为多檐翘尾的泰式殿顶,是由红色的琉璃瓦铺就的;其外墙壁端,在令人陶醉的蓝色基础之上,又镶嵌有各种繁复华丽的鎏金花纹,最后再辅以紫、粉、白、红、绿等色彩点缀,合成一幅和谐绚丽的画卷。在这种蓝底多色的构图技法之下,连主殿正中的那尊洁白释迦牟尼佛雕像,都映衬出蓝色的幻影。当然,这与其坐像之下的莲花宝座与顶部的天花板同为蓝色不无关系。殿内环绕四壁与顶部的壁画,凝神瞩目,也仿似可以聆听到来自天空与海洋的声音。而院落之间怒放正艳的万寿菊,就更显光影斑驳了。

如果说"白庙"是泰北寺庙届的一股清流,"蓝庙"为一个异类,那么"黑庙",则是其中的又一朵奇葩了。当然,准确地说,它不是寺庙,而是一座"黑屋博物馆";可能受到最负盛名的"白庙"之影响,而以其黑色的建筑主色得此不甚恰当的"黑庙"之名。而且,它确也不是"佛祖"的供奉之地。

"黑庙"是塔宛·杜查尼的家。其人有着"泰国的鬼才艺术家"之称,而且还是察霖猜·空西披帕的恩师。也正因这层关系,更令清莱城中的这三处白、蓝、黑庙的关系,变得微妙

相比之下,"黑庙"的外观,并非以华丽见长;它其实是一座私人性质的博物馆。

来源:途牛网

如果说"白庙"象征着"天堂";"黑庙"就是"地狱"。

摄影:陈三秋

"黑庙"应该没有明确的宗教寓意,所以也多被称为"黑屋"。它展现的繁多的动物标本,仿佛在表达对原始神祇的敬畏。

摄影:陈三秋

无比。卢一慧、余晓盼合作的《在东南亚窥视神之处所》一书中曾称：如果说"白庙"是察霖猜·空西披帕大师创造的"圣洁天堂"，那么，"黑庙"便是艺术家塔宛·杜查尼创作的"神秘炼狱"。还确实像这么回事。

在一片密林间，"黑庙"建筑群落，以其黑色古朴的木质墙壁、斑驳的深黄色瓦顶与高挑的"人"字形梁檐，坐落其间。神秘初现。既为"博物馆"，便有馆藏，而其馆藏之物，则多为风干的鳄鱼、老虎、蜥蜴、毒蛇等标本，和完整的牦牛、山羊、大象等遗骨。整个一"地狱与死亡"主题，令人咋舌。

这些令人压抑的陈设，有着源自原始部落中的野性呼唤，仿佛在上演着一场古老的宗教仪式。没想到，这些图腾崇拜时代之下的物件，竟然复现于当下的文明社会，引发着人们沉重的心灵对撞，以及对"万物有灵"的由衷敬畏。还有人说，清莱的"白庙"和"黑庙"，作为两代、两位现代艺术大师，倾其一生兴建的"艺术作品"，分别代表着"对生存与死亡的表述"。那"黑庙"之中的"死亡寓意"，确实是达到了扣人心扉的作用，将瞻仰者们的心情，撞击得相当沉郁。

如果您的灵魂，确被"白庙"或"黑庙"惊醒，那么，请

疑似的"金庙",其实只是"白庙"中奢靡全球的一个厕所。

摄影：陈三秋

回到"金庙"中来安抚吧。这可是一个调皮可爱的所在,就是"白庙"旁边。当然,说它为"金庙",这是个玩笑的称呼,其外形虽同为泰式寺庙建筑风格,但却是一个"世界上最奢华的厕所"。这件"作品",也出自察霖猜·空西披帕之手,如同"白庙"殿内那些"超现代"的影视剧中的各主角壁画,这算是其童心未泯的匠心吧。

如果您身在清迈，且刚好有闲暇的时间，那就请拨冗北行一趟清莱吧。这里相比于稍稍热闹的清迈，其间的安静仿佛是浑然天成一般，处处的轻声碎语，会让您仿佛重回到了老挝境内，并因此而"一往衷情"。这里的"清莱夜市"也不错，带上您的"亲爱的"，不舍昼夜地漫步一番，寻回初恋般心情。

现在有句比较经典和时髦的话："好好珍惜对您好的人。弄丢了，上百度也找不回来；离开了，用微信也联系不上。"对于一个人，当是如此；对于一座城，亦可如此。如果说清迈是一个令您流连忘返的"小世界"，那么，清莱，就是一处令您怦然心动的"小清新"。花上2个多小时的车程，穿行两地；或者，花上40余分钟，来一场"说飞就飞"的旅行，一盏茶的工夫而已。不恰当地借用罗贯中《三国演义》中的"温酒斩华雄"来说，带上飞机的那杯尚未饮尽的咖啡，可能，其水仍温。这么短的距离，与有度的时间，还您一次堪称完美的邂逅，值！

2018年7月18日，于金陵，徐庄

46 素帖山的群佛

清迈城西有座素帖山。其中"素帖"二字,泰语之意为"仙友",故当地华人又多称此山为"会仙山",或"遇仙山"。其山,海拔高为1667米,山顶白云缭绕、风光秀美,山坡之上,开满五色玫瑰,养眼怡人。但"山不在高低,因寺而闻名",其寺立于半山腰,因始于山脚的左右两条醒目的龙形雕栏而得名为双龙寺。双龙寺所在之处,平台宽阔,视野良好,为清迈天然的

大金塔位于素帖山上、双龙寺的中心位置。　　摄影:陈三秋

素帖山上,也是鸟瞰清迈城的好所在。　　摄影:陈三秋

第3篇

The floating clouds

多年之后重回到**泰国**

观景台、瞭望台。平台正中,是一座巍峨的大金塔,塔之四周,有群佛雕像环伺拱卫,是称"素帖山的群佛"。

那么,双龙寺是谁,又因何而建的呢?关于这个问题的答案,充满着传奇色彩。传说当年兰纳泰王国的库纳国王,曾邀请素可泰王朝的高僧苏玛那·泰拉前来清迈讲授佛法。苏玛那·泰拉除了携带来自锡兰的佛经典籍外,还带来了两颗释迦牟尼的真身舍利。为了安置好苏玛那·泰拉,库纳国王便于公元1371年,在皇家花园中为其修建了一个寺庙,就是今天清迈城中的松德寺。松德寺落成后,这位国王与高僧,就将其中一颗佛祖舍利埋在了寺中。但另一颗舍利,却不知该于何处供奉。为了让黎民百姓将来也能够瞻礼这件圣物,于是,便找来一头有着神圣象征的白象,让它驮着这枚舍利,寻找一处新的圣地进行安奉。最终,这头白象就走到了素帖山的位置,并绕山转了三圈,倒地而亡。是时为公元1383年。库纳国王便立即在此兴修寺庙,并在寺前立起一座7米高的大金塔,来供奉那枚舍利。

这就是素帖山上"白象选址""皇室建塔"的传说。如今,双龙寺中,还保有多尊大象的雕塑,其中一件为"白象驮着小金塔"的彩塑造型,还有一件则为"大象背驮舍利匣"的青铜雕塑,说的是同一个典故。目前,寺旁的佛亭中,还珍藏有一件精致的巨幅木雕画作,其内容,也是从讲述那次"白象选址"开始的。

从德兰纳酒店出发,一路向西,掠过绿荫中的清迈大学,然后便是七拐八弯、曲折蜿蜒的盘山公路——还好路况极好,驱车约半个时辰,素帖山就近在脚下了。山门高企,略显陈旧,

双龙寺外的这一满幅木雕图案,讲述了该处寺与塔的兴建过程。
摄影:陈三秋

过山门,便是一处山脚平台,连接向攀登山顶的砖石台阶。但先映入眼帘的,一定是那两只守护着双龙寺的硕大龙形栏杆。当然,称其为"龙形",那是华人的称谓;我们的"大龙",在泰国乃至中印半岛之上,多称为"大蛇",也就是"守护神"那伽了。山脚下呈现的是七头"蛇首",然后"蛇身"作登山护栏,一直蜿蜒伸展到山腰;"蛇尾"之所在,即为双龙寺的寺门。

关于这一段路程的台阶之数,不少游记中表述为"309级",但我根据寺内现在资料翻译来看,是为"306级",相差不大,也可能是算法不同。但走尽台阶,脱鞋而入,就是大殿,在这一点上还是相同的。比较有意思的是,寺内的资料还介绍,这处供奉着佛祖的神圣遗物,为反映着"兰纳泰艺术"的宗教圣地,对"羊年出生的人来说特别吉祥"。这确是泰国人民的一种信仰

爬过素贴山的这条由琉璃镶饰的巨龙——那伽守护的山道，就是双龙寺了。

摄影：陈三秋

习俗。他们在建立寺庙时，会匹配上当年的生肖年份，而且由此深信，在和自己生肖一样的寺庙里许愿祈福，愿望更容易实现。但至于双龙寺为何对羊年生肖的人更"情有独钟"，却未能进一步解释。由于资料有限，我自查了一下其寺兴立的"公元1383年"，是年为农历癸亥年，也即猪年，对不上；即使按照泰历，也即"佛历"来推算，此年为"佛历1926年"，属于丙寅年，也即虎年，还是对不上。直到后来，我联想到缅甸、越南诸事，才恍然想起，中泰两国虽有相同的"十二生肖"，但泰国后来将起始的属相进行了调整。

我们知道，中国的十二生肖的排列为：子鼠、丑牛、寅虎、卯兔、辰龙、巳蛇、午马、未羊、申猴、酉鸡、戌狗、亥猪。越南的"十二生肖"也是这个排序，只是将"兔"替换成了"猫"，据说是当年越人在翻译"卯兔"时，"卯"与"猫"谐音相同，才造成了延续至今的失误，所以"躺着中枪"的兔子，在越南被踢出了"仙班"，有点像《三侠五义》中"狸猫换太子"的"现实加强版"，即"狸猫换兔子"。

而当这一"生肖文化"传入泰国后，其顺序则变成了：蛇、马、羊、猴、鸡、狗、猪、鼠、牛、虎、兔、龙。即将"蛇"提到了首位。这可能与该国的蛇神信仰、那伽崇拜有关吧。这么换算下来，公元1383年，也就是生肖羊年了。原来如此，双龙寺，或说素帖寺，是属羊的。属此生肖之人，可以前来一试，看看灵验与否。而且，这么来看，清迈城中的柴尤寺，是属蛇的；宗通寺，是属鼠的；帕辛寺，是属龙的；等等。将来大家瞻礼或朝拜时，可以询问当地人后再去。

双龙寺的整体布局为，东西南北各有一座佛殿，由长廊相连；殿内及廊中，均林立或端坐着难以计数的各式佛像。寺院正中，一座金光璀璨的佛塔，高耸入云，成为全寺最耀眼的所在。这便是当年安奉释迦牟尼遗骨的舍利塔了。据说当年那头"瑞兽"——白象选中此地时，还曾"大叫三声，四脚下跪"，然后才就地而亡的。如今，1米多高的白象雕塑，和深受泰国人民包括印度、老挝等地人民喜爱的象神彩塑，也都供奉其上；来往朝拜此塔之人，也都久跪塔下，虔诚祈祷，神圣非凡。而且，当年的7米大金塔，经多朝、多次增修加持后，而今已高逾20多米，塔身贴满金箔，富丽堂皇，夺目灿烂。其塔的制式，与缅甸境内的大金塔相像，造型完整：从方形基座到覆钵，再到相轮、刹杆与华盖，一应俱全；粗略地数了一下，相轮应该为9重，显示此塔的地位已是相当之高了。据说，塔顶的承露盘，是由36千克的黄金所铸，还镶有"钻石999颗，9种颜色的宝石各1颗"，虽然较仰光大金塔的华贵还有些距离，但在中印半岛之上，乃至整个东南亚各国，排列第二应该没有问题吧。此外，塔顶之上还传有泰王"拉玛九世"所赠的"水晶莲花"，也是双龙寺目前的"镇寺之宝"，当然，那肯定是比不上塔内的佛祖舍利了。

塔的四角方位，还各有一把金质的皇家御伞，状似佛家华盖；还有金色的长矛篱笆，保护着主塔。四个方向，又各有供奉四方神灵的尖顶塔亭，敬拜之人，也络绎不绝。而塔的四周，排列着不计其数的群佛雕像：材质不一：有镀金的、有玉质的、有青铜的，也有石雕的；姿势不一：有站式的、坐式的，也有卧式的；形制不一，从其发式、手印与衣褶来看，有泰式的，也有印度式、锡兰式、缅式甚至中式的。其人物原型,则是泰国历代王朝的佛教圣僧,堪称一幅立体的泰僧史画。

令人诧异的是,双龙寺中泰英双语的资料中,还介绍到大金塔的四周,有着"Five—Elements"的排列,如果我翻译没错的话,即为"五行"之说。这可是中国古代道教哲学中的一种系统观!不过,如果仅从风水学来看,用之于此寺与塔的布设,也未尝不可,毕竟其有着内在的逻辑性与合理性,在各大领域都有着广泛的应用。再加上泰国有着"逆时超度"之说,因此,入寺朝拜或者许愿,就宜从左方进入,且按顺时针方向行进。很多游人,会在寺管的引领下,手持莲花与经文,沿着大金塔,顺向绕塔三周,且行且颂,以祈求平安、健康;而且,还要根据每一圈而更换不同的经文。这是泰国大地上,最常见的礼佛形式。当然,也有信众手持玫瑰礼佛的,那么,其之所求,容易理解,便是为了爱情得偿所愿,或者感情得以增进了。而如果您看到的手持玫瑰者为僧人,那基本上就可以确定,他不日即将还俗了。因为,依泰国传统,男子一生,均要出家,至少一次。国王也不例外。而一般的期限多为3个月,即"七月出家,十月还俗",几乎成了常态。缅甸也有同样的男子出家一次甚至多次之规定,只是随着时间的推移,目前最短的期限,已经压缩到了"最短一周"。

素帖山的群佛：几乎每一尊，不管正面与后背，都堪称细节精美。

摄影：陈三秋

第 3 篇

The floating clouds

多年之后重回到**泰国**

"双龙寺"内的群佛,重在冥想的细节。您可以试着与其对话。
摄影:陈三秋

寺中两侧悬挂的铜钟,也是供信徒们取杖敲击、祈愿赐福的。与拜佛一样,敲钟,在泰国人民心目中也有着尊贵而崇高的地位,万不可有亵渎与不敬。中、泰、缅、越等国都有敲钟的法事,但我所见到的,最虔敬的还是在泰国,因此,更需要注意。

与缅甸、老挝各地寺与塔"不事香火"不同,双龙寺中,一年四季,香火不断。无论是殿中的释迦牟尼佛像之前,还是殿外,都可以看到不断燃烧的香烛。当然,这与中国寺庙中的香烟缭绕气势又不同。曼谷玉佛寺也是没有香火的,可能与其皇寺之身份有关。而缅甸与老挝，据说是与寺、僧"不设炉灶，过午不食"的戒律有关。从大乘到小乘，乃至各国，信仰风俗，确有着不同。

山腰密林间的双龙寺，也是泰国著名的佛教避暑胜地，朝拜之余，在此歇息、解暑，也很不错。挨到傍晚，看完"日落清迈城"才下山，也挺好的。很多人会莫名其妙冲着它的山名与寺名而来，或受清迈攻略蛊惑，只看完大金塔、拍张照就走。当然，这也无可厚非。我想说的是，如果有时间的话，还是建议多看看山上、塔下的那些博物馆式的群佛，它们是各朝各代、不同时期形成的各式艺术瑰宝。每一种发式或手势，都是有着鲜明时代特征的匠心之作，出落有踪；每一次垂首俯视与闭目禅修，也都能令您见识到佛学的智慧与光芒，博大精深。借此，让沾染尘埃、疲惫不堪之心，来一场如沐细雨般涤净，从此，轻装阔步，迈上人生新征程。我想，这样的旅行，或者更有收获，也更有意义吧。朋友们，您说呢？

2018 年 10 月 14 日于清迈，素帖山脚下

47 契迪龙寺观微

俗话说：见微知著。对清迈城中的契迪龙寺来讲，更是如此。在宏大显赫的外表之下，我倒觉得，它在泰国境内13 000余座寺庙的"万寺丛中"，最引人入胜的还是其细节，与那些深藏的故事。

到契迪龙寺观微，值得如此。下面，我们就将按照"由大至小"的顺序，对其那些鲜为人知的细节，进行考据式讲述，以补泰国史料与中国导游等介绍之不足。先说一下它的名字的由来。其名中的"契迪"，来自泰语中的"Chaidi"，原是专指暹罗式的佛塔，多被译为"斋滴"；与自印度婆罗门教传入至中印半岛，并在柬埔寨吴哥王朝盛行的高棉式"巴朗"（Brang）佛塔相对。从外面来看，简单而通俗地说，前者整体为"覆钟式"，可以理解为素帖山大金塔样式；后者整体呈玉米状，可以参见暹粒城吴哥窟造型。由于佛教之于泰国，始兴于兰纳泰王朝，由此而形成的，且影响后来泰国、流传至今的"兰纳艺术"中，包括雕刻、绘画、佛塔、佛像等，都自然少不了留下那一时期的痕迹，尤其是名字。遍考兰纳泰王朝各个时期的首都之名，其"清线""清莱""清迈""清盛"等城名中的"清（Chiang）"，我认为除了与泰语中的词汇"Chang"即取"大象的智慧"寓意外，最主要的还都是与"Chaidi"一词，形成"正反"都相关的"紧密关系"——即前后两者为相互影响的"一体化"关系。

当年的"Chaidi"，也就是今天的"Chedi"，即"佛塔"之意。在双龙寺所藏的史料中，便是用"Chedi"来介绍大金塔的。契迪龙寺的布局，同为寺与塔的组合结构。其寺后享有盛名的断塔，全名为"斋滴隆舍利塔"，因供奉有释迦牟尼佛的舍利子而成了圣地。寺因塔而得名。因此，严格来说，契迪龙寺应称为"斋滴隆寺"可能更准确些，只不过，如今因翻译与传播已用前名多时，我们也便多称该寺为"契迪龙寺"，甚至"柴迪龙寺"了。

该寺的寺门，为石塔拱门样式。塔身纯白，然后镶以鎏金边饰。拱门顶部的塔尖，嵌有佛龛一个，里面供奉的是"守护神"——梵天，也就是四面佛。往下，塔之四角处，原来属于

以细节著称的契迪龙寺。　　　　　　　　　摄影：陈三秋

印度教迦楼罗所呆的地方，则换成了四尊样貌相同的"人身雀尾"女神像：女神左手呈拈花指状，置于胸前，右手呈掌心上翻的擎天、托钵状；在《天女舞》中，象征着"花开"，也就是"生"；同样的道理，如果手势相反且置于身后，则寓意为"花谢"，也就是"死"或"灭"。再往下，门头左右，还各有一个五头那伽与不多见的雀身造型的白色"象神"。另，拱卫涵洞中的门楣上，也有金饰镂刻的"三头象神"——这是印度教中的迦尼萨，也是泰国的"象头神财天"，目前广泛流传于泰、老两国。门之两侧，一左一右，泰国"鬼王"——套维素湾，依然青面獠牙，且依旧充当着门神。

在清迈诸寺之中，契迪龙寺的地位，其实是相当崇高的。这不仅与其已有 600 多年的历史有关，也与它对后来各朝寺庙建筑风格的影响有关。我们知道，大皇宫的建筑艺术采自阿瑜陀耶王朝时期，但如果再往前追溯，其源头则又是兰纳泰王朝，甚至曾与兰纳泰王朝同期的素可泰王朝，在寺、塔、佛像、雕刻等方面，都深受"兰纳艺术"的影响。因此，可以说，兰纳泰王朝是泰国艺术的鼻祖；在曼谷所见的寺庙、佛塔等建筑，源出清迈城中。

这从契迪龙寺的主殿可以看得出来。该殿始建于公元 1401 年，由当时的萨姆勐玛国王，为了存放其父亲——也就是那位

契迪龙寺殿后的"守护者",可以理解为泰国的四大天王。

摄影:陈三秋

兴建了"素帖寺"的库纳国王的遗骨而敕造的。一起修造的,还有殿后的佛塔。不幸的是,库纳国王从素可泰王国引入锡兰高僧苏玛那·泰拉在清迈传法,在当时是一场意在融合泰国上座部佛教的"宗教改革",所以,待其驾崩后,社会就有动荡之患。尤其是在公元1411年,萨姆勐玛又去世后,萨姆方甘国王登基,此王尤其喜欢"折腾"——不仅反叛先祖,将首都由清迈迁至清盛,出兵攻打素可泰王国,最后败北;还引发了其叔父玛哈·婆罗摩多从阿瑜陀耶王国引兵叛乱,好在平叛了。

所以,上述二王时期,只完成了主殿的兴造,伟大的"斋滴隆舍利塔",则到了萨姆方甘之子,伟大的提洛卡腊国王即位当年,才最终收尾、建成。时年为公元1441年。自此,兰纳泰王朝在继孟莱王开国始兴,离世120余年后,终于又迎来了一个"黄金时期"。提洛卡腊国王共在位46年,期间发生了诸多影响深远的大事件,尤其是在佛教传播方面,其王国也至此发展到鼎盛时期。

这座主殿,是清迈城中最具代表性的兰纳泰时期的寺庙建筑之一。既为兰纳风格,也糅合了印度与锡兰风格。殿体为纯白色,三层重檐由砖红色的琉璃瓦铺就,正面"人"字形山墙的上半部分,虽同为鎏金装饰,但却又与更早期或其后期的繁复结构都不同,为简洁、单一的枝蔓图腾形。

其殿内的两排寺柱,气势很是宏伟,也颇金碧辉煌,但整体是古典庄严。最大的特色在于正殿之中供奉的三尊金佛中的正中那位,叫"阿塔罗佛"。此佛为站立式,左臂自然下垂,但右臂则向前垂直平伸,其五指并拢上扬,摊开呈"止"字寓意,也就是我们今天所常能见到的、由交警出示的"停车"手势。这是"阿塔罗佛"在劝说亲戚不要吵架。这源于一个传说：有一年大旱，佛祖的亲戚间因抢夺河水而爆发了战争，于是其便前往阻止。他机智地向亲戚们发问："水源和亲情，哪个更重要？"这个问题令亲戚们恍然大悟，并就此和平相处，分享河水。也自此，佛祖的声明，尤其是举起右手的姿势，也就成了阻止吵架或战争之意。后来，还引申为"世界和平"。这也是后世，铸造此种立姿佛像的典故。

这座神奇的阿塔罗金佛，是由青铜镀金所制，为萨姆方甘国王在位时铸造。殿内还另置立有一尊褪去金色的阿塔罗佛像，会让您更清楚地看到它的材质。此为清迈城中神圣的佛像之一，也是泰国佛像艺术中最主要的一座。从艺术风格上来说，属"兰纳艺术"与"帕拉艺术"的融会。

该尊佛像的脸部看起来很温柔，通身所有的形态也都很均

契迪龙寺正殿中的阿塔罗金佛，有着鲜明的"释迦头"。

摄影：陈三秋

衡；"释迦头"，外加"水衣裙"，极富差异与特色。所以，便不再是"帕拉艺术"中的三叶冠式，也就没有下垂至肩的宝缯了。去过中国敦煌，或者熟悉敦煌艺术的朋友，应该会对莫高窟中那些菩萨的宝冠两侧的丝带留有深刻印象吧，那叫"妙宝缯带"，跟此处所说的"宝缯"是一个意思。如果大家还不清楚的，可以想一下六小龄童饰演的 1986 年版电视剧《西游记》中，唐僧帽子上的丝带，基本上就是这个式样。追根溯源，这还都是受到了公元 1~2 世纪，流行于今巴基斯坦北部，及阿富汗东北边境一带的犍陀罗艺术的影响。关于"犍陀罗"，中国史书也早有记载，如在东晋法显所著的《佛国记》中，被称为"犍陀卫国"，也是唐朝玄奘所留的《大唐西域记》中的"健驮逻国"。这一时期兴起的犍陀罗艺术，主要是佛教的造像工艺，又是在希腊式艺术的影响下形成的，其"传入中土"，亦即"东传"后，还深深影响了中国后来的造佛技法。因此，层层剥开，可谓曼妙无穷。将来，我们有机会对南亚诸国，或印度半岛进行商考时，还将进一步予以详述。

那么，"帕拉艺术"又是怎么一回事呢？它源起于公元 8~12 世纪的帕拉王朝，首都在著名的华氏城——那可是孔雀王朝与笈多王朝留下的旧都。该王朝由哥帕拉王于公元 750 年所创，并因此而得名。其鼎盛之时，统治着古印度的孟加拉和比哈尔地区，其国在世界佛教史上多被称为"古代印度佛教最后的守护国"，由此可以看出其对佛教文化保护、传承、孕育与新的发展之功。直到公元 1199 年，为东进的伊斯兰势力所替，存世 300 余年。

正是在这一王朝"十八代王"的治下,加上其深厚的地缘关系,融合了"笈多美术"的佛教造像样式与技法,开始大范围地影响到中印半岛,当然,也包括兰纳泰王国。不过,细考来看,帕拉王朝的诸王,尊奉的其实是佛教密宗,因此而形成的,与佛教文化有关的雕刻、绘画、造像和建筑艺术等,也与上座部佛教存有不同。值得一提的是,在当时中国西藏地区经历朗达玛王的"灭法之难"后,受智光王及其王嗣菩提光的延请,该国高僧阿提沙(Atisa,又译"阿底峡")还曾于公元1041年赴西藏传法,开创了西藏佛教的"噶当派"(又称"迦当派"),也成为复兴藏传佛教的第一位重要人物。其僧,请印度超戒寺画师所作的三张"布画",经其弟子带入西藏后,还成了后世西藏的壁画、绘画(唐卡)以及造像的范例和蓝本。尤其是其中在今日中国仍然影响深远的"唐卡"(Thanka 或 Thang-ga)文化,这种独具特色的宗教绘画,在经帕拉王朝(亦称"玛拉王朝")时期的艺术大师——尼瓦尔人(今属尼泊尔的原住民)创造并传入后,风靡一时,成为一种重要的信仰元素与文化现象。"唐卡"之名系根据藏文音译而来。其中"唐"的含意与空间有关,表示广袤无边;"卡"有点像魔术,指的是空白被填补:合在一起,就是"布画",也即卷轴绘画。其名也叫"唐喀"或"唐嘎",尼瓦尔语中称为"泊琶"(Poubha),这些可能都源于印度古老宗教中的"钵陀"（Pada，又作"播陀""波陀""钵昙"等）布画（当然，如依五世达赖喇嘛阿旺·罗桑嘉措所著的《释迦牟尼·水晶宝藏》，西藏第一幅唐卡则是"护法女神"即"吉祥天母"白拉姆画像则是由吐蕃赞普即蕃王松赞干布用自己的鼻血画就的。目前已被证伪，仅为藏学中传说的起源之说）。唐卡在公元14世纪左右传入西藏后，逐渐发展成为一种用彩缎装裱可用于悬挂供奉的宗教卷轴画，也成了藏族璀璨文化中的一种绵延至今的绘画艺术形式。今天的西藏人还把那些唐卡画师统称为"拉日巴"，意思是"画佛或神的人"，完美地继承了尼瓦尔人的衣钵。

值得一提的是，尼瓦尔人真是一个了不起的族群，他们自古以来就以其独特的宗教文化和世界级艺术而闻名于世。伴随着穆斯林的侵入和婆罗门教的兴起，印度一系的大乘佛教在双重重压下，曾以惊人的速度从印度半岛上消失，但那些原始的梵文经典，最后却得以经尼瓦尔人相对完好地保存在了其山谷之中（位于今尼泊尔的加德满都），延续了世界佛教文化的悠久传承。今尼泊尔境内也至少有七座被列入《世界遗产名录》的古迹是由他们建造的，比如著名的加德满都皇宫、斯瓦杨布佛塔、帕殊帕提神庙等等。不仅如此，像我们北京妙应寺的白塔，它既是中国现存年代最早、规模最大的覆钵式佛塔，也是一座藏传佛教"格鲁派"的著名寺院，其也正是由入仕元朝的尼瓦尔人——建筑匠师阿尼哥（Arniko）历时八年在公元1279年建成的；此人后来官至副宰相，袭封凉国公；今天连通中、尼两国的阿尼哥公路，便是为了纪念他而命名的。而更早时期，另一位尼瓦尔人——雕塑大家古纳德尔玛（Gunadarma），还在主持兴造印尼境内举世闻名的"婆罗浮屠"中担任着重要的角色，那是又一座世界文化遗产了。这些我们将来在行走亚洲大地时，都还将一一详述。

然而，纯正的帕拉王朝的"帕拉艺术"（或译"波罗艺术"）作品，直接传世的极为稀少。尤其是受当时南部印度发达的铸造技术影响，大量流行的、具有浓厚的密教色彩的铜造佛像，几近消失。今天，能够在清迈大地之上的契迪龙寺中，同时看到两尊"密化"的阿塔罗佛像，惊不惊喜？意不意外？在"帕拉风格"的"造像四式"（跏趺坐式、游戏坐式、舞姿式和立姿式）中，它们是立姿式的；在黄、红、青三种铜料中，采用的是青铜整铸。其身材健硕、躯体挺拔、婀娜多姿、优美动人；肩宽腰细，结构也比较匀称；通体光润圆滑，色泽温润；面部的五官非常清晰：双唇紧闭、鼻梁直挺，像"娃娃脸"，且耳际处横出典型的"帕拉式扇形"，即细长耳垂：这些都是"帕拉典范"。

当时，"帕拉艺术"中还有一种是：面部上宽下窄，眉眼细长，人中较短，口鼻相对集中的样式，未被该佛所采用。但该佛双目浑圆，与眼窝深陷的"帕拉艺术"中的印度人像有着明显的不同。其衣质薄透，也未用当时流行的项链、臂钏与圣带等装饰。最明

帕拉时期的雕塑，它的发髻与后世流行的"释加头"截然不同。　供图：壹书局

显的还是，当时帕拉王朝非常流行的圆柱状发髻冠——因边沿饰有三朵花冠而被称为"三叶冠"，也没有为阿塔罗佛像所采，而是用了笈多王朝时期的"释迦头"造型，顶端火焰，升腾耀眼。

此外，"帕拉艺术"之下的佛教造像，多不鎏金，所以，契迪龙寺中的两尊阿塔罗佛像，便一尊鎏金、一尊原色，有着供行家比较欣赏之意。但当时帕拉王朝的造像工艺中，却有错银，或错嵌红铜等复杂技法，也值得了解一二。此外，孟加拉语也是这一时期形成的。所以，有兴趣的朋友们，可以先参阅邢继柱先生的《喜马拉雅艺术中的金铜佛造像系列收藏》、刘钊先生的《贮世华光——浅析帕拉造像艺术风格》等文章，将来我们有机会出版横渡孟加拉湾或印度半岛的系列商旅笔记时，必会结合犍陀罗艺术，甚至斯瓦特艺术、克什米尔艺术，对帕拉艺术等造像风格，包括其渊源关系，给出更为详细的论述。

总之，契迪龙寺的视觉盛宴，是从这些细微之处开启的。当然，我也建议可以与清迈城中的另一座寺庙——普拉辛寺，亦即帕辛寺比较着去看。原因不仅仅是其地位与契迪龙寺齐名，同为兰纳泰风格，而且该寺之中，您可以看到均属于兰纳泰早期，但造型不同的青铜佛像，此外还有"僧伽罗金佛"！您没听错，也没记错，这就是曼谷玉佛寺中，"僧伽罗玉佛"的金身。连泰语"帕辛寺"名字中的"帕辛"二字，都出自梵文"僧伽罗"。可谓，寺因佛而得名。此金佛，与玉佛，在外形制式上是一模一样的，系锡兰佛像风格。因此，多种造像艺术汇聚的帕辛寺，也值得您抽空探访。此寺由库纳国王的前任——帕尤国王初建于公元 1345 年，用于供奉其父王的骨灰。

在契迪龙寺建筑群落中，惹眼程度排名第二的，就是"斋滴隆舍利塔"了。此塔建成于公元 1441 年，提洛卡腊国王即位当年。现为 43 米高的半金字塔形，即只剩下了塔基与首层，但当年其上应该还有覆钵、相轮与塔尖，历数次增建后为"高 98 米，宽 54 米"——但也有说法是高 85.4 米的。由于塔旁的碑

"斋滴隆舍利塔"及其佛龛中的"僧伽罗金佛"。

摄影：陈三秋

文已经模糊不清,寺中资料也有限,故无法考证精确。段立生《泰国通史》中认为此塔高为98米,但又认为其"建于公元1481年"——在后一点上,这显然是错误的,与寺内档案不符,也与"兰纳泰史"相左。

该塔是用红砖严密堆砌而成的,与缅甸蒲甘古城的很多佛塔相似,抗震性能很差,所以,当公元1545年,一场席卷中印半岛的大地震袭来时,此塔就剩下了一半。不过,即使这样,它依然是500年来,清迈城中最高的古建筑。也因此,契迪龙寺,又俗称为"大佛塔寺"。

后来,在公元1992年,在联合国教科文组织和日本政府的援助下,泰国曾尝试对其进行修复,但因无法确切地知晓其上部原貌,只得作罢。但那座高耸入云的四方底座则得到了维护,也包括底座四面中6头罕见的环悬着的"大象"雕塑,正面视之的左侧5座,都用水泥进行了重塑;但同时,也保留了右侧1座,为当年的原样。这些雕塑的位置,在印度教建筑中,多为迦楼罗的所在,因此,显得怪异。也可以理解为富有"兰纳泰"特色。不过,如果今天位于清迈城南300余公里,坐落在湄南河平原上的素可泰府中的环象寺,确实为兰甘亨王建于公元1285年的话,那么,"斋滴隆舍利塔"的建筑风格,显然是对"素可泰艺术"的承继。该环象寺,也可称为"环象塔",其锡兰式覆钟形佛塔的下部,正是由30多只"大象"所环绕与守护的。由此,也可以断定,象神护塔制式,当为该朝成果。

而如果您还到过清迈城中的清曼寺,那么,就可以再次印证这一判断了。其寺又名"昌挽寺",始建于公元1296年,建成于公元1297年，这是清迈城中最古老的寺庙，也是清迈古城兴建的第一座寺庙。当年建造清迈城的孟莱王即扎营于此地，故修此一寺，以供时时监督工程进度。在这座兰纳泰王朝时期于清迈建成的最早寺庙中，也有一座由15头大象石雕环绕承载

清曼寺的环象塔，应该是兰纳泰艺术与素可泰艺术的糅合。 摄影：陈三秋

的佛塔。照此来说，这一建塔风格，同样迟于素可泰府的象塔十数载。

如今，"斋滴隆舍利塔"首层四周的四个洞穴佛龛，也均已开启。里面，分别端坐着一尊金佛。其下，各有一条深灰色的陡坡，自地面连接至佛龛基座之下，当年也应该是砖红色，或者纯白色的吧。据传，地震当年，该佛塔的塔顶与覆钵倾塌之后，塔内曾露出"金佛真身"，应该就是当前这四面佛龛之中的"僧伽罗金佛"了，其与"僧伽罗玉佛"的造型，确实相同。可能是

当年陪护"玉佛",一同自锡兰传入泰境的;当然,也有可能是兰纳泰王朝为了护持"玉佛",而特地铸造了这些"金佛"。令您想不到的事情还有:大家还记得"玉佛"初被发现的那一次,发生于公元1434年的"闪电击中佛塔"传说吗?此事,就发生于今天清莱府的玉佛寺中。后来,萨姆方甘国王便想将"玉佛"恭迎至清迈安奉,但传说负责运送的大象"不听话",因此而"三次未果";辗转之下,直到提洛卡腊国王时期,"玉佛"才于公元1468年,被请运至清迈的契迪龙寺供奉了84年。其安置之地,即为此塔东侧的佛龛。直到公元1545年的地震,将佛塔摧毁;然后,又过了7年,亦即公元1552年,由回老挝即位的澜沧王朝国王塞塔提腊带走。

而清莱玉佛寺中现存的玉佛,也即正殿乌钵苏中的那尊玉佛,这又是咋回事呢?那是公元1991年,"拉玛九世"治下的泰国王室,为了庆祝当朝王太后90岁寿诞,依照"玉佛"原型,采用加拿大青玉,在中国北京雕刻而成的。奇妙不?而且,还成了清莱玉佛寺"镇寺之宝"。

正对着这四处佛龛的地面之上,当前都还各有一尊锡兰式金佛,端坐于金色华盖之下,但金佛的服饰、发式、样貌等,则又被雕琢成暹罗式的,由此形成了佛教造像艺术中的兰纳泰风格。其中一尊金佛旁,还立有一座金字塔形状的小金塔模型,但塔基并没有"大象"环伺,所以并非"斋滴隆舍利塔"的复制品。但其层层堆砌的四方形结构,非常少见。我理解为,是三佛齐式塔。这种造式的佛塔,诞生于马来群岛上的室利佛逝王国,该国位于今印尼之巨港,因中国旧时史书多称其为"三佛齐国",故此国形成的造塔风格,也就被习称为"三佛齐式塔"。印度佛教四大圣地之一的"菩提伽耶",有一座阿育王时期修建的摩诃菩提寺,其造型与后来的三佛齐式塔非常相似,可以理解为该塔的"鼻祖"。随着暹罗一度对马来半岛的征服,或者佛教文化的交流,这种风格的佛塔,也在兰纳泰王朝时传入泰国

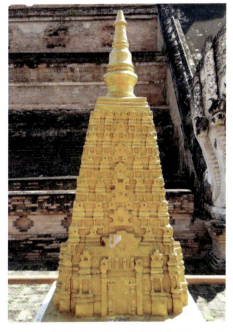

"斋滴隆舍利塔"旁的小金塔,据推测,应为三佛齐式的。 摄影:陈三秋

境内,清迈城中也就有了那一时期建造的这类佛塔。至于,为什么会有一座三佛齐式塔出现在契迪龙寺,据我猜测,应该就是清迈城中某个塔的缩微模型了。如果再加上此三佛齐式塔周边的其他 11 座各式小塔,合在一起就是 12 个,暗合了清迈城中共有 12 座释迦牟尼佛舍利塔一说;那么这些小塔,也就是对

应城中各舍利塔的原型缩微版了。而关于"三佛齐式塔"的更多解说，就由我们进一步在马来群岛商旅途中讲述吧。塔旁，还可看到泰国的"十二生肖"塑像。

以上，便是经由带领着兰纳泰王朝走向巅峰的提洛卡腊国王之手完工的建筑杰作——"斋滴隆舍利塔"了。与契迪龙寺一样，其也融合有印度、锡兰等国的造塔风格，如果其还能完好保留至今的话，依其成就，应该可摘取兰纳泰时期的艺术桂冠了。可惜，它已成断壁残垣。不过，提洛卡腊国王的"功绩"还远不止此，他之"伟大"，还在于掀起了兰纳泰王国与阿瑜陀耶王朝之间漫长的战争。不幸的是，这两国最后都为"中印半岛枭雄"——缅甸所灭；此外，他在位期间，为了配合举办第八届世界佛教大会，还于公元1455年，在清迈建造了另一座知名寺庙——柴尤寺。

此届世界佛教大会召开于公元1477年，为了重新整合当时零落的上座部佛教，提洛卡腊还邀请了100余位各国高僧云集于柴尤寺，"共襄盛举"。由于，国王认为此举将在历史与宗教上产生重大意义，也为了凸显自己的艺术水准，柴尤寺的正殿顶上，还仿缅甸蒲甘王朝时期所建的唯一一座印度教风格的佛塔——马哈菩提寺，亦即大觉寺，与印度佛教圣地——菩提伽耶寺庙风格，加建了7座佛塔，合称为"七峰塔"。包括其寺壁之上的仙女、神像等浮雕，都为印度教神祇，与柬埔寨吴哥窟石壁上的浮雕作品，有着高度的相像令人非常惊诧。而这，也是另一座我要推荐，可与契迪龙寺的佛塔对比观赏的清迈寺庙。虽其寺、塔、浮雕、壁画，均已有所残缺，尤其是壁端的浮雕

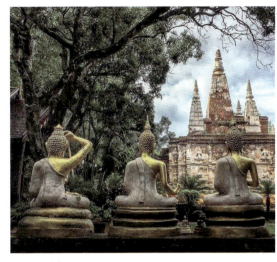

柴尤寺的"上塔下寺"建制,有着精妙的寓意,也是清迈寺庙的建筑特色之一。　摄影:陈三秋

柴尤寺的壁端,竟然雕刻有印度教的神像,同吴哥窟的浮雕,有着某种神似之处。

摄影:陈三秋

刻像，由于并非镌刻在整块石头之上，而像是黏合在红色砖墙之上，所以风雨、地震、战争、炮火之下，残破得更加严重；但这并不影响我们去赏阅它的精致，与别样的建寺风情。

柴尤寺又名"界遥寺"或"泽玉寺"，均来自音译，而在泰文之中，即为"七座宝塔"之意。其寺中的那棵菩提树，据说，是在第八届世界佛教大会期间，由印度的菩提伽耶移植而来。当年的一株菩提树苗，如今一晃，540多年过去了，不仅未显颓势、不见枯萎，还长成了枝繁叶茂的巨树，仿佛得到了佛祖护持一般。而传说，这株菩提，正是出自释迦牟尼当年悟道成佛的那片菩提密林，堪称神奇无比啊。而缅甸仰光大金塔的平台上，也有一棵讲述着同一传说的菩提树，假使也为真的话，那么其树龄至少已有 2 500 余年！真是"一山更比一山高""一树更比一树神"啊。那么，菩提伽耶具体在哪呢？它就在当年帕拉王国的治下，今印度的比合尔邦。在印度教盛行之下，如今，这处往昔的佛国圣地，已成印度最贫穷的地区；我在印度诸城的商务考察间隙曾感慨，其国当下对佛教的信仰之情，还比不上对同样诞生于印度的、"小众"的耆那教、锡克教等来得热烈。连我在香港商旅期间，经常居住的、位于司徒拔道与皇后大道交汇处的丽悦酒店一侧，都有一座建于公元1901年的锡克教庙宇，信众相当繁多，早晚好不热闹。

在契迪龙寺观微，其精彩之处，还可见于坐落在主殿、佛塔四周的那些偏殿、侧殿、僧房、僧校之中。甚至院落之中，也自有精妙之处。如其寺中，也有不少扦插成活的菩提树，有的虽无神话传奇，但也是年代颇久的参天大树；还有一棵树下，

契迪隆寺的菩提树下,奉立着一尊四面佛,比较有趣。

摄影:陈三秋

第 3 篇

The floating clouds

多年之后重回到 **泰国**

替代佛祖禅定的是一尊左腿下垂、右腿结跌半跏趺坐姿的四面佛！另，偏殿之中，您还会见到至少三尊僧王的肉身蜡像，各自跏趺盘坐在一个直立的玻璃方柜中，其目光炯炯，栩栩如生，很多游人会被吓一跳。这种"木乃伊僧"，是一种令人敬畏的泰式信仰：对于功德较高的僧人，他们往往会认为，死亡是一种接近涅槃的重生，故会在临终前，选择以冥想的坐姿酣然逝去。如果尸体腐烂了，就会被弟子们火化；而如果可以"不枯不灭"，则会被如是展示出来，以作为佛陀教义的视觉提醒。震撼！而僧房之中，则会有些明清风格的精致瓷器，上面的画面，记述着不同的僧王肖像，或者多场佛教盛事。还有一些精美的屏风木雕，令人赏心悦目，不忍离去。如若不信，您，可以去尽情一探。

作别极具视觉冲击力的"斋滴隆舍利塔"，忘掉它据说当年登高可远望千里的传奇；也远离辉煌屹立的契迪龙寺正殿，与其他悠悠古迹；我举目望向耸入云天的菩提，其叶正茂、光影倏忽，再其上，则是飘忽的白云，掩去了烈日与半边蓝天，多么像我们仿若浮萍、游荡四方，又坚信求索不止、玉汝于成啊。这个秘境般的中印半岛，此刻的清迈城，应该快要下场雨了吧。

寺门内侧的诸多佛亭、佛像、神像、雕像之间，那座精巧的、由两尊持刀青铜铸像守候的、双层"山"字尖顶的偏殿门前，依然在用成排醒目的红色提词板，加上黑色的"二维码"，警示着人们"禁止女士入内（Man only）"与"请脱鞋"等等。很多人会被殿内密布的、色彩艳丽、惟妙惟肖的壁画所震撼，而忽略追索为何这里"禁止女士入内"。对于40余平方公里之地，密密地坐落着超过300座"争奇斗艳"的寺庙，有着"庙宇之城"的清迈来说，这些令人惊艳的壁画、雕花鎏金的屋脊确实与日本寺庙所昭示的"侘寂之美"，有着鲜明的差异，也多会令人流连忘返。但关于这处奇妙的偏殿，确值一说，它就是有着神圣寓意的"清迈城市柱"的安放地。

何为"清迈城市柱"？这是依照印度教的传统，也是佛教的教义而立放。依古印度时期的传说，兴建一座城市之前，要先在城市中心置立"城市柱"以保佑所有工程能够顺利进行。根据不同译法，此"城市柱"，又名"圣·英刹钦柱""圣·因塔钦"或"圣·拉克蒙柱"等。我感觉，如理解为"因陀罗神柱"也可以，有着庇护繁荣、给人好运之意。于是，700多年前，孟莱王始建清迈城时，便尊奉这一传统与教义，将"清迈城市柱"立在了"三王广场"对面的英刹钦寺中，是为清迈城的中心位置之所在。后来，此柱就一直存放在英刹钦寺中，共504年。期间，经历了兰纳泰王朝的覆灭，也包括"缅据时期"。

公元1767年，清迈的披耶·卡维拉将军，携手郑信王，组成"暹罗联军"，与不可一世的缅甸大军，两次鏖战于清迈城下。

安奉"清迈城市柱"的殿堂内的四幅壁画。被禁止入内的女士们,可以借此欣赏一下了。

摄影:陈三秋

最终于公元 1773 年收复清迈，并自此实际控制了复国之后的兰纳泰王国。公元 1800 年，披耶·卡维拉不仅召集商人与工匠，合力重建清迈城，还将当年的那支"清迈城市柱"移到了契迪龙寺的这处偏殿精舍之中。同时，为了驱邪与保护这根"城市柱"，还在神殿旁边，种植了三株龙脑香树，喻示其将庇佑这座城市，直到它们倒下为止。这就是"清迈城市柱"的来龙去脉，和它的精舍戒律奇多的缘故。

这么一探究，这处外观"并不起眼"的偏殿或精舍，在清幽静雅，已成繁茂巨木的龙脑香树下，竟然，突然就显得格外引人注目起来。与悠然淡定、穿行其间的僧俗人众，形成了极不对称的"视觉冲突"。

于是，我又绕回到这座"兰纳艺术宝库"的深处，继续去探秘、观微。这时才发现，原来寺内的红三角梅，虽小但密，且盛放正艳。无疑，这又是一个喜人的细节。我在花前、树下，静坐了许久。而这时，酷热的天空，也竟下起了细雨。我走向契迪龙寺的门口。门外，友人已在雨中等候多时。这让我想到了早前看过的一篇散文诗，《落花听雨》那朗朗上口的语句：

"雨，一直下。

我，安之若素。

一份恬淡半清幽。

心，无比沉静。

时光静好，如一朵清莲静静绽放。我像是，举着莲花，轻步而行，从花香小径路过的女子。拥一泓清泉于心，置身于岁月的红尘中，细数一路的荼蘼花事，几分欣喜与忧伤，几分痴缠与轻狂，卷卷如烟氤氲，在人生最盛美的青春年华。

眺望，细雨朦胧如清秋的夜般散发一袭烟凉。

怎奈，红尘深深始于心，一念起，便千山万水。"

可惜的是，已忘记作者与所出何处了，只记下了这段唯美、沉郁的文字，与这份令人心悸的意境。在此刻，同我，雨中共鸣。

细雨下个不停。但日已过三竿。徐徐的斜风，越过日间还未散去的烧灼，在清迈城中，寺或塔间，不羁地流浪。时而，裹挟起雨珠，挂在额前，成一帘幽梦。思华年，凝神禅定，雾眸，片刻成全，一叶落瓣的翘首。

于清迈，观契迪龙寺，细微之美，真好。

2018 年 10 月 14 日于清迈，城中休息中

48 曼谷的考山路

曼谷已去了多次。过去三年,基本上保持着一年 1~2 次,张弛有度的节奏。但到了今年,随着商旅行程的密集,则变成了每月 1~2 次。

湄南河上的泛舟,依然深存记忆;大皇宫、玉佛寺的金碧辉煌,可能更是很难忘怀的了。我一直认为,在东南亚诸国之中,泰国和大马是无比聪明的。同样是佛国,泰国选择了事事可求、有求必应的四面佛,来满足八方来宾的诸般心愿,让四面佛一举成为国家印记。而大马,也就是马来西亚,则在佛教遍布的诸国之间,别具一格,选择了伊斯兰教的信仰和国策——不要小觑这一主动选择。与印尼"被动"成了伊斯兰国家不同,大马"主动"的"国策之选",让我们看到了,"选择重于努力"这句话还是颇有哲理的:选择了在真主穆罕默德的眷顾之下治国,对于经年动荡的伊斯兰世界来讲,基本上就等于这个偏居一隅的"同胞之邦"会成为诸多富有的穆斯林商人的安家之国;无疑,他们会带来聪明的大脑、不菲的财富和与全球伊斯兰国家的经贸。而且,这种来自宗教、来自信仰的情结纽带,是大马崛起的"火种",是快速发展的"马达",也是生生不息的力量。时间总会是最正确的老师,自20世纪末以来,马、泰二国继新、韩等"亚洲四小龙"之后,跻身"亚洲四小虎"之列,应该可以作为例证。

曼谷,就在这一大背景下,承继了中印半岛"殖民时代"的底蕴,快速发展起来。但它对于我而言,一度有两个"想不到"。一是,想不到它的名字,"曼谷",我们常称的"Bangkok",并不是它的"本名";在泰语中,它有着一个"全世界名字最长的名字",且确已收录于"吉尼斯世界纪录"中。即使转写成拉丁字母,我算了一下,也有字母167个!而如若翻译成相对严谨的中文汉字,去掉标点符号,也是纯79个字。那就是:天使之城,宏伟之城,永恒的宝石之城,永不可摧的因陀罗之城,世界上赋予九个宝石的宏伟首都,快乐之城,充满着像似统治转世神之天上住所的巍峨皇宫,一座由因陀罗给予、毗湿奴建造的城市。简称"天使之城"。所以,很多游人都曾"赞誉"曼谷为"天使之城",但却不知因果,现在可以了然了吧。不过,我们还是习惯于叫其"Bangkok";源自泰语中的"Bangko"。其中,前半部分的"Bang"意指"村庄",后半部分的"Ko"多指"岛屿",很是形象。

第二个"想不到"就是,这个喧嚣繁华、以堵见长的泰王国都城,竟然有一条路,被称为"背包客的天堂"。是为考山路。

这种情况并不多见。因为,世间很多享有"背包客天堂"之誉的地方,多为小城:如缅甸的蒲甘、老挝的万荣、越南的大叻等等,中国的香格里拉、凤凰古城等,那也是"边陲""秘境"。我想，这可能是历史造就的。

这段历史的起点，"正史"虽起于"拉玛一世"迁都于此，但"野史"却要更晚一些，我猜可能是在"拉玛二世"在位后期。是时，国内经济的发展、对华贸易的繁荣，再加上宗教活动的兴盛，便率先交汇到了曼谷港口与大地之中。公元1814年到1818年间，"拉玛二世"还在泰史上自曼谷派遣僧团，出访国外，其目的地是锡兰。再加上公元1820年，泰国霍乱爆发，为了安抚和鼓励僧众进行诵经攘灾，佛教，得到了进一步普及。信奉上座部佛教的泰国僧人，与信仰大乘佛教的"华僧""越僧"，都包容发展。这种超越现实与世俗的信仰，给人们带来了富足、祥和的精神世界，让一切，甚至时间，都会放慢。这与徒步如出一辙。

据说，"拉玛四世"在登基之前还属于蒙固王子之时，就曾"背囊"，以"行脚僧"的身份，遍游泰国。当然，比较重要的"信号"是，这一前后，"外国人"来了。公元1821—1822年，英国自新加坡和印度两大殖民地，先后派遣使节约翰·摩尔根、约翰·克劳福特，率团造访曼谷王朝；尤其是公元1826年与公元1855年，经亨利·伯尼与约翰·鲍林二人之手，两个暹英"通商条约"的签订，为更多有着复杂背景的英国人"光临"曼谷，打开了方便之门。公元1856年，在卢卡斯·蒙蒂尼的游说下，暹法两国的"通商航海条约"也告签署。从此，曼谷，就成了这对"西方的宿敌"角力的新战场。值得一提的是，卢卡斯·蒙蒂尼当时为法国驻上海领事，上海外滩的风情，与其有一定关联；当然，他还是一个"收藏家"。如今，法国巴黎，塞纳河北岸的卢浮宫中，还陈列不少他"搜罗"的清宫藏品。

英、法都来了，其他人还会等待吗？"邻近"的日本人也来了，再加上中国人、越南人，曼谷，仿佛成了"东方的卡萨布兰卡"。就是在这个时候，一名叫亨利·穆奥的法国人，乘船，横渡印度洋，先在新加坡停顿，然后，经泰国湾，来到了曼谷，并留下了这样的记述："世界上最美和最大的港口之一……并不亚于甚至像纽约那样驰名的港口。"随后，他又从曼谷，向东进入今柬埔寨境内一个叫马德望的地方。他是一名探险家，随身带有法文版的《真腊风土记》一书，这本书的作者，是一名中国人，名字叫周达观。那是公元1860年。当时的马德望，与接壤的暹粒，都还在泰国治下。所以，他可以经曼谷，"自由"地穿梭两地。在这两地之间，他无畏地向被热带雨林封禁的密林挺进。直到有一天，他手中的"开山刀"砍在了一尊神像上面，这正是他想要的，也是他不远万里来此探寻的目的地——吴哥窟。自此，在消失400年后，吴哥窟随同那个不可一世的吴哥王朝一起，重现人间。

亨利·穆奥"按图索骥"的故事，包括对当时曼谷情景的介绍，后来，都被收录进他的日记。再后来，以他之名出版了《暹罗柬埔寨老挝诸王国旅行记》一书。那是他的弟弟，夏尔·穆奥的功劳。此前，这位刚刚发现吴哥窟的英雄，不幸感染疟疾，已亡命于他所"眷恋"的这片雨林大地之上。

这是公元1862年的事情。同年,"拉玛四世"效仿日本的明治维新,启动"泰国改革"。其中的一项,就是亲自规划修建了曼谷市内的主要街道,如最为有名的五马路。还开掘、疏浚了运河,包括著名的昭披耶河,也就是俗称的湄南河。由于这是泰国境内"水量最大、长度最长的河流",与湄公河齐名,故以"昭披耶"——泰国封建时代,国王之下,等级最高的爵位名,来为之命名。而"湄南"二字,在中印半岛的语境中,也有"河流之母"的意思。

在五马路与湄南河之间,还规划了很多细窄的街道。其中一条,靠近码头,这是用来储存谷米的,那就是今天我们所称的考山路。因为,在泰语中,其路名就是"谷米"或"生米"的意思。考山路就此诞生了。

路,是由城市孕育的;而城市,又是由文化孕育的。这座蕴含着多样性文化的曼谷城,又是在什么时候落定了这一底蕴的呢?我觉得,如果从考山路的诞生起算的话,应该与五个时期有关。我们先来看其中的第一个时期。

我称其为"印支殖民时期"。这一时期,始于公元19世纪初,而止于"二战"爆发。对于泰国来说,其外部是英国殖民了新、印、缅,法国殖民了越、柬、老。而长期有"朝贡关系"的中国,在被鸦片战争撬开国门、"戊戌变法"被扼杀后,则进入了

"租借盛行"的半殖民地之态；再到后来中日甲午战争的失利，连"洋务运动"都宣告失败了。于是，走南闯北的孙中山先生，在公元1908年11月20日，也来到了曼谷；"同盟会"泰国支部，就此成立。只是当时的他，可能都很难相信，3年后的那场"辛亥革命"，还真的覆灭了中国的封建王朝。在当时东方的民族之林中，只有日本，受益于明治天皇早前启动的维新之治，一家独好。而泰国内部，则是"拉玛四世"与"拉玛五世"被迫启动了"学习英欧""求富求存"的改革，其延续至今的"左侧驾驶"行车习惯，就是在这一背景下形成的。

泰国是幸运的。它成了英、法两国角逐印支新势力版图的"东西缓冲"，再加上其"有效"的"西式改革"，缔约、外交、让利、割地，最终，成了这一时期各国"共享"的"避风港"。而曼谷，也因较早地"亲近大海"，而先于半岛之上越南的胡志明市和缅甸的仰光，发展起来了。这片难得的祥和之地，就像"二战"后，"越法战争"期间的柬埔寨金边，无论是亨利·穆奥，还是孙中山，包括写下了《缅甸岁月》的乔治·奥威尔，与《情人》的作者玛格丽特·杜拉斯，谁不想，"顺带一往"呢？新加坡怎抵泰国的妖冶风情。所以，曼谷虽然没有殖民时期的建筑，但却截取了殖民岁月下的诸国风情。

随后，"二战"爆发。尤其是公元1941年12月8日，日军偷袭珍珠港后，便以"借道"之名，将军队直接开进了曼谷。直到公元1945年8月16日，国王摄政比里·帕侬荣发布《和平宣言》，并随后派遣战前驻美大使社尼·巴莫，由美国返回曼谷，出任"临时内阁"总理——亦即战后的"自由泰政府"，为止。我将这第二个时期,称为"日本占据时期"。这期间,日、泰形成了"军事同盟";日本虽无征服泰国之名,但有占据之实,故而得此一称。而且,泰国还在日本的裹挟下,经由銮披汶·颂堪总理的"战时内阁",于"珍珠港事件"爆发后的次月25日,对英美正式宣战。因此,这4余年间,日本对泰国的影响,可以想象。期间,曼谷的花花世界,还迎来一位"重要的人物",那就是日本首相,臭名昭著的东条英机。那是公元1943年的7月间,曼谷雨季。与中国早年间,也就是公元2003年时,由张晓光导演的同名电视剧《曼谷雨季》的浪漫不同,当时已身陷败亡危机的"战争狂魔""剃刀将军"——因日军的杀人暴行而在日本民间获称为"剃刀东条",应该无心欣赏曼谷街头凄美的雨景吧。不过,他对"兄弟之国",终是"慷慨"的,那就是他曼谷之行后的次月,很快就将当年英国割占的马来半岛的部分领土,"归还"给了泰国。其中,就包括那条后世,必将闻名天下的克拉地峡。由此,也就形成了今日泰国的领土格局。虽然当年的曼谷城中,那些趾高气扬的"日本小兵",可能会因抵挡不住此地奔放的诱惑,而时有作恶;但,大局当前,不糊涂。这一时期,日本人帮了泰国人,一个天大的忙。

第三个时期并不直接发生在泰国境内,而是爆发在一隅之隔的邻国——越南。那是"二战"后不久,法国卷土重来,意在重新攫取越南——这块"久耕之地"的利益,便作为"资本主义阵营"的先锋,率先将"冷战"引向"热战",并点燃在临近泰国的中印半岛之上。我将之称为"越法战争时期",并不同于"二战"前法国殖越期间的那些抗法民族起义。这一时期,法军来势汹汹，不下当年。越南南北大地，已是他们"有着巴黎香水味"的、熟悉的"故土"。法国还采取了新的策略：果断"放弃高棉"，让其独立成柬埔寨王国；扶持"越南国"；集中火力，吊打胡志明领导下的"越盟政权"，也就是我们所熟悉的"北越"。

从公元1946年起，到公元1954年法国撤军止，在这"八年抗战"期间，中国进入了解放战争时期；孱弱的老挝被"北越"裹挟进"抗法辅战场"；缅甸，刚刚独立不久，对英国的历史遗留问题，和德钦党内部的"颜色问题"，还有一大堆没解决；因此，曼谷与金边，就成了当时西方记者、游行家、探险家，也包括军人和商人们的两个"前哨"。两城相较，各有千秋：金边，自此迎来了20余年的"黄金时代"，而曼谷的醇厚与沉稳，可能更受东西方休闲阶层的欢迎。曼谷多样文化的厚度，就此得以持续熏染、积淀。

随后，随着"北约"的"大哥大"——美国，取代早已"看不下去的"法国，介入"越南战场"，曼谷，就此迎来了"夜生活"上的"辉煌时期"。也就是我所要说的第四个时期——"美越战争时期"。与生活低调、枯燥乏味的"清道夫式"的"日本小兵"不同，当性情奔放的"美国大兵"，遇到曼谷的"花花世界"，用脚趾头都能想到会发生些什么样的故事。"朝九晚五"式的作战，慷慨阔绰的兵饷，令人艳羡的假期，这些都为"美国大兵"，将催化"怦然心动"的美金，砸向"南越"——西贡，与泰国的"微笑之都"——曼谷，铺就了"成熟之路"。当然，韩国的"汉江奇迹"，与柬埔寨的"金边奇迹"，也都因此沾了光。

后来的事情，就是大家所熟知的了：法国人灰头土脸地跑了，美国人屁颠屁颠地来了。十余年间，"美国大兵"为饱经战祸的越南，"贡献"了几万名混血儿童。大家还记得那部位列"世界四大歌剧"之一的《西贡小姐》吗？其故事背景，就发生在"美军撤兵"前后。当时的曼谷，在各方势力的催化下，白天、黑夜，成了让人深爱的"腐朽的天堂""堕落的地狱"；商业往来、情报交流、休闲度假、醉生梦死，都在这座精巧的海滨之城上演。连《西贡小姐》中，美国机构为安置和"拯救"那些"美国大兵"留下的"混血种子"，都要靠曼谷这块"远离是非"之地来进行。当然，更多的还有那些身材曼妙的"南越"女孩，她们虽已无望直接跟随"美国大兵"奔赴交织着梦想的美国新大陆，但是就近"逃离"到曼谷还是可以的。这里，成了她们远避已被描绘成"嗜血越共"魔掌的"温暖港湾"。曼谷，也因她们的到来，"贡献"了更多的舞女、色情，再加上本土的人妖、美食，混合而成"美越战争"期间，这片大地之上多姿多彩的新风情。

美军在越南战场的突然撤离，给西贡和金边带来了慌乱，但对于曼谷来讲，则是勃勃的生机。因为，美国还需要借此来解决、思考，那些遗留在越南大地上的诸多"善后事宜"：大到"南越"怎么办？"冷战格局"怎么办？"东西方的阵营"怎么办？小到那笔直到20世纪90年代，才算"彻底解决"的"风花雪月"之债。正是在这一大背景下，泰国走向了我要总结的"第五个时期"——"拉玛九世时期"。考虑到其延续70年左右的后续影响力，也可以覆盖到当下时期。

我们知道，"拉玛九世"是一位德高望重、比较开明的君主。他治下的泰王国与曼谷城，除了经济、宗教上的繁荣，也有文化、生活上的包容。尤其是在公元 1982 年，为了庆祝"曼谷建都 200 周年"暨"佛历 2525 年"的到来——也等于是追悼"佛祖"释迦牟尼涅槃 2 525 周年，当时的泰国政府，在曼谷举办了很多庆典活动。由此造成世界各地的观光客，蜂拥而入，住宿供不应求。

这时，距大皇宫与玉佛寺仅 20 分钟步行路程的考山路，就发挥了应有的作用。路两旁的当地居民，率先将民宿提供出来，以廉价接纳这些各国客人，还由此形成了一个泰国专有名词"farang"，也就是泰国对白种人的称谓，相当于中国词汇中的"老外"，亦即对"西方人"或"外国人"的表述。当然，从考据学的角度来说，这个词早自公元 16 世纪，第一批西方人来到暹罗时，就将其带过来了。据说其最早叫"farangi"，来自阿拉伯语中的"faranji"；源头可追溯至公元 10 世纪，西方以上帝的名义讨伐伊斯兰世界时所提的"the franks"，即"日耳曼族法兰克人"。但要说这个词在泰国真正广泛流行，那还真的只有这一时期。

旧日存放"谷米"的考山路，一下子变得熙熙攘攘起来。而且，还都是形形色色，高鼻梁、蓝眼睛的"Farang"。曼谷人民，可能从未觉得竟会对其有如此亲近的感觉吧。这确要归功于"拉玛九世"时期找回的民族自信。由此，为了迎合这些远道而来的"farang"，各种生意都以街边摊的方式，"补充式"地呈现于考山路街头。有了这些"补丁"——泰国人称为"独立摊商"的"加持"，会同此前路两边的民宿、旅舍，各类商铺，很快考山路就被塑造成曼谷城中的重要地标。如若再加上之前已于公元 1946 年开放的大皇宫，那就成了一幅"完善的画卷"：白天逛大皇

曼谷考山路的夜市。　　　　　　　　　　　摄影：陈三秋

宫，晚上泡考山路；一念"天上人间"，一念"人间天堂"——前者遥不可及，后者唾手可得。如此，当"无烟产业"——旅游，被当成"富国良策"一推，这片大地也就火热了起来。

为什么全世界的"背包客"都爱考山路？为什么说"没到过考山路，就如同没来过曼谷"？公元1999年1月，随着"小李子"——莱昂纳多·迪卡普里奥的到来，两个问题，同时得解。当时，这位在"粉丝"中被称为"世界上永远的最美男神"的美国好莱坞明星，正因此前饰演的美国著名导演詹姆斯·卡梅隆执导的《泰坦尼克号》一片火遍全球。而他此行，则同样是为了参演由英国的丹尼·博伊尔导演的荒野冒险电影——《海滩》。在剧中，考山路，是他"探险"的第一站；也是他，认识"曼谷，欢乐城，东南亚的门径，被观光客用钱砸得千疮百孔"之地的起点。他入住的，爬满蟑螂的房间，是考山路上的民宿；他受激喝下"泰国特产"——蛇血的地方，是考山路的街头；甚至，连最终将他导向那片"想要忘记，但总是浮现；连美都无法形容它的"那个"神秘海滩"的地图，都是在考山路的酒店中莫名获取的。所以，他最终成了"有理想"的人，克服了被"贪婪和愚昧吞噬了一切"的世界的羁绊，成功来到了"不是一般的观光客、小瘪三"能够找到的"海滩"，也由此见证了"天堂在人间，友谊和爱情在别处"的真实。

该片于公元2000年2月在美国上映，除了其所要表达的"人性的爱与自私"之深邃，剧中展现的嬉皮士风情的考山路街头，则因其"肤浅"，而赢得了"背包客"的青睐。如其剧中所述，虽然它已"千疮百孔"，但"依然，吸引着饥渴的人前来"。由此，将这个曼谷夜生活开始的地方，它的神秘，与它的诱惑，"揭露"得尽致淋漓。我想，丹尼·博伊尔之所以选择考山路作为《海滩》一剧外景的主要拍摄地，除了一展当时街头黄袍僧人布施之景外，最主要的，应该还是剧中人物活着的"颓废世界"，无限贴近当时的考山路吧。

您了解这位貌似无名的英国籍导演吗？《海滩》之前，他缔造了一代经典《猜火车》；《海滩》之后，过了近10年，他又创造了新的经典——《贫民窟的百万富翁》。哦，原来如此。尤其是最后一剧，在公元2009年1月和2月间，一举斩获了4项"全球奖"，7项"奥斯卡"，合计"137个正式奖项，80个提名奖项"。

同年 3 月,这部疑为产自"宝莱坞"的印度电影,在中国上映。相信很多人,应该都还记得此事吧。不错,该剧正是出自这位丹尼·博伊尔导演之手。

可惜的是,丹尼·博伊尔和莱昂纳多·迪卡普里奥之后,人间再无考山路。历史大势,浩浩荡荡,当物质欲望,席卷至这片"黄袍佛国"时,"六度"之首的布施,再也未出现在街头。考山路在没落。

待到我此次光临时,除了吵闹喧嚣的"夜生活",和被《孤独星球》的读者票选为"全球最棒的酒吧之一"的"Moroccan"依然人声鼎沸外,几乎,只剩下:文身、酒吧、小吃、烧烤、榴莲、按摩、卖衣服和纪念品等"非典型的泰式风物"。"摇滚""流行""嬉皮士"与"重金属",统统消失了;芒果糯米饭、泰式米粉汤、炸蝎子、烤蜘蛛等"五毒"美味,也都已经不是那个可以"回味"的味了。"当年"沿街露天围在一起,看本土的、"好莱虎"出品的泰式电影的场景,也再无踪影。只要一瓶啤酒,大象啤酒——泰国人昵称的"象啤",就可以坐上一个晚上的"闲情逸致",已很难在这个粗鄙的、凌乱的街头,重新找回。

高低错落的霓虹招牌,如旧在夜间将街道点亮。400 余米的主街,也依然车来人往、人满为患。但细心的人会发现,"疲惫"的"嘟嘟车",或"人力车",一车车载来载往的,无非是那些已经眼花缭乱的"新晋"造访者,空洞迷离的眼神之下,无非是为了在日落之前,疯狂地寻找一个休憩之所罢了。

如此,便继续维系了考山路如常的喧闹与粗放。但却就此丢失了灵魂。这种尚存余温的"魅力",只是一层经不起揭开的

"轻薄面纱"。霓虹之下，灯影摇曳，徒步一天于大皇宫、寺庙间的游人，成排地倒在了街边的躺椅上。"考山水疗（Khaosan SPA）"的"泰式按摩"涨价了，由 1 小时 220 泰铢，涨到了 250 泰铢；从 1∶4.6 的人民币兑泰铢的汇率来看，貌似还不错，与半岛上其他四国的按摩基本同价。但那并不包含"偷工减料"与"隐性消费"。聪明的"farang"们，多已"抛弃"这个泰国的"马杀鸡"，转投向充满童趣的"小鱼按摩"。如此，考山路原来负有盛名的一绝，就算体验过了。没有白来过。

夜幕降临的曼谷城，湿热的感觉，最先是在考山路变得缓和起来的。但我想，这一触感，既是物质的，也是精神上的。当物质上的落俗，与精神上的颓败，同时袭来之时，那必是一场酩酊大醉式的迷失。任何贪求一夜宿醉与狂欢的"背包客"，明日醒来之时的画面，都必将是虚无、虚无与虚无。终于，当失去焦点的夜风，依旧自湄南河上吹来时，人潮如旧、喧闹如旧，一切都仿似如旧的考山路，连曼谷当局都知道，它，"生病了"。而且，是一场"失魂落魄"的大病。是病就要医，但，是

暗夜来临,这些考山路的酒吧中,依然会挤满买醉的游人。

摄影:陈三秋

第 3 篇
The floating clouds
多年之后重回到**泰国**

药三分毒。所以，当2018年8月1日，考山路"白天不得摆摊"的禁令于当天生效后，200余名"被牺牲"的摊商，便以"生计"为名，不干了。这一闹腾，确是引来了观光客们的担忧：此番针对"乱糟糟"状态的整顿之下，摊商与摊贩是收敛了不少，但失去"独立摊商"特色的考山路，还能不能找回当年的氛围，甚至是它的"灵魂"？这是一个沉重的问题。各国有之。

以中国为例。步行街，夜市，这些同为"背包客""观光客""徒步者"汇聚的角落，可谓遍布全国各地。如少时记忆中，宿州的淮海路、蚌埠的二马路、南京的湖南路等，再到后来工作之后的，上海的南京路、北京的长安街、深圳的深南路、重庆的洋人街、长春的重庆路、成都的九尺巷、西安的回民街等等，一大把。细数一下，还囊括了武汉、郑州、太原、青岛、苏州、杭州、扬州、徐州、泰州、镇江、滁州各地，当然，也还有合肥的、芜湖的、黄山的、济南的、天津的、南昌的、上饶的、宁波的……数之不尽，又忆之不清。谁能告诉我，哪一个，是有着令您为之痴迷的灵魂？或许有，但我还没找到。

因此，也并不好过分地去苛责考山路了。当然，也可以看完国外的再说。远的不说，先说"近的"。万象与金边湄公河畔的夜市，由于规模相对不大，因此，称不上是"背包客"的中意之地；虽然鄙陋，但万象的劲爆十足的"老挝广场舞"，与

第3篇

The floating clouds

多年之后重回到**泰国**

泛舟湄南河上,一面是如火如荼的现代化建设,一面是古老的恢宏建筑,比如著名的郑王庙和它的塔群。

摄影:张游如、张湫果

金边来自支流洞里萨河的美食，确也令人印象深刻。如后者的阿莫克鱼、火湖炒鱼，也包括流行全柬的冰冻仙草、高棉咖喱、油炸螃蟹等，都能在品尝多次之后，依然回味生津。暹粒与琅勃拉邦，都是适宜背包徒步的地方，前者由"背包客"成就的夜市之上，回馈以"高棉火锅"，那是恰当的；后者回馈于您的，则更是安静、有序的整条"洋人街"，这一定是老挝专有的，相当不错。河内对于"背包客"来讲，无论是"白市"，还是夜市，那都是杂乱的；最好的还是在西贡，也就是今天的胡志明市，那里有范五老街，可以找到一瓶"河内啤酒"或"西贡啤酒"，开怀畅聊一宿的"越国风情"。仰光的夜市是被"打压"的，与印度各地禁酒一样，都是当局怕年轻人把持不住，借酒闹事吧。但仰光的白天很美好，以玛哈·班杜拉广场公园为中心向四至徒步，大都是融合了英国维多利亚风格的"缅甸风情"，在等您一一去探访，如此，有置身香港或澳门之感。甚至，连这个为纪念公元 1824 年在阿拉干大败英军的民族英雄——班杜拉将军而建的公园，都值得坐上半天。如此，中印半岛之上，除了清迈，也就乏善可陈了。

至于再远的，如吉隆坡，它的白天是纯商务的，晚上是纯购物的，就像是"南京的新街口"；马来半岛的最好风情，还是要到马六甲看才行。那里有黑白昼夜都有的"娘惹风情"，是"马来风情"的正宗。雅加达的白天与黑夜也是割裂的，只适合白天的徒步，集中在独立纪念碑四周。巴厘岛的白天，是比较适合租车骑行的，乌布皇宫一带，是不折不扣的"徒步天堂"，日与夜接合得不错，至少在东南亚，应该说是无出其右，深值推荐。连其日惹、棉兰、巨港、万隆、泗水等地，都没得比。东京，商业化太浓了，日本的"大和风情"要看还得去神户。所以，首尔夜市，也就成了"舌尖客"的吃货天堂了。

最想不到的是巴黎的香榭丽舍大街，如今成了看凯旋门的了。罗马是白天的，米兰是夜晚的，意大利在这一点上，却也做得不错。开罗，乱了，所以只剩下了一半——白天，看看古代埃及的风景，"吃吃老本"，也就够了。至于回到我们的"战斗民族"俄罗斯的莫斯科，白天可以可劲地逛，而晚上，那是"买醉"的。抽空去下"中亚五国"吧，那里的"伊斯兰风情"，正在别样地绽放。

一圈转下来，更显考山路之不足了。那就从街的另一头，搭乘轮渡，沿着湄南河夜游吧。看一看为纪念郑信王而造的伟岸的郑王庙——"泰国的埃菲尔铁塔"，从中找寻一些对考山路未来的信心与力量。虽然其河的水质堪忧，但重点在两岸之上别有一番风味的"泰国风情"。

曼谷，考山路，确实已在没落之中。来自湄南河木船上的风，在倾说；来自大皇宫瓦顶上的雨在低诉。我也莫名地为之感伤了。

2018年10月24日，于曼谷仓库酒店（The Warehouse）

49 巡访泰国名岛

很多人都曾向往过着与众不同的人生，但最后还是堕入平凡。岛如人生。泰王国，象头形的版图，"鼻端"无尽地向南延展，冲入大海；由此，形成了两岸无数岛屿。在这些岛群之中，无论大小，每一个岛，都是生命的承载；每一个岛，也都渴望拥有与众不同的命运。或许只有这样，才更能取悦游人，搏得青睐，收获芳心。但是，不是每一个岛，都能扭转乾坤。所以，有的显赫一世，有的昙花一现，有的依然籍籍无名。不免陷入庸俗的我，在穿越这方大地与这片海域时，愿意前往并且能够记住的，也就只有那些"名岛"了。

我想通过一次笔触之下的"巡访"，将其一一收拢。但纵是这样，也难免为无情的记忆所遗漏；甚或，为刻薄的视野所遮挡；"挂一漏万"之忧，诚惶诚恐。记得毛泽东同志在《论持久战》中，曾有"一叶障目，不见泰山，而自以为是"之警；对此时刻挂记心头，俯仰之间，以不负愧于泰境诸岛。爱一个人，念在嘴角容易，写入纸上简单，但记入心头，太难；爱上一座岛，也是。

不得不说，泰国是幸运的。相较于中印半岛其他四国，它向南还深嵌马来半岛，因此，横亘在太平洋、印度洋两大洋间，"坐拥"起安达曼海东滨，和泰国湾两岸。也因此，我的"巡访"，便是沿着这三条海岸线铺展的。对于属意泰国，准备一次或多次前往旅游、度假的朋友来说，最合理的"荐选攻略"，也就变成了如下顺位：泰国湾东岸，西岸，最后是安达曼海东岸。第一处可赏"泰式"的、迤逦妖冶的，异域滨海风情；最后一处，可看沉寂的孟加拉湾，和走向壮阔的印度洋。由近及远、由东

大象和人妖表演，都是泰国比较著名的"秀"。摄影：陈三秋

向西,泰国内外,就此得览。

正是按照这一"路径",我们自三处漫长的海岸线上,各取一"点",然后,"由点及面",开启这场"巡访"航程。这三个最具代表性的"点",依次就是:芭堤雅、苏梅岛和普吉岛。为了方便记住这三点沿线的诸岛,还会试着用一个词来概括它们最显著的特色,务求简洁实用。

先从芭堤雅说起。这是泰国最早开发的一个新月形海滨度假胜地。虽然在公元 2017 年 6 月,由泰国国家旅游局,携手腾讯推出的票选活动中,芭堤雅依然获评为"中国游客最喜爱的旅游景点",但它确实已经有些乏力、凌乱,老态层出,事故不断,

芭堤雅丰富的海上活动,适合初游泰国者前往。摄影:陈三秋

大有不久将湮灭于各座"后起之秀"的感觉。它在泰国湾东部海岸线上，之所以值得首荐，是因为靠近曼谷，交通相对方便，适合"泰之初体验"。用一个词来形容它就是"完满"。

也就是全。蓝天、碧海、阳光、沙滩、海岛、游艇、浮潜、垂钓、酒店、夜市、海鲜，还有，降落伞、摩托艇、香蕉船等海上项目，与人妖表演等等，可谓一应俱全。从曼谷驱车出发，150公里多一点的路程，不堵车大概需要2个多小时；可以从素万或廊曼两个机场直接前往，也可以从市内趁早出发。遇上堵车，那就说不尽了，4或5个小时都是正常的。那将会消耗掉您的大好心情。这也是人们日渐远离"堵城"曼谷的一大原因。

而到了芭堤雅，一排屹立在山腰间的字母——一种好莱坞式的风情，和扑面而来的海风，会瞬间令您挣脱城市中的沉郁与羁绊，大口地呼吸、自由地舒展，所以，它就是这样的一个存在，火了起来。我想，对于"美越战争"期间的那些"没有明天"的"美国大兵"来说，当远离硝烟弥漫的战场，来到此地时，应该更是如此吧。所以，这里不但成了美国海军陆战队的驻地，也成了那些战场男儿释放人性、纵情声色之所在。这种声色犬马的生活，比单纯的度假，更具诱惑。"好男人去天堂，坏男人去芭堤雅"，芭堤雅奢靡的夜生活，也就自那时诞生了。白天，它是"东方夏威夷"，晚上，它又成了"泰国的阿姆斯特丹"，实至名归。甚至今时今日，据说这里还常年保持着近3万名性工作者，维系着这里夜幕之下色情业的繁华。在这群"服务大军"中，既有风情万种的"泰妹"，也不乏欧亚各国"慕名"而来"讨生活"者，共同铸造出这片"亚洲最大的声色之地"。

俯瞰芭堤雅。　　　　　　　　　　　供图：壹书局

芭堤雅别称"国际性都"，或"性欲版迪士尼乐园"，闻名遐迩，且一定也名不虚传。

公元1961年，当整个世界还在为意识形态的对立而大谈"东西方阵营"的归属，甚至燃起战火之时，精明的泰国政府，则发现了芭堤雅之地的商机。他们不仅将其划为泰国的"经济特区"，还拨出专款，重点开发这里"四季恒温"的旅游产业，并合力打造相关配套产业。得天独厚的先天条件，抢得先机的时代背景，再加上源源不断的资金注入，很快，这个定位成"亚洲度假区之后"的地方，便迅速发展起来了。由此，风光旖旎与万般风情集于一身的芭提雅，也就成了泰国"海滩度假天堂"

的代名词。而且,还为随后其他海岛的开发,提供了可资借鉴的"芭堤雅模式"。公元 2018 年,已经近 60 岁的芭堤雅经济特区,在诸多"后起之岛"的竞争重压下,"不甘寂寞",宣布"高调崛起",跻身"泰国东部经济走廊",意在凭借联动曼谷的"由点及线"优势,碾压马来半岛两岸各岛。我们拭目以待。

其实,客观地说,芭堤雅有错吗?一个"全"字所要包容的东西,必然很多。白天,您可以乘船去下金沙岛,那里有自然、醉美的沙滩。可能也正是因此,才会最先被各国游人攻陷。这是一座由 11 个断续相连的沙坝组成的半圆弧形沙岛,原名"打网岗"可能就是这么来的;其全长有 13.5 公里,如巨轮抛锚在碧波之中,有着别样的静谧。在约 2 公里长的"金沙滩"上,选定一把沙滩椅,来上一个冰椰青,于遮阳伞下,看着来来往往的船只与形形色色的游人,吹吹海风、听听音乐,远离压抑城市的喧嚣,忘却浮沉往事的不快,于每年 300 余万的到访者间,找到极易迷失的自我,足矣。既然人们常称芭堤雅为"享乐主义者的天堂",其白天的情景不正是如此吗?

而到了傍晚,天将黑未黑之际,温热的空气中,便开始飘散着蠢蠢欲动的荷尔蒙气息;蛰伏在人们灵魂最深处的各色欲望,也即将来一场别开生面的大汇演。白日里的洁净沙滩、湛蓝大海逐一隐退,叶伟信执导的电影《杀破狼》中的那些零落街头、撩人的霓虹,一一亮起。等待来一夜醉生梦死的酒色之徒,披着装腔作势的面纱,煞有介事地装扮着纵情前的最后一刻矜持。很多人已经排起了长队,准备渡往秘境般的"东方公主号"邮轮,与那里可以"亲密接触"的美丽人妖,共舞,甚至,一亲芳泽。一切似乎都在摩拳擦掌，躁动又不安。

只待深夜来临。一赏市政府广告语中的"芭堤雅，永远不眠"。深夜10点，当西方的第一个"大白鹅"，邂逅到中意的第一个"乌骨鸡"，一段"可以走肾，但别走心"的"缤纷之夜"，就此拉开了大幕。这可能是令美国的拉斯维加斯，或荷兰的阿姆斯特丹都相形见绌、自愧不如的靡丽夜晚。饕餮的欲望，正以毁灭一切之势，向这座"性爱之都"袭来。很多游人来而复返，乐此不疲。当然，也有一些冲浪一天的游人，早已陷入了酣睡之中。还有一些，则是在兴奋中，整理着一天拍下来的幻美照片，并盘算着下一段行程。各得其所。

东海岸线上，芭堤雅往南，还有沙美岛；再往南，还有阁昌岛。三地像一条串起的马奇诺防线般，拱卫着泰国湾东岸的荣辱与尊严。其中，沙美岛长6.5公里，最宽处有2.3公里，虽然"天堂岛"之誉有些浮夸，但这里的沙滩相对洁白、安静，在色彩斑斓的沙滩伞下阅读海景，或者涉着海水细沙，漫步在"日光浴"中，确也不错。其最大的特色，则被我定位在了岛西岸——那里可以看壮美的"暹罗湾日落"，与越南"富国岛日落"之景有一拼；所以，与芭堤雅的"完满"相比，沙美岛的座右铭是"日落"。

而阁昌岛的特色是瀑布。此岛也可译作"阁仓岛"，又因其从空中鸟瞰，状似一只大象在海里玩水时露出上半身的背影，而得"象岛"之昵称。其面积有429平方公里，为泰国的第二大岛屿；且岛上山峦叠翠，群峰林立，最高海拔可达744米，因而形成了不少的瀑布群落，点缀于密林之间。但长期以来，还只是在一群旅行探险家中流传着它的名字，那是一个"瀑布、清潭陪你洗澡,椰风、海浪伴你入梦"的地方。直到十余年前开禁后,它那原始的生态天堂,与世外桃源般的秘境,才吸引着早已厌倦了人满为患的"旧世界"的小部分旅人,来到这处瀑布飞泻、"侏罗纪公园"般的"新世界"。而它又以隐士般的风度,赢得了"小众"的偏爱。当年极受冷落的孤独海滩,也已慢慢堆积起人气来。连"拉玛九世",在生前都来过岛上。当然,他并不是第一个登临该岛的国王;公元1906年,当时的"拉玛五世",通过割让马德望、诗梳风等地给法国,将此岛及沿岸一带之地换回后,就曾登上过此岛,一时声名大噪。而如果再往前,在公元1767年时,吞武里王朝的郑信王,也曾将准备从缅甸人手中复国的海军,驻扎在这片海域;公元1897年,泰国政府还在此设置过处理中泰等国商船海上贸易的关税事务所,直到公元1903年割让给法国,然后3年后又"换地置回"。再然后,就是公元1992年,含本岛在内的周边52座群岛中的48座,被泰国当局一并划成了"国家海洋公园"与"国家森林公园"。所以,才"有幸"让它成为当前泰国国家公园中景观保存最完整的岛屿。最后是公元2017年的"暑期档",由湖南卫视打造的《中餐厅》——一档"创业+娱乐"栏目,联合腾讯视频同步开播;节目中所要讲述的那个中餐厅,就是在阁昌岛上。而且,"店长"换成了赵薇,黄晓明则成了"搭档",张亮扮演起"国际大厨","吧台小妹"则由周冬雨担当……一众中国明星的加持,再加上节目于暑期间的强势推广,着实令这座此前"鲜为人知"的泰国小岛火爆了一把。可惜的是,《中餐厅》显然未能发掘此岛多层次的飞瀑之美,留待将来的续集考虑去吧。

让我们把视线再转移到对面——暹罗湾的西海岸一线。隔着海,向西南远眺,也有多座悬于蓝天碧海上的岛屿。其中有一座规格最大的大岛,面积近229平方公里,是为泰国第三大岛屿,名字叫"苏梅岛"。

这是一个融合了喧嚣与沉静、两相自处的岛屿。喧嚣属于这里的海滩、浴场,而沉静,则属于岛上的渔村与椰林。这种"分裂",始于20世纪80年代前后,当时,人们多称其为"椰子岛"。岛如其名,据说每年可以由此岛葱郁的椰树园中,向曼

相较其他泰国各岛,苏梅岛或许可以令某些游人情有独钟。

摄影:陈三秋

谷输送 200 万颗椰子。直到有一天，搭乘从曼谷驶来运载椰子的木船的游客——像电影《海滩》中四处浪荡的西方游客，不经意间的一次造访，令此岛美丽的海滩之名"不胫而飞"，才成就了它今日旅游业的繁华。从此，在山绿海碧、柔然细滑的"查汶海滩"上打一场"沙滩排球"，或者在水清沙白的"拉迈海滩"上闻一闻有着怡人芳香的"鲜摘椰子"，就成了继芭堤雅之后，在阁昌岛之前，最时髦的生活或休闲方式。所以，此岛的特色，也就是"海滩"。

　　无论是从美喃码头，还是波菩码头，您都可以通过搭乘当地用小型货运卡车改装而成的出租车——习称"双条车"，或译"松塔欧"，一边吃着从码头买来的"枣椰丸"，一边不知不觉间抵达查汶海滩。当然，自公元 1989 年，苏梅岛启用旅游机场后，从曼谷直飞此岛，也就更加方便了。为什么是查汶海滩？因为它有着"泰国最美海滩"的名声；而且，它也是苏梅岛上最长、最热闹的海滩。长达 6 公里的、洁净平整的白色沙滩，再加上宽广的海域与温暖的海水，足以包容几乎一切的海上活动，也由此造就了岛上一处热带天堂般的"明信片"，和一片开发最为完善的海滩。如果再加上连同其他小岛（一共 42 个岛屿）共同组成的又一个自然史诗般的"国家海洋公园"，苏梅岛就是芭堤雅与阁昌岛的完美组合。前者的娱乐设施，与后者的原始静谧，同在。

　　沿着月牙形的查汶海滩往南走，如果您想牵着恋人的手，两个人图个清静，那便去拉迈海滩吧。一闹一静，两个世界级的海滩，随您徜徉；哪怕来个奔放的天体浴场般的享受，估计都没人管您。这在泰国岛屿中,是独树一帜的。而圆形的苏梅岛,就是这么完美!至于美食,那就更不用担心了;岛上一直流行着这么一个说法:"只有您吃不遍的各种酒楼,没有您吃不到的世界菜式。"您就只管纵情地把泰铢或美金砸过来吧。相信,您能感受到泰国人民的自信,与用心。尤其在"用心"二字上,我觉得这比"爱耍小聪明"的越南人——用钱去为各岛买下一座座华而不实的奖杯,或者"聪明玩过头"的印尼人——在酒瓶乱扔、游人都不愿问津的海滩上恣意宰客,要好很多。应该所有的人都知道:踏实与浮躁的较量,后者,从来都没有赢过。东南亚,知兴衰,见未来。

对于苏梅岛来说,就像当年印尼的巴厘岛,唯一的不足就是:安全!这里太靠近泰国南部"马来穆斯林分离主义组织"的活动范围,也即北大年、也拉和陶公三府——那里是泰国最大的"逊尼派"穆斯林聚居地。

所以,苏梅岛沿线再往南,要想发展旅游业,"压力山大"。只是往北进军,虽然不是非常理想,但有两岛也还各具特色。

先说第一个,以"派对"著称的帕岸岛。此岛面积为168平方公里,虽然坐拥30余个大小海滩,但终不敌原来每月月圆之夜会定期举行的一场派对——满月派对。

这种派对有点像国内曾经举办过的迷你马拉松——"荧光跑",也就是来自世界各地的参与者——主要是两类人:自助旅行者,即"背包客",与电子音乐迷,即"电音族",一看就知道基本上全是年轻人。他们会全身涂满荧光颜料,然后在满月下劲歌热舞、整夜狂欢。由于此岛目前已经与印度的果阿海滩、西班牙的伊比萨岛合称"世界三大电子音乐沙滩派对圣地",故也得"满月岛"之名。在泰国"官宣"上,"帕岸岛,以满月派对闻名全球",那也是响当当的。

这种满月派对,在帕岸岛上已经流行了近30年了。一开始是在岛上的"天堂小屋"举办的,可能嫌不够嗨吧;慢慢地就转移到了露天的沙滩上,并固定为每月一次,逢月圆时分举行的满月派对。当然,为了避免冲突,后来遇上泰国主要的佛教节日时,其举办日期还要相应后移。这些闻讯赶来、成群结队参加派对的青年男女,除了放纵自我,便是宣示自由,这种无谓国界、不分种族的行为,还被视为"对爱与和平精神的表达"!品位一下子提得这么高,那些称其为"臭名昭著"的悠悠之口,他们也就可以"正大光明"地置若罔闻了。什么"湿背秀""啤酒浴""沉沦的篝火""撕裂的歌舞",都来了;"酒精和海潮的咸味,混合着青春的荷尔蒙,在月光下发酵,狂野与浪漫一触即发"!经过多年的演进、发展,随着日落月升,潮来潮往,这里还衍生出了"黑月派对""弦月派对"等一系列"歌颂青春万岁"主题的"嘉年华",整个一"有志青年"一生之中必须朝拜的"派对圣地"。

此岛再往南,还有一岛,叫"涛岛"或"龟岛",因历史上为海龟的栖息地而得名。那是一个不折不扣的世界级潜水胜地。在21平方公里的面积之上,分布着11处海湾,10个海角,因此而无数次入围各大评比,并在潜水爱好者中间具有非常重要的地位。与越南头顿的昆岛相像,这里在第二次世界大战期间,也曾被打造成"政治犯监狱"而使用过两年。著名的泰皇"拉玛五世"也曾到过此岛。但直到20世纪80年代,才逐渐被西方游客所挖掘,且以潜水而出名。

不过,我对此岛的定位是"体验"。因为岛上的培训活动众多,且价格适中;经常看泰剧,但又来不及亲近泰国文化的朋友,正好可以在此岛上,选择性地体验一把。这并不限于潜水,当然,潜水也是其中的必选项目之一,要不然很容易辜负这个"世界潜水员工厂"之名。但除了潜水,排第二的,我想可以是泰拳。这里的泰拳馆确实不少,1小时的培训或者说体验,大概300泰铢,人民币不到70块。吴奇隆都能练泰拳,为啥您就不可以学一下呢?当然,晚上的泰拳"真人秀"比赛,有时间的话,也可以去看看。别只知道看"人妖秀"嘛。第三是攀岩,有些半日的体验课程,手臂力量足够的朋友可以去挑战一下;大多属于初级线路,这种最低的入门级别,危险系数几乎为零,可以放胆一试。第四是滑水,与越南美奈的滑沙很像,前面会有某种牵引力,拖着人和板在水面上滑行;其中有一种叫"尾波滑水",初学之人比较容易上手,有着一定平衡能力,或者学过滑雪、滑板或者冲浪的朋友,那更是没问题,胆子大一点的,还可以在水上完成一些挑战性动作,既安全又刺激。第五是冲浪,尤其是"风筝冲浪",就是由降落伞式的风筝,拖着人和板在海里冲浪;难度有点大,但比较炫酷,带女朋友前往的男士们可以试试,很"Man","Man"到从此"她的眼里只有你"。最后一个要推荐的,就是"泰菜"。相信很多去过韩国的朋友,可能都跟着当地导游学习制作过泡菜;不过,烹制"泰菜",尤其是冬阴功汤,凭良心讲,要比韩国泡菜或者紫菜拌饭的难度系数高不少。"世上无难事，只怕有心人"，相信爱吃的女孩子应该不会"畏惧"这一挑战的吧；而且，整个过程会让您显得很温柔，也很迷人。俗话都说，"会下厨的女人最迷人"，可不是嘛。涛岛体验课程的推荐，就说这么多，男女皆有得选了。

最后，我们将视野跳到马来半岛的另一岸，也就是安达曼海的东海岸线上。按照从北到南的顺序，我们先跳过泰国第一大岛普吉岛，来说一说比它还要靠北，与缅甸的南部海岸线相接的斯米兰群岛。

熟悉泰国岛史的人应该知道，这处斯米兰群岛，在公元1982年，也被划成了泰国的国家公园。当然，最能让大家记住它的，可能还是"潜水"。因为，它在世界各大"潜水圣地"中，经常能够跻身前十名，加上它海底壮美的珊瑚礁，和"世界级的水下天堂"，既很牛，也令人神往。甚至令许多海岛自傲的"蔚蓝的大海""广阔的沙滩"都失色不少。

您还别说，斯米兰群岛的排布，还真有点像北斗七星；只不过，其共有9个岛屿，且其名字中的"斯米兰"在马来语中正是"九"的意思，这也算是普吉岛西北海域与蔚蓝天际之下的"九颗珍珠"了吧。于今，这"九颗珍珠"，就如同九个脚印，三三一组，又依次踩在了安达曼海上，成了令泰国的"劲敌"——缅甸人民艳羡不已的"水中天堂"。但"水中天堂"之说，我觉得可能来自两大方面：一个当然就是它多达20余处的潜水地带了；另一个，则是它绚丽丰富的海中物种——简直就是一个无边无际的海底世界或海洋公园啊。从设有灯塔的斯米兰岛来看，它的别名"珊瑚花园"，那自是因岛底那些无止境的珊瑚礁而闻

在泰国湾或安达曼海的海底世界浮潜,是一堂生动的自然课。
来源:途牛网

名啊。与澳大利亚的大堡礁或埃及的红海湾不同,这里的珊瑚礁基本上不需要费力地远航或者深潜就能看得到,甚至扔个鱼钩下去,都有可能钓上一大块。

再从这个岛的仙境礁,到隔壁的班古岛上的圣诞角,带着"课本"下海吧,来一场现场"识图式教学"——鲽鱼、海扇、梭鱼、虹鱼、豹纹鲨、犁头鳐、金枪鱼、蓝鳍鲹……穿来穿去,令人目不暇接。还有一种,我也是第一次知道它的名字,叫"护士鲨"。晕倒,这分明就像个大熊猫啊?潜水员们非说其头部形状像护士帽,好吧,那就是算是熬出"黑眼圈"、头戴"护士帽"的护士鲨吧,非常生动、逼真又贴切。还有一种通体透明、鱼鳍泛起蓝色荧光的鱼,叫"玻璃拉拉",一听这个名字,就是"泰国特产"。还真是,它原名就叫"玻璃鱼","涨姿势"啊。就像幸福的印尼孩子们一样,他们流行课外露天的"现场式教学",建议以后的鱼类通识课,各位老师都能够带同学们,把课堂搬到斯米兰群岛上来,于湛蓝的大海下,赏上帝造物之美。花点钱也是值得的,有理由相信,随便哪处乱花钱的地点"抠一抠",盘缠也就够了。

而在斯米兰群岛万花筒般的潜水点中,最著名的,肯定就是象头岩了。不过,那是更适合深潜的地方,一般人搞不定,也太危险。珊瑚礁也是,虽然很美,但并不适宜浮潜。相对简单的,还是圣诞角,所以,也就游人比较多。没有十全十美的,就先凑合一下吧。等将来潜水的功力练深了,再去其他各大深潜点吧。世界这么大,四分之三是海洋,光一个太平洋就占到地球的三分之一,在这个蓝色星球,还有无数潜水点等着您去探索呢。

终于介绍到"安达曼海上的明珠"——普吉岛了。不幸的是,2018年7月5日,刚刚发生令人悲痛的普吉岛翻船事件。是日,载有101名游客的"凤凰号"游船,在普吉岛附近海域发生倾覆;此次沉船海难,共导致47名中国籍游客死亡。举国哀悼。连国家主席习近平、国务院总理李克强,都就此一事件,相继作出了重要指示与批示。但此次事件的人为失误与一连串不良的处置细节，也令这座有着"珍宝岛""金银岛"等美称的泰国最大、名气也最大的岛屿，为之严重蒙羞。泰国总理巴育·詹欧差，也在舆论及各界的重压下，在事件发生后的第 5 天，亲赴普吉岛，看望遇难者家属，并视察事故救援工作。

撇开此次事件不谈，长期以来，普吉岛也以开发成熟自居。每年吸引各国游客无数，其名望，也早已将芭堤雅掩盖。而且，它身辖 12 个海滩，从开发最完善的芭东海滩，到卡伦海滩和卡塔海滩，几乎每一个都人流如织，络绎不绝。仿佛"海边的新街口"。这就是它繁华的代价吧。所以，如果您并不是直接冲着这里的海滩而来，那么，建议您最好不要去岛上的海滩，还不如去邦古拉街转转，体验一下，与狡猾的泰国小贩讨价还价之趣。

那么，我对有着 576 平方公里广阔面积的普吉岛的定位，就成了两个字——"跳板"。也就是利用岛上机场之便，围绕普吉岛，对其周边的 39 个离岛，择您所爱，来一场或多场"跳岛游"。读过泰国历史的人知道，早在公元 16 世纪，普吉岛刚被大城王朝并入泰国版图时，这里就发现了"锡矿"；跟当年的马来西亚相似，当殖民时代开启后，涌入了大批的华工，当然，也包括其他民族工人。还因此，该岛被马来人称为"萨朗角"，此外，除了"山丘"的原意，也还有"童卡""琼萨兰"或"均克锡兰"等名，应该均出自各国、各语的不同叫法。值得一提的是，在 20 世纪上半叶，那段全球风云激荡的岁月中，泰国境内也爆发了多场影响深远的"罢工事件"，而这，也都与普吉人民的不屈斗争有关。

自公元 1825 年起，普吉岛上还流行起最隆重的节日——素食节。也就是每年农历的九月一日至九日,除了孕妇,全民吃素。关于这个节日的起源,有点像当年在马来半岛水土不服的华工们发现"白咖啡",说的也是开采锡矿的工人,突然生了一种怪病,久治难医后,竟然靠吃素痊愈了起来。于是,当地人就认为这是神灵在庇佑,便就此每年形成了固定时间用全国食素来礼祀神灵。

关于普吉岛的历史,还有一段比较"有趣"的,那就是它还曾是"安达曼海盗"的出没之地。至今沿岛一带,尚存有海盗活动的遗迹。这与中印半岛之上的一些深山洞穴如出一辙。当我从印度半岛,一路直到中印半岛、马来群岛且重读《明史》之后,会发现一些不一样的东西。其中一个,就是海盗的历史。因为,在朱明一朝,不仅有"郑和下西洋"的海上壮举,与之相关的海上活动,还有东洋的倭寇,与南洋的海盗。尤其是当时的南洋,竟然还有着一个应该是世界上最早兼最大的"海盗集团",其头领叫陈祖义,为南洋华人,甚至还有后来民族英雄郑成功的父亲郑芝龙,都可以说是当时世界上力量最强大的海盗。此二人,一个生时为郑和所灭,一个后代为康熙所降。这是他们的不同结局。再说远一点,当时南洋之上,还有一些华人建立的政权,或叫"华侨自治体",如越南河仙一带的"莫氏政权"、缅甸东枝地区的"掸邦政权"等等。波澜壮阔,也丰富多彩。

而说到印度洋一带,有两个地方值得一说,一个是孟加拉湾,一个是安达曼海;也可以说两地是在海上相连的,实为一地。但前者的历史上,是以"盛产"水手著称的,而后者的历史"盛产"的则是海盗。就此可以说，步中国大明时期南洋海盗之后，世界上才开始有了什么"加勒比海盗""索马里海盗""亚丁湾海盗"，将来有机会，真想写写世界各国的海盗故事。

今天，就先来说说普吉岛上的假海盗。所谓"假海盗"，也就是并非正式的海盗，却有着相似的行径。他们是一群纵横在印度洋上的侵入者，也是主要活跃于马来群岛一带的"海上游牧民族"，并曾一度占据着普吉岛，当时人称其为"晁南"（Chao Nam），或者"海上的吉普赛人"。他们名声较差，甚至臭名昭著。他们多是靠盗掘各个海域或海湾的水产资源而出名，待资源枯竭、耗尽后，他们很快又会迁走，有时还会再"杀"回来。简直就是一个"海上蛀虫"。我觉得从其"晁南"之名来看，有点像华人的背景。这无关乎褒贬，只谈推测。其中的"Chao"，猛一看，八九不离十，应该是一个汉语姓氏，说不定来自其首领名中：这是其一。至于"Nam"，大家看一看"越南"的英文名字——Vietnam，简单来说，这个名字还是中国清朝的嘉庆皇帝御赐的，有"越族的南边"之意。如依此类推，"Chao Nam"，也就大有"南方的晁某"或"南洋的晁某"等意思。当然，这只是一个插曲，很可能是错的。将来有机会，可以再仔细琢磨琢磨。

而说到普吉岛的旅游观光大业，那要比芭堤雅晚个近10年。那是从公元1970年才开始的，有理由相信，是受到芭堤雅的刺激与带动才开始的。对此，芭堤雅与喜欢花天酒地的"美国大兵"，居功至伟。但是到了公元1998年年底，有着"泰国的迪士尼"之称的幻多奇主题乐园开幕，我觉得普吉岛就后来居上了。

从此,幻多奇乐园就成了普吉岛上最大的展览场和秀场。而且,它还是一个拉斯维加斯风格的主题乐园,即使在东南亚各岛之上,应该都属于比较早的同类型"作品"。当然,它并没有赌场。我觉得在这一点上,泰国政府确实做得不错,"没有被金钱所击倒",守住了信仰的底线。这要比"东盟"的其他国家都强,尤其是老挝和越南两个本来应该要"抵制一切腐朽"的社会主义国家,"改革"之后,在经济利益面前,其"人设"坍塌得比什么都快。这些国家真应该来普吉岛看一看,第一个应该来的就

片刻之后,即将被游人"攻陷"的普吉岛海滩。来源:途牛网

是越南，一天到晚想着各种方法跟泰国争夺游客，但该岛的事实证明，没有赌场的海岛，依然能够成为更胜一筹的超级度假胜地。

公元 1999 年 9 月初，时任中国国家主席江泽民，就在普吉岛待过两天。据说，因恰逢下雨，江泽民未能下海游泳，不过，还是在雨中的沙滩漫步了 20 分钟。10 年后，公元 2009 年 2 月，"东盟"与中、日、韩三国的"10+3 国"财长，为应对年前爆发的金融危机而举行的特别会议，也选择在普吉岛召开；会议还发表了颇为重要的《亚洲经济金融稳定行动计划》。加勒比海岛国巴巴多斯籍著名女歌手蕾哈娜·芬缇，在公元 2013 年，也来过普吉岛度假。此女星不简单，还在 2018 年 4 月，入选了美国《时代周刊》评荐的"2018 年全球最具影响力人物"的榜单。而 2017 年，中国内地的知名女星杨幂，也是在此岛上，为法国著名的《ELLE—世界时装之苑》杂志，拍摄封面照片的。这些，都可见证"普吉魅力"。

那么，由此岛落脚，然后展开"跳岛游"，那更是没得说了。不过，要提前查看好天气预报，多带点泰铢，多利用当地的"嘟嘟车"往返酒店与码头，相信，如果是"自由行"的您，也一定能够搞定。作为"跳岛游"的第一站，一定是要面向东南，推荐皮皮岛了。皮皮岛是一座由"大皮皮岛"与"小皮皮岛"这两个主要岛屿组成的"姐妹岛"；整体如同一个不规则的哑铃。虽然，它们在公元 1983 年，就被定为"国家公园"了，但其迅速走红，就一定要归功于 16 年后丹尼·博伊尔执导的电影《海滩》（在"小皮皮岛"开拍）。剧中那片深受阳光眷宠，但又将人性鞭笞得淋漓尽致的海滩，借该片展播而从此深埋观众心中。

而且，整件事情并未就此结束。话说当年的《海滩》剧组，为了将剧中的海滩打造得更加逼真，便擅自破坏性地移动了"美丽得让人窒息"的玛雅湾的一些树木。为此，当地政府还在公元2017年时，将《海滩》摄制组及制片方起诉到了法院，要求赔偿1亿泰铢。后来还胜诉了。为此，玛雅湾环境恢复基金会也就成立了。而到了2018年5月份，泰国自然资源与环境部再次宣布，玛雅湾自当年6月起，关闭4个月，并永久禁止船只靠泊，以恢复海岸生态环境。

但相较于弦月形的玛雅湾，和皮皮岛炙手可热的洁白沙滩，我更想推荐的是，历史感厚重的洞穴。由于泰国政府为保护海岛生态，目前仅开放了岛上的一处"维京洞穴"供游人参观，所以，也就只能介绍这一个"海盗洞"了。是的，它就是当年安达曼海盗的窝点。如今，却保留下了当年的那些"中国帆船""阿拉伯船""欧洲商船"甚至"蒸汽轮船"的壁画。建议有兴趣感受一下"东方的加勒比海盗"的朋友们，可以来转一转，体验下"海盗文化"。

客观地说，皮皮岛相对纯净的自然风光，比普吉岛要漂亮许多。且自20世纪90年代，泰国旅游当局启动此岛的开发时起，一度还是比较有节制的。最惨的是公元2004年12月26日，那场众所周知的"印度洋海啸"，令皮皮岛几乎遭受了灭顶之灾。那是一场由震中发生在安达曼海的印度洋大地震引发的海啸。中心强度约在里氏8.9级至9.0级之间，为自公元1960年的"智利大地震"与公元1964年的"阿拉斯加大地震"以来的最强地震，也是近200余年来，世界上损失最为惨重的海啸灾难。由此引发的海啸，高达10余米，总计造成了近30万人死亡。其中泰国确认的遇难者总人数，约为5 393人，其中超过1 000人为外国人。据泰国当地传言，当时有人居住的整个"大皮皮岛"，无一人幸免。甚至时至今日，虽然很多旅游设施已经快速恢复了，很多游人还都不敢夜宿在"大皮皮岛"的酒店，传言时有"闹鬼""恶梦""失眠"等"灵异事件"发生。

从皮皮岛往南跳，有一岛叫"兰达岛"，面积在150平方公里左右；这片海域，海水清澈，鱼类众多，因适宜浮潜而著称。这与斯米兰群岛的深潜见长不同，如果您是初学者，且想远避人群，来此岛远行，费点时间，应该还是值得的。而且，如果您没有深入地去过越南或者柬埔寨，来该岛上看看那些"踩着高跷的美丽民居"，也就是河内胡志明故居般的高脚屋，或者暹粒附近洞里萨湖上的"越南浮村"，可以帮您开开眼界，了解一些泰式民间风情。

由兰达岛再往南跳，跳到泰国的最南端，接近马来西亚兰卡威的地方，还有一座被誉为"泰国的马尔代夫"的岛屿，名叫"丽贝岛"。说实话，最早听过"丽贝岛"之名，是因为它曾是"潜水胜地"。而且据说这里海底的珊瑚，是泰国保留最完整的，加上海水极清，深潜与浮潜两相宜，因此，便能够拍到无尽绚丽的海底世界，而得"微距天堂"之名。公元2016年10月于中国上映的,由德国导演丹尼斯·甘塞尔执导的《机械师2：复活》中，中国著名女星杨紫琼所饰演的"梅"，于丽贝岛的生活场景，更为此岛增添了一段佳话。不过,我觉得此岛最出色的，还是那两个海滩——岛东的日出海滩，与岛西的日落海滩。尤其是这里浩渺的海上日出之景，大有张九龄《望月怀古》中的"海上生明月，天涯共此时"之感。因此，此岛之印记，还是以"日出"赋之，且可与沙美岛的日落媲美。

有两件事未得求证和体验。一件是据说该岛上的"泳池派对"非常有名；一件是说这里生活着一种昵称叫"蓝眼泪"的虾群。它们中间的雄性在海中浮游时，会有次序地闪放出蓝色的光芒，来吸引雌性虾前来，相当神奇。

从普吉岛往南跳，那就是"普吉岛沉船事件"的所在地珊瑚岛了。该岛作为后起之秀，一度也很受喜欢"小众游"的游人们青睐，因此而成普吉岛南部最受游客欢迎的景点之一。我将它定位成"娱乐"。也基本上可以理解为，在芭堤雅您能体验到的那些滑翔伞、香蕉船、拖曳伞、摩托艇等纯海上娱乐项目，在这里都可以让您一次性玩过瘾。不好之处，是都比较贵；好处就是，排队人数相对较少。难得来一趟，有胆量一玩的，就放马过来吧。

从珊瑚岛往南跳，那是皇帝岛，又名"帝王岛"，一个意思。这个岛开发较晚，生态维系得也不错，且游客相对较少，适合小住，因此，它的定位可以是"蜜月"。尤其是中国的冬季，一对新人，新婚燕尔，在这里静谧的海边，吹着温暖的海风，享受一下新、马、泰、印、越各地海岛，难觅的一丝清净，有一些些奢华。不过，如果您喜欢热闹的话，还是去巴厘岛吧，那里人多，可以游玩、施展的空间也比较大：或徒步于城中，或漫步于沙滩，或骑行于田园，或驾驶于山林。

而从普吉岛直接往东跳,则是著名的甲米岛。此岛与普吉岛隔海相望,一个号称是"安达曼海岸边最美丽的地方",一个获誉为"安达曼海上的一颗明珠",交相辉映,捍卫着泰国此条海岸线上最后的光荣与梦想。

不过,令人稍觉奇怪的是,甲米岛的盛名,既不在于其美丽的奥南湾——20世纪60年代的美国电影《海角乐园》取影点,也不在于其备受游客喜爱的莱雷海滩,而在于莱雷海滩之上的攀岩活动。

关于这项逐渐走向自由的极限运动,很多人记住它,大都是因为2010年9月间的那条不幸的消息吧:"柯特·阿尔伯特(Kurt Albert),于日前在巴伐利亚带课攀岩教学过程中,不幸坠落,意外身亡。"就此,这位堪称德国史上最强,甚至世界史上最强的传奇攀登者,就此走完了他波澜壮阔的一生。当记忆重拾,人们才带着无尽的缅怀之情,思念起这位强人。而且,他还有一个习惯,就是在每条他完攀过的路线上,都会画一个红点作为标记。这就是今天每个攀岩者都熟知的名词"红点"。而柯特·阿尔伯特,也因此被尊称为"红点之父"。同时,这也是自由攀岩运动的起源。

当巨大的喀斯特岩石,从翠绿色的海水中陡然升起,并最终形成海滩之上的陡峭崖壁时,对热衷攀岩的爱好者们来说,那便只缺乏一次"伟大的发现"了。对于今天已经成为"世界上最美的攀岩胜地之一"的甲米岛来说，它的那次发现，就始于20世纪80年代末，一个不知名的新西兰人的到来。而他走后，就留下了几位受其感染，同样爱上攀岩的泰国青年。他们没有离去，而是就此在莱雷海滩，开设起第一所攀岩学校。闻风而至的攀岩者越来越多，附近的攀岩学校也就越办越多；最终，当"去泰国甲米：一边攀岩，一边看海"成为时尚，甲米岛也就成了今日的攀岩胜地。再加上自公元2003年起，每年都会如常在此岛举行的"攀岩节"活动，"甲米＝攀岩"中的这个"等号"，也就像"喜之郎＝果冻""张学友＝歌神"一般，被"等死了"，再也无法从人们的"心智定位"中被掏走，就此成为永恒。

如今，仅莱雷海滩，就开发有400多条攀岩路线，并在世界各地的"岩友"心目中，超过了"攀岩文化"同样鼎盛的清迈，成为攀岩爱好者赴泰期间"必去的首选之地"，也是亚洲的攀岩中心。而且，有越来越多的孩子，不断地，成群结队地参与进来。稚嫩的脸上，常挂满无怨无悔的汗珠。我问过其中一位8岁的男孩："您为什么热爱攀岩？"他告诉我："老师说，攀岩的过程，能够拓宽视野，学会照顾自己，学习到包容待人与独立思考的精神，体会到团队协作的力量，并从中收获汗水、泪水、友谊，以及来自世界各地的笑容。"说得真好。

我们把普吉岛的最后一跳,也是泰国名岛"巡访"的最后一站,放在了攀牙湾。其实,攀牙湾无需一跳,跨越巴帕运河之上的那座萨拉辛大桥即可抵达。那是一处淡绿色的海湾,喀斯特造地运动,让那些石灰岩,或为嶙峋如驼峰般的怪石,或如芫菁倒栽海中的奇峰,最后,又如同晨星倒影般,共同点缀在海平面上,呈现着一种令人震惊的蛮荒力量。细数下去,您会发现,这是一处由 42 座岛屿共同织就的浅湾,仿如一幅泰国版本的"小桂林",或者越南"下龙湾"画卷。确实,它同中、越这两地的景色,真是太像了。

　　也因此,我借用中国"桂林山水"之名,将泰国攀牙湾定位成"山水"二字。也祝愿它终有一日,能够"秀甲天下"。孔子曾说过:"智者乐水,仁者乐山。"所以,当公元 1974 年,盖伊·汉弥尔顿导演将攀牙湾作为《007:金枪人》的取景地时,似乎就注定会有更多人,再次爱上这片山水。而这份爱,会生根,会发芽,会长大,也会开花;于是,"攀牙山水",在泰国名岛之中,就播散开来了,并即将成为新的最美。泰国也不必只有沙与岛,有此一湾,也值一看。

2018 年 11 月 1 日于金陵,泰国归来

50 泰国别样风情

"帮我从泰国找个杀手。"

"去泰国避避风头,等事情过了再回来。"

"再不还债,把他卖到泰国当人妖!"

"他现在人在泰国,我不想看到他活着回来。"

"以后,泰国的市场就交给你了。"

……

当这些香港警匪片中耳熟能详的对白,遇上您眼前的这个"微笑之国"时,我想,您的思绪,应该是零乱的吧。毒品、人妖、黑社会、凶杀案、军火贩子、街头枪战……当这些曾经的"记忆碎片",一一剥去"外衣",还有哪个"关键词",让您觉得似曾相识?犹如年少的我们,惧怕香港的"旺角黑夜",然后到了铜锣湾,才发现它是"小吃的天堂"。

"戏剧,源于生活,且高于生活。"您笑了:"戏剧,都不过是一场科幻大片罢了。"对于泰国,曼谷、清迈、素可泰、佛统府……甚至连"金三角"的记忆,都要被重置。如此,别样风情,油然而生。

泰国,是内地和港台游客喜欢经常前往的国度。它有别样风情,除了走马灯似的参观,也需要深入地了解一番。　　摄影:陈心佛

人生,至少要有两次冲动:一次,为奋不顾身的爱情;一次,为说走就走的旅行。而我,在中印半岛,已停留得太久,太久。我试着学习各国的语言,了解各地的文化,读懂佛陀雕塑中的悲悯,让这片大地上的石头说"中国话"。当灯红酒绿的夜生活,只剩面对面的两杯高崇咖啡加冰块,人潮涌动的廊曼机场,终于,安静了下来。这是我期待已久的对话。薇薇(Vivi),带着令人惊艳之美和些许羞涩,在微笑着、等待着。我恍惚了一下,觉得还是简单、直接最好。"成为'变性人'后,快乐吗?""她"笑了笑:"您说的是'人妖'吧?"我尴尬地默认了这个自中国香港"流行"到内地的"传统说法"。Vivi很自信地把秀发往后整理了一下:"我很快乐。找回了真实的自我。""如果按照'占比男子2%'来看,泰国应该有60万'变性人'吧?"这一次她没有"计较"这个称呼,只是略微思考了一下:"我知道的,大概有十几万吧。"我点了点头,补充道:"印度阉人。您听说

过吧？嗯……叫'海吉拉斯'，《罗摩衍那》中罗摩王子的守护者，现在的'神的使者'，据说目前有100万。可能没有那么多。一半是有的。"Vivi 似乎没听说过，有些强装对历史"感兴趣"。我把时间抽回到"现代"："英国，听说有50万；美国最多，3倍于英国吧。荷兰，也有7万左右。"这下，她貌似开心了起来，不断地点着头。"什么时候，有这个想法的？"Vivi 怔了怔，应该没想到这段"铺垫"后，才回到早就"必然"会问的话题吧。所以，也就回答得很顺畅："小学。我感觉我的灵魂应该是个女孩，但身体却是男孩。"她有一些些激动："我知道，我的灵魂在转世时，投错了躯体。这是个错误。我不快乐。我不想等到来世。"我理解地、默默地，点了点头。她继续说道："所以，我中学毕业，可以选择了，我想活回自己。我不想继续错下去。"我有些震撼。连同班机上的时间，我一夜未眠，思绪万千。我想，从此，我、我身边的朋友、所有能够听到我声音的人，在欣赏"Vivi 们"的"秀"时，应该会多一份从容，再多一份尊重了吧。人妖是人。

　　张蕾在《绝色泰国》中说："旅行，是需要一种流浪精神的，美好的旅程，是在一个陌生的地方，发现一种久违的感动。体验过一次又一次，漂泊了一程又一程，从韶华年茂，到眉宇沧桑，那悠然恣意的步伐永不停歇……"泰国，"泰神秘"，又"泰美"。一次次的叩关，每一次都会收获怡然自得。

　　惐籽在《泰国常识》中说："一个令人兴奋的国度,时而优雅，时而神秘,时而又妖艳，它的气质和色彩，绝对燃爆你的小心脏，惊艳你的小时光。"这番由衷的溢美之词，直接改写了香港影片中的泰国，引导人们重新聚焦审视它的风情。他还说："淡淡文艺中氤氲着繁华躁动，声声菩提中绽放着优雅妖娆，让人三番五次却终将不忍离去！"我说："左手曼谷，右手清迈"，就是这般。

从此，"南国"曼谷的夜色，仿佛会因人妖的点缀，而更具风情。"东方威尼斯"，不过是湄南河上的一次泛舟；那是水与城的相互孕育，是一个等待主角的故事。有时，也是"是非之地"。我们今天看到的，廊曼机场、大皇宫、玉佛寺再到湄南河，自公元1932年以来，18次"军事政变"、2次"司法政变"，轮轴往返于上述各地；"熟悉的地方没有风景"，但背后的历史，每时每刻都在上演。而"北国"的清迈，那里的情结，更是难以割舍。它是公元1995年5月8日，著名歌星邓丽君，于美萍酒店溘然长逝的地方；也是泰国两任华裔总理——他信与英拉出生、读书、成长的地方。从"俗不可耐"的猪脚饭，到轰然崩塌的斋滴隆，一场中印半岛雨林间的风雨，洗涤满身红尘。

就这样，从南到北，从北到南；一次次的穿行，像每一次都城的迁徙：向南，向南，再向南，最终，又回到了暹罗湾之滨。这颇让我感慨万千。"拥抱大海，就像拥抱未来。"但并不是每一个，都能拥有这样纵横四海的胸怀。一国，亦是如此。柬、老、缅、越的都城，都在向腹地"退缩"；唯曼谷，坚守成了海边璀璨的明珠。中国，做不到；印度，更做不到。泰国，真的做到了。

这是一种奔向大海，"春暖花开"的胸襟。这是一种自信，这也是一种希望。千余年的佛陀守护，虔敬的信仰，生生死死，花谢花开；红尘如梦，于《三藏经》中，悟道"家国同好"。这不正是"大悲大智"吗?

　　泰国,还有一种"佛牌文化"。始于"佛牌"之由来。相传,古时有一名高僧,日日在家供佛、诵经。一年,持续大旱。国王派遣高僧前往赈灾。出发当晚,夜得一梦,梦见佛祖让他用寺中泥土与法体盐,制作一个佛牌随身佩戴,一同前往灾区。后高僧照做,并于灾区赈济中,每晚对着佛牌如常诵经祈福。不久,灾情得解。高僧将佛牌献于国王,以求可以永葆国泰民安。其后,国王又请求高僧为国民再制作佛牌,并分发给各地民众,希望都能得到佛祖的庇佑,平安好运。至此,佛牌及其文化便

　　成为"四小虎"之后的曼谷,发展势头保持的不错。但当"逃离"自一场"雾霾锁城"来到这里时,发现也是同样的"霾影重重"。
　　摄影:陈三秋

在泰国民间广为流传。

这是泰国独有的一种佛教饰物。后来,其意义还得到了进一步的延伸:僧众佩戴,可以提醒世人对佛教文化要虔诚信仰,见证佛教文化的光辉灿烂;将士佩戴,能够保护他们生命安全、取得"圣战"的胜利。前者的增强信念之用途,与后者的"护身符"之功能,令其经久不衰。同中国西藏的"擦擦佛"(也即梵语中"复制佛")挂件同属一类,又都深受各自信徒的热爱。

对于其制作材料,在保持了泥土(泰国人认为"大地是人类的母亲",所以必须要用泥土制作才行)和法体盐这两种基础材料之外,其他则五花八门,形成了繁多的种类。不过,其中的法体盐,还是维持了"81种配方"与"108种配方"这两种。只是其工艺,除了泰国佛教,据说只有中国西藏佛教中的"藏密",与日本佛教"真言宗"的"东密"可以制作;中国西藏佛教的"蒙密",与日本"天台宗"的"台密",应该都制作不出法体盐。

由此,既可见佛国文化之博大,也可见当下各国之发展。而泰国,就这样,在宗教与世俗的共同加持下,让国家、国王与国教——上座部佛教,成为全民的三根精神支柱,引领着他们,在中印半岛、东南亚,乃至世界的民族之林中,历经磨难,阔步向前,且有望从辉煌,走向更加辉煌。

2018年11月3日于金陵,泰国归来

行走的云
穿越中印半岛

下 册

陈海挑 ◎ 著

东南大学出版社
·南京·

图书在版编目（CIP）数据

行走的云：穿越中印半岛 / 陈海挑著 . —— 南京：
东南大学出版社，2019.12
　ISBN 978-7-5641-8588-6

　Ⅰ.①行… Ⅱ.①陈… Ⅲ.①随笔 – 作品集 – 中国 –
当代 Ⅳ.① I267.1

　中国版本图书馆 CIP 数据核字（2019）第 256445 号

行走的云——穿越中印半岛
Xingzou De Yun——Chuanyue Zhongyin Bandao

著　　者	陈海挑
出版发行	东南大学出版社
社　　址	南京四牌楼 2 号　邮　　编　210096
出 版 人	江建中
网　　址	http://www.seupress.com
电子邮件	press@seupress.com
经　　销	全国各地新华书店
印　　刷	徐州绪权印刷有限公司

开　　本	889mm×1194mm　1/32
印　　张	43
字　　数	880 千
版　　次	2019 年 12 月第 1 版
印　　次	2019 年 12 月第 1 次印刷
书　　号	ISBN 978-7-5641-8588-6
定　　价	258.00 元（上下册）

本社图书若有印装质量问题，请直接与营销部联系。
电话（传真）：025-83791830

献给父亲,陈敬民:您,给我前行的力量!

亚洲之地，在东南伸展开来，是中国古籍之中的"南洋"。如今，这里陆海相连，分布着十余个独立的国家，其中，有"东盟十国"："陆上"的中印半岛，亦即中南半岛，有缅甸、老挝、泰国、柬埔寨和越南五国；"海上"的马来群岛，又称南洋群岛，有印度尼西亚、菲律宾、文莱、马来西亚和新加坡五国。

如今的马来群岛，还有近世独立不久的东帝汶与巴布亚新几内亚两个国家，也可归入其中，只不过，那是我们将来可以进一步探讨的话题了。本书权且以"行走的云——穿越中印半岛"为题，来揭示世人面前不一样的柬、老、泰、缅、越五国风情……

不出家门,不知月有阴晴圆缺;

不出国门,不知世界天空海阔!

前言　我是一朵云
I AM A CLOUD

　　我愿作一朵云，飘于中印半岛湛蓝的天际，投影在其下的万千雨林；我愿步履停滞，蜗居在此地诸凡尘佛都一隅，徜徉着微笑国度的如春温情，聆听岁月静淌、人神欢愉、风雨低吟、鸟儿轻唱！

　　从柬埔寨到老挝，从泰国到越南，从"陆高棉"到"水高棉"、从"上缅甸"到"下缅甸"，斑驳的城池、温柔的河流、金碧辉煌的寺佛、灰岩绿绣的塔窟、绛紫深沉的僧袍、红蓝相间的屋顶……这些个经由历史、穿过灵魂的记忆，和这片沉睡千年的大地，每每梦回，无不令人深怀眷恋。

　　自公元 2015 年始，有感于现存资料的匮乏，为了身体力行，亲自完成对东盟十国以及亚洲诸国的深度商务考察,我曾无数次飞临这方夹于中印两大古国间的半岛。飞机、的士、嘟嘟车、摩托车、皮划艇、独木舟……载着我纵横穿越在中国之南这五国的一城一池、一江一河,田间地垄、街头巷尾;中印两大文明的交汇传承,经久孕育着五国的别样风情,行走越深远,洞见愈深邃。

商考之余的旅行,是恬静惬意的。尤其是每一次乘着棉絮一般的云彩或绚烂绮丽的晚霞飞行,靠着机舱、透窗远眺,蓝天、白云、夕阳、霞光,苍翠起伏的青山、蜿蜒山涧的江河,森密雨林、沃野良田,一眼尽览,秀色饱尝,旅累顿消,何其快哉!由此,还形成了这一篇篇的"商旅笔记",每每提笔,思如泉涌,该用一种什么方式或态度,才能"请这里的佛陀展颜,让这里的石头说话"?我愿,像云般多飘,像雨般多看,心怀无尽的虔敬,考证这片大地之上沉睡的秘密。

这是一处可以教会您沉寂、静思、忘却、行止的所在。蒲甘晨霭中的百万塔林、巴色落日下的湄公余晖、清莱城白蓝庙的小巧清新、暹粒城吴哥窟的大拙至美,都在引领着您去顿悟"慢着活""少即好"的他番生活真谛。在由苏菲·玛索等人出演,改编自小说集《泰伯河上的保龄球道》的旧电影,《云上的日子》中有句敲叩心灵的台词:"我们走得太快,灵魂都跟不上了。"

是啊，来日方长，何必疾行？！

要慢下来。时间不是流沙，光阴值得细数。也许唯有慢行，方识何谓旅行。也许我们真的要停下来，细抠一下"旅游"和"旅行"之别了。九夜茴在小说《花开半夏》中说："旅游仅仅是用双脚与眼睛，而旅行还要带上灵魂和梦想。"毕淑敏在《带上灵魂去旅行》一书中也有个引述：据说古老的印第安人有个习惯，当他们的身体移动得太快的时候，会停下脚步，安营扎寨，耐心等待自己的灵魂前来追赶。

既然人的身体和灵魂已然两相分离，那么就让心随自然，且行且止，静数时光，身灵一合吧。"谁不是这样呢？活在过去与未来的微醺里。"陶立夏在饱含忧伤的《分开旅行》中写道，"我不明白人心，我不明白时间。所以我只有，再次远行。……如果不能直面人世的复杂，那么，去看一看人世的荒芜吧。"如

有时觉得，我就像是这些点缀在中印半岛上空的云，在它奇妙的大地上，四处行走。　　　　　　　　　摄影：陈三秋

果是远行,一场且久且远的旅行,何必执著于说走就走?莫负风景过迷眼,唯盼灵魂穿带情。

中印半岛的茂繁雨林,和遗世古城,应该是最适宜远行留顿、驻足久居的了。尤其是在一舍一得的布施时,抑或断壁残垣的废墟间,您能领会到的,将是最撼人心灵的简单、纯净、萧疏与荒芜。然后,闭目冥想,再来,片刻的禅定。无疑,这是又一种旅行姿势和态度了——让风景穿过灵魂!!

如果,您也是一朵行走在旅途的云,那么,您还能够来此避世,追觅桃源吗?

柏瑞尔·马卡姆的《夜航西飞》里有这样一句话:"我独自度过了太多的时光,沉默已成习惯。"我想,也许正是这种浮世难得的沉默,才能最终成就《分开旅行》一书收尾时所说的"当我们热切地看过了这个世界的荒凉,会发现暗淡之中自有光亮"。在逝去的岁月中,我从非洲的荒漠,经阿拉伯半岛,再到欧亚大陆、马来群岛,一路行至与中国一衣带水的中印半岛。如果您习惯于迷恋沿途红海、黑海、地中海、波斯湾、阿拉伯海、孟加拉湾的湛蓝之美,那么,您想必一定会对这里洞里萨、茵莱湖、湄公河的荒凉和污浊大失所望吧?

还好,人心当满存希望,便自有属意之光。中印半岛,虽弱于江海山水,但重在佛祖与湿婆等诸教诸神之恩泽眷顾、亿万斯民不染纤尘的虔诚信仰，和穿越历史、风霜摩挲直下的古迹，还有那别致的，或在裙格间，或在唇齿畔的，曼妙缠绵的异域风情。从《你好，老挝婚礼》到《从曼谷到曼德勒》的诸影视中，从《路上没有你，也会好好走下去：一个行者的琅勃拉邦》《情人》，到《缅甸岁月》《吴哥，沉睡四百年》的各笔端下，江山多舛人多情，沧桑变故，不改静好，五国风情，一览无余。

终于，经年轮回之后，中印半岛的兵戈，多告终止；祥和、自在，再度重回人间。云朵下的、雨林间的千年古迹，万般风情，渐次浮现尘世，只待有心之人去穿行，去邂逅，去静赏，去拜读，而记录，也是方式之一种。

这里是中印半岛，愿你我可以如云般自由行走，且顾且盼，且行且止。

也愿，多年之后，我们仍能初心不改，炽爱此地的城池、山河、一人一物、一草一木。I'm still in love with you, forever!

陈海挑 于金陵东郊

2018 年 12 月 28 日

目录 CONTENTS

第 1 篇　千里之行，始于柬埔寨

01	湄公河的日出	0008
02	吴哥窟的清晨	0016
03	巴肯山日不落	0032
04	日落洞里萨湖	0040
05	洞里萨人家园	0049
06	西哈努克的海	0058
07	铐锤岛的故事	0067
08	白马的蓝脚蟹	0071
09	消失的贡布城	0076
10	湄公河上泛舟	0086
11	马德望的星空	0094
12	世界的吴哥窟	0105
13	暹粒城的黄昏	0113
14	女王宫的浮雕	0120
15	巴戎寺的梵天	0133

16	崩密列的锈绿	0144
17	塔布隆寺的树	0152
18	荔枝山的飞瀑	0160
19	吴哥窟的日出	0169
20	大皇宫的鸽子	0186
21	迷失的金边城	0200
22	两个博物馆记	0209
23	柬埔寨的民俗	0223
24	吴哥窟的颜色	0247
25	最后的吴哥城	0261
26	梦中的奇女子	0320

第2篇　且行且止，蔓延到老挝

27	万象城的恬静	0332
28	塔銮寺的金辉	0340
29	三个图书馆记	0349
30	老挝的博物馆	0358
31	世外桃源万荣	0367
32	浦西山的日落	0375

33	銮佛邦的布施……………0392
34	巴色已有答案……………0405
35	孔恩瀑布不朽……………0416
36	四千美岛泛舟……………0430
37	南鹅湖的金秋……………0438
38	追觅光西瀑布……………0445
39	早安琅勃拉邦……………0453
40	最后一片净土……………0468

第3篇　多年之后，重回到泰国

41	泰国的大皇宫……………0488
42	聪明的四面佛……………0507
43	玉佛寺知历史……………0524
44	清迈的小世界……………0542
45	多彩的清莱城……………0550
46	素帖山的群佛……………0562
47	契迪龙寺观微……………0574
48	曼谷的考山路……………0599
49	巡访泰国名岛……………0618

| 50 | 泰国别样风情 | 0645 |

第4篇　异域他邦，久违了缅甸

51	曼德勒的故事	0657
52	乌本桥的日落	0667
53	两部"世界书本"	0675
54	缅甸"千人僧饭"	0707
55	日出曼德勒山	0714
56	曼德勒大皇宫	0729
57	曼德勒的古城	0743
58	蒲甘日升日落	0760
59	蒲甘塔林巡礼	0777
60	内比都的新生	0795
61	东盟咖啡简史	0804
62	雨中的仰光城	0816
63	缅甸的三大塔	0827
64	茵莱湖上行舟	0853
65	上下缅甸春秋	0878
66	缅甸风土民情	0905

第5篇 不了情缘,越南说再见

67 河内人间烟火……………0923
68 细数河内别称……………0933
69 还剑湖与西湖……………0957
70 下龙湾及其猫……………0985
71 岘港观音与佛……………1007
72 巴拿山的奇迹……………1023
73 漫步会安古城……………1037
74 咏下龙湾诗篇……………1058
75 芽庄的珍珠岛……………1075
76 芽庄不舍昼夜……………1088
77 芽庄的龙山寺……………1098
78 美奈蓝色渔村……………1113
79 美奈红白沙丘……………1123
80 七彩的大叻城……………1138
81 大叻的春香湖……………1152
82 大叻万行禅院……………1164
83 保大夏宫怀古……………1182
84 胡志明的往事……………1195

85 范五老街之夜··················1206

86 统一宫知历史··················1215

87 胡志明喝咖啡··················1233

88 去富国岛看海··················1243

89 富国岛的日落··················1262

90 头顿的沙与岛··················1279

91 越南五色教堂··················1290

92 西贡河的没落··················1320

后记

致谢

异域他邦，久违了

缅 甸

缅甸，国土面积近 68 万平方公里，
略小于中国的青海省，不到 2 个云南省大，
相当于 6 个江苏省；总人口数近 5386 万人。
缅甸是一个不折不扣的虔诚的上座部佛教国，
有着丰富、别样的历史、文化与风情。

缅甸，旧称"洪沙瓦底"；《汉书》称其为"谌离"。它是一个不折不扣的虔诚的上座部佛教国家，甚至胜过老挝和泰国。其与中国、印度等大国领土俱相接，故乃小到中印、大到中南半岛与印度半岛之间的"十字路口"地带。因此，也就形成了其丰富、别样的历史、文化与风情。

与越南、泰国、老挝的历史相像，其现有疆域之形制，大多是在柬埔寨吴哥王朝衰落，分疆裂土之后，多年征战，"重新"分割的结果。其中的越南和缅甸，应该"受益"最多。一个"瓜分"到了柬埔寨的一些靠海区域；而另一个则直接形成了中印半岛之上领土最大，且狭孟加拉湾、安达曼海的一个统一的国家。而其过往的历史，则多以小国纷争、各司一地、族群对立为重要的特征，围绕在各大部族之间的立国与复国战争，随一族强弱而终年不止。

公元1044年，阿奴律陀治下的蒲甘王国，成为缅甸历史上第一个大一统王朝。是时，中国处于北宋仁宗庆历四年，大辽兴宗重熙十三年，西夏景宗延祚七年，大理段氏天时年间。临近的柬国，正将走上吴哥王朝的黄金时代，越南后李王朝也走向了明道三年和天感圣武元年。高丽王朝的靖宗统治着朝鲜半岛，阿拉伯帝国处于阿拔斯王朝，日本的后朱雀天皇进入了长久五年，同时也是宽德元年。而与缅甸接壤的北印度，正经受着来自中亚伽色尼王朝长达12次的远征，并即将进入历时约4个世纪的"伊斯兰时期"。这是蒲甘王朝诞生之时的周边大背景。

其后，沿着"母亲河"伊洛瓦底江，还形成过阿瓦、勃固、东吁、贡榜等封建王朝。纵观缅甸整个封建王朝史，莽应龙、

缅甸上空的云，浓而密，且透着光亮，与我们在穿越该国南北的所见所闻，有着惊人的相似。或许，这就是缅甸的命运！

摄影：陈三秋

雍籍牙等统治者的功绩，也常可以拿之与吴哥王朝时期的**阇**耶跋摩七世、苏耶跋摩二世相较。其间，也形成了蒲甘、勃固、曼德勒、茵莱湖、乌本桥等悠久古城和秀美名胜。蒲甘的纠苏吉刚佛塔和吴哥的曼陀罗式塔庙，这两种宗教建筑艺术风格，是中印半岛最具民族特色的代表。

一部缅甸史，大半是战争。自蒲甘王朝建立之后，至公元 13 世纪末，"元缅战争"爆发；公元 16 世纪，则是多次"缅老战争"或"缅泰战争"；再到公元 17 世纪初至 19 世纪中叶间的十余次"泰缅战争"、公元 17 世纪初的"明缅之战"、公元 18 世纪末的"清缅战争"，可谓战争不断。进入公元 19 世纪之后，一直蔓延至 19 世纪末，英国先后发动了三次旨在征服缅甸的"英缅战争"，直到最终将其上、下缅甸一起彻底纳入英属印度的殖民版图。"二战"期间，则是日本介入，中、英、缅与日本间"滇缅战争"爆发。估计中国很多人对缅甸的了解，就是来自这最后一个时期，比如耳熟能详的"缅甸远征军""滇缅公路"等词即诞生于此。

公元 1948 年，"二战"后不久，缅甸脱英，宣布独立成"缅甸联邦"共和之国；公元 1974 年，更名为"缅甸联邦社会主义共和国"。后发生"军政府"乱政，自公元 1988 年起，重新改回"缅甸联邦共和国"之后，便一直沿用至今。这期间的政治中心，先是在南部港口仰光，后来迁往了稍北一点的内比都。在英国殖民、经略缅甸期间，仰光一举发展成一个拥有秀美风情的海滨明珠。

可以助于了解缅甸的第一部史料，也是其自有史料，是李谋等人翻译的《琉璃宫史》（上中下卷），其中部分内容可信度不高,但对于无需作研究的人而言应该够了。缅甸学者貌丁昂的《缅甸史》、中国学者贺圣达的《缅甸史》、英国学者戈·埃·哈威的《缅甸史》、英国东南亚历史学家丹尼尔·霍尔的《东南亚史》、苏联缅甸学家瓦西里耶夫的《缅甸史纲》(上下册)等是相对权威的专著,抽一两本看看即可。

公元2016年上映的,由来自泰国的Chartchai Ketnust编导的泰缅合作电影《从曼谷到曼德勒》,讲述的是一个"美哭少年少女的两代人的爱情故事",其大部分拍摄和发生的场景都在缅甸境内,想去曼德勒和蒲甘的人,可以看一看。关于"缅甸玫瑰"昂山素季的纪录片《以爱之名:昂山素季》牵系着国家的未来,喜欢历史、关注未来的人可以调阅,该片由法国导演吕克·贝松执导,中国女星杨紫琼等参演。

阅读英国作家乔治·奥威尔的小说《缅甸岁月》或者《天堂之路》(这本成书于公元16世纪初,由缅国高僧信摩诃蒂拉温达所写的"缅甸历史上第一部小说"),有助于理解缅甸人对上座部佛教和造塔文化的信仰。英国作家诺曼·刘易斯的《金色大地——缅甸游记》、新加坡人叶孝忠的《缅甸,现在去最好》和李昱宏的《经典缅甸:意想之外的红土地》这三本游记,比较适合去缅甸旅游观光的人看。还有关于"中国远征军"的一些传记作品,可以佐之阅读。

虽然目前缅甸的部分地区仍偶有小规模的军事冲突,而外部对其也还时常停留在"军政府时期"的观感,但这些年下来,缅甸内部已经发生了深刻的变化。而且,其从北到南的自然风景和民族风情,也确实值得去深入观赏和体验。我们来一起述说。

51　曼德勒的故事

初次去缅甸，建议一定不要先去内比都或仰光，而是先去曼德勒和蒲甘。缅甸历史很长，但内比都和仰光定都太短；缅甸故事很多，尽在曼德勒和蒲甘。最值得先说的，当然就是曼德勒的故事了。

"我能点石成金 / 爱过便会破碎 / 在往曼德勒的路上…… / 我喜爱在树下睡觉 / 让世界与我同在……"这是英国歌手罗比·威廉姆斯，在他的《曼德勒之路》（*The Road to Mandalay*）中，对这座城的吟唱，一下子便引起了人们对曼德勒的无尽遐想。

如果我说，这个世界上竟有一座机场的出口可以观赏到极佳的日落美景；如果您信，我想您一定也会觉得叹为观止吧。这里就是曼德勒城的安尼萨顿机场。

从泰北的清迈城出发，约一个半小时的航程，便可以飞抵缅甸"文明的摇篮"，也即"故都"——曼德勒。作为中南半岛的"空中专利"，航途的天空依旧是白云满缀；长长的机翼掠过其间，穿过夕阳下的最后一抹刺眼的阳光，斜斜地沿着群山间隙，盘旋片刻，便稳稳地降落在这山间谷地。我想，这山谷间的城应该是战事纷纭的中印半岛五个国家建都时的必由之选吧。

出机舱,要徒步入关。些许淅淅沥沥的小雨迎面打来,这是十月,半岛雨旱两季相接的时节。这场仓促而来的雨,对于安尼萨顿的地勤人员而言,可谓早已司空见惯。他们会熟练地在悬梯下,为您撑好雨伞。地表氤氲,一伞伴您同行,便少了几许寂寥。感念这雨季的丝丝凉爽,感念这雨季中的片刻温存。

一出机场口,迎面撞来的就是那轮将落未落的又大又圆的红日了,仿佛恰好在您眼际最舒适的正中间。这可是曼德勒城的落日啊,不在曼德勒山巅,也不在乌本桥畔;它不用您费力地去追寻,它兀自向您走来相送。俗话说"赠人玫瑰,手留余香",曼德勒城的这份快意的馈赠,着实成为一份大大的惊喜。尤其是在雨后——机场门前的地面依旧恰到好处般湿润,足以赋予曼德勒最干脆的、孤悬无云天际的落日一个朦胧而美丽的雨中剪影。门前车道一侧几棵枝繁叶茂的大树梢头,是成群的雀鸟

乘着晚霞,飞抵曼德勒,一出机场,迎面而来的是雨后的日落。喜欢这种感觉,夜幕之前,一定要有华彩的收官。　　摄影:陈三秋

惊起、翻飞，叽叽喳喳，勾起游人们儿时记忆的片段。曼德勒，就这样以一种高光的刹那，永久地停留在了游人们的眼际、心田和记忆之间。

传说，很久很久以前，佛祖释迦牟尼带 500 弟子宣扬佛法时，曾路过近郊的曼德勒山。沿途的信徒，纷纷为佛陀献上食物、鲜花；但曼德勒的一个女子，觉得这些都不足以表达对佛的无尽虔诚，于是，她将自己的一个乳房割了下来，双手捧起，敬献给了佛祖。佛祖有感于此地信徒的教化，曾手指着山下广袤的土地，预言 2 400 年后，这片大地上将会出现一座繁华之城。曼德勒果然不负所望。贡榜王朝的敏东王时期，将其都城由"不朽之城"阿马拉布拉，迁移到了这方大地。那是公元 1857 年，距佛祖传法的时间，正好相当于 2 400 年！

敏东迁都之后，在山下沿着伊洛瓦底江建起了大皇宫；在山上，则建满了金色的寺庙。他还以古印度的巴利语，将这座城命名为"罗陀那崩尼插都"，意指"多宝之城"，亦即曼德勒城。迁都之后，他励精图治。在其治下，贡榜王朝迎来了最后 30 年的荣景。在历史的昙花一现中，点缀成"多宝"曼德勒城不朽的一页。

公元 1885 年，有着"日不落帝国"之称的大英帝国，在继公元 1824 年、公元 1852 年之后，发动了覆灭曼德勒城的第三次"侵缅战争"。此战,不仅俘虏了当时的锡袍王及其王后,还完成了对整个缅甸的兼并,贡榜成了缅甸最后的王朝;上缅甸和下缅甸,尽皆被并入英属印度。

随后,殖民当局,将经略中心南迁至"战争消弭之城"仰光。曼德勒城,也因此成为缅甸王朝史上最后的国都。曼德勒山下的丛林中,抑或金鸭子中餐馆(The Golden Duck)的窗沿前,后世复建徒存的曼德勒大皇宫,已成"故宫",但依稀之中,见证着曼德勒城曾经的荣勋。而那位意欲"师夷长技"图强谋存的敏东王,以及他的曼德勒城,在英军沿着"Road to Mandalay"征缅的长枪利炮面前,也最终未能逃脱时下东西方历史大变迁的悲情,成为古老东方文明再度陷落的例证。

又一个英国人,这次则换成了诗人,约瑟夫·吉卜林,闻讯,在其《通往曼德勒之路》一诗中,极其亢奋地写道:"你要回到曼德勒/老船队在那里停泊/你难道听不到哗啦啦的桨声从仰光一直响到曼德勒?/在去曼德勒的路上/飞鱼在嬉戏/黎明似雷从中国而来/照彻整个海湾。"纵使,他从未到过此城之下,从未泛舟于伊洛瓦底江上,也从未懂得过此江、此城。

在大英帝国殖民曼德勒城的近60余年间,除去对古迹的破坏与劫掠,"英伦风情"的烙印还是影响深远的。乘坐着右侧驾驶的车辆,绕行在曼德勒的街头巷尾,您会看到有一座宏大的火车站大厦,一处英式的绛红色钟楼,和硕大的商业市场,虽然目前已经荒芜多时,但巍峨傲人的风采,依然不减当年。很明显,这种建筑和城市风格,与老挝和柬国的法式情调是完全不同的。

再后来，日本帝国来了，英、日两个帝国乃至两大阵营间的"二战"风云角逐，以及中国远征军两次入缅作战，和那个终将流产的"曼德勒会战"计划，让曼德勒城一度沦为废墟。这是一座城池的劫难，即使佛祖眷顾、塔林护佑。

中国人对缅甸的记忆，可能也就此拉开了。公元1937年，卢沟桥事变之后，中国对日"全面抗战"爆发。次年，为了打败日军对中国的侵略和封锁，经时任云南省主席龙云提议，蒋介石委员长首肯，经由毕业于美国密歇根大学的高材生——李温平的总设计之下，修筑一条由云南通往缅甸的"输血公路"启动了。这条路，有"二十四道拐"，无疑，是一条当时历史罕见、穿山越岭、横跨大川的艰险之路。有20万民夫，和无数军士，从八方被征调而来，义务劳动。计划一年抢修，但实际用时仅9个月。至少6 000名劳工，长眠在了这条路下的深涯——这是一条，用鲜血铺就的道路，将永载于"二战"史中，时称"滇缅公路"。

这是一条从中国的昆明到下关，再由下关至缅甸的畹町，终抵腊戌的接力式生命线。也是当时中国对外连接的唯一一条通道。打破了日帝速亡中国的"美梦"。当然，也拖进了更漫长、更残酷的八年抗战。公元1942年5月，日军从南部攻占缅甸，腊戌沦陷，此路之于"二战"的使命基本告终。但始自开通、

滇缅公路和中国远征军,可能是中国人民对缅甸的最初的记忆。

摄影:陈心佛

滇缅公路最负盛名的"二十四道拐",20万中国劳工的血泪之作。

摄影:陈心佛

终于"二战"结束,为此路而牺牲的将士民众,高达十万之众!滇缅公路,不朽!从此,"驼峰航线""中印公路"等新的"输血管"、补给线再逐一走向历史的舞台,一一见证中国对日抗战的不屈历程。

为这一路,"九叶诗派"的杜运燮在《滇缅公路》一诗中写道:"就是他们,冒着饥寒与疟蚊的袭击/每天不让太阳占先,从匆促搭盖的/土穴草棄里出来,挥动起原始的/锹铲,不惜仅有的血汗,一厘一分地/为民族争取平坦,争取自由的呼吸……"要永远铭记这些无畏牺牲的军民、劳工。我想,当此路修通之时,他们应该提前看到了远方,那里,正抬升起一抹,胜利的曙光。

正如诗人杜运燮所说:就用勇敢而善良的血汗与忍耐/穿过一切阻挡,走出来,走出来/给战斗疲倦的中国送鲜美的海风/送热烈的鼓励,送血,送一切,于是/这坚韧的民族更英勇,开始欢笑:"我起来了,我起来了,我已经自由!"

如今,当您站在曼德勒山上,往北处眺望,仿佛相距200余公里的腊戌,就近在脚下。是那么近,连接着曼德勒和昆明——当时中国西南抗战的大本营。公元1942年2月,中国十万"远征军"正是通过此路,分批抵达曼德勒的。他们奔驰在附近的各个战场、山头、古城。但,他们并不满足。他们期待着携手英军,开动一场浩大的战役——那是"曼德勒会战",将日军全歼于异国城中。蒋介石来了,带着蒋宋美龄,他信心满满,站在城头,向着中国战欲嗷嗷的将士们,描绘着他宏大的战争蓝图。此战,将是他的杰作啊,若胜,从此中国将进退自由。

英国人背叛了,撤走了。原来他们所有的目的,就是将这些无辜的将士"骗到"此城,赏一赏这里的山水、风景,牵制住疯狂扑至的日军,好让他们,可以从容地撤退,退到他们心中可以安守的"乐土"——印度。

竖子无能,将士殒命。顶着破产的会战计划,十万中国远征军,开始兵分四路,回撤中国。但腊戍已陷落,退路已受阻。多少将士要不是身死战场,就是亡命于奔袭式的撤退途中。这是一个可歌可泣的故事。可堪,与"敦刻尔克大撤退"一起,并列载入史册。但是历史往往很是不公。所以,为了慰藉数万亡灵,至今,在曼德勒的山腰之上,一座灰白的石碑——"缅甸方面彼我战没诸英灵"碑,静静地矗立着,等着从故国而来的您,向您诉说,他们,确曾英勇。

"有很多人,需要对的时间……"2016年10月,《从曼谷到曼德勒》上映了,开篇的一句台词,便写尽了浮生若梦般沧桑。这无疑是泰缅双边合作的杰作:影片中,图萨奶奶用十封50年前她的恋人楠塔寄给她但却一直未拆封的信件,指引着孙女斌一路从曼谷来到曼德勒,最终帮助斌一路沿着自己的记忆走出了痛失男友的心障,找回到自己的和奶奶的两世之人、肝肠寸断的爱恋。Chartchai Ketnust 导演以及 Sai Sai Kham Leng、Naam Whan Pailporn 和 Nay Toe 三位演员共同成就了这部电影、这段故事,还有这座赤足行走的佛国爱城。影片中男主舟舟冒名顶替莫奈去爱斌的事情暴露后,满心愧疚之下开了一个名叫"TIME"的咖啡馆,为客人提供寄往未来的信这么一个服务;一天,他收到了一封客人委托寄给"舟舟"——也就是他自己的,但要到2019年5月也即3年后才能打开的信,信是斌委托

曼德勒与清迈相仿,都有着自己的"小世界",值得在行程中排在首位。　　摄影:陈三秋

第4篇
The floating clouds
异域他邦久违了 **缅甸**

的,他知道,斌已经原谅了自己。整个影片非常凄美,情感真挚,催人泪下。曼德勒城,再添一段动人的爱情故事。

而几乎同一时间,赵德胤执导的《再见瓦城》上映。是世界太小,还是这座别称"瓦城"的曼德勒太大——大到各路导演都情不自禁地要讲述关于它的故事?一如琅勃拉邦。

真不知曼德勒的这么多故事是发生在一天中的何时的。白天太阳这么火热,晚上又相当冷清;清晨雾气昭昭,傍晚的人群都跑去挤在乌本桥了。最可能是在晚上吧,白昼褪去铅华,徒留凝思和窃窃私语;也可能是白天,那应该是"特纳卡"的功效——这种只有当地才有的黄香楝树汁,涂在左右两边的脸颊，可以帮助人们护肤防晒、防蚊祛病、无惧曝晒；而且，女孩子们的美丽，应该也与特纳卡的这种奇效有关吧。

我想，曼德勒城的人民，还应该是喜欢霓虹的。这里，虽然没有了暹粒或清迈夜市的喧闹，但有了霓虹，曼德勒人也就不再孤独。沿着机场宽阔平整的公路一路往市中心进发，直至绕过一个以白基红柱金顶的5层塔亭为城市印记的转盘，曼德勒的繁华便近在眼前了。一入眼帘的便是街道两侧家家户户的店招霓虹，做工简单而精致，弥补了路灯的昏黄和夜色的空寂。最惊人的是曼德勒城的群塔，或尖顶之上，或入口之处，抑或塔的四周，大都装饰着可以彻夜长明的霓虹，以至于成了这里晚间最独特的风景，和指路明灯。当然，也就成了此城有别于中南半岛之上其他邻近诸国，在宗教和信仰上之于建筑艺术迥然不同的诉求。

这是一座有着特殊故事的古城。在雅达娜蓬王朝酒店园林式的阳台上，在酒店门口一侧的舒适咖啡（Cosy Coffee）的大树下，点上一瓶后劲十足的"曼啤"（Mandalay Beer），燃起一支细长的曼德勒树叶雪茄……这是一个轻松惬意的时刻，这是一个历久弥新的王朝；这里有不朽的值得缅怀的历史故事，这里有婉转的刻骨铭心的爱情故事；这里有婆罗门的洗礼，伊斯兰的闪现；有山与河的孕育，有人与佛的虔诚信仰……这里的老故事很多，这里的新故事，一定会更多。

2018年10月15日于曼德勒，雅达娜蓬王朝酒店

52　乌本桥的 *日落*

来到缅甸，您会因为一座桥而慕名来到曼德勒；这座桥，是传说中翡翠仙子邂逅曼德勒王子的地方，它的名字就叫"乌本桥"。

如果不是一对恋人，建议不要去乌本桥；这里是恋人们不远千里前来约会和海誓山盟的"祈福桥"，这里是属于恋人们祈祷佛祖庇护、白首偕老的"爱情桥"。

沿着漫长久老桥面牵手的漫步，或者肩靠肩坐在木桥上的任一个片段，更或者是偎依着站在桥头的英伦咖啡屋边凭栏眺望，看渔舟划过、渔网飞出，看日斜西方、将落未落，这都是情侣们最惬意和眷恋的风景。

所以，桥畔的人们便更喜欢直接将这座桥叫做"情人桥"。"桥有长度，但是爱情没有长度。"寓意真好，意境很棒。

您可以泛舟于静谧的粼粼波光的湖面之上，或者划船缓缓穿行过乌本桥的木墩；您还可以登上湖中枯萎裸露的树根、栈桥，在绮丽的云间，在绚烂的霞光中，在圆日泛红的暮色里，挽起您恋人温暖的手，或者凝视起彼此的倒影，在这光与影的

在乌本桥的小码头,可以乘坐这些"月亮船",泛舟于东塔曼湖之上。

摄影:陈三秋

世界里,轻轻一吻。这座释迦牟尼布道之城,这片湖,和这座桥,都是你俩的世界,两个人的世界,瞬间忘却其他的一切,独剩美好!

这里是"不朽之城"阿马拉布拉古城,这里是曼德勒的东塔曼湖,这里是消失的"不朽之城"中留下的"不朽之桥"——乌本桥,这里是乌本桥的落日风情!

在阿马拉布拉古城所在之地,曾于公元1364年诞生过一个由掸族先民建立起来的弱小王国——阿瓦王朝。创始国王名叫德多明帕耶,时年21岁;该王朝因其次年按谶语而建"阿瓦城"得名。英国学者G.E.哈威的《缅甸史》一书中,将阿瓦王朝的起始时间上溯到公元 1287 年应不严谨。1368 年后，德多明帕耶便为"天花所袭"，不治而崩。公元 1527 年，被同为掸族的麓川王室所替，并在公元 1555 年间覆亡于东吁王朝手中。在这不到 200 年的时间里，阿马拉布拉也曾短暂成为阿瓦王朝的王都之一。至今，古城中还留有帕托道奇寺、皎多枝宝塔、当敏枝大佛等遗迹。

公元 1851 年，敏东王，这位末代贡榜王朝时期以开明和改革闻名的缅甸君主，延续了这个曾经一度称霸整个中印半岛的王朝的最后的气概，一举拆掉阿瓦王宫里最珍贵的柚木，用 1086 根相距 1 米有余的实木桥柱和全部柚木的桥板、桥墩与桥梁，建起了这座长 1 200 米、宽 2 米、高 5 米——世界上最长的柚木大桥，迄今已足有一百又五十年。作为一座木质长桥，能够完好地保留至今，确实不易；我想：乌本桥应该也算是世界上现存最古老的柚木结构桥了吧。目前，由于长年饱经雨水的冲刷洗涤、日光的投射照耀，柚木桥柱和桥面已呈浅灰之色。

这种缅甸珍贵的柚木，后来还曾招来贪婪的西方殖民者。公元 19 世纪末，缅甸成为英国的殖民地，当时每年从缅甸运出的柚木超过了 27 万吨，为殖民政府的最大利润来源。而缅甸，也一度成了当时世界上最大的柚木出口国。

傍晚时分，从雅达娜蓬王朝酒店向南进发，七拐八拐，历时约半个多小时，行进十余公里，便可抵达这座闻名遐迩的乌本桥。

走上吱吱作响、风雨百年的柚木桥面，您不必担心桥会坍塌。虽然无一铁钉，全凭斗榫构筑，但一个多小时的桥上漫步，

白天的乌本桥,同样迤逦、怡人。 摄影:陈三秋

缅甸的"情人桥"——乌本桥。桥上的六座凉亭,象征着"六和精神"。

摄影:陈三秋

您依然可以坚定地感受到，这座桥是一个横跨南北，变低洼泽国为人间通途，且历数百年而不朽的建造奇迹。虽然部分桥段已用石墩固定和修复，且无一护栏，但确实风采不减。据悉桥头、桥中和桥尾，分别建起的六座亭台，除了可供往来行人遮阳躲雨之外，还契合着佛家"戒和同修，身和同住，口和无诤，意和同悦，见和同解，利和同均"的"六和精神"，因此，来到乌本桥，您还可以体验到这个未知世界的"佛系旅程"。

中国人可能有的喝过"六和液酒"，想必未曾想过其蕴含的"六和精神"吧。这种精神，是一种僧团生活的准则。对于有着 2 500 余年佛教信仰传统、拥有 300 余万座大小佛塔和高达 50 余万僧侣的"佛教之国"缅甸来讲，僧人之间如何和睦相处便需要用到"六和准则"。比如，乌本桥尽头的那座缅甸最大的僧院——马哈伽纳扬僧院，仅其一寺便有 2 000 多名僧人；很多旅人会慕名来到这座僧院，感受和目睹它于每天上午十时许进行的"千人僧饭"，那种发自内心的肃穆和秩序，无形当中都在淋漓尽致地展现着"六和精神"，因此而蜚声内外。

而深受佛教文化影响的缅甸恋人，便也会赶来乌本桥，立誓在双方的生活点滴中，永葆这六种互敬互爱的精神。中国早年间曾有过一部由张鑫执导，李纯、斯琴高娃、中泉英雄等中外明星联袂出演的剧情片《不肯去观音》，可能看过的人不多。但这是中国第一部观音题材的电影，影片通过一段发生在公元 842 年至 864 年间，日本僧人赴大唐求请观音的历史传说为线索，讲述了佛教圣地普陀山如何成为"观音道场"的故事。而影片的核心所要宣扬的，也正是"六和精神"。

乌本桥的日落，有着令人窒息之美。　　摄影：陈心佛

即将谢幕的乌本桥的落日。　　摄影：陈三秋

日落乌本桥之后，东塔曼湖上，佛性十足。　　摄影：陈三秋

第 4 篇

The floating clouds

异域他邦 久违了 缅甸

夕阳西下，水天相接，背靠背坐在这木桥上，或者比肩在这木桥之上行走，静待日落，遑论年龄——对于热恋之人而言，那不过是岁月之河而已——流淌经年，此情不改。在那一刻，如果您来自千里之外的中国，您会想到牛郎与织女凡间私会的"鹊桥"吗？或者梁山伯与祝英台相约的"长桥"，更或者是白娘子与许仙相会的"断桥"吗？这些桥都写满了故事，写满了传奇。乌本木桥的故事，我想，应该可以一样源远，同样流长。

远方的天际，在日落之外的地方，泛起了一抹淡淡的、粉红的云彩，我想，那是恋人脸庞的娇羞，抑或是女子朱唇上的一点红吧！红在波澜不惊、朦朦胧胧的湖面上，仿如恋人们此刻温柔的心，恰到好处。这是别处磅礴的日落，罕所少有的悸动；也是曼德勒城下，乌本桥的百年馈赠。

天，渐渐黯淡了许多。暮光已准备迎接起东塔曼湖和遥远的树荫间的日落；霞光，片片、叠叠，变成了白昼与黑夜的界线；湖面，也开始愈加剪影重重。人们常说，感谢朝霞，让我们拥有新生般的力量；也要感谢晚霞，让我们珍惜朝霞。乌本桥的日落,难得没有从这座半岛最不缺的浓云间落下,少去了不少遮遮掩掩的牵绊,所以也就变得大而圆、圆而红。乌木桥的日落,也难得足够的长情,值得等待,可以在桥头,也可以在船上,看红轮垂下,滑落树梢,滑落湖间。

乌本桥的日落,是经久漫长的;始于您与恋人携手,终于彼此偕老。

来曼德勒吧,尤其是在晴日里的黄昏时分,告诉您的恋人,如果您不在乌本桥上,便是在去往乌本桥的小路上!

2018 年 10 月 16 日于曼德勒,乌本桥畔

53　两部"世界书本"

曼德勒城有两部"世界书本",但不是纸质的,而是神奇的白塔与石碑。

其书可以视为以佛塔为书封,以石碑为书页;因其石碑的正反两面都镌刻着密密麻麻的缅文及古老的巴利经文,而得书本之名。此乃缅甸的创举,也是曼德勒所独有。

公元18世纪开始,缅甸的东吁王朝开始逐渐走向四分五裂;直到一个名叫雍籍牙的民族领袖出现,用7年的时间将缅甸基本上重新一统,并于公元1752年,在瑞波建立起存世130余年的缅甸最后一个封建王朝——贡榜王朝。

贡榜王朝在缅甸历史上是一个扩张性比较强的王朝,鼎盛之时,曾一度称霸"中印半岛"。自雍籍牙始,便对外征伐用兵不断。比如,公元1753年攻占阿瓦,公元1756至1757年又连克卑谬、大光、勃固等地;最后,雍籍牙还因伤死在了东进攻打暹罗首都阿瑜陀耶的途中。"雍籍牙"者,乃"胜利之王"之意;也许正因其战功卓著、所向无敌,所以在缅史之中声望甚高,与蒲甘王朝的阿奴律陀、东吁王朝的莽应龙,并称为"缅甸三大帝"。

公元 1767 年，在其第三代王孟驳继位四年之后，终于攻克暹罗王都阿瑜陀耶；后来，他还连续发动了侵入老挝的"缅老战争"、攻击印度曼尼普尔王国的"缅印战争"，以及爆发于清乾隆二十七年（1762）的"清缅之战"。

至其第六代王孟云执政时，再度重启旨在征服阿瑜陀耶的"缅泰战争"，并在公元 1785 年，将阿拉干地区并入缅甸，正式完成了国家统一。而且，也是孟云在位时期，其将国都由瑞波迁到了附近的"不朽之城"——阿布拉马拉的。贡榜王朝在孟云王的治理下，走向了"黄金时代"。

随后，已殖民印度的大英帝国，开始垂涎起这片沃土，先后于公元 1824 年和 1852 年，发动了第一次英缅战争和第二次英缅战争。贡榜王朝均以战败告终，割地赔款，失去缅甸南部的大片领土。

公元 1853 年，贡榜王侯敏东，也是前任国王孟坑之子，携手弟弟加囊，趁当时国王蒲甘暴虐失德之机，将其一举推翻，并自立为王。同年，敏东王为重振缅甸雄风，颁布了系列法令，启动革新举措，史称"敏东改革"。据英国学者G.E.哈威所著的《缅甸史》载：公元 1857 年，敏东"得梦兆启示"，迁都于曼德勒，以求国泰民安、福祚绵长。熟悉缅甸历史的人应知道，今日曼德勒所辖的区域，在敏东王之前，蒲甘王朝的蒲甘城、阿瓦王朝的阿瓦城等王皆属于这里，所以敏东此举，也可以理解为是将缅甸政治权力中心，再次回归到其传统的中部腹地曼德勒。

迁都同年，笃信佛教的敏东王为了推广佛法、恩泽世人，开始在曼德勒山脚之下，动工兴建固都陶寺佛塔。公元 1866 年，因反对"敏东改革",守旧派贵族势力发动了一场未遂的宫廷政变。但同属改革派的加囊亲王,也就是当年与其一起夺取王位的那位弟弟则被刺杀了。悲痛欲绝的敏东,为了纪念其弟弟,也为了寄托自己的哀思,便在固都陶寺佛塔之侧,又修建了一座山达穆尼佛塔。

固塔和山塔均规模宏大,且各配套建有一座石经院,形成了两个佛塔群落。两个石经院,其实都是一处拥有近千座白塔整齐排列而成的塔群;这些白塔之内,各有一块刻满佛教经文的石碑,因碑文内容庞大、碑石数量繁多,堪称"世界之最",所以便得两部"世界书本"之名。或者更准确地说,这里是世界上规模最大的石刻经书群落。这样可能更容易理解一些。

由此可见,固都陶寺佛塔和山达穆尼佛塔这两塔及"世界书本",是一前一后修建的。而为了完成这浩大而漫长的工程,敏东王可谓呕心沥血,用心良多。

公元1871年,敏东王从全缅和佛教的发源地之一锡兰,也就是今日的斯里兰卡,邀集了2 400名高僧,在曼德勒召开佛史上声势最为浩大的第五次佛教结集大会。虽然当时的印度和缅南地区均被英军所占领,但是这些大德高僧应该是感念此举的旷世功业,还是不畏艰险、跋山涉水,一一来到了曼德勒,并悄然会聚于曼德勒山下,参与到这次久违了的佛教结集壮举之中。而这距上一次,也即第四次的佛教结集大会,已经相隔了长达1 800余年。

整个结集过程,历时5个月才告完成。而结集而成的经文,是为最新、最全的《三藏经》,全部刻在了固都陶寺佛塔的石碑之上，以示珍藏和功德。20世纪初时，来自美国的研究东南亚经济的学者W.G.麦克斯维尔博士，曾饶有兴趣地测算过这次佛教结集活动的花费，从各位高僧的衣食住行，到石料的开采、经文的镌刻等等，折算成今日的金额的话，估计全部开销将在3亿美元之上！

所谓"佛教结集大会"，系佛灭度后，诸弟子担心异说邪见渗入佛法，唯恐三藏教义日久散失，于是有重述、整理、结集之举，其目的是为了追求佛祖释迦牟尼的佛理真谛，除恶扬善。为了方便理解，这可以从一连串的疑问说起。比如：佛经是佛祖释迦牟尼本尊亲自撰写的吗？我们常说的"三藏十二部经典"，内容可谓浩如烟海，那么这些典籍又都是谁写成的？更或者说，佛祖曾像中国的孔子一样，是通过口述来传达其思想，并由其弟子们负责记录和整理的吗？

都不是。据史料载，佛祖释迦牟尼诞生于公元前565年，本姓"乔达摩"，名为"悉达多"，曾是古印度北部——今尼泊尔境内的迦毗罗卫国的王子，在印度四大种姓之中，姓属"刹帝利"。"释迦"是其种族名，意思是"能"；"牟尼"的意思是"仁""儒""忍""寂"。所以，"释迦牟尼"四字合起来，就是"能仁""能儒""能忍""能寂"等意，也即"释迦族的圣人"之意。佛祖29岁时，有感于人世的生、老、病、死等诸多苦恼，便舍弃王子之位、王族生活，穿着太子服，骑白马去森林中苦修。年35岁时，在菩提树下顿悟，通解三界一百零八种烦恼，遂创立佛教。至公元前486年，于当时80岁之高龄灭度。

佛祖自35岁悟道成佛，至80岁而殁，在这45年的时间里，虽然一直在今日印度北部及中部恒河流域一带传扬佛教，但一直都是采用"声闻"之法。也就是说，由佛祖开坛讲法，然后由其弟子将这些内容背诵下来，弟子再说给自己的弟子听，一代一代、口耳相传。但这种方式难免会出现纰漏。佛祖在世时还比较好修正，其弟子们形成了两种纠错方式：一种是师兄弟之间相互印证，一种是发现差错找师父裁定。

但是，佛祖入灭后，问题就变得不好解决了。于是，只过了三个月，公元前486年，经由印度摩揭陀国的阿阇世王发起，举行了第一次佛教圣典的结集，结集地点在其首都王舍城附近的七叶窟。续集活动由佛祖最得意的弟子大迦叶尊者，还有阿难尊者、优波离尊者等主持。大迦叶从"僧团"中，选取了500位阿拉汉，亦即上座部佛教中修行到最高果位也就是四果的弟子，来重述佛陀所说过的话；然后，由在佛陀身边最久的阿难尊者重述《经藏》，由持戒第一的优婆离尊者重述《律藏》。在完成初次重述之后，阿拉汉们还会再检查字义是否有误，然后再一起重述，并检查每个字和每个段落。只有当一段佛语——

"佛陀在哪里、什么时候、什么情况和对谁说的等等",被所有的阿拉汉检查和验证通过,并明确表示没有任何异议后,才能被大会僧众所采纳。反之,其间只要有一个人对结集中的内容存在不同意见的,这部分内容则必须删除,不能记录,要保证经典的绝对准确和无误。这就是佛教 2 500 多年历史上的第一次佛教结集。

第一次结集活动始于当年 6 月下旬,止于当年 9 月下旬,用时约三个月。我们后世看到的很多《佛经》的开卷语有"如是我闻",即"我亲自听到佛这样说",便是由此而演化来的。且由于古印度一直盛行以"记诵口述"的方式传授圣典,因此,佛教受其影响,其流传方式也不例外。所以这一次结集中诵出的"律本"和"经本",并没有当即记录成文,而是属于经过核准的"口语佛经",其距"成文佛经"的最终出现,可能还要相隔有 500 余年。

敏东王召集的是第五次结集,在这次结集前这类结集活动已有三次;其后,也还有一次。由于佛祖所处的摩揭陀国一带当时所讲的大众语言是古印度诸语系中的巴利文,而弟子们也是用这种语言记诵他的经教,所以历次结集活动都要用巴利语进行。随着时间的推移,精通或者掌握这个语种的人越来越少,难度自然而然便会加大。就第五次的结集活动而言,语言方面的难题,也可以说就非常不容易。能够成功,也是功德无量。同样,我们也可以因此而看到,塔中的碑文便是用巴利文镌刻在上面的。

当然,据中国成书于大唐贞观二十年(646),由玄奘法师口述、弟子辩机奉唐太宗敕令笔受而编集的《大唐西域记》记载，在第一次佛教结集之时，没有应邀参加的部分僧人，还在七叶窟附近，同时也举行了另一场结集，史称"大众部结集"，以别于大迦叶的"上座部结集"。其间，释迦牟尼"十大弟子"之一的富娄那长老，还与大迦叶尊者就经典和律典的内容发生了争辩。这既表明当时同时举行了两场结集活动，也反映了自那时起，佛教已开始分裂为两大流派。不过，此说很难考证真伪罢了。锡兰的两位史学家尼古拉斯和帕拉纳维达纳，在其合著的《锡兰简明史》中称"佛陀涅槃后一百年期间，佛教僧团没有分裂，遵从上座部的教义"，我倒是觉得此说比较可靠。

第二次佛教结集，发生在佛陀涅槃之后的一百年，亦即公元前386年。这是通说，也偶有言是在公元前376年举行的，只是无法核实。这次结集，起因是当时有些比库尼也就是行乞者违背佛祖戒律向居士俗人乞求钱财等，共有十项戒律纷争；故以耶舍长老为首的"西方僧团"和以跋耆比丘为首的"东方僧团"齐聚在印度中部跋阇国的吠舍离城，举行了一场裁决式辩论和结集。大会主持是一个名叫萨婆伽罗的阿拉汉。最终，在婆利迦园，集七百佛弟子的耶舍，以第一次结集的方式重述和比对经典，获得胜利。形成的结论是：此十项行为均有违戒律，即"十事非法"，应当禁止，今后仍需遵依佛陀制定旧时戒律行事。相传，为统一认识，在裁定做出之后，与会的僧侣重新会诵了《经藏》和《律藏》。这次结集，历时八个月而告结束。

不过，据《锡兰岛史》记载，同第一次结集的插曲相似，很多不满裁决结果的比库尼，在僧团大会之后，举行了自己的结集，他们还脱离了"长老部"，成立了自己的团体"大众部"。于是，佛教僧团开始分为两派：一派是原始佛教的"长老部"，一派为新起佛教的"大众部"。而且，据"大众部"的《律典》所说，第二次结集所讨论的是"五净法"，即五种允许做的事情和行为，并且肯定了乞求金银钱币等行为是符合佛教戒律的。这未必是事实。

  第三次佛教结集，发生在古印度摩揭陀国孔雀王朝的阿育王时期，结集地点在首都华氏城即波多厘子城。但其具体举办的时间，争议颇多。《琉璃宫史》说是"开始于佛历234年10月月盈日，结束于佛历235年月盈日，历时九个月"，即公元前252年至前251年。《缅甸大史》说是"佛历236年"，即公元前250年。这两部著作同出缅甸官方之手，却出现了这般相悖的差错，正常来讲是很难理解的。不过，看过两部史书的人应该早就见怪不怪了，错漏离谱之处，真可以说是"多如牛毛"。

  我认为第三次佛教结集发生在公元前250年。《缅甸大史》记录的时间是对的，这与《锡兰大史》及《锡兰岛史》中记述的时间——"佛灭后236年"即公元前250年是吻合的。中国萧齐朝版汉译僧伽跋陀罗法师的《善见律毗婆沙》中记载的也是这一时间。另美国学者斯坦利·沃尔波特，在其所著的《印度史》中说成是"公元前250年至240年间"举行的，截取一头，都可以相互印证。

阿育王可以说是印度历史上最伟大的君王,甚至没有"之一"之说,无出其右者,也无可以与其并列齐名的。据说他出生不久,曾在其父王怀里撒尿,然后父王用法螺接住,倒在了他的头上;王后很生气,告诉了他的老师阇罗那纪伐,但老师却说这是好兆头,阿育王将成为"一位独一无二的尊贵君王"。可谓一语成谶,在阿育王登基之后,印度走向了鼎盛和辉煌。这就是阿育王"灌顶加冕"这个典故的由来。缅甸人想必也把他当成祖先一般,非常崇拜,所以在不朽的《琉璃宫史》一书中,将其吹捧为"名声显赫,威震到大地之下一由旬,苍穹之上一由旬"。也就是说,连天上的神仙和地下的龙王都要归他管。

阿育王对佛教虔敬之至。在其治下,佛教走向了繁荣,也开始大举对外传播。传说他一日便会布施60 000僧侣。有一天,他从众僧口中得知佛陀在世时诵讲的佛法"有九分教,八万四千法藏",也就是说有九部经,或者说佛祖说法有九种内容与表现形式;且教法蕴含着多义,即《律藏》含21 000种、《经藏》含21 000种《论藏》含42 000种,总计84 000种法蕴。于是,他便在印度兴建了84 000座塔寺。我觉得这个对话及兴建这么多塔寺的可信度都不高,因为从前两次佛教结集来看,《论藏》在当时应该还未出现,或者说,还不至于已经形成了确切的42 000种。斯坦利·沃尔波特的《印度史》也曾将这些塔寺称为"窣堵坡"（Stupas）或土丘，这么说来还差不多，有点像老挝的"四千美岛"，岛不够，便用渚、丘、树等来凑。

由于阿育王非常崇信佛教，又布施慷慨，所以便导致许多异教徒"削发为僧"，冒充混进佛教的比丘中，乱改经典、扰乱佛义，让信众分辨不清。第三次结集就是在这一大背景下进行的。阿育王无奈之下，便请出曾教摩哂陀王子研学三藏的"帝师"目犍连帝须圣僧，当时他已栖隐在阿烋河山；授为上首，选出精通三藏的1 000阿拉汉，同样是以第一次结集的方式重述和比对经典、整理佛法，前后花了九个月的时间，最终集成正法，淘汰了外道邪说。《善见律毗婆沙》载："阿育王乃礼请帝须复出为上座，驱逐外道，净化僧团，并召集六万比丘布萨说戒；又自众中精选知晓三藏而得三达智之比丘一千人结集法藏，即所谓第三结集。"这段文字讲述的正是此事。

这次结集，与前两次不同的是，目犍连帝须还将不同派别的论点整理出来，编撰成了一部《论事》，并在其中对当时"外道"的各种异议"邪说"进行了批判，推翻了"异教徒们"加在佛教里的错误理念和观念。我猜想，这事可能会与《论藏》的形成有关，甚至可以说，这次之后，《经藏》《律藏》《论藏》这"佛教三藏"才告形成，而这也就是后来人们所熟悉的佛教经典总集《三藏经》，或称《大藏经》。

结集完成后，60 000名异教僧侣被逐出了僧团。同时，阿育王还选派得道高僧四处传播佛教正法，正式拉开了佛教外传的大幕。尤其是摩哂陀王子，在32岁时将佛教引入了斯里兰卡，被视为南传上座部佛教的起源,当然,那时这个国家名叫锡兰。这一年,王子戒腊——这是佛教僧人出家受戒后所称的年数,已满12周年。将来,如果我们有机会写写印度半岛的商旅笔记时,还会对阿育王和摩哂陀王子,以及二人所处的孔雀王朝进行更加详细的介绍。

第四次佛教结集,便发生在斯里兰卡(一说是在今克什米尔地区)。时间是公元70年(如果据玄奘口述的《大唐西域记》推断,应为公元前70年左右,可能有误),在国王瓦达加摩尼·阿帕亚(也称"伐多伽摩尼·阿巴耶";一说称为是迦腻色迦王主持下的结集)的支持下,于迦湿弥罗城的阿卢迦寺举行(一说认为是在迦湿弥罗国的拨逻勿逻布逻城)。据《阿斯山寺贝叶经》载,其主持是以坤德帝沙长老为首的"大寺派"五百名长老。主要原因是至此时,佛祖灭度已500余年,当世已没有多少僧侣能将全部佛教经典记入脑中;同时,也是为了配合当时文字的开发,于是便决定要将其以文字形式刻录下来,以保存至后世。中国当下宽见法师主编的《佛学完全入门读本》中说:"王崇信佛法,日请一僧入宫说法,同一经题,人人所说互异。王以此事问胁尊者,尊者说:'去佛日远,诸师渐以己见,杂入教典中,现当重新结集,以定其义。'王如言,选阿罗汉五百人,以婆须密(或称世友菩萨)为首,集于迦湿弥罗城,将三藏各制十万颂,名大毗婆娑论,刻于赤铜之上,建塔藏之,是为第四次结集。"基本上也是同一意思。其中的"一颂",在我们的汉译佛经中是"四句";"各十万颂",也即有"一百二十万句"之众了!佛史上认为,这是第一次佛教经典的成文化。不过,据我推测,此前应该已有僧人在贝多树叶上书写经文了,其形成的经文,称为"贝叶"或"金贝叶",老挝和缅甸的图书馆中现仍保存着一些,被视为"镇馆之宝"。因为尤其在古印度,这种写经方式可能会更早,甚至第二或第三次结集时便已出现。只不过很难形成定论,或者是没能将全部结集书写成文之故吧。至少这一次是有明文记载的了,也比较容易形成能够接受的共识。而且,据说这一次会诵结集三藏教典之后,便以僧伽罗文将经典誊写在贝叶上成书,也为首次制巴利语三藏,辑录成册。

那么,这些借贝叶成书而辑录汇编的一套巴利文三藏,规模有多大呢?我们可以从敏东王始造固都陶寺佛塔之前的 800 年找到线索。据史载,公元 1057 年,蒲甘王朝的阿奴律陀征服了其南部信奉佛教的直通国,欣喜地获得了一套完整的三藏经书。后来,用 32 头大象将这部巴利文贝叶经书运回到了蒲甘,其后王朝更迭,但各朝国王基本上都十分珍惜这部经书,几乎每个朝代都组织数万僧侣用画笔、铁笔等更换新贝叶,重书经文,以免霉蛀。时说这套贝叶三藏经书共 30 部,后来还有说是 32 部的,但还是以 30 部之说为主。所以,一套巴利文三藏应有 30 部左右之规模吧。

但前面的四次结集,皆为上座部小乘三藏结集。自第二次结集起,佛教僧团就分裂为上座部和大众部。其后,据《锡兰简明史》所述：这两个主要教派还再分出了一共18个部派，它们对于教义和戒律各有不同的见解，其中上座部自称保存了纯洁的教义。大众部大乘三藏也有结集。据公元3世纪古印度领导大乘佛教复兴的伟大论师龙树菩萨所撰的《大智度论》载，"佛灭后，文殊、弥勒等诸大菩萨，请阿难于铁围山结集三藏，谓之菩萨藏"，是为大乘佛法的结集。

在敏东王组织结集80余年之后，再一次结集活动在缅甸浩浩荡荡举行，是为第六次佛教结集。这一次，前后历时2年左右，始于公元1954年，而完成于公元1956年，时间为史上最长，地点在其新首都仰光。此次结集是为了纪念释迦牟尼佛涅槃2 500年，故得到了当时缅甸联邦政府当局的赞助。首相乌努还仿第一次佛教结集时的"七叶窟"，率领工匠在城中建造了一座造型相像的"大山洞"，或称"大石窟"，从启动初年的5月17日起，供长老僧侣们在这里进行结集。这些德高望重的比丘，来自缅甸、泰国、老挝、越南、印度、柬埔寨、尼泊尔、斯里兰卡以及巴基斯坦等国，规模浩大，总共2 500位僧侣。与前几次结集的目的一样，传诵、重述和验证经典，并可以根据各国流传的版本和敏东结集的成果进行校勘。

明昆大长老是缅甸有史以来第一位能够流利背诵三藏经文、精通一切注疏与疏钞的三藏持者。在召开经典结集的两年内，他扮演了回答者的角色，即第一次结集时优婆离尊者与阿难尊者的角色；其时，发问者是马哈希大长老，他扮演了大迦叶尊者的角色；其他诸人便相当于是阿拉汉了。

而在本次结集召开前，明昆还被委任为三藏经典总编辑。

结集结束之后,在乌努的多次恳请之下,明昆在公元1956年至1969年期间,一共花了13年的时间来编撰这套巴利文《大佛史》,即《大藏经》。最后这套成书的《大藏经》,一共有六集八册。第一集上下两册,解释如何修习菩萨道,其主要资料来源是《行藏》《本生经》《佛种姓经》及它们的注疏,也有些部分是引用其他经典及论著,例如《清净道论》。其余五集六册,则解释佛、法、僧三宝:第二至第五集,细述佛祖降生人间至证入般涅槃期间的事迹;第五集的最后一章解释法宝;而第六集的上下两册,则简述诸大弟子的事迹,包括比丘、比丘尼及在家男女居士。这套巨著为缅甸佛教做出了巨大的贡献,普遍受到僧伽与在家众的欢迎与称颂。巴利文三藏典籍进行了严密的整理、校编和校勘,最终被印制成为最完善版本的巴利文《三藏经》。

至此也可以看出,《三藏经》可以理解为是佛陀示寂后,弟子们将其一生所说的教法结集成一部全书的总称。其内容主要由《经藏》《律藏》和《论藏》三部分组成,总称"三藏经",又称"一切经""大藏经"等。将佛陀所说一切法的文义,分类总集于此三者之中,故称为"藏",有容纳收藏之意。"经"是佛为指导弟子修行所说的理论;"律"是佛为他的信徒制定的日常生活所应遵守的规则;"论"是佛的弟子们为阐明经的理论的著述。通晓此三藏的僧人,在缅甸被称为"三藏持者",如明昆大长老;在中国被尊为"三藏法师",如唐朝的玄奘。

现存的《三藏经》,已有汉语、泰语、日语、僧伽罗语、梵语(即巴利文)等等。据悉,在巴利文版的《三藏经》中,还会附有一部《外典》,即指三藏编成后各种曾起到参考作用的巴利语佛教典籍，主要是注释、历史、概要、诗歌等著作，如《锡兰岛史》《锡兰大史》《弥兰陀王问经》《入阿毗达摩论》等等。

这就是佛史上的六次佛教结集总况了。经过这六次结集，保证了经文内容的准确无误性，使我们后人虽然无缘见到佛祖真身，但也可以按照经典去修学佛法了。当然，第七次结集将会于何时、何地并由何人召集，很多热衷此事的人已经开始展望了，如果我们有生之年能够身逢一次，并能躬行其中，将使人生更具意义。

再回过头来，进一步说说敏东王的这次结集。结集活动举办于公元1871年，但公元1857年，也就是迁都曼德勒城的元年，作为新建曼德勒大皇宫的配套工程，开始同时兴建固都陶寺佛塔，两者均为该王城主要的奠基工程。这两个事件，前后相差14年，我想，结集的准备活动不可能长达14年，再结合迁都当年贡榜王朝的财力、物力和实力，应当都不具备在那时便萌生第五次结集的思想及物质基础。

这14年间，从固都陶寺佛塔到后来的结集，再到修建石经院，敏东王的心事一定在发生着某种变化。我一向认为，观景要知史，了解历史才能读懂风景，主要是人文风景，当然自然风景也不例外。我们今日的、眼前的风景，需要从历史中去找到它的蛛丝马迹，才能让冰冷的石头说话，让凝固的建筑变得鲜活。

而且，久远的历史之上，所有的伟大建筑杰作背后，一定都隐藏着一段王者的心事。从古埃及的金字塔，到秦始皇的兵马俑；从印度的泰姬陵、柬埔寨的吴哥窟，到中国的明长城；从西安到罗马，从撒马尔罕到耶路撒冷，再到君士坦丁堡、伊斯坦布尔……一景、一城，都不例外。如是观之，那么，固都陶寺佛塔之中，又隐藏着敏东什么样的"王者心思"呢？

我们知道，敏东登基为王之年，也就是公元1852年，两次英缅战争结束了，后人所称的"下缅甸"也就是缅南地区，已经沦陷，英国霸占了缅国的半壁江山。因此，敏东执政时期，还在民间得到了一个"半个国家的国王"的称号。这无疑是一个萦绕心头的耻辱，心，酸酸的。意图兴邦复国的"敏东改革"谈何容易，甚至频频受阻。可能连迁都曼德勒，都是为求避祸的无奈之举。在这种背景和心境之下，敏东王应该会不时地想到莽应龙、雍籍牙等"先辈"们的荣耀吧。相比之下，如果自知，必然会有些自惭形秽吧。虽然他已经很努力很努力了，努力做到最好。无疑，他是缅甸人民心目中的好国王，但距离现实，更不用说梦想，都将持续残酷——正如开创大宋朝的赵匡胤所说的那句："卧榻之侧，岂容他人酣睡！"而敏东王的"卧榻之侧"，尚陈着英军的兵锋，他们不仅不会酣睡，还整日虎视眈眈。

平和的佛教世界，能够寻得心灵的慰藉。于是，弘扬上座部佛教的壮举开启了。尤其是那部最高成就、最大功业《三藏经》的结集，要能成功举办一次，并勒石以记之，一定可以实现自度其心，还可以达到普度万民的效果；再加上"碑石经文"，要远比"贝叶经文"庄严肃穆、持久坚固，必将形神俱佳、永垂不朽。顺带着，再把大英帝国殖民侵略的野蛮的、残暴的行径，驳斥、鞭挞一番。或许，从某一刻起，这种想法便突然在敏东王的脑海、心头萌发了。那就准备准备，再在固都陶寺佛塔一侧，建座可供存放这些三藏经文碑石的经院吧。

这段心路历程，便成就了今日眼下我们所见到的固都陶寺佛塔的整个格局。在这处占地约5公顷的塔院中，中央金塔四周，拱卫着整整齐齐、密密麻麻的白佛——塔身一定要是白色的，不仅仅是出于密林之中"金白配"的艺术曼美，更主要的是能够祈求神圣的《三藏经》"与世长存，永葆圣洁"。

要完成一次规模空前的结集，形成一套严谨的世界最大的宗教经典，准备工作一定繁杂。再加上建起这些白塔、开采必需的石材、完成经文的石刻，最后再浑然天成、融为一体，工程浩瀚，必将经年累月才能全部完工，也要亲自主持才行。

可能自公元1857年中央塔开始修建之后不久，事关碑材石料的准备工作就要启动了。先要寻访到足够数量的适合雕刻的大理石材才行，最后在离曼德勒山往北约16公里的一处山丘上找到了。有点类似于吴哥窟兴建时取自荔枝山的砂岩石。这些新开采的大理石，也要先切成一块一块的，然后通过伊洛瓦底江运抵城中，再集中进行切割、打磨等工序，形成每块高约1.5米、厚约0.13米、宽约1米，大小相等的石碑。最后雕刻所需的石碑共730块，其中729块是经文，还有1块是纪事。纪事的一块碑文可以理解为"功德碑"，记录了石经院建造的过程，现今立在塔院东南一角。因此，加上预防错刻、漏刻需要重刻的，总共约需准备千余块石碑才可匹配这样的工程。

雕刻的过程是这样的：石块切割磨平后成规格吻合的石碑，先在上面用铅笔描摹出巴利文经文的字样，然后再由若干人反复核对，确定无误后才允许工匠开始雕刻。刻字之时，也有专人监刻，以防差错。每刻完一片石碑，再次进行审核校对，以保证经文内容的绝对正确。每刻完一面，都要用手抚摸检查已刻成的字模是否凸凹不平，抑或粗细不均，如发现文字有误或刻技不合规格，则必须重刻。如此往复，直到全部刻完。

刻完之后的碑文，还有一道工序，就是在石碑顶上和经文上，涂上或者说描入金墨水。白塔、黑碑、金字，相互辉映，非常美丽。只不过现在您所见到的，则是洁白的塔身已经变得有些灰黑，可能是由于保护措施不当或财力不足造成的，看起来略显粗糙；石碑只剩下黑色，缅甸人说上面的金粉是英国殖民时期被刮走的，但我想不至于，因为金粉很难集在一起，即使提炼，可能也值不了多少钱，应该是一种民族仇恨的心理在作祟吧。最有可能的是，来自半岛之上的风吹雨淋，还有烈日暴晒，再加上后来的战争、内乱，造成没有办法给予持续的保护，自然便褪色回原形了。

依最后结集的《三藏经》来看，《经藏》经文5大卷，需820块；《律藏》经文5大卷，计222块；《论藏》经文7大卷，要416块；合计1 458块。由于每块石碑都是正反两面雕刻，所以共用碑石 729 块。倘若把这 729 块石经全部叠放在一起，每 20 块为一摞，需占用一块约 5 公顷的方形地盘。而如果按纸张页数计算，则为 38 大卷，每卷 400 页。再以一个人每天阅读 8 小时来计，要想读完这些"书"，一共需要 450 天左右！可见，这部巨著篇幅之广大、文字之繁多，以石勒之，必是一项庞大的、事关宗教文化的系统工程，其规模浩硕程度，实属罕见。缅甸学者很自豪地认为，即便是历史悠久的埃及和罗马，都未曾见过篇幅如此浩瀚的石刻巨著。

这些刻好的碑石经文，最后的归宿，便是来到固都陶寺佛塔内，被一一按顺序竖着安置在此前已建好的白塔之内。塔身四面各有一个拱门，围着铁栏杆；每塔之中，竖置一块；居中，固定。为了方便信徒们阅读，碑文整齐地排列成行，一面朝着主干道，一面则背着，走进去到背面便可以阅读，因为后面也有一条提前预留好的小路。全部碑文被分为三个区来摆放，其中一区 42 块，二区 168 块，三区最多，为 519 块。大概到了公元 1860 年 10 月，石经院的白塔建设开始初具雏形，中央的金塔也建得差不多了。估计到那时，碑石的准备工作也已经进行到一小半了。有人曾说，仅"大理石碑工程用了 7 年 6 个月才完成"，我看可能还不止。

公元 1862 年 7 月 19 日，中央塔基本落成，开始装上了塔伞顶冠。是时，上面还悬挂有金色的铃铛，塔身则镶嵌着金银、钻石、红蓝宝石等等。再后来，周遭塔林之中的白塔全部落成之时，据说每个小塔上也有 9 个金铃或铜铃，一共 6 570 个。塔院四周，还围塔群种上了星花树，来为白塔群落遮风避雨。

每一个白塔之中,都有一块高低相同的碑石,上面誊满三藏经文。

摄影:陈三秋

但后来英国殖民时期,佛塔几乎被洗劫一空,珠宝尽失,佛塔顶冠躺在地上,那些铃铛也都不见了,甚至连地面上的意大利大理石瓷砖都不见了,有些砖石还被英军用来铺路。这种说法应该是确切的。因为后来当地有位就职于殖民政府的税务官,是一个缅甸人,叫乌昂班,他将此事投诉到了英国维多利亚女王那里,四五年后,这种劫掠佛寺的现象才得以停止。

中央塔和石经院都建好后,可以说是"万事俱备,只欠东风"了。这个"东风",就是第五次结集。结集过程,也可以说就是石经雕刻的过程。"形成的巴利三藏经文,满刻于石碑"。镌刻工作,正式开始于公元1871年4月15日,而完工于同年9月12日。结集花了5个月时间,刻经也差不多花了5个月时间。但实际连同建造石经院,将经文重新书写在贝叶上,选石、采石、运石、切割、磨平、描摹、刻前反复审核等工序在内,历时应不下于十年之久。

据说在碑林建成以后,敏东王曾发布"悬赏令",宣布如果有谁能在碑文中发现一个错字,就奖给他一个金元宝,结果没有一个人来领奖。于是佛塔开始以"天下最大的经书"而闻名于世。最后,敏东王邀请参会的2 400名僧侣,将这729块石碑上的经文用接力的方式从头到尾通读了一遍,用时5个月零3天,才全部诵读完毕!这么多人、这么久才能将这本"大书"

念完，真是名副其实的"世界上最大的书"。

大功告成。

第五次结集收官。

固都陶寺佛塔，石经院白塔群圆满落成。

君王了却心头事。

王，在那一刻，一定开心地笑过吧。他的名字，叫敏东。

我们来完整地看一下，当前统称为固都陶寺佛塔的整体格局。

先从曼德勒山之东南向下俯瞰吧。这是一个深嵌在绿林之中的庞大的塔院，中间一座高高矗立的尖顶、"芭比裙形"金塔，巍峨壮观、金光闪耀，塔上满布风铃，迎风响动。金塔四周是一圈方方正正、整齐排列的白塔，塔顶呈葫芦形，塔高仅3米左右。所以，从远处观之，便是金色独秀、白影绰绰。金塔与白塔之间，还有四座高 4~5 米的金顶绿檐凉亭，可供进塔朝拜的人在此休息，它有个专属的名字，叫"桑丹"（Saungdan）。四座桑丹风格一致，值得一看。

塔院沿着院墙，共有四个金顶多塔、壮观的白石门；四门共同通往中央金塔，交汇之前临近中间的地带，便是四座桑丹。桑丹朝向金塔的一侧各有一个长廊，四个长廊交叉成一个空中可见的"十"字形状。但正门通向桑丹时，与其他三门的长廊相比，这处最长；这些长廊两侧，便陈列着那 729 座白塔。

再从正门开始，来看看塔院内部的情况。

正门朝南，符合标准的佛寺建制。大门为金顶红墙、繁复的"覆钵式"塔轮结构，相当精美，也颇具有缅甸风情。进门之后，便是那处最长的回廊，廊内有些生动的壁画，地板是大

第 4 篇

The floating clouds

异域他邦
久违了
缅甸

固都陶寺佛塔的正门入口。　　　　　　摄影：陈三秋

理石的。因为入门之后便要拖鞋、赤脚——这是中印半岛寺庙的规矩，所以在酷热时节，走在石质地板之上，很是透着清凉。当然，比较惨的是，那些内部置放经文的白塔，是常年处于烈日的暴晒之下的，通往塔林的石铺地面滚烫的，行走在上面，没有几分虔诚的信仰，肯定是很难坚持看多少这些碑文的。"伸手触摸那透着凉意的石碑，顺着卷曲刻画的经文，感受着当时虔诚的温度"——这种诗情画意，会在一瞬间便荡然无存。当然也有例外，那就是想与这些白塔合影拍照的美女们，为了能够拍到一张张晒在"朋友圈"等着被点赞的美图，便身着长裙、头顶烈日，漫步于塔林中。为了美图，做点牺牲，完全没问题。

长廊是拱形的，从侧面来看也是以塔的轮廓设计的。长廊之内，会有多处巨大的、古老的木门，想来应该是自当年留传下来的。估计当年的主门应该也是这般的，现在相当于移进了里面，可以起到保护的作用吧。这些木门都是由整块的柚木雕刻而成的，每个门中间，都有一个脚踏莲花、双手合十的仙女神像，讲的应该是《本生经》中的"佛本生故事"。栩栩如生是肯定的了。神像四周是繁复的卷形花纹，凸显着缅甸风情。古朴的柚木门，陪衬着雄伟堂皇的长廊，搭配突兀，着实令人惊叹。

　　走完长廊，便到了桑丹之下。其内容也比较美观，顶部和四周是佛陀故事壁画，正中供着一尊端坐在金色佛龛之上的大金佛，旁边撑着华盖，这是必然的；金佛四周还有一些小金佛。佛像前方地面上是简陋的地毯，时常会有人跪立在上面，虔诚地祈祷着。这种布局和情形，四座桑丹之下基本一致。而唯有进门而入的这个桑丹下，在其墙角的一个尺寸还算可观的玻璃罩内，还有这座塔院的全景微缩模型，让观者可以一目了然地目睹其全貌，比从山顶看要清晰很多。

　　从这座桑丹左右行进，可以沿着地面铺起的隔热毯绕塔一周；在高逾半百米的巨塔下行走，感受一下自我的渺小。金塔四周，在四座桑丹之间，还有些精巧的小塔、佛龛、神兽、铜钟等，大多也为金色；每个佛龛里面也还各自摆放些佛像。最后，

固都陶寺佛塔内的四座桑丹,是缅甸独有的风情。 摄影:陈三秋

固都陶寺佛塔群落中央的大金塔。 摄影:陈三秋

每一座桑丹的正中,都供奉着一尊精美的金佛。 摄影:陈三秋

成就"世界书本"之名的白色塔林。 摄影:陈三秋

环绕固都陶寺佛塔的这些白塔,就是"世界书本"。

摄影:陈三秋

您便再度绕回到了桑丹之下，一个框画仿佛在等着您归来。框画的内容，是一个身材不是很高大、面态祥和的人物肖像，身着白袍，跪坐榻上，右手空空垂于胸前，左手还握着拂尘。此人，便是敏东王本尊了。

这里是固都陶寺佛塔，这里有举世无双的"佛塔大经书"，这里曾经上演过一段关于敏东王的辉煌故事。固都陶寺佛塔的全名是"玛哈罗迦玛若盛佛塔"，意思是"全世界最伟大的功德佛塔"。可能，每个有信仰的君主，都希望在建立不朽功德方面都是"世界之最"吧。敏东王，修建了此塔，其也是佛经六次结集中的一次主导者。G.E.哈威在《缅甸史》中说，敏东借此壮举，"获得足以傲视一切之尊衔"——"第五届佛教结集之护法者"。诚如斯言。

如今，固都陶寺佛塔寺院门前，一尊金质的人物雕像立于方形石墩之上，这就是敏东王了。塔院地处曼德勒山和曼德勒皇宫之间，一个是孕育了他的，一个是他孕育了的，与其身侧的固都陶寺佛塔一起，在向世人共同诉说着他的不朽与辉煌。而塔门之前，还有一座白色石碑，则记录着他的另一项殊荣——公元2013年，"世界文化遗产"。

这就是固都陶寺佛塔现在的容颜。公元1885年，英军占领了此城，曾明令禁止公众朝拜他们的这座宗教圣地。在强权之下，这里一度几近荒芜。于是，才有了乌昂班向英国女王的申诉。公元1890年，女王下令所有军队从宗教区域撤回，但这里早已被劫掠一空、破坏殆尽。公元1892年，当局成立了一个高级僧侣委员会，在公众的协助和各方捐赠下，开始对这里进行修复。

固都陶寺佛塔的建造者——敏东王塑像。　　摄影：陈三秋

原先镀金的经文字用黑墨上色,以便阅读,石碑和佛塔的金顶,换成了石雕。公元 1913 年,仰光城的米商捐助了佛塔的修复和镀金。次年,三藏石碑雕刻委员会给南门捐造了一个铁门,西门由一个叫乌波森的人所捐建,北门和东门则由敏东的后人敏东王子捐建。公元 1919 年,一个名叫乌康迪的人,领导了对南门和西门入口门楼的重建。这些都是早期当地比较熟知的几次修复,令其基本上恢复了昔日的容颜,但王已亡矣。

公元 1878 年,在位 25 年的敏东王以 70 岁之龄而终。在其主政之下,贡榜王朝虽然谈不上富强,但多是和平与祥和的。其身故之后,王后和权臣违逆其意,拥立锡袍为王,就此掀起了一场腥风血雨的大屠杀。公元 1885 年,英国发动了第三次英缅战争,锡袍战败被俘,缅甸沦为英国的殖民地,王朝也走向了覆亡的尽头。这样看来,能够有"世界书本"传世,也足可聊以自慰。

敏东王与其胞弟加囊王关系友好,并在合力夺取王位后,没有立子为继承人,而是立加囊为王储,由此可见一斑。所以,加囊之死,一定令其非常悲伤吧。公元 1866 年,这个对于敏东来讲无限悲伤的年份,便化作了一座山达穆尼佛塔,如今,正静静地躺在固都陶寺佛塔一旁。

是年,筹备第五次佛教结集的各项准备工作,正在紧锣密鼓地进行着;"敏东改革"也因其中坚力量加囊的突然离去而陷入停顿,失败已是必然的了。国事、家事、天下事,事事堪忧,真是一个多事之秋啊。

因此,山达穆尼佛塔虽形如固都陶寺佛塔之孪生,但却令人伤感许多。加囊的骨灰,就安放在了中央的金色主塔之中。拱卫四周的,仍是刻满三藏经文的石碑,一样的精美细致,只是数量增长到了1 774块,而且排放得也更加工整,一条绿顶的"回"字形长廊,从洁白的群塔中间环绕而过,仿如一条腰带,紧紧地守护着中央金塔之下的英灵。

从空中俯瞰,便能看出这是一处排列紧密的长方形塔林,回廊加上正门和后面两条登塔长廊,便呈现出了近似于"中"字形的中间塔落。其建筑规模,超过了相邻的固都陶寺佛塔,这也可以看出敏东对胞弟的无私和慷慨。

是日,我身临其中,每个塔上的铃铛,都在随风叮当作响。穿透于整个洁色塔林,仿佛还能隐约地感觉到,敏东所寄托于斯的久远哀思。更或者说,当风铃响于耳边,眼睛凝望着那片

山达穆尼佛塔全景图。　　　　　　　　　　供图:壹书局

山达穆尼佛塔的洁白塔群。　　摄影：陈三秋

山达穆尼佛塔的入口，这里，隐藏着一段赤诚的王室兄弟情。　　摄影：陈三秋

山达穆尼佛塔的塔林和白塔，均略小一些，但依然规模宏大。　　摄影：陈三秋

第 4 篇

The floating clouds

异域他邦
久违了 **缅甸**

满目纯洁的白塔群，脑际是归于虚空、归于淡泊的愿望，但掩饰不住的却是心头那无法忘却的感伤。那是一种脆弱，也是一种柔软；是一种自我放逐，是一种岁月流淌，也是真实的、感染心灵的力量。

一个僧人，卧坐在小巧的白塔内，以忘我诵唱的方式，低声念着碑石上的经文。四周，白塔如雪；其上，是仿如刚被清洗过的蓝天白云。穿行其间的声音，便是对佛的虔诚，更是一种来自信仰的力量。千古功名，高不过此声。

山达穆尼佛塔所在的地势较高一些，所以，可以鸟瞰到一些山下的景色。而从固都陶寺佛塔的窗檐望去，竟然也能看到它静落山腰的寂寥。仿佛沙杰汗之于泰姬陵、李隆基之于大明宫，唯一的不同之处，可能是这里深埋着的那段心事，是一种源自皇室兄弟之间，永不多见的手足之情。

两部"世界书本"，也许，唯有至此，才算读懂。

2018 年 10 月 16 日于曼德勒，雅达娜蓬王朝酒店

54 缅甸"千人僧饭"

中印半岛上全是佛国。缅甸更是如此,且堪称鼎盛。

有一景,每日都准时发生在曼德勒的东塔曼湖畔、乌本桥头,几十年来不变。其地,名为"马哈伽纳扬僧院";其景,叫做"千人僧饭"。

这座已有 50 余年历史的僧院,容纳着二千余名僧人。小至 10 岁左右的沙弥、大到 60 岁高龄的住持,在"六和精神"的规持下,和谐地共处着。每天早上 10 时过半始,他们便会裹着严严实实的绛色僧袍,赤着双脚,把双手置于胸前,捧着一个黑色的饭钵,静静地低着头,排列成小长队,从僧院的各个角落汇集到院中的食堂旁。然后,他们又与其他的小长队相接,最后形成两排长队,一起安静地矗立着。这是第一道风景,叫做"来自佛国的肃穆"。

他们仿佛是在祈祷,也仿佛是在收拾心情,但也都是在等着号令。基于"过午不食"的传统,这将是他们一天之中,最重要的果腹之行。他们要集体就餐,但每一天的食物,都是来自信徒的布施。也可以说,对于吃什么,他们无法进行选择。

马哈伽纳扬僧院的"千人僧饭"。　　　　摄影：陈三秋

马哈伽纳扬僧院中的布施景象，与琅勃拉邦清晨街头肃穆的布施，截然不同。

摄影：陈三秋

食堂门前，是一个大缸，里面盛放的是当天布施而来的食品。有米饭，有瓜果，有饼干……够不够吃饱的，还真不好说。我去的当天风和日丽、艳阳高照，但如果碰上刮风下雨，甚至兵荒马乱呢？也许他们无法去担心，因为这是来自对施主们信仰的挑战；他们难以左右。万般艰难险阻，都不过是佛音之中的插曲而已。既已成佛，得失、宠辱，便都不惊。

那么，还有一群身着白色僧袍的少年僧呢？他们还未完成六根清净的佛学之旅，便只能是见习僧。稚嫩，爬满了他们黝黑的脸庞；顶着光头，其眼神便更加突兀，对这世间冷暖的无视，有点恍惚，也有点让人心疼。

他们都在扮演着曼德勒城中的一道独特的风景，对于游行至此的人而言，可能这就是全部的意义罢了。一如琅勃拉邦早安之际的布施，和同样肃穆的街头，只不过，在曼德勒城，被转移到了僧院之中。更加隐秘，也只此一处罢了。

而对于缅甸来说，还有可能就是马哈伽纳扬僧院的僧人数量最多，规模浩大、场面壮观，所以，慕名心情作祟，游客往来便会更加如织。最后就会围着僧人们形成一个圈；灯光闪烁，那是在好奇地拍着照。甚至不会顾及景中之人的感受，甚至会拥堵住前行的道路。对于游人而言，可能早习惯了这样吧；旅游就是要放肆，我高声放歌、我彩裙飘飘；我要的不是穿过灵魂的旅行，我只要随心所欲的旅游。

我是一名游客。游客就是风景之中的过客。对于僧人们而言，一定也是如此。我心如止水，过客便是浮云。所以，这便是这里的第二道风景。

绵绵不绝的"千人僧饭"大军。而这,也成了游人观赏的一道缅甸风情。

摄影:陈三秋

一景生自此地，一景来自远方；一景静谧，一景生动；就这么无声地碰撞着。你是我的施主，我是你的风景；人生无常，谁是谁的主，谁又是谁的景？

这里是"缅甸最大的僧院"，这个称谓也不过是一虚名罢了。很多人为其名而来，我想一定是错了。除了能够带走几张毫无意义的照片，只会令您的心头积添尘埃。要把这当成一种文化、一种风情，走进它、融入它、触碰到它的肌肤、心灵。这里不适合说来就来、说走就走；这里适合驻足，适合停留。

您要爱上它，而不只是喜欢。否则，您什么也带不走。人生无常，重在修行；今日是修行、来日是修行，点点滴滴、分分秒秒，都是修行。如果您执念于在某个寺庙跪下的一刻、进香的一刻，将钱财投入功德箱的一刻，双手合十、跪于佛祖面前闭上双目的一刻，您所祈祷的，必是不安的，不安的，往往也终将失去。

放空一切，才是拥有。天道、如来，都是始于舍、始于别离，然后才是得，是重新拥有。一舍一得，便是布施；一前一后，便是人生。这是心灵间的风景，也是第三道风景。一切有为法，如梦幻泡影。恍恍惚惚，幻生幻灭，三个人，便是三道风景。

曼德勒城应该僧众之数最盛吧。所以，不管是哪一天，在黎明初晓时分，您都会看到成群的僧人，托着钵而出，游行在街头巷尾，向所有的施主化缘，上演着施与舍、获与得。还是因为"过午不食"的戒律，他们要在凌晨4点进完第一餐。然后便是早课，结束之后便是这般外出。最后，僧人们再把化来的食物带回寺中，集中。于是，才有了眼下的这两条长龙，在依序等着分享布施到的食物。这是前景。

而为了表达对信徒布施的重视与感恩，他们还要将平时裸露一肩的僧袍裹起，密实地缚住臂膀，以示虔诚。这是他们"一天两餐"之中的最后一餐。吃完之后，还要"上学"。是的，学习精妙的佛法。甚至，终其一生。

马哈伽纳扬僧院，既为僧人寺，也为佛学院。一天之中，除去布施和僧饭，便是参佛与苦修。很震撼于他们平静的面容，与单调的生活。佛说，活时乃为"大千世界"，死后往生"极乐世界"。一人、一神，而他们便是为抵达佛国化境，而献身于"大千世界"的引路之人。据说，在缅甸，家人将孩子送往寺庙，到最终其能够成为一位僧人，这是一个无比神圣的蜕变过程。正式成为僧人时，家人会为孩子扮上浓妆，画成佛陀；然后，便从此人间两隔，您在尘世，我在佛国。

对于俗世而言，这是一场别离的心痛；而对于参透这世道轮回的人家来讲，这便是得道的欣慰。别离，是为了终极的、新生般的重逢。重逢之地，将会是没有"生""老""病""死"的神界；将会是作别"贪""嗔""痴"三垢的天国。这是一种重，也是一种轻，两种感觉，在两个国家人们的心头。这应该是缅甸所独有的精神世界吧。

记得英国小说家约瑟夫·吉卜林曾说："这是缅甸，和你曾见过的任何地方都截然不同。"他说的可能多指这里的风情。尤其是当他以猎奇之心,喜欢上了这里纤细温柔的姑娘之后。但这里的精神世界,虽然同为"小乘佛教"之下的一脉相承,依我之见,确也与泰、老、柬、越等国不同。

僧人的队伍,松动了。他们在某种眼神的指引下,被悄然分成一批一批,缓缓地走向食堂的第一道门——院门,然后在院门内、正门前,依次领取着布施而来的食物。再然后,才是走进正门之内,那里将会有一排排的简陋餐桌。他们双向并肩坐下,面对面、安静地就着餐,千余人的共同就餐。"千人僧饭",便指此景。是为中景。

可能因为就餐之时没有过多的交头接耳式的交流,所以,感觉上饭便吃得特别快。您未及离开之时,或许他们就已经吃完了。于是,他们又三五成群地从后面的侧门陆续而出,最后会留下一些年幼的僧人,收拾"残局"。一切都是有序的,但又不是军队般的森然秩序,也不是狼群般的撼人秩序。这仿佛是西域路上、夕阳垂下的驼队,或者是始于佛祖当年带着500弟子四处传法。这也绝对不好用浩浩荡荡来形容,反正就是一种融入心田的井然,是平和的,似涓涓水流。是为后景。

马哈伽纳扬僧院的"千人僧饭",有数种风景,万般变化;期待您能前来,您能读懂,您能眷顾,您能感悟。

2018年10月16日深夜,于曼德勒城中

55 日出曼德勒山

曼德勒城因山得名，山名曼德勒。

山下金塔、白塔、红塔交错点缀在绿荫之中，成为这座城中一道炫丽的自然风景；如果这些大塔、小塔加在一起，仅放眼能够目及的，总数应该至少不下千余座。

登山的路径东、南、西、北各有一条。其中，东、南、西三条均为石阶，为了表示对佛祖和各种神灵的尊敬和虔诚，所有登山之人必须脱掉鞋袜才行。唯北面一条，为土路，可以先用时约半小时攀登至山腰，然后再脱鞋赤脚沿半山腰登顶，最后由另一侧的石阶下山，这样山之两侧的风景均能欣赏到。只要您的体力足够，这样的路径选择，是值得首推的。当然，介绍这一段，最主要还是因为，如果您从南门登山，从山脚到山顶，沿途还会有至少 8 座寺庙。如果再加上山上坐落的其他 231 座大佛塔与寺庙、1 000 多座小佛塔和寺庙，仅此一处，山下和山下，您将可以饱览宗教建筑约 2 000 座！因此，可以说，曼德勒山是曼德勒城当之无愧的第一观景角落。

更何况，还有天上。天上的风景，再加上山下与山上的风景，

曼德勒山上佛寺众多，或许，其数量为世界之最。

摄影：陈三秋

第4篇 异域他邦 久违了 缅甸

共同敲击着您柔软的心窝。让您足以克服"睡虫"，在凌晨4点，爬出被窝，赶到山顶，去看一看曼德勒山上的天空中最美的风景——日出。

长久以来，曼德勒山，本就以观赏日出之城、城中全貌和山下江景著称。我欲往之一探。是日，便顶着朦胧的夜色，在尚未破晓的清晨，从山的北坡一路而上。

沿途也有几座寺庙，但由于时间尚早，所以仍寺门紧闭，只能看到一些模糊的轮廓。但路上同样的登山之人却已经三三两两。那是当地上山布施或礼佛的人们，以女子居多。她们走得急迫，可能经常如此吧，主要是为了在一天之晨，与佛祖对话，或者，哪怕只是絮叨絮叨。

男人们应该出去工作了，女人们便也应有所担当。那就是作为一天之中最早进山的人，为自己远行劳作的家人祈祷。会祈祷财富上的收获吗？可能会有。但更多的，可能是以求平安居多。

她们都是心往佛国的人，财富于她们，似乎永远都没有那么紧迫。这是一种生活态度，很难为外人所道。我看过新加坡人对缅甸的评论，可能会说这里的人们太懒散了。这不怪新加坡人，因为连中国人、日本人、韩国人、欧美人初到此地，可能都会用自己的价值观去框一下他们的生活。我觉得，应该是错了。每个人都应该拥有自己的生活，当您无力抗争时，非要逆流而上去尝试改变命运的流向，可能多是悲剧、多是徒劳。如果借用"影帝"周润发在《无双》中的说法，每一百万个人之中，可能才会有一个人有机会改变自己的命运、出人头地，那么，更多的人努力一生，可能都不知道所要什么。与其如此，何必用进取之心去教育他们？难道不怕只是误导吗？说得越多、做得越多，也许错的也更多，只会打乱尘世间一个又一个甘享平凡之人的生活。勉强有时也是一种罪过，好心不一定能有好的结果。有些人，他自有随波逐流的一生，请给予应有的理解，也请不要去惊扰。

当行至半山腰，便是顶着长廊的登山台阶了。当时的信徒，已经开始脱去鞋袜去攀登了。您是异乡人，还可以穿着鞋继续走一段，当遇到第一尊佛，建议就要脱去了。入乡随俗嘛——据说连外国总统来此也要这般，您就更没有理由坚持穿着鞋去拜佛了。

因为是从北道而上的,这条路不是主路,所以您只需要穿过一些长廊、小庙,计算着236米的高度,便可以登顶。顶上是一座名叫"斯塔温皮佛塔"的寺庙。金顶,且顶部是有多个小塔的一个群落,围绕着中间的大金塔;但顶部并没有缅式建筑特有的繁复结构,甚至是平的;再加上内部除了很多佛像之外,还供奉有两条"Naga",也就是"那伽"神蛇,所以,您便知道,其实这是一座印度教的寺庙。

在敏东王时期,虽然佛教依然为"国教",但是他治下的宗教政策一向较为宽容,所以,当时的缅甸,除了印度教,连基督教、伊斯兰教等,也均得到了一定的发展和融合。这是难能可贵的。只不过,"诸事背后均有动机",而这些举措的背后,隐藏的也是敏东王期望与各教派搞好关系,并幻想着通过部分主教之力的协助,向海外采购军火的核心目的。当多年之后,国王发现这些教徒不足以"与之为谋"之后,除了伤心无奈,也便不再给予这些教派太多的资助了。

斯塔温皮佛塔在全缅的宗教建筑之中,算是比较特别的。除了是源自印度教,还有它的地板石砖,上面的花纹很是曼妙,倒有点像是伊斯兰教的风格。而它容易被旅客们记住和评价的,还有寺的石柱和墙的颜色。可以说,方形的寺柱和平切的外墙,都是用不多见的菱形琉璃或者说玻璃镶嵌的。晶莹剔透之中,透露着不凡的华丽;也非常惹眼,令人印象深刻。不用说,待太阳抬升之际,阳光照射其上,必然会晶光闪闪、夺目耀眼;再加上地面光线的反射,无疑,会更加色彩绚烂。

寺内是拱门式结构,斗拱依次相连,并以回廊贯通着,这也有点像是伊斯兰教的风格；拱门的顶部和左右两侧，留着白色；白色上面，用黑色的缅文誊写着一团团的经文或者谶语。据说还有一句英文，说的是：The person who wants to live a long life should be sheltered by the shade of the Mandalay Hill. 翻译成中文，其意思就是"想要长命百岁的人，需要寻求曼德勒山的庇护"。这不是曼德勒山原有的故事或者作用，应该来自后来的演化，以示此山的神圣。

关于此山，它最主要的故事，只有一个，那就是当年佛祖释迦牟尼行至此地时所说的那个预言——2 400年后，山下将出现一个繁荣的城。这个预言也只对一个人起着"应有"的作用，那就是敏东国王。他信，则有；不信，则无。不过，他肯定是深信不疑的，所以，您抬眼西南一望，他当年的王宫，如今就沉睡在这山脚之下。

您可以在回廊中间穿行，流连；而如果走累了，回廊四周，便是观景平台。是的，这些平台，就是俯瞰城景和观赏日出的所在。

平台绕着斯塔温皮佛塔一圈，所以，一座城的风景基本上可以尽收眼下。清晨时分，日出之前，山下的城景多少会被迷雾所遮掩，呈氤氲的朦胧状——那是中国南方的秋晨，薄暮霭霭的感觉。整个城都在半睡半醒之间，偶尔的人间烟火，穿过

佛祖释迦牟尼所指的山下，将崛起一座伟大的曼德勒城。

摄影：陈三秋

第 4 篇

The floating clouds

异域他邦久违了 **缅甸**

群山沟涧中的屋顶，在向您诉说着这幅平静的晨曦画卷。

画卷之中，时不时地便会冒出一个尖尖的金顶，那是一个金塔；然后，又一个金顶浮现；更后，便是金顶的周遭，还会拱簇着许多更小一点的金塔，一般，全是一座座的金塔群落。所以说，曼德勒的塔寺，永远不会孤单。

平台四周会开着一些艳丽的鲜花，透过鲜花，看着青翠的群山、苍莽的农田，您会觉得这里不免有些荒凉。确实，在群山和农田之间，除了佛塔，您很难看到这座缅甸第二大城市本应崛起的座座高楼大厦；这与泰国第二大城市清迈的山下风情截然不同。这里的楼宇也好，人家也罢，还都是只能在树梢间露着点头的高度；而且，也只有沿着伊洛瓦底江畔的一边，才相对密集些。其他三边，则还是倍显稀稀朗朗，偶有的生机，也被掩藏在了佛塔的后面。

新加坡的旅行作家，叶孝忠先生在行至此地时，曾有一说，载于他的《缅甸，现在去最好》一书中——"由曼德勒山上鸟瞰，整座城市如一张百衲布，老的新的斑驳的俗艳的全部缝缝补补于一体"，受此牵连，他还将曼德勒城也称为是"扁平"的，"病恹恹地摊在中部平原上"。我觉得这未免有失偏颇。对于佛国山城来讲，它的建筑风格必然多以高耸的寺庙、佛塔等为这座城的灵魂性的坐标，其他的诸多建筑，多为"陪衬"，以此凸显信仰的尊贵。那么，这种山下的布局，便是平常的。

当然叶先生所来之时，距今已经隔有六年；他笔下的"百衲布"也形容的没错。六年了，这里的山下景色似乎都未曾改变过，确实会让人想到"颓废""破败""荒芜"等等这一连串

第 4 篇

异域他邦 久违了 **缅甸**

The floating clouds

曼德勒山之巅，有一座印度教寺庙。不过，环绕寺庙的，是一堆堆佛教的塔与佛。

摄影：陈三秋

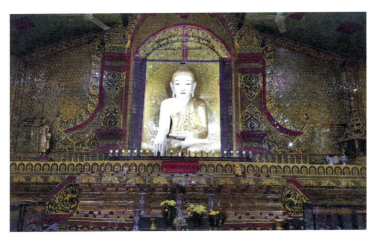

曼德勒山上寺庙中供奉的精美佛陀。 摄影：陈三秋

的消极之词了。

甚至连令人神往的伊洛瓦底江，不仅没有碧波万顷，或者浩浩荡荡，连静静地流淌可能都算不上——它像是静止的，一如缅甸这些年的经济；号不到它的脉动，更不用谈它的活力。所以，这里的商业，还是过于传统的；而农业，则仍接近原始。

所以，千百年来，这里的景，还是那个景。

这里的日出，应该也还是那个日出。

这里的日出是从远处的山峦间开始的。所以，天空很少会出现一抹抹的绯红。我所见到的，先是灰白色的云。云从山头升起，又随着绵延起伏的群山，缓缓飘移。欲赏日出，必先赏云，大抵如此。

然后，云团之中，您去找寻那抹开始逐渐亮起的一朵或几朵碎云。那便将是日出的角落。这里的日出很慢，也很符合缅甸人日常的生活气息和为人性格。所以，要过好一会儿，云才开始变成金色。

当您以为这就是日之将出的节奏时，时间似乎又停止了。这时，金色的云开始向周边灰色的云投去光芒，于是您会看到光的折射效果。也就是在这种效果之下，云层后面，会绽放出灰白色的光芒。有点像是佛光。只是，没有变成金色的，反而，暗淡了许多。

待这些光芒炫耀了一番之后，日头也像娇羞的姑娘一般，从山峰之后悄悄地露出一点点的头。如果您不仔细一点儿，您几乎看不见。当然，您可以继续等待——它可以娇羞，但从不让您落空。于是，它金黄色的脸庞便开始逐渐随着云的亮丽而

曼德勒山上的日出。　　　　　　　　摄影：陈三秋

第4篇
The floating clouds
异域他邦
久违了
缅甸

显现出来。这时，透过白色和灰色的云层折射的光芒才开始耀眼起来，倒像是真真切切的佛光了。

　　这一刻，大概会持续数分钟之久。对于佛国缅甸来说，这确实比较奇妙。不是看日出之喷薄，而是看佛光之弥漫。您若能领会，便会自得其乐。

　　这时山下的曼德勒城，还是迷雾朦胧的。这份光影，会让您动些心思，值得琢磨。日出越盛，似乎这番雾气也愈加迷蒙。我觉得这种现象还是比较有趣的。当您还在疑惑之时，那些先起的云彩，则会载着这朵金色的圆盘远去，也可以理解为是高高地升起。直到半小时后，这些云才会四散开来，让日光，尽情挥洒。

这可能是我见过的最最慢节奏的日出了。而且,过程之中,还一次接一次地透着娇羞。当云不再能够为它遮遮掩掩之时,它才能大方地放着金光,驱走薄雾,将整座城,奉献于您的眼前。

日出曼德勒山,岁月无边,也曼妙无边。

山,还是那个山;日出,也还是那个日出;可能千百年来,真的没变。

斯塔温皮佛塔,这时候可能会人声鼎沸了。这是曼德勒人的"圣山",只要得闲,附近的村民必来朝拜。塔内的金佛旁,已摆放着不少的洁白水莲了。这便是例证。圣洁的莲花,在他们的心目中,最能博佛祖欢颜。

停留片刻,您可以沿着南侧的台阶下山。台阶之上,也还是长廊,可以为信徒遮风挡雨,也可以避免这里的台阶被日光

日出之后,曼德勒城,从阳光中苏醒。远处,即为蜿蜒穿过的伊洛瓦底江。
摄影:陈三秋

第 4 篇

The floating clouds

异域他邦 久违了 **缅甸**

曼德勒山远眺。

摄影：陈三秋

暴晒之后的滚烫。台阶并不是直上直下的，而是一段一段的，每一段的左右，还会有一些小巧的佛塔或者寺庙。因此，可以说，曼德勒山上，佛的踪迹，从来不缺。

而台阶，有时候也是蜿蜒的。236米的高度，被铺成了1 729级台阶。这些台阶错落地往下绵延着，带着长廊别致的、绛红色的尖尖廊顶，呈现出一幅剪纸的造型。其色如僧袍，其状也就更加具有曼德勒的风情。这里的廊顶与花檐，您一定要为之驻足，哪怕只有几分钟。因为，我想，遍寻上下缅甸，可能也只此一处了。

很快，您还会在一段石阶正中的位置，看到一个顶部非常精美的佛龛。佛龛里，立着一尊身着褶皱长袍的金佛，金佛右手平指，您顺势搜索，会看到山下一个规模宏大的建筑，那里便是敏东王所建的曼德勒大皇宫。而此佛的寓意，也显而易见了——那是来自佛祖2 400年前的昭示，山下将会诞生一座繁荣的城。此佛的名字，很多人会忽略，但是，我有感于这个传说，所以，我强记住了，叫做"施依亚塔佛"。

还记得那位割去一乳房献于佛祖的姑娘吗？我想，她的名字应该叫做"罗刹女"吧，我们也应该记住她。因为，没有她，可能就不再有此山和此城的这个"动人"的传说。所以，曼德勒山，还有一个曾有的别名，便是"罗刹女山"。

再往下走，您还会看到好几处寺庙或者金佛，每一处的香火都比较鼎盛。其中，半山腰处有座寺庙，有菩提树所笼罩；很多当地人会跪拜在庙内的金佛一侧。据说，这里还供奉着3块佛骨舍利，所以是一处非常神圣之所。

再往下，抵达山麓之时，您会看到巍峨的七层银檐红墙的佛塔式南山门。不过,正常来说,这里才是登山的主要通道。山门两侧,各立着一尊半狮半龙的神兽雕像,当地人称之为"辛特",还有称为"利扬"的,有点类似于中国的"四不像神兽"。不过可惜,出于严谨考虑,我在相关佛经典籍之中,还没能查到它们的着落。

南门口,还有几个寺庙。其中一座建于公元1853年至1878年间的寺庙,名字叫做"加乌库奇佛塔",它的特别之处在于,寺内的那尊由整块重达800吨的绿色大理石雕凿而成的大佛。据说,当时为了从伊洛瓦底江运送这块石料至此,动用了多达1万名工人,费时13天才完成。这会让人想到柬国吴哥

曼德勒山的显赫山门。　　　　　　　　　摄影:陈三秋

曼德勒山下，也是一片佛国景象。　　　　　摄影：陈三秋

窟或者埃及金字塔的修建了。另外，殿内还有整80尊塑像，那也便是代表佛祖当年的诸门人了。

  从凌晨披星戴月由北门出发，到看到朝阳从东方冉冉升起，再到提着鞋、光着脚由南门而下，攀登这座圣山，差不多上下要超过4个小时才可。这里是曼德勒的制高点，也是二战期间的兵家必夺之地，如今早已硝烟散去，只剩祥和；尤其是那场不多见的日出，每一天都是吸引着游人们前往，而我也要趁着烈日尚未呈喷火之势去造访那座佛祖所指的曼德勒皇宫了。希望下一次，我们可以试着来此山，欣赏一下它的日落。

        2018年10月17日于曼德勒，雅达娜蓬王朝酒店

56 曼德勒大皇宫

从曼德勒山上，可以看到伊洛瓦底江畔的密林之间，有一个方方正正的巍峨建筑群落，那便是曼德勒大皇宫了。

大皇宫被护城河拱卫着，而过了护城河，还有森严的城墙。这是典型的皇城建筑布局。如今的缅甸，因为久经战乱，加上地震多发，所以，可以说，能够完整保留下来的各朝各代的国王宫殿已经不多了。即使是曼德勒大皇宫，也不例外，它是复建的。

我们还是从历史说起吧。公元1853年，在一场宫廷内斗中，敏东王携手胞弟加囊王，聚众反叛，逼退当时残暴的国王蒲甘王，夺得王位。史载，5年后的一日，敏东王做了一梦——梦境不详，便将贡榜王朝的都城由10公里之外的阿玛拉布拉举迁至了曼德勒城。真的有这个梦吗？如果有，这个梦是不是与佛祖2 400年前预言曼德勒城的繁荣有关？这是帝王的心事。即便是以讹传讹，只要上至众臣工，下至黎民百姓信了就行。

也就在迁都的同年，公元1857年，这座王国的权力中枢——大皇宫，开始在曼德勒城的心脏地带兴建了。

这将是一个饱含缅甸皇家建筑艺术风格的群落。不仅有正

环绕大皇宫的护城河,与远处的曼德山浑如一体,无尽美妙。　　　　　　摄影:陈三秋

曼德勒大皇宫的全景图。　　　供图:壹书局

曼德勒的大皇宫,是缅甸境内留传下来的不多见的宫廷建筑艺术作品。　　　摄影:陈三秋

殿，还有偏殿、会厅、佛堂、寝宫等等，以方便国王与大臣议事，以及国王与嫔妃们栖居。公元1871年，敏东王召集2 400名僧众商讨第五次佛教结集活动，便是在皇宫中的东厅举行的。

有意思的是，敏东王心之所系的可能是其封建王朝的开创时期蒲甘王朝，所以，这处皇宫建筑，便呈现出了强烈的蒲甘风格。几乎所有的建筑屋顶均是层层向上的结构，一层比一层高，也一层比一层小，像极了蒲甘古城中的宝塔。其中，正殿无疑规模最大，也是最高的；而其顶也分为五层，比其他各殿的三层顶结构多了两层，以彰显其地位尊崇。而一些小厅，则只有上下两层。

整个皇宫由高9米、底宽3米的砖色红墙合围而成。四边之长，均为3.2公里，是一个严谨的正方形。院墙四面，各开有一道主门和两道边门，共计有四道主门，外加八道边门。其中的正门，为森然的白色底基，上面坐落着一座七层翘檐小塔，塔的第一层又左右延展出两层翘檐，形成了工整的对称之美。

其他各处的城墙之上，仿如北方长城之上的烽火台或者南京城楼上的瞭望塔，每隔200米，也坐落着一处高巧的塔楼；这些塔楼，同为七层翘檐结构，呈浑然一体的绛红之色，井然而严肃。

这种绛红近深紫之色，是整座皇宫的主色，与柬、泰等国大皇宫的金色截然不同。上至宫顶、下至殿柱,以及所有宫殿的外墙,均为此一色调。只是在每层殿檐或者塔檐,才会被镶涂成金黄之色。

王宫之内,共有大小殿宇104座,均为坚实而珍贵的柚木结构;每一处均可谓是雕梁画栋、精刻细琢,所以落成之后,便是宏伟壮丽、天工巧夺。城墙之外,一条宽60米的护城河绕行四周,守卫着这座王国的中枢。河的外侧一边,是一排排的石木栏杆;栏杆之外,才是马路。时至今日,这些仍在把森严的皇城和外面的世界隔离开来,使人对这座皇城心生神秘之感,也对它主人的卓越作为深信不疑。

宫内一进门的左右不远处,还有两三座平顶的白色建筑,墙体雕刻着细细的花纹,外加上拱形的绿色或黄色的木门,也很精美绝伦。因为资料的缺失,检索不到有关这几处白色石质建筑的介绍,我推测,可能有一处是御厨房的功能;另外的一处,背靠一个水池,可能是国王或妃子洗澡的地方,同时也可以起到兼具酷暑纳凉的作用。应该基本上差不多是这样的功能吧。

全宫之中,还有两幢建筑最为抢眼。一处是正门入口处高耸的七层缅式翘檐佛塔,如果加上塔顶的相轮结构,塔高应该至少100米以上。整个塔由金檐、金壁、绛红琉璃瓦顶组成,在整个宫廷之中,可谓一枝独秀。远远观之,天光之下,金碧辉煌、耀眼夺目,为不可多得的精美缅式建筑艺术。

佛塔背后,即是皇宫的正殿。如今,正殿之中的金銮殿,依然光辉卓著;殿的正中,高高地安放着国王的那座神圣的狮子宝座;殿内有两处敏东王的雕像,一处独坐于御座之上,一

第 4 篇

The floating clouds

异域他邦 久违了 **缅甸**

大皇宫的庑殿式建筑风格，与亚洲的诸多皇室建筑存有异同。

摄影：陈三秋

大皇宫建筑群落中不多见的石亭，可能为厨房或者纳凉之用。

摄影：陈三秋

大皇宫的主人——坐在御座上的敏东王。　　摄影：陈三秋

处则手握出鞘的宝剑,与其馨部麻茵(又称"辛菲鲁马辛")王后,分立左右,盘腿而坐。其中,狮子宝座后面的内厅之中,还供奉着奈特——马哈吉里的雕像。这是缅甸古老的神灵,寓意马哈吉里神,保佑着皇权和皇室的世代安康和繁荣。

而此塔的左侧,即在内宫的西南一角,还有一处圆柱形的塔楼,高约22米,应该能起到瞭望塔的作用。通过地面处开始铺设的螺旋形木阶,共需爬121级,便可以登临塔顶。这里是鸟瞰曼德勒城,以及整个皇宫建筑的绝佳之处。

显然,马哈吉里神的庇护作用未发挥出来。公元1878年10月1日,敏东王尚未妥善安排好大统的继承事宜,便逝世了。

从大皇宫的制高点可以远眺曼德勒山。　　　摄影:陈三秋

这应该是他功勋一生的重大污点，也为贡榜王朝的灭亡埋下了祸根。

其实敏东王一生的成就除了躲避而来的安宁，可以说其作为是消极的。尤其是对待英军方面，一再退让，还屡屡蒙受羞辱。其懦弱、优柔的性格，在这次王位继承事宜上淋漓尽显。当时，敏东王的生命已经快走到尽头，"敏东改革"失败了，一代君王的生活也十分凄惨。诸子之间，为了争夺王位，便提前起兵造反。虽然后来这些叛乱被平定了，但陷入孤独和抑郁的敏东王再也不相信任何人。一边是帝国基业的江河日下，一边是再也不愿重新指定接班子嗣，他干脆将自己反锁在皇宫之中，不理朝政，听天由命。于是，深知敏东王将不久于人世的诸大臣，为了自保，便也纷纷结党联营，推举各自认为适合克承大统的王子，但一切都是徒劳。

据英国学者 G.E. 哈威的《缅甸史》一书记载，根据缅俗，王位之继承人，可以为子，也可以为弟，唯一的限制是不可庶出。敏东未能废此旧制，也不愿指定新储君，任由事态发展，必然滋生祸端。有圣僧早就预言了这一切，但躲着国王避祸不出。外国的观察家也言，敏东死后"宫闱必然发生阋墙惨祸"，甚至连英使也曾于公元 1869 年劝他"指定诸子中最有为者为储君"，但敏东均"凄然拒之"。

国主无能，害人无数，也贻害无穷。敏东王的王后馨部麻茵一生无子，先后将自己的两个女儿嫁给了敏东庶子锡袍（锡袍与其妻子为同父异母关系），形成了强有力的政治联盟，并最终在诸子的"夺嫡之争"中胜出。而其性格无比剽悍的二女

第4篇

The floating clouds

异域他邦 久违了 **缅甸**

大皇宫博物馆中陈列着为数不多的艺术瑰宝。　摄影：陈三秋

大皇宫博物馆中珍藏着缅甸早期的风情照片。　翻拍：陈三秋

通过大皇宫博物馆中敏东王及其朝臣的蜡像，可以欣赏到贡榜王朝时期的朝服风情。

摄影：陈三秋

儿素芘遥莱（又称"素浦叻雅""苏波耶罗"等）也如愿被策立为新的王后。如今，大皇宫最后面的西北一侧，有一个博物馆，馆中就陈列着锡袍王与素芘遥莱等姐妹的合影，既见证了锡袍更加懦弱的一生，也向世人们展现了那段不堪回首的惨烈的宫廷风云旧事。

公元 1878 年 10 月 1 日，敏东王驾崩，随后 100 多名王子、公主被绞杀。馨部麻茵和素芘遥莱这两个女人，联手心腹大臣，将住在皇宫里的几十名王子、公主全都予以逮捕，并投进了临时监狱。几个月后，王子、公主们迎来了各自的结局：为了避免皇宫内的流血，王子们被殴打后扔进一条壕沟，然后覆盖以土，被大象活活践踏踩死；公主们则被押解到伊洛瓦底江边，悉数被勒死后投于江中。

清除完异己之后，10 月 8 日锡袍夺得王位。

敏东王共育有 48 个儿子，有 31 个死于这场血腥的宫廷大屠杀。其他十几个王子，在随后的日子里也不断被追杀。到最后，只有三个侥幸脱险，逃进了英国人的领地寻求庇护。而这三位"漏网"的王子之所以能够死里逃生，还得感谢一个人的援手，这个人就是他们曾经的老师——英国人约翰·马克斯。多年之后，约翰·马克斯写了一本籍籍无名的回忆录《缅甸四十年》，将宫廷的这场血雨腥风写进书中。

皇宫，仍然为锡袍的皇宫。但可能是出于内心的不安，他并不太喜欢居于此中。于是，他将华丽的寝宫整个迁出，就近打造了一座全柚木式的宗教建筑，现今此处被叫做"金色宫殿僧院"。这里的柚木雕刻精美繁复，堪称全缅甸柚木艺术的最高水平。虽然现在已呈破败的灰白色,但当年,锡袍喜欢整日沉湎其中,默默地祈祷着,来为自己年幼的染血心灵,寻得片刻安宁。

皇权落入了太后、王后和大臣的手中。锡袍平静地度过了八年的醉生梦死的岁月。直到公元 1885 年 8 月 20 日,一只"蝴蝶"的翅膀扇起,才将他从梦境中唤醒。那是一纸判决,是由英国商人从缅甸偷漏申报盗伐柚木的税款而引起的,是日,缅甸最高法院鲁道做出了判决,责令英商公司必须交出 10 余万英镑的漏税款和 7 万多英镑的罚款,史称"柚木案"。第三次英缅战争随即在 11 月 13 日爆发。

当月 27 日,英军仅以牺牲十余人的代价,便攻到了曼德勒城下。锡袍王走投无路,投降英军。次日薄暮时分,英军进入曼德勒,"擒获"锡袍,占领王宫。面对当日英国《泰晤士报》的采访,锡袍王难掩激动地坦露了内心的真实感受,他说,自己在位的这几年,基本上就是"后宫和大臣们的囚徒"。他说的一定是对的。但王既为王,何谈卸责?!更不用说请英国为其"评理"了。来看一看英国的评论,无需善意与贬低,客观的就是最好的——"一个浅薄的酗酒青年,由他的无知、贪婪和邪恶的妻子统治",这是对锡袍王在位的时光最好的脚注!

公元 1885 年 11 月 29 日,英国侵缅军总司令哈里·普伦德加斯特亲自来到王宫,宣布了一道命令:流放锡袍王和王后素芭遥莱。45 分钟后,国王和王后就被押出王宫,送上"太阳号"(又称"苏利号")军舰,其目的地远在印度孟买之滨,一个叫做"拉特纳吉里"(或译"拉德乃奇黎")的小岛。岛上的最大屋宇便是他们新的寝宫，他们还领着英国政府的"恩赐"，日子应该可以依然快活逍遥吧。至今，岛上的那座宫殿还在，当地居民依然称呼其为"锡袍的王宫"。只是可惜了雍籍牙王开创的贡榜王朝，它将作为缅甸历史上的最后一个封建王朝被载入史册，其故事，至此结束。

公元 1916 年，英国人眼中那位浅薄、酗酒的小伙子锡袍，卒于 12 月 19 日。而素葩遥莱，则获赦归居于仰光，并一直恃享英国政府的津贴，直至公元 1925 年 11 月 24 日，病殁于英国治下日益繁荣的故土仰光城中。但古老的皇室，似乎总是无情，锡袍的孩子则留在了印度，其二女儿还生有一子，也就是他们的孙子了，据后世报道，正生活在印度有名的贫民窟中。当这段历史走向尘封式的结局之时，每每想到此，都不免令人唏嘘不已。

再到后来，便是二战爆发了。其间，日本入主曼德勒，并长期占据着此地。而当时均为同盟国的中英两国，为了阻止日本的侵入并将其逐出曼德勒，便远征至此，发生过多次炮火连天的血战。大皇宫也未能幸免于难，这座饱含缅甸皇家宫廷风格的建筑群落，几度被毁，破败不堪。

公元 1989 年，缅甸政府开始着手在旧址上对大皇宫进行修复和重建。他们根据历史图片和其他资料，先后恢复了 89 个主要的大殿——想要全部重现当年的辉煌已是不能。公元 1996 年 9 月，重建工程竣工。这便是今日我们见到的真实的大皇宫了。

它原初的王朝使命始于公元 1857 年，止于公元 1885 年，前后还不到 30 年。这样的经历，在公元 19 世纪末期至 20 世纪

这就是位于印度孟买海域拉特纳吉里岛上的锡袍王宫殿,记录着缅甸末代封建王朝最后的变幻岁月。

摄影:陈三秋

中屡见不鲜。既曾见证过王者的荣耀,也是沧桑历史之一页,它不会呻吟,更不会诉说,只能随着历史的长河,静静地在岁月中流淌。然后,等着有心人来揭开它的华盖,读懂它今时的寂寥和往昔昙花般的辉煌。

2018年10月17日于曼德勒,雅达娜蓬王朝酒店

57 曼德勒的古城

曼德勒因其独特的山谷、腹地,成为缅甸历史上各大王朝建都的垂青之地、理想之所。因此,去曼德勒,其实是去读历史、学历史;一座曼德勒城,大半部缅甸史,确信无疑。

在曼德勒行走,要习惯于欣赏时时可见的着淡粉或绛紫袍衣、赤足成排、挎钵化缘的僧尼,他们或她们,面色时而欢悦、时而凝重,头顶时而是把油纸伞、时而是块僧布巾,烈日之下、晨暮之中,还是他们或她们,是不染嚣尘的灵魂,是最美丽的街景。

还有那阵阵的,从远处的空气中弥漫传来的唱经声,对,是唱经声,语速快而熟稔,略带节奏;如果您能愿意心境平和,哪怕是片刻,都会感觉到一种心际的空明。这是一种力量,信仰的力量,可以涤净一切的历史凡尘、困苦忧伤,以及您想忘却但始终萦绕心间的一切——块垒会化水,烦丝成云烟。战争、动乱、地震、水患和疾病,可以侵蚀或毁尽座座古城、座座佛塔,但一定,奈何不了这份对佛国的虔诚、敬畏、执念和信仰;这是来自心田、穿过灵魂的力量。读懂它,您便可以快慰而丰厚地欣赏这里的佛国古城。

曼德勒的周遭，一共分布着四座各个时期的驰名古城。寻踪这些古迹，犹如捡拾散落和遗失四野的缅国珍珠，深值耐心玩味。

这四大古城，分别是位于曼德勒城中心以南约 35 公里处的因瓦古城；因瓦对面，横隔伊洛瓦底江的实皆古城；曼德勒城南约 11 公里处的阿玛古城，全称即为"阿玛拉布拉古城"；以及曼德勒城北部的孤悬明珠，敏贡古城。

因瓦古城，其实是伊洛瓦底江与其支脉密埃河合围而成的一座曼德勒城近郊的小岛，因属阿瓦王朝的故都而得名。从公元 14 世纪到 19 世纪，这座古城曾多次被选为缅甸王国的首都，又多次被抛弃，定都时间长达 400 余年，堪属缅甸奇迹。而仅从时间上来看，它与老挝的琅勃拉邦城、柬埔寨的暹粒城以及泰国的清迈城等，有着近似的、漫长的中印半岛的王朝历史。后世多有华人，曾将曼德勒城称为"瓦城"，也系概因这般典故。

因瓦古城久远的王朝历史可以上溯至公元 13 世纪左右。是时，蒙古铁骑横扫欧亚大陆，在灭掉南宋后，开始入缅攻击当时统一缅甸的蒲甘王朝。公元 1287 年，蒲甘城为忽必烈所破，绵延 250 余年的蒲甘王朝灭亡，缅甸遂进入"南北朝时期"。其中，先是北部的"掸族三兄弟"自公元 1298 年起分立成短暂的邦牙王朝，但很快便于公元 1315 年分裂出实皆王朝，并在公元 1364 年，邦牙与实皆均以再一次的"分裂"而告灭。那便是首次以"因瓦"或称"阿瓦"为首府，建立起来的阿瓦王朝。而南部的孟族，则在五年后的公元 1369 年建立起分裂的勃固王朝。

同期，还有更早的一支缅族势力，在公元1280年建立起了较小的东吁王朝，它就是后来正式的东吁王朝的祖系，或者说前身。

阿瓦王朝的开创者叫德多明帕耶，也译作"他拖弥婆耶"；也就是他将这个王朝的都城初次定在了因瓦的，是年为公元1364年。此城有"鱼池"，也有"宝城"之意。是时，距蒙古灭蒲甘已过去了80年，当时的元朝已进入纷乱的末年，为他的开宗立朝奠定了绝佳的历史空间。不过，德多明帕耶失道残暴，登位不久便在一次出征途中"为天花所袭，以致不治，年仅二十有五"。

德多明帕耶死后，内廷发生了小小的波动。后在大众的遍寻之下，明吉斯伐修寄于公元1367年9月5日登上了大位。是时，已定都因瓦城三年；次年，即公元1368年，"大明灭元"，由于明初奉行"不外征"的国策，所以阿瓦王朝在明吉斯伐修寄的治下过了些相对逍遥自在的时光。

明吉斯伐修寄在位长达33年，虽然巩固了上缅甸的统一，并兴修水利、发展农业，使得国力日增，但其间也发生了三件大事：一是公元1371年，与勃固王朝的国王频耶宇结为政治联盟；二是于大明洪武十六年，即公元1383年，遣使板南速勒入贡中国，翌年明廷设"缅中宣慰司"；三是公元1386年，即频耶宇逝世两年后，受孟族撺掇，向勃固王朝的继任者频耶毗（又称"罗娑陀利"）发动了漫长的战争，史称"四十年战争"。

此战历经六代国王，直到公元1425年才以双方联姻结盟始告结束，但阿瓦王朝的国力也因此消耗殆尽。农田荒芜，人民迫于饥馑、战祸，纷纷向东吁寻求避难和逃荒。虽然明朝钱古训所撰的《百夷传》和张洪的《使缅录》等书均揭示了中国曾派使介入调停因瓦的掸族与木邦、孟养等族之间的纷争，但到了公元16世纪初期，随着各地土司势力的抬头，这种调停已经显得力不从心了。

公元1527年，孟养土司思伦，联合木邦、孟密等土司，一举反叛，攻占因瓦城，杀死阿瓦王朝的莽纪岁，即瑞难乔信，拥立自己的儿子思洪发为阿瓦国王。但是在思氏治下，发生了诸多残杀缅族僧侣、毁坏佛塔、焚烧佛经等暴行，激起强烈的民愤。公元1542年，东吁王朝向思氏进军，思洪发惨败之后就一蹶不振；次年，为缅臣明吉耶襄所杀。但江河日下，又经历了三个短命的国王，终于公元1555年，阿瓦王朝在末代国王悉都乔丁手上被东吁王朝所灭。

王朝覆灭之后的因瓦城，开始逐渐走向了没落。直到公元1635年，东吁王朝的他隆王将其都城由勃固迁于因瓦之时，这里才再次得以繁荣。后在公元1752年，因瓦古城再次受到南部孟族的攻击而惨遭破坏；次年，孟族被雍籍牙击退，因瓦，不久之后将第三度成为王城。只不过，这一次换成了雍籍牙开创的贡榜王朝。

在公元1752年，雍籍牙所定的王都为瑞波，又称"瑞帽"；待攻占因瓦后，此地已成灰烬。随后，雍氏开始了一系列的东进和北征，并因负伤，亡于公元1760年攻打泰国首都阿瑜陀耶的途中。公元1765年，在孟驳治下，贡榜王朝正式将都城由瑞波迁往因瓦，缅国中心重回因瓦城。

后又经孟云、孟既、孟坑等几王的发展，国力时盛时衰，而国都也时常在因瓦与一江之隔的阿玛拉布拉两城之间往复。当然，其间英国已经开始逐步染指缅甸大地了，第一次和第二次侵缅战争就是发生在此期间。

直到公元1838—1839年，一场地震天灾，几乎彻底摧毁了整个因瓦古城；不得已，在公元1841年，贡榜王朝的沙亚瓦底王，即孟坑，将都城最后一次迁往阿玛拉布拉城，因瓦就此淡出历史舞台。就像当初的蒲甘一样，因瓦，也成了一片不祥之地，此后，皇城再也没有回到过这里。

但是因瓦的故事还没有结束，当然，只是这些故事不发生最好。那是后来的二战期间，缅甸再次成为中英和日本角逐的重要战场，因瓦城也未能幸免，古城旋又遭到最后一次大的破坏，几剩废墟。

这便是这一古城简要的历史背景。

因瓦古城在相对漫长的历史之中，曾经拥有诸多显赫的建筑。这从入城不久街道两侧森然林立的古朴而粗壮的参天大树和成排的、长长的巨大断石桥墩可窥一斑。可惜的是，此城几经破坏，到了今日已基本上只剩下断壁残垣般的废墟，以及新建的几座还算比较宏大的金塔。古道、石桥、田野、牛群、儿童……成了点缀这座古老名城的另一道风景。往事可待追忆，因瓦终究不朽。

古城尽头有一座古老的寺庙——宝迦雅寺。据说，这是因瓦最老的寺庙，也是最幸运的，自建成至今仍保存完好，战争期间也躲过了劫难。整个寺庙由柚木建成，并经267根柚木柱子支撑，非常坚固，因此，又被称为"柚木寺"。寺内有一个学堂,幸运的话可以看到当地人的孩子在这里读书,体会一下因瓦的生活气息。

寺庙的雕刻也十分精美细致,每一扇门窗、每一根圆柱,都雕刻着精美绝伦、栩栩如生的图案。图案里有人物、花草,还有些动物。人物雕像多半像是中国的"飞天"女神像,她们来自《本生经》;花草多为莲座、莲花、莲叶,跟固都陶寺佛塔的木门上的构图差不多。动物图案,则多是猴子和狮子,这是来自印度神话中的神兽。在午后阳光的照耀下,这些木质建筑艺术,呈现出一种恬静和一份安宁。

还有一座名叫"马哈昂美寺"的建筑,有点类似于吴哥窟中的寺庙,只是规模上要略小一点,但依然颇有气魄。这是一

因瓦古城的代表作——马哈昂美寺。　　　　　摄影:陈三秋

座颜色鲜明的建筑，尽管历经风雨，但依然可以看出那艳丽的黄色和雄伟的气魄。因此，它也被称作"黄寺"。它是因瓦遗址中最精美的石质建筑，淡黄的墙体上层叠着繁琐的雕花，阳光照射下的线条也很是柔美，乍一看，还疑为是一座欧式建筑风格的古堡。

这是公元1818年，孟云国王的皇后，为国师尼昂赣沙夷所捐建的皇家修道院，也是国师的居所。初始为木质结构，后在公元1838年的大地震中倒毁。如今看到的这座黄寺，是公元1872年敏东王时期修复的。当然，后世应该也进行了修复，因为二层以上的颜料比较新，呈现出嫩黄色，而一层在岁月的洗礼中已经变成了黑黄色。还有一说，认为此寺修建于公元1822年的孟既国王时期，应该不准确。因为孟既之时，英军已经来袭，应该自顾不暇。而且，孟云在位时长为贡榜王朝历王之最，此王早在公元1785年便令人撰写长颂，刻于石碑之上，自诩为"王中之王，白象之主，拥有无数的武器、金银财宝，强大的军队"；他还于公元1804年启动了一项未尽的计划——修建一座高133米多的石质佛塔，如果建成，将是当时亚洲规模最为巨大的单一构造的建筑，然而直到公元1819年此王驾崩，这座巨塔也未完工，后来毁于地震中。由此观之，石质塔寺之风加上财力，应该只有孟云王才能兼备，故而这一黄寺为此王时期兴修为宜。

如今，寺内终年缺乏阳光，也缺乏人气，寺前成了放牛娃的天堂了。而寺内也非常清冷，只有一个个幽深的殿堂，供奉着一些佛像。外面还有一圈回廊，可以爬上一头，眺望古城的风景，您也许会失望，因为除了森林、农田和远处的塔尖，可能什么也看不见。所以，整体会有些阴森森的感觉，完全想象不到当年的辉煌。

因瓦古城的皇宫，唯一保留下来的，可能是那座建于公元1821年的南明瞭望塔了，但如今已斜得几乎快要倒掉了。它曾是因瓦古城皇宫的一部分，但却作为幸存的一处建筑保留了下来，只是不足以述说一个王朝的光芒罢了。

其他则是零散的废墟遗址，隐藏在小岛上郁郁葱葱的树木间、农田里了。数代古都的因瓦，荣耀与纷争都已经走远，唯余这些破败不堪、摇摇欲坠的废墟，在葱郁的田园中任时光打磨，却还时能保持着旧时的华美，坚强地活着。站在它们面前，不觉那数百年的时光，怎就可以这样悄悄地走过！还有那些寺庙、佛塔，仿佛生就如此，任时光荏苒，兀自保持着平静。还是那句话——"活着"，活着真好，所以，我们也还能看到。

历史上，因瓦古城还曾见证过一位中国皇帝的"亡国之痛"。那是公元1661年，是时，大明王朝已行至末期，距闯王李自成攻入北京、崇祯皇帝自缢已有17年。而就是那时，有位名叫朱由榔的皇子在广东称帝，建立起了对抗清廷的南明小王朝，时称"永历帝"。由此，才引发了这一年清军攻陷云南。一路由广东逃到此地的永历帝，只得再次逃亡。只是，这一年他的逃亡之地，变成了异国他乡——缅甸，其后便被当时的缅王莽达收留在了因瓦古城。

但是，随着叛降清廷的吴三桂领命南攻缅甸，莽达之弟莽白趁机发动政变，不仅杀死其兄，还在榨干永历帝的财物后，于公元1661年8月12日，发动了灭其近臣侍卫、囚其及诸妃的"咒水之难"。

后来，到了公元 1662 年 1 月 22 日，莽白惧于吴三桂的大军，便将永历帝献出；永历帝被押解至云南，并于同年 4 月 25 日，被吴三桂的部将用弓弦绞死。至此，身背"大明临外敌入侵，不和亲，不赔款，不割地，不纳贡，天子守国门，君王死社稷"之慷慨祖训的明朝皇统彻底覆灭，大清帝国也最终完成了实质上的灭明使命。

就像大明王朝的末路苍荒一样，因瓦古城，虽然身披"近 500 年皇城"这一殊荣，但如今，在日渐开放的缅甸，仍然显得异常的孤寂。沿途是一座又一座的青石桥、钢架桥，一个接着一个，断裂的桥墩、石柱，残败的庙宇、宝塔，一段消失的古老文明，就静静地躺在杂乱的丛林之间；历经沧海桑田的古城，徒剩满目疮痍罢了。而如若到了晚上，弯月古城、青苔疏影，还有不息的唱经声，回荡在厚重的夜空，如此的荒芜，这般的寂寥，王权富贵，也终究不过一场浮云。

当下，古城被分成几个原始的村落，而当年皇宫的所在地，也变成了农田。也许这就是历史本来的面目，也是应有的样子。它可以让我们看尽浮华，但更多的，只是让我们看到他背影的苍凉。今天的因瓦古城，正是如此，在田间和树林中虽然仍能看到一些新建的、气派的佛塔，但整个氛围则难掩落寞和凄凉。被数次选作缅甸封建王朝的首都又能怎样？还不是终被抛弃！

直到一场前所未见的、源自自然的蛮荒力量——大地震袭来，将它彻底摧毁，才能让它安静下来。从此，开始远离这个命运多舛之国的政治风云。一切似乎都回到了王朝之前的过去：

只待播种的田园之中，被灌满了雨水；纵横交错的田间小路之上，是时刻准备着耕地的水牛；阳光温暖地投射在这片大地之上，间或洒满在大片的香蕉林中；村民们，安逸地生活于此。还有丰茂的绿树、碧水，几处人家、佛寺，从此，我们将要记住的是一个陶渊明式的村落，而不再是那个历经风雨的古城，因瓦，才又活了。

实皆古城，今日游人们已经习惯了这一名称；但我觉得，也许叫"瑞波古城"更适合一些。因为自雍籍牙开创贡榜王朝之后，可以说经略中心一直在瑞波。其逝世之后，其子囊陀基继位，虽然这时已有将"瑞波"与"实皆"并提之势头，但两者于今日观之，其地理上应该存在诸多相交之处。甚至可以说，以当时的首都瑞波来覆盖实皆可能会更合适。不过，瑞波就是瑞波，实皆就是实皆，我们还是将其继续称为"实皆古城"吧。

该城最早建于公元14世纪初，并曾在蒲甘王朝被蒙古的鞑靼大军所灭后不久，诞生过一个"短命"的实皆王朝。其始创者叫修云王，于公元1315年建都于实皆城；其后历六代王，在公元1364年时，该王朝被阿瓦王朝的开国者德多明帕耶所终，存世仅49年。

在贡榜王朝早期，尤其是在囊陀基王和辛标信王（即孟驳的前期），还会偶将瑞波和实皆视为首都或重要的经略之地——那是公元1760年至1764年。但到了公元1765年，孟驳将王都迁往因瓦，才结束了它们飘摇的政治中心生涯。

总观来看，实皆古城的历史成就，并不是由实皆王朝或者贡榜王朝开启的，而是缅甸历史上最强盛的封建王朝——东吁王朝开启的。此王朝由莽瑞体于公元1531年建起,该王自称为"上下缅甸之王",但公元1550年,其于外出狩猎时被刺身亡。次年,"缅甸三大帝"之一的莽应龙继位,在位期间,不仅完成了缅甸的第二次统一,还横扫暹罗诸城,迫使澜沧迁都,疆域超越了蒲甘王朝,并一举奠定了中印半岛的霸主地位。这是缅甸最为强盛的时期,直到公元1581年其去世,享年66岁。后历经良渊王、他隆王、平达力、底波帝等十余王,并于公元1752年被阿瓦王朝所灭。终其一朝,先是定都"东吁",始得王朝之名;后迁都于"勃固",成就了一番大气候。因此,今日之勃固也是缅甸的另一座古城。

而当前的实皆古城之中,最著名的建筑贡慕都佛塔,便是

实皆古城的代表作——贡慕都佛塔。　　　　　　　摄影:陈三秋

建于东吁王朝的他隆王时期。此塔造型独特，似女性乳房，据说其建筑灵感确实来自一位王后的乳房，所以也被称为"乳塔"。但依我估计，可能是后人假想的。因为，该塔的形状是仿斯里兰卡的白色圆顶宝塔而造的，与缅甸绝大多数的尖顶佛塔差别太大，可能以讹传讹，便成了如今的"乳塔"之名。

此塔始建之时，是乳白色的，一直到近些年，当地政府觉得金色更能体现佛塔的美感，于是才把它涂上金漆。估计这样就不像乳房了，可以了去一些歪思邪念，省去一些祸端吧。真是煞费苦心了。只是四周的环腰寺墙，还保留了白色。

佛塔内部和很多其他寺庙一样，通道和立柱都镶嵌满了琉璃，正中供奉着一尊金佛，据称其和他隆王的体重一样重。塔外围还有 800 根油灯柱，不过现在都不再使用了，而是改成了荧光灯。可以想象，当年此塔应该是实皆香火最盛的地方吧。

贡慕都佛塔一侧，还有缅甸 5 000 多名华侨于公元 1773 年捐资修建的观音寺，应该是一些来自云南的玉器商人——因为缅甸产玉，最早一批到此的华人，多为开采玉石而来，暴富起来的也多为玉商。观音寺内，还篆刻着他们的名字。

实皆古城，还背靠着实皆山。山上和山下一带，据说至少有超过 600 座寺庙，多达 6 000 余名僧侣和尼姑在此修行。上山之路，较为陡峭，但植被繁茂；远远看去，山上的佛塔星罗棋布，深嵌在密林之间，塔身金碧辉煌，耀眼夺目。

在历史长河的沧海一粟中，实皆古城可以说显然有些渺小，其成就不是在于贡榜王朝，而是此前的东吁王朝，多少会令人忍不住心生琢磨。或许说，如果贡榜王朝没有迁都因瓦，如今它可能会是另一番面貌吧。

阿玛古城，便是大地震之后，贡榜王朝再一次的迁都之处。这里是"不巧之城"，确曾令人神往。但敏东王似乎觉得还不够，所以仅其一朝，始于公元1841年孟坑王迁至，止于公元1857年敏东王迁走，该城的定都时间约为16年。

如今，这里留存下来的遗迹却已很少，整个古城也多少显得有些落寞和寂寥。如果不是有那堪称"双绝"的"千僧饭"和"乌本桥"，可能这座曾经辉煌一时的古都，也早被今日的世人所遗忘了。

古城之中，除了大名鼎鼎的佛学院以及举世闻名的乌本桥，还有一些古朴但不怎么出名的寺庙，沉寂在东塔曼湖的一侧，等着有心人来一一挖掘。只是可能性不大了，蒲甘城中的万千佛塔就是一例，对于佛国缅甸来讲，太多太多了。它们不应该希冀于外来的游客，而应该钟情于周边的居地，那样也许才能自得香火，也自得其所。

敏贡古城，跟实皆古城相像，均以"一塔成名"。且由于其距离曼德勒城区相对较远，又多需要从水路走——坐船一个小时才能到达。再加上返程，即使是顺流，稍快一些，也约需要40分钟的样子。那么，一来一回，光在途中的时间便要2个小时。所以，如果游客们都惜时如金的话，无疑它就要瞩目旁落了。

现在的敏贡古城，早已经失去了昔日的光辉气派，几乎就是一个悠闲的小乡村。其最有名之处，便是孟云王为他的王后，在公元1804年始建的那座迄今仍然高高耸立的敏贡佛塔。用时十余年，至其死去，还未能完工。

阿玛古城,最适宜从东塔曼湖上远眺。　　摄影:陈三秋

这是世界上最大的砖制建筑之一，除了让人心生震撼，便是感到孟云的疯狂与雄心勃勃。他要建造的是一座跟曼德勒山一样高的佛塔，以此来铭刻自己的功勋。所以，它不是宫殿，只是一座实心的砖塔。也可能目前所见的高约50米的砖塔只是塔基，全塔拟建的150米高度的上半部分，可能会是中空的佛塔吧。

为了让这座砖塔能够早日直冲云霄，当时的敏贡，成了全世界最大的砖瓦工地——砖窑密布、工人无数。据英国史学家G.E.哈威的《缅甸史》所述，孟云王最后还干脆在伊洛瓦底江的小岛上修建了临时住所，亲自督工。但直到15年后，也即公元1819年孟云王去世，这座巨大佛塔，也才只是完成了其塔基部分，也即整个浩大工程的三分之一。我们今天将此塔称为"敏贡佛塔"，是因地名而来，可能孟云王，连塔的名字都没来得及取一个吧。

孟云王死后不久，两年之内，这里发生了多次地震，工程被迫中止。直到公元1838年，巨塔在当年的一场大地震中彻底坍塌，只留下来目前我们所看到的巨大塔基。从此，一条裂缝永恒地嵌在塔基之上，敏贡佛塔的旷世工程，再也无人问津了。

佛塔地基北面的不远处，还有一座敏贡大钟，高达8米，直径5米，重90.55吨——据说这是世界上最大的尚在使用的钟。这也是孟云的"大手笔"，也还算没有令他失望。它于公元1808年便建成了，但遗憾的是，它本来计划是安放在敏贡佛塔上的，后看来是挂不成了，所以就另建了个亭子提前挂起来了。原先挂钟的横梁是木头的，也在大地震中损毁了。大钟在地上

敏贡古城的代表作——辛比梅白塔。 摄影：陈三秋

一趴就是 50 多年。直到公元 1896 年，贡榜王朝都灭亡了，才换成铁架子重新挂起来。

另距敏贡佛塔四五百米的地方，还有一座通体乳白、如奶油蛋糕般的罕见佛塔，名叫"辛比梅宝塔"。它是孟既王为纪念他的第一个王后，即辛比梅公主所建的。此塔同样毁于公元1838 年的那场大地震，其后敏东王按原样进行了重建。

根据缅甸的"占星术"，这里是世界的中心。按照印度教或者佛教的说法，那就是须弥山。因此，辛比梅宝塔可以说是仿照佛经中的须弥山的建制而修的。塔身分为三层，最独特的是第一层底座，四周从下至上，环绕着如同海浪一样的七层塔基和象征高山的五层小塔，一直延伸到二层宽大的平台。这些海浪，应该就是寓指须弥山的坐落之地——咸海了。随后，二层和三层则开始按照普通佛塔的形制进行建造。三层平台上，装饰着一座座小型的佛塔；佛塔里面，都供奉着佛像，以供信众参拜。整个建筑的规模虽然不是非常宏大，却极为优雅，值得到此一看。

这便是曼德勒城郊的"四大古城"了。当然，我们已前往缅甸最负盛名的蒲甘古城，所以，不久之后，我们将看到它们的比较，然后再看看，谁能最终捕获您柔软的内心吧。我们，蒲甘塔林中见。

2018 年 10 月 19 日于蒲甘城中，塔德酒店

58 蒲甘日升日落

这是一座已经沉睡千年的山涧古城。每天清晨，神秘的薄纱笼罩大地，诸般遗址若隐若现、鳞次栉比；当日之初升，是和煦的阳光将它唤醒。城中千塔林立，覆满锃亮的晨光，金色的塔尖在光中闪耀——这是这个世界，无法复制之美。这便是久违了的蒲甘城，世间罕有的祈愿圣地，和它的日出之景。

公元 1178 年，南宋的地理学家周去非，在其出版的《岭外代答》一书中写道："蒲甘国王、官员皆戴金冠……有寺数十处，僧皆黄衣。"这是"蒲甘"二字，见诸于中国古典史料中的最早记载。

百十年后的公元 1298 年，遥远的西方，在两拨最会做生意的威尼斯人和热那亚人之间，爆发了一场名不见经传的海战。一个年轻的威尼斯人因此被俘入狱。在狱中，他口述了一本名为《东方见闻录》的游记，并由狱友鲁斯蒂谦执笔，用当时法国南部的方言普罗旺斯语记录了下来。书中记录了公元 1272 年这位年轻人追随蒙古大军抵达"缅城"的情景，并留下了弥足珍贵的四个字：宏伟壮丽。

这位年轻人，就是马可·波罗；因此，其书被翻译成多种欧洲语言流传之后，也便有了一个大家更为熟悉的名字——《马可·波罗游记》。这一次，我们追随着这位一生爱说难辨真假的大话的马可·波罗先生，来到"缅城"；今天，近800年后，这里，我们已经习惯于将其称为"蒲甘古城"。

它仍沉睡在中印半岛之中的山间大地。那么，它容颜如旧呢？还是已经旧貌换新颜了呢？带着这些疑问，我将用一场蒲甘古城佛塔尖上等候的日升，和城畔伊洛瓦底江上日落时分的一次泛舟，来尝试找到这个答案。

去蒲甘的路径，一般有如下两种比较常见：一是从仰光城或内比都一路北上，一是从曼德勒一路南下。因为蒲甘深居缅甸中部腹地，且大体上处于内比都与曼德勒之间，所以这两种陆上的交通方式，基本上都是可取的。于是，我选择了后者。乘坐每天寥寥数班的夜车，行驰近8个小时，才终抵蒲甘城下。

天，黑蒙蒙的。除了昏黄的街灯，孤寂地绽放着微弱清冷的光，整座城，都还在深深的睡意之中。到酒店放下行礼，在门口叫醒候客的师傅，租了辆电动摩托车——这座古城最好用的交通工具，便准备出发了。

是为缅国的"蒲甘骑行"。与老挝的"万荣徒步"、泰国的"清迈暴走"、越南的"大叻穿行"、柬埔寨的"暹粒漫步"等风情，各有不同。

目的地，瑞山都佛塔。

都说蒲甘最美的时刻在日出和日落。其景曾被评为"全球十大美景之一"，要说最著名的观赏点，就在瑞山都佛塔的腰或巅。当然,退而求其次,便是布勒迪佛塔了;再次之,几乎所有数十米的高塔均可。

为时过早,可以顺带收拾一下一夜疲惫的身心,想一想蒲甘的过往云烟。

第一个想到的,当然是阿奴律陀了。往小的说,他曾是这座城的主人;往大的说,蒲甘"王朝""帝国"之名,正是始自此君。

那是公元1044年,在群雄割据之中,阿奴律陀携手其父混修恭骠(又作"宫错姜漂"),刺死族兄须迦帝(即叟格德),然后受命登基为蒲甘之王。是时,距披因比亚于公元849年始创蒲甘王国已近200年。

随后,阿奴律陀开启了一扫六合、征战八方的步伐。至公元1057年前后,基本上统一了缅甸。这也便是缅甸历史上第一个大一统的封建王朝,自此,蒲甘王国进入了历15代王、240余年的蒲甘王朝新阶段。

这段历史非常像身经战国的秦始皇嬴政,自庄襄王手上接掌七雄之秦,然后统一六国。均有前赴后继的传承,并覆灭强敌,终成大一统之国。

其间,阿奴律陀仿照"孟文"和"骠文",创制出了"缅文",从此,缅甸才首度进入有文字记载的历史时期。而此前的诸多史料,则多为臆测。

比如,在阿奴律陀开创蒲甘王朝之前,蒲甘古城的历史是怎样的?

我们只知道,这里地处钦敦江与伊洛瓦底江交汇之处的广阔地带,向以土地肥沃、物产丰富著称,时人称之为"大泽之乡",即天然的粮仓。

也可以说,蒲甘的建立要早于蒲甘王朝。

据说,在公元105年,由卑谬人在此建立了蒲甘小城。

公元108年,当时的蒲甘之地,可能已形成了由19个村落汇集而成的小镇。达牟达利王,在此建立了阿利摩陀那补罗国。其中的"补罗"应与"波罗"同义,为上古史中的神秘元素,有"水""江""河"之意。

再然后可能就是披因比亚时期了,此人又称"频耶王"。公元849年在创立蒲甘王国之际,开始在蒲甘筑城,大兴土木,建起城门12座,并挖护城河相围,初成气候。同时,还将王都首次由坦巴瓦底(也就是今天的普瓦萨),迁至蒲甘。

公元1004年,即中国北宋真宗景德元年,史载,蒲甘王国遣使朝贡。

但这些均无明确的文字记载,散见于诸中缅古籍之中。直到阿奴律陀开创的蒲甘王朝继续定都于此,并延续至公元1287年蒲甘陷落,或者,公元1369年分裂成阿瓦、勃固、东吁等诸小王国。

蒲甘的悠久古城地位,也正是在这期间锻造和铸就的。

那么,这里今日已成遗迹的群塔、寺庙,又是何人,因何而建?

蒲甘的历代统治者均笃信佛教,因而便广建佛塔寺庙,故有"建塔王朝"之誉。但在阿奴律陀即位之前,历代君王信奉的是混合万物有灵与大乘佛教的教派——阿利教。此教当时已日益做大，僧侣贪饮好食、骄横放纵，已激起民愤。阿奴律陀需要新的、纯正的宗教信仰，既为治国安邦，也为寻得心灵上的终极慰藉。

公元1056年自缅南直通国而来的僧侣阿罗汉，进入了阿奴律陀的视野。阿罗汉奉行小乘佛教，苦修戒律，导引百姓乐善好施，且有助于实现财富循环与均衡，这正是阿奴律陀想要的。他如获至宝，便封阿罗汉为国师，奠定了上座部佛教作为缅甸人的宗教信仰的地位。

公元1057年，阿奴律陀还发动了一场为期3个月的苦战，旨在征服直通国的"宗教战争"。此战，不仅让缅甸的疆域大幅南扩，还俘获了僧俗学者和各种工匠3万余人，以及那部被奉为圣物的《三藏经》全集。

这是一套孟文版的小乘、上座部《三藏经》，共有30部。为了进一步普及缅人对该分支的佛教信仰，赢得缅人心目中最虔诚的笃信地位，阿奴律陀还下令将此《三藏经》用新创的缅文翻译出来。

正是由于阿奴律陀对小乘佛教的大力护持，他还被尊为缅甸的"阿育王"，以与印度封建王朝最伟大的君主阿育王并称。

也正因此，蒲甘一举取代锡兰，成为佛教的中心。而蒲甘古城，也成就出了缅甸最早一批的佛教历史文化遗址，同时也系缅甸珍贵的古老宗教建筑艺术的缩影。

公元1077年，阿奴律陀于森林中被野牛撞毙，尸体下落不明。

同年，太子修罗王继大统之位。

公元1083年，孟族领袖耶曼干举兵反叛，修罗王出兵讨伐，但在毕陶他岛战役中兵败被杀。

次年,阿奴律陀的另一位王子江喜陀异军突起,大败孟军,被拥戴为王。江喜陀在位28年,国力、经济、文化都得到了很大的发展。

公元1106年,即中国北宋徽宗崇宁五年,史又载,江喜陀遣使来贡。

江喜陀70岁而病故。同年,即公元1112年,其孙阿隆悉都即位。先是南征北讨、剿灭叛乱、荡平四方,后订法典,通海运,统一度量衡,还带来了蒲甘王朝的文化,在宗教建筑、佛学经典和碑铭文学等方面均有发展。

为彰显己功,阿隆悉都曾自称为超越先辈的"王中之王"。缅甸的《琉璃宫史》载:"此种不虔敬之罪恶,使彼双目失明。"后阿隆悉都兴造先王金像,稽首像前,忏悔之后,重见光明。

公元1167年,81岁高龄的阿隆悉都卧病不起,其一庶子那罗都用锦被捂毙之,并逼死世子弥辛修,登基称王。后厥施"以毒攻毒"之策,残杀王子妃妾、卿相大夫、王室亲族无数。在位仅3年,便被刺杀于宫中。其子那罗帝因迦嗣位。在位也仅3年,便被其弟那罗波帝悉都弑于"御厕"。

那罗波帝悉都,即位于公元1173年,治下时长有37年,享寿74岁而终。其间,那罗波帝悉都偶患疮疽于手,一妃在其入睡时为减其痛苦,便以舌舐治,吮吸浓液。故感其恩,而立其庶幼子齐耶帝因迦为储。同时,也为了让其他诸兄为憾,乃以白伞占卜,亦指向齐耶帝因迦。公元1210年,那罗波帝悉都卒。齐耶帝因迦得继王位,时称"醯路弥路",意为"伞定之君";

又称"难昙摩耶",有"虔求王位"之意。

齐耶帝因迦在位 24 年,鲜理朝政;后传位于迦婆婆,迦婆婆又传于其子乌娑那。乌娑那其人,生性风流逍遥,居常戏谑纵酒,在位仅 4 年,便被发疯的御象践踏至死,是年为公元 1254 年。

同年,那罗梯诃波帝在宫廷的内部争斗中侥幸胜出,即位为王。那罗梯诃波帝初为少年,年岁渐长之后,纵情奢华、荒淫炫耀,且暴虐无道,以致叛乱四起。时中国蒙古灭南宋,再灭大理,然后开始进攻蒲甘。先是多次遣使不理,后于公元 1277 年开始发兵,次年,那罗梯诃波帝在部将梯诃都的逼迫之下,服毒自尽。

那罗梯诃波帝殁后,举国骚然。当年 2 月,元军攻陷蒲甘,蒲甘之国成为元朝的藩属。而此王生时,曾建有一塔,名为"弥伽罗佛塔";始建之时,有卜者谶言"宝塔完成,国化灰烬",果不其然。英国学者 G.E. 哈威在《缅甸史》中,也有着生动的描述:"于是蒲甘乃于鞑靼征骑之血腥火影下灭亡,辽阔之疆域,四分五裂,成为若干掸邦,或臣服于中华,或俯首于暹罗,而复内战时作,昔日之宁静和平,淹然长逝。"

一部王朝的荣辱史,便是一城的兴衰史。蒲甘王朝与蒲甘之城的命运,正是如此。如今,佛塔之上,静待日之将出,回顾其简扼的过往,不免令人唏嘘。

初到之时,蒲甘之城仍笼罩在朦朦胧胧的雾气、塔影之中。大约 6 时,天渐破晓,东方始泛起同样朦朦胧胧的绯红之晕。大地依旧苍莽,古城的佛塔开始率先一一由隐转现。先是模糊的轮廓，然后便是高隆的塔尖。这些塔尖，并不完全相同。有的尖刻、有的饱满，有的峻峭、有的肥硕。在黑沉沉的山谷间，在墨绿色的密林中，远近高低，大小错落，尽皆不同；且各立一处，华丽，抑或简朴，均兀自芳华。

这便是自江喜陀之后的诸王，劳民伤财广建的寺庙，或者佛塔；其结果就是耗尽财粮、国势日微。它的万般美好，可能也抵不上百姓盘中的一餐温饱。

与暹粒城中吴哥窟等石质建筑不同，蒲甘城中的塔与寺，多是由红砖层层砌筑而成。据此，新加坡作家叶孝忠在《缅甸，现在去最好》一书中，有着类似的畅想，"国王一声令下，砍下的树木都用来喂砖窑，才烧出火红色的砖块，再铺叠成信仰的种种姿势"，所以，便呈现出了今时——"一座座让阳光沥干了水分的佛塔散落于干旱的大地上"，既显赫，也荒凉。

如果再如他所说，"爬上最高处，才看清风景，满地的佛塔及寺庙，像一盘下了一半的棋局，散落一地"，那么，便是没有显赫，唯剩荒凉了。

此刻，在渐渐泛起白光的天穹之下，蒲甘古城，依次呈现于眼帘。一些佛塔仍伫立依旧，一些则已坍塌异形；一些泛着淡淡的金色，一些则罩着层层砖红或者灰白。它们大部分都曾旖旎千年而来，只是宿命各有不同。

这是一种万籁俱静的苍凉和肃穆。心境大好之人，会感念它华美有如画布；心情沉郁之时，感受到的可能是一场了无人烟的孤寂，抑或孤独。正是这两般来自心扉的不同态度，才让很多很多的人，不远千里而来，沉湎其中。

日出之前的蒲甘古城,沉睡在薄雾蔼蔼之中。　摄影:陈三秋

日出蒲甘古城。　　　　　　　　　　　　　　　摄影:陈三秋

沉醉的时刻，还没有到来。随着天光逐步盛开，撕裂夜之深幕，日将出未出，这便是叶孝忠笔下的这番情景了——"天际已经沾染了一抹抹的橙黄，慢慢慢慢正要晕开。静谧的佛塔，一幢幢的黑色剪影，线条优美轮廓分明，有种见惯无常人间的淡定。"是的，对于蒲甘而言，我们在赏其景；它也在赏着我们的人。历史如江河直下，岁月如歌但歌不饶塔，亦不饶人；一切均是无常，参透便是人间。如此，各自淡定。

再然后，天幕不负游人浪迹于此。一边是橙黄的幕布，一边是滚滚碎云，分饰在东西两片天空，令您忍不住左顾右盼，这边有意，那边生情。

于是，这才是蒲甘古城一天之中，最美的晨景：一抹耀眼的亮光，乘着金澄澄的彩云，从林间树梢，悄露弧形一角；间或还带着一块染成金黄之色，将天际擦亮，好让金盘尽出，光晕四放。

此时，城中的密林、佛塔、田野，都变得暗淡无光了。盛世有衰、王朝会灭、国都会陷、王亦会薨；世事有轮回，万物有枯荣。唯有这一处金色的圆盘，可以永挂天际，昼出夜伏，既是永恒，也是不朽。

它还是慷慨的。日出并不苛刻，只是让您顿悟到它那一刻令世界俱乌的力量，之后，便会将艳丽的光芒洒满树梢、大地、田野，还有塔上。白塔泛着铛亮的乳白之色，红塔则一面橙红、一面深红；唯有金塔，开始蓄势待发，渐次闪耀出璀璨、剔透的金澄澄的华光。这是唤醒万千佛塔——塔即是蒲甘城，因故，也是唤醒蒲甘古城的节奏。

叶孝忠曾这般感慨道："究竟需要一种怎样的力量和魄力,才能成就眼前的伟大?然而,所有的伟大,都似乎弱不禁风,一阵风徐徐吹过,谁还能站稳脚步?"有道理,但他忽略了无风的光阴。这一刻便没有。他也忽略了日升光耀四方的力量,还有源自内心的那份虔诚中蕴藏的信仰的力量。这些,都是来自蛮荒之力,可能大到惊人。

所以,瞬间,古城苏醒了,叶孝忠应该很难按捺住激动的心情,所以赞之以"尊贵苏醒"。我觉得可能还不够,应该更像是"灵魂的复苏"。

当深夜来临,蒲甘之城将陷入荒芜;那是灵魂安眠的时分。各自找着角落,各自找着归宿,甚至有一点点惊慌,毕竟盛世王朝的尊崇已经远去,为今只能靠讨的他国游人的欢颜,才能得以荣耀再现。

那将是一个多么漫长的暗夜啊。所有的灵魂,都栖息在古城之中;不敢喘息,更不敢喧哗,只留下一盏昏黄的孤灯,透露着些许的生机。但这一刻,就截然不同了。沉睡的灵魂,从四处复苏,蒲甘、古城、人间、世间,刹那灵动了起来。

这也是一种自信。虽然我不曾得到"世界遗产"的认定,但我塔林重重,且曾经,我拥有着华贵的"四百万宝塔之城"的美誉;如今,我依然甘享如怡。

他不丹王国如是佛比人多;我蒲甘古城便是塔比人多。塔即是城。多年之后,这里可能终将遍地是塔,再无立锥之地。不管贫穷与否,遑论富贵有加,我独自信仰,心中便处处平和,处处芬芳。

第 4 篇

异域他邦 久违了 **缅甸**

清晨，温煦的阳光，将蒲甘的佛塔一一唤醒。　摄影：陈三秋

这便是蒲甘的一天中，日升之际，最喷薄的晨光。我还要一赏，它日落时分，可能惊艳，也可能荒芜的，暮光。

于是，便开始乘上小船，泛舟于伊洛瓦底江上。

前者为"塔上日出"，此番为"江上日落"。得此二者，蒲甘，不虚此行矣。

先来到伊江之畔的码头，登记，等待；船夫自会在当天最恰当的时刻，喊您上船。不要怕被遗忘，只要是远方的游人，他们仅用眼神就能确认，绝不会把您落下。这时，您可以抽一支青绿色的缅甸雪茄，在弥漫的树香或果香中，静静地为自己的视线找些可以停留片刻的角落，欣赏这里的纯朴，风土人情。

当雪茄燃烬,就是差不多可以登船的时分。这时,您需要沿着河畔的卜帕耶佛塔,顺着石阶而下。船,就在不远处的河边、佛塔脚下。

其实,卜帕耶佛塔也是观赏日落蒲甘的绝佳之处,游人会如织而来。只是,比起泛舟伊江之上,缺了些许灵动,以及浪漫。

船有多种,大到游轮,小到小艇,俱备。一般会选一艘宽窄适宜,可乘坐十余人的中等木船。便可以沿着江边,向着江的远方驶去。

两岸的佛塔、酒店,青山、棕榈,也各带风情。比如,我所夜宿的塔德酒店,连住多日之后,便会心生留恋。它曾是公元 1922 年英国威尔士·贝姆金德七世亲王的居所,后来改造、扩建而成的一座江畔酒店。近江之处,有个密林庭院,庭院之中是个大平台,被打造成了江景餐厅和咖啡屋。坐立其上,可以俯瞰江色,诸船往来,画面浓重。临近的其他酒店,均一一效仿,由此而成一道江边的风景线。

约行驶 20 分钟,这艘小船开始缓缓地拐入江心之中。然后,又是等候。这一次的等候并不孤独。很多一同前来欣赏落日的游船,均一一选好了自己的角落,且互不相隔,零乱地停泊在江中。

水面浮动,各船倒影斑驳;白色的,红色的,都有。碧波

泛舟于旖旎的伊洛瓦底江上，沉醉于江风与半月里。　　　　　　　　　　摄影：陈三秋

驾着小船，漂泊于伊洛瓦底江中，等待日落时分的到来，好与蒲甘古城的白天作别。　摄影：陈三秋

蒲甘的伊洛瓦底江，有着令人沉醉的江畔风情。
　　　　　　　　　　摄影：陈三秋

荡漾之际，还可以相互问候，便更不会显得孤独了。

这是日落之前的片刻安宁。很快，西方的天空便会云散风清。最后，便只剩下几抹薄薄的、未曾褪尽的白色，还有大片的、长长的橙红色腰带，低垂在远处的山巅。一捧艳阳，开始伴着渐渐逝去的暑气，急促地向下滑行。

然后，突然停顿在了山巅之上，只待光芒慢慢散尽。

这是一种"不负如来不负卿"的多情啊。

这碗夕阳之光，在这一刻，会配合着您的目光，斜斜地泻入江面之上，形成一道耀眼的光柱。有船驶过其中，被光芒居中隐藏住了，形成了对称的头和尾；其实很近，但船似从天国而来，仿佛是随着暮光流淌下来的一样。

这是一种诗情画意。三两只船，便是画里江山。然后，随着江水的摇动，光柱开始散落，成水上的点点灯光。金色的灯光，仿如佛塔之巅的精华。

然后，这圆盘一样的金轮，随着四周光亮的退隐，开始变小。天幕随之变暗。金轮外围的光晕退得越多，天幕便暗得越快。当光晕一圈圈退尽之时，一个小巧的暗红色圆轮，便要与您作别了。当然，它似乎也有着诸般不舍，所以，先是少去下部一点点的弧弯，然后是隐去小半边的脸。再然后，是上下对称得各露一半。余出的一半，慢慢地将先前泻入湖中的光柱拖走——

日落伊洛瓦底江。　　　　　　　　摄影：陈三秋

第 4 篇

The floating clouds

异域他邦
久违了
缅甸

由长至短、由亮而暗。于是，它便只剩下一个光点似的头部，在暗红色的半壁天穹，徘徊着、徘徊着，直到全部没入深山之后。

江面，瞬息安静了许多。在西方天幕尚余的淡淡的黄色映衬下，变成了一场迫切想要回家的晚归。

一弯新月，悄然升起，莫名地快。

这是昼与夜的交接。于无声处，润化万物。

江畔，是归来的渔船，码放得整整齐齐的。似乎靠岸的人，才能为自己的内心找到归宿。所以，江边开始变得无声无息。游人们各自散去。喧哗，转移到了岸上、寺内、人家。那是一天奔波疲惫的心，各自安放的地方。

英国佬 G.E. 哈威的《缅甸史》不仅懂史，也通人情。他在蒲甘王朝的末日篇章写道："二百年来，蒲甘之民，忠诚笃信，欲使地面尽为宝塔所盖罩，今乃消逝于喃喃祈诵声中矣。"果然，群塔几近消逝，而远处——仿佛来自空冥的天际，有隐隐的，阵阵的，咿咿呀呀的诵经声。

它们又似自曼德勒带来的，当然，蒲甘一定也会自有；甚至，上下缅甸，都有。这是一天之中，倾心祈祷的最虔敬的一刻，人们将会于今晚进食，也会如常地为明早的布施准备。"乐善"与"好施"，似乎永远不会写在穷苦的缅甸人的脸下，而是会选择，虔诚地安放心头。

就这样，一天又一天地往复，等候着一世又一世的轮回。我如是伺佛，来生，必是我如愿的人生；而明天，无疑，也会是一个，美好的明天。

2018 年 10 月 19 日深夜，于蒲甘塔德酒店

59 蒲甘塔林巡礼

"万塔之城",名不虚传。

蒲甘,塔比人多。一片片,一簇簇,举目便是,密如蛛网。手指之处,必有浮屠。确是如此。

早在公元 13 世纪,马可·波罗同志便在他的蒲甘游记中写

唯有阳光,才可以将蒲甘的塔林世界从厚重的夜幕与晨雾中叫醒。

摄影:陈三秋

下了这么一个片段:"据说,这个国家从前受一个富有而有权势的君主的统治。他在临终前,下令在他的坟旁修建两座棱锥形的塔。一座塔全用一寸厚的金片包裹,所以,除了金色外,其他什么也看不见。另一座塔,用同样厚度的银片包裹。塔尖的圆顶上,悬挂着一些金银制的小铃铛,每当微风吹过,就叮当作响。两座塔各高十步,互相映衬,构成一幅华丽的景象。

君主的陵墓也同样用金属片包裹,半是金的,半是银的。这是君主为礼敬自己的灵魂而准备的,目的在于使自己永垂不朽。"

不得不说,马可·波罗虽然经常大话连篇,而且两塔之说也难觅考据,但他对蒲甘风情的拿捏和把握,还是非常之生动的。乍一看,还确像这么回事。

但他显然低估了败于蒙古大军的蒲甘人民,上至国王,下至百姓的造塔能力。"造塔王朝",绝非浪得虚名。

中国学者贺圣达在他的《缅甸史》中引述了一个故事,这个故事其实出自《琉璃宫史》,并为各国研习缅甸宗教信仰之谜的人所反复援用。但它确能揭示,是什么造就了今日缅甸的佛教盛行;又是什么,让蒲甘王朝可以成为"万塔之城"。

故事说,阿奴律陀刺死其义兄叟格德后,整整6个月不得安睡。一日,佛教的守护神帝释天托梦于阿奴律陀,告诉他"大王欲消弭所犯杀兄之罪,可广建浮屠、佛窟、寺院和佛亭"。

或许正是出于这番"王者的心事",阿奴律陀才打破了"一王一塔"——近似吴哥王朝的"一王一窟"的传统,开始广兴塔寺的建造之风。

全民皆可,非皇室贵胄之专属。而且,每人建的塔越多、越大、越高,其"行善兴、积功德"的成就便越高。这一点在英国作家乔治·奥威尔的小写《缅甸岁月》中,被展现得淋漓尽致。来自上缅甸的地方法官吴柏金一生坏事做尽,但唯独对于奉建佛塔情有独钟;依他夫人之意,做了这么多坏事,如果不布施几座佛塔,下世轮回,必然会脱胎成老鼠、青蛙、蟑螂等畜生。

所以可见,蒲甘,乃至缅甸,全民造塔建寺之举,既有来自信仰的力量,也有着无形的、羁绊的枷锁。内因和外因,俱有。这正应了法国伟大的启蒙思想家让—雅克·卢梭《社会契约论》中的那句名言:"人是生而自由的,却无往不在枷锁之中。"

日本爱知大学的考古学家伊东利胜教授,还据此揭示了佛塔修建背后所内生的财富循环——从国王到大臣,从百姓到工匠,建之一塔,便是财富的一次流转;先是转到底部阶层的手上,然后再通过布施,回到僧侣和贵族阶层手中;如此反复。这是一种能够缩小贫富差距的经济体制和社会体制。当然,只是它很难创造生产价值。

但就是在这种内外因的牵引之下,据说,蒲甘自阿奴律陀以降的200余年间,共建有1.3万多座佛塔。也有的说在蒲甘方圆数十里的范围内,建了444万余座佛塔。最终极的说法,是缅甸曾有448.6万多座佛塔和寺院。缅甸史家一向喜欢夸大其词,从《琉璃宫史》到《缅甸大史》,比比皆是,早已见怪不怪。

我们知道,公元849年,披因比亚在始建蒲甘城时,曾建起宏伟的12座城门。有几处城门迄今仍在,并成为"老蒲甘"与"新蒲甘"的显明界分。那么,至于为什么会有如此安排,那是新近蒲甘政府为了保护旧城佛塔,同时打造新城经济中心

在蒲甘古城的万千塔林巡礼、探秘，是一场别开生面的心灵之旅。在每一塔或寺的背后，都隐藏着一段"王者的心事"。

摄影：陈三秋

的妥善、明智之举。如果以此新老蒲甘合并计算，并结合缅甸官方于公元1973年普查统计数据，在经过公元1838—1839年的缅甸大地震以及历年的战火兵灾之后，目前，蒲甘城中一共尚存佛塔、寺庙2 217座。这应该是相对精准的。

而且，在上述统计做出之后的第3年，即公元1975年7月，蒲甘地区再次发生6.8级地震！80%的佛塔，遭到了不同程度的破坏。嗣后，缅甸政府进行了抢救式修复，现政府也断断续续地对部分佛塔进行了较大规模的修缮。于今看来，仍有"佛塔千余座"，应该是一个靠得住的结论。

纵是如此，也不失其应有的地位。如今的蒲甘佛塔，仍与柬埔寨的吴哥窟、印度尼西亚的婆罗浮屠并称为"亚洲三大佛教遗迹"。

骑行在面积约为25平方公里的蒲甘古城，处处可见大小不一、颜色各异的佛塔寺庙，静静地矗立在街头巷尾，真可谓"出门见佛塔，步步遇菩萨"。

虽然，蒲甘自阿奴律陀始，经历沧桑岁月900余年，历史变迁，经年战乱，以及地震灾害，已使它几近失去昔日辉煌的容颜，但今天仍顽强保留下来的这些大小佛塔和寺庙遗迹，依然足以作为历史的见证，吸引着游人前来赏阅。

新加坡旅行作家叶孝忠的《缅甸，现在去最好》一书中同时也说到："看似朴实无华，其实深藏不露，蒲甘的精彩在于全貌，也在于每一个佛塔总有让你惊叹的地方。"塔上可看城中全貌，城中可见一塔精彩。两种迥异的视野，触动着我，要慢慢地骑行于这座古城的千百塔林，一边巡礼，一边探访和打开它们应有的尘封故事。

蒲甘的佛教建筑，共分为两种。一种是佛塔，一种是寺庙；佛塔多为实心，唯寺庙才内有空间。因此，两者虽各有外部的容颜，但寺庙的"内容"要比佛塔丰富、翔实许多。只是，塔比寺多，甚至远远不止。从越南的"院"，到柬国的"窟"，再到泰国、老挝的"寺"，最后是缅甸的"塔"，中印半岛五国，各成一己特色，也是一己殊荣。

蒲甘为数众多的佛塔，也为人们研究、探索缅甸古老的建筑艺术，提供了宝贵资料。这些佛塔建筑，无论是在造型、结构方面，还是在用料、装饰方面，都有着独特的艺术风格。蒲甘佛塔的结构大体分为塔基、坛台、钟座、复钵、莲座、蕉苍、宝伞、风标、钻球等九大部分；这九大部分通俗地说，又可以理解为上、中、下三大部分。其中，下部寓示着"地狱"，中部代表着"人间"，而上部则是人皆向往的"天国"。地狱，自是"万劫不复"之地；人间，为虔敬的"大千世界"；天国，则是西方"极乐世界"。各成所指，也各有寓意。

佛塔的设计者，正是围绕这些深邃的寓意和基本的结构，发挥着丰富的想象力。并采用多变的手法，使各座落成的佛塔，能够姿态万千、变幻无穷，全然没有雷同之感。佛塔的外形，

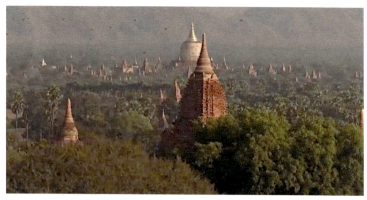

秘境一般的蒲甘古城和它的万千塔林。　　　　　摄影：陈三秋

也是千姿百态——方形、圆形、扁形、条形等等，不一而足。有的像宫殿，有的类大钟，有的似城堡，有的如石窟；覆之以不同的颜色，便显得典雅庄重、明快爽目、奇趣可爱。塔顶的华盖上悬挂着铜铃、银铃，微风拂来，便发出清脆的响声，犹如一曲美妙的乐章；狂风大作，响声似雷，则宛如千军万马出征。

这些源自宗教的建筑之中，大多十分宏伟。高度从三五米到几十米不等。轮廓、体态、格局、群落也各有大小或者千秋。共同反映着蒲甘大地之上，各个时期劳动人民的智慧，以及建筑艺术和佛教文化的辉煌成就。

其中，大致有百余座佛塔，可以一一寻得其踪、觅得其名。有的洁白素雅、朴素大方，有的金光闪闪、雍容华贵。塔内的佛像，或坐、或立、或躺、或卧，姿态万千，形象各异。它们有的顶天立地，高约数米；有的则精巧纤细，用厘米计。这些佛像，大都表情细腻逼真，顾盼之间，惟妙惟肖。还有些佛塔以及寺庙之内的浮雕、壁画，更是技艺精湛，别具匠心。因此，蒲甘如若冠之以"亚洲宗教艺术荟萃""东方佛教艺术宝库"等美誉，也不为过，适得其配。

全缅之人皆认为，鞋，乃是最肮脏、最龌龊之物件，因此，无论是进佛寺、见法师，还是进入塔院之内，都会有一条严格的禁忌，那就是必须脱鞋，连袜子也不能穿。在缅人的心目中，佛塔和寺庙，都是最神圣的地方，僧侣则是佛祖的代表，绝不能穿着不洁净的鞋子去拜佛、拜塔和拜僧。

做足了这些准备工作，便可以一一观寺逛塔了。

蒲甘千余佛塔之中，以瑞喜宫佛塔最为有名。此塔又名"瑞西光佛塔"，或"蒲甘大金塔"，是阿奴律陀所始建的，是年为公元1059年，但直到他死后，其子江喜陀在位，才终告完成。其完工的时间，大约在公元1086年至1090年间。竣工之后，这座宏伟壮丽的金塔，便成了阿奴律陀国王一生的丰碑。这应该是蒲甘最早期的一座佛塔，也是蒲甘佛塔之中唯一一座石质建筑佛塔。其名，在缅语中，有"金色大地"之意，也象征着光荣和胜利；另有"金色神圣的发舍利"之意，随后便揭晓。

瑞喜宫佛塔，是一座有着五级台阶的高大的镀金实心的金钟形建筑，塔顶高耸，高约50余米，带有各种装饰，而其内部则全部采用圆柱形结构。塔顶之下，辅以塔基。塔基分东西两座，中间贯以长廊；长廊壁面，砌有涂釉方砖，每一块方砖之上，都刻有一幅佛本生故事。而塔之四面，还各有一铜亭，亭内又各敬奉着一尊精美绝伦的立佛。另塔基平台的东南，还有一座名为"三十七圣灵"的佛厅，据说起初，阿奴律陀是将代表缅甸宗教圣灵的37个人物雕像放置在塔的最底层的，后来才移至此处，并被命名为"三十七圣灵"。最后，整座塔的周围再复以53尊神兽雕塑环绕着，有的像狮子，有的像鳄鱼，还有的像蟾蜍。在阳光之下，整塔显得金光灿灿，尤为金碧辉煌。可能是年代久远之故，塔身略有变形，其中金色塔钟表面，有些坑坑洼洼；金色塔基侧面，也显得有些灰暗。当然，它最金贵之处在于，佛塔里面供奉着佛祖释迦牟尼的额骨和佛牙。由此，它便成了当下保存最为完好，也最负盛名的蒲甘佛塔。在佛塔的入口两侧，还各有一座狮身人面石像，终年守护着这座佛塔。

此外，瑞喜宫佛塔也对缅甸宗教建筑的发展史有着显著的

蒲甘著名的瑞喜宫佛塔。　　　　　　　　摄影：陈三秋

意义。因为在其落成之后，缅甸全国的舍利塔便均以其为摹本而建造了。当然，所有的建筑，均系一个伟大人物的心声。瑞喜宫佛塔所代表的正是阿奴律陀的心声，那对缅甸传统宗教与小乘佛教的关系发展，起到了重要的推动作用。

公元 1501 年时，此佛塔还成就了一段佳话。据史载，当时勃固王朝的频耶兰国王曾可以拥兵覆亡阿瓦古城，但至蒲甘往祭瑞喜宫之后，便撤军了。就此，终该王一生，未燃战火。妙哉！

在蒲甘的塔林之中，共有 4 座佛塔存有佛牙。除瑞喜宫佛塔之外，其余 3 座分别是丹吉当佛塔、古隐当佛塔和罗迦南达塔。

这 3 座佛塔，在规模上比瑞喜宫金塔都要小一些。可以将其理解为"蒲甘四大圣塔"。

阿难陀寺塔也是蒲甘颇负盛名的佛迹之一。它是江喜陀据天竺僧人口述的阿难陀大禅寺建制而于公元 1091 年兴造的，由阿难陀寺与阿难陀塔两大部分的连体建筑组成。繁复的外观是洁白之色，尖尖的塔顶则是金色的；另有每边各长近 54 米、高 52 米的方形六层基座，通体建筑，在阳光的照耀之下，既夺目，又端庄。

主塔的四边，均有突出的门厅；各层塔基之上，也另林立有同一样式的小塔。寺院的内部有狭小的回廊，即为通道；通道内有佛龛 80 座，均藏有石刻佛像；中央为一实心、四面各有一立佛的基柱。佛像呈高颧骨、鹰钩鼻状，乃蒲甘王朝中期的典型作品。西侧通道的尽头，朦胧中有形如实物的两个石像，跪于佛像之前，其中一个便是江喜陀，另一个是其国师——鼎鼎大名的阿罗汉。这些凭据均能从英国史学家 G.E. 哈威的《缅甸史》中找到线索。除此，内外墙壁面布满由釉瓦、红土陶瓦组成的浮雕，计有 1 500 幅，叙述着佛前世事，每幅且配有巴利文或缅甸文的短铭解释。这些华美的构图与入口山形墙上火焰形的图案，都表现了蒲甘寺塔建筑的罕见之美。因此，它也被称为蒲甘最优美的建筑，以及缅甸的"威斯敏斯特大教堂"。

像阿难陀寺塔这种造型的佛寺，缅人称之为"石窟"，其建筑形式确有类似之处。有砖石为廊，通道柱石及壁龛，均在其中，犹如在山麓深处刻画般的感觉。有中国游人将其称为缅甸的"龙门石窟"，也还算比较恰当。

蒲甘著名的阿难陀寺塔。　　摄影：陈三秋

第 4 篇

异域他邦久违了 **缅甸**

古籍中的他冰瑜佛塔和它今日的样貌。
供图：壹书局；摄影：陈三秋

他冰瑜佛塔则为蒲甘第一高塔，有 63 米高，是阿隆悉都国王于公元 1144 年所建。建造这座高塔的用意非常突出，就是让佛祖居高临下、洞悉一切，塔名中的"他冰瑜"就是梵文里的"波若"，意为"无所不知"。

他冰瑜佛塔也是蒲甘王朝中期的代表性建筑。全塔共分五层，但目前为了保护这座古迹，游客只能进入第一层平台，平台周边有些凹槽，里面满刻着 539 个佛本生故事。塔壁之上，还有著名的巴利文长颂石刻。

醯路弥路寺是一座寺庙，又称"悉隆敏罗神庙"或"醯路弥路佛塔"。建造于醯路弥路国王统治的公元 1211 年，大约 7 年后落成，这是以醯路弥路国王之名命名的。此寺宏大庄严，它的意义在于已是蒲甘最后一座缅甸风格的塔寺，且为蒲甘王朝所建的最后一大刹。以后虽有续建，但规模已无法与王朝极盛之时作比。

醯路弥路寺，高 46 米，由红砖建成的精美外表虽然历经风雨，但是依然风采犹存。虽然塔寺在公元 1975 年大地震中损毁，但是得到了良好的重修，原来的壁画还残存了不少，仍可供游客观赏。神庙分为三层，在一层和顶层还可以看到四尊朝向不同方向的佛像。在醯路弥路寺的外部，还可以欣赏到石膏雕模和砂岩装饰，精美无比，墙壁上依稀可见当年为了保护神庙免受损坏而绘画的天宫图。

乔多波陵塔，也是醯路弥路国王修建的，于公元 1227 年完成。这是一座佛教寺庙，建筑结构同他冰瑜塔非常相似，高约 55 米，长 65 米，宽 52 米，为缅甸第二高度的寺庙，在很远的

第 4 篇

The floating clouds

异域他邦久违了 **缅甸**

蒲甘著名的醯路弥路寺。　　　　　　摄影：陈三秋

蒲甘著名的乔多波陵塔。　　　　　　摄影：陈三秋

地方就可欣赏到其美丽的身姿。

乔多波陵塔,共有两层,由三个下台地和四个上台地组成,四角均建有柱廊。其面积很大,为蒲甘最大的宗教圣地,同时也是最壮观的佛教寺庙之一。可惜的是在公元1975年大地震时,寺庙遭到了严重的毁坏,后于次年开始重建。

卜帕耶佛塔,又称"布巴雅佛塔",坐落于蒲甘城中的伊洛瓦底江的右岸,是蒲甘知名的宝塔,因观赏日落而出名。该塔中部主体建筑造型呈圆桶形(或称"葫芦形"),但上下相称。其最原始的建筑,被广泛认为建造于公元168年至234年间,是蒲甘最古老的佛塔,也是蒲甘古城诸多宗教圣地中最显著的建筑。

卜帕耶佛塔的形状像葫芦,源自一个传说。那是蒲甘最早期的第一位国王达牟达利王治国时,遇老虎、飞鼠、公猪、大鸟和葫芦等五种怪物作怪吃人,直到一名叫普萨乌蒂的年轻人出现,他带着良弓和神钵,一举收服这"五害"。作为奖励,国王把自己的女儿嫁给了他。多年以后,普萨乌蒂也成了国王。在其登基的那一

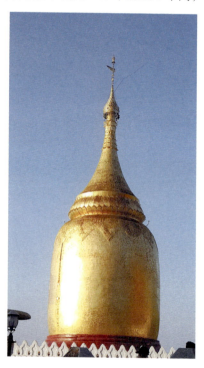

蒲甘著名的卜帕耶佛塔。

摄影:陈三秋

天，他便在此地修筑五座宝塔，后仅存一塔，即为卜帕耶佛塔。

最原始的卜帕耶佛塔已在公元1975年的大地震中毁坏，宝塔成为破裂的碎片坠落于伊洛瓦底江中，让人甚感惋惜。公元1976年至1978年，缅甸政府对卜帕耶佛塔进行了重新修复，但采用的是现代化的坚固建筑材料，并且在宝塔的顶部镀之以金。卜帕耶佛塔不同于一般的宝塔之处，正是它所拥有的那个葫芦穹隆顶，并且外表镀金，金光闪闪，已经成为伊洛瓦底江最显著的地标性建筑之一。

达玛央吉塔，是蒲甘古城最宽的宗教建筑，也是砖塔建筑艺术的杰出代表，从蒲甘的各个方位都能看到这座红砖墙的寺庙。此塔系用锦被悟毙阿隆悉都的那罗都国王建造于1167年至1170年，此外，为了夺得王位，他还谋杀了自己的哥哥弥辛修。为了弥补自己的罪过，故而建成了这座蒲甘最宽的寺庙。

达玛央吉塔的结构非常坚固，据说建塔的时候两块砖中间如果能插进针，那么砌砖的工匠就要被杀头。也许正是由于那罗都的残酷要求，才使得佛塔至今屹立于此，纹丝不动。但是那罗都最终没有将这个壮观的佛塔完工，因为在佛塔建成之前，他就被谋杀了。达玛央吉塔被誉为蒲甘的"金字塔"，佛塔的拱门环环相扣，造型独特，回廊里的窗户透进自然光线，照亮佛塔内部。

蒲甘著名的达玛央吉塔。　　　　　　　　　　摄影：陈三秋

蒲甘著名的达玛斯伽塔。　　　　　　　　　　摄影：陈三秋

达玛斯伽塔，是由那罗波帝悉国王始建于公元1196年。次年，他从锡兰国王那里得到了四件神圣的佛教文物，为了更好地将这些贵重的圣物保护和保存起来，便在公元1198年建造完成前，将这些圣物悉数放置于塔中。

此佛塔也是由砖建造而成，赤褐色的墙砖上绘满了《佛本生经》里的故事。有趣的是，蒲甘古城的其他佛塔，一般均为正方形，唯独这座达玛斯伽塔，其基座是五角星。另外，在佛塔各角之上，也都矗立有精致的佛像，这倒是蒲甘佛塔建筑艺术的共性。有点像中国古代庑殿式建筑中的"五脊六兽"式样。

寻访佛塔和寺庙，就到此告一段落吧，基本上都是游客或指南较为推崇的一些。也能由此观之，蒲甘古城之中，稍微知名的佛塔或者寺庙，要么为某一国王才能有此实力而造，要么其背后同时兼有一个鲜为人知的故事。观景就是读史，读史也是在读故事，多了些史料和故事，仿佛这些景色便变得鲜活起来了。

另外，蒲甘城中，除了这些塔与寺，塔德酒店门口的蒲甘考古博物馆也深值一看。这是一处两层的宽大建筑，不仅有很多精美的考古发现、雕塑和壁画，还有一个蒲甘全景的沙盘，能够令您快速洞悉古城全貌。沙盘一侧，还陈列着十余座精致的沙雕，那全是蒲甘遗迹中最著名的佛塔和寺庙，系实景的微缩模型，能够方便您比较之前或之后所见到的建筑"本尊"。此外，还有一幅蒲甘佛塔的侧立面解剖图，能够协助您对这种塔式宗教建筑的构成、意义做出更为深刻的理解。

说真的，蒲甘古城，如果您能够静心去看的话，也许一年半载也看不够。除去那些总计不到30座的皇家建筑与故事，可能还有不少平凡的民间传说，目前有些学者在尝试经年略月地解读之中。如果"一塔一故事"，那么，至少还有千余个故事在等待着被发现、被挖掘。如今的诸种解读，只不过是沧海一粟般的点滴之功罢了。

无奈，内比都已在召唤着我们，那是一座几乎鲜有故事可言的新城，但它毕竟是当下缅甸新的首都，我欲前去一探。就让我们作别蒲甘千塔丛林中的巡礼，并于内比都的崭新之城相见吧。

2018年10月20日于蒲甘，赴内比都途中

60　内比都的新生

从蒲甘的塔德酒店，可以直接订到开往内比都的大巴车票，大约1万缅元，折合人民币近45元。巴士会到酒店门口来接您，很是方便。相比老挝的吉普和柬埔寨的瑞尔，缅元略显坚挺，但比泰铢还是逊色很多；不过缅甸消费疲软、物价低廉，综合来看，是个非常值得中、欧、英、美等国之人，来此旅游、度假或者生活的。

从旧蒲甘出发，约莫经过敏建、密铁拉等城，6个小时，可抵内比都城下。千万别先进城——如果您想观光或游玩一把的话，城郊的大金寺塔和音乐喷泉不容错过；要不然，错过之后的您，可能会对整个内比都的风景感到失望。说到原因，也非常之简单：在这座城尚未被历史眷顾和垂青之前，不过一小镇尔。但历史就是这么戏剧化地斗转了一下，缅甸首都竟迁于此——当年小城，从此走向缅甸的政治中心和未来的经济、金融中心，进而一举登上世界之大舞台。看着进城的宽阔的单向四车道、双向八车道的平坦大道，以及国会大厦门前双向二十车道的惊天马路时，您便知道，内比都的新生和春天，已然来临；

国会大厦前二十车道的马路,成就了一处"阅兵广场"。

摄影:陈三秋

内比都的城郊,也略显荒芜。

摄影:陈三秋

虽然这仍饱含争议。

关于迁都事件,时间要回放到公元2005年11月16日,周三。缅甸执政的军政府突然下令,要求多个部门,即日起由首都仰光,搬迁至距其往北约400公里的彬马那城。那里,将是缅甸联邦的新的首都。翌日,时任资讯部长的觉山将军,才正式对外确认了这次突如其来的迁都之举。

据悉,搬迁的当日早晨,满载公务人员和办公设备的卡车排起了长龙,且所有搬迁人员暂不得携带家眷;政府职员将根据所属部门、职级、婚姻等情况,安置在新建成的红、绿、蓝三种不同颜色的公寓或别墅中。新都建设可谓雄心勃勃:规划面积约达6 450平方公里,比现有的仰光市大9倍。新城还被划分成政务区、酒店区和住宅区等,此外,缅甸政府,也还为已建交的世界各国提供了专门可供办公和居住的一体化使馆区。

虽然此前的14日,缅甸副外长吴貌敏已约请各国驻仰光使节到外交部,并在未预先告知通报内容的情况下,于新闻发布厅宣布了拟将首都迁至现地的消息,但当各界于16日开始渐次知悉这次迁都动作时,还是禁不住大吃一惊。而在搬迁之前约一年的时间里,蒙特别关照,彬马那城已经开始了大规模的建设,除了前述的坦阔马路和新建的占地约10平方公里的政务区外,高层官邸、国会大楼、国际机场、住宅办公区、高尔夫球场、配套医院和酒店等也均初具规模。值得一提的是,军政府迁都后,缅甸反对派暨民主运动领袖,亦即缅甸开国先驱昂山将军之女昂山素季,则继续被软禁,直至公元2010年11月13日获释。其一生前后遭军政府软禁长达15年之久,其间于公元1990年获"萨哈罗夫奖",次年再获"诺贝尔和平奖",目前,正带领着缅甸人民继续往着正确的方向,艰难前进!

宣布迁都之后的次年,也就是公元2006年3月27日,缅甸迎来了第61届"军人节";是日,缅甸政府正式对外公布新都之名,为"内比都"。中文又译"奈比多",英文为"Naypyitaw",而"Nay Pyi Taw"在缅甸古语中,正是"皇家京城"之意。内比都,就此得名;一座崭新的政治新城,也就此进入国际视野。

而关于缅甸军政府迁都原因之说,向来存在多个版本,不一而足。

官方通过觉山将军对外发布的解释是:仰光乃当年英国殖民者给缅甸确定的首都,并不代表缅甸人民的意志;而迁都于缅甸第三大城市彬马那,是由于它位于缅甸国家版图的中心部位,辐射能力强,有利于政府施政。

而民间揣摩军政府迁都的真正用意,则认为主要是缅军高层担心缅甸可能会受到来自美国的从太平洋上而来的军事袭击,因为军事独裁和对缅属若开邦伊斯兰教地区的镇压——史称"罗兴亚事件",一度令缅美关系紧张,这无疑令军政府日日忧心忡忡。相比较而言,远离海岸的彬马那腹地,会略显战略上的安全。

还有一种说法,源自偏传统的观点,认为这不过是军政府重复缅甸古代国王迁都的习惯,根据占卜决定风水宝地,然后在那里重建新都,进而彰显其历史地位和不朽功勋。这并不可笑。占卜之述一直流行于旧缅甸贵族与新缅甸高层之中,可谓古往今来,根深蒂固。由法国知名导演吕克·贝松执导,"好莱坞"华裔女明星杨紫琼等饰演的电影《以爱之名》中,就揭示

内比都的城市雕塑：圣洁绽放的"水莲花"。　　摄影：陈三秋

过昂山素季被囚禁的原因——军政府领导人奈温将军曾得到过算命婆和星相师的警示，一名女子将为他带来灾祸，而这名女子正是昂山素季。此外，奈温将军还曾向镜中自己的倒影开枪，以化解星相师所预言的刺杀企图。

影片《以爱之名》上映于公元2011年9月，故事情节改编自缅甸著名民主政治家昂山素季的生平，拍摄地点主要在泰国，杨紫琼在剧中所扮演的就是昂山素季。

影片上映当年，在一次面对全国观众广播的仪式上，当时军政府的最高领导人丹瑞将军以及率众出席的诸高官竟然都身着女装！这也是来自星相师的占卜，预言的内容是一个女子将统治缅甸；而穿上女装，就能化解这场危机。

可见，占卜迁都之说，也并非全是臆测，空穴来风必有所踪。

我从曼德勒，一路问到仰光。历东枝、蒲甘、内比都诸城，从 Nay Min Oo 到 Aung Aung，再到 Lin，我个人比较倾向于 Lin 的分析。综合他的看法：彬马那，也就是现在的内比都，坐落于缅甸中部山区，居于勃固山脉与本弄山脉之间的狭长的锡塘河谷地带——熟悉中国远征军入缅作战历史的人应该会常听到这个著名的河谷。这里，北依山势、南望平川，具有极高的战略位置；而在历史上，彬马那也是前首都仰光与旧都曼德勒两大城市之间的一个山区贸易重镇，战略补给也比较方便。此一区域，还曾是缅甸民族英雄昂山将军发动独立战争的军事要冲以及当年共产党游击队的大本营，因此种种，一旦缅甸遇到外来袭击，尤其是导弹袭击或者空中打击，军政府可以就近躲进山区密林之中，这些都是仰光亟缺的地理优势。而且，内比都没有大学，缺乏反对军政府执政的学生运动和示威游行；新都也地广人稀，将来如果民主势力通过宪法选举重新掌权，军政府如果想发动军事政变的话，来自民间力量的阻挠和对民主政府的保护也会微乎其微，这些对于具有靠枪杆子夺权传统的缅甸及其军政府而言，都是深埋的、生生不息的火种，当前得势在位的军政府都不得不借机考虑之。所以，我深觉 Lin 所言切中缅甸传统和现实两大"刚需"，仓皇迁都内比都的"世纪之惑"就此得解。

公元 2005 年，那次罕见的迁都终结了仰光城整 150 年的国都史，硬生生地将人们的视野沿着阿曼兰山路向北拉到了内比

缅甸新都内比都，十余年来，还是一派空旷之景，但它的国会中心比较显赫。

摄影：陈三秋

都。内比都就此咸鱼翻身，一举迎来新生。

如今，13年过去了，仿佛弹指一挥间。寂寥的机场、空旷的大道和荒芜的土地，似乎很难匹配起一国之都的形象、气质和地位，令人无比惊诧。相比于"失落的鬼城"之说，英国《卫报》的这番评价算是客气很多了——作为曾经殖民过这片大地近一个世纪的英国佬，嘲讽道："这里有20车道宽的高速公路，有高尔夫球场，有整齐划一的公寓楼，唯一看不到的，就是人。"

这确是事实。对于人口百余万的首府来讲，这些人数是足够寒酸的，对于这个中印半岛第一大国而言，连老挝的万象城都不如。但我依然觉得"鬼城"之说有失偏颇，多少是有点矛盾的：酒店区确实入住寥寥，但米亚特图胜利酒店隔着马路对面的 Junction Centre 还是人来车往、生意不错；住宅区的公寓似乎并未满员，紧邻的农田、牛群衬托着乡土气息，路上也是车少马稀，但是周边的两个农贸市场则挤满了人；值得一看的缅甸博物馆、缅甸图书馆或者宝石博物馆的大楼总是空荡荡的，但这些分明多是游客的天堂，并不能说一定能"窥一斑而知全貌"。中国驻缅甸大使馆搬进了 Grand A.C.E. Villa，也就是缅甸人开发的酒店里，这家酒店公寓的长租率还是非常可观的。所以，我觉得，内比都当前倍显荒凉的问题，其实是时间问题、策略问题，当然，归根结底，是人心向背问题。

如若假以时日，缅甸政局确能走向国际认同的民主、稳定和开放，而内比都的产业落地、基建配套、公共交通、外来投资等也都能更上层楼的话，此城的繁荣必定可期。柬埔寨的金边城、泰国的清迈城，还有越南的河内城等等"远亲"或"近邻"，不也是深居国之腹地而能自享繁华吗？其总人口逼近 6 000 万之众的缅国，它的子民一定不会太久远地辜负他们的首都吧，而困结可能还是那句话：唯在民心，唯在人心！

客观地看，对于民族问题复杂、内部斗争频仍的缅甸来说，目前已结束军政府统治多年。当年的头号劲敌美国，已与如今执政的"缅盟"修复关系，缅甸正迎来历史上难得的良好外部环境。如果恰能借力迁都来进一步实现中央集权，并控制和平衡好掸族、孟族、钦族、克伦族、卡雅族等势力强劲的几个少数民族的关系，缓和及妥善解决好佛教与伊斯兰教之间的宗教斗争，以及客观审视并正视印裔、华人的地位和利益，一举平复好、解决好这一干内部问题，应该不仅仅是内比都之幸，更是全缅人民之福。放眼整个新世纪，历史新的一页已然打开，中国版的"一带一路"也好，印度版的"一带一路"也罢，缅甸终将都身在其中，且身在福中——天然的中印"十字路口"地带，也必将为整个缅甸带去前所未有的新生。

毛主席在《水调歌头·重上井冈山》一词中曾慷慨说道，"世上无难事，只要肯登攀"，老人家的话要多听，历史也不容止步、回头。新都内比都的通途和格局已经铸就，旧都仰光城的原政府驻地也已变卖他用，莫回首，回头也是沧桑；直往前，前路漫漫任尔闯。何不在这恢宏的历史关口，就在内比都城下，在今朝，数一回风流呢？！

行将离去之际，留下祝福，于我脚下的缅甸诸城；期待内比都，迎来下一个新生，那是一个迟到的，但一定是真正的新生！

2018年10月20日于内比都，米亚特图胜利酒店

61 东盟咖啡简史

在万般寂寥的内比都机场，乘坐飞往仰光城的班机，是一个无比愉悦的过程。

整个硕大的、崭新的机场，几十名工作人员服务着含我在内不到 5 名的乘客；从取票、托运、安检到候机，不会超过十分钟的时间。然后喝上一杯偏贵的 Myagola Coffee，坐等窗外空旷的停机坪有飞机降临，然后登上它——没错，虽然这不是私

内比都机场和这座城市一样，有着令人咋舌的空旷。

供图：壹书局

人飞机，也不是元首专机，但请确信，这就是来载您飞往仰光的航班。整个内比都机场，此刻，仿如是您家从内比都开往仰光城的"专属停车场"，汽车变成了飞机，只此而已。

这一刻，您，值得拥有。

这里是内比都，这里是公元2018年10月21日下午近5时。神奇的地方，神奇的时刻，因为一颗对中印半岛各城满怀猎奇的心，在这个瞬间，实现了完美的交融。这让我有些恍惚，人生，似乎就是这么奇妙。

当历史的时针，回拨到公元2005年11月4日——是日，执政的缅甸军政府宣布，即时将首都，从南海之滨的仰光城，整体搬迁到这座当时名叫彬马那的中部小城时，可能谁都不会想到，13年后，这个已更名为"内比都"的都城和承载着这个国家、时任政府"伟大梦想"的纸面蓝图，距离"真实世界"里的落成和昌盛繁荣，竟然还是这么的遥远。虽是如此，不过可以令某些人欣慰的是，彬马那的新生无疑已然来临；只是在风云变幻、云谲波诡的半岛之国，以及闭塞一方、军政动荡的缅甸联邦，作为风云之地、政治中心的内比都，它的前途和命运，依然叵测多舛，等待着历史的雕琢与洗礼，以及真正属于它的荣耀与时刻。

肩负历史，总会这般沉重吧，要不然怎么经得起世间千万人的口舌与推敲呢？！唯 Myagola Coffee 真心不错。它在中国被称为"明格拉咖啡"，相信很多人一定会觉得陌生吧，这一点都不奇怪。相比于近郊越南的 G7、威拿、摩氏、滚石等诸多咖啡品类，哪怕是大马的白咖啡，明格拉都是要逊色几筹的；唯一可以自我安慰的是，这还是要比更加籍籍无名的老挝咖啡和柬埔寨咖啡要好上许多的，"瘸子里面挑将军"嘛。最后，大家都败给了印尼的 Kopi Luwak，也就是"麝香猫咖啡"——这种咖啡，在中国，还有一个更加耳熟能详的名字，"猫屎咖啡"！

咖啡故事多，中印半岛亦然。跟着咖啡去旅行，也自有奇妙之处。

据说，咖啡这种饮品最早诞生于公元14世纪左右，我想应该是差不多的。其传播路径，大抵是经善于经营的古阿拉伯商人先予发现，后为古奥斯曼帝国，在四处征战中无意间散播开来，直至传入欧陆。约在公元16世纪时，开始成为名流饮品、一时风气。因此，"咖啡"之名有二：一是 Kaweh，源自希腊文，意指"力量与热情"；一是今天最为大家所熟知的 Coffee，来自英语系。二词都与欧洲有关。所以，咖啡成熟于欧洲，并进一步追随其"大航海时代"而得以远播，当无异议。不管是"地理大发现"之后的美洲，还是同治年间的中国、日本乃至中印半岛出现的咖啡，可以说都是欧系咖啡外传的子系，宗源同一。东盟十国，乃至亚洲诸国的咖啡史，同样一脉相承，也就比较容易理解了。

话说缅甸的咖啡史，始于公元1813年。是年7月间，准确点说是13日，有着"缅甸使徒"之称的美国历史上第一位外传教士艾多奈拉姆·安德森携其夫人带着天主教和咖啡豆来到缅甸。作为西方人日常生活不可或缺的饮品，安德森夫妇开始尝试在缅甸种植咖啡树。这应该是关于缅甸咖啡历史的最早记载了吧。美国牧师约翰·派珀在为艾多奈拉姆·安德森撰写的同名传记文章 Adoniram Judson 中记录了此事和他所经历的38年的苦难心路。对此，艾多奈拉姆·安德森曾说："我从圣经和传教的历史中确信，上帝为世界的福音化和实现他的目的而设计的计划，包括他的牧师和传教士的痛苦。"有人据此提出了同样具有挑战性的诘问："上帝是否会召唤去填补基督的苦难，像一粒麦粒掉进遥远的土地，死去，憎恨在这个世界上的生活，让它永远保持下去，并结出许多果实？"堪称圣殿里的"世纪之问"。

安德森夫妇的尝试和努力应该成功了。在72年后，也就是英军攻下并殖民整个缅甸的公元1885年时，这些"征服者"，曾用缅甸咖啡献礼于维多利亚女王。之后，英国开始从皇家庄园引进咖啡种子到缅甸种植。但由于地理环境的差异，一开始的咖啡种植计划貌似并不成功。所以，在公元1894年，咖啡种植开始自茵莱湖东岸的保斯特德曼，搬至掸邦高原海拔1 400余米的东枝。这有点像缅甸葡萄酒的种植和酿造尝试，只不过东枝自产的葡萄酒，真的一般——当日在东枝的红山酒庄品尝时，口感涩怪不堪。不过，东枝咖啡获得了巨大成功，开始成为缅甸顶级咖啡的代表。公元2015年时，经200名咖啡专家的评测，以东枝咖啡为代表的缅甸咖啡，获得85分的极高评价。随后，缅甸咖啡种植协会宣布：在东盟国家中，缅甸咖啡的质量最好。虽然，其他东盟九国似乎并不买账。

东枝顶级咖啡目前的代表就是明格拉咖啡，缅语中的寓意为"吉祥"，目前其也基本上是缅甸屈指可数的咖啡品牌代表。在缅甸小酌，要么就是曼德勒啤酒，要么就是明格拉咖啡了。

我一直觉得老挝和柬埔寨部分高海拔、低纬度的地区，应

来一杯明格拉咖啡，开始回忆一段东盟咖啡史。摄影：陈三秋

该也是可以进行咖啡种植的。前者的山地和后者的气候，应该足以支持咖啡树的存活；而且柬埔寨人也喜欢这种饮品，具有一定的消费市场。不过可能是因为5年左右的成熟周期太过漫长，此前的经年动乱让人们习惯于更短期的种植投入吧，加上没有足够的培育技术和种植传统，这样就比不上芒果、香蕉、椰子、菠萝等来得快和实在，因此，迄今为止，仍未能诞生差不多的咖啡品牌。只有在老挝的大型服务区、柬埔寨的超级市场，才能买到为数不多的两国咖啡豆，而这一点也远没有越南的滴

漏咖啡来得方便。

说到传说中的猫屎咖啡，可以说是幸运之神对印度尼西亚这个东盟第一大国的眷顾。漫长的海岸线和数不清的群岛，都不是猫屎咖啡诞生的历史机缘。说到底，印尼人要感谢一下荷兰人。是荷兰人于公元18世纪初，开始在苏门答腊和爪哇岛一带进行咖啡的种植，才让印尼人有机会发现自己的麝香猫，在偷吃了这些咖啡果子后，不仅会在排泄时原封不动地将咖啡豆排出，而且，这种在麝香猫的胃中发酵过并通过消化系统排出体外后的咖啡豆经提炼研制成咖啡后，竟然别有一番滋味。这个惊奇的发现，很快便成就了猫屎咖啡的美名，使之迅速成为国际市场上的抢手货，一举名扬，远播海外。一度，每磅的市价被炒到几百美元之多。

说到麝香猫这种皮质灰灰、嘴巴尖尖、长于丛林的夜行动物，其实其活动轨迹遍及印度东北部、尼泊尔、锡金、不丹、中印半岛乃至克什米尔地区等等，但是它们食量普遍极小，而能产出猫屎咖啡的，更是只局限于苏门答腊的麝香猫，即印尼麝香猫，不能不说是印尼之福。据悉，麝香猫只会挑最好、最熟、最甜的咖啡豆食用，这便等同于完成了最重要的一次自然筛选，更是进一步造就了猫屎咖啡的稀有和口感上的万中无一。印尼人当珍惜这种"自然之神"的眷顾，珍惜这份少即最好的稀有，不要盲目地为了产量去残忍地圈养麝香猫，更不宜愚昧地去尝试折腾出大象屎咖啡、松鼠屎咖啡……猫屎咖啡，印尼有此，足矣。

马来人并不贪婪，所以平民化的饮品白咖啡可以经久流传。

这种马来西亚的土特产并不是因咖啡的颜色而得名——可能很多人是知道的，而是因为经中低温烘焙及特殊工艺加工后的咖啡，除口感细腻爽滑之外，其颜色要比奶咖略显淡柔，且呈金黄泛白之色，故而得名。说到底，白咖啡和黑咖啡的本质之别更多的是在工艺流程上——前者重添加，后者重原味——才得已形成黑白两大咖啡品类。

"多么感谢/碧海蓝天/给我带来白咖啡/多么需要/海海人生/让我看见爱的光辉/说爱情/春风来相伴/我说白咖啡/舌尖缠绵伴/说爱情/苍天来帮忙/我说白咖啡/味蕾好时光/好想好想有一种咖啡/名字叫爱情白咖啡/爱情都一样/咖啡都一样/我和/看到爱的希望/好想好想有一种爱情/名字叫爱情白咖啡/爱情有方向/咖啡在飘荡/我和你/尝到一口难忘……"马来西亚音乐人李建正作词，马铮作曲的一首颇带槟岛风情的《爱情白咖啡》，除了再一次使得白咖啡之名为万人传唱外，更是将时光拉回到了百余年前的那个"下南洋"时代，这是一个与"闯关东""走西口"一样曲折坎坷、动人心魄的大时代，而白咖啡的诞生正是发生在"下南洋"的磅礴的时代背景之下。

公元 20 世纪初叶，外敌入侵、军阀混战、民不聊生，受英国开掘新发现的马来锡矿之需的影响，大批华工经香港来到马来西亚的怡保地区挖矿谋生。由于水土不服，且经常日晒雨淋，华工们极易患上感冒、腹泻、伤寒等疾病。为了节俭自救，他们无意中发现煮食一种野外生长的咖啡果不仅有治疗、预防的功能，还能提神醒脑、缓解疲劳，因此这种咖啡果逐渐受到广大华工的喜爱。一天，英国矿主巡查时意外发现了矿工们的这种土方法，于是便开始传授他们西式煮咖啡的方法进行改良。

后来，随着时间的推移，这种饮食咖啡的习惯在马来地区的影响逐渐扩大至千家万户。而华人们为了中和西式咖啡的苦和酸涩，经常在咖啡中加入适量的奶和糖，或者将高温烘焙咖啡改为中低温长时间烘焙等，来调制成更适合华人口感的咖啡，当地华人称之为"咖啡加白"，由此便催生了大马北部驰名中外的白咖啡。其中，尤以原产地霹雳州所在地的怡保地区的白咖啡最为出色、地道。而其原料之一的阿拉比卡咖啡豆的栽植条件，也较为严苛，不仅需要生长在海拔600至2 000米以上的土壤肥沃地带，还需要充足的湿气、适当的日照和必要的遮阴等条件，而且阿拉比卡咖啡树对抗病虫害的能力较差，容易受损而减产，因此，此种顶级的白咖啡也是比较稀有的。

在中印半岛的缅、老、柬、泰、越五国中，泰国与咖啡接触的历史要略晚于缅甸，大约始于公元19世纪初。其中有据可查的是，公元1824年，第一棵咖啡树被移植进了泰国的皇宫之中。同时，还有少量的商贩带来的咖啡曾进入泰国市场，不过在很长的一段时间内，鲜有人问津罢了。

直到公元1904年，一种适合于低纬度种植的名为Robusta的咖啡豆，经一位名叫Ti—Moon的泰国商人引入后，开始成功种植于Slongklar地区，并逐渐为寻常百姓所知悉。据称，到了公元1976年时，泰国平均每年出口国际市场的Robusta咖啡就达到了850吨。受其传播影响，还在泰国形成了两个关于咖啡的特有叫法，一个是Ka—Fare，也就是英文Coffee一词的泰语相近发音；一个是Oliang，其中的"O"代表"黑"，"liang"代表"冷",也就是"冰咖啡"之意。

由此,一种特殊冲泡工艺下的特色饮品,古法泰式冰咖啡,开始快速流行于泰国的大街小巷。"非常浓的咖啡和冰块混合,再加入小豆蔻这种原产于东印度群岛的香料,配以奶油和糖,这样制成的一杯泰式冰咖啡,一瞬间就把人们带到烈日和海风下的普吉岛。"

除了古法冰咖啡,泰北一家名叫 Black Ivory Coffee 的公司独家生产的黑象牙咖啡也算是极品咖啡。其生产方式仿照麝香猫咖啡,即先把优质的阿拉比卡咖啡豆喂食给他们的"神兽"大象,大约经过 15~17 个小时的胃酸分解和肠内消化后,再排出、分拣、烘焙、发酵,由此便形成了这种主要供给五星级酒店和超高级度假村的黑象牙咖啡,一杯售价约为 50 美金。

虽然此一做法有点"残忍",但相较于之前的鸦片种植,作为缅、老、泰交界处的"金三角"的替代性种植作物,咖啡、茶叶以及香蕉等等,乃至大象,都在为人类文明的进步做着巨大的贡献,来一洗当年殖民主义之下的东印度公司的罪恶。虽略有不公,但是为正义。

泰国政府自公元 1970 年代初期开始,着手在北部山区引进和推行系列新经济作物的种植计划,迄今已基本上铲除了鸦片种植的恶习。到了公元 1987 年,这里自给自足的咖啡成了泰国随处可见的饮品和游客唇齿舌尖的美味；次年，由雀巢公司生产的一款泰国即溶咖啡再次成功推向市场，更是方便了大家的饮用。据悉，这些年来，泰国还有一种名叫 Muan4 Jai2 的咖啡，也是由产自北纬 19.50 度、海拔近 900 米的泰北山区的阿拉比卡咖啡豆烹制，不过几次经访曼谷、清迈等城都未得见，希望来日可以有缘一品，或请有缘人代为品鉴分享，了一遗憾。

菲律宾最出名的当然不是咖啡，而是在公元 20 世纪初中期，曾风靡于中国上海滩十里洋场的吕宋雪茄。这应该是西班牙人的杰作——他们在把加勒比海的烟草播遍世界时，也没有丢下这片他们公元 19 世纪时殖民过的大地。他们在菲律宾开设烟草公司，利用进口烟叶调配本地烟丝，混合生产成面向周边国家经销的雪茄，是为吕宋雪茄。虽然没有抽过，不过想必要比非洲雪茄或缅甸雪茄好上许多。如果将来有机会，我们可以在拉美品鉴古巴雪茄时，结合阿拉伯国家流传千百年的水烟以及明万历年间便传至中国的旱烟，再一起纵论一下烟草的江湖世界。

除去吕宋雪茄不谈，菲律宾的棉兰老岛，也还是有着一些非常香醇的咖啡的，去达沃旅行的朋友当有记忆；此外，如果还对咖啡加葱花或咖啡加胡椒深感异怪的话，那么，在菲律宾品尝一下重口味的榴莲咖啡，瞬间，就可能对所有的咖啡伴侣再也见怪不怪了。"菲国咖啡，治谁谁服"，名不虚传。

可惜的是，与文莱国小不同，身为东盟岛国、先起之秀的菲律宾，这么多年来都不仅没能锻造出可以媲美盟中友邦的咖啡品牌，甚至还日渐沉沦，乃一憾事也。

聪明如斯的新加坡人，自然不会放过任何商业上的机遇，或者生活上的"调性"。而这两者的结合，就造就了它的南洋咖啡和猫头鹰咖啡。其实"南洋"泛指马来群岛、印尼群岛乃至中印半岛、菲国群岛等广阔区域，都没弹丸之国新加坡太大的事儿，但南洋咖啡之名，则无疑为新加坡博得了"南洋"波澜壮阔的历史画卷的头筹。因此，到新加坡，不品尝一下南洋咖啡，似乎就没办法梳理那段历史似的，无从缅怀个旧、起得了头。而家喻户晓的猫头鹰咖啡，能够深得中西方人士共识，肯定是钻营之功了。《孙子兵法·谋攻篇》有云，"上兵伐谋……其下攻城"；新国之人，深明此意：我不产咖啡，但可造"猫头鹰咖啡"之名，可谓与欧美诸国商业上的大智慧一脉相传，值得东盟多国学习。

越南几经征战，民风彪悍；在反殖胜利、穷兵黩武之余，折腾出了便携式、口袋版的滴漏咖啡，也算是越式智慧。在激活了游客的购买欲望之际，如若再加上些许炼乳煮制，口感上确实会令人对越南咖啡记忆犹新。无论是岘港小镇、美奈渔村，还是会安古城、西贡街头，那些大街小巷的咖啡馆里，那些成麻袋的咖啡豆，无不彰显着越南有别于中印半岛其他四国乃至东盟九国的"江湖地位"。

可以说，越南咖啡是极成功的了，越南已跻身成为全球咖啡出口国的三甲之列。对其滴漏咖啡一品多年后，也许您会忘却这里的西贡咖啡、摩氏咖啡的香浓细滑，甚或遗忘掉越南高原间诞生的中原咖啡、高地咖啡的苦郁芬芳，但那把漏壶——也就是粗鄙的、可能已覆满尘灰的铝片制简陋的咖啡壶，还会有机会时不时地在您的书桌案头，抑或是茶几之下，提醒着，这一道独特的越南风情。

越南咖啡不错，越南人，亦不简单。

一部东盟多个半岛的咖啡史，也是东盟十国沧桑的殖民史和坎坷的发展史。因小见大，各有千秋。咖啡之外还有茶，有烟叶，有米，有香料，都是令人难忘的；当然，最主要的还是人，以及这里的万般风情。

尤其是缅甸。历史嗖忽、王朝更迭，但秀美的纱笼还是完整地保留了下来，如常系在男男女女的腰间，飘行在内比都的机场里，游人们的眼帘前。我夸赞过一个又一个身边穿着纱笼的朋友，叫什么名字来着？我要想一想，要永远地记住它，虽然貌似并不容易。男子穿的应该叫"笼基"，女子穿的就是"特敏"了，对的，就是这两个名字。我也希望能记住，如果有一天，来到了东盟，不似行走的云，而且可以经久地驻足，那么一定要品尝一下各地的咖啡。尤其是到了缅甸，在不在内比都，都不要紧；除了可以一品上缅甸或下缅甸源远流长的咖啡，一定还会看到大街小巷身着纱笼的人群——不妨也一试，感受一下那份穿过历史的亮丽，也许，还依然能够记起它们的名字。女的叫"特敏"，男的叫"笼基"。

2018年10月21日于内比都，飞往仰光途中

62 雨中的仰光城

在万千灯火中,由"寂寥之城"内比都飞抵缅甸"南国之花"仰光城。

Lin 已在机场等候多时,外面,早已灯火阑珊。先去福满楼补顿中国菜,我跟 Lin 和仰光的朋友们说,这家餐厅很中国,有回锅肉片、爆炒羊肚,还有人人皆爱的港式烤鸭;我继续说,如果我要开一家中餐厅,可能也会叫这个名字。大家哈哈大笑,相谈甚欢。

饭后,不知不觉,已大雨滂沱。

十月,这是仰光城一年中最后的雨季了,晚一场雨、早一场雨,甚至一天多雨,时大时小,带来了怡人的气候,清风拂面过,天气自然凉。

英国人很有眼光,当年选择了通过仰光城来经略整个英属缅甸。除去战略位置之需不谈,这里三面环水,东面是勃固河,南面是仰光河,西面有母亲河伊洛瓦底江穿过,合成丰硕的"伊洛瓦底江三角洲",既成就了仰光这座今日 500 余万人口的缅甸第一大城,还形成了一年里整个中印半岛并不多见的三个节气:

第 4 篇

The floating clouds

异域他邦久违了 缅甸

雨后仰光城的南国风情。　　　　　　　　　摄影：陈三秋

暑季、雨季和凉季。尤其是在每年 10 月至次年 2 月间，仰光城的温度最是适宜，鲜花绽放，天空湛蓝，生活犹如度假，很合英伦风情。

如果从公元 1824 年英军攻占仰光起算，这座城的新历史计算到今，是 194 年；而如果从公元 1855 年英国殖民上下缅甸，并将统治中心由曼德勒迁至仰光城起算，到公元 2005 年缅甸军政府迁都内比都止，仰光的"都城史"则为 150 年整。在这不到 200 年的时间里，仰光，这个濒临安达曼海，颇具美丽热带风光的海滨孟族渔村，被经营成东南亚一大商港和全缅最大的都城；撇开政治道义不谈，英国人的智慧、远见和辛劳，功不可没。

这里仍然保留着全东南亚诸城中最多的殖民地时期建筑。漫步在仰光，东西两河之间的"外滩"——斯特兰德路，其上，可以走走停停。两侧林立着的古朴的乔治和维多利亚风格建筑群落，一字排开——借用新加坡人叶孝忠的《缅甸，现在去最好》中的说法，"像套了一件过时的大英帝国外套"，这是必赏的仰光风情。还有数不尽的缅甸塔和小印度、中国城，夹在其间，与苏乐佛塔、昂山市场，共同书写着仰光城沧桑而丰足的故事。

苏乐佛塔比较独特，值得一说。它的位置，犹如上海的南京路，或者南京的新街口。这是仰光市中心最繁忙的交通圈。已有 2 000 余年历史的古朴的苏乐佛塔，就以 45 米的高度矗立其间，于是，它便成了仰光人民心灵中的"交通灯"。

再忙碌的人们，在经过苏乐佛塔之时，总不忘记进去虔敬一拜，祈求福运和平安。无数通身洁白的佛像，端坐在塔之四面由巨大立柱支顶而布就的佛龛中。古老的铜质佛龛，镶嵌满琉璃，晶光璀璨，也美轮美奂。其下，是永远不会缺失的信徒，一排一排地，默默地、虔诚地迎佛朝拜。

群落中间，是缅甸最不缺乏的金塔，高耸入云；四周还有若干翠色佛厅，厅首和厅檐均为金色的镂刻花纹，有的像麦穗，有的则像浪花；花丛中间，凹进一块，有一处精巧的佛龛。各龛之中同样分饰一座佛像，只是与四方大殿中的佛像不同，这里是站立的金佛，身着叠襟的过膝长袍，双手领着裙摆，神态祥和、姿态端庄，仿佛是在俯视人间，也似守护着神圣的塔院。

其中的一门之侧，还有一道绳索，从屋檐系往塔尖。往来纤索之上的，是一个金色小巧的龙船，您可以自门檐之下，将写有心愿的纸条放入船中,然后由下轻摇,龙船便会载着您的心愿快速驶上塔尖。一去一返,便得佛之庇佑,而您的心愿,距离达成,应该就能更近一些了吧。

这是苏乐佛塔之中,也是斯特兰德路畔,奇特的景观。

尤其在细雨纷飞中,沿着这条商业大道发散开来的诸多色彩斑斓的交织小巷,行走、驻足、再行走……您会觉得,这里就是戴望舒笔下的那条悠长但不寂寥的雨巷了。

历经百年风霜的仰光车站、政府大楼、中央银行、海关塔楼、天主教堂,点缀在近旁郁郁葱葱的林荫之中。还有那家开业于公元1901年的,约瑟夫·吉卜林、乔治·奥威尔等人都曾居住过的滨河酒店,等等,都是最靓丽、最难忘的风景。在那一刻,您仿如在香港岛,抑或在上海滩;尤其是这里的云,云下满大街的右侧驾驶的车辆,最像身在香港的街头了。而上溯历史一百余年的话,您会惊奇地发现更多的仰光与香港的相似之处,这是大英帝国殖民的烙印。

公元1842年的第一次鸦片战争,败北的大清王朝被迫在《南京条约》中将香港岛割让于英国。如果自那时起算,连上之后通过《北京条约》等获取的九龙半岛、租借新界,也就是今天的整个香港特区辖地,英国人总计管治香港约155年,直至公元1997年香港回归中国。这段历史的长度是与仰光的英治时期大体相当的。加之两地都濒海,自然而然地,便被曾经拥有最强的海洋力量的英国,率先发展成经贸往来之商港。因此,一海、一港、一城,便成了英国留给两地的共同的"遗迹"。只不过,历史沧谲、时移世易,两地今日的国际地位、财经水平、开放程度等，早已不可同日而语：香江之滨的摩天楼群，还有维多利亚港的不夜繁华，无不反衬出安达曼海湾畔的仰光城，逊色已久。

不过，仰光城还是幸运的，因为它有湖，而且至少两湖。"一河孕育一城，一湖成就一城"，在大千世界的万千湖城里，此例有如恒河沙数，比比皆是，而尤以中国的"城中湖"数量为最，如：北京城的昆明湖、南京城的玄武湖；杭州城的西湖、武汉城的东湖；扬州城的瘦西湖、济南城的大明湖；昆明翠湖、芜湖镜湖、嘉兴南湖……不胜枚举，也数不胜数。当然，秀美湖城的"天仙配"自然并非中国独有，俄罗斯的贝加尔湖、意大利的加尔达湖、肯尼亚的纳库鲁湖、新西兰的马瑟森湖等等"湖城故事"，也是源远流长。所以，对于能够同时拥有南北两湖的仰光城来说，岂能不是幸事一桩呢？

又是一夜的雨。连续多日。天气预报板像克隆一样，复制着一朵雨、两朵雨的图案。在雨的间隙，一定要到城北的茵雅湖，这个仰光之最的湖，被当地华人称为"燕子湖"——想必曾经的历史一瞬，湖面上会有燕雀阵阵吧。

虽然与茵莱湖的壮美相距甚远，但茵雅湖的温婉渺小，也自带多情。沿着长长的湖堤，席地而坐，偎依在雨伞下的恋人的肩头，静待日落，已成这里一道最长情也最亮丽的风景。尤其是按缅历推算，今年的 10 月 24 日，适逢一年一度迎接佛祖释迦牟尼率众弟子路此传法而沿河放灯的"点灯节"，茵莱湖上会提前举办盛大的金船游佛活动，而茵雅湖南畔的长堤上，则挂满了成千上万的纸灯笼。微风拂过，素纸灯笼随风摇曳，在

泛舟茵雅湖上,读懂一座仰光城。 摄影:陈三秋

茵雅湖畔的长堤上,迎风飘扬着成排的灯笼;谁不期待在这个异国,邂逅一场"点灯节"呢?摄影:陈三秋

仰光的酒店中,挂起了各色喜人的灯笼——迎接佛祖的"点灯节"将临。 摄影:陈三秋

蓝天白云下、在椰林绿道旁、在波光疏影间，您应该也会和我一样，心田即刻浮现起诸般诗情画意吧？

回到埃斯佩拉多酒店驻地，来到顶楼的空中餐吧，抬眼向外望去，仰光南畔的皇家湖秀色尽收眼底。如果是白天，密密林荫、苍翠如画，合围之下，掩映着涟漪不惊的湖面，衬托着仰光故都难得一见的静谧风采。湖岸边飘悬不沉的皇家"鸳鸯船"，湖对岸圣山之巅的仰光大金塔，两个大金顶，隔岸遥相呼应着，必会在蓝天白云下，熠熠生辉。因故，这里也就成了仰光城最佳的观日出之所在。

而如果是在晚上，皇家湖畔的大金塔及其塔群，在灯光的映照下，依然会金黄不减，倒影重重。天空会间或飘来一些灰白色的浓云，躲在大金塔之后，但会出现在大金塔侧畔的于公元1980年为了纪念国家佛教统一而建的马哈维扎雅佛塔之前，所以，当夜云每次飘过时，马雅佛塔都要消失片刻。待云过之后，月亮升起，马雅佛塔便会再次重现眼帘，非常有趣。

鸳鸯船的夜景，可以说是要超过日景的。夜幕降临时，华灯尽放；金绿相间的不动船身，愈加影影绰绰。这里其实是卡拉威宫，也就是当年缅甸国王的御用膳食之地。如今，这里已改为自助餐厅，但芳华未损；左右两座高高翘起的紫红船尾，镌刻着曼妙飞舞的金色仙女，中间则是一座高屹的、精美的多层绿瓦金檐佛塔，因此，如若有空，是一定要去光顾的。

晚间的皇家湖堤，也是风情别致。在迤逦的林间，在鸦雀叠叠的鸣叫声中，是穿行在斜风细雨中满载着待归之人的车辆，昏黄的街灯、路灯和车灯，交织在风雨中……这番画面，是会

第 4 篇

The floating clouds

异域他邦
久违了 **缅甸**

城中的皇家湖,写满了仰光城的秀美。　　　摄影:陈三秋

皇家湖上的地标——"鸳鸯船"。　　　摄影:陈三秋

令人心头不禁泛酸的,我,有点想家了。

对于一个漂泊多时的游人,此情、此景,无需再增添一分渲染,可能都会想起浪子王杰的那首沧桑缠绵的《回家》之歌,抑或诗人余光中先生笔下的那首欲罢还休的《乡愁》吧。您可以拭一拭眼角,感受一下——有没有些许的湿润,不要怕难为情,我想,如果有,也应是颗善感多情之心,在呜呜地作祟。也许,还会换来一夜的辗转反侧,那又怎么样呢?酒店内的那曲彻夜回响的《卡萨布兰卡》,断断续续地从空中、从雨中飘过,时不时地会让人穿越历史,回想起谍影纷纭的北非时光——摩洛哥和埃及下雨了吗?要是撒哈拉也能这么多雨、多情,就好了。

就是这样,仰光城的南北二湖——皇家湖观日出、茵雅湖赏日落,一早一晚,接替式孕育着这座城的脉脉温情,不舍昼夜,早晚不息。

仰光,真乃幸运之城。

也再次深感英国佬,虽同食人间烟火饭,但最懂无边风月情。

除去英国殖民的百余年,仰光城还有几段抹不去的历史值得书写。

从英国殖民全缅往前追溯整 100 年,也就是公元 1755 年 5 月,雍籍牙占领了今天的仰光(时称"大光"),统一缅甸,建立起这片大地上的最后一个王朝——雍籍牙王朝,即贡榜王朝。占领大光后,雍籍牙曾登临瑞大光宝塔,也就是今天已为人熟知的仰光大金塔,虔诚顶礼膜拜,祈求消弭兵灾、永葆王国和平。并取 Yan 和 Koun 二词,分指"敌人"和"走出去",也就是缅语"战争结束"之意,赐名于此城;两词组合,即为"仰光"。"大光城"

更名为"仰光城",仰光就此得名。

如果再上溯到公元11世纪,仰光城还有一名,叫"达贡"。熟悉中印半岛地理史情的人皆知,沿安达曼海、暹罗湾和南中国海沿线,缅甸有"达贡",柬国有"贡布",越南有"西贡";三贡之地,临海成城;景秀鱼丰,各领千秋。尤其是西贡,可谓一度因玛格丽特·杜拉斯的《情人》一书而声名鹊起。不过可惜的是,后来改名为"胡志明市",几近湮灭在历史的烟云间。这可能是越南的一次极大失策,旅游产业的损失,不亚于一半比例之数。

在公元1930年,美丽的仰光城还遭受了地震之灾的重创,加之连带引发的海啸,破坏愈加惨重。这是英国人的不幸,仰光城的不幸,也是缅甸人的不幸。当然不幸的事情并非仅止于此,有着"万塔之城"之称的缅甸古城蒲甘、阿瓦,不也曾因地震而几乎尽毁吗?这是一股很难抗拒的蛮荒力量,也是人类千古文明的天敌,很多后世所遗的不朽建筑,却只能以复制的方式重现人间,不能不令人倍感嘘叹。

而到了公元1942年,二战风云变幻。约在3月间,仰光为日军攻陷,开始从英国人治下易手,直至公元1945年缅甸光复,仰光于公元1948年成为独立后的缅甸首府,在这期间,由于对日的反侵战事和对英的独立斗争,仰光城几乎静止在了时间之箭中,缅甸领导人也呈现出左右逢源、绥靖、傀儡、背叛等最不光彩的一幕。

历史斗转,政权星移。还好,缅甸人民终于艰难地走上了独立而脆弱的民主道路,仰光城,在雨中,看似正繁华有序、

仰光之夜，有着沁人心脾的旖旎风光。　　摄影：陈三秋

一切安好。

　　这是一座一生中值得邂逅多次的城；不过，要习惯并热爱它的雨季，要不然，您很难尽览它的万般风情。请记住这一刻，10月，我心中的仰光城最好的时节；或者来年的4月，来一赏此城比"点灯节"更加宏大的庆典——"泼水节"。待到那时，仰光城的雨季早就结束了，旱季的尾巴又会有怎样的风情呢？如果有缘，某年的4月，我们一起，仰光城下相见！

2018年10月22日于仰光，埃斯佩拉多酒店

63 缅甸的三大塔

撒开"万塔之都"蒲甘古城不谈,余以为穷尽上缅甸和下缅甸,乃至整个缅国四至大地,唯此三大金塔最为著名,它们分别是:位于旧都仰光城的大金塔,同为故都曼德勒的大金佛,以及远悬新都内比都的大佛塔。

如若到这三城,看寺庙或佛塔,且只看一处的话,唯此三塔足矣。

再如果,加上蒲甘城中的大金塔,即瑞喜宫佛塔,此四大金塔便为全缅足堪并称的"缅甸四大圣塔"。

按照穿行缅甸的路径,我们先从曼德勒的大金佛说起。

曼德勒大金佛,原名为"马哈木尼佛塔"或"玛哈牟尼佛塔",因寺内供奉的一尊高约 4 米、宽近 2.7 米的释迦牟尼佛像而得名。

此佛像,全身贴满了层层叠叠的金箔,经年累月,于是,便成了满身的"金疙瘩",看起来非常的肥硕,失敬点说,像得了"囊肿病"。因其通身金光璀璨,又加上其名气太盛,故佛塔便得了"大金佛"之名,水到渠成。

这尊大金佛的诞生年代,可以追溯到公元前 5 世纪左右。

大金佛,信徒为其贴金箔的过程。　　　　　摄影:陈三秋

传说释迦牟尼于菩提树下顿悟成佛之后,曾应当时缅甸西陲的若开王国(亦称"耶开王国")的国王桑达杜利亚盛情相邀,在弟子阿难尊者的陪伴下,赴该国传诵佛法。

这是一个由缅西民族若开人(亦称"阿拉干人")开创的早期王国。其人种属于南亚蒙古类型,但体征又与缅族相似,而文化上则带有雅利安文化的特征,语言上大概为汉藏语系的藏缅语族。他们应该是自公元前20世纪时,从印度东北地区迁入若开境内之后,融合当地民族繁衍流传的结果。后来,他们依照雅利安人的制度文化模式,曾在若开之地建立起多个古代王朝。

释迦牟尼到达若开王国之后,便在皇宫之中开坛宣讲、弘扬佛法。其一共向众生讲经七天七夜,嗣后,还亲自监工,用金、银、铜、铁、锡等,铸造了这尊看起来像是金质的佛像。最后,佛祖还在佛像里注入了自己加持的灵气。于是,这座庄严、祥和的金佛,遂成了后来缅甸佛教徒最为尊崇的佛陀雕像,也是上下缅甸其他佛寺铸造佛陀神像的标准范本。

此尊佛像,原在若开地区,世世代代被金贵地供奉着。公元4世纪初,当地人开始建立起阿拉干王国。至公元11世纪初,蒲甘王朝的阿奴律陀统一缅甸时,其北部一带之地,曾一度臣服于蒲甘统治。但是,一生到处劫掠、搜夺、求购佛陀圣物的阿奴律陀,并未能得到这尊金佛。公元1287年,蒲甘王朝被元朝忽必烈大军所灭后,这个若开王国再次独立。

公元1404年,当时的若开王国再次遭到缅甸的入侵,国王那罗弥迦罗被驱逐,流亡到今天的孟加拉国。30余年之后,那罗弥迦罗借助孟加拉国王高尔的军队,才得以胜利回国,并于公元1433年,在谬汉之城重建起阿拉干王朝。

阿拉干王朝也是一个历史悠久的封建割据王朝,如由那罗弥迦罗开创新朝始算,前后共历48代国王。但那罗弥迦罗在位仅一年,翌年便逝世了。其弟阿里汉继位之后,吞并了若开南部和北部的若干城池,统一了阿拉干地区。

阿里汉之后,是其子婆修骠的时代。他于公元1459年攻占了今天孟加拉国最大的海港城市——吉大港。此后数百年,阿拉干和孟加拉关系密切。当阿拉干王朝鼎盛之时,其王国曾受十二个孟加拉市镇的朝贡。

由于其地理位置独特,自公元1532年后,阿拉干王国的滨海一带，常受到经历"大航海时代"而崛起的葡萄牙人的骚扰。阿拉干人本就善于航海，吉大港一带的阿拉干水手举世闻名。后来，葡萄牙海盗利用其航海技术与之联合，使阿拉干势力大增。

明平国王时期，于公元1544年至1546年，抵御住了来自东吁王朝的开国缅王莽瑞体的进犯，使阿拉干地区免受缅军的蹂躏。

公元1550年至1666年的百十余年，为阿拉干王朝的极盛时期。明耶娑基国王执政期间，还曾应东吁王朝之邀，派葡萄牙人菲利浦·布里托率领葡国雇佣军，于公元1595年协同该王朝联合进攻勃固王朝。

菲利浦·布里托攻占了缅甸南部古老的港口城市锡里安，亦称"沙廉""沙帘"。但此人在锡里安无恶不作，公元1613年，被东吁王朝的缅王阿那毕隆基于义愤所杀。

公元1784年，当时缅甸的贡榜王朝日盛，国王孟云得到了这尊金佛，并跋山涉水地将该佛像隆重地迎奉到了曼德勒城。这便是今日此城、此寺，有此一尊神圣金佛的漫长渊源和典故。

次年，缅王孟云应阿拉干诸大臣的请求，正式把阿拉干地区并入缅甸版图。这基本上标志着今日缅甸国境概况就此形成。

但公元19世纪初开始，英国开始觊觎这一地区。在侵占了印度、孟加拉国之后，于公元1824年，发动了第一次侵缅战争。缅甸战败，被迫将阿拉干等地区割让给了英国，使它最先沦为了英国的殖民地。直到二战后缅甸联邦建国，阿拉干地区才再度作为缅甸领土的一部分，光复回到了缅甸的版图之中。

这就是阿拉干的简要历史，也基本上述尽了大金佛的"前世"。

下面是其"今生"。

于今而言，大金佛的微妙之处，是这尊金佛还戴有金冠，至今仍在。

这是非常罕见的一种造型。据悉，在公元 1864 年间，金佛寺曾遭遇过一场大火，最后大火烧毁了佛祖额首上的这顶金冠，但是佛像的其他各处却均未受损。可能因此之故，后来的缅甸金佛便再无外覆金冠了吧。同时，这也使得当地的信徒们，对大金佛像更加尊崇有加了。

由于此佛像被传当年被佛祖亲自用灵气加持过，曼德勒的信众便认为它具有了生命。因此，为了保持佛像仪容的整洁，僧侣们时至今日还会于每天清晨 4 点，以香水为佛像刷牙、净面。届时，佛龛前后会涌入无数的善男信女，在佛像前诵经祈祷，使得佛像座前长约 100 米的地毯跪无虚席。

根据缅甸宗教的习俗，只有男人才可以亲近佛身，并在其上粘贴金箔装饰；而女士则只能在外厅跪立，并可通过厅中屏幕中实时转播的影像进行瞻仰。千百年下来，金佛，通体已满覆金箔，佛臂和佛腿呈粗壮的"金疙瘩"状，厚度可达 15 厘米。佛冠也"长大"了近一倍；胸前，则是堆满了片片杂乱相叠的碟瓦形金片——应该是慷慨的信徒所布施的吧。

佛首也开始变更锃亮，竟呈额首微笑之状。于是，信徒们便更加确信，这种贴金箔之举，更能博得佛祖的欢心。也因此，几乎缅甸东南西北各地的寺庙之下，到处都会遇到卖金箔之人。前来的游客们，应该也多会被导游建议，请上几片金箔，由男士入佛龛之内，粘之于金佛身上。

曼德勒的大金佛。　　　　　　　　　　　　摄影：陈三秋

佛厅之内，悬挂着四幅不同时期的金佛照片，分别来自公元1901年、1935年、1984年和2010年。四幅佛照见证了这尊金佛由小到大、由矮变高、由瘦至胖、由闭目垂首到展露微笑的神奇过程。不能不令您信服。大概到了公元2010之时，这一坐佛便快速变得臃硕起来，应该能够见证距上一次成图的16年来，缅甸人民虔敬之心的抬升，或者国力的增进。而低垂于佛腿之畔的佛之右手，与环抱于胸前的佛之左手，均看不清楚五指——已经被金箔广覆成了一"条"，或者说"团"，徒留下模糊不清的粗犷轮廓。

关于缅甸大多数佛陀所采纳的这般造型，其"左手结禅定印，右手结降魔印"之寓意,还源于当年佛祖在菩提树下苦修成佛之典故。相传佛祖树下修行之时,常有魔王不断前来扰乱,企图阻止他悟道成佛。这在香港演员吕良伟版的《释迦牟尼佛传》中有所呈现。后来佛祖右手指下垂,触地令大地为证,于是地神便出来证明释迦牟尼已经修成佛道,最终使得魔王为之惧伏。

此塔的建造样式也比较独特。在高近5米的塔基之上,耸立的是一座方形的七层浮屠宝塔,通体金色,唯顶部为金黄色,其下为金白色。这种形状与颜色,与其他各地的佛塔制式均不相同。我们后面将会看到。

浮屠坐落于一个方院之内,从院内的任何一个角落仰望,都会金光闪烁,非常晃眼,其炫丽程度,远超过全缅甸的其他一切佛塔。院内,围着中央的浮屠宝塔,还另有白体金顶、绿瓦金檐、金檐白墙、绿瓦银檐等不同颜色混搭而成的多座小塔或厅楼。塔基四展开来,形成了多条长长的、昏暗的甬道,甬道两侧为窟穴——现为各个店铺,当地居民在此寄售诸般物件,尤其是佛像、经书和金箔居多。浮屠之下的核心塔基,有多座拱门贯通。外观为悦目的粉墙,各地赶来朝拜的女尼,尤其喜欢在墙前合影或拍照。塔基的墙顶和内嵌的拱门之上,镶饰以团簇形、半圆形、三角形、宝塔形、糖果形等金质浮雕。由内观之,为金柱撑起的穹顶回廊;回廊之壁上卷写着缅语经文,尽头,也就是金佛周遭,则为多彩的佛陀壁画。回廊之下,每两金柱之间,均为繁复的镂空纹饰,横跨左右柱首,镂花中间,有一半是立着一尊纤细小巧的金佛,但佛像的风格则更像是源自印度教,比较奇特;而另一半,则嵌着一只双脚直立的金色开屏孔雀。这种回廊，浮屠四周均有，而四方也各有佛龛，供奉着其他一些金佛。除大金佛背依墙壁金龛的一面之外，由其他三面还均能透视到该佛，谁主谁次，一目了然。

院落的一角，还有一处宽大的白色建筑，这是大金佛博物馆。此馆由其眉首来看，应该是建于公元 1970 年；馆内墙上，悬着 20 余幅依次延续的巨型壁画。壁画内容正是讲述了金佛的诞生，从水路耗力费时地由若开王国运抵曼德勒城，以及这座大金塔的设计、兴建过程。除此之外，馆内基本上再无其他可述之处。这些壁画环绕着馆壁一圈，算是"馆史"陈列吧，也算是大金佛最后的介绍。

内比都大佛塔，即内比都大金塔，以依坐落的地名来将其与缅甸其他各地的大金塔区别开来。但其全名实为"内比都和平塔"，系公元 2009 年，新迁于此的缅甸政府依照仰光城中的世界和平塔仿造而成。其寓意不言自明：缅甸即使在军政府手中，也是向往和平并愿意走向和平的。这是对外部关注缅甸局势发展的国家透露出来的心声，潜台词有"希望不要来攻打我"之意。

这是一座年轻的大金塔。虽然，相对而言，世界和平塔更久负盛名，但内比都的这座大佛塔，还是可以凭靠高度和规模来取胜的。

大金佛博物馆，值得一看。　　摄影：陈三秋

曼德勒大金佛博物馆中的壁画，绘出了当年这尊金佛运抵寺中的情景。　　摄影：陈三秋

曼德勒万人空巷迎接大金佛到来的场景。

摄影：陈三秋

该塔高 100 余米。其欲与天公试比高之气势，估计唯有仰光城内的大金塔才能令其自甘臣服，稍逊风骚了。事实也确是如此，据称，其塔高只比仰光大金塔矮了约 2.5 厘米，底座的周长也短了约 2.5 厘米——这些都是刻意而为之的，不能突破那座"缅甸第一圣塔"之尺寸。但该塔占地近万平方米，如果再加上塔基、四周登塔的绵长阶石，应有 2 万平方米差不多。这样看来，其规模还是要超过全缅其他各大佛塔了。

其离内比都的城区，大概还有二三十公里，算是在城之郊外了。但它无疑为当下内比都城最具代表性的地标式建筑物。因此，入城之人，如若顺路，可以先看完此塔，然后再进城也不迟。

此塔建制为标准的圆体、尖顶、金质结构，然后塔顶外覆法轮、风铃、金相圈、三叉戟等等。塔之内外，还均有凹凸有致的贴金装饰。在中央塔的四周，是个非常宽阔的平形露台，铺满大块的光滑地砖。经其上，既可以绕塔一周，也可以远眺内比都城外荒芜的自然风景。地面有个不大的亭院，可以在那里脱去鞋袜，然后乘坐多层电梯抵达连接这处露台的一条长廊。再经长廊，便能来到露台之上。

内比都大佛塔的独特之处，不仅在于其大——当然，是塔大，而不是佛大——还在于塔内为中空的，有点类似寺庙的建筑格局，人们可以进入塔内礼佛。这在缅甸，是不多见的异种风格。

在露台上，东西南北各有一座一高两低、三亭相连的塔亭，连通着佛塔的内与外，塔亭虽然都不高大，但很是精巧，为七层金檐绿瓦的缅式宗教建筑造型，亭柱则均为金绿相间的两色。

内比都大佛塔下的这些建筑群落，饱含缅甸建筑风情。

摄影：陈三秋

本以为此塔之气派在于外观，其实，到了塔内，才知道原来此塔竟然别有洞天。十余根绿色雕花的擎天圆柱，环绕中间一根方形巨柱，共同撑起倒碗形的硕大穹顶；穹顶之上，满是金色镂花、经文和其他不一图案；其边缘临近每根圆柱之处，还都有大片的金叶相饰，非常精美。

塔内以绿色为主色调，然后外饰金色雕花。尤其是中央方柱，柱底为金色，柱腰为绿色，然后又缠以金色菱形镂花"腰带"，最后上覆斑斓的琉璃方块和金色触顶的带尖纹饰，自下而上仰望，气魄非凡。试想，如果此柱不是撑至塔顶，那么，此塔无异于是一座欧式圆穹型大教堂！

总观之，佛塔内部的结构十分简单，一尊舍利供奉当中，其他各自留着巨大的朝拜空间。塔内没有烛台，没有香火，也没有祈福求缘之处，地上只简单地铺放着几块可供跪拜的地毯，竟有着令人难以相信的简洁之美。中央巨柱的四面，分置一尊高 1 米左右的佛像，佛像身后的佛龛和基座，又嵌饰以白、红、绿等色的灯光；然后，每尊佛像又佐之以 5 把带着花纹的华盖，华盖之内，同样彻夜亮着灯光。这四面的四尊佛像，应该各有所指或者寓意——类似泰国将其四神合而为一的"四面佛"，因此，人们可依其所愿，面向对应的佛像顶礼、祈祷。当然，也多是轮番向各佛像同时膜拜。

沿着大殿一圈的回壁，则镌刻满了洁白似汉白玉的浮雕壁画，其内容多是讲述佛祖成佛、普度众生的故事。每每又在靠墙的立柱侧锋之处，雕之以精美的飞翔状神像，神像后面的墙壁之上，则是各种奢华的图案。这些关于佛陀故事的长卷壁画，并非一气呵成，而是被切割成 20 余幅镶之以波浪金边的框画。有点像是连环画。有的直接连框嵌于玉壁之内，有的则是随框落座在绿色的基座之上，环绕在塔殿边缘，内容之翔实、故事之生动、雕琢之精致、细节之华彩，堪称一绝。

这便是内比都的"第一佛家圣殿"了，也彰显着这座缅甸新的都城的未来气象。

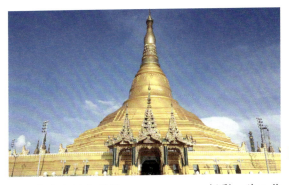

内比都的大佛塔。　　　　　　　　　摄影：陈三秋

从内比都大佛塔上，可以远眺周边秀色。

摄影：陈三秋

内比都大佛塔内景，其高大的穹顶，相当震撼心灵。　　　　　　　　　　　摄影：陈三秋

第4篇

The floating clouds

异域他邦 久违了 缅甸

它的故事来了。公元 2011 年 11 月 4 日，为了回应是年 5 月缅甸新政府总统"吴登盛"首次访华之时所提的殷切要求，也为了满足缅甸国内佛教信众的迫切夙愿，当日，来自中国供奉的国宝级文物——释迦牟尼"佛牙"舍利，在其存放地北京灵光寺方丈常藏大师等一众人的护持下，走进了内比都的这座大金塔中。

"见舍利如见佛"，因此，佛牙在塔中接受了缅甸各方佛教徒进行的为期 16 天的瞻礼；然后又另赴仰光和曼德勒，进行巡礼和供奉，各 16 天，总计 48 天。在这一月有余的时间里，佛牙所到之处，皆引起了巨大轰动。其中，佛牙初抵内比都的迎奉当天，镲铃声脆，法螺深沉，僧侣如人山、信徒似人海，这是内比都自建都以来，最热闹、最圣洁的一天。以往偌大空旷的新都，竟云集了 2 550 名各界群众，他们所组成的欢迎团直接来到机场，头顶烈日、列队恭迎这颗佛牙的到来。此外，还有包括总统、副总统等高官及家属、附近镇区居民在内的超过 3 000 名信众，既有耄耋老人，也有年幼孩童，齐刷刷聚集在供奉佛牙舍利的金塔法会现场以及沿途，只为能在第一时间争睹到这一圣物。据悉，连清洁工人都身着盛装，翘首以待，还开着水车，一遍遍恭敬地清洒佛牙将会经过的道路！

缅甸前政府商务部部长吴钦貌基曾激动地说："虽然自己已年近八旬，但观礼和膜拜佛牙，仍有种醍醐灌顶、灵魂激荡的感觉。在佛牙舍利前近距离打坐、诵经，一股巨大的满足感便会油然而生。"而他的夫人，甚至动情到当场将自己所佩戴的首饰摘下，供奉在了佛牙之前。据事后统计，本次佛牙巡奉期间，参拜人次在 2 000 万左右！缅甸当代著名诗人吴梭纽先生，则在拜谒佛牙之后，以一首汉诗表达了他的心情："胸怀崇敬多虔诚，心地纯洁脸挂笑。信徒夹道迎佛牙，场面动人难述描。"

同年 12 月 24 日，佛牙舍利正式结束了赴缅巡礼。但内比都的大金塔，必将还会上演更多、更新的佛陀故事。

仰光城大金塔，习称"仰光大金塔"，全称为"瑞德宫宝塔"，后亦有称"瑞大光佛塔"，应为音译相近之故。其中，"瑞"有"金"之意，"大光"乃是"仰光"前称，因此，合在一起，即"仰光金塔"之意。

既为瑞德宫宝塔，便可知其与蒲甘古城的瑞喜宫佛塔是齐名的。

此塔名气最旺，为当之无愧的"缅甸第一佛塔"。此塔因其超过 2 500 年的悠长历史，而成为缅甸最神圣的宗教圣地。

缅甸人们一生都会有个愿望，就是到这座大金塔前朝圣一次，至少一次。

实心、圆体、尖顶，通体覆以可以更换的金箔，这便是这座大金塔的基本建式。如今，它正端坐在仰光茵雅湖畔的土丘之巅，漫步城中，随处可见；当然，您也可以乘其塔下的两部电梯而上，近观。

据传，此塔始建于公元前 588 年。根据当地传说，此塔是用于供奉从印度带回的"八根佛发"，即"释迦牟尼成佛后，为报答缅人曾赠蜜糕为食而回赠了八根头发"。如今，它们就埋藏在巨塔之下。

还有一个"扩大版"说法是称，佛塔内供奉了四件佛教珍宝：

夜幕中的仰光大金塔,极尽璀璨。　　　　　摄影:陈三秋

从此处乘坐电梯,便可以登临仰光大金塔的平台,与群塔亲密接触。

摄影:陈三秋

第一仍为佛祖释迦牟尼的八根头发。第二为"拘留孙佛"的佛杖。该佛为《维摩诘经》中载有的"过去七佛"之一,别名"迦罗鸠孙驮佛";也即中国古典小说《封神演义》中所称的元始天尊之一徒、门下"十二金仙"之一仙,后来入释成佛的"惧留孙佛"。关于"过去七佛"之说,系因虽然小乘佛教只认释迦牟尼是唯一的"教主",但是,大乘佛教则认为过去、现在、未来有很多佛,并据此衍生出了"古佛""三世佛""过去七佛""现在贤劫千佛"等概念。受此影响,大乘佛教的典籍便将释迦牟尼出世之前所出现之佛,合称为"古佛"或"过去佛",而古佛之中,最著名的就是"过去七佛"。当然,释迦牟尼,便是继"过去七佛"之后的第一佛,亦即"现在佛"了。相应地,还有"未来佛",即"弥勒菩萨"。

仰光大金塔中第三圣物,为"拘那含佛"的净水器。该佛又作"正等觉金寂佛""拘那含牟尼佛""羯诺迦牟尼佛"等,同为"过去七佛"之一的第五佛。第四圣物为"迦叶佛"的佛袍。该佛也译为"隐光佛",为"过去七佛"之中的第六佛;其降生于释迦牟尼之前,是他的前世之师,曾预言释迦牟尼将来必定成佛。

再多说一点,"过去七佛"中的其他四佛为:第一佛"毗婆尸佛",《地藏菩萨本愿经》有记载:"过去有佛出世,号毗婆尸。"至于其出世时间,依佛经说法,为"距今有九十一劫",这里的"一劫"是"13亿4 000万年",也可以理解为,最早之佛,诞生于1 000多亿年以前了。第二佛为"尸弃佛",据《长阿含经》所述:"尸弃佛于过去三十一劫出世,于分陀利树下成佛。"那也是400多亿年之前的事了。第三佛是"毗舍浮佛",前面的拘留孙佛则为第四佛。而第七佛,中国人可能会比较熟悉,叫"燃灯古佛",又叫"定光如来"或"普光如来",在佛教中是"过去七佛"的代表性佛。燃灯古佛曾为释迦牟尼授记,《金刚经》中记有这样一段话:"善男子,汝于来世,当得作佛,号释迦牟尼。"说的便是此事。

比较有趣的是,可能是《封神演义》广泛流传所造成的附会之故,拘留孙佛和燃灯古佛竟然时有被认为是"由道入佛",即为两名道士!而复随着"三世佛"概念在中国的传播,燃灯古佛还被一些民间信仰纳入,比如"白莲教"编造的经书里就经常提到"燃灯"的名号。

另外,在佛教经典《长阿含经》之《大本经》中,则以"三劫"来概述了"过去七佛"出现的因缘。此经云:世有三劫,即"过去庄严劫""现在贤劫""未来星宿劫"。三劫中,每一劫都有千佛。"过去七佛"中的前四佛,是过去庄严劫千佛的四佛;"过去七佛"中的后三佛,则是现在贤劫千佛的三佛。如依此说,则"拘那含佛"还是"贤劫千佛"之中的第一佛,而"迦叶佛"便为"贤劫千佛"的第二佛了。

当然,还有研究者认为,释迦牟尼也同兼为"过去七佛"之一;又因其现世的时间离我们最近,故为七佛中的最后一佛,即第七佛。照这么说的话,"燃灯古佛"就不复存在了。有点牵强和纠结,我未采此一说法。

在中国各地的诸多佛寺中,也有建造七佛殿的。比较知名的有南京的定林寺、徐州的宝莲寺、五台山的七佛寺、平遥的清凉寺、四川的报国寺、山西的玄中寺等等。

言归正传。仰光大金塔得此"四宝"共同加持之后，便益加神圣了。可能正是由于这些传说，早至公元11世纪时，便已成为缅甸的佛教圣地；再后来，更是成为整个东南亚的佛教圣地之一。

但其实，大金塔建成初期，高仅8米有余。公元1362年，勃固王朝的频耶宇国王将塔身第一次增高到了22米。此王是"乐享余年于虔诚敬佛之生活中"，后死于大象绳索所绊。他的继任者频耶毗登位后，又在塔前加盖了拜佛塔堂。其后，频耶干国王时期，则又第二次将此塔增高至90余米。

公元1453年11月，频耶宇之女信修浮登基为王——有没有大唐"媚娘"武则天之感？当然，信修浮只是继承——缅史之中，她确也是女子举为一国之主的第一人，当然最主要的原因，还是频耶干王死后宫中亲族自相残杀，子孙竟尔绝嗣了；而武媚娘则是自建起了"武周帝国"，如果不是后来复位于李氏，则接近于改朝换代了。英国的G.E.哈威在《缅甸史》中还述及信修浮当权之时，国乃大治，"政绩斐然，懿范永留后世"，很不简单。

关于此女，还有个故事，那就是曾自号"老女人"，这实为不敬之语，出自一阻道老翁骂她之口，但她"若雷轰头顶，以为天意，谨领受之"。这倒有点像清史轶闻中，才子纪晓岚称呼乾隆皇帝时所用的"老头子"一说了，只是语境略有差异。

信修浮没有身死执政任上，而是提前退位并隐居于仰光的。在余年之中，其大部分时间致力于宗教，并第三次将大金塔增高。

据《琉璃宫史》所记:"筑五丈高台,阔三百码,护以石栏,围以石灯,且砌围墙数道,遍植棕榈,吾人今日所见,殆亦不过如此而已。"后来,她还复献500战俘为塔奴,令44人守护神灯,更将与自身体重相等的黄金涂于塔顶——那是25缅斤,即41.28千克左右——大金塔遂具现在所见之规模。

信修浮78岁时,"犹嘱随侍者移病榻于可以望见瑞德宫之处,目注金顶而薨"。终其退隐之后的侍佛生活可见,当为缅甸信佛教徒之典范、之楷模。

公元1871年,贡榜王朝的敏东王,在第五次佛教结集圆满结束之后,以新制的塔顶献于大金塔上,为第四次增高,也是最后一次有史可查的增高。新塔顶高十几米,包以金叶,饰以珍宝,为此塔更添一分庄严华贵。

现大金塔已经成为一个塔群。当然,"大金塔"之名,特指其中央主塔。这座主塔,高112米,由27吨真正的金块铺制而成;下有高大的基座,面积115平方米,底座周长427米。塔身以砖砌成——据佛教传说,佛发被迎回缅甸之日,忽显神力自空中降下金砖,于是众人拾起金砖砌塔——外覆片片可以更换的金箔。塔之四周有门,门外为石狮守护,塔内有玉石雕刻的坐卧佛像。

塔基在主塔周围,形成了一个巨大的露台,每日傍晚,会有佛教信徒协同管理人员一起用水拖洗。露台之上,环绕主塔,另有64座小塔和4座中塔;各塔建制、颜色,从单层到七层、从圆锥形到金字形、从翘檐到圆身、从金色到白色等等,大都不同。此外,另交错贯有绿顶、金檐、金柱、红墙等色彩斑斓的佛亭，以及数量可观的多彩神兽。还不乏形象丑恶、吃人如麻的"魔鬼夜叉"，只不过其已受到佛祖教化，成为佛教护法之神，和"天龙八部"的部众之一。如今，东南亚地区的很多佛教寺庙门前，都供奉着"夜叉"，起到与中国"门神"相同的效用。

露台上的各塔之中、佛亭之内，抑或搭配的佛龛之上，又供奉有众多佛像；每一塔檐之下，几乎也均有一座或多座小型金佛。总数累加，仅佛像便数不胜数。露台一角，还有一座重达 25 吨的大钟，是缅国吉祥幸福的象征。缅甸人民对此深信不疑，经常会有情侣或者携家属之人，排队叩击大钟三下，以期能够带来好运。

露台北侧，还有一个淡绿色的岗亭式佛亭，其上是一层白色塔基，塔基之上有五座大小不等且带 7~9 层水彩壁画的方穹形无檐金顶浮屠，样式非常突出，轮廓有点像中国"红色革命圣地"延安城中的那座标志性宝塔。这五塔的坐落方位仿似须弥山及四周小山。中间一塔最高最大，差不多 10 余米高；其壁画为 9 层，但每一壁，又都有金色纹带将这些油画分成左右各一幅，所以仅一面即成 18 幅；全塔则有 72 幅，所绘内容，俱不相同，但均出自佛经中的佛陀故事。四角的 4 座小塔，塔身之上每面都是 7 层相同的油画，应仅起同主塔形制陪衬之作用。

另外，北侧还有几长排的烛台，上面燃满了香烛。这一点与缅甸其他佛塔是不同的。还有露台南侧，信修浮女王当年所植的棕榈树竟然还在。当然，也有可能系后来补植的。光影透过棕榈叶，打在各座塔壁之上，很是唯美。至于东南角的那棵菩提树，就更是神乎其神了。据说树龄已至少有 2 500 余年，并移植自印度"佛教四大圣地"之一的菩提伽耶,又称"菩提道场",即佛祖释迦牟尼当年苦修 49 天,于菩提树下悟道成佛的那棵禅定神树!竟然不少信徒"狂信"不已,以致每天都会吸引无数香客、僧众来树下顶礼膜拜。菩提伽耶也就成了佛陀正觉之地。

补记一下,"四大佛教圣地"的其他三处,分别为兰毗尼、萨拉陀和拘尸那。其中,拘尸那的全称为"拘尸那揭罗"。这四地均出自佛教的诞生之国——印度,且各自对应佛祖生平的四大佛迹。余下这三地的对应佛迹各为"佛陀诞生之地""佛陀初转法轮之地"和"佛陀入灭涅槃之地"。我去年从印度游历南北而归,如今,这方佛教诞生之地,却已很难再见佛教遗迹。可叹,可惜。

沿着露台绕主塔一周,您便会发现,主塔对称四边的四座佛亭之中所供之佛最大,也最多;有时中间会有一尊纯金覆身或锻铸的玉佛与金佛,还可以通过视频进行放大,呈现在塔柱之上的电视屏幕中。主塔之顶,还悬有一座做工精细的金属罩檐,檐上挂有金铃 1 065 个、银铃 420 个;檐下的塔顶,则另饰有 5 440 颗钻石和 1 431 颗红宝石与蓝宝石。据说,其中位于塔尖最高处的一块,竟是重达 76 克拉的金刚巨钻!

曾另有说法认为,大金塔上"镶嵌了 5 448 颗钻石,664 颗红宝石,551 颗翡翠,1 600 颗玉石",而塔身上挂有"金铃 1 200 个,银铃 14 200 个",出入不小,难定真假。但唯那颗著名的巨钻,依然同为 76 克拉。

大金塔,真是用尽浮丽之能、穷极奢华之功啊。通观来说,

第 4 篇

The floating clouds

异域他邦 久违了 **缅甸**

仰光大金塔平台上的这座粉彩小塔，有着惊人之美。

摄影：陈三秋

仰光大金塔中供奉的金佛。　　　　　　摄影：陈三秋

徘徊在仰光大金塔的平台上，问道群佛。　　摄影：陈三秋

它整体呈恢宏之势，有浩瀚之气；主塔金碧辉煌，辅塔宝光灿烂，皆具雄伟壮观、神圣明达；也是你得其所，我有所长。另有一说，是此仰光金塔，而非蒲甘佛塔，与柬埔寨的吴哥窟、印尼的婆罗浮屠，一起并称为"亚洲三大佛教遗迹"，只是很难考据。还有一说，是称此三塔并列为"东方艺术的三大瑰宝"，东方各国估计没有一个服气的，也就更不靠谱了。加之这项争议仅属缅甸内务，就随人们各说各的、自说自话吧。

公元2012年11月19日，一幅有关大金塔的照片快速传于网络，并引起了全缅人民的亢奋。那就是贝拉克·奥巴马——作为有史以来首位在任期间访问缅甸的美国总统，以及国务卿希拉里·克林顿等一干人，一起"光着脚丫"，漫步在大金塔中，祈福。连"最强大"的国家元首，且为外国元首，都不例外，要在登塔之前，脱去鞋袜！

而在早先，据悉，贝拉克·奥巴马一行的访问日程中，并没有参观大金塔的安排。此中的蹊跷，便是美方与缅方的安保团队存有分歧。美方起初坚持总统及保镖上塔并不脱鞋，但缅方坚决不予同意，坚称佛教习俗，不容一切"俗人"破坏！这便是没有安排造访大金塔的背后深层原因。由后来的情形看，还是美国总统在缅甸风俗面前选择了尊重与妥协，最终才能得偿所愿，登临大金塔。缅甸人们为之窃喜不已。当然，贝拉克·奥巴马也似有所图，那就是为后来在仰光大学的公开演讲做好台词铺垫——当他在讲演开始便对大金塔大加赞美之时，暖场的效果便瞬息达到了。

我们也已知，北京灵光寺的佛牙舍利，为全世界佛教信徒心中的圣物之一。公元2013年6月,继该佛牙在数年前于内比都等地巡展之后,为了进一步增进中缅友谊以及"以佛结缘",另兼满足缅甸佛陀信众的信仰需求,中国佛教协会向曼德勒、内比都、仰光三地,分别捐赠了一尊,总计三尊"佛牙舍利等身塔"!即用复制的等身塔装着复制的佛牙舍利的组合金塔,以供缅甸民众,长期瞻礼。

当月12日,天降甘霖,其中的一座等身塔乘着彩车,在雨中运抵仰光。缅甸各界人士,计有上万,会集在大金塔前,冒雨举行盛大的恭迎和安奉仪式。各身着白衣的信众在双手合十瞻礼、作揖盛迎之后,还依缅甸佛教习俗,抬着这尊佛牙舍利等身塔,在一片诵经声中绕大金塔巡礼一圈。可谓盛况空前,虔诚有加。

自此,虽然佛牙和塔座均为复制,但也算是大金塔再得"第四个半"圣物吧。

从曼德勒,到内比都,最后是仰光,如果再加上蒲甘,这三地或四地的三或四座大金塔,既同为驰名世界的佛塔,也均是缅甸国家的象征。当然,最能成为缅甸人民骄傲的,可能并非这些有形之金塔,而是深植于缅甸人心头的无形信仰!

唯融于这些大金塔背后的这份遁入灵魂的虔诚,可堪与佛陀的普世众度的善念、无边佛法的精神一样,与世长存,或者,永垂不朽!

2018年10月23日于仰光,埃斯佩拉多酒店

64 茵莱湖上行舟

17日晚10点,在罗比·威廉姆斯的《曼德勒之路》音乐声中,乘着曼德勒发往茵莱湖的巴士,一路向南偏东驶进,约莫7小时,也就是次日凌晨5时许,顺利抵达茵莱湖的所在地——掸邦首府,东枝城。

这里曾是中国唐宋时期在梵语中被称为"妙香国"的地方,主要居民是中印半岛望族"傣族"——而在缅甸被称为"掸人"。公元1947年,此地通过签署"彬龙协议"携手其他缅甸势力共同于次年1月一起从大英帝国手中获得联合独立,并基于该协议而加入组建后的"缅甸联邦",时任联邦的首任总统便是来自这片大地之上的永贵土司——苏瑞泰。不过后来,随着军政府当权,苏瑞泰冤死狱中,掸邦开始走向了反抗的道路。公元1993年时,坤沙还据此建立了一个自治政权——掸邦共和国。公元1996年,掸邦共和国投降,此地重归缅甸政府掌控。

这片大地之上,重镇颇多——熟悉中国远征军作战历史的人应该会更清楚些,除了东枝,还有腊戌、木姐、景栋等等。此地也地广人多,为今日缅甸面积最大,也是人口最多的一个邦。

尤其是东枝，不仅以广袤的柚木林著称，其咖啡豆和葡萄酒也是缅甸一绝。

东枝还因其坐落于掸邦高原，海拔高、气候凉爽而成缅内著名的避暑胜地。其周边的山岭之间，也有着诸多江河谷地，如锡波盆地、登尼盆地、良瑞盆地等，与伊洛瓦底江并驾齐驱的萨尔温江便流经此地。其中，东枝西南的良瑞盆地，长22公里，面积可达116平方公里，盆地之上还有一湖，是为早已闻名遐迩、游人趋之若鹜的茵莱湖了。

茵莱湖要比仰光城中的茵雅湖大许多，南北长14.5公里，东西宽6.5公里，为缅甸境内的第二大淡水湖，仅次于缅北秘境、以盛产翡翠闻名于世的克钦邦内的茵朵基湖。茵朵基湖亦名"因道吉湖"，其形犹如一片美丽的石榴叶子，镶嵌于克钦的崇山峻岭之中。据说，此湖域曾发现有通体纯白色的神兽白象以及濒危之鸟黑腹蛇鹈，如有机会可以去探寻一番。

一湖就这样南北延展在掸邦高原的大地上，像一滴巨大的眼泪，澄亮地垂落此间；而后，泪水泛滥成灾，而成浩瀚辽阔的水乡泽国茵莱湖面。

茵莱湖海拔较高，接近千米，且三面环山，山上及山脚都还有星星点点的人家，因而行舟其上，犹如置身于一幅山水田园画卷。这也就是新加坡作家叶孝忠笔下的"那湖位于缅甸的中部，被群山好好地收藏着"之感。可能，也正因此，这一方湖，便成了"缅甸的首席旅游目的地之一，毫无例外地出现在所有缅甸旅行者的行程中"。

初抵茵莱湖，来不及休整，便将行礼寄存于当地友人家中，

茵莱湖上行舟，可以荡尽心中块垒。　　　　　摄影：陈三秋

喝了杯香浓过甜的东枝咖啡提提神，不曾想困意竟然愈加袭来。但最终还是难以抵挡探秘茵达族人的诱惑，便兜着友人的摩托车来到他们的"车库"——码头挑船。后来我挑了艘中小型带马达的天蓝色"月牙船"，然后从库房中搬出舒适的坐垫和靠垫，套在临近船头的木椅上——这是要"打一场持久战"的节奏。随着马达一声"突突"响，一缕清冷的湖风迎面扑过，禁不住竖起衣领，裹紧——茵莱湖上行舟之旅便正式开启了。

无疑，这将是一次中印半岛上的诱惑之旅。

困顿全消，立刻。

我们顺着湖道，由窄变宽，再变宽，直到汪洋一般。屁股

在茵莱湖上，可以找到"天空之镜"的感觉。　摄影：陈三秋

第 4 篇

The floating clouds

异域他邦
久违了 **缅甸**

底下的坐骑，也随之变成了一叶扁舟。

两岸的群山在晨初的雾气中朦胧次第，若隐若现。还是那片片仿如孤悬遗世的山间家园，荒凉中透着无拘无束的自由。

我们知道，老挝人喜欢生活在山里，那么，缅甸人便是喜欢生活在水上了。可能同有酷热之中自得清凉之故吧，但也由此形成了两地不同的民风民情。

不错，茵莱湖上，一半湖景，一半风情，各有不同。

日出之前的清晨，除了"突突"的马达声，周遭是被世界遗忘的寂静。但不是孤寂——因为，这里是平和的、怡然自乐的家园，以茵达族人为主的数族之人远离战火与政治纷争的宁静家园。叶孝忠在《缅甸，现在去最好》中写道："茵莱湖远处是山近处是水，天地相连处是偶尔被打扰的湖，船艇剪出一圈一圈圈的涟漪，水草在清澈的水中轻轻舞动，晴朗的天空容不下一朵白云，画面干净而张弛有致，有无数的浓彩也有大量的留白。"便是此地、此湖、此刻的风情了。

再行一会儿，日仍将出未出，所以，雾笼湖面之景依然持

茵达族人的湖上生活，是一首歌，以及一道令人陶醉的风情。

摄影：陈三秋

续浓郁着。但已经依稀能够看到一些漂浮的小渔舟,那是早起捕鱼的茵达族人。他们有着难得一见的缅国勤劳。他们把船停泊在遥远的湖心,然后用一根长长的竹竿,一次又一次投于湖中,间或撒下一网,只是看不清他们的收成如何。

这时,有两艘仅能容下 1~2 人的小船迎面向我们驶来。船上各有一人,均着米黄色的对襟布衫,有点像中国清末民初码头工人的画面。两船、两人,整齐划一地立于小船之首:一腿立于船上,一腿别紧船桨,保持着渔船于湖面之上的稳定与身形的平衡;空出的双手,一手执鱼叉,一手执拜锁——这是茵达族人专门用来捕捞大鱼的竹笼,有点像用竹篾编织而成的硕大漏斗,高近 2 米,锁口直径宽约 1 米。他们除了将拜锁按入瞅准的一片水域,然后用长枪状的鱼叉沿着拜锁空隙频频插刺——捕捉被笼住的大鱼,还可以用一腿一膀固定住拜锁,然后用另一条腿作为支点,像圆规一样在船上转一圈。身姿非常

茵达族人的捕鱼生涯,是一种艺术! 摄影:陈三秋

灵活，有如我们年少时用圆规在白纸上画上一个圈般干净利索。

在茵莱湖上，这种专属于茵达族人的"单腿捕鱼"方式，是一曲无声的"天鹅湖"和一支优雅的"芭蕾舞"，瞬间会令您叹服不已。世界很大，大到竟有如此奇观；世界很小，小到此情此景唯此一处。

我被深深地震撼了。

于是，便让我们的小船也静静地泊在湖心的不远处。不是拍照，而是肃穆地观赏。这是化生存于艺术的巅峰之作！许久许久，他们就这样静静地舞动着，捕着鱼。这两个我从未曾想过今生会偶遇，可能此生也不会再重逢到的茵达族人，竟成了我心头最美的一丝记忆、一道风景。唯一的憾事，就是未能为我的欣赏"买单"——忘记了向他们"付费"，微薄不足为道的"对价"。

我问了下友人，他们一天的收获将会如何。友人答，三五条鱼吧！瞬间，些微的心酸，泛于心田。一船、一人、一柄鱼叉、一件拜锁，便是他们的全部；一出一返，一投一收，便是他们的一生。

也许，本不应该。这就是生活——生即为活，苦困自知。也许，他们是快乐的，这是他们的选择——好过政治的血雨腥风，与浮世的钩心斗角。

据说，数百年前，茵达族人曾被作为掸族的一个支系，因为政治原因而被流放禁锢于缅东的这片湖域。您会想到什么呢？是不是柬国腹地的洞里萨人？抑或，同位于缅西的罗兴亚人？

洞里萨人是不幸的，作为越战的难民，至今尚得不到户籍和承认；那些漂泊的"越南浮村"，几近历历在目，述说着世间的无情与无尽的沧桑。其与此地的茵达族人，现在应该均繁衍有50余万人之众了吧？其未来又该何去何从呢？

还有罗兴亚人，就更不幸了。他们曾经是声名赫赫的阿拉干人，也曾是缅甸历史大家庭中不可分割的若开族人，还曾因"盛产"廉价的苦力与善战的水手而被称为"吉大港人"，但如今，他们还仍在若开邦与孟加拉国两地之间"浪荡"，应该已经有130万人的"流浪大军"了吧。究其渊源，那还是二战期间的旧事，为了"圣战"和"自立"，罗兴亚人向当地的佛教寺院进攻。正是始自那一时期的开火事件，加之50余万穆斯林的背景、伊斯兰教的信仰，时至今日，仍不能为当地的佛教徒乃至缅甸政府所容。其间，还在公元1988年发生了苏貌将军的"武装清剿"；缅甸于公元2011年新颁布的《宪法》也将他们的问题与诉求束之高阁。于是，一些极端组织就此滋生，在新宪法颁行的次年，便发生了两次惨烈的骚乱；公元2016年和2017年，流血事件接踵而来，对应的，便是往复的军事打击与血腥镇压。这便是国际关注的，也是令有着"东方的曼德拉"之誉的昂山素季声名扫地的"罗兴的亚人难民危机"，或称"罗兴亚人事件"。

他们是多么的"不被待见"啊！甚至连英国作家乔治·奥威尔也未能笔下留情，在其《缅甸岁月》一书的开篇，便出于鄙夷上缅甸的法官吴柏金，而将他的着装设计成了一件阿拉干式笼衣。其实他有所不知，正是英国的绅士们在第一次侵缅战争之中将此地先予割去的；也是在大英帝国的治下，加速了从周边国家向这里迁入和衍生出了大批穆斯林移民；再加上二战期间，英军向这里提供的军火弹药，才一而再、再而三为"罗兴亚人问题"埋下种种祸根的。

罗兴亚人的血泪史，与英国人的"贡献"分不开！

当然，与罗兴亚人还将继续承受的、看似仍然无解也无人愿意放下身段前来解救的"种族清洗""民族冲突"等不同，也与洞里萨人仍将终年无根漂泊不同，茵达族人已经先行一步，走出了历史厚重的封尘。他们也已经爱上了这里，并把这片湖，发展成了"国中之国"，一个怡然自得的家园。算是因祸得福吧——"陆地于我等而言，不过是沾满鲜血与尘埃！我自甘享茵莱的鱼米情。"

淡红色的日出开始了，画风渐转，也一扫心间阴霾。

茵莱湖——茵达族人的避世天堂。　　　　　　摄影：陈三秋

那是源自远山之巅的一抹彩光。静静地从薄雾中,划过天际,洒落湖面。远处的人家,逐渐清晰了起来,那是茵达族人栖息的家园。它们以180余座村落的方式,点缀在群山腰线中或者湖畔边,织就成不一样的世外桃源。

随着日渐高升,驱去氤氲,湖面捕鱼的渔夫、渔船也开始逐一繁忙起来。一束温柔的阳光,像散漫的光柱般,打在船身上,波影重重,有点耀眼的恍惚——这些茵达族人似从光中投下,泻于湖中;然后,又终将随着这光的神迹,返归天上。借用诗圣杜甫《赠花卿》一诗,这便是:"茵莱渔舟日纷纷,半入湖风半入云。此景只应天上有,人间能得几回亲。"

日出之下,一湖动起,万山复苏。茵莱之湖,确实收藏着天地之美。虽然缅甸最负盛名的是伊、萨两江,但也不能因此而辜负了湖;中印半岛之上,也确因湄公之河而闻名于世,但正如叶孝忠《缅甸,现在去最好》笔下所言:"有湖的所在,总让人觉得舒坦。河是关于到达和离开、物流和搬运的。缅甸的历代王朝大多立足于伊洛瓦底江流域,河是诞生伟大故事的舞台,而湖则让你停下脚步,让安逸闲适得以发生,在湖边和河边发呆,想的事情会有所不同吧。"小到上下缅甸,大至整个半岛,江河湖泊如此众多,又该有多少的故事与心思啊!

再往湖中驶,除了山环着水,水映着山,画面也更加灵动了,风情渐次叠生。先是一片片的水上人家,那是与神似洞里萨湖"越南浮村"的高脚屋或吊脚屋。茵达族人还别出心裁地因地制宜,就近发展出了一些制作和寄售缅甸玉饰、纸伞、银器的手工坊。其中还有一种莲丝花布很是奇特,这是从掰开但又将断未断的清鲜莲梗中将藕丝巧妙抽出，然后趁着其微微的黏水，用水将其揉搓成一根根结实的线，待线干之后，便为白线。茵达族人再从各种植物壳、椰子壳中提取染料，将其上色成五颜六色，然后用梭机——也就是我们最传统的织布机，将其纺织加工，便成一块块花布。这些花布，简单来说，可成莲丝围巾；复杂一点，经过裁剪可以缝制成莲丝衣服。因其材料生态原始、透气性能极高，因而深受人们喜爱。还曾被一些聪明的商人运作成西方的"奢侈品"，因此价格不菲。

这些手工作坊大都坐落在座座孤岛之上，但这些孤岛均不是真实的岩石小岛，而是悬浮在水上的，只不过其底部被茵达族人精巧地固定住了，因此，与柬国散落的"浮村"不同，这里则直接以其别有的智慧，形成了成片的"浮岛"。"浮岛"之上，可以种植瓜果、蔬菜，还可以建起缅甸人民的信仰——佛塔、寺庙，规模宏伟，不输缅国陆上。这里的茵达族人除了居于山腰河畔，也可以直接在水上经年生活了。

尤其是这种"浮土栽种法"——利用湖里的水草和泥土，

当年为避战乱而来的茵达族人,已经拥有了自己中意的小世界。　　　　　　　　　摄影:陈三秋

就是这方天地,盛产出了缅甸著名的莲丝花布。
　　　　　　　　　　　　　　摄影:陈三秋

茵莱湖上的"浮土栽培法"。　　摄影:陈三秋

且以竹篱、木桩等将其围住，在水面上筑起一垄一垄的稻园、菜园、花园、果园，然后左右两侧又佐以可以往来照料与收割的水道的做法——还深受国际社会青睐，多次研究之后，将向全球的其他贫穷地区推广。只是他们可能有所不知，这些经此法而成的"浮岛"便是茵达族人最重要的财产，也可以理解为他们的"土地""房产"等不动产，也是茵达族人的女儿出嫁时，最宝贵的嫁妆！眼前恰有一船缓缓地划过这片"嫁妆林"，"田林间"的湖面涟漪蓬生，而这些"园子"竟也会随波荡漾，想想，真是大智慧，也为人类社会造了一次"七级浮屠"。

于是，茵达族人的灵感又要再次出发了，这一次是将电线杆沿着各个"浮岛"架设了起来，至此——人家、学校、医院、电视甚至空调——这些现代化之物，也便来到了"浮岛"之上。也从此，他们便可以在水上轻盈地、舒心地荡着，卧赏湖光山色，静享水上信仰，日日与这些水景风情相遇，天天一洗身上心头的凡尘。

因为湖，景点和生活便都在水上，轻轻、轻轻地荡漾。"浮岛"与"拜锁"，也便成了茵达族人再也无法从游人的记忆中分割出去的专有符号。一群孩子划着小船，从"浮岛"远处疾快地驶出，身姿如飞；有男孩，竟然也有女孩；约略都只有七八岁，都是用左右任何一腿在熟练地划桨！他们是在比赛，也以此来完成从小就须学会的这项代代相传的生存本领。您一定会再一次，为之震撼。

在上个世纪五六十年代，"诗帅"陈毅曾两次到访缅甸，其中一次，便没有错过这片湖。也许，他正是看到了这番景象，也是心头一震，就此写下了"飞艇似箭茵莱湖""碧波浮岛世间无"等溢美诗句。

看着这些逐一从身边擦船而过的茵莱之子，看着他们是如此瘦小但已经摇曳自如于船上的身影，再看着其被质朴与稚嫩写满的脸庞，您会作何感想呢？是否也会如我一样，想到世事艰难，各自存活呢？我问了一下，他们可是自六七岁起就要接受这种"课外培训"了，甚至重于课堂之内的书本；万千知识如浮云，这一"腿功"才是这方水上的生存之本。而且，这种交替用两腿划船的习惯也深有讲究，也是"高人一等"的智慧——既能令长年"行走"船头浪尖不常动腿的茵达族人保持四肢的均衡生长，防止蜕化，还可以使其站立船上、视线开阔，同时解放双手，将其腾出用来撒网、抛叉、捉鱼！一人、一船，水上作业，行船与捕鱼两不耽误，神不神奇？

"再敬岁月几杯酒，往事不言愁，余生不悲秋。"这般自勉，实则难掩心中伤情的感慨，在这一茵莱湖上，此般心情还会萦绕心头吗？来到此湖，竟也会给您以无穷的力量！这是冥冥之中的生存哲学，得此哲学的茵达族人，也就此活得波澜壮阔。

当然，茵莱湖与其人民的成就，还并不止于此。他们依着"浮岛"间隙，就着一处40余米宽的湖道，形成了若干"水上集市"。其中，最大的一个，叫"伊瓦玛"(Ywama)。这个市集全是由小船组织而成的："卖方"沿着河道两侧，靠着"浮岛"在船中摆上"地摊"——水果、肉类、蔬菜，甚至油盐酱醋、各色纪念品都有；而"买方"便划着小船，绕行其间，一一洽谈。画面甚是丰富而灵动。伊瓦玛不是每天都会开市，而是每五天举办

就是这些小渔船，成就了伊瓦玛集市。　　摄影：陈三秋

一次，因此，也称"五天一日小街"。

曾有人将泰国的曼谷称为"东方威尼斯"，而我则觉得，可能茵达族人在茵莱湖上的生活和风情，才更应得此之名。而茵达族人也确与威尼斯人有着相似的商业行为，只是他们隔世于斯，不曾远行罢了。

这里也很像美国好莱坞电影——由凯文·雷诺兹于公元1995年执导的《未来水世界》中的面貌，只不过，该剧系科幻电影，而这里则是每日上映的真实场景，是一个名符其实的"水上家园"；剧中之人是悲观地、无可奈何地被迫选择了在"浮岛"之上生存；而茵达族人则是顺其自然，在这里扎下了根，祥和地生活着了。意境各不相同。

当然，之于茵达族人，这片茵莱湖还是包容的；这里还生活着另一个人口已经稀少，但更加神秘的部族——长颈族人。他们归属于克伦族人的一支，也曾世代居住于这片湖域。这里丰足的渔业资源，足以养活各族居民，便自然可以实现这两族以及其他各族之间和谐共存了。

这些克伦族人虽与茵达族人共同生活于这座"水上世界"，但他们的世界又"别有天地"。其最显著的特征便是，族中的女子自5至9岁间，便要举行非常隆重的仪式——给她们的脖子上套上13个金色铜环。这需要先对这些小女孩的肩部和背部进行推拿按摩，待变得极为柔软之后，再由精通此道的族内技师将这些铜圈一一套至女孩子们的脖子上。虽然已经尽量在减轻她们的疼痛了，但整个过程一般还是要花上好几个小时；配套成功后，全族之人还会载歌载舞地庆贺一番。

但是，这并没有结束。嗣后，还将根据女孩的年岁增长及身体发育，继续往脖子上套上一个又一个铜环——最多要套到25圈！而且，这些铜环每一个都重达1公斤，也就是说总重可达25公斤。最后这些层层叠起的铜圈，覆盖住了女孩子们的整个脖子，并将伴随她们的一生——除了"结婚""生子"和"去世"可以打开之外，其他人，包括她们的丈夫，在其他时刻将再也无法看到她们的颈部。

久而久之，这些沉重的铜环一是将她们的肩胛骨压塌，一是将显得或确能起到将她们的脖子拉长之作用；由此，她们便得到了"长颈族人"之名。

茵达族人的湖上家园。　　　　　　　　摄影：陈三秋

第 4 篇

The floating clouds

异域他邦 久违了缅甸

据说,这一习俗最早源于该部族担心自己弱小,女孩子们容易被其他部落抢走,便发明了这种延续至今也令人瞠目结舌的做法。后来也影响到了族人集体的审美观,那就是女子以长脖子为美——越长越漂亮。当然,还不止于脖子遭受这番蹂躏,由于族中男人自比为"龙",女人自然便是"凤"了。如此一来,女孩子们连手腕和脚腕也躲不过去——也要套上铜环或银环,既为装饰,也是为了让四臂腕头能够保持在幼年时的状态,终其一生像凤凰一样纤细。

无疑,这是一种恐怖和残酷的陋习。与中国旧社会强迫女子缠足而成"三寸金莲"如出一辙,甚至有过之而无不及。非洲向来古怪多,撒哈拉沙漠中的贝都因人部落中,也至今留存着女孩三五岁间就要蒙上面纱的习惯,但那要文明多了;肯尼亚的马赛族因为觉得耳垂越长越好看,所以便不分男女老幼全部打上宽且大的耳洞,最后看起来便像一根肥硕的橡皮筋,这可能较长颈族人的"痛苦"还要小一些。残酷至极的可能要数埃塞俄比亚南部十六部族之一的摩尔西族了——当地女子在出嫁前几年便要佩戴直径长达 8~20 厘米的"唇盘",这是要以敲掉下颚牙齿和割唇为惨烈代价的,但不佩戴不行,否则再漂亮也嫁不出去。

不过,似乎长颈族人早已欣然接受了这一习俗,所以,当您与她们对话、合影或者"细细欣赏"时,她们始终平静而祥和。她们终日安静地纺着纱、织着布,从出生、戴环、出阁再到老去,似乎从未想过拒绝,哪怕是一次。这便是茵莱湖上的克伦族人。他们生活的部落,同样被掩映在青翠的群山、绚烂的荷花和夺目的佛塔之间,与世隔绝着,也长存着。

这片湖域还产有一种名叫"蛇头鱼"的鲶鱼,当您身体或心灵有一疲累之时,可以就着此鱼饱餐一顿,然后再次出发,"漫步"于这座广阔的湖与"岛"上。

佛国缅甸自然是处处少不了佛塔、寺庙的,这里的"浮岛"之上,也有不少。其中,最有名的一寺和一塔可能便是跳猫寺与五佛塔了。

两地既然均坐落于"浮岛"之上,那便是依水而建了,故而都需要乘船前往才可。湖面倒影重重,也很是惊艳。跳猫寺是一处柚木铁顶简陋古寺,因当年寺中僧人悟道参佛时获感于猫之跳跃,便饲养和训练了一些可以像马戏团中的表演一般,能够排着整齐队伍,依次跳过一个直径 30 厘米左右圆圈的可爱小猫,久之传扬开来,"猫声大振",而得此一寺名。其原名"波道乌寺",似乎被渐渐遗忘了。不过僧人故去后,其猫仍在,但此寺便再无猫跳表演了。

跳猫寺迄今已建寺有 150 余年。寺中空间广阔,正殿之中

第 4 篇

The floating clouds

茵莱湖的"浮岛"上，也有显示信仰的建筑群落。

摄影：陈三秋

有着多座大小不一的佛像；地板之上，长年摆放着可以随时饮用的茶水银盘；此外，还沿着长廊形成了繁茂的寺内市集，销售着衣服、木雕等纪念物品。寺内的寺亭和围栏上可以观赏湖景，正好这里可以停泊登岛，而周边又有"浮田"，所以，很多游人便可以撑起遮阳伞，乘上茵达族的渔船，一边欣赏着"单腿划船"，一边琢磨这里的"浮田"。

五佛塔因为一个传说，名气更是响彻了缅甸大地，也成了湖上"香火"、信徒最盛的"圣塔"。这个传说起自当时久已流行的"点灯节"，也叫"燃灯节"；每年举办的时间不等，但都在 10 月间，我到访之时，正值节日进行之中。其主要仪式为：茵达族人载着一艘摆满鲜花、贡品的通体鎏金"凤凰船"——也可以理解为"金天鹅"，将五佛塔中供奉多年的金佛请出，然后沿湖巡游周边百余村；而当"凤凰船"游到各个村头时，村落中人都会组成龙舟队盛装相迎，热闹非凡。这既是为了寻求佛祖对各村的庇佑而举行的佛事庆典，也是茵达族人一年一度、自娱自乐的狂欢节。故事便出在其中的一年——寺内墙上的壁画和报纸告诉我们，那是公元 1975 年。

由五佛塔之名可知，寺中应该主要供奉有五佛，所以，按照之前惯例，当年湖中各村便把这五尊金佛同时请到了"凤凰船"上。可是，船行至不远，离奇的事情便发生了，湖上突然狂风大作，湖浪翻滚，竟然把"凤凰船"掀覆在了湖中。而五尊佛像自然也就掉到了湖里，惊慌失措的当地村民马上派人进行打捞，但最后却只找回了四尊金佛。正待大家失落而回时，竟然发现第五尊金佛神奇地坐在塔内的佛座上，并且安然无恙，其佛身上还湿漉漉地沾着水草。

当地友人对这件并不久远之事深信不疑。如今翻船的地方，就在离此塔不远的湖中，那里还就地设立了一个"凤凰船"的复制品，算作纪念碑吧。这件事后，湖上村民可能认为是佛祖觉得他们还不够虔诚，也有可能是因为此事令他们更加虔诚了，不管怎样，最后他们便经常来到五佛寺，并为寺中的五座仅几十厘米高的金佛逐一贴上一片片、一层层的金箔。日子久了，这五金佛就"身材大长"，变成了大几十厘米高；"身材"也就此变形——玲珑的佛像，变成了五个葫芦状的大金块。

也是自此时起，茵达族人的节日上，便不再是五佛同时现身，而是只载着其中的四佛进行巡游了。友人的解释是，塔不能无佛，也可以理解为是要留有一佛镇守佛塔才行，要不然，要么佛祖会不高兴，要么河妖会继续兴风作浪。再发展到后来，每次的巡佛之后，各村的龙船还会齐聚于湖当中，举行声势浩大的赛龙舟比赛，同样是用一条腿划船，锣鼓喧天，热闹非凡。

该塔，又名为"彭都奥佛塔"，自公元 12 世纪前后迎回了五尊金佛，所以才得"五佛塔"之名。不用说，这一定是茵莱湖上最重要的佛塔寺庙了。其结构确实融合了塔与寺两种风格：其高耸的金顶似塔，而其顶下四周的砖红色翘檐形建筑群落则像寺，且中间为空，带有大殿，故为塔寺。整个塔与寺的群落，仿佛一朵冒出水面的莲花，矗立在湖中的"浮岛"之上；四周湖水弥漫，且贯以漫长的圆形长廊，水映金寺，竟有着些许马六甲的海峡清真寺之感。

五佛塔的殿内，除了五尊金佛之外，还奉有不少其他大小

彭都奥佛塔是茵莱湖上的圣地。　　　　　　摄影：陈三秋

彭都奥佛塔中的资料，记录了当年金佛掉入湖中的情景。

摄影：陈三秋

不等、颜色各异的佛像，往来参拜的人们，络绎不绝。塔外的正前方是几条长长的湖道，不断有游人驶来送往；而塔之左右，则各是一条偏窄一点的小河道——两岸也是以"浮岛"而形成的沿湖人家，餐馆、商店都有。这左右的河道之上，还都又架起了座座木桥。木桥的各个柚木桥柱之间的间距很小，可能仅容得下一船独行，所以，我们乘船穿行其下，如不减速，则很是考验船夫的驾驶技巧。

以五佛塔为中心扩展开来，便是茵莱湖中茵达族人最繁盛的集聚区了，甚至可以理解为是南京的新街口、成都的春熙路等。也可以说是这处湖域的灵魂。沿湖的百余村落，可能对于游人们来说，都太遥远，终其一生可能也不会涉足；所以，这方汇集诸般风情的中心"浮岛"，竟成了这里的水上天堂。

茵达族人肯定是幸运的，他们成为茵莱湖的主要坐拥者；而且，距离外部的花花世界何其远哉。也正因此之故，便如蒲甘古城一般，一水一陆，一湖一城，弥留下了缅甸最朴素的两朵"莲花"。它们可能都不是最鲜丽争艳的，当然也会面临花开花谢，但，思及湖中终年长存的莲梗和生生不息的"浮岛"，还有那件渔夫手中的拜锁，我们可以说，它们虽然也会面临着生与死，但它们对自由的向往和精神，我想，终是永不凋零的。茵莱湖的行舟也会有终时，但就连返程的微风，也会让您深感人心淡泊之后的浩瀚。其人与湖，也便俱不凋零了。

2018 年 10 月 18 日于东枝，茵莱湖畔

65　上下缅甸春秋

缅甸有"上缅甸"与"下缅甸"之称。此一循例，似乎广泛存在于世界各国之中，只是称呼上略有差异而已。如越南，有"北越"和"南越"之分；朝鲜半岛迄今也仍有"南韩"与"北韩"两国；老挝有上、中、下之说；过去的柬埔寨盛世王朝之下，则有"陆真腊"与"水真腊"；甚至连美国亦有"东部"与"西部"的说法；而中国，则是"江南"与"江北"了。

不足为奇。

最早的上下缅甸之说，可以追溯到东吁王朝的开国之君莽瑞体，此王曾于公元1531年建国之时自称为"上下缅甸之王"。

但这一说法的正式流行，可能源自大英帝国发动的三次英缅战争期间。最典型的观点是公元1852年缅南的勃固为英军所占，史称"下缅甸"陷落；待到公元1885年缅北的曼德勒复又为英军所陷，史又称"上缅甸"被侵占。至次年初，官史认为，整个缅甸已为英国领地。

可能正是受此影响，英国作家乔治·奥威尔在《缅甸岁月》这本小说的起篇便有此句："上缅甸乔卡塔的地方法官吴柏金正坐在凉台上。"从而,拉开了一条貌似非常久远的、涓涓的历史长河。

苏联的"缅甸学家"瓦西里耶夫在其所著的《缅甸史纲》中,也是在认同上下缅甸的说法以及其陷落顺序的基础上,开始研究缅甸从"英殖""日战"到"独立"的三大段历史的。正好弥补了英国"缅甸学者"G.E.哈威《缅甸史》一书截至该国覆亡于英军枪炮之后的那段史料。再加上缅甸自己的《琉璃宫史》,这三部著作,便是公元1947年以前的"缅甸全史"。

但综观全史,虽屡被提起,但上缅甸和下缅甸并无唯一之准确分界线。

由此,可以从"地理"和"军政"两个层面来洞悉上下缅甸之论。

从地理上来看,大致以曼德勒省南部、现首都内比都为基点,画上一条东西方向与赤道平行的虚线。该虚线所及之处,大抵上为东西两江,即萨尔温江和伊洛瓦底江的干流流经之区,以此,将全缅一分为二:线上,即以北区域,为上缅甸;线下,即以南区属,则为下缅甸。上缅甸为以曼德勒为中心的广袤的内陆地区;下缅甸则包含三大块,即以仰光为中心往北至虚线处的部分内陆地区,以及滨海的阿拉干地区、丹那沙林地区。其民族构成也较明显,上缅甸以掸族为主,而下缅甸则以孟族和缅族等为主,时至今日,依然如此。

从军政上来看——这是英国比较强调的,那便是通过第一次和第二次侵缅战争所获之地为下缅甸,包括英方于公元1826年控制的阿拉干王国与丹那沙林区域,以及于公元1852年吞并的当今缅甸所有沿海地区、伊洛瓦底江下游和勃固、卑谬等地。相应地，公元 1885 年第三次侵缅战争所新增的曼德勒等地，则为上缅甸。是时，曼德勒为缅甸第二大城市，上缅甸第一重镇；仰光城为缅甸第一大城市，下缅甸第一重镇。两者相较，以曼德勒为中心的上缅甸，为该国的丰硕之所、心脏之地，也是缅甸历代封建王国的统治中心。

直到公元 1885 年，英国宣布合并上下缅甸，在一片争议声中将其纳入"英属印度"之一省，而不是相对独立的"英属缅甸"，并将经略重心南移至仰光，才改变了缅甸延续千余年的国之中心格局。

这深深地挫伤了缅甸人民的最后一丝尊严。

比如，缅人觐见英国女王，需由印度总督授领；英殖缅甸期间的大小会议，尤其是后来的多次关系到缅甸未来的"圆桌会议"，也多在印度举行。为此，连同为大英帝国服务的英国学者 G.E. 哈威也不得不承认，英军于公元 1885 年以仅牺牲十余人的代价，便合并了上下缅甸，但为了平息随后的"复古运动""游击战争""民族起义"，则又用了十年，损失不菲，"迄 1895 年止"。

随后，英国开始以仰光为中心，统治缅甸。这种南移之势，催化了下缅甸的爆炸式发展。据美国学者 J.R. 安德鲁斯的《缅甸的经济生活》一书记载，下缅甸人口在公元 1856 年约为 130 万~150 万人，到了公元 1891 年，计有 440 万人；公元 1901 年为 540 万人；公元 1911 年则增长到了 620 万人。这些人主要是从上缅甸迁来的垦荒农民，还有大量的印度移民。肥沃的伊洛瓦底江三角洲获得了巨大的经济发展，以水稻种植面积为例，公元1855年约为40万公顷，公元1880年增至125万公顷；公元1900年，再翻一番，约260万公顷；到公元1914年，则达到了425万公顷。相应地，大米的输出产量，也从16万吨飙增至260万吨！在30余年的时间内，缅甸于英国治下，一举成了世界上最大的大米输出国。无疑，这要令它的老对手——钻营红河三角洲与湄公河三角洲的法国艳羡不已了。

公元1914年是一个重要的转折点。当然，不单单是缅甸，也是整个人类社会的一个重大转折点。是年6月28日，远在萨拉热窝的一场刺杀事件，揭开了人类历史上第一次世界大战的序幕。自当年7月28日始，至公元1918年11月11日止，含缅甸在内的33个国家卷入其中。受一战、战中俄国"十月革命"及战后的印度"民族起义"、中国的"五四运动"等影响，缅甸也爆发了一些"农民起义""学生运动""工人罢工""僧侣斗争"等抗英运动，但不久便逐一被镇压和扑灭。

公元1928年至1933年，发生了第一场世界经济危机，缅甸受此影响，米价大跌，水稻种植面积自公元1930年起开始停止增长甚至缩减。直到公元1941年，才恢复到500多万公顷。各种势力的起义，包括革命浪潮，在危机期间再度爆发。而且，公元1930年和1931年，在仰光还分别发生了缅甸人对印度人以及缅甸人对中国人的大规模民族冲突，掀开了一直影响到今天的"潘多拉魔盒"。据悉，至今缅甸的两大城市——仰光和曼德勒，在经济上，仍一为印度人后裔所控制，另一则由华人后裔所把持。而仅此两者，在经济比重上则几乎占据了整个缅甸的80%。

同样在经济危机的阴云重重之际，印度"圣雄"莫罕达斯·甘地，于公元 1929 年 3 月到访缅甸。此行，是为其所在的印度国大党向此地的印度有产阶层募捐的。

莫罕达斯·甘地还在仰光大金塔下举行了群众集会，并发表了演讲。他是一个非常有名的"非暴力不合作运动"的领导者和思想家，我猜想，他的这一思想，加上历史上印度对缅甸的诸般传统影响，可能正是这些，深深影响并造就了后来者昂山素季的性格和做法。当然，这是后话了。

莫罕达斯·甘地的这次抵缅，还让我们看到了仰光大金塔并非只是宗教圣地，它的使命还经常为各般政治人物所攀附，成为政治上的发声场、角力场——我们需要重新、全面地审视它的存在意义与历史上的地位。

公元 1938 年 7 月 26 日，缅甸有名政治人物、富豪、爱国党的缔造者吴素，再次在仰光大金塔旁举行群众集会，发出了"出征"以"保卫佛教"的强硬声音与号角，亦即以反对穆斯林的"十字军远征"为核心的宗教战争。受此挑拨，一场面向全国印度穆斯林居民区进发的大残杀惨剧开始了。从"七月屠杀"到"九月蹂躏"，数千人死于非命，其他各项损失更是难以估量。

也正是这场看似插曲性的印缅冲突，时至今日，依然为困扰缅甸宗教事务妥善解决的重大宿怨之一。

同年 8 月底，另一场以学生为群体的"群众大会"在仰光大学召开，不想，这次大会竟然最终影响了缅甸国家发展的方向。时任"全缅学生联合会"主席之职的昂山决定"直接献身于政治斗争"，所以便于当年 9 月，辞去学联主席一职，加入了由缅甸民族主义革命人士发起的"我缅人协会"，不久，已成为德钦

第4篇

The floating clouds

异域他邦 久违了 **缅甸**

始建于英国殖民时期的"仰光大学",见证着缅甸历史的风云变迁。
摄影:陈三秋

昂山的这位年轻人,被推选为"我缅人协会"总书记,而他就是后来的缅甸"国父"——昂山将军,也就是昂山素季的父亲。

缅甸人没有姓氏,昂山之所以被称为"德钦昂山",这要从英军合并上下缅甸之后的历史说起。公元1886年,缅甸亡国;在殖民当局,缅甸人与英国人讲话、会面或写信时,都必须冠上尊称"主人""老爷"或者"Sir",这些可统称为"德钦",但这只是第一阶段。一战后,随着缅甸民族自觉与自尊意识的觉醒,开始认为"缅甸是属于缅甸人民的",于是,就组织了"我缅人协会",并为之而奋斗。在该协会内部,或者加入该协会之后,他们彼此认为"缅甸人民才是缅甸的真正主人",即"德钦",所以会员们就一律在自己名字前冠之以"德钦"——大家自称或互称为"德钦某某",由此,昂山,也便成了"德钦昂山";"我缅人协会",也便被称为"德钦党"。这有点像后来受苏联和中国政治规矩影响下的越南的"越盟"以及老挝的"巴特寮",其组织内部各人多以"同志"相称,有着组织的认同感、纪律性兼政治信仰等作用。

在昂山出任"我缅人协会"总书记后不久,即公元1939年1月,5 000余名罢工工人宿营在仰光大金塔近旁,并向当局提出了反帝主张,是为缅甸历史上第一次总罢工,史称"饥饿进军"。罢工者后惨遭毒打和血腥镇压。与此同时,缅甸全国农民代表大会也在大金塔下召开。这两股力量的汇聚,使得仰光全城一片"死寂",受此等群众斗争的沉重打击,当时英国控制下的巴莫内阁于当年2月宣告垮台。

随后,在3月间,"我缅人协会"召开了第一次全国工人代表会议,成立了总部机构,并决定成立缅甸工人阶级的"中央工

缅甸"国父"——昂山将军肖像。
供图:壹书局

会组织"；5月14日,一个统一领导上下缅甸农民反帝斗争的常设机构"全缅农民组织"也宣布成立,德钦妙当选为主席；6月16日,德钦丹东当选为"我缅人协会"的劳工书记。至此,"我缅人协会"的总部机构成为全国民族运动的领导核心。7月中,为促进印、缅工人团结以及工农联合的"我缅人协会"全国工作会议举行；8月15日,缅甸共产党成立,昂山任总书记。

同年9月,第二次世界大战在欧洲爆发。月底,"我缅人协会"制定统一战线纲领,宣布与缅甸国内其他反英组织进行联合,组建"缅甸自由联盟",昂山担任联盟总书记,曾出任殖民地政府总理的巴莫则当上了主席。

此后,"我缅人协会"继续领导工农运动,至第二年即公元1940年1月,第二届全缅农民组织年会举行,德钦妙再次当选为全缅农民组织主席；1月底,全缅工人阶级百人代表会议召开,成立了全缅工会大会委员会,德钦礼貌为主席,德钦巴廷任总书记。看似浩浩荡荡的工农势力快速汇聚,将有望成为缅甸解放的希望,但很快便因为政治上的误判而给各方带来极其惨重的灾难。

公元1940年6月,英国殖民当局颁布了逮捕昂山的命令,相关斗争随即转入地下。由此带来的最严重恶果,便是缅共内部开始接受"英国的困难就是缅甸的机会"这一口号,其思想核心也可以解释为向一切反英势力寻求合作,包括日本。持有这一想法的,包括昂山的一些密友,也就是各位德钦们,甚至包括他本人。

同年8月,在中日激战以及滇缅公路为英国封锁的大背景下，昂山搭乘商船取道厦门秘密抵达中国。但一个小插曲就此改写了昂山的命运，也可以理解为最终改变了缅甸的历史走向。美国学者 J.F. 卡迪所著的《缅甸现代史》记录了这个插曲的详细细节：昂山当时随身带有一封印度共产党人致中国共产党人的介绍信，但他在厦门苦等三个月，仍未能够接上头。这时，缅共内部的亲日派将昂山出卖了，日本间谍带着"昂山的照片和其他可以确定昂山身份的证件"找上门来。昂山面临的选择只有两个：要么跟日本人合作，要么被就此软禁。结果，他选择了前者，并取了个日本化名"面田门司"，也就此脱离了缅甸共产党。

二战后，昂山的后继者德钦努，即缅甸独立后被军政府推翻的总理吴努，在其撰写的《日本统治下的缅甸》一书中曾感慨道："与日本合作是因为当时缅甸政治家糊涂。"当然，所有的人都将为这一"糊涂"之选付出沉痛的代价。

昂山在日据的台湾和日本东京与日军高层密谈了数月之久，并在公元 1941 年 3 月 3 日秘密返回缅甸，开启了策应日军入缅等事宜。苏联学者瓦西里耶夫的《缅甸史纲》将之形象地概况为："这不仅仅只是一个危险的政治步骤，也使得缅甸的民族解放运动误入歧途。"因为日本不仅没有允诺缅甸将于战后实现完全之独立自由，还需将新组建的缅甸独立军置于日军的总司令及顾问之下，滇缅公路的控制权也将移交给日本。而且，这些还属于在秘密状态下达成的"君子协定"。

受其影响，当年召开的第三次全缅农民组织代表大会上，亲日的德钦丁当选为新主席，随后"30 位同志"开始奔赴日本接受军事训练。这30人中,再次出现昂山的身影。他们终将因把日军"邀请"到缅甸大地之上而懊悔不已,当然,英国殖民当局也将要为这期间拒绝与缅甸人民在互相可以接受的条件下进行合作而尝到惨败的苦果。甚至也包括后来赴缅作战的中国远征军,都将成为其中的牺牲品。

公元1941年12月7日,日军偷袭珍珠港成功。当月23日,仰光首次遭到日军轰炸,不少缅甸人士将此看成是"实现从缅甸驱逐英国人的夙愿的良机"。次年3月7日,仰光被日军攻占。5月1日,曼德勒再陷日军之手,此前日本突袭了该城,大火烧了27个昼夜,城中精华均化为灰烬!陷入政治上严重孤立的英军,乃至后来的盟军,均以腐朽之势极速败退下来。当月,日军的兵锋便已抵至缅印边境。在这种仓皇退却之下,英军实行了"焦土战术"——几乎所有具有战争价值的物资和设施,悉数被炸毁、破坏甚至焚之一炬。日军进逼不足6月,以50余万人逃离家园为代价,缅甸的历史,很快便翻转到了"日据时代"。

这期间缅甸独立军得到了快速发展,其队伍很快由4 000人扩张到5万人。于是,仰光沦陷之后,日方不仅没有宣布缅甸独立,还加剧了日缅两军的摩擦。眼见日本的承诺逐一落空,到了当年的7月底,让昂山更为痛心的事情还是发生了——缅甸独立军被日军司令部强令遣散,旋即代之以规模不足千人的亲日的缅甸国防军。傀儡政权也在日军的扶持下,落到了以巴莫等为首之人手中。而昂山,则被委任为看似来头很大,实则实权寥寥的缅甸国防军总司令。估计,从那时起,"才脱龙潭,又入虎穴"的昂山才逐渐从幻想中渐渐清醒过来,并在内心深处萌生了另一个计划。

日据期间的"成就"也可以通过水稻的种植面积来"窥一斑而知全豹",那就是比战前减少了一半,仅约240万公顷。此外,各地还发生了大规模的抗税运动。这些对于缅甸的革命组织来讲,都是源自民心之上的摧残和崩毁。但显然,这些在当时还不足以促使他们提前觉醒。于是,在公元1943年初,苏联即将取得斯大林格勒保卫战胜利之际,作为"轴心国"德国的"战友"日本,其首相东条英机再次于当年1月向缅甸抛来了"最动人"的诱饵——宣布缅甸将于"不出一年"的时间内获得独立。好事似乎来得太快了点,当年8月1日,缅甸便宣布为"独立的国家",傀儡巴莫的亲信吴盛还宣读了"缅甸独立宣言",巴莫再次成为缅甸的国家元首,昂山则在其内阁中出任国防部长一职。

当日,巴莫在国务会议上还宣读了对美国和英国的《宣战书》,并与日本缔结了"缅日军事同盟条约",该条约立即生效。很快,法西斯德国、汪精卫政权、伪满洲国等向独立的缅甸政府发来了贺电,令缅甸各方无不迷醉于这些独立的表象之中。

9月,缅甸国防军再次改组,称为"缅甸国民军",奈温将军被任命为该军总司令。而巴莫更是在法西斯思想的"洗礼"下,喊出了"一个血统,一个声音,一个领袖"的口号。不久,摩擦便在巴莫与昂山将军之间出现了。

此后,随着法西斯势力在全球范围内的节节败退,缅共领导下的反法西斯斗争在缅境内如火如荼地开展起来。其目的便是将日军尽快赶出缅甸,以图能够实现战后各同盟国的谅解乃至缅甸真正意义上的独立。受其影响,缅内各派民族政治力量开始汇聚,并形成了一个反帝统一战线组织,也就是公元1944年8月成立的"反法西斯人民自由同盟"。昂山也携缅甸国民军加入其中,并被选举为同盟的主席,而他在"德钦党"期间的战友德钦丹东则当选为总书记。据缅甸学者貌貌所著的《缅甸的宪法》一书载,巴莫曾提前得到了关于这一同盟的情报,但是他拒绝加入,但也没有出卖它。英国学者M.S.柯利斯在其《缅甸终始(1941—1948)》一书中还曾记载到:为了换取这些缅甸内部的力量协助同盟军反攻缅甸,曾有人向英国的"战时内阁"建议可以于战后承认缅甸的独立地位,也可避免"使每一个缅甸人更加厌恶"英国,但是遭到了温斯顿·丘吉尔首相的严厉指责。这也为战后的缅甸局势增添了一丝阴影。

同盟的形成,对于加速日军的覆灭无疑起到了非常积极的作用。其最显著的表现就是公元1945年3月,昂山用冒险的手段取得了日军的信任,不仅为其缅甸国民军提供了武器补充,还在17日于仰光大金塔西侧的草地上为其开赴前线与同盟军作战举行了盛大的阅兵式。昂山还发表了演说，号召缅甸国民军投入战斗，"消灭敌人"。10天之后，得到补给的昂山宣布起义，并开始与日军交战。5月1日，这些缅甸内部的爱国力量，还先于英军2天，克复和解放了仰光。

但同盟军和英国人显然未能及时地对缅甸人民的独立诉求给予应有的重视。尤其是在温斯顿·丘吉尔等人深怀的"日不落帝国"的"尊贵"的虚荣心及其"帝国的末日余情"作祟之下，他们还企图重新占领并恢复缅甸的殖民秩序。随后，在当年的5月至9月间，缅军的抗日斗争结束之后，便立即转变成了缅甸民族解放力量与重返缅甸的大英帝国主义之间的新的冲突。昂山提出的"我们要恢复缅甸人的缅甸，而不是英国人的缅甸"这一愿望，遭到了英国当局的拒绝。当年7月23日，缅甸国民军被再次更名，这一次则被英军司令部改成了"缅甸爱国军"。

当年9月2日，日军在无条件投降书上正式签字，宣告了二战的结束，也即缅甸日据时代的结束。但新的抗英斗争，再次打响。11月18日，在仰光大金塔旁，昂山主持举行了缅甸历史上规模最大的一次爱国群众大会，并和德钦丹东一起公开表达了和平解决缅甸问题的诉求。

未果之后，公元1946年1月21日至22日，同样在仰光大金塔的山坡上，反法西斯人民自由同盟第一次代表大会隆重举行。大会向联合国组织提出了"承认缅甸是一个独立国家"的要求，昂山也发表了锋芒直指殖民主义的长篇演讲。当月25日的大金塔下，缅共也在这里举行了工农群众联合大会。

但是这时的同盟内部以及缅共内部，在被各种势力蓄意破坏之后，已经出现了严重的裂痕。尤其是缅甸共产党，当年3月，还发生了以德钦索为首的一批中央委员"集体出走"事件。他们另组起"红旗缅共"，坚决走苏联武装夺取政权的路线；而原来的缅共，则被称为"白旗缅共"，由德钦丹东继续领导，执行毛泽东的"农村包围城市"的武装斗争路线。分裂后的缅共力量大减，而德钦丹东也在公元1968年9月24日被奈温将军杀害；公元1970年11月，德钦梭也被政府当局所俘获。

昂山的日子也并不好过。英国为了培植能够反对和削弱其同盟的抗衡力量，再次扶植起巴莫、吴素等"反动政客"，并支持他们重建几乎垮台的各旧党派。在内忧外患之际，昂山领导的同盟在公元1946年的11月初，以破釜沉舟之势通过多项决议，实际上也是最后的通牒——要求英国政府必须在次年1月31日前做出缅甸将于一年内获得完全独立的声明，以及保证缅甸加入联合国等等。12月20日，英国新首相，即击败温斯顿·丘吉尔的工党领袖克莱门特·艾德礼，向缅甸发出了多项缓和的声明。1947年1月13日，英缅谈判在伦敦举行；15日，仰光大学开始罢课，学生及其他各界人士以持续性的游行示威之方式声援昂山代表团的在英会谈行动，也是对赴英缅甸代表团的施压；27日，英缅双方签署了后来被称为"昂山—艾德礼协定"的协议书。该协议以文件形式阐述和确认了缅甸拥有完全独立的权利，但并未规定让缅甸独立的具体日期。

正如瓦西里耶夫的《缅甸史纲》中所述："伦敦协定并没有直接给缅甸带来自由。只有继续斗争才能挫败帝国主义者要把缅甸留在不列颠帝国之内的一切企图。"但随后不久，一场"无比残酷和空前规模的政治谋杀,震动了缅甸和全世界"。公元1947年7月19日早晨,一伙携带冲锋枪的暴徒冲入仰光城中昂山等人的会议厅,"缅甸主要政治组织的主要活动家和领袖,在几分钟之内便在肉体上被消灭了",罹难的人有昂山、昂山的哥哥吴巴温以及德钦妙等6人。

就这样,"缅甸独立之父"——昂山将军,殒命于缅甸独立前夜,年仅38岁。不久,主谋被查明,系吴素等人所为,此人后于第二年5月被处绞刑。

7月20日,昂山被葬在了仰光大金塔畔;其葬礼也演化成了一场有10万人参加的政治大游行。同时,昂山被宣布为"缅甸的民族英雄",此后的每年7月19日,还被定为了缅甸的"烈士节",以敬悼这位为祖国自由斗争一生的战士。

同年10月17日,关于同意缅甸独立的"英缅条约"终于在伦敦正式签署,英国政府承认"缅甸联邦共和国为完全独立的主权国家"。随后,条约经两国代表会议各自表决通过。缅甸"土著领袖"苏瑞泰当选为缅甸联邦第一任总统。公元1948年1月4日清晨,宣布缅甸独立和政权移交的隆重仪式在仰光大金塔对面举行。仪式结束后,缅甸英国总督休伯特·兰斯于同一天离开了缅甸国境。至此,缅甸以"第一个和不列颠帝国正式脱离关系并退出英联邦而宣告国家独立的英国殖民地"之伟大胜利，正式翻起了新的历史性一页。

这是上下缅甸共同的胜利，从此，缅甸将以一个全新的统一之国面貌呈之于世，再也不用为上下缅甸的春秋过往而伤神了。当然，只是其内部的和平之路，看起来还依然显得有些之漫长。

缅甸独立当日，时任美国总统，即后来以"杜鲁门主义"著称于世的哈里·杜鲁门还发来贺电，其电文表示"欢迎缅甸加入自由与民主国家的大家庭"，并向缅甸保证"美国的坚定友谊与善意"。后来，苏瑞泰在颁发的施政纲领中曾说："我们长期以来欲达之基本目的是：在缅甸联邦废弃资本主义，建设一个由人民掌握国家一切事务的社会主义国家。"可能正是因此，加之影响全球的"冷战"大幕已经开启，才造成了缅甸与美国之间逐渐渐行渐远。

公元1949年10月1日，"中华人民共和国"宣告成立；同年12月16日，缅甸联邦宣布承认新中国的诞生，成为当时世界上最早承认新中国的非社会主义国家。

公元1952年3月16日，苏瑞泰总统任期届满，当选为缅甸联邦议会民族院议长，直至公元1960年4月正式退出政界。公元1954年6月29日，时任中国总理的周恩来同志在参加日内瓦会议后经印度访问了缅甸，并在仰光与时任缅甸总理的吴努共同发表了基于"和平共处五项原则"之下的《联合宣言》，并以此来指导和处理两国之间的关系。次年 4 月，周恩来总理在赴印尼出席万隆会议的途中二访缅甸，并在仰光参加了当地的传统民族节日——泼水节。随后，公元 1956 年和 1957 年，苏瑞泰还两次访问了中国。而同在公元 1956 年的 12 月间，应缅甸联邦政府的邀请，周恩来总理三访缅甸，还于当月 18 日，在其最高学府仰光大学发表了演说。

公元 1958 年 4 日，自缅甸独立便开始执政的反法西斯人民自由同盟，终于没能熬过"十年之痒"，被分裂成以吴努为代表的"廉洁派"（又称"努丁派"），和以吴巴瑞、吴觉迎为首的"巩固派"（即"瑞迎派"）。其结果便是引发了由总司令奈温将军成立的，存在于同年 10 月至公元 1960 年 4 月间的"看守政府"，缅甸政权也就此落入奈温之手。"看守政府"末期，即公元 1960 年，在缅国普选中，吴努领导的"廉洁派"获胜，并改党名为"联邦党"；而"巩固派"则仍沿用同盟原名。

公元 1960 年 4 月，周恩来总理协同陈毅副总理四访缅甸，也再一次与仰光市民一起参加了泼水节的庆祝活动。行前的公元 1957 年，陈毅同志曾以一首《赠缅甸友人》诗篇，诠释了中缅两国的"胞波之邦""一水之情"，其诗中几句云："我住江之头，你住江之尾，彼此情无限，共饮一江水。"

公元 1961 年 1 月，应缅甸联邦总理吴努的邀请，周恩来总理率团五访缅甸，此行一是交换了《中缅边界条约》的批准书，二是祝贺缅甸联邦独立十三周年。

公元 1962 年 3 月 2 日，奈温将军发动军事政变，逮捕总理吴努，并将大量政治人物、土族首领投入监狱。这其中就包括第一任总统苏瑞泰。其后，苏瑞泰在当年 11 月 21 日无故冤死狱中。于是，苏瑞泰的爱妻萨媚南贺，又译"召媬哏罕"，便与其子吴汉姚慧组织了"南掸邦军"（即"SAA"），从此走上了武装斗争的不归路。

与之相对应，缅甸也就此进入了影响至今的军政府执政时期。其中，公元 1962 至 1974 年时，被称为"革命委员会"，对内实行"缅甸式社会主义"。执政当年的 7 月 7 日，学生们在仰光大学发起示威活动，同为仰光大学校友的奈温将军未能像学长昂山一样宽容地对待这些学生，而是在其间接指使下，血腥镇压了此次活动。

在这一时期，即公元 1964 年 2 月和 7 月，以及次年 4 月 3 日和 26 日，周恩来总理还应奈温将军邀请，最后四次访问了缅甸。再后来，随着中国"文化大革命"的爆发以及缅甸国内形势的急转直下，中缅第一代领导人的互访才告一段落。

公元 1974 年至 1988 年，军政府改称为"缅甸社会主义纲领党"，并自第一年的 1 月起，将国名改为"缅甸联邦社会主义共和国"。就是在这一期间，即公元 1978 年，刚刚走向台前不久的中国国家领导人邓小平到访仰光，熟悉中国历史的人当知，这一年之于当下中国的重要意义。他还借此机会访问了周边 6 个国家，用以昭示中国即将"打开国门"，史称"外交还债"。在缅甸期间，他还在一众人等的陪同下，登临了仰光大金塔，可能是照顾其"年事已高"，所以破了次例——脱了鞋子但没脱袜子。

随后，由于缅甸国内经济形势的进一步恶化，自公元 1988

年7月起，缅甸全国范围内爆发了大面积的游行示威活动。9月18日，以国防部长苏貌将军为首的军人集团开始接管政权，宣布成立"国家恢复法律和秩序委员会"，并在当月23日，将国名复又改为"缅甸联邦"。次年6月18日，苏貌将军将缅甸的英文官称由"Burma"改为"Myanmar"，并一直沿用至今。

而就在不久前的当年3月，昂山将军之女——昂山素季，以照顾中风病危的母亲为由回到了仰光。她的名字有多种中文译法，比如，在台湾被译为"翁山苏姬"，在港澳地区则被称为"昂山素姬"，新加坡和马来西亚则称她为"昂山舒吉"。她的回归，给饱受军政府蹂躏之苦的缅甸人民带来了一线希望。应各方邀请，同年8月26日，昂山素季在仰光大金塔西门外广场，首次面向近百万集会于此的民众发表演说。在演讲中，她承诺将就此领导反抗运动，绝不会半途而废。而此后，她因每次演讲均

昂山之女——昂山素季肖像。　　　　　　　　　　　摄影：陈心佛

头戴几瓣鲜花而被誉为"缅甸玫瑰",或称"缅甸之花"。

同年9月27日,昂山素季组建了"缅甸全国民主联盟",并出任该政党的总书记。民盟随即迅速发展壮大,并很快成为全缅最大的反对党。次年7月20日,军政府以煽动骚乱之罪为名,将昂山素季软禁于仰光家中。

公元1990年5月,缅甸举行大选,昂山素季领导的民盟赢得了大选,但军政府随即宣布民盟为非法组织,剥夺了她当选为总理的权利,并将其继续予以监禁。政权,依然被掌控在"国家恢复法律和秩序委员会"之手。

同年,昂山素季被授予"萨哈罗夫人权奖";次年,再获得"诺贝尔和平奖"。

公元1992年,丹瑞将军接替苏貌出任国防部长,以及国家恢复法律与秩序委员会主席、政府总理、三军总司令等职。

公元1995年7月,昂山素季在被释放后不久,便于次年再次被指控煽动学生示威,因而又一次将其软禁。次年1月,丹瑞主席首次正式访问中国。再次年,即公元1997年,经丹瑞之手,"国家恢复法律和秩序委员会"更名为"缅甸国家和平与发展委员会",但依然执行军事独裁统治。

两年后的3月27日,昂山素季的丈夫迈克·阿里斯在伦敦因病逝世,其也因此获释。"千禧之年"的9月,昂山素季再次因违反军方禁令,遭受软禁。

次年12月间,应丹瑞将军邀请,时任中国国家主席的江泽民,对缅甸主要城市进行了巡回访问。曼德勒大皇宫、"世界最大书本"、蒲甘古城等都留下了他的身影。他还在当月13日,赤脚拜谒了仰光大金塔。

公元 2003 年 8 月，丹瑞辞去总理一职，成为"缅甸太上皇"——此名还广泛流传于昂山素季从政时期。而在去职之前的 1 月份，丹瑞还再次访问了中国。

公元 2005 年 11 月，缅甸军政府突然宣布将首都由仰光迁往内比都。公元 2007 年 5 月 27 日，"软禁令"届满之前，缅甸军方再次将昂山素季的软禁期予以延长。同年 8 月至 9 月间，缅甸各地爆发了僧侣主导的"袈裟革命"，后被暴力镇压。

次年 5 月，缅甸新宪法获得通过，规定实行总统制，并将于公元 2010 年依宪举行多党制全国大选。公元 2009 年 7 月初，时任联合国秘书长的潘基文访问缅甸，但军政府拒绝了其与昂山素季会晤的请求；12 月中，时任中国国家副主席的习近平也抵达了仰光，并由当时的缅甸外长吴年温陪同访问了缅甸。

公元 2010 年 9 月，"上海世博会"召开，丹瑞主席第三次访问中国，时任国家主席的胡锦涛接见了他，随后并参观了上海世博园中的"中国馆"和"缅甸馆"。同年 11 月 13 日，美国此前在"重回亚太"战略的引导下，开始有意识地影响缅甸军政府当局；是日，昂山素季正式获释，并自此迎得自由，不久之后还将登顶她政治生涯的最高峰。

次年 2 月 4 日，缅甸国会选举吴登盛为缅甸总统。至此，一直持续存在于缅甸政坛 40 余年的军事独裁统治在名义上宣告落幕。因为，其仍将持续影响着接下来缅甸政治的最终走向，并时有死灰复燃之势。

同年 9 月，由法国导演吕克·贝松执导，杨紫琼饰演的同名电影《昂山素季》,将昂山素季的传奇人生搬上了银幕,引起了巨大轰动,也包括争议。

当年 12 月初,美国国务卿希拉里·克林顿访问缅甸;次年,即公元 2012 年 11 月 19 日,美国总统贝拉克·奥巴马抵达缅甸,随后,不仅参观了昂山等缅甸独立斗士奋战过的地方——仰光大金塔,还在其母校——仰光大学发表演讲。这两个地方对于缅甸人民来讲,都具有非常重要的政治寓意。此次访问期间,贝拉克·奥巴马表示,希望缅甸未来能够拥有"一支人民控制的军队和一部保证民主的宪法"。

公元 2013 年 6 月,昂山素季宣布竞选缅甸总统,但随后其竞选资格因遭到军方议员的反对而作废。次年 6 月吴登盛访华,时值周恩来总理所提的"和平共处五项原则"发表 60 周年,习近平主席会见了他,双方重申了在"和平共处五项原则"框架内持续发展两国之间的双边情谊。

公元 2015 年 11 月,缅甸举行全国性大选,昂山素季所在的民盟获得了压倒性胜利。次年 3 月 30 日,昂山素季的政治盟友兼同窗好友吴廷觉成为半个多世纪以来缅甸首位民选非军人总统。4 月 4 日,卸任仅 5 天的缅甸前总统吴登盛在曼德勒遁入空门。当月 6 日,《缅甸国家顾问法》讨论并表决通过,昂山素季依据该法被委任为国家顾问,实质上登顶了政治权力的最高峰。在接受采访时,昂山素季也明确表示自己将在"总统之上"行使权力——"总统会被明确告知他可以做什么。我将做一切决定,因为我是获胜党的领袖。"然而,摆在昂山素季创造未来之路上的第一个障碍物,就是不能成为缅甸总统的她,将如何来领导这个国家。

这是一个被中国社会评论家司马南先生称为有着"咋舌般之美"的女人，截至今年已近73岁的高龄，但似乎，她的一举一动，便是上下缅甸的春秋与未来。缅甸人民赋予她的期望太多，甚至已将她视为缅甸未来的"唯一希望"。可是，在过去的多年里，一方面确实是缅甸的政治形势逐步走向了民主开放，社会局势也渐趋稳定，可以说一扫过去军政府独裁封闭的负面形象，并正在被国际社会所认可和接纳；而另一方面，她"洁身自好"，未能对其境内的罗兴亚人这一穆斯林族群与佛教徒的纷争给予合适的处理，其也因此而"名誉扫地"。这直接造成由其精心遴选的吴廷觉总统，不得不于公元2018年3月21日引咎辞职。

而此前的1月4日，缅甸还迎来了独立70周年的盛大庆典。盛典同时在内比都和仰光两地举行，可能是时的吴廷觉已经深感力不从心，所以并未出席于首都内比都市政厅广场举行的集会，而是献之以一封贺信。而在仰光举办的纪念活动，也同样没有循例在大金塔下举行，而是改在了玛哈·班杜拉公园。当然这个说法也是成立的，那就是此公园中央竖立着为缅怀反抗殖民统治的班杜拉将军而建的一座圆底尖顶、通身素白的"缅甸独立纪念碑"；只是另一番顾忌无疑将"跃然纸上"——佛塔下的庆典将会再次刺激信仰伊斯兰教的罗兴亚人的情感。

一晃至今，总统吴廷觉已去职半年有余，但新的人选依然难觅。也许对于缅甸人民来讲，新的总统根本就不需要再另觅；他们也深知，找到了一位新总统也没有用。因为，在所有人的心目之中，似乎早就把昂山素季当成了真正的总统，甚至是总

玛哈·班杜拉公园中央的"缅甸独立纪念碑"。

摄影：陈三秋

第 4 篇

异域他邦 久违了 **缅甸**

玛哈·班杜拉公园四周，集中了最丰富的缅甸风情。

摄影：陈三秋

统之上的"总管"。那么,多此一举又何必呢?

在缅甸所有关心政治和未来的人眼中,唯一能够看到的,便只有昂山素季那瘦弱的身影。也许她承载的东西太多了,所以便"沉默寡言"起来,以致"惜字如金"。但政治向来是无情的,作为"领袖"——也就是衣服的"领口"与"袖口",不正是最容易弄脏的地方吗?一旦选择了这条路,还怎么能够再受"万民景仰"呢?

不可否认,只要昂山素季在位一日,今日之缅甸,其未来便只系于她一人之身。也许这非常的不公平,但这就是政治家的宿命。不因她是昂山之女,或者仅仅是女人便会受到特殊对待。缅甸需要她,人民需要她,她要重写缅甸的春秋功过才行,而不能止步不前。甚至连反对党、军政府也需要她,如果没有她,哪还来缅甸如今"日日向好"的国际形象呢?美国的经济援助哪里来?中国的经济援助乃至其他各国的经济援助哪里来?没有她,谁又能保证美国某一天不发神经,将一颗导弹打到军政府的头上?悲催点说,她几乎成了缅甸各方势力都必不可少的"花瓶",甚至还是一个不错的"保护伞",而她,确已进退两难。

这是一个把自己嫁给了国家的女人,像极了韩国的前总统朴槿惠——她也是一个曾公开宣称"将自己嫁给了国家的女人";但从目前来看,似乎她们的国家并不是那么的"爱她们"——

一个已经被下了大狱,一个还将继续在政治的泥潭中挣扎。我想,以昂山素季的声望以及20余年的软禁生涯,应该不会再惧怕任何牢狱之灾了,但缅甸人民的希望呢?总不能任其被辜负,付诸东流吧?

军阀问题、政治问题、宗教问题、民族问题、经济问题,等等等等,哪个都跑不掉。既然有生之年日渐消去,何不大胆前行,学习一下本杰明·富兰克林——"越老越冒险"呢?据说此人年轻时非常胆小,但"老了"却"疯狂"了一把——在暴风雨中做起了风筝实验。还差点被雷劈死,不过,却就此发明了避雷针。

《孟子·滕文公下》篇有云:"知我罪我,其惟春秋。"公元2012年的中国"两会"上,即将卸任的温家宝总理面对千余记者,再次喊出了这句话。身为政治人物,且又为大国总理,在诸般不易之下尚能决绝如斯,缅甸永不凋零的玫瑰,又何妨一试呢?前车之鉴,俱以有之;新的时代,也只争朝夕。缅甸人民等不起啊。既然已入春秋,就祝愿昂山素季能够多些决绝的魅力,早日去试着将其改写吧。"试了未必行,如果不试就一定不行。"也祝福缅甸人民,能够早日等来一部全新的"上下缅甸春秋"!

2018年10月24日于仰光,埃斯佩拉多酒店

66 缅甸风土民情

撒开身陷泥潭和漩涡的政治不谈，缅甸确实有着诸多醉人的风土人情。甚至可以说，缅甸之行，一半是赏景，另一半，则是欣赏这片大地之上的风土民情。

所以，在即将离开缅甸之际，我想借用宋时朱熹《六先生画像·濂溪先生》中的"风月无边，庭草交翠"一句，来谈一谈缅甸大地上的无边风月情。

其实，可以说是别有用意——我们在《蒲甘塔林巡礼》和《缅甸的三大塔》中，漫谈了缅甸人民的信仰；而后又通过一篇《上下缅甸春秋》，来综观上下缅甸历史。那么，再用这篇《缅甸风土民情》来聊聊缅甸各地风情，也算功德圆满了。惟愿我之所见，亦能如您所愿吧。

神秘，是缅甸的第一道风情。上至历史：在印度教外传、阿利教糜烂之下，这里承继了源远流长的上座部佛教，完成了佛教中心经锡兰向缅甸的流转——其在信仰上的神秘程度，可以与古印度和古埃及相较；下至当下：受军政府作祟的影响，这里曾经长期与世界隔绝——这种"隔世"与老挝的"避世"，

仰光城中遗留下来的"维多利亚风格"的建筑,见证着缅甸的异国风情。

摄影:陈三秋

带来了几乎相近的、世间已不多见的遗落风情,最终化成一系主观选择、一系客观造就的,两块彼此相邻的"未被开垦的处女地"。

因此,沧桑千年,"神秘"二字,已经融入了缅甸的骨髓。于是,一种出自闻名遐迩的香楝树枝(被习称做"特纳卡")的树汁,便长年被"胡乱地"涂抹在缅甸男男女女的脸颊、鼻尖、额头,成为一只米黄色的蝴蝶,抑或一幅罗盘、蛛网与年轮。当这些"画面"最终被敷之于他们黝黑的面孔时,每个人,便是一道益加纯朴的风景;千千万万——男的,脚蹬缅式"Sai—Ka"三轮车疾驶，女的，身姿婉绰地穿巷漫步而过，于是，又复叠成一条绵长不见首尾的风景线。

特纳卡有着诸多神奇的功效。据说，可以防黑，似防晒霜；美白，似面膜；经久涂用，皮肤会越来越细腻嫩滑，又成了洗面奶；还可以祛斑、止痒、防止滋生粉刺、阻却蚊虫叮咬等等。真是奇妙！也许，您落宿的酒店大厅就有。一根手腕粗细、书本长短的特纳卡树干，配上一块屁股大小的磨盘，外加一碗清水，几乎就是制作特纳卡的全部工具。当然，讲究一点的，还可以为这些简陋的工具搭建个漂亮的等人高矮的竹檐，檐畔左右再各挂上一盏纸灯笼，那就更棒了。其制作工序也无比简单：先在磨盘里洒上少许清水，再用树干对着研磨，数秒之内，便会

制作缅甸面膜——特纳卡。　　　　　　　　　摄影：陈三秋

有无色透明的粉汁溢出；然后，继续再磨，渐呈淡淡香木味的粉浆，这便是了。趁着未曾干去，将粉浆涂于脸际——任您书画，而待到迎风晾干，就是您脸上的乳黄的风景了。

这时的您，便是半个缅甸人了。

关于特纳卡这种流行于缅甸大众间的护肤品兼化妆品，曾有中国导游说过，它代表着不同的寓意：这里的未婚女孩被叫做"小猫"，一般情况下，她们会把特纳卡涂满前额和鼻梁；结过婚的女人，则只涂脸的两颊；到了中年，就变成了只涂脸的上半部；而寡妇，只允许涂一半的脸；老年人么，就随心所欲，可涂可不涂，或怎么涂均可。但我觉得不太符合缅甸人的性情——过于复杂和讲究，会失去本性的单纯。系国人的臆想或者臆测的成分偏多，只是未能求证一二罢了。

涂着特纳卡，嚼着槟榔渣，您可能不会习惯，但无疑，这是缅甸男人们的日常所爱。也是这里的第二道风情。

槟榔渣会先用小片的荷叶简易地包起来，形成糖果状，沿街几乎家家户户都有——这是缅甸人的"巧克力"，买上几片，含之于口，持续咀嚼，便会冒出血红色的槟榔汁——想必味道一定不错吧。最后，道道鲜红的汁痕，便残留在了他们的口中、舌尖、牙缝，咧嘴冲您微微一笑，瞬间十里春风。

缅甸的街头，还有两道随处可见的风情：一是粉袍尼姑绛色僧，一是男男女女尽着裙。尤其是"西化"还未曾浸染到的曼德勒，由年龄稍大的尼姑领着一群小巧的尼姑沿街化缘的情形，触目皆是。她们撒着拖鞋，身着粉袍，撑着花伞，有时还将化缘的布袋顶在削去秀发的脑袋上，有着一种难言的虔敬之美。而和尚们，则多穿绛红色的僧袍，只有见习僧才会穿着纯白的僧袍，但都赤着脚，然后挎着钵，化缘。这与老挝琅勃拉邦的清晨的布施不同——布施对于他们或她们来说可能是"被动"的，而化缘则需"主动"出击；当然，柬、老、泰等国的女尼偏少，男僧女尼也都不似缅甸兴盛。

中国的《旧唐书》中曾有关于"骠国"风情的记述，那是早期的缅甸境内之一的小国。书中载："男女七岁则落发，止寺舍，依桑门，至二十不悟佛理，乃复长发为居人。其衣服悉以白氎为朝霞，绕腰而已。不衣缯帛，云出于蚕，为其伤生故也。"前半句道明了这里的信仰风俗，但只是流于表象的描绘，未能揭示出其累积功德、回报社会、财富循环、分享幸福的内中逻辑。而后半句所说的"白氎"，翻译成白话文就是"白色的细毛布"；"绕腰而已"就是指"像裙子一样系在腰上"——这便是缅甸延续至今的裙式民族服饰的雏形。而这，在整个东南亚都是罕见的，只有隔壁的老挝着装风情才保留得与之相当。

当然，缅甸的裙式传统服装并不真的如中国人理解的裙子。虽然男装与女装看似一样，但其实有着很大的差别。其中，男子穿的叫"笼基"，女子穿的叫"特敏"。笼基一般在腰部会非常宽，下带两个宽度适宜的裤腿——先行穿上，然后又从胯部背后绕腹一圈至前，这样，便遮住了裤腿；最后，抽紧腰部内嵌的丝带，就着已绕至肚脐的腰摆披呈一个拳头般大小的布结或"花球"，这便是真实的笼基及其穿着方法了。

有没有点苏格兰裙的感觉？当然，看过《从曼谷到曼德勒》这部电影的人应该还会记得剧中男主头上扎裹着的素色的薄纱

缅甸的笼基与特敏。 摄影：陈三秋

缅甸邮票中的笼基与特敏。 供图：壹书局

或丝巾吧,那个叫"岗包"。它多扎于男人头顶之上,然后方巾再留有一角,垂于右耳畔——缅甸各地供奉的敏东王的画像便多采用了这番打扮。而且,这只属于男士才有,可以理解为是一种权利了。

新中国成立后,曾九访缅甸的周恩来总理便曾因三穿笼基行走于缅甸大地,来成功开展公共外交活动,一举打消了缅人对新中国的种种疑虑。

而特敏其实也不是纯粹的裙子。它是一块双层的方巾状的花布,沿腰围成一圈;然后又从裙摆底沿两腿之间向上抽提中间——这样便形成了两个裤腿;最后,用另一层方巾将两腿掩盖,并沿胯将左右裙端扭成带状,互相结住、系紧,便呈似裙状的特敏。当然,其还有类似于旗袍状的:下身的穿法基本相同,而上身将呈对襟或侧襟状,带有纽襻;腰与胯之间进行了恰到好处的缩腰处理,所以,整体上看起来,既会在炎炎热季清凉透气,也能凸显身材的曼妙。

如果说"爱在老挝三部曲"中的"老挝小姐"是其筒裙的

形象代言,那么,有着"缅甸玫瑰"之称的昂山素季则是特敏当之不二的现世代表。她每一次的露面,几乎都伴以一袭剪裁讲究、姿态优雅的特敏,引得男女"粉丝"无数,连贝拉克·奥巴马都要为之"折腰"。其实两者也都与中国云南的傣族裙饰相像,都可以理解为罗衣的一种,目前深受缅甸年轻姑娘们的喜爱。

缅甸第五和第六种风俗民情来自文化层面:一是姓氏,一为生肖。

缅甸没有汉文化中的"姓"。我们知道,缅甸人民为了争取独立,曾经组建过德钦党,其党内同志彼此称为"德钦某某"。其中的"德钦"不是姓,而似"先生"。待到缅甸独立之后,掌权的德钦们认为,既然人民已经当家做主,于是便要求所有德钦党人取消"德钦"冠于名前的称号之习,恢复为传统称呼"吴某某"等。比如,被奈温将军推翻的总理,时称"吴努",而其于缅甸独立之前则多称"德钦努"。这里的"吴",也有"先生"之意,兼含"叔叔""伯伯"等意,是一种对上了年纪的男士、长辈,或者具有一定地位的男子的敬称。

当然,以"缅共红旗"和"缅共白旗"两支革命队伍为代表的爱国志士,一直坚称"革命尚未成功",仍须斗争到底。所以,便将"德钦"的称呼保留了下来。如公元1970年11月被俘的德钦梭,公元1975年3月壮烈牺牲的党主席德钦辛和书记德钦漆等。这些间接记录了昂山将军之后德钦党的分裂。

另,与"德钦"这一带有行政色彩"Sir"的称呼相似,缅甸还有"波""耶波"等"冠名字词",其意分别指"军官"和"同志";如果对方是教师或者医生,则可称其为"塞耶",这倒又有点像

"Doctor"了。

而与"吴"字情形类似,缅语中,还有"貌""郭"等称呼。其中的"貌",有"弟弟"的意思,用于男性对平辈自称或长辈称呼小辈;"郭",则是"兄长"的意思,是对平辈男子的礼貌性叫法。这些比较容易理解一些,尤其是"郭",有点像当下中文中比较泛滥的"帅哥"一词用法。

那么,"美女"呢?由于缅甸男女都有名无姓,所以,缅甸的女性,其名字前可以冠"玛"或者"杜"二字。其中,"玛"是"姐妹"的意思,用于女性自称、平辈互称以及长辈称呼小辈;而"杜",则有"婶婶"或"姑姑"之意,有点像中文中的"阿姨",用于称呼年纪较大的女性,或者受人尊敬的女性。昂山素季的称呼就是典型。比如,她自称为"玛昂山素季",但人民尊敬她,所以基本上都尊称她为"杜昂山素季"。如果不理解这方面的缅甸习俗,基本上就很难阅读或翻译缅文书籍,也会觉得缅人在名称上略些杂乱。我觉得这是误解,反而比汉语、俄文或西方的姓与名简单很多,这符合缅甸民族传承下来的简单、朴素之风。

据悉,缅甸人民取名所用的文字,总共不到100个,就在这些字之间互相拼凑,取到一个声韵顺口悦耳或者父母满意的即可。这倒不禁要为当今的国人经常挖空心思,甚至不惜搬出《康熙字典》,抑或找个"大师"算上一卦,才能为孩子起上一个三、四、五、六个字的名字之举汗颜了。

当然,虽然中华姓氏文化源远流长,可以上溯至"三皇五帝"时期,但依然不是"生而有之"的啊。中国家喻户晓的明小说家吴承恩版《西游记》中,便有"鸿蒙初辟原无姓,打破顽冥须悟空"之说。追根溯源，可以说"姓"的最早起源，是与原始氏族的图腾崇拜分不开的。直到后来，才逐渐裂变，以区分族群、部落、身份、地位等等。南宋郑樵所撰的《通志·氏族略序》说得比较清楚："氏所以别贵贱，贵者有氏，贱者有名无氏。"其又说："姓所以别婚，故有同姓、异姓之别；氏同姓不同者，婚姻可通，姓同氏不同者，婚姻不可通。"这也就是汉班固等人撰集的《白虎通·姓名》所称的"人所以有姓者何？所以崇恩爱，厚亲亲，远禽兽，别婚姻也。故纪世别类，使生相爱，死相哀，同姓不得相娶者，皆为重人伦也"了。

所以，若仅以中国为例，"姓氏"源头，滥觞自"炎黄"始，如"黄帝，本姓公孙，长居姬水，因改姓姬，居轩辕之丘，故号轩辕氏，国于有熊，故亦称有熊氏，因有土德之瑞，故号黄帝"，后来还形成了今天人人皆可背诵几句的《百家姓》。当然，这并不是说中国只有100个或数百个姓。因为，在唐初太宗敕令高士廉等人勘修《大唐氏族志》时，就已经收录了293个姓，未出唐，便已突破千姓。以今时来看，估计中华之姓，数量当在万余左右。

生肖之说——客观地讲，应该多受古印度文化，或者说大融合之后的古印度文明影响。也有可能源自更西方的久远文明，但一定不是中国所专属。

再一者，生肖即为生辰，定也多与历法、星期等息息相关，一如"星座"之说，也系融合历法、星相等术才形成的。与中国的"十二生肖"不同，越南虽也有"十二生肖"，但是其将中国的"兔子"换成了"猫"；缅甸则为"八大生肖"。缅甸人用"缅历"也就是"佛历",其生辰属相也非参照中国传统的"夏历""华历""汉历""中历""阴历"——一个意思——以月相周期的"年"来论,而是由出生在"星期几"来决定的。且缅甸人将星期三分为上下半天,上半天才是星期三,下半天被称为"罗侯"。这么一来,缅甸的一周或者说一星期便有8天,相应地,缅甸便形成了"八大生肖"。星期日出生的人属"妙翅鸟";星期一出生的则属"老虎";星期二是属"狮子";星期三的上半天属"双牙象",下半天属"无牙象";星期四的属相则为"老鼠";星期五属"天竺鼠";最后是星期六,属相为"龙"。受此影响,可以说,缅甸人民是幸福的,因为除了每年可以过一次生日之外,如依中国习俗,每个星期还将过一次"本命年",或者称为"本命周"更合适一些。正所谓,"常庆常生,常吃常喝",尤其是这里用茶叶经柠檬汁和盐腌渍数日而成的茶叶沙拉,跟韩国泡菜一样下饭,日日食之,岂有不快活之理?!

为"造"缅甸风土民情之"七级浮屠",再来说一说缅甸的第七种风情,它源出自然,是为"缅药"。

这里的"缅药",可以理解为"缅甸中药",其与"滇药""苗药"可以并称。当然,年内,一部由文牧野执导,徐峥等人精彩饰演的国产电影《我不是药神》着实令"印度药"火了一把,但那不是"中药",而是"西药"。泰国的"青草药膏"也比较出名;还有其"蛇毒丸",有着香港"跌打酒"般神奇。回过头来,印度还有国人口口相传、假戏真做的"神油";到了埃及,法老的后人明显表示不服,他们的"香精"不仅可以开瓶"千年不散",还可以生产"法国香水",以及提神醒脑、活筋化瘀,"包治百病"!

古药文化，确也渊源深邃。各国之"神话"，虽有言过其实、自吹自擂之感，但将来倒可以细细琢磨，专写一篇。于今，我们只来探一探这片大地之上的"缅药"文化。

"缅药"原材，前一二名当数砂仁与石斛。前者，"初夏可赏花，盛夏可观果"，具有很高的观赏价值；同时，入药之后，主治脾胃气滞、寒泻冷痢，对于湿气深重的雨林之地来说，具有重要的医用价值。而后者，又名"仙斛兰韵""紫萦仙株"，俗名"不死草"或"还魂草"，其药用价值自不待言，小至滋阴清热、益胃生津，大治阴伤津亏、令目暗复明。与砂仁兼有的观赏功能相似，石斛，由其几个别名观之，便可见其花姿优雅，玲珑可爱，且其花色艳丽、香味毓芳，因此，也被誉为"四大观赏洋花"之一，不负斯名。

这便是"印度与中国相遇的地方"，一座"亚洲的新十字路口"——缅甸，以及它的诸般风土民情。它简单而不复杂，平静而不喧哗，从曼德勒到仰光城，尽皆如此。面对身着特敏的特纳卡，对话穿着笼基的槟榔渣——还有比这更旖旎的异国风情吗？无疑，这会让您寻得心中的一份平静。远胜过在人满为患的泰国街头，甚至其他早就被游客攻陷的东南亚海滨。

看人山人海，不如来到缅甸小城的街之一角。这里风土依旧在、民情独自好，相信我，要去趁早。

2018 年 10 月 24 日于仰光，埃斯佩拉多酒店

不了情缘，
越南 说再见

越南，国土面积约33万平方公里，略大于中国的广西壮族自治区，但小于云南省，相当于3个江苏省；总人口数约9 649万人。我们当年的这个"小兄弟"，如今，已经旧貌换新颜了。

越南，位于中印半岛东陲，海岸线漫长，呈南北狭长状；加之其盛产稻米，也因此，其疆域被形象地称为"一根扁担挑着两担稻谷"。旧时之"越南"，有"交趾""安南"等多种称谓；自1976年起，改称为"越南社会主义共和国"。

越南的历史，可以主要分成如下五段：早前中国的大一统时期、独立的封建王朝时期（含"宗藩关系"及往复）、法国殖民统治时期、争取独立的多次战争时期（包括"北越"时期），以及"北越"与"南越"统一后的新时期。由此，越南形成了会安、顺化、华闾、河内、西贡等古城，亦即各个时期的政治、经济和文化中心。

多海多岛，是越南相较于中印半岛其他四国的显著地貌，也孕育着诸多别致秀美的风景。北有下龙湾，南有富国岛；东海岸线上的岘港、芽庄、美奈、头顿等，都是颇负盛名的滨海旅游度假胜地。

在佛教外传的影响下，越南相异于半岛上的其他四国，以信奉大乘佛教和竹林禅宗为主；且自李朝李公蕴时期，定佛教为国教，并于公元1018年遣使道清和尚赴中国迎请佛教三藏总集《大藏经》。受此宗教文化影响，越南，也因故形成了像河内的镇国寺、宁平的白亭寺、岘港的灵应寺、芽庄的龙山寺、大叻的金佛寺等近似于中国而大异于缅、老、柬、泰的寺院派

"亚洲发现系列"
商旅笔记第1部

The floating clouds

穿越中印半岛 **行走的云**

越南上空的云,平淡无奇。这些年,其"革新开改"的成就有目共睹,对应的代价就像是这片云,让您分不清正置身何方。

摄影:陈三秋

建筑风格。

此外，在法国殖民越南期间，与殖民柬埔寨情形相似，从南到北，打造并留下了不少饱含"塞纳风情"的度假小城镇或法式建筑物。给这个东方的，严肃、沉闷的国度，融入了些许西式的浪漫与多情。

越南历史上，也曾有过短暂的文学辉煌，以及一定的史料记录；加之其与中国的政经往来、对法美等国的战略诱惑，还由此积淀出了他国的官民载记和著述。值得推荐一读的有：越南史学家吴士连奉黎圣宗之命编修的"越南版史记"——《大越史记全书》；被越南史专家陈玉龙先生称为"四大奇书"的四部越南古典名著——《金云翘传》《宫怨吟曲》《征妇吟》和《花笺传》，还有《貉龙君传》《山精水精》等口述传说；潘佩珠先生的《越南亡国史》、胡春香女士的诗集《琉香记》；陈重金所著的《越南史略》与古小松著述的《越南：历史、国情、前瞻》；丹尼尔·霍尔的《东南亚史》、弗雷德里克·罗格瓦尔的《战争的余烬》、陈玉龙的《汉文化论纲》等等。

另外，关于越南南部曾有的"占城"之国，其悠久的历史，可见于中国明朝巩珍的《西洋番国志》、马欢的《瀛涯胜览》等书；而关于全越的文学作品及成就方面，于在照所著的《越南文学史》所述非常详尽，也可供一阅。

关于越南的较好的行旅笔记或游览记述，在完整性上首推魔方女士的《浪迹越南》；而庆山女士的《蔷薇岛屿》关于西贡的描述也很出彩。这两位女士温婉的笔端之下，对这座半岛国度的诸般点滴的细腻呈现，是很多文人骚客所不及的。此外，林木先生的《火车上的东南亚：背包游越南》，被称为是一本"足下生辉"的好看之书，确实，其对越南某些领域的理解之深，令人钦佩。

我很早便去过越南，初为纯粹的旅游；此番故地重游，则重在凝重的商考；面对岘港和芽庄的快速崛起、美奈和大叻的万种风情，以及胡志明的蜕变、西贡河的没落，无不感慨颇多。就让我这一次关于中印半岛逐城穿行的故事，在越南说再见吧！

67 河内人间烟火

第 5 篇
The floating clouds
不了情缘 **越南** 说再见

在霾影重重中,从南京,经曼谷,夜航西南又东南飞,终于,在身心劳顿之下,如期抵近"百花春城"——河内。

此前的金陵城已多日雾霾围城。不知从何时起,似乎每一年的秋冬时节,这座城都要被笼罩成朦朦胧胧状,且数日方休。这期间,不敢出门、不敢运动,甚至不敢大口地呼吸。所以,当一出机舱,河内湛蓝的天空一现,整个旅程竟像是一场逃离了。

收拾起零落的心情,

在金陵的霾影重重中,飞抵"百花春城"——河内。摄影:陈三秋

行走在河内的小巷;板凳中的河内风情。　　　摄影:陈三秋

疾步走出内拜机场大厅,一眼便看见已久候接机多时的明勇君。行李快速装车,便在一路花开中直奔城中还剑湖畔的居屋。如果适逢餐点,那就绕个小弯,找个街角吃碗地道的越南河粉先吧。

越南河粉?是的,这可是越国"称霸"百年、大名鼎鼎的经典美食。这会儿让您想到过桥米线、兰州拉面、鸭血粉丝、沙县小吃,甚至是金陵汤包、天津麻花、北京烤鸭等等。不

来一碗越南河粉,品味一下河内的人间烟火。 摄影:陈三秋

错,借用"定位之父"杰克·特劳特先生于公元 1969 年便提出来的"品类封杀"概念来讲,"河粉"一词本仅代表的"品类",却被"越南"二字成功反向封杀!也就是说,当您一提到"河粉"时,我便多会条件反射式地想到"越南"之名,以至再无其他。这就是越南之外,"天下无粉"了吧。同理,在中国的民间小吃之中,也存在着同样的品类绝杀;这就是那一串串因"越南河粉"而瞬间联想到的"小吃部落"们。

屋檐下,街巷角,方凳上,吃河粉——尤其是飘散着牛骨汤清香的牛肉河粉。再带上一小碟柠檬、辣酱,还有一小撮越南土菜叶子或者香草,这是河内和芽庄的特色,但更是专属于河内的人间烟火。

我想,当上个世纪初,粤闽或两广移民,将河粉带入脚下这片异国大地之上时,他们一定不会想到,这在此地竟然会如此地深受欢迎，并一举成了别国的"国食"，进而卖遍全球。不过，依我观之，从"南越"到"北越"，似乎只有河内和芽庄在您点取河粉之时，才会奉上一碟碾碎的辣椒酱；而其他各地的辅料，比如大叻和西贡，则全变成了一截一截、青红相间的小尖椒。所以说，如果您想像中国人搅拌辣油一样地吃河粉，最好还是在芽庄或者河内；而这两地之间，一个适合饱腹，一个适合慢品——品味那近似"皇城脚跟"之下的人间烟火。

据说，这一份份小小的越南河粉，是融入了中国与法国烹饪文化的集大成者。虽然此说有些浮夸——大树底下、依着墙角，尤适囫囵吞枣式的美食，这怎么看都是接地气的节奏啊！我猜，法国人应该也没想到吧。他们自诩烹饪文化一流，重渊源深邃，言必谈"左岸文化""法式大餐"，不过在这片他们曾经"奋斗过"的大地上，这下，他们的烹饪技法被施展在了"路边练摊"，取代了"大雅之堂"，一定会心中五味杂陈，一万个想不到吧。

后来，越南人还专门杜撰了一个故事，将越南河粉彻底变成了自己人的传说。相传，越南阮朝时期有一位公主，痴心烹制美食，后因战乱而流落民间。一日，公主在屋内磨米浆、制河粉，并熬煮牛骨汤。结果汤香四溢，街坊邻居闻香识货，纷至沓来，公主便将所做的河粉与众邻分享，并将河粉技艺传授于各人，随即河粉美食就广泛流传开来。尤其是"阮妈妈牌"越南河粉，更是汤正味绝，独誉四方。

今年，小米的"雷布斯"来了，在小馆之中，默默地点上了一份越南河粉，干了满满的一大碗，还顺带用小米手机发了下朋友圈。可惜"红衣教主"周大炮未能同来，要不然他自带帅气指数的 360 手机，又可以上演一次"相爱相杀"并网红一把了。去年 11 月，阿里的"杰克马"也来了，他可能会吃得更低调些，要不然他面对 3 000 名越南大学生演讲时，总不可能告诉他们人生的终极目标，就是在河内之夜，吃一碗十来块钱的河粉吧。河粉，还真是个梗；来越南，尤其是到了河内，不吃不行。

在河内的日子，一般还可以在圣母大教堂附近的迷你深巷之中找一洁净、自带风情的民宿或酒店"定居"数日。这种固定一处而居的做法，是一个可以快速适应越北生活的不错习惯——与房东相处久了，不仅会有扎根越国红河三角洲的感觉，办起诸事，相对还有了个照应和便捷。还剑湖四周，法式小巷中的成排民居，似乎正是为各国的"越漂"们量身度制的。"家安"，便可"远行"；当您的心向往起流浪，就背上行囊——像个背包客一样，穿行在河内的街头巷尾，找个中意之所把心安放吧！也顺带着，让漂泊无根的灵魂，歇息片刻。

想想 1 000 年前，越南李朝太祖李公蕴曾称赞河内："宅天地区域之中，得虎踞龙蟠之势，正南北东西之位，便江山向背之宜。其地广而坦平，厥土高而爽垲，民居蔑昏垫之困，万物极蕃阜之丰，遍览越邦，斯为胜地，诚四方辐辏之要会，为万世京师之上都。"如今，山河仍在，只是繁华零落；再加上此地断不似泰、缅等国终日香火奉佛、金寺闪烁，因此，所剩下的那抹斑斓红尘，幻化成人间烟火，确也是别样风情。

来前有似南柯一梦，梦到带着尖斗笠沿街叫卖的小摊贩，梦到身穿锦衫拍婚纱的交趾青年，还梦到一群肩披长发，上着束腰长袍、下摆迎风舒展、开叉至腰、身段婀娜，再配上一条白色的、喇叭筒式的宽腿拖地长裤——一袭奥黛的女孩子们，她们在礼迎八方客到。到了河内，梦境成真了。

　　我们遇到了Lin。她告诉我，她是祖上来自台湾的河内女孩，在此经营着一家清静的小旅馆；但她同样喜欢上了"国服"奥黛，她还有一辆越南人人喜欢的摩托车。她拿出地图，瞬间画满了能够帮我便易出行的攻略。我说，我要去博物馆，她便快速拿出两个头盔，骑上了她的摩托车。我腼腆地笑了笑，我决定，还是先徒步去还剑湖为妙。我要先看一看越南最鼎盛的人间烟火。

　　徒步穿行，我的选择没有错。大街小巷，数不尽的是甘蔗

"斗笠之国"越南，身着奥黛的女人们。　　　　摄影：陈三秋

虾、炸象鱼、玉米烙、烤肉串、炸油条,还有那久违的、喜人的烤红薯和鲜椰汁。当然,最主要的,"粉"才是越南的庶民料理,而河内则是"粉"的天堂。牛丸粉、炒河粉、汤米粉……甚至连春卷皮也是用米粉做的。那是由极薄的、小片的米粉干皮,依次卷上蔬菜、鸡肉、虾仁、木耳、冬粉和香菜等"炮制"而成的,如果再配上少许越式的甜辣酱和南国的柠檬汁当佐料,您应该可以"生吞"许多吧。

您可以边走边看,也可以一路通吃。白天,日头之下,成群的人可以靠着旧墙脚,摆着小方凳,躲着炎热,坐在光影中,来一杯加冰越南黄茶,外带一包香烟,就够了。自得闲暇,消磨时光。尤其是中午,越南人很"固执",一天之中,一定要午休,以至于连很多景点都要关门;那么,他们便成了长街两侧,喝茶、抽烟的又一撮大军。傍晚,还剑湖畔,各国游人齐聚,越南咖啡和河内啤酒,便是他们的标配。而到了晚上,一排排挤在墙角屋檐下,围着小板凳支起的"盘餐"便开始了。这有点像我们的迷你版大排档;而烧烤摊,则摆进了筒子楼或旧窄巷,各得其所。虽然有点辜负了这里的塞纳风情,但这才是生活气息,有烟有火才有的人间。

它们寄生在河内狭窄的街道一旁的深巷。虽然这里高楼不多,那些临街的房子,不过数层而已。但"越南元素",赋予了它们有着宽四五米的店铺门面,且门面往后可以延深十到二十余米不等,这是些一座座窄而长,仿如侧立的火柴盒式的建筑。加上一户户沿街排列,鳞次栉比,便构筑成了一条条深且窄的河内小巷。据说,这是执政者为了保障家家有临街开铺的机会,在规划时所特许的一种富民制度和公平举措。所以，久而久之，便形成了越南亦动亦静的别致街景和丰富撩人的生活原貌。

大榕树，似乎和摩托车一样，都是越南人所喜欢的。那些悬挂着长长须根的茂叶大树，植遍门前、街头，由此还形成了树下纳凉、就餐、品茶、开店的另一道河内特有的风景。而对应着的，就是满大街疾速驰行，近乎从您的裤脚边飞掠而过的万千辆摩托车。记得朱莉娅·罗伯茨在其主演的《永不妥协》一剧中，曾将撞伤自己的摩托车称为"从地狱里面飞出来的黑蝙蝠"，河内，乃至全越的摩托军团，似乎都像如此。我甚至毫不夸张地说，曾在一个细雨之夜，5分钟之内，看到不下三起摩托车交通事故。不过，人皆各有所好，也无可厚非吧；骑上风驰电掣般的摩托，河内人们确是自带其乐。

走走停停，夜便会深得很快。还剑湖北、"升龙皇城"之南，长愈七里的"三十六行街"，应该早就人满为患了吧。自明朝冯惟敏《玉抱肚·赠赵今燕》一曲"琵琶轻扫动人怜，须信行行出状元"开始，似乎我们便都知晓了那句朗朗上口的"三百六十行，行行出状元"。但河内的则是"三十六行街"，有帆行街、银行街、糖行街等等，这里还有"同春市场"和"河内夜市"。如果再比较出自南宋时期周辉著述的《清波杂志》所记，其所谓的"三十六行"，记有"肉肆行、海味行、鲜鱼行、酒行、米行、酱料行、宫粉行、花果行、茶行、汤店行、药肆行、成衣行、丝绸行、顾绣行、针线行、皮革行、扎作行、柴行、棺木行、故旧行、仵作行、网罟行、鼓乐行、杂耍行、采莲行、珠宝行、玉石行、纸行、文房行、用具行、竹林行、陶土行、驿传行、铁器行、花纱行、巫行"等。看来每个国家,都有自己的可以出状元的三十六行,乃至三百六十行啊。

清人徐珂在《清稗类钞》中说:"三十六行者,种种职业也。就其分工而约计之,曰三十六行;倍之,则为七十二行;十之,则为三百六十行;皆就成数而言。"原来如此。以小见大、以少见多吧,河内的烟火气息之最,当数三十六行街无疑了。

快要到西方的圣诞节了,记得去年此时,身在奥地利的哈尔施塔特小镇,冰雪之下,一杯热红酒,满眼圣诞树。而此刻的河内,也开始渐渐有了些许圣诞的韵味。可能是中南半岛之上,人皆喜欢过节吧。尤其是越南的这句民谣"肥肉姜葱红对联,幡旗爆竹大粽粑",您会想到啥?不错,接下来就是元旦和春节了,连续着过。当然,还有每一年的端午节、清明节、重阳节、中元节、中秋节,且越南历法也有阴阳两历之说,那也照过不误。身逢和平盛世,更要活出味道,更要烟火缭绕。

如果您逛累了,那么,就请向身边的越南朋友们道一声"召"吧。要像中国拼音中"阴、阳、上、去"四声调的"去声"。这是一种别离的称呼,当然,也是最常用的问候。因为,河内的京族之人,不会去跟您区分什么是"早安""晚安",什么是"再见""您好",全是一声通用的"召"字来解决。记住之后,您在河内的夜与生活,不至于再那么苍白无声与孤独单调。

一路回行,您会忍不住由"召"一字想到老挝的"萨百迪"或者"拉宫"、柬埔寨的"唆斯哒"与"啊昆",以及缅甸的"明嘎拉吧"、泰国的"萨瓦迪卡"、印尼的"阿巴嘎坝"。这些都是融入斯民的"通关密码";甚至是日本的"空尼起哇""阿哩嘎脱"

和徐志摩笔下的"沙扬娜拉",韩国的"啊宁哈塞哟",法国的"撒驴""崩猪",也都有着类似的奇妙之用。语言,真乃打开心灵的钥匙是也;光有眼神,或者举手、搔头、弄足,如果没有一定的火候,看似,还远远不够。

回到酒店,打开电视机,又是电视剧,韩剧吧。还是那个唯一的、没有抑扬顿挫的女声在为所有剧中人物的对白配着音。有趣吗?这就是越南。记得在缅甸和泰国,看过很多人在看印度的影视剧,那至少是英文对白加上本语字幕,这要比听越南语配音的外国剧要顺耳许多了。听了一会儿,关掉。窗外的河内,喧嚣。这里真是有着不分昼夜的人间,以及永不停歇的烟火。

其"国父"胡志明曾被囚禁于中国的国民党监狱中,其间他用汉语或者混合着"喃语"写下百首诗作,汇集起来,便是那册随处可以买到的《狱中诗抄》。其中,有诗句云:"日暖风清花带笑""万里舆图顾盼间";这是他对故国河内生活的向往,也是对祖国人民未来生活的期望。今日河内城,不息的快意烟火,终如您所愿吧。胡大人可以安息了;改日,我们西湖畔的独立广场见。

2018 年 12 月 3 日于河内,Au Trieu Street

68 细数河内别称

"河内"之别称奇多。一段河内别名的变迁史,大半部河内乃至越南史。因此,"偷得浮生半日闲",我们来细数一下河内的那些旧名,也顺便一起重温一番,这座都城的前世、过往与今生。

相传,早在公元前3000余年,位于今河内东北约18公里之地,便有人迹活动和居住;并就此演进,约在公元前200年左右,形成了一座螺形的土城。后人根据其遗址,将其称之为"古螺城";且至今其行政区属也依然称"古螺乡"。所以说,"古螺"或者"螺城",应该是河内最早最早的称呼。

这里在古代,长期属于中国故地。公元前214年,秦始皇便收服"岭南百越"诸部族,并设南海、桂林、象郡等"岭南三郡"。其中的象郡,就包括了河内等地。据《史记·南越列传》载,秦二世时,任赵佗为"南海龙川令"。后秦灭,"佗即击并桂林、象郡"。也就是赵佗就此完全将岭南三郡,含象郡在内,尽收囊中。公元前204年,赵佗自号"南越武王",定都"番禺",正式建立"南越国"。由此观之,"象郡"可以理解为中国对河内之地的第一个称谓。

到了西汉武帝元鼎六年,也就是公元前111年,在平定了南越国后开始在此建制,设"交趾郡"。据说,这片大地之上的原始居民,生而便有两个脚趾叠交,故而得名。此郡统辖区域包括了今日的越南北部,含河内等地在内,并屡屡见诸史料之中,故"交趾"也可以说是河内最早的一批官称之名。

不过,这一时期的大汉对交趾等地的统治并不稳固。到了东汉初年,便爆发了以交趾人征侧和征贰两姐妹为首的武装叛乱,史称"征氏姐妹起义"。

征氏姐妹在喝门举兵,很快便攻取了交趾郡,传说其还一气连夺周边65城,征侧也被举为"征王",越史曾夸张地将这一时期称为"征朝"。得知此事后,东汉光武帝于建武十八年,亦即公元42年,派伏波将军和马援等人率两万军队、两千车船,水陆并进,南征交趾。次年5月,马援击败征氏姐妹,二征俱战亡,继而交州诸郡平定。河内,也即时称交趾之地,重归中华一统。

正所谓"东汉末南分三国",所以,东西两汉王朝之后,便是魏、蜀、吴的"三国鼎立"、纷战争霸时期。起初,这片越北之地,从南至北分设日南郡、九真郡和交趾郡三郡;最南端的日南郡,大抵相当于今天的下龙湾之滨了。三郡之上,统归交州。由交趾太守士燮节制并割据着整个交州,时称"岭南王",占时长达40余年。而士燮所主之地"交州",《三国志》中称为"龙编",《大越史记全书》则将其称为"赢漊",俱指当今的河内,亦即河内的另三个别谓。

士燮身故之后,交州为三国中的吴国所统。不过,士燮这位"当地士氏族人"也因其"雄长一州,震服百蛮"的"壮举",多为越南国史所褒扬。在司马迁著成《史记》后约1 500余年,也就是公元1479年,越人吴士连奉黎圣宗之命,开始在整合黎文休与潘孚先各自编撰的《大越史记》与《越史续篇》的基础上,编纂修成15卷的"越版史记"——《大越史记全书》。在此书《士王纪》一篇中,史官吴士连曾述:"我国通诗书,习礼乐,为文献之邦,自士王始。"这里的"士王"就是越南人所称的"士燮"。当然,士燮还不仅在越南"封王"而已,更是成了《三教同原录》亦即《历代神仙通鉴》中的神仙,"封神"了。所以,并不只有关羽、秦琼、尉迟等人才可以进入神列啊。

三国之后,是"魏晋南北朝"。其中,到了"南朝"最强胜的宋时,也就是在公元420年至479年间,开始在河内地区"设宋平郡,治昌国县",因此,"昌国"也可以说是河内的旧称之一。而到了隋朝,改昌国县为"宋平县",为交趾郡的治所;所以,是时,"宋平"也指河内。

百余年后,"德州监"李贲于公元542年春,占领交州首府所在地,也就是"龙编";并在公元544年正月,自称"越帝",并取"春望社稷至万世"之意而建国号"万春";改元"天德",定都便在龙编。这是越南历史上第一个真正的政权,也可以说是河内第一次成为国都;而李贲,也因此得补"李南帝"之名。不过,随后数年即灭。

然后便是"隋唐五代传"。公元621年,也就是唐高祖时期,正式开始在此修城筑池,为"交州总管府",也就是后来的"安南都护府"。这是河内城的始建之期,建成之后,便为越南北部的政治、经济和文化中心;可能此地常年百花开放、姹紫嫣红,故时有别名"紫城";后来,还改称过"罗城"。

唐高宗上元二年,也就是公元 675 年,25 岁的英姿少年王勃,正是在赴安南紫城省亲的路上,写下了旷古烁今的《滕王阁序》名篇,其"襟三江而带五湖,控蛮荆而引瓯越""落霞与孤鹜齐飞,秋水共长天一色"等名句更是流传千古。其时,勃父王福畴被谪为交趾令。二人于公元 678 年春夏之交相会于紫城,不久后,王勃便踏上归途。当时正值夏季,船行深海,风急浪高,王勃不幸溺水,惊悸而亡;也绝了其可能会为之的关于南国紫城、关于下龙之湾的诗篇。

唐末,节度使作乱,南诏也曾一度占据交州。约在 9 世纪末期,时任安南都护,也是晚唐诗人、名将的高骈收复交趾后,为抵御外侵,而大修罗城,故交州时遂又称"大罗"。直至公元 887 年,高骈为部将所囚杀。

公元 907 年,大唐王朝彻底灭亡,中原再一次陷入了纷争,这时候南越诸侯便开始蠢蠢欲动。30 余年后,也即公元 939 年,吴权在"第一次白藤江之战"中击败南汉大军,一举从中国五代的南汉政权中宣布独立。此举开启了越南的独立建国大门。其虽未定国号,但其长期割据、自称为王,《越南通史》称"吴权设官职,制朝仪,定服色",因此,后世还是将这一时期称为

"吴朝",并视其为越南历史上第一个封建王朝。吴朝定都"古螺",也就是河内。

公元944年,吴权过世。外戚杨后的兄弟杨三哥篡位自封"杨平王",并控制其次子吴昌文,迫使长子吴昌岌出逃。此后,这一地区的十二个封建领主割地称雄、互相混战,史称"十二使君之乱"时期。

公元968年,生于华闾洞的丁部领,戡平"十二使君之乱",荡平交趾之境,并趁北宋太祖赵匡胤"黄袍加身"仅八年并进击南汉无暇再南顾之间隙,建立了越南历史上第一个独立、统一的封建王朝——丁朝,定国号为"大瞿越",年号"太平"。虽然其定都在华闾,但其国号,深刻地影响着后来越南国家之名,而时过境迁,华闾,也成了今日越南的一座旅游古城。

两年之后,公元970年,北宋攻灭南汉。丁部领畏惧之余,主动向北宋表示臣服。公元973年,宋太祖册封丁部领为"交趾郡王";其子丁琏为"检校太师""安南都护"等职。从此,中国的统治者,不再将越南之地视为领土,而是将其视为"列藩"之一,两国开始进入朝贡式的"藩属时期"。

随后不久,公元979年,丁朝因皇位继承问题发生"宫廷政变",执掌当朝兵权的"十道将军"黎桓乘机在次年篡位登基;公元981年,北宋为匡正丁朝政务的第二次白藤江之战打响。不过黎桓在白藤江大破宋军,稳固了"黎朝"。后人为了与越南下一个"黎朝"相区别,又把这一时期称为"前黎朝"。国都依然为华闾。不过,没多久,也即次年春,黎桓因虑及宋朝终行再伐,便主动与宋通好,视其为宗主国,并获得了宋朝册封。李焘的《续资治通鉴长编》中载其"上表谢罪,且贡方物",自此,宋越战事遂告一段落,但仍间或有些边境摩擦和冲突。

公元1009年,前黎朝的指挥使也是唐太宗李世民的后代——李公蕴夺取帝位,次年改元"顺天",建立"李朝",其人便是"李太祖";同样,后来史家为了与李贲所建立的"李朝"相区分,故将其以"前李朝"与"后李朝"而相分。

后李朝是越南历史上,继前黎朝之后的又一个比较强盛的大一统时期。李公蕴为了一展治越抱负,认为"大罗城"人丁兴盛、"万物极蕃阜之丰",且位居"天下之中",故于公元1010年下《迁都诏》以询示群臣,随后便于农历七月将国都由华闾迁至大罗。据载,李公蕴在乘船抵达大罗城下时,突见一条黄龙从城墙之脚腾空升起,李乃视之为天意瑞兆,故将大罗更名为"升龙"。

"升龙",也便成了河内最特别也更重要的一个别称。是时,升龙得以仿效唐宋皇城,分内城和外城,内城又进一步分为禁城、皇城和京城,并修建起宫殿、府库、城隍、寺庙等规模庞大的宏伟建筑。河内之地,也从此一改此前只造军事堡垒之用,建成为一座名副其实的皇家都城。今天其于河内的遗址,仍叫"升龙皇城"。

比较有趣的是,李太祖当初所颁的《迁都诏》,共214字;

而后李朝，历八世也正好是214年，不能不说是一种奇妙的巧合。该诏书现存于《皇越文选》的收录中。

观李氏一朝，多有征战，一会儿是北方的宋朝，一会儿是临近的真腊和占城；其间，也就是公元1054年李圣宗时期，还将国号改为"大越"，基本上奠定了此后越南数个王朝的国号，影响至今。公元1164年，大宋朝廷还改"交趾郡王"，封李英宗为"安南国王"，因此，越南亦开始被称为"安南"之国。

而且，大越的李氏朝廷，极其重于佛事、兴修庙宇，河内保留至今的独柱寺、镇国寺等，俱为当朝所建。

公元1224年10月，李朝惠宗因久病不愈退位，由年仅七岁的公主李佛金继位，是为李昭皇。但次年12月，李昭皇年仅八岁的丈夫陈煚的父亲替李昭皇拟诏让位给陈煚，"陈氏代李"，后李一朝灭；"李亡陈兴"，河内开始进入陈朝统治时期。

陈煚接受昭皇所禅之位后，仍定都升龙。不过，升龙先后多次被更换为"龙渊""龙编""中京""京都"等名；尤其是公元1397年，也就是陈朝末期，在权臣胡季犛的撺掇操纵之下，还曾将国都迁往越南中北部沿海地区的清化，因此，当时的清化被称为"西都"，相应地，升龙也多了个"东都"之名。

其间，大约在公元1257年12月中，元朝的蒙古大军初次侵越还曾攻陷升龙，并一度在此地设立了，"达鲁花赤"，亦即"常印者"之官职，但未更"升龙"之名。公元1284年至1285年，双方再次爆发第二次战争；后于公元1287年至1288年间，蒙越爆发了史称的"第三次白藤江之战"。最后一次，元朝大军由忽必烈第九子镇南王孛儿只斤·脱欢统领，元右丞札剌亦儿·唆都为主攻，但适逢 5 月，暑雨不止、病疫大行，最终以脱欢退兵、唆都战死结束。随后，陈朝遣史入元请求议和、恢复朝贡，元世祖忽必烈亦无心恋战，双方关系至此以恢复宗藩关系告终。骁勇纵横欧亚大陆的蒙古征服者大军，也终于止步于升龙和这片神奇的中南雨林之中。究其原因，既有酷暑、雨季、瘟疾等自然之利，也与陈朝帝臣团结、名将如云、君民一心有关；而英国东南亚历史学家丹尼尔·霍尔在《东南亚史》一书中还补充了第三个原因，那就是陈朝与占城的联军，双方唇亡齿寒，因此蒙古多次提及与陈朝南部的占城联兵攻越均未得果；此举不仅令陈朝得以增兵，还解除了后顾之忧。总之，陈朝抗蒙的三战三捷，确实谱写下了越南封建史上最了不起的抗战诗篇。

　　有陈一朝，其政治上也有一大"特色"，那就是所谓的"上皇制"。即一国之中，既有皇帝，其上还有"上皇"；或曰一皇退位之后即迁为"上皇"或称"太上皇"，相应的，其所立之人是为"皇帝"；终其一朝，一百余年，俱是如此。因此，国中也便同时需有两座皇城。据悉，大体上皇帝还是居于国都升龙城，而上皇则迁于南方天长府。

　　元朝越人黎澄在其所著的《南翁梦录》一书中，曾如是记载："陈家旧例，有子既长，即使承正位。而父退居北宫，以王父尊称而同听政。……事皆取决于父，嗣王无异于世子也。"也就是说，在"上皇制"下，依然是由禅位的上皇掌握实权。据传，这种"上皇政治"的由来，是由于陈朝时，需同中国的元明两朝进行繁芜的交涉，为避免由"日理万机"的皇帝直接出面，故可以"上皇"之名便宜进行。此即所谓"盖内以防篡弑，外以策国防"的巧妙政制安排。

值得一提的还有，也自这一时期，陈太宗任命史官黎文修，历太、圣二朝，用汉文编纂出了一部上启赵佗、下至昭皇，纵贯千余年历史的《大越史记》，计有三十卷之多。此书于公元1272年撰成，也开创了效仿中国封建王朝，编修本国"正史"的先河。此外，越人为书写汉字方便而创作的"喃字"，自李朝略有流传后，至陈朝开始盛行，并诞生了朱文贞的《国语诗集》、韩铨善的《披砂集》等"喃语"作品。不过在公元1374年的陈艺宗时期，开始"诏诸军民不得服北人衣样，及效占、牢诸国语"。其中的"北人"即中国人，"占"和"牢"则一指占城，一指老挝。因此，可以说，喃字的盛行虽是越南陈朝封建民族意识增强的体现，但这种狭隘的极端意识，也已发展到了排斥一切外来文化的自闭与自卑程度。

公元1400年，胡季犛废陈朝少帝自立，建立胡朝；由于其自称是虞舜后裔，故将国号从"大越"改为"大虞"，年号"圣元"；同时，还保持了"东都"升龙和"西都"清化的两都形制。不过，由于朝臣反对，同年12月，胡季犛便禅位于其子，有着陈氏妃子血脉的胡汉苍，而自号"太上皇"。时值中国明初成祖永乐年间。

据说，明太祖朱元璋在灭元后，为汲取这个蒙古帝国穷兵黩武的教训，曾在洪武二十八年版的《皇明祖训》中说"吾恐后世子孙，倚中国富强，贪一时战功"，曾宣布将朝鲜、日本、安南、真腊、暹罗、占城、爪哇、渤泥等15个海外之邦列为"不征之国"，以告诫后世子孙不得恣意征讨。由此，"安南"也就是越南，也系属"不征之国"之列，受到大明开国皇帝朱元璋为历代明天子所设之遗命的庇护。

公元1405年，明成祖朱棣派兵护送逃亡到明的陈朝艺宗之孙陈天平归国复位，不想被胡朝伏兵击败，陈天平亦被俘为极刑所杀。加之此前胡朝多有侵犯大明边境，因此，明朝破除祖训戒律，覆灭胡朝的战争爆发。永乐大帝派成国公朱能、新成侯张辅、西平侯沐晟三人，率大军80万人讨伐，不出半年，便先后攻占并横扫升龙和清化两都，还擒获胡季犛与其子国王胡汉苍。据传，胡季犛后来一直被明朝滞留在金陵，也就是今天的南京城；死后，也被葬于金陵城的紫金山下。

由于当时陈朝王室已经被胡朝屠戮殆尽，明朝便随即趁机收复南越之地，"原复古郡县"，并在占领之地设府任官，进行直接统治。永乐五年，也即公元1407年8月，明成祖下令改"安南"为"交趾"，设置三司，其中以吕毅为"交趾都指挥使司"。至此，仅历二世、存七年的胡朝覆亡。安南，重又归入中国版图。而这一时期的河内，既可以继续称"升龙"，也可以复称"交趾"之名。加之其又为交趾首府，时称"交州府"；另有府城，设于东关县，故也可得"交州""东关"或"东郡"等名。

不过，其后至宣德二年，亦即公元1427年，在这二十年"安南属明"时期，据《明史》载："交人苦中国约束，又数为吏卒侵扰，往往起附贼，乍服乍叛。"所以，明朝的严苛之治，便造成了越南人民接连不断的起义。其中，尤以公元1418年，黎利领导的"蓝山起义"为最。在数场战役重挫明朝军队之后，大明只得于9年后罢兵撤军。最初在公元1427年，黎利曾拥立陈朝后裔陈暠为"安南国王"，宣布独立。而且，黎利还就此发布了一份被后世越人视为15世纪"独立宣言"的《平吴大诰》，其中，既抨击了明朝暴行，指出"仁义之举，要在安民，吊伐之师,莫先去暴"；也再次强调了"惟我大越之国,实为文献之邦,山川之封域既殊,南北之风俗亦异"的一国独立性和政权合法性，在越南人民的心中影响深远。

不过次年也就是公元1428年，黎利起兵十年、统一全越后，便废黜陈暠自立为帝，从此陈暠下落不明。而其所建之朝，定都交州之后，改称为"东京"，同时也保留了"西都"清化，是为后黎朝。朱明的中原王朝在黎利多次表明"遍寻不着陈朝宗室后裔"之后，经妥协，也便于公元1431年册封黎利为"安南国王"。由此，中原王朝与越南王室重归三年一贡的宗藩体系，直到清末。

30余年后，后黎迎来了武力的鼎盛时期。不仅于公元1471年攻陷占城王国都城毗阇耶，俘获其国王，令骁勇千年的占城名存实亡；还在公元1479年占领澜沧王国首都琅勃拉邦，迫使其此后向己朝贡。吴士连编写的《大越史记全书》也成书于此后不久。

不过好景不长，随后，后黎朝前期于公元1527年结束。当年4月，节制十三道水步诸营的仁国公莫登庸逼迫黎恭帝禅位，改元明德，定都升龙，建立莫朝；在与后黎朝南部势力的对峙中，自公元1533年起迎来了越南分裂59年的"南北朝时期"。直到公元1592年，后黎大将郑松击破莫朝，莫氏弃升龙、退保高平为止。

在"南北朝时期"，莫朝经常为后黎所败；莫登庸为了得到当时中国明朝的支持，遂于公元1539年，遣使将安南土地册及户籍献于大明；并于次年与大臣数十人自缚跪拜，入镇南关向明朝官员纳地请降。时大明嘉靖帝将安南国降为安南都统使司，从属国降为属地，封莫氏为安南都统使，秩从世袭二品、三年一贡，对内莫氏则可以继续称帝建元。此期间，越南北部再次在名义上被纳入中国版图，直至明朝灭亡。

公元1592年至1627年，也就是后黎还都升龙不久，便开始进入由郑松控制的后黎朝后期。时人又称郑松为"郑主"，史家明峥在其《越南史略》中更以"黎氏为皇，郑氏执政"来形容当朝局面。

不过，在公元1600年左右，同期崛起的阮潢乘机拥兵控制了后黎南方，"郑阮对峙"之势就此形成。因郑、阮两派纷争，自公元1627年至1672年期间，两氏进行了七次交锋。其间，郑主还令后黎与取代明朝的清廷建立了宗藩关系，清廷的康、雍、乾诸帝，将黎氏君主均册封为"安南国王"并多有赠送。不过，郑阮两族的争斗仍未分胜负，于是，双方在公元1672年划定以"争江罗河"为界，各自世袭、各管一方的两大家族权臣共主一国之局遂定。这一南北割据时期史称为"自是南北弭兵"。

公元1697年，后黎南方的阮氏出兵占城，并掠其全部领土设平顺府，史书多以此认定占城至此政灭国亡。次年，再夺高棉金边王朝所辖的湄公河三角洲全境，西贡即后来的胡志明市，也遂被纳入越南版图至今。

公元1771年，南方的另一华裔阮姓家族崛起。在阮文岳、阮文惠和阮文侣三兄弟的带领下，乘阮主政治衰败之机联合北部的郑氏家族起事，史称"西山起义"。7年后，阮主政权倾覆，阮文侣改元泰德，称帝而建西山朝，并旋即北征郑主，于公元1786年攻下升龙。同年，阮文岳也在归仁称"中央皇帝"，封阮文侣为东定王，辖嘉定；阮文惠为北平王，驻富春。从阮文岳的这一称号中，不难看见越南历史上浓浓的"小中华"情结。不过与其他前朝相似，这一帝号同样在面对中原王朝时收敛起来——此时中原王朝已进入由满人建立的大清帝国时期。

次年，后黎北部的郑氏政权亡终。阮氏三兄弟各占一块地盘，在越国分区而治。公元1787年，西山军再陷升龙，灭亡后黎朝；次年11月，阮文惠亦改元光中，称皇帝。所以，这三位阮氏兄弟内部也矛盾重重，而西山阮朝也甚是有趣。

在阮文惠称帝之前，西山军继续北上，黎朝太后宗室曾向清廷求救。公元1788年10月大清的乾隆皇帝也令两广总督孙士毅等率军两万入越，并于当年12月占领升龙城，重新扶立后黎末代皇黎维祁为帝。不过第二年正月，西山军便在阮文惠带领下再度打回升龙，正在过春节的孙士毅仓皇应战失利，败逃回国。而昭统帝黎维祁见复国不遂，也于公元1789年逃往投靠大清，后在广西抑郁而终。至此，后黎一朝终告彻底灭亡。

阮文惠虽然获胜，但对大清帝国的顾虑亦加深，据《清朝柔远记》载,"惠既蹯安南,自知贾祸大,恐乘其后,乃叩关谢罪乞降";在其遣使入清并上表向朝廷请封后,清政府乾隆帝封其为"安南国王"。

公元1792年,阮文惠、阮文岳两兄弟相继去世,阮文惠之子阮光缵在内乱中继位,称"景盛帝"。此时已逃到富国岛的前阮主后人阮福映,开始勾结南部大地主阶级图谋复国。其后在暹罗、法军以及中国流亡越南的"天地会"等势力的支持下击溃西山军,攻下升龙城。公元1802年7月,阮福映声称"为九世而报仇",便将被俘的阮光缵等西山皇室成员于顺化太庙之前凌迟处死,然后五象分尸;武将则枭首示众,文将或施以鞭刑。已死去多年的阮文岳和阮文惠的墓室也被掘开,尸骨被捣弃,头颅被"幽于狱室"。至此,轰轰烈烈历时31年的"西山起义"被残酷镇压,纵横南北的西山朝,也就此随之烟消云散,淹没在血泊中。

公元1802年5月,阮福映改元嘉隆,并取"安南"的"南"字、"越裳"的"越"字,定国号"南越"。这标志着继越南在经历公元1527年"莫登庸之乱"后,再度建立起一个大一统的封建王朝——阮朝。当然,这已是越南的最后一个封建王朝。建国后次年,阮福映遣使向中国清朝的嘉庆皇帝请求册封并赐国号"南越"。但嘉庆帝认为历史上"南越"之地较广,广东与广西的"两广之地"皆在其内;而阮福映全有安南,亦不过是交趾故地,故而将"南越"二字颠倒顺序,最终在公元1804年,下赐阮朝国号"越南",并封阮福映为"越南国王",颁赐"越南国王"金印一枚。这便是今日"越南"这一国名的正式由来。

越南的"顺化皇城",小一号的"紫禁城"。　　摄影:陈三秋

双方随后仍保持"三年一贡"的宗藩惯例。

不过,在定都事宜上,阮福映意识到,升龙这片刚占领的领地形势错综复杂,民性骄顽,难以统治。因此,他并没有遵循前代历朝定都于此的惯例,而是将都城选在了历代阮主的统治中心顺化,并参照中国紫禁城的建筑风格,在富春城内修建起"顺化皇城",作为阮朝的政治中心。

公元1806年,阮福映正式举行登基大典,确定新国号为"越南",称帝。不过,其原国号"大越"仍被使用。

公元1831年,阮朝明命帝阮福晈定东京为陪都,又见城市环抱于珥河即红河大堤之内,遂改称为"河内"。"河内"之名,就此形成，并沿用至今。

公元 1839 年，阮福皎见清朝国力日渐衰弱，还曾将国号由清廷赐予的"越南"改为"大南"。不过，很快法国殖民者就来了。似乎阮朝的命运自借法国之兵建国便已注定。中国史学家郭振铎、张笑梅在合著的《越南通史》中便认为，阮福映借法国之助镇压"西山起义"，"为法国进入越南并将越南变成法国殖民地奠定了基础"。

在公元 1840 年，中国大清王朝的国门被英国用坚船利炮撬开之后，作为附属国的越南便被另一欧洲传统大国——法国给看上了。公元 1859 年，法国人效仿当年英国人撬开中国国门的做法，以保护在越南的侨民为由，强行将战舰杀进了湄公河三角洲，并将岸边的重要要塞城市西贡纳入囊中；越法签署第一次《西贡条约》，越南南部，率先沦为法国人口中的"交趾支那"殖民地之下。

公元 1873 年，11 月中，法军兵锋再次指吞越南河内。中国"黑旗军"将领刘永福应越方要求，率军与越军联合作战，在河内西郊纸桥大败法军，并斩其首领安邺等数百人，乘胜收复河内。不过次年 3 月，越南朝廷却背着中国跟法国签订了《法越和平同盟条约》亦即第二次《西贡条约》，越南开放河内等地为通商口埠，法国取得其境内来往、经商之权。公元 1882 年，法国再次出兵，攻打河内；次年 8 月迫使阮朝订立第一次《顺化条约》，承认法国是越南的保护国；同时，为了让越南再无回头路，法国代表还在签约时，强行要求越南国王将象征着与中国存在宗藩关系的"越南国王印"当众销毁，至此越南再也不是中国藩属。

公元 1883 年 12 月至 1885 年 4 月，"中法战争"打响。清廷老将冯子材在"镇南关之役"中予法国陆军以重创。以此为契机，两国签订《中法新约》，不过清方承认了法国对越南的宗主权；法越双方通过签立第二次《顺化条约》，正式确立了法国的保护统治。至此，越南彻底成为法国的囊中之物。

两年后的公元 1887 年，法国殖民者将越南与柬埔寨一起组成"法属印度支那联邦"，法国总督为联邦首脑，驻河内。保罗·杜美为第一任总督，并在河内西湖南畔建立"总督府"，目前已成为越南的"主席府"。

后第二次世界大战爆发。公元 1940 年，日军取代法国，占领河内。1945 年日本投降后，法军又卷土重来；同年 8 月，胡志明领导下的越盟发动"八月革命"，并在巴亭广场发表《独立宣言》，宣布建立"越南民主共和国"，史称"北越"，河内为首都。同期，阮朝末代皇保大帝阮福晪被迫退位，阮朝灭亡，越南千余年的封建王朝也终告结束。随后，河内成了法军与越盟激战的主战场。

公元 1954 年，在中国和苏联的大力援助下，"北越"通过"奠边府战役"，彻底打败法军。同年 4 月，为谋求和平解决"印支"事宜的"日内瓦会议"召开；7 月，通过签署的《日内瓦协定》，越南全境，由此获得名义上的解放。不过，法军在败退之际，却巧妙地将其在越南的权益转让给了美国。第二年 10 月，在美国的支持下，以北纬 17 度线为界，在越南南部举行公民投票，取消帝制，建立了"越南共和国"，与"北越"对抗，时称"南越"。越南再次陷入南北分裂状态。

公元 1960 年 9 月，中国革命元勋叶剑英到访河内，并写下了《重游河内》的诗篇：弹指光阴似逝川，重游四十又三年。杜鹃啼尽槟榔血，精卫填平法帝渊。高举红旗倡起义，遍传马列到乡关。奠边取得安邦胜，祖国欢呼伯伯还。

公元 1964 年 7 月，时任中国国务院总理一职的周恩来，访问越南，并在河内向"征氏姐妹"陵墓敬献了花圈，承认"二征"为越南的民族英雄。就在同一年，胡志明为统一越南，开始进攻"南越"。次年，美军直接派军参与"南越"一方，并对"北越"作战。"美越之战"就此爆发，一打就是八年。公元 1973 年 1 月，越战各方在法国签署《巴黎和平协定》，2 个月后，美军从南越撤出了全部军队，"美越之战"至此结束。

越南内战仍然继续。直至 2 年后的公元 1975 年 4 月底，"北越"攻占"南越"首府西贡，才算最终结束。南北越于公元 1976 年 7 月 2 日宣布完成统一，改国名为"越南社会主义共和国"，定都河内，同时也宣布，河内为中央的直辖市。河内，第一次正式成为了这个统一国家的首都；越南，也自此再次真正实现了国家一统。

到了公元 1986 年，越共领导人黎笋死后，长征、阮文灵先后在河内继任，开始追随中国实行"革新开放"，并逐步对外调整和恢复了与中国及东盟邻国的关系，也使越南走上了正常的发展道路。公元 1989 年，越军撤离柬埔寨；2 年后，中越实现关系正常化；再过 4 年，越南又与美国建交。而且有趣的是，公元 2014 年，河内还迎来了美国参谋长联席会议主席马丁·登普西的到访，这可是越战后，美军方高层的首次来访。这应该可以表明越美双方已在各个方面有所建树，关系大幅缓和。河内等地，也自这些外部敏感关系成功润滑之后，迎来了巨大发展空间。

公元2001年，越共九大在河内召开，确定了建立社会主义市场经济体制的国策。3年后，曾主导设计了中国国家博物馆的德国著名设计师曼哈德·格康，在河内范雄路57号上为该国设计的逾6万平方米的"越南国家会议中心"开始动工，22个月后，正式落成；这是当时河内历史上最大的多功能工程群。公元2006年2月，"亚太经济合作组织论坛首脑会议"在此成功举行，越南也开始走向了更加开放的新一页。

同年，在河内举行的越共十大会议上，通过了加强党的建设、加大反腐力度、解决民生问题等举措，增强了国内的凝聚力，进一步维护了社会政治稳定。

公元2008年8月，为进一步支持河内发展，邻接的一些省县自治体被划归河内市，使其面积成为以前的三倍。而到了今年，河内的面积较公元1954年的152平方公里，已扩展到了3 000余平方公里，成为越南实至名归的政治、文化中心。

公元2000年，千禧年来临之际，越南在河内隆重举行了纪念"升龙—河内建城990周年"活动，河内被联合国教科文组织赠予"和平城市"之名。这是自公元1010年，越南李朝太祖将都城从华闾迁到升龙，河内始启建城以来，了不起的一项殊荣。

公元2010年10月10日，"升龙—河内建城1 000周年"庆典活动再次举行。在河内的巴亭广场，越南党和国家领导人、社会各界代表以及国际友人3万多人参加了这场纪念河内建城

越南国家会议中心。

摄影：陈三秋

整一千年的大型活动。当天,火炬手点燃象征着越南民族发展历史的"千年火炬",越南国家主席阮明哲发表了激情讲话,此外还举行了盛大阅兵和群众游行。河内城,从公元11世纪起,成为越南多个朝代的都城;这次建城一千周年的活动,无疑,令"河内"之名,在世界各大名城之中,名声大噪。

其实,可以看出中越两国历史渊源较厚、革命友谊也非常深厚;而且,像周恩来、叶剑英、陈毅,以及后来的江泽民、胡锦涛、习近平等几代国家领导人都曾到访此地,甚至多次。不过,其间仍有摩擦,友谊之路崎岖不平。

记得去年11月6日,在河内最为宏大的"越南国家会议中心",马云先生在面向在场的3 500余名越南大学生发表演讲时,不仅盛赞了河内城,还鼓励更多的越南年轻人要勇敢地去实现自己的梦想。而在这之前,马云便曾表示,东盟将是世界经济最有希望、最有活力、最有机会的地方。

再回溯到公元2015年,对于越南乃至河内来讲,可以说是新千年非常重要的一个年头。这是"东盟共同体"的建成之年,也是越南加入东盟的20周年。在过去的20年间,不仅东盟诸国之中诞生了"亚洲四小龙""亚洲四小虎"等一个又一个经济奇迹,而且,越南自身也应该深有体会,正被无形的力量带动着,向前、向前、再向前。

同年6月,在北京人民大会堂,越南也以创始成员国的身份正式签署了《亚洲基础设施投资银行协定》,加入了"亚投行"。如果再加上2年前习近平主席提出的"一带一路"倡议中所赋予越南的"桥头堡"地位,以及始于十来年前越南总理潘

越南巴亭广场及周边的标志物。　　　　摄影：陈三秋

文凯所提出的"两廊一圈"联动中越两国经济体的建成,越南必将处于多重经济战略红利的叠加之中。未来的东盟,以及越南,其发展前途依然不可限量。

对于河内来讲,这将是其未来一段历史时期内更伟大的发展契机。今年11月,"'一带一路'倡议与中越合作研讨会"在河内成功举行。很多人都看好走在"革新开放"康庄大道上的越南的前景,甚至将其以"下一个中国"相称——这是指其经济上的奇迹,堪比中国"改革开放"40年的成果。而河内,必将是其引擎、龙头,至少在与胡志明市的内部角逐、较量中,更具政治、外交、国际、金融等优势。

河内之人,本自善良;这里的人间烟火,是如此的安详。真的不宜再背负着纠结的历史包袱上路。和平共处、携手发展,一定是可以被印证的必由之路。拿整个中印半岛五国之都为例,柬埔寨便能放下对越南的历史包袱,不去谈湄公河三角洲,不去谈被割让的富国岛,埋首发展;金边,至少在经济上,已经成为绝不输于河内的东盟黑马。缅甸也自军政府的纷乱时期走向了逐步和平,可惜的是,其迁都于内比都后,与仰光城相互掣肘,没有些过人的霹雳雷霆手段,显然是很难找到大的发展良机的。泰国的曼谷就不用说了,真心不错,地利人和,没有思想或意识形态上的裹挟,所以便能够一路高歌猛进,其已经取得的诸般成就,经常令半岛上的其他各国到访的领导人艳羡和吃惊;其实甚至都不用多说,您就从曼谷那一个叫"廊曼"、一个叫"素万那普"的两个人潮如织的国际机场来看,便能感知得到经济的脉动和不竭的生机。而老挝的万象城,还活在恬静之中，由于身陷内陆，经济上的作为可能先天不足，不过这是一个无争的幸福国度，不一定非要强逼着在经济上大发展去找寻一个不确定的"下一个幸福"。

河内本可与众不同，也真的与众不同；它是"千年文物之地"，也是一座风雨千年、颇成气候的大都城。在"革新开放"之后本就已经迎来了新生，这里的白天可以欣欣向荣，晚上可以烟火鼎盛；断不宜像金边和内比都一样迷失，像西港和西贡河一样自毁长城。这里终年鲜花绽放，曾因此得名"紫城"；在湖边、街头，您会从花海丛绿中确信，这里是"百花春城"。当然，这里也是明祖训中的"不征之国"、一座新千年国际寄予厚望的"和平之城"。只要没有包袱，它应该就不会迷乱；在中美的博弈之间、在中印的地缘之间，它都将拥有极好的发展机缘；它还会备受世界目光的眷顾，此行已深刻地感受到它将持续动力十足。

公元 1831 年，明命帝为此地首定"河内"之名。再过 13 年，河内也将迎来定名 200 周年，那将会是又一个隆重而盛大的纪念吧。希望到那时，我们将能看到一个全面开放、没有包袱的河内新城；它是经济跃动的、辉煌璀璨的，当然，它依然有不息的人间烟火，它也依然群花怒放，不负"百花春城"之名。

2018 年 12 月 5 日于河内，还剑湖西郊

69 还剑湖与西湖

河内虽非"湖城",但也似仰光,城中"略带"大大小小72座湖;其中,最负盛名的两湖,便是还剑湖与西湖。其两湖的南北方位,确也与仰光的皇家湖和茵雅湖格局雷同。而南京则有玄武湖、莫愁湖,北京更有雁栖湖、昆明湖等等,不胜枚举。这些城与湖,似人体的躯与肺,两相孕育、硅步不离,俱成一对千年不老、老而不朽的"天成佳偶"。也正因此,来到河内,必游两湖;而河内风情,确也尽出自此两湖。

这次在河内停留四日,得空便会到两湖周边转转、坐坐,所以便萌生了些许感触,就先从位于圣约瑟夫大教堂附近的还剑湖聊起吧。

还剑湖,位于河内老市区中心,湖中古迹颇多、渊源久长,乃河内第一名湖。湖之四围,花木繁茂、浓荫如盖,林荫青翠、群花盛放,且又因其终年温润、季季如春,故而便成就了河内"百花春城"之别名。

此湖原与河内城东的越南最大河流红河,即珥河,经过水道相连,为其支流之一。后由于水道之东与北,皆为河堤淤塞阻断，所以"隔而成湖"；湖中之水目前还算清澈，平均水深仅1.5米左右，但作为一处"城中湖"，其湖域面积还算可观，约为12公顷；呈南北狭长状，似一颗椭圆形"翠钻"幽雅地平铺在这方大地之上。因而，在越南历史之上的李、陈、黎等朝时，还将此湖称为"绿水湖"。

湖畔近水的 The Note Coffee 也非常宜人。每日傍晚，会有各国游人集聚于此；点上一杯越南咖啡，或者来扎 HANOI BEER——河内啤酒，捧杯小酌或畅饮，且又吹着湖风，可能都是尝试在此城的人间烟火中，兀自找回昔日法兰西帝国经略此地时的"塞纳风情"吧。所以，也许正是因为这般缘故，才令这家咖啡屋长年声名不衰。

湖与故事相伴，自然是常有的事。而对于还剑湖来说，关于它名称宗源的传说更是众说纷纭。从字面来理解，那一定是与"剑"有关了。

相传在公元1418年，越南后黎朝太祖黎利，在发动抗击中国大明王朝统治的"蓝山起义"之前，恰巧在此地拾得一把宝剑，剑之身竟然刻有"顺天"二字。后来，他正是用这把宝剑赢得了"八年抗争"的最后胜利，并成为后黎朝的开国君主。

建国10年后的一天，黎太祖携众臣来到此湖上游船，突见一只金龟浮出水面，游向船边，向黎太祖开口说道："敌军已被打败，请大王还我宝剑。"话一说完，黎太祖腰部的宝剑便突然摇动，掉到了金龟嘴里，最后金龟含着宝剑一起沉入湖底，再也不见踪影。黎太祖与群臣万分惊讶，以为此乃天意如此，故随后，此湖便得名为"还剑湖"。后来，人们为了纪念此事，还在南侧湖心的浮岛上建造了一座宝剑形状的宝塔,塔名即作"龟塔";相应地,座下浮岛也就变成了"龟丘"。如今这座四层带翘檐穿孔的"龟塔"仍在还剑湖中,虽然整体并不高大,但挺拔而立、古色古香,俨然而成一处"千年古迹"。塔顶之上,后来还被新饰了一颗"红色五角星"——这是"红色越南"的标记,为还剑湖增添了一丝"现代气息"。一塔"耸立",清秀有加;白天倒影重重,晚上灯火璀璨,似一柄插入湖中的剑鞘,向游人诉说着这一传说。

与"龟塔"对称的北侧湖中位置,还有一座圆形小岛。此岛看似玉石,故称"玉山岛"。黎朝末年,还在岛上兴建了一处中式寺庙,寺因岛得名,叫做"玉山寺"。这一岛一寺,均为当

还剑湖上的"龟塔"。　　　　　　　　　　摄影:陈三秋

下河内名胜，再加上此一湖，堪称"河内第一风景区"。

不过，当年始建于公元18世纪的玉山寺，早已于阮朝绍治三年，即公元1843年毁于战火。后黎朝末至阮朝初期的越南诗人范贵适，以《剑湖十咏》记录了寺毁之前的旖旎景象，其中一"咏"《双峰浸月》言："龙泉天将奠地头，平湖南北岛双浮。江河素魄成三片，蓬岛仙踪渺一洲。牛女渡移银汉下，湘君影入洞庭秋。可怜月色寒光逐，羡雨中流祇自由。"

此寺于公元1865年，经阮朝诗人"寿昌居士"阮文超主持修葺。不过，此次重建之时，开始改寺为祠，主要用于供奉"关圣帝君""文昌帝君"及"兴道大王"这三位"入化升仙"的中

还剑湖上的玉山祠。　　　　　　　　　　摄影：陈三秋

越名人、道教神祇，是为"越南三圣"。而此寺，也便改称"玉山庙"，抑或"玉山祠"。

上述越南民间的"三圣"之中，"关圣帝"和"文昌帝"中国人可能会比较熟悉，一个是"武圣"关羽，一个是"文星"张育，"二十四史"的《晋书》中都有关于他们英雄事迹的记载，国内的宗祠道观中也常供奉此二君。那么，"兴道大王"又是何许人也呢？他是越南陈朝人，原名陈国峻，出生于皇族，曾献计诱使蒙古大军入白藤江而大败之，战后被封为"兴道王"，"成仙"后故名"兴道大王"。由此来看，当前的玉山祠便是中印半岛一处并不多见的"道教宫观"。

说到"道教宫观"可以多谈几句，因为不了解的人很容易产生误会。其在建筑形式、布设、格局等方面，确与"佛教寺院"大体相仿。比如，都会采用中轴线式的院落布局，外观、檐顶、颜色等等，差异也不是很多；只是各自殿堂的名称，以及所供奉的神像不同而已。比如，道观中有"玉皇大殿"，寺庙中为"大雄宝殿"；佛教中的"藏经阁"，在道教中则称为"三清阁"。在殿奉的诸神方面，佛寺的僧侣以信仰释迦牟尼、观音菩萨等，以觉悟因果、众生平等的普世观念为主；而教观的道士则以崇拜黄帝、财神、文武二圣、太上老君等各路神仙，以黄老思想为主。道教是中国本土宗教，因此越南道教也系中国所传。据东汉牟子"糅合儒、道各家学说"的《理惑论》，东晋道教学者葛洪的《神仙传》等书记载，早自东汉末年，便有汉人避乱去交趾，传播"神仙辟谷长生之术"。而越南佛教也源自与中国佛教同支的"大乘佛教"，并深受"禅宗"的影响。因此，这两大宗教的建筑艺术必然也与中国相似，甚至得到越南本土化的融合。

经阮文超之手新落成的玉山祠，其结构开始变得紧凑而繁复。岛中的主祠建筑风格变得很具"中国风"，像极了中式的园林别苑；靠近主祠的左右，各有一个偏厅，其中左侧的厅中，还展示着一件巨龟的标本，重达250公斤，长约2.1米，据说是在公元2000年"千禧年"间于还剑湖中捕获的。这可能正应了此湖之名由来的若干传说，也因此更令河内人民觉得此湖神圣不已。

玉山祠旁，临湖建起了水榭，是为镇波亭。亭畔，榕荫茂盛、水和阶平，亲近湖面，又别有零落胜景。连接东岸与小岛，还架起了一座精美的拱形木质的红色栈桥——栖旭桥。该桥曾出现在由张晶、李伟两位导演执导的《河内，河内》影片中。这是一部由中越合拍的电影，于公元2006年1月在河内开机，剧中通过中医药铺"无香堂"的传人，也就是女主角芳芳，代其姥姥寻访河内故地的方式，来展现隔代夙愿与异国风情。可以说，其故事情节尚可，也比较符合"跨国寻根"剧目的主流模式，不过可惜的是，编导、演绎等诸多方面太过粗制滥造，令这部本值期待的作品，烂了头和尾，太过遗憾了。

栖旭桥一桥飞架东西，从岛中祠门得月楼一直延伸到环湖路边的山门。沿途，在不足百米的入祠石道之上及道路两侧，还有多进亭门、石塔、香龛、绿树等等，号称"三重门阙"。按照从外入内的顺序便是：由两根毛笔状的"雕龙画凤"般的8米石柱，形成一个近似牌坊结构的山门，寓含着"金榜题名"之意；依托石柱，左右还各有一堵白底石墙，墙壁之上，各题

还剑湖和湖上的栖旭桥。　　　　　　　摄影：陈三秋

有一个红色行草汉字"福"和"禄"，对称排列于山门两侧，据悉，这便出自阮文超本尊之手。二字之上，还又各横书三个小几号的红字，按照国人倒念的习惯，分别为"玉于斯""山仰止"。石柱和白壁外侧，还各有一副对联——整个玉山祠建筑都可以说是被中文对联"攻陷"的，总数应该至少数十幅；其中，石柱之上的主联上写"临水登山一路渐入佳境"，下书"寻源访古此中无限风光"；这可能会令中国游客倍感亲切吧。

过柱门左手，是一棵大树，树下为一个石堆，仿成一座"桃腮山"；一块"泰山石敢当"石碑插入乱石堆间，镇着古祠。其后，便是因形如毛笔而得名的"笔塔"，塔有五层，高仅数米，上有"写青天"三个大字，同为红色汉字。塔畔便是一个香火缭绕的香龛，已经被烟熏得粗鄙不堪。

再往里走，又是一进塔式石门；门之左右，各有一座塔檐牌楼，牌楼之上各有一龙一虎两幅壁画，对应着"龙门"和"虎榜"大字，还配有一联——"砚台笔塔大块文章，唐科宋榜七子阶梯"，应该是兼取了"鱼跃龙门蹬虎榜，名扬四海占鳌头"之意，也算是穷尽了阮文超等文人墨客之风骚才情。龙虎双画的背面，也还各有一幅彩色壁画，一为仙鹤，一为锦鲤，都是宗教中喜欢借用之物。

进去再过一石桥，为一个砚台的所在。这是一个带着"一主两辅"三处拱门的灰石牌坊，由三只石制青蛙托起。主门的楹联是"泼岛墨迹湖水阔，擎天笔势石峰高"，此联倒是既有气势，也有意境。正面除了多副对联之外，门楣之上原横批处为一件对称展开的白色"画卷"，被书写成了一幅书法作品。据说，每年都有一天的正午，阳光照射之下，前面的笔塔之尖的影子会正好映入砚台的中心，形成奇妙之式。砚台背面的拱门之上，则嵌有"玉山祠"三个红色大字，算是此祠主门了吧。门内就是长约40米的栖旭桥的东侧桥头了，桥头左右，还分别坐落着一个翘檐木亭，隐于树下，色彩斑斓，风情不错。

关于这座栖旭桥，应该是后来按原样修建的。老桥初建于公元1865年，后于公元1952年断塌。目前，桥身的颜色，还被刻意漆成了象征"温暖幸福"的艳红色。碧波倒影，一袭长袖立于桥首，还是非常唯美的。

栖旭桥的西侧桥头，便是那座小巧玲珑的高企楼亭，人称"得月楼"了。楼下,右为"龙马河图",即"麒麟"壁画;左为"神龟洛书",即"乌龟"壁画;其间的一幅汉字对联点缀楼柱两侧,是为"灵湖弱水随缘渡,尘境仙洲有路通",指引着游人、香客进得祠中,参拜文昌殿和关帝庙等。

玉山祠无疑是河内的著名道观,也是一处融入中式风貌的古典园林。对于小乘佛教盛行的中印半岛来讲,确实并不多见,因此,此祠能够以这般规模出现在越南境内,实属罕见。另据《隋书·真腊记》载:"多奉佛法,尤信道士,佛及道士并立像于馆。"也就是说,与越南紧邻的柬埔寨在历史上也曾深受中华道教的影响,只是今时今日已很难见到踪影。在当前的整个亚洲,可能韩国、日本、朝鲜、新加坡、马来西亚等地,还存有少量的道教宫观吧。

此祠就镶嵌在还剑湖上,成了该湖最为珍贵的一颗明珠。

有点像南京的玄武湖,河内的这方还剑湖在历史上,也曾数度作为操练和检阅水军的场所而存在,这不仅成就了"越南水军"的骁勇之名,也令该湖曾得一"水军湖"之名。据说还有过"左望湖"这个别名,只是未能得悉其典故。

还剑湖的东与南侧,散落着许多法式殖民时期建筑;稍远一点,在长前坊,距还剑湖大约有2里之地,步行不足半时,便是借用法国建筑改建而成的"越南历史博物馆"。这座建筑,原是法国人在公元1929年兴建的,3年后落成。馆内记载了越南历史上各朝各代的兴衰往事,以及法国殖民统治时期的历程。整馆造型非常雄伟壮美,有"罗马柱"之风情,也为当前"越南七大博物馆"之一。

还剑湖不远处的历史博物馆。　　　　　摄影：陈三秋

馆前周边，也有一些法式风格的建筑群落。仅以此馆来说，其主体部分是一座三层黄色的建筑物，有着八角攒尖的顶和仿木结构的斗拱及瓦檐，也有向外突出的欧式阳台。馆内，按照年代排序，介绍了从史前时代一直到近代的越南三千余年历史。一层是旧石器时代至李朝和陈朝展区，展示品中有许多石器、古铜器、石碑、铜鼓、占婆艺术品、陶器和少数民族的服饰等，都非常珍贵。二层是后黎朝至阮朝、抗法时代、越战时代以及南北从分离到统一的相关展示。游客在这里还可以看到用汉字书写的古代越南皇帝诏书和朝廷的公文。馆中陈列的越南古代家具和各种艺术品，也都与中国非常相像。而在博物馆后方三楼的图书馆里，

还收藏了法国殖民时期的书籍，研究资料相当丰富。

此外，湖畔还有越南最负盛名的"三十六行街"。街上融集了诸般集市，也充满了怀旧气息，终日人满为患，是河内最热闹之所，有点像中国西安的"回民街"、重庆的"解放碑"或者南京的"夫子庙"等等。如果要选择绕湖行走，一圈下来，可能需要个把小时。由于湖的周围有树木苍翠的林荫步道，所以也便成了河内人们纳凉、散步的休闲之地，对于外国游人来说，是一个可以感受河内人闲暇生活的好去处。比如早上，很多当地人会来到湖边晨练；白天，老人们偶尔会在湖边垂钓、聊天；到了晚上，湖边的长椅上都坐满了人，还常能碰到在此谈情说爱的情侣。如有兴致，您还可以就近找家越南咖啡馆来打发漫漫长夜，消磨消磨时间，也比较不错。

以还剑湖为中心，这里便是像"纸"一样铺展开来的河内老城区。老城区与如"墨"的还剑湖、似"砚"的玉山祠，加上祠前状似"笔"端的石塔，合成"笔、墨、纸、砚"四大形象，共同彰显着古都河内的悠久文化底蕴。

而西湖之所在，位于城中西北，便算是新城区了。由于此湖方圆很大，达500多公顷，也是河内最大的湖泊，因此，周遭外延伸展，会有更多的腾挪空间，所以，也就形成了密密匝匝的现代建筑群落，比如宾馆、酒店、写字楼、住宅区等等。

当然，西湖四周的名胜古迹也属河内最多。在长约18公里的河堤左右，除了"十三别墅""胜利宾馆"等知名建筑之外，还有很多寺庙、宝塔、宫殿等等，我曾徒步于此一天，所以会挑些介绍介绍。下面，先来听一听关于这片与我们熟悉的杭州"西

河内西湖的湖畔风情。

摄影：陈三秋

湖"同名的越南之湖，又有着怎样的传说。

这个美丽的传说来自天上，但形成了内容略有不同的多个故事版本。那就"花开两朵"，我们各表一个。其一是说，曾经有两位美丽的仙女，私自下到凡间，但后来由于触犯了天规，所以就不能再久留人间。于是，她们在返回天庭的时候，为了留住这番人间的美好记忆，便各自从天空抛下了一面镜子以作留念。最后，这两面镜子，一面掉在了越南的河内，一面就落于我国的杭州，各化成一片"西湖"。这也就成了当今世界两国两城之中两个"西湖"之名的由来。

另一版本是说，私自下凡的仙女只有一个，因畏惧触犯天规，未敢久留人间，她在返回天庭时，因为伤心或者慌乱，把一面梳妆镜打破了，镜子碎成两片，各自落于河内和杭州，故成两片"西湖"。

牛不牛？我们都知道世间有"傍名牌"的，和此地的"傍景区"相比，要算"小巫见大巫"了吧？这不奇怪，如果您到了下龙湾，其溶洞之中的各景，还会有"傍孙悟空"的呢！古今中外，各地各国，也许都会有这番智慧吧。

此湖终年湖面平静，风光旖旎，日落月升，景色宜人。记得唐代大诗人刘禹锡曾作有《望洞庭》一诗，来赞美洞庭湖的美，其诗曰："湖光秋月两相和，潭面无风镜未磨。遥望洞庭山水色，白银盘里一青螺。"虽然西湖的规模无法与洞庭媲美，但我以为，借用这首诗来形容西湖也是恰当的。这便是西湖的"微缩版"概貌。

下面，我们按照从内到外、由近至远，兼融风景和人文的方式、顺序，来一亲河内西湖的芳泽。起点，便是西湖景区之中，最漂亮的那处古朴建筑——镇国寺。

镇国寺坐落在西湖东畔的一座半岛之上，半岛名为"金鱼岛"。经一条清新的"青年路"可抵寺下。此路，为公元2010年，即适值"升龙—河内建城1 000周年"之际，河内政府新建的环湖公路之一段。隔此路望去，是另一个较小的竹帛湖，湖畔餐厅不错，各国游人如织，是日落之后欢聚、歇息的大好场所。两湖都有长长的河堤，堤岸上，植满榕树——虽然没有杭州西湖成荫的"柳堤"秀美，但这一"榕堤"之下，环境清雅、古色古香。沿堤漫步，这里也便成了游客消暑、住宿、观赏西湖美景与日落风情的最佳之地。

此寺历史悠久，最早为越南各朝官员的避暑行宫，始建于公元6世纪的李南帝李贲前期，原址并不在此，而是位于红河江口一带。初时叫"开国寺"，公元580年，已承袭中国禅宗衣

镇国寺中的佛塔。　　　　　　　　摄影：陈三秋

第 5 篇

The floating clouds

不了情缘
越南 说再见

钵的印度梵僧毗尼多流支自广州而来，曾在此寺中传授佛法，后来创立了越南禅宗之始"灭喜禅派"。公元11~13世纪的李朝期间，倚兰太后也经常在寺中设宴邀请僧侣、问道佛教；李圣宗时，攻占城而获客居于斯的北宋僧人"草堂大师"，后带回河内，封为"国师"，赐入开国寺，此僧即为越南禅宗之一的"草堂禅派"开创者。开国寺于公元1440年更名为"安国寺"，直到公元1661年，才由后黎朝的黎敬宗迁移至此地，并改为今天的"镇国寺"之名。当朝的"性智觉冠禅师"以此作为"曹洞禅派"的传扬之地，并建起保留至今的塔楼。公元1639年，郑王时期，修葺了寺中客房以及左右两条走廊，以供诸多高僧、禅师，如"云风法师""匡越太师""修庵禅师"等在此授教和住持。后又经"多次重修、改造以及多次结夏安居、建设组亭，而造成今日魁伟华丽的整套风景"。

公元1842年，阮朝的绍治皇帝，又将此寺改名为"镇北寺"。但人们已经习惯了"镇国寺"之名，并沿用至今。当今的寺院正门之上，便有"镇国古寺"四个醒目的由繁体中文写成的书法大字。在法国殖民越南时，此寺还曾被评为"印度支那地区十大遗迹"之一。

公元1959年，时任印度总理贾瓦哈拉尔·尼赫鲁，在访问越南时曾亲自带来当年释迦牟尼佛祖禅坐成道的菩提树种，并种植在寺内作为纪念。公元年1962年，越南政府将其列为"国家一级遗迹"；公元1989年，再次被列为"越南社会主义共和国文化历史遗迹"。

如今，镇国寺被黄色围墙围起，四周种满荷花，每到花开盛放时节，前来赏花之人便络绎不绝，为这座古刹增添了几许勃勃生机。寺门朝东而开，为黄顶、飞檐、砖红色琉璃瓦布局；每一檐顶，均被蟠成龙首之形。檐下共有"一正两偏""一大两小"三座寺门；两个偏门，右书"慈悲路"，左书"方便门"，并据此衍生出"路入菩提求妙通，门开方便利群生"这幅门联。两门背面，相对应之处，也还有一联，名为"入禅宜起慈悲念，到境当生欢喜心"。此联中间，夹着一幅主联，上联为"镇国绝传珥月浓云名胜地"，下联为"安华兴观欧风亚雨太平天"；横批之处，为"极大高玄"四字牌匾。

入得寺内，便很容易为那座多达十一级的浮屠宝塔所吸引。塔为正六边形的翘檐玲珑红色宝塔，系由红砖堆砌而成；每一面和每一层，均嵌有一个小巧的佛龛，里面各落坐着一尊白色佛像。塔尖高耸，也为白色。围着这座古塔，四周还环绕十余座两层大小不一的砖塔，塔身刻有梵文，其颜色同中央宝塔大体一致，应为高僧墓地。

寺内正殿，为黄脊、红瓦、陡檐结构；脊顶中书"奉安堂"三个大字；屋檐由于延伸较长，低至离地面仅一人身形高度，煞是别致好看，同时也显得殿内神秘不已。

正殿的堂首，高悬着一块"德水真源"牌匾。左右的两柱之上，形成一副对联：上书"金炉玉烛四民共祝寿无疆"，共11字；下为"祖印汪涵龙派千秋兴福"，仅10字。非常奇特，至今无解。或许为安置之误。两柱之间，是一个宽敞的鎏金佛龛，上三下二，分两排盘腿坐立五尊红袍长眉佛像。

殿左牌匾名为"龙门福镇"，匾下的佛龛之中，为上三下一，四尊同样规制的佛像。而下首一佛，还带着僧帽，这种扮饰也不多见。殿右牌匾名为"灵明静寂"，下坐四尊佛像之首，乃是一通体金佛。再右侧，还有一殿，牌匾为"母仪天下"，下面是六尊观音娘娘打扮的塑像。据我揣测，这些观音或佛像，应该均有人物原型，并非一般意义上普适性供奉的神仙，所以，看起来面貌和神情便各有细微不同。

殿前的寺院之中，还有一座上下两层的黄色四方形小塔；塔之四面，各有对联和楣首，其中一处，还写有"1939"四个数字，可能是此塔的奉建时间。塔顶四侧，又分别写有"纪念台""福无量""德长垂""功永裕"等字样，应该是用来颂扬此寺重修事迹的。所以，塔内还立有一块白字石碑，名为"重修镇北寺纪念碑"，用于通过碑文形式，永久记录当时寺庙重修之功德。

此外，寺外的近湖之处，还有一座观湖亭台，目前已经封闭。另有一棵巨大粗壮的菩提树，树下是"大觉世尊"的墓塔。塔型与院中的碑塔基本一致。

出了寺院，回首一望，最显眼之地，也是此寺最大的看点，还是那座多达十一层的红色六合宝塔，有点像杭州西湖南岸的"雷峰塔"，或者南京中山陵中的"灵谷塔"。可惜的是，此湖中的这座宝塔，塔之内外均是没有办法攀登的，徒具观赏价值而已。沿着西湖周围散步，无论从哪个角度向湖心仰望，都可以看见这座宝塔，仿佛由庙宇之中冲天而出，并倒映在寺前的池水之中，形成精美对称的图形。夕阳西下之际，很多人会到此驻足拍照，尤其是当绚丽的霞光打在塔身，投于湖上时，便更是显得格外美观。

西湖南畔有一片密林，密林之间，也有着大片古朴的精美建筑群落，那里便是河内乃至越南的"心脏"——主席府等了。

主席府位于河内巴亭郡百草公园1号，既是指一座四层的法式黄色建筑，也可以泛指以其为中心，广阔的同时期建筑群落。仅以此一府来说，它是现在越南国家主席的办公所在地，而最早时，由法国人所建，当时作为"法属印度支那联邦总督府"使用。如今，一个金灿灿的越南国徽高高地悬挂在主席府大楼的正门上中央，昭示着越南帝国殖民时代的终结。

越南建国之后，几乎所有重大事件都从这里"出发"，也是

越南河内的主席府。　　　　　　　　　　　摄影：陈三秋

重大外事活动、主席接见外宾的主要场所。它见证了公元2002年2月间，中国国家主席江泽民与越南国家主席陈德良等主持下的"签字仪式"；其前宽阔的广场，也在公元2015年和2017年的11月，以鲜花地毯的方式，两次隆重接待中国国家主席习近平的到访。

早前越南以"北越"的方式宣布独立时，当时的胡志明主席曾搬居此地，但是他并不愿意住进殖民时代治下奢华的"法国总督府"，而是在其后面不远处，临着院中一湖北岸，另建了一座简易的二层高脚木屋。在那里，他从公元1954年底，一直居住到公元1969年因心脏病突发去世，都未曾搬离过。而他这种崇尚简朴节约的精神，无疑将在"民族解放英雄"之外，使得他更成为越南人民心中无限敬仰的真正领袖。

如今，作为胡志明同志曾经的生活和工作之地，当年的高脚屋已经成为胡志明主席故居，长年开放着，以供游人观赏、瞻仰。20世纪60年代，中国诗人郭沫若先生在参观这座灰紫色的高脚屋之后，当场用六个字来简要概况、评价了胡志明主席的一生：简朴、清廉、孤独。

胡志明同志，作为越南的革命领袖，一生奉献于革命大业之中；而他也是毛泽东和周恩来的战友，这座简朴的故居，正是用原貌复现了他在此生活与工作的点点滴滴。如今，鸡蛋花

胡志明纪念馆中的"国父"——胡志明雕像。
摄影：陈三秋

西湖畔的胡志明故居及故居中的前湖。摄影：陈三秋

和无忧花长满屋前屋后，很是清幽。屋旁还有一条"芒果路"，那是胡志明当年在工作闲暇之余，经常散步与锻炼身体的地方。

胡志明故居与中南海的格局颇像，庭院幽静，犹如园林，因此也被称为"越南的中南海"。故居前有一湖，湖畔南沿还有多排同为黄色墙身的法式建筑，那是胡志明生前会客、警卫人员居住的地方，现在被改成了一些纪念品商店，寄售着胡志明及其战友的一些著作、画像等等。还有一个汽车收藏馆，馆中有三部胡志明生前乘过的"坐骑"：第一辆是苏联政府于公元1954年赠送的"吉斯牌"顶级防弹车；第二辆也是苏联政府赠送的，时间是公元1955年，是个"吉姆牌"轿车；第三辆是旅法越侨于公元1964年赠送的法国"标致牌"轿车。

出胡志明故居往南，便是胡志明博物馆，此馆是为了纪念胡志明诞辰100周年修建的，也是由苏联援建的。落成和开馆时间为公元1990年9月2日。其馆通体砖白色，正面浮雕为镰刀、斧头、五角星，这是社会主义越南的标识；馆外也是红色五角星旗，排排林立，高悬杆头，迎风飘飘。馆有五层，气势恢宏，一入馆内便能看到等人身高的胡志明雕像矗立在大厅正中，右手呈挥动状，是游人必经之地。

馆中收藏和展出了许多极其珍贵的图片、实物和影像等资料。有胡志明生前用过的各种物品、手稿，越南共产党早期的照片，以及各国政府、友人赠送的精美餐具；主要记录了胡志明同志自出国寻求报国之路，各个时期的战斗指令、生平事迹，直到他给越南人民写下具有历史意义的遗嘱等一生的活动轨迹。

其中，多份文稿的署名为"阮爱国"，这是胡志明的曾用名，当然，也揭示了一个不为人知的真实故事。他早年在中国参加革命之时，曾遭到国民党的逮捕，辗转关押多地。有一次，与他同在监牢的一位未暴露身份的共产党员，其名便为"胡志明"。他俩长得很像，因为共同的信仰，临刑的那天，那位胡志明视死如归，冒名顶替了阮爱国，也等于救了胡志明一命。后来，为了纪念这位恩人，"阮爱国"便自此改为"胡志明"。当然，也可以理解为是对"胡志明"革命精神的继承。

胡志明博物馆与其他政治家庄严肃穆的纪念馆不同，这里的装饰很具现代化，布展也颇富艺术气息；展台随着展品性质，设计得多姿多彩；展区的灯光设计，也各具特色，还运用了大量的背景绘画、富有寓意的装置等等。这些设置仿佛在暗示参观者，胡志明不仅是一位伟大的政治家，同时也是一位浪漫的诗人、画家。

游览博物馆最好的方法，是从最高一层开始向下游览。馆内浮雕众多，各成区域，尽显越南文化艺术的特色，也可以看到中华文化的影响。厅中还有一座精美的琉璃灯、一尊灰色的大铜鼎和一个白色的金字碑，上面都有着越南风情的纹饰，代表着越南艺术的高峰之作。在一个小型的展馆中，还有仿胡志明真人复制了他生前坐在办公桌前打字的蜡像，神情惟妙惟肖，有如在生。该馆的中心装饰，应该是那尊巨大的"黄金莲花"，这是越南人民比较喜欢之物，也是越南的"国花"。还有一方巨大的龙形祥云金璧玉——形状如玉佩的无限放大版，应该是越南的"国宝"吧。

一馆之隔，便是胡志明的墓室，亦即"胡志明主席陵墓"，或称"胡志明纪念堂"。这是一座高大严肃的四方形灰花岗岩建筑，是由苏联艺术家设计的，动工于公元 1973 年，竣工于公元 1978 年。落成之后，高为 21.6 米，下有三层金字塔式基座；基座之上，四面还各矗立着六根花岗岩石柱。其陵室正面，用越南文字镶嵌着一组红色的大写字母——据说材料是红宝石，拼成便是"胡志明主席"五字。

此前曾见过一首佚名宋词叫《鹧鸪天·胡志明陵》，是咏叹此陵的，其词云："抗法当推雄杰真，终生未娶膝无亲。水晶椁里应瞑目，交践此日已乐贫。崇主义、驭黎民，配供大殿一尊神。难酬'解放全人类'，先自长存不朽身。"基本上算是概括了胡之生平丰功伟绩和陵内情景。是的，同北京"毛主席纪念堂"一样，胡志明的遗体，也长眠在水晶棺中，当时由苏联专家负责进行了防腐技术处理。这里终日都有警卫与仪仗队伍守候，每天也会有不少越南民众，甚至外国游人，怀着崇敬的心情，前来瞻仰胡志明的遗容。灯光照射之下，其脸色依然红润，如同安详入睡。另外，墓前花岗岩的石壁上，还题有胡志明当年的一句名言："没有什么能比独立、自由更可贵了。"

陵前便是独立广场，即巴亭广场，那是胡志明于公元 1945 年 9 月 2 日宣布越南独立暨"越南民主共和国"成立的地方，因此得名；而其前名，是为了纪念公元 1885—1896 年间，由越南爱国士绅阮文祥、尊室说等人领导的"勤王运动"中，那场反抗法国侵略的清化省峨山县"巴亭起义"而命名的。

此广场，神似北京的天安门广场，但其面积仅有其三分之一左右。广场开阔，内置草坪，每天早晨都会在这里举行升国旗仪式,这里也是举行盛大集会和节日庆典等大型活动的重要场所。

广场对面,还有一座绿色圆顶、条形白墙的现代宏伟建筑,那是兴建于公元2009年10月,落成于2014年10月底的新越南国会大楼。该大楼是在原国会大楼旧址上翻建的,越南此后的历次国会,便是举行于此。也可以说,这里见证了越南"革新开放"、领导选举,以及各项经济计划逐一出台的荣耀时刻。

广场之上,也即胡志明墓与国会大楼之间,还有一条宽阔平坦的马路,即"独立大道"。沿着独立大道北行,不远便是西湖。而如果再偏右转,还有一个七亩湖,其湖附近是列宁公园,一尊列宁同志的雕塑长年矗立园中。不远处,便是中国驻越南大使馆。

而在胡志明博物馆与独立广场之间,是一大片可以午休的林荫和一个小广场;广场正中之处,还有一座越南负有盛名的独柱寺,也是河内非常著名的历史古迹之一。其寺又名"延祐寺",也叫"莲花台"。

此寺始建于公元1049年的李朝时期,为灵沼池中一根大石柱上成寺而得其名。原寺为木质结构,形若出水莲花。这是来自当地的一个传说:李朝太宗年高无子嗣,一天晚上,他忽然梦见端坐在莲花叶上的观音菩萨,手中托一婴儿,立于水池的莲花台上。不久之后,李太宗便生了一个男孩。为感念神灵的昭示,于是太宗便下令,模仿出水莲花,建起一座佛寺,里面供奉着"观世音"。这种形制一直保留至今。只是原寺早在公元1954年法国撤离河内时便被炸毁了,仅剩下那根石柱。公元1955年,越南政府依照原样,在原址之上进行了重建,只是规

河内具有特殊意义的独柱寺。　　　　　　摄影：陈三秋

模略小于原寺，但其整体艺术风格，还是基本上保留了下来。

独柱寺虽小，但却名声赫赫，也闻名海外。经常见诸于一些介绍越南的记录之中，俨然成为越南民族的标志物之一。如今依然香火鼎盛，每日香客往来不息。经过多级陡峭的石阶拾级而上，可以看到寺中供奉的观音神像，案前贡品，终日不绝。寺前还有一株古树，将小巧的独柱寺陪衬得益加绰约。

这些都是西湖南岸的显著风情。而在湖的北岸，基本上大都是见证着越南经济崛起的诸多现代建筑、摩天大楼等等。湖边会有不少越南人民下着象棋，周边也时常穿插着一些年代久远的华族宗祠，有时间的话，可以慢慢静赏。

阮梦荀是后黎朝太、仁二宗时期的中书令，也是越南历史上一位重要的诗人，他也曾游览过此座西湖，并赋得《游湖》一首汉诗："殿阁沉沉画景迟，政余何地写襟期。西湖近有陈家事，汾水休歌汉武辞。黄伞风高穿柳去，翠花天转逐云移。好将国论资深意，何必蓬瀛入梦思。"大有不问天下事、我自任逍遥的情怀。

西山朝时，两位"喃字"诗人阮辉琼与范泰，还分别以《颂西湖赋》及《战颂西湖赋》，来借西湖之景"针锋相对"地讨论时政。可惜的是，这些"喃字诗"我们看不懂其字，便只留下了那段"笔战史话"，供后世之人缅怀。

越南历史之上，还有一位著名的女诗人，名字叫做胡春香。她生于河内，时称"升龙"，那是后黎朝末期，然后经历西山朝而卒于阮朝初年。因其擅写越南的"喃字诗"以及中华"汉诗"，也一度被誉为"越南最伟大的诗人"之一。晚年的胡春香，便是在西湖边的一间小屋中度过余生的。这段时间她以教书为生，其间偶有诗人探访，后来留有《琉香记》诗集。其中有诗一首，便与西湖有关，名为《游西湖忆友人》，共有八句："知否同舟婉故人，西湖仍似旧时辰。苔封镇北寺痕在，堤决日新陌尚呈。潭影金牛月色淡，山头土风烟轻萦。汪汪湖水深千尺，不及我怀念友情。"该诗有景有情，最后两句明显留有中华古诗的影响痕迹，也可以说是受到"诗仙"李白《赠汪伦》末句中"桃花潭水深千尺，不及汪伦送我情"的影响。

湖与文人，古来便是两不分离的。越南还有个大文学家，叫高伯适。此人以文采飞扬而闻名于当时，后来，其文采受到当朝嗣德帝的欣赏，被称赞为："文如超，适无前汉；诗到松，绥失盛唐。"其中的"适"就是指他，而"超"则是那位主持翻修玉山祠的阮文超了。另"松"和"绥"分别指"松善王"阮福绵审和"绥理王"阮福绵寊。四人均为阮朝最负盛名的文人。

公元1834年，高伯适在西湖和竹帛湖一带建立府邸，并与阮文超等当世文人经常往来。但此人命途不济，入仕时，先是因营私舞弊而入狱，后又因常受上司欺凌，故愤而辞官归乡教书；后来还因为加入时称"蝗贼"的起义军，失败被俘后自杀。其著述也受此牵连，颇遭冷落，后世仅留有《菊堂诗集》《敏轩说类》等作品。

与高伯适经常往来的阮文超，曾作为越南使臣访问中华大地。他不仅钟情于还剑湖，还常游荡于西湖。公元1872年老死河内，留有《方亭随笔录》《大越舆地全编》等越南文学史中的名著。对越南文学如有兴趣之人，可以参阅解放军外国语学院原越南语教授于在照先生所著的《越南文学史》一书，应该可以获得基本的了解。

河内是越南历史上多朝国都，文人荟萃，又拥有此一"西湖"和彼一"还剑湖"，所以，便免不了会将一时心声融入湖景之中，是为"借景抒情"。而这两湖，一大一小，也像两块璧玉，静静地躺在古都河内的臂弯里，风雨千年，容颜不老。来河内，看两湖，风景、人文同在，不虚一行。是为两湖之游记随感，共勉。

2018年12月5日于河内，SPLENDID STAR HOTEL

70 下龙湾及其猫

传说越南下龙湾中有只猫,观之者可心想事成。我欲前往一探。

从首府河内驱车出发,一路向东,过东潮、汪秘两市,历4时,行300余里,可抵北部湾西滨的下龙市,下龙湾也就近在眼前了。"北纬20°54′,东经107°12′"便是它的所在。这里是群山直插入海而成"海岛丛林"的一个奇景,其实更像是一处"下龙湾群岛":3 000余座岩岛与土岛,各自环顾,复呈东、西、南三个更小的深绿色峡湾;海岸线全长120千米,总计辐射海域达1 500平方公里,合称便为"下龙湾"。如果再精确一点,其中真正的岛屿,即石灰岩"岩岛",共有1 969座,其中已经得到命名的有989个,合计面积也可达354平方公里。因此,即便仅此这900余岛齐刷刷地矗立海中,也足成蔚为壮观之势。

在越南语中,"下龙湾",意指"龙下海之处",由其名观之,想必传说必然不少。总的来说,关于这片壮美海湾的起源,有三个不同的故事传说,均反映在它的名称之中。其一是"自然传说"。相传此地曾有一条龙,猛力地在地面之上跺了跺脚,便使平地成谷、山岭崩塌；然后又吐了口水，便将山涧漫灌、谷地吞没；最后，这条龙下到此地，这里便成为它栖息的"家园"。而后，那些剩下的山岳峰顶，开始逐一浮在水面，久而久之，即成座座岩岛。相应地，"龙的家园"也便成了今天的"下龙湾"。

其二是"民间故事"。据传，此域原是一处海上村落，这里的居民经常遭受风暴袭击，苦不堪言。一日，神龙王知道后，便降入这片海域，并用长尾扫裂大地，填入这片海中，形成谷地、沟壑和山丘，才让风暴平息。后来形成的这片海湾，因为是龙降下来的地方，故被叫做"下龙湾"。

其三是"历史神话"。那是越南立国之初，曾有外邦敌人从海上来犯此地，于是有一"母龙"带着一群"子龙"下凡，来协助越南人民抗击敌军。当敌船从大海向岸上汹汹攻击时，群龙立即喷出无数的珍珠，化成千万座挺拔的石岛，连接成坚固的城墙。正在飞驶的敌船突然被挡，有的撞在了石岛上，有的相互碰撞在一起，全部粉碎并沉入海底，敌军也就此瓦解。后来，"母龙"和"子龙"因见这里景象清平秀美、人民勤劳善良，便不再离去。其中，"母龙"降落之地便是今天越南的"云顿岛"——其在越南语中便是"母龙"之意；云顿岛周边现被称为"拜子龙群岛"，显而易见，便是那群"子龙"降落的地方了；而当时"母龙"带队下凡抗敌及战后入海之地，便是今日的"下龙湾"。此外，越南还有一个地方，叫"茶古半岛"或者"山茶半岛"，其海滩沙细而白，被视为是当时激战中群龙尾巴扫起的白浪形成的，更是为这个神话故事在逻辑上增添了一丝值得相信的砝码。

三个版本，俱为传说，您会选择相信哪个呢？当然，既为传说，那便很难求证。所以，从流传的广泛度以及"战斗民族"越南人民的偏好来看，还是第三个"抵御侵略"的版本更受青睐。中国游览此地的也有一些名人，如当年的陈毅元帅、郭沫若同志等，从他们留下的《游下龙湾》《舟游下龙湾》《下龙湾（七律八首）》中，也都能看到将"下龙湾"引喻为抵抗外敌之地的"惯性"，当然，这应该也是受了越南人民的影响吧。

那么，撇开传说，真实的下龙湾地貌是怎样形成的呢？

目前已知的"科学判断"认为，这是经过多次海退、山造，再海进等复杂的地理变迁，才终告形成的。而这一变迁过程，简短说来，应该是5亿年！如今，下龙湾上还留存造山过程的痕迹，揭示出了这个大致的过程就是：约5亿~4.1亿年前，这里是地球上的伟大地沟构造，也就是"深海"；约3.4亿~2.5亿年前，经过一系列地壳运动，这里变成了"浅海"；约2 600万~2 000万年前，地壕减退，开始变成与陆岸相连的"沿海"；再到约200万年前，又经过几次海进，才逐渐形成今日之下龙湾面貌。这便是下龙湾的年龄，也即其地貌的形成过程。那么，经过多代积聚，有着庞大岁系的"下龙湾"之名又是自何时形成的呢？

众所周知，在宋朝之前的历史上，越南是毋庸置疑的中国辖域。当然，与今日越南这个中印半岛之上数一数二的"大国"疆土不同，当时所统之地，还仅限于越南中北部近海一带。但在宋及宋之前，甚至可以说在公元19世纪以前，中国古书籍之中，并没有关于"下龙湾"名称的记载。其间这片海域，所知的名字曾有"云屯""安邦""绿水"等等,其中的"云屯"应该就是今时的"云顿岛"。只是,在公元938年越人吴权反叛南汉政权之时,史载南汉大将刘弘操率水军进兵平剿,其进攻路线是"从海口进入白藤江"。这里的白藤江在越南北部,属"太平水系",为太平江的一条支流,也是下龙湾通往河内市的门户,最终其江水会注入下龙湾。刘弘操的线路属于"经海上逆江而上",《新五代史》与《资治通鉴》对此战均有记述,但却都未提及"下龙湾"之名,而仅有"海口"二字,也就是说其他名称在当时也还未形成。

此战以刘弘操败北告终,其结果就是吴权在公元939年"裂土称王",建立起吴朝——越南走向自主和独立即肇始于此。再至公元968年,丁部领建政称帝,定国号"大瞿越",建立丁朝,时称为"交趾"的越南便正式脱离中国独立了。随后,据《大越史记全书》记载,公元1149年2月,暹罗等国商船入海东申请留下办商务,于是"立桩于海岛",称"云屯"。这便是下龙湾海域,最早见诸官方史料的名称之一。也即从那时起,直至公元18世纪,此地为"越国第一古商港"。其间公元1288年,越南的战争领袖陈兴道,也是在这片"云屯海湾"引爆"白藤江之战",最终成功阻击住了蒙古大军的入侵。

进入公元19世纪后,这里就一直被中国和越南两国的海盗所利用。到了该世纪末,"下龙湾"之名,开始出现在法国的《北部湾航海图》中,当时有一篇由法文出版的"海防新闻"是这样报道的——"龙出现在下龙湾"。其内容说的是:公元1898年时,阿拉万索船长与拉格雷丁少尉,还包括许多船员,在下龙湾三次见到一双巨大的海蛇,也就是亚洲人常说的"龙"。

但是我想,这个时间还是可以再提前的,至少80年。我的根据来自越南女诗人胡春香的诗集《琉香记》。其中,她留有《题下龙湾诗五首》,即五首咏叹下龙湾的诗篇。而她生于公元1772年而卒于公元1822年,五诗全部写于她"随夫陈福显生活于下龙湾期间"。再结合越南的《大南实录》来看,记载有胡春香于阮朝嘉隆十七年即公元1818年嫁于陈福显为妾,但同年"安广参协陈福显私收民钱,赃至七百缗,事发。(嘉隆)帝曰:'贪黑不诛,何以劝廉?'命城臣治其罪,显坐死"。准确点说,陈福显是第二年,亦即公元1819年被诛的。随后,胡春香始迁居河内西湖旁边。如此看来,在公元1818年至1819年间,便已有"下龙湾"之名了。权且如此吧。

从下龙湾之滨的码头乘船下海,约略10余分钟便可抵达一片礁岩、岛屿耸矗于海水之中的区域上,形成了一处由大小不同、

从码头出发,驶向心仪已久的下龙湾。　　　　摄影:陈三秋

形状各异的千余岛屿和碧海蓝天融为一体的风景佳域。精确点讲，这片海域的面积为434平方公里，也是由775座岛屿共同组成的下龙湾中心区。其中，每个岛屿都覆盖着浓密的丛林植被，只在临近海面的地方才露出数米宽的灰白岩石剖面；当然，受石灰岩喀斯特地貌影响，部分岛屿之中，还有些巨大的溶洞与穴窟。这些洞穴内，会有一些锯齿状岩柱，组成一些令人叹为观止的自然奇观，比较像中国的桂林山水之景。也因此，下龙湾，还常被誉为"海上桂林"——从眼下来看，确也不负此美誉之名。

客观地说，下龙湾的风情有点像万象近郊的南鹅湖，只是后者深嵌内陆，且规模略小，欠了些许气势磅礴，所以，便只能忝为"稍逊风骚"之"湖"。老挝南部濒临柬国的湄公河断裂地带，还有一处名叫"四千美岛"的所在地，其势倒是不输于下龙湾。不过还是可惜，也可以说是美中不足——此处的"四千"群岛，多为"一树成岛"，甚至"浮水土丘"，依山石而成之岛反而寥寥，于是乎也就惜败在硬朗不足、唯缺峻峭之上了。可见，下龙湾用中国俗话来说，还是"有两把刷子"的。

公元1994年，当其被纳入"世界自然遗产名录"，并于7年后登榜"世界新七大自然奇观"之际，似乎就注定了"下龙"之名，将一举完胜所有岛湾璀璨的中印半岛诸城，从此一骑绝尘，遐迩闻名。

其实，相关"虚名"的工作，始于公元1962年。当年，下龙湾被越南文化通信部确定为"国家级名胜古迹"。经测算，其面积为1 553平方公里，包括1 969座岛屿。这便是延续至今的下龙湾风景区的"官方版"基本结构。

下龙湾的"海上桂林"风光。　　　　　　　　来源：途牛网

而为进一步提升这处下龙湾的"世界地位"，自公元1991年起，越南政府便打起了新的算盘。先是当年12月21日，完成了准许办理"下龙湾科学档案"的审批；经过2年的准备，"档案"始告完成，并于公元1993年转交给"联合国教科文组织"检查和审定，在获得承认后，该"档案"第一次提交至"世界遗产理事会"第8届会议；但直到公元1994年2月17日，该理事会在于泰国举行的第18届会议上，才根据《关于世界自然和文化遗产保护的国际公约》进行投票，"一致承认下龙湾的审美格外价值"，下龙湾成功被列入"世界自然遗产名录"之中。

为了进一步确认下龙湾在地质地貌方面的价值，在公元1998—1999年，越南官方还委托英国地质专家，完成了"下龙湾地质地貌价值档案"。该"档案"于公元1999年7月，被转交至驻巴黎的"世界遗产中心"。公元2000年12月2号，在澳大利亚召开的"世界遗产理事会"第24届会议上，下龙湾再一次以"地质地貌价值"，成为"世界自然遗产名录"中的一员。

经常"环游世界"的人可能知道，早在20世纪，美国的洛厄尔·托马斯在漫游世界时，曾根据自己的发现，首次提出了"个人版"的"世界七大自然奇观"这一观点。那便是：美国的"科罗拉多大峡谷"、肯塔基州地下洞穴"猛犸洞"、阿拉斯加的"冰河"、怀俄明州的"黄石公园"，非洲赞比西河上的"维多利亚瀑布"，俄罗斯西伯利亚境内的"贝加尔湖"以及中国与尼泊尔交界处的世界最高峰——"珠穆朗玛峰"。这七大奇观之中，美国独占四席，因此，争议颇多。

于是，公元1997年，由美国有线电视新闻网，即著名的"CNN"牵头，开始组织新的评选，结果入围这一"网络版"的"世界七大自然奇观"的是：科罗拉多大峡谷、珠穆朗玛峰和维多利亚瀑布，这三项保持不变；新增的有澳大利亚昆士兰省对岸的"大堡礁"；位于巴西的"里约热内卢港口"——巴西人曾自豪地说"上帝花了六天时间创造世界，第七天创造了里约热内卢"，主要就是指这里；墨西哥最具魅力的景观"帕里库廷火山"；以及"两极极光"。这个版本可接受度相对较高些。

公元2011年时，一份"世界新七大自然奇观"的名单流传开来，越南的"下龙湾"赫然在列。其他六个，分别是巴西的"亚马孙河"，此河因其是世界上支流最多、流域面积最广的"世界第一大河"而名扬；阿根廷境内，有着"魔鬼的咽喉"之称的"伊瓜苏大瀑布"，该瀑布还曾出现在香港导演王家卫的作品《春光乍泄》之中；韩国的最大岛屿"济州岛"；印尼最神秘的自然秘境"科莫多国家公园"；菲律宾圣保罗湾南畔的"普林塞萨地下河国家公园"；以及南非的"海角之城"——"桌山"。那么，这份名单，又是怎么回事呢？

公元 1999 年，也即"千禧年"即将来临之际，瑞士商人兼旅行家贝尔纳·韦伯发起成立了"世界新七大奇迹基金会"，总部位于瑞士。经由该基金会发起，先是举办了一场名为"世界新七大奇迹"的评选活动，该结果于公元 2007 年 7 月 8 日诞生。因其商业性，这份评选结果争议很大。随后，该基金会再次推出"世界新七大自然奇观"的评选活动，该项结果于公元 2011 年 11 月 12 日正式对外公布，这就是前面所说的那份涵盖"下龙湾"在内的名单。显然这份名单仍然摆脱不了"花钱买名"的负面之争，尤其是因为抢了"联合国教科文组织"的活，受到该组织的攻击最多，所以一直不为该"权威机构"所承认。我们只要心里有自己的判断即可，姑且知道此事的来龙去脉就行。

来下龙湾，除了可以欣赏到大自然的纯净、温婉之美外，还可以目睹大自然的鬼斧神工——一种来自宇宙的"洪荒之力"，在一海之上形成"山野景象"：有的一山独立，一柱擎天；有的两山相靠，一水中分；有的峰峦重叠，峥嵘奇特……还顺带着将这片海上的岛屿、山石、溶柱（即钟乳石）等，雕附成惟妙惟肖、形态各异的动物和肖像，如乌龟、蛤蟆、象首、鹰嘴、骏马等等。其中,以"蛤蟆石""斗鸡石"和"香炉石"最为有名:一个形似"向天诉问",一个饱含"渊博哲学",还有一个则象征着心灵之上的"虔诚信仰"。

为了"寻猫",我先是乘坐轮船由码头出发,然后在蓝天白云下、青山绿水间,抵达这片统称为"下龙湾"的巨大海域。有人曾说,"下龙湾的美由石、水和天色三个要素构成",果不其然。这里山岛林立、星罗棋布,很容易让人想到郭沫若《下龙湾》诗中"群鱼跃海联珠络,万屿排空列画屏"的后半句景色。这里游人众多,且各位游人还都有着自己的"心事":有的为了探访这里的诸般传说,有的为了欣赏海岛的千姿百态,有的浪迹海上,有的坐立船头……为了各自的"心思",下龙湾上,早已呈千帆竞渡之势。这就是郭沫若笔下《下龙湾》一诗中,"水上画屏帆点点,林中乐队鸟依依"的前半句风情了。

还有的会换乘当地小渔舟,或者自驾起皮划艇,穿行于各个远近高低的岩洞之中,抑或漫步于诸多错落有致的钟乳石下。正所谓"奇景多传说",喀斯特地征丰富如斯的下龙湾,自必更是如此。如果再加上人为的"科幻""臆测"或者"别有用心",那么,哪怕再普通不过的岩石,都有可能变得"说起话来""活灵活现",更何况还有喀斯特地貌的渲染,无疑会蓬生出更多令人称奇的、拍案叫绝的,甚至怪诞不经的观点。正是在这一大背景下,我开启了专属于我的"寻猫之旅"。

循着"寻猫"的路线,我"漫步"在片片岩岛之间,我的"双脚",便是游轮。首先映入眼帘的,便是美国大片《金刚:骷髅岛》中"金刚"和"飞龙"的出没之地——南太平洋上的神秘岛屿。影片

大船换小船，可劲地漫游在下龙湾上。　　　　摄影：陈三秋

的导演乔丹·罗伯茨选择了在公元 2015—2016 年间于此地拍摄外景，而经过好莱坞知名编剧麦克斯·鲍任斯坦的奇思妙想之后，这片美丽、安静的海域，变得怪兽丛生、凶险无比。再加上超过 300 位动画师、动态捕捉师和设计师的深度参与，更是使得这片原本仅有壮阔景色之海，蒙上了一层又一层的神秘感。当然，汤姆·希德勒斯顿、塞缪尔·杰克逊等男主演绎得也很逼真，相当不错。中国当红女演员景甜也以女二号的角色参演其中，剧中名字叫做"珊"。未出意外，公元 2018 年 1 月，在第 90 届奥斯卡"金像奖"的评比中，该片获得了"最佳视觉效果"这一奖项的提名。但最终惜败于另一部由加拿大导演丹尼斯·维

伦纽瓦执导的科幻大片《银翼杀手2049》。

　　游轮可以直接驶抵一些有着较深海域的岩岛之畔，然后顺着已经搭建好的人工栈道登陆下龙湾的一些岛屿上，探秘。有一岛，名为"巴门岛"，名气不大，游人也罕至，因此，这里保持着近乎原始状态的热带丛林。岛上不仅有青葱繁茂的花草树木，还时常有鬣蜥、猴子、野猪、矮脚鸡、梅花鹿等"鸟兽"出没。唯独不见我想觅之"猫"。我一直觉得，《金刚：骷髅岛》中的怪兽形象，应该不仅仅只是受到了日本导演宫崎骏于公元1997年推出的动画电影《幽灵公主》的影响，其艺术指导史蒂芬·德切特与造型设计玛丽·沃格特，极有可能还受到了下龙湾中的这些动物原型的影响，所以才会衍生出影片最后那段"金刚"与"蜥蜴"两大怪兽对战于下龙湾海面的壮烈场景。如此，才不负于好莱坞编剧们善于"借一物造一物"的科幻传统，也未辜负这部第一次在越南境内取景的好莱坞大片之名。

　　继续"寻猫"。与巴门岛原始密林的异怪相比，随后登上的木头岛便是以岩石的天姿百态取胜了。此岛，南距出发时的游客码头约4公里，方圆不是很大，但却以最具特色的"洞穴奇观"著称。而这个洞穴，也是下龙湾区域最大的一个，原名叫"木桩洞"，又称"藏木洞"。据说在公元13世纪时，陈兴道为了抗击元朝的大军，曾令部队把战事需要用到的木桩、竹桩等，储存在这处崖洞之内，故而得名。岛名源自洞名——比较有意思吧？一般都是"大影响小"，而这里却真的实现了"以小见大"——因洞而成就了岛，所以便叫"木头岛"。此外，也有可能是因为洞内景观众多，所以此岛还被称作"万景岛"。

在下龙湾上航行,开启一段"寻猫"之旅。　　摄影:陈三秋

　　该洞位于海拔189米的崖壁之上,洞口亦在山腰,因此,需要从岛下攀过94道石阶才能进到洞中。洞口虽然不大,但洞内却十分宽阔,共由三个大洞组成;然后又通过洞内石阶,将其分为三层;最外面的一层也即外洞,最大,总面积至少3 000平方米,应该可容纳三四千人。这些洞均为溶洞:洞内巨型石乳、钟乳石、石笋等,沿洞壁或山地丛生不穷,密密麻麻。熟悉溶洞"欣赏艺术"的朋友可能会听说过"三分看构造、七分靠想象"这个"硬道理",所以,只要您想象力丰富,您便会发现这些历经数百万年造化之功的坚硬岩石,不再是"死气沉沉"的石块,而是姿态柔媚、生龙活虎的"大象""老鹰""山鸡"等等,越

身行于下龙湾的岩洞中。　　　　　　　　　　摄影：陈三秋

会想象便就越像,就是这么回事。这也难怪在公元19世纪末期,当法国人发现这个奇洞之后,直接将其称为"奇观洞",那便是最形象不过的了。只是仍未见到我心中之"猫"。

此外,洞内还有四个神奇的圆形石井,终年积满清洌的淡水,井壁和井边还生有数片状似苔藓的翠绿小草。井上方的岩顶、岩壁之上,有酷似唐僧打坐诵经的构造,也有如猴王耍弄的金箍棒之形,甚至还有天女、神龙相视而坐、互诉衷肠的缠绵奇景。这些来自"天宫"的神仙们,加上这座岩洞中间顶部的那个露天见光的"天洞",便成就出了此洞今日最为人们所熟知的又一个名称——天宫洞。越南人民可能还唯恐游人不信,于是又对洞内进行了一番人工打扮——装饰了几盏发着荧光的彩灯——如此一来，洞内便更像一座"辉煌的宫殿"，也就是"天宫"了吧。

这是下龙湾中最不可错过的景点之一，也是游人必至的地方。公元1957年10月，越南"国父"胡志明来到了此洞，此后"逢人便说"："美丽景观一个人欣赏以后不可告诉众人，因此大家一定要跟我亲自去欣赏才能感受它的美。"于是，越南人民便充分发挥聪明才智，杜撰出了洞中一幅胡志明与毛泽东同志共观美景的坐像。虽然毛主席一生从未来过越南，更不可能到过此洞，这种"煞费苦心""牵强附会"之举也很容易为熟悉中国历史的游人所识破，但是这里的人们还是选择了"宁信不疑"。但愿这种"宁信其真，不疑有假"的精神，能够令中越两国曾经拥有的"同志加兄弟"般的革命友谊，走过坎坷、走出阴霾、走向阳光。

出木头岛往西，在海上行进3公里，有座色同天海的巡洲岛。与蕴藏着许多美丽、迷人的岩洞之岛不同，这是下龙湾中唯一的"土岛"。在岛的东部，有几栋两层楼房，格外引人注目。其中的一栋，是呈八角形的红瓦楼房，掩映在青松、白檀丛中，仿佛是一幅出自中国的水墨国画。室内陈设全部都是竹藤制品，既显得简朴，又不失美观大方。这就是胡志明同志生前游览下龙湾时，避暑和休息的地方。

巡洲岛也没有"猫"。于是，我转向南行，至距码头有13公里之遥的天堂岛。此岛旧称为"吉娘岛"，高100多米，一面陡峭，一面倾斜，山脚下是一片洁白、平坦、细密的沙滩，这便是《金刚：骷髅岛》开场飞机失事坠落的那个美丽的海滩。

这种风情,在整个下龙湾海域并不多见。正所谓"一湾一世界,一海一天堂",正是应了此湾和此岛。因此,来河内必去下龙湾,去下龙湾也必登天堂岛。甚至有"不到下龙湾等于白来越南,而不登天堂岛,也等于白来下龙湾"之说。

这里是越南的度假胜地,有着"越南的北戴河"之称。20世纪60年代,周恩来总理和胡志明主席曾一起在此游泳,周总理还在此岛上夜宿过。胡志明同志就更不用说了,"看在家门口",便可以经常到此度假避暑了。在比较酷热的越南,岛上确实凉爽。据悉,中国前国家主席胡锦涛同志也曾到访过此岛。

此岛还可以俯瞰下龙湾中海天一线、山海合一的浩瀚景色:其海温婉,"美如浮游在慈母海浪上的一朵蓝花";其山苍秀,如盛开的青莲。公元1962年,胡志明主席曾同苏联航天英雄基托夫赴岛游览,为了以示纪念,便把"吉娘岛"改称为"基托夫岛",或称"英雄岛";可能又因谐音之故,还得了另一个"迪独岛"之名。直到后来周恩来在登岛后赞其曰"这里像天堂",才就此更名为今天的"天堂岛"。可能当地人觉得不过瘾,还有将其称作"神仙岛"的,还好没有流传开来。虽依然没能寻到"猫",但再一次见证了下龙湾上诸岛的多彩多样、各有千秋。

返程之时,沿途又见到那些粗糙冷静的石岛,"好像还要留存,想念不停转变的生活,而化身成屋顶、抱小孩的母亲、老人、人面等形象"。在作家的笔下,这里静美的海域竟然变得沧桑起来。是啊,除了这份美好,当年越南人民的"抗法战争""抗美战争"以及"南北战争"也都在此间发生过,想必当时这里一定硝烟弥漫、血染长河吧。尤其是"美越战争"期间,许多岛屿之间的航道，还被美国海军布满大量水雷，据说有些地方，至今还威胁着航行。秋夜，海上的月光，会镶金似的照下飘扬的山影；而在冬天，这里的山岛之间还会雾烟飘浮。大美两季，大好景色，不想竟然隐藏着水雷之危。这是战争之祸，一如柬埔寨吴哥窟周边"红色高棉"埋下的伤人于无形的地雷。

这里也是电影《印度支那》中，法国军官巴普蒂斯特带着越南公主卡米从殖民官员手中逃跑的地方。该片由法国著名导演雷吉斯·瓦格涅执导，凯瑟琳·德纳芙、文森特·佩雷斯等人饰演，讲述的是越南反击法国残酷的殖民统治时期的一段跨国爱情故事。上映于公元1992年4月，次年，还获得了第65届奥斯卡"最佳外语片奖"。

想着想着，不久，便又见"斗鸡石"。那其实是两座出水约12米高的石山，像一对展翅的雄鸡，由一条狭窄的海沟分隔，而面对面耸立在海水之中，复又漾在碧波之上，便成"斗鸡"的造型。这是下龙湾标志性的景物，也是其专有的形象，奇特之处，令人拍手称绝。因此，在公元2000年时，被选为越南旅游业的标志。

与其相距800米之海面上，便是"香炉石"。其一石成岛、形如香炉，有着纤小的底部，在越南人民与当地渔民的心中，有着特殊的寓意。依他们的信仰来说，香炉烧香，表示希望能够同天地、祖先心灵相通。因此，这块石头就神圣起来了。我从口袋中拿出一张面值200 000越南盾的纸币，展开，对着"香炉石"一瞧，对的，有点像瞅对了眼；不错，如今的"香炉石"，就印刷在这张钱币之上。

下龙湾的"斗鸡石"。　　摄影：陈三秋

下龙湾的每个岩岛，都自带一番越国风情。　　摄影：陈三秋

真是奇特。下龙湾,该有多少岩石像"香炉石"或"斗鸡石"这样,一或二石,就成一岛;又像直插海中的筷子,倔强地挺拔着的啊!这两个石岛的所在地,距回到码头还有约5公里的航程,这个区域,由环形的岩岛围成两个空灵幽闭的"海上天坑";如从空中俯瞰,湖面圆如满月,是为"月亮湖"。

每湖在岩壁之上都只有一个出口,也即入口,且在退潮时它才露出水面。为了入内一探,我开始换乘当地渔民的小型渔船。也许这是游览下龙湾的最好方式,蓝船碧海、水平如镜,让我想到了"诗佛"王维《周庄河》一诗中的那两句:"舟行碧波上,人在画中游。"帮着摆渡的是个热情、淳朴的当地女人,身着蓝长衣,头戴尖斗篷;我低下头,才由她将小船沿着低矮的岩洞划入月亮湖右侧半湖之中。

湖的四周,青山环绕,形成了一个封闭的海湾;青山垂直矗立,山腰以下荒凉得寸草不生,故为绝壁。这处天坑之中的湖水倒是清澈见底,人在湖中,俯视可见重重倒影,仰望便如坐井观天,心灵很受震撼。出右湖,3分钟内再划入左湖。两湖景色大体相当。正欲离开之时,越南女子突然喊住了我,我顺着她的目光,看向一处绝壁;她弱弱地说了句英文,但我听得很真切,那是"Cat"。于是,我便看到一只"猫",呈侧立状,清晰地印在峭壁之上。其尾一竖冲天,而我早已心潮澎湃。

这便是我苦苦追觅的下龙湾的"猫"了。它如今就在眼前,静立壁端。南宋陆游于《游山西村》诗中言"山重水复疑无路,柳暗花明又一村",不正是这番情景吗?真是"众里寻它千百度"啊,不曾想,在月牙湖中最后一刻的回首,它竟然就在左手旁

下龙湾的"猫",见者遇喜。　　摄影:陈三秋

的崖壁之上。记得"007"系列电影《明日帝国》之中,英国"德文郡号"军舰就是在下龙湾中沉没的,然后,便再也找不到了。我比詹姆斯·邦德和"邦女郎"林慧都幸运,我不出一天工夫就找到了我的"猫"。真是甚幸啊。

越南女子不知道我的心事,但执意让我与"猫"合影。越南人一定视此"猫"为圣物吧,要不然,在越南的"十二生肖"中,也不会把"兔子"替换成了"猫"!我要再细细一看,别人常说,下龙湾的岩石与溶洞,其幻化之物,是"三分形似,七分神似";但下龙湾中的这只"猫",则一定是"十分形似,十分神似",形神俱备也。它的栩栩如生之态,仿如一鼠骤现,它便有即刻破壁而出之势。不虚此行了。

这就是神奇的下龙湾。它不仅景美状奇,深受电影制片人的喜爱,而且还融入信仰,虔诚之人,便能如您所愿。我自虔诚一行,终是得偿所愿。

许多心愿,努力即可达成;我深信不已了。诸般旅行,也终究要返程,天下无不散之宴席嘛。回程一路轻松,于是,我便躺在渔船甲板上的藤椅中，就着温润的海、和煦的风，还有那湛蓝天幕之上嗖忽的云彩、云间泻如柔指触肤的阳光……您很容易便会睡去——仿如枕着书香入眠，抑或，尽欢而散的微醺、酒醉。这是心愿达成之后最轻松、惬意的时刻。而我，还怀念着那只"猫"。千秋万载，它于壁上应该均会同在；疾风劲雨，它于壁上也会容颜不改。对着它默默许下一个心愿吧，待到他人再度重逢之时，再将心愿揭晓。我想，那将又是如愿以偿的一天。人生如斯，得一"猫"而引为知音，天下平和、安然风雨，足亦。

2018 年 12 月 4 日于下龙湾，返河内途中

71 岘港观音与佛

很早便去过岘港。那是我与越南初次相遇的地方。作为"东方夏威夷",它的点滴,仍挂记在我的心头;它的信仰,亦始终令我难忘。我本以为,离开了老挝或者缅甸,便很难再找到对观音与佛万般虔敬的地方。兰强等人编著的《越南概论》中揭示了一种农业文明赋予越南人民的"实用主义心理",可以通过其民间俗语窥之一斑——"在家修行为第一,集市修行排第二,寺庙第三"。我想,虽是如此,越南终究还是"容留"了一个例外的地方,不用猜,就是岘港。

这是越南的第四大城市,仅次于胡志明市、河内和海防。其实,越南的这四大城市在国内的地位及分布,还是比较像中国的"北、上、广、深"的。那么,照此比较,岘港也就像广州了。这里背靠手掌形五行山,偎依着马蹄形岘港湾,坐拥空中秘境巴拿山,且有山茶半岛为屏障,因此而成军事要塞、旅游胜地、天然良港。

一尊洁白的慈悲大佛,一尊洁白的观音菩萨,就静静地、高耸在这片海湾之滨的大地之上。又融入三座同名的"灵应寺"

之二寺中，共同见证着岘港人民，对大乘佛国的虔诚与向往。一城之中，竟有三座同名之寺，这种筑寺形式确不多见。这三处"灵应寺"就是：巴拿峰上的巴拿灵应寺、山茶山上的佛滩灵应寺，以及五行山上的山水灵应寺。

三寺之中，各有异同。这要源于公元 2 世纪佛教始入越国之时。那是中国的东汉末年，为中国人类史上第一次人口大消减的大时代；士民、僧侣、异人，为避战乱，纷纷逃居此间——时称"交州"或"交趾"。牟子便也在其列。其在"奉母流寓"期间，潜心佛学，融儒、释、道三教观点于一炉，而成大作《理惑论》39 章，开了越境佛事之先河。至公元 3 世纪初，西亚、印度等南派僧人，如康僧会、支疆梁、丘陀罗等，从海陆两路再来，佛教之风始盛。再到公元 580 年毗尼多流支创立"灭喜禅宗派"，公元 820 年"广州籍僧人"无言通开创"无言通禅派"，越北之地，已广泛为佛迹所浸染。后公元 968 年，丁部领建大瞿越国，至李陈二朝亦即公元 11~14 世纪，因上下笃信，优容僧侣，奉佛教为"国教"，所以鼎盛之势终成。

在这些大背景下，加上越南人民原先的"自然神灵""祖先崇拜""城隍信仰"等杂糅，各寺之中，便形成了"前佛后神"这一主流的供奉形制。受此影响，岘港的佛教寺院之中，也形成了多神、多佛、多菩萨这一情况。同名的灵应三寺之中，先从我个人心中排名第一的佛滩灵应寺说起。

该寺置身于著名的山茶半岛之上。这一半岛长有 15 公里，最宽处为 5 公里，最窄处仅 1 公里，坐落在港口的正中央地带。半岛之上林木繁茂，冈峦起伏，据说最高峰有 696 米；但灵应寺并不在山巅，而是在半岛的山之腰。靠着青山、环着碧海，形成了一个可以同时轻松眺望海景与城市的特殊位置。其俯瞰之处的"佛滩"即为美溪海滩，美国的《福布斯》杂志曾根据沙滩的大小、阳光日照、沙质的柔软细腻程度、交通及配套度假设施等综合评价，将美溪海滩评为"全球最具魅力的六处海滩之一"，显然是有点夸张的。如今，其滩畔的海湾停泊着不少曼妙的渔船，滩头也有些箩筐状的小渔船。滩畔则是成排的酒店，可以夜宿于此，走几步就能到达那片洁白沙滩。如果是自中国冬季前来，游客们将美溪当成一个温暖祛寒的好地方还是可以的。

公元1847年，阮朝绍治帝末期，法国勾结西班牙组成法西联军，第一次炮击沱瀼港，即今日的岘港。公元1858年，法国

从佛滩灵应寺俯瞰岘港的海湾秀色。　　　　　摄影：陈三秋

军舰再次炮击岘港,便正式拉开了武装入侵越南的序幕。公元1884年法越《顺化条约》签订,次年《中法条约》中清廷承认越南为法国的保护国,越南开始进入法国殖民时期。因此,山茶半岛也成了法西联军开火侵略越南事件的历史见证。

而今,一座现代与传统建筑风格融合的佛滩灵应寺,就临崖静卧在当年炮火轰击过的山茶半岛上。一处青灰色的两层带六幅孔门的龙檐牌坊和多座双层绿顶折檐庙殿群落,合围成一片硕大、开阔的庭院园林,这基本上便是全寺的主要建筑格局。其中,牌坊之上还有多幅汉文对联,其中一联为"佛日增辉法轮常转,风调雨顺国泰民安",这是此寺之庇佑使命,也是岘港渔民的心声。正殿之前的六根粗壮的盘龙门柱和洋房式的圆形回廊,都具有一定的艺术水准。院内的盆景、花木,四季盛放、永不间断,也自成洞天。中间分两排坐落着整整齐齐的"十八罗汉"白色玉石雕像,以人间喜怒哀乐的各色神态,逼真地呈现于世人面前,很容易被只顾拍照的游人忽略。

经由"十八罗汉"指引,朝向正殿的一侧,还有一尊醒目的孙悟空雕塑。与诸多孙猴子的"美猴王"式彩塑不同,这一尊是灰色的,背着一根金箍棒,亮点是孙猴子的眼睛,越南人民为了取"火眼金睛"之意,直接弄成了金黄之色。

孙悟空的后面,就是正殿了。正殿中间供奉的是一尊释迦牟尼佛像，左右两侧分别为唐三藏菩萨和观世音佛像——这是越南佛教寺庙中主要的供奉结构，与越南人民对《西游记》的喜爱是分不开的，行走越南境内各地，随处可见。

在佛滩灵应寺的左右，还各有两处"胜迹"。左边是一座高大的白玉观音，右边是一座高耸的古式宝塔。白玉观音，高约45米，为东南亚观音雕像之最；其内部分成17层，每层供奉着21尊佛像；从外观之，玉观音像呈左手持甘露宝瓶、右手拈花翘指状，矗立在直径达23米的祥云莲花台上，既慈悲地俯视着众生，又温切地守护着岘港。据当地人说，观音神像落成之后，岘港的台风侵袭也少了许多。

观音像前还有一尊通体洁白的大肚弥勒佛像，手执念珠，笑呵呵地注视着来来往往的众生。在大乘佛教的典籍中，弥勒佛可是世尊释迦牟尼佛的继任者，也是娑婆世界的下一尊佛即未来佛，因此地位相当尊崇。此外，北京的潭柘寺和峨眉的灵岩寺还有两幅关于弥勒佛的楹联，一联为"大肚能容，容天下难容之事；开口便笑，笑世间可笑之人"，一联为"开口便笑，笑古笑今，凡事付之一笑；大肚能容，容天容地，与己何所不容"。两联内容异曲同工，既趣味盎然，把此佛的形象刻画得淋漓尽致，又哲理深邃，寓意深远，令人回味无穷。

寺另一旁的古式宝塔乃为新建，是一座砖灰色的九级翘檐

青瓦遮顶的佛滩灵应寺,与韩国青瓦台很相像;主殿门廊的雕龙石柱,也相当威严。
摄影:宫锦霞

守护佛滩灵应寺的白玉观音。
摄影:陈三秋

进入佛滩灵应寺之前,一座九级浮屠宝塔,会先进入您的眼帘;目前,它只缺少历史的洗礼了。
摄影:陈三秋

浮屠宝塔，很是精美壮观，也颇具越南本土风情。宝塔的外观，呈对称的六边形，每一边均宽 3~4 米，中间有一拱形暗窗，上覆白色窗花，窗花之下即窗户的正中位置，还均会有一个大号的汉字，如"宝""身""如""色"等等，应该可以绕塔拼接为成语典故。塔下还有 8 根雕花立柱组成的塔门，反衬着塔身的雄伟英姿。塔门之下，于一座砖红色的大理石台基之上，还躺着一尊 10 米长的汉白玉卧佛，与宝塔呈不甚和谐的搭配之状，有点"混搭"的感觉，着实令人费解。

岘港的三座灵应寺中，排名第二的应该是巴拿灵应寺。此寺的基本造型、外观、内奉、建制、格局等等，均与佛滩灵应寺相似，只是规模略小，据称都是由当地的越南华人捐建。又因其位于负有盛名的巴拿山群峰之中，可以视为是在半山之巅。因此，该寺也便成了岘港城中海拔最高的寺庙。

此寺之盛名，确实与其所依之海拔 1 400 余米的山势有关。在寺前的观景平台，伴着一左一右两条巨大的石龙，可以从其中间俯瞰巴拿山色，大有"君临巴拿"之感。当然，成就其名的主要功绩，还是要数那尊高约 27 米的山顶大佛。这是一尊巨大的白玉坐佛，姿态安详，双手交叉置于膝前，复盘坐在宽大的白色石基之上。双石龙守护着灵应寺，而白玉佛，复又守护整个巴拿山，成为山上的标志所在。当前的岘港，也要靠这尊

岘港城中海拔最高的寺庙——巴拿灵应寺。

摄影：陈三秋

守护巴拿灵应寺的白玉大佛。

摄影：陈三秋

五行山和它的山水灵应寺。

摄影：陈三秋

白玉大佛与山茶半岛上的白玉观音，奠定其之于东南亚以及中印半岛的诸国佛国中的一席地位了。

山水灵应寺因山成名，是为五行山。"五行"，顾名思义就是"金、木、水、火、土"；对应地，五行山并非一座山，而是由"金峰""木峰""水峰""火峰""土峰"这五座山峰共同组成的。当然，也可以说是六峰，因为"火峰"共有两峰，但已习成五峰罢了。此山距岘港以东偏南方向，约10公里之地，为岘港去往会安古城的必经之路。五峰大小不一，均沿海边拔地而起。其中，最高、最大、最有名的一峰为"水峰"，海拔约108米，可由山脚乘电梯登至山腰。此峰景色秀美、风光绝佳，还可以一览山下风姿，山水灵应寺就在此峰之中。

此山典故较多。据说原为五座小岛，经岁月沉淀而成山，故成"岛即是山、山即是岛"的奇景；所以，该山有个原名叫"海中岛"，说的正是此事。曾有一诗云："何处景色胜五行，不逊仙境是蓬莱。山光彩石峰浴翠，古寺香雾绕云岩。"此诗中所绘，即为五行山。而关于此山正式名称的由来，则要追溯到《西游记》中了。话说孙悟空当年因大闹天宫而被如来佛祖压在五行山下整整五百年，这个故事在中国几乎妇孺老少皆知。因此，也常被各地"别有用心"之人所附会,所以"五指山"之名便层出不穷。只不过,这一次变成了岘港人民于越南境内的"终极附会",也就是说当年压下孙猴子的"五行山"正是这座岘港之滨的"五行山"。因此,这座五行山,还有"五蕴山""五指山"等别名。可能越南人民觉得仅此"空口白话"还不够,还继续考证了两个"线路":第一是唐僧取经曾途经此地,并将孙猴子从五行山下解救出来,这是第一个线路;第二是孙悟空当年拜师学艺,从中国东南出海,也是经岘港抵达"南瞻部洲",最后到达"西牛贺洲"的!这下好了,佛教传说中的"四大部洲",除了"东胜神洲"和"北俱芦洲",一下子搬出了两个,不由得您不服啊。

其实,这是五座大理石矿脉,因盛产玉石而出名。其中,"火峰"和"金峰"产的玉石是水墨色和碧绿色,"水峰"和"木峰"产的玉石则是乳白色和橙黄色。五峰本身也各具特色,如"火峰"为双峰;"金峰"之上,东边有"观海台",西侧有"观江台",这东西两个观景台,都建于公元 19 世纪初的阮朝明命帝年间,可以观岘港湾与韩江,尤其是后者的"韩江夜景"也非常有名。如果是于江上泛舟,即"夜游韩江",那么一船将连过"龙桥""阮氏李桥""韩江桥""顺福桥"等四大桥梁,外带岘港新地标"摩天轮",这般缤纷浪漫的"岘港之夜"更是值得拥有的。每年中国农历二月十九日,也就是"观音诞"之日,"金峰"之上还会举办非常隆重的菩萨观音庆典。

而"水峰",更是值得一登。除了乘坐电梯,还可以从山脚沿 108 级台阶攀登。山上除有山水灵应寺之外,还有些天然溶洞。其中,最大的一个叫"玄空洞",高约数丈,为公元 2017

夜游韩江，必然可见这座世界上最大的"龙桥"，气势宏伟，夜晚还变幻着七彩灯光。 　　摄影：陈三秋

年亚太经合组织领导人岘港会议的宣传片所记录；洞顶上有 5 道裂缝，犹如 5 道天门；洞内还有一尊高约 4 米的石佛，以及诸般观音、罗汉与佛陀，各座神像都雕刻得比较精致，形神自若，完全是一个"千佛洞"的感觉。有一洞口，一尊白色的释迦牟尼佛像安坐于菩提树下，身旁几只白鹿跪坐静听着。这讲述的是佛祖释迦牟尼成佛后，在"鹿野苑"初转法轮的故事。此时的佛祖，身边没有一个信徒，只有那几只小鹿。而后教化五名僧众皈依，成为佛教之始。

　　其实，"水峰"上的这些洞穴，起初是被横行此地的印度教"攻陷"的，比如大家所熟悉的越南现境之内的占城王国，当年其占婆族人供奉的神明、举行的宗教仪式等等，都是以这些山洞为天然的场所的，其信奉的印度教也使得此地成为印度神祇的天下。包括那座别具一格融合了印度与越南风情的宝塔，越南人民称其建筑风格为"南佛塔"，也即融入了越南自有元素及风格的佛塔，都见证着当年印度教或婆罗门教在此地的盛行。直到后来，印度教被佛教取代，并经历多次开宗立派大发展，才形成了今日越南第一大宗教的气派。这背后也可以理解为是一场无声的"宗教战争"。

其实，越南佛教的兴盛，也可以从距今已有千年历史的白亭寺中看出些端倪。此寺又名"拜顶寺"或"拜订寺"，但不在岘港，而是在宁平。公元2003年，越南政府开始逐步将白亭古寺面积进行拓建，新的寺庙称为"白亭塔寺"，落成之后规模为700公顷；如果再加上周边配套的景区设施，则面积已经达到了2 000公顷。这是越南最大的寺庙建筑，也可以理解为是一个规模浩大的佛教建筑群落，据说也是东南亚最大的寺庙。这是当下雄心勃勃的越南政府想要的。他们为此创立了一个"白亭寺节"，于每年正月初六在这里举行，吸引了诸多信众与游客。这里还诞生了很多个"第一"，如寺中建有一座13层、超过100米高的佛塔，为亚洲最大的佛塔，塔内供奉着释迦牟尼的金身佛像。院中的钟鼓楼内，悬挂着一架重达36吨的大铜钟和一件70吨重的大铜鼓，均铸造于公元2006年，它们是越南最大的钟和鼓。寺内的观音殿中，供奉着一尊重达90吨的11面"千手千眼观世音菩萨"铜像，亦是亚洲最大。在三重顶法诸寺大殿里，供奉着一尊16米高、重达100吨的释迦牟尼佛铜

越南规模最大的寺庙——白亭塔寺。　　摄影：陈三秋

像，据悉这是由从俄罗斯购得的纯青铜铸造而成的，不用说，又是亚洲最大。寺内往山下走，有身高2~3米的500尊罗汉雕像，组成了东南亚最长的"罗汉走廊"；当然，这个木质长廊是深值一说的，它用的是纯实木卯榫结构，没有一颗钉子，据说还是当地村庄中工匠们的杰作。山坡之上，还供奉着一尊高33米、重达100吨的"布袋和尚"铜像，传说它便是弥勒佛的化身，形象通常为面带笑容，与弥勒佛的造型非常之像；其又手提布袋，有和气生财、累积财富的意味，因此被越南民间视为"财神"供奉。据说在日本，"布袋和尚"也是"七福神"之一。这里是亚洲最大的"布袋和尚"雕像，与寺内的释迦牟尼佛铜像等重，

也是东南亚最大的青铜佛像。这种"疯狂"造像的背后，似乎又不仅只是信仰了，此中越国之人的"心思"，任人揣摩去吧。

岘港还有二三处古迹的好去处，喜欢赏古之人，可以一看。一是位于城中李自重街上的殿海古城，一是往东南35公里的会安古镇，一是西南近70公里之地的美山谷地。这需要在岘港停留数日才行。

殿海古城，当年是为镇守岘港城而建的，始建于公元1813年，历时15年，于公元1828年落成。整个古城规模不小，看起来也有些破败，但其建筑风格仍能显示出越南封建王朝末期的一些艺术特征。里面还有一尊阮知芳将军巨像，那是后来新建的。法军攻陷河内时，阮知芳作为当时的守城官受伤殉国，以气节而成民族英雄。

公元20世纪60年代，这里又迎来了另一场战争，那就是"北越"与"南越"之间的战争；而此战又因为美国的介入，因此，也可以理解为是"美越战争"。公元1965年3月，随着越南战争的升级，2日，时任美国总统的林登·约翰逊批准了代号为"滚雷行动"的对越作战计划，开始对"北越"进行大规模轰炸；8日，3 500名美国海军陆战队员开始在岘港登陆，"美越战争"正式爆发。随后，美军还将岘港一举扩建成大型海、空军基地，在整个战争期间，为其提供了大量支持。当然，对应的应是越南军民的反击。虽然这一基地当时已建成长达12千米的防护墙，但在整个越战期间，还是遭到了95次的袭击。这占到整个越战时期美国空军基地所遭到的475次攻击中的1/5。那时的美军岘港基地，也被称为"最倒霉的军事基地"；而岘港，终有一日也

岘港城中的殿海古城。　　　　　　　　　　摄影：陈三秋

会陷于一片火海吧。当那些硝烟弥漫的战事成为往事之时，殿海古城，乃至旖旎的岘港湾，再也不用见到那些昔日的血迹了，和平笼罩的岘港城，一片安好，真好。

会安古镇，亦称"会安古城"或"会安古街"，与美山遗址等同为越南境内的"世界文化遗产"，我们将在《漫步会安古城》一篇对其详细解说。

美山谷地，以拥有古代占婆王国的塔群遗址而闻名于世，故又称"美山遗址"或"美山遗迹"。这里是越南人民心目中的圣地，因此也多称其为"美山圣地"。熟悉柬埔寨吴哥王朝历史的朋友们也应该知道这个王国与吴哥经年厮杀的那些旧事，时称其为"占城"——因为其全称"占婆补罗"中的"补罗"二字，在梵语中即为"城"之意。由于其与吴哥的这些缘故，加上这片遗址的建筑风格确实与柬埔寨最负盛名的吴哥窟等造型相像，所以，虽然它存在的年代可能要早于"大小吴哥"落成至少 4~5 个世纪，但在越南当地，还是习惯于称这片遗迹为"越南的吴哥"，并引以为荣。

公元 2017 年 11 月，岘港再次走入国际视野。这座被美国《国家地理》杂志评为"人生必去 50 个地方之一"的城市，迎来了"亚太经合组织领导人会议"，亦即 APEC 会议。如今，会址广场和当年会议举办地"子弹头"造型的酒店也成了热门的旅游景点之一，诉说着岘港城的荣耀。11 月 10 日，中国国家主席习近平来到岘港，并以"往者不可谏，来者犹可追"之句开启了他的主旨演讲。通过演讲内容，洞察世界经济发展趋势来看，亚太地区是全球经济最大的板块，也是世界经济增长的一个主要引擎；岘港身逢其中，未来必定可期。习近平在讲演中还说，"发展之路没有终点，只有新的起点"。对于岘港来说，更是如此。我们今日所见的观音与大佛，足以守护人民心中的信仰，我们也期待下一次对这座城的邂逅，还有更多美丽的故事可以上演。

2018 年 12 月 15 日于金边，Bodaiju 寓所

72 巴拿山的奇迹

提起岘港,除了美溪海滩、粉色大教堂,被评为"人生必去的50个地方之一"的海云岭、灵姑湾畔的最美公路,命途多舛的山茶半岛,另外一个不得不去的地方,就是享有"天空之城"美誉的巴拿山了。岘港的重要一站,当然是要去巴拿山,一起领略一下这个不一样的空中小镇,以及它的法式风情吧。

巴拿山,无疑诞生于法国殖民统治越南期间。因常年气候凉爽宜人,在那个没有空调的年代,为了满足法国贵族们的度

岘港的美溪海滩。   摄影:陈三秋

假避暑之需,同南部的大叻城、柬埔寨的贡布城等一样,开始于山上建起许多具有欧洲建筑风格的度假别墅,被打造成了比较知名的避暑胜地。其中,早于公元1919年时法国建设的一处"山地车站",便曾引起过轰动,可以说浪漫的法国人是真正的"造城专家"。也正因此,巴拿山在西方国家极负盛名,时至今日,每一年都会吸引大量的西方人士来此度假。但其名字据说并不是来自起初打造了它的法国人,而是美国人。比较流行的说法是当年美军误入此地,发现了这处法国人建造的古朴遗迹,因为山上到处长满了香蕉树,于是便用"香蕉"的英文"banana"的谐音,将其命名为"BaNa Hills",即"巴拿山"。

名如其山,山如其名。如今的巴拿山上虽然大片的香蕉林消失了,但却经由越南的"阳光集团"之手,加之对过往法式风情的承继,被建成一处融会了东西方文化之精粹、复古与现代相结合之地。从建造到成名,前后三五年而已,作为全球新造景区的典范之一,其成功运营的成绩堪称"巴拿山奇迹"。

如由岘港市区租车前来,大约需要一个半小时的路程,差不多35公里左右,便可来到巴拿山下。巴拿山海拔1482米,自山脚至山顶,又可由5条世界级的缆车系统抵达。如"会安缆车""梦溪缆车""巴拿缆车"等,方位均不相同。这些缆车也各具特色,曾被美国有线电视新闻网(CNN)评为"世界十大令人印象深刻的缆车之一";其中的两条,还获得过"吉尼斯世界纪录"。而这两项"吉尼斯世界纪录"的"保持者"分别为"世界上最长的单缆车系统"——全长5042米,"世界上起始点海拔落差最大的缆车"——落差1291米。这些缆车穿越郁郁葱

"会安缆车"站点的"会安园林",是登顶巴拿山的方式之一。
摄影:陈三秋

葱的丛林,可以从空中俯视大自然的神奇角落,然后一路经停在若干个山头之上,各山头又造有形态各异的若干景点,非常奇特。

　　山门位于山脚之下,形似堡垒或关隘;门前是一处宽阔平坦的广场兼巨大的停车坪,左右还各立有铁铸大炮一枚,突显着此地的险峻。在登上第一段缆车,比如"会安缆车"前,会经过一个越南风情的水景庭院,名为"会安园林"。此园深嵌在山谷之中,园林中间,小桥流水、绿竹成荫、鲜花盛放,还有越式木屋、香蕉树、棕榈树等等,然后再穿越一个中式长廊,便可到达乘坐缆车之地。其顶又挂满各色越式的彩纸灯笼,密密麻麻的，其间还有木质渔船，饱含着喜人的越国元素。

由此缆车，可以到达第一个站点。如是左侧，则为花团锦簇拱卫而成的"空中花园"；若是右侧，便是有着"新晋网红"之称的"岘港金桥"。

比较可惜的是，这个"空中花园"的群花拱廊多是假花，仿成粉色樱花的绚烂盛开状。穿过花廊之前还有个浮雕广场，坐落着一些近现代雕塑风格的手、脸、眼、嘴等造型。而"空中花园"后面，便是巴拿灵应寺和那尊通体洁白的大佛了。其间还布有"爱情桥""石柱阵""迷宫花园""国际象棋"等景观，点缀在 9 个不同风格的花园之中；有的确是真的鲜花，盛开正艳，徜徉在这片诗意浪漫的空间，沉浸在花香的海洋，既可以瞬间忘却所有烦恼，也非常适合各种摆拍，因此，引得无数女性游客为之折腰。侧旁还是一个法国人在公元 1923 年开凿修建的法国酒窖。这是个带地窖和天台的石屋，地窖长达百米，沿窖壁藏满一桶桶的红葡萄酒，常年温度保持在 16~20℃之间。进去品尝一杯窖藏的可口法国红酒，稍事休息一下也不错。这里还是半山观景的好所在，可以俯览壮观起伏的山色，只是略显干巴巴的，少了些中国江南山色的水灵。这里还有一列沿山腰而建的观光小火车比较有趣，始发的一头，从法语译过来是"爱情小火车"，但终点的一头，经法语中译又为"花园小火车"，也就是说一列不长的"空中小火车"竟然有两个名字。乘此体验一下半山空的"惊悚"，虽然比不上芽庄珍珠岛或大叻达坦拉的"穿山滑轨车",更比不上瑞士少女峰上的"雪山小火车"，但也还算不错。

第 5 篇

The floating clouds

不了情缘
越南说再见

巴拿山上的大佛，护佑苍生，俯视人间。　　摄影：陈三秋

巴拿山腰上的法国酒窖。　　摄影：陈三秋

相比"空中花园",公元2018年6月才刚刚开放的岘港金桥可谓风光无限,更加闻名遐迩啊。岘港金桥,又称"佛手金桥",顾名思义,就是一座被巨大的神奇双手从天空之中托起,散发着璀璨光芒的魔幻金桥。其双手仿佛来自神界,犹如一对"佛手",又似"上帝之手",故而得名。

其实说起造桥,似乎中国人才是真正的"祖宗"。比如,900多年前的北宋皇祐至嘉祐年间,准确地说是公元1053年至1059年,由泉州知州蔡襄主持,前后历时7年修造的洛阳桥,便是我国古代桥梁建筑的杰作。此桥的修筑,充分显现出了中国劳动人民的非凡智慧,也是世界造桥技术之创举,并在世界桥梁史上享有一席之地。该桥作为中国现存最早的"跨海梁式石桥",还与北京的卢沟桥、河北的赵州桥以及广东的广济桥,并称为中国古代四大名桥。

当然,岘港的这座"佛手金桥"确实有着特殊之处。其坐落在海拔1 400米高的巴拿山上,全长仅150米,分为8个节段,宽5米,但横穿过密布于群山之中的森林,复以蜿蜒之势与巴拿山相连;两只巨大的"长满"斑驳青苔的混凝土之手,从树中冒出,支撑着一座闪烁着微光的金色大桥,此一新奇古怪的景点构造,引得无数游人为之倾心。站在桥上,放眼前方,崇山峻岭、千沟万壑,白云悠悠、鲜花怒放,恍若置身天上人间。这也正暗合了设计的初衷:让游客们在一根闪闪发光的线上漫步,而这条线又横跨于神之双手。这处神迹之桥,出自越南设计师Vu Viet Anh及其团队之手,始建于公元2017年,而止于今年上半年,用时一年有余。其设计灵感的来源,便是"神的

岘港的"网红"——"佛手金桥"。　　　　摄影：陈心佛

世界",这也是来源于天国中的事物和生活中的事物交融而成的杰作。

剖析来看,此桥的主体结构是由简单的钢架支撑的,桥身护栏是用金黄色不锈钢钢管连接,桥面的人行道则是由木板铺成,然后桥面两侧,再设置成鲜花隔离带,来起到陪衬作用。这道弯曲蜿蜒的金色桥梁,其主要亮点可以说就在那两只起着"支撑"整座桥体的"佛手"。事实上,这两只匪夷所思的"佛手"并非天然形成,也只起到装饰的作用,这是显而易见的;而且,还要先行建好。那是一处钢铁骨架,然后用铁丝网将其层层覆盖,并在外围加装玻璃纤维,最后使用了仿石质材料作为主题装饰,所以最终看起来便像是年代久远的石质佛像的双手。当然，设计师还别出心裁地让"佛手"长出绿色植物和青苔，让整座桥看起来更显古朴沧桑，与金色的桥身相互辉映，打造出了一个神奇的"魔幻世界"。落成之后，就呈现出了巴拿山的顶峰伸出一双巨大的"众神之手"，稳稳地在天空中托起这座穿行于山巅的"佛手金桥"。而从高空俯视，或者从地面仰视，金桥又像是一条被捧在手心的"空中丝带"，更是增添了不少幻美。

这种独一无二的建筑构思与艺术魅力，在东南亚可以与马来西亚兰卡威的"天空之桥"相媲美。该桥建成于公元2004年10月，总长125米，主体也是由钢材料构成，桥形呈圆弧状，连接着两个山头；一根高87米的支柱支撑着桥面，并将其固定在海拔687米的高空山腰，最后再通过8根钢缆牵引而成。

如今，这座金桥开通当日，世界各大媒体同时为其献出诸般溢美之词。路透社将金桥的建筑比喻为"上帝之手拉着金线脱离山体"；《独立报》则将其列为"世界最为不可思议的徒步桥"十大名单之中。英国BBC评价道："我们试着想象徒步走过这双神圣的手，沉醉的感觉会油然而生。"美国CNN则说："金桥屹立于空中，被似乎已存在多个世纪的被风吹雨打多年的双手托起。给人突出的印象是，紫菊花点缀了金黄的桥栏杆，营造了灿烂夺目极具吸引力的空间。"这里的"紫菊花"，其实是越南人民喜爱的半边莲；不仅金色的人行道两旁有，桥下的花园之中也有，其姿态优雅，环绕着桥之四周，是为"天泰花园"。

巴拿山的奇迹也并未到此结束。据"金桥"的设计师Vu Viet Anh说，他已经有了另一个项目——一座银色的桥，"看起来就像上帝的一缕头发",它将继续连接到巴拿山的现有建筑之中。这座建设中的"银桥",约在公元 2020 年前落成。建成之后的"金银二桥",均将成为巴拿山上,乃至整个岘港,最佳的观赏日落与日出的地方。

过"空中花园"或"天泰花园",再乘一级缆车,便能到达山顶了。与 100 多年前法国人始建此地不同,今日的山顶可谓"百业兴荣",有酒店、有餐厅、有古堡、有教堂,还有喷泉、剧场和演出等等。这些屹立山巅的丰富的度假与娱乐设施,会让游人想到马来西亚的"云顶世界",只是这里没有声名远扬的赌场罢了。

在公元 2017 年的亚太经合组织领导人岘港会议的宣传片里,越南人民便将这个山顶生动地呈现在了世人面前。它确实担负得起这份殊荣。在"佛手金桥"没有开放之前,这处山顶的群落便是巴拿山的奇迹所在。一面是快速蜚声海外,一面是令景区的投资方赚得盆满钵满,我问了几位当地的朋友,糅合起来看,从投资到运营,应该不出 5 年就已经盈利了。这也就难怪其还将继斥资 20 亿美元打造的"金桥"之后,还要再打造"银桥"了。"世路难行钱作马"嘛,有钱才好办事。当然,我至今仍然对其各项投资金额保持着一己的巨大疑问罢了。在越南和缅甸,我见惯了"真诚的大话"。

放眼山顶,这里常日里会遇到云雾缭绕的仙境之感,那是一阵风或一阵雨过后的片刻,像极了柬埔寨的"幽灵之城"贡布。不过这里的景色与人气,确实要比贡布强去百倍之多。这与越南"革新开放"之后大举与泰国竞夺中国、日韩以及西方游客的"旅游战略"有关,如今看来,确也卓有成效。这还是要承认的。也有点像韩国前总统李明博当年主政首尔之时的穷极心思,与"由企入政"之初的气魄。更不用说当年的新加坡与迪拜等国的"国家战略"了。

山顶的迷雾之下,有几处亮点,可以简单地概括一下:"法国小镇"是为女士们准备的,主要是拍照和惊叫;"美居酒店"是为男士们准备的,因为如果夜宿山上,可以省去不少脚力;"梦想游乐园",也即"越南的迪士尼乐园",与芽庄的"珍珠岛乐园"相像,去过其一即可,那是为孩子们准备的;还有个"天主教堂",是为信徒、游客,尤其是准备拍婚纱照的人士准备的。往深处走,经过"四季泳池",您还会看到一处林荫隐密之间的山头,在一座高约5米的明清风格青石牌坊后面。牌坊正中,从左到右正着刻有"山岭境关"四个繁体字。 如果不怕累的话,可以从此处爬上山去逛一逛。里面别有洞天,有漂亮秀丽的越国"白塔"——为九层方形平檐制式,每层四面塔壁之内均卧有一个佛龛,供有相同形状的白色坐佛;每一层的塔之四角,还各悬挂有一束古铜色的风铃,映衬着洁白的塔壁,迎风轻响,很是曼妙;塔之名字为"灵风宝塔"。也有俯瞰山色城景的中式"阁

从空中鸟瞰巴拿山的建筑奇迹。　　　　　供图：壹书局

第5篇

The floating clouds

不了情缘 **越南** 说再见

巴拿山上的"法国小镇"。　　　　　摄影：陈三秋

见到"灵风宝塔",说明您已抵达巴拿山之巅,它有着庇护此山平安繁荣之意。

摄影:陈三秋

巴拿山巅的"岭主灵祠",守护着此座山岭的一方平安。

摄影:陈三秋

祠""钟楼""碑亭"。"阁祠"为三重檐、阁楼状的"岭主灵祠",应该是取敬奉庇佑巴拿山上群山"岭主"或者"山神"之意;"钟楼"为两层翘檐木栏结构,可以登至二层远观四周风景;"碑亭"亦为两层,建制要比"钟楼"的规模略小,里面立有一金色越文石碑。此外,还有一片日本奈良风格的长檐折脊琉璃瓦式砖红庭院,也可以理解为是韩国高丽风格;里面的"榻榻米"蒲团验证了我的这一观点。其中的正中一座,是精巧的两层翘檐亭楼,中间还高悬着一个牌匾,上书苍劲的楷书"阳亭"二字。此院风情较佳,可以作为歇脚之处。

重点说一下"法国小镇"。这并不是当年的法国人留下的。虽然身在其中，会大有置身于欧洲某个小镇的恍惚错觉，但其确是"阳光集团"复制而成的一处法国中世纪的村落。而法国最初唯一的一座避暑度假屋遗迹，已经成了废墟，横卧在上下山的半山腰间。这座新落成的"村"或"镇"，是人造古堡造型，不是一幢，而是一个建筑群落。有尖顶、圆顶、方顶等等，坐落在规模浩大的山顶，也自成浩瀚之势。整个"法国小镇"被分成七个区域，对应着法国七个文化时期，其间有"荷兰风车""田园别墅"，也包含了那座哥特式的"天主教堂"。有的古老的城墙边上，还停放着各式各样的"老爷车"，让人仿佛一下子穿越回到了上个世纪的欧洲街道。用石块铺就的小镇街道本身，确也陪衬着赋予您这种奇异的遐想。不得不为这处古典的法式建筑乃至法国人的智慧点赞，他们的建筑艺术，确能自然而然地透露着最经典的浪漫。

我来前还抽空看了一部《岘港之恋》，剧名也是剧中贯穿始终的小提琴曲名，讲述的是一段发生在越南与新加坡两地的逃难、离散、复又重聚的悲喜故事，很是感人。但我想，越南人终是不够浪漫的。那么，他们打造而出的这处浪漫的巴拿山奇迹，便是借助或复制了法国的浪漫力量了。"西为东用""法为越用"，大智慧也。在即将离开岘港之际，我想，这就算是冥冥之中，法国对曾经的殖民之地最好的回报了吧。

2018 年 12 月 16 日于金边，Bodaiju 寓所

73　漫步会安古城

公元 1999 年,联合国教科文组织将"会安古城"作为文化遗产,列入了《世界遗产名录》。这不奇怪。这座越南最负盛名的古城,可以如此四分:四分之一部占城史,四分之一部明清史,四分之一部航海史,四分之一部越南史。就是这样,一城四史,俨然一个小型的"东亚南",甚至"联合国",请听我一一道来。

先说一下古城现在的容貌。会安江入海之前,一河穿流古城,

一条秋盆河穿过古城,孕育着会安悠久的文明。摄影:陈三秋

形成两岸米黄色的建筑群落；但这又不是河内城中的法式建筑，而是明清建筑，所以，一下子就拉开了历史的岁月长河。一座千年文明的古城，加上一处千年的东方大港，相互孕育，谱写成了越南中部的绚丽故事画卷。

又要从占婆王国说起，也就是中国史籍中的"占城"。占婆王国或称"占城王国"，"占婆"为其自号，"占城"多为他称，确实是越南历史上赫赫有名的王朝。据称该王朝是由来自印度避难的海上商人或探险家建立的，因此长期深受印度文化的影响，也以"天竺文字"或其繁衍出来的"占婆字母"的使用为主。《隋书·林邑列传》中载有其族人相貌，为"深目高鼻，发拳色黑"。因其靠海，对外交往颇多，在宗教上便先后受到婆罗门教、大乘佛教以及伊斯兰教等影响。

在公元137年，可能是由一位名叫"释利摩罗"的国王开创了其第一王朝时期。由于占城的历史上，与中国的交往颇多，在书面史料严重匮乏的情况下，可以对照中国的记载来看。在早期的古籍中，如秦汉时期，称其为"象林邑"，简称为"林邑"。到了公元4世纪末至5世纪初，才在占婆石碑上找到第一位有记载的国王——拔陀罗跋摩一世，即中国史料中所称的"范胡达"。据碑文记载，拔陀罗跋摩一世的统治时间大约是公元380年至413年之间，他在于美山圣地为婆罗门教神祇"湿婆神"建立的神庙中，将神庙命名为"拔陀罗湿婆"，这符合占婆王国延续数个世纪的传统，就是将国王的名字与"湿婆神"的名字合二为一，作为神庙或"林伽"之名。"林伽"是基于生殖器崇拜而建立的石雕，其在婆罗门教中的地位与神庙相当；"拔陀罗跋摩"中的"跋摩"二字就是"盔甲"之意,引申为"保护者",也就是婆罗门教国家的国王。在没有纸张记录的时代,有文字的石碑成了历史唯一的凭证。

在拔陀罗跋摩一世统治时期,林邑国也即占婆王国的首都是僧伽补罗,在梵语中的意思是"狮子之城"。该城为一个港口城市,位于两条河流的交汇处,由8英尺的城墙围成,因此,又被中国人称作"大海口""大占海口"或者"林邑浦",此即今日的会安古城。也即在公元5世纪,会安就曾是一座港口了。

到了公元529年,商菩跋摩亦即范梵志即位,重建了被火烧毁的拔陀罗湿婆神庙;其间还于公元605年,与隋朝打了一仗。时隋炀帝遣将刘方,袭破都城僧伽补罗,即今天的会安古城,"获其庙主十八枚,皆铸金为之"。范梵志遣使谢罪后,得以重返国都。唐朝建立以后,范梵志又遣使向唐太宗朝贡。

在美山遗址发现的另一块刻于公元657年的石碑内容也比较有意思。在这块碑文中,记述了另一位占城国王波罗迦舍达摩,将自己冠以"毗建陀跋摩一世"之名,中国史料将其称为"诸葛地"。他声称自己的母亲是天竺的"阿若憍陈如尊者",亦即佛祖于鹿野苑初转法轮时所度的五比丘之一,与柬埔寨真腊王国的祖先"龙公主"苏摩的后代。这也说明了他想借此获得统治的超级力量。

公元7~10世纪之间,是占城王朝国势最为鼎盛的时期,当时中国也处于大唐盛世。据中国史书记载,在唐至德年间,亦即公元758年始,就改称其为"环王国"了。在公元802年至803年之间,其还发兵攻打过唐朝,占领"骥、爱二州";公元

809年又再度犯唐，但为唐朝的安南都护张舟所败。此外，其还曾趁真腊王国分裂之机入侵过真腊。直到唐末五代时期，也即在公元877年左右，中国史书典籍才开始称其为"占城"或"占婆"。如唐人刘恂所著的《岭表录异》载，唐乾符四年，亦即公元877年，"占城国进驯象三头"。此前的公元657年，真腊王国亦开始称其为"占城"；约在公元629年，占族人自己也开始使用"占婆"来称呼自己的国家。

在这段时期里，占城对外交往频繁，主要通过出口铁器和芦荟，以及袭击来往商船或对外用兵来获取利益；后还因扼守中国通往天竺、爪哇、马来半岛、苏门答腊以及黑衣大食等海上要道，一时成为"海上丝绸之路"的重要中转站，获利颇丰。

公元875年，在国王因陀罗跋摩二世治下，占城的中心开始北移，新的王都为因陀罗补罗。为了夸耀自己的血统，因陀罗跋摩二世宣称自己是印度史诗《摩诃婆罗多》中，在"十王战争"中战败的俱卢族武将阿奴文陀的子孙。

50余年后，历史开始斗转。那就是公元938年，吴权在"白藤江之战"中击败了南汉的军队，北部越南开始从中国独立了出来。公元979年，占城国王波罗密首罗跋摩一世——越南史料称其为"篦眉税"，在流亡占城的越南贵族吴日庆的煽动下，趁丁朝国王丁部领逝世之机，率军袭击了国都华间城。这件事情的后果，就是越南开始把占城当作最重要的敌人之一，一直攻伐不断，直至占城灭国。

公元982年，大将黎桓在篡夺了丁朝的皇位之后，"遣使占城"，但使臣被占城扣留。于是，黎桓亲自率军入侵占城。此战不仅波罗密首罗跋摩一世阵亡，黎桓大军还洗劫了因陀罗补罗并夷平了该城。后越南管甲刘继宗逃亡占城，自称国王，并遣李朝仙向当时的宋朝朝贡，但很快便被黎桓攻灭。此战迫使占城第三次迁都：放弃因陀罗补罗，于公元1000年左右南迁至毗阇耶，亦称"佛逝城"。因陀罗补罗的遗址，便位于今日岘港附近一个叫做"东阳"的村庄，残破的石头，见证了公元875年至1000年间其作为占城国都的短暂历史。

公元1074年，诃黎跋摩三世即位，重建了美山寺庙，迎来了占城短暂的繁荣。次年，"宋越战争"爆发，诃黎跋摩三世支持宋朝，"遣蕃兵七千扼交贼要路"，但最终以宋朝"兵败白藤江"结束。公元1080年，吴哥王朝的军队再次袭击了毗阇耶及其附近地区，洗劫了神庙，掠夺了大量财宝，后被诃黎跋摩三世率军驱逐，占城国王重建了占族家园。公元1190年至1220年，占城复被吴哥王朝所占，后又再复国。公元1278年，占城归附元朝，元世祖忽必烈封其国王为"占城郡王"，占城之地立为行省。元时周达观赴吴哥，写成《真腊风土记》一书，途经之地便是占城，应也为"毗阇耶"，而非会安古城的"大海口"；明朝郑和"七下西洋"时留传下来的马欢著作《瀛涯胜览》中，也一直都以"占城"相称该国，其途经之地应该会有"大海口"。这个国家还因其优良的稻种，与中国产生了不解之缘。中国宋朝历史上有名的两次水稻引进，一次便是来自此地的"占城稻"，另一次是来自高丽王国的"黄粒稻"。《宋史·食货志》载，真宗大中祥符四年，亦即公元1011年，江淮两浙大旱，水田不登，遣使到福建，取占城稻种三万斛，分予各地播种，"稻比中国者，穗长而无芒，粒差小，不择地而生"，讲的正是此事。

无法忽略的一个史实就是：从公元10世纪到12世纪，占城和真腊之间不断发生军事冲突，长期的战争使两国国力慢慢地被削弱，最终造成了一个为越南所灭，一个为暹罗所灭。同期的公元10~13世纪，占城也成为越南封建统治者扩张的主要对象。这里既有"新仇旧怨"，也有越南开始意识到"北进艰难，西进受阻"，转而各朝各代均将势力扩张至南部的占城。在公元1021年至1026年期间，占城遭到越南的大规模军事打击。尤其是公元1044年，在李太宗的亲征下，越军不仅攻下占城，还杀死了国王乍斗。根据吴士连等编撰的《大越史记全书》记载，越军对战败的占人进行了屠杀，"血涂兵刃，尸塞遍野"。从此以后，占城开始向越南朝贡。

然后在公元1068年，占城国王律陀罗跋摩三世为了夺回失地，发兵攻打越南，但兵败被虏。公元1167年，阇耶因陀罗跋摩四世，亦即宋史中的"邹亚娜"开始登上占城王位。一处石碑称他是一位勇敢的、武艺精湛的英雄国王，同时也对大乘佛教和婆罗门教亦颇有研究。在公元1170年与越南达成和解之后，他开始发兵入侵真腊，并在7年后攻下吴哥城，杀死吴哥国王特里布婆那迭多跋摩，大肆掳掠。再到公元1306年，阇耶僧伽跋摩三世在位期间，越南的陈英宗为了牵制崛起的元朝势力，将自己的妹妹玄珍公主嫁至占城。《大越史记全书》载，作为聘礼，阇耶僧伽跋摩三世将"乌、里二州"划给越南，更名为"顺州"和"化州"，即为现在的"顺化"地名之由来。如今，这里也已经成了一座有名的古城。

然而玄珍公主嫁到占城后不久，阇耶僧伽跋摩三世就病逝了。占城人信奉婆罗门教，根据该教的习俗，丈夫死后，妻子必须"投火殉死"，即史载的"占城俗国王卒，主后入火坛以殉"。但陈英宗并没有让玄珍公主殉死，而是将其迎回了越南。占城将此事视为莫大国耻，故新国王阇耶僧伽跋摩四世因此而多次发兵北伐越南，试图夺回乌、里二州，但于公元1312年被打败，其也被俘。据法国人乔治·马司培罗所著的《占婆史》所述，此后，占城无异于越南的一个省。

再到公元1360年，占城历史上最后一位英雄国君婆比那索尔在艰难险阻中登上王位。其时，正值越南陈朝衰弱之际，因此，婆比那索尔通过不断对外用兵，确曾收复大部分被越南侵占的领土。终其一生，也可谓功勋赫然，不仅曾三次攻破越南首都升龙，大肆焚烧掳掠而归，还曾于公元1377年击毙越南国君陈睿宗。不过其身亡之后不久，越南便开启了复仇之路，并于公元1402年在胡朝时期攻陷了占城首都毗阇耶。这一时期，毗阇耶也取代各地，成为占城的政治和文化中心。公元14世纪，越南人黎崱所著的《安南志略》记载："占城国，立国之海滨，中国商舟泛海往来外藩者，皆聚于此，以积新水，为南方第一码头。"说的正是这一情况。是时，占城海岸地区历来为中国至东南亚海上线路的第一停泊站和必经之地。

公元 15 世纪初，在"南进"国策的影响下，占城又开始不断受到北部越南的侵扰，至公元 1471 年，毗阇耶再度被越南后黎朝的军队所攻陷。后在公元 1592 年，越南后黎朝分裂为"郑主"和"阮主"两大军事集团，分别割据着越南的北部和南部，冲突不断。为了获取占城的支持，以对抗北方的"郑主"，"阮主"试图与占城修好，阮福源还将其女玉婖公主嫁给了占城国主婆阿。公元 1692 年，国王婆索起兵反抗"阮主"，后被阮福凋所镇压；次年，大将阮有镜领兵入侵，"擒占王及皇亲大臣"，并改占城国为"顺城镇"，占城王国就此灭亡。后经议和，占城与"阮主"于公元 1712 年签署《议定五条》，占城王被封为"镇王"，从此不再为独立的"国王"，并保持了这一称号达 135 年。公元 1777 年，"阮主"被新兴的西山朝推翻。顺城镇不少贵族逃往真腊，或流亡暹罗。公元 1802 年，新兴的阮朝阮福映势力夺得越南政权。由于曾受到顺城镇的帮助，其在位期间仍能给予顺城镇种种优待。然而到了公元 1832 年，阮朝明命帝开始实行中央集权政策，下令"改土归流"，废除了顺城镇。从此以后，这个占人国家完全灭亡。这就是其简要的历史。

其间，在公元 16 世纪，会安古城所在的海域依然为东南亚最重要的一个贸易交流中心，中国人、印度人、日本人都曾将其作为海运交易的据点。公元 17 世纪时，会安港还与马六甲同为东南亚齐名的"商埠",也是"华埠"。但到了公元18世纪,由于越南境内激烈的内战,约束了此地的发展,会安几乎废弃了,到了最后,这座天然的港口终于淤塞不复存在,新的海港中心,也逐渐转移到了岘港。

如今,作为会安古城四分之一的"占城史",于城内已基本上不见踪迹了,转移到了附近的美山谷地。同为四分之一的"航海史",因为公元20世纪80年代,联合国教科文组织主持下对会安港的大规模整修,才便利其作为历史遗迹重又焕发了昔日的光彩。四分之一的"越南史"融入了余下四分之一的"明清史"中,因此,当下的会安古城,正是凭借着"中国明清时期民间风格建筑在海外较为完整和系统的遗存",而成就了越南大地上的这座古城。这与马六甲的古鸡场街非常相像。

会安在长达一千多年的形成与发展时期,同时作为公元15~19世纪东南亚保存完好的传统贸易港,由于古代贸易交流的缘故,该港既是古代占婆王国使节前往中国进行朝拜的启航港,更是当时中国、日本、南洋,甚至欧洲的商船经常出入会安之地的必经港口。甚至在当时东方各大港,会安港也是名列前茅的。从公元15世纪起,荷兰、葡萄牙、英国、法国等西方国家先后在会安港设立商站,但其中的经商之人,尤以中国人和日本人居多。因此,会安当局便允许在这里分别建立华人和日本人居住的单独街区,并按照各自的民族风俗习惯进行管理和生活。所以,沿港而成的会安古街,便自公元16世纪始建,至今仍保存完好。所谓的"会安古城",也就是指这一时期建设而成的中国明清建筑风格的遗迹群落。

这些古老的建筑群落，以一座著名的日本风格的带顶石桥来运桥为界，分为日本和华人两大街区。该桥始建于公元1593年，完工于公元1595年，前为"猴年"，后为"狗年"，因此，桥西的尽头至今保存了当时立下的两尊精美的小狗雕像，而桥东的尽头则保留了两尊猴子雕像。两大外国街区中，其精华集中在华人区。现今会安完好保存下来的许多古建筑、古街道，大多是华人街区的建筑。这些建筑之中，除了民居、庭院，又可细分为"广肇风格""潮汕风格""琼海风格"等等，一字排开，非常有气魄，均为诸多建筑之中最为醒目的。这与当时中国和

会安古街上的明清建筑群落，有着置身于"南洋"重镇马六甲的感觉。

摄影：陈三秋

占城的商贸往来是分不开的。据称,所有常年来往会安港的商船之中,尤以中国的商船最多,有时一次竟多达上百艘。中国商船带来的商品有锦缎、纸张、毛笔、瓷器、硫黄等等,而从会安则购回胡椒、木材、香料、鱼翅、燕窝、象牙等当地的土特产。后来,随着商品贸易规模的不断扩大,许多中国商人就在会安购买地皮、建筑房屋,作为销售商品和收购货物的固定场所。会安也是最早出现旅越华侨的城市,因此,才共同成就了今日遗留的这番气象。

但大部分的建筑,经过历史的发展,也体现了中国、日本、越南等地文化与建筑风格的有机结合。比如,街道的布局、建筑的式样,金碧辉煌的会馆、雄伟壮丽的庭院,既展现了中华建筑的古朴和优雅,又融入了当地人的自然审美观和生活情趣,有着"非典型"的"土洋结合"。游客在这里既能欣赏到古老的文化传统,又能感受到浓郁的地域气息。可以说,会安的建筑群突出地体现了各国各族文化间的相互大融合,同时也作为亚洲传统国际商港遗址被保护起来。而且,既没有遭到战火的破坏,也没有因修建高楼大厦而拆迁过,这是非常难得的。

如今,这些鳞次栉比的会馆里,仍然供奉着妈祖、关公、伏彼将军等国人熟悉的诸神,终年香烟缭绕。其他的会安街道两旁,则布满了出售土特产的小店,越南的丝绸、服饰、灯笼、木雕、油画、面具和其他工艺品,被游人带到了世界各地;而河边摩肩接踵的酒吧、咖啡屋里,更是坐满了肤色各异的外国人,点上一杯偏甜的越南咖啡,或者乘坐当地渔民的小船到河里游览一番,都是不错的选择。

会安古城以来运桥为界,见证着古城数百年的营造史和变迁史。

摄影:陈三秋

会安古镇是越国风情万种的灯笼世界。

摄影:陈三秋

成为"世界文化遗产"之后,会安的宁静慢慢消失了,来自世界各地的游人让老居民们觉得眼花缭乱,但这恰恰体现了会安的魅力。而随着政治经济走向"革新开放",越南逐渐向东盟和世界融入,这里传统的生存方式也在悄悄改变,渔民们不用出海捕鱼了,也与世界的大潮接上了轨,80%做起了旅游的生意;还有些人则在大力地叫卖着越南咖啡,这是他们的得意之作,非常不错。

公元2017年11月7日,台风"达维"横扫越南,掀起的洪水,一举将会安古城淹没。我在台风过后不久,抵达了会安,古城的岸边杂草丛生,街道也是湿漉漉的,但这并不影响我对它的欣赏。除了会安,越南还有华闾和顺化等古城,都是世界知名的文化遗迹,还有河内和胡志明市,这些古城都曾作为一时的首都,见证着一朝的兴衰与枯荣。来到一地,就不要错过;古城背后,都是历史穿越的长河;读懂历史,才能更好地阅透古城。这也是一个学史、知史的过程,我常常乐在其中。

魔方女士在写作《浪迹越南》一书时,因为本着"泰山归来不看岳"的观点,而未能去美山圣地,这一定是她最大的憾事。与宏大的吴哥窟比,虽然今天的美山遗迹小了点,但没有"美山"的越南历史,尤其是越南之南的历史,则将直接减去一大半。我不相信,一个看不懂"美山"的"砖砌建筑"之人,怎么能看得懂吴哥遗迹之中的那些沉睡四百年的石头?除了在沧桑的故石堆间拍照、感慨一番之外,是很难令那些写满历史的石头一一说话的。再不然就是翻阅前人或网友的游记,做一些重复的赘述,换一种语言来描写或发发新的感想。我还是相信,法国人最"识货",也不做作,至少在面对美山遗址时,他们做了应该做的,那就是发现了它们,保护起来,仔细发掘,还之于世人面前。这是与吴哥古城的发现一样,不相上下的伟大发现。

所以,来会安一定要去"美山",犹如不可错过的"大叻"一样。这些都容易被浮夸的游人所遗忘,他们更多地只会记住岘港和芽庄,再或者河内与胡志明市的故事,眼睛里只剩下风景,没有历史的厚度,也便不会有真正的对人生的从容。

越南人民虽然经常有点儿"自欺欺人",但这一次,他们没有辜负这片占城王国最重要的圣地。如今的美山遗址,仍在广南的美山村,距会安仅 40 公里。与吴哥遗迹被发现的经历很像,它也是在消失了 200 余年之后,才在公元 1885 年,被"侵略者"法国人无意间发现的。只是它又晚了 20 余年而已。因为它真的是无意间被发现的,绝不是有意而为之,所以,也就未能成就另一个"亨利·穆奥"之名。但这些都是浮云,真正的意义是,就此揭开了古老的占婆王国面纱。

自公元 4 世纪末,占婆国王巴哈德拉瓦曼选中了美山谷地作为占族的宗教圣地,从下令在此修建第一座木结构的神庙时起,便奠定了美山遗迹群落的雏形。200 年后,这座神庙毁于一场大火。虽然自那时起至公元 7 世纪初的其他所有美山建筑也均已悉数毁灭,占族之人究竟在此修建了多少庙、殿、塔、窟,如今再也无法知晓,但"圣地"的传统还是得以保留了下来。所以,公元 7 世纪初,桑布胡瓦曼国王再次下令于此地重建婆罗门神殿,并改用更为持久耐用的建筑材料。至该世纪末,美山圣地便开始正式出现了更加浩瀚的王家寺庙。当时,这些寺庙主要是用来崇祀婆罗门教的湿婆神的，也奉祀另一位神祇毗湿奴。这些都直接影响了后来吴哥王朝三次进化的"第一次吴哥"与"第二次吴哥"，原来如此，不服都不行。原来"一对天敌"，竟会如此"惺惺相惜"，又有着惊人的相似发展轨迹。

这一时期，最著名的雕像是一尊"林伽"，即男性的生殖器，其描绘的是大神梵天从睡梦中的毗湿奴肚脐上的莲花中诞生的情景。这在柬埔寨的荔枝山，以及金边与暹粒的两个博物馆中并不罕见。这个"林伽"被命名为"美山 E1"，因此考古学家们将这段时期的占婆建筑风格称为"美山 E1 式"。

从公元 4 世纪到 13 世纪，美山谷地一直是占婆王朝的统治中心；在其中的公元 7 世纪至 13 世纪，这里更是繁盛一时，每一代富强的占婆王国都修建新寺庙，或对旧寺庙予以修复。因此，它囊括了全越南最大规模的古占婆国宗教遗址，也是现存的占婆时期最古老、最庞大的建筑群落，仅主要建筑就达到了 70 多座。再加上这里自公元 4 世纪时，逝世的国王就被埋葬于此，犹如埃及的"帝国谷"，"美山"也因此成了占婆王国最重要的宗祠圣地，也是印度教暨婆罗门教圣地。也就是从这时起形成的卓越而独特的建筑成就，才让越南的美山圣地，赢得了与柬国的吴哥石窟、印尼的婆罗浮屠、缅甸的蒲甘佛塔并列齐名的殊荣，四者俱为东南亚最重要的宗教圣地。

"这是占婆王国祭祀君主和神灵的印度教圣都，建于公元 4 至 13 世纪末，是东南亚长期连续发展的唯一建筑群。"是的，由于受到印度教或婆罗门教的启发，占城族人用自己的智慧、自己的文化，在自己本土上建起了这片显赫的遗迹，占婆王国

美山圣地的"林伽"与"约尼",是一个神迹,在印度教中,象征着"生生不息"。

摄影:陈三秋

美山圣地的遗迹,见证着比吴哥古城更久远的历史。

摄影:陈三秋

在将其作为宗教和政治首府时，通过保存下来的这一系列庙宇和殿堂，生动地说明了这一切。这是对这处始建于1 500年前的占婆古都最简洁也是最准确的诠释，没有浮夸，甚至还存有不足。因为，印度教的建筑艺术，也正是经此才传入中印半岛上的吴哥王朝的，并在宗教和政治的双重作用下，发扬光大。

不容忽视的"插曲"就是公元875年，因陀罗跋摩二世登基及此后的在位时期，由于他正式采用大乘佛教作为占城的"国教"，因此，在公元9~10世纪间，美山谷地建立了大量新的神庙。这段时期的美山寺庙，无论是在建筑风格上，还是在雕像的艺术风格上，都与之前有着很大的不同，这种风格被称为"美山A1式"，亦称"东阳式"，比如为观音菩萨兴建了寺庙，还有一些被保存在了越南博物馆中，除了对神的崇拜之外，还具有一定的写实主义。直到公元925年左右，大乘佛教在占城的"国教"地位才被废除，信仰重被婆罗门教所取代，而占城的文化中心，也才再次回归到"美山"及其连续的状态。

公元14世纪，占城与吴哥、越南的战争令其数度灭国；公元15世纪末，由于占婆王国权力中心的被迫迁离，美山圣地从此荒废，直到两个世纪之后，被法国人发现才得以重现天日。公元1898年，法国开始派专家到美山一带考察，并仔细研究了这里的碑文记载，逐渐理清了这一神秘遗迹的历史踪迹。但由于毁损的建筑必须用遗址的原来材料，按原有的古代建造方法才能够复原，因此，直到公元1937—1944年间，因法国远东学院的介入，才组织重修了这里的一些塔庙。

至公元1946年，美山地区已经有大约50座占城宗教建筑被比较完好地保护起来。但不幸的是，在抗法、抗美两场战争后，这些历史遗址再次遭到严重的破坏。尤其是公元 1969 年，美国空军用 B52 型轰炸机对美山谷地进行狂轰滥炸，著名的"美山 A1 号"神殿和许多建筑被夷为平地，惨遭毁灭性破坏。再到公元 1975 年，越南南方解放、全越统一时，当时前前后后好不容易修复成基本原貌的 70 余座占族遗迹中，就只剩下 20 座建筑还能保持原有形状，但已经没有一座是完好无损的了。

公元 1979 年 4 月 29 日，越南文化通讯部决定，将美山遗址确定为"越南艺术建筑遗址"，但即便如此，由于经济上的原因，越南仍然拿不出足够的资金来修缮和保护这些文物古迹。从公元 1980 年起，越南开始与波兰合作，对美山遗址进行修复。经过十多年的加固和修理，才使这个占族艺术遗产得到重生，部分建筑得以恢复原貌，使人们可以从这些残垣断壁中感悟到当时占族建筑艺术的精华。

修复之后的建筑精粹，依我个人之见是在 B 组，其大多形成于公元 10~12 世纪。可能这是占城艺术最成熟的巅峰期吧。其中的"美山 B5 号"是一座塔庙，建于公元 10 世纪，有一个弯如船形的塔顶，这是占族艺术中非常独特的一类建筑。"美山 B1 号"是个毁弃的神庙，只留下基座，其间，还有一座精巧的象征男性生殖器的"林伽"石雕，端坐在磨盘状的象征女性生殖器的"尤尼"之上，这是婆罗门教中的神圣之物。

与吴哥窟的石砌建筑风格不同，美山遗址的精妙之处在于占婆艺人的砖砌建塔技术与石砌雕刻艺术。中国的史书曾经颂扬占婆族人为"砌砖艺术大师"，可谓实至名归。美山塔寺群落中，砖块的硬度均匀，呈长31厘米、宽17厘米、厚5厘米的相同大小，比中国民居的红色砖块大去许多，但又小于中国长城的石砖，大体上可能会与皇城的城砖相当吧。它们穿越了漫长的历史时空之后，在没有使用灰浆的情况下，依然能够紧密无缝地重叠在一起，如果不是人为破坏，丝毫不见松动的迹象。当然也没有吴哥时期的卯榫结构了，但照样能屹立不倒，不能不说是建筑艺术的精湛体现，甚至奇迹。

公元1999年，联合国教科文组织将这座游人眼中"不起眼"的"异质文明"建筑群落美山遗址列入了《世界遗产名录》。作为科学的官方"鉴定"，总算给了"美山"一个久违的名分。而由法国人乔治·马司培罗写成的《占婆史》一书，也是我认识到的唯一一部关于古代占婆国的权威历史文献，写得简单而不求华彩，是真正的学问之作。对占城王朝感兴趣的朋友们，可以购阅。

如今，作为占城王朝最主要的遗产，会安古城已经很"热"了；但是美山圣地还远远不够，也可以说是无限寂寥。这很正常，"与砖头对话"本身就是一件很傻的事情，更何况它是如此的枯燥。尤其是在当下，那个遥远的占婆王朝早已从越南的历史变迁中烟消云散了，我们还怀念它干嘛？但其实不然，回望历史，我们可能从那些浩瀚的史册中发现这么一个惊人的史实：位于越南中部的占婆王朝，曾经与在柬国兴建"大小吴哥"的吴哥王朝，以及在爪哇兴建了"婆罗浮屠"的诃陵王国，并称为"东南亚三大古代王国"！这是不争的事实。"读透"东南亚诸国，发现中印半岛与马来半岛之不一样的"美"，要从这三大古国始。

占城王朝一手打造的美山圣地,其斑驳的壁画,见证着一个印度教盛行的世界。

摄影:陈三秋

从空中俯瞰美山圣地,您能想象得到,它当年的无尽辉煌吗?

摄影:陈心佛

只是有所不同的是，于占婆王国而言，我们除了会安古城的千年之港，那座荒芜1 500年的美山谷地也要舍身躬行一观，这才是相对完整的会安之行，也即对话古老占族的心灵旅程。

自公元2014年以来，会安古城殊荣接踵而来，多次获得全球知名旅游杂志的高度评价，也连续多年获得"全球十大最受欢迎的城市""亚洲最佳城市""亚洲最浪漫目的地"等旅游称号。记得在《漫旅》杂志公布的2017年度"全球最佳旅游目的地榜单"中，全球的15座美丽城市之中，会安也入列榜单。该杂志的评语为："经过时间的流逝，以寺庙、教堂、海港及棋盘形街道等为特点的该古城，仍保留着较为完好的古建筑群而远近闻名。来到会安古城，游客不仅可以参加各项娱乐活动，而且还可以通过各古老建筑探索该地传统历史文化价值。"一语中的。

来会安古城，请务必拨冗，去见一见美山；美丽的"美"，江山的"山"。

2018年12月17日于金边，Bodaiju寓所

74 咏下龙湾诗篇

中国古人犹喜以诗词歌赋，甚或小说散文，来咏叹大美自然风情。越南人民亦然。

下龙湾是越南最经典、最知名的自然奇观，蜚声海外、名不虚传。因此，古往今来，难免就会留下许多咏叹的诗篇。这是经过浓缩之后的醇美语言，我想，应该胜于很多游记美文，尤其是走马观花、就景述景之见。

常言道"诗以咏志"，也可以"借景抒情"。李杜、王勃都是此间高手，当然，唐诗宋词之中，不乏其例者可以说是数不胜数。作为越南历史上最负盛名的女诗人，胡春香之于下龙湾，更是一气呵成留下了诗作五篇。首篇名叫《海屋筹》，其诗云："兰桡随意漾中流，景比山阳更觉幽。生面独开云露骨，断鳌争崎客回头。冯夷叠作擎天柱，龙女添为海屋筹。大抵始皇鞭未及，古留南甸巩金瓯。"这是比较典型的有景有情的诗篇，前六句重在描写下龙湾不同角度的景物，后两句意在抒发对家国民族的自豪心情。

胡春香一生情路坎坷，身历三朝更迭；在下龙湾生活之际，正是她丧夫不久二婚嫁于陈福显为妾期间，虽然家庭地位大不如昨，但或许"姬妾易得三千宠"，更或者似"老夫少妻"，一如宋时文豪苏东坡所言——"鸳鸯被里成双夜，一树梨花压海棠"。总之，这篇汉诗之中，是全然看不到她的心愁，那应该是一段令她最是难忘的光阴吧。

其二首叫《眼放青》，此诗曰："微茫螺黛拓沧溟，到此须教眼放青。白水磨成千刃剑，寒潭飞落一天星。怪形未已标三甲，神力奚庸凿五丁。仿佛云頲头暗点，高僧应有坐谈经。"这是胡春香咏下龙湾诗五篇中，将那些仿佛出自鬼斧神工般的海

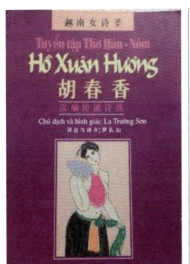
越南最负盛名的女诗人——胡春香。

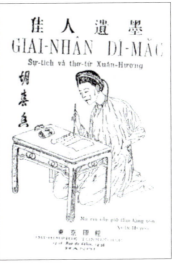
供图：壹书局

岛、山石、崖洞、崖柱勾绘得最贴切、最传神的一篇，颇有气势，我最喜欢。

胡春香作为擅写"喃字诗"的越南诗人，甚至博得了"喃字诗女王"之誉。这种"喃字"，可以理解为是越南国内出现的所有汉字形体的形似文字，是一种汉字型"孳乳文字"，亦即"派生文字"。这是越南京族，利用现成汉字及其部件，新组成的应用于国内流通的一种本国文字，与始于唐代的壮族文人所创造的"壮字"形制类似。由此而形成的"喃字诗"，也就分为"六八""吟曲"和"说唱"三种体裁，比较像中国的五言、七绝、长短句、骈文散曲等。不曾想，胡春香连"汉字诗"都写得韵律工整，隐隐有铿锵之声，不输我们同期的诸多诗人。

诗三篇为《水云乡》，写的是："云根石窦似蜂房，满目山光接水光。涉海凿河痴李勃，负舟藏壑拜元章。螺痕夕霁嶙峋出，雾影朝迷次第藏。漫说渔人舟一叶，数重门户水云乡。"这一首流传相对最广，可能是因其更像唐诗"引经据典"之故吧。其三、四两句所述的"下海凿河"的李勃，实在痴愚又可笑，"背船藏壑"的元章，值得拜服和敬仰，分别出于唐观察史李勃修缮通越灵渠、宋米芾米元章画中墨点叠峰等典故。其第五、六句则分别写出了下龙湾雨后黄昏天边峰峦嶙峋突兀，以及清晨雾影消散层峦次第叠放的"异时异景"。据说当时另一越南大诗人阮斋，在看到此诗此景时，都忍不住脱口赞喝道："路入云吨山复山，天盔地铁赴奇观；一板蓝碧澄明镜，万斛芽青朵翠鬟。"这收录在与阮攸的《断肠新声》齐名的《国音诗集》中。

第四首是《棹歌声》，内容为："玲珑四壁列云屏，玉笋参差水面平。渐觉桃源山作户,只从鱼浦石屯兵。尽教谢客游难遍,遮莫云林画不成。遥望山穷水尽处,忽然冲出棹歌声。"胡春香生于升龙"看春坊",居室命为"古月堂",留有诗集《琉香记》;虽然其曾因多写"香艳淫诗"著称,也因此而饱受诟病,但随新夫生活于恬适的下龙湾期间,可能因此而心境大变,以致直接影响到了创作风格,所以,这首满含田园风情、禅佛之趣的诗风,给人留下的只有无尽美妙的遐想,再无其他。

下龙湾的名胜非常多。其中有一山一洞既特别,又有名;山为"诗山",洞叫"天宫"。公元1468年,击败蒙古大军的越南后黎皇帝圣宗黎思诚巡旅至此时,看到这里风景如画,曾赋有一诗:"巨浸汪洋朝百川,乱山棋布碧连天。壮心初感咸三股,信手遥题撰二权。辰北枢机森虎旅,海东烽燧息狼烟。天南万古河山在,正是修文偃武年。"没想到黎思诚不仅会打硬仗,汉诗写得也不错。所以,为了功与诗俱永垂,便命人勒诸山腰,"诗山",也就此得名。

至于"天宫",则可见于胡春香的第五首咏下龙湾的《渡华封》一诗中:"片帆无急渡华封,峭壁丹崖出水中。水势每随山面转,山形斜靠水门通。鱼龙杂处秋烟薄,鸥鹭齐飞夕照红。玉洞云房三百六,不知谁是水晶宫。"其诗描绘的下龙湾日暮光景,不仅大有"初唐四杰"之一的王勃之风,而诗尾二句所述的"玉洞"和"水晶宫"就是"天宫洞"。至此,这一山一洞,各得一诗,可以名垂不朽矣。

后黎是越南的盛世时期,而阮朝则是其末代王朝;不过,阮朝的明命、绍治、嗣德等帝,却也精通汉诗,且流传的诗作不少。其中,首推"命短文长"的绍治帝阮福暶的那首"回文诗"《雨中山水》:"湾环雨下江潮泛,涨溢风前岸沛香。山销暗云催阵阵,浪生跳玉滴声声。潺潺水涧苔滋润,漾漾波洲蓼茂荣。闲钓一舟渔逸讯,向林双翁燕飞轻。"此诗描写雨中的下龙湾最是应景,不过,其更妙之处则在于无论是顺读,还是倒读,皆合律成韵。虽国没治好,但可见其汉文水平之高。

同期的高伯适,字周臣,号菊堂,既是阮朝诗人,也是民变首领。其活跃之年,比胡春香稍晚一点。其曾作《横山望海》一诗:"君不见海上白浪似头白,怒风撼破万斛舟。雷驰电搏惨人目,中有点点浮轻鸥。海风卷山山如纸,山北山南千万里。功名一路范人间,冠盖纷纷我行矣!"诗

越南阮朝最负盛名的文人之一——高伯适。　　供图:壹书局

借海上格局境界之壮阔,否人间功名羁绊之渺小,巍巍然,有"李白遗风"。当时"诗仙"李太白在明皇宫中醉酒,为作几首"小诗"竟能留下"贵妃研墨""国忠捧砚""力士脱靴"等多个藐视权贵的典故,"秒杀"古今众人也。其"云想衣裳花想容,春风拂槛露华浓。若非群玉山头见,曾向瑶台月下逢",词句之唯美,意境之撩人,无出其右者吧。而越人高伯适的诗题中,如其所临之横山,依依北望之海,便是下龙湾之所在。

越南曾深受中华传统文化的影响,因此其人也多能诗能文。潘佩珠,是近代越南著名的爱国诗人,曾在一首《别友诗》中壮怀激烈地写道:"生为男儿要希奇,肯许乾坤自转移。于百年中应有我,岂千载后更无谁。江山死矣生徒赘,贤圣廖然诵亦痴。愿逐长风东海去,千重百浪一齐飞。"在其忆到东海之时,想必也一定会想到这片曾因御敌传说而生的下龙湾吧。当然,这首

越南于公元 2017 年 12 月 26 日发行的纪念潘佩珠的邮票。

供图:壹书局

诗不像是"别友诗",更像是"诀别诗",神似清末"维新变法"失败后,慷慨就义前,"戊戌六君子"之一的谭嗣同所遗的那首《狱中题壁》:"望门投止思张俭,忍死须臾待杜根;我自横刀向天笑,去留肝胆两昆仑。"还有近代民主革命志士秋瑾的那首《黄海舟中日人索句并见日俄战争地图》,两者是何其相似,不知道是不是影响了后来者——"同道中人"潘佩珠。此诗云:"万里乘云去复来,只身东海挟春雷。忍看图画移颜色,肯使江山付劫灰。浊酒不销忧国泪,救时应仗出群才。拼将十万头颅血,须把乾坤力挽回。"革命或爱国诗作,往往都更加气势凛然、朗丽豪迈,如"乾坤""肝胆"等,文辞高亢、叠音嘹亮,咏到一些壮美的风景之中,无疑会更加诗画山河,尽显壮志凌云。

中国的老一辈革命家中,也不乏游历下龙湾、咏叹下龙湾的诗篇。同样曾经作为游客的他们,又会怎样去书洒这里的大好山河、浪漫情怀呢?

公元1960年5月,时任中国国务院副总理兼外交部部长的陈毅,应该是在陪同周恩来总理出访时,来到了此地。当时这里还是"北越"之地,越南尚未统一。不过中国的形势则在经历了"大跃进运动"的修正调整后,呈现出了一片向好之态。所以,向来以诗气才情见长的陈毅应该心情大好,便留下了一首《游下龙湾》长诗:"石岛成阵阵势齐,处处曲折处处迷。峰峦四千数不尽,乘舟钻山世上奇。远看嵯峨列海上,此地真如八阵图。外敌来此如盲昧,越南人民战精熟。秀丽险奇皆齐备,亦海亦山厚且深。峡道环转数百里,人欲此处学长生。海上石林涌如潮,往复亿万春波涛。料得清风明月夜,如叶扁舟最逍遥。"

其不仅把奇妙山水咏了一遍，还顺带着把越南人民也赞了一笔。其后的三五年间，他虽然也曾先后多次陪同刘少奇主席访问越南，但估计再也没有游览此旧地，也就再没留下有关下龙湾的诗篇。

在陈毅元帅走后不久，同年9月，另一大元帅叶剑英，也紧随其脚步来看一看在其笔下"妙笔生花"般的下龙湾。一同前来的还有国务院副总理李富春，所以两人还合作了一把，这就是叶剑英笔下的《游下龙湾与富春同志合作七绝一首》，其诗云："烟雨濛濛下龙湾，万山矗立海中间。鼓轮直向深山去，镜有渔舟洞有天。"相信陈老看了后，一定不仅会笑其"一诗、二人、四句"的"词穷"，还会笑其合二人之力的大作，更像是一首"打油诗"。不过玩笑归玩笑，这两位革命老前辈的诗确是通俗且易懂、形象又生动。用南京话来讲，就是"恩正"，爽气、佩服、靠得住。

郭沫若同志最厉害了，作为中国文联的首任主席，也是新诗运动的一大奠基人，其仅在公元1964年7月间，就为下龙湾留下了七律八首，外加新诗一篇。七律均以《下龙湾》为题，新诗名叫《舟游下龙湾》;确实才思如泉涌，智高有八斗。挑其《下龙湾》之诗一首："仙女三千尽害羞，银纱罩面怕凝眸。虚悬惊影陈金镜，懒卷珠帘上玉钩。待到两全人去后，揭开重幕日当头。原来回避非无故，只见英雄不见修。"

郭主席一连多日，白昼又黑夜，既有岸赏，也有舟游，观得仔细时便会文思涌动，正如其诗中所云"满湾明月满船诗"，才情如斯，令人钦佩。其另一大贡献，就是赋予了今日下龙湾一个响当当的别名——"海上桂林",语出其第一首《下龙湾》七律诗:"谁移桂林来海上?人惊北越秀天涯。"

当日我去下龙湾,最大的遗憾就是未能乘船进入白藤江。《交阯总志》卷一便有"白藤江,在安和县,上接都哩江,与峡江合流入海",其中的峡江入海之处,就是指下龙湾。白藤江更能见历史,识兴衰更替,因为在此发生过无数大大小小的战役,亦可从中见其民心向背、文明高低。与中国的封建王朝,在五代、宋元等时,爆发过三次著名的"白藤江之战",尤其是第一次和第三次,前者直接奠定了越南的独立地位,而后者则是击败了蒙古的悍军。

郭沫若是无比幸运的,所以游至了此江,并留下了《下龙湾》诗句:"舟行掠过白藤江,传道元军此败亡。夺槊章阳诗慷慨,擒胡函子气轩昂。"这里的最后两句出自当时的抗蒙名将、官拜太尉的陈光启《从驾还京师》一诗:"夺槊章阳渡,擒胡函子关。太平须努力,万古此江山。"

白藤江与下龙湾,一衣带水、渊源深长。越南陈朝明宗皇帝陈日爌也曾有诗咏《白藤江》:"挽云剑戟碧巑岏,海蜃吞潮卷雪澜。缀地花钿春雨霁,撼天松籁晓风寒。山河古今双开眼,胡越赢输一倚栏。江水停涵残日影,错疑战血未曾干。"可能是其治国有方,身处太平盛世,所以诗中便以感叹战争的惨烈收场。

关于白藤江,最有名的则是一篇才堪苏东坡《前赤壁赋》的一篇《白藤江赋》,出自同为陈朝的大儒——张汉超。苏子之赋中有:"清风徐来,水波不兴。举酒属客,诵明月之诗,歌窈窕之章。少焉,月出于东山之上,徘徊于斗牛之间。白露横

越南史料中的"白藤江之战"绘图。　　　　供图：壹书局

第 5 篇

The floating clouds

不了情缘

越 南 说再见

江，水光接天。纵一苇之所如，凌万顷之茫然。浩浩乎如冯虚御风，而不知其所止；飘飘乎如遗世独立，羽化而登仙。"非常恬静，也充满意境。而张氏之赋则是："挂汗漫之风帆，拾浩荡之海月。朝戛舷兮沅湘，暮幽探兮禹穴。九江五湖，三吴百粤。人迹所至，靡不经阅。胸吞云梦者数百，而四方壮志犹阙如也。乃举楫兮中流，纵字长之远游。涉大滩口，溯东朝头。抵白藤江，是泛是浮。接鲸波于无际，蘸鹢尾之相缪。水天一色，风景三秋。渚荻岸芦，瑟瑟飕飕。折戟沉江，枯骨盈邱。惨然不乐，伫立凝眸。念豪杰之已往,叹踪迹之容留。江边父老，谓我何求。

或扶藜杖,或棹孤舟。"叙事娓娓,含五味心情。

两个战场,两篇怀古;两个借口,各抒其胸。前者是中华汉赋文鼎,后者为越南汉赋魁首。虽然后来又都各有他人续其篇,但是明显难追其右。赤壁不朽,长江不朽;白藤江不朽,下龙湾不朽。

关于描写下龙湾的赋,确实不多。可能唯一的一篇,就是来自中国现代著名诗人萧子暲笔端,其名就叫《下龙湾赋》。赋中写道:"下龙湾,美绝伦,突起山山岛岛成千万,谁道桃源只在天上有,眼前奇观一层层。"寥寥数语,平铺直叙,不带花哨地便将下龙湾的神秘岛林,以及时隐时现的海天幻景勾勒了出来。而如今游人们常说的那句"不到下龙湾,不算到越南",也正是出自萧氏此篇散赋。

文联还是出人才的。距郭主席之后,我也看过一篇出自黑龙江省七台河市文联原党组书记朱平同志的《走越南》,也是七律:"心中常思碧海天,驱车疾行走越南。过去烽火狼烟地,今日和美下龙湾。兄弟豪情改世界,无奈双寝水晶棺。分合仍是天下事,近交远攻尽必然。"朱书记不仅游览了下龙美湾,显然还参观了胡志明墓,所以对着"北京的毛主席"和"河内的胡主席"的两个水晶棺,便感慨万千、直抒胸臆,对两国的过往友谊和未来之路指点了一番。

相对于官方的文联,民间的诗词学会,也不乏出可以与之较量较量的诗篇。"廊坊诗词学会"刘宗群会长就是成功一例。在18年前,即公元2001年12月的三五天里,刘会长以直逼当年郭主席之势,连下《赴越南采风有感》《游下龙湾》《下龙览胜》等佳作多篇。起始的《赴越南采风有感》，写于其由下龙湾赴河内的车上——这是个"标准行程"，如果是与朱书记同天同时，两人应该有机会一见。刘会长在其诗中说："跨国今为客，时来叹岁华。燕南一地雪，越北满城花。仙镜生湖水，奇峰恋海霞。家乡虽万里，莫道是天涯。"大俗即大雅，很多中国人冬天去下龙湾，确实有"避寒"之效；就像很多越南人夏天去下龙湾，是为了"避暑"同感。

刘会长的两篇《下龙湾览胜》也比较经典。一篇是"五言"："一到下龙见，龙舟列似麻。山峰立海上，诗兴起天涯。登岛期云近，寻词感物华。风光谁占尽？把酒羡船家。"一篇是"七律"："峰迎远客画中过，千岛如蛙卧碧波。把酒龙舟看未已，又惊鸡斗起嵯峨。"格式搭配，非常用心；诗含"西湖""渔船""下龙湾""斗鸡石"等非常具有代表性的景观景致，堪称完美。此次采风，不虚一行。

诗与赋都有了，五言七律兼备；而词本乃"长短句"，"唐诗宋词"不分家，所以，中华词库的智慧，自然可以用来咏叹下龙湾之不足。

也正因此，当来自"全球汉诗总会"并担任常务理事一职的浙江省台州人士徐中秋老先生写下《菩萨蛮·下龙湾》一词时，也便可以理解了。该词云："休夸尝遍三江酒，纵然踏尽衡庐秀。未到下龙湾，莫论天下山。千螺青倒映，海面明如镜。我是画中人，绫屏扇扇新。"《菩萨蛮》，又名"子夜歌""梅花句"，原是唐朝教坊的曲名，虽然后用为词牌名，但也可用作曲牌名；此调为双调小令，以五七言组成，四十四字。用韵两句一换，凡四易韵，平仄递转，以繁音促节表现深沉而起伏的情感，历来名作极多，只是在音律声韵上听起就不是那么的"朗朗上口"。徐常务之词，与唐代文学家温庭筠的代表词作《菩萨蛮·小山重叠金明灭》以及南宋大词人辛弃疾的词中瑰宝《菩萨蛮·书江西造口壁》的音韵大体相仿，确实不易。

关于抒写下龙湾的词章，除去"打酱油"的不算，我曾阅读过的,应该还有两篇也不错。其一篇是阿静女士的《踏莎行·下龙湾》："碧海连天,波光潋滟,山浮秀水云烟淡。轻风拂面倚船栏,茫茫细浪穿鸥燕。岛屿多情，沙滩缱绻，天堂岛上览委婉。蓝湾如镜过千帆,梦中光影瑶池现。"《踏莎行》,又名"踏雪行""踏云行"，是标准的词牌名；正体为双调五十八字，前后段各五句、三仄；另有双调六十四字，前后段各六句、四仄韵变体，以及双调六十六字，前后段各六句、四仄韵；但以"五十八字体"最为流行。如宋时晏殊的《踏莎行·细草愁烟》、秦观的《踏莎行·郴州旅舍》、欧阳修的《踏莎行·候馆梅残》、黄庭坚的《踏莎行·画鼓催春》等等，俱采此例。阿静之词，上下两片、对称工整，亦是如此。

另一篇作者不详，题为《沁园春·下龙湾》："又过东兴，重入芒街，专访三湾。看神龙珠吐，岛山成阵；楼船浪拍，湖海函天。奔马拼鸡，盘蛙立鼎，怪石灵峰转眼前。穿洞穴，登危亭四眺，快乐如仙。当称七大奇观，应不悔，巅行狭路艰。忆陆沉水漫，天造地设；鸥鸣鹭舞，酒酣人欢。海上桂林，人间乐土，尤羡渔夫结网闲。碧波跃，去汗污尘染，独倚栏杆。"

《沁园春》作为词牌名，相信大家应该再熟悉不过了，应该大多源于毛主席的那篇名垂青史、令蒋总统艳羡又汗颜的《沁园春·雪》吧；当然，《沁园春·长沙》也非常有名。其又名"寿星明"，大家可能知道的不多。正体为双调一百一十四字，前段十三句四平韵，后段十二句五平韵；另有双调一百一十六字，前段十三句四平韵，后段十三句六平韵；以及双调一百一十二字，前段十三句四平韵，后段十二句五平韵。北宋时期苏轼的《沁园春·孤馆灯青》、南宋时期陆游的《沁园春·粉破梅梢》，以及毛主席的词和本篇佚名词，均属正体。

"诗词曲赋"，唐诗有了，宋词有了，汉赋有了，如果前面的《菩萨蛮》不算曲牌，那么，抒情下龙湾的作品，还差"元散曲"。元散曲，亦即"元曲""散曲"，元时又称"今乐府"或"乐府"，也是中华韵文大家族中一员，不过是继诗、词之后兴起的新诗体、新成员。其活跃于元代的文坛之上，并与传统的诗、词样式分庭抗礼，代表了当朝诗歌创作艺术的最高峰。虽然到了后世，写的人已然不多，但相信难不倒我大中华的"文人中的游人"或"游人中的文人"。

来人是徐常务的老乡,同出浙江,天台退休教师朱守平同志。朱老师不负厚望,一曲《正宫·脱布衫带过小梁州·下龙湾》献上:"下龙湾、久仰名声,暮秋天、有约成行。赴越南、凌波万顷,驭神舟、鸟悠客兴。[带]海上仙山景致明,鸡斗猿惊,天堂岛秀石阶狞。登高咏,风烈白云娉。[幺]果鲜买卖何须秤,目光精,彼此公平。随即烹,银盘盛,杜康呼应,浪漫又温馨。"

元曲,最常用的是正宫、仙吕、中吕、南吕和双调,其次是越调和商调,再次是大石和黄钟。另有小石、商角和般涉三调,较罕见。朱老师所用的"正宫"曲调常见的曲牌名有"端正好""醉太平""滚绣球""叨叨令""芙蓉花""月照庭""塞鸿秋"以及"脱布衫""小梁州"等等。在朱老师的曲中,囊括了"斗鸡石""天堂岛"等下龙湾名胜,令人神往。

正所谓"高手在民间",刘会长、徐常务等人足以证明。当然,厉害的还有网友。比如"瑞生"写的《游越南下龙湾》一诗:"石林海国和天老,青笋青螺伴紫楼。明镜舟飞云万里,炉山烟照浪千沟。鹰回洞穴三声唤,猴下沙滩几探头。最是酒樽飘夜雨,龙王无意我无求。"其中提到了有关下龙湾之名演绎、孕育和由来的"龙王传说"。这是一段广泛存在于越南民间的神话传说:相传,越人立国之初便遭到外国的侵略,上天遣母龙率一群龙子帮越人抗敌。当敌船从海道汹汹而来时,群龙立即喷下无数的珍珠,幻化成千万个石岛,结成坚固错落的城墙。正在飞驶的敌船或相互碰撞而沉,或触及石岛而亡,大败而归。此后,群龙为永葆越南安宁,便就此入海而不再还天。群龙入海之处,就是这片石岛耸峙的御敌峡湾——下龙湾。

"龙溪之子"在其同名的《游越南下龙湾》七绝中，也通过寥寥四句，描绘了下龙湾礁、岩、洞、岛等"四大奇观"："水绿天蓝耸秀岩，千礁百岛望无边。船游半日难观尽，海上桂林非谬传。"

"觅吉行者"的七律《下龙湾》："二月微风拂下龙，碧波镶嵌众山峰。敞胸雀跃全球客，抬首摇姿泰顶松。几点游船惊浅贝，一声海鸟唱深榕。斗鸡石立仙猴舞，供上香炉觅佛踪。"其中提到的"香炉石"，又称"香积石"，可以说是与"斗鸡石"齐名的一大景观，一个跃然越南面值 20 万盾的纸币之上，一个则直接成了这座世界自然遗产下龙湾的旅游标志。

台湾实力偶像派歌手周杰伦在《红尘客栈》中唱道："快马在江湖里厮杀，无非是名跟利放不下，心中有江山的人岂能快意潇洒，我只求与你共华发。"网友"红叶戏风鸣"边听其歌边睡觉，以"听歌点谱"的奇妙之旅，写下了一首赠诗友"西塞 2017"的《过下龙湾》："苍茫梦里天涯路，疲惫相依问宿缘。宇宙去留谁可定，灵魂生死我能眠。无非名利生华发，依旧涛声泊客船。刹那云烟终了解，伊人已不在身边。"

如果这都不算神奇的话，公元 1996 年秋，广西一名叫韦志远的同志，则因报纸上刊载的《坐旅游船游越南下龙湾》图片而灵感迸发，"偶来"得诗一首："海上下龙湾海山，越南佳景映霞丹。自然文化如诗画，世界奇观启梦帆。"另有网友"南蛮子帕男"，以谦虚之态，"胡占一首"便得："泼墨乱点出画廊，天设地造下龙湾。醉生不知红尘里，倦客身在是他乡。"

哈哈，舟游下龙湾，躺在温煦的甲板上，忆念这些词赋与诗篇，想想这些典故或佳话，甚是有趣而心不孤单。

记得曾经的少年，很多人喜欢用《一七令》来传达思慕之情或懵懂爱恋。这是一种格式比较奇特，也很容易令人印象深刻的词牌。据北宋计有功《唐诗纪事》所记载：《一七令》，词牌名，又名"金塔词"。以单调五十五字，十三句，七平韵为正体。另有单调五十五字，十三句，七仄韵等变体。这一小众化的词牌，以共同开启了大唐"新乐府运动"而并称为"元白"的白乐天、元微之为其代表人物，其各自所作的《一七令·诗》和《一七令·茶》得以令此词牌名垂千古。

是日，耳畔隐隐响起了陈三秋兄弟所作的《一七令·下龙湾》之声："蓝，透海，映天。江山美，下龙湾。北部湾间，风涌云散。舟过浪潮巅，岛岩崖柱现。御敌龙王不古，英雄功名可叹。万径豪夺俱往矣，千帆竞逐新浪尖。"

这应该是咏下龙湾最新的诗篇了吧。千古英雄，俱皆风流云散；而此海此湾、此浪此山仍在；归途的万里海面、点点白帆很是应景，在引领着新人，踏着新浪来此窥探。自古以"诗咏名胜"为一传统，我们才得以从诗词曲赋之中，领略其韵事风物。下龙湾亦然。有此一探，除去过眼的景色浮华，也可慰此湾生平了吧。

2018年12月7日夜，于越南圣越酒店

75 芽庄的珠珠岛

第 5 篇

The floating clouds

不了情缘 **越南** 说再见

在蓝天白云间,由河内逾两时许平稳飞抵芽庄。降落之前十余分钟之间,可俯览机窗之外的海滨秀色,除了气势和人潮略弱一些,其他景致、格局俱不输于马尔代夫,因此,虽然游人对其褒贬不一,但得"越南的马尔代夫"之名亦不为过吧。

出金兰机场,行抵芽庄城区还需近一个小时车程。一路之上,青山、碧海、棕榈、酒店、躺篷、沙滩,林立两侧,仿佛会令您回想起穿行在厦门之滨的感

在蓝天白云中,飞抵越南的海滨名城——芽庄。　摄影:陈三秋

觉。只是厦门多缭绕薄雾，芽庄则多十里晴空；另外，一地海水偏黑，一地海水深蓝。所以，纵且不论两者高低，唯风情各有不同罢了。

越南疆域神似老挝，南北狭长无比；最大的不同应该是，越南坐拥漫长无际的海岸线，而老挝则是深锁内陆,一山又一山。由是观之，在越南沿海而生的诸城之中，芽庄能够坐拥山湾海港，并从下龙、岘港、美奈、胡志明市等地的"湾""山""滩""河"相竞中胜出，确实不易，也定有其过人之处。

已到越南多次，也曾凭一己之见将越南沿海诸岛比划出了一个排名不分先后、景色各有千秋的三甲"琅琊榜"，多少还赢得了些许的共识。那就是：位于竖江的富国岛、庆和的珍珠岛，以及广宁的天堂岛。三岛的坐落方位，依次从南往北，各自镶嵌在越国边陲的海域一隅，在群岛丛中，绽放着异样的闪耀荣光。

比较有趣的是，越南各岛，别称不少；而以一个字来命名的，也更是不少。以这三甲之岛为例：富国岛又称"玉岛"，而天堂岛可称"翠岛"，至于珍珠岛，则也称"竹岛"。其他有望跻身"琅琊榜"之列的"十强之岛"，也存在着同样的情况，比如，汉谭岛别名"蚕岛"，珊瑚岛又名"木岛"或"黑岛"，昆仑岛也常简称"昆岛"（一如占婆岛简称"占岛"），迦南岛也可称为"椰岛"，此外还有"猴岛""鸟岛""妙岛""银岛"等等，不胜枚举。

而这其中，从政务隶属关系来看，芽庄乃庆和辖下一小城，而庆和名岛珍珠岛，正在芽庄，且为其四周簇拥九岛之中的面积之最。依我之见，珍珠岛确在诸多方面胜过芽庄其他八岛，这也是今天其盛名远盖"珊瑚""兰花""汉谭"等周边各岛的原因所在；甚至一度，我觉得正是珍珠岛的那些过人之处，才成就和巩固了芽庄今日之于越南，乃至整个东南亚，看似来之极为不易的"声望与今名"。

在介绍芽庄的珍珠岛之前，我们先来"排除"世界上其他各地同名的"珍珠岛"。也许是这个名字太过普通，也许是岛与珍珠本就容易拼凑在一起而成一岛之名，仅以中国为例，就不乏"珍珠岛"之地。我记得南方的深圳便有一座珍珠岛，位于大鹏半岛东滨，七娘山脚下，因养殖规模庞大的海水珍珠而得名；北方至少有三座珍珠岛，仅黑龙江就有两座，一座位于虎林，一座位于宾县，辽宁的丹东也有一座。其中，虎林的珍珠岛，在我国又叫"珍宝岛"，位于当年中苏界河乌苏里江主航道中心线的中国一侧。公元1969年3月爆发于中苏之间的那场武装冲突，亦即中国史料中著名的"珍宝岛自卫反击战"就指此地。无疑，此次冲突最终改变了世界三大国中、苏、美未来的关系走向。

中国中部，浙江淳安，有个著名的旅游景点，叫"千岛湖"，这是公元1955年始为建造"新安江水电站"而筑坝蓄水形成的人工湖。该水坝于公元1960年建成，建成之后，形成坐拥千岛的一个广阔湖区，其中有一岛，亦叫"珍珠岛"。

此外，太平洋上举世闻名的夏威夷群岛之中，也有座珍珠岛，那就是第二次世界大战期间因被日军偷袭轰炸而载入史册的"珍珠港"所在地。今天依然为美国太平洋舰队的司令部驻地，亦即"希甘姆联合基地"的所在之地。当然，也因为这段历史，目前其已经成了夏威夷第二大旅游胜地。

关于夏威夷上的这座珍珠岛的历史渊源就更久远了，值得一说。此岛其实是一座宁静的火山岛，有个美丽的别名，叫"睡美人岛"，又称"波海杜朗岛"。此岛高约 600 米，其下还有个敦沙卡兰海洋公园。如果不是距离原因，游客们基本上可以不用去新加坡了，直接来这里便能拥有同样的海滨和土著风情体验。

据悉，大约在公元 4 世纪左右，一批波利尼西亚人乘独木舟，破浪而至此地，并从此在此定居，将这片岛屿起名为"夏威夷"，亦即波利尼西亚语中的"原始之家"之意。但长期以来，就像沉睡的非洲大陆与拉丁美洲一样，这里孤悬于外部世界之外，各自过着土著般的生活。直到公元 1778 年，英国著名的航海探险家詹姆斯·库克，亦即大家所熟知的"库克船长"，在第三次环球航行中发现了这处已有 2 000 余年土著历史的群岛，才第一次将其引入世人面前。

公元 1810 年，此地的土著酋长卡米哈米哈一世（又译"卡美哈梅哈一世"）在征服夏威夷群岛上的大部分岛屿之后，曾建立起一个相对统一而又历史短暂的夏威夷王国。该王国的首府之地，在中国几乎尽人皆知，当地叫"火奴鲁鲁"，也即华人所称的"檀香山"——"国父"孙中山先生的革命大本营之一。看过陈德森于 2009 年执导，梁家辉、张涵予、甄子丹、王学圻、范冰冰等一众名角联袂饰演的《十月围城》这部电影的人，应该会对这里还留有一定的印象。

夏威夷王国建国不久，在英、法等势力的撺掇下，于公元 1840 年被迫改为君主立宪制，但并未能够因此而保全其平和自处的命运。公元 1893 年，在一群美国基督教传教士的带领下，当地人推翻了夏威夷王国；5 年之后，亦即公元 1898 年，这片夏威夷岛域便被美国通过为夺取西班牙人在美洲和亚洲等地的殖民地而发起的"美西战争"所吞并。二战之后，在联合国的规划中，曾希望将这里划定为需要被引导独立的"非自治领地"，但美国还是抢先了一步，于公元 1959 年发起了公投，最终，夏威夷群岛作为美国的第五十个州，也是唯一的一个群岛州，加入美利坚合众国之列，直至今日。被并入美国的夏威夷群岛，含大大小小的"火山岛"和"珊瑚岛"等在内，共有 132 座岛屿，这也就是今日夏威夷群岛的格局。

值得一提的是，夏威夷王国虽然历史极其短暂，但却有一件事情曾经令其名噪一时。喜欢集邮的朋友们可能会知道一二。这个故事要从公元 1851 年说起。是年，一套面值分别为 2 分、5 分和 13 分的 3 枚组合邮票经由夏威夷王国邮政局发行，这也是夏威夷历史上的首套邮票。票面为无齿孔蓝底带边饰花纹形制，中间各为数字 2~13，顶部另排有一行英文"夏威夷邮资"字样。因为当时邮局的局长亨利·惠特尼是一位传教士之子，加之当时贴有这种邮票的人大多为在夏威夷群岛活动的传教士，所以这套邮票问世不久，就被称为"传教士邮票"；后来又因为该套邮票系由《波利尼西亚人》报馆印刷的，纸张脆薄易毁，也十分珍贵，故在坊间或藏家之中，又被称作"蓝色男孩"。此邮票被誉为"世界第四大珍邮的临时邮票"，既凸显了此邮票的价值，也反映了当时夏威夷王国曾有的荣誉。

公元 1882 年 1 月，夏威夷王国正式加入了当时的"万国邮政联盟"。10 年后，亦即公元 1892 年的一场法国巴黎凶杀案令这套邮票"一举成名",也让夏威夷王国享誉世界。被凶手杀害之人,为一位著名的邮票藏家,叫加斯东·勒鲁。他正是这套"蓝色男孩"3枚邮票中的一枚2分"传教士"的收藏者。警察破案时发现,该人宅中的金币、金表等都未被盗,只是这枚邮票没了。后来案件告破,确为一名叫赫克托·吉鲁的人因求购不成而心生歹意,抢走了该枚价值不菲的邮票。因此,作为世界上首个因收藏邮票而被杀害的案例,此邮票及其发行方夏威夷王国一下子闻名全球。这要早于日军偷袭珍珠港近半个世纪。后来此枚邮票被公开拍卖,被有着"世界邮票大王"之誉的法国集邮家菲利普·费拉里拍得,价格不详。不过仅以这套邮票中的2分票为例,还是有些价格可供参考的。比如公元1980年11月19日,一枚2分面值的"蓝色男孩"在美国纽约公开拍卖,其成交价为23万美元! 2009年,"世界四大邮票目录"之一的《斯科特标准邮票目录》,给出的2分面值新票标价为66万美元,旧票标价也达到了25万美元。该《邮票目录》是当今世界各国集邮者的最佳工具书,其估价也相当权威。由此可见,这套邮票乃至夏威夷王国可以不因国之大小、历史长短而不朽矣。

  芽庄的珍珠岛虽然不像中、美等国的这些同名之岛有着丰富的典故,但也自有风情。建议可以下午去,如是4点,不仅票价一半,440万越南盾,约合人民币100元出头,而且天气还不至于很炎热。通过缆车往返,重点的景点都有机会看到,还可以欣赏到芽庄及珍珠岛的秀美夜色,确实不错。

  缆车是长达3公里的"超长无敌"360度海景的跨海缆车,也很洁净漂亮,能够打开车窗四望,堪称极致。从岸边的"缆车天堂"驶往岛上的沿途,艳阳高照之下,蓝天碧水,青山白云,以及停泊往来在海湾之中的渔船,共同绘成一幅自然的山水画卷,很是养眼。包括沿海而建的缆车钢塔,均呈"埃菲尔铁塔"造型,虽然没有本塔高耸壮观,但没入水中,倒影重重,晚上还会亮起洁白的炽灯,摇曳在海面之中,也是非常重要的一景。岛畔一座仿"迪士尼乐园"的"白雪公主堡",挺拔地端坐在海水一方,簇拥成错落有致的一堆,复又形成一个古朴的童话小镇,其唯美程度是要远远超过巴拿山的山顶古堡的。乘着缆车一路行进,"白雪公主堡"的轮廓渐清晰,虽然是看似简陋的仿造,也不是它的原型——时常白雪皑皑的德国巴伐利亚西南的"新天鹅堡",但在异国他乡能够看到这幅画面,还是很容易获得孩子们喜爱的。

"飞"过堡顶,便是缆车的终点。出来便是"海豚喷泉""旋转木马"等游乐场所。俯瞰四周,快艇、蹦床、摩天轮、过山车,一应配套,可谓齐全。当然,我之所以称赞此地,是因为它难得之处便是将"摩天轮"与海湾、"浮动湾"与沙滩等等,很自然地融为一体;也就是说,这座珍珠岛,被打造成了一处将海与岛、山与湾,风景、游乐、休闲与人文相互嵌入的童话世界,不能不赞叹设计师们的匠心巧妙。

珍珠岛的"高地飞车"是其最大的特色。这是沿着珍珠岛所在的山势,环绕山腰而建的。经由山脚,一人一车,自带手动刹车,先是缓缓地被牵索带至山顶高处,然后松下手刹,便可一路疾驰,顺着轨道,风驰电掣般滑回到山脚。当然,在下滑的过程中,您可以刹车,适当停顿数秒,欣赏到山下的海滨

从珍珠岛，可以远眺芽庄湾的静美风情。

摄影：陈三秋

从游艇码头，也可以乘船驶抵"珍珠岛乐园"。

摄影：陈三秋

当缆车跨过芽庄的海湾，"珍珠岛乐园"近在眼前。

摄影：陈三秋

第 5 篇

不了情缘 **越南** 说再见

景色；也可以通过刹车，调整下行的速度，不至于像乘坐过山车般尖叫。这种可以自我掌控的"速度与激情"，穿行在山林之间，再加上其张弛有度的节奏，是一种难得的美妙体验。

体验过"高地飞车"的刺激之后，可以到古堡之间的"音乐喷泉"稍事休息，平复一下激动的心情；也可以就地逛一逛，感受一下仿佛置身于某个欧洲古老小镇的错觉。然后，趁着昼与夜交接的傍晚时分，登上山巅之上的摩天轮，缓缓地转至最高点，停下，静赏霞满天海、月落长河！此时的"白雪公主堡"也会亮起昏黄的灯光。圣诞快到了，就差一点雪，仿佛便会有圣诞老人自天而降，并且带上用红色的长筒袜装满的礼物，从窗口送到堡中的家家户户。

而海湾的另一面，沿着海滨，也开始华灯初放，那是令人温暖的万家灯火，倒映在大海中，光影绰绰，您，应该会萌生出一种想家的感觉。不得不说，欧洲人造城的能力了得，而越南人，仿造之，并将城与景、异国风情与越南乡土融入游人灵魂的能力也很是了得。这种不生硬的随性而就，多亏了越南的大好山海。岘港的巴拿山是一例,芽庄的珍珠岛又是一例,都是成功之作。

珍珠岛上,除了可以"开幕360度"的超级"摩天轮"外,还有"5D电影院""摇头飞椅""室内乐园""大摆锤""碰碰车""兰花园""海盗船"等,也可以进去体验。当然,作为越南的"海上迪士尼乐园",其成功之处,自然离不开海与水。因此,在占地3万平方米的岛上,还有"水上乐园""海底公园""海豚表演""海啸滑道""儿童泳池""造浪池""漂流河"等等,总计数十个游玩项目,能够满足亲子、情侣、闺蜜乃至全家游等不同需求。可以说在游客的满意度与需求度上,是下足了不一般的功夫。

据说泰国每年曾经一度可涌入高达3 000余万人次的游客,到了公元2017年,泰国旅游和体育部公布的数字为"超过3 500万人次"。而越南这些年的成就也是斐然的,同样在公元2017年,仅中国赴越的游客便达到了200万人次之多,这是越南"较量"泰国策略的竞夺成果。这其中,最热门的两个

第5篇 不了情缘 越南说再见

"珍珠岛乐园"有着"迪士尼乐园"般的夜景。

摄影:陈三秋

珍珠岛上的童话世界。　　　　摄影：陈三秋

旅游目的地，便是芽庄和岘港。据世界知名的旅游网站"猫途鹰"近期公布的"世界十大最佳体验旅游目的地"名单中，越南以其54个兄弟民族共铸的丰富多样的文化之美与充满特殊魅力的名胜古迹跻身第三位，并成为唯一一个跻列其中的亚洲国家。此外，设立于公元1993年的"世界旅游大奖"评选组织，也将"2018年亚太地区最佳旅游目的地"的殊荣颁发给了越南。这是越南的旅游形象在"世界旅游地图"之上感染力与日增强的表现，当然，也离不开芽庄等地的功劳。从巴拿山到珍珠岛，每一年、每一次，一路之上，都可以见证越南旅游的战略和崛起的力量。相比之下，同为中印半岛之上的泰国顿感"压力山大"，所以便在公元2018年，两次分时段豁免了中国旅游的签证费用；而柬、老、缅三国，则似乎依然在"沉没"着，等待着有心之人自然而然地去发现它们。虽然不知道越南旅游总局这些年在这方面的投入是多少，但从结果上来看，无疑是非常成功的了。如果比之中国，似乎我们已略稍乏力了。过去，中国是"摸着石头过河"，越南是"摸着中国过河"；于今，中国是"没有石头也要过河"，而越南也变成了"摸着自己的石头过河"。各有千秋，也来日方长。小小的珍珠岛，其名即为"越南海上的一颗明珠"之意，似乎也在说明着些什么，我们就一起期待中越、泰越之间的这些"友谊赛"的下一轮结果吧。

2018年12月6日深夜，于芽庄 SAOVIET HOTEL

76 芽庄不舍昼夜

芽庄是一座没有昼夜之城。确实,很少有一个城的人这么喜欢黑白昼夜地嬉戏和玩耍,似乎这一切,就是他们生活的全部,"片段"的工作亦是。越南谚语有云,"有甜头不怕吃苦头",所以,"甜头"才是一切的开始。午夜也好,凌晨也罢——大街小巷,海边路畔,滩头沙上——人声鼎沸,犬吠交错,犹如白昼般,热闹依旧、欢喜如故。

半夜醒来,我打开酒店的窗户,夜色充满着人间的味道。间或可能还有些可劲的叫好声、悠扬的音乐声、清脆的警铃声,机动车的突突声、汽笛声,以及人群中随风飘来的模糊的对话声、呼唤声……时有时无,若隐若现,从天空和地面飘来。很多人只知芽庄是"东方的马尔代夫",沉迷于它温婉的海岸线,然后看了就走;很少有人愿意停留下来,了解一下它于生活中的"油盐酱醋"、真实样貌。我身在其中,时而觉得,其实这种不分昼夜的狂欢,才让这座年轻的港城更像人间天堂。

这里的交通秩序也好过河内许多,虽然依然会时有拥堵,但在慌乱与紧张之外,更多了些从容。尤其是沿着滨海大道的

第5篇

The floating clouds

不了情缘 越南说再见

俯瞰芽庄城景；这是一个不舍昼夜之城。　　摄影：陈三秋

主路，宽敞、有序，一边是鳞次栉比的建筑，一边是细密的沙滩与大海，空气中弥漫着越南的乡土气息，因此，这种异国风情，如果能够静下心来喝杯滴漏咖啡慢慢观赏，便有机会发现生活中的真实之美。

风大的时候，还可以去滩头看海。静坐在沙滩浪尖的一线间，看浪奔浪涌，后浪推着前浪，以排山倒海之势，层层叠叠、扑面而来。前浪未歇，后浪又至，就这样，后浪推着前浪也一并带走前浪，还有无数卷起的泥沙，滚滚而去。希望这样的浩瀚，能够涤尽心中所有块垒，令您若有所思吧。

很多聪明的弄潮儿会来到"喜来登沙滩"，逐浪。有的会用

芽庄的"喜来登沙滩"。摄影:陈三秋

蛮力,向高高的浪头壮烈冲锋,有的则巧妙地随着迎面铺天盖地卷来的浪势,灵机一跳,抑或往海水之下沉浸一躲。在巨浪面前,各人还真有各人的方法。这是生活之中比较有趣的细节。

在沙滩上,还有些打排球、放风筝的人群,这在越南还是比较难得的。大人领着孩子,挖着沙坑,堆起沙丘。有的则干脆躺在沙堆间,或者沿着沙滩支起的躺椅上。当然，直接一个人似孤鹜静坐，或者两个人肩并肩私语，更或者三五成群坐成一排，依依望向大海，赏阅着凉风扑面、海天盛宴、壮怀波澜的都大有人在。如果是您呢？会怎么做？是卷起裤腿，拎着凉拖，沿着浪花脚踏千堆雪？还是顽皮地在巨浪退去的湿沙滩上，踩下一串串深深浅浅的脚印？如果是后者，我愿追随着您，因为，我将会看到在一波群浪涌至之时，水漫脚坑，咕咕冒泡的惬意，还有那暴力冲刷、洗去尘痕的快意。

这是芽庄的滨海沙堤、十里长滩。也曾因此，而获评为"世界十大最美的海滨城市之一"。堤岸之上，除了成排葱绿的椰林、被修剪成"小平头"的细密针松，还有无数间隔着坐落的长石墩。傍晚，女孩子们可以到此，面朝大海，盘腿打坐，练起瑜伽，放空身心，找寻灵魂。海岸隔着马路逾二十米，这是一种闹中取静的设计，深合人意。

这里不是芭堤雅或珊瑚岛，千万不要玩海上的游乐项目。所有的快乐，都是自找的，源自内心的，追随我心即可，不是吗？这里虽然没有爱琴海的浪漫，或者马尔代夫阿米拉岛的湛蓝，但却有着浓郁的越国人文气息，这就是芽庄。它除了海与岛，还有其他可以自找的快乐。

如是白天，只要不出海，有三个地方建议值得一去。

第一个地方是红石角，又叫"钟屿石岬角"。它位于芽庄海畔，由一堆造型奇特的花岗岩组成，这些岩石又高高耸起，延伸到海面之上。由于它们将海岸线推出城市路面百余米，所以，久而久之，岩石堆间便形成了岩中沙滩。因此，钟屿石岬角是一个适合攀岩或漫步的地方。常年可见花蝴蝶般的远道而来的

钟屿石岬角的秀丽景色。　　摄影：陈三秋

在钟屿石岬角，坐享独钓大海的心境。
摄影：陈三秋

钟屿石岬角上的"五指岩"，又像是一个五头的"那伽"，有着神圣的寓意。　摄影：陈三秋

中国大妈，她们成群结队，衣着鲜亮；时而迎着海浪在岩上起舞，时而花枝招展，摆弄着曼妙婀娜的身姿，拍照。不用说，她们很是喜欢这里的了。北京时间公元2008年7月14日上午11点，第57届"环球小姐"总决赛便是在此地落下帷幕的。本届选美大赛的总冠军是来自拉丁美洲的"委内瑞拉小姐"戴扬娜·门多萨。

  红石角还有个情趣，是男士们喜爱的，那就是孤悬在一处离海最近的岩石上，垂钓。芽庄附近的海域可是越南有名的渔场，珍奇鱼类有200多种。这里每年可以出海捕捞的良好天气多达250天以上，著名的越南海洋研究院也设在芽庄。我曾在埃及之滨的红海上尝试过海钓，深知这是一种与自然、与大海、与人心、与鱼群的耐心相搏。有兴趣的朋友可以到此一试。

  红石角还有个别名，叫"五指岩"。顾名思义，是因为这堆岩石滩上，有一块巨大的朝海岩石，底部印有近似五个手指的印记，因而得名。当地人以为是来自天神，亦即"佛之掌印"，因此，对其有着相当的信仰。这处岩石前面，即是惊涛拍岸的芽庄海湾。远远可见，芽庄东面有一片银白色的海滩，长7公里多，形状酷似一弯新月，拥抱着碧海，水清潮平、沙白滩软，是一个不可多得的海滨浴场。这里的日出与日落之景也不错：来自海面之上的朝霞或夕阳，将光影静泻在微微浮动的碧蓝海面之上，与染红的天际形成绚烂的海天色差，很是令人陶醉。

  公元1992年上映的著名电影《情人》，便是将红石角作为主要的外景拍摄基地的。故事背景很多游人可能都比较熟悉了，那是公元1929年法国殖民越南期间，在西贡女子寄宿学校读书的 15 岁的法国少女简，邂逅了华侨富翁的独生子也即阔少爷东尼，两人很快就坠入了爱河，但却以凄美无奈的分离结束。情节简单缓慢，但经英国女演员珍·玛奇与香港男演员梁家辉的唯美质朴的演绎之后，又显得处处令人感动，非常传神，堪称经典。影片在临近尾声之时，简与东尼，便是站在红石角的海边礁石旁，进行了最后的道别。这堆岩石和这片海，无疑预示了注定走向无望的深渊，从此，红石角也便增添起离愁，无言的伤感。

第二个地点是占婆塔，全名"婆那加佛塔"或"婆那加占婆塔"，现在又多称为"天依女神庙"。此座庙塔，其实是一处印度教的建筑，有着显著的柬埔寨吴哥遗迹风格，始建于公元 7~12 世纪间。用于供奉可以庇佑占婆王国南部的一位女神——天依女神。该女神亦即占婆族人传统信仰中的"大地女神"——杨婆那加，对于靠海吃饭的芽庄渔民们来说，起着无形的保护作用，其地位相当于中国渔民心目中的"妈祖"。渔民们每次出海之前，或者出海之后，都会来到这座占婆塔中，虔敬地献上祭品和香火，一直延续到今天。

据法国越南史学者乔治·马司培罗所著的《占婆史》记载，在公元 8 世纪左右，也就是被中国史料称作"环王国"的这段历史时期，占城的政治文化中心从美山圣地开始南迁，其中一地名为"古笪罗"，又称"古笪"，便是今天的芽庄。这处占婆塔就是建造于这一信仰南迁的时期。但在公元 774 年，来自爪哇的海盗袭击了古笪，还焚毁了占婆塔，并掠走了当时供奉此间的婆罗门教大神湿婆神像。占婆国王释利萨多跋摩旋即于公

第 5 篇

The floating clouds

不了情缘
越南说再见

天依女神庙,其实是一座占婆塔,见证着占城王朝曾经的辉煌。
摄影:陈三秋

在天依女神庙,可以远眺芽庄令人垂涎的山海秀色。
摄影:陈三秋

元781年击退了这群海盗，并重建了此塔。

后来，在占婆王国因陀罗跋摩二世在位时期，开始正式采用大乘佛教作为占城的"国教"。其间，因陀罗跋摩二世还兴建了一些供奉观世音菩萨的寺庙，不幸的是，这些寺庙后来在"越南战争"期间都被毁灭殆尽了。到公元925年，大乘佛教在占城的"国教"地位被废除，但这段时间对后世还是起到了深刻的影响。

公元944年至945年之间，来自柬埔寨吴哥王朝的真腊军队再度侵略了占城的古笪。约在公元950年左右，真腊大军掠走了占婆塔中的女神雕像。公元961年，占婆王国的阇耶因陀罗跋摩一世国王开始遣使与中国新建立的宋朝修复关系，恢复了朝贡制度，得以获得保全。故在其命令之下，又在占婆塔原址之上重建了一座天依女神雕像。

如今，几经战乱，芽庄的这处砖红色的占婆塔只剩下了一大四小，五座建筑物；如果不是对占婆艺术或者吴哥遗址的传承有兴趣的，一定会对这座规模寥寥的建筑群落大失所望，而且雕刻也没有那么的细致，各塔外壁之上的浮雕与神像也都已经失踪了，只留下些许的模糊痕迹，供热爱它的游人去发掘、去凭吊。此塔的建筑风格还是印度教的代表，但明显已经变成了佛教的圣地。这与越南封建王朝的统一以及经过法、美战争之后的越南全面信奉起大乘佛教，尤其是禅宗是有关的。主塔之内，有个深深的窟穴，这是整处占婆塔最神圣的地方，里面依然供奉着天依女神，但当地渔民显然是将其当成佛教之神来崇拜的，有点像是观音菩萨了。此殿之中，主殿之上大约坐落着三尊身披华服、头顶华盖的女神像。沿着窟中塔壁，也还有一些类似观音的女神雕像，当地渔民家人，来了便逐一膜拜，非常虔诚。也许，在她们的心中，什么宗教的信仰都不是最重要的，反而是"心诚则灵"至关重要。对于她们来说，她们需要的也许不是每次出海的丰收，而是男人们能够平安归来。

第三个地方是龙山寺，这是一处典型的大乘佛教寺庙，我将会深入一探，所以，我们将在另一篇中，再见。如果您对龙山寺不是很感兴趣的话，还可以去看下一座哥特式建筑风格的天主教堂，我从越南的东西南北一路走来，已经观赏过很多了，后面也将以《越南五色教堂》为题对其进行重点解读。

这就是我眼中不一样的芽庄了。除了美丽的海与秀丽的岛，还有建筑艺术、越国风情与这里的点滴生活。"逝者如斯夫，不舍昼与夜。"芽庄人民确实是热爱生活的，所以，您来了；当您离去之时，希望能够除去照片中的风景，还有融入心田的风土人情。我想，这也是芽庄最想告诉您的，您，听到了吗？

2018 年 12 月 7 日于芽庄，圣越酒店

77 芽庄的龙山寺

龙山寺，亦译"隆山寺"，位于越南芽庄汽车站以西约500米；如是乘坐汽车至芽庄的，出车站打"摩的"，约10 000越南盾即可到达。该寺是了解越南大乘佛教信仰与建筑文化的窗口之一，与河内的镇国寺、岘港的灵应寺、嘉远的白亭寺、大叻的万行寺等，都可以感受到"汉传佛教"，尤其是"禅宗"对越南佛教影响的一个侧面。因此，对佛教文化感兴趣的朋友，在芽庄驻留期间，可以考虑拨个半天时间，去对其艺术细节做些探究与推敲。

我还是比较推崇从文化和历史的双重视角，去对世界各国的风景与人文进行叠加审视的，而不仅仅是让风景空洞地从眼前飘过，徒留下一堆无病呻吟般的感慨。这种交叉而成的厚度，可以令我们对一国的记忆更深邃，也更精准。虽然可能会陷入"矫枉过正"的另一负面，但于我而言，由于多出自商旅之余的挚爱与思维惯性，所以，还是每每会对各国的宗教、建筑、历史、民情甚至是政治、经济充满着无限的好奇。总是忍不住问自己一个又一个"为什么"，以寻求某些存在的合理性和必要性。这是个真真切切的毛病。看得投入和着迷之时,头疼得厉害。唯一庆幸的是,大多时候还都能机缘巧合,寻得一份或多或少的大案。即使是当场或当日无法找到解开心中疑团的钥匙,将问题装入心头,带回之后,也多能二次或三次回顾之后,甚至在另一个国家的某次邂逅中,而有幸悟透些许曾经不解的奥秘。比如,中印半岛各国对印度教或婆罗门教性文化崇拜之下的神像进行"审美上"的"改造",可以从印度的国家博物馆中找到症结;吴哥窟或巴戎寺中"隐藏"的对光与太阳的执迷,可以从埃及法老的神庙中相互印证这种"国王的心事"。同样,越南佛教寺庙正殿之中的观音、唐僧、达摩等等,也正是要从中国历史长河的"弱水三千"之中,才能找到正解其因的那"一瓢"。

真是奇妙。"大千世界",是我们活在当下之人所能真切感知得到的;我甚至有时候会觉得它的可爱与魅力,胜过往生的"极乐世界"。当然,必须要澄清的是,这只是我的一己之见,无关乎虔诚的教徒们对佛国轮回的信仰。我的感触是:世间万物,确各有灵;而万物之间,似乎也有着某种穿越时空般的"相互引力";正是这种"灵性"与"引力",让我们纵横世界之时,可以相互借鉴,互相注解;进而打开一扇又一扇因为时间、因为变故、因为诸般"阴差阳错"而曾经一度紧闭于世人面前的大门。我们需要一点点"刨根究底"加"抽丝剥茧"的精神,甚至是可笑的"书呆子气",当然,这还离不开一点点的运气,才能在短暂的一生中,体会到那么几次"撞开历史之门"的成就感与惊喜,进而发现先属于自己的别样之美。人之一生,总要执著数次嘛;这仅有的数次,您可当成是对"人云亦云"世界的短暂逃离,是对"万众同行"的一次孤独的背驰,是一次不经意间的"叛逆",然后,去体验那番非人的酸楚,或者甜蜜。

如果您是接受并执行了这么一个心理,那么,龙山寺,以及万事万物,可能就会为您打开一扇新的大门,它的名字叫做:知音。

如果万物真的有灵,一定不会对飘忽的游客认真;如果万物若是有情,也一定会对"偏执地"与它对话之人,"网开一面",打开心扉,独诉衷情。

龙山寺在芽庄"23/10街20号"。这是一个奇怪的地名。那您就错了。这很正常,也很普遍。受法国殖民时期的影响,独立之后的越南,包括柬埔寨,都还保留着用两组数字对道路进行经纬编号的传统。也可以将其理解为今日越南等国的习俗。当然,法国对于越南等殖民之国的影响可远不止于此,比如现行文字、基督信仰等等,都留下了深深的"法兰西烙印";一如中国封建时代对于越南影响而留传至今的河粉、筷子等日啖之食、常见之物。

此寺的山门就矗立在车水马龙般的公路一边。山门为三重平檐、雕花石脊、青灰立柱的精密繁复式结构,多为砖石堆砌而成,然后又另略加边饰;因此,显得还算端庄典雅。脊顶正中,为佛教的"教徽",一座圆毂形"法轮"石雕。熟悉佛教典故的人应该知道,佛祖释迦牟尼成道之初,于"鹿野苑"中三度宣讲"苦、集、灭、道"四谛,即被称为"转四谛法轮"。中国古代汉译的第一部佛教经典《四十二章经》中就记有此事,可以说是家喻户晓。因此,"法轮"于佛教宏大厚重的文化底蕴来讲,

芽庄龙山寺的山门,前后有汉越双文书写的寺名。

摄影:陈三秋

龙山寺修葺中的正殿。

摄影:陈三秋

第5篇 不了情缘 **越南** 说再见

便有着深邃的寓意，也是佛迹之中喜闻、乐见、常用之物。

"法轮"又称"梵轮"，虽然于各地各处呈现的方式、造型等会时有差异，但核心构造均为团状，亦即圆形，以代表佛教教义的完满；也可谓佛陀说法，"圆通无碍、运转不息"，能摧破众生的一切烦恼，犹如巨轮能够碾碎一切的岩石和沙砾一般。当然，如譬为佛之说法，不停滞于一人一处，"辗转传人，如车轮然"亦未尝不可。其边毂，则代表着"戒律"，这是冥想修行的本质核心。大家比较熟悉的佛教"基础戒律"可能就是"五戒与十善"之说了。其中的"五戒"，指"一不杀生，二不偷盗，三不邪淫，四不妄语，五不饮酒"，是为"居士戒"，亦可广泛见于影视作品之中；"十善"之说的版本较多，大同小异，较为流行的说法是指"一不杀生，二不偷盗，三不邪淫，四不妄语，五不两舌，六不恶口，七不绮语，八不贪欲，九不嗔恚，十不邪见"。其外圈，是指把所有东西汇聚在一起的"正念"或"三昧"，有"止息杂念""皈依三昧"之意，也是佛教的重要修行方法及境界。"法轮"之中还有"轮辐"，有4到20多个之数不等，常见的为8个，代佛"八支正道"或"八支圣道"，即"正见解、正思想、正语言、正行为、正职业、正精进、正意念、正禅定"。这是达到佛教的最高理想境地，亦即"涅槃"的八种方法和途径。不过，龙山寺山门之顶上的这座"法轮"的"轮辐"是12个，可能是指包括"无明，行，识，名色，六入，触，受，爱，取，有，生，老死"等十二种人生状态的"十二因缘"。如果真是如此的话，那么便讲的是人道中的十二个环节的轮回过程，它是佛祖释迦牟尼自修自证悟得的真理，也是今日佛教重要的基础理论之一。其教义认为人道之中的这十二种状态,是"因果相随"的;而且,还将世间"一世因果"扩至"三世因果",亦即三世相续而无间断,使人流转于生死轮回的大海,而不能得以出离。无形之中,便能使人心生敬畏,重善因、结善果、行善缘,重循环往复,重修行,向往能够获得解脱生死的心灵寄托。

作为"法轮",其中心部位还经常会有莲花宝座形,或带"卍"字形的图案。龙山寺倒是没有这些图案。不过在"法轮"之下则配了个蟠龙底座,这可能与越南人民对龙的喜爱有关吧。

山门的正背两面,各用越文和中文镌刻着同一寺名;其中的背面是五个楷书大字"敕造隆山寺",与一般直书"隆山古寺"或"古隆山寺"等形制不同,应该是有意而为之以示凸显和庄严,其中因缘也与朝廷敕令有关。从山门到大殿应该有近百米的森然走道,如果再算上到达后山之上的距离,则自马路之边纵深当不下 500 米,因此而成芽庄之地最大的佛家寺院。

此寺由越南末代王朝阮朝的悟志祖师创办于公元 1889 年,初始取名为"登隆寺";不过,在公元 1900 年,原寺已因暴风而倾倒。后悟志祖师于寨水山的山脚之南将寺重建,才更为今名"隆山寺"。公元 1936 年,亦即悟志祖师圆寂之后的次年,正化和尚继承了第二代住持一职,并于公元 1939 年获阮朝朝廷敕封的"敕赐隆山寺"横匾一幅。在后来的岁月中,此寺还于公元 1940 年以及公元 1970 年在善平和尚的主持下进行了两次重修。如今又再进行新一轮重修,主要是位于正殿之前加盖的木质廊亭,预计可于公元 2018—2019 年间修建完成。

此寺的正殿,又名"圆通宝殿",入口处有一枚倒悬的铜钟,即上刻"圆通"两个大字。正殿采用了不多见的现代风格平型吊顶,外加翘檐砖红琉璃瓦的"内外结构"。然后外部再贯以回廊,经前后左右连通着正殿周边的偏殿、钟楼、鼓楼和后苑、后山。正殿虽然规模不大,但内部明亮舒心,毫无压抑之感。一入正殿,映入眼帘的便是一尊金色"千手千眼观音"铜像,位于殿中第一重由两根触顶的立柱形成的拱门之下。立柱之上,书有一副对联,上联为"昔日已曾为孝子为明君舍命施身救护众生出迷途苦趣",下联为"今生又复弃国城弃珍宝降魔杀贼圆成正果开觉路禅门"。看来,龙山寺是一处"禅宗"寺庙无疑。该座"千手千眼观音像"的底座比较独特,先是一条弓身立足的金龙,背负一座莲花宝座,然后才是上立"千手千眼观音"两手合十于胸前状。该尊观音神像背靠圆形千手屏风,身上长出的各手,除摆有"禅定印""说法印""触地印""施无畏印""与愿印"等"印契"手势之外,两手还各持一柄降魔杵。其他各手,则各执宝瓶、经卷、璎珞、斧钺、水钵、铜镜等宝贝物件。该尊观音的头像,共分五组,由大及小,依次上叠。共为十一面,亦即十一张面孔,分别指:一面"菩萨面",化恶有情;二面"慈悲面",化善有情;三面"寂静面",化导出世净业。这三面,教化"欲界""色界""无色界"之"三界",便共有九面。第十面为"暴笑面",表示教化事业需要有极大威严和极大意志方能无懈而有成就;第十一面,即最上一面为"佛地",亦即得"十一地佛果",有"功德圆满"之意。此种"十一面观音菩萨像"的因缘主要有两个:一是寓指此为除恶导善,引众生入佛道之菩萨,可以给众生带来"除病""灭罪""增福"之现世利益;

二是为了降服地狱中的第一恶鬼"罗刹鬼",因为它有十个脑袋,非常狂妄自大,那么观音菩萨便变成十一个头,将其降服,后来便以此十一面的形象示人,以显法力无边了。不过,比较奇怪的是,该"十一面观音"多来自藏传佛教,"降服罗刹鬼"一说,也来自该支的《造像量度经》中。能够在汉传佛教影响之下的越南龙山寺中见到此等制式的观音神像,确感意外。

当然,我也一直觉得芽庄的这座龙山寺,与中国福建晋江的龙山寺应该存在着某种宗源关系,甚至可能是福建华侨捐资修建之故。相比之下,晋江安海的龙山寺那自是影响深远,更加有名。此寺兴建于隋朝最短命的皇帝越王杨侗在位时期,那是皇泰年间,亦即公元618年,迄今已有1 400余年。后于明朝天启三年,也就是公元1623年进行了一次重修。如今,其正殿之中,便供奉着一尊重达90吨的"千手千眼观世音菩萨",据说也是亚洲最大的十一面千手千眼观世音菩萨铜像。这么看来,从寺名到观音像都有着如此相同或相似之处,便更具这种关联的可能性了。

我们知道,泰国有"四面佛",来自南传上座部佛教;作为汉传亦即"北传佛教"的中国,也有"三面佛"的说法,只不过,不是一佛有三面,而是将释迦牟尼佛、观音菩萨和地藏菩萨一起进行供奉。藏传的"显宗"也持同此"三面佛"之说,还将此三佛称为"娑婆三圣"。那么,在中印半岛的坊间,曾有"三面观音四面佛"之说,又是怎么来的呢?那还是与这尊十一面千手千眼观音像有着一定的关联。比如,该像的主要构造便为一组三面。当然,单以三面三首造型出现的观音雕像也是有的,而且还不少，只不过不在越南，而在中国。

这种"三面观音"的形制，是指具有三个头的观音雕像。其中，正面观音手持经箧，代表600卷《般若经》，表示观音"自度度人，智悲双运"，观一切众生之机而化度自在，以般若启众生智慧，体现着其"般若德"；右面观音手持莲花，表示观音"大慈与一切众生乐，大悲拔一切众生苦"的大慈大悲形象，体现着其"法身德"；左面观音手持念珠，表示观音"众生念佛，佛念众生"同等同体的慈悲精神与彻底摆脱无明烦恼和种种束缚，达到大自由大自在的境界，其体现的是"解脱德"。三面、三德，依次又象征着"智慧""平安"或"和平"，与"仁慈"之三种精神。

据传当年观音菩萨初始下凡点化众生之时，便化作村妇，执有一件能够照人心善恶、过去一切以及死后坠道"三面"情形的青铜宝镜。世人在为其建起的供奉寺庙之中，便将其神像塑成三面：正面是"菩萨面"，左面是"愤怒面"，右面是"含嗔面"，各自对应着三德之一。手中还会持有一面宝镜——龙山寺的这尊千手千眼观音手中也有，由此而得"三面观音"或"游戏三昧观音"之名。而关于观音的性别，可能也正因为其化为村妇之故，所以到了宋代以后，观音菩萨的女性化特征便逐渐开始明显起来，面相越来越端庄美丽，身姿和胸部也开始苗条丰满起来。

比如天津响螺湾潮音寺中的"三面观音"便是如此。该寺始建于明朝永乐二年，即公元1404，原名曾叫"南海大寺"，又名"双山寺"，在明嘉靖帝时，下令第一次重修，并御笔更名题匾为"潮音寺"。后在清朝雍正五年，亦即公元1727年时又重建一次。在当地人民心中,非常之神圣。即使是现在,每逢农历二月十九的"观音诞"之日,还依然会举办庙会、表演、祈福法会等活动。

再比如中国三亚有名的"南海三面观音像"也是如此。此尊"三面观音"高108米,为世界之最;始建于公元1999年,而于公元2005年举行的落成开光大典,也是由时任中国佛教协会会长一诚法师、中国香港佛教联合会会长觉光法师与中国台湾星云大师等108位高僧共同主持的。

此外,中国山东的徒骇河与金山寺、山西的棋子山、陕西的终南山、河北的白洋淀等地,也均有比较有名的"三面观音"雕像,有兴趣的朋友可以抽空去看一看,然后与此龙山寺的"千手千眼观音像"比较一下。

"千手千眼观音"铜像是正殿的主要供奉之位,用沉重厚实的木质长案隔为上下、前后3~4层,上首正殿的中间,是一

龙山寺正殿中供奉的群佛。　　　　　　　摄影:陈三秋

龙山寺正殿中的"千手观音"。　　摄影：陈三秋

尊释迦牟尼青铜佛像，高1.3米，重600公斤，端坐在白色的开放式火焰状佛龛之上，这是公元1940年此寺再修时制作的。此像身披露胸的紫色僧袍，与中印半岛上其他四国的斜披露肩僧袍装饰不同；裸露的青铜色胸前，印刻着一枚金色的"卍"字，很是醒目。释迦牟尼佛像前面是一尊小巧的弥勒佛，弥勒佛前又是三尊略大一点的木雕佛陀，由于置放有着低矮的层次性，所以，各佛之间也无视觉上的阻隔。各尊佛像后面的靠墙之处，还有一些垂立的布幡，分书"南无甘露王如来""南无阿弥陀如来""南无本师释迦牟尼佛"，以及"南无毗婆尸佛""南无尸弃佛"等"过去七佛"之名。

在正殿四角，很自然地矗立着佛教伽蓝中最为重要的"护法神"——四大金刚，这是汉传大乘佛教中的四尊守法尊天神，分别是东方"持国天王"、南方"增长天王"、西方"广目天王"和北方"多闻天王"。连着基座，均高约3米，应该亦为青铜所铸，因此，看起来也非常威严。

大殿的顶部，还有多幅佛陀故事主题的壁画，围绕一个"卍"

字为中心舒展开来。其中,还有三幅一组的"南无阿弥陀佛"与"观世音菩萨""大势至菩萨"画像,画工一般,但俯视着游人,也催生着一份信仰。

在进出正殿大门之时,还可见左右靠墙各置放着一个2米多高的书柜,里面是有些泛旧的、精装本佛教三藏总集《乾隆大藏经》;目测了一下,应该是中国书店出版社所出版的。这一版共有168册,书名系本焕高僧题写书的。记得公元2014年,嵩山少林寺曾奉迎一套7 240卷的雕刻版《清敕修大藏经》,比这要珍贵得多了。

《大藏经》又名《三藏经》,是佛陀示寂之后,弟子们将其一生所说的教法结集成一部全书的总称。其内容主要由"经藏""律藏"和"论藏"三部分组成,总称亦可理解为"一切经"。而将佛陀一生所说的一切法的文义,分类总集于此三者之中,故称为"藏",有容纳收藏之义,故而得名。这是佛教经典的总称,后世又历经六次结集而成。其中的《乾隆大藏经》,又称"龙藏",那是因为乾隆年间刊印出版之故了,可能采自第四次佛教结集之后的成果而成。

在越南人民比较喜欢的明代小说家吴承恩所著的《西游记》中,便有多处关于"三藏真经"的记载。如第八回"我佛造经传极乐,观音奉旨上长安"中,佛祖如来曾说:"我有《法》一藏,谈天;《论》一藏,说地;《经》一藏,度鬼。三藏共计三十五部,该一万五千一百四十四卷,乃修真之经,正善之门。"第十二回"玄奘秉诚建大会,观音显像化金蝉"中,观音菩萨在唐僧主持的"水陆大会"上便曾说:"我有大乘佛法三藏,能超亡者升天,能度难人脱苦，能修无量寿身，能作无来无去。"还对唐太宗说"三藏真经"能解百冤之结，能消无妄之灾；令其贵为一国之君，也折服不已。

越南的"三藏真经"的求取过程，自然也与中国有着不解之缘。早在公元1007年7月，前黎朝的末代皇帝黎龙铤，便遣春弟黎明昶等入宋，求得《大藏经》。而且在越南的封建王朝时期，此类从中国迎奉《大藏经》之举，还有数次。也就是说，越南历史上的《大藏经》多自中国传入。与缅甸的二次自行结集不同。

出龙山寺正殿左手，还有一处由回廊围成的天井，天井之中是一座"卍"字顶双檐小亭，亭中除了基本的佛像供奉之外，还有几座宝塔的模型，均为"七级浮屠"式。我个人推测可能是因龙山寺的建制中尚无配套的宝塔，所以便在寺院之中，藏有这些模型，以待将来兴造之用。

龙山寺北侧背靠寨水山，从山脚至半山腰，共有150级台阶可供攀爬。沿途会有很多墓园，还有一尊白色的卧佛，长约数米，虽不足10米，但也颇为壮观。重点是半山腰上的那尊高达24米、通体雪白的大佛，安然地坐于莲花之上。此一佛像，在芽庄市区几乎处处都能看见它巨大的白色身影，仿佛成了此城的守护之神。此尊白玉巨佛，与岘港的白色大佛高度相像，可能出自同一拨巧匠之手吧。这也是龙山寺的诱人之处，佛像本身，终年俯视着芸芸众生的欢乐与烦扰，对视久了，必然会心生平静之气；而佛像所在的位置，也与其他各地巨佛的功能一样，可以俯瞰全城，因此，也是观赏芽庄城景的好所在。

芽庄的这座龙山寺，虽然规模不大，历史也不算太悠久，

龙山寺殿后山巅上的白玉大佛。　　　　　　　摄影：陈三秋

但它却有着诸般特殊的意义。因此，它成为整个芽庄名气最大、香火最为旺盛的庙宇。时至今日，依然有众多僧侣与信徒在此虔心候行，为龙山寺继续增添着神圣感，亦为喧哗不舍昼夜的芽庄，维持着一方心灵上的净土。

2018 年 12 月 7 日下午，于芽庄海滨沙滩

78　美奈蓝色渔村

美奈位于越南之南，隶属藩切。南北往之，主要路径有二：一是从胡志明市"北上"出发，可乘火车，票价不到50元人民币；一是从芽庄"南下"启程，多为驱车而行，历3时有余可抵。如是后者，沿途的路况尚可，虽略差于泰国，但优于柬国，大体上可与缅甸、老挝境内的公路相当。

基本上可以说一路畅通无阻，还可以欣赏路之两旁时不时出现的排排椰林、块块田野，以及绵延的青山、朴素的人家，间或还会有红牛或水牛群出现，这些无不告诉您，您将前往之地，可能会是一个海上的，或者美奈半岛之上的世外桃源。在行进1个小时左右，会有一片不长的海湾，应该是美奈湾的分支；2个小时左右，会有成片的葡萄园——对的，这是芽庄、大叻、美奈三地合围而成的一个"三角地带"，确实盛产葡萄酒，包括咖啡豆。如果您愿意下来走一走，应该也不错。

沿途，偶尔还能看到一些发电的风车，会让您感受到一丝丝的现代化气息，但很快便又会有一小座精巧的粉色教堂，被"放逐"在乡村与田野之间，疑似走近了欧洲中世纪的某个山间小镇。

我记得从芽庄的去程，可以路过一座源香寺，而回程则可以见到一座天龙寺，两者同为北传大乘佛教制式的寺庙，虽然与中国的寺庙存在着一定的差异性，但大体上的感觉还是相当的。估计应为经地的华裔或越南人民兴建的。此外还有一座婆萨努塔，这是一座可能是越南现存的历史最悠久的占城塔。据当地人说，其建筑风格受到前吴哥时期高棉文化的深远影响，那也就是吴哥王朝之前的真腊王国时期了；不过我还是觉得占城王国才是印度教或婆罗门教的始入之地，也就是说是占城的宗教建筑风格影响了后来的吴哥建筑艺术，而不是相反。不过，不论怎样，在小小的美奈之地，这些来自不同信仰的建筑，得以同时与同世相存，也是一件不甚容易之事，也更添了此地的祥和。

美奈，作为越南正在崛起之中的一个小型的滨海旅游小镇，其在公元 1995 年以前，一直是以一个渔村的形象而存世的。也就是说，其千百年来的传统，一直是以渔业为主。因此，到此体验宁静而不失生机勃勃的、乡土气息的"渔村风情"，看来是对的。在很长很长的一段时期里，这里的主要经济来源是生产鱼露，如今唯一的改变，可能是打造出了数个度假村，以方便游人歇息。只是不知，这份难得的纯朴，在世俗的经济利益驱动之下，还能够保留多久罢了。

我一直觉得，美奈夹在芽庄与大叻双城之间而依然能够"成名"，应该离不开它诗意一般的名字。"美奈"这个名字本身确实就很美，有点日式风格，到了发现这是个干净又安静的地方，唯美得便更是有点日本的味道了。忍不住会想到日本的奈良，对不对？当然，两名相较，还是"美奈"之名更加曼妙一些。

此外，这个充满诗情画意的名字，还不禁会让很多女孩子联想起那个代表着美与爱的"爱野美奈子"。如果您不清楚"爱野美奈子"是谁，那么，可以提示一下，她就是日本漫画家武内直子的作品《美少女战士》及其衍生的动画中登场的角色。"美少女战士"您总听说过吧，而其主要人物"爱野美奈子"的名字中，正融合了这座美丽渔村"美奈"二字，无疑，这令此地更具日本风情了。一地可游"日越两国"，看来是值得的。

与芽庄相比，美奈最大的差别在于它是一个被海湾隔离出来的渔村，而芽庄则已是临海而先一步发展起来的都市。一地喧闹繁华，一地淡雅娴静，因此，择一日穿行两地，也便成了这里的特色旅游项目了。相比于城市，美奈的结构也非常简单，一条街，门牌号双数的靠海，单数的靠岸，一边多为原始面貌示人的渔村之家，一边则为配套的"奢华"酒店。如果您非要选择靠海夜宿一晚的话，虽然价格上可能会略贵一点，但清晨推窗，俯瞰千船出海，也是值得为此瞬间而买单的。

但总体上来看，美奈不像芽庄早已被完全开发，它还是保持了较为原始的状态的。其作为旅游景点被游客熟悉，其实也就是这么几年之间的事情。因此，虽然旅游观光的情形逐渐增多起来，但美奈的主要产业还是渔业，而旅游则是第二产业。或许，美奈的渔民们可能并不适应这种"现代化节奏"的光临，所以仍自保持着每日清晨出海捕鱼、抓蟹的传统。这是一种难得的心境，真好。

在美奈，男女的分工比较明确。男人们负责出海捕鱼，女人们则负责对捕归的渔获进行整理和分拣。记得在芽庄时，男人出海有时候要一个月才能回来一次,出发前会去"天依女神庙"祈祷平安,之后的每一天,只要得空,女人们也会来上香祈福。据悉,印度教或婆罗门教是没有香火的,按道理只有佛教才有。而越南和中国一样,属于大乘佛教,可能受此影响,所以越南的各类寺庙中,也开始焚香祭祀起来。想必,美奈渔村的女人们也会到临近的寺庙中去燃香祭拜吧。

美奈的渔民们是勤奋的。我本以为他们应该是"日出而作,日落而息",但其实,当日出时分,金色的阳光投射在布满贝壳的沙滩上时,渔船便已回港了!虽是艰险,但这种对时间的把握是对的,因为早晨会有大量渔获的采购需求,他们需要在此之前满载而归才行。为了生计,也只能起早贪黑地捕捞了。

之所以说美奈的渔村是蓝色的,这时便能见到分晓。蔚蓝的大海上,漂浮着的是密密实实的蓝色渔船,然后又"拥挤"

美奈渔村的日出。　　　　　　　　　　摄影:陈心佛

在青翠掩盖的峡湾，形成一幅铺天盖地，又带有妙趣横生的弧度的蓝色画卷。海水涟漪，众船轻荡，蓝影摇曳，入眼斑驳，这种源自真实生活的活力画面，您需要为之敬畏而心存感动。这是真真切切的浪尖上的生活，不仅仅只是您相机中的风景，而是余华笔下的《活着》。

这里"与众不同"的渔民们，偶尔也会把渔船漆成蓝色之外的五颜六色，但这并不影响整个画面以蓝为主色的调性。只是这里的渔船比较有趣。从岘港到芽庄，再到美奈，一路看来，其渔船的特点大抵一致，其实都只是个稍大一点的"圆形澡盆"。然后，在"澡盆"上装上螺旋桨、照明灯、舵、筐等必备物品，一条"美奈渔船"，也或"越南渔船"就诞生了。这是一群直径2米见方的竹编渔船，然后在底部再刷上树胶或桐油进行防水处理便基本行了，只是这种看似简单的渔船，一般人摆渡起来要想掌握平衡与前进的技巧，也真不容易。它有着专属的英文名字，叫"Basket Boat"，发音上有点像是"篮球"，但其实是"篮子船"；而其在越南语中的正式名称，则叫"簸箕船"。船如其名，一早一晚，一出一归，美奈湾上便满是漂悬着的五彩缤纷的"大簸箕"，或者"大箩筐"；然后，其中又可放置4个"小箩筐"，便是它的组合。

当然，这些"簸箕船"并不是用于出远海的，它们只是用来从向海湾靠来的大型渔船上转运每日清晨捕到的渔获。这些渔获被分装在"簸箕船"载有的小箩筐中，一箩筐一箩筐地运抵岸上。看得真切，每一次的装载，便是一场秋忙似的收割，丰收的喜悦挂满了美奈男男女女的脸上。也许，在那一刻，每

美奈的渔村，是蓝色的。　　　　　　　　摄影：陈三秋

美奈的蓝色渔村，处处可见蓝色的"簸箕船"。摄影：陈三秋

条鱼的价格，他们，尤其是她们，便已经心里有数了。

沿着美奈的那条主路，会有一些可以下到岸边的台阶。在这里，既可以欣赏到那份"蓝色渔村"之美，也可以感受到一股扑面而来大海的味道。当然，最主要的，这里是自港口驶回的"簸箕船"停泊的家园。打捞的诸般海货，会被一筐筐地放在沙滩上；然后，男人们开始整理渔线和渔网，女人们就负责在岸边再次挑拣和分类。这里，自然也就成了游客们直接购买"一手海鲜"之地。对于游客而言，渔港本身停着的船只和渔家挑选的场景，抑或是与当地人交易，都有着不一样的乐趣。

令我惊奇的是，这里竟然也有柬埔寨白马城的蓝脚蟹。只是在美奈，它们又被分成了两种，黄盖和黑盖的，个头大小，基本相当。还有"超级大龙虾"，有点像"澳洲大龙虾"，或者在非洲安哥拉的姆苏鲁岛上见到过的一只管饱的"大西洋龙虾"。真是"一方水土养一方人"，美奈丰富的渔业资源，堪称上帝的恩赐。

只是这种恩赐，也不能被无谓地滥用。公元 2017 年 10 月，欧盟委员会还因越南"非法、不报告和不管制捕捞"活动，而对其出口海产发出黄牌警告。公元 2018 年 6 月，欧盟继续维持了黄牌警告措施，而不是像越南所希望的予以取消。欧盟方面还派遣工作组对越南渔业活动进行了实地检查，并建议越南进一步做好出口海产原产地认证工作，管理好各个海域渔船捕捞范围，给渔船安装监控设备，制定对违法捕捞船的处理措施。这是实现可持续发展渔业蓝图目标的应尽责任。欧盟采取这一机制的背景，就是因为越南长期以来的非法捕捞与自发捕捞而使近海资源逐渐枯竭。

其实越南的激进式旅游战略将来也可能会面临同样的问题。因为配套、环保、节制等措施的缺失，其对生态系统的破坏，不亚于渔业资源的枯竭。岘港和芽庄的旅游开发已臻饱和，虽然尚未达到长年人满为患的程度，但也深刻地感受到些许的"不能承受之重"。当然，可能中国的一线城市与景区，此等情形更甚。美奈偏安越南南部海滨一隅，离全面纳入旅游重点之地还尚需时日，与境内的大叻，基本上还都属于边缘化，但都是美到"无可奈何"的旅游之地。有点像老挝的巴色或万荣、柬埔寨的白马与贡布、缅甸的东枝与泰国的清莱。此时前去，虽然要途经中转之累，但正是这种地缘上的隔阂，令其今日之面貌正是适合"人少景美"的纯朴式的静谧旅行。尤其是那些不染纤尘的自然风光——渔村、田野、清溪、山林、蓝天、碧海、阳光、沙滩、日出与日落，以及原汁原味的异国生活，一定是经年忙活于森然的城市之中的您，期待的、寻觅的，也会眷恋的。渴望"换一种生活"，但又不宜太久，久则乏味，甚至失去自我；最好的规划就是，一次短暂的旅程，过一场适可而止的"别样生活"，那便是恰到好处的了。

当然，美奈的渔村，并不止于单调的蓝色，如我所言，纵使这里只剩下蓝色，它，也绝不单调。因为，它是灵动的，于海上也是飘摇的；那种一泻千里的蓝，是一场"蓝锁大海"的壮丽，也是一种催人动容的气魄。蓝是常态，日复一日；但日日又因风、因雨、因人而不同，这或许就是"新常态"了。那么，如果再加上一抹金黄，或者绯红，又会如何呢？那便只能在美奈的日出与日落间去找寻答案了。

越南的沿海，大部分地区是濒临东部，因此一如美奈，观赏日出便是首要的极佳体验了。一定要在美奈，选择一次出海看日出的机会。而且，出海的交通工具，既不是小舟，也不是大船，而是造型奇趣的"簸箕船"。您一定不会想到今生今世，还会与"簸箕船"发生过一场邂逅的故事吧？与老挝、与缅甸的"月牙船"相似，乘上它，本身便是一许流浪的心境，与一道绮丽的风景。花上少许的钱财，便能租到一个。然后在随行渔民的协助下，缓缓地把臀下的这座箩筐，划出海湾，划向大海的深处。"过程重于结果"，因此，这番追随千船出海，而我独自等待日出的"漂洋过海"般行程，也是暗夜之下，孤寂的妙趣，与荡漾的风情。

早 4 点半出发，至 7 时许可归。在这人生中的一个寥寥的间隙，您将跟随"簸箕船"，看到黑色的夜幕，被晕红划破；撕裂之后的天幕，开始被绯红占据主色，然后一点一点地被交织的鱼肚白所覆盖，完成一场令人震撼的空中搏斗与交割。最后，当追逐到那抹最富生命力的金光时，您便可以静赏了，那将是让渡于光亮的金与白的第二次交割。这也就离冉冉升起的日出之景不远了。当日出正盛之时，别忘记向周遭回望一眼，那些"簸箕船"，已被逆光粉饰成一幅幅巅峰般的剪影，美妙极了。

美奈的日落之景，也堪与日出景色相较。那是一场由明到暗的海上较量。故事中的"虾兵蟹将"，依然是那些打渔归来的"簸箕船"，暑气褪尽，赶海辛劳的渔民，岸上拾贝的妇女，天真烂漫的孩童，也包括您，都将成为此情此景之中，不可分割的一分子。当晚霞铺满天空，像条条锦鲤，或大块大块的画布，

美奈渔村的日落。   *摄影：陈心佛*

从中，一日当空，虽然暗淡了许多，并终将为来自黑暗的蛮荒之力所吞噬，但最美的，总在片刻。我想，那分分秒秒，仿佛自指缝中逝去的彩色的光阴之美，足以将您的心头，添满惬意，堆成回忆。

然后，是一夜辗转反侧。

再然后，度过这个无眠的长夜，便是新的一天。

而新的一天，美奈，又复回到渔村下的蓝色。

这是一场永恒的交替。蓝色，是属于美奈渔村的专有之色。

要爱上这片蓝。可以从中找回，已于城市消失的家园。

2018 年 12 月 8 日于美奈，渔村滩头

79 美奈红白沙丘

美奈半岛之上,有两个颇有名气的沙丘——红沙丘与白沙丘。其中红沙丘,也叫"红沙滩",但距美奈湾的海边尚有百米之遥——可以理解为孤悬在海滩之外,且由沙林半包成三五个硕大的、高低起伏的沙丘,因此,还是称"红沙丘"更准确些。而白沙丘亦然,只不过其在诸沙丘之间,另坐落着一汪碧蓝的绿洲,仿如深潭般,为这片一望无际的寂寥荒漠,增色不少。

在美国 CNN 评选的"2017 年亚洲最美原生态沙滩 20 强"中,美奈沙滩名列其中。而这一红一白两大沙丘,能够在绵延 50 余公里的美奈沙滩之中"异军突起",确实有些过人姿色;但我觉得,更有赖于其善于钻营。因此,没有见过撒哈拉沙漠、阿拉伯沙漠或者戈壁滩沙漠等壮美无边者,来这里体验下美奈沙丘的小巧、温婉与旖旎,也是不错的选择。

先说一下红沙丘吧。这里距离美奈小镇比较近,离美奈渔村大概只有 2 公里,距美奈沙滩也只有 6 公里左右。丘如其名——作为沙堆间隆起的"丘陵",其"身披"之沙确实是红色的。下面有些黑色,这是风化过程的杂质,在所难免。与纯粹的沙漠不同，红沙丘不是很陷脚，可能被不计其数的到访者踩过吧，已经比较夯实了。

旅行指南上常说，"美奈，一半沙漠一半海"，说的应该就是此地。一条横穿美奈的暗黑色公路，将红沙丘与海岸线相隔，割裂成"一边是大海，一边是沙丘"的两处孤立景观。这种地貌特征，也正是美奈比之万荣、蒲甘、白马、清莱等中印半岛之上规格相似的"世外边城"的独特之处。美奈也可以说成是"三分沙漠三分海，还有三分，则是丘陵和沙滩"；其中，渔村坐落在沙滩与大海之间，而红沙滩，则被围在了丘陵之间。只是令人心生奇怪的是，这处由沙与砾层层叠叠堆出的红色地带，却并没有人去深究它形成的真正原因。"为什么这不毛之地、沙细如粉的大沙丘会跳过了海滩，穿过了渔村，跃过了椰林而孤零零地独踞一方？"红沙丘显然懒得作答，而美奈渔村的渔民们更是无人问津，他们喜欢的是自由自在的渔民生涯，所以连筑起一道围墙将红沙丘进行"保护性开发"的心思都懒得动一下。它就这样，以懒散天然的面目，赤裸裸地呈现着，任千万人踩过，来而复返，一无答案。

我觉得关于红沙丘的诞生故事，可能要从历史的长河说起。历史是个好东西，那里堆积着先人们的智慧，可以为无数待解的问题提供"答疑解惑"。拨开历史的烟云，我们会发现红沙丘

第 5 篇

The floating clouds

不了情缘 **越南** 说再见

在红沙丘，见证美奈的"一半沙漠，一半海洋"奇境。

摄影：陈三秋

的地质构造并不像想象中的那么罕见。这可以分成两个层面、两大问题来对待。一是为什么它是红色的？二是为什么它们会离开与海岸相接的沙滩跑到陆地上来？这要回到沙子本身上来。我们知道，沙子是由微小的矿物质和岩石碎片组成的。这些岩石碎片由于风化与侵蚀作用，历经数百万年乃至数千万年的分解，由石头变成沙砾，再由沙砾变成细密的沙子。有时，海底的珊瑚也会参与到大自然界的"造沙运动"中来，它们经过长年累月的风化也会形成沙子，而且，还更细、更密，是上等的沙子，由此而形成的沙滩，也便是最美的。红沙丘的特殊之处在于，它成了一处"沙丘"，也可以理解为它们远离了大海，而自成一片规模不大的沙漠地带。如果不是身在美奈半岛，而是给它以更加广阔的空间，说不定它能更加疯狂地奔走，吞噬更多的陆地、田野、山林甚至绿洲，而成为一大片气壮山河、令人生畏的荒漠。但半岛的地形阻挡了它，半岛的岩石之重迫使它停泊了下来，半岛的风也无力再将它卷走，带到更遥远的地方，于是，它们刚刚跑离沙滩，便在当下的岁月中，停顿在了一路之隔的山谷与林间。

我们已经感觉到了这片红沙丘与其他沙漠的区别，那就是它并不是很陷脚，这就像泥泞的道路一样，踩的人多了，便结实起来了；当然，还有第二种原因，或者是"可能性"，那就是这些红沙丘的沙粒，有着超乎常规的"重"，那便是带有更多矿物质作用之下的结果。在非洲西南的纳米比亚，有一个叫做"苏丝斯黎"的沙漠，它既是"世界自然遗产"，也有着基本不会变化的沙丘，由此而形成的婀娜多姿的曲线，使得此地一度被视为"世界最美沙丘"。而它之于风沙荒漠间的相对稳定,也是因为沙粒的比重比较大,那是不易被狂风挟裹远去或者摧倒成平坦的大漠之重。这种"重",来源于沙子中富含的数不清的铁元素,由此而呈现出与美奈红沙丘惊人相似的"铁红色",以至于赢得了"红色妖姬"之名。"每一粒沙,都有一个穿越历史的故事",就像吴哥窟的石头,或者美山圣地的红砖一样,沙子有时也会"说话"。这一次,它借着染红它的矿物质铁,成功地告诉了我们它的颜色与它的重量。

当然,我们很快还将进一步见证这种"重量"的作用。在这之前,必须要说的是,红沙丘的不同之处,是这些沙粒与沙砾,来自海洋。大海,一度是它最初的家园。然后随着风,逐着浪,被推到了海岸线上。作为其中细小的沉积物,它们顽皮地沉淀在了岸上,且带上海水中的微量元素——铁;"此间乐,不思归",久而久之,它们便成了沙滩的一分子,并将那里当作了第二个家园。伴随着浪奔浪涌、水涨潮退的运动,它们享受着活泼惬意的生活;但不曾想到的是,随后在它们被晒干或风干于海岸的片刻,一阵又一阵的风,将它们一步步地带到了更遥远的岸上。直到遇到了连绵的山林,才将它"拯救"下来。它们停在了植被底下,在没有逆风将它们带回的情况下,这里也便成了它们的第三个家园。然后便是时间推移的力量,将它们更多的同伴"运输"到了这片山林之间,沙粒变成了沙堆,当植被在这些沙堆上进一步"殖民"时,植物的根与茎,牢牢地将顽皮不羁的它们锚定,它们也就再难自由地进行移动了。于是,一边是风继续吹,将这些沙堆吹得更大,也更加陡峭;一边是不甘于臣服的众沙粒开始向植被进攻,最后,它们打赢了,植被开始枯萎、死去,只剩下密密的根,在最深的地下,与它们交织在一起,"生死相依"。这时的沙堆,在不经意间,就变成了彼此环抱的沙丘,"杀敌一千,自损八百",再加上,它们是如此的重,重到当初挟裹它们的风已无力再将它们托起,也便再也无法进行下一次大规模的迁徙了。

这就是美奈的红沙丘,极有可能的形成过程。

如今的美奈,一边是红色的沙子,一边是蓝色的大海,虽然颜色上形成了鲜明的对比,但两相搭配,很是和谐。这也难怪,千百万年以前,它们本就是一家嘛。只是与海水的清凉相比,这片红沙丘,则是烈日的天堂。几乎没有办法长时间停留,只要日头升高,沙面的温度便会越来越高。脚下,是滚烫的沙粒;头顶,便暴晒无比。一阵卖力地缓步行走,穿过一个高高隆起的沙丘,再到另一个沙丘,四野满是干涸荒凉的山林;又一批细密的沙粒,沉积在山林中的植被四周,向游人们印证着红沙丘的过往,也昭示着多年之后,它们将"征服"山林,使其成为与红沙丘一样的命运。这可以理解为是一场发生在大自然间的角力吗?

在红沙丘上徒步,虽然没有横穿撒哈拉大沙漠般的劳累脚力,但一捧又一捧的红沙,加上烈日当空,那种久视之余的枯燥与疲累,会让您有一些些的眩晕。红沙虽美,但绝非久留之地;也许只有像诸如贝都因人,才能经历千年而始终将浩瀚的荒漠自由地驾驭。我们能够欣赏或者享有的,只是片刻。一阵沙丘间的行走,留下了一串串凌乱不堪的脚印;然后一阵风吹

第 5 篇

The floating clouds

不了情缘
越南说再见

美奈的红沙丘。　　　　　　　　　　　摄影：陈三秋

越过红沙丘，做个孤胆英雄。　　　　摄影：陈三秋

过，脚印便被填上了一小半，不久之后就会被填平填满。这是在告诉您，只是过客；或许让您相信，您并没有来过。确是如此。我们之于沙漠，已知远远没有未知的多。也许恍惚之间，我们能从记忆的片段中搜寻到"丝绸之路"上的声声驼铃，抑或《龙门客栈》中的兵戈，但终归我们只是将其当成人生的一道风景而已。借用早年间流行歌手含笑的那曲《飞天》来说，就是在大漠的落日之下，那些满天飞舞的流沙，也只不过是"缘来缘去散缘如水"罢了。

说到落日，也许这才是红沙丘的得意之作。那也是红沙丘上一天之中暑气渐消的时刻。找一高高的沙丘，便是观赏落日的绝好位置。尤其是在风力的作用之下，夕阳下的红色沙丘，仿佛是滚动的；那些琥珀色的沙子，在渐渐西沉的落日余晖的笼罩下，散发出短暂而明亮的火红。在这抹火红的映衬之下，原本为主角的西方天际倒逊色了许多，两堆不一样的红：火红与猩红，相差就那么一点点，但又似隔有千里。这时，还会有寥寥的几个人，在美奈孩子们的陪伴下，乘上他们的铝片——美其名曰"滑板"，从某个沙丘的最高处，迎着夕阳，顺着陡坡一跃而下，当地人称之为"滑沙"。显然，这种快感，是要为之买单的，费用大约在 50 000 至 150 000 越南盾之间吧。这是落日下，孤寂的荒漠中，唯一的一点灵动。混合在了上下两片红之中，然后，又随着红的隐退，而一起消失得无影无踪。

美奈的红沙丘，我来过了，落日很奇特，历史很坎坷。

当然，近似红沙丘般的"造沙运动"并不止于风，有时候，水，也可以。同样在美奈，便可以找到踪迹。那个地方叫"仙女溪"。传说中,它是仙女洗脚的地方,因此而得名。于我而言,除了浪漫的故事,便是它所揭示的另一场"造沙运动"。这是一条流经美奈渔村东侧的小溪,上游是山,下游是海,其流经之地,被掩藏在了一处浓密的茂林间。游人们可以沿着中游,挽起裤

美奈传说中的仙女溪,就这样自远处蜿蜒流下。

摄影:陈三秋

在仙女溪中跂水漫步,体验一下美妙的"仙女洗脚"。

摄影:陈三秋

脚赤着脚，从只漫过脚踝的浅浅小溪中向上游蹚去。两岸之前，应该全是岩石，后来被雨水从上而下经年累月地浸泡，开始变得松软，而成岩层与沙丘，但还是保留下了大峡谷的感觉。那么，那些自上游或岩石缝中冲刷而下的沙土，并未全部被溪水冲走，有些颗粒大的，或者重的，便沉积了下来，因此，溪底便成了沙质。虽然这些沙粒大小不一，但经过缓缓的冲磨，就会变得平滑而柔软。因此，走在上面，脚底板会非常舒服，有一种"足部水疗"的曼妙之感；有时还会有些细沙从脚趾头间滑过，也是滑滑的、软软的，还能够中和掉美奈常年的炎热暑气。这就是美其名曰的"仙女洗脚"了。

愈往上游走，便看得愈真切。那些来自山上或岩中的岩石与泥土，在风化作用之下，碎成了一粒一粒的细沙。其中，轻盈的，被大风吹到了溪水中，被雨水冲到了溪水中，然后又随着溪水，被搬运到了汪洋大海之中。最后只留下了富含矿物质的沙粒，它们因为某种恰到好处的重量，停留在了山头、岩上、溪底；其中，含有铁元素的沙粒，会呈现出褐红色，既染红了溪水，也染红了山坡。所以说，仙女溪的溪水是褐红色的，非常之奇特。其背后，便是另一场"造沙运动"。如果说红沙丘是风与沙滩的交合作用形成的，那么，仙女溪便是风与雨水的共同作用造就的。当然，它们都离不开铁元素，还有漫长的风化过程。

在美奈，还有一处白沙丘。它距美奈渔村的海滩约有35公里之遥，但其规模比红沙丘要大去很多，因此，也就更加壮观。再加上开发与经营得较早，便成了一处沙上活动颇多的景点。因此，对于喜欢在沙丘上玩耍的人，最值得一游。

需要澄清的是，白沙丘并不是白色的，它浪漫的名字来自它早年间的诞生之时。那时，前来游玩的欧洲白人、俄罗斯人较多，据说沙滩上满是肌肤如雪的女子，两项作用的叠加，便成就出了"白沙丘"之名。这里沙粒细腻，与略显粗糙的红沙丘相比，它的沙质其实是偏正宗的黄色的，所以，从贴近事实的角度来说，称其为"黄沙滩"或者"黄沙丘"可能更准确点。但显然，聪明的越南人民，哪怕是纯朴的美奈渔民，在精明商人的裹挟下，是不会将其更名的。那无疑将是重大的损失。

这有点欺人。其实您想一想，埃及西南腹地、尼罗河西岸负有盛名的"黑白沙漠"不也是如此吗？那里的黑不是黑沙，而是黄沙上面铺满的粗粗的、煤炭渣般的黑沙石；那里的白也不是白沙，而是裸露出沙面的石灰石。具体来说，那是一场火山爆发之余的黑色颗粒大喷发，与沙海中白色石灰石的风化共同作用之下形成的。如果不是那部著名的《北非谍影》，或者偶像三毛笔下的《撒哈拉的故事》，估计没人会喜欢上这个从开罗开车要行驶大半天才能到达的地方呢！

冲着一捧白而来，迎回一身黄沙而归。便是白沙丘的真实写照，也算是终极体验。由于这里由细密的沙粒片片连接而成，一脚下去，力气被花去大半；其又依托原有的山地构造，而呈连绵起伏之势，因此，在惊叹它的规模宏伟之余，您不得不考虑，怎么才能爬到沙丘之巅。这样的想法一萌生，经营白沙丘的业主们的生意就来了。小到沙地摩托车，大到吉普越野车，随您挑选。接下来的行程，就是很多沙漠之中都会开展的一项运动，名字叫做"冲沙"。

建议您选乘一辆拖斗式的越野车或吉普车，挑个颜色鲜亮的，比如绛红色、橙黄色，会与蓝天、沙地、碧水映衬成景。是的，白沙丘的难得之处，就是在沙丘的纵深之处，还一处淡水湖泊。湖泊之旁，长满了高大幽深的热带丛林与植被。如从空中或丘巅俯视，沙丘包裹着碧湖绿树，湖上还飘着朵朵荷花，风吹荷浪翻涌，岸边的丛林中，树梢之上复又传来沙沙的响声，您不定很难想象这竟是一处黄沙漫天的荒漠。

不管您是乘坐哪种车，一圈下来，起伏冲刺，满嘴是沙必少不了，还会刁钻地塞满牙齿的缝隙。因为，就像过山车一样，除了眩晕，您唯一能做的就是抓紧把手，然后就是一路尖叫、狂喊。尤其是近80度的垂直俯冲，胆子小一点的，直接跳过。这样一番下来，不灌满一嘴的黄沙才怪呢。

到了白沙丘之巅，群车沿着丘陵边缘，一字排开，会有一种浪迹天涯的感觉。您一定会陶醉片刻，然后，问题就来了。那些来自沙丘深处的阵阵疾风，裹卷起细细的沙粒，形成薄薄的沙幕，随风飘扬，简直就是一场"沙雨"。还有些极不识趣的，会打在腿上、脸上，钻到耳朵里、发丝间，甚至是眉毛上、眼睛中，因此，一定要戴副眼镜为妙。这样，可以保护得了眼睛。

美奈的白沙丘。　　　　　　　摄影：陈三秋

一条墨色河流，奇妙地穿过白沙丘。摄影：陈三秋

在白沙丘的绿洲旁，找到敦煌月牙泉的感觉。
　　摄影：陈三秋

但是身体的其他部位还是逃脱不了。只要有风,您便避免不了被这些细细的沙粒炽热地拍打。

就这样,白沙丘还依然成了美奈"最受欢迎的景点"。我想原因应该有两个:一是这里的日出——那一刻的白沙丘在地球引力的作用下,或者在烈日尚未唤醒沉睡之风的片刻,这片原始而贫瘠的沙丘之地,是寂静的。任由铿亮的晨光与金色的朝阳,打在壮阔平静的沙面之上,一湖静躺其间,碧蓝碧蓝的,像大海一样;然后,沙丘的橙黄,与天幕的晕红,一股脑全倒入湖水之中,在湖面之上,可呈绚烂的彩色。会有些女孩,忍不住穿上艳丽的长裙,在湖畔的沙地上翩然起舞,不用猜,她一定

在美奈的纪念品商店中,遇见越国的沙画风情。摄影:陈三秋

不是孤独的。总会有个"倒霉"的，并乐在其中的男人，在急促的抱怨声中，追逐着她，快速地切换着"令人敬畏"的高难度镜头，为她拍照。

还有一个原因，就是靠想象。想象这里的沙漠更无际，沙丘更雄伟，远山变成了峡谷，密林幻化成屏障。或许，峡谷，是约旦著名的"月亮峡谷"；沙漠也便是蜚声海外的"瓦迪拉姆沙漠"；最后，一起出现在了大卫·里恩执导的奥斯卡最佳影片《阿拉伯的劳伦斯》中。反正，美奈，左手是海，右手是沙，您可以纵情想象。海就算了，除了蓝色的渔村与渔船出海回港的周而复始、生生不息可圈可点之外，便只剩下"虾兵蟹将"的味道；当然，这种味道之中，是勃勃的生机，支撑着美奈渔民，可以幸福地生活。与海相较，美奈日出与日落之下的这两处红白沙丘，就不同了。它深藏着平庸的奥秘，可以让久违沙漠的人，来此找找灵感，甚至是幻想。

我热爱美奈的蓝色渔村，也觉得，可能会令您大失所望的红沙丘与白沙丘，也真心不错。这确实需要一点点的想象力，于旅途而言，这或许很是重要。尤其是越南，您没有想象力和接受度是不行的，它不像原始的老挝与缅甸，也不像璀璨的泰国与零乱的柬埔寨，它喜欢夸张与被夸张，才可能找到每一处美景的对照与自我。深谙此道之后，我将祝福您，在越南的日子，您会更加快乐。

2018年12月9日于美奈，重返芽庄归途

80 七彩的大叻城

您听说过"大叻"之名吗?有些人听说过。因为,它以多山、多瀑的避暑之地而闻名。但我眼中的大叻,也是它迷住我的地方,是它的红、黄、蓝、白、灰、粉、绿的"七彩之色"。中国人常说"七彩云南",那是实至名归的;但大叻的"七彩之城",也确切不假,如假包换。由此,在一片山谷之间,这种七彩的缤纷之色,将一座东方越国的落寞小城,经由法国人之手,拾掇成了一处饱含"瑞士风情"的小镇,甚至连"美越战争"期间,骄傲的美国大兵都没舍得轰炸过它。就冲着这么多奇妙之举,想必您也会对它心生向往吧,最终,它会告诉您,您没来错。

没有到过大叻,等于越南白走了一遭。

我们知道,芽庄、美奈与大叻三地,在越南之南,呈现出一个不规则的"三角地带"。看似芽庄距美奈,比其距大叻要远去许多,但不曾想,从芽庄前往两地,用时竟然差不多。后来我才明白,这是赴大叻的旅途山路崎岖之故了。

我是从芽庄驱车,南下而往大叻的。路之两旁,便是连绵起伏的青山作陪了。大约历时将达3个小时,所以,我特意选

大叻的七彩"童话世界"。　　　　　　　摄影：陈三秋

第 5 篇

The floating clouds

不了情缘
越南说再见

了一首音乐，来填充旅途的风趣。那是越南语版的《独立无二》，由越南颇负盛名的女歌手 Minh Tuyét（阮明雪）演唱的。当然，出生于西贡的她，现在已经是美国人了。听过郑秀文中语版或李贞贤韩语版的人，应该知道这是一曲动感十足的音乐。身在越南，也只能投其所好了。

越南人与泰国人是非常喜欢音乐的，这一点记得连安妮宝贝都曾说过："在这里，音乐就像啤酒和玫瑰一样容易被得到。"她说的就是越南。而且，据我观察，越南的大街小巷，包括出租车、大巴车司机，都比较偏爱动感的重金属、摇滚、DJ 等等。歌没选错，对于唱片总销量超过 1 000 万张的女歌手，其实力还是有目共睹的，要不然，也不可能与中国的那英、王菲以及日本的滨崎步等实力唱匠齐名。我还特意问了下芽庄的朋友阿力，他对阮明雪的音乐也是热爱得不得了。这是越南人民的骄傲，值得肯定，也就是在她这首熟悉的音乐声中，我来到了久违的大叻。

同去美奈的路途相似，沿途也会看到两座红顶粉壁小巧的天主教堂，这是越南人民第二大的信仰。还有一处三层的白色民居群落，又似别墅，这与越南这些年间房地产市场的火爆是分不开的。不过，在去大叻的路上，与中国很多山区以竹为林不同，这里的山上或者路边，多以细干小叶树为主，那是榕树的一种。路两侧的山顶也比较有趣，有的仿佛被剃了头，那里被种上了越南的特产——咖啡。山顶也时不时地会云雾缭绕，犹如仙气蒸腾。其下的山间，坐落着片片红瓦民居，也便沾染上了几许仙气，久居于此的人家，如能甘于寂寞，应该会是非常惬意的吧。往往这些散落的民居四周，会有成片的香蕉林、松木林，甚至是墓地群，这是真实的越南生活环境与风情了。

在即将进入大叻城区之前的道路两旁，还能在山谷间看到一片又一片的温室大棚，疑似中国的大棚蔬菜。不过这些大棚是以种植花卉为主的。由于大叻地处林同高原之上，海拔高逾千米，加之横跨甘里河（一译"锦黎河"）两岸，水资源也不缺，其四周形成的面积近 100 平方公里的山间盆地，便成了花木、橡胶、茶叶、咖啡的盛产之地，源源不断地为大叻带来更多的财富。所以，大叻，还是越南当之无愧的富足之地。这也是成就此城的重要原因。

这要追溯到公元 1890—1893 年间。一些忍受不了西贡酷暑的法国探险家，一路向北，发现了此地。便集体向法属交趾支那，也就是越南的殖民地的总督卢眉提出请求，在大叻兴建高山避暑行地。富有殖民管理经验的卢眉，最终同意了。这批人当中，有着令您想象不到的一些名流，如近代微生物学的奠基人，也是法国著名的微生物学家路易·巴斯德，还有法国著名的细菌学家，"鼠疫杆菌"的发现者亚历山大·耶尔森。不管怎样，自公元 1907 年开始兴建第一座旅馆开始，"大叻城"的营造工作便正式启动了。公元 1911 年，第一座疗养院得以修建；越南末代皇帝保大帝还在此修建了"保大 3 号—避暑行宫"。至公元 1912 年止，法国殖民当局的建设，已经让大叻形成了市镇规模。五年之功而已，不得不赞佩法国人的造城能力。

而且，还不仅止于此。浪漫的法国人，还在甘里河上筑坝，打造出了"大叻湖"。此湖，后来因纪念越南最伟大的女诗人胡春香而更名为"春香湖"，一举成名。思乡的法国官员，或环湖，或依山，随即建起千余栋法式别墅、旅馆、行宫和庭院，包括法式窄轨火车。当到了公元 20 世纪 20 年代，法国人将公元 1922 年时才为保大帝依湖兴造而成的大叻皇宫改造为一座星级度假酒店，并正式对外开放。从此，前来大叻避暑纳凉的欧洲人，便更加络绎不绝。

虽然二战后不久，法国人离开了，但这些法式建筑与欧洲风韵，以及城中埃菲尔铁塔形状的无线电发射塔，都作为当年法国人思乡的杰作完好地保留了下来。甚至在"越南战争"期间，法国政府还曾要求美国的军事飞机不要轰炸大叻，以待他日归

大叻城中埃菲尔铁塔式的无线电发射塔,述说着它曾经的法国殖民岁月。

摄影:陈三秋

来，仍能找回昔日曾经的记忆。后来，美军索性也把这里当作了度假胜地。

"南越"时期，以及越南统一后，先行富裕起来的大叻人民，便沿着法国人当年点缀过的这座漂亮的高地小镇，以及涂着绚烂色彩的精巧房子，建起了一座座色彩斑斓的别墅。这些别墅，以红顶和灰顶为主，但墙体则融汇着粉、白、蓝、黄等诸色。而且，白中还有灰白，蓝则有淡蓝和深蓝，黄有米黄、橙黄、浓黄等等。在蓝天白云的衬托下，给人一种梦境般的不真实感。再加上大叻城本身，犹如今日的澳门，地势起伏崎岖，所以，形成各色建筑群落，自是层次分明的，从空中或高处鸟瞰，有如一片片高低错落的七彩魔方块，或者火柴盒，甚是美妙。

所以，大叻的形制，就成了市郊有群山与苍翠的松林，市中有湖泊与多彩的民居，如果再加上大大小小的瀑布，如千鲤瀑布、达坦瀑布等等，大叻便是一处多山、多瀑、多湖、多彩而著称的"许四多"小城。当然，"多"可能还不打紧，更主要的是要景色秀丽、风光明媚。大叻四季如春，插枝成花、插柳成荫，如逢百花盛开之季，如诗如画，能甩开河内几条街。因此，如今，大叻已成为越南人民心目中最受欢迎的度假小镇，也是蜜月圣地。

毫不夸张地说，这里连出租车与自行车，都是五颜六色的；对颜色喜爱到如此极致的程度，大叻想不成为一个"童话世界"都难。这是罕见的，可能唯有我所见到的瑞士才有。我也曾总结过"多彩之城"要素，如要有山势起伏形成错落的建筑格局，要有蓝天白云以及洁净到不染尘埃的街道，自然风光要与建筑水乳相融，而且风化还要不是很严重，否则，漆就的墙体吃不消。这些，大叻无一不满足。

因此，大叻，获得殊荣就是自然而然的了。从公元2014年10月在老挝万象举行的第15届东盟环境部长非正式会议上斩获"东盟清洁空气城市"证书时起，至公元2018年1月，仅在当月，便两获"东盟可持续环境城市"称号以及"东盟清洁旅游城市奖"。大叻，不负"越南的瑞士"之名也。

见微知著。七彩的大叻城，还可以从如下这些建筑中找到印证的踪迹。

其一，便是越南寺庙建筑艺术的精品之作——灵福寺。整个寺庙远远看去，像是一件精致的镂空雕刻作品，玲珑剔透。从五颜六色的雕花门楣开始，到寺庙前的龙柱、寺院中的龙雕、寺壁上的浮雕、窗沿上的装饰等等，无不用彩陶或彩色玻璃片拼贴、镶嵌而成。颜色绚丽、璀璨夺目。寺内还有一座色彩斑斓的七层宝塔，殿内另有一尊巨大的金塑观音，本来应该是主角的，倒被映衬得略显普通了。

大叻山城中的建筑,有着七彩之色。　　　　摄影:陈三秋

第 5 篇
The floating clouds
不了情缘 **越南** 说再见

大叻的灵福寺,有着极为繁复的精美。　　　　摄影:陈三秋

玛利亚修道院与圣尼各老主教座堂是大叻最著名的两处教堂。前者建于公元 20 世纪 30 年代，造型精巧，外观是艳丽的粉红色，非常讨人喜欢。这里有为孤儿、无家可归者和残疾儿童开设的孤儿院、幼儿园和小学；而教堂后面的屋内，还有修女们在出售旅游商品以用作慈善事业。后者是一座哥特式建筑风格的罗马天主教堂，位靠大叻城中最显赫的高坡地段，是为纪念瑞士传奇的圣教徒圣尼各老·冯物洛而于公元 1931 年兴建的。主体建筑规模较大，是该地区最大的教堂；外观呈古朴的米黄色，只有高耸的钟楼塔尖与塔尖上的"十字架"，一个是灰色的，一个是白色的。教堂内饰、廊柱和穹顶也是米黄色的，还有 70 个法国制造的七彩琉璃窗，被凸显得格外炫目。当年，这座教堂是法国和其他欧洲国家的人住在大叻或来此度假时使用的，有时里面还会举办隆重的、仪式感十足的弥撒活动。

大叻的老火车站也比较不错。其始建于法国殖民时期，见证着法国殖民当局不仅彻底将大叻的越式原貌改头换面，还为这里带来了工业文明时代的蒸汽火车与窄轨铁路。法属当局先是在公元 1908 年建设了一条从宁顺到大叻全长 84 公里的锯齿状窄轨铁路，这在前面也有提到。这种设计能够让火车轻易爬上海拔 1 500 米的大叻城。后又在公元 1932 年，委托两位法国建筑设计师 Moncet 和 Reveron，在距春香湖东侧 500 米之地，修建起了这座大叻火车站。据悉，其设计灵感来自法国西北部诺曼底著名的海滨度假城镇多维尔的河畔码头。建筑的主体色调为夺目耀眼的橘红色，并搭配以鲜明的亮黄色。屋檐部位有三个耸立的尖尖的屋顶，以及饱含异国风情的彩纹玻璃雕窗；

有着80余年历史的大叻老火车站。　　　摄影：陈三秋

屋顶象征着大叻浪平山的三座山峰。前后历时6年，才于公元1938年落成启用。在公元1964年"越南战争"爆发而遭废弃前，可以说这里是大叻连接外部世界最主要的通道，也是外部了解大叻的最重要的窗口。因为，像诸如大叻的美誉——"越南最美的小镇""越南私藏的法国"等等，都离不开这座火车站的影响力。时至今日，它仍然被誉为"越南最美火车站"，也是全越现存最古老的驿站建筑之一。

越战之后，直到公元20世纪90年代，这里又重新开始得到使用。在公元1991年时，越南铁道部在此新建了一条通往临近小镇Trai Mat的8公里铁路，并将20世纪30年代运行的4

节木质列车车厢进行了复原；直到今天，每日仍然保持着5趟往返两地的班车，可以正常发售，当然已是以旅游观光项目为主了。沿途，还能欣赏到大叻郊外的乡下风情。公元2011年，大叻火车站被评为"越南国家级建筑遗迹"。其内部陈列的蒸汽式火车头、数节复古的车厢与纵横交错的窄轨轨道，都已具有"火车博物馆"的功能。穿过历史，虽然这座火车站的客运使命消失了，但它的那段历史以及所承载下来的异域风情，则给它赋予了吸引游客参观、拍婚纱照的全新使命。

作为世界上最奇怪的建筑之一，在越南境内负有盛名的"Crazy House"也就是"疯狂屋"，或称"疯狂酒店"，也是多姿多彩的。该酒店由越南前劳动党总书记、国家主席长征之女邓越娥公主设计的。她在苏联取得建筑学博士学位后，返回越南，在大叻买下了一座古老的法式别墅，并在旁边加筑起离奇古怪的童话般的花园，以及一座又一座位置、朝向、高低、形状、颜色各不相同树屋旅馆，包括屋内的造型、主题、装饰、摆设、家具也皆是独一无二的。该处建筑群落于公元1990年建成并对外开放，时名为"恒娥别墅"，"恒娥"是她本名的别称；后因院内怪屋遍地，怪石嶙峋，而以造型夸张怪异著称于世，久而久之，才被称为"疯狂酒店"。

在大叻停留期间，我还特意在此酒店连住了2晚。整幢建筑的外观，酷似一棵枯死腐烂的大树，呈青灰色；但里面的颜色则是丰富多彩的，由数十间设计风格迥异的动物主题石屋组成；加之贯以古堡式的石质悬梯，以及层次分明的小巧花园，俨然一座来自"哈利·波特"系列小说中的"魔幻世界"，谱写

大叻城中的"疯狂酒店",俗称"疯狂屋"。　　摄影:陈三秋

着大叻城中又一"森林童话"。

据称邓越娥女士的设计是受到了大叻四季宜人的自然环境启发,并兼采了西班牙著名画家萨尔瓦多·达利、建筑艺术家安东尼奥·高迪,以及迪士尼的"梦幻城堡"等作品的艺术风格糅合而成。其中,萨尔瓦多·达利堪称"艺术史上的疯子",在画作中创造了无数令人惊诧的梦幻奇境,与同出西班牙的巴勃罗·毕加索,以及法国的亨利·马蒂斯,并称为"20世纪最具代表性的三位艺术大师"。但最大的影响,应该还是来自安东

尼奥·高迪。这一点连邓越娥本人也承认过。他是塑性建筑流派的代表人物，终其一生，留下了"文森之家""巴由之家""米拉之家""古埃尔公园""圣家族教堂"等7处"世界文化遗产"和17项"西班牙国家级文物"。

虽然邓越娥的设计水准与艺术成就，距安东尼奥·高迪相去甚远，入住之后也能感知到"疯狂酒店"的诸多不够精细之处，但作为一座越南的现当代建筑，也算是满富有想象力的了。游人们穿梭其中，时有坠入迷宫之感，同一拨人，可以"偶遇"多次，非常有趣。正中部位的室内墙壁之上，挂满了当初的设计草稿、各国媒体报道以及公主夫妇的肖像，可供追忆那段逝去的浪漫年华。

"疯狂酒店"的多处高耸的屋顶，还是观赏大叻全城风景的好所在。鳞次栉比的彩色民居、蜿蜒崎岖的小城道路，以及空阔平躺着的春香湖，尽收眼底。在一年的部分时节，还可以在这些屋顶平台上观赏日出日落大叻城的迷幻之景。我在之日，由于夕阳受到周遭房屋的阻挡，是很难看到日落的。平和温婉的日出还算不错。只是时间不对，太阳的起始不是很理想，只能说是凑合着看了。

这些多彩的代表性建筑，与五颜六色的民间建筑，就这么交织而成大叻城的七彩画卷。令您忍不住要停留下来，一日又一日。因为，徒步其中，或者环着春香湖行走，才是亲近大叻、读懂大叻的最佳之选。走累了，可以在小巷或者湖边，点上一杯滴漏咖啡，看时间在嘀嘀嗒嗒中缓缓消逝；或者选择体验一把"越式按摩"，解一身疲累，可请您分辨分辨，其与缅、老、柬、泰四国按摩手法的异同。

在七彩的大叻城，确实适合风情与人文相互融合式的慢节奏旅行。

记得途牛旅游网上是这么推荐大叻的："它有瑞士般的五彩斑斓，法国般的浪漫，西班牙般的异域风情，它无时不在给人以惊喜，漫步其中，又仿佛穿梭于迷宫般的重庆，它就是大叻，越南林同省省会。"我要略加修正一下：它是七彩斑斓的，在法式浪漫与异域风情之外，它还有着别样的多情。只是，需要留下的人，可能才会慢慢读懂。

2018 年 12 月 10 日于大叻，疯狂之家酒店

81 大叻的春香湖

一汪春香湖，半座大叻城。

因为，春香湖落成之后，大叻城便是围着此湖兴造的了。那是20世纪初的公元1919年，法国殖民越南时期，为了配合改造后即将对外开放的大叻皇宫酒店，浪漫的法国人，拦下甘里河，并在大叻城的中心地带开挖而成此湖。时称"大叻湖"，面积约5平方公里，四周湖堤总长约5公里，合围而成细长的月牙形。此后，因纪念越南历史上伟大的女诗人胡春香，而更名为"春香湖"。

这是世间为数不多的位于市中心的"城中湖"。南京的玄武湖算是一例，河内的西湖与还剑湖都不能算是城市中心。沿湖四面排开，而建成一城，可以以湖中心逛开，确实比较有趣。也就是说，如果您想徒步的话，可以先到春香湖，东南西北，先选一块方位，且都有代表性建筑，然后一一逛起即可。如今大叻皇宫酒店作为最显著的建筑之一，仍然矗立在湖岸西南角最显著的位置；该酒店还因大叻著名的浪平山，而得名为"浪平皇宫酒店"。

第 5 篇

The floating clouds

不了情缘 **越南** 说再见

大叻的春香湖及湖畔周遭风情。　　　　　摄影：陈三秋

我们知道，胡春香生活在公元 19 世纪，以擅写"汉诗"与"喃诗"而出名。作为越南封建王朝时期的一名奇女子，可以说一直都有着激昂的高情与志向。这从其《和陈侯》一诗中能够得到淋漓尽致的体现。其诗云："愧无才调使人惊，十载风尘贯耳铃。已是临枰知敌手，莫须敲月苦殚精。为轮为弹随遭遇，谁凤谁莺任赋生。造物于人何苟惜，明珠休向暗中呈。"但无奈身为女子，且命途不济，最后只能嫁于陈福显为妾。

虽然婚后两人曾在下龙湾度过了一段蜜月期，但身为妾室，心中还是充满忐忑的。这从她写给陈福显的那首《白藤江赠别》中可见一斑："崎岖云径步牵缠，是缘是债两茫然。戏水巧放月影碎，攀花勿曳锦枝弯。休言淡淡流云意，话已铮铮长岭苍。情义双圆何谓就？盈消莫效白藤江。"诗中巧借"月"与"花"，传达了期盼丈夫能够以"惜月""护花"的态度对待自己的希望。但好景不长，陈福显后因罪被处死，胡春香随后只能再回到河内，并在西湖边终老。

在对胡春香的命运深感唏嘘之余，眼下的这处春香湖似乎全然未受到它的主人公悲情故事的影响。大叻是有名的"蜜月之都"，而沿湖四周的诸般景致，也便成了越南青年男女心目中的爱情圣地。尤其是傍晚的湖之南岸，每次路过，总能看到数不尽的成双成对的情侣，坐在湖堤或湖畔的广场上。

越南画家黎岚，曾围绕胡春香的诗作，绘就了一系列配图，组成《胡春香》长卷。其还在公元 1976 年，获得了"捷克国际连环画大赛"的铜奖。虽然此奖的分量一般般，但也算是对胡春香一生的旁注或者诠释吧。要不然，我们可能就没有机会专程来到大叻,并用两天的时间去欣赏春香湖的景色了。

　　湖之东西两头,各有一个不大的连岸"半岛"。西面一座,其上经营着湖上的一些游乐项目,比如小木船、脚踏船等等。再往西走,就是一个下沉式公园,名叫"森林公园"。沿着这个公园南侧的道路向西,走到第一个路口,很近吧,您一抬头就能看到一座高耸的大教堂,那就是圣尼各老主教座堂。而东首一岛之上,目前是一家名叫"BICH CAU"的临湖咖啡屋,由两座别致的红色小桥,连着花海簇拥着登岛。咖啡屋的北侧对面,就是美丽的大叻花园。花园西侧的山坡之上,还有一个不错的高尔夫球场,有兴趣的朋友可以进去挥几杆。

　　沿着两岛之间,北侧有一条不错的山路,往北徒步约半小时,大叻新落成的金佛寺就在旁边的民宅堆里了。而在湖北岸,还有一个尼姑庵,越文名字叫"CHUA TAM AN"。此庵共有四层,呈琉璃瓦黄顶、飞檐、黄色墙身状;檐顶正中,还有个尖顶的金色法轮。其建筑风格也有点似"上塔下寺"结构。顶部的塔有四座,分立端坐于寺庙四角,将这座孤立的宗教建筑衬托得与众不同。周末,这里会有女尼主持的诵经活动,但可能是因为新庵刚刚落成不久,因此,参与诵经的人数不是很多。您也可以参与其间跟着念叨念叨,那将是她们非常欢迎的。寺内的供奉比较繁杂,正殿中间,是一座金色的释迦牟尼佛,然后左侧是唐僧,右侧是观世音菩萨;这种供奉制式在越南是比较常见的。此外,寺中还有达摩祖师木雕像,以及佛祖与多位观音的玉雕。如果能够拥有一些配套的院落的话,说不定这里可以更加显赫。因为,其气势已经具备了。

新落成不久的尼姑庵——CHUA TAM AN。　　摄影：陈三秋

CHUA TAM AN 正殿中的供奉制式：中间为释迦牟尼佛，左侧为唐三藏法师，右侧为观世音菩萨。　　摄影：陈三秋

我们知道，大叻老火车站便在春香湖的东侧，相距有500米左右，如今已被改建成景点，吸引着无数游人和当地人到此拍照、观光。而临湖的东侧，则是一些山丘，上面坐落着些精致、恢宏的建筑，当前也已被改造为酒店或咖啡屋。入住其中的酒店，是可以俯瞰西侧的春香湖的。而在火车站与小山丘之间，还有一座荒芜的中式年轻寺庙——觉华寺。此寺建于公元1974年。庙之顶层还有"佛教越南"木漆牌匾，而庙前一侧，另有一尊白玉观音像，高约4米吧。这在尼姑庵中，也可以见到，应该出自同一批工匠之手。

春香湖的最大亮点，在湖之南岸。那里有个应该是大叻城中最大的绿茵广场，被一条"Duong Yersin"也即"耶尔森大道"分割着，因此，广场便得到了"耶尔森公园"之名。广场之上的树荫下、草坪上，经常会有些大叻人甚至漂泊客，席地而坐，大多一坐就是半天，甚是悠闲自在。广场中央，还有一座石雕人像，那是为了纪念发现此城的法国化学家，也是医生的亚历山大·耶尔森而立的。这座公园以及分割的大道之名，便都是源自此人了。广场西侧是又一处高地，经由马路边起，便是层层的水泥台阶，走上去会有个大平台，平台之上坐落着一个"山寨"北京的金色玻璃"鸟巢"。"鸟巢"旁边，还有一个海螺状的玻璃幕先锋派建筑，现在是一家咖啡屋，名字叫"DOHA CAFE"。金"鸟巢"和咖啡屋中间，其实还有一座比较矮小的同样的玻璃幕建筑，那是通往地下广场的入口。在这些玻璃建筑物的正西侧，便是当年的大叻皇宫，如今的星级酒店了。该皇宫酒店已有90余年的历史了，目前为法国高级酒店集团雅高

影像中的大叻老火车站和它今日的样貌。

供图：壹书局；摄影：陈三秋

第5篇

The floating clouds

不了情缘
越南说再见

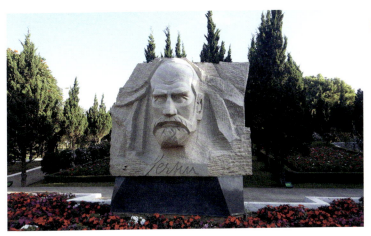

耶尔森公园中的亚历山大·耶尔森医生雕塑。　　摄影：陈三秋

大叻的"山寨版"金色"鸟巢"。　　摄影：陈三秋

旗下经营的索菲特酒店。三层楼的法式主体建筑是米白色的，坐落在蓝天白云之下的大片草坪上。酒店的内部装潢，富丽堂皇，高耸的天花板、精致的水晶灯、古董家具、复古壁炉、宫廷油画、欧式窗帘，处处体现着浓郁的法式情调，也将时至今日法国人依然存在的怀旧的殖民地情结，演绎到了极致。

这座索菲特酒店，确实是春香湖畔景色最为怡人，空气也非常清新之所，也是在大叻休闲度假期间值得入住的好地方。其餐馆外面，还有个狭长的露天阳台，在其上，可以将整个春香湖收入眼底，与在"疯狂酒店"的远观之景截然不同。阳台上，还摆设着白色滚花的成排铁椅，可以一边喝咖啡，一边遥望整洁的草坡和静静的湖水，与在湖上小岛中品咖啡，各成不同的情调。

南岸的湖边，还经常会有一排排沿湖垂钓的闲适的大叻人。湖边，车来车往、人来人往，一群又一群的，来了又走，走了又来，堪称大叻城中最繁华的地带了。还有的会在石条短凳之上，面湖而坐，或者直接就席地而坐，甚是悠闲、惬意。

大叻的春香湖及湖畔周遭风情。 摄影：陈三秋

第5篇
The floating clouds
不了情缘
越南说再见

沿 5 公里长的湖岸走上一圈，邂逅一下那些悠闲的松树、舒适的草坪、斑斓的花圃、觅食的鸽子、优雅的天鹅，以及亲昵的情侣，与那幽幽的咖啡香，很是不错。任何时刻走累了，都可以在草坪上躺下来，仰望蓝天白云，稍事休息。在那一刻，您才有可能领会到这座小镇的"哲学"，竟是为了教人如何学会"忘却"。忘却燥热，忘却喧嚣，忘却奔波，忘却工作……然后找回生活本来的、应有的面貌。

我多次从春香湖走回到入住的"疯狂之家"酒店，相距不足 2 公里的路程，其城市的气质却会从轻松闲适，陡然转为古怪惊奇，非常有趣。然后，我又从"疯狂酒店"走回到春香湖，并沿着湖堤北岸五彩斑斓的法式别墅区，向东，向东，再向东。就这样一次又一次将春香湖从脚下丈量、穿过。当您感觉快到走到小城尽头时，还会有一个景色清幽、环境优美的叹息湖，只是湖名写满了悲情。据说当年还真曾有过一对情侣，因双方家庭阻碍而无法继续相爱，因此双双投湖自尽，故得"叹息湖"之名。看来中西方的"梁祝"与"罗茱"悲剧，越南也有。

两湖之间，还有个秀美的粉色建筑——林同省博物馆，又称"大叻历史博物馆"。这里原是越南末代皇后阮有氏兰，亦即在西方世界颇有名气的"南芳皇后"的父亲阮有豪的别墅产业。阮有豪是越南富商，他的女儿继承了他名下的此处产业。公元 1934 年时，阮有氏兰与相识不久的末代皇室保大帝阮福晪成婚，并成为正妻。王朝覆灭后，越南政府宣布没收皇族财产，但并不包括公元 1949 年以前皇后拥有的房地产，因此，这处博物馆的产业得以保全。如今博物馆里还有一个配套的皇后宫，都作为历史文化遗产保留了下来,供后人参观。

　　行走在七彩的大叻城中,漫步在翠绿的春香湖畔,您仿佛置身在"B612—童话星球",那是法国作家安东尼·德·圣·埃克苏佩里笔下《小王子》的主人公生活的地方。它与芽庄的喧哗不同,大叻的昼与夜都平淡如水,也便多了一份南国山城的温婉与恬静。

　　如果说岘港的灵魂是山,芽庄的灵魂是海,胡志明市的灵魂是河,那么,河内与大叻的灵魂,无疑,就是湖。前者是温柔的还剑湖,后者是香甜的春香湖。有湖的城市,就是灵气逼人;当然,万千湖城的姿色,也各自有千秋。曾去过安徽滁州一个地方,名字叫做"如山湖城",此名用来形容大叻城与春香湖的曼妙结合,是再恰当不过的了。一座七彩画城,还有一汪碧玉之湖,两相成就,不容错过。更何况大叻城的画卷,是自春香湖畔开始慢慢展开的。俗话说,"俯仰无愧天地,褒贬自有春秋",为人生之大境界,我想,春香湖之于大叻城,亦是如此。就让所有关于大叻的故事,从春香湖始,又自春香湖止吧。不信,您看便是。

2018 年 12 月 10 日于大叻,春香湖南畔

82 大叻万行禅院

大叻有两个禅院比较有名，一个是万行禅院，一个是竹林禅院。

其中，竹林禅院与香港荃湾的竹林禅院同名。前者由青慈和尚建于公元1993年，据称建寺原因是其梦见自己"乘凤登天"，故才选中了大叻城南5公里有余的凤凰山，而且，这里还可以俯瞰泉林湖；而后者，系由融秋和尚始建于公元1927年，坐落在芙蓉山上，可以远望青衣门。

值得一说的是，大叻的这座禅寺属于越南特有的"竹林禅派"寺庙，该派深受中国惠能禅师《六祖坛经》中的"无相戒"影响，弘扬"直指人心，见性成佛"的顿教法门。其创始初祖是越南陈朝放弃皇位出家为僧的陈仁宗，时间为公元1299年，修行地点是安子山的花烟寺。陈仁宗自号"竹林上士"，时人亦称"调御觉皇"。越南佛经典籍《禅苑集英》以及通芳禅师所著的《竹林安子禅派》中都有所记载。此外，越传佛教还有"灭喜禅派""草堂禅派""观壁禅派"，加上"竹林禅派"，四者俱属北传佛教亦即汉传佛教的"禅宗"支派之一。

大叻的竹林禅院修葺精美，颇似中国的古典园林，占地高达30余公顷，并经越南三大设计师——武春雄、陈德禄、吴曰树共同参与而成。与中国的诸多竹林禅院相比，其建制相对完整，风格大同小异，只不过少了山门、藏经阁、大雄宝殿等，比统一规制有所精简。正殿面积大约在200平方米左右，寺首镌刻的"竹林禅院"四个中文大字，预示着其与中国禅宗的深远渊源。可能是身处园林花海之故，加之这里没有烟雾缭绕的供香台，也便少去了不少香火气息；但是寺院外墙之上，则刻满了许多禅宗故事的浮雕，寺旁钟楼中重约一吨有余的大钟上，也刻着些饱富哲理的禅诗。

其寺中的正殿中间，供奉的是一座高2米的释迦牟尼佛；左边是普贤菩萨，骑在六牙白象雕塑之上；右边是文殊菩萨，坐骑则是头狮子雕像。越南佛教崇拜唐僧、孙悟空、达摩祖师等，三者的彩塑、泥塑、木雕、石雕，从南到北——当然尤其是到了越南南方，几乎随处可见。从这座竹林禅院中，便可窥一斑：寺中达摩祖师像也高悬首位，估计这与传说中的越南乃达摩老祖"踏叶过海"东渡传法的第一站有关吧。

香港的竹林禅院中则没有达摩雕像，寺庙面积也只有4公顷，当然，这对于"寸土寸金"甚至"寸土寸钻"的香港岛来讲，已是不易，所以这座禅院也依然是全港规模最大的佛寺之一，且供奉着香港岛最大的"横三世佛"。这"三世佛"，分别寓指过去、现在和未来三佛，它们同时被供奉在寺院的大雄宝殿之中。其中，中间一尊自然是象征当下"娑婆世界"的释迦牟尼佛，左侧是象征"东方净琉璃世界"的药师佛，右侧则是

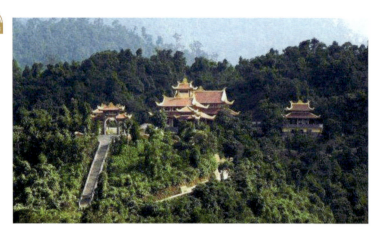

大叻城中的竹林禅院。　　　　　　　　　　摄影：陈心佛

香港荃湾的竹林禅院。　　　　　　　　　　摄影：陈心佛

象征着"西方极乐世界"的阿弥陀佛。而三座"主佛"的左右,还都各自分别有对应之佛。如,释迦牟尼佛之右侧是文殊菩萨,左侧则立着普贤菩萨;阿弥陀佛的两旁,则为观世音菩萨和大势至菩萨,三者合称为"西方三圣";那么,药师佛两侧,就是日光菩萨和月光菩萨了。大家所熟悉的吴承恩的《西游记》原著里,已有提及此类说法。目前,"三世佛"和"四大菩萨",即观世音菩萨、地藏王菩萨、文殊菩萨和普贤菩萨,都是大乘佛教,尤其是汉传佛教的主要崇拜对象,也就是说属于中国庙宇中的主要神像了。而在这一点上,是与其他国家或地区的规制略有区别的。

有"横三世佛",必有"竖三世佛",此三佛分别是释迦佛居中,燃灯佛居左,弥勒佛居右;三佛也代表三世,各自指向为现在佛、过去佛和未来佛。只不过,这三佛的形制几乎经常会完全一样,只是手势略有不同,不仔细研究的人还真的很难明白就里。

"三世佛"又叫"三宝佛",《释氏要览》中有解说,此"三宝"就是佛、法、僧三宝。其中,"佛宝"是已成就圆满佛道的一切诸佛,通常是指圆成佛道的本师释迦牟尼佛;"法宝"指诸佛的教法,包括三藏十二部经、八万四千法门;"僧宝"则是依诸佛教法如实修行、弘扬佛法、度化众生的出家众。如依佛教教义,修行者只有皈依此"住世三宝",才能真正修得解脱之道。

其实,佛教术语中,"三宝"还有一种解法,即是指"觉、正、净"三宝,是为"自性三宝"。《六祖坛经》中说:"劝善知识,归依自性三宝。佛者,觉也。法者,正也。僧者,净也。自心归依觉,邪迷不生,少欲知足,能离财色,名两足尊。自心归依正，念念无邪见，以无邪见故，即无人我贡高贪爱执着，名离欲尊。自心归依净，一切尘劳爱欲境界，自性皆不染着，名众中尊。若修此行，是自归依。"可以说是对"住世三宝"和"自性三宝"进行了融会贯通。记得在河内机场通往市区的路旁，有着一座古朴小巧的三宝寺，不识三宝之佛的人可能会错以为是纪念"三宝太监"郑和的寺庙呢，这显然是谬误之见；而且此类情形，在中国沿海和马来西亚一带的诸多同名的"三宝寺"中，也都可能在游人中，存在着同样的不当的判识。

我们言归正传，来重点谈一谈万行禅院。因其最显要之处，便是寺内正殿北侧的一尊巨大的俯视大叻全城的金佛，故又常

大叻城中的万行禅院。　　　　　　　　　　　　　摄影：陈三秋

被游人俗称为"金佛寺"或"大金佛"。此尊大佛,坐西朝东,通体呈金黄色;依寺前的碑文来看,应该高达24米,奉立于公元2014年4月2日,盘腿端坐在硕大的莲花坛之上。这是一尊仪容庄严智慧的释迦牟尼佛像,胸前也是越南佛国常有的大大的"卍"字,但右手平捻一枚带梗金莲,倒又有点像是慈悲吉祥的观音,为其最奇特之处。依佛经所说,释迦佛祖修道成佛后向信徒们讲经说佛的姿态为"身穿通肩大衣,手作说法印,结跏趺坐在莲花台上",虽然呈作"说法印"状的手势再复执莲花也能理解,但确不多见。因为,那多是大慈大悲观世音菩萨的"标准形象":身穿白衣,立于白莲花上,一手持着净瓶,一手执着白莲,以纯洁的菩萨心,全力导引信徒脱离尘世,到达荷花盛开的佛国世界。

我们知道,在佛教经籍中,佛祖降生之时,舌根中曾闪出千道金光,每一道金光化作一朵千叶白莲,然后每朵莲花之中还坐着一位盘脚交叉,足心向上的小菩萨。自此,"莲花"便与佛教结下生生不息之亲密因缘,而成"圣花"。如"佛国"被称为是"莲界",寺庙是"莲舍",僧人所穿的袈裟为"莲服",和尚行法手印被称为"莲华合掌";甚至连和尚手中使用的念珠,如果系由莲子串成,同样掐念一遍,所得之福,也是其他念珠的千倍。佛经又说,世有"五蕴六尘",其"五蕴"分指"色蕴""受蕴""想蕴""行蕴""识蕴"五种类聚一切有为法之类别;而"六尘"是指"色尘""声尘""香尘""味尘""触尘""法尘"等六境,因执"众生以六识缘六境,而遍污六根"之说,故"六尘"犹被视如能劫夺一切善法之盗贼,故又称为"六贼"。为免昏昧

万行禅院侧旁的大金佛。 摄影：陈三秋

真性，还以班门平静，就需要涤净"六尘"的污染与干扰，"远尘离垢，得法眼净"，方能遁入清净空门，进入佛国净土。这样一来，荷花"出淤泥而不染"的品性便再度发挥起应有的作用，以世间之一物而与修行之精神世界同轨。

但长期以来，在佛的世界里，莲花的形象多与女性相关。比如，形容佛祖释迦牟尼的母亲的眼睛，便是"长着一双莲花般的大眼睛"；印度史诗《罗摩衍那》中说"悉多有位女郎长得仪容秀美，浑身却像涂上污泥的莲藕，闪光的美容从不显露"——这也是用莲来形容女子之美的。我推测，基于佛教的经意之中的因果论述，莲花以"花和果同时长出"而相异于其他植物"先开花后结果"的特殊品性，故最符合释迦牟尼佛祖"手捻莲花一笑"的典故；而"拈花一笑"本身也是"禅宗"以心传心的第一宗典故，在禅宗流派影响深远的越南，将佛祖以拈花形象示人也就容易理解了。

在这尊金佛的坛前，还有一个高3米左右的金色香炉，为圆形六角双檐造型；左右两侧，还各有一条蟠龙；龙脊之上，各复有一名天王力士，托举着第一层炉檐。"三脚香炉四足鼎"，因此，香炉底部，还有粗壮的三足，将炉身高高顶立。据当地人说，每年会有多日，当阳光照射角度合适的话，金佛的头顶还会发出五彩佛光，异常神奇。我未能得见。不过，如今却在佛首后侧，附加了一圈彩色灯饰，当夜幕降临，灯光亮起之时，这种五彩佛光便能终日得见了。大叻人民，也自有智慧。

自佛教始由印度外传，一路经中国至越南，一路经锡兰至缅甸、泰国、柬埔寨与老挝，终成今日中印半岛五国大乘与小乘各得天下之势。尤其是越南，如牟子奉母迁居交趾确为佛教传入越南之始，那便是公元 2 世纪末的事情了，这一宗教文化之于越南的历史可谓非常之久远。至公元 3 世纪，也即三国时期，西域康居国的康僧会因随父经商由天竺国移居交趾时，越南已有三藏教典。再至公元 691 年，唐代高僧义净法师在南海室利佛逝国，亦即今日印尼的苏门答腊岛撰成《大唐西域求法高僧传》二卷时，已可见交趾僧人运期、窥冲、慧琰等事迹。公元 971 年，丁先皇"定文武僧三道品阶"，自此，越南佛教更是在皇权的支持下，得到了快速发展。直至公元 19 世纪末期，越南沦为法国的殖民地，才受到天主教势力的限制和打压，一度呈现衰退的颓势，近半个多世纪。越南统一建国后，经复兴运动之后，终于"始渐复苏"，成为当今越南的第一大教派，亦即"国教"。

作为大乘佛教的一支，越南深受中国南宗禅学的影响，最早是公元 6 世纪顷，由广州至交州的印度禅僧毗尼多流支在此地的法云寺弘法，历时 14 年，开创了"越南禅宗"最早期的"灭喜禅派"。毗尼多流支也就成了越南禅宗的始祖，为《禅苑传灯辑录》一书所记载。该派的教义,系由"真如佛性不生不灭""众生同一真如本性"等思想为基础发展起来的,后传世500余年,至公元11世纪初,才开始渐趋没落。

公元820年,大唐僧人无言通禅师,运用中国禅宗的现成公案与体验方法,于越南建初寺创建"无言通禅派"。该派秉承中国慧能、怀让、道一和怀海等禅师的法统,宣传佛性无所不在,以及"心、佛、众生,三无差别"等思想,实行面壁禅观。历经15代、40祖,共400余年,于公元14世纪开始衰微。

公元11世纪中期,中国僧人重显的弟子草堂禅师,于河内的开国寺创立"草堂禅派",后草堂禅师还被封为李朝的"国师"。该派因重显曾任雪窦山上的资圣寺住持,开创中国禅宗"云门宗",且传有《雪窦百则》典籍,故又被称为"雪窦明觉派"。在教义上,"草堂禅派"继承了重显法统,倡导"禅净一致"教义;后分裂为李圣宗、般若和吴舍三个支系,传世时间各不相同,但均随着公元1225年李氏朝廷的覆灭,而走向衰亡。

公元1293年,越南陈朝仁宗让位于太子英宗而入道,自号"竹林大士",居安子山,于卧云庵始创"竹林禅派",又称"竹林安子"。该派受教于我国禅宗的"临济宗",在教法上兼融无言通派、草堂派等思想,成为越南化之临济禅,且以实践参话禅为修行目标,而否定公案禅,并主张佛法即老子之"道"、孔子之"中庸",亦即"佛法不离世间法"。虽至公元15世纪初而趋于衰微,但影响还是传至今日。

公元17世纪中期,"竹林禅派"的名僧,白梅麟角法师,受中国"白莲宗"影响,结合越南的禅宗与净土宗,于昇龙婆寺创立"竹林莲宗"。该宗流行于越南北部的民间,主张"禅净一致",以教为佛眼,禅是佛心,以阿弥陀佛为禅的一个"公案",但实修上专念弥陀名号。

公元 18 世纪初,实妙了观于 17 岁赴中国灵姥寺,师从石廉禅师修习禅观回到越南天台山的禅宗寺,综述我国"临济宗"与"元绍禅派"之教义,创建"了观禅派"。该派特重强调领悟"真心",以般若为心印,在越南南方流传甚广,死后还获朝廷赠谥"正觉圆悟和尚"。

以上便是越南历史上的主要祖宗流派。那么,对于古往今来一心虔诚于佛的越南佛教信徒们来说,这座万行禅院系出何宗呢?

我们从正门来看。斜坡之下,有座古朴的彩雕山门,门柱之上有两对不甚工整的汉文对联,一联为"身如电影有还无,盛衰如露草头铺",一联为"万木春荣秋又枯,任运盛衰无怖畏",从其意境来说,此乃一处禅宗寺庙无疑。山门檐顶之下,还有一幅佛祖于菩提树下悟道成佛的壁画。

再从其寺名来看,"万行"二字有两层意思:一层为"万行融三际"。所谓"三际"就是指过去、现在和未来,其意也就是指"活在当下,又不执着于当下"。三际尽空,方乃快乐人生之本。佛法常说,"六度万行",其中的"六度"我们又知,"布施为六度之首"。依《大乘义音》所载,"波罗蜜者,是外国语,此翻为度,亦名到彼岸",也即"度"是梵语"波罗蜜多"之意,中文翻译的字义是"到彼岸",谓菩萨乘此六度船筏之法,既能自度,又能度一切众生,从生死大海之此岸,度到涅槃究竟之

第 5 篇

The floating clouds

不了情缘
越南说再见

万行禅院的山门与寺门。　　　　　　　　摄影：陈三秋

彼岸，为大乘佛教最主要的中心教义。按中国佛教领袖赵朴初的通俗说法，"六度"，就是六种到佛国彼岸的方法。除"布施"之外，还有"持戒""忍辱""精进""禅定""止观"以及"智慧"。这些都经常听到，也算常见，比较容易理解。那么，"万行"呢？那是指菩萨修行的行门众多，多到具体是多少呢？有"行门八万四千种"那么多，因此，统称为"万行"。这是理解寺名的第二层意思。

从山门往上，数百米，可见一观景平台，即为寺门之所在。平台之上有龙、鹿、观音、貔貅等雕像。寺门甚是精美，为高大的双檐红琉璃瓦结构；檐下三门，大小相当，非常开阔；门柱之上，还有用越南语书成的对联，非常有趣。寺门正中及后方，各有一尊宽大的弥勒佛雕像，前者为木雕，后者为玉雕。其中玉雕的弥勒佛比较奇特之处，是其身上还爬着5个顽皮的孩童，形成一组，将笑口常开的弥勒衬托得更加活泼灵动。其后，即为万行禅院的正殿，其左为偏殿，藏有木雕、石雕、铜雕、彩塑的佛像、观音像、达摩雕像，多不胜数；其右，便为那尊大金佛，由一个花径可通往香炉之前，沿途也有许多雕塑。最奇妙之处，就是大金佛之右侧，还有一个人造景致，名叫"灵鹫山"，这在印度佛教中，是"圣地"，可能此处的建制是取佛陀说法之地的意思。

在由寺门、偏殿、正殿以及灵鹫山合围而成的院落之中，内容无尽丰富。既有达摩老祖的泥塑与彩陶，也有石雕的卧佛与立佛；其中的一尊少年佛祖彩雕，呈"上天入地，唯我独尊"的常规造型，坐落在莲花丛中，非常醒目。旁边还有小桥、流

第 5 篇

The floating clouds

不了情缘
越南说再见

万行禅院引人入胜的寺内雕像。　　　　　　摄影：陈三秋

水等中式庭院式规制，既遵循教义正统，也有所环境突破，值得琢磨。其院落中的佛祖、观音、门神、金刚、唐僧等各色雕像，也是一应俱有，仿佛这里就是极乐佛国，众佛的家园。尤其是还有一尊白玉观音，竟然端立在一条巨大的七彩的蟠龙之上，可谓构思惊异而奇妙。我粗算了一下，全寺之中，仅观音雕像便不下 10 座，又十色十样，堪称奇特。

在蟠龙观音像的一侧，还有一尊不足 2 米高的金佛，左手持杖，右手环抱一只猴子。如果您觉得这也算奇特的话，那么，唐僧同样手持九环锡杖，但端坐在狮子之上，您又会觉得如何呢？那就算是越南民众信仰的创意与开放吧。

正殿可以说是越南宗教建筑之中，为数不多的精美绝伦之作。外观为金红相接的双层翘檐结构，从屋脊的金色法轮到檐角的蟠龙绣凤，再到门檐之上层层叠叠的雕花、壁画，无一处不显精致，也无一处不现奢华。正门之首，鎏金的龙饰牌匾之上，一卷舒开，深嵌其中，从右自左，展示着四个艳红的中文楷体大字——"万行禅院"，其气度，淋漓尽致地凸显着此寺的不凡与金贵。

当然，正殿之中的气魄就更不用讲了。在多根粗大的龙凤彩柱支撑而起的空阔的穹顶之下，五彩斑斓的地砖之上，一尊青年释迦牟尼佛彩身金衣塑像，高高地端坐在九头神龙环伺的

第 5 篇

The floating clouds

不了情缘 **越南** 说再见

万行禅院引人入胜的寺内雕像。　　　　摄影：陈三秋

万行禅院正殿中的释迦牟尼佛像与龙凤呈祥宝座。

摄影：陈三秋

巨大的佛龛之上，呈现着令人震慑的信仰力量。每一柱、每一龙，均为繁复的多彩琉璃装饰，将整个大殿映衬得极尽奢丽、熠熠生辉，叩击着每一位访客、信徒的内心。再加上殿外共同守护此地的那些双目圆瞪的粉塑金刚、金光璀璨的祥云麒麟，檐角的风铃空响于风，而传之于耳，肃穆佛国，不过如斯！

作为汉传佛教十大宗之一的"净土宗"，曾以专修往生阿弥陀佛之净土法门而得名，我觉得大叻的这座万行禅院，就是真正的佛国净土。但自山门而上，入得寺院处处可见的禅意，又会令人有着"禅净一致"的顿悟，至此，经过粗糙的推敲，加上不科学的"由外入心",我判断,万行禅院应该是一处已不多见的"竹林莲宗"的寺院。如果您存有疑虑,正如此刻我的内心一样,那么,当您离开此寺之时,请别忘记,往寺门之顶,由双层屋檐巧妙地围造成的佛龛中一看,您将会瞥见,一尊金光闪烁的"千手唐僧"雕像——世间应该只此一座吧。那么,这种无拘无束的设计工艺,与不拘一格的供奉制式,您将此地视为"新竹林禅派"或者"新竹林莲宗",也都不为过吧。

大叻,一个于今世略显陌生的名字之下,却是一处令人处处可遇惊喜之地。就像脚下的这座谜一般的万行禅院,它寂寥地卧于小小的山岗之上,破落的民居之间,但却有着极为丰富的内在;它落寞着,但辉煌着;它有着非凡的正殿,但又容易被掩逝于那尊充满光辉的金佛的阴影里;它供奉诸佛,但又派系不清;它年轻的面容,又似深藏着满腹的沧桑;它单纯着,却又矛盾着。或许,这就是信仰,尤其是中印半岛最东方的越南的信仰。原来,大叻,除了画城与山湖,还有着与岘港、芽庄等地同在的虔敬信仰;不同的只是,它被无意间"珍藏"于这座低矮平庸的山岗了。大诗豪苏轼在《和董传留别》中曾留下"粗缯大布裹生涯,腹有诗书气自华"之句,所以,万行禅院还好,它腹可包罗万象,您来或不来,它也都能够,禅意盎然,且兀自芳华着。

2018 年 12 月 11 日凌晨,于大叻疯狂屋

83 保大夏宫怀古

阮福晪，又名阮福永瑞，保大皇帝是也；其中的"阮福"为复姓，"保大"乃其年号。此人，亦为越南近千年王朝史上的末代君王。公元1933年时，他在大叻建造了一个保留至今的避暑行宫，当地人习称为"夏宫"，是为"保大夏宫"的由来。保大帝在位之时，越南正处于法国殖民的末期，社会动荡，风雨飘摇，而历史脉络，也就丰富且曲折，因此，凭吊夏宫，有如"怀古"，或者说带着怀古之心观之，收获颇多。

这处夏宫，也可与保大帝在越境兴造的其他三座行宫对照着观赏。除此大叻一处，还有芽庄、头顿与海防。其中，头顿的保大行宫，又名"白宫"——与美国国会所在地同名，那也是一座白色的建筑，一楼为会客厅，二楼是起居室，南望着自然秀美的南中国海，其内部陈设与夏宫基本相同，由此亦可看出其心中偏好。

当然，我们也可以从保大帝所在阮朝开国简要说起。那是公元1802年，先是5月，阮福映筑坛祭天，自称皇帝，改元嘉隆，建立阮朝；后于11月，阮福映覆灭纵横南北25年的西山朝，

第 5 篇

The floating clouds

不了情缘
越南说再见

夏宫的建筑虽然非常普通，但历史风云可是一点都不少。

摄影：陈三秋

步入保大夏宫的会客厅，来一场怀古的心路旅程。摄影：陈三秋

借武力一统越南南北,才算把阮氏王朝的基业做牢。越国史料《大越一统舆地志》《大南实录》等便是阮福映在位期间令群臣主持编修的。我们此前说过,今日所称的"越南"之名,也是他向清朝政府请赐后正式定名的。

公元1820年,阮福映驾崩后,其四子阮福晈继位,时年30岁,史称为"明命帝"。在其治下,继续加强了中央制君主集权,奉行"四不"统治模式,即不设宰相、不选拔状元、不立皇后、不封外姓王。其逝于公元1841年,熟悉中国历史的人知道,此前一年,中英之间,爆发了影响深远的"鸦片战争"。在这种"西力东侵"的大背景下,阮朝也受到了西方列强的挑战,尤其是法越关系,《大南实录》中用"夷狄猖狂"四字,为此落下了个沉重的脚注。

因此,当绍治帝阮福暶接过权杖之时,便在公元1847年的正月间,发生了法国军舰炮击沱㶞,亦即岘港的事件。不久,绍治帝就因病去世了,将"烂摊子"留给了阮福时,也就是嗣德帝。法国继续进犯,并于公元1856年起攻陷了沱㶞等地,越南史学家潘佩珠在其《越南亡国史》中将其视为"法人取越南之滥觞"。后,法军还迫使阮朝于公元1862年签下了《柴棍条约》。此中的"柴棍",就是后来负有盛名的"西贡",因此,今已多被称为《西贡条约》。依此条约,越南南部及沿海诸城,割予法国的更多。当其兵峰未止,指向河内等地之时,中国历史上非常有名的刘永福"黑旗军"便登场了。从此开始了赴越与法军大战的历史,几下河内,数次争夺,但终难抵挡阮朝内部的颓败势力。公元1883年,也即嗣德帝逝世当年,法越《顺化条约》签署，越南开始承认法国为其保护国。

再至公元1885年，中法战争结束，清朝与法国缔结和约，承认法国对越南的保护权。自此，阮朝历史被分为两段：独立时期与殖民时期。我们的保大帝就是在后半段登场的，那是公元1926年。而延续140余年的阮氏王朝，也是自他手中谢幕收场的。关于这个王朝，有一个细节值得一提，那就是他们原姓为"阮"，其渊源可上溯至中国东晋时期的阮敷；但在阮福源时，便"集体改姓"了。据阮朝国史《大南实录》记载为"始称国姓，为阮福氏"，也就是改为复姓"阮福"了。

作为越南历史上的末代君主，保大帝阮福永瑞的一生，深受时代政治格局变迁的影响，并可以通过5个名字来对其进行诠释，分别为：大南皇帝、越南皇帝、公民永瑞、南越国家元首和让·罗伯特。

公元1922年5月，启定帝阮福昶时期，时年9岁的阮福永瑞，被册封为皇太子。同年，前往法国接受教育。3年后的公元1925年11月，启定帝逝世，次年1月，年仅12岁的阮福永瑞回国登基继承皇位，并依祖例改名为"晪"，年号"保大"，开始迎来了上述第一个称谓——大南皇帝。

随后，阮福晪回到法国，继续完成学业。公元1932年9月，年满19岁的阮福晪返回越南，并开始亲政。怀有一腔热血和远大抱负的他，希望越南能够像日本的"明治维新"一样实现独立富强。于是，便在几个月之内，迅速地进行了一些改革，包括放弃跪拜之类的繁琐旧习。但其他改革，则大多以失败告终了。

可能是生性风流，也可能是因改革受挫，身为"大南皇帝"

的阮福晪经常花天酒地、纵情声色。据说,他曾在一次舞会上因调戏法国女子,而被其丈夫开枪击伤腿部,狼狈逃走,因而留下了"花花皇帝"之名。

就在阮福晪返回越南亲政的当年,未来的皇后阮有氏兰也从法国巴黎回到了越南。她是在公元1926年,时年12岁时被父亲送往法国的一所天主教学校读书的,并在那里归化了法国国籍。公元1932年,18岁的阮有氏兰高中毕业后回到越南,并在大叻的一次舞会上,邂逅了阮福晪。阮福晪对于这位散发着东方魅力和西方时尚的女子一见钟情。不久,双方便在夏宫举行了订婚仪式。自此,拉开了大叻这座夏宫的美丽故事。也可以说,保大夏宫的主人是阮福晪与阮有氏兰两人,甚至包括他们后来的孩子们,因此,既是对那段历史的"怀古",也是对此两人共同的"怀古"。

公元1934年3月,阮福晪正式迎娶阮有氏兰。虽然婚礼采用了佛教仪式,但因阮有氏兰追随其父信仰天主教,圣名为"玛利亚·德肋撒",于是这场"跨宗教信仰的婚姻"还一度引来国民的诸多争议与不满。显然,这对于不守陈规的阮福晪来讲,不过只是个开场。在4天的婚礼欢宴结束时,他还一改"四不"祖制——阮朝的惯例是在位君主的妻子只能封为妃嫔,待丈夫去世后,在位君主的母亲或祖母才能被追封为皇后——而他则举行国家典礼,破例直接授予阮有氏兰"皇后"的头衔,并赐徽号"南芳",意为"南部的芳香",以致谢她的出生地,位于湄公河三角洲的鹅贡市。这也就是"南芳皇后"之名的由来。一时轰动整个越南。

两年后,"南芳皇后"产下第一位皇子阮福保隆,举国欢腾。终其一生,共育有5名子女,除大皇子外,最小的孩子也是一位皇子,叫阮福保升,生于公元1943年。其间还生有3位公主,分别为"芳梅公主""芳莲公主"和"芳蓉公主",其起名的习惯,很符合中国家庭的起名传统。

在诞下皇子阮福保隆之后,"南芳皇后"便积极参与起国内政治、国际社交与慈善活动等等。公元1939年夏天,也即二战前夕,"南芳皇后"首次正式访问欧洲,还拜谒了梵蒂冈教宗庇护十二世尤金尼奥·帕切利。她集合了东西方的优雅形象,立即在欧洲引起了轰动,为贫瘠落后的越南增色不少,也为当时的她赢得了"亚洲第一美女"的称号。

随着二战的爆发,尤其是公元1940年6月,法国向德国投降之后,日本趁机从法国"维希政权"的"贝当政府"手中,索取了法属越南的利益。在那段转归日本控制时期,阮福映转向了亲日统治。在日本的支持下,于公元1945年3月发布《独立宣言》,宣布脱离法国保护,并于6月建立"越南帝国"。由此,也迎来了他政治生涯的第二个短暂的巅峰级名号——越南皇帝。

不久,日本战败投降,二战结束。越南内部爆发了由"越盟"的胡志明领导的"八月革命"。阮福晪,这位在位时间比袁世凯的"洪宪帝制"还要短一点点的"越南皇帝"便宣告退位。在"逊位诏书"中,阮福晪的陈情可谓慷慨,有一段是这么说的:"就个人来说,在位二十年,朕也曾经历过无数艰辛。朕宁愿是一个独立的国家里的一名公民,而不愿在一个被统治的国家里做一名君主。从现在开始,朕欣然接受成为一个独立国家的一名自由公民。"最后,还高呼:"越南独立万岁!越南民主共和国万岁!"

而在其退位的同时,其"阮福晪"之名,也便因应政治时局和规矩而改回为"阮福永瑞"。9月2日,"越盟"领导下的"越南民主共和国"在河内成立,阮福永瑞成为越南民主共和国的"首位公民",不久被任命为共和国的"最高顾问",并以"公民永瑞"这个最新的称呼而"闻名于世"。像不像中国的末代皇帝溥仪?!

随后,"公民永瑞"成为"越盟"最重要的统战对象。非常沮丧的他,深知自己只是又一次被利用了,与当局的关系也开始变得貌合神离。而随着二战之后越南内外部各派政治势力极为复杂的明争暗斗,意图"明哲保身"的他于次年逃抵香港,并在浅水湾过起了寓公生涯。

公元1949年,在法国重返越南的大背景下,阮福晪也返回越南,并在越南南部的西贡建立"越南国",自任国家元首,时称"国长"——再一起前无古人,后无来者之举。这也就是他的第四个响当当的名号——南越国家元首。"越南国"政权的结构比较复杂，其外部支柱是法国人，内部支柱则是"高台教""和好教"及"平川派"等势力。所以，掌权不到一年，难于应付政局的阮福晪，便于次年1月，将首相之位移交给"高台教"主教阮攀龙，而他本人则仅挂有"越南国家元首"的虚衔。每月领着各方势力上缴的2 000余万印支币（约合当时100万美元），隐居回到了大叻的这座夏宫之中，终日以捕猎自娱。顺带着还投资些海外的房地产，过起了醉生梦死的生活。直至公元1955年，因内部不和，被吴廷琰废黜；后者于同年10月26日，改"越南国"为"越南共和国"，亦即后来越南北南战争期间的"南越"，并就任总统。

阮福晪被废后流亡瑞士和摩纳哥，最后移居法国巴黎，并在那里建立了流亡政府，希冀于找机会复国，但直到去世也未能回国。而在此之前，早已厌倦了政治生涯的"南芳皇后"也带着5个子女移居到了法国南部港湾，一座今天因举办"国际电影节"而闻名于世的戛纳城，与阮福晪过起了长期分居的生活。公元1955年，她又搬到了科雷兹的乡下独居，直到公元1963年病逝，夫妻二人再未见过面。而两人也再没有回到大叻的这座保大夏宫之中。

如今的夏宫，一座浅黄色的，线条清晰简洁的，毫不起眼的平顶砖石结构的二层小楼，外加一个大大的围墙大院，矗立在大叻城中，无限孤寂和凄凉。周围的园林再美丽，内部的装饰再极尽奢华，也无法掩盖如此苍茫的历史尘埃。从一楼的会客厅，到二楼的卧室，既见证着这对末代王朝下的阮氏夫妇的政治轨迹，也隐现着曾经短暂快乐过的夫妻二人生活，以及与

当花茎肆意地爬满夏宫,越南末代王朝注定已风流云散。　　　　　　　　　摄影:陈三秋

越南末代皇保大帝阮福晪的半身塑像。

摄影:陈三秋

保大夏宫的小花园中,有着多少关于这位风华绝代的"南芳皇后"的故事?　　　摄影:陈三秋

子女团聚的家庭生活。柜台上的阮福晪半金身塑像,墙壁上的阮有氏兰照片,甚至一床一椅、一桌一凳,柜中的书本与案上的茶几,精美的现代化浴室与瑰丽的法兰西帘帐,都在向世人发着低沉的声音,那是王朝卑微之年的喘息。长长的昏暗的穹形廊道,弯曲的陈旧的观景平台,向历史一样的沉重与斑驳,唯有窗外的南畔与墙角下的两座罗马宫廷式的花园,在终年无情地锦簇着、绽放着,丝毫不解风情。往事俱已烟消云散尽,独留苍白在人间。供后人怀古,凭吊,与感伤。

在避居法国期间,随着复国的希望越来越渺茫,阮福晪开始带着对此生的无限遗憾和惆怅之情,潜心撰写着他的作品《安南之龙》。那是一本回忆录,在书中,他痛苦地回忆着,反省着,自己一次又一次的失败,并认为"主要是没有利用好别人的矛盾,在像跷跷板游戏似的政治斗争中未能保持住不偏不倚的态度"。

风流不减当年的阮福晪,在情感上也没有闲着。他于公元1972年2月,在巴黎迎娶了莫妮克·鲍托。其徽号"永瑞",获赐"皇妃",阮福晪去世后被称为"泰芳皇后"。加上在"南芳皇后"生前所娶的三位妃子——公元1935年迎娶的表妹"暎妃",公元1946年在香港迎娶的中国女子黄小兰和公元1955年在西贡迎娶的裴梦蝶，终其一生，有记录的便有 2 后 3 妃，并育下了 5 子 6 女。公元 1982 年，阮福晪还携"永瑞皇妃"及其他前越皇族成员访问过美国，但在政治上已被"抛弃"的他此行无获。

公元 1988 年，阮福晪在巴黎皈依天主教，圣名"让·罗伯特"，这是他一生中的最后一个名号。可能此时的他，想从基督的教义中找到些许的安慰吧。公元 1997 年 7 月 30 日，这位保大夏宫的建造者，在法国的圣宠谷军医院去世，并被埋葬在了"帕西公墓"之中，死后，无庙号、谥号、陵号。

阮福晪去世以后，他的长子阮福保隆继位。公元 2007 年，阮福保隆去世，其弟阮福保升再继位。此二人均为"南芳皇后"所生。再然后，虽然他们的后代都还心存复国遗志，但就像金庸笔下《天龙八部》中的慕容复一样，历史早已翻开到相隔甚远的新一页，假如还真的存在那份"复国情结"，也只能永存心田了。

公元 2004 年，一部越南电视连续剧《皇宫烛火》，将"保大帝"与"南芳皇后"的故事搬上了荧屏，再一次让越南人民忆起了那段几近消失的历史岁月与这座保大夏宫。公元 2017 年 12 月，45 名越南佳丽来到这座大叻的夏宫之中，她们统一身着越南美丽而传统服饰奥黛。此行的目的只有一个，就是为即将举行的"2017 年越南环球小姐大赛"的决赛拍摄参赛照片。从她们的眼神中，丝毫看不到对这位末代皇帝以及皇后的唏嘘。这是对的。夏宫，自此将仅是一个景点罢了。

但同样作为世界史上的诸多"末代皇帝"中的一员，无疑，

历史烟云已然散尽，大叻城中的这处保大夏宫，时光静好，可以借此凭栏怀古。
摄影：陈三秋

第 5 篇
The floating clouds
不了情缘
越南说再见

浪荡不羁的阮福晪是最幸运的，也是最快活的。只是苦了"末代皇后"阮有氏兰。因为，作为"末代皇帝"，观史可知，往往都是没什么好下场的。清末的爱新觉罗·溥仪，数度被捧上皇位，数度又被推翻，做过日本人的傀儡皇帝，苏联人的阶下之囚，还能在新中国成为普通公民，并在抚顺战犯看管所中写下"反省式"自传《我的前半生》，其命运可排第二，传奇可列第一吧。印度末代莫卧儿王朝的巴哈杜尔·沙二世，是被英国殖民者流放到缅甸仰光，然后悲惨地客死异乡的。相反，缅甸末代贡榜王朝的锡袍王，是被英国殖民者流放到印度孟买的，相当于"对换"了一下。估计英国佬是故意的，历史也就是这么微妙，尤其是弱国的历史，都是由他人捉笔代写的。不过锡袍王的结局还算不错，有点像三国时期蜀国的那位因"乐不思蜀"而闻名的汉怀帝刘禅，晚年在孟买海边的生活比较逍遥，只是苦了后代，沦落到了生活在印度贫民窟中的下场。最惨的可能要数沙皇俄国的末代皇帝尼古拉二世了，一家7口，被以机关枪扫射的方式集体处决，死后尸体被烧毁，残余的骨渣被埋在了一个废弃的洞穴中。由此看来，阮福暎的结局，算是最好的。保大夏宫，也便因此而少了一丝悲凉。

这里是微缩的"越南版的颐和园"，这里是越南末代皇的"保大夏宫"。在西强东弱、西力东进的大背景下，又都有着相似的历史悲情。凭吊可识兴衰，怀古可知荣辱，见微知著，但愿人类的历史长河中，所有的"夏宫"，只是"夏宫"；没有坎坷的故事，也没有人间的悲情。

2018年12月18日于金边，Bodaiju 寓所

84 胡志明的往事

第 5 篇
The floating clouds
不了情缘
越南 说再见

从大叻,飞行不足一小时,也就是一升一落之间,胡志明市的细雨便从机舱口扑面而来。这是旱季难得的小雨,瞬间掩盖了热浪,甚是凉爽宜人。用越南"滴滴打车"Grab 约了个车,奔到酒店放下行李,便重又做回了一名"背包客"。同机抵达的还有很多欧洲人,不出意外,我们终将再次相逢于西贡河之畔或者范五老街头。这是今日的"胡志明"与昨日的"西贡",留于世人的最知名的两个城市标记。

也正因此,谈及胡志明

一起一落间,飞抵昨日的西贡,今日的胡志明。喜欢这样走心的旅行。
摄影:陈三秋

市的往事,乃至历史,几乎唯"西贡"二字而已。其割裂开来的"分界线",就是20世纪90年代,那是公元1976年,"北越"统一全国后不久,曾经的"西贡"被正式更名为"胡志明市"。但"西贡"作为越南人的精神寄托,甚至是越南之于西方社会的深刻印记,似乎,并未就此彻底远去,而更像是永远活在了人们的生活里。机场代码依然是SGN,那瓶好闻的香水依然叫"西贡小姐",大街小巷售卖的那瓶啤酒还是叫做SAIGON;还有"西贡食堂""西贡咖啡",尤其是那条一城穿过、孕育600年的河,还依然被叫做"西贡河"。

"西贡食堂",胡志明的往事,要从SAIGON打开。

摄影:陈三秋

作为今日越南最大，也是最繁荣的城市，胡志明市的所有往事，似乎都是通过含"西贡"在内的诸多名字承载下来的。这是一个特殊的记号，甚至可以说，最令人难以忘怀的记忆，大多都是借此流传下来的。比如，法国作家玛格丽特·杜拉斯创作的那部曾获得"法国龚古尔文学奖"的中篇小说《情人》，以及被改编后，由让—雅克·阿诺执导，珍·玛奇与梁家辉分饰男女主角，于公元1992年1月上映的同名电影；再比如，由克劳德—米歇尔·勋伯格和阿兰·鲍伯利共同创作的，首次公演于公元1989年9月的"世界四大歌剧"之一的音乐剧《西贡小姐》；甚至连那部令中国女演员杨紫琼成功打入好莱坞电影市场的著名的"007系列"之《明日帝国》，都要为"西贡"二字留下难忘的身影。而始建于法国殖民时期，至今仍矗立在胡志明市中心的那两幢最著名的百年地标性建筑——"西贡中央邮局"与"西贡王公圣母教堂"，更是堪称永恒。

"西贡中央邮局"，坐落在市内巴黎公社路2号，是越南迄今为止最大的且尚在使用的邮局。经由法国著名设计师古斯塔夫·埃菲尔之手——其人便是法国巴黎城中战神广场之上的埃菲尔铁塔的设计者，设计于公元19世纪末。具体来说，这栋气势恢宏的，"越式米黄色"的，且带有欧洲文艺复兴建筑色彩的"越南最美建筑"，兴建于公元1886—1891年，于公元1892年正式投入使用。后在公元1915年前后，由另外两名法国建筑师米歇尔·维勒迪及其助理艾尔弗雷德·富卢进行了重新设计和修建，才成今日之样貌。其外观富有的浓郁的法式风情自不待言，圆拱正门上方的法国武士头像，繁复的内饰——华丽的大吊灯、

"西贡中央邮局",百年历史沧谪。如今,游人们可以在此向世界各地的朋友,寄出一份深沉厚重的祝福。　　摄影:陈三秋

复古的电风扇、琉璃花窗、花饰壁灯，哥特式艺术风格的穹顶，环绕其间的绿色拱形管路，以及厅内墙壁上高高悬挂的，由法国地理学家手绘的公元1892年的《西贡地图》与公元1939年的《印度支那半岛地图》两幅巨型地图，等等，无一不极富有古典气息。甚至连大门楣首的那座古董大钟，也不甘落后，以同这座邮政总局一样古老的"年龄"却仍能坚守岗位、准确报时的"傲人"功业，向游人诉说着法国当年之于西贡的种种成就。相较当年，最大的变化可能就是大厅正中那件巨幅的胡志明同志的肖像画，在悄然地告诉到此一游的人们，此地的巨大变化。

邮局门前的十字路口地带，就是著名的"西贡王公圣母教堂"。这里是此城白天最热闹和最繁华之所，因建造而成的红砖全系从法国远道运来，故得俗名为"红教堂"。其钟楼部分的两座塔楼造型匀称，均高达40米，直入云霄，庄严雄伟。这是仿照因维克多·雨果的著作《巴黎圣母院》而成名的同名教堂设计建造的。从教堂收藏和展示的照片来看，这里应该始建于公元1877年间，那时，它是平顶的，也就是那两个高耸的带十字架的塔尖还没"安装"上去；到了公元1895年，才完成了塔楼的主体结构。此后，还有公元1955年、2005年的两幅照片，除了颜色的褪变，样貌和形制基本上无变化。如今，百余年过去了，其外观至今依然色泽鲜明，气质卓越，只是多了些流经岁月的斑驳与锈色。外部的门廊之上，布满了精美的雕饰；内部沿着四壁，均为小祈祷室，每一间的神龛、雕塑及装饰均各不相同，于变化中展现着尽善尽美。塔前的广场上，还有一座重达4吨的圣母玛利亚雕像，是汉白玉的材质制作的。

或许，正是这两幢法式风情的建筑，或者再加上西贡河畔成排的米黄色殖民遗迹，才令此地赢得了"越南的小上海"与"东方巴黎"之名。

网上曾有游人如是说道："在此之前，越南于我，是杜拉斯《情人》中的离别与感伤，是奥利佛·斯通《天与地》中的乱世与佳人，是裴东尼《恋恋三季》中的创伤与希望。"这些的如烟往事，也多是假"西贡"之名才能恰到好处地留下的。真是不敢想象，如果失去了"西贡"，越南，于今日的我们而言，还能留下什么印象深刻的作品与值得留恋的记忆？看来，这座城的故事，终究是要从"西贡"二字前后打开的了。

我比较相信，"西贡"之名，是在中国明朝初期慢慢形成的。其来源可能有两个说法。一是从明成祖永乐三年至明宣宗宣德八年之间的"郑和七次下西洋"时期，那是公元1405年至1433年，这里作为东西方朝贡与贸易往来的船只停泊的重要港口——准确地说，是从港口拐入内河靠岸之地——此地距海口还有约800公里，因有"西方来贡"之意，所以久而久之，才一举成就了"西贡"这一地名,而那条河,也便相伴成了"西贡河"。直到公元1946年3月,中国著名学者季羡林自德国回国途经西贡之时,还依然是这种线路。他还为此留下了一篇《西贡二月》的文章,于他眼中,当时的西贡河两岸是"蒹葭苍苍,一片青翠",而城中是"骄阳似火,椰树如林,到处蓊郁繁茂,浓翠扑人眉宇,仿佛有一股从地中心爆发出来的生命力,使这里的植物和动物都饱含着无量生机"。还有身着奥黛——"开衩到腋下"的"年轻倩女,迎着热带的微风款款走来,白色的旗袍和黑色的绸裤飘动招展,仿佛是黑白大理石雕成的女神像,不是兀立不动,

这就是当年《情人》与《西贡二月》中的"西贡河"。

摄影:陈三秋

而是满世界游动……"。难为了季老爷子,在70余年前便用笔触,为我们留下了西贡城中与西贡河畔的自然与人文风情,要不然,我们必将少去了一段关于西贡往事的记录,因为,如今,这些都不复存在了。

第二个来源,可能是后来的法语或越语中"Sài Gòn"的发音,加上再之前的历史上的原因,在法国人与越南人口中,这个地方便经常被喊成了"赛贡"或"西贡"。甚至是在今天,在这方2 000余平方公里的大地上,1 200余万的当地人口中,依然保留了当年的那个发音。您向这里的服务员说上一句"Sài Gòn Bière",保准会给您来上一瓶"西贡啤酒",错不了。

不过,还有传说"西贡"是源自一位叫做"Sài Gòn"的越南人的名字,但客观地说,那显然是越南民族主义情结在作祟,他们是宁信法国人,也不愿意接受中国历史对此地的影响的。所以,在法国殖民之前,曾经一度自称为"嘉定",直到公元1862年,法国人才舍弃"嘉定",改采为广为人知的"西贡"。

这里的"嘉定",是因公元1698年时,越南南北朝时期的阮主大臣阮有镜在该地设置"嘉定府","地名随府名"而诞生的。该座"嘉定城"毁于公元1859年的"法西联军"入侵,而后"嘉定"之名则再延续了3年,前后使用时间共约为165年,才在法国人治下所改。

而在"嘉定"建城与"郑和下西洋"之间的这一时期,因为汉喃两语的结构以及谐音发音,即"Sài"是越文汉字的"柴","Gòn"是喃字中的"棍","西贡"也被当地越南人多称为"柴棍",这一名称的影响力可以说与"西贡"一样大。后来越南华侨之中常用的"宅棍"之名，便是受此谐音的影响。

郑和时代再往前，在有书面记载的历史中，此地最早之名，可能就是中国元朝时，奉命随使团经水路前往真腊的周达观所撰的《真腊风土记》中所提到的"雉棍"之地名了。当时，此地连同今天东南亚的大部分地区，都还属于吴哥王朝的属地。那是元成宗元贞年间，亦即公元1295年至1296年。此"雉棍"之名，经中山大学东南亚研究所原所长，也是著名的东南亚史研究专家许肇琳考证，认为就是"西贡"。再早的名称，加上辖域的变化，可能就更加语焉不详了。毕竟，此地比较确切的历史渊源，是自明朝的大航海时代才逐渐发展起来并进入世人的视野的。

法国殖民此地期间，以及二战之后的一小段时间，如公元1932年，"西贡"还因与堤岸的两地合并，而被称为"西堤联区"；二战之后，则是与嘉定组成了"西贡—嘉定市"，或称"大西贡"。但不久后的公元1946年1月，越南选举产生了第一届国会，胡志明领导下的"越南民主共和国"成立，后多被称为"北越"；11月，国会通过了命名方案，此地重回"西贡"之名，为"西贡市"。

后在公元1949年，法国意欲重返越南，在当年6月支持阮朝的末代皇帝保大帝成立"越南国"以对抗"北越"。新的"法越战争"打响。公元1954年，当"北越"军队取得"奠边府之役"大捷后，法国政府为分裂越南，将政权南迁，西贡，第一次成为越南人治下的首都。当次年吴廷琰将保大帝废黜，建立"越南共和国"亦即后世所称的"南越"之时，西贡依然为"南越"的首都。直到公元1975年4月30日,"北越"击败美军,统一全国,"南越"退出历史舞台,此地以两越一统、"西贡解放"这一历史事件载入越国史册,也便同期结束了它短短20余年的国都史。这一事件,在美国,则被称之为"西贡陷落",还有一部著名的同名电影,共同记录下了"西贡"之名最后的"光辉岁月"。

公元1976年7月2日,统一后的"越南社会主义共和国"成立,定都河内。同时,为纪念其政权建立者胡志明同志,而将"西贡"更名为"胡志明市",辖有此前的西贡、嘉定等地,迄今已有5县19郡。而"西贡"也便在那时,正式淡出了官史资料的记述之中。渐渐地,政治、经济、外交、旅游、媒体等领域,便以"胡志明市"这一既因政治而举世闻名,也因历史而籍籍无名的地名,示之于众。

但说真的,世界上很少有一地的新旧两名,竟会留下如此深深的,来自记忆中、心理上的割痕。有人曾用这样的方法来区分"胡志明"与"西贡":喧嚣、诙谐、拥挤、繁华的都属于"胡志明",安静、慵懒、闲适、惬意的才称"西贡"。或许是将此两个地名割裂又融合的形象说法。而如果您还是对"西贡"充满着难以忘怀的情愫,那么,在您来到当下胡志明市之时,您可以到它的第一郡走一走。在游人的众口之中,该处学于法国而命名为"郡"的地方,被叫做"小西贡",这里的风貌最具历史感,也最适合漫步其中。不错,这就是自当年保留下来的一小片原汁原味的"西贡",您对"西贡"所有的想象与记忆,都可以从徒步丈量或游荡第一郡启动。

往事如烟又似海。尤其是行走在胡志明市的街头，从当年的吴哥，开启了"水真腊"与"陆真腊"的历史长河，到郑和、法国、美军、"南越"，一拨拨人，来来往往，如今都烟消云散了；但这些赋予这座城的风云故事，却又宽厚如大海。每一次古迹群落的徘徊，都是一场对历史的寻找；每一次街角深巷的流连，都是一种对往事的缅怀；每一次斑马线前的停留，都是一丝对前路的期望；每一次十字路口的驻足，也便是对此城方向的探访。胡志明市的往事，已被"西贡"二字所填满；胡志明市的未来，要靠什么去书写呢？带着这个问题的萦绕，是容易让人失眠的。还好，范五老街就近在咫尺，我想去那里消磨消磨难眠的时光，感受感受"胡志明人"的生活，也许幸运的话，说不定，我们可以在那里，找到问题的答案。

2018 年 12 月 11 日下午，于胡志明市街头

85 范五老街之夜

安妮宝贝的《在西贡》一文中载有：在西贡，她停留最久的地方，就是这条鬼佬旅行者聚集的街。他们穿布衣服，带着书和思想，吃一些干净的食物，关注阳光和人。随性地生活着。享受时光里每一分每一秒的存在。他们在这里看小说，喝啤酒，写笔记，聊天，泡酒吧，听音乐。除此之外，什么都不做。

她笔下的街，即为"范五老街"。一如曼谷辉煌一时的考山路，那里"曾经是"背包客们的天堂。同出中印半岛之上的万荣、大叻、清迈、琅勃拉邦，也都是背包客的天堂。只是，发掘与感受范五老街的风情，更适合在夜晚。

犹如中国遍布南北的"中山路"，那是各地出于对"国父"孙中山先生的纪念而命名的；范五老街之于越南，也是如此。它得名于他们的民族英雄范五老。此人生活在公元13世纪下半叶到14世纪上半叶，为当时陈朝的著名武将。历仕仁宗、英宗、明宗三朝，因抗击元蒙大军有功，而被英宗封为"右金吾卫大将军"，余生还征伐过哀牢，也就是今天的老挝。我曾多次提过，越南人心中景仰的"民族英雄"，几乎全部是在与中国的抗争中"诞生"的。这既是历史的客观原因，也是民粹心理的作祟。不得不承认此两点，尤其是后者。撇开早期历史之上与高棉、暹罗等国的争战不谈，当西方兵峰指向越南，比如自公元1840年中英"鸦片战争"以降，英军、"法西联军""日据时期"，再到后来的"美国大兵"，一一染指，且其残暴程度不乏有过之而无不及之时，是不可能不结下深深的仇恨的。但从今日来看，其心中的桎梏乃至根深蒂固的症结，似乎都只是撒到了中国与华人的头上。

范五老除了能征善战之外，还善诗能文，越南的《全越诗录》中便存有其诗作一首。诗名为《述怀》，也就是抒发心中抱负，从中能够更真实地了解此人。其诗云："横槊江山恰几秋，三军貔虎气吞牛。男儿未了功名债，羞听人间说武侯。"其中的"武侯"就是中国的诸葛亮，亦称"诸葛武侯"，因其死后被后主刘禅谥封为"武侯"，因此而得名。如今，成都市内著名的"武侯祠"就是为了纪念他而兴建的。在此诗中，范五老借用了其"鞠躬尽瘁，死而后已"的报国精神以自励，也在越地成为传世佳句。又因其一生屡建功勋，被封为"殿帅大将军""关内侯"等，隐隐之中，也有拿自己与"诸葛武侯"自比的意思了。

但我却觉得范五老最像岳飞，当然不是说其人生结局，而是同为行伍出身，却都满腹诗文才情。比如，他的仕途伯乐叫"陈国瓒"，也就是河内还剑湖上玉山祠中供奉的"兴道大王"陈兴道，当其于公元1300年逝世时，范五老自是悲痛不已，为此作有《挽上将国公兴道大王》一诗以示悼念。诗曰："长乐钟声递一槌，秋风萧飒不胜悲。九重明鉴今亡矣，万里长城孰怀之。雨暗长江空泪血，云低复道销愁眉。仰观奎藻词非溢，鱼水情深见咏诗。"该诗字里行间流露出的苏东坡、辛弃疾式的感怀与前诗诸葛亮式的激昂抱负与当世功勋，此番文韬武略，唯收复襄阳六郡、北伐中原的"抗金名将"岳武穆及其词作《满江红·写怀》可与之相较。还有一点就是后世将岳飞与关羽并祀为"武圣"，而范五老在越南，也被后世尊为"圣范"，两者都同样"享受"到了"列班升仙""建祠供奉"的"至尊级"殊荣。越南学者吴士连编纂的《大越史记全书》中曾有过这样的评述："尝观陈家名将，如兴道王之学形于檄文，范殿帅之学见于诗句。非特专武，而用兵之精，战胜攻取，古人无出其右。"文能以诗见长，武能无出其右，算是对其跌宕慷慨的入仕生涯最好的诠注了。

　　如今，其人之名，就变成了这么一条集许多旅馆、餐厅、旅行社、咖啡馆，以及琳琅满目的廉价商店于一处的街名，一头连着今日胡志明市的中央公园，一头接着当年"西贡时代"遗留下来的民居丛。这里到"红教堂"徒步只需20分钟，还可以经过"统一宫"；而从"红教堂"再徒步到"粉教堂"，也只需要15分钟。一路绿树成荫，两排时时可见法式风情，只是红绿灯、摩托车比较多，要注意过马路的安全才行。街正中的安乐寺，一半已经被改成餐厅了，但还能不影响日常的诵经与供奉，很是奇特。

　　而到了晚上，范五老街靠近中央公园这一头的两侧，一边是霓虹闪耀的街铺，一边则是长排的塑料小方凳——从河内一路向南，这种坐于其上，甚至不带小圆桌的休闲方式，贯穿越南南北或许西东。还有些地下城，也是或热闹，或安静，恰如其分地相融。而沿街，会有些卖烤红薯、烤玉米、炒面、法棍、香烟、纪念品，以及芒果、榴莲、椰子、香蕉等热带水果的；当然，还有"越式按摩"。

晚上的范五老街，您还可以先点上一碗"西贡米粉"垫个饱，然后再来一瓶冰镇的"西贡啤酒"，虽然瓶子丑了点，口感应该还算不错。当然，您也可以学老外，点上一堆"虎牌"啤酒，缓缓地喝，像是在品红酒，一直到下半夜为止。国际著名东方学大师季羡林在《留德十年》一书中记述了他在途经西贡时的感慨：西方什么人有几句话说"世界上什么东西都害怕时间，时间唯独害怕东方人"，我一看到这些人，就想到这几句话，心中不禁暗暗叫绝。那是20世纪40年代中期，现在这里的"东方人"生活节奏变化不大，依然优哉游哉，热爱生活；可能是来过此街的人，都像是掉进了"时间的陀螺圈"，只会任由时间在指缝中摩挲或在指尖打转，所以，连"西方人"，甚至习惯于终生劳碌的中国人，都让流经范五老街的时间害怕了起来。

中印半岛晚上的夜市之冠，看来是要"花落"胡志明城中的范五老街了。

万象和金边的湄公河畔夜市，那是属于自己人的，曼谷的考山路夜市已经没落，光辉不再、风流云散；清迈和暹粒的夜市，不知从何时起，已变得人满为患，蜕变成了摩肩接踵式的"数人头";琅勃拉邦的夜市,又太过安静——那是老挝人喜爱的另一种生活方式;至于缅甸,仰光也好,曼德勒也罢,据说是怕酗酒闹事之故,也有可能是政治家惧怕运动的传统,所有的夜市,已基本被取缔。

那么越南之内呢?河内的夜市,尤其是三十六行街,变成了小吃的天堂,冲淡了"啤酒+咖啡"的妙搭。岘港和芽庄的夜市还不成气候——当然,这并不影响散落城中各个角落的"夜生活",尤其是不舍昼夜的芽庄之夜,虽然没有"夜市式"的集中,但也是彻夜狂欢的。大叻的夜,又比较清冷;作为避暑胜地的夜,似乎都凉如水,不适宜久坐慢聊吧。所以,便只剩下胡志明市一城了。而胡志明或称西贡的"夜市之最",当属这条不是以长见长的范五老街无疑。

这是沿街两排面对面的、屋檐下的相会,是专属于外国人的休闲之夜和畅聊天堂。街头的"Saigon Kitchen"也就是"西贡厨房",或者丁字路口的"ALLEZ BOO"——越南最南端的潘切也有一个,可以理解为是"阿莱嘘声",都是最佳的落脚之选。人气旺而分贝适中,也各自带有一己风情。当然,后者更是球迷的乐土,因为店旁立着块十余见方的大屏,每晚都会选播一场又一场的足球赛事。

此外,范五老街之夜的乐趣,还在于从街头到巷尾,时不时会有的莫名的、接力式的"嘘叫声",四面八方的"客人们"都会跟着起哄,开怀无比。如果适逢比赛进球了,还会有哨声、喇叭声,甚至是越南青年,扛着"五角红旗",骑着他们最爱的摩托车,来回穿行着、飞舞着,像极了"红色年代"的"闹革命"。

在范五老街的街头，选一情调绰约的酒吧，买醉一夜。

摄影：陈三秋

越南粗鄙的但又满含风情的滴漏咖啡。

摄影：陈三秋

当然，对于老外来说，越南的滴漏咖啡不只适用于白昼的教堂畔、西贡河畔或者大街小巷的咖啡屋，晚上的屋檐下，依然可以如旧。点一杯正宗的滴漏咖啡：玻璃水杯的底部是奶，漏壶是杯盖，然后在漏壶中放入研磨或调制好的越南咖啡豆——可能产自大叻高原吧。接下来就是向漏壶中注入白开水，咖啡粉便会沿着漏壶底部恰到好处的细孔，沥沥啦啦滴入杯底的奶中。不久就会形成一半白一半黑的杯中妙景。而水加的多与少，全由您根据口感习惯的香浓甜淡来掌控。一般，口感都会比较偏甜。我想，可能喜欢"少糖少奶"喝法的人，应该不会喜欢滴漏咖啡吧。

范五老街之于中国人而言，唯一的不足，可能就是长街之上挂满的灯笼了——白纸灯笼。当然，越南人是不介意的。记得在缅甸仰光城的"送灯节"上，也是如此，河堤之上，飘满了白色灯笼。也许，这是一种纯洁吧。我们，确实需要，入乡随俗。

"NGON？"

范五老街上,挂满了白色的纸灯笼。夜市将启,一夜无眠。

摄影:陈三秋

第 5 篇

The floating clouds

不了情缘 **越南** 说再见

"Oh, good！"

一句越南语"好吃吗",加上一句简单易懂的英文对答,语言障碍烟消云散,畅通无阻。如果您确已"酒足饭饱",抑或明天将要再次远行,您离开之前,请一定记得跟左右邻桌的陌生朋友们一一打声招呼,Say goodbye！俗话说,"同是天涯漂泊人,相逢何必曾相识"。更或者,您可以挨到最后一个离去试试,他们就会先您说"再会"。这可不是客套话哟,只要您继续在这座曾经的"西贡城"驻足或停留,在范五老街,甚至是在越南一路再北行,指不定你们就会再次相遇于某个角落,我已确切地碰到了这番奇遇,您呢?可以一试哟。

"范五老"之名记下了那段显赫的抗元历史,而今,"范五老街"则将"胡志明人"对待游人旅途的热情,与对待自己生活的认真,展现得淋漓尽致。"热爱生活的人,生活也会热爱他",而且,我相信,热爱生活的城,运气也不会太差。今日的胡志明城,也必将继续书写新的往事,新的春秋。而写就它的案几,就在范五老街街头。

2018年12月13日于胡志明市,范五老街街头

86 统一宫知历史

统一宫乃越南社会主义共和国纪念统一之宫也，虽为胡志明市第一"名胜古迹"，但还是建议不喜欢历史的人可以绕行。否则，您会觉得贵而不实、枯燥无味，无非是些见证历史的摆设和老照片而已，甚至比不上博物馆有趣。但它"知历史"，是一部说不尽沧桑巨变的"风云录"，所以，它的意义，就在于对历史的追溯。

至此，在《细数河内别称》篇中，我们回顾了今日越南独立并定都河内之前的历史；在《保大夏宫怀古》中再一次细细梳理了末代越南的阮氏王朝的覆灭到阮福暎"复辟"建立"越南国"之间的变迁史；在《胡志明的往事》中，则一是细化了西贡一城的历史，另一还补充了"殖民时代""日据时期"这两段历史。

那么，《统一宫知历史》要完成的"未竟事业"也有两个：一是补充"法越之战""美越之战"两段历史，二是对"南北统一"过程中的若干历史碎片进行拾遗。至此，越南的"当代史"基本上就考察完了。至于其"现代史"，我们将在《胡志明喝咖啡》一文中，以今日之胡志明市为例，来借此通过"见微知著"的方法，对越南的昨天、今天乃至明天做些许展望。

挖掘冰冷、生硬的建筑背后的历史，让它变得生动，且有温度，"见人所未见"，"闻人所未闻"，可能会具有一定的意义，也是一场或许会带来奇妙感的文化旅行。而找到那些惊心动魄的，或者令人深思或者令人失笑的脉动，将散落于历史尘埃中的碎片拼接，以近乎原始的面貌重新示之以众，累且快乐着。

走出范五老街，往北行进约1公里，徒步时间15分钟上下，穿过两三个城市公园，一座占地面积达12万平方米的规模庞大的"中南海式"院落就会呈现在您的眼前了。由于正门不能进，

历史资料中的统一宫，此图为新修后的独立宫前身。如今，它成了"任人打扮的小姑娘"。成王败寇，一向如此。 摄影：陈三秋

平时只开放侧门，所以，您需要来到有人值守的侧门才行。而过了侧门，能看到院落正中，有一幢工整而略显古朴的白色四层府院式建筑，那便是统一宫了。其周围一圈绿树成荫，院中也是古木参天，各与主体建筑和谐相伴，也反衬着统一宫的森然。院中花园密布，周边还陈列着一些"南越政府"的遗留武器，俨然一座军事博物馆，这就是统一宫外部的基本制式了。

一座统一宫，半部越南近代史，也见证着"南越"整部历史。而这一切，可以从其前后三个名称的变迁说起。这三个名称，对应着三个历史时期，依次为：法属殖民与"抗法战争"时期的"诺罗敦宫"，"南越"政权与"美越战争"时期的"独立宫"，"南北越"一统后至今的越南社会主义共和国时期的"统一宫"。而其间，也还进行了多次扩建、翻修，才成今番之规模。

公元1885年，《中法新约》签订。中国的清朝政府，被迫放弃对越南的"宗主权"，自此，越南正式沦为法国殖民地。随后，为了强化对法属越南的统治，殖民当局开始对越南全境进行分治，当时的南部总督拉格兰蒂耶便于公元1869年2月23日，开始在西贡兴建总督府。该项工程在公元1871年时才始告完成。落成之后，为一座法式风格的古典建筑，规模约为当下的三分之一。由于同为法国印度支那联邦总督的驻地，统一行使着对越南、老挝、柬埔寨三国的殖民治权，故以柬埔寨王室姓氏"诺罗敦"将该座总督府命名为"诺罗敦宫"。

公元1902年，法属印度支那联邦总督驻地迁往北部的河内，并在那里新建了总督府，也即今日的主席府。但是，诺罗敦宫还是被保留了下来。后于二战后期，因夏尔·戴高乐将军领导的"流亡政府"左右了法国的政局并倒向了中、英、美等"同盟国"一方,作为"协约国"的日本开始将法国势力"短暂"驱逐出了越南。战后,当胡志明领导的"越盟"在河内成立"北越政权"——"越南民主共和国"后不久,公元 1945 年 9 月 23 日,法军再次卷土重来,侵占了西贡,并在公元 1949 年扶持、建立了由阮福晪领导的"越南国"。由此,"北越"领导下的越南人民,开始进入了长达 9 年的"抗法战争"时期。这期间,诺罗敦宫也一直是政令中心。

而到了公元 1954 年 3 月,双方决战性的"奠边府战役"打响,至 5 月,此战以"北越"大捷结束。7 月 21 日,有关结束越、老、柬印度支那战争事宜的《日内瓦协议》得以签订。依协议约定,以"北纬 17 度"为界,越南开始"南北分治",北方与南方,仍分别由胡志明与阮福晪领导。阮福晪的行署依然为诺罗敦宫。

直到公元 1955 年 7 月 17 日,美国开始染指越南事务,并撕毁了《日内瓦协议》,取代法国在其南方的地位;同期,"越南国"的军事领袖吴廷琰在美方支持下发动政变,逼退阮福晪,改国名为"越南共和国",也就是"南越",自己当了总统。与此同时,诺罗敦宫虽然仍为吴廷琰政权的官邸,但亦多被称为"总统府",官方称谓为"独立宫"。这也就是统一宫的第二段历史时期。

公元 1961 年,"北越"发动的旨在统一全国的"越南战争"爆发。美国为支持"南越",协同韩国、泰国、菲律宾、新西兰、澳大利亚等国组成多国联军,正式介入了这场战争。而中国和苏联等,则给予"北越"以大量的军力、民力、物资等支持,史称"援越抗美"。又因交战双方以美军与"北越"军队为主,"南越"为美国傀儡,故此战又可称为"美越战争"。这一仗断断续续打了12年之久。直到公元1973年1月27日的《巴黎协定》签订,美军于同年3月退出越南战场方告结束。

这一时期,"南越"的官邸一直为独立宫。公元1962年,两名西贡空军飞行员阮文举和范富国,企图推翻当时的吴廷琰统治,曾驾驶军机轰炸独立宫,造成建筑物左半边遭受了严重破坏。但吴廷琰却侥幸逃过了一劫。随后,其聘请留学巴黎的越南建筑师吴曰树,主持对独立宫进行了重新改建与修复。

吴曰树深谙中国的风水观念。因此,其领导的新建团队,将建筑物的正面设计成了"兴"字形,而从空中鸟瞰,它却又呈"吉"字形,可谓非常奇妙,也深合吴廷琰之意。借"吉"字之名,祈求国运昌隆。同时,又汲取被轰炸的教训,为了安全起见,其四壁、天花板、地下通道等都进行了耐炮击处理,犹如一处硕大的平地碉堡。如今,一入统一宫的正门,大厅之中便用画板醒目地展示着这幅"吉"字。

但对于臭名昭著、作恶多端的吴廷琰来讲,显然,并未能够受到此一"吉"字及其新落成的建筑的庇佑。公元1963年6月,在轰动全球的"法难事件"之后,美国的约翰·肯尼迪总统便逐渐抛弃了他;在美国的默认下,11月,来自陆军部的杨文明发动"军事政变",而吴廷琰也被刺身亡。其时,独立宫尚未完工。值得一提的是,当年那两位轰炸独立宫的飞行员,在刺杀失败后便逃亡到了柬埔寨。吴廷琰死后,两人"凯旋"回国还成为"南

如从空中俯瞰,当年的独立宫,今日的统一宫,是个"吉"字造型。

供图:壹书局

越"空军的英雄人物。真是此一时,彼一时。历史的风云变幻,与政治的"翻手为云,覆手为雨",被谱写得淋漓尽致。

在历史上,经常会有人拿吴廷琰的命运,来类比韩国总统李承晚。两人同为美国亚洲战略之下的傀儡总统,又同因失去美国的信任与支持而落魄。稍有的差异便是，后者被迫于公元1960年4月辞职后，就于次月底流亡至美国的夏威夷，并于公元1965年7月客死在了那里。也有人曾用吴廷琰来类比中华民国大总统蒋介石，但蒋的命运的斗转可能主要还是因为对手日渐强大，以及民心向背造成的居多。吴廷琰死后，阮文绍继任为"南越"总统，继续着对新独立宫的兴修，至公元1966年，才正式完工。

公元1973年3月美国撤离越南战场，"美越战争"结束，本已羸弱的"南越"政权变得更加岌岌可危了。在随后的"统一战争"或"南北战争"中，仅过了2年，公元1975年4月30日早上，一辆"北越"的坦克车便冲破光辉璀璨的独立宫院墙大门，是为"西贡解放"。上任还不到2天的"南越"末代总统杨文明，也就是那位通过政变将吴廷琰推翻之人，乖乖地向"北越"发表投降声名，"越南共和国"灭亡。关于坦克车驶入独立宫以及杨文明"投降"的这一幕，后来还被多次搬上了银幕，尤其是后来越南人自己拍摄的电影《越南战争：1964—1976》中，更是直接到赤裸裸地呈现着坦克于院内满处跑。我推测，院中陈列的坦克车，可能就是当年攻占这座官邸，冲进来"解放西贡"的那一辆，要不然，怎么能方便生动地向世人讲述那段跌宕而富有故事画面感的"南越亡国史"呢？

次年7月，越南南北正式宣布统一，定都河内，国号为"越南社会主义共和国"。为揭示"南越"覆亡前总统的奢靡生活，也为了纪念与宣传"越南革命"的胜利，独立宫被更名为"统一宫"，或译"统一府"，并被当成一处博物馆与爱国教育基地，

统一宫几经翻修之后,终成今日之样貌。作为凝固的建筑而言,它可能并不显赫,但它的历史故事颇多。   摄影:陈三秋

对海内外开放。这也意味着,它已结束了作为首府官邸的历史使命,从此便只是一座具有纪念价值的观史性建筑,供后人自由凭吊。

如今的统一宫中,除配置了一些史馆必备的文字性介绍字板之外,应该基本上保持了末代独立宫时的布设与格局。正中为宽敞严肃的四层主楼,主楼之顶为悬挂国旗之处;两侧又各辅以一栋侧楼,三楼连为一体,均呈亮丽光滑的纯白色。另于一层之下,还掘有一个巨大的地下室,据说能连通绵密的地道系统,直到外面城中的军情中心以及另一座法国人修建于公元1885年的嘉隆宫——当时为"南越政府"首脑吴廷琰的寓所,以备独立宫遇到重大袭击时,可以安全转移至此两地。公元

1963年11月的军事政变以及吴廷琰被击毙，便发生于此座二层白色的嘉隆宫中。后在公元1978年时被改造成了"胡志明市博物馆"，馆中有一幅汉字对联，令人印象非常深刻，"君子之交淡如水，人生何处不风流"。

这种地下密道管廊的设计，可谓别有用心。当然，此等"用心"之处，在当时的独立宫中，还有多例。比如，其地下室中常年保有多套完备的现代化对外通信设备与系统，以及为防止被袭击时而备用的"国防情报会议室"，只要受袭后，这里就能成为临时指挥"南越"军队的新的中枢；宫中还有"战争室"，墙上，仍然挂着美国和"南越"的军事后勤地图，还有一排颜色柔和的旋转拨号古董电话，估计也是总统联系各地、部队、美军所专用的。宫殿正面的外观，采用了隔帘式的镂空柱饰，这样一来，从外面便很难看清宫内的一举一动，但却可以从里面清晰地看到外部的情况；连四周所有的窗户、玻璃，也都是经过特别设计与特殊处理的，也只是由内观外，而不能由外观里。这些，毋庸置疑，都是为了防范预想的敌人突袭，而经由主设计师吴曰树之手，专门为之的，以达成当年西贡城中最安全的堡垒。

整幢建筑，在宽阔的长廊环绕之下，拥有大大小小的厅堂、房间足有100个，集同时满足外交、宴会、娱乐、居住、军事指挥等各种元首政务与生活需求为一体。其中，一楼多是富丽堂皇、大小不一、功能有异的会议室、外交厅、会见室等；进门正中的金龙波斯地毯也非常醒目，其左右的房间中，还陈列着象牙、象腿、明清家具、青花瓷瓶、梨木沙发等价值不菲的历史展品。

经过特殊处理的统一宫的玻璃,细饰也极尽精美。摄影:陈三秋

"核心中枢"之总统办公室被设在了二楼,此外还有国书递交室、总统贵宾室、总统夫人室、宴会厅、检阅台等等。其中,国书递交室的墙壁上,是越南传统工艺磨漆画,十分珍贵,共由40块绘有越南山水风情图案的漆木镶嵌而成,再复配有漆桌漆椅、水晶吊灯,因此而益加光彩夺目。宴会厅内的橱柜中,珍藏有为数可观的高级厨具与精美餐具,这都是当年从"友邦"日本进口的。

而检阅台,则是伸出二楼中间主体墙面约2米、宽约8米的一个露天阳台,依照过去的传统,这里比较适合用于检阅户外的集会、阅兵等活动;也可以在此居高临下发表讲演,发布重大告示、宣言等等。

当然,也可以借此观赏院中及院外的风景——那里的庭院设计,与独立宫一样采用左右对称的布局,遥相呼应、浑然一体。如正门之前宽广的中心喷泉与大片草坪,便是一座对称工整的"前院"。也可从此阳台,俯瞰南门之外的"黎笋大道",此路呈中轴线造型,两侧绿荫拥簇,其名取自胡志明之后继任的越共中央总书记黎笋。而此人在位之时,将胡志明时代的"二号人物",也即著名的武元甲大将孤立,不仅主导了入侵柬埔寨,推翻"红色高棉"政权的战争,以及效仿苏联的"勃列日涅夫主义",对邻国老挝进行控制而变为"卫星国",还多次挑衅中国。后世中国官方的史料,将其领导下的越南党和政府称为"越南黎笋反动集团",算是对其的终极定性。

直到公元1986年7月,黎笋去世;之后举行的"越共六大"上,阮文灵当选越共总书记;再然后是"东欧剧变""苏联解体",在此等大背景下,阮文灵开始调整政策,通过"巧妙地"委派承载着中越"革命友谊"的武元甲,于公元1990年出席"北京亚运会",来一步步寻求,并最终实现了与中国关系的正常化。

统一宫的三楼是电影室、娱乐室、麻将桌、休闲厅等,看来,即使在那个南北对峙、战情吃紧的年代,"南越"的领导人们,还保持着丰富闲适的文娱生活。四楼是数间洁净、精致的卧室,有总统及其家眷的。这可能是吴廷琰之后的总统们使用的。因为,吴廷琰虽然统治残暴,但却一生未婚;其代行"第一夫人"之角色的弟妹陈丽春长期居住于此的可能性也不大。唯一的可能性,便是其胞弟吴廷瑈也同住于此宫之中。陈丽春比吴廷琰

统一宫的观景台,在历史的片段中,也是演讲台。当年,在这个地方,迎来送往,见证了一个时代的变迁。　　摄影:陈三秋

站在统一宫上远眺,胡志明市的中轴线格局,分外惹眼。

摄影:陈三秋

第 5 篇

不了情缘
越南说再见

　　从独立宫到统一宫，这些遗留下来的奢靡之物，与胡志明故居的高脚屋形成了鲜明的对比。关于越南"谁统一谁"的历史，似乎早已注定。

摄影：陈三秋

从独立宫到统一宫,这些遗留下来的奢靡之物,与胡志明故居的高脚屋形成了鲜明的对比。关于越南"谁统一谁"的历史,似乎早已注定。

摄影:陈三秋

第5篇

The floating clouds

不了情缘
越南说再见

　　从独立宫到统一宫，这些遗留下来的奢靡之物，与胡志明故居的高脚屋形成了鲜明的对比。关于越南"谁统一谁"的历史，似乎早已注定。

摄影：陈三秋

年幼近一半，且出身显赫，雍容华贵，其堂舅就是越南末代皇保大帝阮福晪！在公元1944年嫁于吴廷琰后，其被"南越"各界称为"琰夫人"。据称其因气质优雅、美貌出众，令美国大兵都艳羡不已，还曾接受过美国《时代》周刊的专访，因而，一度被称誉为"越南版的赫本"。

引人唏嘘的是，在吴廷琰当政期间，虽然这位"琰夫人"曾试图大力提倡"女权主义"，以此来将自己塑造成"当代征氏姐妹"，也就是说，其是期望在越南境内，能够取得与东汉初年发动反抗中国统治的武装起义的征侧和征贰二姐妹相当之"英名"的。连中国的毛主席都称"征氏姐妹"为"越南的民族英雄"。但显然，或许是其年幼无知，又或许，她就是一个不折不扣的"傻大白"，所以，"天不遂人愿"，一切"美好"的想法，都在往结果相反的方向发展。比如，她主导发起通过了一部《保护道德法》，但却因"禁止民众跳舞、唱柔情歌曲，离婚要总统批准，甚至避孕都要被限制"等荒谬的法律条款而让其饱受诟病；她性格张扬，任由娘家人出任政府高官，胡作非为；还口无遮拦，因在"法难事件"中的不当言论，获得了一个无法甩脱的绰号——"恶龙夫人"。此事件发生后不久，其夫吴廷琰，便在那场针对吴廷琰总统而发起的政变中，与吴廷琰一起被乱枪打死在嘉隆宫的装甲车内。

政变发生时，陈丽春正身在美国加州；在公元1964年尝试重返"南越"被拒绝后，其辗转于罗马与巴黎两地。在孤身流落海外之日，万念俱灰的她，从此便隔绝了外界生活，闭不出户，独守空房。公元2011年4月15日，她一个人在罗马度过了自己的87岁生日；9天后，死于罗马。这里是奥黛丽·赫本曾经的成名之地，而却也成了这位"南越赫本"的身故之所，仿佛冥冥之中，早有注定。

统一宫的顶层，是一个整体宽敞而又错落开来的露天平台，可以从四侧边缘之地观赏胡志明市的景色。而在其低矮的北侧，还有一个直升机坪，可以供直升机升降，其上确也展示着一架直升战机，那是常年停放此间的"总统专机"。估计，也是为了随时可以出动，甚至是避难、逃跑而准备的。露台之上，还有一个炸弹留下的弹坑，至于是"北越"军还是美国兵的作品，

"南越"政权时期独立宫楼顶平台上的直升机坪，常备着一架军事直升机，以方便"总统"随时撤离。　　摄影：陈三秋

还是当年"南越"部队的那两位架机刺杀吴廷琰未遂的飞行员杰作,就分不清楚了。但这个专门设计具有逃生功能的屋顶平台,也包括地下室与密道系统,却是公元1962年,也就是被投弹之后不久扩建和加固而成的。

纵观整个统一宫,在其过往的各段历史之中,似乎只是将矛头对标杠上了"南越政府"这一时期。这也难怪,历史都是为胜利者书写的嘛,谁叫"南越"是一个实在"扶不起的阿斗"呢。

如今的统一宫,好似一个"可以任由打扮的小姑娘",其梳妆也好,描摹也罢,那也都是胜利的"北越政权"才能够享有的。这里无处不在的细节,都是在对"南越"治下奢靡生活、腐败之风的批判,也是"北越"人民争取统一国家的意志象征。

那段诺罗敦宫的历史,似乎已变得微不足道。独立宫,则作为当时"南越政府"的权力中心,见证着那些从该地做出的影响历史进程的决策、从"负隅顽抗"到"战败投降"的心路历程,以及由奢靡走向覆亡的"必然规律"。相比之下,统一宫就变得简单多了,其要展现的内容,无非就是这么一句话——我们赢得了战争,既干净利落,也能足以说明一切。这是"胜者为王"时才有的气魄,语气斩钉截铁,也扣人心扉。"小小一宫",经三名而知历史,确是由胜者之笔而书下的。

2018年12月11日于胡志明市,中央邮局咖啡屋

87　胡志明喝咖啡

第 5 篇　不了情缘　越南说再见

胡志明同志已故,但"胡志明市"仍在。

安妮宝贝的笔端下,曾对越南如是诉说:"这是一个具备魔力的国度。它的炎热,它的苍翠田野,碧绿深海,喧嚣街市,眼睛明亮笑容坚韧的女人们。从河内开始,沿着海岸线从北到南,一直抵达西贡。"其实,所有的"异国风情"之初体验,都不免会觉得魔力四射、神秘几多吧。如果恋爱受挫,或者想放空心灵,找一座陌生的小城,没准都不会错。只不过,她的越南之旅路线,值得推荐。我也正是基本上沿着这样的路径,走完了又一次越南的旅程。从北到南,从河内始到西贡终——安妮宝贝笔下所说的"西贡",就是胡志明市。

这次越南之行,我还加了许多"中途"。所以,当我决定前往胡志明城时,已身在大叻,近在咫尺。一次短暂的飞行,由蓬姜机场跃至新山机场,新胡志明——老西贡,便在足下了。脚踏实地的感觉再次来临,如此真切,真好。

早闻胡志明市有一栋楼,装满各色咖啡屋,爆火成"网红公寓",魅惑着无数小资情结深重的游人热切前往。因此,到胡志明喝一杯越南"滴漏咖啡"或"越南咖啡",有如在河内品鉴"河内啤酒",自是怡情又甘醇。所以,"胡志明喝咖啡"——不是"胡志明同志喝咖啡"——当然胡主席确也深爱喝咖啡,虽然绕口,但便成了到访胡志明城之"规定动作",标配是也。

这栋被称为"The Cafe Apartment",也即"咖啡公寓"的建筑,共有10层,靠近胡志明市政厅与大剧院,位于以西山朝的开创者命名的"阮文惠大道"上,也是徒步至西贡河畔的必经之地。这是一幢新旧并存的文艺空间,初建于20世纪中期,在公元1950年至1960年间的"美越战争"时期,还一度成为美国大兵的宿舍兼办公地。直到公元2015年,经整体翻新重饰后,陆续进驻了各种不同风格的咖啡馆,可见观光、交友与消磨时间,而迅速成为越南的文艺圣地。

如今,这里的一楼是"Nha Sach 书屋",各国各类的书籍都有销售。二楼是服饰店和杂货铺。自三楼起至顶楼,才是50余家各有特色的咖啡屋。有意式浓缩、日式手冲,也有南洋咖啡与越南滴漏,不同口味的咖啡爱好者与观光客,应该都有机会搜寻到自己钟情的那一款。如从"阮文惠大道"上仰望,整幢楼的外立面,呈一块一块的方格状,似小抽屉或火柴盒一般,密集而小巧,古朴而凌乱。但,或许正是这番复杂又简单的别样风情,才令世界各地往来此间的青年男女们情有独钟。

依我之见,中国对西贡800年,甚至1 500年的影响,或许比不上法国殖民不足100年之影响。前者留下的是方块字、佛教或道观寺庙等,后者留下的是条条街道、座座建筑,还有生活方式、塞纳风情。比如,沿着西贡河岸边,或者中央邮局

胡志明市的"网红"建筑——咖啡公寓。　　摄影：陈三秋

之侧的咖啡屋，两处都满布这些法式风情。甚至是大街小巷中的咖啡屋，也多是"很法国"，与上海的那种小资情调，很是不同。我感受到了无处不在的文化与信仰的力量，尤其是通过生活潜移默化、深入心灵的东西，那是无尽深邃而又难忘的，甚至早自殖民时期便融入了越南人民的血液、骨髓中。当然，还有越南大地之上，从南到北的天主教堂，以及百里一座的度假之城，同样的，很法国。

其实很多人，尤其是去过一次胡志明市的人，已经不再喜欢这里了。这就是经济发展的代价吧：车来车往，人满为患，拥堵喧嚣，河岸杂乱。曾经的"东方巴黎"风情大减，这是危机，

胡志明市的危机：车来人往，乱且拥堵。曾经的"东方巴黎"，亦无安妮宝贝笔下的"西贡风情"。

摄影：陈三秋

值得警醒。对于大叻、曼德勒、琅勃拉邦等城来说，可能又是它们的机会，只不过，不远的明天，也许它们也会遇到同样的问题吧。这是所有旅游之城的"痛点"，也是一个过犹不及的分寸与尺度问题，需要一个美好的平衡。

安妮宝贝之笔在写到西贡时，曾这般如诗情画意写道："车轮滚滚。最终摧毁一切。在战争中不要说谁是胜利者。尘归尘。土归土。我们要在早晨醒来，亲吻枕边爱人的脸。推开窗户，看到树叶上闪烁的阳光。这是生。再无其他。"只是几年之间，这种温煦恬适的感念，似乎早已消失得无影无踪。在"咖啡公寓"

之中，那半日的闲暇时光里，从一杯杯唇齿留香的咖啡杯影中，我仿佛看到了活力之下的隐痛。

通过自胡志明市人民委员会获得的公开信息可知，公元2018年，仅胡志明一市接待的国际游客人数，便达到了750万人次，与去年同比增长18%，更是占到了全国全年国际游客总人数的50%。这里必然会有，风景与人文的，难以承受之重。

另据《越南人民报》载，在公元2018年11月，越南咖啡出口量为14.5万吨，创汇2.74亿美元；而前11个月咖啡出口的总量，则达到了173万吨，创汇33亿美元，出口量和出口额同比增长23.4%和3.2%。预计，2018年越南咖啡全年出口量将达180万吨，创汇35亿多美元。越南，无疑，已成为世界瞩目的第二大咖啡豆出口国，也是"罗布斯塔"咖啡豆的世界第一大出口国。这些咖啡出口额，虽然还远比不上在南海攫取的占到全国GDP三分之一的石油资源，但也占到了"农林水产"出口总额的10%，其经济价值突飞猛进。在销售市场方面，德国和美国依然是排在前列的，以当年10月的数据来看，德国与美国分别占到12.5%和9.5%。

虽然越南的"罗布斯塔"咖啡豆，在品质上比不上其他各地的"阿拉比卡"咖啡豆，但后者多生长在热带较冷的高海拔地区，而前者则在高温多湿地带便可以生长，而且还具有更强的抗病力优势，因此，对于"革新开放"进程中的越南来说，投入与产出的性价比最高，也更是适合。在公元2018年的前10个月，越南咖啡平均出口价格是1 894美元/吨，但同比却下降了16.7%；在11月，英国的"罗布斯塔"咖啡豆，更是从

1 694 美元/吨下降到 1 610 美元/吨，也就是说价格下跌了 84 美元/吨。这对于激进式、功利式发展中的越南来讲，其所付的经济收益上的代价是惨重的，但确也同时打进了竞争激烈的印尼、泰国、菲律宾、俄罗斯，甚至阿尔及利亚等地的市场。这些新兴市场出口量的猛增，可以适当填补越南"咖啡经济"的直接损失，并支撑着其继续前行。

胡志明市，是当下越南的经济中心，如果将其以一省视之的话，其地位与位置，有点像中国的广东省。在过去的 5 年间，其每年的 GDP 增速，基本上都保持在了 9% 的逐年递增的快车道上，这般成绩，放在全球来看，都是斐然的。目前人均 GDP 约为 5 500 美元，而其人均月收入也已将近 3 000 元人民币，也许您会觉得并不高，那就给您一个参照，在 10 年里，增长了 200%！记得，胡志明市人民委员会在不久前举办的新闻发布会上，信息传媒局局长杨德英披露，待公元 2018 年结束，胡志明市将提前 2 年完成"2016—2020 年零贫困户"的基本目标，这对于经由"西贡"，一路风风雨雨走来的胡志明市而言，其功德是无量的。

还是那句话，经济野蛮增长之下，这里的风情所遭受到的破坏，也是惨烈的。这在西贡河之畔，可见分晓。在中印半岛行走的跌宕、沉闷而又疲累的旅程，越南之于我来说，深感惊喜的是，品尝咖啡之余的处处书香。

咖啡往往要与书香相伴，这是源自咖啡诞生初始的欧式传统。同为中印半岛的缅、老、柬、泰四国，显然在这一点上做得不够好，而这也更加凸显了越南，尤其是胡志明市的难能可贵。

胡志明市的书店非常多，这看起来比当前竞争焦灼的曼谷、金边要有前途。一杯醇香满溢的咖啡，或许说明不了什么；甚至那些五彩斑斓的法式小镇，与一望无垠的碧海蓝天，似乎也说明不了什么。那更多的是物质上的触感，与眼际的风景，对于勤劳、聪明的人们来说，并不是很难实现的。唯读书，才是一种源自基因般的力量。一如那个世界上唯一一个没有文盲的民族——犹太人，当孩子们稍稍懂事时，几乎每一位母亲都会严肃地告诉他这么一番质朴而又动容的话："书里藏着的是智慧，这要比钱或钻石贵重得多，而智慧是任何人都抢不走的。"

越南书店的数量，居中印半岛之最；爱读书的国家，应有前途。
摄影：陈三秋

记得宋代大文豪苏轼,在《记黄鲁直语》一文中曾转述同时期的大文学家黄庭坚的一段话:"士大夫一日不读书,尘生其中;两日不读书,言语乏味;三日不读书,则礼义不交,便觉面目可憎,语言无味。"这一度同"一个不爱读书的民族,是没有希望的民族"一样,成为中国家家户户的"祖训"。

然而值得我们反思的是,中国人年均读书4.67本,与日本的40本,俄罗斯的55本以及以色列的64本相比,中国人的阅读量少得可怜。以色列自然成了这个世界上最爱读书的国家。与其并列的,还有一个国家,是匈牙利。它的国土面积和人口都不足中国的百分之一,但却拥有近两万家图书馆——平均每500人就有一座图书馆,光其"诺贝尔奖"得主,就有14位之多,是国土、人口乃至政治上的小国,但却因爱读书而获得智慧和力量,并靠此变成了让人不得不服、当之无愧的"诺奖大国"。

这会让人联想到美国前总统理查德·尼克松,在20世纪80年代出版的那一名著《1999,不战而胜》。在书中的最后部分,他说了这么一句话:"当有一天,中国的年轻人已经不再相信他们老祖宗的教导和他们的传统文化,我们美国人就不战而胜了。"这些在中国,都引起了轩然大波。痛定思痛,这些年,中国的出版界、文化界、翻译界都澎湃地活跃起来了,各地的图书展、读书会也都日渐频繁和增多。学校课堂与家庭教育层面,也都

在"咖啡公寓"取一杯咖啡慢呛;当视线飘于窗外,"西贡"成昨,今为"胡志明"的天下。

摄影:陈三秋

有所改善。当然,各项工作与成绩,都还只能说是在路上。

  我虽未在越南看到中国在此举办的图书展,但却在柬埔寨的首都金边遇到过一次,只是那里的阅读氛围太过寂寥了。我也在缅甸前首都仰光的街道上,看到过不少老华侨沿街开的中文旧书店,有点像置身在 20 世纪香港小巷的感觉,但这也与缅甸人关系不大。今天,我们来到了越南,来到了胡志明市,看到了这里一条条、一处处的"国际书店",除了能够选购到自己所需、所爱的书籍之外,也有理由相信,越南人民也是热爱阅读,知道知识的力量的。这是除去可以带来财富之外,深入灵魂的综合力量。如若这不是表象，那么，越南之于中印半岛，甚至世界的民族之林，也终将拥有，或者积蓄着，不久的将来，可以一较高下的国之力量。

很多人都会热爱纪·哈·纪伯伦，他是黎巴嫩的"文坛骄子"，也是阿拉伯文学的主要奠基人，在他的《先知》中，曾有这么有一句话，令人难忘，原句是：We already walked too far, down to we had forgotten why embarked . 直译为：我们已经走得太远，以至于忘记了为什么而出发。而其更耳熟能详、传颂于世的简练说法是不要因为走得太远，而忘记我们为什么而出发！在一杯咖啡行将一饮而尽之时，于胡志明"咖啡公寓"的窗台，愿将这句话，倾情奉上，与君共勉。

2018年12月13日于胡志明市，西贡河畔

88 去富国岛看海

择一日清晨,乘着彩云,飞赴富国岛,去看看沙滩,看看海。

如果,您是从胡志明市出发,仅需一个小时即可。这是很多人每天上班堵车的时间,工作开小差的时间,每一次玩手游、看微信的时间,或者,看一部无趣电影的时间,甚至是,我们一不留神,一次发愣的时间。

时间,真的是个奇妙的东西。它可以像流沙,在您不经意间,从指缝中,恍惚间,悄然飞逝;也可以,画满白纸,书写人生,成就您一个又一个愿望、梦想。照此来看,同样的时间,它却是属于两类人的:一类是从现在往前,跟在它屁股后面,消磨它的人;一类是从现在往后,"惜时如命",跟它赛跑的人的。

我们可以忽视它,也可以尝试掌控它。其实,意义并不都大。该来的会来,该走的会走,一起安排,都是最好。又何必为难自己,抑或,为难时间呢?

每个人,都拥有自己的时间。这里装着彼此的命运。可能相同,也可能,存异。这都不要紧。只愿在可以拥有的间隙,您可以背上行囊,说走就走。去看看别样的人文,理解不同的活法；去看看自然的山河，体会如何与人相容；去看看一片海，大海，漫无边际的大海，将自己的负累、心灵，通通放空。

是的，去看海，看一片海；波澜壮阔也好，旖旎祥和也罢，只要求它的宽度，足以装下，您的所有不快、烦恼。

每个人都需要重新理解时间，因为它总是瞬息万变，还总是向前、向前、再向前；而且，对于两类人，还有不同的用法。只是，每个人，理解时间的方式有所不同。但不管哪种方式，都惧怕烦恼。

烦恼无益，只会催生少年华发，但是，每个人还都在狭窄的、柔软的内心，装着沉重的烦恼。这是自找的。您可以忘却，然后，带上时间，一起来一场说走就走的旅行，或者，说干就干的人生。不负此生。至少，短暂的一生，总要有那么几次无所畏惧，哪怕是说放就放的片刻吧。北京，清华大学，经管学院，美丽而宁静的庭园内，那几处"行胜于言"的四字碑文，铿锵有力，说的不正是此意吗？抑或，再激进一点，换去一字，变成"行胜于思"，那么，便更适合"行动派"的人生了。它会鞭策着您，行动、行动、再行动，以匹配得上无时不在前行的时间。

您听说过富国岛吗？没有。一点都不奇怪，它是越南最大、亚洲最好的海岛；当然，只是在我心中而已。其实，它也已经背负虚名，那可不是我所关切的；名望太累，富国岛必将终有体会。这些"名望"有："全球十大最美潜水度假地"之一，也是世界上那么多"接近天堂的地方"之一；曾入选美国《国家地理》杂志"全球十五大最佳冬季旅游目的地"，《美国有线电视新闻网》，亦即CNN "2018年秋季非去不可的五大旅游目的地";以及英国旅行手册《粗略指南》评出的"世界十大蜜月胜地";等等。对于在国际旅游奖项的评选上"情有独钟"、舍得"慷慨投入"的越南来讲,接下来富国岛的"荣誉"可能会更多,不信走着瞧。

"盛名之下",就离"第一轮"的人满为患不远了。为什么这么说?因为活在当下,还要有"被忽悠"的充分心理准备,能不能还有"第二拨",那就要看"继续忽悠"的能力或者真功夫了。只是目前的富国岛,一切看似还好。它可以孤悬在暹罗湾南,太平洋上;它仍在缓慢地、尚未过度地开发着,也没有

被各国游客攻陷之前的富国岛。它的宁静之于历史,可能也只有"片刻"了。
摄影:陈三秋

太多商业化的东西，所以游人鲜少不多。于是，它还可以蓝，湛蓝见底、小鱼漂漂；还可以静，坐在沙滩之上或者栈桥之首，一个人，看着蓝色的小渔船，漂来漂去，驶归驶往。岛上的居民，也十分和善与不争，也就是所谓的民风淳朴了。

有人说，这里有你向往的一切：清澈的海水，柔软的沙滩，美丽的夕阳；享受海风轻拂脸庞的惬意，朴素、清净、闲暇、自然。我的感触是，风情上差不多，言语上，略显浮夸。毕竟，富国岛已然成为欧美人眼中的度假胜地，但其借荒凉与原始而得的"名气"，能不能经受得住中国人的"检验"，那还是两说。

需要您亲自一探了。出机场，建议选辆"摩的"，反正路上车也不多，足够安全。那么，您将可以一路吹着海风，驶抵您属意所选的任一白沙滩或红沙滩。尤其是12月，不要辜负这温煦的海风，也不要辜负这片微醺的大海，于"风驰电掣"之际，吹吹风、看看海，我体验之后的粗略感觉是不错的，就不知道最终是否适合您了。

我还可以通过四列组合的方式，来概括这个岛，与这片海。

第一组是"夜市"与"沙滩"。一个生于夜晚，一个活在白天。

既然是"去富国岛看海"，那就先从白天的沙滩说起吧。来自我的非专业归类，沙子的来源有两个——岩石与珊瑚，都是经过千百年风化的结果。后者，沙质会更好，一般细腻而柔软。富国岛上的沙滩，就源于后者。其东南方，三面环山，也很私密，便生成一处半月形的沙滩，有个夸张的说法是，曾被十家国际旅游杂志评为"未被污染的最美海滩"，美其名曰，"星星沙滩"。

依我之见，这确实应属富国岛上最好的沙滩了。原因有三：

一方面是岛上其他沙滩的开发与打理程度还不够；二方面是这里的沙子细而白，一脚踩上去，就像踩上了松软、舒适的地毯，还有些放眼望去晶莹、闪烁的光芒，是一些云母的碎屑了；三方面是在这里可以肆意地敞开心扉，拥抱大海。

尤其是第三者，您既可以漫步享受清凉的海风，也可以在丝滑的湿沙滩上奔跑，当然，下水嬉戏也是不错的，尤其是在落日余晖泻撒于海面之时，最是美妙。稍微遗憾的是，这里不像红海，感受不到那种海鸥铺天盖地、翱翔于天地间的无拘无束，这些只能从快艇、摩托艇、香蕉船、海上滑翔伞等体验性水上项目中去找寻了。如果您喜欢的是静，那就更简单了，点上一个冰冻的椰子，选处吊于椰树间的渔网床，或者沙亭躺椅、懒人沙发，在温煦的阳光下，交替着慢吮椰汁与昏昏欲睡。这种奢侈的、令人羡慕嫉妒恨的闲适生活，享有一天，只要几美金而已。这种身临其境的真实，而且游人寥寥，可能唯有富国岛等为数不多之地才有了，而且，也并不是可望而不可即的东西，只在于您想不想一往，或者舍不舍得放弃"片刻如金"的工作了。

除了"星星沙滩"，这里的"长滩沙滩"也还尚可，对越南"不吝溢美"的CNN，在其推出的"2017年亚洲最美原生态沙滩20强"评选中，便罗列了它的大名。

夜市在阳东镇上。这里背靠着渔人码头，除了饱餐当时的越式美食，与廉价撑腹的海鲜，对于女孩子们来说，交换着品尝这里数目繁多的南国水果，那自是必不可少。而如果您还想了解当地富国岛人的"人情味"、风俗、生活，那这里就更是必来的了。但一定要能静下心来地融入，才能真正地有所领悟，

富国岛上静谧怡人的沙滩。　　　　　摄影：陈三秋

富国岛的海滩，是发呆的天堂。　　　摄影：陈三秋

有所收获。很多人都太害怕中国式的走马观花了,那种"旋风般"的拍拍照,与"扫荡般"的买买买,除了让地接社的导游,或免税店的人窃喜之外,是很难为空乏的心灵填补些什么的。

第二组是"护国寺"与"妈祖庙"。这是两处融合了中越文化的建筑。

护国寺是富国岛上最新、最大、最美的寺庙。其独特之处,可能是其位置:一堆砖红色的飞檐建筑,盘踞在清新文艺的海岸一隅,面朝茫茫大海,且背靠地势险峻的群山,登高俯望,大有君临天下之势。从建筑风格上来讲,其沿用的是李、陈两朝盛世气象的格局与框架,因此而自带底蕴;如若归类,由其全名"护国竹林禅院"来看,显然一如大叻的"竹林禅院",系属越南最为兴盛的"竹林禅派"。也有人考究其海岸线风格,认为类似中国的青岛或厦门,我倒觉得更像是深圳、香港或台湾,若能撇开富国岛贫瘠的经济因素不谈,前两地是很难衬托此一寺的气魄的。假使将来,富国岛能够有机会发展成财经实力上的"小香港",沿寺之下的峡湾之畔,兴建起临海、盘山的高速公路,那时终归像"谁",便能一目了然了。

众所周知,护国寺诞生的因缘与越南的前总理阮晋勇有关。此人十余年来,一直是越南经济改革的"舵手",也是活跃于东盟及亚洲知名的"鹰派"人物。那是公元 2006 年,已经在政坛崭露头角、跻身核心层的阮晋勇,在竞选越南政治上"四驾马车"之一的"总理"一职前,曾发愿,若能顺利当选,将盖庙宇以回馈家园。当年 6 月,他如愿当选第 6 任越南总理,还在公元 2011 年 7 月获得了连任。因此,这座护国寺便是他为了兑现当

护国寺是富国岛上不多见的显赫建筑,它的"金龙壁画"与面朝大海的气势,令人震撼。　　　　　　　　　　摄影:陈三秋

初的宏愿,捐资一千亿越盾奉建的。

多说一点,越南南北政治派系乃至经济观念上的"南北之争"可谓由来已久,由此,而形成了尖锐斗争的两派:强调越共领导与坚持社会主义正统的"北派",与力推政治经济改革,谋求强势发展的"南派"。阮晋勇,便是"南派"近些年来的代表性人物,而"北派"的核心则是现任"四驾马车"之首的越共总书记阮富仲。"二阮"的政争,也一度呈炽热化;尤其是在敏感

的外交政策方面，前者奉行"亲美围中"，而后者则主张"中越友好"。但最终，个人野心让渡于国家利益，在公元2016年1月的"越共十二大"上，经过一番波谲云诡的较量，阮晋勇正式出局，并在4月于河内召开的国会上，总理之职被免。就此，越南已经提前进入"深水区"的政治改革，将进入一个"盘整期"，而不是遂西方意识形态愿，走向"美式民主"的另一个方向。但正如吉林大学公共外交学院的副教授孙兴杰所说的那样，让美国再次"跌落越南"之后的中越关系，并不会因为两国之间有同质政党的沟通之便，而忽视南海之上的现实利益争端，以及历史久远的分歧与隔阂。"既不会因为阮晋勇的下台而结束，也不会因为阮富仲的连任而消除。"毕竟，当下越南政局"四驾马车"的其他之二——国家主席与国会主席，甚至是新任总理，都可以说是"南派"的。短暂的政治平衡，并不意味着中越就能自然向好，甚至不能轻视这位"年轻的"前总理退居幕后的影响力与操控力，由此还在坊间形成了"五巨头"将共主越南一说。可见，仅对于中国来讲，两国之关系，未来依然挑战重重；也总之，其间的无常变数，也值得警醒。

护国寺的山门，是精巧的，也是严肃的，左右的门神、翠竹壁雕，看似"很中国"，但两侧的对联，又是团状的越文，这在一念之间，似乎也隐隐透露着些什么。其正殿之中，供奉的是常见的"三世佛"；拱卫三佛的"四大护法"，高大而威武，圆瞪起金刚眼，凸显着越国天王的气吞山河。而殿前的宽大广场上，还犹如中国的"紫禁城"，同样铺就着一幅气度不凡的鎏金"九龙壁"，不同的是，其九龙飞翔之地不是祥云，而是在越南人民钟爱的金莲花之上。这些,都是"很越南"的。

妈祖庙,位于阳东镇的西北角,庙内因供奉着类似"妈祖"的"天后神",因此,又多被当地人叫做"天后庙"。也可以说,在中国东南沿海深受渔民敬畏的海神"妈祖庙",到了越南境内,便成了"天后庙"。

此庙规模小到极易被游人们所忽略。其坐落之地,为一处沙石堆,但三面朝海,与海景相融得不错。依存续千百年的传统,当地渔民在出海前,都会来到这里祈求平安。与芽庄海湾畔香火终年鼎盛的"天依女神庙"相像,其两地神祇,之于渔民,都有着相同的庇护功能。这也符合"万物有灵"的信仰要旨。

第三组是"出海钓鱼"与"深海浮潜"。富国岛的海湾,除了清澈见底的海水,为珍珠栖息的家园,还有如"水晶宫"般丰富的"海底世界",因此,除了因盛产珍珠而得一与芽庄最负盛名的"珍珠岛"重名之别称,还非常适宜开展出海活动。比如,"浮潜",或者"垂钓"。

对于"地球四分之三都是海洋"的"蓝色星球"来说,唯"浮潜"方识原来世间还有另一个立体的"水中世界"。这也是"解锁"占据地球 70% 面积的蓝色板块最好的方式,甚至没有之一。由此,而形成了一群深迷于此项海底运动的潜水爱好者,立志"潜遍全球"。其中,不乏闻名遐迩者,如分别被《纽约时报》与《时代周刊》赞颂为"深海女王""地球英雄"的美国奇女子西尔维亚·厄尔,如今已经 80 多岁的她,也因领导过上百次全世界范围内的海下探险以及累计 7 000 小时的水下研究时长等多项待破的世界纪录,而被誉称为"活着的传奇"。新近崛起的法国著名"自由潜水"大师吉约姆·内里，才30余岁便因"疯狂"成名，不能不说也是其中的佼佼者。因为，所谓的"自由潜水"，那可是不携带氧气瓶，只靠自身肺活量进行深潜的一项玩命的极限运动，一般的"吃瓜群众"看一看，也就罢了。

富国岛曾跻身"全球十大最美潜水度假地"之列，对此，我是质疑的。在"山岛游"推荐的"世界最美的五大潜水天堂"中，是没有富国岛的容身之地的。那是来自澳大利亚，有着世界上最大、最长的珊瑚礁群大堡礁的"鳕鱼洞"；位于马来西亚沙巴的"诗巴丹岛"，一个"世界上珊瑚最美丽的地方"，其"梭鱼角"则为世界峭壁潜水之首；帕劳共和国帛琉群岛上的"蓝洞"与"蓝角"，曾被推举为"世界水底奇观之最"；洪都拉斯的"大蓝洞"，是"全世界最大最深的水下洞穴"；最后一个是密克罗尼西亚联邦的"特鲁克潟湖"，它既拥有世界最壮观的海底奇景——二战沉船区，也有着"鬼魂游走的豪宅"之称，因这些沉船迄今仍含有大量的有害物质，而得"潜水者的墓地"这一恐怖别名。

"马蜂窝"上提供的"全球最美十大潜水胜地"，甚至"亚洲十大潜水胜地"之中，也都没有富国岛之名。前者是指：泰国的"珊瑚花园"——"斯米兰岛"中的"象头石"，马来之南"仙本那"附近的菌菇形的"诗巴丹岛"，加勒比海上的"大蓝洞"，澳大利亚的"大堡礁"，帕劳群岛的"蓝角"，泰国南部的"涛岛"，夏威夷"欧胡岛"东南岸的"恐龙湾"，马尔代夫"天堂岛度假村"附近的"魔鬼鱼角"，密克罗尼西亚神秘的"海底幽灵舰队"的"特鲁克潟湖"，以及美国"塞班岛"上的"斑点鹰魟城"；与"山岛游"的名录有五异五同。后者包括：泰国的"斯米兰岛""龟岛"(亦即"涛岛")、"丽贝岛"——有着"小马尔代夫"或"泰国的马尔代夫"之称,马来西亚的"诗巴丹岛""美人鱼岛"及其"养在深闺"的最美原始海岛"刁曼岛",中国南海九段线内的"弹丸礁"——公元1979年被马来西亚出兵强占后改称"拉央拉央岛",印度尼西亚的"图兰奔"与"美娜多",还有澳大利亚的"大堡礁"。

在"百代旅行"评选的"2017年全球最佳潜水胜地"TOP20的排行榜与"触动星球"推举的"世界八大浮潜圣地"中,也都不见富国岛的踪影。"20强"为:大蓝洞、帕劳的水母湖和鳕鱼洞、美国塞班岛上的军舰岛、塞舌尔国著名的龟岛阿尔达布拉岛、法属波利尼西亚"最接近天堂的地方"大溪地、马来西亚"海洋之心"热浪岛上的鲨鱼礁、美国圣地亚哥的拉由拉海滩、泰国的皮皮岛、美国的关岛、马来西亚的"神之水族箱"诗巴丹岛、菲律宾的薄荷岛和象头石、马尔代夫"印度洋上的一串耀眼明珠"之中的古伦巴岛、埃及红海中的杰克逊岩礁、印尼"美娜多"的蓝壁海峡、厄瓜多尔共和国"巨龟之岛"科隆群岛上的罗卡雷东达岛、印尼的"棱皮龟巢"之地四王群岛、菲律宾的"玫瑰大峡谷"巴里卡萨岛、与魔鬼鱼共舞之地恐龙湾。这一评选非常值得称赞,基本上是围绕海底的各色观赏鱼群进行评选的,应该具有很强的代表性。再来看一看"八大":

菲律宾的薄荷岛、菲律宾的"海上的乌托邦"巴拉望岛、日本冲绳的青洞窟、埃及惊艳的海底世界红海、恐龙湾、帕劳"上帝的水族箱"之洛克群岛之间的牛奶湖、马尔代夫"蜜月天堂"伊瑚鲁岛，最后一个也是"大蓝洞"神秘的"水之眼"。这种以各具特色的海域进行的排列方法，也还算站的住脚，只是有点感觉像是太局限于太平洋周边海域，并不能充分放眼"七大洲四大洋"，因此，如果能将菲律宾的两岛调换一个，可能就会更好一点了。

此外，如"排行榜"推出的"全球十大潜水度假胜地"有大堡礁、红海、巴里卡萨岛、四王群岛、帕劳群岛、"天然的地质图书馆"加拉帕戈斯群岛、西巴丹岛（也称诗巴丹岛）、大蓝洞、布纳肯岛、蓝壁海峡。此榜单的问题颇多，一是太过杂乱，没有评选的主轴线；二是明显能够觉察到组织方对世界潜水胜地的了解太过匮乏；三是有东拼西凑之嫌；四是第九和第十这两个地,其实多以一地即"美娜多"称之,强行分开也未尝不可,但有地理知识不过关之感。有此等问题，那么照此看来，富国岛因去的人过少，甚至可能都没听说过而不在其列，也就可以理解了。

为方便大家将来比较，好去一一探访，最好再说一个"蜗牛说"于公元 2017 年组织发布的"世界十大最美潜水胜地"名单吧。与上面一样，均按照排名先后顺序罗列，分别是：大蓝洞、丘克潟湖（现在已多称为"特鲁克潟湖"）、科纳海岸的鳐村（与"恐龙湾"同指一地）、巴布亚新几内亚的萨马赖岛、西巴丹岛上的梭鱼坪、哥斯达黎加的科科斯岛、彩虹之国南非的潜泳胜地干斯拜、埃及的穆罕默德国家公园（亦即红海之上约兰达礁与鲨鱼礁）、澳大利亚最佳的洞潜基地考科比蒂洞、墨西哥的"挂在彩虹一端的瓦罐"坎昆。这是一个比较接地气、按知名度来排列的潜水目的地名单，相对容易被大家所记住，值得浮潜爱好者们将来逐一对照前往。

我认为我已算推崇的"蜗牛说"之榜的"瑕疵"在于，如果能将荷属安的列斯群岛的博奈尔岛容纳其中，那就接近完美了。那可是"世界海岸的潜水之都"，堪称"不争的潜水天堂"。遗憾，遗憾。

对于开发较晚的富国岛，在世界各地深潜、浮潜、自由潜的竞争中，定位成浮潜之地，不是说一点都不具备优势，只是需要摆正位置。比如，它未被污染，我觉得就是难能可贵的。当一片又一片大海，在人类肆意地"征服"下，逐渐从"伊甸园"走向"失乐园"之时，它若能始终如一地保持那份清澈与洁净，自然也会赢得真正属于自己的声与名。

富国岛的水温也常年适宜，不会像中、日、泰等地的忽冷忽热，所以亲密接触的机会相比较就容易得多。而且这里海床很浅，是浮潜的理想所在——只要穿上救生衣、戴上面镜和呼吸管，连脚蹼都不需要，就可以恣意遨游在浩瀚湛蓝的大海中。简单，往往就是好。这既不会影响您借机找寻"扑通一声跳进大海的那一刻，身上的重担好像都被瞬间卸载下来了"的感觉，也能够安全地、无忧无虑地观赏热带水域的别样鱼群、珊瑚、海星、海胆等等，您还可以在海底向《海底总动员》中的小丑鱼"尼莫"和它的小伙伴们"Say Hi"，美妙自然也不少。记得曾收藏过这段已经忘记出处的话："看惯了陆地上的人文历史、自然景观，渴望开辟一片新大陆——大海，绝对是您探索未知的极致之选，让您换种方式看世界——在清澈的大海中感受安静的世界，看五彩斑斓的鱼儿围绕在您身边，看透明的水母轻轻地向您忽闪舞蹈，倾听大海的声音，如梦如幻。"比我对浮潜的感触描述得更生动，所以冒昧借用一下。

潜水世界的趣与美，不衷心热爱它的人，永远不会懂。如果您已被撩拨起一丝的真性情，那么，便可以考虑来趟富国岛了，一边看它的"海上之海"，一边从它的"海中之海"开始，体验"浮潜"。至于"深潜"与"自由潜"，则可以，慢慢来。

相比于"浮潜"，富国岛更适宜的水上娱乐活动是"垂钓"，也就是所谓的"海钓"了。从岛南到岛北，您可以捕捉到梭鱼或鲭鱼；从白天到晚上，尤其是晚上，您还将有机会钓到墨鱼。直到来到富国岛我才知，跟普通钓鱼所用的船只不同，钓墨鱼的船，是要加装满强光灯的。当我们提前把鱼钩都投放好之后，然后对着漆黑的海面，突然打开一束束的强灯，这里便会有大群的墨鱼，因被灯光所吸引，而游到钩前。这时就看您的运气与技巧了。有如在红海湾时的垂钓一样，对于我而言，只是眼睁睁地看着渔民向导，一条一条地收获着墨鱼，娴熟得令人生疑，而我却始终"颗粒无收"。那便只能是又一场"体验课"了。我

夜幕将临，乘船出海；这种"反常"的举动，是钓墨鱼的节奏。
摄影：陈三秋

记得在红海上，船夫还能钓到鲜活的珊瑚，瞬间便"败服"了，认输。富国岛的垂钓之行，亦是如此，可能是有了"前车之鉴"或"先见之明"，始终未曾敢有"竞逐高下"之心，平和的心境之下，我确是一无所获，当看着"富国岛人"的成果，那自是"拜服"了。

第四组是"海上游乐场"与"野生动物园"。这是富国岛上普遍受到欢迎的两个旅游项目，尤其是后者，您如未错过"吉普车探险"——穿越丛林与动植物"Say Hi"，那一定会印象深刻。作为仅次于南非"克鲁格国家公园"的世界第二大野生动物园，也即"越南最大的野生保护动物园",其面积高达380亩。据介绍,其中有野生动物150多种、植物1 200余种,所以,当公元2015年12月24日其正式对外开放之时,其中的3 000多只动物,便通过丰富多趣的"动物表演""喂养动物"等活动,很快将岛上的人气引到了这处西北方的角落里。客观地说,确实比排名世界第四、中国第一的"广州长隆野生动物园"要惊奇、清静许多。或许长隆是被铺天盖地的营销广告所误吧,再加上与之相随的人山人海,就成了"看最高级的灵长类动物"之"数人头"了,真正想达到"寓教于乐",有点不易;而慢慢欣赏,亦是很难。一票而入,真正用于看野生动物的时间并不多。这是个问题。还有就是听说公元1997年,其开业之时,自称为"全球拥有动物种类最多、种群最大的野生动物园";到11年后的公元2008年,又因为领养了从中国四川大地震灾区转移出来的大熊猫,而成为当时"全世界大熊猫总数最多的野生动物园"。后来是随着中国火爆一时的大型亲子类娱乐节目《爸爸去哪儿》的热炒,让我关注到它已经扩建到了2 000多亩,遂又称"全世界动物种群最多、最大的野生动物主题公园"了。反正有点头晕,还不如富国岛的野生动物园来得直接加简单,当前也还算比较适合静下心来游玩。看来,在过度的商业化之下,"知名度"与"美誉度"——俗称"口碑",是很难调和的一对矛盾啊。

富国岛的"海上游乐场",也被誉为"海上的迪士尼",与芽庄的"珍珠岛游乐园"同誉,其风情也与之相当,甚至包括岘港巴拿山上"梦想游乐园"在内,三者也是大同小异。像"标配"的摩天轮、碰碰车、购物街、美食城、电玩区、电影院等等,还有"水上乐园""儿童天地""云霄飞车""海底世界""海豚表演"——估摸着,这里的海豚馆应该能够同时容纳3 000人之多,既宽敞,也极具野心。目前的好处就是人还不算多,不拥挤,绝大多数玩乐项目也基本上不需要排队,这是难得的,将来就不好说了。我置身其中便会经常想,如果能够匀一座建于同在中印半岛之上的柬埔寨、老挝或缅甸就好了,那里的孩子们应该最匮缺这些娱乐活动。显然,这还没有进行,越南还属于自己需要"先富起来"的"创汇时期",这般"肥水"是不会流入"外人田"的。只是不知为什么韩国或中国的相关产业,也没有进驻这些国家。是真的没有消费能力与市场?还是忽视了这些地方?光凭感觉猜是没用的,值得实地调研与琢磨。

这便是我择一日,最向往的富国岛了,可以安静地看看海。这里也是越南唯一的一座免签海岛,有点想打造成特区之意,别有用心啊。听说赌场也已经批复下来了,那将会是一个"海

去富国岛,选一片宽阔、安静的海,啥也不想,裸看一天。

摄影:陈三秋

上拉斯维加斯"或者"海上的云顶赌场"吧。这一定是精明的越南人民最喜欢干的事情,"搭顺风车",好快速成名。有时甚至会觉得,如果叫"海上的澳门"或"越南小澳门"都有点掉分子,这也符合"大越民族"的心理。谁不喜欢"大"呢?韩国也罢,日本也罢,现在、过去,都是如此。越南,也不会就此脱俗。

还是安享这"星星沙滩"的半日之美吧。我需要一首音乐,便随机将"酷狗"打开,竟然是海鸣威的《我的回忆不是我的》,真好听。

我沿着沙滩和海水,走走,停停,时而留下脚印,时而海水没膝,海鸣威柔情般的声音,反反复复地掩盖住了低沉的海浪声,刚刚好。因为,这一刻,您看海的画面,还自带声音。这是一种奇妙的感觉,或许就是所谓的"声情并茂"吧。哪怕差了那么一点点,也是够了。对于越南"年轻"的富国岛而言,它的"新生"才刚刚开始,很多事情,也不好一味苛责。我决定,从它的历史梳理起,在一天之中最美的落日时刻,看看能不能还有新的认知,新的收获。

期待用心读懂这方岛与这片海,而不仅仅只是,匆匆过客。

2018年12月12日于富国岛,飞胡志明市归途

89 富国岛的日落

富国岛上,择一沙滩,午后,最好是傍晚,静候日落暹罗湾,或者迎着晚霞在多彩的海水中漫游;这是西方人,在富国岛最中意的完美时刻和度假方式。

这里地处热带,只要日出,便终年酷热;所以,只有早和晚是凉爽适宜的。但不知从何时起,似乎人们开始更偏爱起"夜之生活",所以,早起就成了奢望。十来点,慢悠悠地起床,折腾到早餐与午餐合一,从午后开始,才是新的一天开启。也正因此,尤其是日将落未落之时,才是蛰伏着的人类力量尽情释放之机。

由于富国岛各种资源的开发,尤其是旅游资源的开发还有待时日,所以,即使所有的到访者,甚至加上当地人,齐聚富国岛漫长的海滩,也不会显得太过喧嚣和拥挤。反而,更令这片海,少了几许孤寂,多了几分生气。

正是这下午的片刻,昼与夜的交割,在这个四至湛蓝的"海上孤岛"、在这片红白相间的柔软沙滩,最是怡人,值得等候,快意尽赏。

据说这个岛和这片海域，已有数千年的历史。当然，那是指有人生活过的痕迹。可能是因为它一直"身陷"于暹罗湾中，并非各海上之国经商往来的要冲，所以，在公元8到14世纪，中印半岛大一统的吴哥王朝时期，它依然籍籍无名。那可是这处庞大的半岛最鼎盛的时期啊，也是吴哥连通中国、印度乃至欧洲、中非的"海上丝绸之路"的大繁荣年代啊。

当下的柬埔寨是当年那个盛世王朝的发源地，也是其历史遗产的继承国。按理，长期以来，足下的这座富国岛应该隶属于柬埔寨的，不仅仅是因为它更靠近柬埔寨的海防线——比如，就在其西哈努克港的眼皮底下；而且，时至今日，当柬埔寨的年轻人提到这座庞大的岛屿时，都充满着愤慨。在他们的内心，或者自小而来的教育，应该都让他们得以记住：富国岛是柬埔寨的。

其命运的扭转，要始于公元19世纪末叶至20世纪上半叶，法国殖民越、柬、老三国时期。为了便于实施殖民统治，法国设立了统辖三国、合而为一的"印度支那联邦"。也就是在那段历史的进程中，法国对三国领土进行了重新"调配"与划分，其中，就包括将富国岛等岛屿，转交予越南。也正因为有了这项领土安排，才为后来的诸多争端埋下了祸根。当然，这是后话了。

而在法国殖民之前，富国岛也还有着几段坎坷的历史为后人所记着。第一段，可从段立生所著的《泰国通史》中找到些蛛丝马迹。那是暹罗王郑信建立短暂的吞武里王朝时期，当时，越南境内则属于南部"阮主政权"的末期。暹罗的前朝王子昭萃，便是过富国岛而赴当时已属越南的河仙之地避难的。富国岛离河仙非常近，那么，当年的昭萃王子为什么非要逃至河仙呢？这就不得不提本底国了。

本底国便诞生于河仙，其位于今越南的南端，毗邻柬埔寨，距泰国东南沿海城市尖竹汶也不远。这是一个由"华侨自治体"建立和统治的"国家"，也即著名的南洋华人政权之一，开拓者是公元17~18世纪越南著名的华侨领袖鄚玖。建立时间是公元1680年，也即清康熙十九年。是年，明亡已多时，作为明朝遗臣的广东雷州人氏鄚玖，因"不服大清初政"，"不堪胡虏侵扰之乱"而漂流海外。后辗转到了当时还属于柬埔寨金边王朝治下的河仙地区，招集流民落户，并对这片边陲之地进行垦荒。相传，他在危难时，曾夜梦河中仙女指引于此创业，故将其开垦之地命名为"河仙"，并一直沿用至今。即使在今越南语中，"河仙"，也有着"神仙下凡经过的河流"之意。意思差不多。就这样，本底国的雏形也就形成了。

后来，柬埔寨国势已衰。而临近的越南南部的阮主政权，与北方暹罗的阿瑜陀耶王朝则日趋强盛，应谋士建议，"高棉已非久依之势"，故"南投大越，叩关称臣，以结盘根之地"，亦即于公元1708年将所属之地献给了越南。由此形成了一个名义上归入越南版图，而内政则维持着独立的"港口国"。

公元1735年，鄚玖病逝，阮主追封其为"开镇上柱国大将军武毅公"；当地华侨迄今仍以"鄚太公"相尊称。而其事迹，也收录进了越南史书《大南实录》之中。其子鄚天赐继任，为"河仙镇总兵"，并获颁"红色蟒袍及印绶"。公元1747年，柬埔寨宫廷发生内乱，继而蔓延成为长达数年的内战。在此期间，束王族的匿螉尊逃到郑天赐麾下，要求支援。后于公元 1757 年领兵护送其归国夺位，告以功成。获得王位的匿螉尊，为了答谢郑天赐的协助，还曾将今柬埔寨境内的西哈努克市、贡布、茶胶等"五州之地"割让给郑天赐。奏报阮主后，大喜，携同其开拓的芹苴、金瓯等地，均颁准由郑氏继续统一管辖。至此，河仙之地，也即本底国进入了它最为鼎盛的时期。

公元 1767 年，暹罗的阿瑜陀耶王朝为缅甸所覆灭，王子昭萃也流亡到了此地。而在暹罗国内，华裔将领郑信则领导建立了新的吞武里王朝。为防昭萃王子复辟夺位，郑信便于公元 1771 年亲率大军征讨河仙，最终河仙陷落，郑天赐败走，昭萃被俘处死。不过，两年后，经越暹议和，郑天赐得以重掌河仙。所以，当公元 1777 年，越南爆发了阮文惠领导的著名的"西山起义"，阮主政权覆灭之际，郑天赐才得以保护阮主的王弟尊室春，一起流亡到了富国岛。

这便是我想讲述的关于富国岛的第一段历史。郑天赐及尊室春，本打算再借此南渡今日印尼的爪哇岛，这时郑信王闻讯，派 4 艘船舶来岛上迎接，郑天赐一行遂就此投奔了暹罗国。不过，好景不长，公元 1780 年，因被诬串通越南谋反，尊室春被捕下狱，而自知难以免死的郑天赐，也吞金自杀了。而本底国再传至其子郑潢，"世守河仙"，共历"四世五主"，于越南建立阮朝后的公元 1809 年终告灭亡。

我所知的第二段历史，也发生于"西山起义"时期。成书于公元 1917 年，由越南法属时代的阮朝"遗臣"陈重金撰写的《越南史略》中有所记载。阮主政权的阮福映兵败西山朝后，于公元1782年3月由四名臣子驾舟相伴，也一起流亡到了这座富国岛。因获当地土人威宁舍命相救，而将此岛命为"威宁岛"。这应该是富国岛历史上的第一个见诸史料的正式名称了。

随后，阮福映获柬埔寨的金边王朝准许，便以此为"根据地"，站稳脚跟，积攒力量，继续抗争西山王朝。

次年，越境的起义军将领朱文接从富国岛将其接回，2月，与阮文惠、阮文侣再战，大败，阮福映只得再次逃往富国岛。阮文惠休整兵马，于6月攻打富国岛，阮福映不敌，败走越南南部头顿的昆仑岛。西山军再攻昆仑岛，却遭遇风暴，以致许多战船倾覆，被迫罢兵。其后，阮福映再度逃回富国岛，因无粮草，只能采草芋充饥。

此时，暹罗的郑信已被女婿通銮所杀，历史刚刚翻入到曼谷王朝，阮福映便派朱文接赴暹罗求救。值得一提的是，通銮于公元1782年成为"拉玛一世"后，为避对暹罗享有"宗主权"的清廷责罚，便改名"郑华"，上书称己为郑信之子，乾隆帝生疑，但还是于2年后给予其正式册封。

公元1783年年底，朱文接在曼谷觐见了"拉玛一世"郑华，为打击"共同的敌人"越南，郑华便派大将知蚩多，率水军前去接应阮福映。后阮福映于次年2月，随暹罗军队也来到了曼谷，并在那里招募逃亡旧部，伺机重返越南。但这一待就是3年多。其间，急于复国的阮福映，因向各国势力采购军火，触及了暹罗与外国关系的平衡，引来郑华不快。见借暹罗之力杀回越南已无望之后，阮福映遂于公元1787年7月，"留书一封"辞别郑华，率部悄然回到了富国岛。

重回富国岛的阮福映，在这里遇到了流亡越南的"天地会"首领何喜文；加之当时西山朝内乱，将领阮文张及旧部阮文仁等纷纷来奔。待到公元1788年，拿下嘉定城后，才终于一步步走向胜利，终于在公元1802年，开创起越南最后一个封建王朝阮朝，史称"嘉隆帝"。而为了感念曾经多次流亡与复仇的"起点"，便将当时的威宁岛，更名为"复国岛"，这也是该岛的第二个名称。

公元1885年，"中法战争"结束，大清朝廷与法国政府媾和，确认了法国对越南的保护权。至此，越南彻底成为法国的囊中之物。公元1887年，法国殖民者除了将越南一分为三，即"南圻"（交趾支那，为"直辖领地"）、"中圻"（安南，为"保护地"）、"北圻"（东京，为"半保护地"）之外，还将这三个地区与已于公元1867年成为其"保护国"的柬埔寨一起，组成所谓的法属"印度支那联邦"。法国总督为联邦首脑，先驻西贡，后驻河内。也即在这个时候，法国将复国岛区域划归越南管理。后来，同属"印支联邦"的还有：公元1893年被征为"保护地"的老挞，以及于公元 1899 年从中国强租来的广州湾。

在法属越南治下，法国人一度想将复国岛经营成度假胜地，故得"皇后岛"或"路易皇后岛"之名。据称，曾受到过法国上流社会以及越、柬、老等国的王公贵族们青睐。但可能还是海上交通不便的原因，未能全面经营起来。更不像一水之隔的今柬埔寨境内的贡布，还留下了当年法国人兴建的赌场、酒店等遗迹。也就更比不上越南境内的西贡、大叻等地知名了。

公元 1939 年 9 月 1 日，德军闪击波兰，3 日，英法对德宣战，第二次世界大战爆发。在战争的间隙，日本占据了这些地方。越、柬、老等国国内，也相继兴起了"独立运动"。因此，二战结束不久，柬埔寨、越南便各自宣布从日本或法国治下独立。虽然法国并不情愿，但还是被迫于公元 1954 年放弃了对印支地区行使主权。在"主权"归还的过程中，法国主持确定了柬越的边界线。其中，分歧最大的主要在海上，因而，有关皇后岛的归属，就成了双方争执的焦点。虽然殖民时期此岛已归越南政府管辖，但其距柬埔寨仅 11 公里，而距越南本土最近也得 40 多公里。因此，按理归还柬埔寨更恰当一些，但法国可能受到了英国关于印度与巴基斯坦实施"印巴分治"的影响，还是将这座大岛交给了越南。当然，这其中可能也与法国随后还想恢复对越南治权有关。如果一旦成功，此岛也便依然留在了法国治下。当然，最终其希望因为"北越"的崛起，而走向了告灭。这便是关于此岛的第三段历史。

第四段值得一提的富国岛的历史，发生在公元 1975 年 5 月 1 日，也即"北越"击败"南越"，解放西贡、统一越南的次日。

当日,柬埔寨的"红色高棉"借机派军占领富国岛。在短暂重回柬埔寨之手后,越柬两国的边境便开始不断发生冲突,而富国岛之争,也就成了后来"越柬战争"的导火索。

公元1978年12月25日,越南出动20万大军,一举侵入柬埔寨,并控制了其全境,并推翻了"红色高棉"政权。从此,富国岛彻底掌控在越南手里。直到今日,对柬埔寨人民而言,虽心有愤恨与不满,但终因国小兵弱,实力有限,未能保全住这片风景优美的海与岛,只能任凭由历史去述说了。

在越南治下,尤其是自公元1986年12月提出"革新开放"后,富国岛也与越南其他"拥沙拥岛"的海滨之地一样,迎来了勃勃的发展机遇。除了开通航班、建起游乐场和浮潜胜地之外,据说,在富国岛开设赌场的计划也已于今年获批了。此外,还有一项最为重大的外部因素,也不容忽视。我们可以沿着富国岛西望,海面之上,一片漫长的岛屿连成一线,这是中印半岛的西线,也是半岛的最南端,再往南,就是我们即将前往的考察之地——马来群岛的一部分,马来半岛的所在了。

就在这处中印半岛西线的岛屿之间,有个最为狭窄的角落,那里被称为"克拉地峡"。其最窄处仅50公里,最宽之处也不过190公里,是暹罗湾与安达曼海的分界;其最高点海拔仅75米,且东西两海岸皆为浪平风静的"基岩海岸",也就是说,"克拉地峡,北连中印半岛,南接马来半岛,为东盟十国险要所在"。步行穿越克拉地峡,便可以实现从太平洋进入印度洋,想想就很美妙。其战略意义自是不必多说了。而就是这么一个堪称与"西域走廊"媲美的东西方通道,还真的被人多次穿行过。那是公元 1 世纪，中国的汉朝。《汉书》中有载，东汉派使节从广东乘船，过今天的海南岛，经越南、柬埔寨，进入暹罗湾，然后从克拉地峡登陆，徒步越过这座海湾峡谷，然后再乘船，抵达印度。这便是中国历史上非常有名的"汉使行程"，甚至比"张骞通西域"的"西域走廊"还要坎坷、壮烈。也比绕经当年更南端的满刺伽，也就是举世皆知的马六甲海峡要近许多。

克拉地峡，目前属于泰国。但就是这么一个"地峡"，如果一旦变成"海峡"，而且是能够通航的"运河"，无疑，将为周边诸国带来前所未有的发展良机。这其中，受惠最大的当然就是泰国；其次，我想，便是正对着克拉地峡的富国岛；再次之，将是临近中印半岛东线、最西边的西哈努克港；最后，连西线半岛之上、缅甸最南部的丹老群岛等地，都将因此而获益颇多。唯一不开心的，可能要数竞争影响最直接的马六甲海峡的共管之国了，在其共管三国之印尼、马来西亚与新加坡中，最先繁荣起来的新加坡，更是不想看到此事的发生。

甚至连二战后，英泰两国，于公元 1946 年 1 月 1 日签署的《和平条约》中，也明确规定："泰国不得开掘贯通太平洋与印度洋的克拉地峡运河。"那么，这又是什么"梗"呢？这要从公元 17 世纪阿瑜陀耶王朝时期说起了。当时，为解"宿敌"缅甸经年入侵之围，朝中便有人提议，可在此开凿运河，然后海船绕道缅甸腹部，对其形成东西夹击之势。有人初步评测过，仅在此处修建一条运河，按"千禧年"之后的"市价"来看，"需耗时 10 年，费资 300 亿美元"，那么，显然，倒数到阿瑜陀耶王朝治下的话，也是"有其心而无其力"的了。第二次的开凿动议，是始于曼谷王朝的"拉玛五世"朱拉隆功国王在位之时，此王曾游历欧洲各国，且对国际航运业的前景有着深刻的了解，所以，便自然再次构思出了开凿"克拉运河"的想法。但当时，仅靠泰国一国之力，也依然还是很难完成这项艰巨的旷世工程。

接踵而来的，是持续加剧的英法殖民、一战、经济危机、二战等等。尤其是二战之后不久，由于东西方意识形态的史无前例的严重对立，所以，整个亚洲分立之利远大于融合一体，再加之中、越、缅、老等国，都已是或有成"社会主义阵营国家"的可能性，因此，英国主导下与泰国签署的《和平条约》中，便设置了一条"封杀"这项连通太平洋与印度洋"宏伟蓝图"的条款。公元1946年2月9日，苏联统率斯大林同志，宣布"与西方国家的战时联盟已经死亡"；不到一个月后，英国前首相温斯顿·丘吉尔便于3月5日，在英国威斯敏斯特大学发表著名的"反苏""反共"的"铁幕演说"，"冷战"就此开启。而席卷"中印半岛""朝鲜半岛"的"热战"——多场"印支战争"也随即打响，"克拉运河"的构想，便埋藏在了硝烟中。

直到公元1996年11月，泰国新总理差瓦立·永猜裕上台，才再度有意促成开凿"克拉运河"。不过，其壮志未酬，执政仅11个月后，便因不堪当时令泰国首当其冲遭受沉重打击的"亚洲金融风暴"之压力而辞职。后，在公元2000年2月的"他信政府"中，差瓦立·永猜裕再度复出，担任政府副总理，并由其启动了关于"克拉运河"的可行性研究。由于当时泰国政局不稳，加上他信总理后来也下台了，国内普遍担心运河开凿后，可能会造成泰南地区穆斯林的聚居区"闹独立"，造成国家分裂,以及前后可能存在的巨额腐败,故一直未能有实质性的进展。公元2004年1月,泰南的"分离主义"分子,开始袭击泰国军警,制造叛乱气氛。这更是加重了这些担忧。

不过,外部的国际环境,似乎有所好转。如马来西亚总理马哈蒂尔,便在公元2009年5月召开的"太平洋盆地经济理事会大会"期间表示,马来西亚将正面看待泰国有意开凿克拉运河的计划。并说,"泰国有权开凿该运河,因为它位于泰国的领土内。如果泰国开凿该运河,马来西亚将重新调整经济,寻求如何从中受惠的方法"。

公元2014年3月13日,一则中国的消息,再度引起了世人的注意。该消息称,随着"中国—东盟自贸区战略合作伙伴关系"的推进,"克拉运河计划"有望成为现实。不过,由于再次挑动了新加坡等国的敏感神经,随后中、泰等相关部门进行了适时的辟谣,将这一"计划"归类到了民间自发研究活动之中。

但我想,随着时间的推移以及世界格局的向稳、向好,就像贯通中印半岛的"泛亚铁路"一样,"克拉运河"也终是能够得以开凿兴修的。待到那时,克拉地峡大变通途,太、印两大洋的繁忙航线,将日日直接掠过富国岛,我想,我一定会重回此岛一看,念着它旧日的容貌,而叹其最具想象力的新颜。

于一沙滩,在等待日落之光时分,我就这样一边在棚底品尝着新鲜的冻椰子水，一边纵情肆意地将富国岛的故事，一一拾起，又一边遐想着。这时，天光虽然尚无黯淡之意，但看着时间，很多西方游人已经三三两两地前来。距离日落，应该还有时间。您还可以再想象一下：假如，您并不是生活于斯的渔夫，而是一名农夫，一个人住在遥远的西伯利亚荒野，每天都在地里耕作，举目四望，一无所见。北边是北边的地平线，东边是东边的地平线，南边是南边的地平线，西边是西边的地平线，除此，别无他物。每天早上，太阳从东边的地平线升起，您就到田里干活；太阳正对头顶时，您收工吃午饭；太阳落入西边的地平线时，您回家睡觉。太阳从东边的地平线升起，划过高空落往西边的地平线——每天周而复始目睹如此光景的时间里，您身上有什么突然"咯嘣一声"，死了。于是，您扔下锄头，什么也不想地一直往西走去，往太阳以西。走火入魔似的好几天，不吃不喝，走个不停，直到，也倒地死去。

这被称作"西伯利亚癔病"。被日本作家村上春树记述在了《国境以南，太阳以西》之中。"身上有什么东西死了"，然后便开始了"太阳以西"似的追求，即使并不知道，在"太阳以西"究竟有什么。也许，在最开始的时候，农夫的心中就有着对"太阳以西"的向往，只是在举目如一的荒原上，他本就习惯了那里的生活。

习惯有时也是件可怕的事情。现实中，我们总会因渴望而产生一种无力感，在无力感强大到我们终究无法抗衡的时候，便会让现实将我们俘获。记得有人讲过："开始我想环游世界，后来想赚大钱，后来想有稳定的工作，再后来希望顺利找到好工作。我的梦想在越来越萎缩，却被认为越来越实际务实。"有时候，我们就是在这样的"不知不觉"中将梦想遗忘，忘了自己曾经的那份"国境以南，太阳以西"的渴望。

海上的渔船，终于开始慢慢从日光中回来了。我知道，日落将更近了。我忍不住起身，丢下所有的包袱，挽起裤脚，像拜佛入寺一样跣着足，踱过棚下清凉的地砖，踩入柔软温暖的沙滩，直直地向富国岛的边缘，踏入暹罗湾的大海之边。这是海水与沙滩的交融之处，半凉半暖。就这样，不说话，沿着它，慢慢走，渐渐远。我一向觉得，这是在海边等待落日的最好的方式，您可以成为这即将幻化出的光影世界中之一景。日越垂越下，但还没有卷起霞光，可还是能够让您的心，静下来。

远处，如果您将海面之上的渔船洗出画面，那便是村上春树《冷酷仙境与世界尽头》中的"世界尽头"，也即一望无际的水平线。难道，人们只有抵达世界的尽头，或者生命的终点，才能找到"太阳以西"的心灵吗？不信，您去翻起那想曾经触动您柔软内心的"伟大演讲"，会有多少，是来自生命垂危之人的"临终感想"，甚或"离别告诫"！我想，很多时候，阻碍我们前进的，并不是"太阳以西"的遥远，而是对"太阳以东"生活的熟悉——熟悉到，让我们失去了改变的勇气。

或许，水平线之后，会是万丈黑暗的深渊呢？只有未曾放纵自己，让心灵飞翔之人，才会这么想吧。那么，这样下来，痛苦的不是您，而是装入您的身躯、受您禁锢的灵魂。它将再无生机之日、自由之时。就这样，伴您止步一生。我无权评之为"可悲"，毕竟，每个人都有权力过自己的一生。我也深知，叫醒一人，放飞一次禁锢的灵魂是多么的阻力重重，又那么的艰难。做一回"望着远方又心藏诗歌"的人，真不容易。

尤其是富国岛的日落，它是漫长的，需要耐心地等待。为了欣赏它，也为了尊敬一回我的灵魂，我并没有掐时前往，而是用了半日的等待。因为，日落只是富国岛的一部分，而它还有昼与夜、蓝与白、白与红，然后，才是红与黑。而每一次的变幻，都需要一场静的心灵。急匆匆起来的游人，是很难平复内心、赏其所有的。也许，我有些贪婪吧。对于荒芜的富国岛，我能提前钟情于它，我觉得的值。

天空，终于开始暗淡了些。红橙的霞光，终于点点在白色的天幕后面，慢慢地浮现了一点点。但日光，还是很刺眼。当它倾泻在波澜壮阔的海平面之上时，便更显波光粼粼之美了。也竟将远方的渔船，映衬得无限摇曳。

与埃及红海之滨的落日相比，它的壮阔远远不及；与缅甸乌本桥的日落相比，它的绮丽也相形见绌。而且，它还总有着些貌似"不识趣"的乌云，将本来就不是很美的天际与海面，萦绕得寂寥而有失水准。虽然，当其光变得柔弱起来，转变成霞光，铺满海天一线时，也有着惊人的魅惑，但那只是对于爱拍照的女孩子们来说的，于我而言，我之知足，正是在于，其与众不同的凌乱与沧桑。

富国岛奢华的日落景象。 摄影：陈三秋

夜幕之下，是晚归的渔船。晚上，又有新出的海鲜可以饱餐了。 摄影：陈三秋

深嵌在暹罗湾中的富国岛，落日之下的海面，静若处子。 摄影：陈三秋

当落日余晖将富国岛的海面染成橘黄，时间仿如凝固在了这一刻。 摄影：陈三秋

出海的渔民们，开始驾舟穿过霞光下的海面，从不远处，一一归来。还想再多些收获的渔船，则开始稀稀朗朗地泊在了靠岛的海面之上，并在船头亮起了闪着绿色或红色荧光的晚灯。灯光倒映在微波粼粼的海面之上，也有种莫名的落寞与荒凉。那是在捕捞或垂钓墨鱼的节奏了。

　　我试着在赤红的岩浆般的落日，沉入海天一线之上的云幕之际，再一次向远方眺望。晚归的渔船，被此时的天幕压成了长长的黑点。"熟悉的地方，没有风景"，那么他们，应该不会有心去欣赏这片本属于自己的风景吧。那么，他们又是"太阳以西"，又或"太阳以东"的哪一群人呢？不能多想，要不然，人生处处皆悲。也许，人生本就是这样度过的。时而想东，却是往西；时而往西，则又想东。东西挣扎之中，便是一生。俗话说，"沧海横流，方显英雄本色"，难道，我们真的要在短暂的一生中，甚至于他人鄙夷的目光中，逆水、逆流、逆众、逆光，"逆向而行"，才能找到真实的自我吗？殊不知，"逆水寒""逆众难"，"逆势如逆天""逆风笑茫然"，那得需要多大的勇气才行啊！想想，都令人生畏。可畏是人言，人言真可畏。这也难怪，之于小小的富国岛渔民，或者之于泰国的克拉地峡而言，都只能止步"太阳以西"，又何况芸芸众生呢？日落之后，便是黑夜。不知道夜之长短的人们，何来勇气去向往黎明的又一白呢？"习

也醉爱富国岛日落之后的这片湛蓝，涤净了所有历史的尘埃。
摄影：陈三秋

惯了"，真是一件可怕的事情啊，让多少人与事，事与物，陷入不世的沉沦。

对于富国岛而言，这份沉重的心境，是不对的。许久许久，我再难向这片没入黑暗之海，说声再见。然后，背起时轻时重的行囊，孤身走入岛上的夜色中。它还是那么的荒芜,更加荒芜。这是必然的。不用看便知。它是"太阳以西"。

2018 年 12 月 12 日下午，于富国岛 Nhiet Doi Beach

90 头顿的沙与岛

知道头顿吗？不知道？一点也不奇怪。纵使去过胡志明市的人，也很少有谁知道。因为，对于越南记忆而言，除河内、西贡之外，大多就是芽庄和岘港了；外加一个北一个南的下龙湾和富国岛，基本上，这就是越南旅游或者商务的全部。而且，从胡志明出游，一般也都以北上美奈和大叻为主，想到再往南，南下头顿半岛的人，可以说是非常之少。不过，头顿，虽非商旅"显

在头顿的长海滩，来一段写意的旅程。　　摄影：陈心佛

贵",也还值得一去。

头顿的景点有点像美奈,一个集中在头顿半岛之上,一个地处美奈半岛之中;而且,两者都以多沙、多岛著称。这里也与芽庄相像,因为芽庄周边有9个小岛,可称之为"芽庄群岛";而头顿周边,也有14个大小岛屿,共组为"昆岛",习称"昆仑岛",又名"昆山岛",也可称为"昆仑群岛"。阳光、蓝天、白云、细沙、绿岛,便是这几地共同的"座右铭"。只是头顿要比美奈和芽庄偏热一点点。

头顿之地,除了法国人于公元1898年至1916年间兴造的那座总督别墅——自公元1926年起成为越南末代皇保大帝避暑行宫之地——"白宫",与大叻的"夏宫"齐名之外,便是以岛而"闻名"的了。其岛,便是"昆仑岛"。仅在公元2017年间,美国人便向它投来了两项"殊荣":一是美国有线电视新闻网公布的"亚洲十大旅游天堂岛"的入选榜单,一是《美国电子商务报》评其为"全球13座最神秘的岛屿"的名录之一。再早一点,澳大利亚的《孤独星球》杂志也将此岛列为"亚洲令人印象深刻的十处旅游地"名单。我终觉得,它们都是"盲评",并未亲历过此地。当然,这都只是揣测,并无真凭实据,也不能对越南人民的荣誉感、自豪感不公。

从地图上来看,昆仑岛像是一只熊,正在伸腰出海一般。虽然在76平方公里之地上,仅有人口6 000余人,但确实与越南其他各地的旅游胜景,各属于相异的世界、不同的系统。比如,它密布的森林,有着丰富多样的原生动植物系统,如多种兰花、荒野动物;官方宣称为"有261种树木,76种药材,100种禽兽"。

头顿的昆仑岛景色。　　　　　　　　摄影：陈心佛

这里仅有一个小镇，没有人车络绎不绝的景象；200公里的海岸线上，只有蔚蓝的大海，清澈的海水，与海洋的清平。此外，还有五颜六色的珊瑚，据说其也是越境之内同时保有海牛、海豚、海龟的唯一地方。喜欢潜水探秘海底世界的朋友，要有眼福了。

　　我觉得，对于头顿来说，其代表性之处，仅有这座"昆仑岛"，外加一个"长沙滩"也就够了。虽然谈不上"极具特色"，但有此一沙一岛，也足以自立。因此，从胡志明市，花上45分钟，飞一趟；或者自西贡河乘坐气垫船，驶出河口，在沁人心脾的东南亚秋风中，在万里无垠的大海上航行一趟，也是值得的。

　　如若您果真是出海而往，那么，您一定有机会见识到这座"越南的芭堤雅"——头顿半岛长达8公里的海滩，是为"长沙滩"。

这些沙滩,被自然地"切割"成多块,比较闻名的有前滩、后滩、幸滩、尤滩、菠萝滩、行鹏滩等,然后还伴有垂杨、垂云、芳草、香风、望月、浪游等滨海浴场。其中,数半岛东侧的"后滩"及"垂云浴场"最受欢迎,可能与其海水清澈、沙质细软有关。而且,这片海滩除了适合游泳与冲浪外,时不时还能够在沙滩上看见令人雀跃欣喜的背着贝壳的寄居蟹,同时是观赏海上日出的理想之所,所以,习习海风轻抚之下,只身徜徉在白云悠悠、阳光熠熠、绿波荡漾的滨海世界,游客自是众多。

当年的南海小渔村,如今凭借同样的三面临海之势,终是"咸鱼翻身"了。登顶半岛之上的"制高点"——耶稣山,四顾俯瞰,漫长而蔚蓝的海岸线畔,是成片的白细沙滩,与远处的群岛遥相呼应;而山坡之上,法式的、日式的、美式的别墅群,与130余座名气淹没在中印半岛名胜古刹光芒之下的寺庙,像稀疏的星空般,点缀在绿荫丛间,有着独特而迷人的风情。倒是让那座立于公元1974年,高32米、臂展18.4米,双手伸展、俯视人间的巨型耶稣雕像,显得有些突兀和平凡了。据说,其

头顿的耶稣山风景。 摄影：陈心佛

头顿的海岸线并非以壮美著称，而是有着一种难得的"素净"。 摄影：陈心佛

头顿的海滩,是真的长,权且统称其为"长沙滩"吧。 摄影：陈心佛

还是当今世界上第二高的耶稣像，只比巴西"里约热内卢国家森林公园"中的科科瓦多山顶上的那尊38米高的耶稣像"略矮一点"。头顿的这尊乳白色的耶稣巨像，还配有一座10米高的底座，底座正前的浮雕，便是列奥纳多·达·芬奇的名作《最后的晚餐》。

比较有意思的是，对于兴盛于越南大地之上的佛教、天主教、妈祖庙、天依女神庙，甚至本土化的"和好教""高台教"等而言，似乎头顿的渔民们并不"买账"，他们信奉的是最为"实在"的"鲸鱼神"，并视其为真正的"海神"。因为他们相信，鲸鱼才是出海捕鱼时的救星，只要有它们存在，任何危难都能逢凶化吉。因此，他们在半岛之上，兴立起"鲸鱼庙"，供奉起一副已有百多年历史的、因搁浅沙滩而捕获的鲸鱼骸骨，来表达他们的夙愿。越南在中印半岛五国中，是唯一同中国一样也兼过"农历"的国家，因此，每到农历八月十六日，也就是"中秋节"次日，亦是满月最圆之日，当地渔民，便会隆重其事，用很多装上灯饰的船只，带齐祭品，先是在海上绕来绕去，时称"迎鲸鱼"，然后再集中至"鲸鱼庙"，举行庄重的拜祭仪式，一连三日，称为"鲸鱼诞"，气氛好不热闹。

我倒觉得各地、各国，唯有这类信仰，才是最接地气的。而且，在过去200多年的风云变幻中，能够风气不减，非常难得。

我粗略地检阅过关于其地昆仑岛的历史。它先是柬埔寨吴哥帝国的一部分，但后来由于越南定居者抵达，而改写了它如今的归属。但让我最有感触的，还是最近200余年它之于历史的作用，昆仑岛始于越南西山朝末和末代王朝阮朝初期，也就是阮朝的开创者阮福映活跃的"斗争岁月"。据越南学者陈重金所著的《越南史略》载，一是公元18世纪末，四处流亡的阮福映在此岛与法国著名的天主教传教士百多禄主教相遇，并以许诺割让昆仑岛等地予法国之条件，换得了百多禄终其一生的鼎力支持，并最终复国成功。也正因此，这位法国原名"皮埃尔·约瑟夫·乔治·皮诺"的传教士，不仅促成了襄助阮福映复国的"军事条约"《越法凡尔赛条约》的签订，也借此复国之功，在死后被阮福映盛赞为是"有史以来出现在越南朝廷中最杰出的外国人"。

公元1799年10月，百多禄因痢疾死在随阮福映北征的途中，同年12月，其遗体被举国厚葬于西贡。据悉，所有越南皇子、达官要员以及12 000名禁卫军和40 000名追悼者出席了他的葬礼。一外国人得此殊荣者，可谓不朽矣。大有我们当年学习的那篇《纪念白求恩》一文之同感。

在阮福映复国战争期间，"屡败屡战"，每次兵败时，要么逃往富国岛，要么退避昆仑岛，也因此，更为此岛增添了一些"历史佳话"。比如公元1783年，阮福映败退富国岛，阮文惠率领西山军攻至此，阮福映不敌便败走至昆仑岛。然后，西山军再度追至昆仑岛，但因遭遇风暴，以致许多战船倾覆，才被迫罢兵，最终让阮福映有了喘息之机，还最终上演了成功逆袭，覆灭了西山朝。

随后，大概又过了90余年，也就是法国殖民越南，或称"越南抗法"战争期间，法国人不仅在昆仑岛上兴建了一座精致的罗马式建筑，即后来的"白宫"，还在此前的公元1862年时，经由当时的法属南圻统督波纳德之手，将此岛打造成了一座残酷羁押越南抗争斗士的监狱。浪漫的法国人,将度假胜地、总督别墅与最高监狱同建一岛之上,且令5 000名狱囚可以"同享"此岛旖旎风情,此番"创意"真可谓令人匪夷所思啊。这些狱囚中,我所知道的共有两位。一位是爱国诗人潘周桢,也是越南维新救国运动志士。他在被法国殖民者流放昆仑岛期间,还作了一首诗:"累累枷锁出都门,慷慨悲歌舌尚存。国土沉沦民族悴,男儿何必怕昆仑。"表现了其无惧淫威、救国救民的大无畏气概。另一位叫阮成,是"东游运动"的革命党,后在流放昆仑岛期间死在了岛上。死前,留有《绝命诗》一诗,内容为:"一事无成鬓已斑,此生何面见江山。补天无力谈天易,济世非才避世难。时局年惊云变幻,人情只恐水波澜。天穷天地开双眼,再十年来试一观。"略显悲切与悲壮。

后来,美国卷入越南战争,即"越南抗美"战争期间,一举将此地打造成美军军港和美国大兵的休闲度假之地,同时,还重新启用了这座规模最大的监狱,同样用于监禁"北越"的革命战士。也正因此,昆仑岛一度还被戏称为"越南爱国者的政治大学"。而这一时期,岛上的"白宫"也没有浪费,在公元1975年之前,"南越"总统吴廷琰便时常来此居住,一领昆仑岛的静美沙岛,与温婉的岛上风情。而另一面则是,吴总统在公元1967年将岛上监狱扩建成"昆山改训中心",用于对政治犯进行关押和洗脑。"一心二用"好吗？还不如他的继任者阮文绍来得直接，索性在公元1971年在岛上打造起秘密地牢和关押重犯的"老虎笼"——每个"老虎笼"均用钢筋焊成，长2米、宽1.6米，上无顶盖，等于将犯人扔在烈日暴雨下曝晒！这些政治犯，仅"越战时期"，最多便曾有1.2万人之众！

随后，一起事件，将头顿及昆仑岛推入了世界人民面前，使得头顿半岛一时间由寂寂无名之地，瞬间变成举世瞩目之域。那是公元1973年，美国突然宣布退出越南战争，其最后一支撤离越南战场的美军部队，便将要在此登船返国。各地记者纷纷前往进行采访及报道，因此，霎时，此地便在国际舞台上声名大噪。也正是自此之后，这片半岛加群岛之地，才开始广为人知。

再然后，是随着20世纪80年代石油的大发现，这里便成了越南最重要的石油冶炼中心。公元1984年，这里的许多岛屿，也被重视起"旅游大计"的越南政府，整理成"昆岛国家公园"。作为越南第一个勘探和开采石油的工业区，现今头顿城中的俄罗斯人居住区，见证了"越俄合资"开掘石油天然气资源的盛况。待到我们前往时，玲珑秀丽的城区、整洁干净的街道、沿着海岸新修起的平坦宽阔的公路，以及路旁山丘上一座座崛起的黄墙红顶的别墅，也印证着这些年头顿经济的迅速发展。

公元2006年，"巴地头顿海洋文化节"成功举行，再一次让世人见识到了"胡志明—同奈—平阳—巴地—头顿"这几地合围而成的越南最发达的"经济四角区"的风骚独领。在石油与旅游资源之外,这里更多的海洋资源将被开发,也吸引了更多的海洋经济投资者的到来。这一次的活动主题"别出心裁",叫做"印象和友好"。这很容易令关心越南投资前景与中越关系走向的人们联想到中国对越制定的"长期稳定、面向未来、睦邻友好、全面合作"16字方针,和"好邻居、好朋友、好同志、好伙伴"的四好精神。而这背后,很难绕的开的,正是"南海争端"问题。

我了解了一些《越南人民报》《环球时报》的报道内容,头顿"傲居"南海之滨,地理位置非常优越,这里的石油资源是其最为倚重的财富来源。一个比一个更大、一个比一个更快的"钻井平台"逐一落成,其势已难挡。公元2018年8月,刚刚过去的这届"巴地头顿海洋文化节"的主题是"渴望、爱情与海洋",看来,他们真的是爱上了南海不竭的海洋资源了。

记得公元2002年11月时,中国时任国务院总理的朱镕基在金边出席"中国—东盟外长会议"时,各方还签署了《南海各方行为宣言》这一政治文件。但显然在"利字当头"之下,已经很难弹压得住沿南海各国的疯狂开采。所以,在本应一片祥和的公元2012年,也即《南海各方行为宣言》缔结十周年的纪念庆典活动暨第15届"中国—东盟峰会"上,最后发表的《联合声明》中,不得不再次申明"各方承诺保持自我克制,不采取使争议复杂化、扩大化和影响和平与稳定的行动,包括不在现无人居住的岛、礁、滩、沙或其他自然构造上采取居住的行动,并以建设性的方式处理它们的分歧"。在声明的最后,还明确:有关各方重申制定"南海行为准则"将进一步促进本地区和平与稳定,并同意在各方协商一致的基础上,朝最终达成该目标而努力。

随后,公元2015年,便是菲律宾挑起的举世震惊的"南海仲裁"事件。看来,《南海行为准则》的出台,已迫在眉睫。所以,当今年11月,国务院总理李克强在新加坡出席第21次"中国—东盟领导人会议"期间,并在"新加坡讲座"的演讲中回应争取未来3年完成"南海行为准则"磋商时,还是着实令海外媒体大吃了一惊。中方首次明确提出关于"南海行为准则"磋商完成时间节点的"期待性目标",也让各界再次感受到了中国处理"南海问题"的决心。"来日方长",一起期待吧。

小小的头顿半岛知春秋啊。所以,来头顿,不仅可以欣赏到它宛如澳洲"黄金海岸"的风情,还与胡志明市内的"法兰西风情"截然不同;当然,这里还有沙与岛,也还有令人隐忧的海上油田。沙与岛都有着别样之美,每一块油田,也都有着各自的故事。这些故事中,可能会有很多与中国有关,关心中国未来的人,尤其是"南海问题"的人,可以来此一看。看历史,更看未来。

2018年12月13日深夜,于胡志明市飞金边途中

91 越南五色教堂

有人曾将拥有600万教众的越南各地的天主大教堂，按颜色细数了一下，最知名的有五座、五色；虽然有点牵强，但霍达《补天裂》一书中有词云，"采五色石，补南天裂"，所以，我还是喜欢上了"五色"之说，今日来一一细数。

在谈教堂之前，有必要谈一谈其背后的教会。也可以说，是教会传教与其他活动催生了教堂的建立的。自公元1世纪三四十年代，因耶稣基督的来临而受其使徒以"领受圣灵"为"灵召"，即奉耶稣基督为"救世主"，并以耶路撒冷为中心开始传教，由此而诞生基督教以来，其一是形成了与伊斯兰教、佛教并称的"世界三大宗教"体系——甚至，在规模、信众等方面，基督教，都堪称"世界第一大宗教"。在当今主要发达国家中，除了日本，也基本上都是基督教文化主导的国家，其影响力之大，由此，也可见一斑。另一则是在2 000余年的发展历程中，基督教也"裂变"出了自己的"三大流派"——天主教、东正教和新教等，天主教是其中"历史传承最悠久、文化沉淀最深刻、信徒最多的派别"。

在当世的天主教国家中，又数法国、西班牙、葡萄牙等对东南亚的殖民影响最为深远，因此，这些国家的基督教徒基本上都属于天主教一支。依我观之，其中，又数法国传教士最具"热情"，当然，功劳也最大，越南就是其中的一例。相比之下，英国早自公元1558年伊丽莎白女王时代即定新教为"国教"，但在殖民印度、缅甸等地期间却罕留新教遗迹，与之形成了鲜明的反差。

其实，"天主教"之名的由来，源自中国。虽早自唐代此教于全世界传播时便已传入中国，但直到明朝末年，天主教的传教士利玛窦神父进入中国之后，为了以示与中国此前所信奉的神灵有所区别，才借《史记·封禅书》所载之语"八神，一曰天主，祀天齐"，始用"天主"之词，来指代"宇宙主宰，主宰神、人、万物"，即有"至高莫若天，至尊莫若主"之意，故其所传之教才得名为"天主教"。如今，西方各国对此可能仍多以"罗马公教"称之，这是东西文化表述之别而已。

放眼亚洲，很多国家都有天主教徒，但以东南亚的中印半岛与马来群岛十余个国家为例，则仅有菲律宾和东帝汶两个，是仅有的天主教国家。其中，面积最大、人口最多的印尼，是伊斯兰国家；其他各国则多为佛教之国，当然，其中又分大乘佛教与小乘佛教。而中国，比较特别，因为受制于"没有天主教会，便不能称之为天主教"这一教规，而天主教会是需要梵蒂冈教廷认证的，我们长期以来，并不准允梵蒂冈插手中国教务，因此，严格意义上来说，虽然"天主教"之名曾出自中国，但中国其实并没有天主教，而只有新教。我们所自称的天主教徒，乃为习称。

对于越南来讲，虽然天主教并非"国教"，但也是仅次于佛教的第二大教派。在亚洲各国中，其信徒人数也仅次于菲律宾和中国，且人口占比和社会影响力也不亚于中国，因此，其之于越南的重要性地位不言而喻。自公元16世纪至19世纪，尤其是法国殖民统治时期，天主教在越南得到了广泛传播，这是自其于公元1533年始入越南之后，最辉煌的发展时期，一直延续到阮朝末年，以至"南越政权"时期。比如，我们知道，末代的"南芳皇后"，与"南越"总统吴廷琰等人，就都是天主教徒。而且其间，越南还成为天主教对周边进行进一步传播的"跳板"，比如，柬埔寨、老挝，甚至缅甸等地，都曾由此派出神父或教友对其进行传教。在"南越"覆灭，越南统一之后的十余年间，受越共执政的影响，所有的宗教都受到严密限制，深受敌对"南越政府"推崇的天主教自是首当其冲。直到20世纪90年代初，才逐步放宽了对宗教信仰的管治，还于公元2004年首版了《天主教手册》，标志天主教之于越南的复兴。加之该教相对主动的传播力，与其他宗教相较而言，其发展势头就比较迅猛。这从经常可见的，越南各地天主教会的盛大活动中可以感受得到。

教堂是宗教活动的中心，因此，越南各地的座座天主教堂，也便成了天主教在越南一脉的这些历史的物之承载。

行走越南，有几种路径。一是以河内为中心，先北上下龙湾和芒街，再南下顺化、岘港、芽庄、美奈、大叻，以胡志明市收底。一是从芒街出发，一路向南，所经之地和收官之地基本相同，只是到下龙湾时，需要折行向西，去下河内即可；当然，这条路线按原路反向行也成。我个人觉得最受用的是分三段而行：河内一段，辐射芒街、下龙湾、海防和华间，下龙湾及其天堂岛自不可少；岘港一段，囊括顺化、会安两大古城以及占婆、迦南两岛；胡志明市一段，串起芽庄、美奈、大叻、藩切、头顿，顺带把富国岛、珍珠岛等扫一扫。因此，按照我的行程，这五色教堂之旅，也就要从河内的深灰色的圣约瑟夫大教堂说起了。

河内的圣约瑟夫大教堂位于主城中心，近靠还剑湖，周遭的大街小巷是徒步的好所在。与"北美的小巴黎"——蒙特利尔"皇家山"上同名的"圣约瑟夫大教堂"不同，这里是座深灰色、平顶哥特式建筑，而那里则是座深绿色、圆顶罗马式建筑。而且，还是仅次于梵蒂冈的圣彼得大教堂，为"世界上第二大圆顶教堂"。但纵然如此，河内的这处圣约瑟夫大教堂，还是博得了越南天主教徒心中当之无二的"圣地"之位，每天天没亮，当教堂的钟声响起时，信徒往来如织。

作为河内最古老的天主教堂，它兴造于公元 1886 年，那是法国"法属印度支那联邦"决意将河内作为"总督府"进驻的前一年。由于系仿巴黎圣母院所兴建，因此,它基本上遵从了"巴黎圣母堂"的穹顶、侧面、顶部的设计原则，只是将显赫的十字座缩放至了左右两处大平顶的方形塔楼中间，因而，虽同属文艺复兴时期的流行建筑风格，但仍显得有些特别。教堂内部繁复的主坛、雕像、彩绘玻璃窗等，也都很有欣赏价值。外部用铁栅栏围成一个小院，平时只有侧门开放，教堂的大门只有在举办弥撒时才会打开。我一直觉得，这座教堂的原色应该是亮丽的米黄色，与其他越境之内的法式建筑同色，如今，一百余年过去了，教堂外墙经过岁月的磨砺，变成了斑驳的深灰色，尽显历史沧桑之感。因此，您称它为当年的米黄色也行，如今

河内的圣约瑟夫大教堂。　　　　　　　　　　摄影：陈三秋

日的深灰色也行。

　　据悉，约瑟夫，是《圣经》"创世纪篇"中的英雄，雅各的儿子，雅各最喜爱的妻子雷切尔的第一子；也是"圣母"玛利亚的丈夫，即耶稣在俗世中的"养父"。因在基督诞生时期的"忠实合作"，为他赢得了"圣人"之名，故称"正义的约瑟夫"或"圣约瑟夫"。"圣约瑟夫"常被描绘成一个木匠，公元1632年至1634年，法国画家乔治·图尔以此为题，创造了名为《木匠圣约瑟》的宗教题材油画，画中描绘了年幼的耶稣，举着一支蜡烛，看着圣约瑟正在加工木头的场景。乔治·图尔也借此奠定了"法国17世纪绘画大师"的地位。其画作，现收藏于法国

第 5 篇

The floating clouds

不了情缘 **越南** 说再见

圣约瑟夫大教堂内景。

摄影：陈三秋

巴黎的卢浮宫中。公元 1993 年，摩纳哥还以此画为内容，发行了一套面值 600 分的"木匠圣约瑟"邮票。在公元 2014 年 4 到 6 月间举办的"纪念中法建交 50 周年特展"活动中，中法两国的博物馆，还联合展出了此幅《木匠圣约瑟》画作。如今，在河内的这座圣约瑟夫大教堂的主坛之后，高高的穹顶下，圣约瑟夫正怀抱着儿时耶稣，慈祥地示之于世人面前。

岘港的天主教堂，主要有两座。一座是位于城中的淡粉色大教堂，一座是位于巴拿山顶上的砖灰色大教堂。其中，前者又称"岘港大教堂"，由法国神父路易·瓦莱设计，建造于公元 1923 年 2 月，次年 3 月 10 日开始献堂启用。既是当地第一座天主教堂，也是当前越南中部最大的西方教堂，且随着公元 1963 年 1 月 8 日，岘港教区的成立，而升格为一座主教座堂。外观经由风霜剥落之后，现呈梦幻般的淡

岘港的粉色大教堂。摄影：宫锦霞

岘港粉色大教堂旁的圣保罗女修道院。　　　摄影：宫锦霞

岘港的巴拿山教堂。　　　摄影：陈三秋

粉红色，其高高的、尖尖的粉色钟塔与其十字架上的风向标——"风信鸡"，几乎成了寻找岘港的地标。也因此，此教堂还得名为"鸡教堂"或"雄鸡教堂"。

岘港大教堂正面的花瓣浮雕，简洁而精致，将整座教堂衬托得异常恬静和"淑女"，流行的说法就是"唤起您的少女心"；然后，其上是连着钟塔，高高地竖有7座各带一枚"十字架"的塔尖，与其下的5道尖顶拱门，陪衬着主殿的华贵。然主殿之内，米黄色的穹顶之下，除了一座深红色的"十字架"和一处洁白边框、米黄背壁的主坛之外，其他各物寥寥，简洁如斯，令人叹服。其右侧的两层圣保罗女修道院，白皙、洁净，安立在一旁的铁门小院中，可以一并观赏。

而后者，则呈古朴的砖灰色，非常庄重，并非以华丽取胜；且其钟楼前置，而高耸的塔尖则立于殿后，这样，便将其他各个塔尖之上的"十字架"凸显得较为"渺小"，像群星一般，拱卫着主塔和其下的教堂，有点不对称之美。此教堂应该是随着公元19世纪初巴拿山的发现而与其山顶之上的"法国小镇"同时间打造的，也正因此之故，如今便很容易湮灭在繁华的山景之中，成为游客极为罕至之地。不过由于山顶多雨，所以，这里偶尔便发挥了避雨的好功能。

芒街原来有座灰白相间的大型天主教堂，不过在公元2017年和2018年间被拆除了，据说原址之上将会于公元2019年圣诞节前新建起一座更加宏伟的大教堂，不知真假。顺化也有座崭新的圣母大教堂，建于公元1959年至1962年间，灰顶白墙，整个建筑的外形酷似一座城堡，也是典型的法兰西风格。到了

第 5 篇

不了情缘 **越南** 说再见

芒街的茶古大教堂。　　　　　　　　摄影：陈心佛

顺化的圣母大教堂。　　　　　　　　摄影：陈心佛

顺化,除了欣赏顺化古城的风云岁月之外,到此圣母大教堂一游,也是不错的。

胡志明市一段的天主教堂也颇多,比较知名的,大多集中在芽庄、大叻和胡志明市三地,我们便先从芽庄的基督君王大教堂说起。

芽庄的这座天主教堂,习称为"芽庄大教堂",又因其整座教堂的外形,均由石头堆砌而成,故又称"石头大教堂";而其本名则为"基督君王大教堂"。虽然与英国利物浦豪华、现代的基督君王大教堂没法比,但它作为芽庄显著的地标之一,兼具可以在此凭栏远眺芽庄城景与海天一色,还免门票,因此,还是时有游人光顾其地的。它建于公元1928年,落成于公元1933年,虽然在大的规制方面依然是一座拥有典型的哥特式建筑外观的法式构筑物,但与当世三大天主教堂——圣彼得大教堂、米兰大教堂、塞维利亚大教堂的主流建筑风格相比,它的"差异性"还是显而易见的。比如,它的钟楼,是孤立的四方顶型的,看惯了尖顶大教堂的人,应该会为此感到惊诧。也因此,而让其略显"笨拙"。但这正是天主教堂的诸多建制之一,也令越南境内的五色天主教堂,除颜色多变外,更显丰富多彩。

所谓"基督君王",其实就是耶稣基督本身。在基督教的教义中,耶稣基督的权柄统管他的百姓,在天主的国度里得到审判和执行。比如,普世教会庆祝的"基督君王日"或"基督君王节",就标志着基督的再临——"他以君王的姿态,坐在荣耀的宝座上,带着权柄来展开对万民最终的审判",因此,也与《马太福音》中的"末日的讲论"相对应,有着"末日审判"的警喻。

芽庄的基督君王大教堂。　　　　　　　摄影：陈三秋

基督君王大教堂内外。　　　　　　　　摄影：陈三秋

第5篇

The floating clouds

不了情缘
越南说再见

于今，芽庄的这座基督君王大教堂四周，则被诸多《圣经》中的人物和故事的石刻主题浮雕所环绕，殿内的琉璃天窗之上，也绘满了《圣经》中的故事，一一探赏，仿如天国的对话。这需要一种肃穆之心。值得前往。除此之外，这座教堂基本上全是纯粹的石头颜色，我们可以称之为"暗灰色"，虽然缺乏了缤纷之色的装饰，却也更显出此教堂于信徒心灵之上的雄伟、大气。通过一种别样的深沉与静谧，与教堂之外繁杂吵嚷的街头、不舍昼夜的喧哗形成鲜明的对比，令人心情沉郁、印象深刻。每日早晚，这里还都将举行一场弥撒活动，唱诗班的歌声与信徒们的诵经声，虽然很容易便被淹没在凡间人潮的喧闹声中，但其寥寥的天籁之音，终日传来，却也难得。

大叻城中的天主教堂，也有两座。一座是"少女粉"式的玛丽修道院，也是由法国传教士所修建，年代是公元1931年。整座建筑以独特的亮粉色为主基调，外饰以砖红色的屋顶、下壁和台阶，并搭配有欧式的玻璃窗花，整体被丛林精妙地掩映在大叻城畔的一处山坡上。当从山脚的斜坡，穿越绿荫走向它时，仿佛在承受着一场粉红色的暴击。这种无瑕的浪漫，令我想到了柬埔寨吴哥窟北郊孤悬在密林间的女王宫，想必当年，它们都曾有着相似的、催人动情的容颜吧。

这座玛丽修道院，分有主院、后院和侧院三进，其中的主院即为"修道院"，同教堂的布置相似，外观呈宽阔的三角形屋顶，内饰采用棕色与白色相结合的简洁搭配，显得格外清新自然；而后院和侧院则合围成一座"秘密花园"，有着童话世界之美。依其名观之，"玛丽"，显然就是"圣母"玛利亚了；而"修道

大叻的玛丽修道院。　　　　　　　　　摄影：陈三秋

玛丽修道院内景。　　　　　　　　　　摄影：陈三秋

院",据传这种建制始于公元2世纪,亦即"神学院",也就是天主教培训神父的学院,是基督教的组织机构之一。由于修道院区分男女,从今日观之,此座玛丽修道院应该为一座女修道院了。可以推想,这里曾是当年的一座培训学院,也兼具着避暑、度假、休闲的功能。后来,法国殖民时代结束后,这座花园般的教会学校,就变成了一座收留残疾儿童与弃婴的收容所、孤儿院,同时也开设从幼儿到小学的课程。富有爱心的越南修女们,便承担了照顾和教职工作,这种人文的加持,亦令这座炫目多彩、流光飞舞的玛丽修道院愈发多了一份温暖、柔情与慈爱。

大叻城中的另一座天主教堂,是位于城中"T"字路口坡地高处的地标——圣尼各老主教座堂,它是厚重的米黄色的。在前面的《七彩的大叻城》中,我们曾提及,此座教堂,是为了纪念来自瑞士的传奇圣教徒圣尼各老·冯物洛而建造的。瑞士的弗里堡用了近200年的时间,兴造过一座同名的教堂,其教堂主体始建于公元1283年,到公元1430年才告完成,而钟楼的完成则还要再过60年,也即于公元1490年才修建完工。而大叻的此座教堂,则用了11年,亦即始于公元1931年,而止于公元1942年。此外,乌克兰首都基辅,也有一座同名的圣尼各老主教座堂;意大利的西西里大区,也有一座圣尼各老圣殿主教座堂,都有着相同的纪念意义。

大叻的这座圣尼各老主教座堂采用的也是哥特式建筑风格,通体古朴、厚重,钟楼挺拔高耸,高高的尖塔直冲云霄。堂内的穹顶高大辉煌,沿着穹顶,分饰以70个七彩琉璃花窗,其玻璃俱采自同时期的法国东南部阿尔卑斯山区的格勒诺布尔。当

第5篇

不了情缘 越南说再见

The floating clouds

大叻的圣尼各老主教座堂。　　　　　　摄影：陈三秋

圣尼各老主教座堂内景。　　　　　　摄影：陈三秋

1305

强烈的阳光透过这些窗户照进教堂之时，会被这些斑驳的琉璃巧妙地削弱，当投之于壁端时，便会呈现出淡淡的绯红色。这样的设计将经常于此地隆重举行的弥撒活动凸显得庄重、隐秘而神圣，堪称来之不易的鬼才之作。

胡志明市有两座教堂，一座"红教堂"，一座"粉教堂"，都非常宏伟且负有盛名。其中的"红教堂"，全名为"西贡圣母正廷圣堂王宫"，习称为"圣母教堂"或"西贡王公圣母教堂"，又因教堂墙体均由红砖所砌，故得俗名为"红教堂"。此教堂，是天主教胡志明市总教区的主教座堂，也是当今胡志明市最著名的地标性建筑与不可多得的建筑杰作。既是此地天主教徒的礼拜堂，还有固定的唱诗班，也是本市最大、最鼎盛的教堂。如果撇开殖民统治之罪不谈，可以说，此一教堂，是法国在越南留下的最好的"纪念品"了。

据悉，法国殖民越南期间，为了兴建此座教堂，曾于公元1876年8月为之举办过一次设计大赛，最终，法国建筑设计师J·布尔德的仿巴黎圣母院的创新作品方案最终胜出。于是，在其主持下，从公元1877年开始动工，在公元1880年便初告竣工，但主体工程的正式完工，可能要到公元1883年，即光建筑主体前后便耗时6年有余。其间，教堂外墙所用的红砖与红瓦，均不惜自法国的马赛港经航运转至此地，耗资高达250万法郎；甚至连施工中所需的水泥、钢材、螺钉等建材，也都由法国运至此地。这样，得以确保教堂外壁不加涂料灰浆，仍能不长苔藓、不沾污渍，并常年保持鲜红如初的样貌。因而，待其落成之后，由于其地正处于西贡中心的十字要冲地段，周围以成荫的绿树

胡志明市的"红教堂"。 摄影：陈三秋

第 5 篇
不了情缘 **越南** 说再见

影像中的"红教堂"变迁史。　　　供图：壹书局

第 5 篇

不了情缘 **越南** 说再见

The floating clouds

相绕，终日里，一边是川流不息的人车，一边是格外醒目、耀眼的教堂，可谓别具用心。此后，本土乃至越南的若干重大天主教活动，也都在此举办。

由教堂对外展示的图片资料推测，当年落成之时，整体均为砖红色。如今的左右两座高达40米的塔楼并没有尖尖的塔顶，直到公元1895年前后，才在其上安装了两座白色的17米高的塔尖，终成巴黎圣母院的钟楼建式，大有直入云霄的雄伟之势。至此，整座"红教堂"的外观长为93米、宽约36米，从地面到钟楼之顶全高57米，除了塔尖，均系红砖结构。内殿中的圣位祭台，则由整块大理石雕制而成，其上还雕有6个可爱的小天使，合力托着圣台；底座又分为3格，各雕刻成《圣经》中的主题故事。由内到外，合成罗马式风格与哥特式风格交融的经典之作。又因此教堂乃缘系法国政府出资修建并管理，故被称为"国家教堂"。

至于教堂的其他构造，如两座钟楼之间的拱顶上的R.A.牌时钟——应该是瑞士"雷达"钟表公司制造的，是在公元1887年才安装上去的。其重高达1 000多公斤，迄今已运转了130余年，依然能够准确报时。只是据说打铃的发条已经损坏了，在我抵达之时，应该正在对其进行维修，相信不久之后，便能响铃如初。其内，还有一套六口组合的巨大的"和声编钟"，合重高达28 850公斤，光最大的一个——应该是世界上最大的编钟吧，便身高3.5米、径宽2.25米，重约8 785公斤。均系法国出品，于公元1879年运至西贡，并安置在此教堂之中。而教堂之前的广场上，矗立的那座高4.2米、重3.5吨的"圣母玛利亚"大理石雕像,系出自意大利雕塑家 G·乔切蒂之手的作品,则是由罗马教会在公元 1945 年捐赠的。其像圣白似美国的"自由女神像",但却脚踩着来自"伊甸园"中的毒蛇——值得一提的是,河内的圣约瑟夫大教堂门前也矗立有一座"圣母斗恶龙"雕像——然后,双手环抱着缀有十字架的地球,表现着人类永恒憧憬的和平夙愿。因此,西贡的这座"红教堂"前的"圣母"雕像,也便得名为"和平圣母"。待圣母像问世后,此座教堂便由"国家教堂"之名,改称为"圣母教堂"。

再到公元 1960 年,梵蒂冈教廷在越南设置大教区,并下设河内、顺化、西贡三个总教区——此种三大教区的规制一直延续至今,该教堂遂又改称为"西贡正廷教堂"。两年后的公元 1962 年,梵蒂冈教廷再次将"西贡正廷教堂"升格为"圣堂王宫",从此全称便为"西贡圣母正廷圣堂王宫"。

胡志明市的"粉教堂",距"红教堂"不远,徒步约需 10 余分钟即可。与岘港的"粉教堂"和大叻的"粉教堂"都有着细微的不同——该座教堂外观的"粉",更鲜艳、亮丽、夺目,为梦幻般的荧光粉。也可以简单地理解为,是一座"粉红教堂"。不过,其主体建筑的罗马式风格倒是与岘港的"粉教堂"相像,正中均为"孤立"的一座高大钟楼,左右再各辅以 3 座精巧的小塔楼,正面看呈 7 座错落有致的塔楼组群,实则为 11 座塔楼,因为,钟楼塔顶的四角,还分立着一座更精小的塔楼。各塔除了塔尖与塔尖之上的"十字架"为灰白色外,俱为粉红色,因此,若是初见,少女或公主气息便会扑面而来,犹如童话中的"公主堡",甚或披着粉色嫁衣的"新娘",因此而常被誉为"世界

胡志明市的"粉教堂"。　　摄影：陈三秋

胡志明市的"粉教堂"侧面。
摄影：陈三秋

上最浪漫的教堂"，大抵如此吧。

　　该教堂兴建于公元1876年，建成于公元1883年。本名为"耶稣圣心堂"，也称"新定教堂"，为胡志明市第二大教堂。据悉，其外观的粉红墙，是在公元1957年时才新漆上去的，可能正是因此之故，所以，才比岘港的"粉教堂"之色更显明亮。据我推测，其"耶稣圣心堂"之名，可能由于其落成之日多为"圣心瞻礼日"。依圣教会公定,每年的 6 月份为"耶稣圣心月",意在呼吁教友们要在本月内格外热心,用虔诚的态度敬礼耶稣圣心,多默想耶稣圣心爱护众生的苦楚,以及表达耶稣也渴望看见人们对圣心的敬意;相应的,本月的第一个周五,依教会所称的"主日"即周日为"瞻礼一"推算,即"首瞻礼六"便是"瞻礼圣心日"。这一传统自公元 1834 年源起之后,一直流传至今。但也有认为每个月的第一个周五,都是"瞻礼圣心日"的。比如中国广州一德路上著名的耶稣圣心堂,又名"石室圣心大教堂",便是在公元 1863 年 12 月 8 日——当年的"圣心瞻礼日"举行奠基典礼的,故得"圣心堂"之名。该教堂后至公元 1888 年才告落成,前后用时 25 年,虽然没办法与德国科隆主教堂历时 600 余年和法国巴黎圣母院建了 87 年相比,但其中的艰辛坎坷,亦是令人动容。如今,其呈暗黄色。除此之外,中国上海川沙镇也有一座基本上建于同时期的墨青色耶稣圣心堂,始建于公元 1872 年,时为清同治十一年,后经多次募资、改造与扩建,在公元 1926 年 12 月 10 日,才终告落成,可谓跨了两朝多代。

  此外,记得我国徐州的青年东路上也有一座耶稣圣心堂,由法国传教士艾赍沃出资、德国传教士吴若瑟设计并主持修建于公元 1910 年;主体建筑呈淡灰色,边饰以些许暗红色,也比较具有特色。而位于扬州北河下路的耶稣圣心堂,则是亮黄色的,建成于公元 1900 年间。沈阳南乐郊路上的耶稣圣心堂历史也比较悠久,是公元 1875 年开始兴建,然后于公元 1878 年完成的。如若除去两座塔楼的尖顶,还真有点像河内的圣约瑟夫大教堂,且外观也是砖灰色的。

至于国外的耶稣圣心堂也有不少。比如，法国巴黎蒙玛特山顶上，便有一座白色的拜占庭式的圣心大教堂，据传，其还供奉着耶稣的圣心！因此，又称"圣心圣殿"。它修建于公元1509年至1523年间。我去之时正逢突降大雨，从此教堂，凭栏俯瞰雨中巴黎城景，相当不错。而其山脚之下的公墓中，便深埋着一名叫"玛格丽特·戈蒂埃"的女子，她就是法国作家亚历山大·小仲马的名著《茶花女》中的人物原型。西班牙名城巴塞罗那的制高点提比达波山顶上也有一座黄白相间的耶稣圣心堂，其兴建于公元1902年，至公元1951年建成，然后在10年后的公元1961年才完成了钟楼工程。这座耶稣圣心堂的好处是可以从山脚乘电梯上去；教堂中间的塔顶上，还立着一尊双臂伸展的耶稣铜质雕像，非常奇特。

而胡志明市的这座耶稣圣心堂后侧，靠院墙的位置，也有一座双臂延展开来的石质耶稣雕像；其前侧的院墙角落里，还有一座"圣母"玛利亚的雕像，坐落在一个小巧的拱亭之中。院墙之壁上，整整齐齐地排满了众多信徒的遗像。记得在走访很多伊斯兰国家的清真寺时，当地信奉伊斯兰教的朋友们会告诉您寺院内的诸多"不起眼的"墓地——长2米、宽70厘米、深1米左右，便是不分贵贱的伊斯兰人最终的归宿。而很多上座部佛教国家的佛教徒的墓地，则多以华丽、精美的佛塔为主。如此观之，在此三教之中，还是要数天主教最为简朴啊。

最后，这处耶稣圣心堂还有一点值得一提，那就是其内饰：上至穹顶，中至堂壁，下至殿柱，全都是粉嫩色的，因此而称为"世界上唯一一座整体粉色的教堂"。其圣殿之中金饰的意大利风格的大理石祭坛,是公元 1922 年,法国人弗朗索瓦与其越南妻子安妮共同出资捐建的。在公元 1957 年,教会在重新加固殿内的这些石柱时,便将里里外外,全粉刷成了如今的粉红色。

以上,便是我对越南各地天主教堂的简单巡礼了。其中,以红、粉、黄、灰、白五色为主,又复有繁多的杂糅之色,故统称为五色教堂——权且如此吧。从中,既可以看到殖民时代信仰的历史,也可以欣赏到东方不多见的西式建筑之美。之前看到过一个令人印象深刻的说法,但已不知出处:西方的殖民者,来到东南亚,是为了三个目的——黄金(Gold)、荣誉(Glory)与上帝(Gold),简称"3G"。其中,"黄金"是指殖民统治者通过竭取当地的资源获取高额的利润来实现的;"荣誉"是靠帝国军队征服各国、占领土地来实现的;而"上帝",则依赖于传教士们的宗教热忱,甚至是狂热,来传播和"造就"的。因此,贯穿欧洲各国开启的殖民时代,宗教都是殖民扩张的工具之一,而传教便也成了殖民征服的一部分——一种精神上的"征服"。不管是佛教各支盛行的中印半岛,还是伊斯兰教势大的马来群岛,自欧洲大陆而来的基督教、天主教,都借机"插足"其中,并得以生存、繁衍和发展、壮大。中国学者段立生在《泰国通史》中,特地揭示了天主教外传最猛的原因:因为按其惯例,一国国王一旦皈依了天主教,那么国王的忏悔牧师,也便成了该国的"太上皇",可以左右国王,控制全国。因此,天主教已不仅是一种信仰,也是一种文化;是一种生活方式,也是一种社会制度。由此,天主教紧随佛教之后,开始在中印半岛蔓延开来。而这些遍布越南之境南北的天主教堂,就是其中一个例证。

因此,"知古"可以"识今"。用心地去欣赏、去琢磨、去探究,而不仅仅只是停留在拍照与眼观,不仅能够发现每一处建筑:它叫什么?是什么人,于何时所建?甚至,还能够洞悉其时代背景和背后隐藏的建设者的"心事"——为什么而建?甚至这一个"为什么",往往还会有明与暗两条线。举一个远一点的例子来说,柬埔寨的巴戎寺,其明面的一线,是通过"高棉的微笑"来传扬精妙的佛法,昭示世人,自印度教改信佛教的种种变化;而其暗藏的一线,则是阇耶跋摩七世,与诸神对话、洞察天机的"王者的心思"。希望如此,能够令更多的建筑,变得生动、活跃起来。那么,便是"冰冷的石头也会说话"了。有此意愿的人,可以一试。

越南的佛教,甚至道教的历史已经所述甚多了;天主教的故事,也基本上可以承载于这南北西东的"五色教堂"之中。由于越南之于中印半岛五国来讲,有着特殊的境遇,所以,借此便再多谈一点点关于越南所独有的第三大宗教——"高台教",以及另一个同为本土化的宗教"和好教"吧,以丰富大家对越南宗教格局与政治文化的认知,因为,这两种宗教都具有一定的政治色彩,有点像中国清末的"白莲教"。

在公元20世纪初,在越南南方,几乎同时"从零"诞生了两个特有的新兴的宗教,即"高台教"与"和好教"。其中,"高台教"诞生于上个世纪20年代"越南抗法"爱国运动时期,以兰强等人编著的《越南概论》观之,基于当时人们渴求"更强大的超自然力量的出现",曾担任过殖民地官员的吴文昭与黎文忠二人,便充分利用了民间泛神主义的思潮,假托"高台"下凡，宣传教义。其正式成立于公元1926年，诞生的地点为西宁的慈林寺。此教的全称为"三期普渡大道"，源自其核心教义"三期普渡说"。即，其认为：自有人类以来，上帝曾两次创立各种宗教以普度众生，一期为各种宗教的前身，一期为儒、释、道及基督教、伊斯兰教等等。这些宗教虽然同源同归，但由于较为分散，时常产生矛盾与冲突，未能真正带领人们脱离苦海。故，上帝决定进行"第三期普度"，也就是在统一所有宗教的基础上，创立一种新的宗教，并亲自担任教主，自称为"高台仙翁大菩萨嘛哈萨"，简称为"高台"。而所谓的"高台"也就是上帝的化名，有着"最高的存在"之意。在公元1945—1955年间，此教拥有了一支强大的军队，因此，开始广泛在越南南方的政治事务中起重要作用，其教主并曾一度代替阮朝的末代皇保大帝行使国家权力。后于公元1956年初，被"南越"的吴廷琰政府派兵围剿。但随后，又恢复了起来，还组建了自己的政党，并于公元1972年创办了"高台大学"。后在公元1992年时，其合法性地位才终获越南政府的正式承认。目前在越南境内拥有教众大约在300万之数左右，欧美、澳洲也有数万名海外教徒，但据说基本上都是越南人的后裔罢了。

而"和好教"，又名"和好佛教"，由黄富楚在公元1939年创立于其家乡和好，故得此教名。此教是在佛教教义理论的基础上，融合越南民族祖先崇拜与爱国主义传统而发展出来的佛教革新派别。其以"净土宗"为法门，以"学佛修人"为宗旨，以"四恩"即"报答父母祖先恩、祖国恩、三宝恩和人类同胞恩"为教义。其诞生之后，先是举起"反法抗日"的大旗，还成立了具有民兵性质的组织"保安队",然后又在公元 1945 年胡志明领导的"越盟"取得"八月革命"胜利后,也组建了自己的具有宗教性质的政党。再至次年,其信徒人数便突破了 100 万。不久后,便因故走向了"亲法反共"的道路。后,同样受到了"南越"吴廷琰政权的镇压,并在吴廷琰因"法难事件"倒台后,又借助美伪政权的拉拢,东山再起。越南全国统一后,"和好教"曾被严令禁止,但到了公元 1999 年时,越南政府也最终承认了其合法地位。目前有信众 100 多万人,且多为南部的农民,因此可见其扩张不如"高台教"。

由是观之,越南可以说是一个"民族大融合",外加"宗教大糅合"的国家;其有 54 个民族,当然,主体为"越族"也就是"京族",占比 86% 以上;这点与中国的汉族人口情况相像。当然,在宗教方面,除了上述各教派之外,基督新教与伊斯兰教也有着一定的活动空间,只是由于"势单力薄",很难形成极具特色的"地域文化"。因此,像伊斯兰教,我们将来可以在马来群岛的商旅之中,通过印尼,这个世界上最大的伊斯兰国家来对其进行详细解说。

此篇商旅笔记写于越南行止之际,算是对其全境宗教方面的信仰与文化的些许思考,主要用于他日自学与复习之用,觉得冗繁的朋友,可以仅阅读"五色教堂"即可。在此,向可能会给诸君带来的时间浪费致以歉意。Tôi Xin Lỗi! Sorry!

2018 年 12 月 11 日于胡志明市,Gia Vien Hotel

92 西贡河的没落

虽然西贡早已更名为胡志明市,标志越南这方大地,已然进入新的历史篇章,不过还好,"西贡",这个朗朗上口的名字,仍然被自发地使用:道路、餐厅、书屋、酒吧、咖啡厅,各种书名著述、影视作品、音乐剧、舞台剧,乃至游人的往昔记忆或今日口中,都还"络绎不绝""层出不穷"。而这其中,穿流而过的这条"西贡河"也还好,没有被更名,所以,诸多记忆的碎片,依然,有机会从河畔,一一拾起。从玛格丽特·杜拉斯《情人》中深藏的炽恋与哀伤,到季羡林旅途中《西贡二月》的旖旎风情,再到安妮宝贝笔下的《在西贡》——"浊绿色的河水上有浮萍和破船,对面就是贫困的简易木棚",这种一河之上的岁月变迁,如同自西贡河上吹起,而后扑面而来的风,一切都裹挟着沧桑,风流云散去了。

所以,了解这条河的最好的方式,就是穿过绿树成荫的狭长街道,走向西贡河畔,然后,沿着西贡河,徒步逾5公里。如此便可以看到,这一河的前世、今生,以及未来。一如老挝曾有的"爱情三部曲",经由法籍越南裔导演,也是当下越南知名度最高的导演——陈英雄之手，自公元 1993 年起，历时 7 年，陆续奉献了《青木瓜之恋》《三轮车夫》和《夏天的滋味》三部与"西贡"往事有关的剧情片，合称为"越南三部曲"。与"越战"主题片不同，这三部饱含温情、人情与市侩的电影，更容易让人走近"西贡"的背后与点滴，见微知著，这是复活了的"西贡"，而不是政治上的胡志明市。我觉得，这也是一缕自西贡河上吹至的风，淡泊而世故。

这逾 5 公里的徒步线路，始于金融塔，而止于地标塔，这是两处胡志明市的新地标，借用 200 年前越南最著名的诗人阮攸所创的《金云翘传》来讲——"长女翠翘,次女翠云,丽质天生,娇美绝伦。一个纯如雪,一个秀若梅,虽风姿各异,皆出类拔萃"，那么，此两处地标性建筑，便是"翠翘"与"翠云"。在此城的历史上，由于地质问题，再出于成本与技术的考虑，高过 15 层的大厦都可谓相当少见，所以，当这两幢数十层的庞然大物落成时，也便等于在告示世人，西贡已成胡志明市。

这是两个时代的交割。公元 1986 年，当越南"摸着中国的石头过河"，启动革新开放以来，除了执著于"越南速度"之外，类比北、上、广、深，兴建摩天大楼自是必不可少。无疑，这是经济高度繁荣之下最直观的感觉。所以，高 262.5 米、共 68 层的金融塔，与高 461.2 米、共 81 层的地标塔，便应运而生，相继落成，并博得了鹤立鸡群的"头筹"。

其中的金融塔，外观似竹笋，还有点像是迪拜的那个帆船酒店，设计灵感来自越南的传统服饰奥黛与国花莲花。其始建于公元 2007 年，并于公元 2010 年 10 月 31 日正式对外开放，

沿着西贡河,始于金融塔,而止于地标塔,来一次逾5公里的徒步,也与这座城的未来,对个话。　　　摄影:陈三秋

其第49层,被设计成全落地玻璃的瞭望台,即"西贡空中平台",是当时越南最高的高空观景台,在此可以360度鸟瞰城中日夜景色,对整座城市进行集中"扫瞄",无数风景,尽收眼底;48楼为"空中酒吧",有点像柬埔寨首都金边的龙形建筑帕拉贡中心及其"天空酒吧";而其顶部,还有一座设计独特的直升机坪,自塔身向外突出25米,整体呈莲花状,又像是一片向天空自由舒展的树叶,勾唤起人们对传统建筑与自然植物的无尽想象,分外惹人注目。由于其紧邻西贡河,因此,如若置身于临河一侧的高处,白天,西贡河岸边大片的五颜六色、密密麻麻

的民宅群落，便犹如积木模型一般垂于眼际，而西贡河上的景色，也就更是一览无遗了。再者，到了晚间，灯光展影——周边大大小小的建筑及行驶于河中的船只，于入夜时分，纷纷亮起霓虹，更是一幅璀璨、华丽之景致，此座城市的变迁，也就此展露得淋漓尽致。公元2013年时，美国的CNN曾将其评为"世界上20座最具标志性大楼之一"，也入围了"世界上25座最著名的摩天大楼"之名单。

而地标塔的外观，则有点像上海的金茂大厦，投资金额为14亿美元，正式动工于公元2014年年底，2018年7月26日才建成并交付使用，底层为"文森中心"即购物中心，高层也有观景平台，还有观景走廊与屋顶花园。地标塔目前为东南亚第一高楼，超过了马来西亚首府吉隆坡城中的"双峰塔"，同时也是全球第14大高楼，成为越南新经济成长与突飞猛进的象征性建筑物，也承载着越南人民最新的荣誉感与成就感。此塔地处西贡河岸的首添新城，此处准备打造成越南版的"浦东新区"，因此，当这些摩天楼群如火如荼地建设之时，往昔的这座"远东的巴黎"的殖民风情，也终将湮灭于玻璃幕墙与钢筋混凝土之中。

我正是在这番历史新旧交替之际，来到了西贡河畔。那么，执意褪去殖民痕迹的胡志明市，又是否真的迎来了新的荣耀与辉煌呢？以此一条西贡河来看，其代价是沉痛的。当年齐名的西贡河畔与范五老街，如今，两剩其一——人们，尤其是怀着旧日执念的法国人，都只能于夜幕之下，躲在范五老街，来凭吊，来缅怀，那段"西贡岁月"了。由于环保意识的缺失，配套措施的落后，经济快速增长带来的人口暴增、负担太重，所以，我眼前的西贡河，从混浊到污黑的河水，到水上漂浮、河堤乱扔的片片垃圾，还有那源自深处的恶臭，弥漫着河面与堤岸。来自帝国主义的塞纳风情荡然无存，比刻意抹去更甚。此河的脏、乱、差，与河岸边的黄墙白窗或黄墙蓝窗的法式老建筑，形成了冷酷而滑稽的对比。

西贡河，没落了。也许西贡河是无奈的，它只能默默地呻吟、无声地诉说。多年之后回望，或许很多生活在此的人开始呕吐、脱发，牙床坏死、牙齿松动，莫名地生病，但这是经济先于配套设施爆炸式发展的必然代价。只是，太过惨烈，甚至，很难止步与回头。小小的西贡河，见证了胡志明市，乃至越南经济，像猛兽一样，一路狂奔。此中，竟是一种似曾相识，且又难言的心痛。

从英国的伦敦河、德国的莱茵河，到中国南京的秦淮河、上海的黄浦江，都曾因嗣后的治理与反哺，而付出了极为沉重的代价，其代价甚至是一代人的无比珍贵的健康。印度的"圣河"——恒河，目前还是无救的。一如眼下的西贡河。这一定不是法国人想看到的吧。在其当年败退撤离，并与美军交接越南战事之时，还曾希望不要轰炸此城，以留下可期的回忆，但于今看来，并不是战争，毁去了当年的西贡与今日的胡志明市，而是其他。

毁掉一个人的方式有很多种，爱情、金钱、权力，甚至"黄赌毒"；而毁灭一座城的方式，更多。对于"西贡"来说，法国人来过，日本人来过，美国人也来过，可能这些，都不曾让西贡河像今日这般绝望过。似乎，这些过往的尘埃，在告诉我们，并不是只有战争、杀戮才能毁去一座城,经济、政治、外交也可以,当然,天灾、瘟疫更可以。只不过,最悲摧的,可能要数人祸、"自毁长城"了。而这些,是属于胡志明市的。割开历史,相互算账,这笔账,显然属于后者。

像柬国迷失的金边城一样,如今,由5公里徒步而观之的"西贡河的没落",也让人很难看到胡志明市未来的方向。难道所有经济发展,都必须经历"破坏—重建—再破坏—再重建"的"因果循环"才可以吗?一座座漂亮的现代化大楼、住宅,林立在一步之遥的、弥漫着腥臭味的西贡河支流旁,当窗户紧闭之时,似乎河边的贫民窟就属于另一个世界,但这明显是自欺欺人的。同样的河水,同样的空气,与同样的天际,谁能真正逃离大自然的反噬?

公元2018年,我们像曾经珍视过的每一个年份一样,即将走完它最后的历程。越南经济取得的成就依然令人瞩目——经济增长约达7%。而且,这也是自十年前的那场全球性的经济危机爆发之后,最高的水平。作为越南改革的最前沿,其第一大城市胡志明市所取得的成果,虽然仍与中国一线城市存有差距,但已快比肩我国的二线城市了,这是世界之东、亚洲大地之上,了不起的功绩。是惠民的,也比任何一场载入史册的荣耀战争要光鲜得多。如果援用越南《经济时报》的报道,就是"革新开放"30余年来,越南经济规模,约是30年前的7 000多倍!

但是,当我们带上"显微镜"去洞窥细节,或者使用"放大镜",将若干片段重新审视,以一条西贡河为例,借用张爱玲《倾城往事》中的话来说,就是"一袭华丽的旗袍",但"里面

西贡河：一半天堂，一半地狱。总的来说，它，已在没落了。

摄影：陈三秋

第 5 篇

The floating clouds

不了情缘

越南 说再见

爬满了虱子"。这是一个令人忧伤的结论。如若心怀天下,就不必为之幸灾乐祸;因为,我们所希望的,可能是某一年的又二月,当我们驶抵或飞临胡志明市时,能够看到的,依然是河清树绿的西贡河和河岸边的奥黛风情,而不是,它的没落,与苍凉。"斗笠之国",永葆昭华。

放眼去看,中印半岛,乃是"一带一路"倡议之下的"桥头堡";而其中的越南,更是这沿线66国之中,当之无愧的重要"补给站"。当我们借此穿行于世界各地,瞻仰和丈量脚下的这颗蓝色星球之时,我们还是深切地希望,它能够以独特的异域风情加持于这一浩瀚的旅程,而不是盲目的冒进与灾难的雷同。尤其是胡志明市,它不仅承载有"国父"之名的荣耀之环,也沉淀着逝去的"西贡"那些如花烂漫的柔情岁月之痕。它是"东方的小巴黎",当然,它也可以在未来成为"越南的小上海",这些,一河可以见证,一河也可以为之书写。这就是西贡河。

我已在胡志明市停留多日,商旅之行即将告终;期待,在下一次远行至此,或者飞渡马来群岛归来之时,我们可以看到,它重新焕发的崭新容颜。那将是胡志明市,乃至越南之幸,更是此地民众之幸。因为,西贡河的没落,是以牺牲人们的身心健康为"对价"的,这笔"买卖"不划算,有什么比健康更重要的呢?这么粗浅的道理,相信聪明的越南人民会懂得,越来越多的人,也会懂得。

2018年12月13日下午,于胡志明市西贡河畔

后 记
EPILOGUE

在全球不间断的商务旅程中,我总是会对各国的一人一事、一草一木,都"情有独钟"。带着这份好奇,我把它们写成了"商旅笔记"。

尤其是,当我看到那些,令人怦然心动的建筑,便忍不住莫名地发问:"是谁,在何时,为什么,兴造了这处非凡的建筑?"正是带着这份执著,我检索式地搜集各国的史料,学习他们的文字、他们的文化,甚至是,他们活在当下的状态。我考证过柬、缅各国的碑文,翻译过泰、越寺庙的资料,自老挝起,我爱上了中印半岛各国的图书馆,尤其是馆藏神秘的"金贝叶"。这,让我自己都觉得自己,"不务正业"。但假如,可以发掘建筑或史料背后,深藏的"王者的心事","让石头说话",并还原它们应有的存在,不也是对旅途生活的丰富与精神上的一场富足吗?

我期待能够坚守这份执念,或许,也真的动摇过。商务之余,记下的点点滴滴,是用历史的方法,在对景点、遗迹的重述;当这些记录史料的文字,变成了东西方的多国语言,并"自相矛盾"时,那是头痛的。想过放弃。因为,这也是可以理解的:各国,有不同的历法、生肖、传统与习惯,当被久远的时间清洗一遍后,我们还能看到它怎样的容颜呢?太难。比如"姓氏",俗称每个人要"有名有姓",对于泰国人来说,"泰人有姓"那是至少公元19世纪以后的事情;而对于缅甸人来说,他们则至今依然"有名无姓"。如果再加上来自宗教神祇的加持,与不同时期的世俗爵位,错漏,便散落一地。当一一拾起,又重新拼回,又将是一个漫长无眠之夜。

在过去的年华,我在世界三分之二的陆地上行走,当尝试将各地同一时期发生之事,串联解读,我发现,那需要一场"闭关式"的心路历程,才能做到精妙无误。这是与孤独作伴,也是与星空对话。是期待视野打开之后的惊奇,与几相比对顿悟之后的释放,让寂寞的商务旅途,与"在世界行走",得以坚持至今。

梳理之后,我发现,原来我们对"身边的亚洲",是那么的"遥远",也是那么的"陌生"。所以,对于我那些许久许久之前就萌生的痴想,就让它从"亚洲发现系列"揭开,并封印吧。我将"东南亚",分成了"陆上"的五国与"岛上"的六国。其中的前者,就是《行走的云——穿越中印半岛》,由此揭晓。

然后——如果还有然后,那就是后者,我将其命名为《流浪的海——飞渡马来群岛》。这两部都是明朝郑和"七下西洋"时"邂逅"过的地方,也是今日"东盟"的世界与中国"一带一路"倡议的起点。可能最先需要。

再然后,是从"陆上的丝绸之路"中,以我喜爱的"撒马尔罕"为中心,重新叙述的"中亚五国";或以"海上的丝绸之路"中,以您陌生的"孟加拉湾"为条线，勾勒重塑的"印度半岛"。前者，名为《不羁的风——丈量中亚温度》；后者，或为《孤傲的雨——横渡孟加拉湾》，或为《冷寂的星——印度半岛行走》。

最后，"亚洲发现"系列，还会补入"东亚五国"，与西亚"二十余国"。其中，巴基斯坦可能会归在"印度半岛"；而阿富汗，则要看局势是否允许入境、落脚。还剩下俄罗斯的"亚洲部分"，有可能并入在"欧盟27国"的系列"商旅笔记"中。还有拉丁美洲的33个国家与地区，已经"对话"了22国，将会"携手"美国、加拿大等国，形成另一个关于南、北美洲的新系列。至于非洲和大洋洲，通过简述即可，大概率不会形成系列。最后的南极洲，将会视能不能最终成行的南、北极行程，协同北极，各形成一部"笔记"。如此，就是"我在世界行走"的全部。

在有限的岁月，累积下了关于这个蓝色星球陆面上的点滴。是商旅之余的探秘，而非纯粹自由的旅游；由此形成的"笔记"，是穿越历史对人与神、事与物的重述，也是对"世界之网"的纵横检点，希望能够通过这一番"横竖"的交织，为自己留下"复习"的资料，与朋友们可能有效一用的"检索工具"。

错漏之处，可待修正；不足之处，望能拨冗帮补。

感谢所有的亲人与同事，老朋友和新朋友；感谢美好的世界；感谢时间，当您抓住它后，便会发现，它是如此慷慨。感谢这个伟大时代！让我们一起纵横四海，笑看风云。

致 谢

左思右想，整理并出版多年积淀下来的"商旅笔记"的计划还是启动了。客观地说，这是一项微不足道但确实繁重的工作。在世界各地行走之时，习惯了写些随心所欲的"自由行记"和为客户撰写严谨浩繁的"考察报告"，这下等于是"中和"了两者，从中挑出有用、有趣的内容，重拾起笔，进行融合创作与仔细校对，并且公开出版，就务必要对所有潜在的读者朋友负责，也就再也不能信马由缰了。这等于是少了一份自由，多了一份沉重。而这项工作，是需要依赖很多人的共同支持才能顺利完成的。因此，必要的衷心感谢的话语，是一定要郑重地表达的。

在先期拟以"亚洲发现系列"为名出版的各书形成过程中，为了揭示我们对身边的亚洲是"如此的陌生"，首先要感谢啡咖啡（集团）的所有股东与成员，尤其是夏飞、焦珊、张曼、夏久龙、路晓波等人，没有他们的倾心分担，我不可能在工作之余挤出这么多的时间在各国恣意行走；而焦倩女士，因为身兼旗下"壹书局"的各项工作，因此，从整书的文字校对，到每篇的认真配图，此中辛劳和功劳，自然归属于她。苏延律师事务所的戴运龙、洪磊杰两位主任律师，是我律师生涯的合伙人，要感谢他们大无畏的牺牲和全方位的支持，得以令我可以无忧无虑地走遍全球，完成我"用双脚丈量足下的这座星球"之梦想——当然，此番设想，距离功成仍需时日；为了了解我们活着的时代所发生的"最宏伟、壮丽的诗篇"——"一带一路"倡议，这究竟意味着什么，到底有哪些商业上的机会，就从此先走个遍。

行走世界尤其是"一带一路"国家，也离不开与我有着深厚关联的相关机构或组织的鼎力支持。共青团中央、团江苏省委、南京市团委和青年联合会所给予的荣誉身份，为我与各国青年朋友的交流和互动提供了重要的便利；江苏省互联网众创联盟、江苏省互联网协会、南京海外联谊会、南京市玄武区青年企业家联合会等是我在职并服务着的重要组织，感谢相关同仁的携手与支持；南京市委统战部、玄武区委统战部、致公党南京市委以及南京市工商业联合会（南京市总商会）等领导同志主动为我持续的跨国远行提供了亟需的资源支持，便于我向外交部提交出行申请材料、与很多国家的驻华大使或领事展开双边探讨，也为我同出入境、海关等管理部门的朋友共同研究如何做好"一带一路"跨境服务、思考中国自由贸易试验区（Free Trade Zone，简称"自贸区""FTZ"）带来了新的启发。由于所涉之人员太多，只好进行集体致谢。

途牛旅游网创始人于敦德先生、五星控股董事长汪建国先生，既是我和朋友们牵头创立啡咖啡（集团）之初便给予巨大支持的"创业导师"，而他们始自南京起步所做出的影响深远的非凡成就，也是我个人的"精神导师"和学习榜样。感谢途牛旅游网APP，为我自由地行走在世界各地提供的诸多便利；感谢汪建国先生的"朋友圈"，让我能经常从中汲取丰富的营养和前进的动力。

诚挚感谢东南大学出版社的张新建总编和诸位勤苦付出的同仁。高效出色、耐心细致的出版工作总是令人敬仰，永远学习之。

最后衷心感谢所有执此书在手的读者朋友们，购阅或借阅对我而言，都是一种莫大的支持。谢谢您愿意为这些并非出自作家之手的、文笔粗糙的读物，付出宝贵的阅读时间。世界很大、地球很小，愿有生之年可以一起行走——推开门、抬起脚，一起阅读这座星球的温度；也愿您，能够收获满满。